Les Folles Années

Tome 1

Jean-Pierre Charland

Les Folles Années
Tome 1

Les héritiers

Mathieu et l'affaire Aurore

ÉDITIONS FRANCE LOISIRS

Édition du Club France Loisirs,
avec l'autorisation des Éditions Hurtubise

Éditions France Loisirs,
123, boulevard de Grenelle, Paris
www.franceloisirs.com

ISBN : 978-2-298-11302-0

LES HÉRITIERS

Liste des personnages principaux

Buteau, Marie : Jeune fille née dans le quartier Saint-Roch, veuve d'Alfred Picard, elle dirige le commerce fondé par ce dernier.

Caron, Élise : Fille du médecin des deux familles Picard, veuve de Charles Hamelin depuis l'automne de 1918, elle retourne vivre chez son père.

Dubuc, Paul : Député libéral de Rivière-du-Loup, père de deux filles, Amélie et Françoise. Il épouse Marie Picard, née Buteau, en secondes noces en 1919.

Dugas, Gertrude : Servante dans la maisonnée de Marie (Buteau) Picard.

Dupire, Fernand : Il épouse Eugénie Picard en 1914. Il succède à son père dans son étude de notaire et, à ce titre, s'occupe des affaires des Picard.

Girard, Jeanne : Domestique employée chez les Dupire depuis le mariage d'Eugénie.

Létourneau, Fulgence : Administrateur des ateliers de confection des entreprises PICARD. Son épouse se prénomme Thérèse. En 1909, il adopte un garçon, Jacques, dont il ne connaît pas les véritables parents.

Paquet, Évelyne : Fille d'un avocat en vue, elle épouse Édouard Picard en 1917.

Picard, Édouard : Fils d'Alice et de Thomas Picard, à la mort de son père en 1919, il prend la relève au magasin.

Picard, Eugénie : Fille d'Alice et de Thomas Picard, elle a épousé Fernand Dupire, dont elle a trois enfants.

Picard, Mathieu : Fils de Marie Buteau et de Thomas Picard. Alfred Picard avait toutefois assumé sa paternité. À son retour de la guerre en 1919, il reprend ses études de droit à l'université Laval.

Picard, Thalie : Fille de Marie Buteau et d'Alfred Picard, elle étudie à l'université McGill depuis 1918.

Picard, Thomas : Marié en secondes noces à Élisabeth Trudel, père d'Eugénie et d'Édouard. Il est décédé de la grippe espagnole au printemps de 1919.

Poitras, Flavie : Employée d'Édouard Picard au magasin PICARD, elle fréquente Mathieu Picard.

Trudel, Élisabeth : Seconde épouse de Thomas Picard. Devenue veuve, elle acquiert une maison de chambres.

Liste des personnages historiques

Gouin, Lomer (1861-1929) : Avocat, membre du Parti libéral, Premier ministre du Québec de 1905 à 1920, il passe à la scène fédérale en 1921.

King, William Lyon Mackenzie (1874-1950) : Premier ministre du Canada de 1921 à 1930, puis de 1935 à 1948, année de sa démission.

Lapointe, Ernest (1876-1941) : Avocat, il est élu député de Kamouraska pour la première fois en 1904. Il occupe ce siège jusqu'à son passage dans le comté de Québec-Est en 1919.

Lavergne, Armand (1880-1935) : Avocat, ténor de la cause nationaliste, député à l'Assemblée législative et à la Chambre des communes.

Taschereau, Louis-Alexandre (1867-1952) : Avocat, député provincial à compter de 1900, il occupe le poste de Premier ministre du Québec de 1920 à 1936.

1

L'évidence s'imposait : sortir d'une maison s'avérait aussi difficile que d'y entrer. Après avoir contemplé le plafond de sa chambre pendant deux heures, un livre ouvert posé en travers de sa poitrine, Mathieu, jurant contre son insomnie, s'était levé pour coller son front à la fenêtre. Située au dernier étage de la bâtisse, la pièce donnait sur l'arrière. Le sol se trouvait à plus de vingt pieds, une arrière-cour malpropre.

— Tant pis, je vais affronter le bouledogue domestique.

Une veste de tweed sur le dos, sans cravate, les derniers boutons de la chemise laissés ouverts, il passa dans le couloir. Rendu près de la porte de la cuisine donnant accès à l'extérieur, un bruit attira son attention. Il se retourna pour découvrir une silhouette fragile, dans une chemise de nuit un peu trop grande.

— Tu sors ? demanda Gertrude.

— … En cachette, comme papa le faisait dans le temps.

La vieille domestique secoua la tête, agitant la massc dc scs cheveux ébouriffés.

— Ne dis pas de bêtises, ce n'est pas la même chose.

— Pourtant, comme lui sans doute, à cette heure de la nuit, je sens les murs de ma chambre se resserrer autour de moi. Je jurerais qu'ils veulent m'écraser.

— À cette heure de la nuit, pour reprendre tes mots, tu devrais dormir.

Le sourire, sur le vieux visage ridé, allégeait la remontrance.

— Je ne peux pas. Cela fait « Boum ! Boum ! » dans ma tête, sans arrêt.

— Il y a trop de silence pour toi, je suppose.

— Désolé de t'avoir réveillée. Ne reste pas toute la nuit à m'attendre… Et ne verrouille pas derrière moi, je ne souhaite pas alerter tout le monde à mon retour.

Sur ces mots, le jeune homme tira le verrou, gagna l'escalier métallique un peu raide. Dans l'obscurité, il s'accrocha à la rampe et chercha les marches du bout du pied. Au moment de déboucher dans la rue Couillard, il regretta de nouveau l'absence de lampadaires dans la petite artère. Si les mauvaises rencontres demeuraient peu probables, le pavé inégal cachait de nombreux pièges.

Une fois passé la rue Saint-Jean, il atteignit l'escalier donnant accès à la Basse-Ville. Quelques noctambules, sans doute hantés aussi par de mauvais souvenirs, se trouvaient sur son chemin. À cette heure de la nuit, les règles habituelles de la politesse ne tenaient plus : aucun salut ne s'échangea avec eux.

Malgré la prohibition, les débits de boisson ne manquaient pas. La difficulté demeurait de les trouver. Guidé par un murmure de voix avinées audible depuis la rue Saint-Vallier, Mathieu s'engagea sous une porte cochère. Il découvrit un grand hangar dans la cour arrière. Dix ou quinze ans plus tôt, des écuries se dressaient là. L'édifice, bas et long, dont toutes les ouvertures étaient aveuglées, profitait d'une nouvelle vocation. Le jeune homme frappa à une porte, un colosse au nez de travers ouvrit à demi pour l'examiner des pieds à la tête, puis s'esquiva pour le laisser passer.

Autant les rues environnantes demeuraient plutôt silencieuses, autant l'animation régnait en ce lieu. Autour de tables sur lesquelles étaient posées des lampes tamisées, des dizaines d'hommes buvaient dans un nuage de fumée de pipes et de cigarettes. Quelques femmes trop fardées, embellies par la pénombre ambiante, passaient d'un groupe à l'autre pour lier conversation.

Le jeune homme s'assit un peu à l'écart, commanda un verre de gin à un prix outrageusement élevé. Une jeune femme s'approcha pour demander :

— Comment tu t'appelles ?

Ses lèvres épaisses paraissaient rouge sang sous l'éclairage artificiel, son sourire montrait des dents résolues à se chevaucher l'une l'autre.

— Je n'ai besoin de rien, ne perdez pas votre temps avec moi.

Vexée, la marchande de chair s'éloigna, la bouche crispée en un rictus.

— Tu as fait vœu de chasteté, ricana quelqu'un à une table voisine.

Pour rentabiliser l'espace, les tables s'entassaient

les unes contre les autres. Cela ne favorisait pas la discrétion propice à ce genre de transaction.

L'importun pouvait être personnellement intéressé dans le commerce de la travailleuse de la nuit. Plus probablement, il trouvait un peu d'excitation à chercher noise au premier venu. Pour certains habitués des buvettes, clandestines ou non, une bonne soirée se terminait par un échange de coups qu'ils préféraient généralement donner, pas recevoir.

— C'est ça, maugréa Mathieu, je dois entrer dans les ordres la semaine prochaine. Je serai ordonné dimanche dans le chœur de l'église Saint-Roch.

L'autre demeura un moment interdit, comme s'il prêtait foi à la boutade. Puis, après un regard échangé avec son compagnon de beuverie, il reprit :

— Imbécile. L'église est toujours en construction.

Mathieu haussa les épaules, prit son verre de sa main gantée et avala une partie de la boisson.

— Tu ne le savais pas ? insista son interlocuteur.

— Je me trouvais en voyage.

— En voyage ? Où ça ?

— Très loin.

Les occupants de la table voisine se concertèrent un moment à voix basse.

— Ça doit être un héros de la guerre, ricana l'un d'eux. Le 22e vient de revenir.

— Tu penses ? rétorqua l'autre. Il ressemble à un idiot, pas à un héros.

Tous les deux pouffèrent de rire, vidèrent leur verre. Après un moment d'attente, le plus bavard insista :

— Tu vas nous le dire, à la fin ? Tu es l'un de ces

foutus héros de la Grande Guerre, l'un de ceux qui ont paradé dans les rues ?

Ce genre de manifestation ne suscitait visiblement pas une admiration unanime.

— Non, tu l'as dit, je suis un idiot.

— Ça c'est vrai. Il fallait être idiot pour se laisser enrôler de force.

— J'étais volontaire.

Le vétéran se trouva un peu sot de donner cette précision. Pourtant, la distinction lui paraissait toujours marquer une différence importante. Ses interlocuteurs se regardèrent, puis le plus hargneux des deux s'exclama :

— Non mais tu l'entends ? Il est allé là-bas de son propre chef. Un vaillant petit combattant du roi !

En se tournant à demi, l'homme demanda encore :

— Porter un seul gant, comme toi, c'est une décoration ? Ou alors un signe secret, comme celui des francs-maçons entre eux.

Mathieu regarda sa main droite, le gant en cuir noir très fin. Ensuite, il chercha un serveur des yeux, ou le portier.

Personne ne se trouvait suffisamment près pour lui venir en aide. Ses interlocuteurs portaient de mauvais vêtements. Ils pouvaient gagner leur vie dans les usines environnantes, ou encore compter parmi la faune des petits truands encombrant toutes les villes du monde. Dans cette seconde éventualité, ils cachaient sans doute une arme dans leur poche.

— Ce gant, répondit-il en déplaçant ses pieds de façon à pouvoir se lever très vite, c'est mon arme secrète… pour me protéger des infections.

— … Il n'y a pas eu de nouveau cas de grippe depuis des semaines.

— Quand je tape sur la gueule des trous du cul, je ne me salis pas.

Au moment où son interlocuteur allait se lever, Mathieu se dressa, saisit de sa main gauche le dossier de sa chaise pour la lancer dans les jambes de l'homme le plus loin de lui. Son poing droit s'abattit sur le visage de l'autre sans qu'il puisse y mettre une bien grande force, mais cela suffit tout de même à faire tomber le malfrat sur le sol.

L'ancien militaire chercha un moment dans sa veste, sortit sa main solidement fermée sur un objet. Pendant ce temps, l'autre adversaire avait enjambé la chaise projetée dans sa direction tout en saisissant une garcette dans la poche de son pantalon, un court instrument couvert de cuir et terminé par une petite masse de plomb, pour donner un grand coup circulaire.

Mathieu se recula juste assez, l'arme toucha sa lèvre inférieure avec une force suffisante pour fendre la peau. Il s'avança, décocha son point droit avec un « han ! » de bûcheron jetant sa cognée, atteignant de plein fouet la base du nez. L'autre s'étala de tout son long, tenta un moment de se relever, mais ses jambes se dérobèrent sous lui.

Le premier adversaire, lui, s'était remis sans mal sur ses pieds. Le sort de son ami le rendait toutefois un peu hésitant. Mathieu fonça sur lui, encaissa un coup de poing dans l'estomac, réussit à esquiver le second lancé vers son visage, plaça le sien avec plus de succès. La rencontre avec le menton mal rasé lui donna l'impression d'une explosion contre ses jointures.

Ses deux adversaires au sol, le vétéran se tourna juste à temps pour voir arriver le portier, un bâton de base-ball à la main. Ce sport devait connaître une recrudescence de popularité, car deux serveurs s'approchaient d'un autre côté, eux aussi équipés de la même façon.

— Oh ! Du calme. Ces gars m'ont cherché querelle sans raison.

Sa main repassa par la poche de sa veste. Il les présenta toutes les deux ensuite grandes ouvertes aux employés de la maison.

Le portier jeta un regard aux deux clients maintenant dressés sur leurs genoux, toujours incertains de leur équilibre.

— Je les connais.

Cela ne semblait pas le réjouir beaucoup. Il continua :

— Tu sors calmement. Au moindre mouvement…

L'homme agita son bâton de base-ball de façon menaçante.

— D'accord, donnez-moi une seconde.

Mathieu se retourna pour prendre son verre sur la table et le vider d'un trait. Puis il se dirigea vers la porte d'un pas assuré, escorté par un trio d'employés prêts à l'assommer au moindre mouvement suspect. Au moment où il mettait le pied dehors, le portier conseilla :

— Ne reviens pas ici. Ces gars sont de bons clients. S'ils te reconnaissent…

— Ou si je les reconnais…

Ayant assez joué au fanfaron, il s'éloigna sans demander son reste.

Finalement, revenir en douce se révéla aussi difficile que sortir. Alors qu'il mettait la main sur la poignée de la porte, celle-ci s'ouvrit tout de suite sur une silhouette blanche, un peu fantomatique.

— Tu ne m'as pas attendu, tout de même ?

— Tu n'es pas le seul à faire des insomnies... Grand Dieu !

La lumière électrique de la cuisine venait d'éclairer le devant de sa chemise. Sans gravité, la blessure à la bouche avait saigné beaucoup. Une traînée rouge descendait sur son menton, s'étendait sur le vêtement.

— Tu es blessé.

— Juste une lèvre fendue. Cela ne fait même pas mal.

La repartie faisait penser à celle d'un petit garçon soucieux de se montrer brave.

— Je te verse une tasse de thé, décida la domestique.

La vieille femme semblait croire depuis toujours en l'efficacité absolue de ce remède. Une théière se trouvait déjà sur la table, elle n'eut qu'à prendre une tasse dans le buffet.

— Où es-tu allé chercher la bagarre ?

— Dans un mauvais lieu, ricana le jeune homme, l'un de ceux dont parlent les curés du haut de la chaire. Comme on ne peut plus prendre un verre tranquille au *Château Frontenac*...

— Mais ta mère a de l'alcool dans son armoire.

— Parfois, le sherry ne suffit pas.

La vieille domestique porta une tasse à sa bouche, demanda en la reposant sur la table :

— Tu ne bois pas ? Il est à la bonne température.

— Je vais éviter à la fois l'alcool et le thé, le temps que ma lèvre soit moins douloureuse.

Il affichait maintenant une véritable lippe, fendue juste au milieu.

— Comment as-tu pris ça ?

— Parfois, de mauvais garçons hantent les mauvais lieux.

Un sourire narquois précéda un souffle de la domestique.

— Dans le temps, je t'ai donné un objet pour t'aider à te défendre.

— Mais je l'ai toujours.

Le vétéran passa la main dans la poche de sa veste, sortit un boulon gros comme le pouce pour le poser sur la table.

— Tu l'as gardé !

Elle s'émerveillait de la chose.

— Et si tu voyais les deux brutes…

Cette fois, elle rit de bon cœur.

Le lendemain matin, Mathieu passa très tôt dans la salle de bains, contempla un long moment dans le miroir sa lèvre inférieure, toujours aussi enflée qu'au moment de se coucher, à peine cinq heures plus tôt.

— Je vais me faire gronder par la patronne, murmura-t-il.

Près d'une heure plus tard, quand il prit place à la table familiale, la prédiction se réalisa. Sa mère leva les yeux en commençant :

— Bon…

Puis elle enchaîna, un soupçon de panique dans la voix :

— Seigneur, que t'est-il arrivé ?

— Un simple accident. Je suis tombé.

En réprimant un sourire, Gertrude posa une cafetière fumante sur la table. Cette boisson remportait maintenant la faveur des jeunes femmes de la maison.

— On ne mesure pas les dangers encourus par les garçons dans la solitude de leur chambre à coucher, ironisa Thalie en prenant sa place à table.

Françoise, de son côté, paraissait un peu dégoûtée de le voir ainsi. Une croûte noirâtre gâchait sa bouche.

— Tu ne me dis pas la vérité, fit la mère d'un ton sévère.

— Je suis sorti prendre l'air, insista le garçon. Dans l'obscurité, j'ai glissé sur une marche.

Marie secoua la tête, puis elle déclara, sceptique :

— Peut-être devrais-je faire mettre une lampe, près de la porte. Il fait bien noir, c'est vrai. Si tu dois sortir encore, passe par l'avant.

Le jeune homme, en bon garçon, acquiesça d'un mouvement de la tête en se versant un peu de café. Lorsqu'il porta la tasse à sa bouche, il laissa échapper un « ouch » douloureux.

— Tu vas devoir boire avec une paille, ricana Thalie.

— Voyons, ce n'est pas gentil de te moquer ainsi de ton grand frère. Cela doit faire mal.

Les deux enfants se regardèrent, puis éclatèrent

de rire. Un bref instant, ils eurent dix et treize ans. La mère se joignit bientôt à eux, puis elle reconnut :

— Mais c'est vrai, une paille serait tout indiquée.

Elle marqua une pause, puis continua, un peu soucieuse :

— Tu ne pourras pas travailler aujourd'hui. Heureusement, demain c'est dimanche, la boutique sera fermée. En mettant de la glace, cela ne paraîtra presque plus lundi matin.

— Nous pourrions lui faire porter un masque, l'un de ceux que nous utilisions pendant l'épidémie.

Cette fois, le regard maternel obligea Thalie à abandonner les railleries. Françoise amena tout le monde sur un sujet plus léger.

— Nous allons connaître la première journée vraiment chaude de juin, je crois.

— Tu as raison, observa Mathieu. Puisque me voilà contraint à un congé forcé, je pense que je vais faire une longue marche dans la campagne de Sainte-Foy.

Le jeune homme savait déjà où le porteraient ses pas.

Quand Mathieu redescendit l'escalier un peu raide, à l'arrière de la maison, la matinée se trouvait bien entamée. Cette sortie discrète permettrait de ne pas attirer l'attention des clientes sur son visage.

Rue Saint-Jean, il flâna un peu devant les vitrines. Des femmes attardaient leur regard sur sa longue silhouette, remarquaient son visage encore un peu émacié par les conditions d'existence des deux dernières années. Lui ignorait leur attention.

Arrivé devant l'Auditorium, il constata la présence

d'un grand nombre de jeunes désœuvrés allant en paire ou en trio. À leur façon de marcher d'une foulée régulière, avec un mouvement oscillant des bras, le dos bien droit, il reconnaissait des vétérans. Lui aussi devait encore aller au pas. Certains d'entre eux, en le voyant, esquissaient le geste de faire un salut militaire. Peut-être son allure trahissait-elle l'ancien officier. Plus probablement, ils se souvenaient de l'avoir aperçu en Europe ou sur le bateau, au moment du retour.

Tous ces anciens soldats erraient devant les locaux du YMCA, ou alors entre les rangées de charrettes des cultivateurs entassées sur la place du marché Montcalm. Ils espéraient qu'un employeur vienne recruter là des manœuvres pour la journée. Ou encore ils rêvaient de se voir offrir, ou de subtiliser, de quoi payer le repas du midi. Certains tendaient la main sans vergogne en clamant, à tort ou à raison :

— Pour un héros de Courcelette, la charité s'il vous plaît !

Ceux qui pouvaient exhiber une manche ou une jambe de pantalon vide, une boiterie appuyée ou alors une « gueule cassée », c'est-à-dire un visage laissé déformé par une mauvaise blessure, affichaient une attitude un peu crâneuse. Les autres demeuraient discrets, honteux même. Tous espéraient pourtant l'obole d'un emploi pour assurer leur subsistance. En attendant cet heureux dénouement, quelques sous susceptibles de leur payer un repas feraient l'affaire.

Au Canada, un peu plus d'un demi-million de soldats se trouvaient ainsi démobilisés. Sur ce nombre, le cinquième au moins souffrait de blessures physiques ou psychologiques les rendant inaptes au travail. Les autres trouvaient tout simplement closes toutes les portes des ateliers, des manufactures et des commerces. Les employeurs renvoyaient le personnel afin de faire face au ralentissement économique, ils ne recrutaient pas.

Passé la rue d'Youville, le jeune homme monta à bord d'un tramway. Au moment de descendre, là où la rue Saint-Jean devenait le chemin Sainte-Foy, la ville faisait place aux champs. Le blé et l'avoine présentaient déjà une couleur verte très tendre. Assez distantes les unes des autres, les maisons de paysans cossus faisaient oublier la proximité de la ville. Dans les potagers, des femmes et des enfants se penchaient vers le sol afin d'en arracher les mauvaises herbes.

— Voilà le monde que les fils de cultivateurs ne voulaient pas quitter pour aller à la guerre, grommela le vétéran. Je les comprends un peu.

Ce monde-là disparaîtrait lentement, dans ces environs. Des édifices de services publics, ou conventuels, se dressaient déjà le long du chemin. Des promoteurs ne tarderaient pas à acheter des fermes pour en faire des lotissements. Le cimetière Belmont se trouvait près de la falaise, légèrement en retrait du chemin conduisant au village de Sainte-Foy.

Un peu moins de cinq ans plus tôt, il était venu là afin d'enterrer Alfred. Il retrouva sans mal l'endroit au détour d'une allée ombragée. La pierre tombale de granit noir, un simple rectangle aux arêtes cassées, portait le nom du défunt et, juste au-dessous, celui de Marie. Pour elle, bien sûr, la date de la mort manquait toujours.

— Cher papa adoptif, si la nouvelle histoire d'amour de maman finit par une noce, où allez-vous caser le beau Paul ? Comme elle ne voudra pas partager ses faveurs avec toi, je doute qu'elle le mette entre vous deux.

Les veuvages assez fréquents forçaient bien des familles à gérer ce genre de situation délicate. Aucune femme ne devait se résoudre à un ménage à trois dans l'au-delà. Mais bien peu connaissaient une situation aussi alambiquée que celle des Picard de la rue de la Fabrique.

— Pardon, c'est une mauvaise blague, marmonna-t-il. Je suis allé à la guerre et j'en suis revenu. Cela m'a rendu cynique, je le crains. Remarque, revenir n'est pas un accomplissement en soi. Toutefois, parmi ceux qui se trouvaient dans les tranchées, plusieurs ne peuvent en dire autant.

De son vivant, Alfred aimait opposer le vent de liberté en France et la chape de plomb mise en place par les curés sur le Québec. Sa connaissance du vieux pays tenait à ses lectures. Au moment d'aller vérifier cela en personne, un naufrage avait jeté son corps sur les rives du Bas-Saint-Laurent.

— Pour défendre la liberté et la civilisation que tu chérissais tant, poursuivit-il à voix basse, j'ai bien peur d'avoir commis moi-même quelques actions plutôt barbares.

Les conversations tenues à sens unique ne pouvaient durer bien longtemps. Le jeune homme demeura un court moment silencieux. Avant de s'éloigner, il glissa encore entre ses dents :

— Thalie se porte bien. Il s'agit de ta véritable fille, personne ne peut en douter. Elle serait prête à toutes les audaces afin de réaliser son rêve de devenir médecin. Continue de la surveiller de là-haut. En bousculant ainsi les convenances, elle risque d'attraper un mauvais coup, tôt ou tard. Protège-la bien.

Mathieu n'avait pas assisté aux funérailles de la seconde personne à laquelle il entendait présenter ses respects et ne savait pas comment localiser sa tombe. Il erra longuement dans les allées du cimetière. La sépulture datait de quelques mois à peine, en conséquence il ne s'attardait qu'aux rectangles de terre récemment remués. Ceux-ci se révélaient toutefois nombreux, à cause de toutes les victimes de la grippe espagnole.

Finalement, la vue d'un ambitieux monument tout neuf, orné d'anges, une trompette à la bouche, retint son attention. La pierre portait en lettres soulignées d'or : THOMAS PICARD 1866-1919. Parvenu, l'entrepreneur avait choisi ce cimetière plutôt que celui de la rivière Saint-Charles, plus populaire, où reposait sa première épouse. Ici, les voisins étaient plus distingués.

« Pour la discrétion, c'est raté, grommela le visiteur. Pourquoi ne pas avoir inscrit aussi "Le roi du commerce de détail" ? »

Des gerbes de fleurs flétrissaient lentement sous le soleil.

« Dois-je t'appeler "papa" ? »

L'idée lui tira un ricanement mauvais.

« Tu es parti un peu tôt, cela t'a soustrait à l'obligation de me donner des explications. Maintenant, je serais en âge d'avoir une petite conversation. Tes grands airs ne feraient plus une bien grande impression sur moi. »

La scène de la veille lui revint en mémoire. Son statut ne lui valait pas une admiration unanime, mais il n'en avait cure. Les escarmouches le détournaient de ses idées noires. Après sa seconde rencontre avec Gertrude, il avait dormi comme un bébé.

« Je parie que tu as un peu éparpillé la propriété du commerce. Ta femme et ta fille ont dû recevoir leur part. Je me demande si cela va me rendre les choses plus simples ou plus difficiles. Le grand-père Théodule avait créé un précédent en laissant l'essentiel de l'héritage à son fils cadet. Toi aussi, tu as oublié ton aîné… »

Comme des gens passaient dans une allée toute proche, Mathieu se tut un moment, puis il chuchota encore :

« Tu vois, je ne renonce pas à l'idée de m'asseoir un jour dans ton fauteuil. »

Comment réaliser ce projet ? Il n'en avait pas la moindre idée. Après un salut militaire plein d'ironie, l'ancien combattant du 22e bataillon tourna les talons pour rejoindre le chemin Sainte-Foy. Il entendait faire cette fois tout le trajet à pied, quitte à s'arrêter manger dans un petit restaurant du faubourg Saint-Jean avant de réintégrer son domicile.

Le soir venu, le sommeil se dérobait toujours. Pour ne pas s'exposer encore à une mauvaise rencontre, Mathieu se résolut à piller la réserve de sherry maternelle. Une fois dans le couloir, il changea d'idée et frappa doucement à la porte de la chambre de sa sœur. Enfant, elle se livrait déjà à de longues veilles. Le « Oui » étouffé lui indiqua que cela demeurait toujours son habitude.

En ouvrant, il aperçut la petite silhouette blanche de sa robe de nuit près de la fenêtre. Refermant avec délicatesse pour prévenir le claquement du pêne dans son logement, il murmura, un peu amusé :

— Quand tu es à Montréal, je me demande comment Québec peut continuer à vivre, soustrait à ta surveillance.

— C'est toujours un peu intrigant, n'est-ce pas ? Les choses et les gens continuent d'exister sans nous. À notre retour, on les retrouve à la fois semblables et totalement différents.

— Tu sembles parler de Françoise... De ma relation avec elle. Enfin, cela décrit bien la situation entre nous.

Thalie se tenait assise sur le banc placé près de la fenêtre. Maintenant, pour mettre ses coudes sur le bord, elle devait se pencher un peu. Elle avait défait sa lourde tresse pour laisser ses cheveux noirs et ondulés couvrir ses épaules. Elle se tassa un peu pour laisser une place à son frère, à ses côtés.

— Je parle de tout le monde. De Françoise aussi, en conséquence. Prends ma propre relation avec elle : nous continuons de bien nous entendre, mais nous avons si peu à nous dire maintenant. J'ai emprunté un autre chemin, très différent du sien. Elle ne comprend rien à mes découvertes, ni même à mon intérêt pour cette vie. Moi, d'un autre côté, je trouve sur ma route des personnes partageant mes passions.

— Toutes ces camarades à qui tu écris…

— Oui.

L'étudiante entretenait une correspondance avec trois ou quatre de ses compagnes de la pension Milton, en plus de chercher les journaux publiés à Montréal, en anglais. Des échos de la vie à l'université McGill s'y trouvaient parfois.

— Maman aussi a changé, ajouta-t-elle.

— Notre retour lui donne l'impression que tout est rentré dans l'ordre. Toutefois, sa vie ne doit plus tourner autour de notre présence, sinon elle sera déçue.

La jeune fille hocha la tête.

— Cela fait son chemin dans son esprit. Ce soir, elle nous a abandonnés pour aller souper avec le beau Paul.

Sous leurs yeux, les lampadaires jetaient des taches de lumière jaune sur les trottoirs de la rue de la Fabrique. À cause du beau temps, des promeneurs s'attardaient encore. Demain dimanche, ils pourraient rester un peu plus longuement au lit. Pas au point de rater la messe, toutefois : certaines obligations demeuraient tout aussi impératives.

— Les gens et les choses ont changé, et nous aussi ne sommes plus les mêmes, conclut Mathieu.

— Ce qui s'applique à certains plus qu'à d'autres, insista Thalie. Toi, en particulier.

— Au point de ne pas toujours me reconnaître.

Elle chercha sa main gauche, finit par la serrer sur son index, un peu intriguée par l'absence du majeur.

— Pourquoi refuses-tu de discuter avec moi de ces souvenirs ? Ils te hantent, je le comprends bien.

— … Tu es ma petite sœur.

— Justement, nous avons toujours été proches l'un de l'autre.

— Et je tiens à ce que nous le restions. Si je te disais…

Il craignait par-dessus tout de voir se modifier définitivement le regard qu'elle posait sur lui.

— Je suis une grande fille maintenant, et je sais combien cela a dû être difficile, là-bas.

— Tu demeures ma petite sœur. Je ne mettrai pas certaines choses entre nous. Cela changerait tout…

Il souhaitait préserver leur petit monde d'innocence, celui de l'enfance. Après quelques minutes, la jeune femme rompit le silence :

— Françoise ne paraît plus cadrer dans ton existence.

Sa gentille placidité séduisait le grand collégien.

— Je ne suis plus cette personne-là. Puis elle veut tellement bien faire…

L'invitée de la maison déployait des efforts infinis pour chasser la mélancolie de son « fiancé ». À la fin, cette insistance le rendait plus morose encore.

— Crois-tu que le temps arrangera les choses ? interrogea Thalie.

— Avec elle ?

— Non, avec toi. Je souhaite que tu ailles bien, avec ou sans Françoise dans ta vie.

Mathieu demeura songeur un moment, soupesant la question.

— Je suis revenu le 18 mai. Il y aura seulement quatre semaines demain ! Tout le monde paraît l'oublier. C'est si court pour tourner la page.

Thalie hocha la tête en signe d'acquiescement.

— Nous rêvons de te voir reprendre tes activités, comme si rien ne s'était passé. C'est naïf de notre part, admit-elle.

Le frère et la sœur se perdirent encore dans la contemplation de la petite place sous leurs yeux. Une voiture passa sur le pavé en pétaradant, des effluves d'essence consumée montèrent à leurs narines.

— Hier, tu ne t'es pas blessé dans l'escalier.

Le ton affirmatif ne lui laissait guère le choix d'une réponse.

— Non, mais j'aurais pu. Paul Dubuc est un homme chanceux : passer par là pendant deux ans sans se casser la gueule tient du miracle.

— Chanceux surtout de venir rencontrer maman. Au terme de son équipée, il la prend dans ses bras. Cela doit lui donner du courage.

Elle aussi devait se réconcilier avec cette idée : sa mère avait refait sa vie. Cette histoire d'amour ne tenait pas de la passade. Elle marqua un temps d'arrêt avant de reprendre :

— Que s'est-il vraiment passé ?

L'hésitation de son interlocuteur ne dura qu'un instant.

— Je suis allé prendre un verre dans un débit clandestin de la Basse-Ville. Deux gars m'ont cherché noise.

— … Mais pourquoi donc ?

— Pour s'amuser. Pour une partie de l'humanité, échanger des coups représente une partie de plaisir. Je me suis trouvé sur le chemin de deux trous du cul.

— Voyons, les gens ne sont pas comme ça…

Elle s'arrêta avant de se faire traiter de petite fille naïve, puis reprit :

— Il leur fallait un prétexte, souffla-t-elle.

Son frère baissa encore le ton avant de répondre :

— J'ai refusé les services d'une prostituée, cela a piqué leur curiosité. Ensuite, ils se sont amusés à s'en prendre à un « héros de la guerre ». Ce sont leurs mots, pas les miens.

— Quel motif ridicule.

— Te souviens-tu de toutes les assemblées où nous sommes allés ensemble ? Nous habitons dans une province où la majorité des gens s'est opposée à la participation au conflit. Mon statut de volontaire ne crée pas un sentiment unanime de sympathie à mon endroit.

De nouveau, elle donna son assentiment d'un hochement de tête.

— Aujourd'hui, continua-t-elle, tu es revenu de ta longue escapade en sueur.

— Je me suis rendu au cimetière Belmont.

— Sur la tombe de papa ? Si j'avais su, j'y serais allée aussi.

Un peu de déception marquait la voix de la jeune fille.

— Nous nous reprendrons au cours de l'été. Plus précisément, je suis allé sur la tombe de mon père adoptif et sur celle de mon vrai père.

— Ton vrai père, c'est Alfred !

Le ton péremptoire trahissait sa façon de voir les choses.

— Thalie, ce n'est pas tout à fait vrai. Alfred a

joué ce rôle de façon irréprochable. Mais mon véritable père, c'est Thomas.

Il continua après une pause, un sourire amusé sur les lèvres :

— Tiens, le mieux serait de dire faux père, comme on dit faux frère. Cela décrirait bien la réalité.

— Qu'allais-tu faire sur ces deux tombes ?

— Juste leur signaler mon retour. Comme ils n'ont plus le loisir de venir au magasin afin de contempler le survivant, cela m'a semblé la chose à faire.

Sa sœur posa son grand regard intrigué sur lui, puis elle réprima un bâillement.

— Je te garde debout, murmura Mathieu en se levant. Si tu es en retard à la messe demain, les voisins soupçonneront que les gens de McGill ont fait de toi une protestante.

— Ils le murmurent déjà.

— Raison de plus pour être prudente. Bonne nuit.

Sur ces derniers mots, il posa légèrement ses lèvres sur le petit front étroit. Elle lui rendit son souhait de bonne nuit dans un second bâillement.

2

Le quartier Limoilou s'étendait progressivement au nord de la rivière Saint-Charles, avec ses rues et ses avenues bien larges tracées à angle droit. Les élus municipaux, tout comme les entrepreneurs immobiliers, peut-être inspirés par leurs collègues de langue anglaise, ne paraissaient pas doués d'une bien grande imagination. Les lignes de ce grand damier portaient, en guise de noms, un chiffre affublé des mots « Rue » ou « Avenue ». Cette tendance ne durerait pas toujours : le panthéon des saints patrons et celui tout aussi vénéré de l'histoire de la Nouvelle-France fourniraient éventuellement une liste d'odonymes plus évocateurs.

Un peu après onze heures, le dimanche 15 juin, un couple apparemment mal assorti revenait de la messe à l'église Saint-Roch, toujours en chantier. Leur propre temple paroissial, Saint-Charles, rasé par un incendie l'année précédente, offrait encore des murs à demi érigés. Plutôt que de se contenter du confort sommaire de locaux de fortune près de chez eux, ils choisissaient parfois d'aller entendre les sermons sévères de monseigneur Buteau.

L'homme et la femme s'engagèrent sur la 3e Rue. Fulgence Létourneau était de petite taille, mince au point de paraître malade, une impression accentuée par son dos un peu voûté et la pâleur de sa peau. Son visage osseux s'ornait d'une fine moustache, un vestige de l'époque où il désirait se vieillir un peu. L'ornement pileux semblait désormais inutile : un peu passé quarante ans, l'homme en paraissait dix de plus.

Sa compagne, Thérèse, mesurait deux bons pouces de plus que lui et faisait au moins une fois et demie son poids. Ses cheveux blonds coupés court, vaguement bouclés, surmontaient un visage rond facilement souriant, sauf pour son époux. Derrière ce couple venait un gamin un peu grand pour son âge, mince et robuste, les cheveux au ras du crâne. Parce que chacun tenait à trouver une ressemblance, tous reconnaissaient en lui les cheveux et la vigueur maternels… et rien du côté paternel.

Le trio entra dans une petite maison de deux étages dans la 3e Rue. La cuisine témoignait de la prospérité relative de cette famille. Directeur des ateliers PICARD, situés à la Pointe-aux-Lièvres, Fulgence remettait toutes les semaines une paie appréciable à sa femme. Elle en faisait un usage prudent, au point de voir le compte du couple s'enfler avec une rassurante régularité à la Caisse populaire de la paroisse.

— Jacques, déclara-t-elle tout en enlevant son chapeau de paille, va jouer un peu dehors en attendant le dîner.

— Avec ces habits ?

Il portait une veste et une culotte de velours brun. De longs bas lui couvraient les jambes. Seuls les genoux demeuraient nus. Sauf l'hiver, avant l'âge de douze ans révolus, le port du pantalon ne s'imposait pas.

Thérèse apprécia le souci de son rejeton pour ses habits du dimanche.

— Fais attention, tout simplement. J'aimerais parler un peu avec ton père.

Le garçon sortit sur le perron, s'installa sur l'une des chaises placées là en permanence et se mit en devoir de surveiller les jeunes voisins désireux de disputer une joute de base-ball en plein milieu de la rue. Ceux-là ne craignaient pas les accrocs à leur costume. D'un autre côté, ils ne paradaient pas avec les plus beaux habits disponibles chez PICARD.

— Hier encore, nous n'avons reçu aucune lettre, annonça la grosse femme d'une voix impatiente.

Fulgence redoutait de voir ce sujet revenir encore sur le tapis. Depuis un mois, elle l'abordait tous les jours. Il alla prendre une tasse dans l'armoire, actionna la pompe pour la remplir d'eau.

— Tu m'écoutes ? Nous n'avons rien reçu.

— C'est sans doute un oubli. Le notaire doit être un peu trop occupé.

— Cela fait six semaines qu'il nous oublie. Nous n'avons rien reçu le 1er mai dernier, nous sommes le 15 juin.

Trois fois par an, le couple recevait un chèque devant couvrir les frais reliés à l'entretien du garçon. La somme avait été convenue environ dix ans plus tôt avec le professionnel de la Haute-Ville, quelques semaines avant l'adoption de Jacques.

Comme son mari ne lui répondait rien, Thérèse respira longuement pour réprimer sa colère, puis elle s'efforça d'être un peu plus amène.

— De quoi as-tu peur, à la fin ? Nous avons un contrat, le notaire Dupire doit nous verser la pension régulièrement. C'est la première fois qu'il est en défaut.

— Je n'ai pas peur. J'aime ce garçon, j'ai les moyens de l'élever. En acceptant cet argent, je me fais l'impression de recevoir la charité.

À son tour, lui aussi avait un peu élevé la voix. Il avait dirigé plus de cent cinquante ouvrières et une trentaine d'hommes au plus fort de la guerre. Les allusions répétées de son épouse à sa pusillanimité lui donnaient parfois envie de donner des coups !

— Je l'aime autant que toi ! rugit-elle.

Cela ne faisait pas de doute. Jacques devenait l'obsession de son existence. Cette femme reportait sur lui son besoin d'admirer un homme. Elle rêvait de le voir réaliser toutes les ambitions qu'un époux timoré ne poursuivrait jamais.

— Mais ce n'est pas une raison pour se laisser dépouiller. Nous avons un contrat, cet argent nous est dû. Nous devons l'inscrire aux classes préparatoires du Petit Séminaire en septembre. Les études ne sont pas gratuites. Avec l'université, cela veut dire des frais de scolarité pendant les treize prochaines années.

Car, contrairement à son père, Jacques Létourneau serait un professionnel, l'un de ces avocats ou de ces médecins vêtus d'un complet coupé par un tailleur. Dans ses rêves les plus fous, elle l'imaginait même vivre sur la Grande Allée.

— Nous pouvons payer tout cela, fit remarquer son mari d'une voix déjà moins assurée.

— Nous paierons après son dix-huitième anniversaire. D'ici là, il faut faire des économies.

L'homme n'aurait pas gain de cause à ce sujet. Elle le houspillerait jusqu'à ce qu'il obtempère.

— Je vais lui écrire pour lui demander un rendez-vous, céda-t-il.

— Tu peux lui téléphoner.

— Je lui écrirai.

La voix cassante amena Thérèse à abandonner la partie. Insister encore gâcherait totalement ce dimanche pourtant prometteur.

— Nous irons. Je vais t'accompagner chez le notaire Dupire.

Elle ne céderait pas là-dessus, son compagnon préféra acquiescer d'un mouvement de la tête.

Sur la galerie, Jacques se tenait assis à proximité d'une fenêtre entrouverte. Comment sa scolarité pouvait-elle dépendre d'un contrat passé devant notaire ? La situation le laissait songeur.

La réception de la lettre mise à la poste le lendemain matin par Fulgence trouva le vieux notaire Dupire un peu troublé. Depuis la mort de Thomas Picard, au mois d'avril précédent, aucun montant d'argent à l'intention du père adoptif ne lui était parvenu. En conséquence, il n'avait rien transmis. Comment se pardonner un oubli pareil ?

Sur un carton, le professionnel convoqua son correspondant à un rendez-vous le vendredi suivant, en début de soirée. D'ici là, il espérait avoir réussi à parler au fils de son vieil ami.

Au jour dit, le couple monta dans un tramway devant les ateliers PICARD. Thérèse était venue rejoindre son mari dès la sortie des ouvrières, afin de s'assurer qu'il ne se dérobe pas à son devoir. Le trajet jusqu'à la Haute-Ville leur prit du temps, ils durent changer de voiture à deux reprises. Descendus au coin de la Grande Allée, ils franchirent les dernières dizaines de verges à pied. Depuis le trottoir, ils contemplèrent un moment l'austère maison de la rue Scott.

Le grand volume en brique ne payait pas de mine, mais il inspira tout de même une remarque admirative à Thérèse :

— Tu vois, c'est pour que Jacques habite un jour une maison comme celle-ci que je désire faire respecter ce contrat. L'argent lui permettra d'étudier et un jour, il vivra ici.

Elle voulait dire dans une maison de ce genre.

— Tu rêves éveillée. Tu vois, de ce côté, il y a la demeure de Thomas Picard. Un simple diplôme ne suffira pas, parfois il n'est même pas nécessaire. Les châteaux de ce genre, on en hérite, comme Édouard vient de le faire.

La femme lui jeta un regard chargé de mépris. « Quel perdant tu fais ! » songea-t-elle. Les mots ne franchirent heureusement pas ses lèvres.

Une plaque en bronze, près de la porte, affichait les mots « Léon Dupire, notaire ». Le bruit du heurtoir du même métal résonna dans la grande maison. Un moment plus tard, une jeune femme en uniforme noir, une coiffe blanche sur la tête, vint répondre.

— Nous avons un rendez-vous avec le notaire,

commença Thérèse. Nous sommes monsieur et madame Létourneau.

— … Je vais voir s'il peut vous recevoir. Si vous voulez entrer.

Jeanne les laissa dans le hall. Son employeur ne recevait que très rarement des clients à cette heure, et dans ce cas, il venait les accueillir lui-même.

— Monsieur, déclara la domestique en passant la tête dans l'embrasure de la porte de la salle à manger, un couple veut vous voir.

Le vieil homme leva les yeux de son assiette, un peu désemparé, comme pris en défaut.

— Je les avais totalement oubliés.

Il posa sa fourchette, fit mine de retirer la serviette accrochée au col de sa chemise.

— Laisse, papa, intervint Fernand. Termine ton repas. Je vais aller leur dire d'attendre dans ton bureau.

— … Bonne idée. Mon esprit fonctionne mal quand j'ai l'estomac vide.

L'affirmation fit sourire le fils. Après une première portion du plat principal, la seconde largement entamée, son cerveau aurait dû briller. Un instant plus tard, il demandait aux visiteurs :

— Pouvez-vous me rappeler votre nom ?

— Fulgence Létourneau. Voici ma femme, Thérèse.

Le jeune homme marqua un temps d'arrêt, surpris. Depuis 1909, ces gens s'occupaient du fils naturel de sa propre épouse, Eugénie. Les voir devant lui suscitait une émotion trouble.

— … Enchanté, prononça-t-il sans conviction en tendant la main.

— Nous avons rendez-vous avec monsieur Dupire, précisa l'épouse.

Elle faisait mine de chercher la lettre dans la poche de sa veste, afin de le lui prouver.

— Je suis son fils. Papa est présentement occupé. Je vais vous conduire dans son bureau. Il vous rejoindra dès que possible.

Un instant plus tard, le couple prenait place dans les deux chaises placées devant un massif bureau en chêne. La femme examina la pièce avec de grands yeux. Les boiseries sombres, les lourds rideaux aux fenêtres rappelaient le presbytère de la paroisse Saint-Charles. Ce luxe très sobre la convainquait de réclamer son « dû » avec la plus grande énergie. Voilà où des études universitaires conduiraient Jacques !

Fernand reprit sa place dans la salle à manger. Ses yeux se posèrent un bref moment sur Eugénie. Butée, la jeune femme mangeait du bout des lèvres, économe de ses paroles, résolue à ignorer les autres membres de la maisonnée.

— Ce sont les Létourneau, murmura-t-il bientôt, à l'intention de son père.

— Oui. Je les avais totalement oubliés. Cela m'arrive de plus en plus souvent. L'âge…

— Voyons, mon vieux, tu es au meilleur de ta forme, protesta son épouse.

Elle disait cela depuis vingt ans.

— Tu l'entends ? ricana le père à l'intention de son fils. Dans la même phrase, elle m'offre « mon vieux » et elle vante mes capacités.

Des yeux, Fernand chercha Jeanne debout contre

le mur, mais il n'osa pas sourire. Après plus de trente ans de mariage, ses parents s'entendaient encore si bien. Il n'avait jamais connu cela depuis le jour de la célébration de sa propre union.

Les Létourneau patientèrent en silence pendant quarante minutes. En gagnant son bureau, le vieux notaire faisait encore tomber de la main des miettes de pain sur le devant de sa veste.

— Madame, monsieur, que puis-je faire pour vous ?

Le tabellion oubliait déjà la raison de leur présence.

— Nous n'avons rien reçu au début de mai, commença la visiteuse un peu impatiente.

— Ah oui ! C'est vrai.

Le vieux professionnel chercha un moment une explication plausible. Il ne pouvait tout de même pas dire à cette femme que la mort récente du patron de son mari tarissait la source de la pension versée depuis plus de dix ans avec une régularité rassurante.

— Monsieur Létourneau, commença-t-il, vous savez que dans cet arrangement, je sers d'intermédiaire. Cela a été clair dès le début.

— … Oui, je sais.

L'épouse lui jetait un regard sévère, comme si cet aveu lui paraissait être une faiblesse.

— Si j'ai signé les chèques pendant tout ce temps, l'argent n'est jamais venu de moi.

Le couple gardait les yeux fixés sur lui, soudainement inquiet.

— Nous avons un contrat, glapit la femme.

— Depuis mai, le… le bienfaiteur se trouve en voyage. Je ne peux rien faire avant son retour.

Le qualificatif lui parut convenir. Évoquer le grand-père de l'enfant leur mettrait la puce à l'oreille. Quant à attribuer la cause du retard à un décès, cela aurait poussé cette dame vindicative à mener son enquête. Elle n'aurait plus qu'à chercher dans les rubriques nécrologiques le nom d'un notable disparu en avril. Thérèse répéta :

— Mais notre contrat ? Nous respectons notre part de l'entente, nous donnons les meilleurs soins à notre enfant.

— Je suis absolument certain de cela, madame. Mais comprenez-moi bien : le bienfaiteur est présentement absent de la ville. À son retour, je ne doute pas qu'il voudra régler les arrérages.

— Vous pouvez nous payer, et récupérer votre argent ensuite.

Cette femme ne devait jamais abandonner la partie. Sa détermination un peu hargneuse ne la rendait guère sympathique.

— Ce genre de chose ne se fait pas. Je suis simplement le lien entre les parties, dans cette histoire. Ne vous inquiétez pas, dès son retour, je m'occuperai de vous.

— S'il ne revient pas ? maugréa Thérèse.

— Tout le monde revient à la maison.

Le notaire s'appuya sur son bureau pour s'aider à se relever. Les visiteurs devaient interpréter son geste comme un congédiement. Fulgence quitta sa chaise avec empressement, heureux de mettre fin à son malaise. Sa compagne s'attarda juste assez longtemps pour bien exprimer sa réticence à abandonner la partie.

Dans le couloir, le couple se trouva face à face avec Eugénie. La jeune femme regagnait ses quartiers à l'étage, après avoir terminé son repas. Un début de migraine servait de prétexte à cette désertion hâtive du salon familial.

Thérèse Létourneau la suivit des yeux, le front plissé, pendant un long instant.

— Il s'agit de ma belle-fille, précisa Dupire machinalement.

Il ouvrit la porte en ajoutant :

— N'ayez crainte, je m'occupe de cette affaire.

Les visiteurs s'esquivèrent après des souhaits de « Bonne soirée » sans conviction.

À peine cinq minutes plus tard, Fernand se tenait dans l'embrasure de la porte du bureau, la mine préoccupée.

— Que voulaient-ils ?

— Récupérer leur argent. Ferme la porte et viens t'asseoir un moment.

Le jeune homme s'exécuta. Son père paraissait terriblement mal à l'aise.

— Ces gens s'occupent du fils illégitime de ta femme, expliqua le vieil homme. Ils reçoivent une pension depuis la naissance de l'enfant.

— Je sais. Thomas Picard payait cette somme. Que se passe-t-il depuis son décès ?

— C'est là le problème. Peu avant sa mort, il m'a fait venir chez lui, pour un tas de mauvaises raisons… Je veux dire qu'il m'a confirmé le contenu de son testament. En réalité, il n'y a apporté qu'une modification mineure, pour donner une petite somme à son infirmière. Mais il a évoqué le fait que son fils assumerait ensuite la responsabilité de payer les Létourneau. J'ai totalement oublié d'aborder la chose avec Édouard depuis le décès.

— Cette obligation ne figurait pas dans le testament lui-même, bien sûr.

La précaution allait de soi. Personne ne claironnait les secrets de famille dans un document aussi public. Eugénie elle-même avait assisté à sa lecture. Elle avait ignoré jusqu'à présent où se trouvait son fils, et mieux valait garder les choses ainsi.

— Quel gâchis, grommela le vieux professionnel. Ces gens réclament leur dû. Ils n'ont pas reçu le versement du 1er mai.

— Que leur as-tu dit ?

— Que le généreux bienfaiteur voué au soutien de ce garçon se trouvait en voyage. Ce genre d'excuse ne suffira pas éternellement.

— Ils n'ont pas vraiment de recours légal.

Cela semblait une évidence. Devant un tribunal, le juge encenserait Thomas pour avoir été si généreux tout au long de son existence, mais il ne lui tiendrait pas rigueur d'être décédé avant les dix-huit ans de son protégé.

— Tu as raison, cela même si cette grosse dame clame avoir un contrat. Mais si elle fait du bruit avec cette affaire, tout le monde se demandera pourquoi notre voisin s'intéressait tellement à un enfant né hors des liens du mariage.

— Crois-tu que quelqu'un pourrait comprendre sa motivation ? s'inquiéta le fils.

— En sortant, les yeux de cette grosse dame ont accroché Eugénie.

Cette fois, Fernand afficha une réelle inquiétude.

— Elle ne peut pas se douter, tout de même.

— Tu te souviens d'avoir vu ce garçon ?

— Deux fois je crois, aux funérailles d'Alfred, puis à celles de Thomas Picard. Blond, les yeux bleus…

— Comme sa mère.

Peut-être Thérèse Létourneau avait-elle perçu une ressemblance suffisante pour capter son attention. Ce ne serait jamais une preuve, mais une femme dotée d'un peu d'imagination broderait un beau récit sur un élément aussi mince.

— Le mieux serait qu'elle ne vienne jamais ici de nouveau, déclara le jeune notaire.

— Je vais demander à Édouard de me rencontrer, je lui ferai un résumé de la situation. Je suppose qu'il aura la décence de respecter les engagements de son père.

— S'il refuse ?

— Cet homme est attaché à sa sœur, n'est-ce pas ?

Père d'un fils unique, le vieux professionnel imaginait les parents liés entre eux par des liens indéfectibles. Fernand demeurait plus sceptique : il se souvenait de l'hostilité sourde entre les deux jeunes gens, une dizaine d'années plus tôt.

— Et s'il ne l'est pas, enchaîna le vieux professionnel, nous n'aurons pas le choix, n'est-ce pas ? Eugénie est la mère de tes enfants, nous devons tout faire pour qu'elle conserve sa quiétude.

Les Dupire possédaient ces moyens. Tout de

même, subvenir aux besoins du fils du premier amant de sa femme souriait bien peu au jeune homme.

Le lundi suivant, Fernand Dupire annula ses rendez-vous de fin d'après-midi afin de se livrer à une petite expédition discrète. Alors que personne ne lui demandait de rendre des comptes, Fulgence Létourneau envoyait de courtes missives afin de signaler les événements principaux de la vie de son fils adoptif. Celui-ci terminait la première année du cours complémentaire. En réalité, ce serait sa dernière journée d'école ce jour-là.

Le trajet de la Haute-Ville au quartier Limoilou, en tramway, lui prit près d'une heure. Un peu avant quatre heures, il marchait sur le trottoir de la 4e Avenue parmi de rares parents, ceux des élèves les plus jeunes de l'école des frères. Ceux-ci sortirent les premiers, une petite meute de garçonnets rieurs en culottes courtes, heureux de retrouver leur liberté pour neuf bonnes semaines.

Après quinze minutes, Fernand commençait à se sentir un peu ridicule, planté ainsi devant l'école Saint-Charles, ou pire, suspect. Puis ce fut au tour des grands de sortir sous l'œil attentif d'un frère des Écoles chrétiennes. À cet âge, les enfants devaient faire preuve d'une maîtrise de soi suffisante pour réprimer tous les mouvements de joie intempestifs.

La discipline prévalut pendant une dizaine de verges, puis le groupe s'égailla lui aussi bruyamment. Le notaire fixa son attention sur un garçon plutôt grand, les cheveux d'un blond très clair.

Celui-ci remarqua l'intérêt dont il était l'objet, au point de s'arrêter pour le regarder aussi.

— Qu'est-ce qu'il y a ? demanda un camarade. Tu connais ce type ?

— Non, je ne l'ai jamais vu.

— Cela doit être un vicieux. Tu sais, le père Herman nous en a parlé.

Fernand ne perçut pas les mots, mais en devina le sens. Son regard s'accrochait aux grands yeux bleus, ne pouvait s'en détacher. L'enfant haussa les épaules, puis tourna les talons pour continuer son chemin.

Bien sûr la ressemblance n'était pas parfaite. Mais quelque chose, dans ce visage régulier, rappelait Eugénie.

3

Le soleil pénétrait par les vitrines donnant rue de la Fabrique. Les clientes entraient, nombreuses, dans la boutique ALFRED, afin de contempler les chapeaux de paille à larges bords, les ombrelles en soie et en cotonnade, ou les gants en dentelle. Certaines choses ne changeaient guère, constatait Mathieu : les ventes obéissaient au climat radieux.

— Tu vois, observa la mère en passant près de la caisse, nous avons bien fait d'ouvrir.

Le sujet avait fait l'objet d'une longue discussion, lors du repas du dimanche précédent. Le jeune homme inclinait pour la fermeture complète le jour de la Saint-Jean-Baptiste, alors que la propriétaire demeurait attachée à la tradition établie par son défunt mari plus de vingt ans auparavant : accueillir les clientes pendant la matinée.

— Nous ratons la messe solennelle à la cathédrale, protesta son fils, un sourire narquois sur les lèvres.

— Voilà une autre de tes nombreuses métamorphoses : vouloir assister à la messe un mardi !

— La province semble avoir changé plus que moi. Ronger des balustrades devient essentiel, dans les affaires. Notre absence fera jaser.

Son fils avait raison. Un nombre croissant

d'entreprises fermaient leurs portes le jour de la fête du saint patron des Canadiens français. Deux religions mobilisaient maintenant le peuple : le nationalisme faisait l'objet d'un culte aussi exigeant que le catholicisme. Le 24 juin, il convenait de sacrifier aux deux, ou bien risquer un double ostracisme.

Marie se tourna vers une cliente en arborant son meilleur sourire. La nouvelle venue remarqua :

— Quelle surprise de vous trouver ouvert aujourd'hui !

Le ton contenait un reproche implicite. Ses lèvres sèches s'ouvraient sur des dents ébréchées.

— Vous savez, les affaires ont été difficiles, ces derniers mois. Il y a huit semaines à peine, nous étions encore aux prises avec la grippe espagnole...

Mieux valait évoquer ces mois de misère. En février, mars et avril, la contagion sévissait encore dans la ville, prélevant une nouvelle moisson de jeunes vies.

— Cela a été terrible, convint la cliente. Votre commerce n'a pas trop souffert, j'espère ?

— Avec un surcroît de travail, nous arriverons à compenser les pertes.

— Au moins, vous pouvez compter sur l'aide de vos enfants.

Elle portait les yeux sur le grand jeune homme debout derrière la caisse. Elle continua après une pause :

— Cela ne se remarque presque pas...

Évoquait-elle la morosité sur le visage ou le petit handicap ? Marie réussit à maîtriser son impatience au moment de dire :

— Que puis-je faire pour vous ?

— … Des mouchoirs. Au retour de l'été, la morve coule comme la sève d'un érable.

La précision paraissait inutile, la femme tenait un carré de coton à la main et, tout en parlant, le portait à son nez rougi.

— J'ai justement un nouvel arrivage, un tissu très doux.

La propriétaire entraîna la cliente vers les alignements de tablettes, au fond du magasin. À ce moment, une femme dans la vingtaine s'approchait de la caisse, une paire de gants à la main. Mathieu les prit en disant, un sourire de commerçant sur les lèvres :

— Voilà un excellent choix. De nouveau, nous recevons des vêtements de France et d'Angleterre. Cela change un peu des produits américains.

Selon les usages, l'acheteuse devait enchaîner avec une banalité sur la mode, le temps de payer la marchandise et de quitter les lieux. L'attention de celle-là fut distraite. Avec des gestes précis, Mathieu pliait les gants afin de les mettre dans une jolie petite boîte. Sa main gauche demeurait nue, la droite s'ornait d'un gant en cuir. Le jeune homme sentait les yeux curieux, cela rendit ses mouvements un peu plus saccadés.

— Vous devriez l'enlever, murmura-t-elle.

— … Pardon ?

— Votre gant. Non seulement il fait chaud, mais cela nuit à votre dextérité.

Comme pour illustrer les mots de son interlocutrice, un faux mouvement déchira le papier de soie. Le caissier serra les mâchoires. Il le chiffonna avec impatience, en chercha un autre sous le comptoir.

— Cela ne me gênerait pas, je vous assure.

Mathieu leva les yeux sur elle, les lèvres serrées. La cliente se voulait gentille. La blessure du jeune vétéran ne faisait pas mystère. Tout le monde, parmi les habitants de la rue, savait.

— Je suis comme vous, madame, je préfère porter des gants. À tout le moins, un gant. Cela fait plus élégant, ne trouvez-vous pas ?

Le regard du jeune homme contredisait les paroles et le ton légers. Ses yeux bleus exprimaient une colère à peine contenue. Son interlocutrice se tint coite ensuite, paya son dû et quitta la boutique d'un pas rapide. De retour près de la caisse, toujours avec son enrhumée en remorque, Marie avait entendu les derniers mots.

— Laisse, je vais compléter l'achat de madame.

— … Je peux m'en occuper.

La voix contenait une pointe d'impatience. La mère et le fils échangèrent un bref regard, le second baissa les yeux et s'écarta un peu. De cela aussi, les voisins conversaient sans doute. En plus de son majeur, le fils Picard avait laissé en Europe son humeur égale et son sourire mercantile.

La matinée paraissait s'allonger indûment. Les clientes demeuraient nombreuses, beaucoup s'exprimaient en anglais. Moins d'un an après la Grande Guerre, le tourisme reprenait lentement ses droits. Celles-là n'avaient aucune raison de se trouver dans la cathédrale Notre-Dame, située à quelques dizaines de verges, pour une messe présidée par le vieux cardinal Bégin.

Un peu après onze heures, un homme fit tinter la

sonnette placée au-dessus de la porte. Il dirigea son regard vers la caisse, visiblement intimidé de se trouver en ces lieux. Les représentants du sexe fort pénétraient dans un univers féminin avec une pointe d'appréhension. Celui-là plus que les autres.

De son poste derrière la caisse, Mathieu demanda :

— Je peux vous aider, monsieur ?

Le ton narquois accentua le malaise de l'autre.

— Je…

Le son sortait à peine de sa gorge. Marie, son attention attirée par le grelot joyeux, se plaça prestement entre le nouveau venu et son fils. Le visiteur enleva son chapeau.

— Elle se trouve en haut, murmura Marie en lui posant la main sur l'avant-bras.

Le client risqua un autre regard en direction du caissier, puis se dirigea prestement vers l'escalier situé au milieu de la grande pièce. Quand les jambes disparurent de sa vue, le fils s'intéressa à une nouvelle cliente.

À l'étage, Gérard Langlois chercha son amie, repéra bientôt Françoise, debout près de la fenêtre, une blouse dans les mains. Quand elle reconnut le nouveau venu, la vendeuse adressa un signe de la main à Thalie afin de lui confier sa cliente, puis s'approcha :

— Tu ne devrais pas venir ici, commença-t-elle.

— Ce n'est pas la première fois.

La jeune femme se troublait, le rose envahissait ses joues. L'autre, son chapeau dans les mains, ne paraissait guère plus assuré. Après une longue hésitation, il demanda enfin :

— Tu ne lui as pas parlé ?

— Je ne suis pas capable. Je ne sais trop comment aborder le sujet.

Au moment du rapatriement des soldats du 22e bataillon, l'hésitation de la jeune femme paraissait naturelle. Souligner le retour du vétéran par une rupture semblait cruel. Après de nombreuses semaines, ses atermoiements tombaient sur les nerfs de son compagnon.

— L'aimes-tu encore ?

Françoise secoua la tête en signe de dénégation. Le geste agita ses cheveux châtains, qu'elle gardait longs malgré la mode des coiffures « à la garçonne ». Elle se mordit la lèvre inférieure, réussit à articuler :

— Non, ce n'est pas cela…

Après une pause, elle renchérit :

— Il a tellement souffert. Je ne veux pas en remettre…

— Ces foutus héros de la guerre… Ils me font chier.

La colère donnait à sa voix un côté cassant. Dans ce cadre feutré, le gros mot devenait plus vulgaire encore. Quand il vit des larmes perler au coin des yeux de son interlocutrice, il ajouta, un ton plus bas :

— Si tu veux, je peux lui parler moi-même.

— Non, non. Je le ferai, je te le promets.

L'homme prit les mains de sa compagne dans les siennes, les tint un moment.

— Je m'excuse, murmura-t-il à la fin, je ne voulais pas m'énerver. Mais je tiens à toi. Cela ne peut pas continuer ainsi. Je dois savoir.

Incertaine de maîtriser le timbre de sa voix, la jeune femme acquiesça d'un signe de la tête. Au moment où Gérard traversa le rez-de-chaussée, il garda résolument les yeux sur le plancher, afin d'éviter de voir son rival.

À l'étage, Thalie abandonna sa cliente en murmurant :

— Excusez-moi. Mon amie…

En raison de la présence de ses enfants et de Françoise, Marie avait débauché ses vendeuses au mois de mai. En quittant son poste afin d'aider son amie, la jeune femme laissait tout l'étage sans personnel. Elles se réfugièrent dans un coin de la grande pièce.

— Ma belle, tu vas devoir clarifier cette situation.

— Je devrai partir de cette maison. Déjà, l'atmosphère est empoisonnée. Alors si je lui parle…

Bien sûr, vivre sous le même toit que son ancien prétendant rendait les choses plus complexes encore.

— Tu n'as rien à craindre, jamais Mathieu ne te fera de reproches.

— Son visage est un reproche. Tu as vu son regard, son air sombre…

Thalie acquiesça d'un signe de tête. Son frère demeurait le même, bien sûr, attentionné, respectueux. Toutefois, sa morosité pesait sur tout le monde. Les rires désertaient l'appartement situé au dernier étage du commerce.

— La guerre l'a changé. Cela semble la même chose avec tous les vétérans.

Les longues lettres échangées avec Catherine l'amenaient à une généralisation bien hâtive. Son amie, de retour dans sa famille à Sherbrooke, ne tarissait pas sur ses inquiétudes à propos de son frère aîné. Surtout, Thalie parcourait les journaux avec suffisamment d'assiduité pour conclure qu'aucun vétéran ne s'en tirait sans séquelles psychologiques.

— Mais je t'assure, insista-t-elle, rien dans son attitude ne contient un reproche à ton égard. Cela tient à sa vie là-bas.

— Je me sens coupable. Quand il pose les yeux sur moi…

— Son regard exprime une peine immense. Une partie de sa douleur tient sans doute à l'idée que sa relation avec toi est finie. Une certaine nostalgie, peut-être. Mais crois-moi, cela ne signifie pas qu'il ressente de la rancœur pour toi. Son estime à ton égard demeure intacte, j'en suis certaine.

Furtivement, l'employée essuya une larme sur sa joue. Thalie serra sa main droite dans les siennes, puis murmura :

— Monte à l'appartement. Je pourrai m'occuper seule de ces personnes.

Quelques clientes leur lançaient des regards curieux ou courroucés, selon leurs propres états d'âme. Françoise s'esquiva bien vite dans l'escalier, heureuse de cesser de se donner en spectacle.

Un peu avant midi, Paul Dubuc entra dans le magasin, un sourire sur les lèvres. D'un regard circulaire, il s'assura de l'absence de clientes, puis se pencha pour embrasser sa maîtresse sur la joue.

— Je suis désolé d'arriver si tard. Monseigneur Langlois n'était plus capable de s'arrêter. Il nous a expliqué le sens de notre vocation providentielle : préserver le catholicisme en terre d'Amérique.

— Rien de nouveau sous le soleil, rétorqua la marchande en fronçant les sourcils. Nous avons droit à ce genre de discours depuis des années.

— Mais cette fois, l'ensoutané s'est livré à une longue comparaison entre nous et le peuple juif. Nous sommes le nouveau peuple élu.

Ce commentaire sur le sermon de l'évêque auxiliaire de Québec lassa bien vite Amélie, qui accompagnait son père. La petite fille laissait la place à une très jolie adolescente blonde, aux yeux d'un bleu clair fort séduisant. Elle se dirigea vers le comptoir et salua d'une voix un peu intimidée :

— Bonjour, Mathieu. Comment vas-tu ?

— Comme tu vois, me voilà de nouveau vendeur de dentelles.

Devant cette charmante personne au minois rieur, le sourire lui revint un moment. Il tendit la main. La visiteuse l'ignora et offrit plutôt sa joue. Impossible de se dérober. Le garçon posa une bise sur la peau d'un rose juvénile, et ce faisant, déplaça un peu le joli chapeau de paille.

Marie surveillait la scène du coin de l'œil, heureuse de voir le voile de morosité sur le visage de son fils se lever un peu. Sans vraiment prêter attention à la réponse, elle demanda à son compagnon :

— Mgr Bégin n'a pas prononcé lui-même le sermon ?

— Malheureusement non. Vieux et perclus, au moins le digne prélat se serait montré un peu plus bref.

Lui aussi surveillait sa cadette du coin de l'œil. La minaudière montrait toutes ses dents, comme si elle entendait tester ses charmes sur ce grand garçon mélancolique.

— Ta présence doit faire augmenter la clientèle du magasin, remarqua-t-elle.

Le compliment se révélait lourd de sous-entendus sur ses charmes virils.

— L'été, les touristes se font plus nombreux. Cela ne tient pas au vendeur, tu le sais bien.

— Oh ! Je suis sûre que si !

— Ou alors, certaines dames viennent voir le caissier au gant unique.

En disant cela, Mathieu leva sa main droite, agita ses doigts. Le majeur immobile paraissait un peu de guingois. Il le redressa de son autre main. Cette allusion rabattit l'humeur charmante de son interlocutrice.

Marie chassa le malaise en disant à son fils :

— Comme il ne reste plus que nous en ces lieux, verrouille derrière toi. Gertrude doit déjà avoir mis le couvert.

Sur ces mots, elle offrit son bras à son compagnon et s'engagea dans l'escalier. Son fils engagea les deux verrous de la porte dans leur logement, puis il baissa la toile de la fenêtre découpée dans la partie supérieure de celle-ci. Quand il se retourna, Amélie se tenait tout près. Le rose aux joues, elle mima le geste de la propriétaire des lieux. Le garçon accepta de prendre le bras en souriant. Alors qu'ils atteignaient le premier étage, elle reprit :

— Aucune femme ne remarque le gant. Si tu ne le portais pas, elles ne verraient pas le doigt.

— Évidemment, il n'est plus là !

— Idiot, tu m'as très bien compris.

Elle marqua une pause. Au moment où son compagnon se dérobait pour la laisser entrer dans l'appartement, elle chuchota encore dans un souffle :

— Elles regardent les yeux. Tu es vraiment le seul à faire toute une histoire de ce doigt perdu.

Cela se pouvait bien. Des vétérans manchots ou unijambistes promenaient sans vergogne leur moignon dans une manche ou dans une jambe de pantalon vide. Lui bourrait d'ouate un doigt de son fameux gant, pour faire illusion.

Gertrude ne s'était guère mise en frais pour ce repas sur le pouce. Tous les convives rejoindraient les terrains de l'exposition assez tôt dans l'après-midi. Des viandes froides et une salade suffiraient à les sustenter. Réunis dans la salle à manger, les Picard et les Dubuc formaient une famille nombreuse, où la domestique incarnait un peu le rôle de l'aïeule revêche.

Afin de rompre le silence oppressant, Thalie demanda bientôt :

— Monsieur Dubuc, je ne suis pas allée chercher le *Chronicle* ce matin, et *Le Soleil* ne paraît pas le jour de la Saint-Jean. Pouvez-vous me confirmer les résultats de l'élection tenue hier ?

— Nous avons gagné.

Un large sourire éclaira le visage du politicien. Les élections provinciales, tenues la veille, avaient permis de reporter au pouvoir les libéraux et leur chef, Lomer Gouin.

— Cela ne doit pas être une surprise pour toi ou pour tes collègues, commenta Marie dans un sourire. En diabolisant les conservateurs, à l'origine de la conscription, vous leur enleviez toute chance de faire élire leurs candidats.

— Mais ce sont vraiment les responsables de cette loi !

— Ainsi que des mesures d'exemption qui ont rendu la loi totalement inefficace, commenta Mathieu. Partout au Canada, une large majorité des appelés a pu se dérober à son devoir.

La présence d'un vétéran dans la maison désamorçait un peu le discours partisan. D'un côté, l'enrôlement obligatoire venait d'un gouvernement d'union composé en bonne partie de libéraux. De l'autre, tant chez les francophones que chez les anglophones, une majorité des jeunes conscrits avaient profité des exemptions. Très peu d'entre eux s'étaient finalement retrouvés exposés aux balles ennemies.

— Selon la rumeur, la province a été balayée, intervint encore Thalie afin de détourner les convives de ce sujet délicat.

— Cinq électeurs sur six ont appuyé le Parti libéral, à travers la province.

— Et dans le comté de Rivière-du-Loup, que s'est-il passé ? demanda Mathieu afin de se faire pardonner sa dernière remarque.

Le député rougit un peu au moment de préciser :

— Personne ne s'est présenté contre moi.

— Papa était tout à fait imbattable, intervint Amélie avec un bel enthousiasme filial.

— Ce fut le cas aussi dans plusieurs autres comtés, précisa l'homme avec une modestie feinte.

Sauf dans les endroits profitant d'une solide tradition conservatrice, ou alors d'un électorat en partie de langue anglaise, les candidats du parti d'opposition s'exposaient à recevoir un nombre risible de voix. Plusieurs avaient préféré déclarer forfait plutôt que de s'exposer à une totale déconfiture.

— Au moins, ils ont pu faire élire leur chef, commenta Thalie.

— Arthur Sauvé, de même que quatre de ses compères, ont bien été élus, précisa Dubuc.

— L'opposition comptera aussi deux députés ouvriers, ajouta Mathieu.

Dans ce cas aussi, la rumeur était fondée. Le politicien se renfrogna un peu avant de souligner :

— Ce seront des appuis pour les libéraux. Nous ne leur avons opposé personne.

Dans les comtés à majorité ouvrière, les syndicats favorisaient parfois la candidature de l'un de leurs membres. Si le personnage paraissait acceptable, le parti au pouvoir s'en faisait un allié en ne présentant aucun candidat contre lui.

— Ne risquons-nous pas de voir les désordres de l'Ouest nous affecter ? demanda Françoise, un peu inquiète des rumeurs de révolution venant des Prairies.

— Non, nous n'avons pas ici de succursale des syndicats bolcheviques.

— La loi martiale a été décrétée à Winnipeg, insista la jeune femme.

Depuis la fusillade aux abords de l'École technique, l'année précédente, tout le monde à Québec savait combien une situation de ce genre pouvait rapidement dégénérer. La capitale du Manitoba comptait déjà une victime.

— La paix reviendra rapidement. La ville a formé

un corps de police spécial pour rétablir l'ordre, expliqua son père pour la rassurer.

— Cette police improvisée compte quatre fois plus de membres de la force policière en grève, rapporta Thalie. Cela laisse présager des affrontements pires que ceux des derniers jours. Des grèves d'appui ont éclaté à Vancouver et à Edmonton.

Le conflit de travail paralysait la ville de Winnipeg depuis plusieurs jours. Littéralement, un comité ouvrier assumait le pouvoir dans cette agglomération industrielle. De plus en plus, on murmurait qu'il s'agissait d'un véritable « soviet » susceptible de reproduire au Canada la triste expérience de la Russie, survenue en 1917. La multiplication des arrêts de travail de sympathie dans de très nombreuses villes de langue anglaise ajoutait à cette frayeur croissante.

Mathieu ne calma les craintes de personne en précisant :

— À Toronto, les unions ouvrières paraissent s'engager sur une voie identique. On observe des mouvements du même genre au Royaume-Uni et en France. En Allemagne, l'anarchie est totale.

Françoise arrêta le geste de porter sa fourchette à sa bouche, reposa l'ustensile dans son assiette en fixant ses grands yeux sur son voisin. Celui-ci se reprit :

— Mais je suis convaincu, comme ton père, que nous ne risquons pas de connaître ici une révolution bolchevique. C'est à la fois plus complexe et plus simple que cela.

— … Comment cela ?

— Pendant la guerre, les prix ont monté très vite,

et les salaires aussi. Présentement, de nombreux employeurs font face au ralentissement économique. Ils réduisent les salaires afin de préserver leurs entreprises. Même maman a congédié ses vendeuses pour mieux faire face à la mauvaise conjoncture.

De l'autre côté de la table, Marie cessa un moment de mastiquer. Elle précisa bientôt :

— Je vous ai offert de vous verser un salaire, à toi et Thalie. Vous avez refusé…

— Et je refuserai encore, rétorqua le fils dans un sourire. Nous faisons notre part pour maintenir le petit navire ALFRED bien à flot, comme disait papa. Je parlais en termes généraux. Les travailleurs du Canada réagissent à des salaires qui paraissent baisser plus vite que les prix. À peu près personne ne rêve de la contagion bolchevique, chez les chefs ouvriers.

La marchande retrouva un peu sa sérénité. Le chômage croissant, depuis la fin de l'effort de guerre, tout comme la chute des revenus des agriculteurs, la forçait à brader ses marchandises. Selon les observateurs, le développement industriel ramènerait bien vite le climat économique au beau fixe. Chacun serrait les dents dans l'attente de jours meilleurs.

— Voilà le côté simple de la situation, remarqua Thalie. Tu as évoqué une dimension plus complexe.

— Cette fameuse police spéciale, à Winnipeg, est composée de vétérans. Ces hommes sont souvent pleins de rage et de désespoir.

Chacun comprit, autour de la table : Mathieu se comptait parmi eux. Il enchaîna après une pause :

— Pendant quatre ans, une partie de la jeunesse a été envoyée à la boucherie. À l'arrière, tout le monde s'enrichissait... À tout le moins, ce fut le cas au Canada et aux États-Unis.

Paul Dubuc songea à protester, se retint pour ne pas ajouter à la morosité du jeune homme.

— Les cultivateurs ont vendu leur bacon et leur fromage à prix d'or, continua-t-il. Les ouvriers ont obtenu des augmentations et ils ont allongé les horaires travaillés. Surtout, les entrepreneurs ont engrangé des profits faramineux.

Impossible de contester ce bilan. Pas un coup de feu, pas un obus n'avaient été tirés sur l'Amérique par les forces ennemies. Pendant ces années, tous avaient tiré profit du conflit. L'immense tuerie s'était révélée bonne pour les affaires.

— Ceux qui ont échappé au massacre reviennent pour se retrouver aux prises avec le chômage...

Mathieu marqua une pause, puis il ajouta avec un sourire amer :

— Tous ne profitent pas d'un emploi dans le commerce maternel et de la perspective de reprendre des études de droit en septembre. Je suis privilégié.

Au ton du jeune homme, chacun devinait combien ce destin ne lui paraissait pas si enviable, après tout.

— Quand ces vétérans voient tous les emplois occupés par des personnes qui se sont dérobées à l'obligation de combattre, continua-t-il, la haine les envahit. Ils croyaient être reçus en héros, en vérité leur retour dérange. Quand, à Winnipeg, des planqués se mettent en grève, ils ne ressentent aucune sympathie. Dans ces circonstances, en quelques heures, les élus municipaux ont pu recruter mille constables spéciaux parmi les anciens combattants. Les affrontements pourraient devenir sanglants.

La plupart de ces hommes, enrôlés très jeunes pour aller à la guerre, connaissaient un seul métier : tuer. Mathieu n'osa pas pousser son exposé jusque-là. Il poursuivit pourtant :

— En Allemagne, les vétérans se réunissent dans de petites armées privées liées à des aventuriers politiques. Au Royaume-Uni, les grèves mettent le pays sur les genoux. Même dans les pays alliés, la victoire ne garantit pas nécessairement des lendemains qui chantent.

Autour de la table, chacun affichait une mine consternée. Gertrude se demandait bien dans quelle tranchée était demeuré le charmant garçon parti en 1917. Le vendeur de dentelles et de jupons affable se métamorphosait en un jeune homme profondément aigri.

Sans conviction, mais désireux de rompre un silence oppressant, Paul Dubuc revint au début de l'argumentation.

— Tout de même, il se trouve bien des bolcheviques et des anarchistes, dans l'Ouest. La police multiplie les arrestations. Heureusement, la plupart seront retournés dans leur pays d'origine.

— Oh ! Une ou deux douzaines de personnes seront déportées en Europe, très souvent en Allemagne. Cela aussi fâche les vétérans. Les personnes d'origine britannique sont allées combattre, pendant que des étrangers, en particulier des ressortissants des pays ennemis, faisaient de bons salaires dans les manufactures. Aujourd'hui, eux se trouvent encore au chômage, alors que ces gars-là font la grève pour améliorer leurs conditions de vie…

Le jeune homme en colère s'arrêta de nouveau, avant de conclure avec un sourire amer :

— Je suis devenu un vrai casse-pieds ! Je m'excuse. Mais la frustration de ces héros de la Grande Guerre, mêlée aux discours de chefs ouvriers un peu trop pâmés sur Lénine et Trotski, nous réserve peut-être de mauvaises surprises.

Marie décida de verser du thé dans les tasses, au moment où Gertrude, médusée, allait chercher un plateau chargé de biscuits dans la cuisine. La conversation ne reprit pas vraiment.

— Si nous voulons voir un bout de cette fameuse parade, conclut la maîtresse de la maison, mieux vaut nous mettre en route immédiatement.

Les convives l'imitèrent tout de suite, heureux de cette diversion. Elle continua, cette fois à l'intention de sa domestique :

— Es-tu certaine de ne pas vouloir nous accompagner ?

— Si ces beaux messieurs de la Société Saint-Jean-Baptiste avaient voulu me faire voir leurs chars, ils les auraient fait passer par la rue de la Fabrique, sous nos fenêtres. Tant pis pour eux, je n'irai pas me planter debout sur un trottoir pendant une heure avec ma patte folle.

— Nous prendrons un taxi, pour aller et revenir.

Gertrude ignora la précision, tellement elle comptait apaiser ses inquiétudes, à la suite des paroles entendues, en lavant la vaisselle.

4

— Ce monsieur semble être un très bon médecin ! s'exclama l'homme en entrant dans une antichambre bondée.

Âgé de vingt-huit ans, le nouveau venu présentait bien, dans son léger complet en lin d'un beau gris pâle. Son canotier un peu incliné sur l'œil gauche lui donnait l'air d'un touriste.

— C'est le meilleur, monsieur Picard, ricana l'un des autres patients en reconnaissant le nouveau venu.

Un homme entre deux âges sortait du bureau de consultation, un sourire sur les lèvres, une petite feuille de papier à la main.

— En plus, cela lui prend une minute pour rédiger la meilleure prescription possible, continua le même loustic.

Sourire en coin, Édouard prit sa place dans la file. Malgré l'affluence, inutile de chercher une chaise dans la salle, le praticien les avait fait disparaître afin de faire de la place. L'attente ne serait pas bien longue. Des hommes, âgés entre vingt et quatre-vingts ans, entraient dans une pièce, souvent sans se donner la peine de fermer la porte derrière eux, pour ressortir bien vite.

Après vingt minutes, ce fut son tour. Le vieux

médecin leva à peine les yeux de son bureau au moment de demander :

— Ce sera la même chose ?

— Du cognac sera parfait, docteur Couture.

L'autre releva tout à fait la tête en entendant prononcer son nom.

— Ah ! Le jeune Picard ! Mes condoléances pour votre père. Je n'ai pas encore eu l'occasion…

— Je vous remercie. Je sais, nous sommes bien peu de chose entre les mains du Seigneur.

Plusieurs semaines après le décès de Thomas, Édouard se lassait d'entendre ces propos dans la bouche de parfaits inconnus. Dans celle d'un homme dont il ne gardait pas le meilleur souvenir, cela lui semblait plus déplacé encore. Ce médecin avait fréquenté le domicile de la rue Saint-François toutes les semaines, vingt-cinq ans plus tôt, afin de visiter sa mère malade.

Le praticien se le tint pour dit. Un instant plus tard, il tendait une prescription portant les mots « deux bouteilles de cognac » en annonçant :

— Ce sera un dollar.

Passé soixante-dix ans, le généraliste venait de découvrir une source de revenus merveilleuse, meilleure que les filons du Klondike. La prohibition faisait une exception pour l'alcool utilisé à des fins « sacramentelles, mécaniques ou de santé ». Les curés trouvaient donc leur vin de messe comme à l'habitude, les mécaniciens de quoi dégraisser des engrenages, et tous les autres un « cordial » susceptible de servir de panacée. À ce prix, pour des consultations d'une durée d'une minute tout au plus, l'homme se préparait une retraite dorée.

Un moment plus tard, Édouard emboîtait le pas à une petite troupe afin de se rendre rue Dalhousie, à quelques minutes de marche du bureau de consultation. Dans le *Chronicle* du matin, Jean-Baptiste Letellier annonçait avoir obtenu de nouveau sa « licence » pour vendre des alcools. L'encadré rappelait la nécessité de présenter un certificat signé par un médecin.

Au 92, Dalhousie, le patient fit de nouveau la file. Cette fois, la queue s'allongeait jusque sur le trottoir. À la place de l'un de ses employés cependant, le marchand reconnut la silhouette d'un gros homme, jeune encore, au crâne prématurément dégarni.

— Fernand, quelle surprise ! Nous souffrons de la même maladie.

Le notaire Dupire se retourna, adressa un sourire hésitant à son voisin de la rue Scott, laissa passer deux personnes devant lui afin de s'en approcher la main tendue.

— Comme tous les hommes de cette ville, j'en ai bien peur.

— Je n'avais jamais réalisé combien les médecins se trouvaient près du gouvernement, au point de mériter ce petit article dans la loi. Ce sont bien les seuls à tirer profit de la prohibition. Tu parles d'une arnaque !

— Ce monsieur Letellier doit aussi faire d'excellentes affaires, commenta Fernand en contemplant la file devant lui.

L'homme se retint d'évoquer également les fonctionnaires qui vendaient des « licences » à un millier de marchands d'alcool dans la province. Tous attendaient une nouvelle version de la loi à la suite du plébiscite tenu le printemps précédent. Grâce à une prohibition « mitigée », au moins le vin et la bière se trouveraient bientôt en vente libre.

Édouard changea de ton pour dire :

— Au dîner, dimanche dernier, Eugénie paraissait terriblement morose. Elle n'a pas prononcé dix phrases pendant le repas.

— Je sais...

L'homme marqua une pause, puis continua sans trop de conviction :

— La mort de son père l'affecte plus que de raison.

Cette explication, plausible, valait mieux qu'une longue description de la réalité conjugale de la jeune femme.

— Elle lui a toujours été très attachée, mais cela ne peut justifier son humeur mauvaise. Tu as bien du mérite de vivre avec elle.

Le notaire répondit d'un sourire gêné. Au cours des dernières semaines, la cohabitation avec la sœur aînée de son ami avait pris une curieuse tournure. Chacun se retranchait dans ses quartiers, tout en s'efforçant de présenter une allure de normalité en public.

— Et surtout, continua Édouard, je suppose que sans la présence de papa, l'existence d'Élisabeth lui pèse plus encore.

— Cet obstacle ne durera pas. Ta belle-mère semble déterminée à aller s'installer sous un autre toit.

— Oui, tu as raison. Depuis que je lui ai acheté la maison, elle se décrit comme une visiteuse. Quand elle quitte la table, ou alors quand elle entre dans le salon ou la bibliothèque, elle commence par s'excuser auprès d'Évelyne et moi, comme si elle était devenue une étrangère.

Cette attitude heurtait celui qui, des années plus tôt, s'était entiché profondément de la belle jeune fille blonde recrutée par son père.

— Je ne devrais peut-être pas le répéter, expliqua Fernand, mais Eugénie ne veut plus participer à nos rencontres dominicales d'ici son départ.

Ces repas réunissant les familles du frère et de la sœur se poursuivaient un dimanche sur deux malgré l'absence du patriarche. Pourtant, ni l'un ni l'autre n'y trouvait le moindre plaisir. Le poids des convenances les forçait à continuer la tradition.

Édouard hocha de la tête en entendant ces mots.

— Cela ne devrait plus tarder maintenant. Maman ira bientôt te voir pour boucler une transaction immobilière.

— Elle compte acheter ? Bien sûr, cela représente un meilleur placement, mais elle devra voir seule à l'entretien. J'aurais parié la voir choisir un petit appartement. Il y en a maintenant de bien jolis sur la Grande Allée, ou dans les rues environnantes.

— Elle cherche plutôt une maison immense. Elle aussi me paraît étrangement affectée par la mort de papa. Elle projette… Et puis non, maman t'expliquera elle-même ses plans. Je compte sur toi pour essayer de lui faire entendre raison.

Le notaire se priva du plaisir de préciser son rôle dans ces transactions. Il conseillerait sa cliente de son mieux sur le plan légal et même financier. Sa mission n'irait tout de même pas jusqu'à se faire l'intermédiaire entre une personne jouissant de toutes ses facultés et un fils désireux de garder un œil sur les affaires de sa mère.

Lentement, les deux hommes progressaient dans la file d'attente, au point de se retrouver dans un commerce rappelant une banque. Au fond d'une petite pièce se trouvait une grille en fer percée de deux guichets. Derrière, une salle prenait des allures d'entrepôt poussiéreux. Édouard abandonna les questions familiales pour revenir au sujet principal de leurs conversations, au cours des douze dernières années :

— Ton chef a réussi de justesse à conserver son siège, hier.

— Au contraire, il a obtenu une bonne majorité.

— Si cela peut te consoler, je te le concède. Mais les libéraux ont obtenu soixante-quatorze sièges, et l'opposition, en comptant les deux représentants ouvriers, sept.

Fernand jugeait toujours que le Parti libéral se montrait… trop libéral pour être honnête, justement.

— Avec toute la démagogie de tes amis, rétorqua-t-il, ces résultats ne me surprennent pas. Les candidats de Gouin se promenaient dans les campagnes et répétaient qu'une nouvelle guerre éclaterait sous peu…

— La situation est bien menaçante en Europe. Les Allemands n'ont pas encore signé. Puis du côté dc la Turquie…

— Tes amis promettaient une nouvelle conscription pour demain.

— Les conservateurs nous ont fait le coup une fois. Il faut les empêcher de recommencer.

Le notaire s'approcha de l'un des guichets en affirmant :

— Le gouvernement d'union, composé en bonne partie de libéraux, a voté la conscription. Puis, Arthur Sauvé n'a aucun lien avec les conservateurs du reste du Canada.

— Ton chef renie ses seuls alliés. Mais les Québécois ne sont pas dupes.

L'homme n'écoutait plus. Il demanda au préposé derrière le guichet :

— Une bouteille de whisky et une autre de sherry… C'est pour ma femme.

Encore un petit mensonge. Jeanne, et non Eugénie, aurait droit à sa petite gâterie avant d'aller au lit. Au moment de sortir, il adressa un salut de la tête à son vieil ami.

En 1919, la parade de la Saint-Jean commençait son périple dans la Basse-Ville et, après avoir parcouru les quartiers ouvriers, gravissait la côte du Palais et s'engageait dans la rue Saint-Jean. Les quartiers bourgeois ne contempleraient ni les chars destinés à raviver le sentiment national, ni les groupes de musiciens amateurs composés d'étudiants ou d'ouvriers plus riches d'enthousiasme que de talent. Leurs habitants préféraient voir la populace se tenir loin des pelouses bien entretenues devant leur demeure. La course de cette procession s'arrêterait à l'église du prospère faubourg Saint-Jean-Baptiste, où les participants profiteraient d'une cérémonie religieuse.

Au départ de la boutique, les Dubuc et les Picard se joignirent aux très nombreux badauds entassés sur le trottoir de la rue Saint-Jean. Marie donnait le bras à Paul. Thalie allait seule, forcée d'étirer le cou afin de voir au-dessus des épaules des autres spectateurs. Mathieu se trouvait gâté. Françoise tenait son bras droit et Amélie, son gauche. La première murmura, au moment où un contingent de zouaves pontificaux passait sous leurs yeux :

— Je suis désolée, pour tout à l'heure.

— Désolée ? Pourquoi donc ? Ce serait plutôt à moi de m'excuser. Depuis mon retour, je donne des leçons de politique à droite et à gauche, sans me soucier si mes voisins ont envie d'entendre mes récriminations.

— Oh ! Je ne parlais pas de cela…

La jeune femme marqua une pause, fit mine de s'intéresser à un char représentant le navire de Champlain, le *Don-de-Dieu*. Le fier capitaine se tenait d'une main au mât dressé au milieu de l'embarcation, guère plus gros qu'un manche de fourche. La barbe du célèbre explorateur, suant à grosses gouttes sous le soleil de juin, paraissait sur le point de se décoller. L'homme, un ouvrier de l'usine de cigarettes Rock City, y portait sa main libre à chaque minute afin de replacer son ornement pileux.

— Je voulais parler de la visite de Gérard au magasin. Je ne l'ai pas encouragé à…

Le rouge aux joues, elle s'arrêta. Bien sûr, elle ne donnait aucun rendez-vous au magasin. Cette initiative tenait à son chevalier servant.

— Nous nous sommes déjà expliqués à ce sujet. Au moment de mon départ, nous étions des enfants.

Les événements nous ont changés en profondeur. Les choses… ne sont plus comme elles étaient.

Amélie feignit de se passionner pour un char intitulé *L'Ouvrier du Canada.* Le prolétariat s'incarnait dans une jolie ouvrière de la chaussure. Elle se tenait sur la plate-forme d'un camion Chevrolet, les pieds dans un nuage de gaze teint d'un vilain bleu, entouré du *Red Ensign* et de l'*Union Jack.* Le lien entre cette jeune personne et le pays, déchiré depuis la guerre, paraissait terriblement ténu. Sa présence dans la parade tenait sans doute à l'engouement d'un membre de la Société Saint-Jean-Baptiste pour ses charmes prolétariens.

La cadette des Dubuc ne perdait aucune des paroles prononcées.

— Tout de même, voir ce garçon passer devant toi n'a pas dû…

Françoise n'osa pas dire « améliorer ton humeur ». Elle continua plutôt, après une courte hésitation :

— C'était terriblement indélicat de sa part de se manifester ainsi en ta présence.

Amélie s'appuyait un peu plus lourdement sur son bras gauche, remarqua Mathieu. La jeune fille venait de faire ses adieux définitifs au pensionnat des ursulines. Pour les deux ou trois prochaines années, son unique travail serait de dénicher un bon parti. Elle paraissait résolue à s'attaquer à cette tâche sans perdre une minute.

— Je t'assure, il est tout à fait naturel que tu continues de voir ce jeune homme.

Le garçon s'arrêta, car les cuivres de l'orchestre de la Garde Champlain perçaient les tympans. Les uniformes colorés s'éloignèrent un peu.

— En réalité, je suis très heureux de te voir engagée avec ce banquier. Je me sens un peu moins coupable de promener ma face lugubre dans le commerce.

Cette fois, Françoise ressentit un pincement au cœur. Jamais encore elle n'avait pensé être « engagée » avec Gérard. En présentant les choses ainsi, son compagnon ajoutait à la distance entre eux. Elle ne pouvait tout de même pas clamer : « Non, non. Je ne suis pas engagée, je suis incertaine. »

À ce moment, Thalie choisit de se rapprocher afin de commenter le char sous leurs yeux :

— Cette fois, ils entendent nous impressionner. Cela rappelle les affiches de recrutement, pendant la guerre.

Sur la plate-forme d'un camion, des ouvriers avaient réalisé une représentation évocatrice du fortin du Long-Sault, construit en rondins. Cinq hommes représentaient Dollard des Ormeaux et ses courageux compagnons. Le chef balançait un petit tonneau au-dessus de sa tête : le fameux baril de poudre responsable de la défaite face aux Iroquois.

Pour ajouter au réalisme de la représentation, des adolescents affublés de costumes ridicules, des plumes de corneille sur la tête, couraient autour du camion en poussant des « hou hou » peu susceptibles de glacer le sang. Tout de même, ce rappel des ancêtres héroïques témoignait bien du rapport particulier avec le passé cultivé dans les collèges classiques, et communiqué à la masse du peuple par des commémorations de ce genre.

— Je préférais encore l'affiche pour gagner des

volontaires pour le régiment d'Olivar Asselin. Tu te souviens du soldat incroyable, à mi-chemin entre un zouave et un clown du cirque Barnum ?

Au moment de ces événements, le frère et la sœur fréquentaient tous les rassemblements politiques, au grand désespoir de leur mère. La succession des drames survenus depuis donnait l'impression d'un passé lointain. Pourtant, trois ou quatre ans seulement s'étaient écoulés.

Le dernier char allégorique portait le saint patron des Canadiens français. Un garçonnet aux cheveux blonds, bouclés, une croix blanche à la main, s'offrait à la contemplation des badauds. La vision de Jean-Baptiste enfant s'imposait dans l'imaginaire, plutôt que celle d'un adulte hirsute hurlant ses imprécations près des rives du Jourdain.

Derrière ce char venaient encore les groupes musicaux de quelques collèges, affublés de costumes militaires de fantaisie. Après le dernier, la foule des spectateurs envahit la chaussée, pour se déplacer en direction du marché Montcalm. La municipalité avait prévu la présence de très nombreux tramways afin de déplacer toute cette populace vers le terrain de l'exposition, situé au nord de la rivière Saint-Charles.

Comme Marie l'avait évoqué un peu plus tôt, les familles Picard et Dubuc préférèrent le confort des taxis, plutôt que de rester debout dans des transports publics bondés. Des voitures se trouvaient justement rangées près de l'Auditorium, dans l'attente de clients.

D'une certaine façon, au cours de sa vie, jamais Élisabeth n'avait pris une décision. Le décès de ses parents l'avait précipitée au couvent et la supérieure des ursulines assumait seule la responsabilité de son passage chez la famille de Thomas Picard. Pendant toutes les années subséquentes, en vertu des usages tout comme du Code civil de la province de Québec, elle s'était trouvée soumise à son mari, une mineure dans les domaines économique et politique. L'idée d'engager le reste de sa vie lui donnait un vertige à certains égards délicieux. Toutefois, une erreur la placerait dans une situation difficile.

Assise sur un banc du jardin des Gouverneurs, elle contemplait depuis de longues minutes une maison au recouvrement en brique beige, dans la rue Sainte-Geneviève. Construite au siècle précédent, elle affichait une élégance austère. Le mur donnait directement sur le trottoir, aussi on ne voyait pas un brin d'herbe. Heureusement, la petite place au centre de laquelle se dressait le monument dédié à Wolfe et Montcalm fournissait un agréable espace de verdure distant de moins de dix verges. Surtout, en descendant trente pas vers le sud, on arrivait directement sur la terrasse Dufferin.

Cet emplacement se révélait près de tout : l'hôtel du Parlement, l'université Laval, la Citadelle, le *Château Frontenac*. Cela assurerait la présence constante de personnes désireuses de se loger pour quelques jours, ou plusieurs mois.

— Mais je ne sais rien faire ! se dit-elle.

Ce constat revenait sans cesse la hanter. Plus de vingt ans plus tard, même sa formation d'institutrice devenait trop ancienne pour lui être utile. La jolie femme leva la main pour regarder la montre-bracelet à son poignet. Édouard lui avait offert ce bijou à son dernier anniversaire. Elle devait désormais gérer son temps en fonction de ses propres obligations, et non plus en s'ajustant constamment à l'horaire très chargé de Thomas.

Cette pensée lui tira un soupir attristé. En se levant, elle murmura :

— Autant rentrer pour le repas, cette maison ne va pas changer de place d'ici demain.

Élisabeth emprunta la rue Haldimand jusqu'au chemin Saint-Louis. En quelques minutes, elle pourrait regagner la rue Scott.

La répartition des passagers entre les deux voitures entraîna une brève discussion. Amélie entendait demeurer collée au jeune homme, soucieuse de donner libre cours à une inclination ressentie quelques années plus tôt. Si, en 1915, il lui avait bien fallu admettre être trop jeune, quatre ans plus tard, fière de ses dix-sept ans, elle clamait haut sa conviction d'être une femme.

À la fin, l'autorité paternelle s'imposa. Elle monta avec son père et Marie… Cela laissait le trio de jeunes gens dans le second véhicule. Thalie monta à l'avant, à côté du chauffeur, le couple se retrouva à l'arrière. Silencieuse depuis plusieurs minutes, Françoise glissa au moment où le taxi s'engageait dans la côte d'Abraham :

— Le mieux serait que je regagne Rivière-du-Loup avec papa, demain. Je passerais l'été avec lui.

— … J'ai été aussi désagréable que cela ?

La voix du jeune homme contenait juste assez de

contrition pour amener sa compagne à protester bien haut.

— Non, pas du tout.

Elle marqua une pause avant d'ajouter :

— Mais la situation n'est pas convenable.

Deux mois plus tôt, elle s'inquiétait de la difficulté de vivre sous le même toit que son prétendant. La perspective de partager l'intimité d'un ex-promis lui paraissait plus pénible encore.

— Si tu es lassée de la vie de vendeuse, commenta Mathieu, personne ne t'empêchera de reprendre ta liberté. Maman te paie exactement le prix d'une employée dotée de ton expérience, elle te remplacera sans essuyer de perte. Je comprends que pour une fille de député, cela puisse paraître indigne.

— Ce n'est pas cela. J'aime beaucoup Marie, et m'occuper de la caisse, ou des clientes, vaut bien mieux que me morfondre dans une grande maison au milieu d'un petit village. Si papa espère condamner Amélie à ce genre de vie, cet automne...

— Dans ce cas, reste à Québec !

Le visage morose du grand dadais jouait sur son humeur. Surtout, depuis des semaines, la culpabilité l'empêchait d'accepter la moindre sortie. Elle se dérobait même à l'idée d'aller prendre le thé au *Château Frontenac* avec Thalie. En réalité, dans l'appartement situé au dernier étage du commerce, chacun s'interdisait de sourire afin de ne pas blesser le grand écorché vif.

Le jeune homme parut enfin comprendre son dilemme.

— De toute façon, je compte aller vivre ailleurs.

— Je partirai, affirma Françoise.

— Libre à toi. De mon côté, je vais me trouver un logis où broyer mes idées noires dans la solitude. Si tu désires aller vivre chez ton père seulement pour t'éloigner de moi, ne te donne pas cette peine. Si tu aimes ce travail, reste à ton poste. Mon départ et le tien, en même temps, mettraient maman dans une situation difficile.

Depuis le début, Thalie essayait d'afficher l'indifférence de celle qui n'entendait rien. Toutefois, quand son frère évoqua son départ, elle se retourna vivement. Là, elle n'y tint plus :

— Comme je passerai l'été à Québec, maman ne serait pas si désemparée de vous perdre tous les deux. Cependant, Françoise, je serais très heureuse de te voir rester à la maison. Depuis l'épidémie, je te vois un peu comme ma sœur, ma jumelle même, puisque nous avons le même âge.

Sur ces mots, elle passa un bras au-dessus de la banquette pour prendre les doigts de son amie. Celle-ci s'adressa à elle en disant :

— Mais je ne peux pas éjecter Mathieu de sa propre maison. Marie ne le tolérerait pas. Si je ne pars pas, elle me chassera.

— Maman ne fera rien de cela. Le départ de Mathieu lui donnera un air bougon pendant deux jours, puis elle comprendra. Si elle demeure morose plus longtemps, ce sera à cause de la distance entre elle et son beau Paul, cet été. Elle ne te tiendra pas rigueur de nos absences.

Au moment de passer le pont Dorchester, le chauffeur de taxi tendait l'oreille afin de démêler toute cette histoire. « Voilà une famille bien étrange », songeait-il en changeant les vitesses.

— Mathieu, murmura Françoise en regardant son compagnon dans les yeux, tu ne vas pas quitter ta famille pour aller vivre chez des étrangers.

— Mais tu fais exactement cela, et tu viens de nous dire y trouver du plaisir.

Le rose monta encore aux joues de la jeune femme. Thalie prit sur elle d'expliquer :

— Tu sais, sortir de sous les jupes de maman présente de bons côtés. Je me suis fait des amies à Montréal, je suis contente de mon indépendance. Mathieu sera heureux de faire le point sur sa vie sans avoir tous nos regards posés sur lui.

Le jeune homme remercia sa sœur d'un regard. Elle ferait un bon médecin, elle venait de fournir un excellent traitement. Françoise demeura un peu songeuse, puis elle convint :

— Je veux bien le croire, nous nous trouverons tous mieux à la suite de cette décision. Cependant, Marie ne le verra sans doute pas de cet œil.

Son compagnon lui adressa un demi-sourire, puis expliqua :

— Je le sais bien. Comme au moment de mon enrôlement, je compte recruter son cher Paul pour aider à faire passer la pilule.

Son interlocutrice fit une pause, puis acquiesça d'un signe de la tête.

Dans la seconde voiture, Amélie se retrouva assise à l'avant, près du chauffeur. Pendant de longues minutes, le couple à l'arrière évoqua les activités des prochaines semaines. Paul Dubuc revint sur un sujet déjà fréquemment abordé :

— Viendras-tu me rejoindre à Rivière-du-Loup

au début juillet, comme convenu, pour tout le mois ?

Sa maîtresse n'avait rien convenu du tout. Elle opposa son argument habituel :

— Pendant les deux mois de la belle saison, je réalise le tiers de mon chiffre d'affaires annuel, peut-être plus. Je ne peux m'éloigner.

— Voyons, trois personnes très compétentes sont en mesure de prendre la relève : Mathieu, Thalie et Françoise. Ce sont des adultes capables de tout faire fonctionner.

— L'un des enfants doit absolument m'accompagner, si je veux aller chez toi. Un veuf et une veuve dans la même maison, ce ne serait pas convenable !

Paul Dubuc prit la main de sa compagne.

— Nous ne serons pas seuls. Ma sœur Louise et Amélie habiteront là aussi.

— Ce n'est pas la même chose, tu le sais bien. Les électeurs, surtout dans les paroisses rurales, ne doivent pas avoir une morale bien élastique.

Le politicien éclata de rire, puis précisa :

— Du moment où je me présente pour le Parti libéral, je pourrais avoir autant de femmes que le Grand Turc, et je continuerais d'être élu sans opposition.

— Si tu fais trop jaser, le parti trouvera un autre candidat. Une seule intervention en chaire de la part d'un curé soucieux des bonnes mœurs suffirait. Nous ne devons pas prendre ces choses à la légère. Les comportements de tous les Québécois sont scrutés à la loupe par une armée de censeurs.

La réplique ne découragea pas tout à fait le député. Les enfants de la dame viendraient certainement appuyer ses arguments. Amélie profita d'une accalmie de la conversation pour se retourner à demi et demander :

— Marie, Mathieu et Françoise ne sont plus…

La jeune fille chercha le mot juste un instant, puis ne trouva rien de mieux que :

— Fiancés ?

— Leur relation n'a jamais eu un caractère officiel. Mais oui, je pense que c'est la meilleure façon de présenter les choses. Ils ne se fréquentent plus.

— Tu devrais faire preuve de discrétion à ce sujet, conseilla le père. On ne sait jamais. Si on leur laisse le temps de s'ajuster de nouveau l'un à l'autre, après cette longue absence, peut-être reviendront-ils à leurs sentiments anciens.

Amélie répondit d'un sourire, puis précisa :

— Le changement semble bien définitif. Je les ai entendus tout à l'heure. Ma sœur a déjà un autre homme dans sa vie.

Cette fois, ce fut au tour de Marie d'essayer de réprimer un peu cet enthousiasme.

— Françoise a rencontré quelques fois un jeune employé avant le retour de mon fils. Cela ne va pas plus loin.

— Il est venu la relancer ce matin au magasin !

La marchande demeura un moment interdite, surprise de voir la jeune fille au courant de ces événements. Paul intervint avec autorité :

— Ce garçon ne m'a jamais été présenté. Il n'y a rien de sérieux entre eux !

Malgré ses propres accrocs à la morale, le député était bien soucieux du respect des convenances par ses propres enfants. Cette habitude des jeunes gens de la ville de se rencontrer en dehors du foyer familial de la demoiselle lui paraissait bien dangereuse. Heureusement, son aînée demeurait bien sage, malgré cette situation un peu trouble. La cadette, plus audacieuse, resterait en liberté étroitement surveillée, pour éviter toute mauvaise surprise.

Amélie ne calma guère son inquiétude.

— Mathieu est très beau. J'aimerais qu'on se fréquente.

Dans un premier temps, Paul demeura muet de surprise, puis il répondit en élevant un peu la voix, au point d'amener le chauffeur de taxi à regarder dans son rétroviseur.

— Mais il est bien trop vieux pour toi !

— Voyons, il aura vingt-deux ans en juillet.

— Et toi dix-sept ! Tu es sortie du couvent vendredi dernier ! Lui arrive de la guerre.

Le constat tomba, lourd de sous-entendus. Après des années dans un pensionnat de religieuses cloîtrées, l'homme imaginait sa fille tout à fait ignorante des « choses de la vie ». De son côté, un vétéran rapportait avec lui un bagage d'expériences à l'effet délétère.

Amélie fixa son beau regard bleu sur son paternel, mordit sa lèvre inférieure. Très vite, des larmes roulèrent sur ses joues. Marie intervint pour prévenir l'ondée. En posant sa main sur l'avant-bras de la jeune fille, elle expliqua :

— Ton père veut dire que dans le cas de Mathieu, le calendrier habituel ne vaut plus rien. Si tu regardes les yeux de mon fils attentivement, tu constateras qu'à certains égards, il paraît très âgé. Tu as certainement lu dans les journaux combien les hommes ont souffert là-bas. Tu es une magnifique jeune fille, vive, jolie, intelligente. Mais penses-tu pouvoir donner ce dont il a besoin à un homme profondément meurtri ?

— Françoise a dix-neuf ans et elle sort du couvent aussi. Mais à vos yeux, elle faisait une fiancée parfaite.

La cadette des sœurs Dubuc se retourna vers l'avant, le visage buté. Au moins, sa colère chassait ses larmes. Heureusement, car la voiture entrait déjà sur le terrain de l'exposition provinciale.

5

Pendant des années, les foires agricoles tout comme les cirques ambulants avaient planté leur chapiteau sur les plaines d'Abraham. Les bourgeois de la Grande Allée avaient protesté contre les odeurs de crottin et les bruits de foule de ces fêtes foraines, au point d'amener les autorités municipales à reléguer les manifestations de ce genre à la périphérie de la ville.

Les familles Dubuc et Picard descendirent sur une large plaine herbeuse située à l'angle des rues des Commissaires et de La Savane. De nombreuses constructions, certaines bien sommaires, les autres de pierre ou de brique, accueillaient des exposants ainsi que des manifestations culturelles ou sportives.

Pour la fête nationale, une forêt de mâts recevait des drapeaux nombreux. Si les *Union Jack* faisaient bonne figure, ceux du Vatican et les Carillon-Sacré-Cœur se révélaient de loin les plus nombreux. Des arcs de triomphe composés d'une simple armature en bois couverte de branches de sapin, d'épinette ou de pin permettaient aux visiteurs de se croire les héros de guerres lointaines, les vainqueurs d'ennemis bien mystérieux. Dans un coin, un peu à l'écart des diverses installations, un amoncellement de bois laissait présager un rassemblement autour d'un grand feu, une fois la nuit tombée.

— Mesdames, commença Paul Dubuc avec ironie, laquelle de ces nombreuses activités retiendra d'abord notre attention ?

Ces festivités populaires n'attiraient guère les habitants de la Haute-Ville... ou les députés de la campagne élus par acclamation. Comme les femmes demeuraient silencieuses, il crut bon de préciser :

— Comme vous pouvez l'entendre, il y a un orchestre dans ce kiosque. Puis nous aurons droit à une partie de base-ball, à des courses de chevaux, et même ensuite à une course de motocyclettes.

— Nous pouvons aller voir d'abord les joueurs de base-ball, proposa Amélie.

Cette façon de présenter la chose, tout de suite après la dernière conversation, fit sourciller le père. Marie exerça une pression sur son avant-bras afin de le contraindre au silence. Le petit groupe se déplaça en direction d'un losange improvisé grâce à des traits de chaux sur l'herbe. Deux cents personnes, peut-être, se massaient de ce côté du terrain de l'exposition.

— Ils auraient dû aller jouer au stade, commenta Paul Dubuc. Celui de la Pointe-aux-Lièvres se trouve à deux pas.

Sous leurs yeux, le deuxième but tenta d'attraper une balle bien lente, l'échappa, essaya de la récupérer entre ses jambes, la laissa tomber une nouvelle fois avant de s'en saisir trop tard pour éliminer le coureur. Un éclat de rire des spectateurs souligna la performance.

— Des équipes un peu plus spectaculaires avaient réservé le stade, commenta Mathieu.

— Qui sont ces gens ? questionna Amélie.

La couventine paraissait résolue à ne pas s'éloigner de l'objet de son désir. Elle se tenait à ses côtés, le visage levé vers lui.

— Selon *Le Soleil*, les employés de Bell Canada disputent cette chaude lutte à ceux du Canadien Pacifique.

« De simples ouvriers », songea la jeune fille. Certains présentaient des silhouettes grandes, bien découpées. Toutefois, leur statut de novice s'affichait bien nettement. Les frappeurs touchaient rarement la balle, malgré la faible puissance des lanceurs. Les joueurs au champ paraissaient s'ennuyer au point de converser entre eux. Seuls leur famille ou des amis s'entêtaient à demeurer sur place et à hurler des encouragements.

— Ils sont nuls ! commenta bientôt Amélie en leur tournant le dos.

— Nous pourrions aller juste à côté, proposa Thalie. Au moins les chevaux savent courir, c'est dans leur nature. Laissons les vaches jouer à la « balle au champ ».

Les sociétés du Bon parler français proposaient des traductions parfois étranges de toutes les expressions venues des États-Unis. C'en était une.

Tout le monde acquiesça à la suggestion. Juste à côté du losange se trouvait un grand ovale autour duquel se pressait une assistance nombreuse. La popularité des courses de chevaux ne se démentait pas. De très nombreux notables – avocats, manufacturiers, propriétaires de commerce – se payaient le luxe de posséder un superbe étalon. Une douzaine de fois pendant l'été, ils revêtaient leurs plus beaux atours pour se rendre dans des manifestations populaires. Les plus téméraires se mêlaient même de conduire eux-mêmes leur bête. Cela se produisait rarement lors des courses de plat. Bien peu, parmi ces bourgeois, se seraient risqués à galoper sur le dos d'un étalon nerveux, et puis leur embonpoint les condamnait à une piètre performance. Toutefois, pour les trots attelés, certains se retrouvaient le cul calé dans un sulky, les rênes solidement tenues dans une main, un fouet dans l'autre.

Thalie avait raison. Les bêtes nerveuses parcouraient le grand ovale avec une élégance toute naturelle. Les sabots ferrés de neuf soulevaient des mottes de terre, pour les lancer parfois jusqu'au premier rang des spectateurs.

Pourtant, un « oh ! » surpris, un peu effrayé même, leur parvint plutôt du terrain de base-ball. La balle lancée par un monteur de ligne de Bell Canada rencontra le bâton manié par un mécanicien de locomotive, décrivit un grand arc de cercle pour retomber lourdement… sur l'épaule de Françoise.

— Fausse balle, cria quelqu'un.

— Aïe, répondit la jeune femme.

Devant le joueur accouru pour récupérer le projectile, le député Dubuc protesta d'une voix outrée :

— En plus de ne pas savoir jouer, vous estropiez les gens.

— … C'est un accident.

— J'espère bien que c'est un accident. Autrement,

ce serait une agression armée, un crime valant dix ans de prison.

Le pauvre travailleur n'en revenait pas de sa malchance. Une fausse balle devenait un délit criminel, aux yeux de ce petit notable. Thalie fit preuve à la fois de plus de mesure et d'un meilleur à-propos :

— As-tu mal ? demanda-t-elle à son amie.

— Un peu. J'ai surtout été surprise.

— Si nous sommes soumises à un bombardement, conclut Marie, autant boire une limonade près du kiosque. Qui vient avec moi ?

Françoise fit tout de suite mine de la suivre, de même que l'étudiante.

— Je vais regarder la prochaine course, indiqua Mathieu, et je vous retrouve tout de suite après. Vous aurez à peine le temps d'être servies, avec cette affluence, alors commandez pour moi.

— Amélie, accompagne ta sœur et Marie, ordonna le politicien. Je vais aller dire un mot à ces idiots armés de balles, puis je vais vous rejoindre.

La jeune fille en rupture de couvent voulut protester. Mathieu évita une scène en disant :

— Monsieur Dubuc, pourriez-vous revenir ici d'abord ? J'aimerais vous dire un mot seul à seul. Cela ne prendra qu'une minute.

L'adolescente prit cela comme un congédiement et emboîta le pas à son hôtesse.

Mathieu allait ouvrir la bouche quand les spectateurs de la course s'agitèrent encore. Une balle venait de nouveau d'atterrir au milieu de la foule.

— Ce sont vraiment des imbéciles heureux, commenta le politicien. Je reviens tout de suite.

Paul s'éloigna d'un pas rapide, marcha jusqu'à l'arbitre et s'agita un moment devant lui. Mathieu s'amusa de la pantomime. À la fin, le joueur debout au sommet du losange jeta son bâton sur le sol, le receveur enleva son masque. Il fallut une minute aux joueurs de champ avant de comprendre la situation. Les journaux commenteraient abondamment la partie interrompue afin de protéger les badauds. Heureusement, personne ne donnerait le nom du député courroucé. Cela aurait pu réduire les appuis au Parti libéral, de la part des milieux sportifs.

Quand Dubuc retrouva Mathieu, les notables de la ville de Québec lançaient une autre fois leurs chevaux nerveux sur le grand ovale en terre battue.

— Depuis deux semaines, commença le jeune homme, j'essaie en vain de trouver un emploi dans une étude légale, sans aucun succès. Pourtant, je suis prêt à me passer de salaire.

— Tu n'as fait qu'une année de droit, il y a deux ans déjà. Surtout, l'été tout le système judiciaire tourne au ralenti.

— Cinq avocats m'ont expliqué cela, dans les mêmes mots.

Le jeune homme marqua une pause, puis il conclut :

— Dois-je renoncer à ce projet ?

— Peut-être. Mais je serai heureux de passer une douzaine d'appels téléphoniques, demain matin. Je ne peux rien promettre, cependant.

— Je le comprends bien. Je vous remercie.

Pendant un moment, les deux hommes regardèrent

la demi-douzaine de chevaux passer devant eux. Puis Paul constata :

— Tu n'as pas l'intention de continuer à travailler dans le commerce de ta mère.

— Non. Je ne suis pas du tout disposé à vendre encore des chiffons. Puis ma face lugubre fait une bien mauvaise réclame.

Il marqua une pause avant de continuer :

— Je m'inquiète un peu de la reprise des cours, en septembre. Il me semble avoir oublié tout ce que j'ai appris en 1916-1917. Mais ce n'est pas seulement ça. Je ne me sens plus la force de sourire à toutes ces dames, de les entendre me demander de parler de la guerre. Elles sont bien gentilles, remplies de bonnes intentions, mais je veux oublier ces mois d'horreur, pas m'y replonger pour leur procurer quelques sensations fortes.

Il interrompit la confidence, puis précisa :

— Je désire aussi quitter la maison, afin de vivre seul.

— Oh ! Cela fera des vagues.

Le politicien lui adressa un sourire. Marie résisterait à l'idée de laisser son aîné quitter de nouveau le nid familial. Elle se réjouissait tant de l'avoir retrouvé à peu près indemne.

— Je ne repars pas à la guerre. Je vivrai sans doute à moins de dix minutes de marche de la maison. Les chambres d'étudiant se trouvent toutes dans le quartier.

— Tout de même, tu la connais autant que moi.

— Il y a deux ans, vous m'aviez aidé à faire passer la nouvelle de mon enrôlement.

Son interlocuteur hocha la tête à ce souvenir.

— Vous pourriez encore jouer le même rôle.

Le politicien laissa échapper un ricanement bref. Les chevaux retinrent un moment son attention.

— Je me sens un peu en conflit d'intérêts, précisa-t-il. Ce matin, j'ai encore invité Marie à prendre quelques semaines de vacances avec moi à Rivière-du-Loup. Mon meilleur argument était ta présence au magasin, pour prendre le relais. Si tu t'en vas, elle ne voudra plus rien entendre.

La situation lui paraissait inextricable. Non seulement sa maîtresse voudrait demeurer à Québec, mais son humeur s'assombrirait les prochaines semaines.

— Alors négocions. J'offrirai à maman mes services pour la période où elle sera absente. Vous vous efforcerez de lui faire comprendre qu'après ma présence au front et tous ces mois dans des chambrées militaires, je trouve difficile de passer vingt-quatre heures par jour à proximité d'une mère aimante et attentionnée au point d'en devenir un peu envahissante.

Ces mots décrivaient bien l'attitude de la marchande. Paul hocha la tête avant de prendre un engagement formel :

— Je ferai tout mon possible pour la rassurer. Surtout, je me rendrai détestable auprès de tous mes collègues à force d'insister afin de te trouver une place de stage. Toutefois, tu dois t'attendre à un emploi très ennuyeux, comme classer de vieux dossiers.

— Je suis prêt à nettoyer les toilettes, du moment que cela se passe dans une étude légale, et cela pour l'amour du bon Dieu.

— Je vais te donner un conseil d'avocat : ne fais pas allusion à ton désir de travailler sans être payé. Tes futurs confrères risquent de te détester si tu fais baisser le prix du travail légal.

Le député tendit la main afin de sceller l'entente entre eux.

— Le mieux serait de rejoindre les dames, conclut Mathieu, sinon ma limonade sera tout à fait tiède.

Après un dernier regard sur les chevaux, les deux hommes se dirigèrent vers le kiosque à leur tour.

L'expérience ne marquerait la vie d'aucun mélomane, mais l'orchestre Morin berça les spectateurs massés autour du kiosque érigé au centre du terrain d'exposition tout l'après-midi. Il se produirait aussi en soirée sur la terrasse Dufferin.

Le groupe des Picard et des Dubuc monopolisa deux petites tables rondes pendant un peu moins d'une heure. L'épaule de Françoise et les risques inhérents aux joutes de balle au champ monopolisèrent la conversation un moment, puis l'intérêt se porta sur la belle saison s'ouvrant sous les meilleurs auspices. Le ciel offrait un bleu soutenu depuis le matin. Surtout, les nuages de la guerre étaient enfin dissipés. Si les Allemands retardaient toujours la signature du traité de paix, à Versailles, personne ne songeait à une reprise des hostilités.

Marie le vit la première. Édouard Picard, dans son bel habit en lin, le canotier incliné sur l'œil, demeurait un jeune homme très séduisant. Au moment où il aperçut le groupe rassemblé, son hésitation fut à peine perceptible. Un instant plus tard, il tendait la main à la veuve en disant :

— Madame, je suis très heureux de vous revoir.

Elle présenta sa main gantée, incapable toutefois de retourner le compliment. Charger l'enfant des péchés de son père serait injuste. Cette réflexion lui permit d'esquisser un sourire.

Le nouveau venu conserva la même attitude polie en se tournant vers Thalie, même si le souvenir d'une plume de poulet lui donnait envie de distribuer des gifles.

— Mademoiselle, vous avez terminé la première année du cours de médecine, je pense.

— Oui, vous êtes bien informé.

— Personne ne peut ignorer ce fait. Vous serez la première femme de la ville à recevoir un diplôme de ce genre.

— Je vous retire mon compliment. Chacun sait qu'Irma Levasseur fut la première à devenir médecin.

L'homme encaissa la remarque sans se départir de son sourire.

— Vous demeurez jolie, vous êtes certainement intelligente…

Il laissa en suspens le reste de la phrase : « … et arrogante au point de mériter une bonne correction. » L'étudiante n'entendait pas demeurer en reste dans ce genre de civilités.

— Oh ! Vous n'êtes pas mal non plus… dans votre genre.

Cette fois, les mâchoires masculines se crispèrent un peu. Mieux valait porter son attention sur un autre membre du groupe.

— Mathieu, tu es enfin de retour au pays.

Entre des hommes apparentés et à peu près du

même âge, le tutoiement demeurait de rigueur. Le vétéran tendit sa main gantée en disant :

— J'aurais mauvaise grâce à nier cette information.

— L'un de ces jours, nous devrions discuter, tous les deux.

— Je n'ai aucune intention de retourner à la guerre prochainement, donc une rencontre entre cousins ne posera pas de difficulté.

Sur le mot « cousin », Édouard perçut une curieuse inflexion dans la voix de son interlocuteur. Comme il ne faisait pas mine de s'en aller, Marie ne put se dérober à l'obligation de faire les présentations :

— Monsieur Paul Dubuc, un ami de la famille. Paul est avocat et député à l'Assemblée législative.

Puis, à l'intention de son compagnon, elle précisa :

— Édouard Picard était le neveu de mon défunt mari.

— Je suis enchanté de faire votre connaissance.

Les deux hommes échangèrent une poignée de main. Le nouveau venu remarqua :

— Vous devez être très fier du succès du Parti libéral, hier. Nous avons connu une belle victoire.

— Très belle, en effet… Je vous présente mes filles, Françoise et Amélie.

Chacune tendit sa main gantée en se disant : « Enchantée. » La cadette mit un enthousiasme un peu exagéré dans le ton utilisé, tout en se levant à demi. Le député laissa échapper un petit soupir. Celle-là s'enflammait un peu trop rapidement pour tout ce qui portait un pantalon : l'été offrirait sa part de discussions orageuses.

Thalie n'allait pas, de son côté, perdre l'occasion d'une nouvelle petite pique :

— Vous avez connu la victoire ?... Vous n'êtes plus le fidèle Sancho Pança ?

— Pardon ?

— Sancho Pança, le faire-valoir de don Quichotte. Depuis ma naissance, du moins on me l'a dit, vous avez joué ce rôle auprès d'Armand Lavergne.

Comme l'autre rougissait, Mathieu précisa :

— Vous avez évoqué votre victoire libérale. Pourtant, le donquichottesque Lavergne n'a pas appuyé Lomer Gouin, cette fois-ci, mais plutôt ses adversaires.

— Je ne m'intéresse pas aux convictions de ce monsieur.

— Voyons, renchérit Thalie, je vous ai moi-même vu à ses côtés lors de toutes les manifestations contre la conscription.

La conversation prenait une tournure inquiétante. Pourtant, elle revêtait un étrange côté thérapeutique. Pour la première fois depuis son retour, Mathieu arborait un sourire franc, aucune ombre ne voilait son regard.

— Ma sœur évoque le héros de Cervantès. L'image me plaît. Votre comparse lançait de grandes entreprises contre les moulins à vent impérialistes. Fidèle, tu suivais assis sur un âne.

— ... Empêcher les impérialistes d'enrôler de force des Canadiens français ne tenait en rien de la chimère. Ils voulaient anéantir notre nation dans les tranchées des Flandres.

La voix devenait cassante, le visage se couvrait du

rouge de la colère. Édouard put se ressaisir juste assez pour murmurer :

— Mesdames, messieurs, je dois vous quitter, la course commencera bientôt.

Il tourna les talons pour s'éloigner d'un pas raide. En pouffant de rire, Thalie remarqua à l'intention de Paul :

— Si on gratte ce libéral, on trouve très vite un nationaliste.

— Mais il est si beau, conclut Amélie.

Le politicien secoua la tête. Marie vint à son secours en disant :

— Allons voir cette course. Cela doit représenter le clou de la journée.

Si les personnes plus âgées et les amants des beaux animaux se pressaient au moment des courses de chevaux, les jeunes s'enthousiasmaient pour des montures pétaradantes et malodorantes. Les motocyclettes s'alignaient près de la ligne de départ, au nombre de quatorze.

Les audacieux assez fous pour s'élancer sur la piste ovale ressemblaient à s'y méprendre aux « as » de l'aviation dont les photographies ornaient fréquemment les journaux. Ils portaient en effet des casques et une veste en cuir épais, destinés à prévenir des éraflures douloureuses en cas de contact trop violent avec le sol. Toutefois, ces minces protections se révéleraient dérisoires contre un impact brutal.

— Nous ferions mieux d'éviter cette section des estrades, près de la ligne de départ, remarqua Thalie.

Édouard Picard se trouvait là avec des hommes

de son âge et de sa condition sociale. Leurs discussions animées témoignaient d'une réelle passion pour les « machines ».

— Il y a de la place de ce côté-là, répondit Marie.

La femme montrait du doigt une section proche de la courbe supérieure du grand ovale. L'endroit offrait un excellent point de vue.

— Je me demande bien pourquoi personne n'occupe ces places, remarqua Paul en se dirigeant vers l'endroit.

Un élément de réponse s'imposa au moment où ils durent essuyer la poussière sur le madrier rugueux servant de banc. La piste en terre battue, toute proche, se trouvait bien sèche. À cet endroit, les chevaux avaient tourné dans un nuage.

— Nous risquons de ruiner nos tenues, se plaignit Françoise.

— Un peu de poussière ne gâtera pas un bon tissu, rétorqua Thalie. Gertrude fera tout disparaître à la prochaine lessive.

— Elle va plutôt faire tremper ma robe dans l'huile de moteur.

La vieille domestique maîtrisait mal sa mauvaise humeur depuis des semaines. Voir l'invitée de la maison lever le nez sur Mathieu lui paraissait l'impudence absolue. Sa politesse froide, le masque impassible sur son visage se révélaient pires qu'une franche hostilité.

— Si tu veux, je vais lui parler.

— Cela ne changera rien, Marie a déjà essayé.

Thalie répondit d'un sourire. La vieille bonne ne refuserait rien à l'un des enfants de sa patronne. Près de la ligne de départ, les coureurs baissaient leurs lunettes d'aviateur sur leurs yeux, donnaient un coup de pied à leur démarreur. Très vite, le bruit de la pétarade devint insupportable. Tous les regards convergèrent dans cette direction. Un officier de police se tenait immobile, son revolver pointé vers le ciel.

Les compétiteurs s'approchèrent du trait de chaux sur le sol, deux d'entre eux se virent incités à reculer un peu, tellement ils mordaient la ligne. Quand retentit la détonation, certains motocyclistes démarrèrent en trombe, seule leur roue arrière portant sur le sol. D'autres, moins audacieux, ou plus rusés, évitèrent de se mêler au peloton pour tenter de le dépasser en s'éloignant à l'extérieur de la piste.

En s'engageant dans la courbe du grand ovale, les montures en fer s'inclinèrent dangereusement, certains genoux effleurèrent la terre battue, parfois les roues arrière glissèrent dans un dérapage difficilement maîtrisé. Surtout, elles soulevèrent un nuage brunâtre que le vent poussa vers les estrades.

Marie toussa brièvement tout en portant sa main devant sa bouche. Finalement, ces places se révélaient moins avantageuses qu'elle ne l'avait d'abord cru.

— Nous pouvons nous éloigner un peu, proposa Paul en criant pour couvrir le vacarme. Si nous demeurons debout un peu vers l'arrière…

— Non, protesta Amélie. Je ne verrai rien.

Elle tenait son chapeau de paille de l'une de ses mains gantées, plaçait l'autre près de sa bouche. Le père échangea un regard impatient avec sa compagne, comme pour signifier : « Si récemment échappée du pensionnat, sa nouvelle liberté lui monte un peu à la tête. »

Pendant un long moment, le peloton des coureurs s'éloigna d'eux, se perdit même dans un brouillard d'un vilain brun au moment de prendre la courbe opposée, puis reparut, progressant à une vitesse folle. De nouveau, ce furent l'inclinaison vers l'intérieur de l'ovale, les dérapages, et la poussière un peu étouffante. De nombreuses personnes hésitaient entre protéger leur bouche ou leurs oreilles.

Les « oh ! » et les « ah ! » soulignaient les dépassements les plus audacieux ou les oscillations trop marquées des machines. Au cinquième tour, Bilodeau menait. Toutefois, sa roue avant buta dans l'un des trous laissés un peu plus tôt par les chevaux. Il fit un mauvais mouvement, sa roue arrière sembla un moment vouloir dépasser celle de l'avant. La motocyclette se coucha sur le côté, il laboura le sol de son genou et de son épaule.

Un, deux puis trois coureurs purent l'éviter. Leurs manœuvres soulevaient encore plus de poussière. Le cinquième, Jack Patterson, désireux de prendre la tête en se dirigeant vers l'extérieur de la piste en accélérant, ne distingua tout simplement pas l'obstacle. Sa roue avant donna brusquement sur le bloc-moteur de Bilodeau, son bolide s'envola littéralement, son chauffeur toujours cramponné au guidon.

Le lendemain, les journaux parleraient d'une trajectoire de vingt-cinq à trente pieds. Mathieu ne chercha pas à l'estimer au moment où l'homme toucha violemment la terre juste devant lui, pour culbuter sur lui-même à trois reprises. Il se leva plutôt pour s'approcher de la victime, sauta en arrière afin d'éviter le contact avec une motocyclette passant en trombe. Ensuite, prudemment, demeura un moment en retrait, le temps de laisser passer tous les compétiteurs.

Quand le bruit des moteurs s'éloigna, la poussière retomba un peu. Personne d'autre n'avait heurté l'un des engins, ou les corps étendus sur le sol. Cela tenait du miracle. Bilodeau se mettait malaisément sur les genoux afin de regagner avec difficulté le gazon au centre de la piste. Des spectateurs s'empressèrent de dégager les machines. D'autres faisaient de grands signes des bras afin d'amener les officiels à interrompre la course.

De son côté, Mathieu s'agenouilla près de Patterson. Il l'apprendrait à la lecture des journaux du lendemain, ce gars avait survécu à deux ans de guerre. Au moment de sa démobilisation, il avait repris son emploi au chantier naval Davie, sur la rive sud. Finalement, sa passion pour la course se révélait plus dangereuse que les balles allemandes.

— Il faudrait le sortir de la piste, proposa Paul Dubuc, venu le rejoindre.

L'ancien soldat leva la tête. Si des spectateurs marchaient sur le grand ovale, le bruit tonitruant des moteurs laissait toujours craindre l'arrivée soudaine des compétiteurs grisés à l'idée d'une victoire.

— Le déplacer peut être dangereux.

— Le laisser là aussi.

Finalement, des curieux venus voir le blessé se saisirent soigneusement de ses membres, l'un d'eux passa ses doigts sous la ceinture en cuir à sa taille. Thalie soutint la tête entre ses mains.

— Il va mourir, murmura Mathieu quand le corps du coureur se trouva étendu sur la banquette rugueuse.

Sa sœur remontait les lunettes d'aviateur sur le front de Patterson. Son visage semblait bien étrange, couvert de saletés à l'exception de l'espace protégé par le verre, très blanc, marqué de taches de rousseur. Une moustache mince, d'un roux foncé, courait sous son nez.

— Il est beau !

Au son de la voix d'Amélie, Paul Dubuc ne put réprimer un juron.

— Il ne s'en tirera pas, répéta le vétéran.

— Sa respiration paraît régulière…

Le frère et la sœur tenaient chacun à leur pronostic. Mathieu précisa sa pensée :

— Renifle.

Au moment de le soulever, les bons Samaritains avaient bien perçu l'odeur d'excréments, le pantalon de grosse toile était mouillé d'urine devant. L'abdication des sphincters lui inspirait ce pessimisme.

Une silhouette noire se dressa près d'eux, le jeune homme reconnut une soutane. Le prêtre appuya son diagnostic en disant :

— Il vaut mieux l'administrer.

Comme d'habitude lors des festivités de ce genre, l'abbé Émile Buteau parcourait le terrain de l'exposition. Il convenait de montrer que l'Église appuyait l'aspect profane de la fête nationale, cela d'autant plus que toutes ces personnes avaient consacré leur matinée à des cérémonies religieuses.

Surtout, sa seule présence permettait de prévenir la commission de péchés, petits et grands. Aucune jeune femme au maquillage outrancier, à la démarche provocante, n'avait hanté les lieux. L'ecclésiastique s'inquiétait toutefois d'avoir vu des hommes réunis autour de coffres de voiture ouverts. Les passeurs d'alcool envahissaient même les célébrations de la Saint-Jean-Baptiste. Dès le lendemain, le prêtre de choc publierait un article excessif dans *L'Action catholique* ; le prochain dimanche, tous les curés du diocèse de Québec fustigeraient la « dive bouteille » du haut de la chaire.

Buteau ne se laissait jamais prendre au dépourvu. Une ouverture placée à un endroit opportun sur le côté de la soutane lui permit de tirer une étole de la poche de son pantalon sans se trousser. L'ornement autour du cou, alors qu'il s'apprêtait à tracer une croix du bout de son pouce sur le front du blessé, quelqu'un fit remarquer :

— Il n'est peut-être pas catholique.

— Il est peut-être catholique, rétorqua le prêtre.

Le sacrement des mourants ne ferait pas de mal à un protestant, et il représentait un passeport pour le ciel aux yeux des pratiquants de la vraie foi. L'ecclésiastique marmotta de mystérieuses paroles en latin. Heureusement, aucun bruit de moteur ne déchirait plus les oreilles. Les compétiteurs, sales et hagards, s'approchaient plutôt en poussant leur monture à leur côté.

Un instant plus tard, un homme nerveux, une petite mallette en cuir à la main, fendit la foule en clamant d'une voix autoritaire :

— Éloignez-vous, vous l'empêchez de respirer !

Devant l'abbé Buteau, le nouveau venu crut nécessaire de présenter ses lettres de crédit.

— Je suis le docteur Bertrand. Quelqu'un s'est chargé d'appeler une ambulance. Elle va arriver dans un instant.

— Je lui ai donné l'extrême-onction.

Le scientifique acquiesça devant le représentant de Dieu, puis il se pencha sur le blessé pour mettre sa main sur son cou.

— Son cœur bat toujours.

Au moment où il commençait à détacher les boutons de la veste en cuir, une voix s'éleva au-dessus des rumeurs de la foule :

— *Jack! My God, Jack!*

De nouveau, les curieux desserrèrent les rangs pour laisser passer une femme tenant un très jeune enfant dans ses bras. Elle se jeta sur ses genoux au moment où le marmot décidait de pleurer à s'en fendre les poumons.

— Je vais le prendre, dit Marie en joignant le geste à la parole.

L'autre se laissa dépouiller de son fardeau sans même lever les yeux, puis elle approcha son visage tout près de celui du gisant.

— *Oh! Jack, talk to me!*

Devant le silence de son mari, elle tira sur les revers de sa veste, fit mine de le relever à demi, comme pour l'asseoir.

— Madame, ne faites pas cela. Vous risquez de le blesser.

Dans les circonstances, les paroles du médecin paraissaient un peu ridicules. Toutefois, nul ne savait combien de fractures affectaient ce grand corps. Les deux mains du docteur Bertrand posées sur ses épaules, la femme éplorée abandonna son projet pour poser plutôt la tête sur la poitrine de son époux. Ses sanglots bruyants faisaient tressaillir tout son corps.

L'attention des curieux fut bientôt attirée par le son d'un moteur. Une ambulance roulait sur la piste de course. À cause des risques inhérents à certaines activités de la journée, un véhicule se trouvait à l'entrée du terrain de l'exposition. Deux hommes en descendirent. Ils se munirent d'une longue planche avant de venir vers le blessé.

— C'est un Anglais, précisa le médecin en aidant l'épouse à se relever. Conduisez-le au Jeffery Hale.

Le praticien s'en tenait aux usages, les deux peuples ne devaient se mêler ni à l'école ni à l'hôpital. Les employés usèrent de mille précautions pour faire passer le corps de la banquette à la planche. Au moment où, sous les yeux de l'épouse en larmes, ils faisaient passer leur fardeau dans le véhicule, Marie tendit l'enfant tout en chuchotant en anglais :

— Madame… je vous souhaite bonne chance.

Gênée par la souffrance toute nue livrée à son regard, elle s'esquiva bien vite pour aller se pendre au bras droit de Paul Dubuc. En soirée, le 25 juin, Jack Patterson rendrait l'âme sans avoir jamais repris conscience.

L'ambulance quitta la piste de course, laissant des centaines de spectateurs frappés de stupeur. Un mouvement de foule se dessina vers la sortie. Pour endiguer ce flot, les organisateurs s'emparèrent de porte-voix et se répandirent dans le vaste terrain pour hurler :

— Malgré le malheureux accident, nous allons poursuivre les activités comme prévu. Ce sera une bonne façon de rendre hommage au valeureux sportif. Un médecin nous a livré des paroles rassurantes sur l'état du blessé.

Ces mots eurent l'effet escompté sur la plupart des visiteurs. Paul Dubuc remarqua à haute voix :

— Leur impudence est sans limites. Ce gros mensonge doit éviter de gâcher la belle fête.

— Ils doivent parler de l'autre coureur, rectifia sa fille, le premier qui est tombé. Je l'ai vu s'en aller tout à l'heure, soutenu par des amis.

Françoise tenait à présenter chacun sous son meilleur jour.

— Que faisons-nous ? demanda le père.

— Nous restons ici, répondit Amélie. Je suis triste pour ce pauvre homme, mais je veux profiter de cette fête.

L'homme regarda Marie près de lui, résolu à respecter le choix de sa compagne. Celle-ci hocha la tête pour lui signifier son assentiment. Le petit groupe regagna sa place sur les banquettes dans l'attente de la suite du spectacle.

Le programme annonçait la tenue de « Manœuvres militaires par notre valeureux 22e bataillon ». La grande entreprise de récupération de l'héroïsme des autres se poursuivait au sein des milieux nationalistes.

L'interruption abrupte de la course de motocyclettes forçait les organisateurs à devancer d'une heure cette manifestation. Tous les participants ne se trouvaient pas encore sur place, aussi les anciens militaires devaient resserrer les rangs. Certains se promenaient devant les estrades, à la recherche de camarades désireux de payer de leur personne.

L'un d'eux s'approcha bientôt pour dire :

— Capitaine Picard, heureux de vous revoir.

Mathieu accepta la main tendue.

— Après votre évacuation à l'arrière, continua l'autre, beaucoup de rumeurs ont circulé. Cela semblait être une bien mauvaise blessure.

Deux places plus bas, Marie tendait l'oreille. Malgré ses questions, son fils demeurait bien peu loquace sur l'étendue des dégâts. Tout au plus savait-elle que des éclats de shrapnell avaient atteint le côté droit de son corps. Et son fils ayant bientôt vingt-deux ans, elle ne pouvait tenter de pénétrer dans la salle de bains au mauvais moment dans l'espoir de voir l'importance des cicatrices.

— Elle était assez bénigne, puisque je suis là.

C'était la dérobade habituelle. Le soldat abandonna le sujet, pour enchaîner plutôt :

— Venez-vous jouer avec nous ? Nous allons montrer aux bonnes gens de Québec un peu de notre savoir-faire.

— Je n'ai pas d'uniforme. Je l'ai jeté au feu.

L'autre demeura un moment interdit, puis il partit en secouant la tête.

— Tu le connais ? s'informa Thalie.

— Le visage me paraît familier, mais je ne saurais dire son nom.

— Lui connaissait le tien.

Son frère lui adressa un sourire contraint.

— Les officiers avaient une certaine visibilité, tu sais. Notre travail faisait l'objet de discussions incessantes. Les soldats faisaient même des procès à certains d'entre nous et rendaient une sentence.

— Que veux-tu dire ?

— Ils formaient un simulacre de tribunal, avec un jury, puis examinaient le comportement d'un officier lâche, cruel, incompétent. Cela se soldait parfois par un verdict de culpabilité et une sentence de mort.

— Tu veux dire qu'ils…

La jeune femme ouvrait très grands ses yeux bleus et sombres.

— La mettaient à exécution ? Non. Ils se contentaient de lui remettre une note anonyme portant la sentence. L'effet se montrait parfois dévastateur.

Mathieu s'interrompit un moment, avant de préciser :

— Certaines sentences ont certainement été exécutées. Quand nous marchions vers les lignes ennemies, au milieu de la mitraille, des coups de feu éclataient derrière nous. Tous les soldats ne sont pas morts à cause des tirs ennemis.

Le jeune homme murmurait presque dans l'oreille de sa sœur. Les autres membres du petit groupe n'entendaient rien, mais soupçonnaient le caractère dramatique de ses confidences. Thalie serra la main gantée dans la sienne.

— Bref, nous étions bien connus de nos hommes, mais ceux-ci ne comptaient pas parmi nos intimes.

Aucun officier ne voulait connaître trop bien les personnes susceptibles de mourir en obéissant à ses ordres.

Sur le terrain devant les estrades, une centaine d'hommes en uniforme serraient les rangs, le fusil sur l'épaule. Le corps très raide, la poitrine gonflée de fierté, les vétérans firent un tour complet de la piste. Pendant ce temps, des employés plaçaient des potences sur le terrain, auxquelles pendaient des sacs de sable.

Les soldats formèrent un carré, avec dix hommes de front, sur dix rangées de profondeur. Les premiers saisirent leur arme à deux mains, puis s'élancèrent en hurlant, enfoncèrent leur baïonnette dans les sacs. Le second rang fit la même chose.

Les spectateurs médusés regardaient en silence, imaginant sans peine ces vétérans, un an plus tôt, faisant les mêmes gestes en direction de poitrines ou de ventres ennemis. Pour certains, la réminiscence se révéla insupportable. Mathieu se plia en deux et vomit bruyamment entre ses pieds. Pâle comme la mort, il se leva ensuite en laissant échapper :

— Je m'en vais.

Thalie s'empressa de lui emboîter le pas en s'accrochant à son bras et sa mère s'attacha à leurs talons. Le clan Dubuc dut les suivre. Même Amélie n'osa pas protester. Le groupe passa devant les estrades de tout un côté de la piste, sous le regard surpris de nombreux spectateurs.

— Le pauvre homme, commenta une jolie brunette aux cheveux courts et bouclés.

— Il s'agit de Mathieu, mon seul cousin.

Édouard Picard avait aperçu sa jolie secrétaire, Flavie, dans les estrades les plus hautes et, à force d'insister, l'avait convaincue de venir s'asseoir près de lui.

— Mathieu ? Il a fait la guerre, n'est-ce pas ?

Dans une petite ville comme Québec, chacun connaissait de grands pans de la vie familiale de son patron. Ses collègues du grand magasin PICARD s'empressaient de lui apprendre tous les secrets de la généalogie du nouveau propriétaire.

— Pauvre homme, une scène comme cela a dû lui retourner l'estomac, glissa-t-elle.

— Ou alors il a abusé d'une boisson vendue frauduleusement dans notre bonne ville.

En disant ces mots, le marchand songea aux deux bonnes bouteilles placées dans le coffre de son auto. Payées bien trop chères, au moins elles ne risquaient pas de lui valoir une amende. Les juges ne badinaient pas avec la prohibition. Après une pause, il ajouta :

— Vous savez, Flavie, aucun de ces vétérans n'est revenu au pays avec toute sa tête.

6

Jeanne faisait très attention de ne pas effleurer sa patronne au moment de poser la pièce de viande dans l'assiette. Quand un contact de ce genre survenait, Eugénie se raidissait comme si sa colonne vertébrale devenait d'acier ou, mieux, de verre. Alors, le moindre coup l'amènerait à se briser. Pourtant, grâce à la politesse apprise chez les ursulines, elle arriva à prononcer d'une voix à peine audible :

— Merci.

L'instant d'après, la domestique servait son jeune employeur. Le même mot, émis tout aussi discrètement, contenait une richesse de sentiments bien différente. Quand elle fit mine de placer une généreuse portion de bœuf dans l'assiette du vieux notaire Dupire, celui-ci plaça sa main au-dessus pour l'en empêcher.

— Non merci. Cette chaleur me pèse, je préfère m'en tenir à quelques légumes.

Avec sa serviette, l'homme épongea son front couvert de sueur.

— Cela ne va pas ? questionna son épouse, assise à sa droite.

— Seulement cette température excessive, je suppose.

— Je t'ai déjà vu avaler la moitié d'un bœuf par un climat bien plus suffocant.

— Cela signifie seulement que tu m'as connu jeune homme. Aujourd'hui, mon propre poids me pèse beaucoup.

Le notaire se trouvait au début de la soixantaine. Toutefois, sans doute pour avoir transporté toute sa vie une soixantaine de livres de trop, peut-être plus, il paraissait considérablement plus vieux que son âge. Son épouse, guère plus mince, gênée dans tous ses mouvements par l'arthrite, gardait pourtant une plus grande vivacité.

Le second service occupa les membres de la famille. Afin de briser le silence, Fernand annonça :

— Maman, j'ai pu refaire la provision de sherry.

La confidence s'adressait surtout à la domestique. Cela valait une invitation à un petit conciliabule tardif.

— Comment fais-tu ? s'informa la mère. Avec la prohibition, ces boissons ne peuvent être vendues dans la ville.

Plusieurs semaines plus tôt, une majorité de comtés du Québec s'était prononcée pour une prohibition « mitigée », c'est-à-dire permettant la vente du vin et de la bière. La nouvelle loi n'avait pas encore été promulguée. De plus, comme la ville de Québec s'était placée sous la loi fédérale Scott en 1917, elle ne profiterait même pas de ce petit allégement sans une intervention du Conseil de Ville.

— Je me suis présenté chez un médecin de la Basse-Ville afin d'obtenir une ordonnance. Nous étions une petite foule devant sa porte.

— Comme c'est étrange, ce genre de commerce.

Heureusement, les docteurs des environs ne se compromettraient pas ainsi.

Elle voulait dire ceux de la Haute-Ville de Québec. Pour la vieille dame, seuls les professionnels des mauvais quartiers s'abaissaient de la sorte.

— Mais ma chère, confia son époux, le docteur Caron m'a gentiment donné une ordonnance afin de me procurer du cognac.

— … Ce n'est pas la même chose. Toi, tu as vraiment besoin d'un cordial.

Tout de même, elle se montrait moins assurée, tout d'un coup. Le sujet de la corruption des mœurs modernes gâcherait un peu le bon repas. Elle choisit de changer de sujet et demanda plutôt :

— Eugénie, je suppose que les enfants ont bien aimé leur petite expédition, cet après-midi.

— Aucun des deux ne s'est plaint.

Certes, si elle s'adressait à ses enfants sur ce même ton cassant, aucun n'oserait jamais exprimer la moindre attente, ou la moindre insatisfaction. Fernand posa sur sa femme des yeux impatients. Le rose aux joues, elle consentit :

— Nous sommes allés sur les plaines d'Abraham, comme prévu. Ils se sont promenés sous les arbres pendant une heure environ, dans une voiture bariolée tirée par un poney noir et blanc.

Elle ne devait pas avoir aligné autant de mots depuis une ou deux semaines, sauf chez son médecin ou son confesseur.

— C'était une bonne idée de les amener là, commenta leur père. Les pauvres ne prennent pas l'air aussi souvent qu'ils le devraient. Tout à l'heure, quand je suis passé par leur chambre, sans doute à cause de l'effet de l'activité physique et de la chaleur, ils dormaient déjà.

Cela ressemblait à un compliment. Eugénie baissa les yeux sur le contenu de son assiette.

Si Édouard ne vomit pas ses tripes comme son cousin Mathieu en contemplant les exploits des héros du 22e bataillon, le spectacle ne suscita guère son admiration. Aussi contempla-t-il le profil de Flavie pour tromper son ennui. Ses boucles brunes balayaient sa nuque, couvraient à demi ses oreilles. Son chapeau cloche dissimulait tout le haut de son front. Son nez droit, petit, sa bouche étroite, ses lèvres bien dessinées, son menton... tout cela formait un charmant visage. La plus petite émotion modelait ses traits, ce qui trahissait le moindre de ses sentiments.

Au moment où les anciens militaires quittaient le terrain en rangs serrés au son du *God Save the King*, courtoisie de l'orchestre, le patron demanda à sa jeune employée :

— M'accompagnez-vous à l'intérieur du pavillon ?

— Vous passionnez-vous maintenant pour les animaux d'élevage ?

— Je me passionne pour les industries qui enrichissent mes clients, qui à leur tour viennent m'enrichir en vidant les rayons du magasin. Remarquez, depuis la fin de la guerre, les pauvres me réduisent à la famine.

Les jours de marché aux denrées, l'affluence dans le commerce ne se démentait jamais. Le prix d'un cochon bien gras se transformait en trois ou quatre jolies robes. Plus récemment, la baisse du prix des denrées et le chômage rendaient les choses plus difficiles pour tout le monde.

— Je veux bien vous accompagner.

Flavie ne montrait pas un enthousiasme extrême. Elle accepta pourtant de poser sa main sur le bras d'Édouard. Celui-ci interpréta cela comme une autorisation à commencer son grand jeu de séducteur.

— Comment se fait-il qu'une jolie fille comme vous se trouve ici toute seule ?

— Faut-il absolument venir aux fêtes de la Saint-Jean deux par deux ?

— Vous savez ce que je veux dire. Les garçons doivent se battre entre eux pour vous servir de cavalier, mais je ne vous ai jamais vue avec quelqu'un.

Elle hésita un moment avant de rétorquer :

— C'est vraiment curieux, je ne vous ai jamais vu non plus avec votre femme.

Le jeune homme perdit un moment son sourire. Pendant quelques secondes, il fit semblant de se passionner pour des vaches laitières noir et blanc.

— Ma femme ne s'intéresse pas du tout aux mêmes choses que moi. Ce mariage a été une monumentale erreur, j'en ai bien peur.

— Pourtant la cérémonie a eu lieu il y a deux ans environ.

La précision ne permit pas à son compagnon dc retrouver sa bonne humeur. Sa main gantée sous le nez pour bloquer un peu les effluves du fumier, la jeune femme demanda encore :

— Alors pourquoi vous être engagé avec elle ?

La question semblait bien indiscrète. Il émit un ricanement.

— Je suis certain que vous connaissez déjà la réponse.

— … Nous n'avons jamais abordé le sujet. Au bureau, jamais je n'oserais.

— Mais à l'écoute des employés du magasin, vous devez entendre un grand nombre de ragots. Vous connaissez sans doute tous les aspects de mon existence depuis ma naissance.

Une entreprise comptant plus de quatre-vingts vendeuses et vendeurs, des commis et des chefs de rayon, ressemblait à un petit village : chacun y surveillait la vie des autres.

— Les gens prétendent que vous vous êtes marié pour éviter la conscription, reconnut la jeune femme.

Même s'il se doutait bien de cette présentation des faits, Édouard accusa difficilement le coup.

— Je ne voulais pas du tout aller à la guerre, c'est vrai. Mais mon mariage ne tenait pas seulement à cela. Elle… Évelyne me plaisait vraiment. Mais bien vite, je me suis rendu compte que nous n'avions rien en commun. Elle ne viendrait jamais à une manifestation de ce genre.

— Vous le lui reprochez ? Si j'étais plus riche, je me trouverais des loisirs plus… raffinés, et moins odorants.

Le couple se tenait devant un enclos contenant une demi-douzaine de porcs. L'homme trouvait « reposantes » ces activités, de même que les personnes qu'il y rencontrait. Au fil des ans, la Haute-Ville et ses manières hautaines lui pesaient de plus en plus.

— Comme vous ne semblez pas apprécier ces

animaux, voyons si vous ne les aimeriez pas mieux sous forme de côtelettes. Nous pouvons manger près du kiosque.

— Je ne sais pas… vous êtes mon patron.

— Nous serons en plein air, à la vue de tous.

S'afficher en public ne lui rendait pas la chose plus facile, bien au contraire. Elle se mordit la lèvre inférieure. À la fin, la perspective d'une soirée dans la solitude de sa chambre orienta sa décision.

— J'accepte, mais je devrai rentrer tôt. Je travaille demain de bonne heure.

— Moi aussi. Je n'arriverai pas plus tard que vous, et je viens de plus loin.

À l'extérieur, tous les deux prirent une grande respiration pour se nettoyer le nez des effluves de porcherie. À table, pendant presque deux heures, ils discutèrent de tous ces petits sujets destinés à permettre à des jeunes gens attirés l'un par l'autre de se découvrir des intérêts communs. Un peu après sept heures, la jeune femme déclara en faisant mine de se lever :

— Je dois rentrer.

— Voyons, il est encore tôt. Il y aura un feu de joie tout à l'heure.

— Le feu de joie aura lieu au début de la nuit. Je serai alors endormie depuis un long moment.

— Je vous reconduis.

Sans attendre sa réponse, Édouard régla le prix des limonades et des repas. Il lui tendait le bras de nouveau quand elle précisa :

— Je vais rentrer seule. Votre voiture devant ma maison de chambres ferait trop jaser.

— … Dans ce cas, vous voudrez au moins m'accompagner jusqu'au stationnement.

Elle mit sa main sur l'avant-bras, se laissa guider jusqu'à un large espace à l'herbe pelée où des dizaines de véhicules s'alignaient.

— Puis-je au moins vous offrir quelque chose avant de vous quitter ?

Édouard ouvrit le minuscule coffre à l'arrière de la Ford pour révéler deux bouteilles d'alcool. Un panier d'osier contenait de la vaisselle, deux couverts et des verres, comme s'il se tenait sans cesse prêt à faire un pique-nique.

— Monsieur Picard, je m'en veux de vous préciser les choses aussi crûment, mais tout doit être clair entre nous. Je ne m'appelle pas Clémentine, je n'ai aucune envie de revivre son histoire.

Il fallait une bonne dose de courage à cette employée pour se risquer à une mise au point de ce genre. Des centaines de personnes cherchaient encore un emploi, des mois après la fin de la guerre. Et puis son patron pouvait lui faire une mauvaise réputation dans les commerces et les entreprises de toute la Basse-Ville. Sa colère lui vaudrait la ruine.

— Voyons, je n'ai aucune intention… de ce genre, protesta-t-il.

— Tant mieux. Dans ce cas, vous ne serez pas déçu.

Elle aurait pu dire plutôt : « Vous ne m'en voudrez pas. » D'un pas rapide, sans se retourner, la jeune femme se dirigea vers la rivière Saint-Charles afin de regagner le quartier Saint-Roch.

En prenant place derrière le volant, Édouard laissa échapper quelques jurons bien sentis. Son mariage seul n'alimentait pas les conversations du commerce. La visite de la jolie blonde désespérée à l'étage administratif avait fait son effet deux ans plus tôt, de nombreuses personnes devaient avoir entendu ses éclats de voix.

Bien sûr, Flavie avait raison. Il tentait de reproduire avec elle son aventure avec Clémentine : une épouse revêche dans la rue Scott devenait plus facilement tolérable avec une maîtresse complaisante dans un petit appartement discret. Il actionna le démarreur électrique d'un geste rageur.

Après une longue disette, Élisabeth retrouvait avec plaisir les romans français. Tout au long du conflit, le commerce du livre s'était tari. Les auteurs se trouvaient nombreux en uniforme, les employés des maisons d'édition aussi.

Elle se tenait dans le grand salon de la demeure de la rue Scott. Sa bru, affalée sur un divan, n'avait pas parcouru un paragraphe depuis une demi-heure. Ses yeux passaient des lignes du magazine à l'horloge posée sur le linteau de la cheminée. Un bruit leur parvint depuis la porte d'entrée. La jeune femme changea de posture, se tint bien droite, les mains dans son giron, comme les religieuses le lui avaient appris.

— Je me suis trouvé de quoi boire, clama Édouard depuis le corridor. C'est cher, mais enfin, chacun a droit à ses petits plaisirs. Je vous sers quelque chose ?

— Pourquoi rentres-tu si tard ? Le magasin était fermé aujourd'hui.

— Quel bel accueil !

Élisabeth surveillait la scène depuis son fauteuil, gênée de se trouver là.

— Nous avons attendu ton arrivée avant de passer à table, insista l'épouse en colère, avec pour seul résultat de manger froid.

— Tu savais où je me trouvais. Je t'ai dit ce matin que je comptais me rendre au parc de l'exposition.

— Pas jusqu'à huit heures du soir !

La colère la rendait un peu tremblante. Elle semblait cracher ses mots.

— Je n'ai aucune envie d'une scène ce soir. Je m'en vais me réfugier dans la bibliothèque.

— Ce ne sera pas nécessaire, je monte tout de suite. J'ai mal à la tête.

Les mains l'une dans l'autre, la démarche raide, Évelyne passa devant lui en prenant bien garde de ne pas croiser son regard. Édouard demeura un moment silencieux, puis il reprit, à l'intention de sa belle-mère :

— Toi, tu voudras bien boire quelque chose. Je vais te verser un porto.

Sans attendre sa réponse, il se dirigea vers une armoire afin de prendre des verres.

— Non merci, je préfère monter aussi.

Elle ferma son livre en laissant son index à l'intérieur afin de marquer sa page.

— Tu sais, ce matin au moment de partir, tu as évoqué une course de motocyclettes cet après-midi. Non seulement ta femme t'a attendu pour souper, mais elle se faisait une joie de ta présence.

— … Il y a eu un accident, le programme a été chamboulé.

« Pour se terminer plus tôt », songea le jeune

homme après avoir formulé le mauvais prétexte. Le véritable accident, c'était plutôt son inclination pour les bouclettes, blondes ou brunes.

— Tu aurais pu téléphoner, au moins.

L'homme fléchit sous ses mots. Élisabeth reconnut l'enfant de cinq ans si sensible à ses reproches.

— Je m'excuse, laissa-t-elle tomber tout doucement en plaçant sa main sur son avant-bras. Il ne m'appartient pas de te faire des observations de ce genre. Je dois me mêler de mes affaires. Bonne nuit, je monte aussi.

— … Bonne nuit, maman.

Condamné à boire seul, le jeune homme se versa un double whisky.

La soirée s'écoula très lentement, aucun sujet de conversation ne s'imposait aux Dupire. La vieille dame cessa bientôt ses efforts et préféra s'absorber dans une relecture attentive de *L'Action catholique*. Sa bru prit cela pour une autorisation et récupéra un roman caché sous le coussin de son fauteuil. Les deux hommes s'absorbèrent dans leurs pensées. Au moment où la grande horloge sonna dix heures, le maître de la maison demanda :

— Fernand, m'accompagnes-tu un moment dans mon bureau ? J'aimerais te parler.

Le jeune homme se leva en acquiesçant d'un mouvement de la tête, tendit la main afin d'aider son père à quitter son fauteuil.

— Je vous souhaite tout de suite une bonne nuit, observa la mère. Je vais aller me coucher.

Son fils l'aida aussi à se lever. À la surprise générale, Eugénie quitta son siège en offrant à sa belle-mère :

— Je vais prendre votre bras. Ce sera plus facile.

— ... Oh ! Ma chère fille, comme c'est gentil.

La surprise sur le visage ridé témoignait de la rareté des initiatives de ce genre. Un moment plus tard, assis derrière son lourd bureau, le notaire commença :

— Je viens de voir un miracle. Je m'approche du bon Dieu, sans doute.

L'ironie marquait la voix usée.

— Comment as-tu fait ? demanda-t-il après une pause. Elle semble devenir un être humain.

Fernand s'installa sur la chaise en face de la table de travail de son père tout en réfléchissant à la pertinence de dire toute la vérité.

— D'un côté, je pense que la situation s'est clarifiée entre nous. Elle n'aura plus jamais à souffrir mon corps gros et gras sur son ventre. Je ne la toucherai plus, cette perspective la réjouit.

Le vieil homme serra les dents devant une allusion aussi claire à la sexualité.

— Je me suis aussi permis de lui révéler ce que je savais... sur sa faute. En quelque sorte, un péché neutralise l'autre.

— Tu as trahi le secret d'un client, déclara le père sur le ton de la réprimande. Thomas Picard méritait plus de discrétion. Il a fait confiance à notre étude.

— Tu me permettras de te retourner le reproche. Tu m'as mis dans la confidence avant le mariage. Pas à titre de collègue dans ce cabinet, mais en tant que père désireux de m'éviter une mauvaise union.

Son vis-à-vis baissa les yeux. Lui seul devait assumer la responsabilité de cet accroc professionnel. Fernand le rassura d'un sourire, puis il continua :

— Je te remercie de l'avoir fait. Malheureusement, je ne t'ai pas écouté. Je le regrette aujourd'hui. Mais à mes yeux, la faute d'Eugénie n'est pas la grossesse, mais le fait de ne pas m'en avoir parlé, au moment de ma grande demande. Cela, et cela surtout, aurait dû m'amener à abandonner l'idée de ce mariage.

Bien sûr, une confidence de ce genre aurait donné une base toute différente à leur union. Il laissa échapper un long soupir découragé. Impossible pour lui de réécrire sa propre histoire.

— Papa, tu ne m'as pas demandé une conversation en privé ce soir pour discuter de l'importance de préserver le secret professionnel.

— Je m'inquiète. Ta mère et moi comprenons ce qui se passe entre toi et la domestique.

— Nous vivons sous le même toit.

Fernand ne pouvait descendre un escalier sans faire craquer les marches sous ses pieds. Même Jeanne ne passait pas inaperçue.

— Cela ne pourra pas durer… Avoir sous le même toit une maîtresse et une épouse.

Même à des gens infiniment moins religieux que ce vieil homme, pareille situation paraîtrait inadmissible.

— J'en suis bien conscient. Toutefois, tu sais combien Eugénie demeure froide envers ses propres enfants. Si Jeanne s'en va, qui s'occupera d'eux ?

— Ta mère…

C'était absurde. Elle avait du mal à monter et descendre un escalier. Le notaire laissa échapper un long soupir. Après une pause, il changea encore de sujet.

— Je ne suis plus vraiment capable de travailler.

— ... Voyons !

Le vieil homme leva les mains pour empêcher toute protestation inutile.

— Depuis des mois, tu prends prétexte de taper mes actes pour apporter des corrections.

Cette précaution lui permettait en effet d'éliminer de nombreuses erreurs, dont le nombre allait en s'accroissant.

— Tu vas prendre la relève. Je n'ai plus rien à t'apprendre, les clients gagneront au change.

Le fils songea un moment à protester, puis se ravisa.

— Tu pourras me conseiller sur les sujets les plus difficiles.

— Ce sera avec plaisir. Dans les circonstances, il te faudra songer à embaucher un clerc. Tu n'y arriveras pas seul, nous croulons sous la paperasse.

Fernand acquiesça. Comme il se chargerait désormais des rencontres avec les clients et de la rédaction des actes, quelqu'un devrait au moins s'occuper de les copier à la machine. Quand son père fit mine de se lever, il l'aida de nouveau, l'accompagna jusqu'au pied de l'escalier.

— Je vais monter sans aide. Cela demeure mon seul effort physique. Tu réfléchiras, au sujet de... ta situation.

— Je ne fais que cela, réfléchir. Ma principale préoccupation demeure le bien des enfants.

Resté seul, le jeune homme éteignit toutes les lumières du rez-de-chaussée, sauf une petite lampe dans un coin du salon. Il déboucha ensuite la bouteille de whisky toute neuve pour s'en servir un verre bien tassé.

Ce nouveau développement l'affectait plus que de raison. Même s'il abattait la majeure partie du travail et révisait les actes de son père, la présence du vieil homme le rassurait. Dorénavant, il se trouverait au premier rang, prendrait toutes les responsabilités sans pouvoir s'en remettre à une autre personne.

Près d'une heure plus tard, Fernand demeurait seul dans le salon, enveloppé par la demi-pénombre.

— Quelque chose ne va pas ?

La voix, venue de l'embrasure de la porte, le fit sursauter. Jeanne se tenait là, discrète dans son uniforme noir. Au moins, débarrassée de sa coiffe blanche, il devenait possible d'oublier un peu sa fonction dans la maison.

— Je te verse un verre et je te raconte tout.

En quelques phrases, l'homme la mit au courant de la situation. De sa place habituelle sur le canapé, elle commenta :

— Ton père semble tellement fatigué. Il pourra enfin se reposer un peu.

— Cela me donnera un petit surcroît de travail. Je risque de retarder d'une autre année mon projet de vacances.

Comme beaucoup de ses voisins, Fernand rêvait de passer quelques semaines dans une grande maison paysanne donnant sur le fleuve. L'idée de longues marches sur la grève, de ses enfants profitant du grand air, le réconciliait avec les longues heures passées à se dépêtrer dans les arcanes du droit de la propriété.

— Tu ne devrais pas prendre le risque de nuire à ta santé. Tu mérites du repos.

Lors de leurs tête-à-tête, le tutoiement s'imposait naturellement. Jeanne se trouvait assise tout contre le corps de son employeur, celui-ci parcourait toute la longueur de son dos du plat de sa grande main.

— Je sais bien. Mais je dois faire face à mes obligations. Désormais, je serai seul pour faire fonctionner cette étude.

Elle découvrait que le travail revêtait diverses formes. Rédiger des contrats et recevoir des clients entraînaient son lot de fatigue.

Des semaines plus tôt, pendant les jours suivant la scène d'Eugénie, Jeanne s'était sentie honteuse, souillée. Elle avait évoqué son désir d'aller travailler ailleurs. Puis elle s'était faite à l'étrange situation. Sa patronne cultivait une politesse froide, méprisante. Toutefois, elle n'osait plus formuler le moindre reproche.

Les verres vidés, le couple s'abandonnerait à certaines privautés. Puis, chacun regagnerait sa chambre.

— Monsieur, monsieur ! Un grand malheur !

Fernand se dressa sur son séant, troublé par l'étrange rêve, un grand cri d'abord, puis des paroles à la signification incertaine. Il entendit des coups sur la porte…

Il ne rêvait pas. Le temps de passer une robe de

chambre, il ouvrit. La vieille domestique de ses parents, celle qui l'avait élevé, se trouvait là, échevelée, les yeux en larmes.

— Monsieur... votre père... Venez vite !

Il lui emboîta le pas. La porte opposée à la sienne demeurait ouverte. Sous ses yeux s'offraient un lit défait et un homme couché de travers. Le vieux notaire reposait sur le dos, la bouche et les yeux ouverts. Pris d'un malaise au milieu de la nuit, il avait sans doute essayé de se lever. Cela expliquait les couvertures sur le plancher, le contenu de la table de chevet répandu sur le parquet.

Un bruit attira son attention. Sa mère sortait de sa propre chambre. Un peu sourde, le tapage de la domestique ne l'avait pas éveillée. Le fils se précipita en disant :

— Maman, attends-moi, je dois te parler.

Le mercredi 25 juin, le commerce ALFRED reprenait sa routine habituelle. À ce moment de l'année, les bourgeoises de la Haute-Ville aimaient renouveler leur garde-robe avant de migrer vers les lieux de villégiature. Les touristes s'ajoutaient à cette cohorte de clients de la Vieille Capitale. Aussi, au cours de la journée, Mathieu ne trouva pas le temps de parler en tête-à-tête avec sa mère.

À la fermeture, il l'accompagna jusqu'à la porte et demanda :

— Maman, veux-tu sortir un moment avec moi ?

— Gertrude...

— Elle mettra les assiettes dans le réchaud en nous attendant. Ce ne sera pas la première fois.

La femme s'arrêta pour le regarder dans les yeux,

puis donna son assentiment en hochant la tête. Un instant plus tard, elle verrouillait la porte derrière elle. Sans doute à cause d'une longue habitude, sans se concerter, ils se dirigèrent vers le parc Montmorency, trouvèrent un banc libre près du muret surplombant la Basse-Ville et le fleuve.

Marie semblait perdue dans ses pensées, alors que son fils ne savait trop comment aborder le sujet de ses préoccupations. À la fin, ce fut elle qui brisa le silence :

— La dernière fois que nous sommes venus ici, tu m'as annoncé ton intention de t'enrôler dans l'armée. Quel que soit ton projet aujourd'hui, cela ne pourra être plus dévastateur. Alors dis-le-moi.

Les lèvres maternelles présentaient un sourire attristé. Mieux valait mettre fin à cette tension.

— Je ne supporte plus le travail au magasin. Toutes ces femmes me regardent…

— … Pas plus qu'avant. Mais je suis d'accord avec toi : tu vas finir par faire fuir la clientèle.

Comme son fils gardait un visage troublé, elle enchaîna :

— Je devine que tu as une autre mauvaise surprise en réserve pour moi.

— … J'aimerais aussi emménager ailleurs.

Cette fois, Marie encaissa le coup plus rudement. Les coins de ses yeux s'alourdirent de larmes.

— La présence de Françoise… commença-t-elle après un moment.

— Non, pas vraiment.

— Que se passe-t-il exactement, avec elle ?

— Je ne comprends pas bien moi-même. Je suppose qu'en 1916, une jolie fille timide et rougissante présentait pour moi une promesse de bonheur éternel. Aujourd'hui, la magie n'existe plus. Elle a bien raison de chercher ailleurs.

Leur innocence réciproque les avait réunis au début. Ils étaient tous les deux si jeunes ! Françoise le demeurait tout autant, du moins à ses yeux. Lui sentait le poids de nouvelles décennies sur ses épaules.

— C'est juste elle, ou bien toutes les femmes te font cet effet ?

— Toutes les femmes, cela donne beaucoup de monde.

Marie ne put retenir un éclat de rire.

— Quelque part, continua le fils, il se trouve peut-être une jolie fille capable de chasser les idées noires de la tête d'un vétéran. Le tout est de savoir si elle s'aventurera un jour sur son chemin, et quand.

La mère posa sa main sur celle de son fils, la tint un long moment avant de murmurer :

— Avec Thalie, tu fais une bonne équipe.

— Ne crains rien, je ne songe pas à m'éloigner de Québec. Mon inscription à l'université Laval est déjà faite. Je serai tout près de toi.

— Ce n'est pas ce que je veux dire. Depuis un mois, elle m'explique combien tu dois trouver difficile de renouer avec ton ancienne existence, après les événements…

Jamais Marie ne référait explicitement à la guerre, à l'expérience singulière de tuer ses semblables et de risquer d'être tué par eux.

— Je ne lui ai pas demandé de te parler.

— Je le sais bien. Elle a deviné… et en toute

honnêteté, j'en arrivais aussi au même constat, tout en espérant que les choses redeviennent comme elles l'avaient été.

— Ce n'est plus possible de continuer à vivre ainsi. Je suis devenu un adulte.

Elle eut de nouveau un ricanement bref. Dans la plupart des familles, les jeunes gens quittaient la maison au moment de se marier, pas avant.

— Quels sont tes plans, précisément ?

— J'ai demandé à Paul de voir si dans son entourage un avocat ne voudrait pas d'un clerc prêt à travailler bénévolement. Je veux me replonger dans l'étude du droit. La rentrée de septembre m'effraie un peu. Je crains d'avoir tout oublié.

— Je suppose qu'il y arrivera. Et au sujet du logement ?

— Je verrai dans les maisons de chambres autour de l'université.

La petite main féminine se crispa sur la sienne. Cette désertion du foyer la troublait fort.

— Je te promets d'aller souper tous les dimanches à la maison, et sans doute à de nombreuses autres occasions aussi. Je n'ai aucune querelle avec les membres de la tribu Dubuc, et je t'aime toujours autant.

— ... Tu pourras attendre quelques jours avant de déménager tes pénates ?

— Cela ne revêt pas un caractère urgent. Pourquoi ?

— Une idée, comme ça. Je pourrai peut-être te suggérer un endroit où habiter.

Elle songeait bien sûr aux projets d'Élisabeth. Le savoir là lui donnerait au moins un peu l'impression de continuer de veiller sur lui. Le garçon tint à préciser :

— Dans le cas du commerce, toutefois…

— Tu descendras les jours où tu te sentiras capable d'affronter les clientes, tu t'abstiendras les autres jours, jusqu'à ton départ.

— Que feras-tu ?

— De nombreuses manufactures ont procédé à des mises à pied. Je pourrai peut-être même réembaucher l'une des vendeuses qui ont déserté au cours des dernières années pour aller dans les usines de munitions. Au pire, je trouverai une jeune fille fraîchement débarquée de sa campagne et je la formerai. Ne t'inquiète pas.

Mathieu hésita un moment avant de continuer :

— Sur le plan financier, ce ne sera pas trop difficile ? Cela te coûtera un salaire de plus. Déjà, Françoise reçoit une rémunération…

— Amplement méritée. Tu sais, en mourant, Alfred m'a laissé un commerce libre de dettes. Si les affaires n'ont pas été excellentes pendant la guerre, j'ai tout de même pu économiser tous les ans. Je pourrais même t'aider à payer tes études.

— Alfred a été généreux pour tous ses proches. Ma part du grand magasin PICARD représente une jolie bourse d'études. Vois-tu, mon ineffable demi-frère Édouard fera de moi un avocat.

Marie fronça les sourcils en entendant le mot « demi-frère ». Cela lui semblait trahir la mémoire de son défunt mari.

— Je sais bien qu'il y a un réchaud au-dessus de la cuisinière, conclut-elle, mais rentrons tout de même. Je commence à avoir faim et, par politesse, ta sœur et Françoise attendent certainement notre retour pour se mettre à table.

Bras dessus, bras dessous, ils se dirigèrent vers la rue de la Fabrique. Au moment de passer sur le parvis de la cathédrale, la femme ajouta :

— Le plus déçu dans cette histoire, ce sera Paul.

— Je ne comprends pas.

— Il insiste pour que j'aille le rejoindre quelques semaines à Rivière-du-Loup. Je ne pourrai pas laisser les filles toutes seules.

— Accepte.

Le jeune homme s'arrêta devant l'entrée du cinéma *Empire* pour regarder sa mère dans les yeux.

— Va en vacances chez lui.

— Françoise et Thalie ne pourront faire face à l'affluence, surtout si une vendeuse sans expérience complète l'effectif.

— Pendant ton absence, je viendrai tous les jours les aider, du matin au soir. Je te le jure sur la mémoire de papa. Tu as besoin de ces vacances. La dernière année a été rude : ton fils à la guerre, ta fille à McGill, la grippe espagnole. Va te changer les idées à la campagne.

Comme la femme semblait hésiter encore, Mathieu ajouta :

— Je serai très déçu si tu refuses. Je penserai que c'est ma faute. Envoie-lui un télégramme dès ce soir, ou mieux encore, téléphone.

— Sans chaperon, je ferai jaser.

— Les gens cancanent déjà. Pourtant ta boutique demeure prospère, et ton Casanova a été élu par acclamation, il y a peu de jours.

En reprenant le bras de sa mère pour parcourir

les quelques pas les séparant encore du commerce, il ajouta :

— Tu pourras même lui laisser entendre que la durée de ton séjour là-bas sera proportionnelle à la réputation du cabinet où il me dénichera un emploi.

Avec une pareille récompense, le député ferait des pieds et des mains. Peut-être même forcerait-il la porte de l'étude de maître Louis-Alexandre Taschereau, député de Montmorency et vedette du cabinet provincial.

7

Dans son bureau, Édouard entendit la sonnerie une première fois, puis une seconde, avant que la domestique n'ait même eu le temps de quitter la cuisine.

— Bon, qui s'impatiente de me voir à ce point ? grommela le marchand en fermant le grand registre sur sa table de travail.

Il quitta son siège pour gagner le couloir au moment où Julie laissait entrer le visiteur. Il reconnut Armand Lavergne.

Tout au long de la guerre, l'agitateur lui avait promis l'imminence d'un événement historique susceptible de secouer tout le Québec sur ses bases. Le retour à la paix, le désir largement partagé par tous de reconstruire les ponts entre les Canadiens le mettaient en quelque sorte à la retraite.

— Armand, fit-il en lui tendant la main, comment vas-tu ?

Dans les années 1900, il l'appelait « Monsieur ». Mais les bouteilles d'alcool de contrebande partagées depuis rendaient inutiles les formules de politesse.

— Bien... même si je reconnais que j'aimerais soustraire dix ans à mon âge.

À la veille de ses quarante ans, l'homme offrait

toujours une masse de cheveux ondulés un peu trop longs. Toutefois, de nombreux fils gris trahissaient le passage cruel du temps. Les traits demeuraient harmonieux, juvéniles, mais ils s'empâtaient, des poches soulignaient ses yeux.

— Console-toi en pensant à l'expérience accumulée. Les gens me regardent encore comme si j'étais un adolescent.

— Crois-moi, je préférerais ton problème au mien.

Ce genre de discussion ne les conduisait nulle part. Plutôt que de s'y complaire, Édouard proposa :

— Viens dire bonsoir à ma mère, puis je te servirai quelque chose.

Dans cette grande demeure, depuis la mort de Thomas, chacun passait ses soirées seul. Élisabeth se réfugiait le plus souvent dans le grand salon avec un livre. À leur entrée dans la pièce, la femme leva les yeux, trouva son plus beau sourire en se levant.

— Monsieur Lavergne, quelle heureuse surprise !

Elle tendit la main vers le visiteur. La formule tenait à son rapport étroit avec les manuels de civilité, en particulier celui de la baronne de Staffe. En réalité, du vivant de son époux, jamais ce boutefeu n'aurait osé franchir le seuil de la porte.

— Madame, soyez sûre que tout le plaisir est pour moi. Je suis enchanté de vous voir. Je vous réitère ma plus profonde sympathie pour le deuil qui vous afflige.

— Je vous remercie.

Le rappel du décès fit passer une ombre sur le visage de la veuve. Elle se détourna un moment.

— Nous allons te laisser retourner à ta lecture,

déclara son fils, troublé par la scène. Je te souhaite tout de suite bonne nuit, au cas où tu te retirerais avant que nous ayons fini de refaire le monde.

— Bonne nuit aussi.

— Madame, la salua Lavergne en inclinant la tête, avant de se retirer sur les pas de son hôte.

Les deux hommes revinrent vers la bibliothèque. Spontanément, Édouard se dirigea vers une armoire afin d'en sortir une bouteille de cognac. Le visiteur prit place dans l'un des deux fauteuils placés de part et d'autre de la cheminée. En acceptant le verre, il déclara :

— Ta mère demeure une femme magnifique. Honnêtement, je pense n'en avoir jamais croisé de plus belles. Des égales peut-être, mais pas plus belles.

Élisabeth était pourtant son aînée de deux ans. Entre ces deux individus particulièrement choyés par la nature, il existait une différence notable : elle était une femme au charme juvénile, lui incarnait l'adolescent refusant son âge.

— Si tu continues, je me méfierai de tes visites, à l'avenir.

— Oh ! Comme tu le sais, je suis marié.

— Ce n'est pas toujours un empêchement.

Le commerçant se cala dans son siège en avalant une gorgée de cognac.

— Je ne suis pas le plus vertueux des hommes, mais je demeure plutôt raisonnable en ce domaine.

Édouard préféra ne pas aborder la question de ses propres turpitudes. Il ramena la conversation sur leur sujet de prédilection :

— Tu as dû être impressionné par la victoire de

Lomer Gouin, lundi. Les conservateurs sont allés au massacre.

— Avec les fantômes de la conscription, pas un Canadien français ne pouvait voter pour Arthur Sauvé sans risquer de se faire lapider sur la place publique.

— Tout de même, là tu exagères. Le chef a été élu.

— Bon, bon, si tu veux t'arrêter aux détails, j'en conviens. Mais excepté lui, les autres conservateurs viennent des comtés de langue anglaise.

Le commerçant n'arrivait pas à deviner si son visiteur s'en réjouissait ou non. Au plus fort de la crise de la conscription, Lavergne avait présenté Lomer Gouin comme le seul espoir de la race. La paix revenue, il semblait regretter de voir l'opposition réduite à une portion si congrue de l'échiquier politique.

— Cette histoire d'une nouvelle guerre, y crois-tu ? demanda-t-il.

— L'Empire a déjà entraîné des soldats canadiens dans la lutte contre les bolcheviques de Russie, sans même que le Parlement d'Ottawa ne donne son avis.

— Seuls des volontaires ont été mêlés à cette opération…

— Ils veulent aussi nous engager dans l'aventure turque. Ce sont des incorrigibles.

Un moment, l'agitateur avait retrouvé le ton qui enflammait les travailleurs de la ville de Québec contre l'enrôlement obligatoire.

— Ils perdent leur temps, opina le marchand. Même Borden n'osera jamais faire cela. La guerre est finie, le bonhomme doit maintenant songer à sa réélection.

— Borden ne fera pas la prochaine campagne électorale. Il est fini.

— Ce sera la même chose pour son successeur.

Édouard avait raison, même son interlocuteur devait en convenir. Celui-ci se perdit un moment dans la contemplation de son verre, cherchant visiblement le meilleur moyen d'aborder le véritable motif de sa visite.

— Le gouvernement tarde à convoquer l'élection partielle dans le comté de Québec-Est.

— Tu penses ?

— Sir Wilfrid est mort depuis des mois, mais nous n'entendons parler de rien.

— Je suppose que Robert Borden agira au moment de l'ouverture de la session. De toute façon, comme le Parti libéral n'a pas encore de chef, rien ne presse.

Le commentaire amena le visiteur à se renfrogner un peu. Il leva son verre en disant :

— Tu permets ?

— Bien sûr, sers-toi.

Lavergne alla se verser une nouvelle ration de cognac.

— Je ne vois pas le lien entre le choix du chef et le déclenchement de l'élection complémentaire, déclara-t-il en revenant s'asseoir.

— Cela me paraît pourtant simple. Le candidat voudra savoir à quel chef il devra porter allégeance. De son côté, le chef doit accepter ou non le candidat.

— Le choix revient aux membres du parti dans

le comté concerné. N'est-ce pas la règle en démocratie ?

La question ne méritait pas de réponse. Wilfrid Laurier lui-même avait chassé Lavergne des rangs de son organisation politique.

— Pourquoi le sujet de l'élection complémentaire te préoccupe-t-il ? demanda Édouard. Cherches-tu à connaître le nom de la personne à qui tu crieras des invectives ?

Le visiteur se troubla un moment, une réaction bien rare de sa part, puis il murmura :

— J'aimerais me porter candidat.

— … Tu perdrais ton temps et tes dollars. Le Parti libéral l'emportera nécessairement dans ce comté. Les gens idolâtraient la « langue d'argent ».

L'ancien Premier ministre avait mérité ce surnom assez tôt dans sa carrière. Ses talents d'orateur faisaient toujours l'unanimité à la fin de sa vie.

— Ils voteront pour l'un de ses fidèles, conclut Édouard.

— Tu ne comprends pas. Je veux me porter candidat pour le Parti libéral.

Le marchand demeura un moment interdit, tellement la proposition lui semblait audacieuse.

— Tu me fais marcher, sûrement. Lors de l'élection de 1917, Laurier lui-même a suscité une candidature contre toi dans Montmagny, tellement il souhaitait te tenir loin des banquettes du Parlement d'Ottawa.

— Mais sir Wilfrid est mort, et la question de la conscription est oubliée. Je veux reprendre ma place dans le grand parti.

— Tu es connu dans Montmagny…

L'homme secoua la tête, puis il interrompit son hôte :

— Je suis connu dans toute la province. J'ai droit à son siège. C'est mon héritage.

Un long moment, Édouard ne sut quoi répondre. Une vague ressemblance entre Lavergne et Laurier, combinée à la longue et très tendre amitié entre le grand homme et la femme de son partenaire dans son cabinet d'avocats, alimentaient la rumeur d'une naissance adultère. Plutôt que de nier, le principal intéressé s'en amusait.

— Tu ne comptes tout de même pas te réclamer de cette supposée paternité dans les débats contradictoires.

— Je n'aurais pas à me sentir honteux d'une pareille origine.

Sans doute pas, mais une allusion de ce genre ferait scandale. Dans la très catholique province de Québec, cela déclencherait une croisade de tous les prêtres et des grenouilles de bénitier toujours prêtes à combattre pour eux.

— Pourquoi me dis-tu cela ? Tu devrais faire part de tes ambitions à Daniel Mackenzie, le chef par intérim du parti.

— Je te le répète, le choix du candidat sera effectué par les membres influents dans le comté de Québec-Est, avec la participation des députés libéraux de la région. Tu fais partie de ces membres importants. Ton père a été le principal organisateur du parti dans la Basse-Ville, et tu parais déterminé à prendre sa relève dans tous les domaines.

La remarque réjouit le jeune homme. Cela

signifiait que même cet énergumène reconnaissait son nouveau rôle dans le parti.

— Ne crois-tu pas avoir suffisamment semé la tempête depuis le début du siècle pour susciter une méfiance solide de tous les militants libéraux ? Du haut de toutes les estrades, tu as sans cesse nargué ces gens. Il y a des insultes qui ne s'oublient pas.

— Les insultes, ils me les ont rendues au centuple.

L'agitateur montrait un tel talent dans ce domaine, il avait semé plus de venin que tous ses adversaires réunis.

— Ton opposition à l'enrôlement obligatoire… rétorqua Édouard. Tu les as défiés plusieurs fois de te poursuivre pour haute trahison.

— Mais tous nos compagnons reviennent dans les grâces du Parti libéral. Wilfrid Lacroix et Oscar Drouin, placés à la tête de la Ligue anticonscriptionniste, vont se présenter à la prochaine élection. Drouin m'a même confessé lorgner Québec-Est !

Son hôte enregistra l'information. Ernest Lapointe serait content de l'apprendre.

— Que veux-tu de moi, exactement ?

— Ce sont tes amis. Je veux dire, tu connais tous les notables de la Basse-Ville qui indiqueront à leurs employés pour qui voter. Dis-leur que j'aimerais représenter le comté de mon… du grand homme et revenir au sein du Parti libéral.

— Je crois que ce sera inutile, mais je le ferai.

— Tu peux même leur préciser que je me présenterai de toute façon. Ce sera pour ou contre ce parti.

Édouard ne trouva pas utile d'expliquer à son ami combien ce genre de menace le rendait indésirable. L'autre continua :

— Bien sûr, en tant que mon plus vieil ami, j'espère que tu joindras tes forces aux miennes si je dois me résoudre à me présenter comme indépendant. Maintenant, ton respectable papa n'est plus là pour t'empêcher d'exprimer tes convictions politiques.

Son interlocuteur remarqua le mépris contenu dans cette tirade. Il se renfrogna un peu.

— J'aurai besoin de support dans les estrades… et d'argent, précisa le visiteur.

— Tu sais, pour l'argent… Les affaires ne sont plus aussi bonnes.

— Voyons, tu demeures le roi du commerce de détail dans la ville de Québec.

— Un roi assailli de toutes parts. Tu as vu tous les concurrents qui s'installent rue Saint-Joseph. Et puis avec le chômage, les prix élevés, les salaires à la baisse…

Ce portrait de la situation, rigoureusement exact, justifiait à lui seul la réserve du jeune commerçant. Surtout, il n'entendait pas risquer un sou dans la carrière d'un aventurier de la trempe de son ami.

— Sincèrement, continua-t-il pour faire taire toute insistance, ces jours-ci tu dois obtenir de meilleurs revenus que moi, avec toutes les poursuites entamées contre les insoumis.

— Tu serais surpris. Ces jeunes gens ne sont pas très riches.

— Oh ! Si je connaissais un moyen fiable de comparer nos ressources, je parierais. Je te soupçonne de drainer les épargnes de bien des cultivateurs soucieux de soustraire leur fils déserteur à la prison. Ces gens ont gagné de l'argent avec la demande européenne pendant le conflit. Leur bas de laine doit fondre maintenant en frais juridiques.

Sans le demander, cette fois, l'avocat se servit un troisième cognac. Au cours des années précédentes, en affectant de jouer au croisé voué à limiter la participation canadienne à la guerre, il avait vu son nom claironné par tous les journaux. De nombreux jeunes gens avaient recouru à ses services pour obtenir une exemption. Les fuyards récidivaient aujourd'hui pour échapper à une condamnation. Les profiteurs de guerre ne sévissaient pas tous dans le commerce ou l'industrie.

— Dis-moi, continua l'hôte pour prévenir toute protestation, tu dois en savoir long sur le scandale des fausses exemptions. La région de Montmagny paraît avoir été au centre d'une machination de grande envergure.

Armand Lavergne s'absorba dans une longue contemplation de la robe de son cognac. Des pères de famille inquiets avaient payé des sommes exorbitantes pour de faux papiers susceptibles de protéger des jeunes hommes de l'enrôlement. Maintenant, des noms de notables étaient évoqués dans les plumitifs des tribunaux.

Fulgence Létourneau se faisait un devoir de n'être jamais en retard à un rendez-vous. Avec un sourire contraint, il parlait de la ponctualité comme étant la politesse des rois. Quand il s'agissait de rencontrer son patron, il arrivait avec quinze bonnes minutes d'avance.

— Bonjour, mademoiselle Poitras, commença-t-il. Vous allez bien ?

— Très bien. Et vous ?

— Oh ! Je n'ai pas à me plaindre.

Ils avaient épuisé les phrases convenues. La secrétaire regarda en direction de la porte de son patron avant d'annoncer d'un ton désolé :

— Il se trouve encore avec un chef de rayon. Cela ne devrait plus durer très longtemps.

— Je suis arrivé trop tôt. Je vais attendre.

Le visiteur alla occuper l'une des chaises placées le long du mur.

— Je vais vous préparer un café.

Flavie se leva à demi. Un réchaud se trouvait dans un petit cagibi situé à proximité.

— Ce ne sera pas nécessaire… Mon estomac ne supporte pas bien cette boisson.

Peu désireux de s'étendre sur sa dyspepsie, l'homme changea abruptement de sujet :

— En traversant le rez-de-chaussée, j'ai eu l'impression d'une belle affluence.

— Vous savez, je ne suis pas ici depuis assez longtemps pour me faire une bonne idée. Toutefois, monsieur Picard laisse échapper de gros soupirs en contemplant ses colonnes de chiffres.

Comme pour donner raison à la jeune femme, à ce moment, un homme sortit du bureau du directeur en disant :

— Je vous assure, monsieur, les gens viennent en grand nombre, mais ils repartent souvent les mains vides en évoquant les prix trop élevés.

— Pourtant, nous les avons baissés.

— Les meubles sont de gros morceaux. Les gens paraissent se résoudre facilement à faire un an de plus avec du vieux, ou alors à accepter les dons d'une vieille tante.

Édouard Picard acquiesça d'un signe de tête, puis il porta son attention sur le chef des ateliers.

— Fulgence, entrez. Je suis à vous dans un instant.

Le directeur quitta son chef de rayon sur une poignée de main, puis il revint prendre son fauteuil derrière sa lourde table de travail.

— Les choses ne vont pas mieux ? demanda le visiteur.

— Avec tout ce monde sans travail, les grèves nombreuses, les ventes ne reprennent pas.

— Pourtant, les rayons me paraissaient bien achalandés, tout à l'heure.

Le chef des ateliers reprenait l'argument utilisé avec la secrétaire.

— Les grands magasins deviennent des lieux de visite, un passe-temps comme les autres. Les gens tâtent, essaient parfois, mais ils n'achètent pas.

Les chômeurs, justement, tuaient le temps en contemplant les marchandises accumulées et en contant fleurette aux vendeuses. Cela les aidait à attendre des jours meilleurs.

— Il nous faudrait réduire les prix, conclut le jeune marchand. Enfin, ceux qui dépendent de nous.

Excepté les vêtements, les entreprises PICARD achetaient leurs marchandises à divers ateliers.

— ... Je vous assure, je gère au plus serré. Les bâtiments de la Pointe-aux-Lièvres sont délabrés, les machines à coudre datent parfois de l'ouverture, en 1897.

— Dans les circonstances, l'interrompit le patron, il est bien heureux que nous n'ayons pas à amortir de nouvelles constructions ou des équipements. Nous vendrions carrément à perte.

— Je ne fais que les dépenses absolument nécessaires, insista l'employé, l'entretien essentiel pour maintenir la production.

En se plaçant tout de suite sur la défensive, Fulgence minait la confiance de son employeur.

— Je ne vous fais pas de reproche, lâcha Édouard d'un ton peu convaincu. Je constate seulement que nos compétiteurs arrivent à offrir une chemise un peu meilleur marché que nous.

— Je suis allé chez eux. Je vous assure, l'un dans l'autre, le Syndicat vend au même prix.

Plus de vingt ans plus tôt, quelques chefs de rayon s'étaient rebellés contre la direction ferme de Thomas Picard au point de créer un magasin rival un peu plus à l'ouest, rue Saint-Joseph. Contre toute attente, l'entreprise avait survécu et même prospéré.

— Je pensais plutôt au Woolworth.

Le développement des magasins bon marché *five-and-dime* venus des États-Unis faisait la vie dure aux commerces établis depuis plus longtemps.

— Nous ne vendons et ne fabriquons pas des produits d'aussi mauvaise qualité.

— Mais les cultivateurs endettés, les travailleurs sans emploi ou victimes de réduction de salaire vont acheter dans ces commerces. En faisant la fine bouche, nous restons simplement avec plus d'invendus sur les étagères. Nous les soldons à perte au terme de la saison.

— Votre père a toujours tenu à se positionner

soigneusement entre des endroits plus chics comme Simons et ceux qui vendent de la camelote. La spécialité de la maison est d'offrir de la qualité au meilleur prix. C'est pour cela que les gens nous font confiance.

Rien ne déplaisait plus à Édouard que d'entendre ses interlocuteurs évoquer la saine gestion et les excellents choix de son père, surtout s'ils avaient raison.

— Nos prix demeurent tout de même trop élevés. Les ventes sont en chute. Il faut tenter de les relancer. Vous avez réduit le personnel, déjà ?

— En plusieurs vagues successives. Cela a commencé il y a un an, à la fin des commandes militaires.

— Foutue guerre ! Nous en avons souffert tout le temps de sa durée, nous en souffrons encore des mois après le retour de la paix.

Le refrain nationaliste ne méritait aucun commentaire, alors le visiteur garda le silence.

— Selon vous, nous ne pouvons réduire encore l'effectif tout en maintenant la même production ? demanda le marchand après une pause.

— Le personnel des ateliers travaille soixante heures par semaine. Personne ne perd son temps. Allonger encore l'horaire ne donnerait rien. Après un certain temps, les ouvrières commettent tellement d'erreurs que nous perdons de l'argent.

— Dans ce cas, nous devons réduire les salaires. Nous les payons à la pièce ?

— Évidemment.

Les couturières touchaient une fraction de sou pour fixer un col ou un poignet à une chemise, si le travail ne présentait aucun défaut, bien sûr. Avec un effort soutenu d'une dizaine d'heures tous les jours, elles obtenaient à peine assez pour vivre.

— Nous devons réussir à abaisser le coût de revient d'au moins cinq pour cent, conclut le commerçant. Avec un peu de chance, cela incitera les gens à ouvrir leur porte-monnaie.

— Déjà, ces employées ne sont pas bien riches.

— Des fois, vous me semblez parler au nom d'un syndicat. Ne me dites pas que l'abbé Maxime Fortin vous a recruté dans l'une des unions catholiques.

Édouard se rappelait avoir été lui-même l'objet des entreprises de séduction de l'onctueux petit prêtre. De très nombreuses associations ouvrières de la ville s'inspiraient maintenant de la doctrine sociale de l'Église.

— Plus simplement, je suis sensible à la condition de ces personnes. Elles sont à la base de la prospérité des entreprises PICARD.

— Si le ralentissement économique entraîne notre faillite, elles ne seront pas plus avancées.

— Nous n'en sommes pas là, certainement.

Pendant un moment, le jeune marchand eut envie de mettre ses livres de comptes sous le nez de son interlocuteur. Puis il trouva cette réaction ridicule. Il n'avait rien à prouver à cet employé, lui donner des ordres suffisait.

— Les prix baissent partout, après avoir augmenté en flèche pendant toute la guerre. La réduction de salaire devra permettre de faire décroître le coût de la production de cinq pour cent.

— Nous parlons donc ici d'une coupure des revenus de dix pour cent, car les prix des matériaux ne changent pas. Pour ces gens-là, ce sera très difficile.

— Mais comme je le disais tout à l'heure, les prix sont aussi à la baisse. Vous avez vu combien coûte la pinte de lait, ces jours-ci ? Leur pouvoir d'achat ne sera pas plus bas qu'il y a un an, en réalité.

Le jeune marchand n'avait pas tort. Toutefois, pour résister à ces diminutions, les syndicats multipliaient les grèves un peu partout au pays.

— Je ferai comme vous dites, céda finalement Fulgence.

Tant de mauvaise grâce à suivre ses ordres heurta le jeune employeur.

— Vous savez, ajouta-t-il avec humeur, je me demande si le maintien de nos propres ateliers vaut vraiment la peine. Nous ne fabriquons pas de chaussures, nous passons des contrats avec les plus bas soumissionnaires. La formule est à la fois souple et simple.

— ... Mais nous ne sommes pas certains de la qualité.

— Les chefs des rayons ont un œil exercé, au moment de juger de la qualité. Ils se tirent fort bien d'affaire.

Aux yeux de l'employé, cela valait une menace de congédiement. Un moment, il songea à évoquer la marge de profit dégagée annuellement grâce à sa saine gestion. Finalement, l'homme préféra rester silencieux.

— Je vous remercie d'être venu me voir, Fulgence. Je vous laisse retourner à vos occupations.

Après des salutations sans conviction, le directeur quitta les lieux, fort troublé. En passant dans l'antichambre où se trouvait la secrétaire, il n'entendit même pas son « Au revoir, monsieur Létourneau ».

Le vendredi suivant, les funérailles du vieux notaire se tinrent à la cathédrale. Tous les bancs du temple trouvèrent preneurs. Conservateurs et libéraux tenaient à rendre hommage à cet homme de loi à la fois discret et compétent.

Un cortège se forma ensuite à destination du cimetière Belmont. Élisabeth monta à l'arrière de la nouvelle Ford rutilante d'Édouard, sa dernière gâterie, alors que sa petite Chevrolet, presque neuve, demeurait près de la maison, derrière la Buick. Trois autos pour une famille de quatre personnes ! Même les Price, les barons du bois, ne devaient pas afficher une pareille ostentation.

— Est-ce bien nécessaire ? demanda Évelyne en prenant place à l'avant.

— Pendant toutes mes années de collège, Fernand a été mon ami, il a épousé ma sœur, nous mangeons avec eux toutes les deux semaines. Alors, je te le demande, est-il nécessaire de nous présenter au cimetière ?

Elle se renfrogna, la mine butée, puis descendit la voilette momentanément relevée sur son chapeau. Ce geste témoignait de son désir de se couper de son époux, de se retirer. Les vêtements de deuil lui allaient plutôt bien. Heureusement, car pour celui de son beau-père elle se trouvait condamnée à des vêtements noirs au moins pour six bons mois, et ensuite à porter des teintes sobres, discrètes, pour une période équivalente.

Veuve depuis peu, Élisabeth devrait se contraindre au grand deuil pendant une année. Depuis la banquette arrière, elle contemplait le jeune couple. Tout en vivant dans la même maison, en partageant le même lit tous les soirs, ces deux-là s'éloignaient l'un de l'autre de façon irrémédiable. Cela ne laissait présager rien de bon pour l'avenir.

Le jeune entrepreneur se joignit à la longue file de voitures. Bientôt, le cortège s'engagea rue Saint-Jean, roula jusqu'au chemin Sainte-Foy. Depuis un an, ce pèlerinage se répétait trop souvent, songeait-il. Surtout, il venait bien tôt après la mort de Thomas.

Plusieurs minutes plus tard, le corbillard se rangea sous les grands arbres. Le défunt, conservateur en politique et dans la vie, étrennait pourtant une extraordinaire innovation dans la mort : il était le premier à bénéficier du seul corbillard automobile de la ville de Québec !

Les employés de la firme Arthur Cloutier, une entreprise du faubourg Saint-Jean, en sortirent le cercueil. Les témoins de la scène aperçurent la grimace de ces hommes. Le vieux notaire, mort sans avoir maigri au cours d'une longue maladie, pesait de tout son poids. Ils gagnèrent une allée ombragée avec leur fardeau. Derrière eux, suivaient les proches. Madame Dupire profitait d'un fauteuil roulant, car ses vieilles jambes ne la supportaient que pour de très brefs trajets. Son fils la poussait devant lui. Eugénie, à ses côtés, paraissait tout à fait étrangère aux événements. Sans ses vêtements de deuil, on aurait pu la prendre pour une promeneuse.

Venait ensuite une ribambelle de parents, de

partenaires d'affaires, de clients fidèles, de membres de sociétés pieuses. La procession s'arrêta devant un trou creusé dans la terre brune. Fernand apprécia l'amoncellement de fleurs, et surtout les grands arbres. Le lieu respirait la sérénité. Il songea que son père s'y plairait, puis trouva ce genre de sensiblerie ridicule. Au mieux, son père, assis sur un nuage, profitait de la présence de Dieu. Au pire, il n'en subsistait plus rien. Cette pensée fugitive le troubla profondément.

Dans le fauteuil roulant, sa mère paraissait immunisée contre toute forme de doute. Elle présentait un visage désolé, encore incapable de bien se figurer ce que serait sa vie sans ce compagnon des trente-cinq dernières années. Tous les deux s'étaient connus sur le tard, après avoir abandonné l'espoir de se marier. Pourtant, par un curieux mimétisme, ils en étaient venus à se ressembler étrangement. D'accord sur tout, les divergences entre eux se limitaient à d'infimes nuances.

En posant les yeux sur sa conjointe, Fernand se fit la réflexion que son propre mariage, un peu tardif lui aussi, avait connu une évolution diamétralement opposée, au point de se trouver aux antipodes de celui de ses parents. Autant Eugénie avait érigé un mur entre elle et lui, autant ses parents s'étaient montrés complices l'un de l'autre.

Les jeunes enfants du couple, incapables de bien saisir le sens des derniers événements, étaient demeurés à la maison. Cela valait mieux. Inutile de les troubler précocement avec la finalité inéluctable de l'existence. Jeanne leur tenait compagnie. Le souvenir de la domestique tira l'ombre d'un sourire au jeune professionnel.

Le soleil tapait fort, tous les hommes suaient sous leur col et leur cravate. Certains cuisaient sous un feutre tandis que d'autres, plus imprudents, offraient une tête nue aux rayons assassins. Heureusement, les chapeaux de paille dominaient l'assemblée. Pour libérer au plus vite ces personnes, le prêtre expédia la prière, le sermon et la bénédiction. Au bout de vingt minutes, les spectateurs commencèrent à se disperser.

Au lieu de suivre ce mouvement, ses deux compagnes en remorque, Édouard marcha vers les proches du défunt. Gentiment, il posa un genou à terre devant la veuve pour lui prendre les mains et déclarer :

— Madame, je vous offre de nouveau mes condoléances sincères.

— Et je te remercie encore. Dieu paraît bien pressé d'avoir de la compagnie. Ton père d'abord, parmi toutes ces victimes de la grippe, puis mon pauvre Léon.

Le jeune homme songea qu'il entendait évoquer pour la première fois le vieux tabellion par son prénom. Sa profession en avait fait office pendant des décennies. On parlait parfois du notaire, parfois de Dupire, jamais de Léon.

— Surtout, murmura-t-il, Celui-là paraît bien soucieux de rappeler ses fidèles dans la force de l'âge. Votre époux n'était pas tellement plus âgé que papa.

— Je lui en veux de m'avoir oubliée.

— Ne dites pas cela. Vos petits-enfants ont besoin de vous.

Le jeune homme exerça une dernière pression légère sur les doigts affectés par l'arthrite, puis il se releva afin de tendre la main à son vieil ami.

— J'ai beaucoup pensé à toi, ces derniers jours. Je te souhaite à la fois courage et sérénité.

— L'étude me semblera bien vide maintenant.

— Comme le magasin pour moi. C'est curieux, pendant des années nous pestons contre le regard paternel par-dessus notre épaule, pour découvrir ensuite que cela nous manque terriblement.

Fernand acquiesça. Inutile de préciser que depuis quelques mois, il surveillait son père discrètement. Ce n'était pas l'inverse. Un souvenir lui revint soudainement à l'esprit.

— Tu avais un rendez-vous avec lui cette semaine.

— ... Oui. Il m'a demandé de passer le voir. Je ne sais pas pourquoi. Tous les détails de la succession ont été réglés.

— Il voulait t'entretenir d'un autre sujet. Viens au moment prévu. Je te mettrai au courant. Le pauvre homme a oublié, après le départ de ton père.

Assise sur ses talons devant la vieille dame, Élisabeth murmurait des mots de réconfort. L'une portait sa jeune quarantaine de façon majestueuse, l'autre, plus âgée de vingt ans, en paraissait beaucoup plus. Toutefois, les deux souffraient cruellement d'avoir perdu un époux très cher.

Elle se releva bientôt pour venir vers le fils, la main tendue :

— Vous avez toute ma sympathie, Fernand.

Elle l'avait tutoyé à l'époque où son amitié pour Édouard en faisait un invité fréquent de la maison. Aujourd'hui, devant cet homme fait, elle n'osait plus.

— Je vous remercie.

Pendant des années, cette femme avait traité le gros garçon sensible avec une grande délicatesse, aussi il retint sa main un peu plus longtemps que ne le voulaient les convenances.

— C'est un peu étrange, j'ai l'impression que ce cimetière devient une extension de mon bureau : j'en profite pour confirmer mes rendez-vous. Vous viendrez me voir à l'heure prévue, lundi.

— Vous devriez prendre un peu de repos, vu les circonstances. Mon affaire peut attendre.

— Dans les circonstances, faire du notariat me soulage un peu.

À la suite d'Élisabeth, Évelyne avait fait part de sa sympathie à la veuve sans y mettre la moindre conviction, répétant les formules toutes faites apprises lors de son séjour au pensionnat. Elle se déplaça afin de débiter les mêmes mots au fils. Pendant ce temps, Édouard se dirigea vers sa sœur, lui serra la main en murmurant :

— Mes condoléances.

— … Merci.

Vu son attachement si ténu pour le défunt, la politesse lui parut d'abord saugrenue. Quand Élisabeth tendit la main à son tour, la jeune femme marqua une hésitation plus longue encore, avant de consentir à la prendre.

Une jeune femme, en deuil elle aussi, s'approcha ensuite pour dire quelques mots à l'oreille de la dame dans le fauteuil roulant. Elle se dirigea ensuite vers le fils, saisit ses deux mains pour dire :

— Fernand, papa te transmet ses souhaits de courage. Il ne pouvait pas venir lui-même.

— Élise ! Élise Caron… Je veux dire Hamelin.

Douze ans plus tôt, il la croisait régulièrement chez les Picard. Son père soignait la famille Dupire depuis une trentaine d'années. Elle aussi portait le deuil d'un époux.

— Je vous remercie. Transmettez mes salutations au docteur.

Quand la nouvelle venue serra la main d'Eugénie, celle-ci afficha la même froideur distante. À une amitié complice succédait une indifférence glaciale. Puis elle s'esquiva. L'endroit lui rappelait des souvenirs bien cruels.

Madame Dupire s'affaissa un peu sur le fauteuil roulant. Fernand adressa un dernier salut aux Picard, puis il poussa sa mère vers la lourde voiture de location réservée par l'entreprise de pompes funèbres pour la journée. Eugénie le suivit après un discret salut de la tête à ses proches.

Édouard regarda sa mère et sa femme, puis déclara :

— Regagnez la voiture sans moi. J'aimerais lui dire un mot. Je vous rejoins dans un instant.

Au pas de course, il se dirigea vers Élise. Élisabeth se tourna vers sa bru pour expliquer, en guise d'excuse :

— Elle était la meilleure amie de ma fille, même si elles ne se fréquentent plus guère. En conséquence, elle était aussi une amie de mon fils.

— Existe-t-il à Québec une seule femme juste un

peu regardable qui n'a pas été, ou qui n'est pas encore une amie d'Édouard ?

Sur ces mots, Évelyne tourna les talons pour regagner la voiture. Sa belle-mère regarda son fils, secoua la tête, un peu dépitée, puis la suivit.

Édouard avait rejoint la jeune veuve.

— Élise, pouvons-nous converser un peu ? demanda-t-il pour attirer son attention.

Elle se retourna, hésita un moment avant de répondre :

— Pourquoi pas. Il n'ira nulle part, n'est-ce pas ?

Des yeux, elle désigna une tombe toute proche, surmontée d'une pierre tombale plutôt modeste. Son bien-aimé Charles gisait là. Cette pensée refroidit un peu son interlocuteur.

— Comment vous portez-vous ?

— Dans les circonstances, bien, je suppose, même si j'ai fréquenté plus que ma part de cimetières, au cours des derniers mois. Mais, à ce compte, nous sommes dans le même bateau, n'est-ce pas ?

— Damnée grippe. Elle a eu mon père aussi.

L'homme marqua une pause, avant d'enchaîner :

— Vous habitez maintenant chez vos parents, je crois.

— Depuis le décès, oui.

— C'est un arrangement définitif ?

— J'espère qu'il le sera, je ne pourrais offrir à mes enfants un mode de vie satisfaisant, autrement. Pauvre papa ! Il rêvait de réduire ses activités, et le voilà responsable du bien-être d'une jeune famille.

Édouard hocha la tête, comme pour exprimer sa considération au médecin pour tant de générosité.

— Je me demandais... commença-t-il en hésitant.

Au nom de notre vieille amitié, m'autorisez-vous à vous visiter parfois ?

Son interlocutrice le dévisagea de ses grands yeux bruns, puis elle répondit, incrédule :

— Je n'ose en croire mes oreilles : je vois votre femme debout près de votre voiture, la tombe de mon mari se trouve à vingt pas à peine, si récente que l'herbe hésite encore à y pousser, et vous me demandez si vous pouvez venir veiller « les bons soirs », comme disent les paysans.

Elle secoua la tête, le mouvement fit voler les boucles brunes dépassant de son chapeau de paille noire.

— Je ne voulais pas dire…

— Demandez toujours à mon père. Je ne me souviens pas de l'avoir vu vraiment en colère. Toutefois, une circonstance de ce genre viendra à bout de sa bonhomie habituelle. J'aimerais voir la scène, je l'avoue.

Sur ces mots, Élise tourna les talons pour aller se planter sur la tombe de son époux. L'homme la contempla un moment, puis regagna les siens.

8

Marie pressa le pas afin de rejoindre la rue Sainte-Geneviève. Elle aperçut la longue silhouette vêtue de noir au milieu du jardin des Gouverneurs. Mince, la femme avait ramassé ses lourds cheveux blonds sur sa nuque. La masse fauve soulevait un peu le chapeau de paille noire, l'inclinait légèrement sur ses yeux. En la rejoignant, elle posa ses lèvres sur les joues fraîches et dit :

— Je m'excuse d'être un peu en retard… les clientes se font nombreuses.

— Moi-même je suis arrivée après l'heure convenue. Je me suis rendue au cimetière Belmont.

— Pour les funérailles du notaire ?

La grande femme acquiesça de la tête.

— Je ne le connaissais pas vraiment, continua Marie, sauf les salutations devant l'église, le dimanche…

— Nous nous fréquentions en voisins. Il s'occupait des affaires de…

— De Thomas, je sais. Tu peux prononcer son nom devant moi, je ne ferai pas de scène.

Un sourire en coin accompagna l'affirmation. Cette sérénité était bien nouvelle. Quelques années plus tôt, le souffle lui manquait à la moindre allusion au notable de la Haute-Ville.

— Le notaire Dupire s'occupait des affaires de Thomas, reprit sa compagne, maintenant son fils me conseille. Celui-là, Fernand, a épousé Eugénie.

— Alors, tu devais non seulement assister aux funérailles, mais te rendre aussi au cimetière pour l'inhumation, comme il convient pour un parent. Nous y allons, ou nous attendons quelqu'un ?

Élisabeth demeura un moment silencieuse, puis elle confessa, mal à l'aise :

— Le notaire se trouve déjà à l'intérieur. Je… je me sens terriblement intimidée.

Son amie saisit son bras pour traverser la rue. Elle laissa tout de même la cliente agiter la sonnette. Son tintement leur parvint de l'extérieur.

— Madame Picard, je vous attendais, déclara un petit homme affable.

— Je m'excuse de mon retard. Merci de me permettre de visiter de nouveau.

— Voyons, ce n'est pas comme acheter une robe. Vous devez y réfléchir, je comprends.

La condescendance marquait la voix du jeune homme. Il posa les yeux sur la compagne de sa cliente.

— Madame… commença-t-il en tendant la main.

— Picard. Je suis justement une vendeuse de robes.

Le ton ironique ramena son interlocuteur à la raison de sa présence en ces lieux :

— Comme vous connaissez déjà la maison, je vous laisse aller.

— Les occupants…

— Depuis la mort du propriétaire, sa veuve refuse tous les nouveaux locataires. Il ne reste que les trois députés, mais comme les débats sont terminés, ceux-là sont retournés dans leur comté.

— Les touristes ?

Le notaire secoua la tête en guise de dénégation.

— Elle ne veut rien entendre. La pauvre femme a déserté la maison.

Sur ces mots, il alla s'asseoir dans le salon. Une copie du *Soleil* lui tiendrait compagnie en attendant la fin de la visite.

Après son départ, Élisabeth se sentit un peu plus à l'aise. Elle fit un geste de la main pour désigner le hall en commentant :

— Le décor fait un peu vieillot, mais cela conviendra.

Le papier peint fleuri rappelait les années 1900. Au fond, un petit comptoir portait un gros registre. Contre le mur, un casier contenait une douzaine de clés.

— Tu m'as déjà parlé de la maison de chambres de Thalie. Elle est plus grande, je suppose ?

— Elle compte plus de vingt chambres.

La veuve demeura songeuse, puis elle expliqua :

— Ce serait trop cher pour moi, et je serais sans doute dépassée par la tâche. Le salon se trouve à côté.

Une vaste pièce donnait sur la rue, éclairée de deux fenêtres. Le jeune notaire salua leur entrée d'un sourire, puis retourna à son journal. Des fougères s'étaient fanées dans les pots en cuivre. Une demi-douzaine de fauteuils et une causeuse permettaient à une compagnie abondante de se reposer. Un piano droit contre le mur laissait présager des soirées musicales. Des guéridons et une table basse portaient de vieilles copies de périodiques, tant anglais que français.

— La salle à manger, tout comme la cuisine, est de l'autre côté du couloir.

Elles débouchèrent dans une salle encombrée d'une longue table capable de recevoir une quinzaine de convives. De vieilles estampes ornaient les murs, montrant de bucoliques paysages européens. Une porte battante ouvrait sur une cuisine bien équipée. Les chaudrons traînaient sur une table de service, couverts d'une poussière vieille de trois ou quatre semaines. Marie se planta devant une fenêtre.

— C'est une assez jolie cour.

Des tables et des chaises, sous un vieil érable, permettaient aux invités de prendre le thé en plein air. Au fond, une remise servait à ranger des outils et le mobilier de jardin.

— Lors des beaux jours, cela pourrait devenir une retraite agréable, expliqua Élisabeth.

— C'est certainement un avantage. Ma propriété donne sur un petit espace destiné aux livraisons. Pour prendre un peu d'air, je me rends au parc Montmorency... Aucune chambre ne se trouve au rez-de-chaussée ?

— Non, seulement les pièces de service. Nous y allons ?

Les deux femmes empruntèrent un escalier assez majestueux. Au premier, trois portes s'ouvraient sur le côté droit du couloir. Élisabeth prit la précaution de frapper à la première, attendit en vain une réponse, puis ouvrit. La pièce donnait sur la rue, et au-delà, sur le jardin des Gouverneurs. Un lit, une commode et une chaise représentaient le seul ameublement.

— Elles ne sont pas très grandes, mais confortables.

Toujours en s'assurant au préalable de l'absence de locataire, elle ouvrit les portes suivantes, trouva un décor absolument identique au précédent. Au fond du couloir, une salle de bains servait aux occupants de l'étage.

Sur le côté opposé du passage, la première chambre ne réserva aucune surprise aux visiteuses. Elles pénétrèrent ensuite dans une pièce double. Dans la première section, deux fauteuils, un guéridon et un secrétaire témoignaient de sa fonction.

— Les anciens propriétaires avaient ici leurs quartiers. Si je me décide enfin à acheter, je ferai la même chose.

Dans la seconde partie éclairée de deux fenêtres, un lit, une commode, une coiffeuse et une chaise assortie offraient un confort relatif. Toutefois, les meubles vieillots et le papier peint très sombre donnaient un caractère austère à cet espace.

— Cela fait… commença Marie.

— Sévère, conclut Élisabeth. Cela devra être refait en entier. Je ne garderai rien de ce que tu vois. Les fenêtres donnent sur la cour. Tout l'après-midi, la lumière du soleil entre à flots, comme tu peux le voir.

— Cela te fera un beau logis.

La veuve se mordit la lèvre inférieure. Bien sûr, elle pourrait connaître là un confort tout à fait satisfaisant… mais rien de comparable à la somptuosité de la maison bourgeoise de la rue Scott.

— Une salle de bains, je pense, continua Marie en désignant une porte au fond de la pièce. Un petit luxe pour les propriétaires des lieux. Je partage la mienne avec quatre personnes, ces jours-ci.

Le second étage se révéla identique au premier en tous points : quatre chambres plutôt petites, une suite de deux pièces, une salle de bains. Le troisième se trouvait sous les combles, le toit incliné réduisant l'espace disponible.

— Les domestiques logent ici, expliqua Élisabeth.

— Elles sont nombreuses ?

— Deux. Cela me semble compter un peu juste.

— Les locataires prennent-ils tous leurs repas ici ?

— Cela dépend. À midi, les députés mangent habituellement au parlement, les touristes doivent dénicher de petits restaurants au gré de leurs expéditions. Les étudiants reviennent certainement manger à la maison. Le soir, la plupart des locataires doivent être là.

Marie fit le compte rapidement, puis conclut :

— Il te faut une personne juste pour la cuisine. Une autre pour faire le ménage de toutes les chambres et des espaces communs.

— Selon le notaire qui se charge de la vente, l'entretien ne se fait pas tous les jours, dans le cas des locataires à la semaine ou au mois.

— Dans votre grosse maison, vous avez combien de domestiques ?

— Deux.

En prononçant ce mot, la veuve esquissa un

sourire. Pour justifier leur présence, ces femmes multipliaient les attentions envers les membres de la famille. Dans un endroit comme celui-ci, elles iraient plutôt au plus pressé.

— Les propriétaires devaient assumer une bonne part des travaux, expliqua Marie. Si tu restes avec un pareil effectif, tu devras payer de ta personne.

Les visiteuses jetèrent un regard sur les deux chambres de bonne, très sommairement meublées, et une troisième guère mieux pourvue.

— Celle-ci accueillait un étudiant. Tu sais, de septembre à mai, les plus petites chambres sont occupées par des garçons de l'université Laval, les plus grandes par des députés ou des employés peu disposés à entretenir un intérieur.

— Cela ressemble en effet au logis de Paul à Québec.

L'existence de cet homme dans la vie de sa belle-sœur avait occupé une longue conversation un mois plus tôt. Élisabeth ouvrit une dernière porte afin de montrer une pièce un peu plus grande que les précédentes, éclairée de deux lucarnes donnant sur la cour. En plus du lit, d'une commode et d'un vieux fauteuil, un bureau, des étagères et deux chaises permettaient à un jeune homme appliqué de faire avancer ses études.

— Jusqu'au mois dernier, un jeune interne en médecine a logé ici, expliqua Élisabeth. Voilà toute cette maison.

La grande blonde marqua une hésitation avant de demander :

— Qu'en penses-tu ?

— Allons nous asseoir dans le parc, le temps est beau.

Le bruit de leurs pas dans l'escalier alerta le notaire. Il les reçut dans le petit hall.

— Alors, madame Picard, ferons-nous des affaires ensemble ?

— Comme je vous l'ai déjà dit, mon conseiller regardera les livres, je vous donnerai une réponse au cours de la semaine prochaine.

L'autre dissimula sa déception. Le décès du notaire Dupire retarderait irrémédiablement la transaction. Après les salutations d'usage, les deux femmes sortirent pour aller occuper un banc dans le jardin des Gouverneurs. Après un moment, la veuve insista :

— À ma place, achèterais-tu cette grande maison ?

— Cela me paraît une demeure solide et bien construite. Cependant, si j'étais toi je donnerais cinq dollars à un entrepreneur en construction pour qu'il visite les lieux, de la cave au grenier. Cela te permettra de savoir si des rénovations te pendent au bout du nez.

— … Faire cela forcerait ce pauvre homme à perdre encore une autre demi-journée.

Elle parlait du notaire.

— Ce pauvre homme gagne sa vie. Il ne te donnera pas une part de sa commission, si la transaction se fait plus rapidement que prévu.

Élisabeth tenterait de retenir la leçon : les règles habituelles de la bienséance ne s'appliquaient plus. Mener des affaires la placerait sur un autre registre.

Elle devrait compter, servir toujours ses propres intérêts.

— Et si la maison se révèle en bon état ? demanda-t-elle encore.

— Le notaire va-t-il examiner les chiffres ?

— Je dois le voir à ce sujet lundi.

— Pourras-tu payer comptant ?

La question frôlait l'indiscrétion. Son interlocutrice choisit la franchise.

— Oui.

— J'étais dans la même situation en 1914, au moment d'hériter. Cela me plaçait dans une situation très sûre. À moins de commettre des erreurs grossières, je ne pouvais rater mon coup. Il en ira de même pour toi.

— Mais tu possédais près de vingt ans d'expérience.

Élisabeth se troubla un moment puis continua, rougissante :

— Je ne sais rien faire.

— Faux. Tu gères, ou tu gérais une maisonnée bourgeoise, tu employais deux domestiques, tu as reçu à ta table des marchands, des députés, des ministres.

« Des Premiers ministres, même », songea la grande femme. Au fil des ans, elle était devenue une hôtesse sûre de ses choix, de son intérieur et de sa personne. Elle précisa à haute voix :

— Des occupations de bourgeoise. Toi, tu te tiens dans ton magasin tous les jours, tu t'occupes de la comptabilité, tu fais affaire avec des fournisseurs.

— Justement, je dois retourner au magasin, fit observer Marie. Tu me rappelles à l'ordre. Écoute, je ne peux pas te dire quoi faire. Si tu ne veux pas demeurer inoccupée, l'achat de cette grande maison de chambres me semble une bonne idée. Pendant six mois tu apprendras beaucoup de choses, tu dormiras mal la nuit, occupée à revivre ta journée en pensée pour traquer les erreurs. Ensuite, cela deviendra de la routine.

Élisabeth se leva en disant :

— C'est vrai, je t'accapare, alors que tu as à faire. Tu vois, je ne réalise même pas encore cela : mes voisines et moi gaspillons nos journées à papoter. Nous ne servons à rien.

Son interlocutrice se leva aussi. Elle prit le bras de sa compagne.

— Je suis prête à t'aider. Nous pouvons devenir de très bonnes amies. Sincèrement, je pense que tu peux y arriver…

Après une brève hésitation, elle ajouta :

— Et si ton projet se concrétise, j'aimerais te demander un service.

— Ce sera avec plaisir.

— Mathieu souhaite quitter le toit maternel. Il pourrait devenir ton premier client. J'aimerais que tu le surveilles discrètement. Le pauvre traverse une période difficile.

Lors de quelques repas pris ensemble, Marie avait évoqué le mal de vivre de son aîné. Élisabeth exerça une pression de la main sur le bras de sa compagne.

— Oui, sans faute. Curieusement, penser à lui comme à un client me paraît rassurant. Cela fera au moins un visage familier.

Les deux femmes se firent la bise et se quittèrent sur un dernier au revoir.

Après les funérailles du notaire Dupire, au moment de son retour à la maison, Élise demeurait toujours aussi troublée. Avant de retourner à son travail dans la salle d'attente de son père, elle passa par la cuisine afin de partager le repas des enfants.

— Tu es allée voir la tombe de papa ? demanda Estelle.

— Oui, je suis passé le voir.

— Ce n'est qu'un grand trou noir et froid, commenta Pierre.

Du haut de ses huit ans, le garçon entretenait un rapport rationnel avec le monde. D'un an son aînée, sa sœur préférait pourtant rêver encore un peu. Ce cimetière, elle l'imaginait comme le lieu d'une résidence secondaire plutôt agréable.

— Ce n'est pas vrai, maman, n'est-ce pas ? plaida-t-elle d'une voix plaintive.

— Cela dépend de notre façon de voir les choses. Le corps de Charles a été mis dans la terre.

La fillette paraissait sur le point de se mettre à pleurer. Cela lui arrivait très souvent depuis l'automne précédent.

— En même temps, près de sa tombe, comme nous pensons très fort à lui, nous sentons sa présence. Nous savons bien qu'il ne nous a pas laissés seuls.

Estelle acquiesça silencieusement de la tête. Son frère eut le bon sens de ne pas exprimer à haute voix son scepticisme. Un moment plus tard, Élise leur conseillait d'aller jouer dehors. Commencées depuis quelques jours, elle espérait que les grandes vacances d'été leur permettraient de retrouver la sérénité propre à l'enfance.

Sa mère avait entendu l'échange depuis la pièce voisine. En se plaçant derrière elle, la femme lui posa les mains sur les épaules, esquissa un mouvement caressant.

— Cela fait huit mois. Les blessures se cicatriseront bientôt. Le temps se révèle un grand médecin.

— Je deviens aussi pessimiste que Pierre. Le temps nous conduira tous au cimetière Belmont. En ce sens, c'est vrai, il nous guérira de tous nos maux. Le trajet de Charles sur terre a malheureusement été très court.

La mère posa une main sur le front de sa fille pour ramener sa tête contre elle, elle l'enlaça un moment, trop émue pour tenter de formuler des paroles rassurantes. La veuve arriva à se ressaisir un peu.

— Je nous sers un peu de thé, puis je retourne prendre mon poste dans la salle d'attente. Papa est bien gentil de me laisser ainsi faire semblant d'être utile.

Elle tendit le bras pour prendre la théière, versa le liquide dans deux tasses.

— Ne sous-estime pas ton utilité, déclara la mère en s'asseyant sur la chaise voisine.

— Jusqu'à cet hiver, personne n'a pris les appels, ou encaissé le prix des consultations, et son bureau fonctionnait rondement.

— Ton père s'en occupait… ou moi. Maintenant, il voit quelques patients de plus tous les jours, et surtout, ceux qui abusaient autrefois de sa bonté règlent maintenant rubis sur l'ongle.

Le docteur Caron négligeait parfois de réclamer son dû aux personnes semblant les plus démunies.

Heureusement pour lui, travailler dans la Haute-Ville raréfiait ces situations.

— Aujourd'hui, ricana Élise, plus personne n'ose partir sans payer la jeune et jolie veuve.

Sa situation émouvait les bonnes âmes.

— Tu sais qui j'ai croisé au cimetière ? poursuivit-elle après une pause. L'ineffable Édouard Picard.

Sa façon de prononcer le qualificatif indiquait qu'il ne s'agissait pas d'un compliment.

— Cela est bien naturel. Ceux-là ont été de bons amis… Enfin, je veux dire les deux pères et les deux fils. Fernand se trouvait aussi souvent chez les Picard que toi, il y a une douzaine d'années.

— Tu as raison. À certains égards, Édouard n'a pas vraiment changé. Te souviens-tu ? Il m'a un peu fait la cour pendant l'été de 1908.

Non seulement la femme se souvenait, mais elle avait porté un regard un peu complaisant sur le jeune garçon. Alors, elle le voyait comme un bon parti.

— Il a remis ça tout à l'heure, précisa la jeune femme.

— Que veux-tu dire ?

— Il a exprimé le désir de me rendre visite, les bons soirs.

— Voyons…

La mère allait dire quelque chose comme : « Il voulait sans doute venir en toute amitié. » Le souvenir des rumeurs sur ses nombreuses conquêtes l'amena à déclarer plutôt :

— Il semble oublier un petit détail.

— Son mariage date de moins de deux ans,

précisa sa fille, son fils doit à peine savoir marcher. Bon, je vais aller me rendre utile à papa.

Elle quitta la pièce en soupirant. Au passage, la jeune femme regarda par la fenêtre. Les deux enfants, la tête basse, se tenaient sur les balançoires.

Un peu plus au nord, rue Scott, dans une salle à manger particulièrement austère, un repas se déroulait dans une atmosphère plus lugubre encore. Madame veuve Dupire, sa masse imposante dissimulée sous une avalanche de voiles noirs, regardait son assiette sans appétit.

— Tu dois manger tout de même, murmura son fils. Évite de te laisser aller.

— Rien ne passera. Ton pauvre père…

Elle renifla, des larmes coulèrent sur ses joues ridées. Fernand regrettait aussi ce départ soudain, mais demeurait résolu à bien s'alimenter. Derrière lui, Jeanne se tenait debout dos au mur, les mains l'une dans l'autre afin de demeurer prête à satisfaire les désirs de ses patrons.

La vieille dame se tassa un peu de côté en laissant échapper :

— C'est inutile… Apporte-moi un peu de thé très fort.

La domestique récupéra l'assiette et s'esquiva vers la cuisine. Eugénie se tenait le plus souvent coite en sa présence. Elle saisit l'occasion de son départ pour prendre la parole.

— Je ne prendrai plus de repas chez Édouard aussi longtemps qu'elle sera là.

— Tu me l'as déjà dit. Il s'agit de ton seul parent. Couper les ponts avec lui ne te servirait à rien.

— Je ne vais pas couper les ponts avec Édouard, mais avec cette femme, ma belle-mère. Du vivant de papa, je la supportais pour lui. Maintenant, je ne veux plus contempler ses airs de douairière.

Le jeune homme échangea un regard avec sa mère. Devenue veuve, celle-ci assumerait avec plus de réalisme encore sa ressemblance avec la reine Victoria à la fin de sa vie. Sans doute soulevait-elle la même rancœur chez la jeune femme.

— Tu te rends compte : elle a hérité de notre maison ! Édouard se trouve dépossédé de son bien.

— Le testament de ton père respectait tous les usages. Cette maison où nous habitons tous les deux a aussi été transmise à la veuve. Nous sommes présentement les invités de maman.

Le notaire eut envie d'ajouter : « Alors, dans les circonstances, demeure respectueuse. »

Eugénie saisit l'allusion et continua un ton plus bas :

— Ce n'est pas la même chose. Madame Dupire a été la seule épouse de ton père. Cette femme s'est immiscée dans la vie du mien de la pire des façons.

— Cela suffit. Cette conversation souvent reprise ne nous conduit nulle part.

— Je ne retournerai pas dans la maison de papa tant qu'elle y sera, conclut Eugénie, butée.

Jeanne revint bientôt, une théière d'argent à la main. La jeune femme replongea dans son mutisme.

Peu après le repas, plaidant la fatigue accumulée et le soleil cruel au cimetière Belmont, Eugénie quitta le salon familial. Rare accroc à sa fidélité au sherry, la vieille madame Dupire avait accepté un cognac afin de s'anesthésier un peu.

Juste après que l'horloge eut sonné neuf heures, elle sortit de son silence.

— Je me demande bien pourquoi Dieu m'a oubliée ainsi.

— Sans doute parce que tu as encore des choses à accomplir ici-bas.

— Je ne sers plus à rien.

— Être ma mère, ce n'est pas rien.

Elle lui adressa un sourire amusé, le premier depuis quelques jours. Après un long silence, elle consentit à révéler le projet forgé dans son esprit depuis le matin.

— Je pense à me retirer chez les religieuses de l'Hôpital général.

Si cette institution de la Basse-Ville, sise tout près de la rivière Saint-Charles, recueillait parfois des personnes âgées indigentes, elle recevait aussi, contre une généreuse contribution, des femmes de bonne condition désirant mener une vie de prière et de recueillement. Cela revenait à s'enterrer vivante, entre une cellule confortable, les jardins et une chapelle, un chapelet toujours à la main.

Fernand demeura songeur un moment, avant de plaider :

— Je te demande de ne pas le faire. Par amour pour moi.

— Tu l'as entendue au souper. Dans un mois, elle me reprochera de posséder cette maison. Déjà, elle regrette sans doute de ne pas m'avoir vue descendre dans le même trou que ton père, ce matin.

— Reste ici, justement à cause d'elle.

La vieille dame contempla son fils. À la fin, elle se força à exprimer le fond de sa pensée.

— Tu sais, ta situation ne me plaît pas… avec Jeanne. Je sais que tu as des raisons. Je ne te fais pas de reproche, je ne te juge pas, mais cela me trouble. En la gardant dans la maison, tu amplifies ta faute. Ta femme pourrait s'adresser aux tribunaux… Imagine la honte.

— J'ai décidé de ne plus avoir honte. Après la grippe, je me suis dit que cela ne valait pas la peine de ruiner le reste de ma vie. Je tiens aux quelques petits bonheurs se trouvant encore à ma portée.

— Pour moi, c'est inacceptable.

Un moment, la veuve eut envie de lui parler de la nécessité, pour chacun, de porter sa croix. Puis, dans un soupir, sa rectitude morale s'effrita. Elle en vint à la véritable cause de son désir de s'en aller.

— Eugénie apporte dans cette maison une atmosphère insupportable. Même enfermée dans sa chambre, sa présence demeure oppressante.

— Pour cette même raison, je veux te garder ici et je désire aussi conserver Jeanne à mon service.

Son interlocutrice ouvrit de grands yeux incrédules.

— L'Hôpital général te fournirait un cadre de vie serein et quiet, reconnut Fernand. Jeanne pourrait sans difficulté aller travailler ailleurs. Je pourrais même la loger en ville à mes frais et voir à ses besoins. Nous nous verrions tous les deux jours.

Sa mère se raidit devant une allusion aussi explicite à une maîtresse entretenue.

— Tu imagines combien je préférerais passer des

soirées, et même des journées avec elle, à la place des moments volés, toutes les lumières éteintes.

La confidence avait quelque chose de révoltant. Pourtant, la vieille dame attendit la suite sans broncher.

— Je veux vous garder toutes les deux ici à cause des enfants. Je veux qu'ils te connaissent, qu'ils s'imprègnent de ton amour. Puis, tu as vu comme Jeanne s'occupe bien d'eux.

Un peu à contrecœur, elle reconnut :

— Elle a un instinct maternel très développé.

— Celui d'Eugénie ferait honte à tous les animaux de la Création ! Je pourrais sans mal sortir notre domestique de la maison et me construire une existence bien confortable, comme certains de nos voisins, avec une épouse détestable à la maison et une maîtresse quelque part en ville. Mais je crains que les enfants, abandonnés à son influence, deviennent comme elle.

La mère supporta sans broncher l'allusion à la vie dissipée de ces voisins. Le vieux notaire faisait parfois mention de testaments étranges, trahissant l'existence de deux familles parallèles.

L'homme adopta un ton plus bas encore.

— D'après ce que je sais, elle reproduit le comportement de sa propre mère. Tu imagines Béatrice devenir comme elle ?

L'image de l'angelot blond apporta un sourire contraint sur le visage de la grand-mère. Elle plaida encore :

— Tu pourrais tout de même embaucher une nouvelle personne pour prendre soin des enfants.

— Si j'avais la certitude de tomber aussi bien…

Mais les petits aiment Jeanne, tu le sais. Ce serait leur faire de la peine.

Elle ferma les yeux, en proie à un violent débat intérieur. Vaincue, elle s'enquit enfin :

— Que feras-tu si elle demande le divorce ? En vertu du Code civil, elle peut le faire. Avoir une maîtresse dans le domicile conjugal te donne tous les torts.

Madame Dupire savait égarer ses yeux sur les codes de lois, elle aussi. Elle venait de bien résumer la loi québécoise.

— Elle a un enfant qui traîne à la Basse-Ville. Son passé ne contient rien pour émouvoir les juges en sa faveur.

— Cette situation ne durera pas éternellement. Moi-même, je peux mourir demain.

Fernand lui adressa son meilleur sourire pour la rassurer.

— Tu peux aussi mourir dans trente ans. À six ans, les petits pourront être pensionnaires dans un jardin d'enfants. Cela vaudra peut-être mieux pour eux que cette maison triste. Cette éventualité nous conduit en 1925 pour le plus jeune, Charles. Si la situation demeure intenable, ton exil à l'Hôpital général sera une solution.

Elle hocha la tête. Six ans ! Cela lui semblait être une très longue peine.

— Tu viens me reconduire à ma chambre ? Je me sens écrasée par la vie, tout d'un coup.

Le jeune homme lui offrit son bras pour l'aider à quitter le fauteuil. Ils progressèrent lentement dans l'escalier. À mi-parcours, elle demanda encore :

— Si je reste ici, ne serait-il pas possible de m'installer une chambre au rez-de-chaussée ?

— Sans doute pourra-t-on réaménager le bureau de papa, y ajouter une salle de bains privée.

— Cela conviendrait très bien.

Ce qui lui épargnerait de gravir ces marches quelques fois par jour et, avantage non négligeable, sa porte ne donnerait plus sur celle d'Eugénie.

Jeanne était assise sur les genoux de son patron. Elle tenait son visage entre ses deux mains et susurrait :

— Comme tu as passé une journée affreuse ! Non seulement les funérailles ce matin, mais encore cette scène à l'heure du souper.

Fernand lui avait confié en deux mots les récriminations d'Eugénie. Elle continua après avoir posé ses lèvres sur le début du crâne, dégagé par une calvitie précoce.

— Cela me paraît d'autant plus injuste que madame Picard a toujours été très gentille, très tolérante à son égard, même si elle ne recevait aucune reconnaissance pour ses bons soins.

— Au fond, plus sa belle-mère fait des efforts, plus elle réagit violemment. C'est vraiment étrange.

Après avoir entendu la confession de Thomas, au mois de février précédent, Élisabeth avait affiché la plus grande commisération à l'égard de la jeune femme. Une agressivité plus grande récompensait cette attitude.

Le couple s'égara dans un long baiser, les mains explorèrent des zones interdites au point de laisser chacun pantelant. En remettant de l'ordre dans ses vêtements un peu mis à mal, la domestique revint sur leur premier sujet de conversation :

— Ce matin, j'aurais aimé être aux funérailles. Monsieur a toujours été très bon. Puis, même en me tenant debout à l'arrière de la nef, j'aurais été avec toi.

— Tu m'as manqué aussi.

La cruauté de leur situation se révélait dans des moments de ce genre. Alors que chacun se languissait de la chaleur, de la tendresse de l'autre pour mieux passer à travers des instants difficiles, ils devaient s'ignorer totalement. Ils gardaient leurs distances plus soigneusement encore que les domestiques et les maîtres dans les autres maisonnées, car le moindre geste pouvait les trahir.

— Mais il fallait bien quelqu'un pour s'occuper des enfants, continua l'homme après avoir reboutonné sa braguette. À leur âge, les exposer à une cérémonie de ce genre les aurait troublés pour rien. Comment prennent-ils la chose ?

— Cela dépend. Antoine demeure bien sceptique devant cette histoire de grand sommeil. Il me demande sans cesse : « Si pépère dort, il va finir par se réveiller, non ? »

L'aîné aurait bientôt quarante mois. Certaines des affirmations des adultes méritaient déjà un examen minutieux de sa part.

— Béatrice et Charles ne se sont rendu compte de rien. À leur âge, c'est normal.

Surtout, Fernand avait pris soin d'éviter à ses enfants la vue du corps de leur grand-père, placé en chapelle ardente dans le salon pendant deux grandes journées.

Jeanne passa à une autre de ses préoccupations.

— Crois-tu cela réaliste, aménager une chambre en bas pour ta mère ?

— Ce qui ne serait pas réaliste, c'est de lui demander de monter et de descendre cet escalier plusieurs fois par jour. Comme je désire la voir demeurer ici encore quelques années, je n'ai pas le choix.

— Mais cela te laissera un bien petit bureau pour recevoir tous tes clients à l'avenir. Puis l'espace ne paie pas de mine.

Ces questions aussi faisaient l'objet des confidences de l'employeur. Il se surprenait de la voir comprendre très bien les enjeux liés à ces réaménagements.

— Pour tout de suite, je me contenterai de ma petite pièce. Toutefois, je serai peut-être obligé de me louer un espace en ville.

— … Cela me fera de la peine de ne plus te savoir présent dans la maison.

9

La grande maison de la rue Scott paraissait étrangement morose depuis la mort de Thomas. Elle appartenait maintenant de plein droit à Édouard. Le contrat signé reposait dans le coffre de l'étude Dupire, l'argent de la transaction dans le compte en banque de sa mère. Pour payer le coût de la propriété, le jeune homme avait liquidé le portefeuille d'actions de son paternel. Le solde lui avait permis d'acquérir une voiture Ford toute neuve.

À l'heure du souper, l'absence de l'ancien maître de la maison se faisait cruellement sentir. Son fils avait beau occuper le bout de la table, il ne comblait guère le vide laissé par son prédécesseur. Sa femme Évelyne prenait place à sa droite, sa mère à sa gauche. La première lui faisait grise mine depuis plus de vingt-quatre heures, tellement son enthousiasme à rejoindre Élise la veille, au cimetière, lui paraissait suspect.

— Je te l'ai expliqué déjà, c'était une amie de ma sœur, répéta-t-il afin de la faire sortir de son mutisme. Je ne suis jamais sorti avec elle.

Devant le mensonge, Élisabeth préféra se perdre dans la contemplation de son repas. Un vendredi, le poisson revenait nécessairement au menu. En 1908, le garçon avait paru fort intéressé par la demoiselle

Caron. « Non, se corrigea-t-elle bien vite. Il paraissait fasciné par le jeu de la séduction. Elle, de son côté, semblait disposée à lui abandonner son cœur. »

Évelyne ne se montra pas dupe :

— Ce serait vraiment étonnant. Mes conversations avec les voisines témoignent de ton intérêt pour tout ce qui portait un jupon à la Haute-Ville. Si tu dis vrai, cette pauvre fille était bien la seule sur qui tu levais le nez. Pourtant, elle ne m'a semblé ni borgne ni bancale.

— Et même si cela se trouvait, à l'époque nous étions tous les deux célibataires.

— Mais tu ne l'es plus. Entends-tu les pleurs dans la pièce à côté ? C'est ton fils.

Le jeune homme laissa échapper un soupir étouffé, décida de se concentrer sur le souper pendant les minutes à venir, sans se soucier des humeurs de sa compagne. La présence de son père, dont il émanait une autorité un peu mystérieuse, avait réprimé les expressions de cette frustration. Sa femme réservait alors ce genre de scène à l'intimité de la chambre conjugale. Cette retenue disparaissait maintenant, au détriment des autres occupants de la maison.

Après le second service, Élisabeth s'essuya la bouche et annonça en se levant :

— Si vous voulez m'excuser, puisque je n'ai plus faim, je vais passer à côté un moment.

— Maman, j'aimerais te parler tout à l'heure. Tu pourrais passer me voir dans la bibliothèque ?

— Bien sûr. À tout de suite.

La femme adressa un sourire à sa belle-fille en quittant la salle à manger, puis elle gagna la cuisine.

La cuisinière s'activait devant l'évier, alors qu'une jeune domestique nourrissait l'héritier de la maison à la cuillère. Elle lui dit en souriant :

— Laisse-moi ta place, je vais m'occuper de ce gourmand. Verse-moi plutôt une tasse de thé.

La jeune fille abandonna sa chaise un peu à regret pour aller chercher une toute petite théière dans un vieux buffet. Au cours des dernières semaines, la situation se répétait avec régularité. Cet enfant demeurait agréablement inconscient des tensions entre les adultes. Élisabeth essayait de profiter de sa compagnie le plus souvent possible.

En posant la boisson chaude près de sa patronne, la bonne glissa :

— Je peux vous parler un moment ?

— … Oui, bien sûr. Tu préfères le faire tout de suite ?

Le regard de la femme se dirigea vers la cuisinière. Sa jeune interlocutrice rougit un peu.

— Ce n'est pas un secret. Victoire prétend que vous allez quitter cette maison.

Elle parlait de la seconde employée.

— Oui, dans une semaine ou deux.

— Vous aurez besoin de personnel, sans doute.

— Sans doute.

— … Je serais heureuse de rester à votre emploi.

La confidence fut suivie d'un silence intimidé. Élisabeth demeura un instant interloquée. Sa surprise monta d'un cran quand la cuisinière déclara, en garnissant le chariot lui permettant d'apporter le dernier service à ses jeunes patrons :

— Moi aussi, je ne dirais pas non à un changement d'air.

Elle sortit de la pièce sur ces mots.

— Si mes projets se réalisent, je quitterai bientôt cette demeure. Mais les personnes que j'embaucherai auront une tâche plus pénible qu'ici.

— La lourdeur de la tâche, ce n'est pas tout. Déjà, c'est si triste depuis la mort de Monsieur. Alors si vous partez aussi…

La patronne acquiesça de la tête. Évelyne promenait son malheur de pièce en pièce. Elle devait faire payer ses petites misères aux employées, car son époux se blindait contre tous les reproches.

— Je vais réfléchir à cela. Quand ma propre situation sera un peu plus nette, je te parlerai de mes projets. Je ne dis pas non, mais bien des choses devront être clarifiées.

La domestique prit cela comme un congé. La veuve consacra de nouveau toute son attention sur l'enfant. Le jeune Thomas allait sur ses quinze mois. Bien bâti, joufflu, il présentait sans vergogne sa bouche grande ouverte à sa grand-mère.

— Toi, tu promets d'avoir un solide appétit.

Le garçon fixait sur elle de belles billes bleues, les yeux de son père et de son grand-père.

— Je te souhaite juste de savoir le discipliner un peu. Un homme ne gagne rien à courir dans toutes les directions afin de se satisfaire. Non seulement il ne se trouve pas plus heureux, mais il sème la peine autour de lui.

La domestique baissa les yeux en entendant la petite leçon de morale. L'enfant se contenta de réagir à la douceur de la voix en s'agitant sur sa chaise, les bras tendus, un sourire béat laissant apercevoir quelques dents.

Vers neuf heures, après qu'Évelyne se fut retirée dans sa chambre, Élisabeth frappa à la porte de la bibliothèque. Depuis la signature du contrat de vente de la maison, elle avait adopté l'attitude d'une invitée.

— Oui, entre, répondit Édouard en quittant le siège derrière le lourd bureau en chêne.

Il se dirigea tout de suite vers la petite armoire contenant quelques bouteilles en disant :

— Je te verse un porto. Heureusement, il nous reste un moyen de contourner la prohibition, mais cela fait monter les prix.

Sa mère s'installa dans l'un des fauteuils près du foyer. En acceptant la boisson, elle confia :

— Cette scène s'est répétée si souvent avec ton père. La revivre de cette façon me chavire toujours un peu.

— ... Préférerais-tu aller dans une autre pièce ?

— Non, ce n'est pas la peine. Ce ne sont pas des souvenirs désagréables, au contraire. Mais je demeure tout de même troublée dans ces lieux familiers.

Le garçon hocha la tête, prit le temps de se verser un cognac avant d'aller occuper le fauteuil placé de l'autre côté du foyer.

— Tu tiens à quitter la maison afin de t'éloigner de ces souvenirs ?

— C'est certainement l'une des raisons.

— Cette décision me bouleverse. Je comprends ton désir de vendre la résidence, de ne plus assumer cette responsabilité. Mais nous avons de la place, tu pourrais conserver la chambre des maîtres, y aménager un nid à ta convenance.

Élisabeth trempa ses lèvres dans son verre, puis entendit clarifier la situation.

— Ma présence nuit à tes rapports avec ta femme.

— Voyons ! Au contraire…

— Elle permet d'éviter des scènes plus désagréables encore que celle de ce soir, j'en conviens. Toutefois, elle vous empêche de vider la question. Parlez-vous, mettez fin à votre différend, sinon vous vous construirez une existence malheureuse pour les cinquante prochaines années.

Le jeune homme se renfrogna un peu. Ce « différend », c'était bien sûr la présence d'une maîtresse avant, et pendant les premiers mois qui avaient suivi le mariage. Il se demandait encore comment la rumeur avait atteint les oreilles de son épouse. Parfois, la pensée que sa sœur avait peut-être agi comme messagère le mettait en rage.

— Elle n'a rien à me reprocher. Je suis tous les soirs à la maison à éplucher les dossiers de papa. Prendre la relève n'apparaît pas si simple.

— J'en conviens, depuis le service funèbre de Thomas, tu as été ici presque tous les soirs.

Le garçon rougit un peu, tellement le sous-entendu demeurait explicite : non seulement cette vertu était toute nouvelle, mais elle ne durerait pas éternellement.

— Je suis très sérieuse, tu sais. Évelyne doit se sentir la maîtresse de cette grande maison. Aussi longtemps que je serai là, elle ne le pourra pas.

— Tu serais très bien ici, sans aucune responsabilité, sauf peut-être prendre soin de Junior.

— Mais te rends-tu compte de ce que tu dis ? Ce

garçon est votre fils à tous les deux, et moi, par le sang, je ne suis même pas sa grand-mère.

Édouard parut blessé, comme si ces paroles constituaient une trahison. Elle voulut tempérer le reproche en reprenant d'une voix plus douce :

— Évelyne doit reprendre sa place auprès de lui, tout comme elle doit la reprendre auprès de toi.

Le silence domina la grande pièce lambrissée de noyer pendant un long moment. À la fin, son interlocuteur céda.

— Soit, nous devons demeurer seuls. Évelyne me l'a tellement seriné au moment où papa vivait encore. Elle me servait l'exemple du couple de Louis Lavigueur, dans sa petite maison de la rue Saint-Jean. Mais tu pourrais trouver un appartement près d'ici. Dans le *Chronicle*, j'ai vu quelque chose de très bien rue Haldimand.

— C'est en effet un joli quartier.

Élisabeth sourit en songeant à la maison de la rue Sainte-Geneviève, située tout près.

— Cette idée de tenir une maison de chambres me paraît si…

Le jeune homme hésita sur le mot « démente », se rabattit sur :

— Saugrenue.

— Je ne resterai pas à tricoter au coin du feu pendant les vingt prochaines années. J'ai la chance d'avoir un petit capital, j'entends le faire fructifier.

Elle marqua une pause avant de préciser, un sourire narquois sur les lèvres :

— Cela devrait te réjouir, tu hériteras de ma fortune avec Eugénie.

— Mais tu n'as jamais travaillé, tu ne connais rien aux affaires.

La femme encaissa le choc. Soucieuse de bien maîtriser sa voix, elle attendit un moment avant de répondre.

— Nous aurons donc des choses à apprendre tous les deux, au cours des prochains mois. Moi à mener une affaire, toi à réussir un mariage. Nous donnons-nous tout de suite rendez-vous en janvier 1920, afin de comparer nos résultats ?

Ce fut au tour de son interlocuteur de demeurer un moment interdit.

— Je m'excuse, bafouilla-t-il, je ne voulais pas te blesser.

— Moi non plus… Toutefois, j'étais sérieuse. Nous avons tous les deux beaucoup à faire.

Au moment où la femme fit mine de se lever, Édouard déclara, un sourire en coin :

— La propriétaire d'une pension de famille devrait posséder une voiture. Je pense à un petit cabriolet de couleur rouge. Une Chevrolet…

— Je ne sais pas conduire. Puis ce serait une dépense somptuaire.

— Si tu peux apprendre à mener une affaire, tu feras la même chose avec une machine. Et en ce qui concerne le prix, je sais que tu peux te le permettre.

Élisabeth marqua une pause, puis elle demanda, un ton plus bas :

— Dois-je comprendre que tu es quelque peu… serré ?

— Pas vraiment, mais j'ai un tantinet tiré sur mes liquidités, récemment. Trois voitures sont rangées contre la maison. Deux sont de trop.

— La Ford surtout.

Le marchand choisit de ne pas réagir devant le reproche implicite.

— Non, je dois avoir une voiture familiale en bon état, sinon les gens vont croire que le magasin PICARD va à la banqueroute. L'erreur, c'est la Chevrolet. Mais au moment de son achat, nous pensions tous les deux que papa avait au moins vingt ans devant lui, avec toutes ses bonnes résolutions.

La femme acquiesça d'un signe de la tête.

— Tu as raison. Je m'excuse pour cette question. Je me mêle de ce qui ne me regarde pas.

Elle se retira sur ces mots, sans s'engager à se muer bientôt en automobiliste.

Le dernier dimanche de juin, madame Caron s'activa devant ses fourneaux pendant la majeure partie de l'après-midi. Élise trouvait un peu curieux de la voir se mettre en frais de la sorte pour un seul invité, un collègue de son père, de surcroît. Dans ce genre de circonstance, d'habitude, la maîtresse de maison s'en tenait à l'ordinaire.

L'homme arriva vers cinq heures, le docteur l'amena au salon.

— Va les rejoindre, déclara la mère, je vais m'occuper de dresser la table.

La jeune femme arqua les sourcils, intriguée, avant de faire comme on le lui disait. Quand elle entra dans la pièce, le visiteur quitta son fauteuil pour se tenir devant elle, visiblement un peu intimidé. La petite conspiration se révélait enfin.

— Ah ! Voici ma fille, déclara l'hôte en se levant

à son tour. Élise, voici le docteur Boisvert. Philippe Boisvert. Il a un bureau rue Saint-Jean.

— Enchantée, monsieur, murmura-t-elle en tendant la main.

L'étranger bredouilla quelque chose avant de reprendre sa place.

— Vous acceptez de prendre un verre avec moi ? Bien sûr, le choix demeure très limité, mais ce reste de whisky devrait bien fournir deux verres. Élise, la bouteille de sherry de ta mère n'a pas été ouverte.

Sans attendre de réponse, il remplit les verres.

— Comment fais-tu ? demanda le visiteur. Te fais-tu une prescription à toi-même ?

— J'en fais une à ma femme. Je l'imagine rougissante en train d'attendre au guichet.

L'homme tendit les verres avant de retrouver son siège.

— C'est pratique. Je ne peux profiter de cet avantage.

— … Philippe est veuf depuis plusieurs années, précisa l'hôte à l'intention de sa fille.

Élise demeura interloquée quelques secondes, puis rougissante, elle avala la moitié de son verre.

— Depuis bien près de dix ans, compléta l'homme.

— Tes enfants doivent être grands, aujourd'hui.

— Les deux garçons sont maintenant au collège. Dans les circonstances, je préfère les voir pensionnaires.

Pendant quelques minutes, les deux hommes commentèrent les projets d'avenir des deux adolescents. En passant à table, la jeune femme réussit à chuchoter d'un ton de colère contenue à sa mère :

— Vraiment, vous n'auriez pas dû faire cela.

Des larmes perlaient à ses yeux. Elle put tout de même garder sa contenance pendant tout le repas. Le visiteur porta souvent les yeux sur les deux enfants, comme s'il se demandait si la cohabitation avec eux serait possible.

Heureusement, le visiteur ne s'attarda pas. Plaidant la longue journée du lendemain, il quitta les lieux un peu après neuf heures.

— Tu penseras sérieusement à nos projets.

— Bien sûr. Je vais t'en reparler bientôt.

Peu après, l'homme passait la porte. Quand son père revint au salon, Élise lui demanda d'une voix chargée de colère :

— Je veux te parler, seule à seul.

La nécessité de dominer sa fureur devant cet inconnu l'avait épuisée. Elle éclaterait bientôt en sanglots.

— Allons dans mon bureau, ce sera plus simple.

La mère les regarda quitter la pièce, consciente de l'orage qui se préparait.

— Comment as-tu pu faire cela ? glapit Élise quand la porte se referma dans son dos. Tu es cruel.

Les larmes coulaient maintenant sur ses joues. Le docteur regagna son siège à son tour.

— … Tu m'as fait revivre la scène de 1908, avec Charles. Alors, c'était un jeune collègue prometteur, maintenant c'est un veuf. Voilà trois heures que je me retiens de hurler de toutes mes forces.

— Je… commença son père, maintenant profondément ému. Je n'avais pas pensé à cet aspect des choses.

— Ne te moque pas de moi. Tu invites quelqu'un pour me caser, encore une fois. Tu as dû te dire : « Comme cela a fonctionné avec le premier candidat, essayons encore. » Ainsi, je partirais et tu retrouverais ta vie tranquille.

Les derniers mots vinrent dans un sanglot. L'homme chercha dans un tiroir de son bureau pour en sortir un mouchoir à peu près propre. Elle se moucha bruyamment.

— Tu sais, pour un vieux couple comme nous, ton retour à la maison n'est pas une catastrophe, mais une bénédiction. Demain, au plus tard après-demain, nous serons vieux. Tout le monde rêve d'un enfant aimant pour prendre soin de lui à ce moment.

La jeune femme ne put réprimer l'ombre d'un sourire.

— Donc, tu allais contre tes intérêts en tentant de me pousser dans les bras de ce vieux monsieur.

— À mes yeux, il est jeune. Écoute-moi bien, tu as trente ans. C'est bien tôt pour renoncer à ton existence de femme. Le jour où tu rencontreras quelqu'un, je verrai cela comme une bénédiction pour toi, mais j'aurai un pincement au cœur.

— Charles est mort depuis huit mois. Penses-tu que je veuille le remplacer ?

L'homme posa ses avant-bras sur la surface de son bureau, réfléchit un moment.

— Tu ne le remplaceras jamais, comme je ne remplacerais pas ta mère si elle venait à mourir. Tu as vécu avec lui quelque chose d'unique.

Elle acquiesça d'un signe de la tête, heureuse de l'entendre le dire.

— À cette époque, en 1908, je ne l'avais pas invité pour te caser, mais pour te permettre de rencontrer une personne que je trouvais estimable. Tu vas me le reprocher aujourd'hui ?

Cette fois, ce fut en rougissant qu'elle confia :

— Non, bien sûr que non.

— Je souhaite que tu rencontres d'autres personnes estimables.

— Je…

— Ne me dis pas que tu ne le désires pas. Je serais trop déçu de voir ma fille âgée de trente ans m'annoncer que la vie ne lui apportera plus rien de bon.

De nouveau, elle se moucha, essuya les larmes sur ses joues.

— Aujourd'hui, je ne peux pas concevoir qu'un jour futur je m'intéresserai à quelqu'un.

— Cela, je peux le comprendre. Mais tôt ou tard, tu devras faire un effort pour sortir de ta solitude.

— Je vis dans ta maison avec mes enfants. Je ne suis pas seule.

Les yeux de l'homme exprimaient un profond scepticisme, mais il choisit de se taire.

— Mais ce soir, tu as voulu me forcer la main en me présentant ce monsieur.

— Je pense être assez bon juge des personnes. Philippe est un homme bien. Je ne peux deviner s'il a la moindre inclination pour toi, ou toi pour lui. Comme tu es une femme adorable, quelqu'un s'intéressera à toi un jour. Garde seulement les yeux ouverts, et ne lui fais pas grise mine quand il se présentera.

— Écoute, je comprends que cela te vient d'un

bon sentiment. Ce soir, tu souhaitais… Ces projets communs…

Son père éclata de rire, Élise s'assombrit d'abord. À la fin, il consentit à lui expliquer :

— J'aimerais le voir abandonner son cabinet pour venir pratiquer ici. Nous avons aménagé une pièce de consultation pour Charles, elle a bien peu servi.

— Quel avantage y trouveras-tu ?

— Je ne la lui laisserais pas gratuitement. Je ne pense pas que tu sois terriblement occupée pendant la journée. Tenir les horaires de deux personnes, percevoir les frais de consultation, écrire aux clients récalcitrants… En fait, je veux profiter de toi un peu plus. Je lui ferais payer le local et le secrétariat.

Les deux projets, la « caser » et tirer un meilleur parti de sa situation professionnelle, devaient hanter son père. Après cette conversation, Élise ne pouvait plus lui en vouloir. Au moins, l'homme se montrerait dorénavant plus circonspect dans ses grandes manœuvres.

— Je vais aller rejoindre maman. Elle doit se demander si nous n'avons pas échangé tout notre répertoire de gros mots.

— Oh ! Elle demeure convaincue que ni toi ni moi n'en connaissons.

— Voyons, elle n'est pas si naïve !

Tous les deux quittèrent le cabinet. En revenant vers le salon, Élise déclara :

— Je vous souhaite bonne nuit à tous les deux. Je suis chanceuse de vous avoir. Toutefois, je vous en prie, ne cherchez pas à me présenter des hommes esseulés avant que je ne sois prête.

Après une bise à chacun d'eux, elle se dirigea vers la chambre de ses enfants.

Élisabeth se présenta chez le jeune notaire Dupire en début d'après-midi. Au premier coup de sonnette, Jeanne vint lui ouvrir la porte.

— Bonjour, madame.

— Bonjour. Je viens rencontrer votre employeur.

— Vous avez le temps de vous asseoir un instant au salon, il est occupé. Désirez-vous quelque chose à boire ? Je préparais du thé.

— Je ne sais pas si je peux…

La domestique lui adressa son meilleur sourire en répondant :

— Je ne l'offrirais pas à un client habituel. Mais vous êtes sa belle-mère, et mon ancienne patronne.

— Dans ce cas, je veux bien.

Quelques minutes plus tard, elle tenait sa tasse près de sa bouche, soufflait dessus légèrement pour refroidir un peu son thé. Fernand se présenta bientôt à elle en disant :

— Je suis désolé de vous avoir fait attendre.

— Comme vous pouvez le voir, on s'est très bien occupé de moi.

— J'aimerais mieux vous recevoir ici, dans cette pièce, cela conviendrait mieux pour une parente, mais par souci de discrétion…

La veuve, tout comme son hôte, souhaitait par-dessus tout éviter de voir surgir Eugénie devant eux. Le notaire se pencha pour prendre le plateau sur une table basse.

— Apportez votre tasse.

— Je suis gênée…

— Ne vous inquiétez pas, Jeanne s'est aussi occupée de moi.

Ils se retrouvèrent dans le grand bureau de l'ancien maître de la maison. Bientôt, des ouvriers viendraient commencer les travaux de réaménagement du rez-de-chaussée. À la réflexion, l'homme inclinait maintenant pour la construction d'une nouvelle pièce à l'arrière. La « rallonge » n'aurait rien d'élégant, mais la nécessité de devoir bientôt s'adjoindre un clerc le forçait à cette solution plus ambitieuse.

Après avoir évoqué la santé de ses trois enfants avec sa belle-mère, le notaire demanda :

— Vos projets évoluent dans le bon sens ?

— J'ai encore une fois passé la matinée rue Sainte-Geneviève. Non seulement l'entrepreneur en construction que vous m'avez recommandé m'assure qu'aucune mauvaise surprise ne me tombera dessus, mais il a produit une estimation du coût de quelques travaux dans mes futurs quartiers.

Elle marqua une pause, puis demanda :

— De votre côté, quelles sont vos conclusions ?

— Les livres de cette pension me paraissent en ordre. Le profit permettrait certainement à un couple, ou à une personne seule, de subvenir à ses besoins.

Ce fut au notaire de s'arrêter un moment. Il usa de précautions avant de poursuivre :

— Depuis que je vous connais, j'ai apprécié votre gentillesse, votre respect.

— Vous m'avez toujours paru mériter l'un et l'autre. Mon mari partageait la même opinion, soyez-en assuré.

— Ce sentiment ne fut pas partagé par tous les membres de la maisonnée, malheureusement.

Après un rire bref, chargé de dépit, il ajouta :

— Et j'ai marié celle de vos parentes qui ne le partageait pas, justement. La vie nous réserve parfois d'étranges situations.

L'homme retrouva sa sérénité au moment de poursuivre son exposé.

— Je vous parlerai donc en ami, en souvenir de nos bonnes relations. Vous pourriez sans doute vivre dans l'aisance jusqu'à la fin de votre vie sans travailler. Chez Édouard, cela ne fait pas de doute.

— Des raisons personnelles me font préférer aller habiter ailleurs.

— Même dans un appartement situé dans la Haute-Ville, vous vous en tireriez sans mal, je crois.

Élisabeth répondit d'un sourire.

— D'abord, je ne me vois pas demeurer inactive pendant les années à venir, admit-elle. Puis à ma place, prendriez-vous le risque ? L'économie connaît des à-coups. Voyez comment les prix ont monté rapidement ces dernières années, pour descendre maintenant.

— Vous avez raison, on ne peut jurer de rien. Dans les circonstances, cette maison me paraît un bon investissement.

— Susceptible de me faire vivre ?

L'homme lui répondit d'un sourire d'abord, puis il lui tendit le rapport de son examen des livres.

— Aucun notaire ne s'engagera en ce sens. Une personne mal avisée peut ruiner la meilleure entreprise. Toutefois, cette affaire est saine, je doute que vous preniez des décisions déraisonnables. Vous immobiliserez un capital important, le revenu des locations vous procurera un train de vie raisonnable.

— Et si jamais cela ne fonctionnait plus ? Je n'ai aucune expérience.

— Vous pourrez revendre la maison sans rien perdre. Mais je ne doute pas de votre réussite.

Le rose monta aux joues de la cliente. Elle murmura avec plaisir :

— Vous êtes la première personne à me dire cela… à l'exception de Marie Picard. Mais elle ne me connaît pas très bien. Je n'ai jamais occupé un emploi, sauf au moment où Thomas m'a embauchée à la sortie du couvent.

— Je vous ai vue au fil des ans. Je vous imagine sans mal dans le rôle d'une hôtesse charmante pour tous les locataires de cette maison.

Il la laissa un moment à ses réflexions, puis demanda enfin :

— Que ferez-vous ?

— … J'achète ! Cela ne donne rien de tergiverser encore.

— Vous pourrez signer le contrat mercredi prochain. Mon jeune collègue est impatient de boucler cette transaction.

— Je ferai viser un chèque afin de vous le remettre.

Quand la femme s'apprêta à se lever, le notaire demanda :

— Pouvez-vous me donner encore un peu de votre temps ?

— Oui, bien sûr, consentit-elle en reprenant son siège.

— Vous possédez une part du magasin PICARD. Celle-ci vous donnera un revenu d'appoint.

La femme acquiesça, curieuse de voir où son interlocuteur voulait en venir.

— Si jamais vous vouliez la vendre, je serais acheteur.

— … Croyez-vous que je devrais me départir de cette part ? La situation vous inquiète ?

— Je ne dis pas cela, et à en juger par les rapports annuels et les chèques correspondant à sa part des profits qu'Eugénie reçoit tous les ans, cela demeure un bon placement. Mais si, de votre côté, vous en veniez à vouloir vous départir de cet actif, je vous serais reconnaissant de me le faire savoir.

Un bref moment, l'image des trois autos rangées près de la maison passa dans l'esprit d'Élisabeth. Les goûts somptuaires d'Édouard l'inquiétaient parfois. Elle se ressaisit puis dit avec un sourire en coin :

— Seriez-vous le genre de notaire à acheter les actifs d'une cliente, même si ceux-ci devenaient moins rentables ? Pour tout de suite, vous l'avez dit, le placement est bon.

La remarque fit rire l'homme de loi. Il se versa du thé avant de répliquer :

— Si vous doutez de votre capacité à mener des affaires, rassurez-vous. Après cette remarque bien sensée, j'ai la preuve que vous saurez vous tirer d'affaire. Nous nous sommes parlé franchement jusqu'ici, je continuerai. Actuellement, avec la moitié des parts, Édouard gère seul l'entreprise, pour le meilleur et pour le pire. Eugénie, vous et le jeune Mathieu Picard possédez l'autre moitié du magasin, mais vous ne pouvez en orienter les destinées, à moins de faire front commun. À ma connaissance, aucune réunion des actionnaires n'a jamais été tenue.

Élisabeth acquiesça d'un signe de la tête. Thomas avait administré l'entreprise sans rendre d'autres comptes que l'envoi du bilan de fin d'année. Mais à l'époque, il détenait la majeure partie du commerce.

— Je ne détesterais pas réunir ces parts.

— Je suis certain que votre femme aimerait me voir perdre la mienne. Toutefois, elle me vient de mon époux et j'y tiens.

Le notaire se pencha pour se rapprocher d'elle.

— Je ne comprends pas les raisons de l'inimitié d'Eugénie à votre égard, son attitude me paraît cruelle. Mais croyez-moi, je ne suis pas en service commandé pour elle. Mes motifs sont intéressés, bien sûr, nous parlons affaire. La rancune de mon épouse n'y joue toutefois aucun rôle.

Élisabeth se leva en promettant :

— Si jamais je songe à vendre, je vous en glisserai un mot. De toute façon, vous êtes mon notaire, vous serez aux premières loges pour voir l'évolution de mes affaires. Vous n'en ignorerez rien.

L'homme la reconduisit jusqu'à la porte de la maison.

— Vous remercierez Jeanne pour le thé, ajouta-t-elle en sortant.

Elle tendit la main, le notaire la prit dans la sienne.

— Je vous reverrai donc dans quarante-huit heures.

— Sans faute.

Elle sortit sur ces mots en ajustant ses gants noirs. Fernand la regarda rejoindre le trottoir, haute silhouette élégante et digne dans ses vêtements de deuil.

10

Le simple fait de quitter bientôt le commerce familial rendait Mathieu un peu plus serein. Bien sûr, au fil des jours, des clientes demandaient encore :

— Comment c'était, là-bas ?

Il répondait invariablement avec un sourire à peine crispé :

— Une aussi charmante personne que vous n'a pas vraiment le désir de le savoir, croyez-moi.

La moindre insistance de son interlocutrice se heurtait ensuite à un silence buté et à un faciès de moins en moins avenant, au point de devenir parfois hostile.

En fin d'après-midi, le dernier jour de juin, Françoise descendit l'escalier à demi pour lui dire :

— Mon père se trouve au bout du fil. Il aimerait te parler.

Le téléphone du commerce avait été installé à l'étage, car le minuscule bureau de la propriétaire se trouvait là. Le jeune homme monta prestement, appuya le cornet contre son oreille et prononça dans la pièce de bakélite placée en haut d'une petite colonne de laiton :

— Mathieu Picard à l'appareil. Vous m'appelez de Rivière-du-Loup ?

Dans l'affirmative, mieux valait limiter la conversation à l'essentiel : les appels interurbains demeuraient hors de prix.

— Non, j'ai dû revenir dans la capitale ce matin, afin de discuter d'octrois pour la construction de chemins.

La gestion du patronage meublait le quotidien des élus. Une paroisse privée trop longuement d'un bout de route ou d'un petit pont revêtait bien vite un charme fou pour le parti d'opposition.

— J'ai parlé de toi à droite et à gauche, ces derniers jours, continua le député. J'aurais un poste un peu étonnant à te proposer. Mais au moins, il y a un salaire.

— Étonnant jusqu'à quel point ?

— Le bureau du procureur général.

Tous les étudiants en droit savaient que ce « ministère » s'occupait de poursuivre au nom du roi - de l'État, en réalité - les personnes accusées d'un crime. On désignait les membres de ce service du titre d'avocats de la Couronne.

— Bien sûr, cela ne vaut pas un gros cabinet, reconnut Dubuc.

— Comme les études responsables des affaires des grandes entreprises sont les seules à pouvoir rendre un procureur riche, les candidats doivent se bousculer aux portes.

— C'est exactement cela.

Ces postes convoités revenaient à des personnes très proches du pouvoir. Le protégé d'un simple député du Bas-Saint-Laurent rompu aux querelles de clôtures ne se classait pas parmi les prétendants légitimes.

— Je vous remercie infiniment, dit Mathieu avec chaleur. Ce sera pour moi une excellente école de droit criminel.

L'étudiant avait raison. Sa sincérité rassura son interlocuteur.

— Tu pourras te présenter dès demain chez l'un des substituts du procureur, Arthur Fitzpatrick.

— Le fils de…

— De Charles, le représentant de Sa Majesté le roi dans notre belle province.

Charles Fitzpatrick occupait le poste de lieutenant-gouverneur depuis l'année précédente. Cela représentait tout un accomplissement pour l'un des défenseurs de Louis Riel, le chef métis exécuté en 1885.

— Il y a un petit inconvénient, précisa encore son interlocuteur à l'autre bout du fil. Comme tu le sais, l'Assemblée n'est pas en session, les tribunaux font relâche une partie de l'été. Cet emploi ne débutera pas avant septembre. Je sais que tu désirais quitter la boutique…

— Ne vous en faites pas. De toute façon, j'ai sous les yeux la jeune vendeuse recrutée par maman pour compenser mon absence. Au cours des semaines à venir, je potasserai mes gros codes. Je porterai une attention particulière au droit criminel.

La jeune fille en question, prise en main par Thalie, explorait depuis le matin la section des sous-vêtements. Âgée d'une vingtaine d'années et connaissant quatre mots d'anglais – *May I help you?* –, elle constituait une relève passable au fils de la maison.

— Une nouvelle employée… se lamenta le député. Marie ne voudra pas s'éloigner.

— J'ai plaidé pour vous. Surtout, j'ai promis à maman de demeurer au magasin pendant toute la durée de ses vacances. Puis, cette fille n'est pas une véritable néophyte. Elle a travaillé ici quelques mois en 1918, avant de déserter pour une usine de munitions. Elle comprend maintenant que les dentelles promettent une plus longue carrière que les cartouches.

La nouvelle employée entendait la conversation. Elle jeta un regard un peu coupable en direction du fils de sa patronne. Il la rassura d'un sourire affable.

— Marie voudra-t-elle venir passer quelques semaines chez moi ?

— Insistez encore un peu. Vous êtes à Québec, une visite aujourd'hui accompagnée d'un bouquet de fleurs devrait la faire fléchir. Elle meurt d'envie d'accepter.

— Si tu es là pour t'occuper du magasin, elle n'a plus rien à craindre.

— Je n'en doute pas. Surtout, Thalie demeure sans égale pour me donner des ordres. Les choses devraient aller rondement.

Sa sœur, à quelques pas, posa ses yeux rieurs sur lui et fit un geste de la main pour imiter une personne trop bavarde. Mathieu saisit l'allusion.

— Je vous remercie encore, monsieur Dubuc. Je dois maintenant retourner travailler.

— Tu as raison, moi aussi le devoir m'appelle. Nous nous reverrons en soirée. Mes salutations à Marie… et à toutes les autres jeunes femmes du commerce.

— Je distribuerai les bises à votre place.

Le jeune homme descendit ensuite pour annoncer la nouvelle à sa mère.

Après avoir reçu sa belle-mère l'après-midi, Fernand accueillit son beau-frère en soirée. Le marchand commença par s'asseoir une petite demi-heure au salon afin de parler avec sa sœur. Profitant d'une absence de son époux, celle-ci réitéra sa résolution récente au principal intéressé.

— Aussi longtemps qu'elle sera là, je n'ai pas l'intention de retourner dans la maison de papa. Quand je pense qu'elle a réussi à mettre la main sur la résidence familiale !

— Depuis deux semaines, j'en suis le seul propriétaire.

— Tu as dû lui racheter notre bien !

Eugénie tentait de lui instiller sa révolte. Un peu après le décès, elle avait même essayé de convaincre son mari de contester le testament en son nom. « Papa était gravement malade, il ne jouissait plus de toutes ses facultés. » Toute à son indignation, elle ne voulait pas comprendre que Thomas avait suivi les usages. N'importe quel juge en aurait convenu.

— Maman a été une excellente épouse pour lui, insista le jeune homme. Cette maison lui revenait.

— Ce n'est pas ma mère.

L'éclat de voix ramena Édouard de nombreuses années en arrière. De multiples scènes de ce genre meublaient sa mémoire.

— Tu pourras donc partager un repas avec nous dans deux semaines. Elle va acheter une nouvelle demeure dans quarante-huit heures, et quitter les lieux le 11 juillet prochain.

— Elle paiera cette maison avec notre argent !

Fernand revint dans la pièce au moment où elle lançait ces mots. D'une voix sévère, il conclut :

— Eugénie éprouve beaucoup de difficulté à saisir les notions les plus simples du droit de propriété et du droit matrimonial.

Le rose monta aux joues de la jeune femme, elle leur présenta un visage buté, fermé à la raison.

— Nous passons dans mon bureau ? Je ne voudrais pas te retenir ici trop longtemps.

Le visiteur troqua son siège au salon pour un autre dans la pièce voisine. Le notaire ferma soigneusement la porte, puis il offrit avant de gagner sa place :

— Tu accepteras un whisky, sans doute.

— Sur recommandation de mon médecin.

Une fois les deux verres remplis, le tabellion regagna son siège et il commenta un moment la composition du nouveau cabinet provincial. À la fin, le visiteur n'y tint plus :

— Pourquoi as-tu demandé à me voir ? Un problème avec l'héritage de papa ?

— Non. N'en déplaise à ma charmante épouse, de ce côté-là, tout demeure en ordre. Toutefois, en regardant dans les notes de mon père, je me suis rendu compte que le pauvre homme a oublié de t'entretenir d'une question délicate. À la fin de ses jours, sa concentration laissait un peu à désirer.

Le notaire sortit une chemise d'un tiroir, la tendit au visiteur. Édouard parcourut une page de format légal, puis leva les yeux, surpris.

— Je ne comprends rien à cela.

Un moment, il soupçonna le vertueux Thomas, si prompt à fustiger les écarts des autres à la morale sexuelle, d'avoir laissé un rejeton illégitime dans le paysage.

— Papa aurait… continua-t-il.

— Non, ne va pas croire une chose pareille. Il s'agit de l'enfant d'Eugénie.

Ces mots laissèrent le marchand médusé. Il réussit à articuler après une longue minute :

— Tu es au courant de… cet accident ?

— Je l'étais avant mon mariage.

— Et tu as tout de même accepté…

— Ce qui fait sans doute de moi un parfait imbécile.

Le notaire parlait à voix basse. Il agita un doigt pour imposer le silence, se leva doucement afin de se rendre à la porte pour l'ouvrir vivement. Son épouse se redressa très vite, offrant un visage pivoine.

— Même l'oreille collée à la serrure, tu n'entendras rien. Ce bureau est construit pour celer les secrets professionnels. Ne va pas te poster dehors près de la fenêtre, ce ne sera pas mieux. Au risque de suer à grosses gouttes, je l'ai fermée tout à l'heure.

La femme s'esquiva très vite sans mot dire. Ses pas dans l'escalier produisirent le son d'une arme automatique. Quand son hôte retrouva sa place, Édouard était suffisamment revenu de ses émotions pour demander :

— Te l'a-t-elle avoué ?

— Non. Mon père m'a montré ce contrat afin de

me détourner de cette union. Je n'ai rien voulu entendre.

Une nouvelle pause lui permit de se remémorer ce moment de sa vie. Comme il regrettait, maintenant !

— Remarque, ce document est rédigé en termes très laconiques. Monsieur Picard payait une pension à Fulgence Létourneau pour l'entretien d'un jeune enfant. Il prétendait servir d'intermédiaire.

— C'était peut-être pour une autre histoire.

— Ne nie pas l'évidence. Ta sœur venait de disparaître pour son long voyage. Elle est revenue déprimée, un peu moins abrasive, ramollie même au point de m'accepter comme époux.

Fernand écarta les bras de son corps, comme pour signifier combien une pareille métamorphose lui demeurait encore incompréhensible.

— En fait, ce sont les récriminations de Fulgence Létourneau qui me forcent maintenant à te parler de cette histoire. Tu vois, mon père servait d'intermédiaire, maintenant c'est mon tour. Le tien versait la somme, le mien l'acheminait discrètement.

— Et depuis sa mort, la source s'est tarie.

Le tabellion hocha la tête en signe d'assentiment.

— Je suis tenu de payer à mon tour ?

— Le contrat prévoit le versement d'un montant modique, que ton père a d'ailleurs porté à soixante dollars en 1914 de sa propre initiative, puis à quatre-vingts en 1918. Si l'on tient compte de l'inflation des dernières années, ces augmentations ont été bien raisonnables. Tu vois les ajustements sur le contrat. Le paiement doit se poursuivre jusqu'à ce que le garçon atteigne ses dix-huit ans. Il en a dix, aujourd'hui.

— Mais légalement, je peux me dégager de cette obligation.

La voix contenait une pointe d'impatience. Le frère ne semblait pas disposé à couvrir les fautes de sa sœur.

— C'est une dette d'honneur, en faveur d'un membre de la famille. Il s'agit de ton neveu, après tout. Je ne sais pas comment cela tournerait devant un tribunal. Je ne sais même pas si Létourneau voudra poursuivre. L'homme semble très attaché à l'enfant, il craindra peut-être de lui faire du mal en ébruitant cette vilaine affaire. Mais sa femme…

Édouard paraissait perdu dans ses pensées. La soirée fatidique lui revenait en mémoire. Eugénie, désespérée, confessant sa situation, Élisabeth, malgré les horreurs dont la jeune fille l'accusait, offrant néanmoins toute son aide.

— Es-tu sûr que c'est son fils ?

— Il lui ressemble un peu.

Devant les yeux écarquillés de son visiteur, le notaire précisa :

— Je suis aussi curieux qu'un autre. Je me suis posté à la sortie de son école. Je l'ai reconnu sans mal.

— Sait-elle ? Je veux dire, Eugénie connaît-elle l'existence de cet arrangement avec Létourneau, de la pension versée par papa ?

— Non. Tu as pu le constater, elle est curieuse. En conséquence, ce document ne quitte jamais mon coffre.

Pendant un long moment, Édouard demeura pensif.

— Mon cher employé Fulgence ne s'en doutera jamais, confia-t-il à la fin, mais cette situation vient de sauver son emploi. Je songeais à me passer de ses services.

— Continueras-tu de verser la somme due ?

— Même si je ne me sens aucune responsabilité dans cette histoire, je paierai.

— C'est un parent.

L'argument amena une grimace sur le visage du client.

— C'est étrange, expliqua-t-il, mais les liens du sang me paraissent peu de chose. Contrairement à Eugénie, je vois Élisabeth comme ma véritable mère. Et ma sœur se révèle si étrange que je me demande souvent si nous sommes apparentés.

L'homme tira son portefeuille de sa poche, en sortit le montant de la pension annuelle prévu au contrat pour le déposer sur le bureau.

— Et si je te payais les sept années restantes en nature ?

— Vraiment, sans façon !

— Que vas-tu penser ? protesta l'autre en affectant le dégoût. Je songeais à t'abandonner la Buick en échange.

— La vieille auto de ton père ?

Le notaire jetait un regard amusé sur son interlocuteur.

— Elle n'est pas si vieille. Puis cela n'a pas de sens, un professionnel de ton envergure obligé de prendre le tramway.

— Nous discuterons de cela un prochain

dimanche, quand ma digne épouse acceptera de remettre les pieds chez toi, décida Fernand en se levant. Tu as dit dans deux semaines, tout à l'heure ?

Le visiteur lui jeta un regard narquois. Ainsi, dans cette maison, Eugénie n'était pas la seule à écouter aux portes. Il se laissa reconduire jusqu'à la sortie. Les anciens amis du Petit Séminaire se quittèrent sur une poignée de main cordiale. En regardant son visiteur regagner le trottoir, le notaire se fit une remarque amusée :

— Ainsi, le voilà prêt à régler des dettes d'honneur en bradant les biens de son défunt père.

Mathieu se présenta à la porte de l'hôtel du gouvernement à l'heure convenue, le mardi 1er juillet. Le grand édifice en pierre grise se révéla à peu près vide. Dès la fin de la session, les députés retournaient à leur maison de campagne. Seuls quelques commis promenaient leur désœuvrement dans les interminables corridors.

Le substitut du procureur général se trouvait dans un bureau attenant à celui de son patron. L'étudiant frappa à la porte laissée entrouverte. Un homme âgé d'une quarantaine d'années leva la tête d'un dossier.

— Oh ! Le jeune Picard. Selon Dubuc, vous êtes la huitième merveille du monde.

Le visiteur demeura un moment interdit, puis commenta avec un sourire amusé :

— Ce brave homme exagère un peu. Disons la dixième, peut-être même la douzième.

Devant la main tendue, Mathieu allongea la sienne. Le fonctionnaire contempla un moment le gant. Confus, le visiteur le retira.

— Je m'excuse, dit-il. Comme les regards me gênent un peu, je trouve cela plus discret.

Fitzpatrick serra sa main, la retourna de côté pour voir, ou plutôt pour constater l'absence du doigt, tranché par un éclat d'obus au milieu de la première phalange.

— Je me le demande. Votre gant accroche tout de suite le regard, sans lui, je n'aurais rien remarqué sans doute. Prenez place.

L'homme désigna une chaise devant son bureau, regagna la sienne tout en poursuivant :

— Vous avez commencé vos études de droit il y a longtemps ?

— À l'automne de 1916. Je me suis engagé à l'été de 1917.

— Vous n'avez pas été conscrit.

— ... Non. Je me suis porté volontaire.

Son interlocuteur apprécia la précision. Les volontaires paraissaient affublés d'une supériorité morale sur les enrôlés de force. Puis, il décida de venir tout de suite au fait :

— Vous pourrez revenir le 1er septembre après-midi, pour vous présenter au chef de service. Pour huit dollars par semaine, vous fournirez quelques heures de travail tous les jours. Je suppose que vous passerez l'essentiel de votre temps à classer des dossiers.

L'homme s'arrêta pour fixer son interlocuteur dans les yeux.

— Le salaire et les conditions vous conviennent-ils ?

— Tout à fait. Je pourrais commencer dans deux

ou trois semaines. Dès que je pourrai quitter mon emploi actuel.

Finalement, Marie avait cédé à la tentation. Elle passerait deux semaines à Rivière-du-Loup. Pendant ce temps, le fils protégerait le commerce et les jeunes femmes y travaillant contre tous les dangers, réels ou imaginés.

— Ce n'est pas ce qui a été convenu avec monsieur Dubuc.

— Je ne demanderai aucun salaire pour ces quelques semaines.

Le substitut du procureur général sourit devant autant de bonne volonté.

— Je suis anxieux de me retrouver devant des livres de droit, confessa Mathieu. Voilà deux ans que je n'en ai pas vu un.

— La difficulté ne tient pas au budget. Le chef de service reviendra à son poste fin août. Personne ne sera là pour vous encadrer. Je comprends toutefois votre inquiétude. Alors prenez mon conseil. Tous les matins, présentez-vous à la bibliothèque de l'Assemblée. Vous trouverez là des employés capables de vous guider dans vos lectures.

Fitzpatrick se leva sur les derniers mots, signifiant son congé au visiteur. Celui-ci quitta son siège, accepta la main tendue en disant :

— Je suivrai votre recommandation, monsieur. Je vous remercie beaucoup pour votre accueil.

Au moment de mettre les pieds dehors, le futur employé du gouvernement consulta sa montre. Comme il était encore tôt, il obliqua vers la gauche. Il pourrait passer deux bonnes heures dans la bibliothèque située dans le grand édifice voisin.

Un petit camion stationnait devant la spacieuse maison de la rue Scott. La boîte demeurait à peu près vide, Élisabeth voyagerait léger. Pour l'occasion, contre l'avis de sa mère, Édouard était revenu très tôt du commerce. Il se tenait sur la large galerie, les yeux mouillés.

— Je ne peux rien dire pour te convaincre de changer d'idée ?

— Non, tu le sais aussi bien que moi. Ce sera pour le mieux, je t'assure. Je dois apprendre à me débrouiller toute seule, tu ne crois pas ? J'aurai bientôt quarante-deux ans.

— Jamais je ne t'aurais empêchée de faire ce que tu désires.

— Ce sera aussi une bonne occasion pour toi, si tu sais la prendre.

Le jeune homme ne voulait pas revenir sur le sujet de sa vie conjugale. À la place, il secoua la tête, tenta de se ressaisir.

— Tu as été la meilleure mère du monde, et cela depuis le premier jour, souffla-t-il.

— Et toi, le meilleur fils.

Élisabeth aussi se trouvait maintenant au bord des larmes. Elle respira profondément afin de réprimer un peu le flot d'émotions se bousculant en elle.

— Nous le demeurcrons l'un pour l'autre, continua-t-elle, sauf que nous n'habiterons plus dans la même maison.

Édouard hocha la tête. À la place de protester encore en vain, il déclara en portant son regard vers le camion :

— Pourquoi n'amener que des livres et des vêtements ? Au moins, tu pourrais conserver les meubles de ta chambre.

— Je préfère changer mon cadre de vie. Ces meubles étaient les nôtres, pas les miens.

Elle ne se voyait pas dormir encore dans le lit conjugal. Pendant un moment, celui des anciens propriétaires ferait l'affaire. Ensuite, elle verrait.

Ni l'un ni l'autre ne savaient exactement comment clore cette conversation. Heureusement, les deux domestiques sortirent avec chacune une valise en carton bouilli à la main.

— Nous sommes prêtes, madame.

— Je n'ai qu'une place dans la voiture. Julie, tu veux bien monter dans le camion ?

— Bien sûr, madame.

La jeune bonne gagna le véhicule. Le conducteur se tenait debout contre la portière, visiblement lassé d'attendre.

— Victoire, montez dans la Chevrolet. Je vous rejoins tout de suite.

La cuisinière fit comme on le lui disait. La mère et le fils demeurèrent encore un moment l'un en face de l'autre, immobiles.

— Tu viendras me voir souvent ?

— Avec plaisir… les dimanches où Eugénie ne sera pas là, pour éviter les disputes inutiles.

— Quelle idiote !

— Ne dis pas cela. Même si elles sont fausses, elle a de très bonnes raisons d'être… troublée.

Depuis des mois, cette pensée hantait Élisabeth : la petite fille avait eu raison de croire que la mort de sa mère tenait à un crime. Toute sa vie, elle s'était tout bonnement trompée de coupable. Tout en comprenant l'inutilité de lui confier maintenant la vérité – elle refuserait de toutes ses forces de l'entendre –, la femme compatissait de tout son cœur à son sort.

— Si je comprends bien, déclara-t-elle encore, Évelyne ne participera pas à ces adieux.

— Elle t'en veut de partir avec les domestiques.

— Oh ! Te souviens-tu de Joséphine, dans le temps ? Avec un peu de chance, elle trouvera aussi bien pour remplacer Victoire.

— Je me souviens de Joséphine, murmura-t-il.

Ils n'arrivaient pas à se quitter. Le conducteur du camion, impatient, actionna la manivelle, puis partit.

— Comme il n'a pas la clé, je dois le suivre. J'espère juste pouvoir démarrer ta machine infernale.

— Tu vas voir, tu ne le regretteras pas. C'est une merveille.

Un peu brusquement, elle le saisit dans ses bras, lui plaqua un baiser sonore sur la joue, puis descendit les marches. Peu après, le bruit du moteur se fit entendre. En reculant jusqu'à la rue, elle roula sur un coin de pelouse, freina brusquement puis tourna le volant. L'embrayage gémit un peu au passage en première, puis le véhicule roula avec des à-coups à chaque changement de vitesse.

Au moment de tourner à gauche dans la Grande Allée, Élisabeth le salua d'un signe de la main.

Une demi-heure plus tard, le camionneur terminait de transporter les boîtes au premier étage de la maison de chambres de la rue Sainte-Geneviève.

Elle lui donna un bon pourboire, ce qui lui mérita des salutations cordiales.

Avant de donner leur réponse définitive au projet de migrer avec elle, les deux domestiques avaient eu droit à une visite des lieux. Leur décision de la suivre s'en trouvait mieux fondée.

— Cette grande maison vide semble un peu lugubre, commenta la cuisinière.

— L'arrivée des locataires amènera un surcroît de gaieté, je suppose, et de travail.

— Nous verrons bien. En attendant, je vais préparer le repas.

La nouvelle propriétaire avait passé la matinée à faire des courses afin d'approvisionner le garde-manger et la glacière.

— Je vais monter ta valise pour toi, offrit la jeune bonne à sa collègue.

— Et moi, commencer à défaire mes boîtes, conclut la patronne.

Pendant une heure, Élisabeth plaça ses livres sur les étagères dressées dans la suite de pièces réservées à son usage personnel. En terminant une heure plus tard, elle constata :

« Voilà un bien petit royaume. »

Depuis son premier soir dans la maison de Thomas, en 1896, jamais de pareilles émotions ne s'étaient bousculées en elle. Un petit choc contre la porte attira son attention.

— Oui, entre.

— Madame, dit Julie en passant la tête dans l'ouverture, le repas est prêt.

— Je descends avec toi.

Un instant plus tard, elle passait la porte de la

salle à manger. Son couvert, à un bout de la longue table capable de recevoir quinze personnes, lui parut tout de suite déprimant. Elle le récupéra, pénétra dans la cuisine en admettant, un peu penaude :

— Ce soir, je ne veux pas manger seule. Je peux me joindre à vous ?

— Bien sûr, répondit la cuisinière en déplaçant un peu sa chaise pour lui faire de la place.

Au même moment, quelqu'un frappa à la porte. Julie alla ouvrir. Elle revint en tenant un bouquet de fleurs blanches, des roses.

— Une jeune fille vient d'apporter cela. Il y a une carte.

Élisabeth ouvrit la minuscule enveloppe pour en sortir un carton crème. Quelques mots d'une petite écriture bien nette lui mirent un baume au cœur : « Tu ne le regretteras pas, j'en suis certaine. Marie. »

« Comme c'est gentil », dit-elle à voix basse.

Curieusement, ce petit geste la rasséréna beaucoup. Elle prit place à la petite table avec ses employées pour manger d'un assez bon appétit.

Le lendemain matin, Élisabeth se leva à l'heure habituelle, surprise de se retrouver dans un nouvel environnement. Cette fois, elle résolut de prendre son repas dans la salle à manger. Malgré la solitude, côtoyer les domestiques fausserait les rapports entre elles. Elle venait tout juste de regagner le salon quand un visiteur se présenta à sa porte.

Mathieu se tenait debout sur le trottoir, un peu mal à l'aise.

— Je suis désolé de vous déranger si tôt, surtout que vous êtes arrivée hier, je crois, mais je serais heureux de visiter la chambre. Selon maman, cela répondra à mes besoins.

— Entre donc. Je vais te montrer les lieux avec plaisir. En réalité, la maison est bien grande pour moi toute seule. Je serai heureuse d'avoir de la compagnie.

Elle s'effaça pour lui permettre de passer. Ils entrèrent d'abord dans le salon et la salle à manger. Pour monter, Élisabeth passa la première. Le jeune homme profita de son point de vue en contre-plongée pour apprécier la silhouette de sa tante. Séduisante, elle devait déjà habiter les rêves de quelques messieurs de son âge, ou plus vieux, célibataires ou non. Sous les combles, il commença par passer un long moment dans les deux pièces en enfilade.

— Les meubles sont un peu vieillots, admit la propriétaire des lieux d'une voix gênée. Puis le matelas me semble creux, au milieu.

— Si vous voulez vous en tenir au prix évoqué par maman, cessez de dire du mal de votre produit.

Elle rit de bon cœur avant d'admettre :

— Il me faudra faire attention.

— Cela vous viendra, croyez-moi. L'endroit me convient tout à fait. Si possible, j'aimerais m'installer dimanche prochain, en après-midi. Cela bien sûr si vous êtes là à ce moment. Je ne voudrais pas vous empêcher de sortir.

— Pour un laps de temps peut-être long, je me ferai très sédentaire. Je vous attendrai.

Avant de redescendre, le jeune homme jeta un œil à la salle de bains située au bout du couloir. Puis, en quittant les lieux, il lui tendit la main.

— Je vous rejoindrai donc dans quelques jours, ma tante.

— À bientôt. Peux-tu remercier ta mère pour les fleurs ? J'aurais aimé le faire moi-même dès hier, mais le téléphone n'a pas encore été rebranché.

— De son côté, maman se prépare à son départ pour Rivière-du-Loup, elle se trouve donc un peu… surexcitée. En fait, elle ne sait plus où donner de la tête. Elle nous avait toutefois laissé des instructions précises à propos de cette livraison.

— Peux-tu me donner son adresse là-bas ? Je lui écrirai.

Mathieu se souvenait du numéro civique. Il le lui transmit tout en ajoutant :

— Mais vous savez, Paul Dubuc est un notable. Son seul nom et celui de la localité devraient suffire.

— Tout de même, j'ajouterai son adresse. Remercie aussi Thalie. Je devine qu'elle s'est occupée de venir porter les roses.

Un moment plus tard, elle s'appuyait contre la porte fermée, heureuse d'avoir enfin un premier locataire.

11

Le vendredi suivant, un peu avant la fermeture, l'entrée d'une grande jeune fille châtain créa une certaine commotion dans la boutique ALFRED. Depuis le fond du commerce, Thalie s'écria :

— Catherine, enfin !

Les clientes se retournèrent, surprises de l'éclat de voix. Les deux étudiantes se serrèrent l'une contre l'autre après des bises sonores. Marie descendit de l'étage, se dirigea vers la nouvelle venue, les mains tendues.

— Bienvenue à la maison, je suis très heureuse de te revoir. Je regrette seulement de devoir partir demain. Je fais une bien mauvaise hôtesse.

Elle mentait, bien sûr. L'approche du départ la réjouissait, à la fois pour les quelques jours de congé et pour la proximité de son amant. La visiteuse comprit assez bien ce long propos tenu en français.

— Ne vous excusez pas, répondit-elle cependant en anglais, et profitez bien de ce congé.

Thalie tenait son amie par la taille. Elle la conduisit vers la caisse.

— Voici mon grand frère, Mathieu. Tu as vu sa photo dans ma chambre, dès le premier jour.

La visiteuse serra la main tendue en affirmant

être « *very pleased* ». Comme quelques femmes attendaient de payer leurs achats, son amie l'entraîna.

— Viens en haut. Je vais te présenter l'amie de la famille, et puis Gertrude.

Françoise fit montre de l'exquise politesse apprise au couvent. Cependant, une ombre passa sur son visage. La meilleure amie de Thalie, ce n'était plus elle. Cette grande Anglaise aux yeux gris, aussi étudiante à l'université, prenait sa place. Cette visite marquait le début d'un petit deuil.

Au dernier étage, elles découvrirent Gertrude devant ses fourneaux. La vieille domestique se leva bien vite, s'essuya les mains sur son tablier avant de s'avancer.

— Mademoiselle…

— Voici Catherine. Nous étudions ensemble.

L'invitée tendit la main en articulant dans son meilleur français, tout de même peu compréhensible :

— Je suis contente de vous rencontrer. Thalie m'a raconté toutes vos gentillesses.

— … Je vous remercie.

Les jeunes filles gagnèrent le salon afin de boire une liqueur. La bonne demeura bien pensive après cette étonnante rencontre. Cette Anglaise devait aussi pratiquer la religion protestante : pourtant, elle semblait être une bonne personne. Ce constat érodait certaines de ses certitudes.

Elles tenaient à peine dans le lit étroit, allongées toutes les deux sur le dos, collées l'une à l'autre de la cheville à l'épaule. Thalie murmura, afin de ne pas déranger les dormeurs dans les autres pièces :

— Demain soir, tu pourras occuper la chambre de Mathieu. Cette nuit, si l'une de nous bouge, l'autre se retrouvera par terre.

— Comme je suis l'autre, je coucherai sans doute sur le tapis.

Elle rit doucement à cette pensée.

— Ce n'est pas grave, ajouta-t-elle bien vite. Cela me donne l'impression d'avoir une petite sœur. La nouveauté de la chose est attrayante.

Son amie chercha sa main, la serra légèrement. Après un nouveau silence, Thalie demanda :

— As-tu vu les yeux de mon frère ? Une si grande tristesse marque son regard.

— Le mien a exactement le même air hébété. Ils ont vécu de telles horreurs.

— John accepte de t'en parler ?

Catherine se tourna à demi. Malgré l'obscurité, elle distinguait les grands yeux sombres, les longs cils.

— Non, pas un mot. Je parie qu'il désire m'épargner, faire en sorte de me tenir dans l'ignorance de sa vie d'enfer au front.

— J'ai demandé bien des fois à Mathieu de me raconter. Cela lui ferait du bien, j'en suis certaine. Mais il se ferme, comme une porte de prison.

— Tu es sa sœur. C'est pour te préserver, conserver ta quiétude.

Cela paraissait bien probable. Le grand frère jouait toujours son rôle de protecteur, même s'il était, et de loin, le plus meurtri des deux.

— Tu as vu son foutu gant ? Il ne m'a jamais vraiment montré sa blessure.

— Mon frère non plus.

— John a été blessé à la jambe, je comprends sa pudeur. Mathieu, c'est le doigt !

De nouveau, elle plongea dans ses pensées, demeura muette. Puis elle reprit :

— Parfois, sa démarche devient toute raide. C'est bien pire qu'un doigt en moins, je pense. À ce sujet aussi, il demeure affreusement discret.

Catherine posa son bras en travers de sa poitrine, comme pour la consoler. L'autre retrouva sa contenance, assez pour dire :

— Demain, ce sera ta première journée d'apprentie vendeuse. Mieux vaut dormir.

Elle posa ses lèvres sur la joue de sa voisine, qui lui retourna la pareille, avant de se placer sur le côté, le visage vers le mur. Son amie prit la même position, se retrouva le visage dans la masse de cheveux noirs.

Marie s'arrêta près de la porte, une petite valise à la main. Son fils se tenait à son côté. Elle posa le bagage sur le sol, fit de nouveau la bise à Catherine.

— Je m'en veux de te laisser seule, répéta-t-elle encore. C'est si malpoli.

— Je ne suis pas seule avec Mathieu, Thalie, Françoise et Gertrude. Profitez bien de votre congé, et revenez reposée dans deux semaines.

— En plus, te voilà mobilisée comme vendeuse.

Le rire de la jeune fille résonna un moment. Depuis le matin, elle tentait de se rendre utile dans le commerce.

— Je ne sers pas à grand-chose.

Depuis la caisse, Thalie consulta l'horloge accrochée au mur. Le temps passait bien vite.

— Maman, si tu ne pars pas, le pauvre monsieur Dubuc se passera de ta présence ce soir.

— Tu as raison. Au revoir tout le monde.

Mathieu se montra le plus rapide pour prendre la valise. Sur le trottoir, le jeune homme proposa de nouveau :

— Nous pouvons prendre un taxi, ou même le funiculaire.

— Non, pour descendre, la côte de la Montagne me convient. Dans l'autre sens, j'accepterais ton offre. Cela doit être un signe de vieillesse.

Elle offrait pourtant un visage rayonnant, celui d'une jeune amoureuse. Quelques minutes plus tard, en passant sous les grands bras de bronze de la statue de Mgr de Laval, elle demanda :

— Es-tu heureux de ton entente avec le gouvernement ?

La marchande distinguait mal l'ensemble des ministères. Tout au plus comprenait-elle que son fils aiderait à punir les criminels. Cela lui paraissait un travail fort convenable.

— Le salaire suffira à payer ma chambre. Je me tirerai très bien d'affaire.

Le garçon s'interrompit un moment, un peu inquiet.

— Tu ne m'en veux pas ?

— Si les petits oiseaux demeuraient dans le nid toute leur vie, nous vivrions dans un monde bien étrange. Ma tête comprend très bien votre désir, à toi et à ta sœur, mais mon cœur aimerait vous enfermer tous les deux.

Mathieu passa son bras libre sous celui de sa mère. Elle s'appuya un peu sur son épaule.

— Curieusement, ton absence des deux dernières années ne rend pas les choses plus faciles. La douleur de te voir partir demeure la même.

Elle se mordit la lèvre inférieure, puis révéla le fond de sa pensée :

— Tu parais si malheureux, parfois. J'en viens à craindre que tu commettes une folie.

— Comme un suicide ?

Le jeune homme ralentit son pas au point de forcer sa mère à lever les yeux vers lui.

— Rassure-toi, répondit-il. J'ai appris combien je tiens à la vie dans les plaines des Flandres. J'ai juste du mal à m'ajuster à une existence normale.

— Savoir que tu seras le premier locataire d'Élisabeth me réconforte un peu. Elle aura un œil sur toi.

Cette surveillance-là n'effrayait pas tellement Mathieu. Au contraire, la grande maison de la rue Sainte-Geneviève, située à cinq minutes, tout au plus dix, de la demeure de son enfance, représentait une transition bien rassurante.

— Cette amitié entre vous deux m'étonne un peu. Je me souviens de scènes bien troublantes. Par exemple, au moment des funérailles d'Alfred…

— Cela tenait seulement à sa présence à lui.

La femme demeura songeuse un long moment.

— Tu sais, se remémora-t-elle, je l'ai vue en 1896, le jour de sa sortie du couvent. Cet… cet homme l'a amenée au magasin afin de lui fournir une nouvelle garde-robe. Je l'ai trouvée bien sympathique.

Après un nouveau silence, elle admit encore :

— Même si je crevais de jalousie, je l'appréciais vraiment. Je côtoyais sans cesse la plus grande misère. Cette grande blonde innocente battait des cils et tout lui tombait du ciel. Vêtue de neuf, elle habitait une grande maison et s'occupait de deux jeunes enfants... Encore aujourd'hui, elle est bien plus riche que moi. Pourtant, je n'ai pas cessé de travailler pendant toutes ces années.

Mathieu serra le bras maternel de sa main. Le couple traversait la place Royale, en route vers le quai de la traverse de Lévis.

— Elle a montré sa taille élancée, ses cheveux d'un blond doré, ses yeux bleus, et l'argent est venu à elle.

— Elle se trouve dans une grande pension, seule, forcée d'apprendre à gagner sa vie, au moment où tu vas rejoindre ton amoureux. La vie a été bien cruelle pour toi, je l'admets !

Marie laissa échapper un rire étonnamment juvénile.

— Tu oublies mes deux enfants exceptionnels.

Quand ils arrivèrent près de l'embarcadère, elle retrouva son sérieux pour dire en lui prenant les deux mains :

— Tu vas t'occuper de toutes ces jeunes filles.

— Comme un père intransigeant. Couchées tôt, je les mettrai ensuite au travail d'une étoile à l'autre. Amuse-toi bien et ne pense pas à nous.

— Je penserai sans cesse à vous.

— Si tu promets de nous oublier parfois, je m'engage à sourire à toutes les clientes.

La femme se leva sur le bout des pieds pour embrasser son fils, puis elle embarqua sur le traversier. Dans quelques minutes, elle monterait à bord du train roulant vers les Provinces atlantiques.

Les jours de grande bataille, le réveil venait avant l'aube. Pour Mathieu, quitter la maison se plaçait sous le même registre. À cinq heures, lassé de contempler son plafond dans la pénombre, il décida de se lever pour faire sa toilette. À six, il entrait dans la cuisine afin de préparer le thé. Sans surprise, il y trouva Gertrude hantée par sa vieille fracture à la jambe, un souvenir très souvent douloureux. Elle contemplait un bout de la ville par la fenêtre, les traits durcis.

— Tu es déjà debout, dit tout bas le garçon en faisant mine de mettre de l'eau dans une bouilloire.

— Laisse, je m'en occupe, rétorqua la vieille en lui enlevant l'objet des mains.

Mieux valait la laisser faire. La domestique tolérait mal de voir son royaume envahi. Elle précisa, tout en s'affairant :

— Je suis comme toi : autant se lever que de rêvasser au lit.

— J'aime bien lire, d'habitude. Je me sens un peu perdu, aujourd'hui.

— Ah ! C'est une honte, se faire chasser ainsi de sa propre maison. Quelle mijaurée !

La condamnation fut soulignée d'un bruit métallique quand la bouilloire entra en contact avec la cuisinière.

— Que veux-tu dire ? Qui chasse qui ?

Gertrude hésita un moment, chercha comment exprimer toute son indignation sans élever le ton. Sa grimace se révéla bien éloquente.

— Cette fille de député, avec ses airs de sainte-nitouche. Recevoir un prétendant sous tes yeux ! Quelle garce !

— … Ne prononce pas des paroles semblables à l'égard d'une personne que j'estime. Nous nous sommes toujours très bien entendus, toi et moi. Ne fais rien pour détruire notre affection. Tu m'es très chère.

Interdite, profondément touchée par la confidence, la vieille femme demeura un long moment silencieuse.

— De l'estime pour elle ? risqua-t-elle.

— Bien sûr. Elle demeure aussi gentille, aussi sensible et aussi désirable que le jour où je l'ai connue.

— Elle te trompe avec un commis de banque !

Le ton exprimait un mépris si grand que Mathieu pouffa de rire. Le Premier ministre aurait affiché le même air si sa fille lui avait annoncé être entichée d'un garçon d'écurie.

— Elle ne me trompe pas. Je suis parti en 1917. Cela représentait une véritable trahison. Dans cette histoire, Françoise est la partie lésée. Pas moi.

— Elle aurait pu attendre sans regarder ailleurs.

— Moi, j'aurais pu rester ici. Penses-y : le fils unique d'une veuve. Je ne risquais nullement d'être appelé.

Le rappel des circonstances de son départ laissa la domestique bien perplexe.

— Maintenant, tu es là, s'entêta-t-elle à plaider encore. Les choses peuvent reprendre comme avant.

— Nous ne sommes plus les mêmes personnes. Et puis tu le sais bien, je suis encore là-bas, en Europe.

Elle abandonna la cuisinière pour venir s'asseoir à la table, près de lui.

— Tu veux dire à la guerre ?

— Dès que je m'arrête, les images défilent dans ma tête, c'est un peu comme les films présentés à côté, au cinéma *Empire.* Sauf que moi, je vois des couleurs, surtout du rouge, et j'entends des hurlements.

La bonne demeura muette. L'enthousiasme de la victoire, puis les interminables discussions de paix à Versailles, faisaient oublier les horribles articles des journaux publiés à peine douze mois plus tôt, sur la vie au front.

— Mais pourquoi quitter une maison où tout le monde t'aime ? Les cauchemars s'oublient mieux dans les bras d'une mère, ou d'une amoureuse.

— Ce ne sont plus des mauvais rêves d'enfant. Maman n'y pourrait rien. Peut-être une autre femme… mais ce ne sera pas Françoise. Tu ne le comprends pas ? Elle est trop innocente, trop fragile. Ce n'est plus une compagne pour moi.

Gertrude commençait à comprendre que, dans cette histoire, Mathieu n'était peut-être pas le laissé-pour-compte. Elle se leva pour verser l'eau devenue chaude dans la théière. À son retour, elle la posa sur la table, avec deux tasses.

— Cesse de lui faire une si mauvaise mine, plaida le jeune homme, elle ne le mérite pas. Surtout, tu n'as pas fini de l'avoir dans les pattes.

— … Que veux-tu dire ?

— Tu n'as pas compris ? Maman voit ses enfants quitter la maison, elle est follement amoureuse de son petit député. Pour la première fois, la pauvre a un véritable prétendant, elle ne le laissera pas s'en aller. Ce genre de chance ne se représentera plus.

Évidemment, dans la vie d'une femme, Alfred ne pouvait se qualifier en tant qu'amant. Pour Marie, Paul se révélait vraiment le premier. Mathieu poussa son argument :

— Maman est devenue la meilleure belle-mère du monde pour Françoise. Selon toi, quelle personne veut-elle séduire en s'occupant si bien de son invitée ?

Gertrude demeura un long moment songeuse. Le garçon en profita pour verser du thé dans les tasses.

— À moins que tu ne décides d'aller travailler ailleurs, Françoise sera encore un long moment dans ton horizon.

Elle hocha la tête pour signifier sa compréhension.

— Tout de même, tu n'as pas à quitter la maison.

— Je suis parti en 1917. Tu connais beaucoup d'hommes qui reviennent chez maman après deux ans ?

De nouveau, elle acquiesça. Autant se faire une raison. Après tout, aller vivre de l'autre côté du *Château Frontenac* représentait un exil bien léger. Il se trouverait encore à l'intérieur des murs de la vieille ville.

La messe se déroula lentement, au rythme du cardinal devenu vieux et fatigué. Sur le parvis, les habitants de la paroisse Notre-Dame-de-Québec s'attardèrent un moment, désireux de parler un peu avec des voisins tout en profitant du beau soleil. Les femmes arboraient leurs plus belles toilettes, les hommes les contemplaient tout en faisant mine de se passionner pour la politique municipale.

Dans le passé, les Picard de la rue de la Fabrique s'étaient esquivés dès la fin de la cérémonie afin de ne pas rencontrer ceux de la rue Scott. La mort de Thomas rendait cette nécessité moins impérieuse. Le frère et la sœur saluèrent le couple composé d'Édouard et Évelyne, puis celui d'Eugénie et Fernand Dupire. Ceux-là traînaient en remorque une vieille dame obèse et percluse. En réalité, l'homme se montrait attentionné pour sa mère, la femme tapait du pied d'impatience.

— Catherine, décréta bientôt Thalie, je dois absolument te montrer le parc Montmorency. Pendant toute mon enfance, ce fut mon terrain de jeu favori.

Toutes les deux gagnèrent la rue Buade, bras dessus, bras dessous. Françoise commenta :

— Je me trouve bien étonnée. Elle est protestante, et elle a assisté à une messe catholique.

— Tant qu'elle garde son chapeau et ses gants, cela ne dérange personne.

Mathieu offrit son bras à sa compagne en ajoutant, un sourire sur les lèvres, comme amusé par l'image dans son esprit :

— Bien sûr, si elle avait crié « *Kill all the papists* » au moment de l'élévation, cela aurait troublé la jolie cérémonie.

À cette époque, des vétérans du Royaume-Uni réprimaient le mouvement nationaliste irlandais avec une extrême violence. Tous les jours, les journaux évoquaient un nouvel outrage. Des cris de ce genre devaient résonner dans bien des campagnes du petit pays.

Au moment de s'engager sur le trottoir, la jeune fille murmura :

— Je suis si mal à l'aise de te voir quitter la maison…

— Je t'en prie, ne répète plus cela. Ta présence ne joue aucun rôle dans ma décision. Je ne suis plus en âge de vivre sous la tutelle de ma maman.

Elle voulait bien le croire, tellement sa propre vie depuis presque deux ans se révélait agréable, loin de son père. Son seul autre choix aurait été de regagner Rivière-du-Loup et d'y passer des hivers interminables.

— Si Gertrude se montrait juste un peu moins rébarbative !

L'hostilité muette de la domestique lui pesait beaucoup. La dernière incursion de Gérard au magasin, innocemment évoquée à table par Thalie, lui avait valu des regards furibonds pendant des jours.

— Je lui ai parlé ce matin. Je recommencerai si nécessaire, mais les choses devraient s'améliorer un peu.

— … Oh ! C'est donc cela. Elle m'a presque souri tout à l'heure.

Mathieu déverrouilla la porte du commerce, laissa passer sa compagne devant lui. Ce petit changement de climat dans le domicile familial lui permettrait de partir le cœur un peu plus léger.

À des dizaines de milles de là, Marie revenait de l'église dans une voiture tirée par un beau cheval noir. Son amant évoquait parfois l'achat d'une automobile, mais le coût le rebutait encore. En attendant, un neveu le conduisait à la messe tous les dimanches de l'été.

Devant la grande maison blanche de la rue de l'Hôtel-de-Ville, l'homme tendit la main à Amélie afin de l'aider à descendre du véhicule. Son visage buté témoignait d'une humeur maussade. Il y alla de la même attention pour son amante.

— Merci, murmura-t-elle en touchant le sol. Tu es gentil.

La tante Louise avait préparé un repas léger. Comme à son habitude, elle prit place à table avec la famille. Au second service, Marie se leva en disant :

— Laissez, je vais m'en occuper.

L'initiative venait de son désir de se rendre utile. La parente trouva l'intruse bien audacieuse de se comporter comme la maîtresse de maison.

— Cet après-midi, précisa Paul, je devrai m'absenter une petite heure. L'un de mes électeurs fête ses quatre-vingt-dix ans. Comme cinquante autres électeurs comptent parmi sa descendance et les parents de ses enfants, je ne peux pas lui faire faux bond.

— Si nous avions le droit de vote, tu pourrais séduire aussi cinquante électrices.

Après avoir enregistré son premier suffrage lors du scrutin fédéral de 1917, la marchande demeurait frustrée d'être restée chez elle le 23 juin précédent. La province ne semblait guère disposée à suivre l'exemple du gouvernement central.

— Si cela dépendait de moi… commença le politicien.

— Mais tu peux toujours déposer un projet de loi privé.

— Et indisposer ainsi les trois quarts de mes collègues !

Ce sujet demeurait bien le seul sur lequel ils divergeaient totalement d'opinion. L'homme évoqua un moment le beau temps, puis il revint sur son absence prochaine.

— Viens avec moi. Je me sens toujours un peu seul dans ce genre de réunion.

— Déjà, ma présence dans cette maison sans chaperon fait certainement jaser. Comment me présenterais-tu à tes électeurs ?

Ils devaient avoir eu cette conversation dix fois au moins. Paul lui servit la réponse usuelle :

— Tu es la patronne de ma fille.

— La belle affaire ! Le patron de l'usine de pâte à papier se rend-il à tous les anniversaires célébrés dans cette ville en compagnie du père de l'un de ses employés ?

La dérobade ne satisfaisait pas totalement son compagnon.

— Tu devrais amener Amélie avec toi, renchérit Marie. Parmi la parenté de ce patriarche, il doit bien y avoir une douzaine de jeunes gens.

— Je ne peux pas, grommela la jeune fille. Il reste encore deux jours de ma sentence à purger.

— … S'il te plaît, l'arrêta son père.

La marchande ouvrit la bouche pour poser une question, puis se résolut à rester coite. Mieux valait ne pas chercher à en savoir plus tout de suite. Son hôte en serait quitte pour se rendre à cet anniversaire sans aucune compagnie.

Rue de la Fabrique, le dîner se déroulait dans une atmosphère de gaieté factice. Pendant une petite demi-heure, Catherine commenta les beautés de la ville de Québec. Quand son enthousiasme diminua un peu, personne ne trouva le moyen de relancer vraiment la conversation.

— Mathieu ne va pas mourir, remarqua bientôt Thalie avec humeur. Pourquoi diable personne n'ose aborder le sujet de son départ ?

Comme nul n'ouvrait la bouche, elle résolut de lui demander :

— À quoi ressemble ton nouveau chez-toi ?

— Ça ira. Une grande chambre sous les combles… Pas si grande que cela, mais comme ici, j'aurai un lit d'un côté, un espace de travail de l'autre.

— Mais sans d'aussi jolies voisines que nous !

La jeune fille englobait Françoise et Catherine dans son compliment.

— Je serai le voisin des domestiques de la maison.

— Il y en a beaucoup ?

— Une jeune bonne et une cuisinière. La dernière chambre du grenier, toute petite, ira à un étudiant.

Sa visite des lieux avait permis au jeune homme de se décider tout à fait. À la fois par goût et pour apaiser sa mère, le choix de la maison de la rue Sainte-Geneviève s'était imposé.

— Il y aura de nombreux autres locataires ? questionna Catherine.

— Huit ou neuf, je crois, la plupart aux étages inférieurs.

— C'est peu, comparé à la pension Milton. Cet endroit est réservé aux hommes, je suppose.

— Je ne sais pas…

Mathieu présumait que oui, au moment de la reprise des cours. Mais pendant l'été, les touristes seraient certainement des deux sexes. Les soirées passeraient sans doute plus vite ainsi.

— Nous, nous vivons entre filles, mentionna Thalie. Cela rappelle un couvent.

— Oh ! Vous avez bien plus de liberté que dans un pensionnat, commenta Françoise.

Le monastère des ursulines lui avait laissé un mauvais souvenir. Heureuse de sortir de son mutisme, elle évoqua à son tour le prochain déménagement.

— C'est tout de même amusant, tu habiteras chez ta tante.

— Cela ne tient pas du hasard. Maman a bien manigancé son coup. Je lui ai annoncé mon intention de partir un mercredi ; le vendredi suivant, elle visitait cette maison avec Élisabeth.

Gertrude demeurait silencieuse depuis le début du repas, le coin des yeux alourdi de larmes. Mathieu jeta un regard dans sa direction. Elle allongea la main pour prendre la corbeille de pain.

— Françoise, vous en voulez un peu ? demanda-t-elle à sa voisine.

La gentillesse du ton devait être interprétée comme une amende honorable. Elle visait essentiellement à rassurer le jeune homme sur la suite des choses.

— Oui, merci.

Françoise accepta l'offrande.

Paul Dubuc quitta la maison au milieu de l'après-midi, en promettant de revenir avant l'heure du souper. Marie se retrouva sur la galerie du côté de la rue, confortablement installée dans un grand fauteuil de rotin, un verre de limonade à portée de main. Amélie se tenait bien droite sur le siège voisin, boudeuse.

— Cette histoire de sentence à purger m'a laissée songeuse tout à l'heure, remarqua la visiteuse.

— … Voilà ma prison. Elle va jusqu'au trottoir.

D'un geste ample, elle désignait la maison et la cour.

— Il y a une seule exception : l'église. Sauf pour aller à la messe, je ne peux sortir de cette geôle.

— Comment cela se fait-il ?

— Papa m'a fait une scène épouvantable à notre retour de Québec. Tout au long du trajet, il bouillait de rage.

Elle marqua une pause, les larmes aux yeux. Pour dissimuler son émotion, la jeune fille regarda dans la direction opposée à son interlocutrice en disant :

— Il a utilisé des mots… très durs.

« Garce » et « traînée » lui résonnaient toujours aux oreilles. Bien sûr, l'homme ne lui avait pas jeté d'accusation au visage, mais il avait évoqué une « pente dangereuse ».

— Pourquoi ne me dis-tu pas exactement ce qui s'est passé ?

Elle allongea la main pour lui effleurer l'avant-bras.

— Selon lui, mon comportement est honteux ! Mon intérêt pour Mathieu quand j'ai appris que lui et Françoise…

Un mélange de colère et de honte lui serrait la gorge.

— Puis quand nous avons vu votre neveu, ajouta-t-elle encore après un silence, et encore à propos de ce coureur à motocyclette… Vous savez, le pauvre garçon est mort.

Marie acquiesça d'un mouvement de tête. Les journaux avaient longuement épilogué sur le triste accident.

Amélie protesta avec humeur :

— Je ne suis pas une dévergondée !

— Bien sûr que non !

Leurs yeux se croisèrent un long moment. La visiteuse lut beaucoup de reconnaissance dans ceux de la jeune fille. Avec un sourire, elle demanda :

— Quand retrouveras-tu ta liberté de mouvement ?

— Mercredi.

— Nous ferons alors de longues promenades. Nous aurons l'occasion de reparler de tout cela de nombreuses fois. Mais pour tout de suite, si tu le veux bien, je vais te donner un conseil.

L'autre la dévisagea un moment, puis accepta :

— Lequel ?

— Même si un homme te paraît merveilleux, mieux vaut dissimuler ton… enthousiasme.

Amélie sourit en entendant ce mot. Il décrivait assez bien la nature de ses sentiments.

— Tu comprends, si un garçon demeure bouche bée devant une jolie fille, tout au plus, il fera sourire. Au pire, il passera pour niais. Mais si une fille a la même attitude, elle verra sa situation ruinée.

— … Papa m'a dit à peu près la même chose. « Une demoiselle n'a qu'une réputation… »

Elle imitait assez bien son paternel au moment de ses remontrances. Un peu réconfortée, elle avala une grande gorgée de limonade. De toute façon, la sentence s'achevait.

12

Ce jour-là, Mathieu entendait se contenter d'une valise contenant quelques vêtements. Au cours des prochains jours, il transporterait progressivement toutes les choses auxquelles il tenait, quelques-unes à la fois. Au fond, ses possessions n'étaient pas si nombreuses.

— Cela ne se fait pas, abandonner ton amie, remarqua le jeune homme.

— Oh ! Elle désirait vraiment dormir un peu. Tu sais, à deux dans mon petit lit, cela n'a pas été propice au sommeil.

— Dans ce cas...

De la main, le garçon lui fit signe de sortir. Françoise demeurait aussi enfermée dans sa chambre, peu désireuse d'assister à ce départ. Ils parcoururent les deux étages du magasin, se trouvèrent bientôt sur le trottoir. Au moment où ils traversèrent la place d'Armes, pour rompre le silence un peu lourd, Thalie confia :

— Je suis allée voir la pension aussi, la semaine dernière. Tu y seras bien.

— Tu ne songes pas à devenir ma voisine ?

— Non, à moins que l'université Laval n'accepte des filles en médecine.

— Cela ne surviendra pas avant cinquante ans,

j'en ai peur. Nos élites paraissent si effrayées par toutes les innovations.

La triste prédiction, parce qu'elle partageait la même conviction, la réduisit au silence pendant tout le reste du trajet. Ils longèrent les murs du *Château Frontenac* avant d'atteindre la rue Haldimand. Dans Sainte-Geneviève, Mathieu hésita au moment d'actionner la sonnette, pris tout à coup d'un trac étrange. Sa vie changerait à tout jamais : dorénavant, il serait un visiteur au sein de sa propre famille.

La porte s'ouvrit tout de suite sur Élisabeth. Elle s'écarta pour les laisser passer en disant :

— Entrez, je vous attendais.

— Je suis un peu en retard.

— Et moi beaucoup en avance. Pour tout vous dire, je me sens terriblement intimidée.

Elle tendit d'abord la main à Thalie en affirmant :

— Je suis très heureuse de te revoir. Marie me parle de toi avec tant de fierté. Tu nous fais rêver…

Puis elle se tourna vers son nouveau locataire.

— Quant à toi, Mathieu, tu es mon premier client. Cela ne pouvait mieux tomber. Tu sauras me pardonner toutes mes maladresses.

— Je ferais bien de vous laisser… glissa Thalie.

— Non, s'il te plaît, reste un peu. Nous allons prendre le thé… si tu le veux, bien sûr.

Elle offrait le sourire contraint d'une personne qui, placée dans des circonstances nouvelles, cherche à se donner une contenance.

— J'accepte, consentit la jeune fille.

— Je vais d'abord vous présenter le personnel de la maison.

Élisabeth les conduisit vers la cuisine. Deux personnes se tenaient là, inactives. La copie de la veille du *Soleil* traînait sur la table. La plus jeune faisait la lecture à haute voix à la plus âgée. Elles se levèrent à l'entrée de leur patronne.

— Mathieu, voici Julie…

Elle esquissa une mauvaise révérence. À dix-huit ans, elle présentait une taille fine, un visage avenant et des yeux curieux.

— Et aussi Victoire. Elle fera la cuisine pour tous les occupants de la maison.

La matrone d'une quarantaine d'années lui adressa un signe de la tête.

— Ces personnes ont bien voulu me suivre dans cette nouvelle aventure. Je leur en suis très reconnaissante. Comme cela, je me sens un peu moins seule. Elles travaillaient dans la maison… de mon beau-fils.

Édouard s'activait présentement pour trouver du nouveau personnel. Dans l'intervalle, Évelyne devait assumer seule la cuisine et le ménage. Pendant un temps, elle garderait une petite rancœur contre sa belle-mère.

— Nous allons prendre le thé dans le salon.

La cuisinière se dirigea vers le poêle à charbon pour en vérifier la chaleur, puis, peu familière avec ce nouvel univers domestique, elle chercha la bouilloire un moment.

La grande pièce servant de salon donnait sur la rue et, au-delà, sur le jardin des Gouverneurs. Thalie demeura un moment debout devant une fenêtre.

— Vous jouissez d'un très bel emplacement,

remarqua-t-elle, situé à deux pas de la terrasse Dufferin. En regardant un peu à droite, j'aperçois le fleuve. Les clients ne manqueront pas. Mais comment les gens sauront-ils que vous êtes « en affaires » ?

— Demain, je mettrai un petit carton indiquant *Rooms to let.*

— Il y a des affichettes à la gare. Vous pourriez ajouter la vôtre sur le présentoir.

— Ce sera pour plus tard. Nous sommes ici trois personnes totalement ignorantes du fonctionnement d'une maison de chambres. Nous allons nous entraîner avec Mathieu, ensuite, je serai heureuse de voir les clients arriver au compte-gouttes.

Elle adressa un sourire au grand jeune homme assis dans un fauteuil.

— Alors, mon grand frère continuera à se faire gâter.

Thalie occupa un siège près de ce dernier. Une tasse de thé à la main, le trio évoqua bientôt les projets d'avenir des jeunes gens. Après une heure, Mathieu exprima le désir de monter à sa chambre. Sa sœur l'accompagna, examina les lieux en formulant des commentaires d'experte de ce genre de logis. Puis après une bise, les larmes aux yeux, elle s'esquiva bien vite.

Comme convenu, à sept heures, le nouveau locataire se présenta à la salle à manger. Élisabeth, très élégante dans sa robe ivoire, un camée démodé au cou, l'accueillit d'un sourire timide. Deux couverts, de part et d'autre de la table, les attendaient.

— Il y a de la place pour douze personnes, quinze

en se serrant un peu, nous aurons l'air un peu étrange tous les deux.

— Heureusement, nous n'occuperons pas chacune des extrémités. Le résultat serait plus curieux encore.

Elle prit place d'un côté, lui de l'autre. Ses lourds cheveux aux reflets vieil or, réunis en une construction compliquée sur sa nuque, captaient la lumière oblique venue de la fenêtre. Elle se coiffait toujours comme à la Belle Époque. Sa nervosité rendait ses gestes maladroits. Dès que Julie eut servi le bouillon, elle confessa en mettant sa serviette sur ses genoux :

— Je croyais être plus forte. De toute ma vie, voilà mon second souper dans ma propre maison. Avant, j'ai mangé chez mon père, dans divers réfectoires de couvent, chez mon employeur, devenu ensuite mon époux. Chez moi, j'en suis seulement au deuxième.

— Confidence pour confidence, j'en suis au premier.

Devant ses yeux interrogateurs, il précisa :

— L'armée ne compte pas, comme pour vous, le pensionnat. La gamelle dans les tranchées non plus.

Élisabeth regarda discrètement le gant en cuir noir, puis elle admit :

— Je suis heureuse que ce soit avec moi.

Mathieu sourit en se souvenant de l'amabilité indéfectible de cette femme à son égard, comme à l'intention de sa sœur. Elle demeurait séduisante. Les plis aux yeux et à la bouche ajoutaient une part d'humanité à ce visage autrefois lisse comme le marbre le plus fin.

— Le plus étonnant, poursuivit-il, à moins d'une

erreur de ma part, est que nous sommes pour la première fois à la même table. Je fais exception du mariage de votre fils. Vous êtes pourtant ma seule tante.

— … Dans les circonstances, tu comprends.

Elle s'arrêta, incertaine de la façon de poursuivre.

— Vous savez, je connais les circonstances de ma naissance. Alors inutile d'user de détours. L'absence de relations entre nos deux familles s'explique aisément. Mais nous voilà ensemble, cela me touche.

Son hôtesse hocha la tête. La vie leur offrait une occasion de faire plus ample connaissance.

— Veux-tu l'enlever ? Cela me ferait plaisir.

Tout de suite, il comprit qu'elle parlait du gant. Un instant plus tard, il le faisait disparaître dans la poche de sa veste.

À neuf heures, la lumière entrait encore à profusion par la lucarne. Mathieu demeurait étendu sur le dos, vêtu de son seul sous-vêtement, les deux mains réunies sous sa nuque. Son côté droit offrait une collection impressionnante de zébrures boursouflées. Huit éclats d'obus, plutôt petits, avaient labouré la chair de sa poitrine. Sa vie tenait à cela. Plus gros, ils auraient atteint des organes vitaux. Son bras droit portait un lacis, dessiné par des morceaux minuscules.

Le sommeil tarderait à venir. Pendant des heures, le cinéma lugubre dans sa tête ne cesserait pas.

Thalie et Françoise, Catherine sur leurs talons, descendirent au rez-de-chaussée un peu avant huit heures et demie, le lundi suivant. Pour la centième fois, la jeune fille de la maison répétait à son amie :

— Chez toi, tu n'as pas à te taper ce genre de corvée. Je m'en veux de t'imposer cela. Et surtout, je me sens un peu coupable, et déçue aussi, de ne pas te consacrer toute mon attention.

La visiteuse éclata de rire avant d'expliquer :

— La Bank of Montreal n'est pas une entreprise familiale. Papa est le seul à figurer sur la liste de paie de sa succursale, mon coup de main gratuit aiderait des actionnaires anonymes. Mais contribuer à une petite entreprise familiale comme celle de ta mère me réjouit.

La jeune femme marqua une pause, soudainement habitée par le souvenir de ses proches.

— Remarque, papa fait tout pour que John soit recruté par son employeur. Mais lui, c'est un garçon.

Chez les anglophones aussi, cela faisait parfois toute la différence. Au moment où elles arrivaient en bas, une voix les accueillit sur un ton de reproche feint :

— Alors, mesdames, nous faisons la grasse matinée ?

Mathieu se tenait devant un carton grand ouvert. Une à une, il posait les robes sur des cintres avant de les accrocher à un présentoir.

— Ne fais pas ton petit patron détestable, rétorqua sa sœur. Nous ouvrirons dans trois minutes exactement, comme à l'habitude.

Contre la fenêtre découpée dans la porte, des coups légers attirèrent l'attention de la jeune fille. Elle leva la tête, découvrit le visage de la vendeuse recrutée la semaine précédente. Un instant plus tard, elle tira les verrous pour la laisser entrer.

Les jeunes femmes gagnèrent leur poste. Catherine, ne sachant guère comment s'occuper, se planta devant Mathieu.

— Je suppose que je saurai placer ces robes à leur place, déclara-t-elle.

— Elles vont selon la taille.

— Tout de même, je suis allée assez souvent dans les magasins pour apprendre cela.

Le garçon répondit d'un sourire, puis il se dirigea vers le fond afin de dénicher d'autres grands cartons. Jusqu'à midi, tous les deux regarnirent les étagères et les présentoirs mis à mal par l'affluence de la semaine précédente.

À l'heure du dîner, Thalie monta au dernier étage, revint avec un plateau de sandwichs et une théière. Dans la petite salle au fond du magasin, le frère et la sœur se tinrent seuls un moment.

— Comment trouves-tu tes nouveaux quartiers ? interrogea-t-elle.

— Plaisants. Notre tante Élisabeth se montre une hôtesse parfaite. Les repas valent amplement ceux de Gertrude. Hier, j'ai passé une partie de l'après-midi sur la terrasse Dufferin, un livre à la main. De ton côté, as-tu trouvé à t'occuper en ce beau dimanche ?

— Après mon retour, Catherine et moi sommes allées en excursion du côté des chutes Montmorency.

L'arrivée de Françoise dans la pièce les ramena au silence. Le jeune homme n'entendait guère s'entretenir des activités dominicales de cette dernière avec le beau Gérard.

— Notre incroyable domestique te fait-elle encore la vie dure ? lui demanda-t-il plutôt.

— Elle arrive à me sourire quelques secondes d'affilée. D'ici la fin de cette semaine, j'espère la voir atteindre la minute.

— Elle y arrivera… Bon, je vais me poster derrière la caisse, le temps de vous laisser manger.

À cette heure-là, les clientes se raréfiaient au point de permettre à un effectif réduit de s'occuper de tout le commerce. La jeune vendeuse demeurait seule à l'étage. Mathieu, flanqué de Catherine, suffisait au rez-de-chaussée. Après un moment, la jeune anglophone s'approcha du comptoir pour lui demander :

— J'aimerais parler avec toi.

Un instant, Mathieu se questionna sur sa motivation. Puis il secoua la tête, certain qu'elle n'entendait pas lui conter fleurette.

— Tout à l'heure, nous pourrions prendre le lunch ensemble.

— Je préférerais un peu plus… d'intimité.

Le rose monta à ses joues. Pour éviter tout quiproquo, elle jugea utile de préciser :

— J'aimerais te parler de mon frère.

Même en s'adressant à lui en anglais, la présence de la vendeuse là-haut demeurait intimidante, au point de la faire chuchoter.

— Nous pourrions souper dans les environs. Il y a des restaurants sympathiques tout autour.

Elle acquiesça d'un geste de la tête, puis se dirigea

vers une cliente. Son « Puis-je vous aider ? » à peine compréhensible laissa la pauvre femme interloquée.

Après une journée bien remplie, les jeunes gens s'entendirent pour se rendre dans un restaurant donnant sur la Place d'Armes. En sortant du commerce, Mathieu remarqua :

— Je croyais que Thalie se joindrait à nous.

De nouveau, les motivations de la visiteuse lui parurent suspectes, surtout quand celle-ci répondit :

— Je me sentirais trop intimidée devant elle.

Songeur, il lui offrit son bras afin de traverser la place et gagner la rue Buade. Elle lui demanda en mettant le pied sur le trottoir :

— À la maison de chambres, les repas sont sans doute compris. Je vais te faire rater ton souper.

— Ma logeuse se montre très compréhensive, d'autant plus que c'est une parente. Je l'ai avertie tout à l'heure. Comme elle a accueilli ses premiers touristes aujourd'hui, deux jeunes couples venus de Boston, son personnel sera soulagé d'avoir un couvert de moins.

— Thalie m'a parlé de cette parente. Quel curieux personnage ! Son histoire tient du roman : la préceptrice épouse finalement son employeur !

— Cela a sans doute fait beaucoup parler il y a vingt ans. Aujourd'hui, tout le monde s'attriste plutôt du sort de cette respectable dame devenue veuve si jeune.

Ils se retrouvèrent à une table placée près d'une fenêtre. Après avoir passé commande au serveur, Catherine demanda en riant :

— Tu dois te demander ce que je veux. Cela se

fait beaucoup, sortir avec le frère de sa meilleure amie.

Une envie de rire plissait les yeux de sa compagne. Le garçon se troubla, au moment d'évoquer :

— Tu as parlé de ton frère…

— … Oui, je m'amusais un peu à tes dépens. Auparavant, veux-tu l'enlever ? Cela me met un peu mal à l'aise.

— Pardon ?

— Le gant. Cela fait si étrange, au moment du repas.

Le garçon songea à se rebiffer : cela devenait une habitude ! Jamais un homme n'exigerait qu'une femme retire ses gants pour manger. Mais les yeux gris de sa jeune compagne, son sourire intimidé l'amenèrent à se faire conciliant. Il tira sur les doigts, ôta le gant en cuir fin pour le faire disparaître dans la poche de son pantalon.

— Tu permets ?

Elle tendit la main, saisit l'index pour l'attirer vers elle, passa les doigts sur le petit bout de la première phalange du majeur.

— Cela a dû faire mal ?

— Pas du tout.

Devant sa mine interrogative, il expliqua :

— L'éclat n'est pas venu seul. J'ai volé dans les airs avec le souffle de l'explosion, je me suis retrouvé trois ou quatre verges plus loin, tout le corps meurtri. La douleur partout ailleurs m'a fait oublier ce petit bout de chair.

— Je comprends. John aussi a été atteint par des éclats de shrapnell.

Après ces confidences, le silence se prolongea très longtemps.

— A-t-il été touché gravement ? demanda le garçon à la fin.

— À la jambe. Même s'il ne se plaint pas – enfin, pas tellement –, il a du mal à marcher. Les mauvais jours, il doit s'aider d'une canne.

L'arrivée du premier service les força au silence un moment. Elle précisa, au milieu du potage :

— En réalité, je ne sais pas s'il a été atteint durement. Il ne parle jamais de ses expériences là-bas.

Son compagnon hocha la tête, continua à manger en attendant la suite.

— Sais-tu pourquoi il demeure silencieux ? Mes parents aussi restent dans l'ignorance. Sans rien savoir, comment pouvons-nous l'aider ?

Mathieu s'absorba si longuement dans la contemplation de son bol qu'elle s'emporta un peu :

— Répondre n'est pas si difficile, tout de même.

Le « *Goddamn !* » précédant le mouvement d'humeur attira l'attention de quelques clients assis à la table voisine. Elle continua sur un ton plus mesuré :

— Pourquoi John ne veut-il rien dire ? Pourquoi ne veux-tu rien dire à Thalie ou à ta mère ? Nous ne sommes pas si innocentes, les journaux nous ont abreuvées d'histoires d'horreur. Nous ne perdrons pas conscience au moindre récit de bataille.

Le jeune homme regarda un moment les grands yeux gris, les traits délicats. À la fin, il murmura :

— Vous ne savez rien. Parmi les gens restés à l'arrière, personne ne sait comment c'était. Bien sûr, vous avez lu des articles. Mais même si les gazettes ont donné des détails très précis, tu sais bien qu'imaginer et vivre des événements, ce n'est pas la même chose.

Il la contempla un moment. Pour prévenir une protestation de sa part, il précisa :

— Lire que mille cadavres pourrissent dans le *no man's land,* ce n'est pas comme en respirer l'odeur tous les jours.

La jeune femme plissa le nez, déposa la cuillère dans son bol avant de repousser celui-ci de quelques pouces.

— Je vois, admit-elle à la fin. Tu as raison. Savoir que vous avez vécu ces horreurs, ce n'est pas comme les endurer soi-même.

Pendant la majeure partie du second service, elle essaya de s'intéresser à d'autres sujets. Puis elle revint sur l'objet de sa préoccupation :

— Ce silence de la part des vétérans, ce serait seulement pour nous épargner les détails les plus… insupportables ?

Mathieu contempla son interlocutrice, porta les yeux sur le petit bout de son majeur, comme surpris de le voir nu.

— Oui et non, céda-t-il à la fin. Sur un trottoir, un homme doit marcher du côté de la rue afin d'éviter à sa compagne de salir le bas de sa robe. Alors, raconter des histoires pareilles à des parentes, à des amies…

Catherine hocha la tête pour indiquer combien elle comprenait. Elle demanda encore :

— Ça, c'était le oui. Et le non ?

— La honte.

Il n'avait pas hésité une seconde. Un moment, elle demeura bouche bée.

— La honte de quoi, grands dieux ? souffla-t-elle. Vous êtes des héros ! Tout le monde vous adule.

Le ricanement de son interlocuteur la troubla.

— Je comprends, songea-t-elle. Chez les Canadiens français, la participation à la guerre demeure un sujet de controverse…

— Bien au contraire. Tu sais, maintenant que plus personne ne risque l'enrôlement, à part quelques tarés, tous les habitants de la province chantent les louanges du 22e bataillon d'une seule voix.

Il marqua une pause, puis proposa :

— Prenons une tasse de thé, puis allons poursuivre cette conversation ailleurs. Cet endroit compte un peu trop d'oreilles attentives.

Comme leur échange se déroulait en anglais, les touristes étaient à même d'en faire leur profit. Des sujets anodins les occupèrent jusqu'à la fin du repas. Au moment de payer, la jeune fille proposa :

— Laisse, je vais m'en occuper.

— Cela ne se fait pas !

— Entendre ces mots de la bouche du frère de Thalie ! Cela me semble incroyable. Je croyais toute la famille à l'abri des traditions.

— Ah ! Mais moi, je suis attaché aux convenances.

Sur ces mots, le jeune homme tira son portefeuille de sa poche. Elle insista en ouvrant son sac :

— Tu es venu ici à ma demande. Normalement, tu mangerais à la pension Sainte-Geneviève.

— Tout de même, je ne te laisserai pas payer.

— Tu me forceras à accepter ta générosité ? Au

moins, je paierai mon repas. Cela se fait, chez les Anglais.

Comme le serveur se tenait près d'eux, l'homme céda avec un soupir. Quelques minutes plus tard, tous les deux s'installaient sur un banc de la terrasse Dufferin. Des dizaines de verges plus bas, des embarcations de toute taille décrivaient un curieux ballet sur le Saint-Laurent.

— C'est magnifique, s'extasia la jeune femme.

— Oui, c'est vrai. Nous finissons par ne plus le voir.

Elle fixa ses grands yeux gris dans les siens, dans une demande muette.

— Les vétérans semblent se diviser en deux groupes, dit-il à la fin : ceux qui racontent leurs exploits, le plus souvent imaginaires sans doute, et ceux qui en ont honte.

— Je ne comprends pas. Vous faisiez tous votre devoir.

— Mais nous avons tous été élevés dans le respect de certaines règles élémentaires. En tous les cas, ce fut mon sort. À la guerre, il faut oublier tous les usages. Du jour au lendemain, nous devons tuer des jeunes gens de notre âge. Des deux côtés, nous avions tous vingt ans.

— C'étaient des ennemis, ils étaient responsables de leur malheur. La Grande-Bretagne n'a pas déclenché la guerre.

Mathieu secoua la tête, excédé par cette assurance tranquille.

— Aucun des gars que j'ai tués n'a déclaré la guerre. Un vieil empereur avec de grandes moustaches a déclenché cette boucherie. Maintenant, il se cache en Hollande. Jamais il ne passera devant un tribunal pour expier ce crime. Des deux côtés, dans les tranchées, nous étions là en vertu de la volonté de vieux messieurs souvent incontinents.

L'homme marqua une pause, puis formula avec un certain cynisme :

— C'est ridicule, hein ? Je me suis porté volontaire et je tiens des discours de ce genre !

— Tu t'es enrôlé afin de faire ton devoir, par loyauté pour le roi et l'Empire, murmura sa compagne.

— Oh non ! Rien de si grandiose. Je ne saurais même pas te dire pourquoi.

Mathieu marqua une pause, puis proposa :

— Veux-tu une crème glacée ? Il y a un restaurant dans ce kiosque.

Le mouvement de la tête fit voler les boucles châtains en guise de refus.

— Tu as dit la honte ? Ce n'est pas seulement dû au fait de tuer des jeunes gens, n'est-ce pas ?

— Tuer à coups de carabine, à coups de revolver, parfois aussi avec la baïonnette. Les tripes pendantes sur les cuisses, les hurlements de douleur et de peur mêlés, la terreur dans leurs yeux surtout...

Catherine porta sa main droite sous son nez, comme pour empêcher une odeur de mort d'atteindre ses narines. Elle apprécia avoir une digestion solide, car une fois lancées, les confidences ne s'arrêteraient pas tout de suite.

— Les officiers attirent maintenant l'attention dans les salons. Sur un champ de bataille, ils jouissent de l'insigne privilège de mener leurs hommes à la mort. Dans une année au front, as-tu la moindre idée du nombre de jeunes gens tués sous mes ordres ?

— Encore là, c'était ton devoir... comme celui de John.

Cela faisait une bien piètre consolation, la jeune femme le devinait bien. Suivre les ordres représentait une excuse douteuse pour une âme sensible. Elle demeura silencieuse, car son compagnon ne paraissait pas avoir terminé.

— Tu t'en doutes, puisque ton frère et moi avons été victimes d'éclats d'obus, le pire à endurer, c'était la canonnade constante. Une pluie de plomb et de fer nous tombait sans cesse dessus. Le bruit devenait assourdissant, le sol tremblait sous nos pieds. Savais-tu que certains soldats souffraient d'un état de choc ?

Le vétéran avait utilisé l'expression *shell shocked*, rendue familière par les journaux.

— Des gars pleuraient comme des bébés, recroquevillés au fond d'une tranchée, pissant et chiant sous eux.

Elle reporta ses doigts sous son nez, résolue à ne pas lui demander de se taire, à entendre ses confidences jusqu'à la fin.

— Ils n'entendaient plus rien. J'avais beau leur crier à l'oreille, ils ne saisissaient rien à mes ordres. J'utilisais les menaces, je frappais sur eux avec la crosse de mon revolver.

Une pause un peu plus prolongée incita la jeune femme à poser ses yeux dans les siens, attentive.

— Deux gars ont refusé de se porter à l'attaque. J'ai dû faire un rapport sur leur comportement. J'ai suivi les ordres, j'ai fait mon devoir, comme tu le disais plus tôt.

De nouveau, il s'enferma dans le silence, se concentra longuement sur la manœuvre du traversier de Lévis, en train de s'amarrer au quai.

— Ils ont été accusés de désertion. Savais-tu que plusieurs hommes du 22e bataillon ont comparu devant la cour martiale, pour ce motif ?

— La rumeur circulait dans les journaux. Dans mon milieu, on accusait les nationalistes de la répandre pour nuire à l'effort de guerre.

— Dans le mien, sur le front, nous soupçonnions les officiers canadiens-français de se montrer plus sévères que les autres, à ce sujet. Ils cherchaient sans doute à se faire une réputation de courage, de loyauté, auprès de leurs collègues de langue anglaise.

Une grimace de dépit marqua le visage du vétéran.

— … Qu'en penses-tu ? demanda-t-elle.

— Il faudrait avoir tous les chiffres sur les exécutions : ces informations sont soigneusement gardées secrètes. Tu comprends, comme les Canadiens français s'enrôlaient en moins grand nombre que les autres, pour prouver leur courage et leur loyauté, les officiers essayaient d'en faire un peu plus. Combien de fois ai-je entendu, à la table du mess : « Nous allons leur montrer ! Nous serons dignes de nos ancêtres de la Nouvelle-France. »

L'enrôlement se faisait sur le thème de l'héroïsme de la race. Dollard des Ormeaux se trouvait porté aux nues par les responsables du recrutement.

Catherine demanda bientôt d'une voix faible :

— Ces deux hommes ?

Elle attendit plusieurs secondes, puis son compagnon souffla :

— Fusillés pour avoir refusé d'obéir aux ordres. En vérité, ils n'étaient ni réfractaires ni lâches.

— Comme c'est horrible.

Elle plaça sa main gantée sur celles de son compagnon. Depuis le repas, son gant à lui était demeuré dans sa poche. Afin de le rassurer, elle murmura encore :

— Les autorités voulaient sans doute éviter que ces… événements ne prennent la dimension d'une épidémie.

Mathieu se tourna vers elle, contempla son visage posé, aux traits harmonieux.

— C'était là l'argument de ceux qui ont prononcé la condamnation à mort. Mais tu sais, je ne le crois pas. L'armée française a fusillé des centaines et des centaines de ses soldats. Ils affichaient pourtant une bravoure remarquable. D'un autre côté, l'armée australienne n'a fusillé personne de toute la guerre. Ses membres se sont montrés tout aussi courageux. Les exécutions ne tenaient qu'à l'imbécillité des officiers.

Pour tout dire, ces exécutions lui avaient paru absurdes. Plutôt que de galvaniser les hommes, ces scènes ruinaient leur moral.

— Nous rentrons, maintenant ? proposa le vétéran.

— Oui. Je ne voudrais pas faire jaser Gertrude.

Il se leva le premier, offrit son bras à sa compagne. En traversant la Place d'Armes, Catherine demanda encore :

— Il y a une finale à ton histoire, n'est-ce pas ?

— Puisque j'étais leur officier, que je les avais dénoncés moi-même, on m'a donné l'ordre de diriger le peloton d'exécution.

L'homme précisa après une pause :

— En fait, le major a voulu me donner une leçon, me punir de les avoir trahis. J'ai mis tout le monde dans l'embarras, en plus de faire deux victimes.

Il s'arrêta, leva la main droite pour agiter les quatre doigts, puis souffla :

— Le lendemain, cela…

Quand ils se trouvèrent devant la boutique ALFRED, Mathieu déverrouilla la porte, entra afin d'allumer la lumière électrique. Sa compagne se tint devant lui un moment avant de lui confier :

— Je te remercie de m'avoir parlé. Tu es très généreux. Mon frère a certainement aussi sa part de fantômes. Je comprends mieux son silence.

Elle lui posa un baiser sur la joue, puis elle saisit sa main droite pour effleurer des lèvres la phalange tranchée net.

— Si tu peux, ne porte plus ce gant.

Elle se dirigea vers l'escalier, s'arrêta après avoir gravi trois marches.

— Je le vois bien maintenant, tu avais raison. Je n'avais aucune idée des événements survenus là-bas. Je souhaite de tout mon cœur que tu saches te pardonner. Tu ne mérites pas les reproches que tu te fais à toi-même… Merci encore.

Elle s'empressa de monter vers l'appartement du troisième, des larmes sur les joues.

13

La vie à Rivière-du-Loup obéissait à un rythme plus lent, et les habitants de la grande maison blanche, rue de l'Hôtel-de-Ville, vivaient un bien petit drame, en comparaison avec la guerre : l'enthousiasme d'une adolescente à dénicher le bon parti.

— Je te remercie d'avoir parlé à Amélie, laissa tomber Paul, soucieux de ne pas être entendu.

La jeune fille occupait une chambre donnant sur la cour arrière de la demeure. Les conversations des occupants de la galerie de la façade risquaient peu de parvenir à ses oreilles. Toutefois, le jeu de fenêtres ouvertes et fermées pouvait réserver des surprises. Mieux valait demeurer discret.

— C'est un rôle où je me sens un peu mal à l'aise, répliqua Marie. Je ne sais pas grand-chose des fréquentations des filles de notables. Mon expérience dans ce domaine demeure bien limitée.

La femme n'avait pas fait le détail des avatars de sa jeunesse à son amant. Celui-ci savait seulement que son patron, chef de rayon chez PICARD, lui avait proposé le mariage même si son inclination première le portait plutôt vers les hommes.

— Tu en sais tout de même plus que moi… Puis ne joue pas à la modeste dans ce domaine. Tes enfants font preuve d'un savoir-vivre sans faille. Bien que non conformiste, jamais Thalie ne se rend coupable d'un accroc à la bienséance ou d'une faute de goût.

D'un côté, la femme pouvait s'enorgueillir de ses succès, de l'autre, le « non-conformisme », aux yeux de plusieurs, constituait en soi une véritable tare.

— Mais tu sais, commenta-t-elle, peu désireuse de s'engager sur le terrain de ses propres enfants, confier l'éducation des jeunes filles à des personnes ayant fait vœu de chasteté ne permet guère de les préparer à la réalité. On a dit à Amélie de chercher le bon parti, mais aucune de ses religieuses éducatrices ne se doutait de la façon de le faire !

— C'est pour cela que je suis heureux de ta présence. Tu as les deux pieds sur terre.

— Oh ! Je n'ai vraiment aucune prétention à la sainteté. Je ne m'envolerai pas au ciel comme la Vierge dont je porte le prénom.

Le député chercha sa main, la garda dans la sienne un long moment. Ces derniers jours, il s'était montré un peu partout en sa présence. Ce soir, de la rue, tous les passants verraient leur silhouette proche l'une de l'autre. Aussi Marie l'entendit dire sans surprise :

— Lors de ta première visite ici, tu te souviens, je t'ai demandé quelque chose.

— Tu ne veux certainement pas parler d'une invitation à se promener dans le parc près de la rivière…

La femme s'interrompit pour reprendre, sur un ton plus bas encore :

— Tu m'as demandé de t'épouser. Je m'en souviens très bien.

— Tu as refusé.

— Pour des raisons qui ne diminuaient en rien mon affection pour toi...

Le politicien laissa échapper un soupir. Elle ne l'aidait guère.

— Je veux te refaire cette demande en mariage aujourd'hui. Veux-tu m'épouser ?

— Cela me semble...

— Impossible ?

— Difficile.

Voilà qui se révélait plus encourageant. Paul approcha encore sa chaise de la sienne, puis reprit un peu plus bas, cette fois afin de priver sa sœur, cloîtrée quelque part dans la maison, d'entendre :

— Tu avais évoqué deux motifs : le premier était les relations entre Mathieu et Françoise. Comme nous le savons, ces deux-là ne risquent pas de nous faire compétition au pied des autels.

— S'ils changeaient d'idée ?

— Cela paraît bien improbable. Mais si cela survenait tout de même, des amis à l'évêché prétendent que notre maison, ou la leur, serait possible.

La précision la laissa perplexe.

— Tu es bien sérieux dans ce projet, si tu as mené une consultation de ce genre.

— Je n'ai jamais été aussi sérieux.

Sa main chercha celle de sa compagne, puis il insista :

— Nous nous entendons très bien. Toutefois, nos voisins risquent de trouver notre petit arrangement condamnable. Tous les deux, nous nous exposons aux critiques.

— Je te le dis sans cesse, clama la femme, nous pourrions être plus prudents.

— Je n'ai aucune envie de me cacher. Cela me semble ridicule.

Libres tous les deux, ils jouaient aux amoureux clandestins. Cette situation répugnait au député.

— Je me suis habituée à mon indépendance, rappela sa compagne. Je mène mon affaire comme je l'entends. Je suis la seule responsable de mes succès et de mes échecs.

Elle s'accrochait toujours à ce même motif. L'homme l'entendait sans surprise.

— Tu crains vraiment que je veuille un jour me mêler de tes affaires ? rétorqua-t-il sans hésiter.

— Tu en aurais la possibilité. Une femme mariée perd tous ses droits.

— Une épouse peut conserver ses biens propres, au moment du mariage. De plus, un contrat devant notaire permettrait de bien établir tes droits. Tu choisiras le notaire, la teneur du contrat, et je signerai.

Marie demeurait songeuse. Mille raisons lui donnaient envie de dire non. Elle demanda à la place :

— Tu en es certain ?

— N'importe quel tabellion un peu compétent pourra te le confirmer. Consulte un professionnel de la Haute-Ville, une personne habituée aux ententes un peu compliquées.

— Je ne sais trop…

Son propos la laissait troublée. Son compagnon se pencha vers elle pour dire :

— La seule véritable question, tu dois te la poser à toi-même, pas à un notaire. M'aimes-tu assez pour unir ta vie à la mienne ? Tout le reste, ce sont des détails. Nous saurons trouver toutes les solutions, si tu réponds par l'affirmative.

— Je… je ne sais pas comment je vivrais sans toi. Bien sûr, parfois nous ne sommes même pas dans la même ville, et quand tu es à Québec, nous passons souvent plusieurs jours sans nous voir. Mais le simple fait de savoir que tu existes, que je serai bientôt en ta présence, me rassure.

— Tu n'as pas répondu. Veux-tu unir ta vie à la mienne ?

Elle demeura songeuse un moment, tout en serrant ses doigts.

— Oui… risqua-t-elle. Tout en voulant conserver mon magasin, mon travail. Ma sécurité, en fait. Mais songe à cela : un député marié à une boutiquière, cela fera jaser.

— Nous faisons déjà jaser. Si les grenouilles de bénitier discutent entre elles d'un mauvais mariage, cela porte moins à conséquence que de les voir évoquer notre relation actuelle, tu le sais bien.

Une totale discrétion demeurait impossible. Au fil des mois, tout le monde, à Québec, devait les avoir vus ensemble.

— Tu voudras peut-être m'empêcher de continuer, murmura-t-elle encore. Pas tout de suite peut-être, mais dans un an ou deux…

— Tu sais, les veuves inactives et dociles ne manquent pas. Si je propose le mariage à une marchande, c'est parce que je préfère cela. Nous faisons tous les deux notre travail, et nous nous retrouvons ensuite avec plaisir. Nous continuerons la même vie.

La perspective de ne plus être seule se révélait séduisante, d'autant plus que les enfants quittaient le nid avec un bel ensemble. Une dernière inquiétude travaillait Marie.

— Tu ne voudras pas m'emmener vivre ici ?

— Quand nous nous retirerons tous les deux, pourquoi pas ? D'ici là, je passerai mes étés ici afin de cultiver mes relations avec les électeurs, je reviendrai régulièrement pendant la session parlementaire pour la même raison. Je ne changerai rien à cela aussi longtemps que je serai député.

— À Québec, tu vivrais…

— Chez toi, à moins que tu préfères me voir demeurer encore à la maison de chambres de la rue d'Auteuil.

Bien sûr, cela paraîtrait un peu original, mais un arrangement de ce genre ne ferait vraiment sourciller personne. Le politicien poussa un peu plus loin son avantage :

— Comme Mathieu est maintenant âgé de vingt et un ans, tu pourrais aussi mettre le magasin à son nom. Comme cela, même si je voulais me mêler de tes affaires, je ne le pourrais plus.

— Le commerce sera partagé entre lui et Thalie.

— Bien sûr, mais elle sera majeure dans deux ans seulement.

Un silence un peu lourd s'installa entre eux. À la fin, l'homme n'y tint plus et demanda :

— Acceptes-tu ?

— … Je veux d'abord en parler aux enfants. Mais je désire de tout mon cœur accepter.

Paul se carra dans son fauteuil de rotin, attira la main de sa compagne afin d'y poser les lèvres. Ils demeurèrent une bonne heure sans rien ajouter, la main dans la main.

La semaine s'achevait sans mauvaise surprise. Mathieu jouait son rôle de chef de famille avec discrétion. La caisse résonnait avec une rassurante régularité. L'affluence des touristes plaçait les commerçants de la Haute-Ville dans une position avantageuse, comparés à ceux de la Basse-Ville.

Le samedi après-midi, la sonnette résonna pour la centième fois peut-être. En levant les yeux, Mathieu reconnut un jeune homme. Il quitta le comptoir pour s'approcher du nouveau venu.

— Je veux voir Françoise, annonça ce dernier. Cela ne prendra qu'une minute.

— Je me doutais bien que vous ne veniez pas ici pour moi.

Le marchand tendit la main en précisant :

— Je m'appelle Mathieu Picard.

L'autre hésita un instant, puis accepta de la serrer. Le doigt manquant lui fit une impression curieuse.

— Gérard Langlois.

— Quand nous nous croiserons de nouveau, le plus simple sera de nous saluer. Vous trouverez Françoise à l'étage.

Le visiteur regarda son interlocuteur regagner son poste de travail, puis il s'engagea dans l'escalier. La jeune fille se tenait près d'une fenêtre, dans l'attente de se rendre utile. Elle vint vers lui avec un sourire hésitant.

— Tu veux toujours venir au cinéma ce soir ?

— Oui, bien sûr. Tu sembles… bizarre.

— Il vient de me tendre la main et de se présenter à moi.

— Comme cela… sans raison ?

L'intrus secoua la tête de haut en bas.

— Alors, à tout à l'heure.

Pâle, songeuse, elle le salua d'un geste. Ce comportement, de la part de son ancien prétendant, marquait leur rupture définitive. De retour à son poste, elle se tourna vers la fenêtre, le temps de reprendre son souffle, d'essuyer ses yeux. Au moment de faire face aux clientes, elle se serait composé un visage à peu près souriant.

En quittant l'appartement du troisième étage, Catherine Baker commença par embrasser Mathieu sur les deux joues en disant :

— Je te remercie. Tu es très bien, aussi bien que le disait ta sœur. Ne t'en fais pas trop, avec tout « cela ».

Le mot bien vague désignait les fantômes de la guerre hantant encore son existence.

— Merci d'être venue. Tu faisais une vendeuse bien convenable, à la fin.

La jeune femme tourna sur elle-même pour montrer la jolie robe reçue en guise de salaire. Le vêtement un peu court lui vaudrait quelques remontrances maternelles lors de son retour à Sherbrooke. Elle fit ensuite la bise à Françoise et à Gertrude, puis quitta les lieux sur les talons de Thalie.

En mettant les pieds sur le trottoir, la visiteuse remarqua :

— C'était gentil à ton frère de revenir à la maison aujourd'hui seulement pour me dire au revoir.

— La bienséance n'a pas de secret pour lui. Cependant, votre conversation a tissé un lien particulier entre vous. Tu as remarqué, il n'a plus remis son gant devant toi, par la suite.

— Se confier lui a fait du bien.

Thalie prit son bras et l'entraîna dans la rue de la Fabrique. Pour se rendre à la gare, il leur faudrait emprunter l'un des escaliers donnant accès à la Basse-Ville. Cela donnerait un trajet bien peu exigeant pour ces jeunes filles en bonne santé.

Elles descendaient les premières marches quand Thalie demanda à son amie :

— Les choses qu'il t'a dites, tu ne peux pas me les répéter ?

— De ma part, ce serait une trahison de sa confiance. Si tu insistais, ce serait très indélicat… pour lui et pour moi.

Elle répondit en serrant doucement l'avant-bras de Catherine. Bien sûr, Mathieu avait préféré se confier à une inconnue. Dans le meilleur des cas, il la rencontrerait tout au plus deux fois l'an.

— Je me sens un peu vexée, grommela l'étudiante. Il ne me fait pas assez confiance.

— Ne va pas penser cela. Mathieu ne veut pas mettre ses fantômes entre vous. Tu devrais respecter son choix. Qui sait, peut-être John souhaitera-t-il se confier à toi un jour.

Pareille éventualité paraissait bien improbable.

Au moment de pénétrer dans la gare, Thalie changea abruptement de sujet :

— Je suis terriblement gênée. Tu as passé une semaine à travailler dans la boutique.

— J'ai passé une semaine avec toi, je me suis bien amusée. J'espère juste ne pas avoir fait fuir les clientes avec mes mauvais mots de français.

Après une pause, elle continua :

— Tu viendras faire un tour chez moi ?

— En août. Pour compenser un peu, je vais faire le ménage dans la maison des Baker.

— Mais tu ne recevras pas une robe en échange de tes bons services. Tu t'ennuieras sans doute, alors que moi, je me suis divertie.

Sur le quai de la gare, les jeunes filles échangèrent des bises, puis la visiteuse monta dans le wagon en faisant des signes de la main.

Un entrepreneur en construction se présenta rue Scott tôt le lundi matin 14 juillet. La grande maison des Dupire ressemblait à une boîte rectangulaire posée sur un carré de gazon, plus large que profonde. Ses habitants profitaient d'un assez vaste jardin à l'arrière. La maîtresse des lieux avait passé trente ans à y cultiver des fleurs, à planter des arbustes ici et là. Au début, elle avait poussé le zèle jusqu'à entretenir un potager.

Plus récemment, ses articulations récalcitrantes l'avaient forcée à négliger ses pulsions horticoles. Depuis quelques années, ses plates-bandes demeuraient en friche, les arbustes croissaient de manière anarchique, sans personne pour les tailler.

— Ces lilas appartiennent à ma mère, expliquait

Fernand à un gros homme rougeaud. Il convient de les replanter un peu plus loin dans le jardin.

— Cela pourra se faire.

La voix demeurait un peu sceptique. L'entrepreneur appartenait à ce genre d'homme qui arrachait et plantait de nouveau, quitte à forcer ses clients à se contenter d'un petit arbuste pendant quinze ans. Il préférait sans doute n'avoir aucun obstacle susceptible de nuire aux va-et-vient de ses hommes.

— Je veux une rallonge d'une vingtaine de pieds de profondeur, autant de large, sur les deux étages.

— La maison doit faire trente-deux pieds en largeur.

Son estimation se révélait tout à fait exacte.

— Vous l'alignerez avec le bâtiment existant de l'autre côté. Cela permettra de mettre une terrasse dans l'angle, ici, avec une porte.

— Vous voulez dire une galerie.

— Si vous voulez. Une galerie d'une douzaine de pieds de large pour vingt de long, et couverte. Finalement, elle ressemblera à une terrasse.

Le jeune notaire sortit une feuille de sa poche, pour la tendre à l'ouvrier. Le schéma restait d'une extrême simplicité. D'un côté, avec une règle, il avait tracé en noir le plan de la maison existante, et en bleu l'ajout proposé. Cela donnait un rectangle flanqué à l'arrière d'un carré. De l'autre côté du document, une élévation assez réaliste donnait une bonne idée de l'édifice une fois les travaux terminés.

— Vous comptez donner une collection de frères et de sœurs à celui-là.

Du haut de ses trois ans et demi, Antoine se

tenait à peu de distance, les mains réunies dans le dos, attentif à chaque mot.

— C'est ça, maugréa le notaire.

— Avec un ajout comme celui-là, vous aurez une demeure immense.

— C'est exactement mon intention. Pensez-vous être en mesure de faire cela avant le retour de l'automne ?

— Si je mets un nombre suffisant de personnes sur le chantier, je n'en doute pas.

La résidence ne deviendrait certainement pas plus élégante, avec cette immense addition. Mais après quelques jours à faire des calculs complexes, le notaire arrivait à la conclusion que les coûts liés à l'ouverture d'un bureau en ville seraient trop élevés. Puis sa clientèle se composait de personnes vieillissantes, habituées à venir dans cette antique maison. Mieux valait ne pas troubler leur routine.

— Serez-vous en mesure de commencer les travaux tout de suite ?

— Les ouvriers ne manquent pas, avec le chômage actuel. Dans quarante-huit heures, dix hommes s'attaqueront aux fondations. Ensuite, il faudra enlever le revêtement en brique sur toute cette largeur. La construction proprement dite commencera dans dix jours.

— … La maison demeurera tout de même habitable pendant les travaux ?

Curieusement, Fernand s'était imaginé que l'entreprise serait complétée promptement, avec un effectif limité. En voyant l'entrepreneur utiliser une verge en bois pour mesurer un carré de vingt pieds sur vingt accolé à la bâtisse existante, il prenait conscience de l'ampleur de son projet : cela ajouterait cinquante pour cent à la surface de celle-ci.

— Si vous pouvez endurer les déplacements de mes hommes, les bruits de scie, d'égoïnes et de marteaux, cela ne posera pas de difficulté. Mais ce jeune monsieur devra demeurer à l'intérieur. Il ne faut pas risquer un accident.

— J'enverrai la famille à la campagne. Mais personnellement, je devrai travailler dans mon bureau. J'essaierai de vivre avec le bruit.

— Dans ce cas, je serai là à six heures dans deux jours. Cela bien sûr si nous pouvons régler la paperasse aujourd'hui.

— Le contrat se trouve dans mon bureau.

Les deux hommes entrèrent dans la maison par la porte arrière. Le petit Antoine collait aux talons de l'entrepreneur, fasciné par ce gros personnage aux mains calleuses et au visage brûlé par le soleil.

Une fois son contrat rédigé avec soin et dûment signé, l'entrepreneur en construction quitta les lieux dans le but de recruter sur-le-champ une équipe de travailleurs. Avec la mauvaise conjoncture, il y arriverait sans mal. De son côté, Fernand Dupire devait encore préparer la grande migration.

Après un moment d'hésitation, il résolut d'affronter le pire obstacle en premier. Il monta à l'étage, frappa à la porte du petit salon réservé à l'usage exclusif de son épouse.

— Entrez, fit une voix un peu agacée.

Eugénie se tenait à demi étendue sur son canapé, vêtue d'une robe de cotonnade d'un bleu léger. Si, à l'extérieur de la maison, elle respectait scrupuleusement les règles de deuil, dans ses murs elle prenait un malin plaisir à les défier, comme pour narguer les autres occupants.

— Tu ne m'invites pas à m'asseoir ? questionna l'homme depuis l'embrasure de la porte.

— Tu te trouves ici chez toi.

Cette demande laissait prévoir une conversation assez longue, elle ne chercha pas à dissimuler son ennui. Fernand prit place sur une chaise près de la fenêtre, apprécia de nouveau le décor de bonbonnière.

— J'ai conclu le marché ce matin. Nous devrons partir pour la campagne demain.

— Si elle y va, je resterai ici.

— Nous avons déjà eu cette conversation. Sois raisonnable.

Le petit visage présentait la mine butée des mauvais jours. Eugénie serrait les mâchoires, ses yeux exprimaient une colère contenue.

— Tu ne vivras pas ton idylle avec la bonne sous mes yeux.

Eugénie se souvenait des événements survenus vingt ans plus tôt dans Charlevoix. Sa mère malade s'enfermait dans sa chambre d'hôtel, son père en proie au désir parcourait la campagne avec les enfants et Élisabeth.

— Écoute, si tu veux rester ici, soit. Tu pourras préparer mes repas, entretenir la maison. Ce sera pour nous comme une nouvelle lune de miel. Sans les enfants ou ma mère dans la maison, nous retrouverons enfin un peu d'intimité. Qui sait ? Peut-être pourrai-je approcher de nouveau ton lit, dont tu me prives depuis bientôt trois ans. Si Dieu est avec nous, tu donneras aussi à notre ménage un nouvel enfant. Comme j'ai été fils unique, j'aimerais avoir une famille nombreuse.

Il avait parlé d'une voix sérieuse, posée. Les yeux d'Eugénie montraient le plus grand effroi.

— Tu parais surprise, précisa Fernand. Pourtant, je te l'ai dit dès le début, je ne passerai pas toutes ces semaines à la campagne. Cette modification à la maison me coûtera une fortune. Je ne veux pas négliger mon cabinet. Je ne m'absenterai que pendant une semaine, et bien sûr les samedis et les dimanches.

L'homme marqua une pause, puis il précisa, cette fois avec un sourire chargé d'ironie :

— Nous renouerons avec la tendresse et l'affection de nos premières années de mariage.

— Ne fais pas l'imbécile avec moi.

Fernand arriva à affecter la plus grande incompréhension.

— Tu ne veux pas te trouver dans une maison de campagne avec Jeanne, observa-t-il. Dans ce cas, tu iras, et elle restera ici avec moi.

Un moment, Eugénie imagina avec horreur son mari et la domestique étendus dans le lit conjugal. C'était une réflexion d'autant plus étrange qu'elle-même en avait chassé le gros notaire.

— Comme cela, siffla-t-elle, tu n'aurais même plus à te cacher. Tant qu'à y être, pourquoi ne pas aller te promener avec elle bras dessus, bras dessous sur la Grande Allée ?

Son interlocuteur choisit de ne pas faire attention à la repartie.

— Bien sûr, si Jeanne ne va pas à Saint-Michel,

cela signifiera que pendant quelques semaines tu devras t'occuper de tes enfants comme une véritable mère, et cela toute la journée. Ma vieille gouvernante ne peut plus se livrer à ce genre d'exercice.

Elle s'enferma dans le silence pendant de longues secondes. À la fin, l'homme se leva en disant :

— Tu me diras ce que tu préfères au dîner. Nos dispositions seront différentes, si tu décides de demeurer ici, avec moi.

Il avait ouvert la porte de la chambre quand elle céda.

— J'irai à la campagne… Elle aussi.

Depuis des semaines, elle arrivait à ne jamais prononcer le prénom de la domestique. Plus que tout, Eugénie tenait à l'empêcher de se trouver en tête-à-tête avec Fernand. L'objectif ultime de son existence devenait de les priver d'être heureux, ne serait-ce que lors de moments volés.

— Même si je renonce avec peine à cette seconde lune de miel avec toi, je me ferai une raison. Je passerai les prochaines semaines seul dans ce chantier de construction.

De nouveau, son sourire trahissait son amusement.

— Tu prépareras tes affaires, nous partirons tôt demain. Il ferma la porte doucement derrière lui.

De l'autre côté du couloir se trouvait la chambre de sa mère. Après avoir frappé, Fernand y pénétra pour la trouver concentrée sur son livre de prières. La grosse femme drapée dans sa robe noire leva les yeux vers lui, souriante.

— Antoine est passé me voir, dit-elle. Selon lui, tu as embauché un ouvrier remarquable.

— Le contrat est signé, les travaux commenceront dans deux jours.

— Tu es certain que c'est une bonne idée ?

— La meilleure, dans les circonstances. Tu n'auras plus à gravir ces escaliers, et moi, je prendrai le bureau de papa, le clerc occupera le mien.

Au cours des dernières semaines, le jeune notaire avait rencontré quelques candidats. Bientôt, un étudiant affreusement timide mais compétent se consacrerait à des recherches en plus de copier des actes.

— Il me reste si peu de temps devant moi, gémit la mère, et toi, tu engages des sommes importantes.

Le sujet de son décès prochain revenait dans la conversation avec une lassante régularité.

— Cela, ni toi ni moi ne le savons. D'ici là, tu disposeras d'une pièce confortable, et les enfants et moi profiterons de ta présence.

L'homme marqua une pause, puis il reprit :

— Cela signifie aussi que nous partons demain pour la campagne.

— Où veux-tu aller, déjà ?

— À Saint-Michel-de-Bellechasse. C'est de l'autre côté du fleuve, un peu vers l'est.

La vieille femme y était allée en villégiature trente ans plus tôt, au début de son mariage. Elle avait constaté bien vite avoir peu de goût pour ce genre de dépaysement, et son défunt mari encore moins.

— Tu crois que cet exil est nécessaire ?

— Mercredi, dix hommes vont commencer à creuser à l'arrière, pour mettre les fondations.

— Grands dieux ! Cela va durer des semaines.

— Aussi, tu demanderas à la gouvernante de préparer ta valise.

Fernand se pencha sur elle pour l'embrasser, puis il quitta la pièce.

Le déplacement de sept personnes et de leurs malles représentait un défi de taille. Deux voitures taxis stationnaient devant la grande maison de la rue Scott. Fernand offrait son bras à sa mère pour l'aider à parcourir la distance entre la porte et le premier véhicule. La gouvernante la tenait de l'autre côté. Après un effort considérable, la vieille dame se retrouva sur la banquette arrière. La domestique monta avec elle.

Eugénie se tenait sur le trottoir, maussade. Son visage exprimait toute sa frustration de se voir contrainte de quitter les deux pièces lui servant de refuge depuis presque cinq ans maintenant. Son mari ouvrit la portière avant. Elle devrait franchir toute cette distance avant de prendre place à côté du chauffeur.

— Même si Jeanne sera là, essaie de te rapprocher un peu des enfants. Tu es leur mère, après tout.

— Bien sûr, tu es un juge parfait des comportements maternels. C'est elle qui fait de toi un expert ?

Des yeux, elle désignait Jeanne, debout près de la seconde voiture. Elle tenait le plus jeune enfant, Charles, sur sa hanche, tandis que Béatrice, à deux ans, s'accrochait à sa main. Elle écoutait Antoine réclamer quelque chose avec insistance.

— Je ne pense pas être devenu un expert. Mais si tu demandes à l'un ou l'autre de ces chauffeurs qui est la mère de ces enfants, tu ne figureras pas en tête de leur liste.

Un rictus marqua le visage de la jeune femme au moment où elle monta dans la voiture.

— Je te souhaite un excellent voyage, ricana-t-il en refermant la portière.

Fernand se pencha pour passer la tête dans la voiture, embrassa de nouveau sa mère.

— Comment vas-tu faire tout seul dans cette grande demeure ?

— Je vais rédiger des contrats.

— Personne ne sera là pour faire les repas.

— Si je maigris un peu, cela ne me fera pas de mal.

Le notaire ne songeait pourtant pas à s'astreindre à un régime bien sévère. La ville recelait de bons restaurants pour satisfaire son appétit. Un moment plus tard, il s'approchait des enfants.

— Mais je veux monter en avant, dans la machine.

— Il y a de la place derrière, plaida Jeanne. Je vais garder Charles sur mes genoux tout le long du voyage.

— Je ne verrai rien.

La voix se montrait bien impérative. Fernand jeta un regard vers le chauffeur, puis il déclara :

— Si tu montes devant, il ne faudra pas bouger. C'est difficile, conduire. Tu ne devras pas déranger le monsieur.

— Je serai sage comme une image.

L'engagement paraissait sincère, mais le trajet serait suffisamment long pour éroder ses bonnes résolutions.

— Si tu t'agites, Jeanne va te prendre par le collet et te ramener en arrière.

— Non, elle ne fera pas cela.

Antoine vérifia cette certitude avec un regard en direction de la domestique, puis il grimpa difficilement dans le véhicule. Quand il fut assis, son père se pencha pour lui faire la bise. L'homme saisit ensuite sa fille sous les bras, la souleva pour l'embrasser bruyamment sur chacune de ses joues, provoquant son fou rire. Il la déposa sur le siège arrière. L'instant d'après, il se trouvait debout devant la domestique.

— Votre mère a raison, murmura-t-elle. Vous serez bien seul dans cette grande maison.

— C'est vrai. Mais j'aurai de quoi m'occuper : surveiller les ouvriers, former un clerc et recevoir les clients.

L'homme se pencha pour embrasser la joue de Charles. Discrètement, en même temps, il passa sa main sur le flanc de la jeune femme.

— Mais je m'ennuierai tout de même de ceux que j'aime.

L'affirmation, assez floue, pouvait englober la jeune femme.

— Vous viendrez nous rejoindre vendredi.

— Plus probablement samedi matin. Mais j'irai, sois-en certaine.

Sur cette assurance, la domestique monta à l'arrière. Quand les véhicules se mirent en route dans un nuage sentant l'essence brûlée, Fernand fit un signe de la main, en guise de dernier au revoir. Seule Eugénie ne lui répondit pas.

14

Marie revint à la maison le dimanche 20 juillet, ravie de son séjour à Rivière-du-Loup. Pour la circonstance, Mathieu quitta sa chambre et passa la soirée dans la maison paternelle.

Au moment de passer à table, Françoise rougit un peu en disant :

— Je suis désolée, mais je dois sortir. Une invitation…

Elle faisait en sorte d'éviter le regard du garçon de la maison.

— En réalité, commenta son hôtesse, cela fait mon affaire. Je voulais parler d'abord à ces deux-là. Et quand tu reviendras, j'aimerais aussi te voir en privé. Si je suis couchée, viens dans ma chambre.

La jeune fille donna son accord d'un signe de la tête, puis elle s'esquiva. Une demi-heure plus tard, après le premier service, Thalie n'y tint plus :

— Quel mystérieux sujet mérite la tenue d'un conseil de famille ? Je ne pensais pas que nous avions des cachettes pour Françoise.

— Ce ne sont pas des cachettes, car je dois aborder le sujet avec elle tout à l'heure. Je voulais vous donner la chance de parler librement.

Comme elle s'arrêtait un peu trop longuement, Mathieu insista :

— Alors, tu vas nous le dire ?

La maîtresse de maison fit signe à Gertrude de demeurer assise. Par souci de discrétion, celle-ci s'apprêtait à se retirer dans la cuisine, quitte ensuite à coller son oreille contre la porte afin de ne rien manquer.

— Paul m'a demandée en mariage.

Les autres échangèrent des regards amusés.

— Ce n'est pas la première fois, remarqua le garçon. Tu as déjà refusé.

— Il m'assure que je pourrai demeurer propriétaire du commerce. Je ne sacrifierai pas mon indépendance, selon lui. Surtout, tout cela vous appartiendra un jour, je veux en être bien certaine.

Elle s'interrompit, puis demanda à son fils :

— Tu crois que c'est possible, un contrat de mariage de ce genre ?

— Je ne suis pas spécialiste de ces questions, loin de là. Mais je suppose que oui.

— S'il existe des doutes à ce sujet, je préférerais vous céder le commerce à tous les deux tout de suite. Alfred et moi avons construit cette entreprise ensemble, elle vous reviendra.

De la main, elle désigna la pièce, et par extension l'ensemble du bâtiment.

— Ce genre d'arrangement ne le rebute pas ? interrogea Thalie.

— Il a exactement la même attitude à l'égard de ses propres biens. Tout ira à ses filles.

Les deux enfants se consultèrent du regard.

— Accepte, murmura le garçon à la fin.

— Oui, renchérit sa sœur. Vous vous entendez bien, il paraît respectueux de tes intérêts.

La mère les contempla un moment.

— Je m'en doutais, conclut-elle. Comme vous me quittez tous les deux, sa demande en mariage doit vous soulager. Vous voilà débarrassés de moi.

Elle regretta ses mots tout de suite. Heureusement, Mathieu choisit de sourire.

— Tous les enfants quittent leur maman un jour ou l'autre, c'est inéluctable. Tu as le choix entre devenir une vieille dame aigrie à quarante ans, ou t'engager avec un amoureux.

— Souviens-toi que nous aurons plus de plaisir à visiter une personne heureuse qu'une jeune vieille acariâtre, précisa sa fille.

Marie rougit un peu avant d'admettre :

— Vous avez raison tous les deux. Je m'excuse.

— Bien sûr, personne ne veut connaître mon avis.

La voix bourrue de Gertrude amena un sourire contraint sur le visage de la maîtresse de maison. Elle redoutait un peu la réaction de la vieille domestique à la langue bien pendue.

— Bien sûr. Que penses-tu de ce projet ?

— J'ai passé mon temps à vous encourager dans cette histoire. Il cessera de traverser la cuisine quand il doit retourner chez lui, en fin de soirée. Tant mieux, j'ai le sommeil léger.

Marie tendit la main au-dessus de la table afin de toucher celle de la vieille bonne.

— J'aimerais quand même connaître la nature des arrangements pratiques, précisa celle-ci, et mon propre sort dans cette histoire.

— Paul viendra habiter ici au début de la session, à l'automne. L'été venu, et avec régularité toute l'année, il ira courtiser ses électeurs de Rivière-du-Loup. Je l'accompagnerai quand cela sera possible.

Gertrude gardait les yeux fixés sur sa patronne.

— Cela ne changera rien pour toi, précisa-t-elle encore, sauf qu'il y aura de nouveau un homme dans la maison. Ces deux-là partis, la place ne manquera pas.

Son sourire adoucit un peu les derniers mots. Mathieu préféra ne pas lui en tenir rigueur.

— Françoise demeurera à ton emploi ? questionna-t-il.

— Dans les circonstances, je ne peux plus m'en passer. Si elle m'annonçait vouloir partir aussi en septembre, je serais un peu désemparée.

La femme tenait à souligner à grands traits son sentiment d'abandon. Gertrude ruina un peu l'effet escompté.

— Et la jeune évaporée ? La blonde ?

— Paul ne peut pas la laisser seule à Rivière-du-Loup tout l'hiver. Elle vivra ici.

— En réalité, si elle demeurait là-bas, le curé voudrait la faire exorciser, commenta le jeune homme en riant.

— Il y a aussi le goudron très chaud et les plumes de poulet, renchérit Thalie.

La mère posa sur eux un regard sévère, puis elle commenta :

— Vous exagérez.

— À peine, consentit Mathieu. Je me souviens de son attitude, le jour de la Saint-Jean.

La domestique demanda encore :

— Va-t-elle travailler au magasin aussi ?

— Si elle le désire. Je suppose, sinon, elle risque de s'ennuyer.

La jolie blonde avait fait l'objet de longues conversations entre Marie et Paul. La laisser seule avec tante Louise paraissait un châtiment bien cruel. Puis le père préférait la tenir à l'œil. Ses fréquentations feraient l'objet d'une surveillance attentive.

— Si elle occupe un emploi de vendeuse, ouvre un rayon d'articles pour hommes. Tiens, des chapeaux. Elle attirera son lot de clients.

Mathieu souligna ses mots d'un gros clin d'œil à l'intention de sa mère.

La maison se trouvait à l'extrémité du village, sur un large terrain herbeux. De grands arbres procuraient une ombre bénéfique. D'autres, plus petits, portaient des pommes ou des prunes. Pour Antoine, cela avait été une révélation importante : la nourriture poussait dans les arbres, ou dans le sol. Il prendrait conscience un peu plus tard de l'origine de la viande. La découverte lui procurait un plaisir mitigé. À cet instant, il dormait profondément dans une chambre à l'étage, partagée avec sa sœur et son frère.

— Heureusement, déclara Fernand, cette demeure est assez grande pour tout le monde. Je l'ai trouvée sur la recommandation d'un voisin, sans l'avoir vue.

— Nous avons tous un bon lit, commenta Jeanne.

— Tout de même, voir maman partager la chambre de ma vieille gouvernante me gêne un peu.

Cet arrangement lui évitait toutefois de monter un escalier un peu raide, aux marches rendues glissantes par des passages répétés au cours des dernières décennies.

— Aucune des deux ne s'est plainte de la nouveauté.

La domestique marchait sur la grève en compagnie de son employeur. De petites vagues venaient mourir à leurs pieds dans un bruissement. Sur leur droite, la maison campagnarde au revêtement de planches blanchies à la chaux donnait une impression de solidité. À gauche, un bras du fleuve séparait la côte sud de l'île d'Orléans. Malgré l'obscurité, ils en distinguaient la silhouette. De pâles lumières soulignaient les fenêtres de maisons paysannes.

— Pour toi, le grenier n'est pas trop inconfortable ? s'inquiéta le gros homme.

— J'ai été élevée dans un grenier où il pleuvait l'été et où je grelottais l'hiver.

— Je m'en veux de ne pas pouvoir t'offrir de meilleurs quartiers.

Elle s'approcha de lui, saisit son bras. À dix heures du soir, ils demeuraient les seuls promeneurs. L'homme prit la taille de sa compagne, la pressa contre lui pour l'embrasser.

— Je me trouve très bien ici, affirma-t-elle pour le rassurer.

— Les enfants paraissent se plaire aussi.

— Ils passent leurs journées à courir dans les champs ou sur la grève, et moi à courir après eux.

Sa main descendit tout le long de la colonne vertébrale, effleura les fesses. Avec sa mère dans les parages, Fernand ne pouvait se permettre de privauté envers la domestique, surtout à l'intérieur de la maison. Cela le frustrait un peu.

— Eugénie s'occupe-t-elle parfois des enfants ? demanda-t-il afin de se changer les idées.

La nature de leurs relations rendait difficile l'évocation de son épouse. Fernand évitait les mots « ma femme » avec Jeanne, privilégiant l'usage du prénom.

— ... Je suppose que oui.

— Voilà une réponse plutôt curieuse.

— Elle leur parle un peu plus, je pense. Antoine la regarde avec de grands yeux soupçonneux, dans ces moments-là.

De toute la maisonnée, cette femme devait leur paraître la personne la moins sympathique, avec son visage sans cesse maussade. Pour les apprivoiser, elle devrait redoubler d'efforts. Fernand doutait qu'elle en éprouve le désir. Le couple se déplaça vers un bosquet d'arbres près de la grève. D'autres promeneurs pouvaient les surprendre, mieux valait faire un effort de discrétion.

Une heure plus tard, en revenant vers la maison, Jeanne constata d'une voix triste :

— Demain, tu devras partir très tôt de la maison.

— Le train part à six heures. Je serai dans mon bureau à temps pour recevoir mes clients du matin.

Pour la première fois de sa vie, le notaire regrettait de ne pas avoir de voiture.

— Tu reviendras la semaine prochaine ?

— Bien sûr. Je ne peux pas me passer de voir ma famille, ou de te voir.

Elle serra son avant-bras, reconnaissante de la précision.

— Mais tu ne prendras pas de véritable repos.

— Pas plus que toi, je suppose. J'essaierai de me libérer pendant une semaine, en août.

— Ce sera mieux que rien…

Sa sollicitude le toucha. Au moment où ils s'approchaient de la maison, l'homme vit bouger le rideau d'une fenêtre à l'étage. Eugénie continuait sa surveillance attentive. Les attentions dont elle ne voulait pas, elle tenait à en priver sa rivale.

Un peu pour rendre service à Édouard, un peu pour conserver un vestige de sa richesse passée, Élisabeth se trouvait l'heureuse propriétaire d'une petite Chevrolet rouge.

— Tu dois être la seule femme de Québec à posséder une voiture, remarqua Marie, debout sur le trottoir.

— Tu oublies toutes ces familles anglaises de la Grande Allée, dit la visiteuse en riant. Juste chez les Price, il semble y avoir plus d'automobiles que d'occupants dans la maison.

Elle ouvrit la portière côté passager pour permettre à la marchande de monter.

— Je regrette un peu cette folie, continua-t-elle en prenant place derrière le volant. Cet été, je peux toujours la laisser dans une rue des environs, mais je devrai payer pour la faire entreposer dans un garage tout l'hiver.

— Cela te donne tout de même la liberté d'aller où tu veux, pendant huit mois par année.

— Mais maintenant, comme toi, je suis tous les jours liée à mon commerce. Je ne peux même pas fermer le dimanche.

Le moteur ronronnait bruyamment, agitant

l'automobile d'un tremblement régulier. Les deux femmes devaient élever la voix pour couvrir un peu le bruit.

— Je comprends que l'affluence se maintient.

— Toutes mes chambres sont occupées par des gens de l'Ontario ou des États-Unis. Cela durera jusqu'à la fin août. Après, l'endroit sera un peu plus calme, avec des pensionnaires réguliers.

Élisabeth relâcha le frein à main, chercha la pédale d'embrayage de son pied gauche chaussé d'une fine bottine en cuir. Quand elle enclencha la première vitesse, la voiture fit un petit bond brutal en avant, puis avança sur le pavé à une allure prudente. Marie la regardait faire attentivement, enregistrant tous ses gestes.

— C'est difficile, conduire ?

— Non. Édouard m'a donné quelques leçons. Bien sûr, il me faudrait rouler plus souvent, pour en prendre l'habitude.

— Mais le commerce… Je sais.

La jolie blonde descendit la rue de la Fabrique, s'engagea rue Saint-Jean afin d'emprunter la côte du Palais. Elle portait un chapeau cloche bas sur les yeux, des gants en dentelle, une jolie robe noire. Sur les trottoirs, des hommes s'arrêtaient pour les regarder passer. Certains laissaient même échapper un sifflement destiné aux voyageuses.

Elles se dirigeaient vers la Basse-Ville. Une fois passée la rivière Saint-Charles, la Chevrolet s'engagea sur le chemin de la Canardière. Le niveau sonore les empêchait de poursuivre la conversation. Alors que sa compagne se concentrait sur la conduite, Marie se perdit dans la contemplation du paysage. Le soleil de l'après-midi éclaboussait la campagne, le véhicule soulevait un nuage de poussière.

Après une heure, Élisabeth se gara tout près des chutes Montmorency. Elles descendirent pour se rendre sur le cap rocheux, en surplomb de la rivière. Sous leurs pieds, une plaine étroite s'étendait entre la falaise et le fleuve, deux cent cinquante pieds plus bas. Un peu vers l'est, elles apercevaient l'usine de textiles. La petite paroisse de Saint-Grégoire se développait grâce aux centaines de travailleurs regroupés là.

— Le point de vue est magnifique, remarqua la marchande.

— Oui, c'est très beau. Cela donne des envies de voyage.

— Tu es allée en Europe, je pense.

Le souvenir rendit Élisabeth un peu songeuse. Afin de dissimuler la grossesse d'Eugénie, peu après les grandes festivités du tricentenaire, elle avait accompagné la jeune fille sur le vieux continent d'abord, puis dans l'État de New York.

— Oui, à l'automne de 1908. Ce furent des semaines inoubliables. Si tu as l'occasion d'y aller, saisis-la.

— Tu n'y penses pas. Non seulement c'est hors de prix, mais je ne peux pas abandonner ma caisse pendant bien longtemps.

— Pourtant, tu reviens tout juste du Bas-Saint-Laurent, n'est-ce pas ?

Marie rougit un peu de l'allusion à sa dernière escapade à Rivière-du-Loup.

— Un congé de seulement deux semaines. Pour

aller en Europe, je devrais m'absenter pendant deux mois… dont le tiers serait gaspillé pour le trajet lui-même.

— La traversée est une expérience en soi. Mais tu as raison, un voyage de ce genre ne se présente qu'une fois dans une vie, il faut avoir le temps d'en profiter.

Bras dessus, bras dessous, elles cherchèrent un banc sous les arbres, afin de se protéger de l'ardeur des rayons du soleil.

— À ce sujet… J'aimerais obtenir ton avis sur un développement survenu pendant mon absence.

Elle marqua une pause, puis plongea :

— Paul m'a demandée en mariage.

Élisabeth se tourna à demi afin de regarder son amie, un sourire amusé sur les lèvres.

— Cela ne te semble pas ridicule, à mon âge ? demanda Marie.

— Pourquoi ridicule ?

— Je dépasse les quarante ans. Je suis vieille.

— J'ai un an de plus, et je suis jeune !

Le vêtement de deuil n'arrivait pas à la rendre moins attirante. Sa taille demeurait souple, la peau rose et lisse. Sa compagne répondit d'un sourire à la saillie.

— Tu l'aimes ? demanda la grande blonde.

— Comme une femme de mon âge, je suppose.

— Cela devient une obsession. D'après toi, comment des vieilles dames comme nous aiment-elles ?

Marie demeura songeuse un instant.

— Pour tout dire, concéda-t-elle bientôt, je ne connais rien à ce sujet. Jeune, je suis passée à côté de ce sentiment. Tu sais ce qui est arrivé avec Thomas…

L'autre acquiesça d'un signe de tête. Cette catastrophe, survenue quelque vingt ans plus tôt, ne ressemblait en rien à une romance, et l'intervention providentielle d'Alfred non plus. L'épisode bref et torride avec James prenait l'allure d'une passade dans ses souvenirs, rien d'un hyménée.

— Je ne perds pas l'appétit, je ne le vois pas dans ma soupe, mais l'idée de partager son lit tous les jours du reste de mon existence me fait un effet délicieux.

— Donc, tu l'aimes.

— Il y a aussi la sécurité. À la mort d'Alfred, la perspective de me retrouver sans lui, avec deux jeunes enfants, me terrorisait un peu. Maintenant que mes oiseaux s'envolent, je n'arrive pas à me résoudre à demeurer seule. Le projet de partager sa vie, de me trouver avec une nouvelle famille, en fait, me rassure.

S'appuyer sur quelqu'un, trouver la chaleur d'un corps, au plus noir de la nuit, lui avait terriblement manqué.

— Tu as toutes les raisons d'accepter, aucune de refuser.

— En même temps, si cela éloignait de moi Mathieu et Thalie…

Elle s'arrêta encore, gênée d'aborder ce sujet. Élisabeth laissa tomber :

— Ou peut-être penses-tu, si tu demeures seule, les retenir plus facilement auprès de toi.

Sa compagne resta pensive un moment. Elle répondit enfin avec un rire nerveux :

— Je ne devrais pas avoir une amie si intelligente. Ou je ne devrais pas être si sotte. Mes enfants grandissent, ils vont faire leur vie, c'est normal.

— Au lieu de tenter de faire pitié, profite de la chance qui s'offre à toi. Avec tout le bien que tu m'as dit de cet homme, tu me parais privilégiée.

La blonde lui prit le bras, fit mine de se lever en l'entraînant avec elle.

— Allons-nous manger ?

Elles se dirigèrent vers un magnifique manoir dressé près des chutes, une grande bâtisse toute blanche. La première construction érigée à cet endroit, en 1781, devait abriter les amours illicites du gouverneur de l'époque. Quelques incendies, au fil des décennies, avaient modifié les lieux. Ils abritaient maintenant un restaurant.

En se tenant par le bras, elles gagnèrent leur place dans la grande salle, attirant des regards masculins sur leur passage. Au gré des services, elles abordèrent divers sujets, évitant soigneusement celui dont elles avaient discuté précédemment.

Puis, tout à trac, au moment du dessert, Marie conclut :

— Je vais accepter. Tout le monde, toi, mes enfants, les enfants de Paul, se montre du même avis. Mes hésitations deviennent ridicules.

— Ne le fais pas pour plaire aux autres.

— Mais moi, je suis convaincue depuis le début.

Elles s'esclaffèrent en même temps.

Après le repas, les deux femmes gagnèrent une grande structure un peu sommaire, située sur les grandes pelouses du manoir. Pendant la belle saison, des pièces de théâtre réjouissaient les estivants. La soirée passa bien vite.

Au moment de revenir vers la ville, une fois la nuit tombée, Élisabeth roula lentement à la lumière des phares pour bien voir tous les obstacles. Les réverbères des rues lui permirent de se détendre un peu, une fois dans la ville. En traversant le pont de la rue Dorchester donnant accès à la Pointe-aux-Lièvres, elle déclara, souriante :

— J'ai beaucoup aimé notre excursion. J'espère que tu voudras bien m'accompagner de nouveau.

— Avec plaisir, mais la prochaine fois ce sera à mon tour de t'inviter.

— Si tu désires apprendre, je serai même prête à me faire conduire.

Elle ajouta, narquoise :

— Cela, bien sûr, si le beau Paul accepte de te laisser sortir sans lui.

— Le beau Paul, comme tu dis, prétend vouloir respecter mon autonomie.

— C'est une denrée rare, un homme comme lui. Tu vas faire des jalouses.

Au moment de s'arrêter devant le commerce, rue de la Fabrique, Marie leva la tête. Thalie se tenait accoudée à la fenêtre de sa chambre, afin de respirer l'air du soir. Elle la salua de la main, embrassa son amie sur la joue en déclarant :

— Merci encore. Je suis heureuse que tu sois là. Bonne nuit.

— Bonne nuit, Marie.

Un peu plus tard, la marchande traversait la boutique plongée dans l'obscurité afin de regagner son logis.

Pour le gros œuvre, l'entrepreneur avait recruté une dizaine d'hommes sans aucune qualification. Pour un peu plus d'un dollar par jour, ils devaient creuser une tranchée à l'aide de pics et de pelles. De grosses pierres et du ciment permettraient d'ériger des fondations solides.

Depuis plusieurs jours, Fernand Dupire travaillait au son des onomatopées de ces besogneux, et du choc des outils d'acier contre la terre ou les pierres. Il devait se montrer attentif afin de distinguer les coups à la porte d'entrée. Heureusement, ses clients demeuraient ponctuels. Il suffisait de garder un œil sur l'horloge pour leur ouvrir sans trop les faire attendre. Aussi, Marie Picard put entrer dans son bureau à l'heure dite.

— Je me suis demandé si je me trouvais au bon endroit, déclara-t-elle en prenant place sur la chaise qu'il lui désignait. Tous ces ouvriers…

— Je vis dans un véritable chantier. Mais ne craignez rien, cela n'altère pas mes compétences professionnelles.

— Je ne voulais pas sous-entendre…

La repartie la laissa un peu troublée. Heureusement, l'arrivée d'un jeune homme efflanqué dans l'embrasure de la porte procura une diversion.

— Madame, monsieur, souhaitez-vous avoir du thé ?

Le jeune clerc découvrait avec surprise certains à-côtés du notariat. En plus de se trouver enchaîné à une machine à écrire, il assumait quelques tâches domestiques.

Fernand interrogea sa visiteuse du regard, elle secoua la tête de gauche à droite.

— Merci, Louis, ce sera pour un peu plus tard.

L'employé ferma la porte derrière lui.

— Je vous vois pour la première fois, madame Picard. Je veux dire dans l'exercice de mes fonctions.

Ils se croisaient tous les dimanches sur le parvis de l'église. Malgré les saluts de la tête, cela n'en faisait pas des connaissances.

— Comment puis-je vous aider ?

— Mon notaire vient de prendre sa retraite. La personne qui a repris son cabinet me semble un peu jeune…

— Vous savez, madame, c'est un défaut qui lui passera assez vite, comme à nous tous.

La situation amusait un peu le notaire. Son physique le faisait paraître plus vieux que son âge. Dans son occupation, cela inspirait confiance.

— Je vais me remarier bientôt, dit Marie, un mélange de timidité et de fierté dans la voix.

— Je vous félicite. Souhaitez-vous rédiger un contrat de mariage ?

— Ma belle-sœur, Élisabeth Picard, m'a conseillé de vous voir. Elle a une très bonne opinion de vous.

Fernand hocha la tête. La visiteuse paraissait fort intimidée. Un peu comme les confesseurs, les notaires recevaient des confidences parfois gênantes.

— Je fais tout mon possible pour ne jamais décevoir mes clients. Vous souhaitez me parler de votre contrat de mariage ?

— Savez-vous qui je suis ?

— Vous possédez un commerce, rue de la Fabrique. Ma femme n'en est pas une cliente, mais je connais l'endroit.

— Il me vient de mon premier mariage. J'ai eu deux enfants avec Alfred Picard. Je veux continuer de l'administrer à ma guise, et le léguer, de même que tous mes biens, à ces derniers. Est-ce possible ?

En formulant son attente à haute voix, elle avait l'impression d'attenter à l'institution sacrée du mariage. Son interlocuteur répondit d'abord par un sourire, puis il saisit sa plume, approcha un bloc de papier.

— Cela ne pose aucune difficulté.

Bien des parents avantageaient leur fille au moment des épousailles, tout en se méfiant de leur gendre au point de prendre des précautions légales.

— Bien sûr, ce sera la même chose pour mon mari. Il voudra léguer tous ses avoirs à ses filles.

— Cela me paraît tout à fait naturel. Vous allez me décrire précisément votre situation matérielle. Cela me permettra de rédiger un contrat à votre convenance. Monsieur devra toutefois le signer aussi.

— Évidemment. Dans le cas contraire…

Marie fit un mouvement de la main, comme pour chasser un insecte agaçant. Son indépendance n'était pas à négocier.

Debout devant une glace placée dans un coin du magasin, Thalie ajustait son chapeau de paille en disant :

— Je suis désolée de partir si tôt, surtout un vendredi, mais j'aimerais lui parler avant la fermeture du cabinet de son père.

— Je comprends, répondit Marie. De toute façon,

tu seras de retour au moment où Françoise voudra manger. Tu prendras la relève.

Le vendredi soir, l'affluence des clientes amenait la marchande à allonger les heures d'ouverture, parfois jusqu'à neuf heures. Une fois l'automne venu, elle reviendrait aux usages préconisés par l'association pour la Fermeture des commerces à bonne heure.

— Je serai de retour dans une heure environ.

Elle passa la porte en ajustant ses gants en dentelle. L'été demeurait magnifique.

— Dommage, remarqua-t-elle entre ses dents, je passe toutes ces belles semaines enfermée dans la boutique.

Certains jours, la jeune fille enviait la nouvelle liberté de son frère aîné. L'héritage reçu de son père l'autorisait aussi à passer la belle saison à revoir ses livres. Toutefois, ce serait laisser sa mère dans une situation difficile.

Elle parcourut avec plaisir la distance jusqu'au chemin Saint-Louis, s'engagea dans la Grande Allée. Pendant des années, ce trajet l'avait conduite au *Quebec High School*. Chez les habitants de langue anglaise, la demande d'études secondaires pour les filles allait croissant. L'établissement quitterait bientôt la rue Saint-Dominique afin de profiter de locaux plus spacieux.

Thalie arriva ensuite rue Claire-Fontaine, où elle reconnut bientôt la grande résidence du docteur Caron. Sur la façade, près de la porte, elle remarqua la plaque de bronze marquée par l'oxydation. Pendant quelques années, elle avait été remisée au grenier, car une autre portant aussi le nom de

Charles Hamelin occupait cette place. Le décès de ce dernier forçait le professionnel à revenir à une pratique en solitaire.

Elle poussa la porte, pénétra dans un corridor. Les appartements privés se trouvaient au fond, une pièce s'ouvrait sur la gauche. Elle découvrit Élise derrière un petit bureau, un agenda et un téléphone en guise d'instruments de travail. Des chaises s'alignaient contre deux des murs. Une demi-douzaine d'entre elles étaient occupées par des patients.

— Thalie, quelle bonne surprise ! s'exclama la jeune femme en quittant sa chaise.

Elle prit la visiteuse dans ses bras pour lui faire la bise sur les deux joues.

— Je suis désolée de ne pas être venue plus tôt. Voilà plus de deux mois que je me trouve en ville, mais le temps me manque.

— Tu dois travailler au commerce de ta mère, je comprends cela. C'est la même chose pour moi, comme tu vois.

— Elle garde la boutique ouverte pendant de longues heures, cet été, pour profiter de la présence grandissante des touristes. Cela permet de compenser un peu, sinon les affaires tourneraient plutôt au ralenti.

— Je sais. Ici, on ne le remarque pas trop, mais les journaux évoquent des milliers de chômeurs à Montréal seulement.

Toutes les deux se tenaient au centre de la pièce. La porte du cabinet s'ouvrit, le médecin déclara à l'intention d'un petit homme malingre :

— Ne vous en faites pas, monsieur Lebeau. Il ne s'agit pas de la tuberculose.

Alors qu'il s'apprêtait à faire entrer un autre client, il reconnut la visiteuse. Il lui tendit la main en souriant :

— Mademoiselle Picard, comme je suis heureux de vous voir ! La suite de votre année académique s'est bien déroulée ?

— Plutôt bien. Mais le retour de la grippe, cet hiver, nous a perturbés de nouveau.

— Quelle maladie terrible... Avec ses deux épisodes, elle a touché la moitié de la population de la province.

Une ombre passa sur le visage du médecin au souvenir de toutes les personnes mortes à cause de la dernière hécatombe. Son gendre lui manquait beaucoup, et la présence des visages attristés de sa fille et de ses petits-enfants lui rappelait sans cesse la perte cruelle.

— Si vous voulez bien m'excuser, continua-t-il après un moment, je dois reprendre ma pratique. J'aimerais bien vous parler plus longuement, un de ces jours. Pour l'instant, je vous laisse aux bons soins d'Élise.

L'homme se retourna pour dire :

— Madame Leclerc, c'est votre tour.

Pendant ces quelques instants, Élise avait repris sa place derrière son bureau pour recevoir le paiement de la consultation précédente.

Elle demanda ensuite en levant la tête vers la visiteuse :

— Tu aimerais venir dîner avec nous, dimanche ?

— ... Je serais trop intimidée. Je connais à peine les membres de ta famille.

D'ailleurs, Thalie ne connaissait pas mieux Élise.

Toutefois, la moindre différence d'âge rendait les choses plus faciles.

— Tu as entendu papa... Mais si tu préfères, nous pourrions aller pique-niquer sur les plaines, avec les enfants. Cela leur changera les idées.

— Je n'ai qu'une seule journée de congé.

— Moi aussi. Alors, nous pourrons nous voir dimanche prochain. Je vais appeler chez toi ce soir, afin de régler les détails.

Elle quitta de nouveau sa place pour lui faire la bise.

15

Deux jours plus tard, Thalie retournait rue Claire-Fontaine. Elle portait un panier d'osier. Quelques minutes après, Élise vint la rejoindre, munie elle aussi de son panier. Elle se trouvait flanquée de ses deux enfants. La visiteuse s'assit sur ses talons devant Estelle en tendant les deux mains afin de prendre celles de la fillette.

— Tu vas bien, ma belle ?

Timide, elle hocha la tête en signe d'assentiment. Elle se laissa néanmoins embrasser sur les joues et serrer très fort. La jeune femme se tourna ensuite vers Pierre et tendit la main. Le garçon accepta de la prendre, affirma lui aussi se porter très bien.

Quand elle se redressa, elle expliqua :

— Je me suis arrêtée à la pâtisserie, comme convenu. Ces petites personnes auront de quoi se sucrer le bec, et nous aussi.

— De mon côté, j'ai tout le reste… Nous y allons ?

Machinalement, Élise tendit la main à son fils, alors que Thalie accepta celle d'Estelle avec un sourire.

— Tu sais, tu as une bien jolie robe.

— Maman m'a dit cette semaine que je pouvais porter des couleurs.

Le vêtement orné de petits carrés bleus lui convenait très bien. La mère, quant à elle, se vêtait toujours de noir.

— Elle a bien raison. Une enfant en deuil pendant toute une année, ce serait trop triste. Même pour les adultes, c'est un rituel bien cruel.

En l'entendant, Pierre regarda le brassard noir à son bras. Cela faisait étrange, sur son habit de matelot. Le petit groupe suivit la rue vers le sud, jusqu'à la Grande Allée. Ils attendirent un peu, le temps de laisser passer un tramway et deux voitures, puis ils traversèrent la chaussée afin de gagner le parc des Champs-de-Bataille. Pour la population de Québec, l'appellation « les Plaines » demeurait toutefois dans les usages.

Les jeunes femmes constatèrent bien vite que de nombreux citadins entendaient aussi profiter de cette belle journée pour un dîner sur l'herbe. Elles trouvèrent cependant un espace un peu isolé, sous un arbre, où étendre une couverture grise prélevée dans un placard de l'appartement des Picard.

En sortant les sandwichs de son panier, Élise demanda :

— Vendredi, tu disais à mon père avoir terminé sans mal ta première année à l'université McGill. Tout se passe bien, alors ?

— Après des débuts un peu difficiles, les choses sont rentrées dans l'ordre. Quelques messieurs font semblant que ma collègue et moi n'existons pas. Les autres se sont habitués, notre présence leur semble normale.

— Et les études elles-mêmes ? Cela doit être difficile…

Elle marqua une pause, puis ajouta :

— Je ne veux pas être indiscrète. Si tu préfères ne pas répondre, cela me convient.

Ce fut au tour de l'étudiante de marquer une hésitation. Un peu rougissante, elle reconnut enfin :

— J'ai fini première de classe.

— ... Vraiment ? Bravo !

Son amie paraissait très heureuse pour elle. Thalie tendit une limonade à Estelle et une autre à Pierre.

— Tu comprends, expliqua-t-elle, la seule façon d'être acceptées, de faire taire les gens, y compris les professeurs, qui aimeraient nous chasser de l'université, c'est de réussir mieux que nos camarades.

— Tu as donc comme professeurs ce genre de médecins convaincus de l'infériorité de l'intelligence des femmes, car notre cerveau serait moins pesant que celui des hommes !

Le mépris marquait la voix de la jeune veuve. Si on lui avait demandé lequel de ses enfants possédait l'esprit le plus vif, sa réponse aurait déçu ces grands savants.

— La science rejoint la religion dans ce domaine, expliqua l'étudiante. D'autres affirment que Dieu nous a faites inférieures. Penses-y : il a d'abord créé Adam, et Ève à partir de la côte de ce dernier, car le pauvre homme s'ennuyait.

— Alors tout est dit : le Créateur a fait de nous le jouet de nos compagnons.

Thalie adressa un sourire à son interlocutrice, heureuse de la voir partager ses idées sur ce genre d'argument.

— La seule solution, continua-t-elle, pour toutes les étudiantes, dans tous les domaines, c'est de travailler comme des folles. Aucune soirée à la taverne, aucune joute de hockey, pas même des tournées dans les magasins. Si tu nous voyais : nous passons tout notre temps dans nos livres.

— Pas de tournées dans les magasins ?

Son amie lui adressait un sourire à la fois amusé et sceptique.

— Je l'avoue, parfois. Mais pour le reste, nous sommes sages comme des images.

Tout le temps du repas, elles évoquèrent la vie des jeunes étudiantes, ces femmes d'une espèce nouvelle. Les yeux d'Élise trahissaient une certaine envie. Veuve avec des enfants, elle devait se contenter de servir de réceptionniste à son père. Cela rendait à peine plus supportable le fait qu'elle dépendait de lui pour le gîte et le couvert. L'université Laval ne lui offrait aucun moyen de se doter d'une compétence professionnelle et de gagner une certaine indépendance.

Une fois les sandwichs et les petits gâteaux consommés, les doigts des enfants soigneusement nettoyés avec une serviette, Estelle demanda :

— Nous pouvons aller jouer ?

— Oui, bien sûr. Mais assurez-vous de toujours être à portée de mes yeux.

Tous les deux s'élancèrent sur la plaine herbeuse.

— Ils semblent bien se remettre, remarqua Thalie. Je veux dire, après une perte si cruelle…

— Parfois, ils se montrent tellement moroses.

Sous ses yeux, Pierre se livrait à des culbutes. Sa sœur le regardait, posait ensuite les yeux sur sa jolie robe. Dans ce genre de situation, son statut de grande fille commençait déjà à lui peser.

— Mes parents et moi, continua Élise, nous essayons de nous en occuper le mieux possible.

— Je ne connais pas ta mère, mais ton père paraît très gentil.

— Et en plus, il compte parmi les hommes prêts à accepter des collègues de sexe féminin. Il tient sans doute ce curieux travers au fait d'avoir eu une fille pour seule enfant.

— Cela en fait certainement une personne adorable.

L'étudiante prononça ces mots en riant.

— Et toi, comment te sens-tu ? ajouta-t-elle en retrouvant son sérieux.

Élise avait peu souvent l'occasion de répondre à cette question avec franchise. À ses parents, sa réponse demeurait toujours la même : « Je suis si chanceuse de vous avoir. Tout va bien grâce à vous. » Elle choisit de croire que sa compagne avait trente ans, et non dix-neuf.

— Je suis souvent désemparée. Bien sûr, je ne manque de rien. Je passe mes journées à remplir le rôle de réceptionniste pour papa, je fais même toute sa comptabilité. Je vis dans une belle grande maison, je mange bien. Parfois, papa vient avec moi chez ta mère pour m'acheter une robe.

Elle leva les mains, regarda sa tenue. Bien sûr, condamnée à porter le deuil jusqu'en novembre, la jeune femme ne profitait pas encore en public de ce genre de libéralités.

— Je me retrouve veuve, avec deux jeunes enfants…

Le rose lui monta aux joues quand elle ajouta :

— Je suis un peu seule… si tu comprends ce que je veux dire.

Thalie répondit d'un sourire modeste, convenant à une jeune femme innocente.

— Je peux comprendre. Cela est d'autant plus facile pour moi que j'ai connu le docteur Hamelin.

À cette évocation, Élise prit l'un de ses gants abandonnés sur la couverture, s'en servit comme d'un mouchoir pour essuyer le dessous de ses yeux.

— Je risque de passer ma vie toute seule. Papa va devoir travailler pendant vingt ans encore pour me soutenir. Ensuite, je leur servirai de bâton de vieillesse.

— Ça, personne ne le sait. Tu vois, ma mère nous a annoncé récemment qu'elle se remariait.

— Son député s'est enfin décidé ?

— … Tu connais l'existence de son prétendant ?

La jeune fille paraissait surprise, au point de faire rire sa compagne.

— Dans une petite ville comme Québec, tout se sait. Remarque, ces deux-là n'ont pas fait d'effort particulier pour se dissimuler. Ta mère loge la fille de son amoureux depuis deux ans.

Elle s'arrêta le temps de vider sa limonade.

— Alors, il s'est décidé ? répéta-t-elle.

— Oh ! S'il n'en tenait qu'à lui, j'aurais un beau-père depuis des mois et des mois.

— Ta mère ne voulait pas ? Pourquoi donc ?

Le ton demeurait marqué par une grande incrédulité.

— Pour conserver sa liberté, ne voir personne interférer dans ses relations avec mon frère et moi.

— Bien sûr, son commerce lui procure une totale autonomie. Elle peut se le permettre.

Une nouvelle fois, l'envie marquait la voix de la jeune femme.

— Je suis heureuse pour elle, continua-t-elle, songeuse. Dans mon cas, je ne pourrai jamais remplacer Charles.

De nouveau, un gant servit de mouchoir improvisé.

— Bien sûr, consentit Thalie. Il est parti il y a si peu de temps.

— Je ne pense pas que les années y changeront quoi que ce soit.

L'étudiante allongea la main pour prendre celle de sa compagne, chercha ses yeux avant de dire :

— Maman n'a pas remplacé papa, et personne ne remplacera ton époux. Je sais combien il était exceptionnel.

Elle répétait exactement les mots de son père. Cela troubla un peu sa compagne. Elle continua sur le même registre :

— Toutefois, elle demeure bien vivante, tout comme toi. Et des hommes très bien peuplent encore notre monde.

Après avoir couru tout leur saoul sur la plaine herbeuse, les enfants venaient vers les deux femmes. Mieux valait revenir à des sujets anodins. Une heure plus tard, ils reposaient, endormis l'un contre l'autre à l'ombre du grand arbre.

Thalie se redressa en reconnaissant une silhouette familière.

— Voilà un parent, remarqua-t-elle avec humeur.

Édouard marchait d'un pas lent dans une allée,

son fils dans les bras. Sa femme le tenait au pli du coude. La politesse exigeait que les femmes se lèvent, que les promeneurs s'arrêtent le temps d'échanger quelques mots.

— Je m'excuse de ne pas vous tendre la main, commença le marchand.

Des yeux, il désigna son fils.

— Nous ne vous en tiendrons pas rigueur, le rassura Thalie d'un ton moqueur.

— … Évelyne, je te présente ma cousine, Thalie.

La jeune fille serra la main de l'épouse, tout en se déclarant « enchantée ».

— C'est la fille de mon oncle Alfred, précisa-t-il. Et voici Élise Caron… je veux dire Hamelin. Ce fut l'âme sœur d'Eugénie pendant toutes ses années de couvent.

Les deux femmes échangèrent des salutations plutôt froides, puis le silence s'installa entre eux. Pour mettre fin au malaise, l'homme conclut :

— Nous allons rentrer, sinon ce jeune monsieur va s'impatienter.

Pourtant, Thomas junior paraissait résolu à conserver sa mine raisonnable.

— Nous comprenons, répondit tout de suite Élise. Bonne fin d'après-midi.

Chacun marmonna le même souhait, puis les promeneurs continuèrent leur chemin. En retrouvant sa place sur la couverture, la jeune veuve confia :

— Édouard a été le premier garçon à me faire la cour.

— Vraiment ?

— Et Charles le second.

— Passer du pire au meilleur… Rencontrer tous les autres devenait inutile, ensuite.

Élise choisit d'en rire. Elle se pencha un moment sur ses enfants, puis remarqua en se relevant :

— J'ai déjà vu des parents plus heureux de se rencontrer. Même des cousins…

— Édouard et moi n'avons rien en commun.

— Vous avez un petit différend, peut-être.

— Je dirais de nombreux différends, petits et grands. Si nous devenons des intimes, je te confierai les plus graves d'entre eux.

Pareille éventualité lui paraissait maintenant bien possible. Thalie contempla Estelle un moment.

— Pourrions-nous suivre son exemple ? suggéra la jeune femme. Elle semble si bien.

Elles s'étendirent sur la couverture pour une petite sieste. Les enfants les réveillèrent un peu avant cinq heures. Au moment de reprendre les paniers, Élise demanda :

— Veux-tu venir souper à la maison ?

— Non, le repas du dimanche soir est sacré chez les Picard : Mathieu et moi devons manger avec maman. Aussi longtemps que je suis à Québec, rater ce rendez-vous me vaudrait un anathème.

— Tu reviendras, toutefois ?

— Avec un grand plaisir.

Tenant chacune un enfant par la main, elles retournèrent rue Claire-Fontaine en bavardant. Elles se quittèrent sur des baisers et une poignée de main.

Armand Lavergne ne s'était pas présenté chez les Picard depuis plus d'un mois, même si, à de nombreuses reprises, il avait marché jusqu'à la rue Scott, pour tourner les talons sans oser entrer. Après la requête formulée le lendemain de la Saint-Jean-Baptiste, il demeurait dans l'attente d'une réponse. N'y tenant plus, il sonna chez son ami, quelques jours avant la grande convention libérale.

Encore une fois, Édouard perçut le timbre depuis la bibliothèque lui servant de pièce de travail. Il entendit un pas traînant dans le couloir, celui de la jeune Gaspésienne embauchée depuis peu pour remplacer Julie. Un moment plus tard, debout dans l'embrasure de la porte, elle annonça :

— Monsieur Lavergne, pour vous.

Le maître de la maison quitta son siège pour accueillir son ami. Il revint avec lui dans la pièce de travail.

— Nous ne passons pas saluer ta belle-mère ?

— Elle n'habite plus avec nous, fit Édouard en se dirigeant vers l'armoire à boisson.

— Donc, une fois de plus, la rumeur disait vrai. Quelle drôle d'idée elle a eue. Des allures de reine pour aller tenir une maison de chambres : c'est un gaspillage éhonté.

— Elle veut son indépendance. Nos seigneurs les évêques ont peut-être raison. Le droit de vote leur monte à la tête.

Il tendit un verre à son visiteur, prit place dans le fauteuil opposé au sien.

— Bien sûr, je blague, précisa-t-il après une pause. Elle trouvait la maison un peu trop hantée par papa, et considérait mon ménage comme trop morose. Elle a utilisé la moitié de son héritage pour s'acheter cette liberté.

La confidence se révélait trop intime pour mériter le moindre commentaire. Le visiteur contempla un moment la boisson ambrée dans le verre.

— Je voulais savoir comment mon offre de revenir au sein du Parti libéral avait été reçue, commença-t-il. Comme tu ne m'en as rien dit…

— Je n'avais rien encore à te dire. Je n'en ai parlé à personne.

L'autre le soupesa du regard un long moment, incrédule, un air de reproche sur le visage.

— Cela ne servait à rien, se défendit Édouard. Aussi longtemps que la convention n'aura pas eu lieu, personne ne sera désigné dans le comté. Le choix devra convenir au nouveau chef.

Pour appuyer son argument, il déclara encore :

— Et le nouveau chef devra aussi convenir au candidat. Imagine si les délégués préféraient Fielding. Jamais tu ne pourrais servir sous ses ordres.

Ce candidat à la succession de Wilfrid Laurier avait quitté son parti en 1917 pour aller siéger avec les conservateurs au sein du gouvernement d'union, car il appuyait la conscription de tout son cœur.

— Si j'apportais à Fielding soixante députés du Québec, il ne demanderait pas mieux que de m'avoir dans son équipe. Et avec soixante députés, j'obtiendrais de lui des mesures favorables à notre race.

Voilà que son ami revenait au vieux rêve de répéter le tour de force de George-Étienne Cartier : négocier un partage de pouvoir avec un chef de langue anglaise. L'opération pouvait sans doute se reproduire, mais Édouard imaginait mal son vieux mentor dans le rôle de guide de la faction canadienne-française.

— Tu pourras proposer cela au vainqueur, quand son nom sera connu. En attendant, nous sommes tous dans l'expectative.

— Ne me raconte pas de fables. Oscar Drouin se promène partout en rêvant tout haut de porter le flambeau abandonné par le grand homme.

— Mais notre ami Oscar peut prétendre ce qu'il veut, cela n'engage personne. D'ailleurs, il n'est pas le seul dans ce cas. Arthur Lachance affiche la même prétention.

— Le substitut du procureur général ?

Édouard donna son assentiment d'un geste de la tête. Cet homme avait été élu au Parlement une première fois en 1905. En 1917, candidat dans Québec-Centre, il avait accepté de se retirer pour céder sa place à un jeune Irlandais prometteur, Charles « Chubby » Power. Cet homme entendait succéder à son père, titulaire de ce siège. De plus, ancien joueur étoile de l'équipe de hockey des Bulldogs, vétéran réformé après avoir été blessé à la bataille de la Somme, récipiendaire de la Croix militaire, fidèle à Laurier, tout plaidait en sa faveur.

Le geste de Lachance envers Power demeurait dans les mémoires, le Parti libéral avait maintenant envers lui une dette d'honneur.

— Tu as déjà vu cet avocat sur une estrade ? ricana Lavergne. Sa voix ne va pas plus loin que sa grosse moustache. Il fera bâiller l'auditoire.

— Pour ça, tu as peut-être raison. Jamais les discours enflammés de Lachance n'auraient convaincu une foule de se lancer à l'assaut du journal *L'Événement*. Mais parfois, justement, ce genre de talent devient une nuisance…

Le visiteur allait protester avec vigueur quand un cognement se fit entendre à la porte de la bibliothèque. Évelyne entra sans attendre d'y être invitée et s'avança avec son fils dans les bras.

— Je ne voulais pas aller le coucher sans te permettre de lui dire bonsoir…

Elle s'interrompit, contempla le visiteur des pieds à la tête et ajouta sans conviction :

— Je vous demande pardon, monsieur Lavergne. Je suis désolée de vous interrompre.

— Madame, je m'en voudrais de priver mon ami d'une satisfaction domestique aussi douce.

L'ironie pointait dans sa voix. Par déférence, il s'était levé à l'entrée de la maîtresse de maison, sans oser toutefois lui tendre la main. Édouard posa des bises sonores sur les joues du petit Thomas, puis le chatouilla un peu.

— Tu ne vas pas te coucher trop tard ? demanda Évelyne.

Son ton ne laissait pourtant pas soupçonner qu'elle se languissait de le voir regagner sa couche.

— Bien sûr que non.

— Monsieur Lavergne, dit-elle en s'inclinant pour le saluer.

— Madame Picard, répondit-il.

Quand la porte se ferma sur elle, en reprenant son siège, l'avocat commenta :

— Je comprends maintenant mieux ta belle-mère.

Édouard rougit un peu sous la remarque gouailleuse. Ce genre de pique ne ferait pas de lui un très bon émissaire auprès du comité libéral de Québec-Est.

— Si je ne peux pas compter sur toi pour déclarer

mes intentions, continua-t-il, dis-le-moi franchement. Je saurai bien me manifester auprès de ces messieurs.

— Je le ferai, pas plus tard que demain. Je dois les rencontrer au *Château Frontenac.*

La confidence attirerait sans doute l'avocat dans les couloirs du grand hôtel ; il collerait son oreille à toutes les portes pour saisir des bribes de conversation.

— Je suppose que la réunion portera sur le choix du nouveau chef ?

— Nous n'avons rien d'autre à l'ordre du jour. Nous devons nous rendre à Ottawa en soirée.

— Sais-tu de quel côté ils pencheront ?

— … Les gens parlent en termes plutôt élogieux de William Lyon Mackenzie King.

Lavergne demeura un moment songeur.

— Ce gars ressemble à mon commis, à la Banque nationale. Puis son nom interminable ne rentrera pas sur le bulletin de vote.

— Il représente la nouvelle génération. Les libéraux apprécient surtout le fait que pendant toute la guerre, il est resté fidèle à sir Wilfrid.

L'argument mit Lavergne de mauvaise humeur. Cet Ontarien prétendait aussi au titre de fils spirituel du grand homme.

— Il ne peut en tirer aucun mérite, précisa le visiteur. Pendant la guerre, il se trouvait aux États-Unis.

— Les Canadiens anglais lui reprochent justement cette absence. Le bonhomme est célibataire. Demeuré au Canada, les pressions se seraient multipliées sur lui pour l'amener à s'enrôler. Mais la méfiance de nos compatriotes d'une autre origine le rend encore plus sympathique aux nôtres.

Après la remarque sur l'état de son ménage, l'hôte se plaisait à multiplier les coups de griffe.

— J'ai entendu parler de l'enthousiasme délirant de Louis-Alexandre Taschereau lors de sa visite à Québec, juste avant la mort de ton père : « Si vous ne trouvez pas de comté en Ontario, Québec vous en offrira un. »

L'avocat imitait assez bien la prononciation un peu nasillarde du député de Montmagny.

— Ce ne sont pas ses mots exacts, mais tu traduis bien le sens de ses paroles.

— De quel comté parlait-il ?

— À ce que je sache, un seul est vacant au Québec.

— Voyons, ce bouffon ne peut pas se présenter dans Québec-Est. Les Canadiens français ne l'accepteront jamais.

Un doute pointait dans le ton de Lavergne. La menace lui paraissait assez sérieuse pour affecter son humeur.

Édouard Picard se présenta dans l'une des salles du *Château Frontenac* en affichant une mine préoccupée. Il passerait toute la semaine, ou presque, sans se présenter à son commerce, quand les affaires restaient difficiles. Pareille dérobade l'inquiétait un peu.

Il trouva une vingtaine de personnes autour d'une grande table. Les élites libérales de la région étaient bien représentées. Il occupa le dernier siège disponible.

Le maire Lavigueur se tenait dans le fauteuil d'honneur. Premier magistrat de la ville et député au Parlement, il lui revenait de diriger les discussions. Pendant une bonne heure, la conversation porta sur les caractéristiques respectives des divers candidats connus. À la fin, Charles « Chubby » Power demanda d'une voix gouailleuse, avec un lourd accent :

— Finalement, qui allons-nous appuyer ?

— Certainement pas un Canadien français, ricana un industriel de la Basse-Ville.

— Nous savons tous pourquoi, répondit Power.

Le sujet ne se discutait même pas. Laurier avait dirigé le parti plus de trente ans. Un autre francophone ne pouvait lui succéder. La place revenait à un Canadien d'une origine différente.

— King me paraît le meilleur, déclara Louis-Alexandre Taschereau.

Pourtant, le ton du député de Montmorency sonnait un peu faux.

— Je suis aussi de cet avis, renchérit Édouard. Il n'a jamais abandonné Laurier, il ne s'est pas enrôlé pendant la guerre. Cet homme ne sera pas le jouet des impérialistes. Si ces derniers se méfient de lui, cela me le rend sympathique.

Taschereau lui adressa un sourire amusé. Le marchand avait côtoyé ses fils dans les activités de la mouvance nationaliste. Il affectait une tolérance de bon aloi pour ces jeunes gens enthousiastes. Un jour, il trouverait là des alliés pour réaliser certaines de ses ambitions politiques.

— Mais King n'a aucun appui dans les Maritimes, encore moins en Ontario ou dans l'Ouest, analysa Arthur Lachance. Nous risquons de gaspiller nos votes.

— Au premier tour, chaque région soutiendra un candidat, expliqua Lavigueur. Personne n'aura la majorité. Les partisans du candidat éliminé se rallieront à d'autres. Comme toujours dans un exercice de ce genre, la victoire ira à celui qui représente le meilleur second choix pour le plus grand nombre de personnes.

— Fielding risque de passer au premier tour, analysa un autre. Alors, nous serons bien embêtés.

Pendant une heure encore, ces militants se penchèrent sur le déroulement du vote qui aurait lieu trois jours plus tard. Édouard consulta sa montre à quelques reprises en soupirant, fâché de perdre tout ce temps. Quand le président de l'assemblée sembla sur le point de renvoyer tout le monde à ses occupations, il leva la main en disant :

— Messieurs, je dois vous transmettre une information. Mais je suis simplement le messager, sans plus.

Sa prudence attira l'attention de tout le monde.

— Armand Lavergne désire se présenter dans Québec-Est, lors de l'élection complémentaire.

— ... Il va se faire rosser, marmonna Taschereau.

— Je me suis mal exprimé. Il entend porter les couleurs du Parti libéral.

Pendant un moment, la surprise laissa les autres bouche bée.

— Il ne peut pas être sérieux, pesta Arthur Lachance.

— Je ne fais que vous répéter l'information, précisa le marchand.

De l'autre côté de la table, il remarqua la mise désolée d'Oscar Drouin. Désireux de se présenter lui-même, la présence de son ancien mentor au sein de la Ligue anticonscriptionniste risquait de lui porter préjudice. Édouard partageait un peu sa crainte. Tôt ou tard, les anciens camarades de l'énergumène se feraient reprocher leur connivence d'hier, si celui-ci devenait une réelle menace aujourd'hui.

— Jamais il ne remportera l'investiture, affirma Power. Je doute qu'il reçoive un seul vote.

Des yeux, le bouillant Irlandais semblait mettre au défi les autres de le contredire.

— S'il ne se présente pas en tant que libéral, il sera candidat indépendant, précisa le jeune marchand.

Cela représentait un danger potentiel. Lors des émeutes de la conscription, l'avocat nationaliste avait pu orienter la colère des gens de la Basse-Ville vers des cibles précises. S'il répétait ce tour de force, il transformerait l'élection partielle en une foire d'empoigne.

— Je te remercie de nous mettre au courant, Édouard, conclut Lavigueur. Cela nous laisse quelques semaines pour le convaincre de se montrer raisonnable.

En quittant les lieux, les militants se demandaient toutefois comment atteindre cet heureux résultat.

Après un court après-midi de travail, Édouard quitta son bureau. Au moment de passer dans l'antichambre, il s'arrêta devant sa secrétaire.

— Mademoiselle Poitras, comme vous le savez, je

ne serai pas de retour avant vendredi après-midi. Les chefs de rayon devraient être en mesure de faire fonctionner la boutique sans moi pendant quelques jours. Si jamais une urgence survenait…

— Je vous rejoindrai à votre hôtel, je sais. Vous m'avez donné vos coordonnées la semaine dernière.

— Vous êtes une bonne élève. Et si jamais une décision s'impose très vite ?

— Je demande l'aide de Fulgence Létourneau.

Elle se tenait bien droite sur sa chaise, un sourire sur les lèvres. Ses bouclettes lui donnaient un air juvénile, mais elle savait se montrer compétente et assurée. Un moment, il avait regretté de la voir si vertueuse. À la réflexion, il se disait que cela valait mieux ainsi. Leurs rapports quotidiens se seraient compliqués en cas d'une trop grande intimité.

— Je m'absente pour la première fois, cela me préoccupe un peu. Papa pouvait compter sur moi.

— Et vous pouvez difficilement vous fier à votre fils pour assurer l'intérim. Quel âge a-t-il ?

— Quinze mois… Vous avez le temps de devenir une vieille dame avant de le voir me remplacer. Allez, je vous quitte, je dois encore passer à la maison avant de prendre le train. Au revoir.

— Bon voyage, monsieur Picard.

D'un pas vif, le marchand descendit l'escalier en répondant aux salutations de nombreux membres du personnel. La voiture se trouvait dans la rue de l'Église. Il l'atteignit en quelques minutes, puis regagna son domicile en s'impatientant derrière toutes les charrettes de livraison encombrant les rues à cette heure de la journée.

Arrivé à la maison, d'un pas vif, il gagna la pièce

donnant rue Scott. Les premiers jours, occuper la chambre conjugale de ses parents l'avait un peu troublé. La chose lui paraissait maintenant tout à fait naturelle.

Évelyne se tenait étendue sur le récamier, dans la tourelle ornant un coin de la demeure. Thomas junior était assis près d'elle sur le plancher, occupé à mâchouiller le coin d'un petit livre de contes.

— Je suis venu vous dire au revoir avant de partir, déclara l'homme en s'approchant.

Il s'agissait là d'une demi-vérité. Il tenait aussi à laisser la voiture à la maison, plutôt que l'abandonner toutes ces longues journées près de la gare.

— Je te remercie de cette délicate attention, répondit son épouse d'une voix un peu fâchée.

Elle avait d'abord protesté à l'idée de le voir s'absenter plusieurs jours pour aller assister à un congrès politique. Les membres de sa famille lui avaient rappelé que des centaines de personnes discuteraient du matin au soir du programme du Parti libéral. Cela laisserait à son époux bien peu de temps pour faire un nouvel accroc à leur contrat de mariage. Surtout, peut-être, un an après la disparition de la première, aucune nouvelle Clémentine LeBlanc ne paraissait meubler le côté secret de son existence.

— Je t'assure, répéta-t-il pour la dixième fois peut-être, tu n'aurais aucun plaisir à m'accompagner. Ils m'ont logé dans un minuscule hôtel, et les débats vont s'étaler sur quinze ou seize heures tous les jours.

La jeune femme avait parcouru le programme

attentivement, il disait vrai. Aussi elle offrit finalement sa joue à ses lèvres d'assez bonne grâce.

— Au revoir, déclara-t-il en se redressant. Je reviendrai dès que possible.

Elle hésita à peine avant de lui répondre :

— Bon voyage.

L'homme saisit son fils dans ses bras, le souleva à la hauteur de son visage pour lui appliquer des bises sonores sur les joues.

— Sois sage, petite terreur, et essaie de ne pas manger tous les livres de la bibliothèque.

L'enfant lui répondit par une série de sons incompréhensibles. Un instant plus tard, Édouard récupérait son sac de voyage préparé depuis la veille et sortait de la chambre en lançant un « À bientôt, mes amours » à la ronde.

Il trouverait sans mal un taxi sur la Grande Allée. Cela lui permettrait d'atteindre la gare juste à temps pour se joindre à la très imposante délégation libérale de la ville de Québec. Ces hommes voyageaient ensemble afin de manifester leur force.

16

Depuis des décennies, des expositions agricoles se tenaient au parc Lansdowne, un vaste terrain situé en périphérie d'Ottawa, entre le canal Rideau et la rue Bank. Au fil des ans, des bâtiments voués à l'élevage ou à l'horticulture s'étaient élevés en ces lieux. L'érection du pavillon Aberdeen, en l'honneur du gouverneur général, en 1898, avait assuré une ampleur nouvelle aux foires annuelles qui s'y déroulaient. Spontanément, la population l'avait désigné d'un sobriquet, le « palais bovin », un rappel très clair de sa vocation première. En 1904, l'équipe de hockey des Senators y remportait la coupe Stanley : cela avait redonné un peu de prestige à l'édifice.

— Nous aurions dû nous réunir là, fit Édouard en contemplant le vaste bâtiment.

— Trop cher et inutilement grand, rétorqua son compagnon, un homme à la stature imposante.

Ernest Lapointe lui faisait visiter les lieux. Les deux congressistes se trouvaient dans la capitale fédérale pour assister à une première dans l'histoire du pays : la désignation d'un chef de parti par des délégués venus de divers comtés. Des mois après le décès de sir Wilfrid Laurier, il convenait de remplacer le grand homme.

— Mais la bâtisse retenue s'est écrasée deux fois sous le poids de la neige, protesta le marchand.

— En août, nous n'avons rien à craindre à ce sujet.

Le pavillon Howick rappelait un autre gouverneur général, Stanley. Le nom venait de son château en Angleterre. Le jeune homme décida d'arrêter là ses récriminations. Pourtant, à cet endroit, pendant l'exposition d'hiver de 1914, l'explosion d'une chaudière à vapeur avait tué trois hommes, vingt chevaux et six cents volailles.

Édouard Picard ne succédait pas à son père dans les seules activités commerciales. Avec un peu de réticence d'abord, puis pris d'un enthousiasme croissant, Ernest Lapointe en avait fait son principal organisateur politique dans le comté de Québec-Est. La situation apparaissait toutefois comme bien étrange : le politicien, très discret sur ses projets, représentait toujours Rivière-du-Loup à la Chambre des communes et l'élection partielle n'avait pas encore été déclenchée.

Les deux hommes arboraient au revers de leur veste un ruban de soie écarlate portant les mots « Convention libérale nationale, Ottawa, les 5, 6, 7 août 1919 ». Cela leur permettrait de prendre place dans le grand édifice et de participer à la fois au choix des différents éléments du programme et du nouveau chef. Des hommes se promenaient avec une version de couleur rose de cette parure : il s'agissait des journalistes venus de tous les coins du pays.

Dans la grande salle, en même temps que des centaines d'autres, ils découvrirent un décor solennel. Le mur le plus éloigné de l'entrée s'ornait en son centre d'une immense photographie de Wilfrid Laurier, flanquée des *Union Jack* habituels et de drapeaux portant l'écu du Canada. Ceux-là étaient disséminés un peu partout dans ce hall. De façon incongrue, afin de reconnaître le poids des francophones au sein de l'organisation, des drapeaux français se trouvaient aux deux extrémités de la scène.

— Le Carillon-Sacré-Cœur me semblerait convenir mieux, glissa Édouard.

— Les nationalistes en ont fait leur chiffon de prédilection, on le trouve aussi en toile de fond de toutes les manifestations religieuses. Nous ne pouvons plus nous en servir, le symbole appartient désormais aux soutanes.

Dans ces moments, le jeune marchand ressentait souvent un petit pincement. Pendant plus de dix ans, son cœur avait battu pour Henri Bourassa et ses disciples. La très large majorité des jeunes de sa génération faisaient maintenant comme lui : désireux de faire carrière, soucieux de gravir les échelons, on les retrouvait au sein du Parti libéral. Oh ! Bien sûr, Armand Lavergne tirait toujours à boulets rouges sur la grande organisation politique. Il en devenait ridicule. On ne parlait plus d'Empire ou de conscription, mais de la nécessité de réussir la paix, après avoir gagné la guerre.

Des tables couvertes de nappes blanches s'alignaient sur le plancher de la grande salle, des bouquets de fleurs donnaient à l'ensemble un air de fête champêtre. Sept ou huit cents hommes et une poignée de femmes occupaient la moitié des chaises.

— Nous ne serons jamais au complet, grommela le député de Rivière-du-Loup.

— Les gens se préoccupent surtout de l'élection du remplaçant de Laurier, et beaucoup moins du programme, commenta Édouard. Il y aura plus de monde demain, je suppose.

— Pourtant, le programme nous fera gagner l'élection.

— Le choix du chef fera gagner l'appui du Québec, pas les idées. Pour le reste du Canada, je ne sais pas.

De nouveau, Lapointe apprécia le discernement de son nouvel organisateur. Après un homme du charisme de Laurier, ses compatriotes ne se contenteraient pas d'un personnage terne. Ou alors, ils toléreraient un Canadien anglais bien rassurant, peut-être ennuyeux, si celui-ci se flanquait d'un lieutenant de langue française rassembleur. Il rêvait d'être celui-là.

Au lieu d'évoquer ses propres ambitions, le politicien rappela la stratégie à son compagnon.

— Nous rallierons l'Ouest à notre parti en promettant des tarifs douaniers bien bas et la nationalisation du second chemin de fer transcontinental.

— Sans toutefois offrir autant que le libre-échange pour ne pas perdre l'Ontario, je sais.

Lapointe éclata de rire. Le jeune marchand savait lire les journaux aussi bien que quiconque, inutile de lui faire la leçon.

— Allons rejoindre nos amis.

Le terme désignait les membres du Parti libéral originaires du Québec. La délégation, composée des députés élus tant au Parlement fédéral qu'à l'Assemblée législative et des membres des comités de divers comtés, dépassait sur papier les quatre cent soixante personnes. Il s'en trouvait un peu moins de trois cents du côté gauche de la scène.

— J'espère que vous avez raison et que les autres nous rejoindront demain, souffla le politicien, au plus tard après-demain.

— Le pays est bien grand, de nombreux délégués occupent des emplois. Moi-même, ma présence me coûte beaucoup, surtout dans cette conjoncture difficile. Nous ne pouvons pas tous être députés, railla Picard.

Lapointe choisit d'ignorer l'ironie, pour répondre d'un ton amusé :

— Vous avez bien raison, quatre délégués viennent d'aussi loin que le Yukon. Se présenter ici n'est pas si simple.

Quand un homme aux cheveux gris monta sur la scène, Édouard consulta sa montre : neuf heures quinze.

— Même si notre assemblée ne se trouve pas au complet, nous débuterons tout de même nos travaux dans quinze minutes, déclara Charles Murphy.

Le député débita la même phrase en français. Les délégations du Québec et de l'Ontario, placées respectivement à gauche et à droite de la scène, se trouvaient alors présentes aux deux tiers. Les rangs au centre de la salle restaient encore plus dégarnis.

— Les dames sont bien peu nombreuses parmi nous, remarqua le marchand.

— Si vous parlez des personnes autorisées à participer aux débats et à voter, vous avez raison. Et elles parlent anglais.

Vêtues de robes blanches ou aux teintes pastel,

coiffées de chapeaux aux bords étroits, ces pionnières s'activaient auprès de collègues de sexe masculin. Édouard Picard en contempla trois, plutôt jolies, absorbées par leur conversation avec William Lyon Mackenzie King. Le petit homme replet et chauve souriait, attentif à chacune de leurs remarques.

— Vous en voyez toutefois quelques centaines dans les galeries, continua le politicien. Plusieurs, y compris moi, sont venus avec leur femme.

Un regard circulaire permit au jeune marchand d'apprécier la véracité de l'affirmation. Il reconnut même Emma Pratte, la très charmante épouse de son interlocuteur, parmi toutes les autres.

— Vous-même, continua le député, êtes-vous avec votre compagne ?

— Évelyne fait profession de détester la politique.

L'affirmation écorchait la vérité, puisque celle-ci détestait surtout que son mari utilise la politique comme un prétexte pour s'éloigner de la maison et de sa famille.

À neuf heures trente, Charles Murphy déclara la convention libérale ouverte. Puis l'assistance entonna le *God Save the King* avec un enthousiasme inégal. Les francophones se sacrifiaient à cet usage de mauvaise grâce. Pour faire bonne mesure, un certain Poulette entonna ensuite le *Ô Canada*. Visiblement, les dirigeants du parti souhaitaient flatter les membres de la minorité.

Le député Murphy invita ensuite le chef intérimaire libéral, Daniel Duncan McKenzie, à prendre la parole. Celui-ci proposa de nommer deux présidents à la convention : George Murray, Premier ministre de la Nouvelle-Écosse, et Lomer Gouin, Premier ministre du Québec. Pendant un moment, une certaine commotion agita la salle : ce dernier ne se trouvait pas dans le grand édifice.

— Où est cet idiot ? grommela Lapointe à l'oreille de son organisateur.

— Je ne sais pas. Même s'il loge au *Château Laurier*, je l'ai aperçu à mon hôtel hier soir. Le bonhomme aime les conciliabules.

— Il doit encore manigancer avec les gens de l'Ouest.

La rumeur du passage du Premier ministre provincial sur la scène fédérale circulait depuis un moment. Le député de Kamouraska fronçait les sourcils à chaque allusion de ce genre. L'arrivée de son « ami » à Ottawa pouvait lui faire ombrage auprès de ses collègues de langue française.

En l'absence de l'éminent délégué du Québec, Murray s'engagea dans un discours fleuve pour évoquer la grandeur de Wilfrid Laurier et du Parti libéral. L'irruption tardive de Gouin ne l'arrêta pas, même si les francophones acclamèrent à tout rompre le nouveau venu. Le bavard ne cilla même pas devant ce vacarme, il enchaîna avec la nomination des vice-présidents, tous recrutés parmi les autres Premiers ministres provinciaux. Quand ceux-ci regagnèrent les chaises placées sur la scène, Gouin prit sa revanche. Le petit homme monta l'escalier avec les autres, se campa près de son collègue et prononça son discours sans se soucier des yeux horrifiés de ce dernier.

— Tout de même, apprécia Édouard, notre Premier ministre montre un certain cran. Voilà ce malotru proprement remis à sa place.

Lapointe grimaça. Admettre à voix haute les qualités de son adversaire lui aurait trop coûté.

Les discours se succédèrent pendant des heures, portant sur deux objets, toujours les mêmes : la grandeur de l'éminent Canadien disparu, Wilfrid Laurier, et l'important héritage politique du Parti libéral du Canada. Cette insistance devenait un peu louche, elle devait masquer la triste réalité : peu de temps auparavant, de très nombreuses personnes avaient déserté l'organisation et abandonné leur chef pour aller siéger avec les conservateurs au sein du gouvernement d'union. Aujourd'hui, leur véhémence à clamer la grandeur de l'organisation servait à faire oublier l'indélicatesse d'hier.

Sir Allan Aylesworth monta ensuite sur la scène, flanqué de Rodolphe Lemieux, pour présenter une « motion » de condoléances à la veuve de Laurier. Des larmes sur les joues, le premier déclara :

— Sir Wilfrid Laurier fut peut-être plus grand dans l'adversité que lorsqu'il était au pouvoir. Il a fait de la colonie du Canada une nation. Il n'y a pas de mots pour exprimer la perte que nous venons de subir.

Après cela, Lemieux ne pouvait ménager ni les louanges ni les pleurs.

— J'aime la France qui nous a donné la vie, déclama-t-il en citant les mots du grand homme, j'aime l'Angleterre qui nous a donné la liberté, mais le meilleur de mon cœur va à mon pays.

À force de phrases emphatiques, les orateurs

finirent par lasser l'auditoire assemblé dans le pavillon Howick. Le texte de la motion fut donné dans les deux langues. Il commençait ainsi : « Avec tristesse et amertume, la convention nationale du Parti libéral canadien enregistre le regret que lui cause l'irréparable perte. » Puis, de nombreux paragraphes suivaient. La finale parut un peu facile : « Il fut en effet le meilleur et le plus grand des Canadiens, et en toutes choses un chevalier sans peur et sans reproche. »

Tout de suite après le vote unanime sur cette adresse destinée à la veuve, les travaux furent ajournés jusqu'à quatre heures.

— Allez-vous manger avec nous ? demanda Lapointe, en levant sa lourde masse avec difficulté, après des heures d'immobilité studieuse.

— Avez-vous vu ce qu'ils appellent un restaurant ?

— Ce n'est pas le grand luxe, j'en conviens : nous avons demandé à un traiteur d'installer une cuisine, des chaises et des tables afin de servir mille repas par jour. Je suis sûr que tout le monde sera satisfait.

— Je me rendrai tout de même en ville pour manger.

Édouard arborait son sourire de marchand, ou de séducteur, pour se faire pardonner sa défection.

— Nous commencerons tout à l'heure les travaux en comité sur notre programme, insista le député.

— Je me passionne pour le choix du chef, ou celui du candidat dans Québec-Est, mais les longues discussions sur les points et les virgules, non merci.

Sur ces mots, le jeune homme tourna les talons et quitta le pavillon Howick. Son compagnon le regarda avec un air sévère. Ce délégué préférait demeurer un dilettante de la politique. Cela limiterait certainement sa trajectoire.

Les membres les plus influents du Parti libéral et les financiers susceptibles de garnir la caisse électorale et, en conséquence, de dicter leurs volontés, logeaient dans le somptueux *Château Laurier*, inauguré en 1912 par le Premier ministre dont il portait le nom. Les simples délégués comme Édouard Picard se trouvaient dispersés dans de petits hôtels et des pensions de famille de la ville, souvent au même endroit que le député du comté d'où ils venaient. Le marchand logeait dans un établissement modeste de la rue Daly, dans le quartier Côte-de-Sable.

En sortant du parc Lansdowne, il put monter dans l'un des tramways spéciaux mis à la disposition des congressistes afin de parcourir facilement le trajet entre le lieu de rassemblement et le centre-ville. Tout au long de la rue Bank, il apprécia l'activité fébrile de ce bel après-midi. Un transfert dans une autre voiture lui permit de contempler au passage l'université d'Ottawa. Le quartier Côte-de-Sable accueillait une proportion appréciable de Canadiens français. Ceux-ci luttaient encore pour la reconnaissance de leurs droits scolaires en Ontario.

Édouard passa dans sa chambre le temps de se rafraîchir un peu, puis il se dirigea vers le marché By. À cette heure, la plupart des cultivateurs avaient regagné leur domicile, de même que leurs clients. Certains s'attardaient toutefois pour acheter des outils, des semences ou des vêtements de travail dans les commerces des environs. D'autres hantaient encore les restaurants, désireux de reporter à plus tard le moment de retourner à leur labeur.

Le visiteur trouva une table située près d'une fenêtre, essaya son plus bel accent anglais avec le serveur pour se faire répondre en français :

— Vous voulez dire une entrecôte saignante ?

— … Oui. Je vais boire…

— Du thé, du café ou une limonade. Nous avons même de l'eau pour les plus difficiles.

— Du thé, soupira le client.

Au Québec, la prohibition devait prendre fin bientôt, sans jamais avoir été sérieusement appliquée. L'Ontario, de son côté, demeurerait encore un long moment la plus « sèche » des provinces canadiennes. Son repas terminé, le jeune marchand regagna la rue Wellington pour marcher en direction du Parlement.

Il se trouva bientôt devant un chantier bourdonnant d'activité. Après l'incendie de 1916, les restes du grand bâtiment gothique avaient été rasés pour faire place à une nouvelle construction. Elle serait terminée seulement l'année suivante. Toutefois, le gros œuvre achevé, le visiteur put apprécier la majesté de l'édifice.

Sans jamais le formuler à haute voix, toute sa vie, son père avait rêvé d'occuper un siège de député. Sa passion pour la politique demeurait toutefois tempérée par les exigences de la vie de commerçant. Au cours des dernières années, le pauvre homme avait espéré discrètement l'obtention d'un siège de sénateur.

— Voilà sans doute pourquoi il en voulait tant à Henri Bourassa, ricana Édouard en revenant rue Wellington.

Le chef nationaliste, en faisant campagne contre Wilfrid Laurier en 1911, avait contribué à la défaite libérale. Après ce mauvais coup du sort, cette grande espérance ne pouvait plus être satisfaite. Le Premier ministre conservateur Borden ne distribuerait pas des récompenses de ce genre à des organisateurs libéraux.

La suite de sa visite touristique posait au jeune homme des difficultés d'un autre ordre. La caractéristique des plaisirs clandestins était justement leur clandestinité. Aucun panneau publicitaire, aucune petite annonce dans le journal, aucune rubrique dans le bottin de téléphone ne signalaient certains commerces.

Édouard leva le bras pour attirer l'attention d'un chauffeur de taxi. En montant dans la voiture, il bredouilla dans la langue du roi George :

— Je veux aller à Hull, afin de boire un verre.

L'autre se retourna à demi pour dire au client assis à l'arrière :

— La ville s'est placée sous le régime de la loi Scott l'an dernier, sans compter la loi fédérale sur la prohibition.

— Voyons, cela n'empêche personne de boire.

L'autre hocha la tête, abandonnant son rôle de censeur.

Après des années à jouir d'une réputation infâme, la petite ville d'une vingtaine de milliers d'habitants située à la frontière du Québec avait cédé aux pressions des « secs ». Les Ontariens ne pouvaient plus traverser l'un des deux ponts jetés sur la rivière des Outaouais pour étancher leur soif dans la province voisine. Bien sûr, cela ne durerait pas, bientôt la longue caravane des assoiffés reprendrait de plus belle entre les deux rives.

— Et je cherche aussi d'autres plaisirs.

Le jeune homme ne rougissait plus à cette évocation, tellement la chose lui était familière, et son interlocuteur ne cilla pas non plus. Dans son métier, ce genre de requête se produisait trop souvent pour s'en formaliser encore. Il détailla son passager, jugea de ses moyens par sa mise, puis il s'engagea au centre de la rue.

Quelques minutes plus tard, il franchissait un pont. Au passage, Édouard apprécia l'ampleur des entreprises Booth et Eddy, vouées toutes les deux à la transformation des produits de la forêt. Les scieries et les usines de production de papier poussaient en grand nombre dans la province de Québec, laissant prévoir un avenir radieux.

La ville de Hull, même si proche de la capitale nationale, rappelait l'établissement pionnier fondé au milieu du siècle dernier. Les maisons étroites et hautes, construites sur de petits lots, paraissaient fragiles, peu confortables. Cela tenait peut-être au dernier incendie : il avait fallu reconstruire en vitesse, avec peu de moyens. Les immenses cours à bois des scieries ou des papeteries fournissaient du combustible en abondance lors de catastrophes de ce genre.

Le chauffeur s'engagea bientôt sur le chemin Aylmer, laissant les faubourgs derrière lui. De chaque côté, des troupeaux paissaient sans lever la tête au bruit du moteur. Même les vaches s'habituaient aux automobiles.

Sur la gauche, quelques rues formaient un damier

régulier, un îlot entre les agglomérations de Hull et d'Aylmer. La voiture s'arrêta devant une maison plutôt cossue, haute de trois étages. Malgré la chaleur et le soleil, les rideaux étaient tirés. Le chauffeur annonça le prix de la course, reçut un généreux pourboire pour avoir amené son client vers les plaisirs interdits.

— *Have a good day !* souhaita l'homme en relançant son moteur.

Tout en gravissant les marches de la galerie, Édouard vérifia la présence d'une boîte circulaire dans sa poche. Des années plus tôt, lors de son premier passage dans un lieu de ce genre, il avait apporté un condom. Onze ans plus tard, cette prudence lui valait de se porter toujours très bien alors que les maladies vénériennes rongeaient quelques-uns de ses compagnons d'aventure.

Quelques coups sur la lourde porte en chêne amenèrent un maître d'hôtel particulièrement robuste à l'ouvrir. Lui aussi jaugea le chaland rapidement, inquiet de reconnaître un agent de police. Les constables de Hull jouissaient d'une réputation peu enviable. Les bien-pensants les soupçonnaient d'opérer en ces endroits quelques descentes pour la forme, sans jamais mettre en péril la survie des bordels.

Ce client semblait trop bien habillé pour être un détective. Le cerbère le laissa entrer dans le hall, puis demanda :

— Voulez-vous boire quelque chose ?

— Un cognac. Un double.

Il hocha la tête, indiqua le salon d'un geste avant de disparaître dans une pièce au fond. Édouard pénétra dans un vaste séjour. Des années plus tôt, la famille d'un baron du bois profitait peut-être de soirées tranquilles en ces lieux. Maintenant, la douzaine de chaises et de fauteuils recevaient des jeunes femmes au costume provocant. La plupart se contentaient d'un corset, d'une culotte et de bas de soie.

— Veux-tu t'asseoir, mon cœur ?

L'invitation venait d'une dame entre deux âges, la plus vêtue et la plus outrageusement maquillée de l'assemblée. Le visiteur s'installa à l'autre extrémité de sa causeuse pendant que le portier lui tendait son verre.

— Elles sont jolies, n'est-ce pas ? Vous avez des préférences ?

La tenancière parlait des femmes dispersées dans le grand salon.

— La négresse, là ?

Édouard voyageait peu. Excepté trois séjours aux États-Unis, dont son voyage de noces, et six peut-être à Montréal, il n'avait jamais quitté Québec. Pourtant, au gré de ses visites dans des lupanars, il achevait son tour du monde inauguré avec une Asiatique en 1907. Un moment plus tard, il gravissait un escalier en admirant les jambes et les cuisses d'un brun chocolat, impatient de mettre les mains sur des fesses à l'arrondi suggestif sous la soie de la culotte.

En quittant les lieux, deux heures plus tard, il profita du taxi abandonné par un délégué à la convention nationale du Parti libéral. À ce moment, celui-là aussi préférait laisser le ruban écarlate au fond de sa poche. Pourtant, le visiteur venu de

Québec reconnut un congressiste originaire de Sydney en Nouvelle-Écosse.

À neuf heures en soirée, le bordel contiendrait assez de membres du parti pour former un sous-comité afin de discuter de la politique douanière du prochain gouvernement. Les joyeux drilles ne pousseraient tout de même pas le zèle jusque-là.

Le lendemain matin, Édouard regagna le parc Lansdowne dans un tramway bondé de délégués libéraux surexcités. Selon toute probabilité, le choix du nouveau chef serait effectué en début de soirée, peut-être même en après-midi si un candidat recevait la majorité des voix dès le premier tour.

Quand le marchand pénétra dans le pavillon Howick, une voix retentit derrière lui :

— Picard, je ne vous ai pas vu hier soir.

Il se retourna pour reconnaître Louis-Alexandre Taschereau. Tous les députés libéraux provinciaux devaient maintenant être présents.

— J'ai profité de la soirée pour prendre l'air dans les environs du Parlement. Vous savez, une activité politique de ce genre représente un heureux divertissement, après toutes les heures au commerce.

Le prétexte sembla peu crédible au politicien québécois.

— Oh ! Vous m'étonnez : Ottawa promu au statut de lieu de villégiature ! L'idée est toutefois originale.

Édouard s'activait dans son magasin plus de soixante heures par semaine. Mais même les plus besogneux ne trouvaient pas la capitale fédérale divertissante. Le prétendre frôlait l'hérésie.

— Enfin, vous êtes là pour le plus important, admit le ministre. La salle doit déjà être bondée.

Un instant plus tard, les deux hommes pénétraient dans une grande pièce réservée à la délégation québécoise. La prédiction de Taschereau se révéla exacte : toutes les chaises étaient déjà occupées. Ils s'appuyèrent contre le mur, à l'arrière. Au passage, le ministre provincial serra la main d'Ernest Lapointe.

Malgré la distance, Édouard remarqua la grimace sur le visage de Lomer Gouin, assis près de la petite estrade au fond de la pièce. Les péripéties de ce congrès, et les alliances qu'il permettait, auraient des conséquences sur les prochaines décennies de la politique canadienne. Voir l'un de ses ministres fraterniser avec le député de Kamouraska n'augurait rien de bon.

Sur la scène, Rodolphe Lemieux devait présider le « caucus » provincial. Il s'agissait du député du comté de Gaspé, un collaborateur de Wilfrid Laurier tout au long de son mandat comme Premier ministre national. Après avoir laissé quelques minutes aux participants désireux d'échanger des informations, il frappa sur la table devant lui avec un petit maillet.

— Comme tous nos collègues des autres régions du pays, nous allons discuter ce matin du choix du nouveau chef. Le programme attendra un peu.

Même si chacun des délégués voterait individuellement, tous seraient guidés par la discussion tenue au préalable avec les gens de sa province.

— Ce ne sera pas un Canadien français, remarqua avec humeur quelqu'un dans les premiers rangs.

— Certainement pas, trancha Ernest Lapointe

depuis le fond de la salle. Wilfrid a été le chef du parti pendant des décennies. Nos amis des autres provinces ne toléreraient pas d'attendre encore. Ils espèrent leur tour depuis trop longtemps.

— Dans ce cas, continua un autre, il nous faut voter pour un allié du Québec. Par exemple, Walter Mitchell, qui fut toute sa vie un proche de sir Wilfrid.

L'amitié du grand homme paraissait maintenant un titre de gloire susceptible de conduire à la tête du parti. À cause de cela, depuis le début de la convention, chacun se targuait d'être un intime du disparu. Heureusement, Mitchell possédait de meilleurs atouts à son dossier, à titre de trésorier du gouvernement Gouin.

— Même s'il parle anglais, intervint encore Lapointe, notre collègue vient de la province de Québec, comme notre regretté chef. Le Canada compte huit autres provinces, dois-je vous le rappeler ?

Mitchell, un homme un peu replet, se leva pour déclarer dans un excellent français :

— Inutile de continuer cet échange à mon sujet plus longtemps : je ne veux pas être candidat.

Plusieurs personnes dans la salle murmurèrent leur déception. De façon bien peu réaliste, ils rêvaient d'un nouveau Premier ministre issu de leurs rangs.

— Si Fielding l'emporte, grogna quelqu'un, je ne voterai pas au prochain scrutin fédéral. Le salaud a siégé avec Borden pendant des années, et maintenant, il rêve de retrouver un fauteuil ministériel dans le nouveau cabinet libéral.

Ce délégué venu de Montréal résumait bien la hargne de la délégation originaire du Québec. De très nombreux députés libéraux de langue anglaise avaient choisi de joindre le gouvernement d'union en 1917. La plupart croyaient sincèrement servir ainsi les intérêts du pays dans le contexte de l'effort de guerre. Mais dans cette salle, on préférait expliquer la trahison du vieux chef par des motifs honteux. La plupart des transfuges auraient été soucieux de conserver leur indemnité de député, certains de retrouver leurs honoraires de ministre.

William S. Fielding, de retour au sein de son parti après un exil chez les unionistes, avait été accueilli à bras ouverts par Laurier, qui avait explicitement évoqué son nom au moment d'aborder le sujet de sa propre succession. Il recevait l'appui des délégués venus de l'Ouest. Il espérait gagner celui de ceux de l'Ontario. Toutefois, sa seule présence à cette convention paraissait odieuse à tous les délégués de langue française.

— Chers collègues, le mieux serait de ne voter pour personne, déclara Athanase David en se levant.

Au lendemain de la fusillade responsable de la mort de badauds dans la Basse-Ville de Québec, le 1er avril 1918, peu de temps après la proposition de Joseph-Napoléon Francœur évoquant la séparation de la province, ce jeune politicien avait incarné l'étoile montante du Parti libéral provincial. Il entendait maintenant entraîner ses collègues sur un sentier inattendu.

— Au cours des dernières années, les Canadiens français ont été victimes des insultes, des préjugés raciaux et religieux non seulement de la part des conservateurs, mais aussi de celle des libéraux de langue anglaise. Sur toutes les tribunes, ils nous ont accusés de lâcheté et de trahison de la mère patrie, car nous ne souhaitions pas envoyer nos enfants à la boucherie.

Le constat ne péchait pas par exagération. Sur de nombreuses estrades, dans plusieurs journaux, les loyaux sujets de l'Empire britannique avaient parfois réclamé l'exécution de masse des personnes opposées à l'effort de guerre. Ces éclats de voix ne venaient pas des seuls conservateurs. Ils hantaient encore le parti d'opposition.

— Pendant la guerre, nos collègues nous accusaient des pires crimes. Maintenant, ils protestent sans se gêner sur la trop grande place des Canadiens français au sein du Parti libéral. Ils craignent que le nouveau chef soit placé sous notre autorité.

Les délégués du Québec comptaient pour trente-quatre pour cent du total des participants à la convention. Certains parlaient anglais, mais leur nombre se trouvait compensé par celui des francophones venant des autres provinces. En votant en bloc, ces Canadiens français désigneraient réellement le gagnant.

— Voyons, commença Taschereau, une pareille stratégie ne nous conduira nulle part…

— J'ai une proposition pour vous, poursuivit David.

L'homme sortit une feuille de la poche intérieure de sa veste. Il la déplia et commença de sa belle voix d'orateur :

— Considérant que depuis plusieurs années la tactique des adversaires du Parti libéral au Canada a été, premièrement, de soulever les préjugés religieux et nationaux…

Le politicien lut encore quatre autres « Considérant », tous bien ancrés dans l'actualité récente, susceptibles d'avoir blessé profondément ses compatriotes. Puis, à la fin, il conclut :

— Résolu que les délégués de la province de Québec croient opportun de déjouer ces projets en laissant à leurs concitoyens d'origine anglo-saxonne la responsabilité du choix qui sera fait par cette convention, et de prier les représentants de cette province dans le Parlement d'être les continuateurs de la politique libérale énoncée par sir Wilfrid Laurier, dont le pays et le parti déplorent si vivement la perte.

La longue proposition laissa l'assemblée, composée de plus de quatre cents personnes, frappée de stupeur.

— Quelqu'un appuie-t-il la proposition ? demanda Rodolphe Lemieux après un moment de silence.

— Moi, je veux bien.

Depuis un coin de la salle, Moïse Desjardins, un délégué du comté de Terrebonne, la circonscription dont Athanase David était le député à l'Assemblée provinciale, se dévouait. Son appui permettait de débattre de la motion. Autrement, la discussion se serait arrêtée là.

— C'est ridicule, tonna Ernest Lapointe. Nous n'allons pas nous comporter comme des enfants désireux de quitter le terrain de jeu à la première frustration.

— Vous avez entendu les insultes lancées à notre

tête, rétorqua Athanase David. Ceux qui aujourd'hui nous adressent de beaux sourires, qui affectent de trouver naturel d'entendre quelques mots de français sur la scène, nous accusaient de lâcheté et de traîtrise l'an dernier.

— Sir Wilfrid Laurier a consacré sa vie à nous faire une place au Canada, railla son adversaire, et vous seriez prêt à tout détruire sur un coup de tête, parce que votre épiderme trop sensible ne tolère pas quelques méchantes épithètes.

— Ils nous détestent, glissa Desjardins.

— Tous nos compatriotes de langue anglaise nous détestent, dites-vous ? C'est adopter la même attitude que les impérialistes prêts à nous traiter en bloc de lâches, sans la moindre nuance.

L'assistance demeurait muette, visiblement tentée de cesser de jouer avec ces camarades indélicats.

— Mon collègue suggère que nous renoncions à assumer notre rôle sur la scène fédérale, déclara le député de Kamouraska. Les conservateurs, s'ils l'emportent encore la prochaine fois, ne nous ménageront pas de place. Les nationalistes ont fait en sorte de remettre la direction de la guerre à Robert Borden en 1911, Athanase veut nous amener à remettre la construction de la paix à Arthur Meighen, le dauphin de Borden, qui a toutes les chances de diriger nos adversaires lors de la prochaine élection.

L'argument sembla porter. Rodolphe Lemieux s'empressa de retrouver son rôle de président de séance en demandant :

— Êtes-vous prêts à voter sur la proposition ?

Une centaine de voix murmurèrent un « oui », les

autres donnèrent leur assentiment d'un geste de la tête.

— Qui vote en faveur ?

Athanase David leva la main en affectant une attitude crâneuse ; Moïse Desjardins fit de même, d'une manière bien hésitante cependant. Les autres poussèrent un soupir de soulagement.

— Qui vote contre ?

Toutes les autres mains se levèrent. La province de Québec ne voulait pas abdiquer son rôle dans le choix du nouveau chef du Parti libéral.

— Maintenant, continua Lemieux, pour quel candidat choisissons-nous de nous prononcer ?

— … Une seule personne chez les libéraux de langue anglaise, déclara Lapointe, a montré une fidélité indéfectible à sir Wilfrid : William Lyon Mackenzie King, qui s'est comporté un peu comme le fils que le cher disparu n'a jamais eu.

Pendant une bonne heure, ces hommes discutèrent des qualités de médiateur du petit homme replet de l'Ontario, de son expérience des relations ouvrières au moment où le mouvement bolchevique menaçait de s'étendre à travers le monde. D'autres encore s'attardèrent aux indélicatesses passées de William S. Fielding, George P. Graham, Daniel D. McKenzie. Ces trois personnes demeuraient dans la course.

Pourtant, à la fin, un seul motif rallierait les délégués du Québec à la candidature de King : sa fidélité envers le cher disparu.

17

À l'heure du lunch, tous ces hommes gagnèrent le restaurant improvisé dans le grand hall du pavillon Howick. Édouard Picard se retrouva à une table avec Taschereau, au milieu d'une demi-douzaine de congressistes venus de Colombie-Britannique. En s'exprimant en français, les deux compères profiteraient d'un complet anonymat.

— Quelle mouche a piqué David ? demanda Édouard. Sa proposition a fait l'unanimité contre lui.

— Le pauvre homme est un artiste, sensible et généreux. Les insultes de ces impérialistes lui ont porté sur les nerfs. Il faut le comprendre.

Des yeux, le politicien provincial désigna ses voisins immédiats comme si ceux-là avaient proféré des insanités sur les Canadiens français. Ses lèvres affichaient un sourire narquois qui agaça son interlocuteur.

— Ne me prenez pas pour un imbécile. Ce gars faisait l'admiration de mon père pour sa sagesse ; là, il vient de se faire moucher comme un amateur. Le discours de David de l'an dernier, sur la paix prochaine, a rallié tout le monde à l'Assemblée législative de Québec. Tout de suite après les émeutes, c'était remarquable. Ce matin, il détruit toute sa bonne réputation et il fait l'unanimité contre lui.

Édouard s'arrêta, afficha un petit sourire amusé.

— Il se trouvait en service commandé… Il travaillait pour quelqu'un. Vous ? Lomer Gouin ? Ernest Lapointe ?

Devant le silence têtu de son interlocuteur, le marchand ricana :

— Cela ne peut pas être pour King. Celui-ci n'a aucune chance de l'emporter sans le Québec. Après cet épisode, devenu chef, il ne laissera jamais David faire carrière à Ottawa.

— Athanase n'a sans doute aucune envie de passer huit mois par an dans cette ville ennuyeuse. Les froncements de sourcils de King le laissent indifférent.

— Si vous ne voulez pas me révéler qui lui a mis cette mauvaise proposition dans la tête, au moins dites-moi pourquoi, plaida Édouard.

— Sans doute pour détenir un poste au cabinet provincial, aussi longtemps qu'il le voudra. Il sera très bientôt nommé à de nouvelles fonctions, et moi aussi.

Lomer Gouin pouvait faire une promesse de ce genre. Cet engagement devait aussi recevoir l'aval de celui qui entendait remplacer le Premier ministre provincial, au moment de son départ vers Ottawa. Cela pouvait très bien être l'interlocuteur d'Édouard. Ce dernier insista :

— Vous me donnez les motifs personnels de David. Mais en termes politiques…

— Je pense que nos amis d'une autre origine discuteront longtemps de l'évocation de cette petite révolution de palais. Cette pensée les rendra prudents. Vous imaginez comment les conservateurs auraient fait leurs choux gras de l'abstention des Québécois ? Nos collègues hésiteront à évoquer la *French domination* à la fin du vote, cet après-midi. Les voilà condamnés à faire bon accueil à celui que nous ferons gagner.

— Surtout, Ernest Lapointe vient de faire la démonstration de sa capacité à retourner le vote du Québec. King doit déjà avoir le cœur débordant de reconnaissance envers lui.

Édouard éclata de rire en prononçant ces derniers mots. La lumière se faisait dans son esprit. La réunion du matin, présidée par Lemieux, avait sans doute été habilement orchestrée selon un scénario préparé à l'avance. Le marchand n'arrivait toutefois pas à identifier clairement qui tirait les ficelles.

— Peut-être êtes-vous le *deus ex machina*, grommela-t-il à la fin, à l'intention de Taschereau.

Le jeune homme souleva une mèche de cheveux pour montrer son front à son compagnon.

— Vous voyez ici ? Cette cicatrice vient d'une pierre lancée par vos hommes de main, quand vous avez chassé pour toujours Henri Bourassa du comté de Québec-Est en 1907. Vos méthodes se sont affinées, mais vous demeurez redoutable.

À ce souvenir, son compagnon lui adressa un sourire narquois.

— Ce jour-là, Armand Lavergne a aussi reçu une pierre. Elle lui sert de presse-papiers depuis lors, paraît-il.

À cette allusion, la nostalgie envahit Édouard, au point de l'attrister. Chef d'entreprise prêt à toutes les magouilles, pour ne pas heurter ses nouveaux amis, il devait se résoudre à fréquenter plutôt discrètement l'agitateur nationaliste.

Cette fois, Édouard n'osa pas trop s'éloigner du pavillon Howick, se condamnant à se contenter de la nourriture offerte sur les lieux à l'heure du souper. Les discussions et les votes sur différents articles du programme allaient bon train. Les décisions visaient à satisfaire les Canadiens de l'Atlantique au Pacifique. En conséquence le tout se révélait mi-chair, mi-poisson.

À l'agitation sur le plancher s'ajoutait celle des galeries. Un peu après trois heures, une véritable commotion survint. Une vieille dame aux cheveux blancs, ramassée sur elle-même, courbée, fit son entrée en s'appuyant sur le bras de madame Gauvreau, l'épouse du député de Témiscouata.

Quand elle atteignit sa place du côté gauche, c'est-à-dire celui de la délégation québécoise, le maître de cérémonie Charles Murphy, sur la scène, s'exclama en anglais :

— Lady Zoé Laurier, la veuve de notre chef bien-aimé, vient de se joindre à nous.

Une salve d'applaudissements éclata et dans tous les coins de la salle, des personnes se levèrent en signe de respect.

— Madame, enchaîna l'homme en français, voulez-vous occuper plutôt le fauteuil d'honneur ?

Une grande chaise au tissu grenat se trouvait placée devant l'immense portrait de sir Wilfrid. Le signe de dénégation de la silhouette noire fut perceptible depuis l'estrade. Peut-être soulagé, le maître de cérémonie donna le signal d'une nouvelle salve d'applaudissements. L'assemblée reprit ensuite ses travaux.

Le couple Laurier était souvent venu dans la grande maison de Thomas Picard, rue Scott. Aussi Édouard considéra de son devoir d'aller saluer la veuve. De plus, cela lui donnait l'occasion de traverser plusieurs rangées de chaises occupées par les épouses, parfois les filles des congressistes. En s'approchant de la vieille dame, il constata qu'un autre membre du Parti libéral avait eu la même idée : William Lyon Mackenzie King.

— Oh ! s'exclama Lady Laurier. Deux jeunes hommes désireux de me parler au même moment. Je n'ai pas été l'objet d'autant d'attention depuis mes jeunes années. Et là, je parle d'un temps bien lointain, avant la Confédération.

— Vous n'avez pas changé depuis, j'en suis certain.

King s'était exprimé en français. Malgré un accent plutôt rébarbatif, le politicien arrivait à se faire comprendre. Dans toutes les situations publiques, il s'en tenait cependant à sa langue maternelle.

— Monsieur Picard, enchaîna-t-il en tendant la main, je suis heureux de vous rencontrer. J'ai appris la mort de votre père avec beaucoup de tristesse. Toutefois, Ernest Lapointe m'a expliqué comment vous étiez disposé à continuer de travailler pour nous dans le comté de Québec-Est.

— Il demeure une difficulté : l'élection complémentaire n'a pas encore été déclenchée. Je ne peux donc pas me consacrer à l'élection du remplaçant de sir Wilfrid dans le comté.

— Je suppose que le nouveau chef du Parti libéral saura convaincre le Premier ministre de se presser un peu. Il ne nous fera pas attendre jusqu'aux élections générales, j'en suis sûr.

— Avez-vous déjà parlé de cela à Borden ?

L'autre éclata de rire devant la flatterie non dissimulée.

Il affectait une bonhomie totale, comme un grand garçon naïf. Certains aspects de sa personnalité attiraient des commentaires amusés, parfois méprisants : sa participation à des séances de spiritisme pendant lesquelles il s'entretenait avec sa mère ou le chef du Parti libéral britannique, Gladstone, décédés tous les deux, sa tendance à s'entourer de vieilles dames, son célibat. D'autres rumeurs rassuraient plutôt ses collègues, comme ses visites discrètes aux prostituées du marché By.

Édouard reconnaissait autre chose dans le regard de son interlocuteur : une détermination farouche, un côté impitoyable. Le sourire de ce personnage chauve et obèse dissimulait mal son ambition.

Avant de lui laisser la place, il se pencha devant Lady Laurier pour déclarer :

— Je n'ai pas eu la chance de vous présenter mes condoléances. Je ne vous ai même pas écrit un mot. Comme vous le savez, je me suis trouvé bousculé par les événements.

Comme il avait côtoyé le couple éminent à quelques reprises, envoyer un mot aurait été convenable. Ne pas le faire était sans doute passé inaperçu.

— Comme c'est triste, enchaîna la vieille dame. Votre père est parti si jeune. Votre mère a dû être désemparée, à son âge… Comment va-t-elle ?

— Elle tente de prendre le reste de sa vie en main, comme nous tous, je pense.

Zoé Laurier hocha la tête. Elle espérait tout au plus poursuivre encore un peu sa vieillesse sereine. Elle enviait les trente ou quarante années à venir de la belle Élisabeth.

Édouard prit sa main dans les siennes, souffla à voix basse :

— Être ici doit vous sembler horrible.

— Je considère cela comme mon dernier sacrifice pour favoriser les ambitions politiques de Wilfrid. Demain, je quitterai la scène pour toujours.

— D'un autre côté, le spectacle peut tout de même vous amuser. Ces hommes ont piaffé d'impatience tellement longtemps. Certains jouent les fils prodigues avec un sans-gêne remarquable.

King sourit en entendant ces mots. Lui seul, parmi les candidats, était demeuré fidèle au vieux chef. Il le savait depuis le matin, cela lui vaudrait presque tous les votes des délégués de langue française.

— Vous savez, pour un politicien, les années d'opposition sont un véritable désert. Puis la guerre a relégué tout ce monde dans une position intenable. Tous les habitants de notre pays ont des attaches multiples. Conjuguer toutes les fidélités relève du tour de force.

Lady Laurier demeurait fidèle à l'esprit de tolérance du grand homme, elle cherchait des excuses aux transfuges.

— Je vous souhaite la meilleure des chances, madame, conclut le jeune homme en serrant légèrement les doigts devenus noueux à cause de l'arthrite.

— Je vous retourne le même souhait, à vous et à votre jeune épouse.

Les derniers mots firent ciller le marchand. Il se redressa pour tendre la main à Mackenzie King :

— Bonne chance à vous aussi, monsieur.

— Merci, même si le hasard ne jouera plus aucun rôle dans le dénouement.

Le politicien avait raison. Les calculs, les tractations, les promesses, les compromis scelleraient le résultat des divers tours de scrutin.

En revenant sur le plancher, Édouard leva les yeux vers les galeries. King se tenait maintenant assis près de la veuve. Avec un naturel parfait, il serrait les mains des personnes désireuses de présenter leurs respects à Lady Laurier. Il incarnait le rôle du fils aîné avec brio.

Les délégués portaient sur eux une demi-douzaine de bulletins de vote, car le nombre exact des candidats demeurait inconnu encore le matin du 6 août. Finalement, il y en aurait cinq. Comme tous les autres, Édouard déposa le feuillet numéro un dans une boîte à quatre heures, puis il décida de marcher un peu sur les terrains du parc Lansdowne, comme des dizaines de ses collègues et un certain nombre des épouses de ces derniers. Cela lui permit d'échanger des bribes de conversation avec les plus jolies d'entre elles.

— Ils ont terminé le compte, cria bientôt quelqu'un depuis la porte du pavillon.

Le jeune marchand regagna la section gauche de

la grande salle, celle occupée par les délégués du Québec. Sur la scène, Charles Murphy, devant un grand panneau où se trouvaient écrits les noms des candidats, tenait à la main des cartons portant des chiffres. Un peu comme dans un aréna ou sur un terrain de base-ball, il les accrocherait pour dévoiler le nombre des voix obtenues par chacun des aspirants.

Fielding venait le premier dans l'ordre alphabétique. Il reçut deux cent quatre-vingt-dix-sept voix. Graham et Daniel D. McKenzie en obtenaient tous les deux cent cinquante-trois… et Macaulay aucune.

— L'idiot n'a même pas voté pour lui-même, ricana Louis-Alexandre Taschereau.

Le ministre québécois venait tout juste de rejoindre le jeune marchand.

— N'est-ce pas ce que recommande le *fair play* ? opposa celui-ci.

L'autre lui jeta un regard amusé. Murphy venait de placer un trois à la suite du nom de King.

— Il est premier, cria Édouard, affichant un enthousiasme qu'il n'éprouvait pas.

— Mais avec bien peu de voix, répliqua son compagnon.

Le ministre provincial savait compter aussi bien qu'un marchand. Les nombres suivants furent des quatre. Trois cent quarante-quatre. Moins d'un millier de votes avaient été compilés, alors que mille quatre cents délégués dûment enregistrés devaient se trouver sur les lieux.

Tout de même, les partisans du vainqueur du premier tour multiplièrent les applaudissements, les autres présentèrent des visages déçus. Quand Ernest

Lapointe rejoignit les congressistes venus du Québec, Édouard lui demanda :

— Cela vous semble prometteur ?

— Selon les conversations de corridor, à la fin, les voix de Graham iront toutes à Fielding.

Autrement dit, les délégués de l'Ontario feraient front avec ceux de l'Ouest afin de mettre en échec le vote du Québec.

— Donc, nous allons perdre.

— Mais ne prenez pas trop au sérieux ces rumeurs. Parfois, un homme donne son appui à haute voix à quelqu'un, puis agit d'une autre façon dans l'isoloir.

En vérité, à force de se faire solliciter par les organisateurs de chacun des candidats à tous leurs passages dans les toilettes, les participants au congrès devaient promettre leur appui à de multiples reprises.

— Mais où se trouvent donc tous les autres ? demanda Taschereau. Il manque plus du tiers des délégués.

— Certains ne sont sans doute pas venus, expliqua Lapointe. Ce que je prenais pour un retard hier devient une absence aujourd'hui. Abandonner son travail pendant trois jours, assumer les coûts de transport et de séjour, tout cela représente une jolie somme. D'autres ne trouvent personne à leur goût dans ce quintette.

— Cela paraîtra un peu mal dans les journaux, conclut Édouard... Mais je vois que nous sommes de nouveau appelés à remplir notre devoir démocratique.

À une table placée près de la scène, Lomer Gouin

incitait ses voisins à se diriger vers les boîtes de scrutin avec le bulletin de vote numéro deux à la main. Une heure plus tard, King demeurait encore bon premier avec un peu plus de quatre cents voix. À six heures passées, alors que de nombreux délégués s'apprêtaient à déposer le bulletin numéro trois, Graham monta sur la scène pour lancer :

— Je me retire, ne votez pas pour moi.

— Mais mon vote est déjà enregistré, protesta quelqu'un.

Un bref moment, les organisateurs discutèrent entre eux, puis le maître de cérémonie annonça :

— Nous allons tous déchirer le bulletin numéro trois et utiliser celui portant un quatre.

La solution apparut raisonnable, car le retrait du candidat enlevait un tour à l'exercice. De nombreuses personnes, dont Édouard, avaient déposé leur bulletin dans les boîtes quand survint un second coup d'éclat. Daniel D. McKenzie monta sur l'estrade pour annoncer à son tour son retrait de la course. Le candidat avait sans doute mené une rude négociation en coulisse avec les meneurs afin de mériter un poste enviable dans le prochain gouvernement, en récompense de son beau geste.

La même solution prévaudrait cette fois encore. Le bulletin numéro quatre dut être détruit, les congressistes déposèrent le cinquième dans des boîtes vidées au préalable.

Il ne restait plus que deux candidats. On les fit monter sur l'estrade. Assis dans de grands fauteuils, ils essayaient de maîtriser leur nervosité. Édouard remarqua un tremblement chez William Fielding. Le vieil homme devenu tout gris avait souffert d'un léger accident cérébral vasculaire peu de temps auparavant. Comme il semblait appartenir à une génération du passé !

Le suffrage commença un peu après six heures trente, les résultats furent présentés à sept heures trente. Fielding reçut quatre cent trente-huit voix ; King, quatre cent soixante-six !

La moitié des congressistes et des spectatrices applaudirent à tout rompre, les autres avec un enthousiasme moins tangible.

— Notre nouveau chef devra se souvenir de ceux à qui il doit son siège, murmura Édouard à l'oreille de Taschereau. Les deux tiers de ses appuis sont venus des Québécois.

— Cela, nous ne le saurons jamais. Si les délégations de chaque province se sont entendues pour favoriser un candidat, les résultats ne seront pas divulgués de cette façon.

— Voilà qui est bien prudent, ironisa le jeune homme. Cela évitera de le présenter comme le candidat des Canadiens français.

Athanase David évoquait la chose quelques heures plus tôt. Au sein du parti, plusieurs se souciaient de la mainmise des francophones. Mieux valait ne pas alimenter ces soupçons.

— Surtout, continua le ministre provincial, même si nous connaissons les mots d'ordre donnés dans les diverses sections du parti, nous ne saurons pas comment les gens ont réellement voté. Par exemple, Lomer Gouin n'a certainement pas donné son appui à King. Il a pu en influencer plusieurs.

Le jeune marchand arqua les sourcils pour exprimer sa surprise. À ce moment, le nouveau chef du Parti libéral approchait au-devant de la scène. Ernest Lapointe se trouvait à ses côtés, alors que Lomer Gouin paraissait avoir été pris d'une irrésistible envie de visiter les latrines.

— Si vous dites vrai, ses chances de devenir le lieutenant canadien-français de King paraissent bien faibles, maintenant.

Son interlocuteur grimaça, comme si cette évidence le décevait. Peut-être lui aussi favorisait-il secrètement Fielding, le candidat du monde des affaires de Montréal. Les jeux de coulisses échappaient encore largement à Édouard.

Sur l'estrade, le candidat défait quitta son siège avec empressement. Un court instant, chacun craignit une scène douteuse jouée par un mauvais perdant. Le vieil homme prit les spectateurs par surprise en déclarant :

— Je propose la tenue d'un quatrième tour de scrutin, le plus important, à main levée, pour donner à notre nouveau chef une décision unanime. Qui vote en faveur de William Lyon Mackenzie King ?

Après un moment de silence, tous les délégués, la plupart des spectateurs et même des journalistes saisis par l'atmosphère fébrile, levèrent la main.

— Monsieur King, conclut le politicien diminué par l'âge, vous avez un appui unanime de votre parti.

À ce moment, le vainqueur de la convention se trouvait encadré par ses plus proches collaborateurs. Il reçut des autres candidats défaits l'assurance de leur entière collaboration. Les années indiqueraient la profondeur de leur conviction.

Après avoir accueilli des salves d'applaudissements

et des hourras hurlés à pleins poumons avec un sourire modeste, King adressa ses remerciements à l'assistance avant de se livrer à une attaque en règle du Parti conservateur et de son chef, Robert Borden.

Quand il s'arrêta, Édouard confia à Taschereau avec humeur :

— Il aurait bien pu nous dire quelques mots en français. Il connaît notre langue, je l'ai entendu cet après-midi. Après tout, le bonhomme nous est redevable de son siège.

— Vous rappelez-vous ? rétorqua Taschereau. Il ne doit pas être notre candidat, mais celui de tous les Canadiens. La jolie scène à laquelle nous venons d'assister ne vous a pas convaincu ?

Lui, à tout le moins, ne semblait pas l'être tout à fait.

— Tout de même, un « Merci beaucoup » ne l'aurait pas fait mourir.

— Picard, vous avez trop fréquenté Armand Lavergne.

Sur ces mots, à l'instar de centaines d'autres, Louis-Alexandre Taschereau alla jouer des coudes afin de serrer la main du vainqueur. Comme Ernest Lapointe avait sacrifié à ce cérémonial parmi les premiers, Édouard le retrouva sur le plancher.

— Voilà une première étape franchie, constata le marchand en tendant la main, je suis heureux du dénouement. Je vous souhaite une bonne fin de congrès.

— … Ne serez-vous pas avec nous demain ?

— Je vais retourner vers mes affaires et ma

famille. Une fois le chef choisi, je me sens un peu inutile.

Lapointe accepta la poignée de main.

— Nous nous reverrons bientôt, dit-il.

— J'y compte bien. Je préparerai quelques rencontres avec les marchands et les industriels de la Basse-Ville, mais vous devrez bientôt faire connaître vos intentions. Jusqu'à maintenant, je récolte toujours la même réponse : « Mais il est député de Kamouraska ! » Après ce soir, ce sera considérablement plus facile. Ils seront rassurés à l'idée d'avoir pour député un membre très influent du futur cabinet de William Lyon Mackenzie King.

Après un dernier salut, Édouard sortit pour emprunter une dernière fois l'un des tramways spéciaux affectés au va-et-vient entre le parc Lansdowne et le centre-ville. Il avait encore le temps de se livrer à une dernière expédition à Hull avant de retourner dans son foyer.

Le trajet en train depuis Ottawa prit toute la matinée du vendredi. Édouard décida de se rendre directement au magasin. Depuis la gare, cela représentait une marche de quinze minutes environ.

Il entra par la porte donnant rue Saint-Joseph pour constater une affluence rassurante dans les rayons. Les gens commençaient à se préparer pour la prochaine rentrée scolaire. Ce constat eut le don de le mettre de bonne humeur quand il s'engagea dans l'escalier. En arrivant dans les locaux administratifs, ses bonnes dispositions se trouvèrent un peu rabattues. Armand Lavergne occupait l'une des trois chaises destinées aux visiteurs.

— Mademoiselle Poitras, commença-t-il à l'intention de sa secrétaire, je suis content de voir que le magasin tient encore sur ses fondations.

— Nous avons tous fait un effort supplémentaire pour nous tenir à flot... Monsieur attend votre retour depuis quelques minutes.

— Donc, il pourra patienter encore un peu. Des incidents requièrent-ils mon intervention immédiate ?

Lavergne s'agita un peu sur son siège, outré d'être traité comme une quantité négligeable.

— Vous trouverez une pile de requêtes sur votre bureau. Mais elles pourront attendre demain, ou même lundi. Avez-vous vu tout ce monde dans les rayons ?

— Oui. Cela a de quoi remonter le moral. Je suppose que le nouveau chef du Parti libéral donne à chacun un regain de confiance en l'avenir.

Comme la jeune femme arquait les sourcils en guise de surprise, il continua en riant :

— J'exagère peut-être un peu. Enfin, je suis heureux de voir plus de monde en nos murs. J'espère juste que cela se répercutera sur les chiffres des ventes. Nous avons eu notre part de chômeurs errant dans les rayons pour tuer le temps.

— Ce King, vous croyez que c'est un bon choix ?

— Comme j'ai voté pour lui, oui, je le crois. Bon, je vous laisse pour entendre ce que notre patient visiteur me veut.

L'avocat prit cela comme un signal. Il se leva pour s'approcher de l'entrée du bureau. Le marchand le laissa passer devant lui, ferma la porte puis gagna son siège.

— Qu'est-ce qui me vaut ta visite sur les lieux de mon travail ? C'est bien la première fois…

— Es-tu si content du choix du nouveau chef libéral ?

— Aujourd'hui, tu me fais regretter de ne pas être allé à l'université ! Si j'étais avocat, je pourrais moi aussi sans doute quitter mon bureau en plein après-midi pour aller discuter politique.

— Tu reviens d'un long congrès !

Lavergne occupa l'une des chaises placées devant la table de travail. Il endurait mal de se voir accueilli d'une façon si désinvolte.

— Justement. Dans les circonstances, ne crois-tu pas que j'ai des choses plus importantes à faire que d'en relater les péripéties ?

— Dans ce cas, maugréa le visiteur agacé, j'essaierai d'être bref. Le choix de King te plaît tant que cela ?

— Tu m'as entendu, j'ai voté pour lui. En conséquence, oui, je crois qu'il s'agit de la meilleure personne pour le poste, au regard des intérêts du Québec.

— Il n'a jamais rien fait. On ne l'a jamais entendu, pendant la guerre.

De son côté, visiblement, Lavergne ne se réjouissait pas de sa désignation.

— Justement. C'est un homme nouveau. Si tu avais vu les autres sur la scène ! Ces vieux politiciens ne semblent pas s'apercevoir que notre monde n'a plus rien à voir avec celui d'avant la guerre.

Un court instant, l'avocat se demanda si lui-même, aux yeux de son ancien disciple, comptait parmi les personnes appartenant au passé, et non au présent.

— Comme les Canadiens français ont voté en bloc pour lui, continua Édouard après une pause, jamais il ne négligera nos intérêts.

— Es-tu certain de cela ? Je veux dire, que tous les francophones ont vraiment voté pour lui ?

— … Il s'agissait d'un vote secret, donc personne ne peut en être certain. Mais comme la délégation du Québec a décidé de l'appuyer…

— Dans ce cas, Lapointe aura gagné sur toute la ligne, et notre ineffable Premier ministre Gouin s'est fait rosser comme un malpropre. Même mon ami Taschereau a dû avoir du mal à garder un visage impassible, dans les circonstances.

Le visiteur présentait un visage déprimé. Visiblement, lui aussi voyait ses ambitions menacées par cette nomination.

— Là, marmotta Édouard en jouant du bout des doigts avec la correspondance accumulée sur son bureau, tu devrais m'en dire un peu plus.

— Voyons ! La proposition d'Athanase David venait de Gouin ! Et je ne serais pas surpris d'apprendre que Taschereau, désireux de voir son chef s'envoler vers Ottawa pour prendre sa place, l'a rédigée lui-même !

— Dans ce cas, l'un ou l'autre aurait au moins voulu l'appuyer. J'étais là ! Le Premier ministre n'a pas ouvert la bouche lors des discussions, et il n'a pas voté en faveur de cette proposition.

Taschereau, de son côté, était longtemps resté silencieux avant d'appuyer les arguments de Lapointe.

— Gouin n'est pas un imbécile. Il devait se tenir dans un coin de la salle où il surveillait les autres. Quand il a constaté que personne ne levait la main en faveur de la proposition, il n'a pas voulu commettre un suicide politique.

Cette fois, le visiteur obtint toute l'attention du commerçant. Depuis Québec, il paraissait comprendre très bien quels jeux de coulisses s'étaient déroulés lors de la convention libérale, tenue à trois cents milles de là.

— Si tu as raison, je ne vois pas quel était l'intérêt de Gouin dans l'affaire.

— Gouin favorisait William Fielding.

— Notre Premier ministre est au service des financiers de la rue Saint-Jacques. Il penchait pour le candidat le plus favorable à ses amis.

— Fielding. Sachant que le Québec risquait de voter en bloc pour King, il a fomenté une sorte de coup d'État contre Lapointe, le champion de ton nouveau chef.

— Tout de même, jouer sur la fibre nationaliste pour obtenir l'abstention de ses collègues, cela ne lui ressemble pas, observa le marchand.

Fasciné, Édouard ne songeait plus à chasser son visiteur. Lentement, il comprenait combien les événements de la dernière convention libérale dissimulaient des conflits farouches.

— Voyons, le coquin ne recule devant aucun moyen. Gouin rêvait de devenir le bras droit de Fielding, un partisan de la conscription. Il ne pouvait pas souligner lui-même les indélicatesses de nos compatriotes d'une autre origine à notre égard. De toute façon, dans ce rôle, le bonhomme n'aurait pas été crédible. On ne l'a jamais vu à la tête des émeutiers, n'est-ce pas ? Il s'est trouvé un porte-voix.

— Mais pourquoi David ?

— Question de convictions, ce gars n'est pas si loin de nous. Puis, la promesse d'une belle carrière au sein du cabinet provincial l'a sans doute convaincu...

Le marchand devait convenir que Lavergne présentait une version des événements très crédible.

— Cela pouvait marcher, conclut ce dernier. Si tu enlèves les voix des délégués du Québec, Fielding passait dès le premier tour.

— Pas tout à fait.

— En tout cas, King aurait reçu tellement peu d'appuis qu'il aurait dû se retirer.

« En conséquence, songea le jeune marchand, le candidat du monde de la finance serait passé au second tour avec une très forte avance. » Quand il avait questionné Taschereau à ce sujet, celui-ci l'avait mené en bateau. Se pouvait-il que lui aussi soutienne discrètement le candidat de la rue Saint-Jacques ? Pourtant, il affichait depuis des mois son appui à King et, en conséquence, à Lapointe.

— Si je te comprends bien, non seulement Gouin servait les intérêts de Fielding, mais il tentait de ruiner les ambitions de Lapointe.

— Dans un poulailler, on ne compte en général qu'un seul coq. Notre Premier ministre rêve de devenir le bras droit du futur chef libéral, Lapointe aussi. Pour prouver son utilité, il devait aussi démontrer son ascendant sur les militants de langue française du parti. Au début du congrès, certains parlaient de lui comme du véritable chef du Parti libéral. Il a tenté un coup de force, pour échouer lamentablement. Nous savons tous maintenant que seul David et son compère acceptaient de le suivre dans sa stratégie tordue. Il a joué, et il a perdu.

Le député du comté de Kamouraska avait sans doute consacré des efforts inouïs pour parler à des centaines de délégués dans les semaines précédant la convention. Quelques phrases lancées depuis le fond de la salle avaient réussi à les rallier au moment de disposer de la proposition de David.

— Je suppose que Gouin devra maintenant renoncer à son désir de passer sur la scène fédérale, conclut-il.

— Ne sous-estime pas la pugnacité du vieux gnome. Mais maintenant, au mieux, il sera le bras droit de Lapointe, pas celui de King.

Le visiteur demeura un long moment songeur, puis il précisa :

— Tu sais, Borden a été réélu il y a seulement deux ans. Il ne convoquera sans doute pas d'élection avant 1921. Tellement de choses peuvent survenir d'ici là, pour faire ou ruiner une réputation.

Édouard se déplaça sur son siège, de nouveau pressé de mettre fin à l'entretien.

— Je te remercie de me faire bénéficier de ta sagesse politique. Mais je suppose que tu es venu me voir pour une autre raison.

— As-tu parlé aux gens du comté de Québec-Est de ma proposition de me présenter pour les libéraux ?

— ... Oui, je l'ai fait juste avant de partir pour

Ottawa. Cela n'a pas soulevé un bien grand enthousiasme.

Lavergne grimaça. Sa réaction parut naïve à son interlocuteur. Après avoir lancé des invectives à partir de toutes les tribunes depuis le début du siècle, il souhaitait maintenant devenir le collaborateur de ses victimes. En même temps, il ne renonçait pas à ses anciennes habitudes, comme le démontra la suite de la conversation.

— S'ils refusent, je vais mener une campagne farouche contre le parti. Pendant toute la guerre, les habitants de ce comté se sont montrés enthousiastes envers mes discours.

— Tu ne trouves pas qu'une offre de coopération accompagnée d'une menace n'inspire pas confiance ? La vraie question est un peu différente : désires-tu servir sous les ordres de King et, si tu as raison, de Lapointe ?

Le visiteur se renfrogna un moment. Déjà, il avait renié la parole donnée à Wilfrid Laurier. Cela rendrait les ténors actuels du parti très méfiants. Édouard se leva en disant encore :

— Et si tu dis oui, tu devras en convaincre les grosses légumes libérales. Dans ce domaine, je suis encore un débutant. Je ne déciderai certainement pas du choix du prochain candidat. Je ne suis même pas certain que quelqu'un souhaitera entendre mon opinion sur la question.

Lavergne comprit que la conversation se terminerait là. Il quitta sa chaise à regret. En le reconduisant vers la porte, au nom de leur vieille camaraderie, son hôte précisa :

— Toutefois, si tu le veux, je leur communiquerai ton désir de les rencontrer.

— C'est bien, fais donc cela.

Ils se quittèrent sur une poignée de main. Le marchand put enfin revenir à ses affaires.

La visite d'Armand Lavergne trotta dans la tête du commerçant tout le reste de l'après-midi. Quand il quitta les lieux en milieu de soirée, il chercha un taxi devant l'hôtel *Saint-Roch*, et demanda au chauffeur de le conduire à l'hôtel de ville. Il faisait le pari que, rentré tôt lui aussi, le maire Henri Lavigueur se trouverait encore à son bureau, soucieux de régler quelques-uns des dossiers accumulés pendant son séjour à Ottawa.

Plusieurs fois dans le passé, son père avait fait le même détour afin de discuter politique avec le premier magistrat. Suivre ce chemin soulevait en lui une étrange émotion. Le gardien de faction devant l'entrée principale accepta de le laisser passer malgré l'heure tardive, pour le suivre ensuite dans le couloir de ses yeux soupçonneux.

En arrivant devant la porte du grand bureau, il frappa d'abord avec timidité, sans obtenir de réponse, puis un peu plus fort.

— ... Entrez, fit une voix.

Un moment, depuis son grand fauteuil, le maire le contempla, puis son visage s'éclaira d'un sourire.

— Le jeune Picard ? Franchement, tu es bien la dernière personne que je m'attendais à voir. Surtout avec une valise à la main. Viens t'asseoir.

Il lui désigna la chaise devant son lourd bureau, se leva de son siège pour lui serrer la main.

— J'arrive du magasin, s'excusa le marchand. Je ne suis pas passé à la maison en descendant du train.

— J'ai fait la même chose. Nous avons eu une magnifique convention, n'est-ce pas ?

— Oui, très belle... même si j'en devine lentement les dessous. Je viens vous entretenir de deux sujets. D'abord, en entrant dans mon bureau cet après-midi, j'y ai trouvé Lavergne.

Son interlocuteur eut un sourire amusé.

— Notre turbulent ami tient donc très fort à revenir dans le sein de notre parti.

— Il a réitéré son intérêt, tout comme son intention de se présenter comme indépendant si nous rejetions sa candidature.

Après coup, Édouard s'amusa du choix de ses mots. Il venait de s'inclure dans le « nous » du Parti libéral, et de mettre son vieil ami dans le « eux » nationaliste.

— Il souhaite rencontrer nos amis, continua-t-il, afin de présenter sa demande.

— Nous le recevrons donc. Nous exigerons de lui qu'il s'engage par écrit à respecter à la fois le nouveau chef et tous les articles du programme. Nous lui réclamerons un serment d'allégeance écrit, en quelque sorte.

— Mais s'il accepte ?

— Il n'acceptera pas.

Lavigueur paraissait absolument certain de cela.

— Tu as évoqué deux sujets ? continua-t-il.

Lui aussi devait être pressé de rentrer chez lui. Il n'entendait pas prolonger la rencontre inutilement.

— Un peu avant la mort de mon père, Ernest

Lapointe lui a confié souhaiter occuper le siège de Québec-Est.

— … Mais il est député de Kamouraska depuis seize ans !

L'homme ne dissimulait pas sa surprise.

— Je vous répète ce que je sais. Après les événements de cette semaine…

— Je te remercie de me tenir au courant. Notre ami s'est montré essentiel à la carrière de King lors de la convention. Je comprends la valeur du symbole. Devenu député du comté du vieux chef, il se poserait comme son héritier. Mais il ne sera pas le seul à caresser ce projet.

— Lavergne…

— Oh ! Je ne pensais ni à cet agitateur de carrière ni à son ancien disciple, Oscar Drouin. Tu as vu King se tenir près de madame Laurier à la convention. Lui aussi souhaite se présenter comme le fils spirituel du plus grand libéral de notre histoire. Ce comté attise des convoitises multiples.

Édouard ne chercha pas à dissimuler sa surprise.

— Voyons, ne fais pas ce visage ahuri, déclara le maire en riant.

— Un Anglais dans Québec-Est ! Il ne se donne pas la peine de parler français en public.

— Actuellement, il ne siège pas à la Chambre des communes. Il doit trouver un siège bien vite pour asseoir son nouveau pouvoir, et celui-là est libre. Il passerait sans mal, tu sais.

— Lavergne s'en donnerait toutefois à cœur joie.

Le visiteur imagina la chose avec amusement. Puis il perçut le regard de son hôte vers les papiers traînant sur la table de travail.

— Je ne vous retarderai pas plus longtemps, dit-il en se levant.

Son hôte quitta son fauteuil pour le reconduire à la porte. En lui serrant la main, il déclara :

— Je te remercie de ta visite. Tu sais, te voir ainsi me fait penser à Louis.

Le magistrat portait encore un brassard noir à son bras, un signe de deuil pour son garçon mort de la grippe espagnole.

— … Il me manque souvent, vous savez, confia Édouard. Je vous souhaite une bonne fin de soirée.

— Merci encore, et à bientôt.

Son sac de voyage à la main, Édouard rentra rue Scott à pied.

18

Tôt le matin du samedi 9 août, avant de quitter sa demeure, Fernand se rendit dans la cour arrière. Les travaux avançaient rondement, une structure de poutres et de madriers donnait une excellente idée de l'allure finale de cet ajout substantiel à la maison.

— Je serai absent toute la semaine prochaine, déclara-t-il à l'entrepreneur. Vous avez mon adresse et mon numéro de téléphone à la campagne. Si vous avez besoin de quelque chose, vous me contacterez là-bas.

L'homme portait une salopette bleue et une chemise à carreaux rouge. Sa casquette de toile présentait une couleur douteuse, des traces de sueur et d'autres plus inquiétantes encore. Un crayon coincé sur l'oreille lui permettait de marquer les pièces en bois avant de les découper.

— Ne vous inquiétez pas, nous allons nous débrouiller. À part les plaintes des voisins, tout se passe bien.

Ceux-là devenaient pénibles, depuis que les bruits de scie et les coups de marteau résonnaient sans cesse. La Haute-Ville tenait à sa quiétude.

— Ils devront patienter encore un peu. Après tout, mes parents ont été les plus silencieux de la rue pendant trente ans. Je vous laisse travailler.

Quelques minutes plus tard, le notaire montait dans la Buick. Après des négociations serrées, il avait acheté la vieille voiture de Thomas Picard. Âgée de cinq ans, elle ressemblait déjà à une véritable antiquité. Comme le véhicule n'avait attiré la convoitise de personne au cours des dernières semaines, Édouard avait dû se résoudre à la solder.

Apprendre à conduire à son âge se révélait difficile. Heureusement, la circulation demeurait rare dans les rues de la ville. Les à-coups des changements de vitesse, les arrêts brusques et les calages du moteur risquaient peu de provoquer des accidents. La véritable difficulté se présenta quand vint le temps de prendre place sur le traversier. La présence des autres véhicules dans cet espace restreint lui fit craindre d'écorcher la peinture.

Finalement, il atteignit la maison de campagne épuisé, mais sans qu'une véritable mésaventure se soit produite.

— Papa ! s'écria Antoine en descendant de la galerie. Tu arrives bien tard.

— Québec se trouve plutôt loin. Tu ne te souviens pas de la distance, quand tu es venu ici ?

Fernand récupéra sa valise sur la banquette arrière de la Buick et prit la main de son fils pour se diriger vers la maison. Sa mère passa la porte au moment où il montait sur la galerie.

— Te voilà enfin, déclara-t-elle. Cela m'inquiétait un peu de te savoir au volant de cette machine. Tu aurais dû prendre le train.

— Tu verras, après une promenade ou deux, tu ne voudras plus t'en passer.

— Cela me surprendrait beaucoup.

L'homme embrassa la vieille dame sur les joues, saisit sa fille sous les bras pour la caler sur sa hanche. En entrant dans la maison, il salua la gouvernante et Jeanne occupées dans la cuisine. Comme dans toutes les habitations rurales, il s'agissait d'une grande pièce servant aussi de salle à manger.

Eugénie demeurait invisible. Bientôt, sa mère murmura :

— Elle se trouve sur la grève.

— Grand bien lui fasse. L'air frais chasse l'air bête.

La veuve regarda dans une autre direction pour cacher sa réaction. Près du gros poêle à bois, Jeanne maîtrisa son fou rire avec difficulté.

L'après-midi, Fernand proposa à Antoine et Béatrice une promenade en voiture. Charles, le plus jeune, dormait déjà. De toute façon, le côté bucolique de Saint-Michel risquait peu de retenir son attention. Les enfants plus âgés acceptèrent avec enthousiasme.

— Eugénie, tu montes avec nous ?

Elle le regarda fixement, les mâchoires serrées. Tout le long du repas, elle n'avait prononcé que quelques mots. Comme la réponse tardait à venir, l'homme se tourna vers l'aînée de la maison :

— Maman, viens voir la campagne environnante.

Il lui tendait la main pour l'aider à quitter la grande chaise berçante.

— Je n'ai pas l'habitude de ces machines.

La vieille dame était montée à de rares reprises

dans des automobiles. La dernière fois, c'était pour accompagner son époux au cimetière Belmont.

— Moi non plus, mais nous allons nous familiariser ensemble avec cette mécanique.

Fernand marqua une hésitation, puis il continua :

— Jeanne, tu vas nous accompagner. Mieux vaut garder ces deux-là à l'œil, et j'ai besoin de toute mon attention pour m'occuper du volant, des leviers et des pédales.

La jeune femme leva un regard méfiant sur sa patronne. Puis elle abandonna le linge à vaisselle sur la table et enleva son tablier pour le suspendre à un crochet. Depuis son arrivée dans cette demeure, elle négligeait de porter la coiffe de domestique. Aussi posa-t-elle un chapeau de paille sur ses cheveux bruns. Seule sa robe noire laissait deviner sa position sociale.

Elle sortit en prenant bien garde d'éviter de voir le regard d'Eugénie. Sur la vaste galerie, elle attrapa Béatrice pour la poser sur sa hanche, tendit la main afin de prendre celle d'Antoine. Pour lui, descendre l'escalier constituait encore un exercice périlleux.

À pas mesurés, appuyée sur le bras de son fils, la vieille dame sortit à son tour en disant à la ronde :

— Au revoir.

La vieille gouvernante, laissée seule pour terminer la vaisselle, grommela un « À bientôt » un peu fâché. La jeune maîtresse de la maison s'enferma dans son habituel silence obstiné. Dehors, Fernand aida sa mère à prendre place sur la banquette avant et actionna la manivelle afin de faire démarrer la voiture. Antoine ouvrit de grands yeux admiratifs devant ce tour de force, avant de gagner sa place à l'arrière.

— Nous allons faire un tour dans les paroisses voisines, annonça l'homme en se mettant au volant.

À l'arrière, Jeanne prit Béatrice sur ses genoux afin de lui permettre de voir par la vitre. Le garçon régla la difficulté de sa petite taille en se mettant à genoux sur le siège.

— Les travaux à la maison progressent-ils bien ? demanda la vieille dame.

— La structure en bois a été montée. Il reste à construire les cloisons, faire le revêtement en brique, et ensuite tout l'aménagement intérieur.

— ... Ce ne sera jamais terminé au moment de notre retour.

— Il reste encore trois bonnes semaines aux ouvriers. L'entrepreneur m'a promis de livrer le tout début septembre.

— Ces gens-là promettent n'importe quoi. Une fois les lieux transformés en chantier, tu n'auras pas d'autre choix que d'attendre et de payer.

L'ampleur et le coût de ces travaux inquiétaient la vieille dame. Toute l'entreprise tenait au désir de son fils d'aménager les lieux afin de rendre possible la cohabitation de personnes résolues à s'ignorer. Cela lui paraissait un bien mauvais motif.

— Je crois tout de même que cela en vaudra la peine, déclara Fernand en réponse à l'opposition muette de sa mère. Tu seras très bien au rez-de-chaussée et moi, j'y gagnerai une grande chambre confortable. Les enfants auront chacun la leur.

Jusque-là, le trio occupait la même pièce. Les pleurs nocturnes du plus jeune troublaient le sommeil des plus âgés. Surtout, la morale réprouvait la présence de deux garçons et d'une fille dans une semblable promiscuité.

Pendant deux heures, soulevant un nuage de poussière et effrayant les poules, la Buick roula d'un village à l'autre. Sans l'admettre à haute voix, la vieille dame convint de la supériorité de la voiture automobile sur celle tirée par des chevaux.

En revenant à la maison, Fernand passa devant l'église paroissiale de Saint-Michel, puis il descendit vers le quai. L'assemblage de poutres et de pierres s'avançait dans le fleuve sur quelques dizaines de verges. Il stationna la voiture pour faire face à l'est. Sous leurs yeux, le vaste cours d'eau se donnait les allures d'une mer intérieure et, au loin, des îles faisaient naître des envies de voyage.

— C'est beau, murmura madame Dupire. Quel dommage que je ne puisse marcher jusqu'ici depuis la maison. Je viendrais souvent.

— Tu veux descendre ?

— ... Non. Mais vas-y, toi.

Après tout ce temps en voiture, ses articulations risquaient de se révolter contre cet effort. Fernand sortit, ouvrit la portière arrière pour permettre aux enfants de se dégourdir les jambes. Un moment plus tard, debout sur le quai, les yeux perdus au large, il demanda à la domestique :

— Comment les choses se passent-elles ?

La question, bien vague, lui valut une réponse précise.

— C'est comme à la maison. Elle s'enferme, s'isole.

— Elle s'occupe des enfants ?

— Peut-être un peu plus qu'à Québec.

Le nouveau contexte, le calme de la campagne, le chant des oiseaux, le plaisir de voir les enfants exposés à de multiples découvertes, tout cela ne suffisait pas à la faire sortir de sa morosité habituelle.

Une étrange faculté bien masculine permettait à Fernand de se masquer une part de la réalité. La proximité de sa maîtresse ne disposait pas sa femme à assumer son rôle d'épouse et de mère. Bien rationnellement, aux yeux de cet homme, elle ne pouvait se fâcher de voir une autre se contenter de ce gros corps qu'elle avait rejeté quelques années plus tôt. La situation se révélait bien plus complexe.

— Et toi, te plais-tu ici ?

— Tu... vous savez, pour moi, la campagne ne présente rien de nouveau.

L'alternance des moments d'intimité, pendant lesquels prévalait le tutoiement, et le formalisme de la vie de tous les jours amenaient Jeanne à commettre ce genre d'erreur.

— Bien sûr, Saint-Michel est bien plus riche que Charlevoix. Regardez.

Elle lui désignait l'arc décrit par la baie, une rangée de maisons blanches au toit de tôle sur la rive.

— Mais même plus riche, c'est une paroisse comme la mienne. Puis, je fais ici le même travail qu'à Québec.

— C'est vrai. Les vacances des enfants peuvent même représenter une corvée supplémentaire pour toi.

Comme pour lui donner raison, Antoine s'avança

dangereusement au bord du quai afin de contempler le pont d'une goélette amarrée en contrebas. Le marchand général du village surveillait le déchargement des produits venus de Québec. Jeanne se précipita en disant :

— Fais attention à ne pas tomber.

— Je ne tomberai pas.

Plié en deux au-dessus du vide, son assurance paraissait exagérée. La domestique le tint par le col, tout en lui laissant le loisir de contempler les marins s'activant sur le pont de l'embarcation.

Fernand se chargea d'offrir la même protection à Béatrice. Depuis la voiture, la vieille madame Dupire se fit une réflexion curieuse : « On dirait que c'est elle, la mère. »

La maison de location se dressait à une assez bonne distance de la route. Le propriétaire, un cultivateur prospère, se retirait dans une autre habitation plus modeste afin de laisser la place à des vacanciers. Ses propres enfants couchaient dans le foin entassé dans le fenil de la grange, alors que des étrangers profitaient des paillasses dans les lits. Les seconds n'obtenaient pas nécessairement le meilleur de cet échange.

La proximité des agriculteurs fournissait à Antoine une occupation de tous les instants. Chaque fois qu'il arrivait à échapper à la surveillance des adultes, il collait aux pas des garçons du cultivateur pour observer leurs travaux. Sa sœur, plus timide, limitait ses explorations au potager situé près de la maison.

Seulement sous la surveillance des grandes

personnes, les petits pouvaient descendre la pente abrupte conduisant jusqu'à la grève. Quand la marée se retirait, elle laissait une surface boueuse, couverte de galets gluants rendant la marche difficile.

La succession de ces activités épuisait les enfants. À sept heures, ils gagnaient leur chambre pour s'endormir bien vite. Les adultes demeuraient ensuite dans la cuisine, ou alors dans le salon, sous la garde de photographies anciennes montrant les visages sévères des aïeuls des propriétaires des lieux. Eugénie choisissait le plus souvent de se réfugier là, sans autre compagnie qu'un livre. La vieille madame Dupire, quant à elle, retrouvait la chaise berçante placée près d'une fenêtre, une couverture de laine sur les genoux. Née en ces lieux, elle aurait incarné sans mal la grand-mère de cette maisonnée.

Dans une promiscuité impensable à Québec, la vieille gouvernante se tenait sur un siège près d'elle, un tricot dans les mains. Elles ressemblaient à de vieilles amies et, après plus de quarante ans de cohabitation, elles l'étaient peut-être devenues, au-delà du silence et des rituels s'imposant dans leurs relations.

À neuf heures, Eugénie quitta sa retraite au salon. Elle laissa tomber, en s'engageant dans l'escalier :

— Je monte tout de suite. Je suis fatiguée.

— Bonne nuit, répondirent en même temps la mère et le fils en réponse à un souhait non formulé.

Cinq minutes plus tard, la vieille dame répéta le même vœu au moment de se retirer vers sa chambre. La gouvernante l'accompagna afin de l'aider à se mettre au lit.

— Veux-tu m'accompagner ? demanda Fernand en se levant. J'aimerais marcher un peu sur la grève.

Jeanne leva les yeux de la copie du journal posée sur la table. Un article retenait son attention depuis la fin de la corvée de vaisselle. Il concernait un commerce de fausses « exemptions de service militaire » mis au jour dans la région de Montmagny. Neuf mois après la fin du conflit, la question de la conscription agitait encore la société québécoise.

— Je veux bien. Je vais prendre mon châle.

À chacune des visites du notaire à Saint-Michel, le même scénario se reproduisait. Comme sa mère couchait au rez-de-chaussée, la maison n'offrait pas une discrétion suffisante à leurs rendez-vous. Ils devaient chercher un peu d'intimité à l'extérieur.

Un moment plus tard, le couple se dirigeait vers le fleuve en gardant une distance de trois bons pieds entre eux. Le soleil avait disparu au-delà de l'île d'Orléans, mais une clarté bleue permettait de bien distinguer le rivage de l'autre côté du bras du cours d'eau. Sur cette pente douce, ils apercevaient les longs rectangles des terres cultivées, jaunis par l'avoine rendue à maturité, et quelques maisons le long de la route.

Ils avaient déjà leurs habitudes. En bordure de la grève, un peu à l'écart, un tronc d'arbre déraciné, blanchi par les ans, couché dans l'herbe, offrait un banc passable. Jeanne s'assit la première. Après avoir examiné les environs afin de s'assurer qu'aucun autre estivant ne se trouvait à proximité, Fernand vint la rejoindre. Un long baiser souligna leurs véritables retrouvailles. Il garda un bras autour de sa taille, demeura un long moment silencieux.

— Même si cela n'est pas un véritable congé pour toi, je suis heureux de me trouver ici en ta compagnie pour une semaine. Marcher dehors, ou même me promener en voiture, me changera des actes de mariage et des testaments.

— J'ai peut-être exagéré un peu, cet après-midi. Même si je dois m'attacher aux pas des enfants afin d'éviter les accidents fâcheux, je viens ici tous les soirs, quand tout le monde est couché. Cela me permet… de penser à toi.

— Nous tenterons d'en profiter un peu. J'ai enfin trouvé… la chose.

L'homme sortit une boîte circulaire de la poche de sa veste. Jeanne l'ouvrit, sortit un tube blanchâtre. Le contact sous les doigts rappelait une peau très mince, plus fine encore que le chevreau.

— C'est de l'intestin de mouton, précisa l'homme à une question muette.

— Évidemment, quand on y pense, c'est simple. Rien ne peut passer.

Depuis des siècles, la crainte d'une grossesse inopinée forçait les femmes à la vertu. Ce couple illicite se contentait de jeux de mains depuis des mois, dans la demi-discrétion du salon de la grande maison de la rue Scott.

— Où as-tu trouvé cette… capote ? On désigne ça ainsi, non ?

— À la pharmacie Brunet, dans la Basse-Ville.

— Ils vendent ce genre de chose ?

— Comme tous les autres au courant de ce secret, ne le répète pas, sinon le cardinal Bégin ordonnera à tous les zouaves de la ville de s'emparer du pauvre commerçant pour le brûler vif en face de la cathédrale.

Dans la pénombre, la jeune femme ouvrit de grands yeux horrifiés.

— Tu n'es pas sérieux.

— ... Non. Enfin, pas totalement. Toutefois, tu sais que c'est un péché d'« empêcher la famille ». Le pharmacien serait ruiné si les curés se mettaient sur son dos.

Fernand demeurait intrigué par les convictions religieuses de la domestique. Elle savait adopter les comportements attendus d'une femme de sa condition. D'un autre côté, elle s'était abandonnée avec une relative aisance, l'automne précédent.

— Empêcher la famille, murmura-t-elle. Ces porteurs de soutane connaissent bien le sujet.

La phrase portait suffisamment d'ambiguïté pour intriguer le jeune homme. La voir avec le condom tenu délicatement entre les doigts lui enleva toutefois l'envie de la questionner plus à fond.

— Si c'est défendu, continua-t-elle, comment font-ils pour en vendre ?

— Ils se cachent. C'est un peu comme pour l'alcool, je suppose. La loi le défend, mais les gens en achètent discrètement chez les cultivateurs, dans les arrière-cours des usines, dans les ruelles des taudis.

Fernand marqua une pause, laissa glisser sa main dans le dos de sa compagne.

— Tu veux l'essayer ?

En 1907, il s'était refusé à accompagner Édouard dans un bordel de Montréal avec une protection de ce genre, soucieux de se « préserver » pour Eugénie.

Combien cette naïveté lui paraissait sotte, maintenant.

La jeune femme fouilla l'obscurité grandissante du regard, puis susurra :

— Ici, sur la grève ?

— Il y a un bosquet, là-bas.

Malgré l'inconfort, l'idée de se livrer à des privautés sur un tapis de feuilles humides ne rebuta pas la domestique. Elle en serait quitte pour ajouter une lessive discrète à l'ensemble de ses occupations. Techniquement toujours vierge, elle sacrifierait ce « trésor » sans état d'âme. Sans grand plaisir non plus. La jeune femme espérait toutefois que l'expérience rendrait l'exercice plus agréable, quand ils recommenceraient.

À la mi-août, les touristes demeuraient aussi nombreux dans la ville. Élisabeth contemplait la longue table de la salle à manger. Toutes les chaises étaient occupées. Si la cuisinière regrettait d'avoir abandonné la demeure bourgeoise de la rue Scott, elle dissimulait très bien sa déception. Comme la petite bonne suffisait à peine à faire les chambres, une femme de charge s'occupait des travaux d'entretien les plus lourds.

— *It's so charming !* déclarait une jeune touriste venue d'Albany.

Depuis son arrivée à Québec, elle répétait ces mots avec une lassante régularité. Le climat, l'architecture, les gens, le repas même, tout cela lui paraissait charmant.

La maîtresse des lieux prenait place au bout le plus noble de la table. Au début de l'été, l'anglais appris chez les ursulines lui paraissait bien insuffisant. Au fil des jours, elle gagnait une nouvelle assurance. En face d'elle, à l'autre extrémité, Mathieu devait à son statut de locataire permanent et de parent de la propriétaire l'honneur de profiter du second meilleur fauteuil.

Au moment où le jeune homme servait la soupe à sa voisine immédiate, celle-ci remarqua :

— Vous avez fait la guerre ?

Ses yeux fixaient sa main droite. Moins soucieux du regard des autres, il prenait lentement l'habitude de laisser son gant dans sa chambre.

— Dans la région de Passchendaele.

— Mon mari a été tué à cet endroit.

Elle ne devait pas avoir tout à fait trente ans. L'homme chercha ses yeux des siens.

— Je suis désolé, déclara-t-il.

La visiteuse secoua la tête, incapable de prononcer un mot. Un long moment, tous les autres convives portèrent leur attention sur elle. Après une pause, le jeune homme tenta d'attirer sa voisine sur un autre terrain.

— Vous venez de l'Ontario, je crois.

— Kitchener.

— L'ancienne ville de Berlin.

— Le nom a été changé pendant le conflit. Auparavant, en disant « Je viens de Berlin », mes concitoyens et moi faisions notre petit effet.

La municipalité devait ce premier nom à des immigrants venus d'Allemagne. On avait préféré lui donner celui d'un politicien britannique quand l'expression du loyalisme impérial avait atteint son sommet.

— Vous serez à Québec encore longtemps ?

— Je retournerai à la maison dimanche. Je devrai reprendre le travail dès la semaine prochaine.

Il s'agissait d'une jolie jeune femme, grande et mince. Coupés court, ses cheveux tendant vers le roux lui donnaient un air moderne. Mus par une étrange émulation, autour d'eux, les autres convives se lançaient dans une compétition insolite : c'était à qui alignerait le plus grand nombre de proches, réels ou imaginaires, morts à la guerre. Les Américains, engagés tardivement dans les combats, ne pouvaient l'emporter à ce jeu.

De son côté, Mathieu cherchait des sujets de conversation anodins. Au dernier service, il était arrivé à la faire sourire à quelques reprises.

En posant sa tasse de thé dans la soucoupe, il proposa :

— Puis-je vous inviter à marcher un peu sur la terrasse Dufferin ? Si le temps reste beau, il y aura de la musique.

— Ce sera avec plaisir. Je vais d'abord passer dans ma chambre.

— Je vous attendrai au salon.

Au moment où ils se levaient, Élisabeth demanda en français à son neveu :

— Je peux te parler un moment ?

— Bien sûr.

— Le temps d'aider un peu à desservir…

La touriste de l'État de New York laissa de nouveau tomber un « *It's so charming* ». Pour elle, pouvoir s'exprimer dans deux langues paraissait extraordinaire.

Un moment plus tard, la propriétaire des lieux

vint s'asseoir dans un fauteuil du grand salon placé près de celui de Mathieu.

— Édouard m'a demandé hier si tu accepterais d'aller le rencontrer au magasin, commença-t-elle.

Au moins une fois par semaine, elle allait souper rue Scott. Elle évitait soigneusement de s'y présenter le dimanche, un jour où Eugénie pouvait s'y trouver aussi. Même quand celle-ci était à la campagne, elle s'en tenait à cette nouvelle routine. Cette précaution lui valait de ne pas avoir vu sa belle-fille depuis plusieurs semaines.

— Vous savez pourquoi ? demanda le neveu.

— ... Il ne me l'a pas dit.

Mathieu garda ses yeux dans les siens, un sourire incrédule sur les lèvres.

— ... Mais je pense qu'il souhaite racheter la part du magasin PICARD que tu possèdes. Cependant, je tire là une conclusion sur la base de conversations passées. Il ne me l'a pas dit vraiment.

Si son beau-fils avait voulu acquérir sa propre part, cela lui semblait une hypothèse plausible. Son interlocuteur laissa échapper un « oh ! » de surprise. La jeune Canadienne anglaise entrait justement dans la pièce.

— Je passerai dans la journée lundi, dit-il en se levant. Bonne soirée.

— Bonne soirée, Mathieu, et à vous aussi, madame.

D'autres clients venaient s'asseoir dans le salon afin de converser. Elle leur accorda toute son attention.

Elle s'appelait Jane. Mathieu marcha longuement avec elle sur la terrasse, lui montrant les points d'intérêt du panorama s'étalant devant eux. Quand l'orchestre commença à prendre place à l'étage du kiosque, le couple chercha un banc. Ils le trouvèrent assez loin, le dos aux musiciens. La distance leur permettait de continuer leur conversation sans devoir élever le ton.

— Vous habitez une très jolie ville, avec ses vieux murs.

Comme son compagnon ne se sentait aucune responsabilité particulière à cet égard, il se contenta de hocher la tête.

— L'Europe doit ressembler un peu à cela ?

— Un peu, à cause des constructions en pierre.

— Avez-vous eu le temps de visiter ?

Elle songeait aux longues descriptions contenues dans les lettres de son défunt mari. Il avait évoqué son désir de revoir un jour tous ces endroits avec elle.

— Oui, surtout au moment de l'entraînement, dans la plaine de Salisbury.

— Gregory a aussi été campé là pendant plusieurs semaines. Il me faisait des descriptions enthousiastes de la cathédrale. L'avez-vous fréquentée ?

— De nombreuses fois. Nous n'avions rien d'autre à faire lors des permissions.

Elle hocha la tête, songeuse. Les cuivres résonnèrent un moment, les forçant au silence. Une accalmie de la musique lui permit de demander encore :

— Vous avez vu Londres aussi, je suppose.

— Oui, lors de mon séjour à l'hôpital… Pendant la convalescence, bien sûr. Mais vous savez, une fois rendus sur les champs de bataille, nous ne pouvions pas jouer aux touristes. Nous ne quittions guère les zones de combat, même lors des rotations à l'arrière. Ces régions-là étaient totalement dévastées, elles offraient un spectacle désolant.

Elle acquiesça de nouveau, convenant sans mal que pour voir du pays, la vie militaire se révélait décevante. La jeune femme s'entêta toutefois à relancer la conversation sur cet ailleurs, comme si venir à Québec ne suffisait pas à la rassasier de distances.

— Après la fin des combats, êtes-vous resté longtemps de l'autre côté ?

— Le rapatriement s'est fait très lentement, pour tous les soldats venus d'Amérique ou d'Australie.

— Le manque de navires, sans doute…

— Dans une certaine mesure, oui. Mais surtout, comme vous le savez, le traité de Versailles n'est pas encore signé, malgré de nombreux mois de négociations. Les politiciens devaient craindre que les Allemands ne reprennent les armes. On nous gardait tout près, parés à intervenir.

Les discussions de paix s'étiraient depuis l'automne précédent. Les conditions imposées à l'ennemi se révélaient si dures que même les Alliés comprenaient les réticences de celui-ci à les accepter.

— Pourtant, ils ont agréé aux conditions de l'armistice, plaida la jeune femme, un peu inquiète de ces atermoiements.

— Depuis, l'Allemagne a été la proie de divers mouvements révolutionnaires. Le nouveau gouvernement doit compter avec l'agitation populaire. Vu d'ici, cela semble toujours être l'anarchie.

— Des gens ont été fusillés dans les rues, selon les journaux.

Mathieu hocha la tête. La révolution bolchevique faisait des émules dans de nombreux pays d'Europe, entraînant une répression sanglante.

Sa compagne évoqua encore les charmes du vieux continent, ou les convulsions politiques, pour meubler le silence. Une semaine à Québec ne lui avait pas apporté la sérénité recherchée. Le jeune homme entendait prolonger la soirée pour le même motif.

— Cela vous tenterait de faire une croisière avec moi ?

— Pardon ?

— Une croisière, tout de suite. Cela nous changera de ces flonflons.

Elle le dévisagea un moment, intriguée.

— Nous pourrions prendre le traversier, et aller voir le point de vue depuis l'autre côté du fleuve. C'est magnifique, croyez-moi.

— ... Il commence à se faire tard.

— Ni vous ni moi ne travaillons demain matin.

Il se leva, offrit à la fois son bras et son meilleur sourire. Finalement, ce grand Canadien français lui parut préférable au papotage dans le salon de la maison de chambres. Entendre encore « *It's so charming* » déclencherait une crise de nerfs chez elle.

Le couple traversa la terrasse Dufferin sur toute sa longueur afin de rejoindre le funiculaire. Jane tenait son bras légèrement, sans trop appuyer. L'affluence dans la petite boîte métallique la força à serrer de plus près son compagnon. Ses yeux exprimèrent une excuse muette, pas très convaincue. Quelques minutes plus tard, épaule contre épaule, les mains posées sur le bastingage, ils regardaient la ville de Québec s'éloigner.

— C'est vraiment beau, murmura-t-elle.

Puis elle éclata de rire.

— Je me répète. Je suis une petite Anglaise jamais sortie de son patelin, prête à s'enthousiasmer de tout.

— Mais vous avez raison. Je fais cette expédition régulièrement, juste pour voir le *Château Frontenac* se découper sur le ciel.

De la main, elle serra le pli de son coude, lui adressa un sourire un peu timide.

— Et vous aussi, vous êtes très jolie.

Elle détourna les yeux, secoua la tête. Ses cheveux captèrent les derniers rayons du soleil couchant.

— Vous ne devriez pas dire cela.

— C'est vrai, pourtant. Alors pourquoi ne pas le dire ?

La jeune femme lâcha son bras, s'éloigna d'un pas. Elle revint après un moment, à l'instant où le traversier s'amarrait au quai de Lévis.

— Cela fait si longtemps.

— Votre mari s'est enrôlé au début de la guerre.

— En 1915.

— Et il a été tué en 1916. Vous avez connu quatre ans de veuvage, en réalité.

Un instant, elle désira protester, parler de trois ans. À la fin, elle hocha la tête en signe d'assentiment, puis demanda :

— Descendons-nous ?

Des employés s'occupaient de placer la passerelle afin de permettre aux passagers de débarquer.

— À moins que vous ne rêviez de voir les

lumières de la ville depuis Lévis, je propose de rester sur ce beau navire et de rentrer sagement. Nous pourrions même nous asseoir pour le voyage de retour.

Une banquette courait près de la coursive. Ils demeurèrent silencieux un long moment, épaule contre épaule, tout au long du débarquement et de la manœuvre de départ. Bientôt, le bâtiment quitta le quai en laissant derrière lui un nuage de fumée grasse.

— Au moment de votre rapatriement, questionna-t-elle, personne ne vous attendait ? Je veux dire une jeune femme.

— … Oui, une très jolie fille.

— Et ?

— L'homme qu'elle attendait est resté en Flandres. Il en est revenu un autre à sa place. Celui-là ne pouvait pas vraiment lui plaire.

Elle fixait ses grands yeux bruns sur lui, un peu inquiète.

— Vous croyez que cela aurait été la même chose entre Gregory et moi ?

— Aucun homme ne revient de la guerre sans être profondément changé. J'ignore cependant si vous vous seriez ajustés ou non.

— Je me demande souvent comment les choses auraient tourné. Je passais mes journées à espérer son retour, et mes nuits à m'inquiéter de l'allure de nos retrouvailles.

Mathieu comprit combien Françoise, pendant les longs mois d'attente après l'armistice, avait dû se poser les mêmes questions. Jane chercha sa main sur la banquette, la serra un moment de ses doigts tremblants. Une fois à quai, bras dessus, bras dessous, ils reprirent le funiculaire, parcoururent la terrasse Dufferin jusqu'au jardin des Gouverneurs.

Dans la pension Sainte-Geneviève, depuis le petit hall, ils entendirent encore le fameux « *It's so charming* ». Tous les deux pouffèrent de rire en s'engageant dans l'escalier. Sur le palier de l'étage, Jane s'arrêta, fit mine de chercher sa clé dans son petit sac. Son compagnon se pencha pour l'embrasser. Elle esquissa d'abord un geste de recul, puis abandonna ses lèvres, et enfin toute sa bouche.

En se redressant, il murmura :

— Venez avec moi.

— Je… Cela ne se fait pas.

Il lui présenta sa main. Elle la contempla un moment, posa finalement la sienne dans la paume ouverte. Tous les deux en avaient assez de leur solitude, mieux valait inaugurer leur nouvelle existence avec une personne qu'ils ne reverraient jamais.

19

Jusque-là, Mathieu avait acheté des services sexuels. Sauf de rares exceptions, tous les militaires en arrivaient à cet expédient. Malgré ces transactions un peu honteuses, en fait, le jeune vétéran possédait moins d'expérience que sa compagne.

Pourtant, les gestes lui vinrent avec un naturel parfait. Quand la porte se ferma derrière eux, le jeune homme la pressa contre son corps, chercha sa bouche avec la sienne. Elle se raidit un moment, puis finalement, accepta la caresse des lèvres, la langue curieuse. Ses années de veuvage lui pesaient... et ce garçon taciturne se révélait fort séduisant.

Les mains parcouraient son dos, s'attardaient au creux de la taille, la pressaient de façon à lui faire sentir la vigueur de l'érection contre son ventre. La poigne sur ses fesses la fit sursauter, mais la jeune femme ne se déroba pas. En constatant sa bonne volonté, Mathieu l'amena à reculer jusqu'à ce que ses genoux touchent le bord du lit. En la poussant et en la retenant tout à la fois, il l'étendit sur le dos, se pencha sur elle pour reprendre le baiser.

— Je n'ai jamais fait cela, lui confia-t-elle en le repoussant avec ses deux mains.

Elle voulait dire : s'abandonner en dehors des liens sacrés du mariage.

— D'une certaine façon, moi non plus.

Elle le regarda dans les yeux. Le soleil pénétrait par la lucarne, jetait une lumière dorée sur le couple illicite.

— Je veux dire…

Jane posa les doigts sur les lèvres de son compagnon. Le moment se prêtait mal à des explications de ce genre. Le jeune homme commença à détacher les boutons de la blouse, maladroit. À la fin, elle déclara :

— Je vais m'en occuper. Je ne voudrais pas que le désordre de mes vêtements me trahisse.

Son appétit s'opposait aux principes moraux de la religion méthodiste dans laquelle ses parents l'avaient élevée. Pourtant, elle se redressa sur son séant, défit les boutons avec des mains tremblantes. Mathieu apprécia la brassière ivoire, la pointe des seins raidis se déplaçant sous le tissu à chacun de ses mouvements. Quand elle dégagea ses épaules de la blouse, il porta la main sur la poitrine, apprécia une rondeur tiède de toute sa paume.

Leurs lèvres se trouvèrent encore. Elle se laissa entraîner de nouveau vers l'arrière jusqu'à être étendue sur le dos.

Quand la main masculine descendit sur le ventre, trouva la peau, remonta sous le tissu vers les seins, Jane chuchota :

— Je ne veux pas tomber enceinte.

— Je comprends. Aussi, je veux bien étrenner avec vous un souvenir rapporté de Londres.

La lumière du soleil disparut bientôt tout à fait, le rectangle du ciel visible par la lucarne se couvrit d'encre. Jane se tenait étendue sur le côté, enveloppée dans un drap, tout près de son compagnon. Mathieu demeurait sur le dos, vêtu d'un seul caleçon, exposé à son regard curieux. Au début, son examen le mit terriblement mal à l'aise, puis il choisit de ne pas se soucier de l'inconvenance de la situation. Il était condamné à ne jamais revoir cette personne, de toute façon.

— Vous avez eu beaucoup de chance, observa-t-elle en passant le bout de son index sur les boursouflures d'un rose malsain de son avant-bras.

La lumière électrique donnait une plus mauvaise allure encore aux cicatrices. Il en avait du poignet à l'épaule.

— Il s'agissait de blessures superficielles, des petits morceaux de métal pénétrant la peau, se logeant dans les muscles. Les chirurgiens ont fait tous ces dégâts en les extirpant avec leurs lames, malgré la merveilleuse invention de monsieur Röntgen.

Grâce aux rayons X, les médecins pouvaient localiser un morceau de métal dans un corps humain sans aller à la pêche avec un scalpel.

— Ce ne furent pas seulement de petits morceaux.

Les doigts suivaient maintenant des sillons profonds sur la poitrine. Des éclats d'obus avaient labouré le côté droit. Il avait bel et bien eu une chance exceptionnelle, tous les organes vitaux se trouvant épargnés.

— Pouvons-nous changer de sujet ? Je vais

soulever ce drap et vous examiner de près à mon tour.

La jeune femme rougit, se troubla un peu.

— Je n'ai jamais fait cela…

— Vous me l'avez déjà dit.

Mathieu posa ses doigts sur ses lèvres. Il ne tenait pas à l'entendre formuler des regrets. Bien sûr, aucune compagne respectable ne s'abandonnait ainsi. S'il la laissait faire, elle se traiterait elle-même de traînée dans un moment.

— Je ne veux pas entendre parler de culpabilité ou de moralité. Jusqu'au lever du soleil, nous ferons semblant que tous les bien-pensants du Canada français comme du Canada anglais n'existent plus. Si vous voulez vous désoler demain, vous le ferez sans moi. Car, voyez-vous, je suis las de ces gens. Ils réprouvent ce que nous venons de faire, et que nous recommencerons dans un instant, mais ils trouvaient respectable de m'envoyer tuer des jeunes gens de mon âge.

— Des ennemis…

— Vous savez, habillé comme je le suis ce soir, vous ne sauriez pas faire la différence entre un Allemand et moi.

Quand il souleva le drap pour regarder sa poitrine, il ne découvrit aucune blessure. Bien au contraire, la peau blanche paraissait parfaite, la pointe des seins d'un rose soutenu. Il entreprit d'en parcourir toute la surface de ses lèvres.

En plein jour, tous les deux retrouvaient le comportement emprunté, les gestes hésitants, la rougeur des joues de personnes intimidées par leurs propres désirs. Dimanche, Mathieu prit la valise de Jane dans le hall de la pension, il lui offrit son bras en disant :

— Vous êtes certaine de préférer marcher ? Il nous faudra au moins une demi-heure pour atteindre la gare.

— Ce sera une promenade agréable.

— Comme vous voulez.

Un peu plus tard, ils descendaient la rue de la Fabrique.

— Ce commerce appartient à ma mère, précisa Mathieu au passage.

La confidence la toucha. Son compagnon lui avait abondamment parlé de son expérience sur les champs de bataille. Aux petites heures de la nuit, il avait même évoqué les visites au bordel de tous ces jeunes gens terrorisés à l'idée d'une mort prochaine. Dans toute autre circonstance, le récit aurait révolté cette femme pudique. Toutefois, pendant quelques heures, elle n'avait ressenti que de la sympathie pour les jeunes gens, et même pour les marchandes de plaisir.

— Votre père ?

— Il est mort en 1914. Maman a continué ensuite, afin de faire vivre la famille.

— Une famille nombreuse ?

— J'ai une sœur.

Jusqu'à l'escalier conduisant à la Basse-Ville, Mathieu évoqua son existence avant la guerre. La situation lui semblait étrange. Après une nuit torride, ils partageaient de petits moments de leur biographie, comme s'ils en étaient à leur première rencontre.

Le couple entra dans la gare quand le train pour Montréal s'arrêtait près du quai dans un nuage de vapeur blanche. Son arrivée leur éviterait de longs adieux. Devant la porte du wagon, Jane offrit sa main. Mathieu la tint dans les siennes un long moment, comme avec une amie très chère.

— Je suis très heureuse de vous avoir rencontré, murmura-t-elle. Cette…

Le mot « aventure » ne franchit pas ses lèvres.

— Cette parenthèse ? suggéra son compagnon.

— Cette parenthèse me permettra de regarder l'avenir de façon plus sereine.

— Je suis aussi très heureux, pour la même raison.

Le jeune homme se pencha pour l'embrasser. Elle détourna la tête pour offrir sa joue, à la place de ses lèvres. L'endroit fourmillait de voyageurs, il fallait retrouver la réserve normale entre un homme et une femme.

— Je vous souhaite d'être heureux, lui glissa-t-elle à l'oreille en montant les trois marches qui conduisaient à la voiture. La guerre est terminée, il faut faire la paix.

L'expression se trouvait dans tous les journaux, elle justifiait la recherche de plaisirs inédits, de nouvelles façons de vivre, de penser. Mathieu allongea le bras pour lui remettre la valise.

— Je nous le souhaite à tous les deux, Jane.

Sur ces mots, il tourna les talons. Quelques minutes plus tard, il gravissait la côte d'Abraham en sifflant. Il s'arrêta bientôt, surpris de sa propre gaieté.

Avec la prochaine rentrée des classes, de nombreuses personnes se massaient devant les vitrines de la rue Saint-Joseph. Mathieu s'attarda lui aussi devant les étals les plus attirants. La perspective de rencontrer son cousin – ou plutôt son demi-frère – ne l'incitait pas à se presser.

Un peu avant onze heures, il passa enfin la porte du grand magasin PICARD. Sa dernière visite en ces lieux datait de 1914, peu après la mort d'Alfred. Depuis, Thomas avait aussi quitté ce monde. Il s'arrêta dans quelques rayons avant de prendre l'ascenseur. Un gamin vêtu de rouge manipulait les commandes et annonçait à haute voix les marchandises offertes à chacun des étages.

Au troisième, le badaud s'attarda plus que de raison dans le rayon des vêtements féminins, examina la marchandise d'un œil expert. Pour une commerçante comme sa mère, la difficulté consistait à offrir des produits un peu plus intéressants que ceux des grandes surfaces, à des prix raisonnables.

Puis il emprunta le passage conduisant au vieux commerce, celui construit par Théodule en 1876. Dans l'antichambre du propriétaire et gérant, une jolie brunette leva les yeux sur lui.

— Oh ! Monsieur Picard.

— ... Je vous connais ?

— Non. Mais je sais que vous avez rendez-vous avec le patron. Surtout, vous ressemblez tellement à monsieur Thomas.

Mathieu tourna la tête pour voir son reflet dans une fenêtre donnant sur le clocher de l'église Saint-Roch. Depuis son retour, il présentait un visage amaigri, des yeux un peu plus enfoncés dans leurs orbites.

— Cela doit être un héritage de grand-papa Théodule. Mon cousin est-il là ?

Flavie Poitras se leva pour aller frapper à la porte de son patron. Le visiteur apprécia la silhouette fine, la robe découvrant la presque totalité des mollets. Le privilège d'acheter au prix du gros venait avec son emploi, elle en profitait visiblement pour se vêtir avec une élégance simple. Elle passa la tête dans l'embrasure pour annoncer :

— Votre visiteur est arrivé.

— Faites-le entrer.

La secrétaire se plaça de côté afin de laisser passer le nouveau venu, son meilleur sourire sur les lèvres. Dans le grand bureau, Édouard s'approchait, la main tendue.

— Je te remercie de t'être déplacé.

— Ce n'est rien. Je ne suis pas très occupé, ces temps-ci.

— Tu ne travailles plus dans le commerce maternel, je crois.

Le jeune homme présenta un visage amusé.

— … La nouvelle est-elle parue dans *Le Soleil* ?

— Si quelqu'un a le malheur de péter dans la Haute-Ville, la chose est discutée dans tous les foyers.

Le commerçant fit une pause, puis il reprit :

— C'est donc vrai ?

— Si je veux devenir avocat, il me faut abandonner la vente de jupons et me consacrer à mes études. Comme je n'ai pas ouvert un livre de droit depuis deux ans…

Il fit un geste de la main pour signifier que le sujet lui paraissait clos. Édouard ne l'entendait pas ainsi.

— Tu n'occupes pas un emploi dans une étude.

Mathieu ne croyait guère que son sort faisait l'objet de discussions dans la ville. Plus probablement, son interlocuteur devait avoir tiré ses informations de sa belle-mère, Élisabeth.

— Jusqu'en septembre, j'étudierai seul. Ensuite, je serai stagiaire. Mais tu ne m'as pas fait venir ici pour t'enquérir de mes progrès scolaires.

L'autre regagna son fauteuil, posa ses coudes sur son bureau. Le visiteur prit place sur la chaise devant lui.

— Tu as raison, reconnut Édouard. Je suppose que pour concrétiser tes aspirations professionnelles, tu as besoin d'argent.

— Les prix ont augmenté pendant la guerre, mais les choses rentrent lentement dans l'ordre. Je devrais m'en tirer.

Mathieu arborait maintenant un sourire narquois. Peu désireux de faciliter les choses à son interlocuteur, il livrerait les informations au compte-gouttes. Celui-ci cessa de tourner autour du pot :

— Si tu désires vendre, je suis disposé à t'acheter la part du commerce reçue de ton père à sa mort.

— Grands dieux ! Pourquoi ferais-je une chose pareille ? Grâce à la bonne administration de Thomas, j'ai reçu un joli chèque tous les ans. Comme je ne doute pas de tes talents, cette belle habitude se poursuivra. Je me garderai bien de me départir de ces actions. C'est une bourse d'études fort convenable, vu mes besoins modestes.

— Mais si tu veux ouvrir ton propre cabinet un jour, tu auras besoin d'argent comptant.

— Je n'en suis pas là. Avec la cléricature et l'examen du barreau, il me reste trois bonnes années d'études au moins.

Édouard afficha son sourire mercantile afin de dissimuler sa déception.

— Tu devrais tout de même y penser un peu. Je te donnerais un bon prix, assez pour te permettre de terminer tes études et préparer ta carrière.

— Je veux bien y penser un peu. Cela n'engage à rien.

Le commerçant hocha la tête, puis continua :

— Cela te dirait d'assister à un grand événement ? La célébration de la plus belle réalisation de ce siècle.

— Il reste encore quatre-vingt-un ans au siècle. C'est long.

— Tu as raison : disons des vingt premières années, et dans la seule région de la Vieille Capitale. Veux-tu m'accompagner à la cérémonie d'inauguration du pont de Québec ?

Des trains roulaient depuis deux ans sur le grand ouvrage d'ingénierie. Toutefois, le conflit avait empêché la tenue de réjouissances officielles.

— Avec le prince de Galles ?

Les journaux du matin soulignaient à coup de grands titres en première page l'arrivée de l'héritier de la couronne royale et impériale, Edward.

— Je ne dis pas que nous serons assis à côté de Son Altesse, mais nous serons placés assez près pour voir si les poils de sa moustache sont bien taillés.

— Il n'en porte pas. Mais à quoi dois-tu le privilège de fréquenter les grands de ce monde ?

— Papa comptait parmi les premiers investisseurs de la Société du pont de Québec. Nous avons d'ailleurs bien failli tous les deux nous écraser dans le fleuve avec le premier ouvrage, en 1907.

Édouard se renfrogna un instant en se remémorant la catastrophe. L'événement hantait encore ses nuits, parfois.

— Papa avait reçu une invitation avant sa mort. J'ai hérité de ses deux places.

— Et madame Picard…

— Ne montre aucun intérêt pour les créations du génie.

Évelyne aurait peut-être apprécié apercevoir de près les plus illustres personnages du Canada et de l'Empire, mais elle avait tout de même présenté une mine renfrognée à l'idée de l'accompagner à cette cérémonie.

— Cela aura bien lieu samedi ? demanda le visiteur.

— Le 21 août.

— D'accord. Cela me reposera un peu de mes lectures austères.

Le marchand posa les yeux sur la surface encombrée de son bureau. Le visiteur saisit tout de suite le message.

— Alors, je ne te fais pas perdre plus de temps, dit-il en se levant.

— Nous reparlerons de cela dans cinq jours.

Il voulait dire de la transaction.

— Je passerai te prendre chez maman en fin

d'après-midi, continua-t-il en tendant la main à son cousin.

Mathieu quitta le bureau sur un dernier salut. Dans l'antichambre, la secrétaire abandonnait sa machine à écrire. L'horloge placée contre le mur indiquait midi.

— Mademoiselle.

Il inclina la tête en guise de salut.

— Monsieur.

L'homme se dirigea vers l'escalier, s'arrêta et, après un moment de réflexion, revint sur ses pas.

— Mademoiselle, je ne sais si je peux...

Elle fixait sur lui des yeux interrogateurs.

— Vous devez vous apprêter à aller dîner. Me permettez-vous de vous inviter ?

— La question contient la réponse, n'est-ce pas ?

Elle affichait un petit sourire amusé.

— Alors ?

— Le restaurant du sixième vous convient-il ?

Mathieu contempla les lieux autour d'eux, puis répondit dans un sourire :

— Vous devez être lasse de cette grande bâtisse. Je préférerais vous emmener dans un restaurant du quartier.

— ... Dans ce cas, attendez-moi un instant.

Elle frappa à la porte de son employeur, allongea la tête dans la pièce.

— Monsieur Picard, je prendrai un peu plus de temps pour dîner. Vous savez, je reste souvent le soir.

Le visiteur perçut un : « Bien sûr, bien sûr. Je vous prendrai quand vous reviendrez. » Flavie alla chercher son chapeau sur la patère, le posa sur ses boucles brunes en s'aidant de son reflet dans les grandes fenêtres.

En la regardant enfiler ses gants, il commenta :

— Vous avez un patron bien conciliant.

— N'allez pas croire cela. Quand il faut faire des heures supplémentaires, je n'ai pas voix au chapitre. Et avec tous les chômeurs et toutes les chômeuses dans la Basse-Ville, mieux vaut ne pas protester.

Ils marchèrent côte à côte vers l'escalier, descendirent d'un pas vif au milieu de la foule. En mettant le pied sur le trottoir, elle demanda :

— Où allons-nous ?

— En venant, j'ai aperçu un petit restaurant, le Cartier, rue de la Couronne. Si cela vous convient, bien sûr.

— Je connais. Nous y mangerons bien, et le service est rapide.

Étrangers l'un à l'autre, ils gardaient une attitude gênée, progressant du même pas, mais sans oser se toucher. L'établissement se trouvait tout près. Un serveur leur désigna une table près du mur. Les commentaires sur la température clémente les occupèrent un moment. Quand vint le temps de passer la commande, Mathieu remarqua les yeux de sa compagne sur sa main droite. Il fit le geste de chercher dans sa poche.

— Si vous préférez, dit-il, je peux mettre mon gant.

— Pourquoi feriez-vous cela ?

— Certaines personnes n'aiment pas...

— Vous n'avez jamais entendu une remarque en ce sens, j'en suis certaine.

Le jeune homme rougit un peu. Excepté la petite escarmouche survenue plusieurs semaines plus tôt dans un débit de boisson clandestin situé à moins d'un demi-mille de là, personne n'avait formulé la moindre remarque désobligeante.

— Vous avez raison, admit-il.

Elle ne détournait pas son regard de la main blessée. Enfin, elle leva les yeux vers son interlocuteur.

— Vous avez fait la guerre.

— Pendant une année.

— C'est long. Je travaillais alors à Valcartier. J'ai entendu de telles histoires d'horreur. Cela a dû être affreux. Vous avez fait preuve d'un grand courage.

Le commentaire revenait sans cesse, lassant. Sa vis-à-vis était sincère, très jolie, aussi il hocha la tête en affichant un sourire peu convaincant. Il préféra tout de même changer de sujet.

— Vous rappeliez le chômage tout à l'heure. Cela affecte-t-il les affaires du magasin ?

— Je ne sais pas si je peux…

Évoquer les activités de son employeur lui semblait bien indélicat. Son compagnon entreprit de la rassurer.

— Je ne veux pas me mêler des problèmes ou des succès de la parenté. Je possède un sixième de ce magasin. Une fois l'an, mon cousin me fait un rapport de ses activités. En posant la question, je devance seulement le compte rendu de quelques mois.

— C'est vrai ?

— Mes actions dans l'entreprise ? Bien sûr. Grand-papa Théodule, mort longtemps avant ma naissance, a donné une partie du commerce à mon père. Une petite partie, mais je souhaite tout de même me tenir au courant.

L'arrivée des assiettes sur la table permit à la jeune femme de réfléchir un moment.

— Au magasin, consentit-elle enfin, les choses ne vont pas si mal, même si le patron paraît se désoler. Les gens ont économisé de l'argent pendant la guerre. D'un autre côté, les salaires ont été réduits, là comme ailleurs.

Elle grimaça sur ces derniers mots.

— Même le vôtre ? Mon cousin est un goujat.

— Pour dire toute la vérité, les prix ont diminué dans la même proportion que mes gages. Je ne suis ni perdante, ni gagnante.

Tout de même, la propriétaire de sa maison de chambres s'était fait tirer l'oreille pour suivre le mouvement à la baisse. Seule sa menace d'aller vivre ailleurs avait fait fléchir la vieille dame.

Mathieu lui adressa un sourire de connivence.

— Mon employeur n'est pas un... insista-t-elle. Quel mot avez-vous dit ?

— Un goujat. Une personne sans délicatesse, si vous préférez.

La petite leçon de vocabulaire passa sans mal, grâce à la gentillesse dans la voix.

— Au contraire, monsieur Édouard se montre attentionné.

— Il a la réputation de se montrer très attentionné avec les jolies filles.

Flavie fronça les sourcils, prête à défendre son patron. Puis les conversations murmurées dans les toilettes, à propos de Clémentine, lui revinrent en mémoire. Elle-même avait jeté cette affaire au visage de son employeur pour calmer ses ardeurs, plus tôt dans l'été.

Ce souvenir l'amena à nuancer sa position :

— Personnellement, je n'ai aucun motif de me plaindre.

Après la remontrance formulée en langage clair, sans sous-entendu, lors de la Saint-Jean, l'homme avait mis fin aux invitations, tant celles exprimées clairement que les fines allusions.

— J'en suis heureux, répondit son compagnon, car au moment de vous reconduire à la porte du magasin, tout à l'heure, je compte bien vous inviter à sortir avec moi.

Sans trop d'espoir de se rendre aussi loin avec cette jeune personne qu'au cours de son aventure des derniers jours, Mathieu entendait dorénavant s'intéresser aux charmes de la moitié féminine de l'humanité. Lentement, il s'arrachait à l'univers glauque des tranchées.

Flavie souleva les sourcils, surprise par la proposition. Cela lui laissait tout de même une petite demi-heure pour réfléchir à sa réponse. Aussi, de retour dans le commerce, quand elle lui tendit la main pour le remercier du bon repas, elle l'entendit sans surprise demander :

— Mademoiselle, accepteriez-vous dc venir au cinéma avec moi ?

— Ce sera avec plaisir.

— Dimanche prochain, alors ?

Elle hocha la tête en signe d'assentiment. Mathieu lui demanda l'adresse de sa pension. Ils convinrent de se rencontrer à une heure à la porte de l'établissement. Au moment de tourner les talons, il suspendit son geste.

— Vous connaissez mon nom, mais vous ne m'avez pas donné le vôtre.

— Poitras. Flavie Poitras.

— Donc à bientôt, mademoiselle Flavie.

L'usage de son prénom heurtait un peu les convenances. Elle choisit de ne pas s'en formaliser. Au retour d'Europe, bien des hommes se montraient trop audacieux.

Si, en juin, Édouard avait imaginé se départir des ateliers PICARD afin de chercher les fournisseurs les moins chers, l'idée ne présentait plus le même intérêt quelques semaines plus tard. Fulgence Létourneau avait réduit le coût de revient des marchandises. Surtout, le petit homme méritait maintenant certains égards, pour des motifs familiaux.

— Vous me présentez les vêtements de la prochaine saison un peu tard cette année, n'est-ce pas ? demanda le patron.

— Comme mon personnel devient bien restreint, les dessins me sont parvenus ce matin seulement. Je suis venu aussi vite que possible.

Jamais l'effectif n'avait été aussi réduit depuis le ralentissement de 1913. Édouard étala les feuilles sur le bureau devant lui. Les esquisses au crayon montraient les modèles de manteau ou de veste susceptibles de séduire les clientes en novembre ou en décembre suivant.

— La semaine prochaine, j'aurai les robes, les jupes et les blouses.

— C'est bien. Cela ressemble à ce que j'ai vu dans les magazines européens ou américains.

— Cela ne doit pas vous surprendre : nos employés s'en inspirent, changent une ligne ici, une autre là, recommandent un tissu un peu plus chaud à cause de notre climat.

Les belles de Québec continuaient de suivre la mode des villes plus grandes avec un léger retard.

— Nous devons maintenant déterminer les quantités, remarqua Édouard en plaçant un registre sur les dessins.

Il l'ouvrit afin de voir les colonnes de chiffres relatives aux dernières semaines.

— Les choses vont-elles mieux ? questionna le visiteur, une pointe d'inquiétude dans la voix.

— Les ventes augmentent lentement, le chômage paraît se résorber. Mais l'hiver est toujours une saison difficile, une fois passé l'achalandage de Noël et du Jour de l'an. Nous allons produire les mêmes quantités que l'an dernier.

En 1918, l'appareil de production demeurait encore mobilisé par l'effort de guerre. La modestie du chiffre des ventes se trouvait alors avantageusement compensée par les prix très élevés. Un an plus tard, cela conclurait l'année sur une mauvaise note. Le commerçant ferma son registre en laissant échapper un soupir.

— Ne nous décourageons pas, la situation évoluera bientôt dans la bonne direction… Et pour vous, comment les choses se passent-elles ?

Fulgence demeura un moment interdit. Thomas Picard ne manquait jamais de conclure leurs entretiens sur une note personnelle. Le fils entendait peut-être suivre son exemple.

— Les journées sont longues aux ateliers. Comme le nombre des employés se trouve à son plus bas, nous prolongeons les heures.

En période de chômage, les ouvrières n'osaient pas protester à la perspective de faire plus de douze heures par jour. Dans une meilleure conjoncture, elles auraient tout simplement cherché un emploi ailleurs.

— Je comprends, ce n'est facile pour personne. Moi-même, je quitte ce bureau bien tard. Je n'ai même pas la prétention que cela serve à quelque chose : je contemple les chiffres, je cherche le moyen de faire des économies. Cela n'amène toutefois pas un client de plus dans le magasin.

Édouard marqua une pause, puis demanda encore :

— Votre femme se porte-t-elle bien ?

— Oui, Thérèse demeure en bonne santé.

Vraiment, le jeune patron connaissait une étrange métamorphose.

— Votre garçon… voulez-vous me rappeler son nom ?

— Jacques.

— Il doit bien avoir dix ans maintenant. Je suppose qu'il fréquente l'école à Limoilou.

— L'école Saint-Charles. Mais nous l'avons inscrit à la classe préparatoire du Petit Séminaire pour septembre prochain. C'est un peu cher pour nous…

« Mais c'est moi qui paie », songea son interlocuteur avec humeur.

— Cela m'inquiète un peu, poursuivit Fulgence. Puis le trajet en tramway entre Limoilou et la Haute-Ville prend bien du temps, il devra partir à sept heures du matin, revenir à la même heure le soir.

— À cet âge, on possède tellement d'énergie. Songez-vous à lui faire faire ses humanités ?

Pour une personne de la condition de son vis-à-vis, cela paraissait un peu présomptueux.

— Il a beaucoup de talent, répondit le visiteur sur un ton de fausse modestie. Nous ferons tout pour lui permettre d'aller aussi loin que possible.

Le marchand songea encore à l'ironie de la situation. Ils parlaient des perspectives d'avenir de son neveu.

— Vous faites bien de l'encourager. Qui sait, il s'agit peut-être du futur cardinal de Québec.

— Jusqu'à maintenant, Jacques montre une intelligence remarquable, mais sa piété ne le distingue pas des autres.

Le commerçant quitta sa chaise. Fulgence se leva aussi.

— Je vous apporterai bien vite les prochains dessins, dit-il en se dirigeant vers la porte. Nous nous en tiendrons aux quantités convenues.

Un moment plus tard, le petit homme saluait Flavie, puis s'engageait dans l'escalier d'un pas vif. Pour maintenir la cadence, mieux valait ne pas quitter les couturières des yeux trop longtemps.

20

À la fin de l'après-midi, le samedi suivant, Mathieu occupait un banc du jardin des Gouverneurs, juste en face de sa pension. La grosse Ford de son cousin s'arrêta devant lui vers quatre heures. Il ferma son livre, un roman français, pour le glisser dans sa poche avant d'ouvrir la portière du côté du passager.

— J'ai regardé le journal, en me levant. Son Altesse Royale doit abattre une rude journée de travail, aujourd'hui.

— Le pauvre prince sera occupé pendant une douzaine d'heures. Mes employés endurent la même chose six jours par semaine, pour un salaire bien moindre.

Édouard ne manifestait pas un grand enthousiasme à l'égard du visiteur royal. Pourtant, comme des dizaines de milliers d'autres Québécois, il avait regardé la veille les trois navires de guerre portant le visiteur et son escorte jeter l'ancre dans la rade, devant la ville.

— Tu n'as pas eu envie d'assister aux autres cérémonies ? demanda le passager.

— Le voir poser une gerbe de fleurs successivement devant les monuments de Montcalm et de

Wolfe ? Non merci. J'ai vu son papa faire la même chose en 1908.

— Je crois qu'il y a aussi une manifestation sur les plaines d'Abraham.

— Je préfère me limiter à l'inauguration du pont. J'ai un vieux compte à régler avec cette grande construction.

Depuis une semaine, de fort mauvais souvenirs se bousculaient dans son esprit. Son compagnon ne l'aida guère à oublier.

— L'autre jour, tu as dit avoir failli mourir, lors du premier accident. Tu peux m'en dire plus ?

Le marchand hésita un moment, peu désireux de ramener dans sa mémoire le cadavre du jeune homme de son âge.

— Le 29 septembre 1907, j'ai insisté auprès de mon père pour aller voir l'état d'avancement des travaux, avant l'arrêt pour l'hiver. Nous avancions sur le tablier, quand un craquement s'est fait entendre. Nous avons eu beaucoup de chance, nous nous trouvions encore près de la rive. Le temps de revenir, et tout s'écroulait.

Le compte-rendu était à la fois exact, succinct et suffisamment évasif pour ne pas entraîner de questions supplémentaires. Édouard roula sur la Grande Allée. Il sortit bientôt de la ville, dépassa l'aéroport du Bois-Gomin et atteignit enfin Sainte-Foy. De nombreuses automobiles encombraient les bords de la route. Le commerçant stationna comme les autres à proximité du fossé, verrouilla les portières avant de se diriger vers les estrades.

— Tu es certain que nous aurons une place ?

demanda Mathieu. Des milliers de personnes se trouvent ici.

Les curieux formaient une foule compacte. L'aîné sortit deux cartons de sa poche, les tint à la hauteur de ses yeux en disant :

— Excusez-moi, pardon. Nous sommes attendus.

Malgré leurs protestations, les spectateurs acceptaient de s'écarter un peu. Au premier rang, un cordon de policiers les arrêta. De nouveau, le marchand utilisa les laissez-passer comme un sésame. Bientôt, les deux hommes prenaient place sur des estrades sommairement construites.

— J'ai l'impression de me trouver à l'Assemblée législative, commenta Mathieu. Nous sommes entourés de députés libéraux.

— Les conservateurs sont là aussi. Regarde, Arthur Sauvé se trouve juste à côté.

Des yeux, le marchand désignait un homme corpulent assis deux rangées plus bas.

— Il ne manque que le Premier ministre.

— Lomer Gouin se tient près du train, là-bas. C'est le petit gros.

Sur les rails, quatre wagons étaient accrochés à une locomotive. Les voitures portaient une multitude de drapeaux britanniques et des banderoles. Le jeune étudiant reconnut le père de son futur employeur, le lieutenant-gouverneur Fitzpatrick, et d'autres notables du gouvernement, sans compter les membres de la suite royale. Deux hommes en uniforme kaki se tenaient un peu à l'écart.

— Je reconnais le général Landry, grommela Édouard. Le salaud a dirigé la répression au moment des émeutes, l'an dernier.

— Des mutineries fomentées par des irresponsables. Bien sûr, les agitateurs se savaient hors de portée des autorités. Ce ne sont pas eux qui se sont fait tirer dessus, mais des gens assez naïfs pour les écouter.

Le marchand préféra changer de sujet. Il conservait un souvenir affreux de l'échange très acide survenu sur le terrain de l'exposition, le jour de la Saint-Jean. Mieux valait ne pas s'exposer à le voir se répéter.

— L'autre officier, questionna-t-il, tu le connais ?

— Le général Tremblay. Il se trouvait à la tête du 22e bataillon.

— Tu as été sous ses ordres ?

— Les généraux ne donnaient pas des ordres directs aux lieutenants ou aux capitaines. Mais oui, ultimement, voilà l'homme qui me donnait les ordres.

Le vétéran ne préciserait pas avoir rencontré cet officier supérieur à quelques reprises, lors du procès militaire de deux de ses soldats pour refus de combattre.

— Tu n'as pas eu envie d'aller parader sur les Plaines avec tes camarades, cet après-midi ?

Après avoir déployé un grand *Union Jack* au parc des Champs-de-Bataille, les anciens combattants de la ville de Québec avaient marché au pas sous les yeux princiers.

— Pendant la guerre, j'ai fait mon devoir comme je le comprenais. Aujourd'hui, je n'ai aucune envie de jouer au soldat pour exciter des spectateurs prudemment restés à l'arrière.

La repartie fit grimacer son compagnon.

Heureusement, l'arrivée d'une énorme limousine, précédée et suivie de nombreuses voitures de la police et de l'armée, attira tous les regards. Sur l'herbe, une douzaine de caméras de cinéma enregistraient des images du prince. La scène précéderait le programme principal de toutes les salles de cinéma du pays, dans quelques jours.

Le lieutenant-gouverneur reçut son souverain avec un discours ronflant, puis Son Altesse royale se dirigea vers l'amorce du pont afin de dévoiler une plaque de bronze. Ce fut l'affaire de cinq minutes. Edward monta ensuite dans le wagon de tête du petit convoi, suivi de son escorte, du lieutenant-gouverneur et des premiers ministres du Québec et du Canada. Une quarantaine de notables grimpèrent dans les autres voitures.

— Ils vont aller faire exactement la même chose sur l'autre rive, précisa le marchand, puis ils reviendront ici pour livrer les discours officiels.

— Une cérémonie passionnante…

L'ironie de Mathieu n'échappa pas à son compagnon.

— Je te l'ai dit, j'ai un rapport particulier avec cette grande construction.

Pendant de longues minutes, Édouard évoqua la longueur totale de l'ouvrage, celle de la travée centrale, son poids, et même le nombre exact de rivets utilisés pour l'assembler.

— Tu les as comptés, rétorqua l'autre, faussement admiratif.

— Ne fais pas l'idiot. Les journaux ont donné ces chiffres cette semaine.

Il fit une pause et ajouta avec un gros clin d'œil :

— Mais ces chiffres, moi, je les ai retenus.

— Si cela t'intéresse autant, pourquoi ne pas avoir fait des études d'ingénieur ? Cela ne vaudrait-il pas mieux que de passer tes journées dans un grand bureau sans fenêtre ?

— … La facilité, sans doute. Prendre la place de papa semblait tout à fait naturel.

Une pareille candeur rendait Édouard bien sympathique, son compagnon devait en convenir. Dans des circonstances identiques, lui-même aurait-il entrepris des études de droit ? Il regarda autour de lui avant de demander :

— À part les députés, les ministres, les échevins et les épouses de toutes ces grosses légumes, les autres invités sont des investisseurs ?

— Certains, oui. Ce sont d'anciens collaborateurs de papa, au sein de la première compagnie.

— Des nostalgiques ! Ce grand amas de fonte a été construit avec des fonds publics.

— Après la catastrophe de 1907, aucun financier n'a commis la sottise de risquer de nouveau son capital là-dedans.

Alors que le train revenait vers la rive nord avec son précieux fardeau, un bruit de moteur se fit entendre sur leur droite. Un biplan aux couleurs de la Royal Air Force s'amenait à une vitesse folle à la hauteur des falaises escarpées de part et d'autre du fleuve. Il plongea vers les flots afin de passer sous le tablier du pont, puis il se redressa à demi pour amorcer une grande boucle.

Quand l'avion passa au-dessus de l'ouvrage d'ingénierie en présentant ses roues au ciel, tous les spectateurs, debout, le cou cassé pour ne rien perdre de l'action, retinrent leur souffle. Quand le pilote ferma le grand cercle, les applaudissements fusèrent.

— Je suis venu surtout pour cela. Il s'agit du lieutenant Vézina, un as de la Grande Guerre. Ces gars sont extraordinaires.

Mathieu ne voulut pas discuter des mérites comparés des fantassins et des aviateurs. Les seconds lui paraissaient avoir eu la vie facile, à la guerre… et plus que leur lot de conquêtes féminines lors des permissions. Le train s'arrêta sur la rive, les passagers descendirent. Le maire Lavigueur monta sur une espèce de caisse, attendit que les spectateurs fassent silence avant de commencer de sa voix de basse :

— Votre Altesse royale, le peuple du Québec éprouve une extrême fierté de vous recevoir pour cette inauguration officielle…

Édouard n'écoutait pas vraiment les mots convenus. La vue du premier magistrat de la ville le ramena de nouveau au moment de la mort du fils de ce dernier, Louis. La grippe espagnole lui paraissait encore comme une affreuse loterie. Les uns étaient morts et les autres, non.

Quand le maire Lavigueur abandonna le petit podium, le visiteur de marque lui succéda, une silhouette longue et frêle vêtue d'une redingote noire et d'un pantalon gris. Il commença dans un français impeccable :

— Monsieur le maire, messieurs les Premiers ministres, messieurs les invités, je vous remercie pour l'honneur que vous me faites de m'inviter…

La voix du prince portait moins bien que celle de son prédécesseur. Les personnes présentes tournaient un peu la tête, comme pour tendre l'oreille. Le discours se termina sur une allusion au prince Arthur, venu en 1860 pour l'inauguration du pont Victoria, le premier à permettre à des trains de franchir le Saint-Laurent.

— Tu te rends compte, observa Édouard, soixante ans plus tard, nous en sommes seulement au second.

Les progrès lui semblaient terriblement lents à venir. Le prince termina son intervention. Lorsqu'il regagna sa voiture, une commotion se produisit du côté de la foule massée derrière le cordon de sécurité. Une fillette de dix ans environ trompa la vigilance des policiers, s'élança en courant vers les notables, un agent ventripotent à ses trousses.

Dans l'entourage du prince, les membres de l'escorte se pressèrent autour du grand homme, comme si l'enfant présentait une menace mortelle. Les attentats meurtriers se produisaient en trop grand nombre pour courir des risques. L'héritier de la couronne les écarta en riant, afin de s'approcher de son admiratrice enthousiaste.

Pauline Lebel lui tendait un petit carré en papier. Son Altesse royale se tourna vers un militaire chargé de décorations pour lui demander quelque chose, l'autre chercha un moment dans sa poche afin d'extirper un crayon.

L'écolière retourna bientôt vers son père avec son trophée, les mots « Edward P » tracés par la main royale. Le visiteur de son côté monta dans sa voiture accompagné d'applaudissements frénétiques. Il lui faudrait encore s'astreindre à un souper de gala au

Club de la garnison et à une réception à la Citadelle. Pendant ce temps, le bon peuple se contenterait d'un feu d'artifice sur les terrains de l'exposition provinciale.

Les deux cousins attendirent que la foule se disperse un peu avant de regagner la Ford. En s'assoyant derrière le volant, après avoir actionné la manivelle, Édouard demanda enfin :

— Tu as réfléchi à ma proposition ?

— À propos des actions ?

L'autre hocha la tête.

— Je les garde. Aussi longtemps que tu réalises des profits, je n'ai aucune raison de vendre. Et si un jour tu commences à perdre de l'argent, plus personne ne voudra les acheter.

Un moment, le marchand eut envie de reprendre ses arguments. Un regard oblique vers son passager le convainquit de ne pas gaspiller sa salive.

Le dimanche, à l'heure convenue, Mathieu se présenta à la maison de chambres de Flavie Poitras, rue Saint-François. La jeune fille devait surveiller le trottoir depuis une fenêtre, car elle ouvrit la porte sans lui donner le temps de manipuler le heurtoir de bronze.

— Mademoiselle, je suis heureux de vous revoir, prononça-t-il en tendant la main.

Elle lui donna la sienne en le regardant, un sourire un peu moqueur sur les lèvres. Le ton pompeux de son interlocuteur l'amusait.

— Je ne peux tout de même pas dire « Tout le plaisir est pour moi », ironisa-t-elle. Vous vous feriez des idées.

— Pourquoi alors ne pas nous entendre sur « Le plaisir est partagé » ?

— Cela me paraît un excellent compromis. Alors, monsieur Picard, le plaisir est partagé…

Elle découvrait deux rangées de dents parfaites, son sourire lui mettait des fossettes aux joues, des plis au coin des yeux. Elle portait une robe bleue de chez PICARD lui allant à mi-jambe, un chapeau de paille, des gants en dentelle.

— L'autre jour, vous avez suggéré le cinéma, sans préciser lequel.

— Si un périple en tramway vous dit quelque chose, nous pouvons aller au cinéma Empire, à deux pas de chez moi. Cependant, le Palais Royal se trouve tout près, et le programme commence dans quinze minutes environ.

— Alors dirigeons-nous tout de suite de ce côté. Je ne voudrais pas rater les actualités filmées. Vous m'entraînerez du côté de la Haute-Ville à une autre occasion.

Mathieu enregistra tout de suite l'ouverture. Il offrit son bras à sa compagne et la guida vers l'ouest sur une distance d'un pâté de maisons, emprunta la rue de la Couronne pour rejoindre la rue Saint-Joseph.

Le Palais Royal s'élevait sur le terrain de l'ancien Théâtre des Familles. Il s'agissait sans conteste de la plus belle salle de la Basse-Ville, construite deux ans plus tôt selon les plans des « palaces » américains, conçus pour tirer le meilleur parti des « vues animées ».

L'homme paya deux places au balcon, au premier rang. Si sa compagne sembla se soucier un peu de se trouver ainsi au-dessus du vide, au moins les chapeaux les plus extravagants, ou les retardataires, ne risquaient pas de lui dissimuler l'écran. En attendant le début de la représentation, le couple contempla le décor de plâtre somptueux, le rideau de velours rouge, le revêtement des sièges en tissu de même couleur.

— C'est un bel endroit, commenta Mathieu. Vous avez l'occasion d'y venir souvent ?

— Comme j'habite tout près, oui. C'est le rendez-vous habituel des travailleurs des environs.

La réponse se révélait suffisamment neutre pour ne pas faire penser à une femme multipliant les rencontres avec des prétendants.

— J'en déduis que de votre côté, vous venez ici pour la première fois, continua-t-elle.

— Vous savez, je viens tout juste de revenir au pays. À mon départ, cet endroit n'existait pas encore. Ces derniers mois, je suis allé quelques fois seulement au cinéma Empire. Le commerce de maman est situé à trois pas de celui-ci.

Les lustres électriques s'éteignirent, ne laissant que quelques lumières tamisées tout près du plancher. Le rideau s'ouvrit dans un grincement d'anneaux sur une longue tringle en métal, révélant la grande surface blanc argenté de l'écran, bien vite éclaboussée par le projecteur. La jeune fille se campa dans son fauteuil pour contempler le prince de Galles posant le pied sur le quai de Saint-Jean, au Nouveau-Brunswick.

— Tout de même, c'est extraordinaire. Cela s'est produit il y a cinq ou six jours à peine, et voilà la scène devant nous.

La remarque ne méritait aucun commentaire. Des agences dépêchaient des centaines de cinéastes journalistes à travers le monde. Les Québécois pouvaient contempler des reportages trois jours après un événement survenu en Amérique du Nord, dix jours après un autre qui s'était produit en Europe. Une sortie de l'empereur du Japon dans les rues de Kyoto intriguait les habitants du quartier Saint-Roch tout au plus trois semaines plus tard. Le monde rétrécissait très vite, au gré des voyages des bateaux à vapeur et des trains.

— Vous l'avez vu à l'inauguration du pont, vendredi dernier, commenta encore Flavie.

— Oui, en après-midi.

Lors du repas partagé la semaine précédente, le jeune homme avait évoqué l'invitation d'Édouard.

— Cela m'aurait plu. Mais un jour de semaine...

Le cinéma muet autorisait les conversations, aussi la grande salle bruissait de murmures. Mathieu fit valoir :

— Vous savez, la foule se trouvait bien loin de Son Altesse. Nous le voyons beaucoup mieux ici.

— Tout de même, c'est une occasion, dans une vie. Puis la performance de l'aviateur a été remarquable, d'après ce que j'ai lu et entendu.

— Ce fut le clou du spectacle.

— Je l'ai vu, il y a une dizaine de jours, à l'exposition agricole.

Le lieutenant Georges-T. Vézina avait effectué le premier vol entre les villes de Québec et Montréal, pour le compte de l'exposition provinciale de Québec. Bien des héros de l'aviation, au terme de la guerre, devaient se muer en artiste de foire afin de continuer à voler.

D'autres sujets d'actualité passionnèrent encore les spectateurs, puis on en vint enfin au divertissement avec une courte comédie, *His Home Sweet Home*. À l'avant de la salle, une pianiste soulignait les temps forts de l'action. Ses efforts passaient plutôt inaperçus auprès d'une foule croulant de rire.

Puis on arriva au programme principal avec *The Wilderness Trail*, mettant en valeur Tom Mix et une nouvelle venue, Colleen Moore. La vedette masculine était bien connue de tous les spectateurs, car le cow-boy au large chapeau blanc avait déjà participé à des dizaines de films – avec son cheval Tony, lui-même devenu une véritable célébrité. Le bonhomme semblait toutefois un peu perdu parmi les trappeurs de la baie d'Hudson.

Une fois n'étant pas coutume, dans cette production, les plaines de l'Ouest, les diligences et les troupeaux de bovins cédaient la place aux castors des étendues nordiques canadiennes. Cet improbable changement de décor ne troublait guère les dizaines de gamins bruyants entassés au parterre.

— Je ne suis pas certain que ce film soit destiné à un public de notre âge, se désola Mathieu.

— D'un autre côté, je ne pense pas que *The Microbe*, donné à l'Empire, serait tellement mieux indiqué pour moi, glissa sa compagne. J'en ai eu assez de ces bestioles avec la grippe espagnole.

Flavie s'était tout de même donné la peine de regarder les journaux afin de connaître les longs-métrages à l'affiche.

— Mais ce microbe-là est une fille déguisée en

garçon, ricana son compagnon, vendeuse de journaux de surcroît.

— Je sais, une gamine sauvée par un écrivain, éduquée par ses soins et finalement épousée après de tristes péripéties. Une autre histoire de pauvre orpheline tirée de la misère par un mariage improbable. J'ai vu cela au moins cinquante fois.

— Tandis qu'un cheval qui comprend tout ce qu'on lui dit et se comporte comme une personne, c'est plus rare…

Elle lui donna un petit coup de coude dans les côtes en réponse au ton moqueur. Sur un mode plus sérieux, il demanda :

— Cette grippe a touché vos proches ?

— Il y a eu des malades, mais heureusement tout le monde s'est remis. Cependant, certains jours, le glas sonnait à de nombreuses reprises à l'église Saint-Roch. Cela me chavirait à chaque fois. Vous avez vu combien c'est près de mon bureau…

— Assez près pour faire trembler les vitres dans les châssis.

Elle acquiesça. Après une pause, elle demanda encore :

— Et dans votre famille ?

— Ce fut la même chose. Des malades, pas de victime…

Françoise deviendrait sa demi-sœur par le mariage de sa mère, il pouvait l'englober dans la parenté.

Comme pour le corriger, sa compagne observa :

— Tout de même, il y a eu monsieur Thomas. Lui est décédé.

— Vous avez raison. Je voulais dire dans la famille immédiate.

Pourtant, à son retour d'Europe, apprendre le décès de son père naturel l'avait laissé étrangement troublé, au point de l'amener à se rendre sur sa tombe.

À cause des « chut » autour d'eux, ils reportèrent leur attention sur les prouesses peu plausibles de Tom Mix et ses amours avec Colleen Moore. À la fin de la présentation, ils retrouvèrent la lumière du jour en clignant des yeux.

— Comme il est encore tôt, nous pourrions marcher un peu, suggéra le jeune homme.

— Pourquoi pas.

Le sourire se voulait plus encourageant que la réponse. Mathieu, la main de sa compagne sur le pli de son coude, se dirigea vers le boulevard Langelier. Les arbres, de chaque côté de la large artère, procuraient une fraîcheur bienvenue.

— Je dois vous reconduire chez vous, dit-il un peu après quatre heures. Manquer le souper du dimanche chez ma mère me vaudrait sa rancune éternelle.

— Je ne voudrais pas être responsable de cela. Vous paraissez être un si bon garçon.

L'ironie amenait de nouveau des rides rieuses au coin des yeux de la jeune femme. Son compagnon s'amusa aussi de la réponse, tout en reprenant la direction de la rue Saint-François. Ils commentèrent encore la douce température du mois d'août, les quelques semaines de beau temps dont ils profiteraient encore avant l'automne maussade. Quand ils arrivèrent devant la maison de chambres, Mathieu se tourna vers elle.

— Mademoiselle Poitras, je vous remercie pour cet agréable après-midi.

— Selon la formule convenue tout à l'heure, le plaisir fut partagé.

— Dans ce cas, m'autorisez-vous à vous inviter à d'autres sorties de ce genre ?

— Vous serez le bienvenu.

Une poignée de main scella cet accord.

Un peu intimidée, Thalie frappa à la porte du domicile du docteur Caron juste avant midi, le dimanche 24 août. À droite de la porte d'entrée, elle remarqua une seconde plaque de bronze placée sous celle du propriétaire des lieux. Quand Élise vint répondre, elles échangèrent des bises affectueuses.

— Ton père s'est assuré des services d'un collègue ? demanda la visiteuse.

La jeune femme commença par esquisser un sourire amusé.

— Depuis quelques semaines, il a tenté d'attirer deux ou trois praticiens. À la fin, un jeune homme frais émoulu de l'université Laval a accepté. Il s'appelle Alcide Davoine. Tu comprends, cela devenait ridicule de laisser inoccupée la salle aménagée pour Charles.

Le veuf venu souper un peu plus tôt au cours de l'été avait finalement décliné l'invitation. Bien que son père refusât de l'admettre, la décision ne tenait pas à des préoccupations professionnelles. Le pauvre homme avait trouvé la fille de la maison un peu trop jeune pour lui. Il ne se voyait pas recommencer à élever des enfants encore au primaire alors que ses propres garçons fréquentaient le collège. Sottement, après avoir levé le nez sur la fille, il n'avait pas voulu profiter de l'occasion d'affaires.

— Cela représente certainement une belle chance pour ce jeune médecin, commenta Thalie. Non seulement il n'a pas à assumer une installation coûteuse, mais il profite d'une clientèle établie.

— Tu as raison. Et à papa, cela donne un revenu de location.

Les deux amies traversèrent le couloir afin de gagner la partie réservée au logement de la famille Caron. Estelle lui réserva un accueil enthousiaste, comme si elles étaient de vieilles connaissances. Pierre consentit à lui adresser un sourire sincère. Le passage des semaines lui rendait une certaine sérénité. Il commencerait l'école avec plaisir dans quelques jours, heureux de retrouver ses camarades.

Quelques minutes plus tard, la maîtresse de maison invitait tout le monde à passer à table. Le docteur sortit de son bureau pour les rejoindre avec un peu de retard. Il tendit la main à la visiteuse en disant :

— Je suis content de vous revoir, mademoiselle Picard. Vous reprendrez les cours très bientôt, je pense.

— Dans huit jours, très exactement.

— Vous regretterez la fin des grandes vacances ?

Tout en parlant, l'homme prenait place à l'extrémité de la table alors que sa femme commençait à servir le potage. Thalie se trouvait d'un côté près d'Estelle, Élise de l'autre avec son fils. Celui-ci coinçait un bout de sa serviette dans son col. Sa sœur, plus âgée, préférait la déplier pour la poser sur ses genoux, à la façon des grandes personnes.

— Je serai triste de quitter ma famille pour de longs mois, mais heureuse de reprendre les cours.

— Ma fille m'a dit que vous obteniez d'excellents résultats.

Elle avait confié avoir terminé première de classe. Sa réputation la précédait maintenant.

— Je lui ai dit aussi que je n'avais pas vraiment le choix. Autrement, ces messieurs se débarrasseront bien vite de toute présence féminine.

— Tout de même, le contexte ne diminue en rien votre mérite.

Elle le remercia d'un sourire. La visiteuse se concentra sur son potage alors que la conversation porta sur des événements survenus dans la maisonnée. Ce fut la maîtresse de maison qui profita d'une accalmie pour demander, un sourire de sympathie sur le visage :

— À la messe, tout à l'heure, j'ai été heureuse d'entendre que votre mère devait se remarier cette semaine.

Discrètement, ses yeux se posèrent sur sa propre fille, comme si elle voulait lui signifier qu'un heureux dénouement de ce genre pouvait se répéter encore.

— La cérémonie aura lieu samedi prochain.

— Si ce n'est pas indiscret, puis-je savoir comment ils se sont rencontrés ?

— Cela n'a rien d'un secret. Paul Dubuc est entré dans notre commerce pour acheter des robes à ses filles. Ils se sont plu tout de suite, même s'ils ne l'ont réalisé que bien plus tard.

— Cela prend tout simplement un heureux

hasard, conclut l'hôtesse, les yeux toujours fixés sur sa fille.

Élise pouvait se révolter contre les pulsions de marieuse de sa mère, ou alors voir cela comme l'expression de son immense sollicitude.

— Peut-être aurai-je la même chance, ironisa-t-elle. Un jour, un homme entrera dans le cabinet de papa pour faire soigner une entorse, nos yeux se croiseront, et ce sera l'amour fou.

— Ne te moque pas. Cela peut arriver.

— Avec ma chance, le bonhomme aura sans doute la tuberculose.

La rebuffade convainquit les parents d'abandonner ce sujet délicat. Pendant la suite du repas, la conversation porta sur l'été finissant et les défis des mois à venir. La moitié des personnes présentes seraient bientôt de retour à l'école : la perspective comportait son lot d'appréhensions. Comme le temps demeurait splendide, tout le monde se retrouva ensuite dans la cour arrière, une boisson fraîche à la main.

Thalie passa de longues minutes à pousser les enfants, assis sur la balançoire. Quand elle revint vers les adultes, le docteur Caron lui fit signe de s'asseoir près de lui.

— L'an prochain, vous travaillerez au Jeffery Hale, je pense. La rumeur se répand dans le monde hospitalier.

— Le directeur semble vouloir considérer que mes deux premières années d'études feront de moi une infirmière passable.

— Cela, vous l'avez déjà montré au moment de

l'épidémie de grippe. Ne sous-estimez pas cette expérience, ce fut une excellente école.

— Oh ! Je le pense aussi. Ma frustration vient sans doute du fait que la plupart des médecins pensent que je devrais m'en tenir à ce travail. À tout le moins, je l'ai entendu murmurer à quelques reprises.

Toutes ces bonnes gens reconnaissaient volontiers que l'enseignement tout comme le soin des malades représentaient des activités acceptables pour les femmes, car elles se situaient en quelque sorte dans le prolongement des fonctions de mère et d'épouse. La médecine paraissait cependant receler trop de grandeur, trop de pouvoir pour l'abandonner au sexe faible.

— Vous l'entendrez certainement encore. Toutefois, après vos études, je serai heureux de m'entretenir avec vous de votre carrière.

— ... Vous pourrez certainement me donner de bons conseils.

Le docteur Caron avait de plus grandes ambitions en tête. Depuis des heures, il la regardait agir avec les enfants. Une partie de sa clientèle se réjouirait sans doute de la trouver dans son cabinet.

21

L'après-midi réunissait un autre couple sur la terrasse Dufferin. Françoise étrennait une jolie robe de la boutique ALFRED, Gérard Langlois se rengorgeait à côté d'elle, comme s'il avait une quelconque responsabilité dans son élégance. Ils parcoururent une dizaine de fois la grande surface de madriers d'une extrémité à l'autre.

Assuré d'une bonne digestion grâce à cet exercice salutaire, l'employé de la Banque de Montréal proposa bientôt :

— Si cela t'agrée, nous pourrions prendre le thé quelque part.

— Avec plaisir.

Elle espérait cette proposition depuis déjà un moment. Ses souliers, neufs eux aussi, la faisaient souffrir.

— Es-tu déjà allée au nouveau café, rue Buade ? demanda-t-il.

— Je n'en ai pas encore eu l'occasion.

Son compagnon lui adressa un sourire satisfait. Cela signifiait que l'autre ne la sortait pas. Quelques minutes plus tard, ils profitaient du départ de touristes américains et prenaient place à une table près d'une fenêtre du New World Cafe. Frank Clodis avait ouvert ce commerce au début de l'été. Au cœur du quartier touristique, l'établissement souffrait néanmoins d'un voisinage imposant : un mur de la cathédrale, de l'autre côté de la rue, masquait la vue.

Après avoir commandé du thé et des biscuits, Françoise remarqua à mi-voix, comme pour elle-même :

— Dans une semaine, j'aurai une nouvelle belle-mère.

Le ton exprimait des sentiments mitigés.

— Tu t'entends plutôt bien avec elle, je crois.

— Je m'entends très bien avec ma patronne, avec ma logeuse et avec la prétendante de papa, répliqua-t-elle avec un sourire hésitant. Je peux dire que c'est une excellente amie. Elle n'a jamais prétendu remplacer maman, tout en demeurant très attentionnée. Mais si les choses changeaient…

— Crains-tu qu'après la cérémonie, son attitude se transforme ?

Son compagnon préféra s'en tenir à un sous-entendu.

— Je ne sais pas trop à quoi m'attendre. Malgré la situation, au cours des dernières années, elle ne faisait pas vraiment partie de ma famille. Dorénavant, ce sera différent.

À mots couverts, des semaines plus tôt, elle avait laissé entendre combien les relations entre cette femme et son père étaient « très sérieuses, même intimes ».

— Tout le monde vivra sous le même toit, conclut le garçon. Qu'elle en use ou pas, le statut d'épouse lui donnera certains… pouvoirs sur toi.

Elle acquiesça d'un lent mouvement de tête tout

en portant sa tasse à ses lèvres. Puis, au moment de la reposer, elle nuança ses pensées :

— Je me questionne très probablement pour rien. Depuis deux ans, elle a été très gentille, très respectueuse de mes sentiments. La nouvelle réalité ne devrait pas changer nos rapports.

— Tout de même, à l'âge où on est soi-même prête à fonder un foyer, se retrouver avec une belle-mère sur les bras demeure un peu troublant.

Le rose monta aux joues de la jeune femme. Il s'agissait d'une première allusion bien nette, quoique détournée, à son propre mariage.

— Ma vague inquiétude tient sans doute à cela. Ma mère m'a beaucoup manqué, au moment de son décès. Marie a été précieuse dans les circonstances. Mais maintenant… Je ne suis plus en âge de voir mes rapports avec elle se modifier beaucoup.

— Et ta jeune sœur, Amélie ?

Cette dernière avait fait les frais de quelques confidences.

— Elle est très jeune… plus que son âge ne le laisserait croire. Elle profitera d'une main ferme pour la diriger dans la vie.

Françoise prononçait ces mots depuis son piédestal de jeune femme prématurément sage. Son compagnon, quant à lui, s'inquiétait des convenances, des risques de mésalliance.

— Ton père est vraiment épris de cette femme. Cette union a donc toutes les chances de fonctionner. Cela, même si lui est un professionnel, et elle une marchande…

Il aurait pu tout aussi bien dire : « Tu es la fille d'un avocat, député de surcroît, et moi un commis dans une banque. Quelles sont mes chances de t'amener au pied de l'autel ? » Il n'osa pas.

— Il faudrait que tu la connaisses. D'abord, elle est bien plus prospère qu'elle ne le laisse paraître. Puis, ses deux enfants jouissent d'un revenu, ce qui leur permet de faire de longues études sans se soucier de la dépense.

Cette réponse ne soulagea en rien les inquiétudes du jeune homme.

— Je ne demanderais pas mieux que de la connaître.

Le ton trahissait une frustration longuement ruminée. Alors que tellement de jeunes gens fréquentaient des demoiselles « pour s'amuser », lui souhaitait rencontrer la famille de Françoise. Ce serait en quelque sorte officialiser son statut de « prétendant sérieux ».

— Présentement, ce serait plutôt indélicat de te recevoir dans sa maison…

— Pourtant, il n'est plus là.

— Mais Thalie…

— Je la connais.

Il se souvenait de la petite personne fantasque, volontaire, rencontrée à une reprise sur la terrasse Dufferin.

— Il y a aussi la domestique.

Si Gertrude présentait maintenant un visage plus amène à la jeune invitée de la maison, voir celui qui évinçait Mathieu de son propre domicile lui donnerait des envies d'empoisonneuse. Ne la connaissant pas, Gérard voyait là un très mauvais prétexte.

Il articula d'une voix chargée d'émotion :

— … Tu iras au mariage avec le soldat, je suppose.

Il évitait toujours de nommer son rival par son nom, mais il utilisait ce terme dans ses moments de grande jalousie.

— Voyons, ne dis pas cela, tu sais bien que ce n'est pas vrai.

— J'entends bien ta protestation. De mon point de vue, il semble difficile de croire que vous serez tous les deux seuls, chacun de votre côté.

L'homme présentait des yeux de chien battu. Depuis leur arrivée dans ce lieu public, il n'avait touché ni le thé ni les biscuits. Elle se mordit la lèvre inférieure, puis bredouilla en rougissant :

— Je vais demander si je peux t'inviter.

En récompense, elle reçut de son compagnon un premier sourire sans équivoque. Sa précision le fit disparaître très vite.

— Mais je ne peux rien assurer. Je verrai la réaction de Marie.

Trente minutes plus tard, alors que le jeune couple se tenait à la porte de la boutique, Gérard aperçut la haute silhouette de Mathieu s'engageant dans la rue de la Fabrique. Par défi, il saisit Françoise aux hanches, plaqua sa bouche sur la sienne, au risque de faire tomber son chapeau vers l'arrière.

— Je téléphonerai cette semaine, laissa-t-il tomber en se redressant, nous pourrons souper quelque part.

Il la laissa pantelante, un peu surprise. Puis il descendit la rue, le corps raide, les mâchoires serrées, les yeux mauvais. Quand il passa à côté de son rival, ce dernier parut surpris de le voir.

— Bonjour, commença le vétéran. Quelle belle journée, n'est-ce pas ?

L'autre demeura pantois. Tout à se remémorer le regard narquois de Flavie, un moment plus tôt, le baiser volé avait complètement échappé à Mathieu.

À moins d'une obligation incontournable, Mathieu venait souper à la maison tous les dimanches soir. Marie se faisait à ce nouvel état des choses. Normalement, c'était avec une nouvelle épouse à son bras qu'un jeune homme accomplissait ce rituel. Elle devait en convenir, aucun de ses deux enfants ne respectait les traditions.

— Comment s'est déroulée ta semaine ? demanda-t-elle.

— Bien. Tu sais, la bibliothèque de l'Assemblée législative ne fournit pas de grandes émotions, mais je dois avoir parcouru une quinzaine de traités de droit au cours des dernières semaines.

Jamais il ne lui ferait part de son aventure galante avec une veuve esseulée désireuse de rompre une trop longue abstinence. Il ajouta après une pause :

— Toutefois, j'ai rencontré deux personnes éminentes : Édouard et le prince de Galles.

— Le second a dû être dominé par la stature du premier, railla Thalie.

— Je ne sais pas, car Edward se tenait bien loin, et mon cousin Édouard bien près de moi.

L'évocation du fils de Thomas n'avait jamais entraîné de réactions extrêmes chez sa mère. Elle demanda cependant d'une voix bien soupçonneuse :

— Où l'as-tu rencontré ? Il est sans doute venu en visite à la pension.

— Non. Élisabeth lui a servi d'intermédiaire pour me fixer un rendez-vous au magasin. Je me suis retrouvé pendant une petite demi-heure dans le bureau du grand patron. Il y avait juste une erreur de chaise. Je n'occupais pas la bonne.

Marie grimaça à cette nouvelle allusion à l'idée folle contenue dans le testament d'Alfred : reprendre la propriété du commerce familial.

— Je parie qu'il a voulu te proposer un poste de chef de rayon, lança Thalie en riant.

— Pas tout à fait. Il a voulu m'acheter.

Les femmes de la maisonnée ouvrirent des yeux ronds.

— Ne craignez rien, continua-t-il, il ne s'agit pas de profiter de mes charmes, mais de récupérer la part du magasin que je possède.

La nouvelle les laissa silencieuses un moment. Sa sœur fut la première à réagir :

— Ce ne serait peut-être pas une mauvaise idée, si tu obtiens un bon prix. Du temps de Thomas, la situation demeurait rassurante. Mais avec ce bellâtre, tu aurais peut-être intérêt à placer cet argent dans un endroit sûr.

Elle parlait avec d'autant plus de confiance que, bien géré, son petit capital lui procurait une rente la mettant à l'abri des imprévus.

— Mais si je veux vraiment racheter ce magasin un jour, j'aurais intérêt à ne pas lâcher la part que je possède déjà.

— Voyons, cette idée n'est pas sérieuse ! s'exclama la mère. Il a les cinq sixièmes du magasin.

— Pas tout à fait. Sa belle-mère en a une et sa sœur, une autre.

Édouard se trouvait parfois seul au salon avec sa logeuse, en fin de soirée. Cela lui permettait de glaner des informations. Comme le sujet troublait Marie, Thalie intervint :

— Et le prince soldat ?

La presse se plaisait à présenter Edward de cette façon.

— Il s'est affiché avec un uniforme plein de dorures. Sur un champ de bataille, il aurait fait une cible idéale.

— Es-tu allé à l'inauguration du pont ?

— Oui. Il a révélé une plaque de bronze, est monté dans un train pour aller faire la même chose sur la rive sud.

Pendant de longues minutes, le fils prodigue évoqua la cérémonie. La conversation porta ensuite sur les affaires du magasin. La propriétaire demeurait discrète sur la colonne des profits mais son sourire exprimait sa satisfaction. À la Haute-Ville, elle bénéficiait de la présence des touristes, qui compensait celle des clients locaux devenus frileux au moment d'ouvrir leur porte-monnaie. En bas de la falaise, le grand magasin PICARD ne jouissait pas du même avantage.

Au moment de desservir, Françoise profita d'un passage à la cuisine pour parler seule à seule à la maîtresse de maison. La mère demeura ensuite songeuse pendant tout le reste de la soirée. Quand son fils annonça son intention de rentrer « la maison » – l'expression la faisait encore grincer des dents –, elle déclara :

— Je vais te reconduire à la porte du commerce.

— Ce n'est pas nécessaire, j'ai toujours ma clé.

— Mais je peux tout de même dire un mot à l'oreille de mon petit garçon.

Mathieu fronça les sourcils sur les derniers mots, embrassa les autres femmes et descendit, avec sa mère sur les talons. Au rez-de-chaussée, elle laissa les lumières éteintes, se contentant de la lueur des réverbères pour tout éclairage.

— Tout à l'heure, Françoise m'a demandé une faveur un peu troublante : elle a exprimé le désir de venir au mariage accompagnée.

— ... Cela me paraît bien naturel.

— Tu n'y vois pas d'inconvénient ?

— Maman, nous avons tous les deux décidé de reprendre notre liberté. Il revient aux mariés de dresser la liste des invités, pas à moi.

Marie n'arrivait pas à cacher tout à fait sa déception. Deux ans plus tôt, cette histoire d'amour lui paraissait tellement touchante. Si Françoise ne devenait pas sa belle-fille par son propre mariage, ce serait finalement grâce à celui de son père.

— Elle se sent terriblement intimidée, dans cette situation...

— Là, je n'y peux rien, sauf promettre de demeurer poli avec son prétendant. Bien sûr, je ne m'engage pas à devenir le meilleur ami de ce type pour la mettre plus à l'aise.

La femme hocha la tête en guise d'assentiment.

— De ton côté, viendras-tu seul ? demanda-t-elle encore.

— Je ne vois pas vraiment qui pourrait m'accompagner. Il y a bien tante Élisabeth, mais la différence d'âge ferait jaser.

S'imaginant avec elle sur un banc de la cathédrale,

alors que sa mère convolait en justes noces, un sourire frondeur lui passa sur les lèvres.

— Ne dis pas de sottise…

L'ouverture d'esprit de Marie n'allait pas jusqu'à tolérer une situation semblable.

— Je ne fréquente personne, reprit-il d'un ton plus conciliant. Pour tout te dire, je suis sorti avec une jeune fille cet après-midi pour la première fois depuis mon retour d'Europe.

C'était là un résumé édulcoré de ses fréquentations passées, confectionné à l'intention des oreilles maternelles. D'un autre point de vue, dans la mesure où les autres aventures avec des mercenaires de l'amour ou une belle Ontarienne ne comptaient pas vraiment, cette version des faits se montrait véridique.

— Pourquoi ne l'invites-tu pas ?

— Je la connais à peine…

— Cela rassurerait tout à fait Françoise.

Elle se leva sur le bout des pieds pour l'embrasser sur les deux joues, avant de conclure :

— Penses-y au moins. Bonne nuit, à bientôt.

— Bonne nuit, maman.

Lancer une invitation afin de rassurer Françoise ne représentait pas un motif bien séduisant. Cependant, une fois dans son esprit, l'idée ne cessa de le travailler toute la nuit. Au matin, une fois rendu à la porte de la bibliothèque de l'Assemblée législative, il demeura un moment immobile.

— Si je ne règle pas cette question, maugréa-t-il, je ne pourrai pas me concentrer de la journée.

L'étudiant descendit d'un pas rapide la côte

d'Abraham, emprunta la rue Saint-Joseph afin de rejoindre le magasin PICARD. Quand il apparut devant Flavie, celle-ci le fixa de ses grands yeux bruns, surprise.

— J'espère que vous n'avez pas de rendez-vous avec monsieur Édouard. Il ne se trouve pas ici.

— Cela tombe bien, je ne veux pas le voir. Puis-je vous parler un instant ? En privé.

— Ici et maintenant, cela convient très bien. Si vous n'élevez pas la voix, cet endroit est aussi discret qu'un autre. Nous pouvons nous asseoir de ce côté.

De la main, elle désignait trois chaises contre une cloison, destinées à accueillir les visiteurs. Le garçon prit la première et la jeune femme, la seconde.

— Quel motif me vaut le plaisir de votre visite ? questionna-t-elle tout de suite, intriguée.

— Un plaisir partagé.

La taquinerie lui tira un grand sourire. Il enchaîna :

— Accepteriez-vous de m'accompagner au remariage de ma mère ?

Les sourcils de Flavie prirent la forme d'accents circonflexes. En quelques mots, il lui expliqua sa situation familiale.

— Elle va épouser un député ? C'est un professionnel.

— Un avocat.

La question visait à mettre en évidence toute la distance entre elle et ces gens de la Haute-Ville. Cette réalité sociale ne semblait pas impressionner son interlocuteur.

— Vous acceptez ?

— Dans un monde comme celui-là, je me

sentirais tout à fait une intruse. Je suis une petite secrétaire.

— Je vous parais si… respectable ?

Les mots « inaccessible » et « hautain » lui étaient passés par la tête. Elle commença par lui sourire, avant de dire :

— Juste assez. Pas trop.

— Ma mère est comme moi. D'ailleurs, elle a été élevée dans un appartement miteux situé tout juste à trois cents pieds d'ici. Si vous venez avec moi, elle vous recevra très bien.

— Et lui ?

Elle parlait du futur époux, le notable de Rivière-du-Loup.

— Il est un peu moins bien que vous, moi et maman, c'est vrai, car il fait de la politique. Mais si elle est prête à s'en contenter, ce ne serait pas chrétien de notre part de lever le nez sur lui.

Cette fois, elle éclata franchement de rire. Son front se plissa toutefois au moment de répondre :

— Je n'ai rien de suffisamment chic pour l'occasion. Je ferais tache.

— Ce que vous portiez hier convient tout à fait. Personnellement, je serai fier d'être avec vous.

Malgré l'affirmation destinée à la rassurer, sa tenue pouvait vraiment déparer l'auguste assemblée. Elle trouvait aussi que son compagnon allait un peu vite en affaire. Ils étaient sortis une seule fois ensemble, la veille.

D'un autre côté, ce garçon lui paraissait fort attachant.

— Accordez-moi la journée pour y penser. Vous pouvez me donner votre numéro de téléphone ?

Elle se leva pour trouver un morceau de papier sur son bureau, prit les quelques chiffres en note. Le jeune homme jugea utile de préciser :

— Je passe mes journées à la bibliothèque. Je téléphonerai demain un peu avant dîner.

Elle faisait mine de chercher un autre feuillet pour inscrire son propre numéro.

— Ne vous donnez pas cette peine, je le connais déjà. Je vais vous laisser reprendre votre travail. Je vous souhaite une bonne journée, Flavie.

Elle accepta la main tendue en lui répondant :

— Bonne journée à vous aussi, Mathieu.

Il la laissa fort perplexe.

Finalement, non seulement Flavie accepta, mais elle trouva les mots pour convaincre son employeur de lui prêter une jolie robe, un chapeau et des gants. D'instinct, toutefois, elle avait évoqué une sortie, et non le mariage d'une parente de celui-ci.

— Je devrai payer le nettoyage à sec, il va remettre le tout dans le rayon des vêtements pour femmes afin de vendre ces articles, glissa-t-elle à l'oreille de Mathieu, une fois rendue sur le parvis de la cathédrale.

— Papa faisait parfois la même chose, lors des événements spéciaux. De pauvres clientes payaient le prix fort pour une robe déjà utilisée.

À quelques pas de distance, Françoise tenait son cavalier par le coude. Les deux hommes s'étaient salués de façon courtoise, mais ils ne s'isoleraient pas au cours de la journée pour une conversation intime.

Quand les futurs mariés pénétrèrent dans le

temple, les Picard et les Dubuc leur emboîtèrent le pas. Le caractère intime de la cérémonie les autorisait à utiliser l'une des chapelles latérales. Se répartir de part et d'autre de l'allée centrale aurait paru ridicule : y compris les mariés, l'assemblée s'élevait à douze personnes, treize avec le prêtre.

L'assistance réduite amena le célébrant à faire l'économie des discours ronflants. Comme ils en étaient à une seconde union, il s'épargna aussi la nécessité de s'appesantir sur les droits et devoirs réciproques des époux.

Marie prononça le « Oui » d'une voix chevrotante ; celle de Paul parut à peine plus assurée. Mathieu signa le registre paroissial à titre de témoin, Gertrude aussi. Thalie avait menacé de se rouler sur le plancher de la nef en hurlant si quelqu'un tentait de l'empêcher de faire de même. L'ecclésiastique céda à ce « caprice ». Après la cérémonie, il ajouterait le mot « fille mineure de l'épouse » entre parenthèses, au bout de son nom.

Aucune des jeunes Dubuc n'exigeait de figurer dans le grand registre. Le frère cadet du marié, Armand, et sa sœur Louise lui servaient de témoin.

En sortant de la basilique, Françoise et Amélie pleuraient. De leur côté, Thalie et Gertrude soutiendraient pour le restant de leurs jours avoir reçu simultanément de la poussière dans les deux yeux. Cela parut improbable à tous les autres.

Heureusement, le prêtre ne figurait pas parmi les invités au repas de noces. Se trouver treize à table le jour des épousailles aurait placé l'union sous de bien mauvais auspices. Douze était un chiffre plus rassurant. La table, dans un coin de la grande salle à manger du *Château Frontenac*, présentait un certain déséquilibre, les Dubuc se trouvant plus nombreux que les Picard. Amélie avait migré de bonne grâce parmi sa belle-famille.

La disposition des convives devait prévenir les tensions. Les nouveaux mariés se trouvaient à un bout d'une table rectangulaire, Gertrude et tante Louise à l'autre extrémité. Du côté de Marie venaient Mathieu et son invitée, ensuite Thalie, puis Amélie. À l'opposé, Françoise se tenait près de son père, Gérard Langlois près d'elle, puis le frère du marié et sa femme. Le résultat laissait à désirer. Les anciens fiancés s'offraient aux regards des rivaux. Pendant un long moment, la conversation languit.

— Nous nous sommes suffisamment entraînés pour les prochaines funérailles, s'exclama Thalie. Si nous levions nos verres en l'honneur des nouveaux mariés ?

Elle joignit le geste à la parole. Les autres l'imitèrent, même si son entrée en matière lui avait valu des froncements de sourcils. La conversation s'engagea finalement.

— Ai-je bien compris, demanda le frère du marié, vous n'irez nulle part ? Aucun voyage de noces ? Pourtant, la session ne commencera que dans quelques semaines.

— ... Marie doit s'occuper de son commerce.

L'autre sembla étonné. La situation lui paraissait totalement saugrenue. Qu'une veuve travaille pour faire vivre sa famille, soit. Cela suscitait même l'admiration. Mais maintenant, elle devait s'en tenir à son rôle de maîtresse de maison.

— Pauvre maman, expliqua Thalie avec un sourire en coin : ses enfants vont la déserter demain. Comme nous retournons à l'université, nous ne sommes pas en mesure de prendre la relève pendant une semaine ou deux.

La précision ne réconforta pas vraiment le frère cadet. Apprendre qu'une jeune fille négligeait son devoir pour se livrer à des études supérieures lui semblait se situer juste un cran en dessous de l'hérésie.

— Mais nous nous reprendrons à la période des fêtes, insista Mathieu en regardant sa mère.

Celle-ci acquiesça d'un hochement de tête. Amélie profita de la conversation entre les grandes personnes pour se pencher à l'oreille de Gertrude et lui confier :

— Il est moins bien que Mathieu.

— L'important, c'est que tous les deux apprécient la personne avec laquelle ils sont, non ?

La domestique examinait la jeune secrétaire, visiblement très intimidée de se trouver là. Toutefois, sa bouche trouvait naturellement l'expression du sourire et ses yeux, celle du rire. Cette brunette présentait certainement un bon antidote contre les idées noires d'un vétéran. Françoise reflétait sa morosité, celle-là ramenait la joie chez lui. D'ailleurs, en ce moment, la sage jeune fille paraissait bien songeuse, au bras de son banquier.

Thalie ne pouvait rester bien longtemps silencieuse. Elle appuya son épaule contre celle de Flavie pour demander :

— Comme cela, vous travaillez pour mon merveilleux cousin.

Mathieu avait donné une courte biographie de son invitée, au moment d'annoncer sa présence. Marie avait arrondi les yeux de surprise, sans ajouter le moindre commentaire. Après tout, deux cents femmes travaillaient pour les entreprises PICARD. De très bonnes personnes se trouvaient dans le lot.

À cette table, la véritable raison de son malaise lui apparut. Flavie occupait le même emploi qu'elle, un peu plus de vingt ans plus tôt, au service du fils de son abuseur. Aussi, elle se concentra pour entendre la conversation.

— Quelque chose me dit que le mot « merveilleux » ne prend pas son sens habituel, ici. Je ne sais pas trop quoi répondre.

— Je ne suis pas très entichée de lui, admit Thalie.

— De mon côté, je n'ai pas à être entichée. Il me paie, je travaille pour lui. Nos rapports se limitent à cela.

— Il est comment, en tant que patron ?

L'employée se sentait un peu piégée, prise dans une situation conflictuelle à laquelle elle ne comprenait rien. Mieux valait répondre honnêtement.

— Plutôt bien. Je ne dois pas trop compter mes heures, mais il se révèle moins mauvais que bien d'autres, même à ce sujet.

— J'en suis heureuse pour vous. Et comment avez-vous connu mon escogriffe de frère ?

— Il est venu au magasin. Une chose entraînant l'autre…

— Vous vous retrouvez au milieu de cette curieuse assemblée !

Les derniers mots, dits tout bas, s'accompagnèrent d'une pression de la main sur l'avant-bras de Flavie. Elle trouvait en effet ces noces bien curieuses. Évidemment, entre des personnes de plus de quarante ans, parents de jeunes adultes, les choses devaient demeurer bien sages. Toutefois, le regard de la belle châtain, en face d'elle, commençait à lui peser un peu.

Le nouveau marié se chargea de relancer la conversation.

— Gérard, Françoise me disait que vous travaillez à la Banque de Montréal.

— C'est bien cela, depuis bientôt huit ans. Je commence toutefois à regarder ailleurs.

— Si ce n'est pas indiscret, puis-je savoir pourquoi ?

À cause de sa présence parmi eux, l'employé passait aujourd'hui du statut de simple « connaissance » à celui de prétendant : cela entraînait un véritable examen. Le père de Françoise entendait savoir s'il présentait un parti convenable. Que cela se passe lors de son propre dîner de noces ajoutait du piquant à la situation.

— Pour un Canadien français, même avec une excellente connaissance de l'anglais, les chances d'avancement sont nulles, alors que du côté de la Banque canadienne nationale…

— À votre place, je retarderais mon passage vers cet établissement, le temps de voir venir.

Gérard Langlois présenta un visage surpris, avant de demander :

— Comment cela ?

— Cette institution est aux prises avec de très mauvaises créances. En réalité, une seule, mais très mauvaise : la manufacture d'instruments agricoles…

— … de Montmagny, compléta l'invité. La rumeur circule chez les employés, à la banque.

Il continua après une pause :

— Est-ce vraiment si grave ?

— Assez pour que je vous donne ce conseil : si vous entendez changer d'emploi à court ou moyen terme, évitez cet endroit. Dans quelques mois, nous en saurons plus.

Comme elle n'osait plus interrompre une conversation aussi sérieuse, Thalie se concentra sur son repas, interrompue seulement par les incessantes questions d'Amélie au sujet de la boutique ALFRED. L'adolescente entendait bien occuper les mois à venir en s'essayant au métier de vendeuse. Son autre choix serait de se cloîtrer dans l'appartement du dernier étage, ou pire encore, d'aller se réfugier dans la grande maison de Rivière-du-Loup, avec tante Louise. Elle se tuerait à l'ouvrage plutôt que de subir un pareil exil.

Quand Thalie se leva pour aller se « poudrer le nez », une expression destinée à dissimuler l'un des avatars de la condition féminine, Flavie se leva aussi en s'excusant. Dans les toilettes, au moment où chacune sortait d'un réduit pour se pencher sur le lavabo, elle entendit :

— Cette réception doit vous donner une curieuse idée de notre famille.

— Oh ! Pas du tout.

— Que de pieux mensonges ne prononçons-nous pas au nom de la politesse. Je vous pardonne. Nous sommes tous empruntés aujourd'hui, personne ne sait quelle attitude adopter au juste.

La jeune secrétaire replaça ses bouclettes brunes en regardant son interlocutrice dans le miroir. À la fin, elle reconnut, avec un sourire en coin :

— Je ne me sens pas à mon aise dans un endroit aussi somptueux. Vous savez, je n'ai jamais vu d'aussi jolis plats… sauf dans le rayon des articles de maison, au magasin.

— Tut, tut, tut ! Encore un mensonge de circonstance. La vaisselle n'a rien à y voir.

L'autre éclata de rire, puis demanda :

— Pourquoi me regarde-t-elle comme cela ?

— Nous y voilà. Mathieu ne vous a rien dit ?

Maintenant, elles se faisaient face.

— Pendant les deux ans où mon frère a été à la guerre, expliqua Thalie, nous avons tous voulu croire que Françoise était sa fiancée. Elle le croyait aussi. Mais elle s'est lassée d'attendre, lui est revenu très changé. Un garçon trop sage s'était embarqué pour l'Europe, un homme blessé, un peu égaré, est descendu de l'*Olympic* le printemps dernier.

La jeune fille préféra ne pas utiliser le mot « torturé ». Effrayer cette demoiselle ne servirait à rien, surtout pas à ménager les intérêts de son frère.

— Si elle s'est lassée d'attendre, pourquoi faire cette tête ? Elle a son banquier.

— Peut-être souhaitait-elle être reconquise. À son retour, Mathieu n'avait pas la tête à cela. Elle a gardé le banquier dans son sillage, et aujourd'hui, mon frère rapplique avec une jolie fille.

— Elle est bien plus belle que moi !

— Vous croyez ?

Flavie fit face au grand miroir, incertaine.

— Peut-être avez-vous raison, admit Thalie, je suis mauvais juge en ce domaine. Pourtant une chose est certaine : aujourd'hui, vous êtes avec lui, elle est avec Gérard. Ma pauvre amie se demande bien pourquoi il vous a préférée à elle.

— Ma présence tient à un concours de circonstance. Si Mathieu n'était pas venu voir mon employeur…

— Vous avez si peu d'assurance ?

La secrétaire se mordit la lèvre inférieure. Si sa complexion avait été plus pâle, elle aurait rougi jusqu'aux oreilles.

— Je ne comprends rien à cette situation.

L'entrée de deux touristes américaines amena son interlocutrice à la prendre par le bras en suggérant :

— Marchons un peu. Ce n'est pas le meilleur endroit pour discuter.

— Mais les autres…

— Pris par la conversation animée et les fous rires, ils ne remarqueront pas notre absence.

L'ironie grinçante amusa sa compagne. Elle se laissa guider dans les couloirs de l'hôtel.

— Mathieu s'est porté volontaire. Je pense que Françoise a pris cela comme un affront personnel. Puis l'attente interminable a commencé, avec la crainte de recevoir un jour un télégramme de l'état-major. Je regrette un peu de l'avoir incitée à voir d'autres garçons. Cela me semblait plus sage que de rester enfermée dans l'appartement, à espérer son retour.

— Elle s'est éprise de ce garçon.

— Du garçon, je ne crois pas. Elle a été séduite par son côté raisonnable : au lieu de s'exposer aux balles allemandes, il s'insurge contre ses patrons de langue anglaise. Elle comprend ce genre de révolte, cela se situe dans le cadre de son petit univers. Sans doute parce que Mathieu a eu bien du mal à s'ajuster, après son retour, elle a continué de le voir. Depuis le début de la cérémonie de mariage, elle doit se demander si elle a bien fait.

Après avoir fait le tour du rez-de-chaussée, elles retournèrent vers la salle à manger.

— Vous croyez qu'il se pose la même question ? demanda Flavie, anxieuse.

— Je ne crois pas. Il faudrait le lui demander.

En s'approchant de la table, elles trouvèrent Amélie assise juste à côté du vétéran, engagée dans une conversation animée. Elle se leva, rougissante, afin de rendre sa place à la nouvelle venue.

— Je suis désolée, murmura Flavie, je me suis un peu perdue dans les corridors de l'hôtel.

— Cela a permis à ma nouvelle demi-sœur de m'entretenir de ses aspirations, remarqua Mathieu.

— C'est vrai, vous ne gagnez pas seulement un beau-père, aujourd'hui, mais toute une nouvelle famille.

De l'autre côté de la table, Françoise pâlit en entendant ces mots.

22

Peu après, le groupe se dispersa. Dans le hall de l'hôtel, Paul salua sa sœur, son frère et sa belle-sœur. Marie déclara avec un semblant de conviction dans la voix :

— C'est dommage, vous auriez pu souper à la maison.

— Notre train part pour Rivière-du-Loup dans un peu plus d'une heure, répondit Armand Dubuc. Le temps de prendre le traversier, et nous serons à la gare de Lévis au bon moment.

— Oui, bien sûr, je comprends.

Après les bises distribuées à la ronde, le trio s'engouffra dans un taxi. Ce fut alors au tour de Mathieu de déserter les autres.

— Je vais reconduire Flavie chez elle.

— Mais demain, tu viendras dîner à la maison.

La mère ajouta, un ton plus bas, avec l'espoir de n'être entendue par personne d'autre :

— Tu le sais bien, ce sera toujours chez toi.

— Bien sûr, je le sais. Et demain, je serai là pour souligner le départ de ma sœurette vers la grande ville.

Le fils aîné distribua des bises à toutes les femmes présentes, des poignées de main aux hommes. À Paul, il put y aller d'un « À demain ». Dans le cas de

Gérard, que convenait-il de dire ? À la fin, il opta pour :

— Au revoir.

L'autre émit un son inintelligible. Quand le couple se fut estompé à son tour, Marie adopta un ton faussement joyeux.

— Rentrons chez nous !

Avec un trac fou, elle s'accrocha au bras de son tout nouvel époux. Un cercle d'or au doigt, elle ne craignait plus le regard des autres portés sur eux. Ce petit confort lui semblait bien cher payé. L'existence de sa petite famille se trouvait irrémédiablement chamboulée.

« Elle l'était déjà, de toute façon, songea-t-elle en traversant la place d'Armes. Les enfants ont raison, j'ai fait pour le mieux. »

Trois pas derrière les nouveaux mariés, Françoise tenait le bras de son cavalier. Si le repas avait paru interminable à ce dernier, il s'enorgueillissait d'être devenu le prétendant officiel, en quelque sorte.

— Son amie est une jolie personne, remarqua-t-il à mi-voix.

Sa compagne, perdue dans ses pensées, ne comprit d'abord pas. Puis elle admit, rougissante :

— Oui, en effet.

— Il s'agit d'une simple secrétaire, bien sûr, mais tout de même…

Françoise ressentit la précision comme une gifle.

Plus loin, à l'arrière, Amélie marchait aux côtés de Gertrude. La vieille domestique lui semblait être une version plus abrasive, mais combien plus drôle, de tante Louise.

— Je ne comprends rien aux histoires d'amour, glissa-t-elle.

— Et bien sûr, en parler à une vieille fille te rendra plus savante.

— Ma sœur laisse Mathieu pour un garçon bien moins intéressant. Mathieu se retrouve avec une fille bien moins jolie que Françoise…

— Tu veux dire que toi.

Elle rougit de se voir aussi facilement percée à jour.

— Ce que tu penses n'a aucune importance, déclara Gertrude. Une seule question me semble pertinente : ta sœur est-elle heureuse de son choix, et Mathieu du sien ?

Elle songea : « De mon côté, je l'ai trouvée très bien, sa petite secrétaire. Elle ne semble pas se prendre pour une madone de plâtre. » Loin derrière, Thalie se posait exactement la même question, et se faisait la même réponse.

Quand les nouveaux mariés s'arrêtèrent devant la porte du commerce, rue de la Fabrique, Paul consulta sa compagne du regard, puis tendit la main.

— Monsieur Langlois, je suis heureux d'avoir fait votre connaissance. Un jour prochain, j'espère que vous pourrez vous joindre à nous pour le repas.

— Ce sera avec plaisir, monsieur Dubuc.

L'homme serra ensuite la main de Marie, puis celle de toutes les retardataires. Au moment où elles pénétraient dans le commerce, il se pencha pour faire la bise à Françoise.

— À bientôt, dit-il.

— … À bientôt.

— Si tu le permets, je te téléphonerai ce soir.

Le ton trahissait une confiance accrue, la certitude d'avoir enfin le champ libre. Elle eut juste un moment d'hésitation avant de répondre :

— J'attendrai ton appel.

Mathieu occupait un banc dans le parc Montmorency, Flavie à ses côtés. En quittant le reste de la famille sous prétexte de la reconduire, il lui avait proposé de s'arrêter là un moment, avant de se rendre à la Basse-Ville.

— Je m'excuse de vous avoir entraînée à ce mariage, bafouilla-t-il.

— C'est bien la réception la plus étrange à laquelle j'ai assisté, mais vous n'avez pas à vous excuser.

— En même temps, votre présence m'a fait plaisir, alors mes excuses ne veulent pas dire que je regrette…

— Dans ce cas…

Elle lui adressa un sourire, effleura son avant-bras de la main.

— Pendant toute mon enfance, reprit-il, rasséréné, ce parc a été mon terrain de jeu. Vous avez vu, à l'avant de la maison, le mur de la boutique donne directement sur le trottoir. À l'arrière, il y a un petit espace pour la livraison des marchandises, encombré de débris et peuplé de rats.

— Des rats ?

— Gros comme ça. Des rats de la Haute-Ville, bien nourris.

Des mains, il indiquait une longueur de deux bons pieds. Elle s'esclaffa à côté de lui.

— De mon côté, à L'Ancienne-Lorette, l'espace

ne manquait pas. Les rongeurs non plus, pour tout dire.

— La vie à Québec vous plaît-elle ?

— Mon travail me convient, il me permet de vivre décemment. Alors oui, Québec me plaît.

Flavie souhaitait revenir sur le sujet du mariage.

— Croyez-vous que votre mère a pris la bonne décision ? demanda-t-elle après une hésitation.

— Je n'en doute pas un instant. Dubuc est un homme bien, il nous apprécie, ma sœur et moi, il fait tout pour nous aider. Par exemple, il a fait jouer ses influences pour me procurer l'emploi que j'occuperai à compter de lundi.

— Sa sœur ne semblait pas très enthousiaste…

— Louise ? Il la loge et la nourrit. Elle craint un peu de perdre l'un et l'autre de ces avantages.

Bien sûr, comme Marie n'entendait pas abandonner son commerce avant l'âge de soixante ans, tante Louise demeurerait vraisemblablement la gardienne de la demeure de Rivière-du-Loup jusqu'à son décès. Tout au plus subirait-elle la présence de l'intruse quelques semaines par année.

— Et ses filles ? demanda encore Flavie.

— Elles et maman s'entendent très bien. La cohabitation ne posera pas de difficulté.

— Et comme vous et votre sœur habitez déjà à l'extérieur de la maison, il n'y aura pas vraiment de heurts possibles.

Son compagnon hocha la tête en guise de réponse. Un long moment, ils commentèrent le magnifique panorama devant eux.

— Je dois rentrer à la maison, déclara la jeune fille en se levant.

— Je vous raccompagne.

Elle prit son bras, se laissa conduire vers la côte de la Canoterie. Le trajet fut un peu plus long que de raison, mais la marche fort agréable. Quand ils arrivèrent à la porte de la pension de la rue Saint-François, le garçon proposa :

— Nous pourrions aller manger dans les environs.

— Non, je préfère retrouver mes voisines.

— … Pourrai-je vous inviter de nouveau ?

— Puis-je vous poser une question d'abord ?

Ce désir ne pouvait le surprendre. L'atmosphère, pendant le repas, nécessitait quelques éclaircissements. Il hocha la tête en guise d'assentiment.

— Cette jolie femme, Françoise, était votre fiancée ?

— En quelque sorte, oui. La chose n'a jamais eu un caractère officiel, mais ce terme décrit très bien notre situation passée.

— Et maintenant ?

— Vous avez bien vu, elle est venue au mariage de son père avec un nouveau prétendant.

La réponse n'avait pas de quoi la satisfaire complètement. Elle alla droit au fait :

— Et vous, vous étiez avec la première venue.

— Voyons…

— Ne jouons pas sur les mots. Nous nous sommes vus à trois reprises. Ce qui me préoccupe maintenant, c'est la place de cette femme dans votre vie.

Cette façon de vouloir clarifier les choses forçait son compagnon à se montrer très précis.

— J'ai beaucoup d'affection pour elle, comme il convient pour une demi-sœur, en réalité.

— Rien de plus ? Elle paraissait regretter le cours des événements récents.

— Je ne peux rien y faire. Moi, je vous ai demandé si vous aimeriez me revoir. Je regarde devant, pas derrière.

À tout le moins, Mathieu tentait désespérément de le faire. Son passé récent comptait trop de fantômes menaçants pour s'y complaire.

— Je serai heureuse d'entendre vos propositions, conclut-elle en tendant la main.

Il l'accepta avec le sourire, lui dit « Au revoir » avant de tourner les talons. Il avait fait trois pas quand elle prononça assez fort pour être entendue.

— Mathieu…

L'usage de son prénom, à la place du « Monsieur Picard », laissait augurer le meilleur.

— Oui ?

— Si nous devons nous revoir, mieux vaudrait nous tutoyer. Je ne viens pas d'un milieu où nous abusons du « vous ».

— Tu as absolument raison, Flavie. À bientôt.

Il souligna son salut en touchant le bord de son chapeau du bout des doigts. Elle inclina la tête et entra dans son domicile.

Dans l'appartement du dernier étage, l'atmosphère demeurait un peu étrange. Avant de disparaître dans la cuisine, Gertrude demanda :

— Madame, désirez-vous manger à la même heure que d'habitude ?

— … Oui, bien sûr. Nous avons dîné un peu

tard, c'est vrai, mais pas assez pour retarder le souper.

La présence d'un nouveau « maître » dans la maison justifiait la question. La domestique craignait un changement dans la routine. Rassurée, elle alla allumer le feu dans la cuisinière à charbon. Les trois jeunes filles se dirigèrent vers le salon, silencieuses.

Paul offrit à la ronde :

— Je peux vous servir à boire ?

Marie regagna son fauteuil avant de répondre :

— Pourquoi pas. Nous n'avons certainement pas abusé, pendant la réception.

— Avec la prohibition, maintenant seul le curé prend un verre lors des noces, grâce au vin de messe. Notre tour est arrivé.

Il versa un sherry à sa femme, interrogea les trois filles du regard. Aucune n'accepta. Peu après, il se calait dans un fauteuil, un whisky à la main. D'habitude, les nouveaux mariés tremblaient de fébrilité au moment de se retrouver seuls. Ceux-là, à cause de la présence de leurs enfants, gardaient une allure empesée.

À la fin, Amélie se leva en marmottant :

— Excusez-moi, je vais aller défaire ma valise.

Même si, depuis le mois de juin précédent, elle avait passé de nombreuses journées dans l'appartement de la rue de la Fabrique, la jeune fille était descendue la veille avec une grosse malle. Il lui restait encore à placer tous ses effets.

— Et moi, déclara Thalie à son tour, je vais aller faire la mienne. Quelqu'un du Canadien Pacifique doit la prendre tôt demain matin.

En quittant le salon, elle comprit combien il lui plaisait de regagner Montréal dès le lendemain.

— Finalement, déclara Françoise en se levant, je vais prendre un sherry. Laisse papa, je vais me servir moi-même.

Les nouveaux mariés échangèrent un regard un peu désolé. Avant ce jour-là, la proximité entre les Picard et les Dubuc suscitait des conversations enjouées. Ils en étaient réduits à souhaiter que leur nouveau statut matrimonial ne soit pas à l'origine de pareille débandade.

Le lendemain, Mathieu vint dîner en famille. En se mettant à table, Amélie lui annonça, comme si la chose présentait un accomplissement :

— Je vais occuper ta chambre, tu sais.

— Je ne veux pas te décevoir, mais il s'agit de celle de mon père. Françoise occupe la chambre qui a été la mienne de ma naissance à mon départ pour la guerre.

La déception se peignit sur le joli visage.

— Tu pourras prendre la mienne, proposa Thalie dans un sourire. Elle donne sur la rue de la Fabrique.

— Thalie, tu es très gentille, déclara Paul, mais cette maison restera celle de ta mère, en conséquence la tienne aussi. Tu continueras d'occuper ta chambre à chacune de tes visites. Amélie se trouve très bien où elle est.

Marie le remercia des yeux. Leur entente était simple : les Dubuc seraient des invités chez les Picard, et les Picard des invités chez les Dubuc. La blonde se le tint pour dit et n'aborda plus le sujet.

Après avoir servi le potage, Gertrude prit sa place

à table. La veille, après la noce, la nouvelle organisation familiale avait éveillé chez elle des velléités de retourner prendre ses repas à la cuisine. Après quelques arguments, Marie avait conclu :

— Si, à Rivière-du-Loup, tante Louise mange avec le reste de la famille, à Québec, tu vas continuer de t'asseoir avec nous.

Le « merci » s'était étranglé dans sa gorge, une poussière dans l'œil l'avait forcée à se retirer vers ses chaudrons. Vingt-quatre heures plus tard, elle reprenait néanmoins sa place habituelle à table avec une assurance renouvelée.

Une fois réglées les questions des chambres et de la place de la domesticité dans la demeure, le silence s'alourdit sur la salle à manger.

— Thalie, tu dois être heureuse de retourner à l'université, remarqua Françoise. Tu retrouveras tes cours, tes amies.

— C'est un plaisir ambigu, expliqua Thalie. Pour cela, je dois quitter ma famille, d'autres amies.

Son interlocutrice la remercia d'un sourire.

— Tu vas revenir, n'est-ce pas ? intervint Marie à son tour, un peu de tristesse dans la voix.

— Aux fêtes, pour te permettre de faire enfin ton voyage de noces.

— Viens seulement pour me voir.

— Je te verrai avant et après votre escapade en amoureux.

Ces paroles réussirent à troubler un peu la nouvelle mariée.

— Mais l'été prochain, insista-t-elle, tu voudras travailler auprès des malades... C'est bien normal.

L'effort de compréhension sonnait un peu faux.

— Mais je pourrai peut-être venir à Québec. J'ai déjà écrit au directeur de l'hôpital Jeffery Hale pour lui offrir mes services et le directeur m'a répondu avec intérêt. Il y a aussi une clinique pour les indigents, dans la Basse-Ville, où je pourrai aider. Je contacterai les hôpitaux catholiques… mais avec les protestations en chaire des curés contre les féministes, je perdrai mon temps. Alors ce sera probablement le Jeffery Hale.

— Tu pourras venir à Québec… répéta la mère.

Le reste de la déclaration de sa fille lui avait échappé. La promesse la réconciliait avec la perspective de la voir partir.

— Avant d'obtenir ton diplôme, remarqua Mathieu avec à-propos, tu hériteras de tâches bien rebutantes.

— Toi, tu classeras de vieux dossiers, moi, je manipulerai des bassines. Nous en avons encore pour trois ans à effectuer les pires corvées.

Même si elle était plus jeune que son frère de quelques années, son séjour au Quebec High School, moins long que celui exigé pour les humanités classiques, puis l'exil de ce dernier en Europe, les plaçaient au même niveau dans leur cursus universitaire.

— Sans vouloir te vexer, je préfère l'odeur d'un vieux dossier à celle de tes bassines.

— Les enfants, nous sommes à table, intervint Marie en plissant le nez.

La conversation ne tarit plus pendant tout le repas. À deux heures, un sac de voyage à la main, Thalie se tenait dans l'embrasure de la porte du commerce.

— Tu es certaine que la grosse malle se rendra à destination ? s'inquiéta Gertrude.

— Selon les employés du chemin de fer, elle se trouve déjà dans ma chambre, à Montréal. Maintenant, je dois y aller.

Elle fit le tour des personnes présentes pour leur donner la bise, excepté son frère. Celui-ci devait l'accompagner jusqu'à la gare. Tout le long du chemin, ils abordèrent divers sujets. Une fois rendus à destination, le garçon alla se mettre en ligne afin de lui acheter son billet. Il la retrouva sur un banc près du quai.

Elle reçut son droit de passage en disant :

— Tu vas garder un œil sur eux ?

— Sur qui, exactement ?

— Les nouveaux mariés. Les grandes personnes sont souvent bien déraisonnables.

Mathieu éclata de rire.

— J'aurai les deux yeux ouverts, convint-il. S'il survient un problème trop compliqué pour moi, je t'appellerai, sois sans crainte.

Elle le contempla un long moment avant de dire, très sérieuse cette fois :

— Et si jamais tu as besoin d'aide, tu m'appelleras, n'est-ce pas ?

Elle craignait une folie de sa part, après des nuits et des nuits sans sommeil.

— Oui, je t'appellerai si nécessaire.

— Tu te portes mieux, je crois. Tu retrouves plus facilement ton sourire.

— Mon esprit revient lentement des Flandres. Il n'avait pas suivi mon corps, après mon transport à l'hôpital.

Thalie saisit sa main, posée entre eux, sur le banc. Ils demeurèrent un long moment comme cela, silencieux. Puis un employé du Canadien Pacifique annonça le départ du train pour Montréal. Il l'accompagna jusqu'aux marches donnant accès au wagon, l'embrassa en disant :

— Passe une excellente année, et essaie de m'écrire une fois de temps en temps.

— Je te souhaite une bonne année aussi et j'attendrai tes lettres. Sois un peu plus long que sur les cartons de l'armée.

— Promis.

Elle posa le pied sur la première marche, puis se retourna, le regard soudainement chargé de curiosité.

— Dis-moi, l'amélioration de ton moral a-t-il à voir avec la jolie secrétaire de notre cousin ?

— C'est plutôt l'inverse : la jolie secrétaire a à voir avec mon meilleur moral.

— Je comprends.

Sur ces deux mots, elle tourna les talons afin de trouver son siège dans le wagon.

Le matin, au moment de son départ de la pension de la rue Sainte-Geneviève, Mathieu se trouvait le seul locataire. À son retour l'après-midi, il découvrit les lieux bruissant de conversations. Dans le salon, Élisabeth devisait avec trois messieurs d'âge mûr. Elle se leva à l'instant où il entrait dans la pièce.

— Mathieu, j'aimerais te présenter certains de mes invités.

Depuis l'accueil de ses premiers clients, elle s'était

plu à les présenter ainsi, comme si les mots locataires ou clients décrivaient mal ses relations avec eux.

— Monsieur Fortin, monsieur Frenette et monsieur Tremblay.

Pendant que le jeune homme serrait les mains, elle continua :

— Ces personnes sont des députés à l'Assemblée législative.

Il s'agissait de trois membres du Parti libéral. En se tournant vers eux, elle dit encore :

— Mathieu Picard est mon neveu. Il étudie présentement à l'université Laval.

Le jeune homme reconnut chez le trio le regard allumé d'individus séduits par leur nouvelle hôtesse. Ils commenteraient certainement son charme à leurs collègues dès le lendemain, lors de la rencontre du caucus de leur parti. Peut-être des étudiants se trouveraient-ils délogés pour accueillir d'autres élus.

— Nous partagions nos souvenirs concernant Wilfrid Laurier, précisa-t-elle encore. Souhaites-tu te joindre à nous ? Je peux demander qu'on t'apporte du thé.

— Je vous remercie, ma tante, je préfère me plonger dans mes livres. Comme demain, je commencerai à la fois les cours et mon nouvel emploi, je dois prendre un peu d'avance.

— Tu te joindras à nous pour le souper ?

— Oui. Comme je suis allé dîner avec maman, je lui laisserai la chance de profiter d'un souper avec sa nouvelle famille. Messieurs.

Il salua les députés d'un geste de la tête, puis gravit l'escalier. Au second palier, il perçut le bruit d'une conversation dans le couloir. Il découvrit quatre jeunes gens de son âge en conciliabule. Il s'approcha en tendant la main.

— Je m'appelle Mathieu Picard.

Les autres se présentèrent en la lui serrant.

— Vous êtes étudiant aussi ? demanda l'un d'eux.

— En deuxième année de droit.

— Je ne vous ai pas vu l'an dernier, commenta un autre.

— Il y a un an, je me trouvais occupé ailleurs... En voyage.

Les autres le toisèrent, puis l'un d'eux déclara :

— Vous étiez à la guerre ?

Tante Élisabeth pouvait avoir évoqué la chose devant eux. Plus probablement, sa posture, sa main blessée, les traits de son visage pouvaient le trahir.

— Je ne peux rien vous cacher. De votre côté, vous fréquentez l'université ?

— Vous avez devant vous deux futurs avocats, et deux futurs médecins.

— Nous nous reverrons donc souvent. Bonne fin d'après-midi.

Il ne ressentait aucun désir d'énumérer ses expériences récentes à leur profit. Les prochaines semaines leur procureraient des occasions de conversations. Un moment plus tard, sous les combles, il découvrit ses deux voisins immédiats. L'un se tenait appuyé contre le mur, l'autre dans l'embrasure de la porte de sa chambre. Il répéta alors le rituel de la main tendue, des présentations, des noms évoqués machinalement.

— Nous sommes donc au complet, conclut Mathieu. J'ai vu du monde à tous les étages.

— Pas tout à fait, précisa un garçon avec un lourd accent de Charlevoix.

Celui-là venait de Saint-Irénée. Mathieu devait faire un effort pour ne pas baisser les yeux sur ses pieds. Il portait des bas en laine grise, sans doute tricotés par sa mère, sans chaussures, pour ne pas user inutilement celles-ci. Des trous laissaient voir ses deux gros orteils en totalité.

— Juste sous ta « suite », continua-t-il en utilisant spontanément le tutoiement, il y a un médecin. L'an dernier, il logeait dans tes quartiers, il a maintenant amélioré un peu son sort.

Une petite hostilité à l'égard des « nantis » marquait l'intervention.

— Au début de ses études, il devait loger dans ta chambre, rétorqua Mathieu sur le même ton.

— Exactement. Il vient de la Beauce. Maintenant, il a commencé sa pratique dans un cabinet de la Haute-Ville. Dans dix ans, il aura une grosse maison sur la Grande Allée.

L'anecdote lui rappela une conversation avec Thalie. Le docteur Caron avait recruté l'un de ses voisins.

— Il manque aussi un étudiant, et nous serons au complet. Un gars de Montréal, précisa son autre voisin.

— Je vous verrai donc au souper. Messieurs, à plus tard.

Sur un salut de la tête, Mathieu les quitta pour s'enfermer dans sa chambre. Dans vingt-quatre heures, au lieu de perdre leur temps à discuter dans le couloir, tous ces jeunes gens se plongeraient dans leurs livres. Il aurait une avance sur eux.

Les cours de l'université McGill devaient reprendre le lendemain. Après un trajet sans histoire au cours duquel Thalie eut l'impression de s'arrêter dans tous les villages situés entre Québec et Montréal, elle monta dans un tramway afin de se rendre à sa pension. Après une correspondance, elle posa enfin les pieds sur le trottoir de la rue Milton.

— Rien n'a changé ici, remarqua-t-elle à mi-voix.

Cela n'était pas tout à fait vrai. L'arrêt de la production militaire et le retour des vétérans faisaient chuter le prix du travail et augmentaient le nombre de chômeurs disposés à se contenter d'un dollar ou deux pour une journée d'efforts. En conséquence, les volets paraissaient bien droits maintenant, le gazon moins négligé, la galerie nouvellement repeinte.

Elle monta l'escalier de son pas vif habituel, faisant claquer ses talons sur les marches, entra dans la maison de chambres. Personne ne se trouvait accoudé au comptoir. Elle passa derrière afin de prendre sa clé, déposée dans un petit casier.

Des voix venaient de la salle à manger. Elle franchit la porte, découvrit une vingtaine de jeunes filles devisant gaiement.

— Thalie, lança une grande fille/jeune femme châtain, te voilà enfin.

Catherine Baker faisait maintenant l'effort de prononcer le prénom à la française. Elle quitta sa place pour venir lui faire la bise.

— Québec se trouve plus loin que Sherbrooke.

— Surtout si on prend le train l'après-midi.

Au cours des dernières semaines, elles s'étaient échangé un nombre suffisant de lettres pour se tenir réciproquement au courant de toutes leurs activités. Après une étreinte à sa meilleure amie, la nouvelle venue embrassa les plus proches parmi les locataires, salua les autres d'un bon mot, s'attarda auprès des petites nouvelles, au nombre de cinq, rassemblées au bout de la table, timides et silencieuses.

Quand la propriétaire des lieux vint poser une théière devant elles, la dernière venue lui dit :

— J'ai pensé prendre ma clé moi-même, pour ne pas vous déranger.

— Vous avez bien fait. Déjà, je dois préparer les repas au rythme des arrivées. Tout le service est chamboulé, ce soir. Il ne faut pas vous plaindre de manger froid.

Plus impressionnable, la Canadienne française aurait rougi un peu devant le reproche implicite. La femme se reprit tout de suite, plus amène :

— Bienvenue, « Thalia ». Assieds-toi, je t'apporte une assiette.

— Ma valise est restée dans l'entrée…

— Elle tiendra compagnie aux autres. Enlève ton chapeau et tes gants. Elle poussa l'amabilité jusqu'à lui poser un baiser furtif sur la joue, puis disparut dans la cuisine. Assise avec ses camarades, l'étudiante repassa brièvement les événements de l'été. Plusieurs avaient eu l'insigne honneur de voir le prince de Galles… à une distance de mille pieds au moins. Certaines entendaient sécher les cours pour l'apercevoir de nouveau lors de sa prochaine visite, prévue dans quelques semaines.

À une question d'une voisine, Thalie précisa :

— J'ai travaillé au magasin de maman tous les

jours. Cela me laissait peu de temps libre, même pour un prince.

Toutes, dans la petite assemblée, venaient de familles besogneuses, toutefois assez prospères pour permettre à leurs jeunes filles de poursuivre des études supérieures. La situation de leur camarade canadienne-française suscitait une vague de sympathie : une femme menant toute seule la barque familiale avait de quoi les impressionner. La suite de la conversation les décevrait bientôt un peu.

— Ta mère a perdu son indépendance hier ? demanda Catherine Baker.

— Elle s'est remariée, mais n'en doute pas, son indépendance demeure intacte.

— En vertu du Code civil, elle perd ses droits. Son commerce…

— Avant de dire « oui », elle a passé des heures chez le meilleur notaire de Québec. Il a concocté un contrat de mariage compliqué, tout à son avantage, semble-t-il.

La précision rassura les étudiantes assises à proximité.

— J'aimerais bien le voir, ce contrat, commenta Catherine. Je pourrais m'en inspirer pour mes clientes, plus tard.

La future avocate songeait déjà aux moyens de contourner les clauses les plus abusives de la législation québécoise à l'égard des épouses.

— Ils se sont mariés en séparation de biens, j'espère, continua-t-elle après une pause.

— C'est évident.

La tenancière de la maison de chambres posa une assiette devant la nouvelle venue.

— Il ne reste plus de potage, précisa-t-elle.

— Cela ira très bien, madame.

Le ton soumis lui valut un sourire et une déclaration :

— Mais il y a encore du dessert.

Les cheveux en désordre, elle retourna vers la cuisine. Catherine Baker baissa la voix d'un ton pour demander :

— Mathieu se porte-t-il mieux ?

— Je crois, oui. Le grand adolescent a définitivement disparu à la guerre, mais l'homme a gagné en épaisseur et en profondeur.

Le choix des mots sonnait curieusement. Elle laissa échapper un ricanement en imaginant son frère affligé d'un embonpoint précoce. Cela risquait peu de se produire. En posant la main sur celle de son amie, elle questionna à son tour :

— De ton côté, John se montre-t-il toujours aussi torturé ?

— Comme tous les anciens soldats, je suppose. Au moins, je le comprends un peu mieux. Lui aussi promène un visage grave, l'esprit ailleurs pendant de longues périodes, perdu dans ses souvenirs. Mais comme il commencera à la banque bientôt, cela l'aidera à se faire à la vie civile.

Pendant une heure, le babillage se poursuivit encore. Puis chacune regagna sa chambre.

Le lendemain matin, après un petit déjeuner avalé dans une atmosphère fébrile, la procession habituelle se forma sur le trottoir, puis elles regagnèrent le campus toutes ensemble. Un groupe se détacha pour rejoindre la faculté de droit, un autre se dirigea vers l'école normale McGill.

Thalie se retrouva seule avec une jeune fille effarouchée, l'air d'une adolescente.

— Vous me rappelez votre nom ?

— Audrey. Audrey Hogson.

— Ce matin, ce sera le cours d'anatomie. La matière est difficile, mais le professeur est plutôt sympathique. Il est arrivé l'automne dernier, juste après le premier épisode de la grippe.

— Les autres étudiants ?

— Vous trouverez quelques inévitables idiots parmi le lot, mais la plupart s'habitueront à votre présence.

L'autre parut à moitié rassurée. Quand elles arrivèrent devant le grand édifice en pierre grise, elle contempla la porte de chêne en retenant son souffle.

— Bonne journée, Audrey. Tout à l'heure, nous pourrons rentrer ensemble.

— À bientôt, Thalia.

Avec un peu de chance, elles seraient deux ou trois à entreprendre la première année du programme de médecine. Mais cette gamine aux cheveux noirs coupés au carré sur le front pouvait tout aussi bien être la seule recrue de sexe féminin de la classe de 1919.

23

Mathieu aussi commençait l'année universitaire, tenaillé par un trac profond. Après deux ans d'absence, il se demandait encore si les longues heures attaché derrière un bureau lui seraient supportables. Pour les apprentissages proprement dits, son inquiétude se révélait moins grande. La fréquentation assidue du Code civil, au cours des dernières semaines, le rassurait sur ses aptitudes intellectuelles.

Les cours théoriques se déroulaient en matinée, sauf en de rares exceptions, afin de permettre aux étudiants de travailler dans les cabinets d'avocats de la ville. Les plaideurs trouvaient là une main-d'œuvre peu, sinon pas du tout payée. Les jeunes gens profitaient de ce premier passage dans le monde professionnel pour se construire un réseau de relations très souvent utile toute leur vie.

À treize heures, Mathieu entra dans les locaux du procureur général, au premier étage de l'édifice de la bibliothèque de l'Assemblée législative. L'hôtel du gouvernement devenait trop exigu pour accueillir toute la fonction publique de la province, celle-ci débordait dans les bâtiments environnants. Il trouva non seulement l'un des substituts du procureur général, Arthur Fitzpatrick, mais le titulaire du poste lui-même. Le premier serra la main du nouveau venu et demanda en se tournant à demi :

— Connaissez-vous monsieur Louis-Alexandre Taschereau, notre nouveau ministre ? Il a été nommé par le Premier ministre Lomer Gouin mardi dernier.

— Bien sûr, j'ai lu la nouvelle dans *Le Soleil*, la semaine dernière.

Dit comme cela, il sous-entendait être un sympathisant libéral. Aucun partisan affiché de l'opposition ne pouvait occuper un emploi public.

Maigre, les cheveux coupés très court sur le crâne, une moustache touffue sur la lèvre supérieure, Taschereau trahissait une force nerveuse. Après avoir occupé différents ministères, son accession au poste de procureur général faisait de lui le meilleur candidat à la direction du gouvernement quand l'actuel Premier ministre, Lomer Gouin, déciderait d'abandonner. Pour un disciple de plus en plus affiché d'Ernest Lapointe, cela représentait un exploit.

— Vous êtes le jeune Picard ? demanda le politicien en lui serrant la main. Celui qui est allé à la guerre ?

— Mathieu Picard. Je suis celui-là.

— Vous avez été recommandé par le député de Rivière-du-Loup, je pense. C'est un parent à vous ?

— Il est devenu mon beau-père avant-hier.

L'autre éclata de rire.

— Cet emploi pour vous, ce fut un cadeau de mariage à sa future épouse, je suppose ?

— En quelque sorte, oui. Vous avez raison,

quoique je n'aie jamais regardé les choses sous cet angle.

— Un bon homme, ce Dubuc. Quelle que soit sa motivation, s'il vous a recommandé, je peux vous faire confiance.

Taschereau les salua d'un signe de tête, puis quitta les lieux. Arthur Fitzpatrick demeura immobile un moment, les yeux sur son nouvel employé, comme s'il remettait en cause la décision prise six semaines plus tôt.

— Je vais vous présenter tout de suite à votre supérieur, conclut-il enfin. Il s'agit du chef du service, en quelque sorte. À Québec, il y a un autre avocat de la Couronne avec lequel vous serez aussi en relation, Arthur Lachance. Vous le rencontrerez éventuellement. Présentement, il se trouve sans doute dans l'édifice d'à côté.

Il le conduisit dans la pièce voisine. Un vieil homme paraissait perdu dans un amoncellement de papiers, une multitude de lettres recouvrait la plus grande partie de son bureau.

— Basile, voici votre nouvel assistant. Je le laisse entre vos mains.

Le substitut du procureur s'esquiva sur ces mots. Comme l'employé ne bougeait pas de sa place, Mathieu prit l'initiative de s'avancer, la main tendue.

— Monsieur, je suis enchanté de vous connaître.

— … Moi aussi. Dégagez le dessus de la chaise.

De vieux documents débordaient du siège réservé aux visiteurs. Il les posa par terre avant de s'asseoir.

— Connaissez-vous le rôle du procureur général ?

— Je suis en seconde année de droit.

Après une matinée à la faculté, l'affirmation se révélait véridique. Comme l'autre demeurait silencieux, il se crut obligé de continuer :

— Le procureur général se charge des poursuites au nom du roi.

— Ce bureau reçoit les rapports des directeurs des postes de police, des laboratoires de médecine légale, les procès-verbaux des coroners. Selon la qualité des preuves accumulées, le substitut du procureur général chargé du dossier décide de poursuivre, ou non. Bien sûr, dans les cas les plus complexes, ou les plus délicats, il demande au patron.

Il voulait dire au ministre, Louis-Alexandre Taschereau depuis la semaine précédente. Mathieu hocha la tête. Il n'ignorait rien de cela.

— Vous voyez ce désordre ? Vous allez ouvrir le courrier, constituer des dossiers sur toutes les affaires, mettre les diverses pièces en ordre, puis vous me remettrez le tout. Je rédigerai de courts résumés pour Fitzpatrick ou Lachance. Venez avec moi.

Il le conduisit dans une pièce attenante, une salle mal éclairée par une fenêtre étroite, encombrée de nombreux classeurs en chêne. Une table se trouvait dans un coin, avec deux chaises. Par terre, un panier d'osier contenait de nombreuses enveloppes.

— Le courrier s'est un peu accumulé pendant l'été. Afin de ne pas créer de multiples dossiers sur la même affaire, consultez ce registre. Et bien sûr, vous y ajouterez une entrée pour tous les nouveaux documents.

L'homme le contempla un moment, l'œil interrogateur. Ses directives demeuraient si sibyllines qu'aucune question ne venait à l'esprit de son interlocuteur. À la fin, Mathieu acquiesça. L'autre retourna dans son bureau.

Demeuré seul, l'étudiant fit un tour complet sur lui-même, puis pesta :

— Dire que je me sentais malheureux à vendre des mouchoirs à de jolies femmes !

Il se laissa tomber sur sa chaise, allongea le bras pour prendre une missive dans le panier. Elle venait d'un juge de paix de Saint-Malachie, en Beauce. Le pauvre homme signalait le vol d'une vache. Véritable Sherlock Holmes des campagnes, il racontait par le menu son enquête et identifiait un suspect très sérieux.

Affrontant toujours les difficultés de sa réinsertion à la vie civile, Mathieu appréciait son existence d'étudiant. Il retrouvait à l'université une routine familière, peu susceptible de laisser divaguer son esprit.

Les cours occupaient toutes les matinées. Il regagnait ensuite les locaux du procureur général pour prendre connaissance des vicissitudes de la vie de ses contemporains.

Dans la plupart des cas, il s'agissait de crimes mineurs liés à la misère, ou à la sottise. Bien sûr, certaines causes retenaient son attention pendant une longue période, il en retrouvait les échos dans les journaux.

En rentrant à la pension de la rue Sainte-Geneviève, il retrouvait les visages familiers de ses voisins. Les députés choisissaient de souper en ville un soir sur deux. Les étudiants ne jouissaient pas de ressources pour se permettre un luxe pareil. Soir après soir, ils tentaient avec un succès inégal de paraître brillants devant leur belle hôtesse. Le vétéran trouvait leur conversation un peu insipide, mais parfois, il glanait auprès d'eux des informations utiles pour la poursuite de ses études.

À la longue, le jeune médecin logé au second étage se révéla le meilleur compagnon. À vingt-cinq ans, soucieux de bien amorcer sa carrière, Alcide Davoine accordait peu d'importance aux tournois de bridge ou aux soirées dansantes tenues chez les parents de jeunes filles à la recherche du bon parti.

Comme ce soir-là, les deux hommes demeuraient souvent seuls dans la salle à manger après que tous les autres eurent regagné leur chambre.

— Excusez-moi, déclara Julie en entrant dans la pièce, mais je dois desservir.

— Bien sûr, répondit Mathieu. Je vais même vous aider un peu.

Le jeune homme se leva et entreprit de mettre les dernières assiettes l'une dans l'autre.

— Voyons, ce n'est pas nécessaire, protesta la jeune domestique.

— Vous ne pourrez pas vous reposer avant d'avoir terminé la vaisselle, n'est-ce pas ?

Dans cette maison, le personnel se trouvait contraint à travailler de longues heures. Mathieu savait bien que la bonne et la cuisinière ne regagnaient jamais leur chambre avant neuf heures. Pourtant, tous les matins, elles s'agitaient devant le gros poêle à charbon aussi tôt que six heures.

Julie plaça les couverts dans un grand plat, le

vétéran posa les assiettes, puis les soucoupes et les tasses sur le chariot utilisé pour desservir.

— Je vous remercie, monsieur, murmura-t-elle en quittant la pièce.

Après son départ, le médecin lui adressa un sourire amusé.

— Tu sais te faire bien voir des dames de la maison.

— Ce sont mes voisines. Elles travaillent fort pour un maigre salaire.

— Je sais, l'an dernier, je logeais sous les combles.

Les deux jeunes hommes s'engagèrent bientôt dans l'escalier.

— Tu ne fais pas de bureau ce soir ? demanda Mathieu en arrivant sur le premier palier.

— Le docteur Caron me donne congé le jeudi.

— Quelle générosité !

— Mais je serai là demain soir.

À ce rythme, le praticien arrivait à faire fonctionner son cabinet une douzaine d'heures par jour, six jours par semaine. Cela lui avait permis de conserver tous les patients autrefois confiés aux bons soins de Charles Hamelin, et d'en attirer de nouveaux.

— Je pense que je ne suis pas le premier bénéficiaire de cette générosité, continua le jeune médecin. Cela permet à sa fille de profiter aussi de sa soirée de congé. Tu la connais ?

— Élise ? Pas vraiment. C'est toutefois une amie de ma sœur.

— L'étudiante en médecine ? Tu devras me présenter ce personnage, un jour. Elle semble remarquable.

— Dès qu'elle viendra en visite à Québec, je le ferai. Mais ne fonde pas trop d'espoir sur cette rencontre. Je ne lui connais aucune inclination sentimentale. À l'entendre, les étudiantes universitaires mènent une vie plus sage que celle des nonnes.

Ils arrivaient au second palier. Le médecin proposa :

— Tu viens prendre un verre ?

L'autre marqua un moment d'hésitation.

— Je ne sais pas. Comme ma sœur, moi aussi je suis plutôt sage. Les études…

— Tu te reprendras cette nuit.

Comme l'étudiant en droit logeait au-dessus du médecin, ses longues périodes d'insomnie ne lui avaient pas échappé. Il ouvrit sa porte, laissa l'autre passer devant lui.

— Je ne pourrai m'attarder très longtemps, précisa Mathieu. C'est fou le nombre de pages qu'un futur avocat doit assimiler.

— Alors ne perdons pas de temps. Tu veux un cognac ?

L'invité acquiesça en prenant place dans un vieux fauteuil au revêtement élimé. Son logis se composait de deux pièces. L'une servait de salon. Trois sièges confortables lui permettaient de recevoir une compagnie limitée. L'autre pièce, fermée par une porte, abritait la chambre à coucher.

— Comment fais-tu ? demanda le visiteur en acceptant le verre de cognac.

— Comme tout le monde à Québec : je demande une prescription à un docteur. Comme je vois Caron tous les jours, c'est facile. Rusé, le bonhomme en profite pour me demander de lui rapporter aussi une bouteille. Je passe pour un ivrogne, et lui s'épargne des heures d'attente.

— Accepterais-tu de me donner une prescription ?

Avant de se servir, l'autre se pencha sur la table de travail poussée dans un coin. Au moment de s'asseoir à son tour, il lui tendit le bout de papier.

— Tu me disais que les étudiantes de McGill sont sages comme des images.

— Selon Thalie, afin de se protéger des esprits obtus désireux de les chasser des campus, il leur faut se classer sans cesse parmi les meilleurs.

— Donc, elles n'ont pas le temps de voir des garçons.

Le sourire moqueur du médecin témoignait de son profond scepticisme.

— Je ne peux parler pour toutes les étudiantes, mais ma sœur ne sort avec personne.

— J'ai vu sa photo, en haut. C'est une très jolie fille.

— Je suis sérieux, je te la présenterai. Peut-être sauras-tu la faire sortir de sa vie monacale… pour le bon motif, bien sûr. Lors de ma dernière conversation avec mon père, j'ai promis de bien m'occuper d'elle. Alors je garderai un œil sur vous deux.

— Si un ange protecteur veille sur elle, je ne la toucherai même pas avec mon petit doigt.

De nouveau, son amusement bien visible amenait à ne pas trop le prendre au sérieux. Après quelques phrases sur les chances de voir un jour des femmes exercer des professions, Mathieu choisit de satisfaire sa curiosité.

— Tant qu'à passer tout ce temps à recevoir des

malades, pourquoi ne pas ouvrir ton propre bureau ? Tu ferais certainement un meilleur revenu.

— Ce n'est pas si simple. Tous les ans, les facultés de médecine livrent des dizaines de diplômés ; plus que le marché ne peut en absorber. Puis monter un bureau de toutes pièces coûte une fortune. Moi, j'ai emprunté à des oncles de quoi payer ma scolarité. Tu vois, la guerre m'a été bénéfique. Les cultivateurs vendaient leur bacon aux Anglais et me prêtaient de l'argent. Ils s'attendent maintenant à récupérer leur mise de fonds avec une bonne marge de profit.

— Mais tu paies un loyer au docteur Caron. Si tu étais à ton compte…

— Je lui verse une partie des honoraires. Comme sa fille reçoit l'argent des patients, je ne peux pas le tromper sur le montant.

— Tu y trouves vraiment ton compte ?

— Caron jouit d'une excellente réputation. Il s'occupe des cas les plus graves. En même temps, il me prodigue de précieux conseils. De mon côté, je me fais un nom auprès de centaines d'habitants de la Haute-Ville. Un jour, cela rapportera des dividendes. Et d'ici là, je paierai mes dettes.

L'arrangement ne devrait pas le desservir, à la longue. Son interlocuteur acquiesça.

— Tu comptes le quitter avec en poche la moitié de son carnet d'adresses ?

— Peut-être. Mais le vieux n'est pas dupe, et il pourra répéter la même opération à sa guise. Chaque année, juste à Québec, au moins dix personnes seraient prêtes à accepter un arrangement comme le mien.

— As-tu pensé à t'établir en Beauce ? Saint-Georges doit offrir de belles perspectives d'avenir.

— Les trois médecins de la ville ont moins de trente-cinq ans.

Le meilleur espoir, pour lui, serait d'acheter à la fois la maison et le cabinet d'un vieux médecin. Pour cela, il lui faudrait amasser des économies.

— De mon côté, si je veux un jour me soucier de la manière de me bâtir une carrière, je dois étudier, conclut le jeune homme en se levant.

— … La nuit, tu dors un peu ? Je suis ici depuis quelques semaines, et je t'entends souvent faire les cent pas.

— Une nuit sur deux, je dors comme un bébé.

— Et l'autre ?

— À peu près pas. C'est pour cela que la suivante, je tombe de sommeil. As-tu un produit miracle pour corriger la situation ?

Le jeune médecin écarta les bras de son corps pour exprimer son impuissance.

— Rien qui ne laisse pas le client dans un état lamentable.

Thalie lui avait dit la même chose à propos de tous les dérivés de l'opium.

— Tant pis, j'en serai quitte pour continuer à te marcher sur la tête.

Sur ces mots, le jeune homme regagna ses propres quartiers.

Bien dormir une nuit sur deux : cela décrivait assez bien sa situation. Après trois bonnes heures à réviser des notions de droit commercial, Mathieu s'étendit sur son lit vêtu de son seul sous-vêtement, avec à la main un roman d'une toute nouvelle romancière anglaise, Agatha Christie. Si les exploits du petit détective belge lui paraissaient bien improbables, au moins la lecture se révélait plaisante.

Un peu passé minuit, il laissa l'opuscule sur la table de nuit, éteignit la lampe et se tourna sur le côté. Le jeune homme se força à la plus rigoureuse immobilité, respira profondément, avec une lenteur calculée.

Ces précautions ne valaient rien. Après une heure de paralysie feinte, il se redressa rageusement.

— Jésus-Christ ! Quelqu'un arrêtera-t-il ce cinéma infernal ?

Une fois de plus, les scènes de guerre se déroulaient dans son esprit avec une netteté troublante. Il avait beau essayer de revivre l'épisode à la fois torride et tendre avec Jane, repassant dans le détail son long examen du corps pâle et lisse, rien n'y faisait. Les images de jeunes hommes pourrissant dans les tranchées se substituaient aux premières, les gommaient irrémédiablement.

Peut-être par compassion pour le voisin du dessous, il renonça au projet de parcourir pendant des heures un minuscule ovale dans ses deux petites pièces. Ses vêtements pour le lendemain se trouvaient sur une chaise. L'insomniaque les enfila à la lueur de la lune, sous la lucarne percée dans le toit. Puis il ferma doucement la porte de sa chambre derrière lui, descendit l'escalier en tenant ses chaussures à la main.

L'air de la nuit le saisit, un moment il tenta de réprimer un frisson, la main près de son cou afin de fermer le col de sa veste.

— L'automne est vraiment arrivé, maugréa-t-il.

La prochaine fois, il devrait prendre son paletot. Il abandonna toutefois l'idée de rentrer afin de le récupérer. Mieux valait marcher d'un pas vif, essayer de se réchauffer de cette façon.

Lors de ses pires insomnies, celles où il devait sillonner la ville afin de se fatiguer un peu, Mathieu parcourait un trajet convenu, toujours le même, malgré de légères variantes. D'abord il gagnait le chemin Saint-Louis, passait la porte monumentale, continuait vers l'ouest jusqu'à l'intersection de la rue Scott. En passant devant la maison d'Édouard Picard, il ralentissait un peu le pas, cherchait à deviner quelle chambre servait au couple.

Cet endroit représentait la première station d'un étrange chemin de croix. Le jeune homme atteignit ensuite la rue Saint-Jean, emprunta un escalier afin de rejoindre la Basse-Ville. Rue Saint-Joseph, il salua un policier soupçonneux d'un geste de la tête.

— Vous êtes-vous perdu ? demanda l'agent.

— Comment serait-ce possible, dans notre jolie petite ville ?

L'autre cherchait des signes d'ivresse, estimait la valeur des vêtements, inventoriait de mémoire les visages des mauvais garçons souvent croisés au poste de police.

— Je fais juste un peu d'insomnie, expliqua enfin le promeneur. Marcher permet de me nettoyer la tête.

Vraie, l'explication ne paraissait pas convaincante pour autant.

— Rentrez chez vous. Nous sommes au milieu de la nuit.

— Ça, je l'avais remarqué.

Mathieu reprit sa progression. Un long moment, il entendit le pas du policier derrière lui. L'agent ne croyait guère à son histoire. Il le soupçonnait d'en vouloir plutôt à l'une des nombreuses vitrines de l'artère commerciale. Quand il s'arrêta sous le clocher de l'église Saint-Roch afin de contempler un moment l'entrée du magasin PICARD, le limier accéléra sa cadence pour le rejoindre.

Peu désireux de s'expliquer encore, l'insomniaque traversa le parvis de l'église pour rejoindre la rue Saint-François. Il s'attarda un bref instant à côté de la pension où logeait Flavie.

— Dors bien, jolie brunette. Je préférerais m'épuiser avec toi plutôt que de traîner en remorque un valeureux représentant des forces de l'ordre.

La jeune fille s'accrochait toutefois à sa vertu. Enjouée, toujours souriante, elle tolérait mal les jeux de mains, se refusait aux privautés plus audacieuses.

Mathieu pressa ensuite le pas pour rejoindre la côte d'Abraham. En passant devant la boutique ALFRED, le jeune homme songea à sa mère, eut envie de rentrer dans le commerce et d'attendre là le moment du petit déjeuner pour rejoindre les siens. Finalement, il décida plutôt de regagner sa chambre. Épuisé, il se laissa tomber sur son lit, plongea dans un sommeil profond, sans rêve. La sonnerie stridente le ramena à la vie, à peine reposé. Il affronterait une nouvelle journée dans un état de fatigue peu propice à la concentration.

La fin de septembre arriva, puis octobre vint teinter les feuilles des arbres. L'exil rural de la famille Dupire s'allongeait. Parfois le vendredi soir, d'autres fois le samedi matin, Fernand stationnait sa voiture près de la grande maison de campagne. Ses enfants les plus âgés et sa mère venaient l'accueillir sur la grande galerie couverte. Jeanne les rejoignait bientôt, le dernier-né dans les bras.

La dynamique de la maisonnée demeurait étrange. Pour tout observateur, la domestique incarnait l'épouse timide et Eugénie, une cousine maussade invitée par la famille.

Le cérémonial se répéta le matin du 4 octobre. En acceptant son étreinte, sa vieille mère murmura :

— Si tu ne me ramènes pas cette fois, je vais devenir une véritable paysanne.

— Ce ne serait pas une mauvaise idée. Tu parais resplendissante, comme si tu désirais devenir centenaire.

— Voyons, ne dis pas de sottise.

Tout de même, son sourire amusé témoignait de l'effet bénéfique de plusieurs semaines au grand air. Antoine, de son côté, une salopette de coton bleu et une chemise à carreaux sur le dos, ses cheveux blonds un peu trop longs, adoptait des allures de cultivateur. Toute la durée des récoltes l'avait tenu sur le qui-vive.

— De toute façon, continua le notaire, nous allons rentrer demain. Les travaux sont terminés. Même si la maison empeste la peinture et la colle à tapisserie, elle est tout à fait habitable.

Au fil de la conversation, tout le monde était rentré dans la maison. La fraîcheur automnale les empêchait de rester longtemps à l'extérieur. Eugénie se tenait dans le salon, comme à son habitude. Son mari vint dans l'embrasure de la porte.

— Je te souhaite le bonjour, ma chère.

— … Bonjour.

— Tu seras sans doute heureuse d'apprendre que nous rentrons à Québec demain. Une demeure plus grande et plus confortable nous attend.

— J'espère que tu ne me feras pas faux bond, comme il y a deux semaines.

Fernand se frottait aux dures réalités de la construction. La facture se révélait plus salée que ce qui avait été convenu et les délais plus longs. La fin des travaux avait été annoncée à plus d'une reprise et, quinze jours plus tôt, il avait planifié une première migration.

— De nous tous, le propriétaire de cette maison est le seul à mériter de se plaindre. Il n'avait pas prévu de faire coucher ses enfants dans le foin jusqu'aux premiers froids. Nous partirons demain au début de l'après-midi.

— Ma valise est prête depuis longtemps.

— Nous ne partirons pas plus tôt pour autant.

L'homme revint dans la cuisine. Le temps de cette brève conversation, sa mère avait retrouvé sa place près de la fenêtre, dans une grande chaise berçante.

— Nous irons faire une longue promenade cet après-midi, afin de nous remplir la tête de souvenirs de cette belle campagne.

— Tu as raison, ces deux mois ont été très agréables, admit la vieille femme. Cela m'a donné le temps de faire la paix avec… les derniers événements.

Elle voulait dire avec la mort de son Léon. Elle poursuivit :

— Je serai très heureuse de retrouver la maison.

— Tu verras, tu auras une chambre magnifique au rez-de-chaussée, à deux pas du jardin. Puis nous pourrons peut-être revenir l'été prochain. Ce garçon semble déterminé à se muer en un parfait agriculteur.

Antoine cherchait une veste de toile bleue achetée un peu plus tôt au magasin général. Il vint ensuite se planter devant lui pour déclarer :

— Papa, tu viens avec moi voir les animaux ?

— Bien sûr, même s'ils ne doivent pas être très différents de ce qu'ils étaient, la semaine dernière.

Main dans la main, ils parcoururent le pâturage voisin.

Même si trois d'entre eux étaient des enfants, la grande Buick ne pouvait accueillir huit passagers. Le retour serait un peu compliqué. Un peu après le dîner, alors que les valises et les malles se trouvaient déjà sur la galerie, un cultivateur de forte stature frappa à la porte, puis entra sans façon.

— Ah ! Monsieur Fortin, nous vous attendions pour nous mettre en route. Votre dû se trouve sur la table.

Le propriétaire regarda l'enveloppe contenant le prix de la location, et un petit supplément pour compenser le départ tardif.

— J'ai été heureux de vous avoir avec nous.

— Et nous de nous reposer dans votre belle maison.

— Nous reviendrons l'an prochain, affirma

Antoine avec l'assurance que son père ne lui refuserait pas cela.

Le paysan le toisa avec des yeux amusés. Après l'avoir eu sur les talons si souvent, il avait fini par apprécier sa compagnie.

— Alors il faudra arriver un peu plus tôt afin de voir le temps des semailles. Là, tu ne connais que celui des récoltes.

— Oui, nous allons faire cela, n'est-ce pas, papa ?

Le notaire lui répondit d'un sourire. Il échangea une poignée de main avec l'agriculteur, puis offrit son bras à sa mère afin de l'aider à se lever. Il commencerait d'abord par un passage à la gare. Quand la vieille dame fut enfin assise sur la banquette avant, Jeanne vint prendre place à l'arrière avec Antoine.

— J'aurais pu aussi rentrer en voiture, commenta la veuve.

— Tu trouveras sans doute le voyage plus confortable dans le train. Sur une si longue distance, les cahots de la route deviennent rapidement lassants.

Elle n'insista pas, d'autant que peu après, un nid-de-poule lui valut une douleur sourde au bas des reins. Un peu plus tard, le petit groupe se retrouvait dans la salle d'attente minuscule de la gare. Fernand alla acheter les billets de première classe, pour les remettre à Jeanne.

— J'irai vous chercher tout à l'heure à Québec.

— Nous vous attendrons dans le petit restaurant.

Environ un an plus tôt, ils y avaient attendu le train en partance pour Charlevoix, alors que la jeune domestique accompagnait son frère vers son dernier repos. L'homme hocha la tête.

— Antoine, tu devras bien prendre soin de ta grand-mère et de Jeanne.

— Oui, papa.

La responsabilité l'amena à adopter un air sérieux.

En repassant à la maison de campagne, Fernand put mettre les plus petites valises dans le coffre et la malle sur le toit de la voiture. Un moment plus tard, la vieille gouvernante, le petit Charles dans les bras, poussait Béatrice à monter à l'arrière, puis s'installait près d'elle. Eugénie montait à l'avant, préparée à un long trajet silencieux.

Plus de deux heures plus tard, la voiture s'arrêtait près de la grande maison de la rue Scott.

— Ils n'ont pas encore terminé, pesta l'épouse d'un ton plein de reproches.

Des pièces en bois, des briques, et même des sacs de ciment et du sable traînaient encore sur la pelouse, à peu de distance du trottoir.

— Les ouvriers devaient terminer les travaux hier. Ils viendront tout nettoyer au début de la semaine.

Elle descendit sans prononcer un mot, attendit qu'il ouvre le coffre pour récupérer un minuscule sac de voyage et se diriger vers la maison.

En descendant à son tour, la vieille gouvernante déclara :

— Je dois rentrer tout de suite. Charles…

Le plus jeune réclamait ses soins. Depuis l'arrivée à la traverse de Lévis, il répandait une odeur ne laissant pas de doute sur l'état de son système digestif. Béatrice leur emboîta le pas en se pinçant le nez avec deux doigts.

— Bon, grommela Fernand en contemplant le lourd bagage attaché sur le toit, me voilà condamné à rentrer cela tout seul.

À l'intérieur, Eugénie avait ouvert successivement les portes du petit bureau, occupé depuis quelques semaines par un clerc, et du plus grand, le territoire de son mari depuis la mort de son père. Les deux pièces avaient été à peine rafraîchies. De toute façon, les boiseries sombres, les vieux meubles et les étagères débordant de livres convenaient bien à leur profession.

Le salon et la salle à manger avaient été conservés intacts. Toutefois, la cuisine se trouvait moins grande qu'autrefois. Une première porte permettait d'accéder à une grande terrasse rectangulaire. Une seconde ouverture conduisait à l'ajout à la maison. La jeune femme la poussa pour parvenir dans une pièce vaste et bien éclairée, sentant la peinture fraîche et le papier peint posé depuis trois jours tout au plus. Le lit, la commode, le prie-Dieu avaient été descendus du premier étage. Deux fauteuils placés de part et d'autre d'une petite table procureraient à la vieille dame un refuge douillet, juste assez éloigné du corps du logis principal pour la préserver d'une progéniture parfois turbulente. Une petite pièce découpée dans la plus grande abritait une salle de bains complète.

— La belle-mère a maintenant un petit logis bien à elle, à deux pas de son fils bien-aimé.

La bru ne s'en réjouissait pas. Cela signifiait que l'aïeule ne quitterait les lieux qu'à son décès.

Eugénie revint vers la cuisine, pour se rendre compte d'un changement important. L'espace avait été réduit pour aménager un nouvel escalier en forme de vrille étroite. Elle l'emprunta. Sur le palier, elle découvrit à sa gauche une porte ouvrant sur l'étage de l'ajout à la maison. Fernand s'était aménagé une retraite identique à celle de sa mère quant à la taille, meublée de neuf, avec elle aussi ses fauteuils, un bon lit et de larges étagères pour les livres. Le tout affichait un air masculin à la fois simple et élégant.

En sortant, Eugénie franchit une autre porte pour rejoindre le corridor. Les pièces lui servant de refuge, toutes du côté droit du couloir, n'avaient pas été touchées. Les trois autres, à gauche, présentaient une allure tout à fait nouvelle, gaie et pimpante, idéale pour des chambres d'enfants.

La curiosité amena la jeune femme sous les combles. Les chambres des domestiques demeuraient inchangées. Celle qui servait de nursery serait bientôt vide, dès que Charles viendrait se joindre à son frère et sa sœur. Le nouvel escalier se trouvait au fond. Cet aménagement se voyait dans plusieurs grandes maisons bourgeoises : les domestiques pouvaient passer d'un étage à l'autre sans s'imposer à la vue des patrons. Elle lui trouva toutefois une fonction bien suspecte.

Eugénie descendit par là. Au premier, elle s'arrêta brièvement entre deux portes, celle donnant sur le couloir… dotée d'une serrure, et celle s'ouvrant sur la nouvelle chambre de son époux.

« La garce pourra le rejoindre sans que personne ne le sache », ragea la femme trompée.

Bien sûr, dans une maison où habitaient de jeunes enfants, verrouiller l'accès à un petit escalier en vrille semblait bien raisonnable. Cela permettrait aussi aux domestiques de se déplacer en toute discrétion.

Après avoir porté les valises et la malle dans les chambres, Fernand rangea quelques vêtements dans sa garde-robe. Son regard revenait souvent vers les fauteuils couverts de cuir fauve, la petite table, le papier peint d'un brun léger souligné d'un liséré or. Le lit était placé un peu en retrait, dans une alcôve. Le tout donnait à la pièce une allure de garçonnière élégante, confortable. Tous les célibataires de Québec se seraient réjouis d'un aménagement de ce genre. Pour un homme marié, cela paraissait étrange.

Un regard sur la montre à son poignet le sortit de sa rêverie. Le reste de sa famille devait arriver sous peu à la gare, dans la Basse-Ville de Québec. Quand il sortit de sa chambre, il croisa Eugénie à la porte de la sienne.

— Je suppose que tu es satisfait des nouveaux aménagements, déclara-t-elle d'un ton chargé d'ironie.

— Oui, je le suis, puisque j'ai expliqué moi-même à l'entrepreneur comment organiser le tout. Les enfants seront en face de tes appartements. Ce sera une bonne occasion de te rapprocher d'eux.

— Je parlais plutôt de ton refuge, à l'abri des regards. Tu te coupes du reste de la famille.

Elle n'osa pas compléter sa pensée : « Pour te rapprocher de ta maîtresse. » Le notaire la devina sans mal, mais rétorqua plutôt :

— Tu as raison, cela me donne une retraite discrète. Tiens, nous pourrions nous y cacher pour revivre notre lune de miel. Tu me feras savoir quand tu voudras me faire le plaisir d'un rapprochement intime. Pour l'instant, je dois récupérer ma mère et mon fils.

— Et elle aussi.

— C'est vrai. Je ramènerai aussi la bonne venue avec toi dans cette maison, au moment de notre mariage.

Sur ces mots, l'homme continua vers le rez-de-chaussée. Une demi-heure plus tard, il retrouvait les membres de sa famille assis à une table du restaurant de la gare, une théière et des tasses devant eux.

— Papa, papa, cria Antoine en se précipitant vers lui, nous sommes passés au-dessus du fleuve.

— Maintenant, la moitié de la ville est au courant.

Les badauds jetaient un regard compréhensif au bambin. Eux aussi demeuraient toujours très impressionnés par la prouesse technique que constituait l'assemblage de poutres en fer jeté au-dessus du cours d'eau, à une hauteur un peu étourdissante.

— Tu ne m'avais pas dit que nous aurions à passer sur ce pont, le gronda doucement sa mère. J'ai préféré le chemin emprunté à l'aller.

Pour se rendre à Saint-Michel, la vieille dame avait traversé le fleuve afin de prendre le train à Lévis.

— Cela vous a évité une perte de temps.

— Nous aurions pu tomber.

— C'est impossible.

— Sois sérieux, c'est déjà arrivé deux fois.

Elle accepta tout de même le bras tendu afin de se lever de son siège. Il échangea un regard amusé avec Jeanne, puis guida son petit groupe vers la Buick, une valise à la main. La domestique s'occupait de l'autre, tout en tenant la main d'Antoine.

Un peu plus tard, en entrant dans la demeure, Fernand déclara :

— Je te montre tout de suite tes nouveaux quartiers. De toute façon, il n'y a plus rien à toi à l'étage.

— Les choses de ton père...

Après la mort du vieux tabellion, sa chambre était restée inchangée pendant des semaines.

— J'ai placé ses objets personnels dans ta chambre. Tu décideras au fil des mois ce que tu désires en faire. Les vêtements et les meubles sont soigneusement rangés au grenier.

D'un geste de la tête, elle donna son accord à cette façon d'en disposer. Quand l'émotion serait moins vive, elle accepterait sans doute de tout céder à des œuvres de charité. Avec un peu d'appréhension, elle se laissa guider vers la rallonge construite à l'arrière. Elle s'arrêta un instant au milieu de la grande pièce, incertaine.

— Les fenêtres donnent sur le jardin, puis cette porte procure un accès direct à la terrasse. L'été prochain, nous y mettrons des fauteuils en rotin. Tu pourras y passer tous les beaux jours.

La vieille femme s'approcha de la croisée, murmura, émue :

— Tu as même fait transplanter le vieux lilas près de la clôture.

— Nous l'avons mis en terre ensemble, tu te souviens ? Je ne pouvais pas t'en séparer.

— Tu as dépensé une fortune...

Elle avait raison. Donner de nouvelles proportions

à la demeure familiale avait exigé un investissement substantiel.

— Papa a géré ses affaires avec prudence, donc nous avons quelques moyens. Puis, je voulais vraiment te voir rester dans la maison. Quand tu voudras nous rejoindre dans la salle à manger ou dans le salon, l'escalier ne fera pas obstacle. Mais quand tu préféreras être tranquille, tu pourras te réfugier ici.

— C'est très beau.

— Tu as une salle de bains privée. Et regarde.

Fernand se rendit près du lit pour lui montrer un large ruban pendant du plafond. Il tira dessus.

— Cela agite une clochette à l'étage des domestiques. Il y en a un autre près de ton fauteuil, et un dernier dans la salle de bains.

La vieille dame serait la seule de la maisonnée à pouvoir « sonner » ainsi les employées. Les autres continueraient à les appeler de vive voix.

— Les enfants pourront venir te visiter à leur guise. Tu n'auras qu'à fermer la porte si tu désires avoir la paix.

La gouvernante arriva sur ces entrefaites.

— Vous avez besoin de quelque chose, madame ?

Elle ne semblait guère goûter les deux innovations de la maison : se voir appelée par un tintement de clochette, et descendre un étage de plus pour retrouver sa patronne.

— Oh ! Je suis désolé, répondit le maître de la maison. Je voulais montrer à maman l'usage de ces rubans.

Du doigt, il désigna le plus près de ceux-ci.

— Vous ne voulez rien ?

Elle lui jetait un regard un peu sombre.

— Non, répondit la mère. Je vais m'étendre un peu avant le souper.

La domestique quitta la pièce. Fernand allait faire de même quand la vieille dame s'exclama :

— Je te remercie, mon grand. Je serai très bien dans cette… addition.

— Je suis content que cela te plaise.

Il venait de la convaincre de finir ses jours sous ce toit.

L'escalier en colimaçon prouva son utilité dès ce soir-là. Au lieu de demeurer au salon après tous les autres comme par le passé, Fernand se retira dans sa chambre. Peu de temps après, un grattement à la porte l'amena à ouvrir. Jeanne se trouvait là, terriblement intimidée.

— Entre. Je vais enfin pouvoir te faire visiter les lieux. Après tout, j'ai fait cela pour nous deux.

— Ne dis pas cela. C'est mal.

Malgré tout, elle fit le tour de la grande pièce avec intérêt, apprécia l'épaisseur du tissu des rideaux. Selon toute probabilité, personne ne pouvait percevoir l'éclairage discret depuis l'extérieur.

— Je peux te servir quelque chose à boire ?

Elle accepta d'un signe de la tête. Quelques minutes plus tard, tous les deux purent apprécier combien un lit moelleux offrait un meilleur agrément que la fraîcheur d'un bosquet.

Dans le couloir, en vêtement de nuit, Eugénie tenta d'ouvrir la porte donnant sur l'escalier en vrille. Son soupçon se confirma : le verrou devait prévenir des chutes douloureuses aux enfants et garantir une discrétion totale aux amants. Même en collant son oreille contre l'huis, aucun son ne lui parvenait de la chambre.

Pour écouter directement par le trou de la serrure de la porte, elle devait soit monter, soit descendre, pour emprunter le nouvel escalier. Elle opta pour la première solution. Cela lui permettrait de faire une vérification initiale. Sous les combles, un étroit corridor donnait accès à des pièces minuscules. Elle colla son oreille à la porte de la chambre de Jeanne, ne perçut pas un bruit.

Elle allait frapper quand la porte voisine s'ouvrit. Vêtue d'une longue robe de nuit blanche, la vieille gouvernante déclara :

— Elle dort. Après avoir couru toute la journée pour s'occuper des enfants, elle a besoin de repos. Je peux faire quelque chose pour vous ?

La jeune femme, interdite, bredouilla d'une voix blanche :

— Je voudrais un peu d'eau chaude…

— Je vais descendre.

La vieille domestique fit mine de s'engager dans le nouvel escalier. Eugénie pouvait difficilement la suivre dans le seul but d'espionner son époux.

— Laissez, vous êtes sans doute fatiguée aussi. Je pourrai m'endormir sans cela.

Vaincue, elle emprunta le vieil escalier pour retourner au premier. La maisonnée se liguait contre elle.

24

Le lendemain matin, peu après le déjeuner, Eugénie endossa un imperméable et quitta la maison. Au passage, elle jeta un regard morose sur la demeure de son père. Au moins, cette femme ne la possédait plus. Elle marcha vers la vieille ville, atteignit bientôt la porte de la sacristie de la cathédrale. Elle retrouva un chanoine à la figure sévère, son conseiller spirituel depuis quelques années.

— Je vous remercie de me recevoir, monseigneur.

— Je suis heureux de vous revoir. Votre séjour à la campagne a été agréable ?

— Saint-Michel est un charmant village.

L'appréciation se révélait bien neutre. Malgré tout, elle affichait un teint un peu moins pâle, le grand air lui avait fait du bien.

— Suivez-moi, dit l'ecclésiastique.

Il la conduisit dans une petite pièce à l'écart. Deux chaises leur permirent de se placer l'un en face de l'autre. Un silence très lourd les rendit un peu mal à l'aise. Finalement, la visiteuse glissa dans un souffle :

— Il a réaménagé la maison pour elle.

— Pardon ?

— Pendant mon absence, mon mari a fait faire

des rénovations. Désormais, il peut la recevoir dans sa chambre en toute discrétion.

L'homme hocha la tête. Quarante ans à confesser ses semblables le rendaient imperméable à toute surprise.

— Vous avez vous-même pris l'initiative de faire chambre à part, n'est-ce pas ?

— Je n'ai pas une très bonne santé. Après trois enfants…

Eugénie s'arrêta. Le clergé canadien-français ne montrait pas une bien grande sympathie envers les personnes désireuses de limiter les naissances, même avec un moyen aussi naturel que l'abstinence imposée à soi-même et à son conjoint.

— Le médecin me recommandait de prendre le temps de me refaire une santé.

— Votre plus jeune enfant a un an et demi, je crois.

L'homme d'Église possédait une bonne mémoire. Surtout, il inférait que le pauvre homme se trouvait écarté du lit conjugal depuis plus de deux ans.

— Votre mari a-t-il déjà évoqué son désir de… renouveler les liens ?

L'euphémisme fit rougir la paroissienne.

— Il l'évoque…

Elle n'osa pas dire « pour me narguer ». Pour vérifier cela, il lui faudrait accepter ses approches et voir sa réaction. Jamais elle ne courrait le risque de supporter de nouveau ce gros corps soufflant et râlant sur le sien.

— Vous savez, madame Dupire, votre mariage a débuté sur de bien mauvaises bases. Votre mari a appris votre… erreur de façon fortuite, je crois. Sa confiance a été trompée. Puis, d'après vos propres paroles, vous avez vous-même décidé de le priver des avantages du mariage…

— Pour préserver ma santé, s'empressa-t-elle de répéter.

Elle avait confessé son péché à ce même prêtre dès 1909. Pendant sa dernière grossesse, elle avait essayé de le convaincre d'intervenir auprès de son époux afin de convaincre celui-ci de renoncer de bonne grâce à ces fameux « avantages du mariage ». Le bon abbé savait additionner deux et deux : à ses yeux, le pauvre Fernand se trouvait doublement puni.

— Madame Picard, je comprends combien la situation peut vous faire souffrir. Je vous demande d'offrir cette souffrance à Dieu, pour le salut de votre âme.

Au moins, le religieux n'avait pas dit « pour le rachat de vos fautes ».

— Vous avez la chance d'habiter dans une grande maison, continua-t-il, et d'avoir trois enfants en excellente santé. La Providence se montre généreuse pour vous.

— Mais sa maîtresse vit sous le toit familial. Le Code civil ne tolère pas cela.

— La loi vous autorise à réclamer une séparation de corps. Souhaitez-vous vraiment aller étaler votre vie devant un tribunal ?

Avec un autre ton et en poursuivant un autre but, le chanoine reprenait les arguments de Fernand, quelques mois plus tôt. Ce genre de cause amènerait une confession sur la place publique. À la fin, jouer le rôle de la femme bafouée, digne dans sa misère, valait peut-être mieux que révéler une naissance illégitime survenue l'année suivant sa sortie du couvent. De fait, elle avait été engrossée à peine deux mois après avoir quitté les ursulines.

— Madame, reprit le prêtre après un long silence, si vous voulez bien, nous allons prier tous les deux afin de demander à Dieu de nous éclairer de sa sagesse.

Les mains jointes dans son giron, elle assuma difficilement cette reddition.

Les visites de bon voisinage entre les marchands de la rue Saint-Joseph demeuraient cordiales, quoique accompagnées d'un pincement au cœur. Ces entrepreneurs se livraient à une compétition farouche. Quand les affaires tournaient au ralenti, il devenait difficile de se montrer affable.

À deux portes de la sienne, Édouard pénétra dans le magnifique bâtiment du fourreur Laliberté. Les fenêtres circulaires et le revêtement en pierre abondamment décoré attiraient les regards depuis le trottoir.

Le jeune homme monta directement au dernier étage, déclara à la secrétaire de faction :

— Le patron est-il bien occupé ?

— Monsieur Picard, comment allez-vous ?

— Très bien. Je regrette toujours de ne pas vous avoir à mon emploi, mais j'essaie de m'en sortir sans vous.

— Voyons, Flavie ne vous déçoit certainement pas.

La toute petite coterie des secrétaires de direction cultivait des relations amicales.

— Je voulais juste vous flatter un peu. Je suis heureux de mon personnel.

Tout en échangeant ces menus propos, la jeune femme s'était levée pour frapper à la porte de son employeur. Depuis l'embrasure, elle demanda :

— Je m'excuse. Pouvez-vous recevoir monsieur Picard ?

— Oui, oui, faites-le entrer.

En pénétrant dans la grande pièce, Édouard s'arrêta pour contempler la vitre circulaire de la fenêtre en ogive la plus proche, admiratif, puis il tendit la main à son collègue.

— Tu viens m'apprendre que tu renonces à vendre des manteaux de fourrure.

— Désolé, mais je vends un peu de tout, c'est la nature de mon entreprise.

L'autre lui désigna un siège près d'une table basse, puis s'installa en face de lui.

— Alors, à part le plaisir de me voir, qu'est-ce qui t'amène ? demanda Laliberté.

Dans la quarantaine, il portait bien son embonpoint. Penché un peu vers son interlocuteur, il lui donnait toute son attention.

— Tu as entendu parler de l'intention de Lavergne de se présenter dans Québec-Est ?

— J'ai pris cela pour une mauvaise blague. Dieu nous préserve de cet énergumène. Mais il n'a aucune chance.

Avec ces derniers mots, le commerçant tentait de se rassurer lui-même.

— Te souviens-tu des assemblées sur la place du marché Montcalm ou du marché Jacques-Cartier, près d'ici ? Il demeure très populaire chez les travailleurs.

— Je me souviens aussi que d'habitude, tu te trouvais à deux pas derrière lui.

— … J'étais jeune.

Édouard rougit presque à cette allusion à un passé récent. Son interlocuteur avait des enfants, il lui pardonna d'un sourire cet engouement bien imprudent.

— Cela prendra un candidat solide pour le contrer, continua le visiteur, rassuré. Il ne faut pas une simple victoire, mais une domination écrasante. C'était le fief de sir Wilfrid.

— C'est certain que le petit Drouin ne fait pas vraiment le poids. Mais le Parti libéral ne le laissera pas se présenter. Arthur Lachance va lui damer le pion. Le bonhomme a passé son tour en 1917, l'organisation lui doit une faveur.

— Mais même Lachance ne sera pas convaincant auprès des foules de Saint-Roch. Il parle comme un avocat de la Haute-Ville, toujours poli et ampoulé.

— Alors que Lavergne s'exprime comme un bolchevique.

La révolution russe continuait de hanter les imaginations. L'armée rouge remportait des victoires importantes sur les forces contre-révolutionnaires soutenues par les pays voisins.

— Mais pourquoi viens-tu m'entretenir de cela ? demanda Laliberté. Songes-tu à te présenter ?

— Grands dieux, non ! Je pense que Lachance ne fait pas le poids, alors imagine, moi. Dans vingt ans peut-être, pas aujourd'hui.

L'aveu amusa son hôte. Édouard continua :

— Je souhaite voir un poids lourd succéder à sir Wilfrid, un homme qui guidera les Canadiens français au cours des prochaines décennies.

— Rêves-tu de voir Lomer Gouin faire le saut au fédéral dans notre comté ?

— À la convention libérale, nous avons tous vu que Lapointe est maintenant le chef des libéraux de langue française.

L'autre se cala dans son fauteuil, songeur.

— Il y a des gens qui parlent de la candidature de King dans Québec-Est.

— Saint-Roch et les quartiers voisins ne voteront pas en grand nombre pour un Anglais. Même pas pour un fidèle de Laurier. Le nouveau chef va se présenter en Nouvelle-Écosse.

À tout le moins, les notables d'Ottawa lui en donnaient l'assurance.

— Mais Lapointe est député de Kamouraska depuis une éternité.

— Ses électeurs renonceront à ses bons services, pour le bien de la race.

L'expression rappelait un peu trop les discours d'Henri Bourassa, et même ceux d'un nouvel acteur sur la scène politique, un jeune abbé, professeur à l'université de Montréal, Lionel Groulx. Il se reprit :

— Lapointe caresse ce projet depuis un moment. Si je t'en parle, c'est à sa demande.

L'autre laissa échapper un « oh ! » un peu surpris.

— Tu reprends donc la tâche là où ton père l'a laissée. Tu veux faire campagne en douce pour ton candidat.

— Le futur Premier ministre lui doit son titre. Ce sont les Québécois qui l'ont mis en selle à la convention, et lors de la prochaine élection nous enverrons un peloton de libéraux à Ottawa. Si le lieutenant de King est notre député, les affaires seront meilleures. Comme elles l'étaient avant 1911.

— Si je ferme les yeux, je crois entendre Thomas.

Édouard lui adressa un sourire empreint à la fois de fierté et de tristesse.

— Pour cela, rétorqua-t-il, le comté devra lui donner un appui massif le 27 octobre prochain. Notre soutien lui permettra de s'imposer auprès du nouveau chef.

— Tu aimerais donc que j'indique à mes employés comment voter, conclut Laliberté.

— De mon côté, je le ferai certainement. Ici, comme chez moi, ce sont surtout des femmes. Pour la première fois au Canada, elles voteront toutes.

— Plutôt, elles en auront le droit. Nous verrons dans quelle proportion elles s'en prévaudront.

La précision méritait d'être faite. Les journaux proches de l'Église catholique, *Le Devoir* en tête, et les membres du clergé condamnaient le suffrage féminin sans trop de nuances.

Après quelques remarques sur l'amélioration de la conjoncture économique, les collègues se séparèrent sur une poignée de main. En revenant dans les locaux administratifs de son commerce, Édouard fit mine de rentrer dans son bureau. Il interrompit son geste pour revenir vers sa secrétaire.

— Mademoiselle Poitras, quand vous avez emprunté une robe l'autre jour…

— Je l'ai fait nettoyer avant de la remettre sur les rayons.

— Je le sais, rassurez-vous. C'était pour vous rendre au mariage de Marie Picard, n'est-ce pas ?

— … Oui.

Le ton de la question donna à la jeune femme l'impression d'avoir fait quelque chose de mal.

— Vous avez accompagné Mathieu, je pense.

— … Oui.

Cette réponse aussi vint dans un souffle. Plus pâle de teint, elle aurait rougi.

— C'est votre cavalier ?

— Plutôt un ami.

Le marchand retourna vers la porte de son bureau, saisit la poignée.

— Monsieur Picard, cela pose-t-il un problème ?

— Non, pas du tout, fit-il en se tournant vers elle à demi. Je suppose que je dois me réjouir que vous restiez dans la famille.

Malgré ses mots, elle jugea que la situation ne lui plaisait pas du tout.

Les membres éminents du Parti libéral de la région de Québec étaient une autre fois réunis dans un salon du *Château Frontenac*. Édouard ressentait cette fois un certain malaise de se trouver là. Il avait l'impression de tendre un guet-apens à son vieil ami.

Armand Lavergne arriva à l'heure dite. Un long moment, il s'arrêta en face de la longue table autour de laquelle se tenaient Henri Lavigueur, Arthur Lachance, Charles « Chubby » Power, Louis-Alexandre Taschereau et d'autres élus du Parti libéral, tant au provincial qu'au fédéral.

— Monsieur, commença le maire Lavigueur,

nous avons appris avec une certaine surprise votre désir de vous présenter sous nos couleurs dans le comté de Québec-Est.

— Mais pourquoi donc ? J'ai commencé ma carrière politique au sein du Parti libéral, avec la protection de notre cher Laurier. Et si j'ai siégé parfois comme indépendant, je suis resté fidèle aux principes libéraux.

— Là, vous m'étonnez. En 1911, n'êtes-vous pas allé à Ottawa dans un wagon privé pour discuter de votre avenir au sein du Parti conservateur avec Robert Borden ?

Un court moment, le flamboyant agitateur avait rêvé de devenir le lieutenant de langue française du nouveau Premier ministre. Il avait déchanté très vite.

— J'ai tenté cela en 1911. D'autres libéraux ont fait la même chose en 1917, en pleine crise de la conscription. Aujourd'hui, ces gens-là sont revenus à leurs premières amours et rêvent d'un siège au cabinet.

Lavergne ne pouvait se défaire de son ton gouailleur, même en cette circonstance. Il rendait plus facile la décision de ses interlocuteurs.

— Monsieur King exige au préalable que vous signiez ceci.

Lavigueur lui tendit une feuille de papier. Lavergne lut les premières lignes : « Je m'engage sur l'honneur à demeurer fidèle au chef du Parti libéral… » On voulait le voir jurer fidélité à King par écrit, s'engager non seulement à respecter toutes ses décisions, mais aussi à ne jamais contester le moindre article du programme.

— Il revient aux membres du parti de choisir le candidat de leur choix, pas au chef… ou à ses collaborateurs.

— Les prétendants à l'investiture dans Québec-Est devront s'engager sur l'honneur de cette façon.

— Et les candidats dans les autres comtés ?

— Sans exception.

Dans les faits, cette précaution ne s'imposerait que très rarement.

— J'ai toujours été un homme libre. Je ne ferai pas de politique avec une laisse autour du cou.

L'homme tourna les talons et quitta la pièce en pliant soigneusement la feuille de papier pour la ranger dans la poche intérieure de sa veste. Parmi ses souvenirs, elle s'ajouterait à la pierre reçue à la tête lors de l'assemblée de 1907 dans Saint-Roch.

Parfois, un scénario très étudié donnait une allure spontanée à des événements politiques. Le lancement de l'investiture dans Québec-Est devait se dérouler en dehors de celui-ci, une entorse bien curieuse aux usages. D'un autre côté, les ors de la grande salle de bal du *Château Frontenac* procuraient un cadre idéal au début d'une interminable campagne qui se terminerait avec le rendez-vous électoral prévu au plus tôt pour 1921.

Édouard remarqua avec plaisir la présence de caméras de cinéma. Les actualités filmées présentées avant les programmes rendraient compte de ses débuts dans le monde politique. Des reporters des divers journaux, pour la plupart inféodés au Parti libéral, bourdonnaient dans la pièce. Une estrade aménagée à une extrémité permettrait aux notables de s'offrir à la vue de tous.

— Quelle merveilleuse mise en scène, ricana Louis-Alexandre Taschereau.

Depuis la convention tenue à Ottawa, le marchand considérait son compagnon avec une certaine méfiance. Le ministre provincial avait louvoyé jusque-là en promettant sa fidélité à la fois à Lapointe et à Gouin. Les événements récents ne l'autorisaient pas encore à afficher un choix définitif.

— Ne soyez pas si cynique. Nous ne pouvons encore rien tenir pour acquis.

Un brouhaha se produisit à l'entrée de la grande salle. Le député de Kamouraska venait de faire son entrée, son épouse Emma pendue à son bras. Édouard se rapprocha pour aller l'accueillir. Très vite pourtant, flairant la nouvelle, les journalistes se massèrent autour du nouveau venu, lui bloquant le chemin.

— Monsieur Lapointe, hurla un gratte-papier du *Soleil*, le comté de Québec-Est ne vous fait pas envie ?

— Je suis ici pour présider le lancement de l'investiture. Vous connaîtrez la liste des candidats dans quelques minutes.

— Mais vous-même…

Plusieurs personnes cherchaient à poser la même question. Bâti comme un colosse, le politicien avançait malgré l'affluence, remorquant son épouse tant bien que mal. À la fin, il atteignit le bord de l'estrade. Un nuage de politiciens remplaça celui des représentants de la presse.

Après de multiples poignées de main, Ernest Lapointe monta sur la scène, commença de sa voix de stentor, celle qui lui permettait de dominer les assemblées en plein air à Rivière-du-Loup :

— Mesdames, messieurs…

À la surprise de la plupart des spectateurs, Arthur Lachance vint le rejoindre sur l'estrade. L'orateur fit semblant de se troubler.

— Pardon… commença-t-il. Je m'excuse de ces manières cavalières, mais je veux parler un moment à nos amis.

Bon prince, le député se recula d'un pas. L'importun déclara :

— Mesdames, messieurs, vous le saviez, je devais annoncer aujourd'hui mon intention de me présenter à l'investiture libérale dans Québec-Est. Depuis le grand rendez-vous d'Ottawa, une conviction a grandi en moi, et tout à l'heure, mon devoir s'est imposé à mes yeux. Je veux proposer la candidature de notre ami Ernest Lapointe…

Une salve d'applaudissements naquit dans un coin de la salle, pour se répandre à une vitesse rassurante.

— Nous savons tous que monsieur Lapointe a été le plus fidèle appui du regretté sir Wilfrid. Il est l'héritier naturel du grand homme.

Cette fois, des hourras s'ajoutèrent aux applaudissements. Pendant plusieurs minutes, il fut impossible à l'avocat de poursuivre.

— Vous avez de la chance, déclara Édouard dans l'oreille de Taschereau. Vous allez conserver votre avocat de la Couronne.

Lachance travaillait comme substitut du procureur général de la province. Le ministre rétorqua :

— Pour un temps seulement. Le bonhomme sera certainement récompensé pour son second beau geste. C'est curieux tout de même : le point culminant de sa carrière politique sera d'avoir su céder sa place au meilleur moment.

Il avait raison, l'arrivée au pouvoir des libéraux lui vaudrait bien vite une nomination de juge. Lachance continua quand l'assistance cessa ses acclamations.

— Si j'interprète bien votre réaction, vous tenez tous à appuyer ma proposition.

Le vacarme reprit aussitôt. Ernest Lapointe jouait assez mal la surprise et l'émotion.

— Monsieur, reprit l'avocat, comme vous voilà candidat, le mieux est de prendre place sur cette chaise. Je continuerai d'animer la mise en candidature à votre place.

Le député fit comme on le lui disait.

— Maintenant, quelqu'un d'autre souhaite-t-il se porter candidat ?

— Je propose monsieur Oscar Drouin ! clama un jeune libéral.

Édouard reconnut l'un de ses anciens camarades du mouvement de contestation de la conscription. Le nouveau candidat s'approcha de la scène sous des applaudissements polis. Au moment de rejoindre le nouveau maître de cérémonie, il promena son long visage triste sur l'assistance.

— Monsieur Drouin, acceptez-vous de vous porter candidat ?

— … Oui.

La voix manquait d'assurance, comme s'il hésitait encore.

— Allez vous asseoir à côté de votre collègue.

Les deux compétiteurs se serrèrent maladroitement la main.

— D'autres personnes souhaitent-elles se présenter ?

Un long silence lui répondit. Après une minute d'attente, Lachance reprit :

— Nous allons donc entendre les deux candidats présenter leur programme. Mais auparavant, j'invite monsieur Lavigueur à s'adresser à nous.

Pour un homme arrivé à la présidence de l'assemblée de mise en candidature par accident, l'avocat paraissait très bien préparé. Dans la salle, Édouard se pencha vers l'épouse de Lapointe pour lui dire :

— Nous avons une place pour vous à cette table. Me permettez-vous de vous offrir quelque chose à boire ?

— Je prendrais bien un café.

Il l'escorta vers son siège, puis se rendit près d'un comptoir placé près d'un mur, pour en rapporter la boisson chaude.

— Je vous remercie, monsieur Picard.

Emma Pratte offrait un visage à la fois régulier et placide. Dans la trentaine, mère d'une fille de neuf ans et d'un garçon de huit ans, elle incarnait très bien l'épouse capable d'offrir un appui soutenu et compétent à son compagnon.

— Vous savez, continua le jeune homme, nous nous sommes demandé si vous accepteriez de vous déplacer à Québec. Nous savons combien vous êtes attachée à Rivière-du-Loup.

— Mon frère dirige la succursale de la Banque canadienne nationale de cette ville, ma mère y habite, expliqua-t-elle. Je ne veux pas me couper de mes racines. Mais à ce sujet, sir Wilfrid fournit aussi le parfait compromis.

— Que voulez-vous dire ?

— Pendant quarante ans, il a été député de Québec-Est ; il a eu sa maison familiale à Arthabaska et une demeure de fonction à Ottawa.

— Vous entendez donc répéter le même scénario, avec une variante : Rivière-du-Loup.

Elle acquiesça d'un signe de la tête alors que, sur l'estrade, le maire de Québec s'agitait en rappelant l'épouvantable gâchis de la gestion de l'effort de guerre par Borden.

Comme Laurier, Lapointe se proposait d'être un député absent de son comté. Son interlocutrice suivit très bien le cours des pensées de son interlocuteur.

— Vous croyez que ce compromis fera problème ? demanda-t-elle.

— Pas du tout, surtout si quelqu'un s'occupe de maintenir la flamme dans le comté. Je suis tout disposé à être celui-là.

— Comme votre père l'a été.

Il acquiesça d'un geste de la tête, puis ajouta avec un sourire :

— Mais monsieur Lapointe va devoir s'éloigner un peu du confort douillet du *Château Laurier*.

Depuis des années, le politicien résidait dans ce grand hôtel pendant la session parlementaire.

— Je suis certaine qu'il saura se passer des longues conspirations dans le fumoir.

— Si c'est pour rejoindre sa famille, je n'en doute pas.

Elle accueillit la flatterie d'un sourire, puis porta son attention sur la scène. Après des discours assez brefs, les vedettes du parti laissèrent les candidats s'adresser à l'assistance. Drouin amena des sourires crispés à l'auditoire en rappelant un peu trop lourdement les drames causés par la répression des émeutes de la conscription. Ernest Lapointe s'approcha ensuite à l'avant de l'estrade.

— Mesdames, messieurs, je suis extrêmement touché de la confiance que vous me faites en acceptant ma présence dans cette course à l'investiture. D'un autre côté, je me sens déchiré. Voilà seize ans que les électeurs de Kamouraska m'accordent leur appui…

Édouard adressa un regard interrogateur à sa voisine. Elle le rassura d'un sourire entendu. Les choses suivaient le cours déterminé dans les officines libérales.

Tous les après-midi, et toute la journée le samedi, Mathieu gagnait les bureaux du procureur général à l'étage de la bibliothèque de l'Assemblée législative. Après les difficultés des premières semaines, l'avalanche de lettres à classer ne le prenait plus au dépourvu. Il s'était donné une méthode de travail efficace. Maintenant, il se désolait pour une seule raison : un emploi de ce genre lui en apprenait beaucoup sur les mœurs de ses concitoyens, mais assez peu sur le droit.

Le vendredi 10 octobre, absorbé dans la lecture d'une missive dénonçant la présence d'un alambic clandestin dans une paroisse de la Mauricie, il n'entendit pas le visiteur entrer dans son bureau.

— Vous voilà passionné par un grand crime, sans doute, fit une voix.

Le stagiaire sursauta en levant la tête, rougit un peu de se faire surprendre ainsi :

— Une histoire de fabrication d'alcool de contrebande, monsieur Lachance.

— Les gens de la province ont toujours fabriqué des boissons, remarqua le substitut du procureur. Après tout, le whisky écossais est inaccessible pour la majorité des gens.

— Surtout à notre époque.

Mathieu obtenait sans frais une prescription de son voisin du dessus, à la pension. Mais les très rares comptoirs de vente pratiquaient des prix exorbitants.

— Et à notre époque, comme vous dites, poussés par les curés, les « secs » surveillent leurs voisins et transforment les bouilleurs en criminels. Ces causes encombrent les tribunaux.

Dans la province, après avoir désiré se sanctifier afin de hâter le retour à la paix, la population déchantait. La prohibition de la vente de l'alcool ne privait pas réellement les ivrognes de leur poison quotidien, mais elle empêchait les honnêtes citoyens de se détendre un verre à la main après une longue journée de labeur.

— Je ne voulais toutefois pas vous entretenir de la dépravation de nos mœurs, enchaîna Lachance. Je présume que vous êtes un libéral, même si la politique ne paraît pas devenir chez vous une obsession, comme c'est le cas des autres étudiants en droit.

— Contrairement à eux, j'ai deux ans de ma vie à récupérer. Mais comme tous les Canadiens français ou presque, j'appuie les libéraux.

— Vous avez raison là-dessus. Les quelques conservateurs parmi nous doivent se sentir comme des jésuites au milieu des Iroquois. Mais les fidèles de Borden ne sont pas la vraie nuisance de notre province. Vous avez lu cela ?

Le procureur de la Couronne tendit une feuille de papier au stagiaire. Elle portait un texte d'une vingtaine de lignes mal imprimées, au style et à l'orthographe approximatifs.

— « Ernest Lapointe, l'imposteur », lut Mathieu.

En lettres capitales, ce titre occupait toute la largeur de la feuille.

— Cela ne porte pas de signature, remarqua encore le stagiaire. Mais selon le style...

— Selon le style ?

— On dirait Armand Lavergne essayant de faire semblant d'avoir reçu une éducation de mauvaise qualité. Il nous avait habitués à un langage plus châtié.

— Votre discernement m'étonne un peu.

Mathieu lui adressa un sourire de connivence.

— Je l'ai si souvent entendu faire ses discours contre l'effort de guerre.

— Vous avez absolument raison, cela vient de Lavergne. Il essaie sans doute de se faire passer pour un ouvrier de la chaussure de la Basse-Ville passionné de « vraie démocratie ». Il entend se présenter comme candidat indépendant dans Québec-Est, après avoir souhaité porter les couleurs du Parti libéral.

Lachance semblait encore trouver répugnante cette prétention.

— Vous-même, vous avez préféré accueillir Lapointe à bras ouverts.

— Cela me fut demandé si gentiment.

La voix contenait tout de même une bonne dose de déception. Le rôle de député faisait visiblement envie à cet homme.

— Mais je ne vous parle pas de cela seulement pour vous faire perdre votre temps. Serez-vous au grand rassemblement de ce soir, dans Saint-Roch ?

— Je n'avais pas prévu…

Mathieu n'osa pas poursuivre.

— Nous devons faire salle comble, afin de décourager cet imbécile de Lavergne de faire plus de dégâts. Vous comprenez combien les vociférations de ce fou peuvent nuire à la reconstruction du Parti libéral.

— Il n'a aucune chance de gagner…

— Nous devons lui enlever celle de tout salir.

La presse de langue anglaise scruterait attentivement la campagne menée dans Québec-Est afin de retrouver des signes de la déloyauté des Canadiens français. La domination des francophones sur le Parti libéral demeurait en travers de la gorge de plusieurs.

— Vous connaissez son sens de la formule, continua Lachance.

— Avant de m'enrôler, j'ai assisté à ses meilleurs discours contre la guerre. « Mordu par un chien ou par une chienne »…

Par ces mots, l'agitateur signifiait son indifférence à l'idée de voir un jour l'empire allemand étendre sa domination au Canada. À cette époque, certains avaient réclamé qu'il soit traduit devant les tribunaux pour haute trahison.

— Il ne faudrait pas lui permettre de se trouver une nouvelle tribune afin de répéter des insanités de ce genre, conclut le substitut du procureur.

— Vous pensez que si Lapointe fait salle comble, ce soir, Lavergne ne se présentera pas.

— Il est essentiellement mû par l'orgueil. Il ne voudra pas être tourné en ridicule.

Mathieu regarda encore la feuille dans ses mains.

— Le faire taire me plaira autant qu'à vous, conclut-il. Je serai là ce soir, et j'essaierai d'entraîner une électrice dans mon sillage.

— Quelle belle initiative ! Je vous remercie.

Bien sûr, Mathieu ne pouvait refuser cela à son patron. Il devait son emploi à l'arbitraire du patronage politique. Mais il tenait aussi à priver Armand Lavergne d'une occasion de se faire valoir.

25

En soirée, entre cinq et six mille personnes se massèrent à l'intérieur du « Patinoir » Saint-Roch, dans le parc Victoria, une grande bâtisse sommairement construite qui accueillait les joutes de hockey et les grands rassemblements de ce genre. Aussi tôt dans la saison, la grande surface rectangulaire était encore privée de glace. Une estrade érigée à une extrémité porterait les orateurs. Des chaises y accueilleraient un millier de spectateurs, les autres occuperaient les gradins.

— Me trouver dans une assemblée de ce genre me trouble un peu, confia Flavie à son compagnon.

— Tu as le droit de vote, tu es autant à ta place ici que n'importe lequel de ces hommes.

— Cela ne signifie pas que je me sente la bienvenue pour autant. D'ailleurs, regarde, nous ne sommes pas bien nombreuses.

Mathieu posa un regard circulaire sur les gradins. Les femmes représentaient tout au plus un dixième de l'assistance. Les assemblées politiques traînaient une réputation sulfureuse. Les hommes y buvaient souvent sec. Même en période de prohibition, les candidats distribuaient des flacons afin de cultiver les solidarités. Certains murmuraient même au sujet de la présence de femmes de mauvaise vie.

Dans le quartier Saint-Roch, la violence marquait toujours les activités de ce genre. Cela devenait une curieuse tradition. L'absence de toute bagarre décevrait sans doute la moitié des jeunes gens présents.

— Mais moi, je suis très heureux de ta présence.

Elle le remercia d'un sourire, puis porta son attention sur l'estrade.

— Édouard Picard paraît tellement satisfait de se trouver sur la scène, remarqua-t-elle bientôt.

— Pendant des années, il a joué ce rôle auprès d'Armand Lavergne. La mort de son père lui a permis de passer dans la cour des grands.

— La femme avec lui, ce n'est pas son épouse.

— Il s'agit de madame Lapointe.

— Vous connaissez la femme de mon patron ?

Si l'intérêt de sa compagne pour la vie conjugale de son employeur l'agaçait, Mathieu n'en laissa rien paraître.

— Je l'ai vue une fois seulement, le jour de son mariage.

— Elle ne vient jamais au magasin. C'est curieux. Selon mes collègues, du temps de monsieur Thomas, sa femme passait régulièrement. Les jours de fête, ou alors au pique-nique annuel, elle s'efforçait de parler à tout le monde.

— Ma tante Élisabeth se fait un devoir de bien s'entendre avec tous ses semblables. Si tu acceptes un jour de passer à la maison de chambres, je te la présenterai, tu jugeras par toi-même.

Le sujet revenait parfois entre eux. Non seulement Flavie ne le recevait pas dans le salon de sa propre pension, mais elle refusait de se rendre chez lui. Selon elle, « ces choses ne se faisaient pas ».

Leurs sorties se limitaient au cinéma, aux promenades bras dessus, bras dessous et à de rares repas au restaurant.

— Peut-être, si le hasard me met en sa présence.

Cela risquait peu de se produire. Sur l'estrade, il y eut bientôt de l'animation. Le docteur Béland devait être le premier à prendre la parole. Il s'avança tête nue, commença d'une voix forte :

— Mes très chers amis...

L'homme profitait d'un curieux titre de gloire. Au moment du déclenchement de la guerre, le hasard l'avait trouvé en Belgique, lui qui convolait en justes noces avec une femme de ce pays. Saisi dans la tourmente, il avait passé des mois dans les geôles allemandes. Libéré quand l'ennemi avait voulu faire des gestes de bonne volonté afin d'entamer des pourparlers de cessez-le-feu, il parcourait le pays depuis afin de prêcher le caractère légitime de la cause alliée et la paix entre les deux peuples fondateurs du Canada. Surtout, avec une faconde peu commune, il racontait les péripéties de sa captivité.

Ce soir, le second sujet retint surtout l'attention de l'orateur. Pour tous ceux qui se souvenaient des envolées oratoires d'Armand Lavergne, son talent compensait un peu. Il termina son discours en clamant :

— Jamais un Canadien français digne de ses origines ne fera partie du gouvernement d'union. Notre seule chance en tant que peuple, c'est de participer de toutes nos forces à la renaissance du Parti libéral, sous la direction de notre nouveau chef, William Lyon Mackenzie King.

Ce nom déclencha une salve d'applaudissements.

Le maître de cérémonie, Napoléon Drouin, un ancien maire de la ville de Québec, appela ensuite les députés libéraux de la région à se succéder sur les planches, afin de fustiger l'administration du gouvernement de Borden.

Arthur Lachance vint de nouveau affirmer son désir de céder sa place à Ernest Lapointe « dans le grand comté de Québec-Est, fidèle pendant des décennies au plus renommé des Canadiens français, sir Wilfrid Laurier ». Oscar Drouin, l'objet de toutes les pressions depuis deux jours, vint faire de même. On ne lui avait promis aucune récompense pour se désister, seulement de rendre sa vie professionnelle intenable s'il ne le faisait pas.

Après toutes ces prestations destinées à réchauffer l'assistance, Ernest Lapointe prit la parole à son tour :

— Vous me voyez torturé entre deux devoirs. Le premier, celui que j'ai envers mes électeurs du comté de Kamouraska, le second, envers la mémoire de sir Wilfrid.

Ce sujet revenait sans cesse depuis que le député évoquait à voix haute sa candidature dans Québec-Est, au point de lasser peut-être.

— Les électeurs du beau comté du Bas-Saint-Laurent m'accordent leur confiance depuis des années. Je regrette infiniment de rompre la relation que j'ai entretenue avec eux tout ce temps. Mais je ne peux pas me dérober plus longtemps. J'accepte de briguer les suffrages dans Québec-Est…

Un tonnerre d'applaudissements souligna ces mots. Pour la première fois, de façon claire, l'homme s'engageait.

— Si nous laissons Robert Borden continuer, il détruira entièrement l'œuvre de sir Wilfrid. Vous avez lu les journaux : la guerre est terminée depuis presque un an, mais il vient de lancer un nouvel Emprunt de la victoire. Il continue d'endetter le pays à un rythme affolant. De deux cents millions au début de la guerre, la dette du Canada atteint maintenant les deux milliards.

Le chiffre ne signifiait rien pour tous ces gens, tellement il paraissait astronomique.

— Même après la victoire, le gouvernement d'union continue d'emprunter pour engraisser les profiteurs de guerre.

Il continua pendant de longues minutes encore, avant de revenir à son sujet de prédilection.

— Mercredi dernier, je me suis rendu à Rivière-du-Loup afin de rencontrer les électeurs de ce coin de pays. Ils m'ont autorisé à me présenter dans Québec-Est. Je vous demande de crier trois hourras pour les électeurs de Kamouraska.

Bon enfant, la foule s'exécuta bruyamment. Pendant un bref moment, le docteur Béland reprit la parole pour demander à tous les candidats de se retirer afin de laisser le champ libre à Ernest Lapointe.

— Lachance et Drouin se sont retirés, cria Flavie dans l'oreille de son compagnon, afin d'être entendue malgré le brouhaha. Cette invitation est inutile.

— Il parle des gens désireux de se présenter comme indépendants.

— Comme Lavergne ?

Mathieu acquiesça d'un signe de la tête. La grande

assemblée se terminait sur cet appel à l'unité. La foule se dispersa ensuite lentement. Quand le couple se retrouva enfin à l'air libre, la jeune femme aspira à pleins poumons.

— Dans ce genre de réunion, il faudrait interdire de fumer.

— Si on en vient là, plus personne ne se présentera.

— Il y aura les femmes, et toi.

En quittant le parc Victoria, ils croisèrent un groupe de notables de la Basse-Ville absorbés dans une conversation animée. Édouard leva la tête vers eux. Il abandonna ses collègues pour venir les rejoindre.

— Ah ! Mon cousin, je suis un peu surpris de te trouver ici. Je ne savais pas que tu t'intéressais à la politique.

— Pourtant, tu m'as vu bien des fois dans la foule, quand tu te trouvais sur les estrades avec Lavergne. Ce dernier doit se sentir bien seul, maintenant. Tu te plais avec tes nouveaux amis ?

L'allusion à son passé nationaliste troubla le marchand.

— Ce ne sont pas de nouveaux amis, je viens d'une famille libérale, comme toi. C'était la guerre, un temps exceptionnel.

Plutôt que de s'attarder sur son passé politique, il enchaîna en s'adressant à la jeune femme :

— Mademoiselle Poitras, vous avez apprécié notre petite réunion ?

— La fumée des cigarettes m'a étouffée toute la soirée, les discours reprenaient sans cesse les mêmes thèmes.

— C'est probablement parce que les hommes mettent du temps à comprendre le bon sens. Maintenant que les femmes peuvent voter, les politiciens apprendront peut-être à mieux structurer leurs propos.

L'ironie du ton n'échappa pas à Flavie. Son employeur ne paraissait pas considérer le suffrage féminin comme un élément essentiel de la vie démocratique.

— Si vous voulez nous excuser, déclara-t-elle. Comme je travaille demain matin, je dois rentrer.

— Parce que je travaille aussi, je vais vous imiter. Bonsoir, mademoiselle. Bonsoir, Mathieu.

— Cher cousin, à bientôt.

La jeune femme lui adressa un salut de la tête. Quelques minutes plus tard, devant la pension de la rue Saint-François, Mathieu se pencha sur elle pour l'embrasser. Elle s'abandonna un court instant. Quand la main masculine se glissa sous son imperméable, elle se raidit et déclara :

— Je dois aller dormir. C'est vrai, tu sais, demain la journée sera longue.

— Bien sûr, Flavie. Bonne nuit.

Comme il esquissait le geste de se pencher de nouveau, elle tourna les talons en disant :

— Bonne nuit.

Comme d'habitude, Mathieu se présenta chez sa mère ce dimanche soir un peu avant six heures, de façon à passer à table peu après. Il possédait toujours la clé du commerce, ce qui l'autorisait à entrer sans que personne ne descende les deux étages pour lui ouvrir. Par égard pour sa nouvelle famille, il prenait toutefois la précaution de frapper avant de pénétrer dans l'appartement du dernier niveau.

La porte s'ouvrit sur Amélie, toujours aussi heureuse de le voir.

— Comment se portent tes études ? demanda-t-elle en offrant sa joue pour une bise.

— Les études vont bien. Et comment apprécies-tu la vente de rubans ?

— J'adore.

— Il n'y a que des dames.

Venant de sa part, elle prenait ce genre de remarque avec un sourire.

— Ah ! Pas seulement. Des hommes viennent aussi.

— Maman devrait avoir un rayon de chapeaux masculins, juste pour toi.

Elle lui donna un coup sur le bras pour son impertinence, puis elle souffla avec une grimace :

— Il est encore là !

Elle voulait dire Gérard. L'employé de banque fréquentait maintenant le dernier étage de la boutique ALFRED avec une rassurante régularité. Rassurante pour lui, en tout cas.

— Il va te faire le meilleur beau-frère du monde.

— Quelle horreur ! Je me demande ce qu'elle lui trouve.

— Lui ne va pas courir le monde pour de mauvaises raisons.

— Mais tu es allé à la guerre, c'est la raison la plus noble.

Mathieu contempla longuement la jeune femme, découvrant chez elle une gravité insoupçonnée jusque-là. Sous des airs un peu… légers, malgré des enthousiasmes trop volontiers exprimés, elle devait être du genre à s'engager de tout son cœur, sans jamais ensuite remettre en cause sa foi. Cela le troubla un peu. Il préféra conserver le ton de la plaisanterie :

— Si tu veux, je lui demanderai s'il a un jeune collègue à te présenter.

— Ne fais jamais ça. Je mourrais d'ennui avec un type de ce genre. Mais toi, pourquoi n'invites-tu pas ton amie à venir ?

— Mais Françoise…

— Oublie ses états d'âme. J'aimerais avoir quelqu'un d'un peu gai à la table.

Comme ils s'attardaient depuis un moment déjà, Marie passa la tête par la porte du salon pour demander :

— C'est bien toi, Mathieu ?

— Moi-même, comme tous les dimanches.

— Tu ne viens pas nous rejoindre ?

— Je parle un peu avec ma jolie demi-sœur.

À ces mots, Amélie lui adressa un sourire reconnaissant. L'idée d'avoir un grand frère lui faisait très plaisir.

— Tout de même, ne nous prive pas de ta compagnie trop longtemps.

La mère disparut sur ces mots. Quand sa jeune compagne fit mine de se diriger vers le salon, Mathieu demanda :

— Tu trouves vraiment que Flavie est une personne agréable ?

— Toi aussi, j'espère, puisque tu la fréquentes depuis quelque temps.

— Mais toi ?

— Elle est gentille, vive, et elle possède un joli sourire, de la bouche jusqu'ici.

Elle montrait le coin de ses yeux. C'était vrai, les émotions de la secrétaire éclairaient tout son visage. Quand ils pénétrèrent dans le salon, toutes les personnes présentes se levèrent pour l'échange des salutations. Gérard Langlois affectait toujours un air de vainqueur en lui serrant la main. Si cette attitude laissait le fils de la maison totalement indifférent, cela avait le don de mettre Françoise un peu mal à l'aise.

— As-tu passé une bonne semaine ? demanda-t-elle.

— Oui. Enfin, rien de vraiment passionnant : des cours la matinée, le bureau du procureur général l'après-midi, mais je désirais retrouver ce genre de routine. Je ne me plains donc pas. Et toi ?

— C'est un peu la même chose. Les journées se suivent au magasin, toujours un peu semblables.

Quand le jeune homme serra la main de Paul Dubuc, celui-ci demanda :

— Tu ne regrettes pas d'avoir accepté cet emploi, j'espère. Ce n'est pas très prestigieux, je le sais bien.

— Au contraire. L'été prochain, je connaîtrai tous les forfaits que nos concitoyens à l'imagination fertile peuvent commettre. Je compte sur les assises criminelles pour me procurer un aperçu du droit.

— Depuis la table des avocats de la Couronne, cela te donnera une vue d'ensemble très intéressante.

Mathieu accepta un verre, puis s'installa sur le fauteuil abandonné un moment par Marie, soucieuse d'aller aider à la cuisine.

— As-tu l'occasion de côtoyer Arthur Lachance tous les jours ? questionna encore le député Dubuc.

— Je le vois régulièrement. Pourquoi ?

— Je me demandais seulement si le bonhomme ruminait sa déception.

— Pour l'investiture dans Québec-Est ? La rumeur dit qu'il sera le premier à obtenir un poste de juge au moment du changement de gouvernement fédéral. Ce genre de nomination à vie doit exercer un certain attrait, comparé au hasard d'un scrutin.

— Pour un candidat libéral, le scrutin ne comporte pas beaucoup de risque, intervint Gérard depuis le canapé où il se trouvait avec les sœurs Dubuc.

— C'est vrai, confirma le politicien. Tout de même, Lachance paraissait très désireux de se faire élire. Il a goûté à cela il y a environ quinze ans, il rêvait de répéter l'expérience.

Bien sûr, les élus se délectaient de la sensation de changer les choses, de préparer l'avenir.

— Ce ne serait pas difficile, murmura Mathieu. Un autre comté devient disponible. Toutefois, il ne paraît pas désireux de se présenter dans Kamouraska. Ce n'est peut-être pas aussi prestigieux, mais c'est un comté sûr.

Ce serait la solution la plus simple. Lapointe bénéficierait du prestige d'occuper le siège de Laurier, et lui aurait enfin la possibilité de se rendre à Ottawa.

— Visiblement, le prestige auquel tu fais allusion lui faisait aussi envie. Lachance n'a pas exprimé le désir de faire campagne dans le Bas-Saint-Laurent.

Et puis, tu sais, les cultivateurs aiment voter pour une personne familière. Les candidats imposés d'en haut risquent de grandes déceptions.

— Et vous-même, monsieur Dubuc, demanda l'employé de la Banque de Montréal, faire le saut sur la scène fédérale ne vous dit rien ? N'est-ce pas le genre de promotion recherchée par tous les députés provinciaux ? Prenez l'exemple de Gouin…

— Gouin n'a rien annoncé encore, nous ne savons pas vraiment ce qu'il a en tête. En ce qui me concerne, fin août, j'ai obtenu la seule promotion à laquelle je tenais.

En disant cela, le politicien adressa un gros clin d'œil à Mathieu. Cette façon de faire allusion à son mariage avec Marie pouvait faire sourire, mais la principale intéressée en serait certainement rassurée.

— Il y aura sans doute un opposant dans Québec-Est, remarqua encore Gérard Langlois.

— Armand Lavergne semble peu désireux d'amasser sur sa tête toute la colère des forces libérales. Il va se dérober, prédit Mathieu.

— Mais il y a un autre type, Galibois, déterminé à perdre beaucoup d'argent pour le seul plaisir de voir son nom quelquefois dans le journal.

Chaque candidat à un suffrage devait déposer une caution. Cela permettait d'éviter que des hurluberlus ne nuisent au processus démocratique pour le seul plaisir d'attirer un peu l'attention sur eux. Les personnes ne recevant pas un appui suffisant perdaient ce « dépôt », les plus populaires pouvaient le récupérer.

— Lapointe n'aura donc pas la chance de son

chef, conclut Dubuc. Tout indique que King passera par acclamation demain.

Le chef libéral se présentait en Nouvelle-Écosse. Cette province paraissait en avoir assez de tout ce qui rappelait le gouvernement d'union.

— Tout de même, reprit le député, c'est dommage que nous ne puissions pas l'envoyer directement à Ottawa sans avoir à procéder à une élection. Ce serait un excellent message à l'intention du Canada anglais et du nouveau chef.

Marie revint dans le salon à ce moment. Elle déclara d'un air faussement sévère :

— Je vous entends depuis quelques minutes. Je me demande si je ne déclarerai pas bientôt la salle à manger territoire non politisé. Ces jeunes femmes sont sur le point de s'endormir, et je ne vaudrai pas mieux.

— Nous allons donc faire un effort particulier pour varier un peu la conversation.

— Dans ce cas, vous pouvez venir manger.

La maîtresse de maison ouvrit toute grande la porte de la pièce devant eux.

Comme prévu, William Lyon Mackenzie King fut élu par acclamation. Le mardi 21 octobre, l'événement intéressa à peine les deux hommes assis dans la bibliothèque de la demeure de la rue Scott. Armand Lavergne fréquentait cet endroit avec une régularité absolument impensable du vivant de l'ancien propriétaire.

— « Ernest Lapointe, l'imposteur », commenta Édouard en lançant une feuille de papier dans les flammes du foyer allumé en face de lui. Franchement, tu exagères.

— Peux-tu me donner trois choses accomplies par ce type depuis son élection, il y a seize ans ?

Devant le silence de son interlocuteur, l'avocat enchaîna :

— Tu vois, tu ne peux même pas. Il n'a rien fait jusqu'ici, et maintenant il se présente comme l'héritier de sir Wilfrid.

— Il a réussi à réunir les délégués canadiens-français de la convention derrière le candidat de son choix. En quelque sorte, c'est un « faiseur de roi ».

L'affirmation laissa le visiteur sans voix. À l'instant où il s'apprêtait à protester, Édouard le fit taire en disant :

— Remarque, tu as aussi réussi à unir le Parti libéral. Tous ses membres paraissent déterminés à t'empêcher de te présenter sous ses couleurs.

Lavergne encaissa la rebuffade difficilement. Il arrivait à l'âge où les bilans prennent une allure prémonitoire : son passé était le garant de son avenir, il ne ferait jamais mieux. Les vingt-cinq prochaines années seraient sans doute une succession de rendez-vous manqués avec l'histoire.

— Tu as de quoi boire ? demanda-t-il dans un soupir lassé.

— Tu seras sévèrement rationné ce soir. Mes réserves sont en chute libre, et le magasin m'accapare trop pour que je perde une demi-journée dans l'antichambre d'un médecin, et une autre à faire la file dans la boutique de l'une des quelques personnes à Québec possédant une licence de vendeur. Je suis vertueux par la force des choses.

Édouard se leva pour sortir une bouteille de cognac presque vide de son armoire.

— Tu sais, commenta encore le jeune marchand, la Grande-Bretagne a mis fin à la prohibition hier.

— J'ai lu cela dans les journaux. C'est curieux, n'est-ce pas ? Nous empruntons au Royaume-Uni et aux États-Unis toutes leurs mauvaises idées. L'impérialisme du premier, la prohibition du second. Nous devrions au contraire nous inspirer de la liberté anglaise de boire un verre en paix et de l'isolationnisme politique des Américains.

En tendant un verre à son vieil ami, Édouard le corrigea :

— Depuis la fin de la guerre, le président Wilson paraît disposé à faire la leçon au monde entier. Les États-Unis sont les grands vainqueurs de ce conflit. Bois lentement, je n'en ai plus.

— Ma vie me semble sur le point de prendre un tournant bien lugubre.

Le vieil adolescent avala le contenu de son verre d'une seule lampée.

Depuis son mariage, Marie découvrait de nouvelles obligations. Le samedi 25 octobre, elle abandonna la direction du commerce à Françoise pour se rendre à Saint-Pascal-de-Kamouraska.

Tandis qu'ils descendaient à la gare du village, son mari lui expliquait encore :

— Je ne peux pas vraiment me dérober, tu sais. Comme je suis député de ce comté au provincial, personne d'autre que moi ne peut présider cette assemblée.

— Je sais, et puis c'est une bonne occasion de me montrer en ta présence. Tout le monde sera là, non ?

L'homme hocha la tête. La régularisation de leur situation lui permettait enfin de ne plus dissimuler une partie, peut-être la plus importante, de son existence. Bras dessus, bras dessous, ils marchèrent vers le centre du gros village, guidés par le clocher de l'église.

Devant le temple, ils trouvèrent une estrade déjà dressée, décorée de branches de conifères. Des dizaines d'automobiles et des centaines de voitures tirées par des chevaux encombraient la rue principale et les quelques autres.

— Tout le comté semble s'être déplacé pour assister à cette assemblée.

— Non, le comté est trop vaste pour cela. Les habitants de Saint-Pascal se trouvent là, de même que ceux des villages environnants. Cela donne tout au plus un millier de personnes.

Paul Dubuc avait une longue habitude de ce genre de manifestation politique. Au fond de l'estrade, plusieurs chaises formaient une ligne continue. Quelques notables y prenaient déjà place, dont un homme grand et fort au crâne dégarni. Ses moustaches en guidon de vélo lui donnaient une allure d'avant-guerre.

— Monsieur Dubuc, commença-t-il, je suis heureux de vous voir.

— Moi aussi. D'après la rumeur, vous êtes le

premier responsable du passage de Lapointe dans Québec-Est.

— Quand le sujet de la succession de sir Wilfrid a commencé à être discuté, je n'y ai pas vraiment porté attention. Mais ensuite Borden a évoqué la possibilité de récupérer le comté en y présentant une vedette…

— Cela ne se peut pas, interrompit le député provincial.

Le gouvernement d'union ne pouvait pas envoyer l'un de ses rares membres éminents de langue française à la boucherie.

— Surtout, renchérit l'autre, Lavergne a voulu se présenter. Il fallait absolument lui donner une leçon. Alors oui, j'ai poussé dans le dos d'Ernest pour le convaincre.

Marie se tenait un peu à l'écart, intimidée. Paul la prit par la taille en disant :

— Je vous présente ma femme, Marie.

— Madame, dit l'homme en tendant la main.

— Monsieur Jacques Bureau est député de Trois-Rivières depuis 1900. Il a été ministre dans divers cabinets de Wilfrid Laurier.

Après cela, le trio avait peu à se dire. Heureusement, l'arrivée du responsable de l'agitation des derniers jours força Bureau à quitter le couple. Dubuc entraîna sa compagne vers les sièges, prit place à côté d'elle.

— Selon toi, cet homme est responsable de la venue de Lapointe à Québec ?

— Il lui a servi de mentor pendant des années, à Ottawa. Il a fait en sorte de lui présenter tout le monde. Alors oui, si Lapointe est aujourd'hui assez populaire pour passer dans cet autre comté, il lui en est redevable. Il lui a même appris l'anglais.

— Es-tu sérieux ?

— Bureau a vécu aux États-Unis. De son côté, Ernest a été éduqué à Rimouski et à Québec. À son arrivée dans la capitale fédérale, il ne pouvait même pas demander où se trouvaient les toilettes en anglais.

Le député n'exagérait pas. Pendant des années, l'aîné avait repris la prononciation de son cadet à toutes les occasions.

— ... A-t-il été un bon élève ?

— Selon ce qu'on raconte, il peut maintenant avoir le dessus dans n'importe quel débat avec les ministres de Borden.

Marie regardait Ernest Lapointe serrer les mains à l'avant de l'estrade. Avant de quitter les lieux, le politicien avait dit quelques mots à toutes les personnes présentes. Il s'agissait d'un homme très grand, corpulent, devenu chauve au fil des ans. Au début de sa carrière, il arborait souvent un béret d'étudiant posé sur des cheveux bouclés. Cette allure juvénile cédait la place à celle d'un homme sérieux et efficace.

Elle contempla ensuite l'épouse du politicien, Emma. Elles s'étaient croisées quelques années plus tôt, lors de sa première visite à Rivière-du-Loup. À l'époque, cette femme lui avait semblé timide, effacée. Aujourd'hui, devenue à son tour compagne d'un député, elle reconnaissait sa grande efficacité politique.

En service commandé, Emma Pratte passait de l'un à l'autre avec aisance, disait quelques mots, sans doute toujours les mêmes, attentive à ne jamais porter ombrage à son illustre époux.

Après quelques minutes de ce manège, les nouveaux venus, toujours escortés par Bureau, montèrent sur l'estrade, gagnèrent leur place sur les sièges. Il avait été convenu que le député provincial devait agir comme maître de cette cérémonie d'adieu. En conséquence, Paul s'avança à l'avant de la scène.

— On m'a confié aujourd'hui une tâche à la fois triste et joyeuse, commença-t-il. Nous devons saluer pour la dernière fois le député de Kamouraska, notre ami à tous. D'un autre côté, nous sommes reconnaissants de le voir se dévouer afin de garder au sein du Parti libéral le comté de Québec-Est, celui du plus grand d'entre nous.

Les applaudissements de la foule témoignèrent que personne ne lui en voulait trop pour cette infidélité.

— Mesdames et messieurs, conclut le maître de cérémonie, le nouveau député de Québec-Est.

— Vous devez être là depuis une heure environ, déclara le candidat, puisque je vous ai fait un peu attendre. Je m'en excuse. Pendant ce laps de temps, la dette du Canada s'est accrue de quatre-vingt-dix mille dollars.

L'homme s'arrêta afin de laisser le chiffre pénétrer toutes les imaginations. Pendant toute une vie, ces gens ne gagnaient pas la moitié de ce montant.

— Dans une journée, cela donne deux millions de dollars. Chaque jour où nous laissons Robert Borden au pouvoir, le Canada s'appauvrit d'une somme colossale.

Une autre pause permit à tous les badauds de se convaincre que seule la personne à l'avant de l'estrade serait capable d'arrêter un jour cette mortelle hémorragie.

— Maintenant, vous entendez la nouvelle de ma bouche : je serai candidat dans Québec-Est. J'éprouve un grand chagrin à l'idée de vous quitter et je serai toujours reconnaissant à chacun d'entre vous pour ces années où j'ai eu l'honneur de vous représenter à Ottawa. Mais aujourd'hui, notre tâche est grande. Elle consiste à sauvegarder les droits de tous, à ériger sur cette terre canadienne une muraille contre les préjugés et à empêcher les ravages de la malhonnêteté dans l'administration publique. Nous essaierons de faire notre part, et c'est pour la défense de la mémoire sacrée de Laurier que je consens à porter la bannière que seule la mort lui a arrachée des mains. Je viens venger la mémoire de Laurier.

La fin arracha encore des cris enthousiastes à la foule. Marie se demanda bien à quels outrages la mémoire du grand homme avait été soumise. Chacun dans cette multitude devait pouvoir en aligner plusieurs, à en juger par cette réaction.

Lapointe regagna la chaise placée à côté de celle de son épouse, alors que Jacques Bureau prenait la parole à son tour pour fustiger le gouvernement Borden. À la fin du discours, les trois députés se dispersèrent dans la foule. Emma Pratte préféra d'abord rester à sa place. Après un moment, elle demanda à sa voisine :

— Votre mari n'a pas exprimé le désir de se présenter au Parlement d'Ottawa, je pense. Il y aura probablement une élection complémentaire dans Kamouraska au début de l'année prochaine.

— En réalité, il n'a jamais abordé la question avec moi, même si cette idée doit lui faire envie. Comme nous venons tout juste de nous marier, je suppose qu'il préfère ne rien changer à notre nouveau mode de vie.

— Vous avez de la chance, vous habitez tout près de l'Assemblée législative. Je ne suis pas très heureuse à l'idée de déménager à Ottawa. Mais maintenant, je n'ai plus le choix.

Pour la première fois, la complice de tous les jours, celle qui maintenait intacts les bons sentiments des électeurs de Kamouraska à l'égard de son mari toujours absent, exprimait sa frustration devant le bouleversement de son existence.

Elle se reprit bien vite :

— Mais que ne ferions-nous pas pour eux, n'est-ce pas ?

Elle parlait des hommes de carrière. Intérieurement, Marie se demanda si elle montrerait autant de souplesse, dans le cas où Paul déciderait de faire le saut dans la capitale fédérale. Sans doute. Maintenant, elle n'avait plus vraiment le choix. Leur vie se trouvait irrémédiablement réunie.

— Allons-nous rejoindre ces messieurs ?

Madame Lapointe proposait cela sans plaisir. Sa compagne se demanda un moment si sa présence se révélerait utile ou dommageable. Elle se leva pourtant, descendit de l'estrade pour fendre la foule afin de rejoindre Paul. Machinalement, elle trouva les phrases toutes faites, celles utilisées tous les jours à la boutique pour accueillir les clients. Finalement, vendre une robe ou un politicien ne semblait pas très différent.

Quand elle se trouva près de son époux, celui-ci saisit sa main avec émotion, fier de la trouver à ses côtés.

— Monsieur Demers me disait qu'il serait bientôt grand-père.

— Oh ! Quelle bonne nouvelle. Je vous félicite, monsieur.

Machinalement, elle tendit la main, serra celle du brave homme.

— Je suis un peu effrayée du jour où l'un de mes enfants m'apprendra la même chose, continua-t-elle.

— On se dit cela avant, mais quand arrive la nouvelle, c'est autre chose.

En rentrant chez lui, cet électeur confierait à sa femme : « Elle est bien, la nouvelle flamme du député. Elle paraît moins hautaine que l'autre. » Sans le savoir, la marchande devenait une travailleuse d'élection.

Au lieu de revenir tout de suite à Québec, le couple Dubuc alla passer la nuit à Rivière-du-Loup. Se montrer à la messe dominicale une fois de temps en temps servait à cultiver les fidélités.

— Je te remercie pour hier après-midi, murmura Paul dans le train.

— Crois-tu que j'ai été utile ?

— N'en doute pas une seconde.

Elle saisit sa main, cala son épaule contre la sienne, satisfaite.

26

En montant le grand escalier du magasin PICARD deux marches à la fois, Mathieu affichait un sourire amusé. Il fréquentait désormais ces lieux avec une étonnante régularité. S'ils le mettaient mal à l'aise auparavant, maintenant il éprouvait l'étrange sensation de se trouver chez lui.

— Alors, prête à venir accomplir ton devoir de citoyenne pour la première fois ? demanda-t-il à Flavie en se tenant devant son bureau.

— Si je ne suis pas prête, tant pis, car cela doit se faire aujourd'hui, n'est-ce pas ? rétorqua la jolie femme en levant les yeux.

Elle quitta son siège sur ces mots, passa la tête dans la porte du bureau de son employeur.

— Monsieur Picard, je peux partir tout de suite pour aller voter ? Nous avons convenu...

— Oui, oui. Mais ai-je bien entendu la voix de mon cousin ?

— En effet. Il va m'accompagner.

— Je viens le saluer.

Peu après, Édouard tendait la main au visiteur.

— Préfères-tu t'assurer qu'elle votera du bon bord ?

— Même si cette élection offre un choix limité, je ne me mêlerai certainement pas de ses affaires.

Flavie me disait avoir une inclination particulière pour les habitants de Limoilou.

L'autre demeura un peu perplexe. Le candidat indépendant, François-Xavier Galibois, venait de ce quartier.

— L'homme ne peut rien apporter…

— Ne vous donnez pas la peine de répondre, intervint Flavie. Vous voyez bien que Mathieu vous fait marcher. Cela doit être l'humour des carabins. On s'y fait à la longue.

— Que voulez-vous, mademoiselle, je ne suis pas allé à l'université, je ne connais pas…

Le marchand adoptait un ton moqueur, mais cela sonnait faux. La jeune fille alla récupérer son imperméable à un crochet tout en enchaînant :

— Nous irons prendre une bouchée ensuite. Je reviendrai à mon poste dès que possible.

— Je vous fais confiance. De toute façon…

— Je resterai ce soir afin de compléter les tâches en suspens, je sais.

La jeune femme se révélait efficace, attentive à bien boucler tous les dossiers, alors, le patron consentait sans mal à ses rares absences. Il reporta son attention sur Mathieu pour demander :

— Et toi, si tu votais dans Québec-Est, pencherais-tu pour le candidat de Limoilou ?

— Les prises de position de Lapointe sur le traité de Versailles et la présence du Canada à la Société des Nations me paraissent très raisonnables, et celles du gouvernement Borden un peu trop alambiquées pour inspirer confiance. Toutefois, je pense aussi que Flavie est une grande fille capable de se faire une idée toute seule sur les candidats en lice.

Anodine, la réflexion écorcha tout de même un peu l'amour-propre de son cousin. Depuis trois semaines au moins, non seulement il incitait ses collègues de la rue Saint-Joseph à faire voter leurs employés pour les libéraux, mais il s'appesantissait aussi sur les siens propres.

— Tu montres une plus belle ouverture d'esprit que certains de nos compatriotes.

— J'ai vu le délire d'Henri Bourassa sur le sujet. Cet homme est un parfait idiot. Aujourd'hui, Irène Parlby siège au cabinet de l'Alberta, et elle ne paraît pas moins efficace que les autres.

Ce genre de discussions, tout comme celles portant sur la prohibition, devait se répéter dans tous les bureaux, tous les fumoirs, tous les endroits en fait où les hommes se retrouvaient entre eux.

— Mais comme je ne souhaite pas que cette jeune dame termine trop tard en soirée, conclut Mathieu, je l'escorte vers son devoir de citoyenne.

— Je vous souhaite donc un excellent appétit.

Le marchand regarda le couple quitter les locaux administratifs. Un long moment, il imagina que son cousin cherchait dans la Basse-Ville une amie complaisante. Les étudiants de l'université Laval venaient souvent s'encanailler, vivre leur « vie de jeunesse » dans Saint-Roch ou Saint-Sauveur, pour chercher ensuite une union plus convenable chez les bourgeoises, une fois leur diplôme en poche.

— Non, maugréa-t-il, celui-là montre un sens du devoir trop grand. Je parie qu'il la fréquente pour le bon motif.

La sonnerie du téléphone le tira de ses réflexions.

Tout de même, l'absence de sa secrétaire revêtait un mauvais côté. Elle ne devrait pas en abuser.

Quand Flavie se promenait à l'intérieur du commerce en compagnie de son « ami » – le mot « prétendant » lui paraissait encore très prématuré –, elle attirait les regards appuyés des employées. Mathieu représentait un bon parti, elle devait faire des envieuses.

À l'intérieur de l'établissement, ils prenaient garde de conserver une certaine distance entre eux, afin de ne pas trop alimenter les conversations. Dehors, le jeune homme offrit son bras en disant :

— Ce bavard nous a fait perdre un peu de temps. Préfères-tu encore passer d'abord par le bureau de scrutin ?

— Autant nous en tenir au programme convenu.

Ces bureaux, les *polls*, se trouvaient en grand nombre afin d'éviter de trop longs déplacements aux électeurs. Celui désigné à Flavie nichait dans le hall des locaux de la Garde Champlain, rue Saint-Joseph. La vieille association de loisirs perdait beaucoup de sa popularité d'avant-guerre. Ses membres n'osaient plus parader dans des uniformes d'opérette alors que des vétérans du 22e bataillon rehaussaient de leur présence de nombreuses cérémonies civiles ou religieuses, le cinéma représentait une rude concurrence pour les spectacles d'amateurs, et l'Église catholique comptait sur une armée de vicaires pour encadrer de près tous les loisirs de leurs ouailles.

La jeune fille contempla un moment la file

d'attente s'allongeant sur le trottoir, poussa un long soupir avant de confier :

— Si je ne savais pas que c'est important, je te proposerais d'aller tout de suite au restaurant. De toute façon, il va gagner.

— Les droits viennent avec des devoirs, commenta-t-il du ton d'un confesseur.

Elle le toisa avec un sourire narquois sur les lèvres, constata que quatre personnes entraient justement dans la salle de la Garde Champlain.

— Parfois, tu me rappelles monseigneur Buteau, le taquina-t-elle en avançant de deux pas.

— Je te rappelle qu'il s'agit de mon oncle.

La précision lui valut un regard chargé de respect des personnes autour d'eux. Il s'agissait surtout de femmes, des ménagères. Les hommes se joindraient au groupe dans une vingtaine de minutes, et surtout en fin d'après-midi. En plus de dispenser des conseils sur l'endroit où tracer leur croix sur le bulletin, les patrons les plus généreux fermaient leurs portes un peu plus tôt.

Finalement, Flavie eut son tour. Dans le hall, elle trouva une table derrière laquelle se tenaient deux hommes, des « travailleurs d'élection » choisis par le gouvernement d'union au pouvoir. Comme celui-ci ne présentait aucun candidat, les risques d'une malversation demeuraient bien faibles.

— Madame ? commença l'un d'eux en posant les yeux sur la liste posée devant lui.

— Mademoiselle…

La réaction lui parut tout de suite futile, son célibat ne regardait pas ces hommes.

— Flavie Poitras.

— Rue Saint-François, dit le second homme. Voici votre bulletin de vote, vous devez vous retirer derrière ce rideau.

Au passage, elle contempla les deux grands drapeaux rouges portant les écus du Canada. La formalité elle-même prit une seconde. Le candidat indépendant lui était un parfait inconnu, alors que tous les journaux commentaient la carrière d'Ernest Lapointe. En sortant de l'isoloir, elle déposa son bulletin de vote avec un soupçon de nervosité.

Mathieu se tenait en retrait sur le trottoir.

— C'est un peu intimidant, la première fois, apprécia-t-elle, mais cela n'a rien de compliqué.

— C'est une première dans tout le pays.

— Ta mère a voté, en 1917.

— Mais alors, c'était réservé aux proches des militaires. Aujourd'hui, toutes les femmes du comté peuvent participer. Tu fais au moins une jalouse. Thalie trépigne d'impatience.

Bras dessus, bras dessous, sans se concerter, ils marchaient vers le restaurant Cartier, rue de la Couronne.

— Mais elle n'a pas l'âge, remarqua la secrétaire, et l'élection ne se tient pas dans son comté.

— Cela ne l'empêche pas d'avoir très hâte. L'élection générale se déroulera en 1921, sans doute. Si jamais elle a lieu juste avant son vingt et unième anniversaire, elle deviendra folle de rage.

— Je suis heureuse d'avoir pu voter, mais en avoir été privée ne m'aurait pas troublée outre mesure.

Flavie disait cela avec l'air de s'excuser. En

passant la porte du restaurant, Mathieu la rassura d'un sourire.

— Ma petite sœur est adorable, je respecte ses ambitions, mais parfois, elle est assez... disons intense. Je le suis un peu aussi, à ma façon. Alors, il est heureux que dans le monde, certaines personnes voient la vie d'une façon un peu plus... sereine.

Quelques minutes plus tard, assis près d'une fenêtre, le couple discutait de l'ampleur de l'avance d'Ernest Lapointe. Personne dans le comté n'imaginait un autre scénario que celui d'une victoire retentissante.

L'hôtel *Saint-Roch* avait une réputation un peu sulfureuse dans la Basse-Ville. Propriété d'un colonel canadien-français, vétéran de la Grande Guerre, il se dressait à l'angle des rues Saint-Joseph et de la Couronne, près du site de l'ancien marché Jacques-Cartier. Une grande salle permettait à des troupes de théâtre, des chanteurs, des chanteuses ou des orchestres de se produire devant les notables du quartier ou les ouvriers capables de payer le prix d'entrée.

Édouard prenait place devant le maître de la journée. Son visage tout rond, souligné d'une petite moustache, souriait d'aise.

— Je suis heureux d'avoir pu compter sur vous, se réjouit Ernest Lapointe. Je suis majoritaire dans tous les bureaux de scrutin, sauf ceux de Limoilou.

— C'est dommage, mais François-Xavier vient de ce coin-là. Ses voisins l'ont appuyé.

François-Xavier Galibois n'avait pas fait si

mauvaise figure, grâce à ses relations de bon voisinage. Tout de même, il perdrait son dépôt.

— Le printemps dernier, je me réjouissais que votre père ait accepté de travailler à ma campagne électorale. Vous l'avez remplacé haut la main.

— Le plus délicat était d'écarter les personnes de la Basse-Ville désireuses de succéder au grand Laurier dans ce comté. Si un marchand ou un professionnel de bonne réputation s'était entiché de l'idée de se présenter, les choses auraient été différentes.

Le jeune marchand tenait à ce que son candidat mesure toute l'étendue de sa dette à son égard. Un jour, cela lui vaudrait un renvoi d'ascenseur.

— Je vous suis reconnaissant de vos efforts. Vous avec été très… efficace.

L'homme lui adressa un sourire narquois.

— Le travail très discret de Louis-Alexandre Taschereau a été remarquable.

Édouard se sentait suffisamment fier de ses efforts personnels pour reconnaître généreusement ceux des autres. Le nouveau procureur général jouait gros : premier collaborateur de Lomer Gouin, dauphin de celui-ci, il soutenait, en coulisse, son principal rival. Assis entre deux chaises de cette façon, il risquait de choir.

— Je sais. Taschereau a découragé les ambitieux de la Haute-Ville imbus d'eux-mêmes de faire campagne ici, et vous vous êtes occupé de ceux de la Basse-Ville. Vous faisiez une bonne équipe.

Le jeune homme se gonfla d'orgueil. Sur la scène politique aussi, il arrivait à remplir les très grandes chaussures de Thomas. Bien sûr, son paternel se dévouait pour le plus grand Canadien français de l'histoire. Édouard se contentait de servir le nouveau chef du Parti libéral canadien, William Lyon Mackenzie King, et le prétendant au poste de lieutenant de langue française de celui-ci. Une plus grande dose de calcul devait compenser l'absence d'une admiration béate à l'égard d'un être exceptionnel.

Les deux hommes se trouvaient dans la salle de spectacle de l'hôtel, une tasse à la main. Une cinquantaine de « travailleurs d'élection » se trouvaient là aussi, des rubans rouges accrochés à leurs vêtements afin de souligner leur engagement. Cinq ou six femmes participaient aux festivités. Ces militantes s'étaient dévouées pour amener leurs consœurs à pencher « du bon bord ». Seulement soixante pour cent des personnes inscrites sur les listes électorales s'étaient prévalues de leur droit de vote, les femmes en aussi grande proportion que les hommes. Cela seul représentait une victoire historique.

— Borden a pris son temps pour déclencher cette partielle, remarqua Édouard. Wilfrid Laurier est mort en février, nous sommes le 27 octobre. Neuf longs mois.

— Je ne lui en veux pas, bien au contraire. Cela nous a donné le temps de nous organiser. Il devra maintenant en tenir une autre dans Kamouraska, le comté que j'ai abandonné pour venir me présenter ici.

— Vous croyez que ce sera difficile de faire passer un libéral là-bas ?

— Vous voulez rire. Le candidat sera élu par

acclamation, comme lors du scrutin provincial de l'été dernier.

Avec le règlement de la question des insoumis qui traînait en longueur, le spectre de la conscription ruinerait encore toutes les chances des conservateurs.

— Voulez-vous un autre thé ? demanda Édouard en voyant un serveur s'approcher.

— Non merci, sinon je passerai la nuit à pisser.

— J'ai autre chose de plus… indiqué dans le coffre de mon auto.

— Malheureusement, je dois refuser. Si les journaux rapportaient demain que le nouveau député de Québec-Est a écorché la loi de prohibition le jour de son élection, cela ferait jaser de l'Atlantique au Pacifique.

La ville de Québec se trouvait doublement « sèche », car elle se soumettait encore à la loi Scott, après le référendum tenu pendant la guerre.

— Un médecin m'a prescrit le whisky comme remontant. Je garde en tout temps son bout de papier sur moi, comme mon exemption pendant la guerre.

— Je refuse tout de même, dit le politicien avec une pointe de regret dans la voix. Nous vivons dans un monde absurde, n'est-ce pas ? Devoir consulter un médecin complaisant afin de boire un verre.

— Selon ses fils, Taschereau cherche une solution à ce problème, une mesure susceptible de ne pas soulever la hargne des grenouilles de bénitier.

— S'il réussit ce tour de force, il méritera de succéder à Gouin dans le fauteuil de Premier ministre de la province.

Édouard leva sa tasse et fit mine de boire à cette excellente nouvelle. L'instant d'après, il se débarrassait du thé devenu tiède sur le plateau d'un serveur.

Depuis l'entrée de la salle, un homme lui adressait des grands signes.

— Venez, il doit avoir les derniers résultats.

Tous les deux se rapprochèrent du « travailleur d'élection ». Celui-ci venait de faire le tour des bureaux de scrutin. Après avoir salué le nouveau député, il porta un bout de papier près de ses yeux pour lire :

— Vous avez une avance de trois mille neuf cent trente-neuf voix, monsieur Lapointe.

L'autre paru un peu déçu, comme s'il escomptait dépasser les résultats de Laurier.

— Galibois a-t-il concédé la défaite ?

— En quelque sorte. Les *polls* n'étaient pas encore fermés quand ceci a commencé à circuler dans les rues.

L'homme chercha dans sa poche pour retrouver une feuille de papier pliée en quatre, afin de la remettre à son interlocuteur. Le politicien lut rapidement, alors qu'Édouard se penchait en vain pour faire de même.

— Quel crétin, lâcha tout bas Lapointe. Il affirme que j'ai dépensé soixante-quinze mille dollars pour acheter des voix, en plus de faire défiler des personnes de l'extérieur du comté pour les faire voter pour moi.

L'élection s'était révélée coûteuse, mais elle n'avait pas nécessité des expédients de ce genre.

— Quelqu'un lui souffle peut-être ces mots à l'oreille, glissa Édouard.

— Lavergne ?

La grimace du marchand valait une réponse.

— Oublions ce mauvais coucheur et allons remercier les électeurs.

Très vite, une véritable procession se forma dans la rue Saint-Joseph.

La maison de Louis Létourneau, un citoyen éminent de la Basse-Ville, se trouvait dans la rue Saint-François. Cela donnait un trajet beaucoup trop bref au goût des organisateurs libéraux. Aussi, puisque le cortège triomphal se formait devant l'hôtel *Saint-Roch*, il fut rapidement convenu de marcher vers l'ouest dans Saint-Joseph, d'emprunter Langelier vers le nord et de revenir ensuite vers l'est. Le but était de parcourir un long rectangle.

Ernest Lapointe, tête nue, venait au premier rang en compagnie d'Henri Lavigueur, de Charles Chubby Power et de tous les députés fédéraux et provinciaux de la région puis, au second rang, suivaient les notables de la circonscription, des marchands et des industriels parmi les plus importants. Parmi eux se trouvaient les candidats assez généreux pour avoir cédé leur place au gagnant, Arthur Lachance et Oscar Drouin. Derrière, les militants formaient une masse compacte.

Aucun des habitants des quartiers Saint-Roch et Saint-Sauveur ne pouvait ignorer l'heureux résultat, car tout ce monde entonnait le *Ô Canada* de bon cœur. Plusieurs d'entre eux ouvrirent leurs fenêtres au passage du cortège afin de joindre leur voix à celles des manifestants. La population paraissait unanime à fêter cette victoire.

Louis-Alexandre Taschereau ralentit le pas de façon à se trouver à la hauteur du jeune marchand de la rue Saint-Joseph.

— Alors, Picard, vous devez être satisfait du travail accompli.

— Dans une certaine mesure, oui. Tout de même, il aurait été préférable de ne pas avoir d'opposition. Ce Galibois me semble une nuisance.

— Mais il se trouve infiniment moins visible que Lavergne. Son dernier coup de griffe est plus pitoyable que blessant.

Lui aussi avait eu en main le « communiqué » de François-Xavier Galibois.

— Je ne vois pas notre Premier ministre provincial parmi nous.

— Il représente un comté de Montréal.

— Surtout, il ne doit pas savourer ce moment… Et vous, votre joie est sans partage ?

Taschereau apprécia le ton persifleur. Son jeune collaborateur perdait rapidement sa naïveté. Cela en ferait éventuellement un précieux allié.

— Je suis aussi content du résultat qu'il convient de l'être, dans ma situation. La suite des choses nous révélera tous les bienfaits attribuables à cet heureux événement.

Ils arrivaient devant la grande demeure de Louis Létourneau. Une galerie couverte s'étendait sur toute sa façade. Quand Ernest Lapointe y monta, escorté par les membres les plus éminents du parti, une petite fille sortit de la maison, une grosse gerbe de fleurs dans les bras. Le vainqueur les reçut avec plaisir, fit la bise à l'enfant, et commenta, rieur :

— Ces fleurs, c'est vous qui les avez méritées, et c'est moi qui les reçois.

Dans ce genre de scénario, même les paroles les plus banales devaient susciter des applaudissements nourris. Le contraire laisserait tout le monde déçu. Tout de suite, le propriétaire de la maison, un ancien politicien municipal, enchaîna avec les félicitations d'usage au nouveau député de Québec-Est. Oscar Drouin lui succéda :

— Aujourd'hui, les électeurs de ce beau comté ont resserré les liens autour de leur nouveau représentant. Demain, ce seront tous les Canadiens français qui le reconnaîtront comme le digne successeur de Wilfrid Laurier...

De la part d'un ancien disciple d'Henri Bourassa, et plus récemment d'Armand Lavergne, ce genre de déclaration servait à se refaire une virginité politique. Éventuellement, les restes de méfiance à son endroit disparaîtraient.

Sans doute parce que Arthur Lachance n'avait rien à se faire pardonner, il ne passa pas sur l'estrade improvisée afin de marquer de la même façon sa soumission au nouveau chef de l'aile québécoise du Parti libéral. Quand Lapointe reprit finalement la parole, ce fut pour dire toute sa fierté d'avoir obtenu la majorité des voix dans chacun des bureaux de scrutin, « sauf quatre d'entre eux situés dans Limoilou ». Quelque chose dans le ton laissait entendre que l'on pouvait s'attendre à n'importe quelle turpitude des gens de ce quartier. Il s'agissait tout simplement des voisins de François-Xavier Galibois.

Le vainqueur souligna encore le moment

historique de la participation féminine au suffrage, remercia chaudement ses électrices, fit de même avec ses électeurs, puis souhaita bonne nuit à tout le monde.

Édouard s'attarda assez longtemps pour serrer une nouvelle fois la main de son candidat, et le féliciter.

— Nous allons nous parler bientôt, monsieur Picard. Toutefois, je prends le train de nuit tout à l'heure pour Ottawa. Ma femme m'attend afin de me mettre à la recherche d'une nouvelle maison.

— Elle ne semblait pas enthousiasmée par ce changement apporté à son existence.

— Je sais. D'un autre côté, elle fera tout pour me permettre de continuer.

Il voulait dire continuer d'avancer dans sa carrière politique.

— Je ne vous retarderai pas plus longtemps. Je serai heureux d'avoir de vos nouvelles.

Tous les deux se séparèrent sur des souhaits mutuels de bonne nuit.

Novembre couvrait la ville d'un manteau de grisaille. Selon une habitude maintenant solidement ancrée, Françoise tenait le bras de Gérard Langlois en parcourant la terrasse Dufferin de long en large. Son compagnon se montrait un peu plus tendu que d'habitude, elle devinait qu'il désirait aborder bientôt un sujet « sérieux ».

À la fin, il cessa ses va-et-vient, l'entraîna vers un banc placé un peu à l'écart.

— Tu sais que j'ai beaucoup d'affection pour toi, déclara-t-il enfin.

La formulation trahissait son profond malaise. Dire « Je t'aime » rendrait une rebuffade terriblement blessante. En s'engageant du bout des lèvres, il pourrait toujours reculer, feindre l'indifférence.

— Oui, je sais.

Elle aussi préférait demeurer prudente, garder toutes les possibilités ouvertes.

— Je songe à demander ta main à ton père… Enfin, si tu me le permets.

Elle demeura un long moment songeuse. Ce nouveau développement ne pouvait la surprendre. Au contraire, son confesseur commençait à évoquer les dangers inhérents à de trop longues fréquentations. Gérard ne pouvait la poursuivre de ses assiduités pendant de si longs mois sans jamais la presser pour obtenir certaines gratifications, sans avoir le bon motif en tête.

— N'est-ce pas un peu… rapide ?

— Franchement, j'ai des amis qui ont eu le temps de rencontrer une fille, de se fiancer et de se marier depuis que nous sommes sortis ensemble pour la première fois.

Heureusement, il n'ajouta pas « et de mettre la dame enceinte ». Une allusion aussi triviale l'aurait certainement effrayée.

— Si tu es d'accord, bien sûr, nous pourrions nous fiancer à Noël.

— Papa sera alors absent.

— J'oubliais le fameux voyage de noces. Nous ne pouvons certainement pas faire cela pendant l'avent, continua le jeune homme. Il sera revenu au Jour de l'an, je pense.

— Oui, il sera revenu.

Elle ne répondait pas vraiment. À la fin, Gérard dut répéter la question :

— M'autorises-tu à demander ta main à ton père ?

— C'est une décision si importante. Me permets-tu de prendre le temps d'y penser un peu ?

Cette demande d'un moment de réflexion paraissait bien raisonnable. L'homme dut pourtant faire un effort pour maîtriser sa voix en répondant :

— Oui, bien sûr. À la banque, je conseille toujours à mes clients de prendre le temps de dormir une bonne nuit avant de décider d'une transaction importante. Cela convient d'autant plus au sujet d'un mariage devant engager toute une vie.

À ces mots, une brève seconde, Françoise eut l'impression de voir la rive sud du fleuve vaciller sous ses yeux. La situation lui donnait un véritable vertige.

— Je te remercie de te montrer si compréhensif, souffla-t-elle.

— C'est naturel. Es-tu prête à rentrer à la maison ?

Lui aussi ressentait tout le poids de la situation, et surtout la douleur de la voir si songeuse. Curieusement, malgré sa propre hésitation, il souffrait de ne pas la voir formuler un « oui » enthousiaste.

Le couple quitta le banc pour marcher en direction de la rue de la Fabrique. En passant sur le parvis de la cathédrale, Gérard bredouilla :

— Je sais bien qu'aujourd'hui ma situation ne paraît pas brillante, mais j'ai des idées. Je ne resterai pas simple commis pour le reste de mon existence.

Pour toute réponse, Françoise exerça une pression

de la main sur son avant-bras. Devant la porte du commerce ALFRED, elle se tourna vers lui.

— Je promets de ne pas te laisser languir. Demain, je te donnerai ma réponse.

En guise d'encouragement, elle leva son visage, offrant ses lèvres aux siennes. Après un baiser léger, comme pour s'éviter une déception trop grande si elle finissait par refuser, il déclara :

— J'attendrai donc sagement.

Ils se quittèrent sur ces mots. Aucun des deux n'avait jamais prononcé « Je t'aime ». Cela tenait peut-être à la pudeur, ou à l'incertitude quant aux sentiments éprouvés.

Pendant tout le souper, Françoise demeura morose, au point où Marie lui demanda en l'aidant à débarrasser la table :

— Rassure-moi, tu n'es pas malade ?

La jeune femme avait présenté le même visage quand les premiers symptômes de la grippe espagnole s'étaient fait sentir.

— Non, je suis juste un peu songeuse.

— Tu me le dirais, si quelque chose n'allait pas ?

— Oui, bien sûr.

Elle alla se réfugier au salon, pour écouter les discussions sur les débats auxquels participait le nouveau chef du Parti libéral à la Chambre des communes. Paul Dubuc s'intéressait surtout avec un intérêt nouveau à la carrière de son concitoyen de Rivière-du-Loup.

Un peu après neuf heures, Mathieu consulta sa montre et annonça à tout le monde :

— Je dois vous souhaiter une bonne semaine. Si

je veux lire un peu avant d'aller au lit, je dois rentrer tout de suite.

Des observateurs plus attentifs auraient sans doute observé qu'il ne disait jamais « aller dormir ». La précaution sémantique trahissait pourtant bien la réalité. Marie et Amélie furent les premières à avoir droit à une bise. Quand il s'approcha de Françoise, celle-ci lui confia tout bas :

— J'aimerais descendre avec toi.

La période d'étude serait un peu écourtée. Il salua Paul Dubuc, puis il fit un crochet vers la cuisine afin d'embrasser la vieille domestique et descendit ensuite, la jeune femme derrière lui. Au rez-de-chaussée, il proposa :

— Nous pouvons aller dans la petite salle à l'arrière.

— Non… Dans la pénombre, je me sentirai plus à mon aise.

Elle s'approcha pourtant de la vitrine afin de profiter un peu des lampadaires dans la rue, se retourna pour lui faire face.

— Cet après-midi, Gérard m'a demandée en mariage.

Mathieu ne sut d'abord comment réagir. Afin de briser le silence, elle précisa :

— Enfin, il a plutôt évoqué son désir de demander ma main à mon père, mais cela revient au même, n'est-ce pas ?

Il lui fallait dire quelque chose, n'importe quoi.

— Les traditions demeurent bien tenaces… Que lui as-tu répondu ?

Mathieu ne lui facilitait pas la tâche.

— Je lui ai demandé un moment de réflexion.

Nerveusement, elle se tourna vers la vitrine, appuya le front contre la surface fraîche du verre.

— Comprends-tu pourquoi nous nous sommes éloignés ? Moi, je n'y arrive pas vraiment.

— Je suis parti sans y être forcé. En quelque sorte, j'ai tourné le dos à notre amour. Je t'ai trahie.

Ce mot, Gérard avait jusque-là soigneusement évité de le prononcer.

— Tu as très bien fait de ne pas jouer à Pénélope, continua-t-il, et de passer deux ans à tisser au coin du feu. Au front, je n'avais aucune assurance de revenir un jour. Pour toi, attendre aurait été insupportable.

— Mais tu es revenu !

La voix tremblante le toucha, il eut envie de s'approcher pour lui mettre la main sur l'épaule, puis arrêta son geste. Cela n'aurait rien changé de toute façon.

— L'homme qui a défilé dans les rues de Québec au printemps dernier, ce n'était plus celui parti en 1917. Et toi aussi, tu avais profondément changé. Honnêtement, nous ne nous sommes pas reconnus.

Bien sûr, l'homme du mois de juin dernier paraissait si troublé, personne dans la maisonnée ne se sentait familier avec ce personnage étrange. Quelques mois plus tard, alors que le vétéran affichait une certaine sérénité, les dés semblaient définitivement jetés.

— Par égard envers notre passé, je voulais te l'annoncer en premier.

— ... C'est une très délicate attention.

Pendant un très bref instant, Mathieu désira l'attirer contre lui. Puis il comprit que renouer avec sa propre innocence, ou celle de cette jeune femme, ne lui disait plus rien.

— Je m'excuse de t'avoir retardé. Bonne nuit.

Sur ces mots, Françoise le contourna, soucieuse d'éviter tout contact physique, puis elle s'élança dans l'escalier. L'homme la suivit des yeux, sans émettre un son, sans esquisser le moindre geste.

La jeune fille alla directement s'enfermer dans sa chambre, pour y demeurer un long moment. Dans le salon, la conversation s'interrompit, Paul échangea un regard avec Marie.

— Je vais aller voir ce qui se passe, déclara Amélie en faisant mine de se lever.

— ... Non, dit Paul. Mieux vaut respecter son besoin de solitude.

— Si elle veut parler à quelqu'un ?

— Elle saura bien nous trouver.

La jolie blonde reprit sa place sur le canapé, tenta de reprendre le fil de sa lecture. À la fin, elle y renonça :

— Je préfère aller me coucher. Si vous voyez Françoise, vous lui souhaiterez bonne nuit pour moi.

Sa curiosité déçue s'exprimait par un ton dépité. Après des baisers, elle regagna sa chambre. Les parents avaient fait de même quand un bruit léger se fit entendre à leur porte. Marie ouvrit, découvrit Françoise déjà en chemise de nuit, les yeux un peu enflés.

— J'aimerais parler à papa.

L'homme passait un peigne dans ses cheveux. Cette précaution, avant d'aller au lit, provoquait encore un fou rire chez son épouse, même plus de deux mois après les noces.

— Nous pouvons aller dans le salon, proposa-t-il.

— Non, je préfère ici. Marie, demeure avec nous.

Elle alla s'asseoir sur une petite chaise élégante placée dans un coin de la pièce. Le couple n'avait d'autre choix que de s'installer sur le lit.

— Cet après-midi, commença-t-elle, Gérard m'a demandé de l'autoriser à venir te voir...

Le sous-entendu se révélait explicite. Pourtant, elle jugea bon de préciser :

— Il a évoqué des fiançailles aux fêtes.

Paul la regarda longuement, puis posa les yeux dans ceux de Marie.

— Que lui as-tu répondu ? questionna-t-il à la fin.

— Je lui ai demandé de réfléchir jusqu'à demain.

De nouveau, elle sombra dans un long silence. En face d'elle, le couple n'osait bouger, ni poser des questions.

— Je pense que je vais accepter.

Le ton brisé amena son père à préciser :

— Tu dois être absolument certaine. Si tu hésites, mieux vaut dire non.

Elle haussa les épaules. En réalité, elle se souvenait d'avoir hésité toute sa vie, devant les petites ou les grandes décisions. Désireuse de la perfection, le doute devenait une façon de vivre.

— Tu sais, ce n'est pas comme si les jeunes gens se bousculaient à la porte. Gérard est le seul à avoir témoigné son intérêt depuis 1917. Et encore, Thalie était avec moi. Peut-être attirait-elle son regard, et pas moi.

Habiter sous le toit du volontaire parti en Europe, c'était crier bien haut qu'elle lui avait juré un amour éternel. Cela suffisait à faire le vide. S'étant rendue inaccessible, Françoise se plaignait maintenant du faible nombre de ses prétendants. Pour s'accrocher ainsi, dans de pareilles circonstances, Gérard avait affiché une ténacité peu commune.

— On n'épouse pas quelqu'un parce qu'il n'y a personne d'autre, plaida encore Paul.

— Cet homme m'aime, j'ai de l'affection pour lui.

Marie s'agita un peu sur sa couche, très mal à l'aise. Elle se sentait un peu responsable d'un gâchis. Elle n'osait intervenir, de peur de rendre les choses plus difficiles encore.

— Tu es jeune et séduisante, insista son père. Si tu n'es pas certaine, ne t'engage pas. Prends le temps de voir d'autres garçons.

La chose paraîtrait saugrenue, si longtemps après sa sortie du couvent, mais le député pouvait encore donner une fête afin de la faire connaître, de la « présenter » aux jeunes hommes désireux de se trouver une compagne.

Françoise comprit, secoua la tête pour affirmer d'un ton un peu plus ferme :

— Non, je ne m'engagerai pas maintenant dans une course au bon parti. Il y a déjà un homme dans ma vie. Demain, je dirai à Gérard qu'il peut te parler.

Elle quitta sa chaise pour les embrasser, puis sortit. Le couple se mit au lit en silence. À la fin, Marie souffla :

— Si tu crois cela préférable, tu peux encore dire non à ce garçon.

— Pour qu'elle me déteste toute sa vie ?

Vu les circonstances, il risquait d'en arriver là, quelle que soit sa réponse.

— De son propre aveu, elle ne l'aime pas, insista l'épouse.

— Mais elle affirme avoir de l'affection pour lui. Surtout, elle semble encline à lui dire oui.

— … Crois-tu que j'ai eu une mauvaise influence sur elle ? J'ai commencé par donner ma bénédiction à son amour naissant pour Mathieu. Ensuite, quand je l'ai vue si inquiète, je l'ai encouragée à fréquenter d'autres garçons.

Elle s'arrêta une première fois avant de poursuivre :

— À mes yeux, si elle tenait vraiment à mon fils, ces fréquentations ne porteraient pas à conséquence. Et si elle ne l'aimait pas suffisamment, gaspiller sa vie à attendre son possible retour ne servait à rien.

Elle marqua une nouvelle pause, puis se souvint à haute voix :

— Nous passions toutes les deux des semaines complètes à nous préparer à recevoir la nouvelle de sa mort. Tu sais, quand les journaux insistaient sur les pertes et les combats farouches dans la région où il se trouvait…

L'homme chercha la main de sa compagne sous les draps, la serra dans la sienne.

— Je trouvais tes conseils très sages alors, et je pense encore aujourd'hui que tu avais raison. Françoise aurait aimé faire toute sa vie avec le premier homme rencontré. Comme cela n'a pas fonctionné, elle prend le second. Elle est sortie avec Gérard pendant la guerre, mais sa rupture avec Mathieu ne tient pas à cela.

— Mon garçon est revenu changé…

— Et Françoise ne lui apparaissait plus comme la compagne idéale. S'il avait voulu la reprendre, crois-tu qu'elle aurait refusé ?

La blessure d'amour-propre incitait maintenant la jeune femme à accepter pour compagnon un homme fasciné par elle. Celui-là risquait peu de s'éloigner pour poursuivre une chimère. Cette pensée devait la rassurer.

27

Incendié quelques années plus tôt, le Skating Ring de Québec avait été remplacé par un nouveau bâtiment destiné à la pratique des sports d'hiver. Quatre mille cinq cents personnes s'étaient rassemblées dans le « Patinoir » de Saint-Roch pour assister à la première joute de hockey des Bulldogs dans la Ligue nationale. Bien que membres de celle-ci depuis 1917, ils n'avaient pas participé aux activités du circuit les deux années précédentes, faute de moyens financiers suffisants.

Pour ajouter un peu de piquant à la situation, l'équipe locale affrontait le Canadien de Montréal.

— Ce sont les détenteurs de la coupe Stanley, remarqua Flavie.

Parmi cette foule d'hommes emmitouflés, seules quelques femmes bravaient les interdits pour assister au spectacle. La jolie secrétaire attirait les regards dans les estrades. Juchée au troisième rang de banquettes un peu branlantes, posées selon un plan incliné pour offrir une meilleure perspective, elle s'offrait à l'examen des amateurs. La majeure partie des spectateurs se tenaient debout le long des murs. Après avoir versé quelques sous, ils jouissaient d'une mauvaise vue sur la glace.

— En 1918, les Canadiens ont terminé les

premiers, expliqua Mathieu. Mais le printemps dernier, les séries n'ont pas eu lieu.

— À cause de la grippe espagnole.

— Tu as raison. Un joueur vedette est mort de cette maladie. Pour ne pas empirer la situation, la Ligue a tout arrêté.

Les arénas de ce genre, exigus et mal ventilés, étaient des lieux propices à la contagion. La mesure avait sans doute sauvé la vie de nombreuses personnes.

Il se produisit une certaine commotion chez les partisans quand les membres des deux équipes vinrent occuper leurs bancs respectifs. Ceux du Canadien arboraient un tricot de couleur rouge, avec un CH au milieu de la poitrine, pour Canadien Hockey Club.

Les autres profitaient d'une curieuse compagnie.

— Que fait ce chien affublé d'un chandail parmi eux ?

— Il s'agit de la mascotte du club. Il les accompagne depuis des années.

L'animal se présentait vêtu d'un pull comme les joueurs, avec un « Q » un peu fantaisiste sur le poitrail.

— En réalité, continua son compagnon, avant cette année, le club ne portait pas encore le nom de Bulldogs. Mais les gens ont pris l'habitude de le désigner ainsi à cause du chien.

Ces renseignements intéressaient bien médiocrement la jeune femme. De grosses lampes électriques pendues au plafond jetaient une lumière jaunâtre sur la surface glacée. L'arbitre Hamel invita les douze joueurs à se placer sur deux lignes au centre de la patinoire, avant de mettre la rondelle en jeu. Avec les gardiens, quatorze athlètes s'activaient en même temps.

— Le Canadien compte plus de joueurs sur son banc, remarqua Flavie. Ce n'est pas normal.

— D'abord, notre équipe est plus pauvre, ces gars-là ne travaillent pas pour rien. Nous ne pouvons en opposer autant. Cependant, un événement fortuit complique encore les choses. L'un des joueurs, McNaughton, n'est pas en uniforme.

— Comment cela ?

Son interlocuteur commença par rire un bon coup avant de préciser :

— Son papa ne veut pas le laisser jouer. Il trouve le hockey professionnel indigne de son fiston.

— C'est un travail difficile, commenta sa compagne, dangereux même.

— Si tu veux. D'un autre côté, ces hommes touchent quelques dizaines de dollars par semaine pour jouer vingt parties tout juste en une saison. En hiver, lorsque de nombreux travailleurs se trouvent au chômage, eux parcourent le Canada en train.

Mathieu suivait des yeux l'action sur la surface glacée. Depuis peu, le règlement autorisait de faire des passes avant. Cela procurait un jeu plus enlevant. Pendant cinq bonnes minutes, douze hommes semblèrent voler sur la glace, à la poursuite du morceau de caoutchouc. La défense des Bulldogs se montrait poreuse. Chez les adversaires, Pitre et Lalonde multipliaient les chances de marquer. Bientôt, la rondelle roula dans un coin du filet après avoir frappé le gant de Brophy.

— Mais ce n'est pas juste ! protesta la jeune femme en se prenant d'un nouvel intérêt pour le jeu. Si nos joueurs sont moins nombreux, ils feront moins de changements. Plus fatigués, ils auront du mal à résister.

— Les meilleurs joueurs restent sur la glace une cinquantaine de minutes durant la partie. Mais tu as raison, la joute est inégale. En plus, avec Georges Vézina dans le but, le Canadien se trouve en excellente posture.

Comme pour donner raison à Mathieu, Joe Malone traversa toute la patinoire, déjouant ses adversaires l'un après l'autre pour loger la rondelle… dans le gant du gardien originaire de Chicoutimi.

La partie prit bien vite une mauvaise tournure : la première période se termina neuf à cinq à l'avantage des visiteurs. Flavie se tourna vers son compagnon, les yeux rieurs.

— Tu sais, tu es un garçon bien étrange : inviter une fille à venir voir une partie de hockey, le soir du 25 décembre.

— Le cinéma devient lassant, tu ne trouves pas ? Nous y sommes allés toutes les semaines depuis le mois d'août. Puis les salles sont fermées ce soir.

Elle continuait de le fixer de ses grands yeux bruns, sans chercher à dissimuler son amusement. À la fin, il baissa le regard et confessa :

— Françoise a invité son prétendant à souper. De mon côté, je voulais te voir, tu ne veux pas venir me visiter à la maison de chambres…

— Cela ne se fait pas.

— Dans le salon, avec ma tante qui joue au chaperon, ta réputation demeurerait intacte.

Le sujet revenait parfois entre eux. L'homme la regarda de nouveau.

— Nous ne pouvions tout de même pas nous promener dans le parc Victoria. Tu as vu en arrivant ici, la neige crissait sous nos pieds. Il fait un froid polaire. Surtout, je suis très heureux d'être avec toi.

— Moi aussi. Nous allons regarder les Bulldogs se faire massacrer en nous gelant les pieds. C'est un merveilleux Noël.

Malgré son espièglerie, le ton demeurait sincère. Elle s'inclina vers lui pour lui faire une bise sur la joue.

— S'il faisait plus chaud dans cette bâtisse, la glace fondrait, rétorqua tout de même son compagnon.

À la fin de la troisième période, le pointage atteignait douze à cinq. Le talent de Malone ou de Creary ne pouvait compenser l'absence de certains joueurs et la faiblesse du gardien de but de l'équipe de Québec. En sortant de l'aréna, Mathieu offrit son bras à sa compagne. Ils marchèrent dans une allée du parc Victoria, le temps de rejoindre la rue Dorchester.

— La nuit est magnifique, sans aucun nuage, remarqua Mathieu en levant la tête pour admirer les étoiles.

— Normal, par ce temps glacial.

Le romantisme de Flavie ne résistait pas aux températures sous le zéro Fahrenheit. Elle serrait le col de son manteau contre son cou d'une main, posait l'autre sur le bras de son compagnon.

— Nous sommes près de chez toi. Nous y arriverons dans cinq minutes à peine.

Son soupir lassé s'accompagna d'un nuage de vapeur blanche. Ils parvinrent à la pension de la rue Saint-François. Flavie leva la tête pour offrir ses lèvres. Par cette température, le contact se révéla un peu étrange, pas désagréable.

— Fais attention de ne pas attraper des engelures. Tu as encore un long trajet à faire.

Sa commisération ne l'amenait toutefois pas à lui offrir de rentrer avec elle. Sous ses allures enjouées, la jeune femme se révélait fort sage, attachée à sa réputation.

— Si je ne vois aucun tramway rue Dorchester, je m'arrêterai à l'hôtel *Saint-Roch* afin de demander un taxi. Bonsoir, va te cacher sous les couvertures.

— Bonsoir.

Après un autre baiser glacial, elle rentra bien vite chez elle.

Le 27 décembre, les clientes, et même quelques clients, se pressaient dans le magasin ALFRED. L'habitude de donner des étrennes le Jour de l'an expliquait cette affluence. Une vieille dame paya une douzaine de mouchoirs en fine dentelle destinés à une filleule. Elle demanda en acceptant la monnaie :

— Comme cela, votre mère a décidé de se retirer des affaires.

— ... Pas du tout, précisa Mathieu. Elle est au voyage de noces à New York. Cela survient un peu tard, toutefois.

— Ah ! Je croyais pourtant, puisqu'elle s'est mariée…

— Mariée ne signifie pas nécessairement impotente. Elle demeure capable de s'occuper de son commerce.

La cliente sortit les pièces de son petit réticule, les lèvres pincées sous la rebuffade. Elle n'entendait pas céder aussi vite.

— Sa bonne santé est une bénédiction de Dieu. Mais une femme mariée devrait s'occuper de son ménage, de ses enfants.

— Pensez-vous que j'aie encore besoin de recevoir l'attention quotidienne de ma maman ?

Il écarta les bras de son corps. Du haut de ses six pieds, la proposition paraissait absurde.

— Non, mais vous êtes en âge de prendre en charge ce magasin pour permettre à votre mère de se reposer. Elle a travaillé tellement fort pour vous élever, vous et votre sœur.

— Soyez certaine que je lui ferai part de votre opinion.

Mathieu regarda au-dessus de l'épaule de la mégère pour demander à la cliente suivante :

— Madame, je peux vous aider ?

À quelques pas, Thalie maîtrisait difficilement son envie de rire. Elle s'approcha pendant une accalmie.

— Tu deviens un ange de patience.

— Je me console en songeant que je retrouverai mes vieux dossiers le lendemain de l'Épiphanie. Mais maman doit devenir folle, à entendre toute la journée : « Elle devrait s'occuper de son ménage… »

Il avait imité la voix d'une ménagère acariâtre.

— Aucune d'entre elles n'ose sans doute formuler cela en sa présence.

— Ou alors elle jouit de l'extraordinaire faculté de devenir sourde quand cela lui agrée.

Thalie changea abruptement de sujet pour demander en baissant le ton :

— Voudras-tu souper avec nous ce soir ?

— Et profiter de la présence de notre banquier ?

— Non, le gentil Gérard a aussi une famille.

Des bruits de pas résonnèrent dans l'escalier, Amélie se pencha un peu pour voir le comptoir et la caisse enregistreuse.

— Mathieu, veux-tu souper avec nous ? demanda-t-elle à son tour, avec un bel à-propos.

— C'est demandé si gentiment, je ne peux pas dire non.

La jolie blonde lui adressa son meilleur sourire avant de tourner les talons.

— Je vais aller avertir Gertrude, annonça-t-elle en grimpant vers l'appartement.

Françoise descendit à son tour, s'approcha en affichant un sourire un peu intimidé.

— C'est gentil de nous tenir compagnie. Mais ne souhaites-tu pas rejoindre ton amie ?

— Mon cousin est moins bon patron que moi : le magasin à rayons ne fermera pas avant neuf heures, peut-être dix, et elle a été recrutée pour travailler sur le plancher.

— N'est-elle pas secrétaire ?

— Cela ne l'empêche pas d'offrir ses services à la vente s'il y a un surcroît de clients.

Tous les deux prenaient l'habitude de la situation sentimentale de l'autre. Peut-être joueraient-ils au bridge à quatre avant la fonte des neiges. Thalie regarda la montre à son poignet, puis remarqua :

— À moins de souhaiter concurrencer Édouard toute la soirée, nous pourrions fermer.

— Tu as raison. De toute façon, nous n'avons plus de clientes.

Sur ces mots, Françoise monta à l'étage.

— Je vais dire à la vendeuse de partir tout de suite.

Un peu après sept heures, Mathieu put enfin baisser le store et tourner la clé dans la serrure.

Gertrude se réjouissait d'avoir un invité à table. Si elle voyait Mathieu régulièrement, elle n'avait plus de longues conversations avec lui, attablée dans la cuisine. En présence de Marie, elle n'osait lui poser des questions. Ce soir-là, elle chercha à en savoir le plus possible sur les tâches d'un stagiaire au bureau du procureur général.

— Cela ne semble pas vraiment plus intéressant que le métier de vendeur, conclut-elle à la fin.

— Cela ne l'est pas, mais je ne compte pas classer des lettres toute ma vie. C'est une sorte de préparation.

— Pour faire quoi ?

La question l'embarrassa un peu. Quand Alfred vivait encore, il déclarait souvent que l'étude du droit l'aiderait dans le monde des affaires. Par contre, le marchand ne lui avait jamais expliqué clairement comment il passerait de l'une à l'autre de ces activités.

— Je vais tenter de me faire embaucher dans un cabinet d'avocats.

La vieille domestique fronça les sourcils.

— Tu veux dire que tu vas défendre les criminels ?

La pauvre femme parcourait les journaux avec difficulté. Les seuls avocats parfois évoqués lui semblaient bien peu respectables. Ils faisaient cause commune avec les pires voyous.

— J'espère plutôt défendre de grandes compagnies contre des concurrents… ou des citoyens ordinaires.

— Cela ne paraît pas tellement plus noble, commenta Thalie.

— J'aimerais bien défendre la veuve et l'orphelin, tout comme toi tu aimerais soigner gratuitement tous les pauvres de la Basse-Ville. Mais dans la vraie vie, ce genre d'attitude ne permet guère de gagner raisonnablement sa croûte.

Parfois, Mathieu se moquait gentiment de la notion un peu romantique du marché du travail de sa petite sœur. Elle cultivait un esprit missionnaire. La chose avait de quoi faire sourire, compte tenu de son profond scepticisme religieux.

— Papa a vécu grâce aux querelles de clôture, expliqua Amélie, ou alors avec les mauvais coups de voyous du Bas-Saint-Laurent.

— Il n'y avait jamais de cause plus importante ?

Le jeune homme profitait de l'occasion pour détourner l'attention de ses propres projets de carrière.

— Une fois de temps en temps. Mais les meurtres demeurent bien rares à Rivière-du-Loup.

— Dieu merci ! intervint Françoise.

— La politique lui apportait une heureuse

diversion, continua la jolie blonde. Après avoir plaidé pour un cultivateur dont le cheval, acheté la semaine précédente à un maquignon, était mort mystérieusement, il s'en allait conspirer avec les maires des villages du coin.

Mathieu n'avait aucun désir de se passionner pour l'éternel affrontement entre libéraux et conservateurs afin d'épicer son quotidien. À la faculté de droit, il devait bien être le seul à se désintéresser de ce petit jeu.

— De toute façon, commenta Gertrude avec sagesse, dans un comté, il y a un avocat qui va à Ottawa et un autre à Québec. Tous n'ont pas le loisir de gagner leur vie de cette façon.

— C'est pour cela que je vais me présenter dans tous les cabinets d'avocats le printemps prochain afin de trouver une place de stage plus avantageuse. Mais nous sommes terriblement sérieux, ce soir. Personne n'a un sujet de conversation plus amusant à proposer ? C'est le temps des fêtes, après tout, et nos parents ne sont pas là pour froncer les sourcils si nous parlons de questions controversées.

En réalité, ni Marie ni Paul ne se montraient particulièrement enclins à s'afficher comme des censeurs.

— Dans ce cas, autant nous pencher sur le grand événement de mercredi prochain, intervint Thalie.

Françoise pencha les yeux sur son dessert. Dans quatre jours, à peu près à cette heure, elle engagerait son avenir avec Gérard Langlois.

— Dois-je vraiment me présenter accompagnée au souper ? continua la jeune étudiante. Cela me paraît tout à fait ridicule. Je ne connais pas ce type.

— Il ne te connaît pas non plus, mais il semble pourtant prêt à se dévouer.

— Se dévouer ? Je te remercie.

Elle afficha un air faussement sévère.

— Bon, disons que ce ne sera pas si désagréable pour lui, si tu fais un petit effort pour sourire une fois de temps en temps.

Elle lui tira la langue. Le matin, son frère avait révélé que son voisin d'en bas, le docteur Davoine, pourrait l'accompagner. Dans la mesure où lui-même songeait à venir avec Flavie, sa sœur serait finalement la seule à n'avoir aucun compagnon. Même Amélie avait convaincu son père de lui permettre d'inviter un étudiant de l'université Laval.

— Tu sais, expliqua de nouveau Thalie, je peux me présenter à une fête sans avoir un chevalier servant à mon côté.

— Alors, prends la proposition dans l'autre sens. Le pauvre Alcide doit assurer la permanence au cabinet du docteur Caron non seulement le jour de la Saint-Sylvestre, mais aussi le 1er…

— Ce médecin sera de service le Jour de l'an ? intervint Amélie.

— Une idée du docteur Caron, expliqua son vis-à-vis. Selon lui, après les excès de la veille, bien des gens voudront voir un médecin.

Thalie ricana un peu et expliqua à la jeune fille :

— Il va soigner des vomissements et des diarrhées.

Chacun grimaça à cette évocation.

— En conséquence, conclut Mathieu, tu feras une bonne action en lui tenant compagnie. Le pauvre sera privé de son immense famille beauceronne au moment de défoncer l'année.

— Si je dois faire une œuvre humanitaire, soit. Tu diras à ton voisin que je vais me dévouer pour toi… et pour lui.

La conversation porta ensuite sur le compagnon d'Amélie. Les questions, un peu trop précises, amenèrent du rose sur ses joues.

Les parents étaient revenus en après-midi, heureux d'un séjour d'une semaine, ou presque, dans la métropole américaine. Paul Dubuc avait constaté combien l'anglais appris au Séminaire de Rimouski demeurait lacunaire. L'expérience lui enleva ses dernières velléités d'imiter Ernest Lapointe et de passer un jour à la scène fédérale. De son côté, après des mois d'été à recevoir des touristes dans son magasin, Marie se tirait fort bien d'affaire dans les rues et les commerces de l'immense ville.

Leur arrivée donna un air de fête à la boutique ALFRED jusqu'à l'heure de fermeture. Les derniers clients étaient des hommes soudainement torturés par la culpabilité. Leurs fautes ne trouvaient leurs multiples rédemptions que grâce à une seule action : l'achat de manchons, de gants ou d'une parure à la dernière minute, à l'intention d'une épouse, d'une fille ou d'une amie.

Un peu avant sept heures, tout le monde monta à l'étage pour revêtir de beaux atours. Mathieu avait déserté les lieux depuis une bonne heure afin de passer par la maison de chambres. Peu après, il sautait dans un tramway bondé afin de se rendre dans la Basse-Ville et se planter à la sortie du magasin PICARD. Des centaines de personnes sortaient en même temps, jouaient des coudes pour se frayer un chemin dans la porte un peu étroite.

Parmi les dernières, il reconnut sans mal Flavie. De nouveau, elle avait fait main basse sur l'une des plus jolies robes du rayon des vêtements pour femme. Mathieu l'aperçut alors que la jeune femme boutonnait son paletot de drap.

— Dommage que tu me caches si vite ce joli chiffon, déclara l'homme en lui prenant le coude.

Il fit mine de se pencher pour l'embrasser. Elle lui glissa à l'oreille :

— Pas ici.

Après les clients, les employés du magasin sortaient. Elle ne voulait pas leur donner l'occasion de l'interroger longuement sur ses relations avec ce grand jeune homme, en retournant au travail, le 2 janvier.

— Alors tu diras que je suis ton cousin.

Elle ne badinait pas avec sa réputation. Heureusement, elle se montrait plus accueillante dans la pénombre, sous le porche de sa maison de chambres, ou alors sous les arbres, dans un parc.

Elle lui abandonna cependant son bras, lui adressa son meilleur sourire.

— Es-tu prête à affronter mon étrange famille une fois de plus ?

— Encore au *Château Frontenac* ! Je me suis demandé si je n'aimerais pas mieux me casser une jambe, à la place.

Son compagnon chercha une trace d'humour sur son visage, ne la trouva pas. Le froid polaire devait figer ses traits, pensa-t-il pour se rassurer.

— Mais comme tu as la gentillesse de m'accompagner demain dans ma famille plus étrange encore, reprit-elle, je ne me déroberai pas.

Il lui serra le bras pour la rassurer. Si la jeune secrétaire se trouvait bien intimidée d'être une nouvelle fois plongée dans ce milieu bourgeois, elle l'était plus encore d'amener cet étudiant en droit dans sa famille ouvrière. Elle ne comprenait pas encore combien son séjour dans les tranchées, à partager le meilleur et le pire de la condition humaine, le rendait un peu indifférent aux préjugés habituels.

Machinalement, tous les deux s'étaient dirigés vers la rue de la Couronne.

— Allons-nous prendre le tramway ? demanda Flavie.

— Non, un taxi. D'abord, je ne veux pas t'imposer la grande affluence de ce soir. Puis, si nous voulons arriver à temps…

— Nous pouvons bien être un peu en retard, si tu veux mon avis.

— Nous le serons un peu, mais je ne voudrais pas que nous le soyons trop.

Le constat lui tira son premier véritable sourire. Ils montaient dans une voiture un instant plus tard. En stationnant devant le grand hôtel, le chauffeur se tourna à demi, la main tendue pour recevoir son dû, et dit :

— Il faut en avoir de collé, pour célébrer la fin de l'année dans un endroit pareil.

— Voulez-vous changer de place avec moi ? répondit la jeune femme, moqueuse.

L'homme toisa Mathieu un moment, puis répondit :

— Merci, sans façon. Il n'est pas mon genre.

Tout de même, sa première remarque lui valut un généreux pourboire et des souhaits de « Bonne année » amusés. La grande salle à manger se trouvait sur leur gauche. Les murs, déjà décorés de motifs de plâtre et d'arabesques dorées se couvraient de rubans écarlates et de bouquets de conifères. Des banderoles portant des vœux de fin d'année formulés en anglais s'ajoutaient à cette avalanche criarde.

Autour de grandes tables, des groupes nombreux entendaient dire adieu à l'année 1919. Au fond de la scène, des chiffres de six pieds de haut introduisaient 1920.

— Je me demande où ils se trouvent, s'interrogea Flavie.

— C'est facile : la seule table où tout le monde a un air d'enterrement.

Mathieu se trompait à peine. Dans un coin de la pièce, à bonne distance de l'orchestre, douze personnes formaient un cercle encore incomplet. Amélie fut la première à les voir. Elle leva la main pour attirer leur attention, annonça au moment où ils s'approchaient :

— Je vous ai gardé une place près de moi.

Avant de s'asseoir, le couple dut commencer par faire un demi-tour de table afin de serrer la main des représentants du clan Langlois. Si la jeune secrétaire s'inquiétait à la fois de sa mise et de sa contenance dans cette vaste assemblée de notables, ces gens paraissaient terrorisés. Dans leur meilleur habit du dimanche, ils jetaient des regards craintifs sur le décor, le couvert, les gens autour d'eux.

Quand les nouveaux venus purent enfin occuper leur siège, Mathieu se pencha un peu pour apercevoir Alcide Davoine trois places plus loin et demander :

— Ma petite sœur ne te fait pas trop la vie dure ? Souvent, elle devient très passionnée.

Thalie fronça les sourcils, guère certaine d'apprécier cet humour. Heureusement, le jeune médecin s'empressa de sauver la situation :

— Au contraire, je trouve ses opinions sur le droit de vote des femmes, ou leur accès aux professions, très raisonnables.

Sa compagne le remercia d'un sourire. Tous les deux avaient compris au premier regard qu'ils ne se reverraient jamais. Libérés de cette tension, ils entendaient maintenant tirer le meilleur parti de cette soirée.

— Alcide m'a aussi raconté combien tu le tenais éveillé une nuit sur deux, à tourner en rond dans ta petite suite, commenta la jeune étudiante.

— ... Je croyais que cela tombait sous le sceau du secret professionnel, protesta son frère.

— Mais non. C'était juste du commérage sur mon voisin du dessus. Si j'évoquais la prescription pour du cognac, cela serait trahir un secret professionnel...

Le médecin s'arrêta, affecta de se troubler avant de laisser échapper :

— Oups ! J'ai trop parlé, je crois.

Les jeunes gens parlaient tout bas, ce genre d'allusion ne risquait pas d'ameuter les autres convives, même s'ils se trouvaient des « secs » parmi eux. De l'autre côté de la table, Paul Dubuc posait des questions au père de son futur gendre, écoutait les réponses avec la sympathie factice d'un homme rompu à la politique.

Celui-ci travaillait à la comptabilité d'une entreprise d'importation située dans la Basse-Ville. Son fils cadet suivait ses traces au terme de ses études chez les Frères des Écoles chrétiennes, alors que son aîné avait préféré tenter sa chance du côté de la Banque de Montréal.

Pendant ce temps, la mère du fiancé gardait ses yeux résolument fixés sur ses mains usées par les travaux ménagers. Depuis son arrivée au *Château Frontenac*, elle supputait des chances de succès d'un mariage entre des jeunes gens issus de milieux tellement différents.

Quand la pauvre femme levait le regard, c'était pour contempler discrètement sa future belle-fille. Elle devait la recevoir à dîner dans l'appartement du quartier Saint-Jean-Baptiste, le prochain dimanche. Cela l'angoissait depuis des jours.

Amélie paraissait au-dessus de ces considérations. Son cavalier, le fils d'un avocat de la Haute-Ville, trouvait un peu étrange cet assemblage de personnes, mais les grands yeux bleus de sa compagne suffisaient à le rassurer. Celle-ci se penchait justement pour dire :

— Flavie, je suis heureuse de vous revoir.

La déclaration prit l'autre au dépourvu.

— Je suis aussi heureuse d'être là.

Le pieux mensonge ne la fit pas rougir, ni même

la main de Thalie qui lui pinça l'avant-bras à ce moment.

— Vous devriez venir à la maison plus souvent.

En réalité, la secrétaire se dérobait à chacune des invitations de Mathieu. L'agitation autour d'eux lui évita de devoir répondre. Certains convives, une fois le repas terminé, se dirigeaient vers la piste de danse. Son compagnon venait de terminer son dessert. Il vint à son secours en proposant :

— Tu viens ? Je suis curieux de voir si je me souviens encore des pas.

Le jeune homme se leva, tendit la main.

— Mais je ne sais pas.

— Voyons, tes hanches dansent quand tu marches. Tu n'auras aucun mal à suivre le rythme. Je te guiderai.

La précision la rassura juste à moitié, mais elle accepta de le suivre. Comme Thalie fixait les yeux de son cavalier, il remarqua :

— Je suppose que vous me guiderez aussi.

— Ah ! Mais pour qui me prenez-vous ? Dans quelques années, je vous donnerai peut-être des ordres dans un cabinet de médecin, mais ce soir, sur un plancher de danse, je vous suivrai avec une docilité parfaite.

L'allusion indélicate à sa stature professionnelle le renfrogna bien un peu, mais le rire dans les yeux le ramena à de meilleurs sentiments. Amélie contempla son compagnon assez longuement avant que celui-ci ne comprenne.

— Voulez-vous danser ?

— Oui, bien sûr.

Un moment, les parents contemplèrent leur

progéniture qui se déplaçait au rythme de la musique. Marie interrogea Paul du regard.

— Madame Langlois, puis-je vous inviter ?

La femme lui présenta un visage terrorisé, avant de dire :

— Non, je ne sais pas.

Dans les circonstances, Paul décida de se priver d'inviter sa femme, afin de continuer de tenir compagnie à ces gens.

— Dans la famille, jugea bon d'expliquer Gérard, personne ne sait danser. Nous avons tous les pieds pris dans du ciment.

Françoise enregistra l'information. La vie lui réserverait de nombreuses soirées bien sagement assise à une table. Puisque les autres membres du clan Langlois n'affichaient aucun désir de se dégourdir les jambes, le constat devait être vrai.

La morosité amena les jeunes gens encore dotés de jambes à demeurer sur la piste de danse. Ils revinrent pour le clou de la soirée. Quelques minutes avant minuit, Gérard Langlois sortit une bague de sa poche, bredouilla un engagement de mariage si ampoulé que tout le monde à la table se sentit mal à l'aise.

— Levons nos verres pour souhaiter bonne chance à ces jeunes gens, intervint Paul Dubuc en se levant. À défaut d'ivresse, au moins nous aurons des bulles.

Dans les chambres, des gens se délectaient peut-être de champagne. Dans la salle à manger, les flûtes contenaient du soda parfumé d'extraits de fruits.

Tout le monde sacrifia au choc entre les verres et aux souhaits de bonheur éternel.

Mathieu avait promis une danse à sa sœur. Elle vint vers lui quand l'orchestre commença à jouer une valse un peu démodée, alors que le docteur Davoine se dévouait auprès de Flavie.

Après avoir tourné sur eux-mêmes à quelques reprises, elle lui demanda :

— Comment te sens-tu ?

Elle voulait dire devant l'engagement de Françoise.

— Bien, je pense. Les choses restaient un peu confuses. Ce développement vient les clarifier de façon définitive.

— … Elle doit certainement l'apprécier.

Des yeux, Thalie désignait la jolie secrétaire. Elle bavardait avec son partenaire du moment, le visage animé.

— … Oui, je suppose. J'ai beau lui avoir répété que c'était fini, elle ne paraissait pas rassurée.

— Tu l'aurais été, toi, si elle avait soupé tous les dimanches soir avec un ancien prétendant ?

Le jeune homme songea à protester, puis il convint :

— Tu as raison, notre situation n'était pas simple. Elle le devient un peu plus ce soir.

Mathieu demeura un moment silencieux, avant de demander un ton plus bas :

— Comment le trouves-tu ?

— Alcide ? Comme tu peux voir, il paraît plus à l'aise avec ta petite amie qu'avec moi.

Un petit pincement toucha le garçon. Un peu de jalousie ?

— Je pense que je l'effraie un peu, reconnut sa sœur avec une grimace.

— Je pense que tu aimes effrayer les hommes, non ? Au lieu de montrer ton côté sensible, romantique, tu te bardes de tes revendications, de tes ambitions.

— Peut-être cet homme ne m'inspire-t-il pas autre chose.

Le grand frère se sentit un peu désolé de lui avoir imposé cette présence. Après un bref silence, elle changea encore de sujet.

— En tout cas, 1919 ne me manquera pas. Quelle affreuse année ! Le second épisode de la grippe espagnole, puis ce ralentissement économique…

— J'espère juste que l'orchestre changera de musique avant les premières secondes de 1920. Sinon, ce serait un bien mauvais présage.

Devant l'interrogation dans les grands yeux d'un bleu si intense qu'ils paraissaient noirs, il ricana :

— Cette valse, *Songe d'automne*, d'Archibald Joyce, a été la dernière pièce jouée sur le pont du *Titanic*, une minute ou deux avant le naufrage.

— … Tu dois te tromper. Tout le monde parle de *Plus près de toi, mon Dieu.*

Les francophones référaient au cantique *Nearer, My God, to Thee* sous ce titre.

— Cela plaît à tout le monde d'imaginer les centaines de personnes condamnées à mort recueillies, en prière. Mais selon les survivants, juste avant d'abandonner leurs instruments, ces pauvres musiciens jouaient une mauvaise valse.

— Dix, neuf, huit…

Les musiciens s'étaient arrêtés de jouer afin de compter à tue-tête.

Mathieu marcha en direction de Flavie tout en tenant encore Thalie par la main. Il n'abandonna celle-ci qu'au moment où des centaines de voix lancèrent un « zéro » sonore.

— Bonne année, ma belle, lui dit-il en se penchant vers la secrétaire pour l'embrasser sur la bouche.

La jeune femme se raidit d'abord un peu, puis s'abandonna à ses lèvres. À deux pas, le docteur Davoine posa des bises bien chastes sur les joues de sa cavalière d'un soir.

La jeune fille revint ensuite vers son frère en lui disant très fort pour couvrir le bruit autour d'eux :

— Je te souhaite de retrouver le sommeil.

— Et moi de réaliser toutes tes ambitions.

Puis ils rejoignirent la table familiale, échangèrent des baisers maladroits ou des poignées de main furtives avec le clan Langlois. Mathieu montra un nouvel enthousiasme en présentant ses souhaits aux membres de la famille Dubuc.

— Je te souhaite tout le bonheur possible, murmura-t-il à Françoise.

— Je te retourne le même vœu.

Le ton trahissait une tristesse sereine. Un instant plus tard, au moment où le jeune homme tenait sa mère dans ses bras, il regarda du coin de l'œil l'échange empesé entre son ancienne « fiancée » et son amie. Autour de lui, la foule hurlait :

— Vive 1920 !

Chacun espérait tourner le dos à une période de misère.

MATHIEU
ET L'AFFAIRE AURORE

Liste des personnages principaux

Buteau, Marie : Jeune fille née dans le quartier Saint-Roch, veuve d'Alfred Picard, elle dirige le commerce fondé par ce dernier. Elle épouse Paul Dubuc en 1919.

Caron, docteur : Médecin des familles Picard et de la famille Dupire, père d'Élise.

Caron, Élise : Fille du docteur Caron. Elle revient vivre chez lui avec ses enfants au moment du décès de son époux, le docteur Charles Hamelin, en 1918.

Dubuc, Paul : Député libéral de Rivière-du-Loup, père de deux filles, Amélie et Françoise. Il épouse Marie Picard, née Buteau, en secondes noces en 1919.

Dugas, Gertrude : Servante dans la maisonnée de Marie (Buteau) Picard.

Picard, Mathieu : Fils de Marie Buteau et de Thomas Picard. Alfred Picard en a toutefois assumé la paternité. À son retour de la guerre en 1919, il reprend ses études de droit à l'université Laval.

Picard, Thalie : Fille de Marie Buteau et d'Alfred Picard, elle étudie à l'université McGill depuis 1918.

Poitras, Flavie : Secrétaire au magasin PICARD, elle fréquente Mathieu Picard.

Trudel, Élisabeth : Seconde épouse de Thomas Picard : devenue veuve, elle acquiert une maison de chambres.

Liste des personnages historiques

Déry, Joseph-Alfred (1878-1925) : Avocat, juge à la Cour supérieure du Québec, il préside le procès de Télesphore Gagnon.

Fitzpatrick, Arthur (1884-1938) : Avocat, substitut du procureur général, il devient juge à la Cour des sessions de la paix en 1929.

Francœur, Joseph-Napoléon (1881-1965) : Avocat, député libéral de la circonscription de Lotbinière à l'Assemblée législative de 1908 à 1936. En 1920, il agit comme avocat de la défense des accusés dans l'affaire « Aurore ».

Gagnon, Aurore (1909-1920) : Seconde fille de Télesphore Gagnon et de Marie-Anne Caron. Elle succombe aux mauvais traitements infligés par ses parents.

Gagnon, Marie-Jeanne (1907-1986) : Sœur aînée d'Aurore, son témoignage sera déterminant lors du procès de ses parents.

Gagnon, Télesphore (1883-1961) : Agriculteur marié successivement à Marie-Anne Caron puis à Marie-Anne Houde, il est le père d'Aurore.

Houde, Marie-Anne (1890-1936) : Épouse de Télesphore Gagnon en secondes noces, elle est la belle-mère d'Aurore Gagnon.

Lachance, Arthur (1868-1945) : Avocat, il agit comme substitut du procureur général lors du procès des parents Gagnon.

Lavergne, Armand (1880-1935) : Avocat nationaliste, on le retrouve en 1920 parmi les défenseurs de Télesphore Gagnon.

Lemay, Exilda (née Auger, 1870-...) : Épouse d'Arcadius Lemay, voisine des Gagnon, elle témoigne pour l'accusation lors des procès du couple.

Mailhot, Oréus (ou Auréus, 1878-...) : Marchand général et juge de paix à Sainte-Philomène-de-Fortierville, il signale le sort d'Aurore Gagnon aux autorités.

Marois, Albert (1861-...) : Chirurgien à l'Hôtel-Dieu de Québec, il pratique l'autopsie du cadavre d'Aurore Gagnon le 13 février 1920.

Massé, Ferdinand (...-1923) : Curé de Sainte-Philomène-de-Fortierville de 1918 à 1923.

Pelletier, Louis-Philippe (1857-1921) : Avocat, juge à la Cour supérieure du Québec, il préside le procès de Marie-Anne Houde.

Prologue

Un peu après sept heures du soir en ce début du mois d'août 1919, la clientèle ne se bousculait pas dans le magasin général. Cela permettrait au marchand de se concentrer sur ses additions. Passé quarante ans, les retenues continuaient de lui causer problème. Penché sur une table étroite placée dans une toute petite pièce attenante à la grande salle du commerce, le crayon tenu à deux pouces du grand livre, il comptait sur les doigts de sa main gauche. L'établissement occupait presque tout le rez-de-chaussée d'une vaste demeure. La lumière du jour déclinant entrait par les larges fenêtres, éclaboussant d'or les étagères où la marchandise s'entassait pêle-mêle. Le tout faisait penser à la caverne d'Ali Baba.

L'espoir d'Oréus Mailhot de passer une soirée dans des registres poussiéreux fut déçu. La cloche au-dessus de la porte tinta bientôt.

— Crucifix ! grommela-t-il en se levant.

Le marchand découvrit, plantée devant l'entrée, une petite famille : le père très grand et maigre, la mère un peu courte, mince, quoique accablée par un ventre proéminent, le résultat de nombreuses grossesses, et la petite fille, une brunette âgée de neuf ou dix ans.

— Télesphore, Marie-Anne, que désirez-vous ?

Les cultivateurs, occupés toute la journée par les travaux des champs, venaient parfois faire des emplettes après la traite des vaches. Cela forçait les deux commerces du village à rester ouverts à des heures tardives.

— Si je veux porter plainte contre quelqu'un, je dois m'en remettre à toi ?

Surpris, l'homme arqua les sourcils. Pareille éventualité arrivait bien rarement.

— ... Je suis le juge de paix, alors oui, je suis la personne tout indiquée, à moins que tu ne fasses le voyage jusqu'à Québec.

Mailhot, un homme de taille moyenne, robuste, abandonna son sourire mercantile. Son visage un peu rond, rasé de près, trahissait un nouvel intérêt. Si dans les villes, des services de police permettaient aux citoyens de porter plainte et d'obtenir une enquête, à la campagne, des personnes honorables jouaient le rôle de « juge de paix ». Ils devaient régler de légers différends entre les habitants, et recueillir des informations pour les infractions les plus graves.

— Non, je ne veux pas aller à Québec. C'est au sujet de ma fille, Aurore. Son pied.

Oréus baissa les yeux. L'un des pieds de l'enfant paraissait enflé, au point de déborder un peu de la chaussure. Toutefois, ce fut l'autre pied qui retint le regard du juge de paix.

— Qu'est-ce qui t'est arrivé ?

Il s'agenouilla pour toucher juste au-dessus de

l'endroit où une grande surface de peau avait été arrachée. La chair prenait une couleur d'un vilain bleu violet.

— Aïe ! s'exclama-t-elle en se reculant un peu.

Malgré la douleur, ou peut-être à cause d'elle, sa voix demeurait faible, presque résignée.

— Comment cela est-il arrivé ? insista l'homme.

Devant le silence de la gamine, le commerçant leva les yeux vers la mère.

— Des garçons du septième rang l'ont arrangée comme ça.

— Nous voulons porter plainte contre eux, renchérit le mari.

Les jambes nues de la fillette ressemblaient à des allumettes pendues sous le bord de la robe. Mailhot compta très vite, releva les yeux en disant :

— Je vois cinq autres bleus. Ce sont des blessures plus anciennes, la peau est passée au jaune. Ces petits garçons s'acharnent-ils sur elle ?

Le couple se consulta rapidement du regard, puis la femme répondit :

— Elle a tous les vices : souillon, menteuse, voleuse même. Si j'osais tout vous dire…

Ce genre de précaution précédait d'habitude une révélation scabreuse.

— Elle est impure, siffla la femme entre ses dents.

— Alors, il faut la corriger, compléta le père.

— La corriger en la frappant sur les jambes ? Pour laisser des marques comme celles-là, cela prend des coups violents.

Encore une fois, l'homme et la femme échangèrent un long regard.

— Nous ne pouvons la laisser continuer à commettre des péchés, déclara Marie-Anne.

— En plus, elle a une mauvaise influence sur ses frères et sœurs. Si je ne la dompte pas, ils deviendront aussi vicieux qu'elle.

Se remettant debout, Mailhot regardait la petite fille. Elle levait un visage rond vers lui. Ses yeux bruns exprimaient un profond désarroi… Entendre débiter la liste de ses tares morales devant un inconnu pouvait certes expliquer cette attitude, mais le juge de paix croyait y déceler autre chose.

— J'aimerais parler à cette jeune personne seul à seul.

— … Ce n'est pas nécessaire, je vous ai dit ce qui est arrivé.

Marie-Anne paraissait méfiante maintenant. Son époux posa une main sur l'épaule de l'enfant, fit mine de lui faire exécuter un demi-tour.

— Je te disais que nous perdions notre temps, maugréa-t-il. Allons-nous-en, il ne fera rien.

— Pas si vite, Télesphore. Si ta fille est la victime, c'est à elle de me dire ce qui est arrivé.

Mailhot tendit la main en plongeant ses yeux dans ceux de l'enfant, un sourire sur les lèvres.

— Je dois même avoir des bonbons pour toi.

Elle hésita un bref instant, puis accepta la main tendue. Pour marcher, elle devait poser son pied par terre. Chacun des pas lui coûtait un effort douloureux, elle grimaçait sans cesse. Une voix féminine, à la fois douce et étrangement menaçante, intervint :

— Aurore.

La fillette se retourna pour écouter sa mère.

— Aurore, écoute-moi bien. Fais attention à comment tu vas parler.

Des yeux, le père paraissait appuyer les mots de sa compagne. L'enfant hocha gravement la tête. Un instant plus tard, Oréus fermait la porte du cagibi lui servant de bureau. Il désigna à son invitée une chaise placée dans un coin. Il commença par lui tendre un pot en verre contenant des menthes blanches.

Un long moment, elle le regarda, puis en prit une.

— Tu peux en avoir d'autres, pour le chemin du retour.

Les yeux bruns tinrent un autre long plaidoyer. Elle enfourna la première friandise, en prit deux autres. Le marchand remit le pot à sa place, puis se cala dans sa chaise et allongea les jambes.

— Ton pied doit faire très mal.

Elle hocha gravement la tête.

— C'est une vilaine blessure.

De nouveau, elle dit oui de la tête.

— Comment est-ce arrivé ?

— Des petits gars. Des petits gars m'ont jeté une grosse roche.

L'homme grimaça, comme si une action pareille lui paraissait très mauvaise.

— Tu connais les noms de ces garçons ?

— Le petit Bédard.

Les Bédard possédaient une ferme dans le septième rang, à peu de distance de celle des Gagnon.

— … gène.

— Pardon ? Ah ! Eugène. Il était seul ?

— Avec Alfred Gagnon.

Pas trop loin de chez Télesphore habitait un autre Gagnon, Adjutor. Elle évoquait son fils.

— Celui-là, c'est ton cousin je pense.

Elle approuva de la tête.

— Comment cela est-il arrivé ?

— Je suis allée chercher mes petits frères dans les champs. Je suis tombée sur eux.

— Ils t'ont lancé une pierre comme ça, sans raison.

Elle répondit encore d'un signe de tête.

— C'est très méchant.

Leur conversation prenait une allure étrange : lui suggérait quelque chose, elle donnait son assentiment d'un geste.

— La dame avec toi, qui c'est ?

— Maman.

— C'est ta vraie maman ?

La fillette acquiesça encore. Pourtant, elle jugea utile de préciser :

— Elle insiste pour qu'on l'appelle comme ça. Ma vraie maman est morte.

— Mais Télesphore, c'est ton vrai papa.

Il la regarda dans les yeux, puis demanda encore :

— Tu as bien dit la vérité, à propos de ces petits garçons.

— ... Oui.

L'hésitation rendait la réponse bien suspecte.

— Tu ne me mentirais pas sur une question aussi importante.

Cette fois, elle secoua la tête de droite à gauche avec énergie.

— C'est bon, allons rejoindre tes parents.

Au moment de se lever, le juge de paix la vit

engloutir les deux autres menthes dans sa bouche, comme si elle craignait de se les faire enlever. Elle prit sa main, s'appuya sur lui pour revenir dans la grande pièce.

Les parents se tenaient exactement à la même place. Leurs regards se posaient sur la fillette, menaçants.

— Aurore m'a tout raconté. Je vais tout de suite aller chez les Bédard et les Gagnon pour parler à ces garçons. Ils ne l'embêteront plus, soyez-en sûrs.

Ils parurent rassurés.

— Cette petite fille peut à peine marcher. Vous devriez la porter. Surtout, elle a besoin de voir le docteur. Il faut désinfecter sa blessure, mettre un pansement dessus. Je verrai dimanche, à la messe, si elle a reçu les soins requis.

Le ton contenait une menace voilée. Comme à regret, le visiteur souleva la fillette dans ses bras, sa femme ouvrit la porte pour eux.

Atteler son cheval prit à peine cinq minutes. La soirée se révélait douce et chaude. Tout le long du chemin vers le septième rang, Oréus Mailhot aperçut des cultivateurs encore aux champs. Au temps de la récolte, les journées de travail se faisaient interminables.

La maison d'Adjutor Gagnon s'élevait tout près du chemin, une grande bâtisse aux murs de planches verticales. Le propriétaire se donnait la peine de la blanchir à la chaux régulièrement. Cela lui donnait un air guilleret. La grange étable se trouvait suffisamment loin pour que les odeurs de fumier ne dérangent pas trop les occupants de la demeure. Il reconnut deux bâtiments plus petits. L'un servait sans doute de poulailler, l'autre peut-être de porcherie.

En cette saison, mieux valait se présenter tout de suite à la porte de la cuisine d'été. Une pierre la tenait grande ouverte, afin de faciliter la circulation de l'air. Debout dans l'ouverture, le visiteur fut accueilli par un homme jovial.

— Si tu viens pour la soupe, Oréus, trop tard. La marmite est vide.

Les autres convives rirent un peu de la saillie. Le grand chaudron demeurait sur le gros poêle à bois encore chaud, mais toutes les assiettes sur la table étaient vides.

— Je ne suis pas venu te quêter un repas. Je suis ici en tant que juge de paix.

Les rires s'éteignirent, les sourires disparurent. Le cultivateur occupait un bout de la longue table et sa femme, l'autre. Entre eux, de part et d'autre, six enfants prenaient place sur des bancs. Seize yeux demeuraient rivés sur lui.

— Qui est Alfred ?

Un garçon blond d'une douzaine d'années regarda sa mère, soudainement inquiet.

— C'est lui, déclara le père.

— Je peux lui parler une minute ? Je veux tirer quelque chose au clair.

— Pourquoi pas… si je peux rester là, bien sûr.

Le juge de paix écarta les bras de son corps, puis déclara :

— Si tu veux bien ne pas fumer le mauvais tabac que tu cultives sur ton tas de fumier, ta présence me fera plaisir.

La remarque détendit un peu l'atmosphère.

— Allez dans le salon, suggéra la mère.

Pendant que les deux hommes et le garçon passaient dans le corps principal de la maison, elle continua pour le reste de sa marmaille :

— Les filles, vous m'aidez à desservir et à laver la vaisselle. Les autres, il reste une petite heure de lumière pour sarcler le jardin.

Oréus Mailhot pénétra bientôt dans une pièce trop bien ordonnée pour qu'elle serve souvent. Seuls le curé et certains autres visiteurs triés sur le volet devaient profiter des lieux.

— Prends le fauteuil, décida le chef de famille.

Lui-même s'assit du bout des fesses sur un divan étroit, tellement il tenait à préserver le revêtement de tissu fleuri. Il fit signe à son garçon de prendre place près de lui.

— Alors qu'est-ce qui t'amène ? demanda le père.

C'est en fixant le fils dans les yeux qu'il commença.

— Alfred, tout à l'heure, ton oncle Télesphore et ta tante Marie-Anne sont venus au magasin. Selon eux, tu as jeté une grosse pierre sur le pied de leur fille, Aurore.

— ... Ce n'est pas vrai !

Il ouvrait de grands yeux bleus. À douze ans, le travail de la ferme en avait fait un petit colosse aux épaules déjà bien découpées. Bâti comme cela, il pouvait faire un mauvais sort à n'importe quelle petite fille, et même à une grande.

— Selon eux, tu étais avec le jeune Bédard. Eugène.

— Non, ce sont des menteries.

— Peut-être est-ce arrivé en jouant, sans même faire exprès, insista le marchand.

— Sauf à la messe, on ne la voit jamais. Je ne joue pas avec elle.

Le père s'agita un peu, au point qu'Oréus leva la main pour l'inciter au silence.

— Elle a une très mauvaise blessure sur le pied.

— Ce n'est pas moi !

Tout grand et gros qu'il fut, Alfred demeurait un enfant. Des larmes perlaient à ses yeux. Après un silence passé à le dévisager, le visiteur conclut :

— Je pense que tu dis la vérité. Maintenant, veux-tu nous laisser ? J'aimerais discuter encore un peu avec ton père.

Le garçon s'esquiva sans demander son reste. Quand la porte fut refermée, Adjutor expliqua à voix basse :

— Ce n'est pas un ange, loin de là, mais jamais il ne s'attaquerait à une petite fille.

— Je le pense aussi. Tu connais le petit Bédard ?

— Je dirais la même chose de lui. Bien sûr, on ne sait jamais exactement ce qui se passe chez les voisins.

Le juge de paix hocha la tête. Les gens fréquentés depuis la naissance, avec qui on avait marché au catéchisme, n'en restaient pourtant pas moins de parfaits inconnus.

— Mais pourquoi diable Télesphore raconte-t-il une histoire pareille ? demanda le visiteur.

— Parce que Marie-Anne lui dit de le faire.

Un rire moqueur souligna ces mots.

— La petite a des bleus sur les jambes, insista Oréus Mailhot. Ils sont durs avec elle.

— C'est ce qui se dit dans le rang.

— Et tout le monde laisse faire ?

— Si tu veux t'en mêler, vas-y.

L'ironie rendait les mots abrasifs. Bien sûr, cela ne regardait personne.

— Selon eux, c'est une grande pécheresse, réfléchit le visiteur à haute voix.

— Le démon nous menace tous !

Le ton du cultivateur contredisait ses paroles. Pour cet homme, une demi-douzaine d'enfants réunis devenaient turbulents : la nature le voulait ainsi. Cela avait peu à voir avec la perdition des âmes.

— Pourquoi racontent-ils une histoire de ce genre ? insista Mailhot.

— Si la petite a une blessure bien visible, il leur faut une explication, des coupables.

— Pour qu'on ne les soupçonne pas, eux ?

L'autre leva les épaules, comme pour exprimer sa lassitude.

— Une chose est sûre, s'il embête mes enfants, même du haut de ses six pieds et demi, le Télesphore va avoir de mes nouvelles. Il ne fera passer aucun de mes garçons pour un sauvage.

— Tu ne devrais pas dire cela à un juge de paix. S'il lui arrive quelque chose, ensuite…

— Tu sauras que j'ai une bonne raison de lui réserver un chien de ma chienne… À part ça, veux-tu une tasse de thé ? Depuis que les Lemay ont eu des ennuis avec les grenouilles de bénitier, je n'ai rien de mieux à t'offrir…

Les deux hommes partirent d'un grand rire. Un peu plus tôt, la paroisse avait perdu le meilleur endroit où se procurer de l'alcool de contrebande. La campagne des secs devenait vraiment une nuisance.

1

Dans la petite salle à manger de l'appartement de la rue de la Fabrique, tous devaient se serrer les coudes. Cela tenait à la visite impromptue de Thalie. La jeune fille ne multipliait pas les séjours à Québec pendant l'année scolaire, aussi la maisonnée s'empressait de lui faire honneur.

— Tes professeurs ne te font pas trop de misères ? questionna Amélie.

— Ils semblent se faire lentement à la présence de quelques jeunes filles dans les classes. Maintenant, à part les longues heures d'étude, les choses se passent bien.

— Je préfère encore vendre des rubans, déclara la jolie blonde en riant.

Elle se réjouissait de sa nouvelle existence. Recevoir des clientes lui paraissait cent fois préférable à l'attente du bon parti au coin du feu, dans la grande maison paternelle de Rivière-du-Loup.

— Et moi, je suis bien contente de t'avoir avec moi ! déclara Marie en prenant l'assiette devant elle.

Les jours où les convives se pressaient à la table, Gertrude ne suffisait guère au service. La maîtresse de maison assumait sa part des corvées de bonne grâce, tellement heureuse de voir tous les siens autour d'elle.

— Je peux me rendre utile, commença Thalie en faisant mine de se lever.

— Non, non, maintenant tu es une visiteuse, remarqua sa mère.

— Alors que moi, je deviens comme un vieux meuble, ajouta Françoise.

Elle avait dit cela en riant au moment d'apporter son aide, mais une pointe d'irritation perçait dans sa voix. Le mariage de son père avec sa patronne faisait d'elle la fille aînée de la maison. Certaines corvées ménagères lui incombaient désormais. On ne parlait plus d'elle en tant qu'invitée, comme c'était le cas deux ans plus tôt.

— Je suis désolé de devoir vous quitter bien vite, déclara Mathieu, mais je me suis engagé…

Le jeune homme se tenait près de Gertrude, encore occupé à lui expliquer la nature de son emploi auprès du substitut du procureur général de la province. La vieille domestique en retenait qu'il passait ses journées à ouvrir le courrier des autres.

— Je viens de la grande ville pour te voir, plaida Thalie, et toi, tu vas courir la campagne en galante compagnie.

— Tu viens voir ta maman. Et moi, je vais voir les parents de Flavie. Les dimanches servent à cela.

— Comment vas-tu te rendre là-bas en plein hiver ? questionna Marie en posant son plat de service au milieu de la table.

— Ma tante Élisabeth m'a prêté sa jolie voiture rouge.

— Oh ! commenta Thalie, elle te prête son automobile.

Exprimé de cette façon, la jeune fille laissait sous-entendre une histoire un peu tordue.

— Voyons, ne dis pas des choses comme cela ! s'exclama Marie.

— Mais je ne dis rien... Seulement qu'elle lui a prêté sa voiture.

— Je connais ton humour !

Paul, à l'extrémité de la table, regardait tout ce monde rassemblé. L'élargissement soudain de sa famille lui donnait parfois le vertige. Surtout, il se faisait bien lentement à la liberté de ton de la maison. Afin de changer le cours de la conversation, il demanda :

— Du côté de Montréal, le chômage se résorbe, j'espère ?

— Au plus fort de l'hiver, les choses ne sont jamais faciles, répondit Thalie. On voit des hommes aller de porte en porte, offrir leurs services pour de petites tâches.

— C'est la même chose ici.

— Tout de même, la situation paraît meilleure que l'hiver ou l'été dernier. Les prix ont recommencé à monter dans les grands magasins, les choses devraient aller en s'améliorant.

La jeune fille prononça les derniers mots en souriant, incertaine de ses compétences en économie. Au lendemain de la Grande Guerre, toutes les entreprises avaient débauché de nombreux employés. La production reprenait lentement depuis.

Pendant le reste du repas, la conversation porta

sur différents sujets. Alors que les femmes desservaient, Mathieu déclara à la ronde :

— Je dois y aller tout de suite, le trajet ne sera pas facile.

— Les routes ne sont pas ouvertes en cette saison, remarqua Paul. Tu es certain de pouvoir te rendre là-bas sans encombre ?

— Dans les environs de la ville, la circulation demeure possible, à cause des livraisons en camion. Je ne me risquerai pas plus loin que L'Ancienne-Lorette, cependant.

Les deux hommes se serrèrent la main, puis Mathieu distribua des bises à toutes les femmes présentes. Quelques minutes plus tard, devant l'évier rempli de vaisselle sale, Thalie remarqua, ironique :

— Nous avons dorloté mon adorable frère, maintenant tante Élisabeth fait la même chose.

— Voyons, dit la mère, elle doit être heureuse de le voir s'assurer du bon fonctionnement de sa belle mécanique.

— Oui, bien sûr… répondit la jeune fille dans un ricanement.

Elle attendit que Françoise s'absente de la cuisine pour dire un ton plus bas :

— Avec Flavie, est-ce sérieux ?

— Ils se voient toutes les semaines. Mais il ne m'a pas fait de confidences.

Le retour de sa belle-fille dans la pièce amena la maîtresse de la maison à changer de sujet.

— Assure-toi d'être bien habillée, insista Mathieu. Dans cette petite boîte, il fait aussi froid que debout au coin d'une rue.

— Tu es certain que nous faisons bien ? demanda Flavie en enfonçant son bonnet en laine bas sur ses oreilles.

— Oh ! Nous nous rendrons à destination, mais ce sera froid.

La jeune fille soupesa le constat, et enfila des mitaines par-dessus ses gants. Puis, plié en deux, l'homme s'esquinta sur la manivelle afin de convaincre le moteur de redémarrer. Il hoqueta avant de faire entendre un ronronnement à peu près régulier.

L'inquiétude de Paul Dubuc paraissait fondée. L'usage de dégager les rues des villes, à cause de la multiplication des véhicules à moteur, s'imposait lentement. Dans les campagnes, les cultivateurs se contentaient de passer un lourd rouleau sur la neige, afin d'obtenir une surface suffisamment durcie pour supporter le poids d'un traîneau.

— Nous voilà partis, dit Mathieu en prenant place derrière le volant.

— Tu es certain d'en avoir envie ?

L'homme se tourna vers sa compagne, effleura son genou, retira tout de suite sa main de crainte de se mériter des paroles réprobatrices.

— Ce ne sera pas la première fois.

— Je ne pense pas que tu y aies pris un grand plaisir, justement.

La fille de charpentier s'inquiétait de la pente abrupte entre la haute et la basse ville. Et les auteurs de ses jours ne jouissaient même pas de l'insigne honneur de vivre au pied du cap Diamant. Ils se trouvaient dans un village assez éloigné.

— Ce sont tes parents. Je ne peux pas te voir

deux fois par semaine et me couper d'eux, comme toi des miens.

Les choses ne semblaient pas si simples à Flavie, mais elle préféra demeurer coite.

La petite Chevrolet progressa sans trop de mal dans les rues de la ville. Une fois dans la plaine, les choses se gâtèrent un peu. Le froid mordant des dernières semaines limitait l'accumulation de neige, mais un vent du nord soulevait une fine poudrerie. Mathieu avait raison, la petite capote en cuir ne protégeait guère des intempéries.

Après plus d'une heure, la voiture s'arrêta devant une maison sise à quelques centaines de pieds de l'église de L'Ancienne-Lorette. Flavie arriva la première devant la porte de la maison paternelle. Plus tard, les visiteurs se trouvèrent assis dans une grande cuisine, chacun sur une chaise pas très éloignée du poêle.

— Tu aurais pu garder tes bottes, chuchota la jeune fille.

— Et salir le beau plancher de ta mère ?

Les jambes croisées, l'un de ses pieds tendu vers le poêle, il agitait ses orteils pour les réchauffer un peu.

— Au moins, il n'y a pas de trous dans mes bas, souffla-t-il un ton plus bas.

L'arrivée du maître de la maison, Androinus Poitras, le ramena à plus de sérieux.

— Tu veux quelque chose à fumer ? demanda l'homme en tendant une blague à tabac faite d'une vessie de porc.

— Non merci, monsieur.

— Tu es sans défaut.

— Non ! Mais je n'ai pas celui-là.

L'autre, debout à deux pas, un colosse, perdait un peu de sa prestance avec ses bas en laine grise. Il le toisa une seconde.

— Un petit verre, alors ?

— Ah ! Ce défaut-là, je l'ai.

Le charpentier lui tendit donc un verre ébréché rempli d'un liquide à peu près clair. Mathieu en avala la moitié, grimaça brièvement avant de dire :

— Celui-là n'est pas passé par l'un des vendeurs autorisés du gouvernement de Lomer Gouin.

— Si tu penses que j'ai les moyens de payer un médecin pour boire un coup…

L'homme tira une chaise, la plaça à côté de celle du visiteur.

— Tu travailles au gouvernement, tu devrais leur dire que cette prohibition n'a pas de sens.

— Je n'ai aucune influence sur les messieurs du gouvernement, je vous assure.

Mal à l'aise devant la tournure des événements, Flavie se leva pour aller aider sa mère et sa sœur, occupées à préparer le repas.

— Tu fais quoi, au gouvernement ? continua l'homme.

— Je suis stagiaire au bureau du procureur général.

— C'est quoi, ça ?

— Le service qui s'occupe de poursuivre les criminels au nom du roi.

Androinus Poitras le regarda de haut, soupçonnant le jeune homme de se moquer de lui. Que le roi d'Angleterre se mêle de poursuivre les voleurs de pommes et les batteurs de femmes le laissait perplexe. Mais comment traiter de menteur un jeune homme vêtu d'un complet de bonne coupe, arrivé au volant d'une petite voiture rouge ?

— Et ça rapporte, le métier de stagiaire ?

L'hôte avait hésité sur le dernier mot.

— Papa ! laissa tomber Flavie depuis l'évier.

Le père jeta sur elle un regard sévère, puis demanda un ton plus haut :

— Ça rapporte ?

— Pas grand-chose. En fait, ce n'est pas un métier, mais une occupation réservée à des étudiants. Je vous l'ai dit aux fêtes, je suis encore à l'université.

— Je m'en souviens, mais je croyais que c'était une farce. À ton âge…

Mathieu adressa un sourire à Flavie, maintenant rouge de honte.

Le charpentier serra les mains. Ce visiteur se révélait bien insaisissable, avec ses phrases élégantes et son humour chargé d'ironie. L'arrivée de ses deux garçons, âgés de près de vingt ans, permit d'abandonner ce sujet. La conversation porta alors sur le chantier de l'église Saint-Roch. Même si le service y avait lieu depuis un bon moment, certains aménagements intérieurs demeuraient incomplets. Ce trio, le père et ses garçons, y avait travaillé pendant trois ans.

Pendant le repas, Mathieu comprit pourquoi Flavie se sentait si mal à l'aise de lui offrir le spectacle de sa vie familiale. Cela tenait moins à la honte de ses origines modestes qu'à une tension sourde, une violence larvée. Le *pater familias* se donnait des allures de potentat. Tous les autres membres de la maisonnée s'exprimaient prudemment, baissaient les yeux sur la table.

Dans cette grande maison bien construite, confortable même, sa compagne devait avoir connu bien peu de journées franchement joyeuses.

Vers huit heures, le couple se tenait dans l'embrasure de la porte, les chaussures aux pieds.

— Ce n'est pas nécessaire, affirmait Mathieu. Je ne pourrai pas vous la rapporter.

— Voyons, une pierre que j'ai mise un moment sur le poêle ! Vous la jetterez le long de la route.

La mère de Flavie tenait une caisse en bois d'où la chaleur irradiait.

— Cela vous réchauffera au moins pendant la moitié du chemin. Le tout est de ne pas laisser vos vêtements y toucher.

Discuter ne servait à rien, le visiteur accepta le présent. Un peu plus tard, après s'être cassé les bras pour tourner la manivelle, le jeune homme retrouvait sa place.

— Ta mère a bien raison, cela nous tiendra au chaud quelque temps. Essaie de placer tes pieds de chaque côté. À la moindre odeur de brûlé, je devrai te rouler dans la neige pour éviter des cloques sur tes jolies jambes.

— Tu n'as jamais vu mes jambes.

— Je les devine.

Heureusement, la voiture offrait assez d'espace pour permettre à la jeune femme de placer ses pieds de part et d'autre de la boîte. Elle devait trousser sa robe et son jupon à la hauteur de ses genoux, mais l'obscurité protégeait sa pudeur.

Après un long silence, Flavie marmonna :

— J'ai eu tellement honte, tout à l'heure. « Ça rapporte ? »

Elle avait imité la voix de son père pour dire les derniers mots.

— Quelle grossièreté, ajouta-t-elle.

— Ne sois pas trop sévère. Le député Dubuc a posé exactement les mêmes questions au prétendant de Françoise.

— Tu te moques de moi ?

Elle n'osait le croire. Cela paraissait si improbable.

— Oh ! Le bonhomme y mettait les formes, bien sûr, mais il posait exactement les mêmes questions.

— Les formes ! Cela fait toute la différence. Quatre heures à rougir de honte ou à frémir de colère lui avaient mis les nerfs à vif.

— Flavie, commença le jeune homme, j'aimerais que tu te mettes quelque chose dans la tête : je ne sors pas avec ton père, ta mère, tes frères ou ta sœur, mais avec toi.

— Tout de même, tu as vu…

Elle n'osa pas aller au fond de sa pensée. Mathieu profita d'un bout de chemin bien droit, éclairé par les phares et la lune sur la neige, pour tendre la main et prendre la sienne.

— Je n'ai rien vu qui change quoi que ce soit à mon affection pour toi.

La conduite en cette saison ne permettait pas les longs épanchements, et le climat ne l'incitait guère à chercher un coin isolé sous les arbres.

— Ta tante est très gentille de te prêter sa voiture, dit-elle après un long silence.

— Tu devrais venir la voir et la remercier de vive voix.

— Cela ne se fait pas, dans une pension réservée aux hommes !

Celle-là tenait à sa réputation comme au plus précieux des trésors.

Le vent de février, coupant comme une lame, battait la campagne et soulevait une fine poudrerie. Assis sur un tonnelet rempli de clous placé près d'une fenêtre, Oréus Mailhot levait parfois les yeux de la copie de la veille du *Soleil* pour regarder la rue Principale du village de Sainte-Philomène-de-Fortierville.

— Personne ne viendra aujourd'hui, grommela-t-il entre ses dents.

Comme pour le contredire, une silhouette penchée vers l'avant se détacha bientôt dans la poudrerie.

— Par ce temps, ce bonhomme ne veut certainement pas acheter un demiard de mélasse.

Le marchand se leva pour ouvrir la porte au nouveau venu.

— Adjutor, que fais-tu dehors aujourd'hui ?

— Ma femme vient de découvrir qu'elle n'a plus de quoi coudre.

Il sortit de sa poche un bout de papier tout chiffonné pour le tendre à Mailhot. Ce dernier plissa les yeux, tenta de reconnaître les quelques mots griffonnés d'une main maladroite. Pendant qu'il coupait les trois verges de cotonnade blanche réclamées, le client prononça d'une voix maussade :

— J'aurais pu attendre dimanche prochain pour cela.

De la main, il désignait son achat, puis il continua :

— Tu es toujours juge de paix ?

— Oui. Au prix que je coûte au gouvernement, ils vont me garder encore un peu.

L'ironie échappa au visiteur. Le marchand ne touchait aucune rémunération pour ce travail.

— Tu t'occupes des crimes ? enchaîna l'autre.

— Je dois entendre les dénonciations, les plaintes au sujet des mauvaises actions. S'il y a de bonnes raisons, j'avertirai Québec.

Il marqua une pause avant de demander :

— Tu veux dénoncer quelqu'un ?

— Non, non, pas dénoncer. Je veux juste te parler. Tu décideras… Quelqu'un peut nous entendre ?

Mailhot secoua la tête de gauche à droite.

— Tu te décides, ou nous restons comme cela jusqu'à Pâques. J'ai du travail, moi.

— … Tu connais la petite Gagnon ? La fille de Télesphore.

La question visait à retarder le moment d'en venir au sujet de sa visite.

— Oui, je la connais, s'impatienta Oréus.

Un très mauvais souvenir lui traversa la tête, celui d'une fillette d'un peu moins de dix ans, blessée et absolument terrorisée.

— Tu l'as vue récemment ?

Il fit signe que non, puis déclara après un instant de réflexion :

— Je ne pense pas l'avoir vue à la messe depuis l'automne dernier.

— Moi non plus. Mais je suis allé chez eux il y a quelque temps. Elle est en train de crever.

— Que veux-tu dire ?

— Elle a les yeux noirs, les pieds si enflés qu'elle a du mal à tenir debout. Elle ne verra pas le prochain printemps.

Le marchand ferma les yeux, les rouvrit bien vite pour chasser l'image se profilant dans son esprit.

— Elle a toujours eu l'air souffreteux. Elle a passé quelques semaines dans un hôpital de Québec, l'automne dernier.

— Tu lui ressemblerais si tu endurais tous ces coups. Télesphore frappe assez fort pour casser le dos d'un cheval. Elle est grosse comme une allumette.

Une main serra le cœur du commerçant. Plutôt que de ressasser sa propre inaction de l'été dernier, il se mit en tête de traquer celle des autres.

— Quand l'as-tu vue ?

— Il y a un mois. Non, plutôt trois semaines.

— Et tu viens me voir aujourd'hui ?

L'autre se raidit sous le reproche implicite, adopta une attitude défensive.

— Ces choses-là, ce ne sont pas les affaires des voisins.

— S'il frappe aussi dur que tu le dis…

— Puis, tu reçois un salaire de Québec pour mettre ton nez dans la vie des autres. Pas moi.

La boutade précédente allait hanter le juge de paix pendant un certain temps.

— Je ne reçois aucun salaire de Québec. Je fais cela pour l'amour du bon Dieu.

Son interlocuteur lui jeta un regard sceptique, avant de sortir deux dollars de sa poche.

— Maintenant tu le sais, alors c'est à toi de bouger. Combien je te dois ?

Le marchand général sortit son bloc de factures de sa poche, récupéra le bout de crayon posé sur son oreille pour gribouiller des mots et des chiffres.

— Voilà, dit-il en tendant le bout de papier.

L'acheteur prit sa monnaie avant de retourner affronter la tempête. Un pas se fit alors entendre dans l'escalier, une femme entra dans la grande pièce.

— Oréus, ai-je bien entendu ? Il parlait de la petite Gagnon ?

— Oui. Selon lui, elle serait menacée de mort.

— … Que vas-tu faire ?

Il demeura un moment silencieux, puis dit tout bas :

— Demain, je dois me rendre à Québec afin de rencontrer des grossistes. Je ferai un petit crochet du côté des bureaux du procureur général.

L'homme retourna s'asseoir près de la fenêtre, songeur. Sa femme préféra se tenir près du poêle en fonte noire un peu ventru.

Depuis que la générosité du procureur général l'avait pourvu d'un stagiaire, le vieux chef de service Basile Moreau prenait ses aises, au point de rentrer parfois à la maison pour prendre un repas chaud à midi, puis de se livrer à une petite sieste. Mathieu Picard ne s'en formalisait pas. La récolte quotidienne de lettres lui donnait un aperçu des faiblesses, petites et grandes, de l'âme humaine.

L'apprentissage du droit cédait à celui des vicissitudes de l'existence.

Un peu après une heure, un homme au visage carré, les cheveux courts, les épaules larges, passa la tête dans l'embrasure de la porte en demandant :

— Monsieur ?

Le garçon leva la tête.

— Je peux vous aider ?

— Je cherche monsieur Moreau. J'ai frappé à sa porte, sans succès.

— Il n'est pas encore revenu. Prenez place.

De la main, il désigna la chaise placée de l'autre côté de la table. Il devinait avoir affaire à un paysan endimanché.

— Que puis-je faire pour vous ?

— Une petite fille est en danger de mort.

Mathieu le regarda droit dans les yeux en dévissant le capuchon de son stylo à plume. Il tira une feuille de papier de la pile devant lui.

— Expliquez-moi ce dont il s'agit. D'abord, qui êtes-vous, d'où venez-vous ?

— Oréus Mailhot. Je suis juge de paix à Sainte-Philomène-de-Fortierville.

— Je crois avoir déjà ouvert certaines de vos lettres.

Comme l'autre arquait les sourcils de surprise, Mathieu expliqua :

— Je travaille pour monsieur Moreau. J'ouvre le courrier, je rédige des rapports pour les substituts du procureur général... Mais dites-moi qui est la jeune fille en détresse ?

— Aurore Gagnon. L'an dernier, j'ai remarqué des bleus sur ses jambes. Ses parents m'ont alors dit qu'ils devaient la corriger sévèrement, à cause de sa mauvaise attitude.

— Une enfant turbulente, cela arrive. Qu'avez-vous fait ?

Le visiteur se troubla un peu. Comme il tardait à répondre, l'étudiant en droit l'encouragea :

— Parfois, en les plaçant un moment dans un orphelinat, ou encore dans une école de réforme, les choses vont mieux.

— En réalité, celle-là ne m'a pas semblé bien dissipée. Au contraire, elle paraissait timide, effacée. Surtout, elle avait un pied enflé au point d'avoir du mal à tenir debout. Le couple accusait des petits voisins.

— Ce genre de chose peut survenir.

Mathieu gardait lui-même un souvenir cuisant des méchancetés dont les enfants se rendaient coupables les uns envers les autres. Mailhot fit un geste de négation de la tête, il contempla ses doigts un instant.

— Selon ses parents, des garçons lui auraient jeté une grosse pierre.

— Mais vous ne les avez pas crus, devina son interlocuteur.

Ils se regardèrent.

— J'ai pris la fille à part pour l'entendre me confirmer cette histoire, continua le visiteur. Je voulais lui parler sans la présence de ses parents.

— A-t-elle contredit leur version des faits ?

— Non, au contraire, elle a répété la même chose.

Mathieu ne dissimula pas son trouble.

— Dans ces conditions… je ne comprends pas votre présence ici.

— Elle mentait, c'est sûr. Elle les craignait, même si nous parlions seul à seul. Mais étant donné qu'elle disait comme eux, je ne savais pas quoi faire.

— Vous pensez que ces personnes, les parents, l'ont maltraitée.

— Je ne savais pas quoi faire, répéta le juge de paix. D'un côté, elle disait comme eux…

— Maintenant, vous craignez pour son existence.

— Un voisin m'a alerté hier. Sa vie serait menacée.

Mathieu referma sa plume sans avoir écrit un mot, perplexe.

— Je n'ai pas entendu monsieur Moreau revenir à son bureau, remarqua-t-il. Vous savez, je suis encore étudiant. Mon expérience est bien insuffisante… Attendez-moi.

Le garçon alla dans la pièce voisine passer un coup de fil.

— Le substitut du procureur général va vous recevoir, dit-il à son retour. Venez avec moi.

Il endossa son paletot, quitta l'édifice de la bibliothèque pour entrer dans celui de l'Assemblée législative par une porte de côté. Son compagnon ouvrait de grands yeux sur la splendeur des lieux. Il balbutia en saluant le haut fonctionnaire.

Arthur Fitzpatrick les invita à s'asseoir. Mathieu prit sur lui de commencer :

— Monsieur Mailhot vient nous signaler la présence d'une enfant maltraitée dans sa paroisse. Sa condition paraît très précaire.

En quelques phrases, il résuma la situation. Le substitut du procureur n'aurait pas enduré bien longtemps le récit hésitant, peu cohérent, du visiteur.

— Des accidents arrivent souvent, dans une ferme, déclara-t-il à la fin. Avez-vous des témoins pouvant confirmer que des coups ont été portés ?

— Il ne s'agit pas d'accidents, protesta le juge de paix. Personne n'en subit autant dans une année.

— Même si ce sont des corrections... Les parents ont le devoir de punir leurs enfants.

Ce rappel de la responsabilité des parents chrétiens ne rasséréna pas le visiteur.

— À ce point-là, ce ne sont plus des corrections, mais des tentatives de meurtre.

— Vous n'avez pas de preuves de cela. La fillette confirme la version des parents à propos des blessures que vous avez vues. Pour le reste, il s'agit de babillages de voisins.

— Vous n'enverrez personne de la Police provinciale ?

L'homme écarquillait les yeux, incrédule.

— En tant que juge de paix, vous devez recueillir des informations. Faites enquête, ramassez des preuves. Vous verrez bien si ce sont de simples racontars de voisins jaloux, ou bien si des actes répréhensibles sont vraiment commis.

— Je ne sais pas comment faire cela, une enquête. Je suis marchand général...

— Vous êtes aussi juge de paix.

Jamais Oréus Mailhot n'avait été si près de remettre sa démission. Ce grand bourgeois devait avoir trois domestiques pour chercher son pantalon, le matin. Il ignorait totalement la réalité des campagnes. Il se leva en disant :

— Monsieur, je vous remercie beaucoup de votre aide.

Chargée d'ironie, la voix amena son interlocuteur à se raidir.

— Je vous souhaite un bon voyage de retour, monsieur Mailhot.

En quittant la pièce, il salua l'étudiant d'un signe de la tête. Quand la porte se ferma dans son dos, Mathieu risqua :

— Cette petite fille…

— Picard, vous n'allez pas vous mettre aussi de la partie. Ce bonhomme ne s'est même pas donné la peine d'aller la voir.

Son patron avait raison. Ce marchand général devait craindre de perdre une partie de sa clientèle en s'intéressant de trop près à la vie privée d'un cultivateur.

— Excusez-moi, vous avez raison. Ces gens n'ont toutefois aucune connaissance du droit.

— S'ils en avaient, nous n'aurions pas les moyens de les payer.

Fitzpatrick secoua la tête, comme pour chasser de son esprit une petite fille maltraitée.

— Appréciez-vous votre travail ici ?

— Au début, j'ai eu du mal à tout comprendre. Maintenant, je crois bien m'en sortir.

— J'aime vos résumés. En septembre, je vérifiais leur exactitude avec soin. Maintenant, vos comptes rendus me suffisent pour prendre une décision sur les mesures à adopter.

Le jeune homme apprécia le compliment, remercia son interlocuteur d'un sourire.

— Vous simplifiez certainement la vie de Moreau.

— J'ai beaucoup appris avec lui.

— En plus, vous êtes loyal. Il prendra sa retraite lorsque vous terminerez vos études. Si cela vous intéresse…

Un moment, Mathieu s'imagina quarante ans plus tard, à l'aube des années 1960, tout pâle pour avoir passé des décennies dans un bureau miteux à l'étage de la bibliothèque de l'Assemblée législative. L'image lui donna le vertige. Il se leva en disant de sa voix de vendeur de vêtements pour dames :

— Je vous remercie infiniment, monsieur. Je ne vous retarderai pas plus longtemps. À la fin de mes études de droit, j'espère pouvoir aborder de nouveau ce sujet avec vous.

En mettant la main sur la poignée de la porte, il se tourna à demi.

— Excusez-moi encore de vous avoir dérangé avec cette affaire.

— Ce n'est rien, je comprends. Nous entendons parfois des histoires qui touchent au cœur.

Après un dernier salut de la tête, le stagiaire se retira.

Mailhot descendit du train en début de soirée. La gare, située au rez-de-chaussée d'une maison de cultivateur, était déserte. Il enfonça son casque en poil bas sur ses yeux, serra d'une main le col de son paletot contre sa gorge avant d'affronter le vent glacial.

En rentrant dans le magasin général, il trouva sa femme derrière le comptoir, une assiette devant elle, la fourchette à la main.

— Alors ? demanda-t-elle sans autre préambule.

— Les beaux messieurs ne feront rien. Je dois trouver des preuves, et porter plainte. La police ne viendra que si je trouve matière à porter des accusations.

— Comment vas-tu faire cela ?

— Je ne sais pas. Demain, j'irai rencontrer le curé.

Le représentant de Dieu incarnant la personne la plus instruite de la paroisse, ce serait son opinion qui, à la fin, prévaudrait.

Elle acquiesça d'un signe de la tête, puis lui conseilla :

— Verrouille derrière toi, il ne viendra plus personne. Ton repas attend en haut, dans le réchaud.

Elle ramassa son assiette et s'engagea dans l'escalier, lui laissant le soin de souffler les deux lampes à l'huile.

Le curé Ferdinand Massé occupait un immense presbytère situé à deux pas de l'église paroissiale. Quand Oréus Mailhot frappa à une porte de côté, une vieille dame revêche vint ouvrir. L'âge avait opéré suffisamment de ravages sur son visage et son corps pour faire taire les histoires scabreuses promptes à se répandre dans de petites communautés. Cette « madame curé » risquait peu, par ses charmes, de détourner le saint homme de son devoir.

— Je veux voir monsieur le curé.

— Je vais voir s'il peut vous recevoir, répondit-elle en tournant les talons. Entrez, ne faites pas geler la maison.

Sa gentillesse n'allait pas jusqu'à l'inviter à

s'asseoir. Le visiteur demeura dans l'entrée en attendant que l'ecclésiastique le rejoigne. Celui-ci, grand et mince, affichait un air juvénile, peut-être à cause de ses années d'enseignement au collège de Sainte-Anne-de-la-Pocatière. Son visage glabre était souligné par des lunettes à très fine monture en métal.

— Oréus, commença-t-il, comment vas-tu ?

— Bien… Cela ne semble pas être le cas de tout le monde, dans la paroisse.

L'autre en fut décontenancé, puis répliqua :

— La situation du vieux Tousignant s'est-elle détériorée ?

— Non, ce n'est pas ça.

Un bruit leur parvint depuis la cuisine attenante. L'agacement pointa dans les yeux du visiteur.

— Viens dans mon bureau, nous serons plus tranquilles.

La pièce se situait immédiatement sur leur gauche. Le marchand regarda ses bottes couvertes de neige, frappa les pieds l'un contre l'autre afin de les nettoyer un peu, puis s'efforça de suivre la bande de tissu posée sur le plancher, une catalogne de trente pouces de largeur environ. La ménagère, prévoyante et peu portée sur le lavage des planchers, avait tracé ainsi un véritable chemin jusqu'aux deux chaises réservées aux invités.

L'abbé Massé lui désigna l'une d'elles, s'installa dans son propre siège, de l'autre côté du bureau.

— Personne ne nous entendra, ici. Tu peux parler.

— Avant-hier, Adjutor Gagnon est passé au

magasin pour me signaler la très mauvaise condition de la petite Aurore Gagnon.

— Je sais. Il est passé ici aussi.

— Selon lui, elle va crever.

Le prêtre cacha mal son agacement.

— Les calomnies sont nombreuses dans cette paroisse. Cela devient une épidémie. Si chacun se mêlait de ses affaires…

— Les calomnies ou les médisances ?

Calomnier, c'était accuser quelqu'un d'une faute qu'il n'avait pas commise. Médire, c'était évoquer une faute réelle, alors que la charité chrétienne voulait que l'on garde le silence.

— Adjutor semble prompt à porter des accusations. Il en veut à Télesphore d'avoir dénoncé son garçon, l'été dernier.

— Une dénonciation fausse. J'ai interrogé Alfred, il n'a rien fait.

— Il t'a peut-être menti.

— J'ai aussi parlé à Aurore.

Le curé se renfrogna. Il tolérait mal qu'un laïc vienne le contredire dans son presbytère. Son malaise monta d'un cran quand le visiteur ajouta :

— Ce sont les parents qui ont fait cela. Ils ont ensuite porté cette accusation pour se couvrir. À force de la répéter, certains ont cru leur histoire. Cela ne la rend pas plus véridique.

Le religieux lui offrit un visage sceptique.

— La petite t'a dit ça ?

— La petite était morte de peur, elle tenait à peine sur ses pieds. Elle a répété la leçon enseignée par sa belle-mère.

Dans la paroisse, le prêtre tenait de son onction à

la fois sa parfaite connaissance des âmes et son obligation de tenir le démon en échec. Dans cette mission, les bons pères de famille devenaient ses auxiliaires en châtiant leurs enfants.

— Tu ne sais rien de ce qui se passe dans cette famille. Et moi, je ne peux rien dire.

Après un silence, le curé Massé crut utile de préciser, prenant alors des airs de conspirateur :

— Le secret de la confession…

— Oh ! Ils vous racontent à vous aussi qu'elle est la plus grande pécheresse de la terre.

Le ton traduisait une bien grande incrédulité.

— Je ne peux parler de cela !

Mailhot secoua la tête. Cet ancien professeur de collège paraissait enclin à croire que le démon noircissait l'âme des enfants.

— Si quelque chose de criminel se passe dans cette maison, enchaîna le prêtre avec un sourire mauvais, c'est à toi de prendre des mesures légales. Tu es le juge de paix.

Cette pensée hantait le visiteur. L'été précédent, il n'avait rien fait pour arrêter les mauvais traitements. Si cette histoire tournait mal…

— Vous exercez une grande influence. Ils vous écouteraient…

De nouveau, le reproche implicite heurta l'ecclésiastique.

— Tu veux me dire comment faire mon travail de curé ?

— Si vous leur disiez de cesser de lui faire du mal, ils vous obéiraient.

— Tu deviens très présomptueux. Nous allons

tous les deux prier afin de te préserver du péché d'orgueil.

Cette conversation ne les conduirait nulle part. Lorsque le marchand amorça le geste de se lever, l'abbé Massé précisa, soudainement plus conciliant :

— L'été dernier, ils ont fait soigner son pied. Le médecin est allé chez eux à six reprises, elle a passé un bon mois à l'Hôtel-Dieu de Québec. Cela a dû leur coûter cinquante piastres, au moins.

Le marchand détruisit tout de suite l'illusion sur ces bonnes gens.

— Je leur ai ordonné de la faire soigner. D'une certaine façon, ils ont agi sous la contrainte.

— Ce sont de bons parents, ils n'ont pas besoin de tes ordres pour faire leur devoir.

Le pasteur s'inquiétait maintenant du mal que cette histoire pourrait faire à la réputation de sa paroisse et, en conséquence, à la sienne.

— Ce sont de si bons parents qu'ils vous présentent un état des dépenses faites pour elle ?

Le prêtre se troubla. Les Gagnon lui avaient donné ces détails. Cherchaient-ils à se disculper ?

— Hier, continua le visiteur, je suis allé au bureau du procureur général, à Québec. Il m'a demandé d'enquêter. C'est ce que je ferai.

— Personne ne sait vraiment ce qui se passe dans une famille, commenta le curé.

— Vous le savez.

— Le secret de la confession, répéta-t-il...

Ce fameux secret ! Un catholique pouvait murmurer au confessionnal : « J'ai tué dix personnes déjà, je vais tuer Untel et Untel demain », et le prêtre garderait le silence.

— Je vous ai assez dérangé, conclut Mailhot en se levant. Merci de m'avoir écouté.

Le prêtre le reconduisit jusqu'à la porte, tout de même un peu troublé. Peut-être son malaise l'amènerait-il, dimanche prochain, à convier le couple Gagnon à une conversation dans laquelle il mettrait tout le poids de sa soutane.

2

Le juge de paix se promettait de visiter tous les habitants du septième rang afin de glaner des informations sur cette fameuse affaire. Mais d'abord, il devait gagner sa vie. L'avant-midi du jeudi matin se passa à servir les clients du magasin général, peu nombreux mais désireux de partager les nouvelles de leur coin de paroisse. De longues conversations décousues accompagnaient les quelques achats.

Peu avant midi, le téléphone sonna dans son petit bureau : trois longs coups suivis d'un bref. C'était pour lui.

— Je ne ferai certainement pas de livraison avant le dîner, maugréa-t-il.

L'appareil, une boîte rectangulaire affublée de deux cornets, était accroché au mur. Mailhot décrocha l'écouteur pour le mettre à son oreille.

— Allô ?

— Oréus, commença la voix de l'abbé Massé, je viens de recevoir un appel d'Exilda Lemay. Elle se trouve chez les Gagnon.

— Ils l'ont tuée.

Il y eut un bruit sur la ligne. Une partie de la paroisse partageait la même. Trois ou quatre personnes au moins devaient être à l'écoute.

— Elle se trouve au plus mal. Tu peux me conduire ?

Cinq minutes plus tard, tout Fortierville serait au courant. Des voisins charitables informeraient les personnes trop pauvres pour payer le prix d'un abonnement téléphonique.

— Bien sûr. Le temps d'atteler, et je vous prends devant le presbytère.

Le marchand raccrocha le cornet de bakélite, s'adossa au mur, les yeux fermés.

— Jésus-Christ ! siffla-t-il entre ses dents.

Après un court laps de temps, il secoua le poids qui l'accablait, se planta au pied de l'escalier pour crier à sa femme :

— Je dois emmener le curé dans le septième rang. Tu devras t'occuper du magasin.

Son épouse descendit quelques marches.

— C'est nouveau. D'habitude, le petit professeur de collège recrute une grenouille de bénitier de soixante ans pour ses visites aux malades.

— Il s'agit de la petite Gagnon.

Elle demeura silencieuse un moment.

— Seigneur ! laissa-t-elle tomber.

Mailhot hocha la tête, puis alla prendre son paletot et son chapeau en fourrure dans l'entrepôt, au fond du magasin. Il sortit de ce côté de la maison, gagna l'écurie. Cinq minutes plus tard, il encourageait sa petite jument de la voix. Le prêtre se tenait debout près de la rue Principale, offrant une silhouette étroite, étrangement fragile. L'ecclésiastique grimpa dans le traîneau, remonta la peau de buffle sur ses jambes. En cette période la plus froide de l'année, la moindre promenade pouvait devenir glaciale.

Le marchand ne pouvait abreuver son curé de reproches, aussi demeura-t-il silencieux. De toute façon, lequel des deux en méritait le plus ? Quand il se rangea près de la maison des Gagnon, une autre voiture d'hiver venait juste d'arriver. Un homme en descendait, un petit sac en cuir à la main.

— Docteur Lafond, attendez un peu.

Le temps d'attacher les rênes de son cheval à un poteau de clôture tout près, Mailhot s'approcha pour demander :

— Quand vous a-t-on appelé ?

— Il y a un peu plus d'une heure. J'étais chez un malade. Le temps de terminer, puis de venir… Pourquoi ?

— Je pense que vous le devinerez bien assez tôt. Qui vous a contacté ?

L'autre lui jeta un regard intrigué.

— La mère, madame Gagnon. Elle m'a dit que sa fille délirait.

Le prêtre frappait déjà à la porte.

— Regardez-la bien, murmura le juge de paix, faites en sorte de vous rappeler les détails.

En disant ces mots, il contemplait la vaste maison, solidement construite, blanchie à la chaux. Plusieurs bâtiments de ferme se dressaient un peu plus loin de la route. Les Gagnon affichaient une honnête aisance. Les deux hommes pénétrèrent à leur tour dans la demeure. Exilda Lemay, une voisine, paraissait décidée à assumer le rôle d'hôtesse.

— Entrez, entrez. Je suis tellement soulagée de vous voir enfin arriver.

Il s'agissait d'une grande femme d'une cinquantaine d'années, le visage large, les traits mobiles.

— La petite se trouve là, continua-t-elle, dans la chambre.

Le médecin ne perdit pas un instant. De son côté, le prêtre se dirigea vers la femme assise dans une chaise berçante, près d'une fenêtre.

— Madame Gagnon…

Le reste de ses paroles se perdit quand il se pencha pour lui parler à l'oreille. Mailhot retourna son attention vers la voisine.

— Que faites-vous ici ?

— Je m'inquiétais pour la petite. Je suis venue il y a deux jours, et elle paraissait si mal en point…

— Décrivez-moi son état d'alors.

Recueillir le plus d'informations possible, amener tous ces témoins à se remémorer les événements en les répétant souvent : il ne pouvait rien faire de plus, maintenant.

— D'abord, elle se trouvait toujours au lit, en plein avant-midi. J'ai demandé de monter la voir.

Des yeux, elle indiquait l'escalier, dans un coin de la cuisine d'été.

— Quand je suis arrivée en haut, elle se tenait étendue sur sa paillasse. En réalité, le sac de toile m'a paru vide, avec un seul petit drap pour se couvrir. Elle avait la tête soulevée sur un bras, les deux yeux noircis, une grande tache sur le front…

— Une ecchymose ?

Le sens de ce mot compliqué lui échappa.

— Comme vous dites… Ses mains étaient

tellement enflées, elles ressemblaient à des boudins, avec des doigts tout croches.

Le juge de paix hocha la tête, pris d'un soudain dégoût. Son interlocutrice ne pouvait plus s'arrêter, maintenant qu'un notable acceptait de l'écouter.

— Elle m'a dit qu'elle avait mal. J'ai demandé : « Où ? » Elle a répondu : « Aux genoux. »

Mailhot posait ses yeux en alternance sur la voisine, puis sur la mère prostrée sur sa chaise, totalement absorbée par sa conversation avec son confesseur.

— Vous pouvez me dire autre chose ? Comment étaient les lieux, il y a deux jours ?

— La chambre était répugnante, avec de la paille sur le plancher, les murs tout sales. Aurore était couverte de crasse, elle puait. Sa jaquette aussi.

L'homme hochait la tête. La cuisine d'été semblait pourtant propre, bien tenue. Selon les standards de la paroisse, les membres de cette famille paraissaient fiers de leur personne comme de leurs propriétés.

— Quand je suis descendue, j'ai demandé à Marie-Anne si elle avait fait venir le médecin. Elle a répondu que cela coûtait trop cher. J'ai insisté un peu, elle m'a expliqué qu'elle le ferait pour ses propres enfants. « Celle-là est à mon mari », a-t-elle dit.

— La petite, Aurore, et la plus grande, là, sont de la première femme de Télesphore ?

Des yeux, il désignait une gamine d'une douzaine d'années assise dans l'escalier. Elle tenait son visage entre ses deux mains, butée, les lèvres serrées.

— C'est Marie-Jeanne. Elle aussi est du premier lit.

— Donc, elle n'a pas droit non plus à des soins médicaux.

La voisine eut comme un frisson, puis elle continua la nomenclature en regardant les gamins adossés contre le mur, tout près du poêle.

— Les deux garçons, Gérard et Georges, sont les siens.

— Et cette grande femme en bonne santé, elle est à vous.

Le juge avait prononcé ces mots avec un sourire narquois.

— C'est ma bru, l'épouse de mon fils. Vous le savez.

Ils se trouvaient donc neuf dans la petite cuisine d'été. La chaleur ambiante força le visiteur à retirer son manteau, ce que le curé avait déjà fait.

— Marie-Anne Gagnon a un autre enfant, je crois ?

— Une fille, Pauline. Elle est née l'an dernier.

Ces mots agirent comme un déclencheur. La mère s'excusa auprès de son confesseur, alla dans la pièce voisine pour revenir avec un poupon. Modèle de maternité généreuse, elle dégrafa son corsage pour sortir un sein menu, flasque comme une outre à moitié vide. Les hommes détournèrent les yeux, essayèrent de ne pas entendre les bruits de succion.

Le silence s'appesantissait dans la cuisine d'été. À la fin, Mailhot s'adressa au plus grand des garçons :

— Gérard, c'est bien ton nom ? Tu sais comment t'occuper d'un cheval ? J'aimerais que tu mettes la robe de carriole sur le dos du mien. Et fais pareil avec celui du docteur.

Comme l'enfant ouvrait de grands yeux désemparés, visiblement dépassé par la tâche, la jeune femme Auger quitta sa place à table en disant :

— Je vais m'en occuper. Cela me permettra de prendre un peu d'air.

Puisque le poêle dégageait une chaleur un peu étouffante et qu'aucune des personnes présentes n'était adepte du bain quotidien, l'odeur devint accablante.

— Ouvrez la porte conduisant au salon, dit le marchand à l'intention d'Exilda Lemay. Ensuite, demandez aux voisins de venir.

— Quels voisins ?

— Votre mari, Alphonse Chandonnet…

— Adjutor Gagnon ?

— C'est un parent, il ne devrait plus tarder, s'il a écouté la conversation au téléphone, tout à l'heure.

La femme allait entrer dans le corps du logis principal, quand le docteur Lafond sortit de la chambre, un pli profond au milieu du front.

— Je ne peux plus rien faire, annonça-t-il d'une voix blanche. Elle va mourir.

Tous les regards se posèrent sur lui, sauf celui de la mère, fascinée par la bouche de son poupon contre son sein. Le juge de paix fut le seul à se manifester.

— Cela ne se peut pas. Elle a dix ans.

— Elle respire très légèrement, mais je n'arrive plus à percevoir son pouls.

Le praticien fit un pas en direction de la mère pour demander :

— Elle est dans le coma depuis combien de temps ?

La femme leva des yeux un peu ahuris, sans répondre.

— Votre fille, quand a-t-elle perdu sa connaissance ? insista-t-il.

— Ce matin, elle a eu de la misère à descendre d'en haut, elle dépariait. Je lui ai donné un peu d'eau chaude. Elle s'est endormie à la table, je l'ai mise dans la chambre, là, avant de vous appeler.

La belle-mère récitait cela d'une voix égale.

— Monsieur le curé, précisa le médecin, vous devriez lui donner les derniers sacrements. Elle n'en a plus pour longtemps.

Le prêtre acquiesça, l'air grave. Lui aussi se déplaçait avec un petit sac contenant les instruments nécessaires à l'exercice de son métier. La mère se leva, la voisine s'apprêtait à les suivre. Les enfants voulurent leur emboîter le pas.

— Ce n'est pas nécessaire que vous assistiez à cela, dit Mailhot à leur intention.

L'abbé Massé lui jeta un regard noir. L'ecclésiastique trouvait un côté didactique au spectacle des derniers sacrements, afin d'inciter à la vertu et à la préparation à une bonne mort. La scène ferait une impression durable sur de jeunes esprits. La marmaille s'en tint pourtant à la première injonction et se réfugia dans le salon familial.

Son chapeau à la main, debout près de la porte, le docteur Lafond dit encore :

— Je reviendrai dans quelques heures.

Le ton trahissait sa tristesse. Sa prochaine visite serait pour rédiger l'acte de décès. Oréus Mailhot ramassa son paletot sur la chaise, le posa sur ses épaules pour le suivre à l'extérieur. Il prit sur lui d'enlever la robe de buffle du dos du cheval. L'animal posa sur lui un œil noir de reproches.

— Il n'y a rien à faire pour elle ? demanda-t-il en plaçant la robe dans la carriole.

— Il est bien trop tard. Si elle m'avait fait venir il y a deux jours…

— Que voulez-vous dire ?

— Mardi, la femme Gagnon a téléphoné pour obtenir deux onces de teinture d'iode. J'ai fait envoyer le remède par le maître de poste de Parisville. Je n'ai pas deviné la gravité de la situation.

Après sa conversation avec Exilda Lemay, comprit Mailhot, Marie-Anne Gagnon avait tout de même fait un petit effort pour soigner sa belle-fille.

— Elle ne se réveillera plus, conclut le médecin. Son cœur bat à peine, bientôt il s'arrêtera tout à fait.

— De quoi souffre-t-elle, exactement ? La voisine a parlé d'yeux noircis, de blessures aux genoux…

— Elle est couverte de blessures.

— Jésus-Christ !

Accablé de remords, le juge de paix revint dans la maison. Il se tint près de la porte de la petite chambre, attendant la fin des phrases marmonnées en latin. Quand Exilda Lemay passa la porte, il prit son bras pour lui dire à l'oreille :

— Appelez les témoins. Ils doivent la voir.

— C'est affreux, prononça-t-elle dans un sanglot.

La mère sortit ensuite, les yeux secs, l'air hagard. Elle tenait toujours son bébé dans ses bras, mais pour les derniers sacrements, elle avait eu la décence de reboutonner son corsage.

Oréus trouva le curé dans la chambre, en train de plier son étole. Il l'arrêta quand celui-ci allait sortir.

— L'avez-vous bien regardée ?

L'autre se raidit avant d'ajouter d'une voix cassante :

— Ce n'est pas le premier enfant que je vois mourir.

— C'est vrai. Dans cette seule maison, c'est le second. À l'époque, Marie-Anne Houde vivait déjà sous ce toit, sans être mariée à Télesphore.

Le curé lui jeta un regard mauvais.

— Vous êtes bien téméraire, pour la juger ainsi. Il ne faut pas croire tout ce que l'on raconte.

— Avez-vous regardé les yeux de la petite ?

Aurore présentait un visage couvert d'égratignures, effroyablement pâle. Les deux yeux étaient noircis, de même que toute une partie du front.

— Je me demande comment une fillette peut se trouver amochée comme cela.

— Faites votre travail, je vais m'occuper du mien.

Seul dans la chambre, le juge de paix allongea la main, toucha la couverture couvrant l'enfant jusqu'au cou, puis le courage lui manqua. Il préférait attendre la présence de témoins.

Le temps passait lentement, dans un silence oppressant, souligné par le tic-tac d'une horloge accrochée au mur. Les enfants s'étaient réfugiés dans une chambre en compagnie de la bru d'Exilda Lemay. Ils présentaient des visages graves, un peu hébétés. La mort s'était déjà montrée une visiteuse familière. Les fillettes avaient perdu leur mère et les garçons, leur père. Chacun se souvenait d'avoir vu un petit frère à la peau grise étendu sur les planches. Puis, quelques semaines plus tôt, leur oncle Anthime, qui habitait un peu plus loin dans le septième rang, était passé de vie à trépas.

Marie-Anne Houde se tenait maintenant dans le salon, après en avoir chassé les occupants. L'abbé Massé demeurait à ses côtés, un modèle de constance auprès de sa paroissienne.

Dans la cuisine d'été, Oréus Mailhot occupait une chaise, les coudes posés sur la table, le visage fermé. Exilda Lemay respectait son silence, même si les mots se bousculaient dans sa tête. La porte s'ouvrit bruyamment, deux hommes entrèrent avec une bouffée d'air glacial.

— Arcadius, s'exclama la femme, te voilà enfin !

— Je suis passé chez Alphonse.

L'homme, dans la cinquantaine, portait des bottes en cuir montant haut sur les mollets, un pantalon gris en laine, une veste à carreaux rouges et noirs. Les cache-oreilles de sa casquette se trouvaient rabattus pour le protéger. Son compagnon portait un accoutrement semblable. Ils avaient tous les deux quitté leur terre à bois pour venir chez leur voisin. Une bonne partie de l'hiver se passait à couper du bois de chauffage pour leur consommation ou pour le vendre l'été prochain.

— Venez avec moi, dit le juge de paix. Je veux vous montrer la fille. Regardez bien, vous aurez peut-être un jour à raconter cela devant un juge. Venez aussi, madame Lemay.

Arcadius fit le geste de se pencher afin de détacher ses bottes.

— Laissez, elle lavera son plancher. De toute façon, les visiteurs vont se succéder bientôt.

Le trio en remorque, Mailhot se rendit une autre fois dans la petite chambre. L'enfant demeurait toujours immobile. Un examen attentif permettait de voir la poitrine se soulever très légèrement, à un rythme irrégulier.

— Regardez la couleur autour de ses yeux, sur son front.

— Elle a mangé une maudite volée, souffla Arcadius. Exilda m'en avait parlé mardi, mais je ne croyais pas que c'était grave à ce point.

— Tu ne me crois jamais.

Le juge de paix s'empressa de chercher un endroit du front sans meurtrissure, y posa les doigts avec délicatesse afin de tourner la tête un peu de côté.

— J'ai vu cela tout à l'heure.

— Une grosse bosse, commenta Alphonse Chandonnet.

— Elle couvre la moitié du crâne, observa la voisine.

— Et ça d'épais.

Le voisin montrait un espace d'un bon pouce, entre son pouce et son index. Mailhot acquiesça, se redressa pour empoigner la couverture des deux côtés de la fillette et la descendre lentement, afin de découvrir son corps. Elle portait une jaquette à manches courtes, un vêtement très léger en cette saison. Les bras présentaient des bleus sans nombre, les uns récents, les autres plus anciens. En une série d'endroits, la peau montrait des abrasions, ailleurs, des coupures assez profondes. Les poignets se trouvaient creusés jusqu'à l'os, la blessure en faisait presque le tour.

— Regardez les doigts, dit Exilda à mi-voix.

Comme elle le lui avait confié plus tôt, ils étaient enflés au point de paraître difformes. Certains pouvaient être brisés. L'homme continuait de descendre le drap. Le vêtement de nuit, retroussé à mi-cuisse, révélait d'autres bleus, d'autres coupures. L'infection rendait certaines plaies purulentes, il en suintait un liquide jaune verdâtre.

— Les genoux sont comme je vous l'avais dit.

L'un d'eux apparaissait bien enflé, une impression amplifiée par la maigreur des cuisses et des jambes : la taille de ce genou doublait celle de l'autre. Sur les chevilles, ils constatèrent la présence de plaies identiques à celles des poignets. Les pieds présentaient eux aussi plusieurs blessures.

— Elle a même été blessée en dessous, indiqua une personne depuis l'embrasure de la porte.

Ils se retournèrent pour voir Adjutor Gagnon, un parent. Ne trouvant personne dans la cuisine d'été, il était venu les rejoindre.

— Selon eux, précisa le cultivateur, cela, tout comme ses yeux au beurre noir, tient au fait qu'elle s'entêtait à marcher pieds nus dans la neige.

— C'est vrai, elle n'arrêtait pas de sortir sans ses chaussures, précisa la belle-mère.

Marie-Anne Gagnon, née Houde, se tenait derrière Adjutor. Laisser ces gens faire à leur guise dans sa maison commençait à lui tomber sur les nerfs.

— Avec le bébé, je ne pouvais pas passer mon

temps à la surveiller, continua-t-elle pour se justifier.

— Retournez-la, ordonna le juge de paix en désignant du doigt le corps émacié.

Elle posa sur lui des yeux un peu globuleux, puis elle fit non de la tête.

— Je ne peux pas.

Tout le monde resta immobile, puis ce fut Adjutor Gagnon qui posa la main sur la hanche de la fillette pour la tourner sur son côté gauche. Le dos des jambes présentait une collection de bleus et de plaies purulentes ainsi que des meurtrissures particulièrement répugnantes à la hauteur des genoux. Sur les cuisses, des marques étroites s'allongeaient parfois sur une longueur de six pouces. Chacun reconnut les traces d'un bâton.

Dans cette position, ils constatèrent que les blessures autour des chevilles en faisaient tout à fait le tour.

— Je me demande d'où cela vient ? fit tout bas Mailhot.

— Ils l'attachaient sans doute, répondit Arcadius.

L'évidence s'imposa au juge de paix. Les poignets et les chevilles présentaient la trace de liens très serrés.

— Crucifix !

Cette fois, le marchand général perdit toute la contenance si difficilement conservée depuis son arrivée dans cette maison. Il quitta la pièce de façon précipitée en réprimant un sanglot. Les autres replacèrent la fillette sur le dos, tirèrent la couverture jusque sous son menton. Quand ils revinrent dans la cuisine d'été, Mailhot endossait son manteau, debout près de la porte.

— Madame, où se trouve votre mari, présentement ?

— Au chantier, répondit Marie-Anne.

— Faites-le appeler au plus vite.

— … À la brunante, il reviendra. Il vient coucher ici tous les soirs.

L'homme possédait de nombreuses terres à bois. Il pouvait ainsi bûcher tout l'hiver et coucher dans son lit chaque soir.

— Il aimerait peut-être voir sa fille une dernière fois, avant qu'elle ne laisse échapper son dernier soupir.

Elle baissa les yeux, affecta la plus grande douleur.

— Alphonse, continua le juge de paix en se tournant à demi, tu sais où il se trouve ?

— Oui, c'est à trois milles, tout au plus quatre d'ici.

— Moins d'une heure, avec ton traîneau. Va le chercher.

L'autre souhaita protester, mais dans les circonstances, mieux valait obéir au représentant de l'autorité civile. Il quitta les lieux en jurant entre ses dents.

— Oréus, commença Arcadius Lemay, tout à l'heure j'ai laissé mon cheval à côté de la maison, une couverture sur le dos, attelé à un voyage de bois.

Tous ces cultivateurs s'inquiétaient de leur cheval demeuré dehors au froid.

— C'est bon, va t'occuper de l'animal.

— Je reviendrai dès que j'aurai livré ces bûches.

Mailhot acquiesça. Comme pour le rassurer, Exilda précisa :

— Je vais rester tout le temps nécessaire.

— Vous êtes gentille, votre bru aussi. S'occuper ainsi des enfants…

Elle haussa les épaules, comme si cela allait de soi. Quand il se dirigea vers la porte à son tour, l'abbé Massé, une longue silhouette noire près du poêle, demanda :

— Vas-tu me ramener ?

— … Non. Je suis de très mauvaise humeur, je vais sans doute sacrer tout le long du chemin. Je ne pense pas scandaliser mon cheval, il en a l'habitude. Mais vous…

La main sur la poignée de la porte, il se retourna pour dire encore :

— Vous voyez, je viens de confesser un péché en public : je sacre parfois. Souvent même. Vous ne serez pas tenu au secret, dans ce cas.

Lorsqu'il retrouva son cheval, celui-ci paraissait secoué de longs frissons.

— Je sais, je sais. Mais crois-moi, tu étais mieux dehors au froid qu'en dedans.

Mathieu rangeait une série de lettres dans une chemise cartonnée, toutes reliées à l'existence d'un alambic clandestin dans une petite paroisse du comté de Bellechasse. En ces temps de sécheresse alcoolique, les agriculteurs jouissaient d'un avantage sur les habitants des villes : ils trouvaient toutes les matières premières nécessaires à la fabrication d'alcool dans leur environnement immédiat. Il leur suffisait ensuite d'un tuyau en cuivre et d'un chaudron pour se lancer dans la production d'une boisson réconfortante. La qualité du produit laissait parfois à désirer. Cette collection de dénonciations tenait peut-être à des consommateurs insatisfaits.

La sonnerie du téléphone fit disparaître son sourire amusé. En plus de permettre à Basile Moreau d'allonger le temps consacré à son repas de midi, les bons et loyaux services de son nouveau stagiaire l'incitaient à rejoindre sa femme bien tôt en après-midi. Parvenu dans la pièce voisine, le garçon décrocha le cornet pour le poser sur son oreille.

— Bureau du procureur général, comment puis-je vous aider ? demanda-t-il, les lèvres près de l'émetteur.

— … Qui êtes-vous ?

— Mathieu Picard…

— Le jeune monsieur ?

L'employé reconnut alors la personne à l'autre bout du fil.

— Monsieur Mailhot ? Votre retour à Sainte-Philomène s'est-il bien passé ?

— Elle va mourir.

Le jeune homme demeura un moment interdit.

— La petite fille ? murmura-t-il.

— Oui. Venez tout de suite. Ce que j'ai vu est horrible.

— Je préviens immédiatement monsieur Fitzpatrick. Vous êtes chez vous ? Je vous rappelle dans une demi-heure.

Il allait raccrocher, mais il suspendit son geste pour demander encore :

— Pour la petite fille, vous êtes certain ?

— Si vous l'aviez vue…

Sans prendre la peine de mettre son manteau, Mathieu passa dans l'immeuble voisin. Il trouva Arthur Fitzpatrick en train de ranger des dossiers sur son bureau.

— Monsieur… vous vous souvenez du marchand venu nous voir ?

Le stagiaire enchaîna sans attendre de réponse.

— La petite fille est mourante. Il vient de me téléphoner.

L'autre se campa dans son fauteuil, songeur. Pourtant, le bonhomme ne lui avait pas semblé tellement convaincant.

— Il en est sûr ?

— À son tour, il m'a semblé désemparé.

Le substitut du procureur songeait déjà au coût politique de cette histoire, si cela s'ébruitait. Un décès, quarante-huit heures après avoir refusé d'apporter son aide, lui vaudrait une mauvaise presse.

— Nous pourrions envoyer un enquêteur de la Police provinciale, suggéra Mathieu.

— Évidemment. Mais nous ne nous limiterons pas à cela. Vous allez vous rendre tout de suite chez le docteur Caron. Il a déjà agi comme coroner. Ses besoins d'argent lui feront accepter de se rendre là-bas pour faire enquête.

— Si la fillette ne meurt pas…

— Qui nous reprochera d'avoir été trop zélés ?

Cette diligence ferait oublier la lenteur initiale.

— Je ferai bien plus : un médecin autopsiste se joindra à vous. Je pense à Marois.

— Vous voulez dire à eux.

— Non. Vous serez de cette petite expédition.

L'employé s'en trouva étonné, puis il demanda :

— Dans quel but ?

— Vous comprenez ce dont nous aurons besoin, si nous en venons à porter des accusations. Rendez-vous utile, demeurez là le temps nécessaire, et revenez me dire ce qui s'est vraiment passé dans ce trou perdu.

— Bien, monsieur.

Le jeune homme ne pouvait répondre autrement : refuser l'exposerait à être remplacé bien vite par un autre stagiaire plus complaisant. Ce ne serait pas la première fois que le bureau du procureur général mènerait une enquête en parallèle à celle de la police.

— Maintenant, allez prévenir Caron, j'aime mieux ne pas lui donner de détails au téléphone.

Mathieu s'apprêtait à sortir quand l'autre précisa :

— Bien sûr, nous allons payer toutes vos dépenses.

— Merci, monsieur.

La précision lui enleva un poids des épaules.

La rue Claire-Fontaine ne se trouvait pas très loin. Néanmoins, Mathieu repassa à la bibliothèque de l'Assemblée législative afin de prendre son paletot. Il arriva au cabinet du médecin un peu après cinq heures. Dans la salle d'attente, Élise se tenait à son poste derrière un petit bureau, régnant sur une dizaine de patients. Les toux et les éternuements lui permettaient souvent de poser elle-même un diagnostic.

— Bonsoir, fit-elle à l'intention du nouveau venu. Thalie se porte-t-elle bien ?

L'étudiante en médecine avait profité de son

dernier congé des fêtes pour partager deux repas avec sa nouvelle amie. Depuis, elle ne s'épuisait guère en longues missives.

— Selon ses derniers mots, ses interminables heures d'études lui valent de bonnes notes... Elle se réjouit à l'idée de revenir parmi nous l'été prochain. Puis-je parler au docteur Caron ?

Le changement abrupt de sujet dérouta la jeune femme.

— Bien sûr, mais il y a toutes ces personnes avant vous.

Dans la salle, chacun dressait la tête, soucieux de ne pas se faire voler son tour.

— Je ne suis pas là pour une consultation, expliqua Mathieu en élevant un peu la voix à l'intention de ces témoins. Je suis porteur d'un message de la part du procureur général.

Personne n'oserait entraver le cours de la justice. Élise elle-même se montra un peu impressionnée en répondant :

— Prenez place, je verrai ce que je peux faire quand le patient sortira.

Cinq minutes plus tard, pendant que le médecin ouvrait la porte de son cabinet en adressant des paroles rassurantes à un vieillard, elle se leva pour aller lui chuchoter quelques mots à l'oreille. D'abord un peu surpris, il hocha bientôt la tête.

— Mesdames, messieurs, un petit contretemps. Je serai à vous le plus tôt possible. Monsieur Picard, si vous voulez venir...

Mathieu traversa la salle d'attente sous des regards hostiles, bredouilla un « Je suis désolé » sans conviction. Dans le bureau, il accepta un siège.

— Fitzpatrick m'a dit de venir tout de suite, s'excusa-t-il encore.

— Comment se dérober à une injonction venue du fils du représentant du roi dans la province ? rétorqua l'autre dans un sourire. Si le substitut du procureur a un message pour moi, cela signifie qu'un malheur est arrivé.

Toutes les morts suspectes entraînaient la tenue d'une enquête du coroner.

— Une petite fille va mourir.

— Elle va mourir ? Si elle est vivante, ma présence paraît un peu prématurée, à moins que ce ne soit pour la soigner. Et dans ce cas, je devine qu'un autre médecin doit déjà lui prodiguer des soins.

Tout le long du chemin, le visiteur avait préparé son petit exposé. En quelques phrases, il résuma les derniers événements. Le médecin écouta, le visage de plus en plus désolé.

— L'issue fatale paraissait inévitable à ce juge de paix ?

— Absolument. Je présume qu'il tient sa conviction du diagnostic du médecin traitant.

— C'est affreux. Fitzpatrick planifie l'autopsie et l'enquête du coroner pour une personne toujours vivante.

La situation revêtait en effet une ironie tragique.

— Acceptez-vous ?

— Ce village, Sainte-Philomène, est-ce loin d'ici ?

— On peut faire le trajet en train.

La précision valait la peine d'être faite. Des destinations assez proches se révélaient presque inaccessibles par la route, en particulier en hiver ; d'autres plus lointaines se situaient au bout d'un trajet confortable dans un wagon bien chauffé.

— C'est bon. Si elle se trouve si mal en point, je suppose que je dormirai dans mon lit demain soir.

— Comme je dois vous accompagner, je pourrai vous rejoindre à votre porte demain matin, nous irons à la gare ensemble. Ce soir, je vous téléphonerai pour vous donner l'heure du train et la durée du trajet. Je m'occuperai des billets.

Fitzpatrick souhaitait le voir se rendre utile. Cela irait peut-être jusqu'à porter le sac en cuir du praticien.

— C'est une excellente idée. Maintenant, je dois retourner à mes patients.

Le docteur se leva sur ces mots.

— Excusez-moi encore d'avoir un peu bouleversé vos consultations, murmura Mathieu.

Ensuite, il entendit le docteur Caron dire à sa fille :

— Élise, tu vas téléphoner à toutes les personnes ayant un rendez-vous demain, afin de le remettre à une date ultérieure. Avertis aussi l'Hôtel-Dieu. Je devrai m'absenter.

Puis, il se tourna vers les patients dans la salle d'attente.

— À qui le tour, maintenant ?

Mathieu avait attendu un peu à l'écart pour saluer Élisc. Après les souhaits réciproques de bonne soirée, elle glissa :

— Une triste affaire ?

— Très triste.

Sur ces mots, il salua d'un signe de tête les malades et se dirigea vers la sortie en remettant son chapeau.

3

La mort dans l'âme, Oréus Mailhot avala un repas léger, son premier depuis le matin, puis il attela son cheval. La nuit tombée, sous un ciel étoilé, le trajet le réconcilia un peu avec l'existence. Les lisses du traîneau crissaient sur la neige gelée, la petite jument exhalait un long jet de vapeur blanche à chacune de ses respirations.

Rangeant sa voiture le long de la maison, il en compta quatre autres. Il fouilla sous la banquette pour chercher un sac d'avoine. Dès qu'il fut à sa portée, la jument y enfonça le museau. Une sangle permettait de le lui accrocher derrière les oreilles. Comme cela, la bête pourrait mâchouiller le tissu à sa guise, une fois les grains avalés. Puis, il lui posa l'épaisse robe de carriole sur le dos.

Les soins apportés à son cheval lui permettaient de retarder son entrée dans la maison. Il se décida quand le docteur Lafond sortit.

— Est-elle…

— Il y a dix minutes à peine. Je n'ai pas voulu rédiger tout de suite un acte officiel.

— Vous ne sauriez pas quoi mettre à la section « Cause du décès ».

À la lueur de la lune, l'autre le dévisagea longtemps.

— Il faudrait une autopsie pour le savoir exactement, confia-t-il.

— Vous avez vu son état !

— Elle a été maltraitée comme une bête, nous le savons tous les deux. Mais elle peut tout aussi bien être morte d'une cause naturelle. Sa belle-mère évoque la tuberculose.

— Jésus-Christ !

Le médecin le salua d'un mouvement de tête, puis regagna son attelage. Dans la maison, Mailhot reconnut tous ceux qui se trouvaient là dans l'après-midi, avec quelques parents en plus. Télesphore se tenait dans un coin avec des demi-frères et des demi-sœurs. Le nouveau venu traversa la cuisine d'été sans s'arrêter pour aller dans la chambre de la morte.

Aurore, maintenant tout à fait immobile, paraissait plus menue et plus pâle encore. La pièce était éclairée seulement par deux bougies posées sur une commode. Il se recueillit, puis une présence se fit sentir derrière lui.

— Si cela vous paraît convenable, mon mari et ma bru pourront l'ensevelir. Moi, je n'ai pas la force de faire cela.

Exilda Lemay, la voisine, utilisait le mot « ensevelir » à l'ancienne : laver le corps et le revêtir de ses derniers habits. Dans le cas des hommes, un rasage s'ajoutait à ces ultimes soins.

— Oui, bien sûr. Je n'ai plus rien à faire ici, je vais rentrer chez moi.

— … Que va-t-il se passer ?

— Vous pouvez garder un secret ?

La voisine hocha lentement la tête. Elle présentait les paupières d'une femme qui a pleuré récemment.

— Les gens du bureau du procureur général seront là demain, avec un détective de la Police provinciale. Alors, ouvrez bien vos oreilles, ce soir. Si vous apprenez quoi que ce soit, vous pourrez le répéter à l'enquête du coroner.

Elle donna son assentiment d'un autre signe de la tête.

Pendant qu'Oréus traversait la cuisine d'été sans rendre leur salut aux personnes présentes, il entendit Télesphore affirmer :

— Celle-là va faire jaser.

— Mais je te l'avais dit, rétorqua une voix féminine, et tu n'as rien fait.

Tout le bas du septième rang était donc au courant de ces mauvais traitements, peut-être même toute la paroisse, sauf le juge de paix.

Un coup de fil avait permis à Mathieu de se ménager un court instant avec Flavie. Le jeune homme l'attendait au pied du grand escalier du commerce, au rez-de-chaussée. Des clients, et surtout des clientes, s'agitaient entre les étals, tâtaient la marchandise du bout des doigts, passaient bien vite à un autre objet de convoitise.

Les ateliers, les manufacturiers et les bureaux de la Basse-Ville avaient fermé leurs portes moins d'une heure plus tôt. Avant de rentrer à la maison, de nombreuses personnes s'arrêtaient dans les grands magasins de la rue Saint-Joseph, de vastes établissements dont les trésors faisaient rêver d'un confort meilleur. Et si la plupart répondaient à la sollicitation des employés par un simple « Non, je regarde, merci » un peu gêné, les caisses finissaient tout de même par sonner avec une belle régularité.

La jeune femme apparut sur le palier après quelques minutes et lui adressa un sourire un peu inquiet. Mathieu put apprécier le galbe de la jambe de sa situation en contre-plongée. Depuis la guerre, les robes raccourcissaient un peu, laissant voir l'amorce d'un mollet.

— Quelque chose de grave est arrivé ? demanda-t-elle en arrivant à sa hauteur.

Au téléphone, quarante minutes plus tôt, le jeune homme lui avait paru bien mystérieux, se refusant à lui transmettre la moindre information.

— Oui… enfin non, rien qui me concerne, ou mes proches. Je ne pourrai pas te voir demain, comme nous en avions convenu.

— Même si les communications au magasin ne sont pas bien discrètes, tu aurais pu me dire cela tout à l'heure.

— Mon motif est moins anodin. Je dois me rendre dans une paroisse, Sainte-Philomène. Un malheur est arrivé, ou est sur le point d'arriver.

En quelques mots, il la mit au courant de la mort annoncée d'Aurore Gagnon.

— Quelle affreuse situation, fit sa compagne d'une voix blanche.

— Dans le cas d'une mort suspecte, une enquête du coroner doit être tenue.

Devant ses yeux interrogateurs, il précisa :

— Un médecin préside une procédure assez simple. Dans une salle publique, il entend les témoins susceptibles d'expliquer les circonstances du décès. Un jury de six personnes tire une conclusion.

— Cela ressemble à un procès.

— Oui, un peu. Le jury doit décider s'il s'agit d'une mort naturelle, ou si un crime a été commis. Dans ce second cas, la police enquête et, éventuellement, des accusations sont déposées.

La jeune femme, suivie de son compagnon, s'était éloignée un peu du pied de l'escalier afin de laisser les clients aller et venir.

— Et toi dans tout cela ? Tu n'es pas médecin.

— Même pas avocat, tu le sais. Mon patron m'a demandé de servir de chaperon aux deux médecins.

— Il y en aura deux ?

— Le coroner, et celui qui fera l'autopsie.

À ces derniers mots, Flavie fit la grimace. Ils suscitaient dans son esprit des images déplaisantes, des souvenirs de lecture de romans policiers que son compagnon lui faisait découvrir.

— Mais elle n'est pas morte, selon ce que tu m'as dit.

— D'après le juge de paix, cela ne saurait tarder.

La situation troublait le jeune homme. Il se faisait l'impression d'être un charognard attendant le décès d'une bête blessée.

— Nous allons nous mettre en route demain matin, très tôt. Je ne sais pas si nous serons de retour en soirée.

— Je compatis avec toi. Ton travail a des aspects très tristes.

— Je vais te contacter à mon retour, promis.

Elle reçut cet engagement avec un demi-sourire.

— Je n'ose pas te souhaiter un bon voyage.

— À bientôt.

L'endroit ne permettait pas le baiser habituel, même très chaste. Leurs doigts s'effleurèrent un bref moment.

Arcadius Lemay avait rempli à moitié une grande bassine en porcelaine grâce à la pompe à queue placée près d'un évier en tôle et sa femme ajoutait le contenu d'une bouilloire bien chaude.

— Regarde bien, et n'oublie pas.

Il acquiesça en silence. Sa bru lui emboîta le pas, une lampe à pétrole à la main. Ils refermèrent la porte soigneusement derrière eux. L'homme posa le contenant sur une chaise placée près du lit, puis il enleva complètement la couverture.

— Elle semble si petite, si fragile, dit la femme en mettant sa lampe sur la commode.

— Aide-moi plutôt.

Il glissait une main sous les reins de la morte, de l'autre il tenait le bas de la jaquette. Sa parente adopta exactement la même posture. Ensemble, ils soulevèrent un peu le corps et relevèrent prestement le vêtement de nuit jusqu'au-dessus des hanches. Un instant plus tard, en la plaçant en position assise, ils le lui enlevèrent complètement.

De nouveau étendue sur le dos, la gamine offrait à leurs yeux un corps maigre, presque décharné, marqué de blessures innombrables. La femme trempa une pièce de lin dans l'eau tiède, frotta dessus un gros bloc de savon, puis se mit en frais de laver le visage, les cheveux.

— Ah ! Doux Jésus !

Son cri amena Arcadius à se rapprocher.

— Qu'est-ce qu'il y a ?

— … Sa tête est toute molle.

Il prit la lampe, l'approcha tout près du crâne, tout en faisant attention de ne pas toucher les draps ou les mains de sa belle-fille.

— C'est une bosse. Nous l'avons vue cet après-midi.

— De cette taille ? Sous mon doigt, c'est tout mou.

Elle continua la toilette avec précaution, soulignant d'invocations religieuses la découverte de toutes les ecchymoses, de toutes les abrasions, de toutes les coupures et de toutes les écorchures. Elle semblait réciter une litanie. Sur une cuisse, elle découvrit de nombreuses plaies. Un effleurement de l'une d'entre elles fit sourdre un peu de pus.

— C'est comme si elle pourrissait de l'intérieur, dit le beau-père.

La remarque fit frissonner la jeune femme.

— Retourne-la, demanda Arcadius.

La longue évocation des blessures recommença. À la fin, la bru enfila une petite robe blanche sur le cadavre nu. Sa tâche terminée, elle se recueillit un moment au pied du lit, absorbée dans une prière.

— Je vais la transporter, décida-t-elle ensuite. Elle pèse une plume. Occupe-toi de la lampe.

Elle prit le corps avec une grande douceur, comme s'il avait été celui d'un enfant endormi que l'on craignait de réveiller. Arcadius, la lampe dans une main, ouvrit la porte. Tous les deux formaient un étrange cortège. Dans un silence absolu, elle se dirigea vers le salon. Les meubles avaient été déplacés afin de dégager un angle de la pièce. Le corps fut étendu sur une table étroite placée contre le mur.

— Comme elle est belle !

Les paroles de Marie-Anne Gagnon parurent tellement incongrues que chacun fit semblant de n'avoir rien entendu.

— Qu'est-ce qu'elle a à la tête ? fit une voix.

— Son voile, s'énerva la belle-mère. Je vous avais dit de lui mettre son voile de première communion, et aussi quelque chose aux pieds.

Elle s'absenta avant de revenir avec une toile en mousseline légère et une autre en lin, joliment brodée. Les mains tremblantes, elle couvrit la tête de la morte, plaça les plis légers de façon à cacher totalement à la fois la bosse si molle et les cheveux coupés à environ un pouce du crâne. Afin d'en finir plus vite, la bru des Lemay se chargea d'envelopper les petits pieds avec la seconde pièce de tissu.

Marie-Anne Gagnon se recula un peu et garda le silence, pensive devant sa belle-fille.

— Il faut faire descendre les enfants, déclara-t-elle encore, afin qu'ils disent un dernier au revoir à leur petite sœur.

Une parente accepta de se dévouer. Un moment plus tard, Georges le plus jeune en premier et Marie-Jeanne la plus âgée en dernier, les enfants se tenaient devant la table, la mine grave, un peu abasourdis par la succession des événements depuis le matin.

— Votre petite sœur se trouve maintenant au milieu des anges.

Plutôt que de se mettre à hurler comme une folle,

la bru des Lemay se précipita à l'extérieur de la maison, seulement vêtue de sa robe, la tête nue.

— Je vais l'aider, déclara Exilda à son mari.

Afin de mettre fin à l'affreux malaise dans la pièce, l'abbé Massé dit de sa voix grave, adaptée à ces circonstances dramatiques :

— Si vous voulez bien vous mettre à genoux, nous allons dire un chapelet pour le repos de l'âme de notre sœur Aurore. Si Dieu le veut, elle se trouve déjà au paradis.

Le prêtre ne donnait même pas à l'enfant la présomption du salut éternel. Dehors, Exilda trouva sa belle-fille pliée en deux, en train de vomir ses tripes. Elle prit une poignée de neige pour la lui poser sur le front.

Excepté la nécessité de rater le cours de droit du vendredi matin, se rendre à Sainte-Philomène-de-Fortierville ne présentait aucun inconvénient particulier. À sept heures du matin, Mathieu descendait d'un taxi dans la rue Claire-Fontaine pour aller sonner à la porte du docteur Caron. Le praticien sortit tout de suite, un sac de voyage à la main.

— Bonjour, jeune homme, J'ai suivi votre conseil, j'emporte des vêtements par mesure de précaution, mais je compte revenir coucher chez moi ce soir.

— Je vous le souhaite, mais ni vous ni moi ne serons responsables de la célérité des procédures.

— La petite fille…

— Elle est décédée en soirée. Le juge de paix m'a joint à la maison pour me l'apprendre.

En montant à l'arrière de la voiture, Caron laissa échapper un long soupir.

— Cela signifie que le docteur Marois devra faire son autopsie et le détective, rallier des témoins.

— Votre collègue se trouve sans doute déjà à la traverse. J'ai son billet de train dans ma poche.

Cette expédition pesait un peu trop sur les ressources financières de Mathieu. Cette course en taxi et les trois billets de train représentaient son salaire hebdomadaire. Quelques minutes plus tard, son compagnon et lui descendaient sur le quai. Un homme grand et maigre de plus de soixante ans, le visage affublé d'une barbe et d'une moustache fort démodées, se tenait bien droit sur le pavé.

— Cher collègue, commença Caron en tendant la main, je suis heureux de faire ce voyage avec vous, même si c'est en une bien triste occasion.

— Je partage en tout point vos sentiments. Nos concitoyens vont nous montrer le côté le plus noir de leur âme, j'en ai bien peur.

Cela conclut leurs épanchements. Le stagiaire se présenta au docteur Albert Marois.

— Maintenant, je vous prie de me suivre.

Des employés s'agitaient près des bittes d'amarrage, une fumée noire et grasse s'élevait de la cheminée. Un peu plus tard, le petit bâtiment s'engageait sur le fleuve encombré de longues plaques de glace. À cette heure matinale, surtout avec les vents acérés venus du nord-est, la température extérieure devenait très vite insupportable. Tous les passagers s'entassèrent dans la grande cabine, le plus près possible du poêle à charbon.

À Lévis, le trio regagna la gare de l'Intercolonial afin de monter dans le train se dirigeant vers l'ouest. Mathieu conduisit ses compagnons à leur siège. Ils les avaient placés côte à côte. Les vieux messieurs discuteraient carrière tout le long du trajet.

— Nous demeurerons dans ce train jusqu'à Villeroy. Nous en prendrons un autre à cet endroit.

— Notre destination se trouve-t-elle loin ? demanda Marois.

— Une cinquantaine de milles, tout au plus. Cependant, nous nous arrêterons sans doute dans tous les villages sur notre chemin.

Sur ces mots, le jeune homme gagna son propre siège, un peu plus loin vers l'avant du wagon. Un cultivateur, encore un peu aviné à cause de ses libations de la veille, tint à l'entretenir de la chute des prix des denrées agricoles. Le voyage serait bien long, finalement.

Les trois hommes se réfugièrent dans la minuscule gare de Villeroy pour attendre leur correspondance. Ils remarquèrent un personnage rasé de près, un melon perché sur le crâne et un sac de voyage à la main. Cela pouvait être un voyageur de commerce, mais Mathieu lui trouva l'allure un peu trop renfrognée pour cette occupation.

— Monsieur, vous ne seriez pas un détective de la Police provinciale ?

— Et vous, un nouvel employé du bureau du procureur général ?

Ils se serrèrent la main et échangèrent leur nom avant que Mathieu ne dise à l'intention de ses compagnons de voyage :

— Docteur Marois, docteur Caron, je vous présente le détective Lauréat Couture, de la Police provinciale.

Après le nouvel échange de poignées de mains, ils attendirent en silence le train de la société Lotbinière et Mégantic.

Un peu après onze heures, le vendredi 13 février, le train haletant entrait en gare de Sainte-Philomène-de-Fortierville. Elle était située un peu en retrait du village. Mathieu se trouvait sur le quai. De son point de vue, il apercevait l'église en pierres grises, et à côté, une très grande demeure à deux corps de logis. Ce devait être le presbytère. De part et d'autre de la rue Principale se dressaient une vingtaine de maisons peut-être, relativement distantes les unes des autres. La localité n'avait pas encore quarante ans, la population devait demeurer bien modeste.

— Monsieur Picard, cria une voix, messieurs.

En se retournant, il reconnut Oréus Mailhot, un bonnet en fourrure enfoncé bas sur la tête, un manteau en « chat » serré à la taille avec une ceinture tissée. Le jeune homme baissa les yeux pour regarder son léger paletot en drap. Son accoutrement ne le préparait guère à ce coin de pays. Le marchand général s'avançait, la main tendue. Après les présentations, il expliqua :

— Je suis venu avec la voiture de livraison du magasin. Veuillez m'excuser pour l'inconfort, mais au moins, nous pourrons tous y loger.

L'homme se chargea des valises des deux médecins, ouvrit la marche jusqu'à son traîneau. Le docteur Marois, le plus âgé, eut droit à la place sur la banquette, à côté du conducteur. Les autres s'organisèrent pour tenir dans la boîte. Avant de lancer son cheval, Mailhot se tourna vers eux.

— Je vous conduis chez monsieur le curé, précisa-t-il. Au presbytère, vous pourrez dîner, puis préparer l'enquête du coroner.

— Il faudra former un jury de six personnes, remarqua Caron.

— Je pourrai vous suggérer des noms, l'abbé Massé aussi.

Au ton du marchand, Mathieu devina que les deux notables ne présenteraient pas une liste identique.

— Nous n'avons pas de salle paroissiale, continua leur guide, mais vous pourrez exécuter les procédures dans la sacristie.

— Il me faudra un local pour l'autopsie, précisa Albert Marois.

— La maison de la morte…

— Non, cela ne se fait pas.

— Le sous-sol de l'église, peut-être.

Ce seraient des lieux de fortune, mal éclairés. Le village ne bénéficiait pas encore de l'électricité. Le chirurgien laissa échapper un long soupir, espérant que l'affaire ne soit pas trop complexe.

Mailhot secoua les rênes et claqua la langue. La jument se mit en route d'un pas régulier. En quelques minutes, ils furent rendus au presbytère. Ils étaient attendus, la porte s'ouvrit devant eux sur un prêtre un peu effaré, résolu tout de même à faire bonne figure. Cette histoire jetterait un certain discrédit sur lui et sur toute la paroisse. Même dans le milieu ecclésiastique, des collègues murmureraient que ce genre de chose ne survenait pas dans les cures bien conduites.

— Entrez, entrez, messieurs. Il fait si froid dehors.

Ce fut au tour du juge de paix de faire les présentations.

— Débarrassez-vous de vos manteaux, dit le curé après les salutations.

Sa ménagère se tenait à son côté, afin de recevoir les lourds vêtements d'hiver.

— Je vais aller tout de suite voir la morte, décida le policier. Dans ce genre de situation, le temps est précieux. Mailhot, je veux vous dire un mot en privé.

Le ton ne tolérait aucune contestation. Tous les deux retournèrent dehors. Le détective prit son compagnon par le bras pour l'éloigner de la porte du presbytère.

— Je vais prendre votre voiture, car je devrai rapporter le corps.

Le marchand l'entendait bien ainsi. Le petit cadavre logerait dans la boîte.

— Nous aurons besoin de témoins. Vous avez des noms ?

— Hier, je me suis arrangé pour montrer ses blessures à des voisins, Lemay, Gagnon, Chandonnet…

— Gagnon ? C'est un parent de la défunte, je suppose.

— C'est surtout un voisin. Il y a beaucoup de Gagnon dans les parages.

Le policier laissa échapper un soupir avant de remarquer :

— Tous apparentés, bien sûr.

— De près ou de loin. Cela n'en fait pas des amis ou des complices, pour autant.

— Ces gens l'ont vue morte ?

— Ou agonisante.

Donc, ils parleraient de l'état du corps à la toute fin. Cela pourrait suffire pour porter des accusations.

— Personne n'a aperçu les suspects lui imposer des sévices ?

— Ils ne la martyrisaient pas en public.

Les crimes domestiques présentaient toujours la même difficulté : tout se passait à huis clos.

— C'est un mot bien sévère, martyriser.

Mailhot secoua la tête.

— Vous verrez vous-même.

Le policier plissa les yeux, un peu incrédule tout de même.

— Quelqu'un a pu constater la détérioration de son état au fil des jours ? Le médecin ?

Son interlocuteur fit un nouveau geste de dénégation.

— Le docteur Lafond est allé la voir en septembre, puis hier. Sauf les membres de la famille, la mieux placée pour tout raconter, c'est la voisine, Exilda Lemay.

— Elle est capable de parler en public sans trop trembler ?

— Vous aurez du mal à l'arrêter.

Le détective Couture hocha la tête. Un témoin trop bavard pouvait aussi se transformer en nuisance.

— Et dans la famille, nous pouvons nous fier à quelqu'un ?

— Les parents vont faire front commun. Leur histoire est toute prête : ils devaient châtier une gamine vicieuse.

— La victime avait des frères, des sœurs ?

— La plus vieille a douze ans.

L'homme resta quelque peu songeur, avant de convenir :

— Le coroner voudra certainement l'entendre. Bon, j'y vais.

Spontanément, Mailhot lui emboîta le pas.

— Vous, précisa Couture, vous restez ici pour voir à la composition du jury. Cherchez des hommes raisonnables, respectés de leurs voisins.

— Vous ne savez pas où c'est.

— Alors, vous allez me le dire. Croyez-vous que je risque de me perdre dans votre grand village ?

L'ironie vexa bien un peu le notable, mais il lui montra le chemin de traverse permettant de pénétrer dans les terres. Un peu plus au sud, au septième rang, il devrait tourner vers l'est.

— La ferme des Gagnon ne sera pas bien loin. La maison, blanchie à la chaux, possède une cuisine d'été. Puis, la grange étable a été traitée avec une couleur rouge.

Couture alla prendre place sur la banquette de la voiture, et s'empara des rênes.

— Vous ne pourrez pas la rater, expliqua encore Mailhot, les voisins seront là pour veiller le corps.

Sur cette dernière précision, le marchand général retourna vers le presbytère.

La prédiction de Mailhot s'avéra : de nombreuses carrioles se rangeaient déjà contre la maison des

Gagnon. Couture ajouta la sienne aux autres. Il frappa à la porte de la cuisine d'été, attendit en vain une réponse, puis entra. Les conversations animées cessèrent, tous les regards se fixèrent sur lui. Son costume et sa prestance le distinguaient des autres. Puis, les indiscrétions téléphoniques avaient déjà mis chacun au courant de la présence, dans la paroisse, des « messieurs » de Québec. Quatre inconnus descendus à la gare ne devaient pas passer inaperçus.

— Il y a une femme Lemay, ici ? demanda-t-il à la ronde. Exilda Lemay ?

Le ton du commandement ne souffrait pas la contradiction. Une paysanne quitta son banc à la table pour s'approcher de lui.

— C'est moi.

— Cet après-midi, vous témoignerez à l'enquête du coroner.

— Qui êtes-vous, monsieur ?

Avec les hommes bien vêtus, autoritaires, elle savait retrouver les formes de politesse. Surtout, elle n'avait pas affaire à un personnage de ce genre pour la première fois de sa vie.

— Lauréat Couture, de la Police provinciale.

Elle hocha la tête. L'allure et le ton lui étaient familiers.

— Où se trouve la petite ?

— Dans le salon, en chapelle ardente.

— Vous allez me montrer le chemin et me tenir compagnie.

L'expression se révéla bien exagérée : deux cierges, l'un de chaque côté du cadavre, brûlaient à un bout de la table. Le détective demeura un moment immobile, touché par la scène. Puis, il ordonna aux personnes présentes de sortir.

— Je veux regarder le corps.

Dix paires d'yeux se braquèrent sur lui. Un homme de grande taille quitta sa chaise rangée le long du mur, avança sa silhouette longiligne en disant :

— Vous ne la toucherez pas…

Devant le visage hostile du nouveau venu, il continua déjà avec moins d'assurance :

— Cela ne se fait pas !

— Qui êtes-vous ?

— … Son père.

— Qui est sa mère ?

Le cultivateur se tourna pour désigner une femme toute vêtue de noir, un voile devant le visage, assise sur une chaise à côté de celle qu'il venait d'abandonner. Le couple y avait pris place afin de recevoir les condoléances de voisins, de parents, d'amis, et certainement de plusieurs curieux.

— Vous et votre femme, vous pouvez rester dans la pièce. Les autres, dehors.

Tous remirent leur chapelet dans leur poche, abandonnèrent les conversations murmurées pour se diriger vers la porte. Comme Exilda Lemay s'apprêtait à faire de même, le policier précisa :

— Non, non, comme je vous l'ai dit tout à l'heure, vous me tenez compagnie.

Cette façon de dire les choses faisait un peu étrange, dans les circonstances, mais le détective souhaitait la présence d'un témoin capable de rendre compte ultérieurement de toutes ses démarches. Au premier regard, il avait jugé l'esprit de la paysanne délié, et ses yeux mobiles capables de tout enregistrer.

— Enlevez-lui ces pièces de tissu, continua-t-il d'un ton plus amène, et montrez-moi les traces de sévices. On m'a dit que vous les aviez déjà remarquées.

La voisine hocha la tête, commença par retirer le voile de communiante.

— Les yeux noircis, le front renfoncé, et ici…

Elle montrait du doigt tout en se livrant à une énumération. Couture s'approcha pour voir la bosse sur la tête. Pour en constater toute l'ampleur, il dut tourner à demi le petit corps rigide. Pour plus de prudence, la paysanne souffla les bougies et les posa par terre.

— J'ai remarqué aussi ses pieds et surtout ses genoux, plus tôt cette semaine.

La pièce en lin disparut, révélant la plante des pieds noirâtre, puis Exilda souleva un peu le bas de la robe. Le policier échappa un juron en lui faisant signe de remettre le vêtement à sa place.

— J'en ai assez vu, l'enquête du coroner aura lieu cet après-midi. N'oubliez pas notre rendez-vous.

D'un geste vif, il prit le bord du drap posé sur la table, le rabattit sur le cadavre. De nouveau, Télesphore Gagnon se leva de sa chaise.

— Que faites-vous là ? Vous n'avez pas le droit…

— Tout à l'heure, un magistrat venu de Québec tiendra une enquête sur la mort de votre fille, dans la sacristie. Vous devrez vous y présenter, et témoigner si on vous le demande.

— Témoigner de quoi ?

La plus grande surprise se peignit sur le visage du cultivateur. Rendre compte de ce qui se passait dans sa maison lui paraissait inconcevable.

— La petite, qu'est-ce qu'il va lui faire ? intervint son épouse d'une voix plaintive en se levant à son tour.

Elle destinait la question à son mari, mais Couture, tout en rabattant l'autre moitié du drap sur le corps, répondit d'une voix bourrue :

— Le médecin fera une autopsie, pour savoir de quoi elle est morte.

Elle posa sur lui ses yeux globuleux. Visiblement, elle ne comprenait pas, ou feignait de ne pas comprendre.

— Il va examiner tout son corps, précisa le lieutenant détective, l'ouvrir aussi pour trouver la cause de sa mort.

— L'ouvrir ? Il ne peut pas faire cela, ce n'est pas chrétien.

La femme baissa la tête, éclata en sanglots.

— Elle avait la tuberculose, je le sais, moi. Nous allons tous mourir de cette maladie.

Argumenter ne donnerait rien. Pendant que le détective achevait d'envelopper Aurore, il conclut l'échange d'une voix impatiente :

— Vous expliquerez tout cela au coroner, si celui-ci juge bon de vous interroger, ou alors devant un tribunal, plus tard, si des accusations sont portées. Moi, je dois apporter son corps là où le médecin légiste procédera.

Il prit Aurore dans ses bras avec précaution. Devenu rigide, son fardeau faisait penser à une petite boîte allongée. Quand il se présenta devant la porte du salon, Exilda Lemay ouvrit.

— Monsieur Gagnon, précisa le policier sans se retourner, je vous verrai tout à l'heure à la sacristie. Si vous n'y êtes pas, j'ai le pouvoir de vous y amener de force.

Plusieurs personnes se tenaient près de l'entrée du salon, elles devaient tendre l'oreille depuis un certain laps de temps pour ne rien perdre des échanges. Elles formèrent une haie pour le regarder passer avec la jeune victime que Couture posa ensuite dans la boîte de la petite voiture de livraison.

4

Même enfoncé bas sur le front, un chapeau melon offrait une protection bien illusoire contre le froid et, surtout, le vent de février. En rangeant sa voiture près du presbytère, Couture jurait contre tous les paysans brutaux de la province. Heureusement, le juge de paix sortit tout de suite, accompagné par le stagiaire du bureau du procureur général, pour venir le rejoindre.

— Depuis tout à l'heure, vous avez pu former un jury ?

— Oui, répondit Mailhot. Six bonshommes, de gros cultivateurs ou des notables du village, vont nous rejoindre à la sacristie d'ici une heure ou deux. De toute façon, selon ce que j'ai compris, l'enquête ne commencera pas avant la fin de l'autopsie.

— Pensez-vous que l'un ou l'autre se dérobera à son devoir ? Je ne veux pas courir la campagne pour les amener là.

Le policier tenait les paumes de ses mains bien à plat sur ses oreilles devenues insensibles, il frappait ses talons sur le sol pour rétablir la circulation sanguine dans ses orteils.

— Ne craignez rien, tous seront au rendez-vous, moins par sens du devoir que par curiosité.

— Tant mieux. Prenez le corps.

Le marchand jeta un regard effaré sur la forme blanche au fond de sa voiture.

— Non… Je dois m'occuper de ma jument. Elle va attraper la crève.

Comme pour prouver sa sincérité, il se dirigea vers la tête de l'animal pour lui caresser les naseaux.

— Vous, prenez-la.

Ce fut au tour de Mathieu d'avoir un haut-le-cœur. Mais le souvenir de l'injonction de son patron l'emporta sur ses réticences : il devait se rendre utile. Dans ses bras, le corps lui parut étrangement léger.

— Je dois la mettre dans la sacristie ?

— Où doit avoir lieu l'autopsie ?

— Au sous-sol de cette bâtisse.

Les mains toujours sur les oreilles, le policier se dirigea vers l'église. Érigé en 1886, l'édifice paraissait bien grand et très majestueux pour une aussi petite localité. Le clocher lançait sa flèche vers un ciel d'un bleu uniforme. La sacristie se trouvait à l'arrière du bâtiment principal. Les réunions des sociétés pieuses s'y déroulaient. Le prêtre pouvait même y célébrer parfois des messes basses.

Toujours soucieux de protéger ses oreilles du froid, Couture utilisa tout de même une main pour ouvrir la porte à Mathieu. Il s'avança ensuite vers la pièce encombrée de bancs placés en parallèle, en face d'un petit autel.

— C'est de ce côté, indiqua Mathieu en s'engageant dans un escalier étroit placé à droite de la porte.

Il conduisait à une cave très sombre, creusée dans la terre humide, profonde d'un peu moins de six pieds. Le jeune homme devait fléchir les genoux afin de ne pas heurter du front les poutres soutenant le plancher au-dessus de lui. Le policier retira son melon pour ne pas le voir choir sur le sol de terre battue où on avait placé des planches çà et là. De chaque côté, un soupirail laissait entrer une lumière blafarde, tout juste suffisante pour leur permettre de se déplacer sans se heurter les pieds.

— Le docteur Marois ne verra rien dans ce trou, pesta Couture.

— C'est pour cela que je suis venu mettre ces lampes à pétrole sur cette table, tout à l'heure. Les chambres du presbytère en sont privées, maintenant.

Se rendre utile, cela voulait dire aussi se muer en garçon de course. Les lampes, toujours éteintes, s'alignaient à un bout de la surface en bois. Le jeune homme plaça le corps devant celles-ci avec précaution, puis il posa la main sur la surface rugueuse afin de reprendre son souffle. L'émotion, plutôt que le poids du fardeau, rendait sa respiration haletante.

— Vous n'avez pas peur des morts, au moins ? railla le policier.

Mathieu posa sur lui un regard mauvais, puis il déclara d'une voix chargée :

— J'ai vu et j'ai manipulé plus de cadavres en un an que vous et tous vos amis de la Police provinciale mis ensemble n'en verrez dans toute une vie. Alors, ne me faites pas chier.

Le détective songea à protester, à chercher lui aussi dans son vocabulaire des mots assez grossiers pour faire rougir cet étudiant. Les yeux fixés dans les siens l'amenèrent à de meilleurs sentiments.

— Excusez-moi, consentit-il enfin. La voir comme cela me met hors de moi.

— … Ça va. Moi aussi, cette situation me révolte. Peut-être que l'expérience me rendra moins sensible, un jour.

— Cela n'a pas marché pour moi, en tout cas. Allez dire au grand docteur de venir commencer sa boucherie. Plus vite il aura terminé, plus vite je pourrai rentrer à Québec avec ces deux salauds menottés.

Mathieu s'éloigna du corps.

— Marois a demandé au médecin traitant de cette petite fille de l'assister pendant l'autopsie, dit-il avant de regagner l'escalier. Au téléphone, l'autre lui a dit qu'il ne pourrait se présenter ici avant trois heures.

Le policier contempla sa montre, jura entre ses dents. L'enquête du coroner ne commencerait pas avant que le médecin légiste ne soit en mesure de rendre son rapport. En comptant au mieux, la procédure ne se terminerait pas avant sept heures.

Pour montrer sa bonne nature, le stagiaire ajouta :

— La ménagère du curé a mis une assiette de côté pour vous. C'est du bœuf.

— Dieu bénisse cette bonne dame, mais nous ne pouvons l'abandonner là toute seule. Les curieux, c'est-à-dire toute la population de la paroisse, envahiront l'endroit si nous les laissons faire.

Le jeune homme sortit un gros cadenas de la poche de son paletot.

— Ces bons catholiques ne forceront pas une porte dans une église. Ce serait un vrai sacrilège.

Les deux hommes contemplèrent le cadavre un bref instant, puis ils quittèrent les lieux.

Ces personnes réunies par un événement malheureux ne trouvaient plus rien à se dire, après des heures de tête-à-tête. Les médecins, après avoir évoqué les avatars de l'existence de quelques collègues, se perdaient dans la contemplation du beau tapis « de Turquie » ornant le plancher du grand salon du presbytère. Les motifs étranges devaient susciter des rêveries coupables chez ces messieurs, car aucun ne levait plus les yeux.

Le curé, de son côté, possédait un moyen d'évasion bien légitime. Trente minutes plus tôt, il avait sorti un petit livre relié en cuir noir de sa poche de pantalon, sous la soutane, en disant :

— Si vous voulez m'excuser, mon état exige cette lecture quotidienne.

Depuis, l'homme de Dieu se concentrait sur les pages de son bréviaire.

Un moment, Mathieu songea à faire de même avec le Code civil, en donnant une excuse semblable. Il en avait placé une copie dans son sac de voyage, avant de quitter sa pension. Finalement, un bruit à la porte d'entrée mit fin à son dilemme.

— Cela doit être le docteur Lafond, déclara l'abbé Massé en se levant.

Le prêtre avait formulé le même espoir à quelques reprises déjà : plusieurs de ses ouailles, secouées par les derniers événements, venaient chercher auprès de lui un réconfort spirituel. Les pauvres âmes repartaient déçues, car leur pasteur préférait jouer les hôtes parfaits auprès de ses visiteurs.

Cette fois fut la bonne, l'ecclésiastique revint se planter dans l'embrasure de la porte du salon.

— C'est bien lui.

La petite assemblée se déplaça vers l'entrée pour retrouver un homme âgé de quarante-cinq ans, emmitouflé dans un manteau en fourrure, un casque assorti enfoncé bas sur le crâne. La nécessité d'« aller aux malades » en cette saison imposait ce genre de tenue.

— Voilà le docteur Andronic Lafond, commença le curé. Son bureau se trouve dans la paroisse voisine, Saint-Jacques-de-Parisville.

Le nouveau venu serra les mains à la ronde. Le docteur Marois endossa son paletot et récupéra son sac en cuir laissé dans l'entrée lors de son arrivée.

— Allons-y tout de suite, proposa-t-il. Je vous poserai quelques questions tout en procédant. Picard, venez avec nous.

Mathieu écarquilla les yeux, essaya de se dérober.

— Je ne connais rien à la médecine…

— N'ayez crainte, je ne vous confierai pas l'un de mes couteaux. Toutefois, vous savez sûrement écrire. Vous prendrez les notes que je dicterai. Pour vous faire plaisir, j'essaierai de ne pas utiliser de termes trop techniques.

Protester n'aurait servi à rien. Il préféra récupérer son manteau et les suivre sans un mot.

— Cher collègue, demanda le docteur Caron, vous en aurez pour au moins une heure ?

— Comptez-en deux, ce sera plus sûr.

— Nous regagnerons donc la sacristie vers quatre heures. Notre présence, à monsieur Couture et à moi, empêchera les curieux de construire les fables

les plus folles en attendant votre témoignage. Vous serez le premier à intervenir, bien entendu.

— Bien entendu, grommela le vieux praticien en passant la porte.

La sacristie se trouvait tout au plus à cent pieds, ils y arrivèrent tout de suite.

Le coroner y avait fait allusion : dans cette région pauvre en imprévus, la mort de la petite Aurore se discutait maintenant dans toutes les demeures de la paroisse. Les hypothèses les plus saugrenues prenaient forme. Les plus curieux s'entassaient déjà sur les bancs parallèles de la sacristie. La grande pièce bruissait de conversations animées, mais chacun évitait les éclats de voix dans cette extension de la maison du bon Dieu.

Quand l'étudiant sortit sa clé afin d'ouvrir le gros cadenas, tous ces badauds fixèrent les yeux sur lui, réduits au silence par une nouvelle émotion. Les mots bien lugubres du policier, « Il va l'ouvrir », avaient déjà fait le tour de toutes les demeures.

— Essayez de fermer derrière nous, demanda Marois. Je ne voudrais pas en voir un descendre afin de regarder par-dessus mon épaule.

La chose paraissait plus facile à dire qu'à faire. Finalement, Mathieu dénicha un petit morceau de bois de forme triangulaire. En l'enfonçant sous un coin de la porte, celle-ci résisterait aux efforts pour l'ouvrir.

— Misère ! Comment allons-nous travailler dans ce trou ? se lamenta d'abord le médecin autopsiste.

Dehors, le jour déclinait déjà. En conséquence, la

lumière grise venue des soupiraux ne suffisait même plus à éclairer les coins de cette grande pièce.

— Je vais allumer les lampes, dit l'étudiant.

Il pêcha au fond de sa poche un tube en cuivre contenant cinq ou six allumettes. Il enleva l'abat-jour en verre de la première lampe, ensuite le tube du même matériau pour avoir accès à la mèche et y mettre le feu, puis il replaça les pièces à leur place. De qualité, l'appareil procurait un éclairage intéressant.

— Si nous les disposons de chaque côté du corps, expliqua Mathieu, le résultat ne sera pas si mal.

— … Vous avez raison, reconnut le praticien d'un ton plus amène. Après tout, la majeure partie de ma carrière s'est déroulée avant l'invention de la lumière électrique.

— Nous nous habituons très vite à ce genre de confort, commenta Lafond. Ce fut ma plus grande privation, quand je me suis établi ici.

— Vous y êtes depuis longtemps ?

La lumière d'une seconde lampe à pétrole agrandissait le cercle où l'on voyait à peu près bien. Rasséréné, le vieux médecin retrouvait assez de savoir-vivre pour s'intéresser au sort de ses semblables.

— J'ai ouvert mon cabinet en 1910.

— Les gens ne sont sans doute pas riches dans ce trou perdu. Cela ne doit pas rapporter beaucoup.

— Je soigne souvent à crédit… Mais ces cultivateurs mettent beaucoup de fierté à régler leur dû, même si c'est parfois avec deux ou trois ans de retard. Puis, je me rattrape un peu sur la vente des médicaments. Il n'y a pas de pharmacie à des dizaines de milles à la ronde.

— Cela ne durera peut-être pas. Vos patients pourront les faire venir par la poste, grâce au catalogue Eaton !

Marois s'était fait un peu railleur. Tous les marchands de la campagne souffraient de cette concurrence. Ce catalogue, avec le missel, constituait l'un des deux livres présents dans toutes les maisons. La qualité des services postaux assurait des livraisons rapides partout au Canada.

— Nous allons approcher ces chaises et y mettre les lampes, continua-t-il en revenant au motif de sa présence en ces lieux, le temps de déballer ce colis. Nous ne voulons pas y mettre le feu, n'est-ce pas ?

Pendant que ses deux aînés se débarrassaient enfin de leur manteau, l'étudiant cherchait les sièges branlants afin de les rapprocher de la petite table. Ces lampes à pétrole avaient en effet le défaut de devenir très brûlantes. Il convenait d'éviter tout contact avec la peau ou les textiles.

Marois entreprit de déplier le drap afin d'exhiber le corps. Avec l'espoir de dissimuler son émotion, il demanda d'une voix bourrue :

— Elle était votre patiente ?

— Oui… Toutefois, cela ne signifie pas que je la connaissais.

— C'est-à-dire ?

L'homme saisit l'épaule droite de l'enfant pour la retourner. Il commença par détacher le bouton de la robe juste sous la nuque, puis deux autres au milieu du dos. Quand ils l'avaient vêtue, Arcadius Lemay et sa bru avaient un peu bâclé le travail.

— J'ai été appelé en consultation l'été dernier pour une vilaine blessure au pied. Je l'ai vue à six reprises pour cela.

— Six fois ? La blessure était donc grave.

— Non, pas vraiment. Mais la mère négligeait mes directives. Faire un simple pansement paraissait au-dessus de ses compétences. À la fin, à la mi-septembre, il a fallu la faire transporter à l'Hôtel-Dieu. Elle y a séjourné un mois.

À eux deux, une fois la fillette remise sur le dos, ils firent glisser la robe vers le bas. Mathieu contemplait le corps maintenant totalement nu, partagé entre une envie de pleurer et un haut-le-cœur. Deux détails le touchaient particulièrement : les cheveux longs d'un pouce, tout au plus, et les pieds nus.

Bien sûr, peu de familles de cultivateurs sacrifiaient une paire de chaussures à l'heure d'ensevelir un proche, si d'autres membres de la famille pouvaient en profiter. Tout de même, les petits orteils recroquevillés le touchaient au cœur.

— Vous n'allez pas tourner de l'œil, tout de même ! maugréa Marois en posant les yeux sur lui.

Le vieil homme marqua une pause, se raidit contre toute forme d'attendrissement. Il fouilla des yeux le contenu de cette cave humide, repéra dans un coin une petite table montée sur des pieds en fonte, un ancien pupitre scolaire.

— Placez-le ici. Nous masquerons la scène de nos corps. La plus petite des lampes suffira, pour vous permettre d'écrire.

Le jeune homme s'installa comme on le lui disait.

— Avez-vous eu l'occasion de lire des rapports

d'autopsie produits lors d'enquêtes du coroner ? demanda le médecin.

— Évidemment, dont plusieurs des vôtres.

— Je vous permets donc de copier mon style, très facilement imitable. Si vous réussissez, je mettrai simplement ma signature en bas de la feuille, pour sauver du temps. Caron veut coucher dans sa famille ce soir.

L'homme sortit d'abord, de sa mallette en cuir, quelques feuillets portant son monogramme afin de les placer devant lui. Au moment où il extirpa un morceau de cuir pour le dérouler, le stagiaire baissa les yeux. Il contenait un assortiment de couteaux aux lames luisantes, et une scie. Suivirent des bocaux en verre fermés hermétiquement avec des couvercles en métal.

Puis, le docteur s'arrêta, les yeux fermés, le visage recueilli. « Le vieux cynique bourru fait une petite prière », songea Mathieu, disposé à lui pardonner dorénavant tous ses accrocs, nombreux, à la bienséance.

— « J'ai fait ce jour, assisté du docteur Andronic Lafond, l'autopsie du cadavre qui fait le sujet de cette enquête… »

Le médecin tourna la tête afin de demander :

— Picard, vous avez eu le temps de prendre cela en note ?

— J'ai même placé des virgules là où elles sont nécessaires.

Le vieil homme esquissa un sourire, son premier, puis chercha un ruban à mesurer, en donna un bout à son collègue.

— « Le cadavre est celui d'une fille de dix à onze

ans et de quatre pieds six pouces de taille, poursuivit-il. Les muscles sont en rigidité cadavérique et la décomposition n'est pas commencée. »

Marois regarda de nouveau attentivement le corps, prit un bras entre le pouce et l'index.

— Elle ne vous semble pas trop maigre ? demanda-t-il à son collègue.

— Les enfants ne sont jamais bien gras, par ici. Puis, nous sommes en février, certains ne trouvent que des patates sur la table familiale depuis décembre ou janvier dernier.

— Elle entre encore dans sa robe de première communiante, commenta le médecin légiste.

L'observation tira un demi-sourire au docteur Lafond.

— Cela peut aussi être celle d'une aînée, d'une voisine, d'une cousine.

— Je la trouve tout de même particulièrement émaciée, mais cela n'ira pas dans le rapport. Si quelqu'un me pose la question au procès, je le dirai. Vous nous entendez, Picard ?

Sans lever la tête de sa feuille, le jeune homme formula un « Oui, oui » un peu las.

— Passons maintenant aux choses sérieuses, nous allons placer les lampes au fond, sur la table…

Un grattement, dehors, lui fit lever la tête. Une ombre passa devant le soupirail.

— D'abord, masquez cette ouverture avec votre manteau. Nous ne laisserons tout de même pas des vicieux se rincer l'œil sur elle.

Le stagiaire obéit pendant que le médecin revêtait un long tablier en cuir. De retour sur sa chaise, Mathieu prit une longue aspiration, essaya de faire le vide dans son esprit. Heureusement, la fraîcheur des lieux l'aidait à contenir sa terrible envie de vomir.

— « À l'examen, on remarque un grand nombre de blessures extérieures. »

Le praticien enchaîna avec une interminable nomenclature de plaies, de bosses, d'abrasions, de décolorations de la peau, d'ecchymoses visibles sur la jambe, la cuisse et le pied droits. Penché sur un endroit où la chair semblait particulièrement meurtrie, il demanda :

— Lafond, pouvez-vous approcher la lampe ?

Son collègue obtempérant, il plaça un doigt près du genou.

— D'après vous, qu'est-ce qui a produit cette marque-là ?

— Longue et étroite comme cela… Un bâton ?

L'autre levait les yeux pour chercher ceux de son collègue, visiblement dégoûté.

— Peut-être même la lanière d'un fouet. Ceux que l'on prend pour les chevaux, ou les attelages de bœufs.

Le médecin regarda le stagiaire en disant :

— Écrivez bien mes mots exacts, jeune homme. Tout à l'heure, je mettrai même mes initiales en marge, pour souligner le constat : « On remarque également du même côté, en arrière et à la partie supéro-interne de la cuisse, une blessure de six pouces de long et de un demi à un pouce de large. Cette blessure et d'autres présentant le même caractère peuvent avoir été produites soit par une mise de fouet ou un objet contondant étroit. »

Mathieu acquiesça de la tête quand il eut terminé. Une mise de fouet, c'était une lanière, souvent composée de multiples pièces de cuir de bœuf tressées ensemble. L'instrument causait une douleur suffisante pour soumettre un animal récalcitrant de grande taille, à la peau épaisse. Sur la cuisse d'une petite fille…

Le médecin s'attacha ensuite à l'examen du pied, de la jambe et de la cuisse gauches, poursuivant sa litanie macabre, dont quelques évocations se révélèrent pires que les autres. Avec un scalpel, il soulevait parfois la peau afin de constater des dégâts internes. Il répéta cette précaution en examinant le visage :

— « Au-dessus du sourcil droit, on remarque une grande plaque brunâtre avec dépression marquée au-dessus. Cette dépression a dû être causée par un coup direct sur le front avec un instrument contondant, causant un hématome qui a détruit le péricrâne après s'être infecté. »

Marois posa son scalpel pour se redresser, les deux mains à la hauteur des reins comme quelqu'un agacé par un mal de dos.

— Vous y arrivez toujours, Picard ?

— Pour donner des dictées, vous êtes meilleur que mes professeurs du Petit Séminaire. Toutefois, je ne comprends pas toujours tout. Comme cette allusion au péricrâne…

— Le pus mêlé de sang semble avoir eu un effet corrosif sur les os. Ceux-ci sont abîmés. Je vais en avoir le cœur net en crevant cette grande bosse sur la tête. Toute la surface du cuir chevelu paraît soulevée, et c'est mou, dessous.

L'homme reprit son scalpel pour fendre la peau du crâne sur une grande largeur, alors que le docteur Lafond plaçait un contenant afin de recueillir le liquide purulent.

— Il y en a plus de six onces, observa-t-il.

Pendant un instant, Mathieu songea à se rendre au presbytère pour invectiver madame curé. Quelle idée de servir un rôti de bœuf à des hommes devant accomplir une corvée de ce genre ? À grand mal, il arrivait à maîtriser sa furieuse envie de dégorger.

— Quant à se trouver à ce bout du corps, dit Marois, passons tout de suite aux choses sérieuses.

Il tendit la main vers l'enveloppe en cuir, récupéra la scie. Quand il entendit distinctement les dents mordre l'os, Mathieu se retrouva dans les Flandres une fraction de seconde.

Un peu après quatre heures, flanqué du lieutenant Couture et de l'abbé Massé, le docteur Caron se dirigea vers la sacristie. Chemin faisant, l'ecclésiastique lui chuchota :

— Vous comprenez, je ne peux pas témoigner. Le secret de la confession…

— Évidemment. De toute façon, à cette étape des procédures, nous voulons surtout entendre le rapport d'autopsie. Si nécessaire, l'enquête se poursuivra à Québec.

Alors que le saint homme laissait échapper un soupir de soulagement, le policier décida de lui gâcher son plaisir.

— Si les choses se passent comme ça, je devrai sans doute vous remettre un *subpœna.*

— … Je conférerai de cela avec mon évêque.

— Nous en sommes tous réduits à ça, conférer avec nos supérieurs. C'est l'humaine condition.

L'ironie irrita le curé. Dans la sacristie, ils trouvèrent une bonne partie de la population adulte masculine de la localité, et quelques femmes assez courageuses pour entendre un récit scabreux. Dans cette foule, un trio paraissait un peu isolé des autres.

— Voici le couple Gagnon, confia le détective à l'oreille du coroner.

— Et la gamine avec eux ?

— La fille aînée de l'époux, issue d'un premier mariage. Je me demandais…

Comme l'autre ne terminait pas sa phrase, le coroner insista :

— Vous vous demandiez ?

— Si vous pouviez la faire témoigner.

À douze ans, la jeune fille paraissait écrasée par la très haute silhouette de son père. Elle gardait les yeux fixés sur le sol, perdue dans la contemplation de ses lourdes bottines, un peu trop grandes pour elle.

— Elle dira exactement ce qu'ils voudront, dit le coroner.

— Peut-être, peut-être pas.

— Si elle déclare n'avoir jamais vu ses parents la battre, l'affaire n'ira pas loin.

Lauréat Couture avait profité de la dernière heure pour décrire au magistrat l'état dans lequel il avait trouvé le cadavre.

— Si elle nie les mauvais traitements, tout le monde dira comme vous : elle répète une leçon apprise. Mais si elle dit la vérité, la cause sera entendue dès à présent. Quant à l'épouse… marmotta le coroner.

— Inutile de l'entendre aujourd'hui, ricana le détective. Après tout, elle vient tout juste de perdre l'un de ses enfants.

Le médecin apprécia la sagesse de son compagnon. Tout le monde attribuait aux mères de familles nombreuses les attributs de la sainteté. Celle-là, en noir des chaussures au chapeau, un voile à peine transparent de la même couleur devant le visage, attirerait irrémédiablement la pitié.

— De toute façon, conclut le coroner, le rapport d'autopsie déterminera la suite des choses. Les autres témoignages ne prendront que peu d'importance.

Le duo tournait le dos à l'assistance, face au petit autel dressé au fond de la pièce. Devant, une table apportée du presbytère permettrait à Caron de présider l'enquête. Sur des chaises placées contre le mur, les six membres du jury écouteraient les témoins avant de rendre leur verdict. Ces hommes s'appelaient Achille Laquerre, Josaphat Auger, Louis Laliberté, Ovide Demers, Casimir Chénard et J. S. Laquerre.

Placés épaule contre épaule, les nombreux spectateurs parlaient de plus en plus fort, la chaleur montait, bientôt l'odeur serait à peine tolérable.

— Le vieux Marois doit perdre la main, ronchonna le coroner en tirant sa montre de son gousset. Il sera bientôt cinq heures.

— Christ ! Lafond, approche cette foutue lampe.

Le médecin se pencha un peu plus sur l'abdomen grand ouvert, inclina encore la lampe, au risque de brûler les chairs. Marois tenait un tube en métal dans sa main. Il avait espéré tirer un peu d'urine de la vessie, afin de l'analyser. Après un mauvais mouvement, le liquide coulait sous le cadavre, tachait le drap et s'égouttait sur le plancher de terre battue.

— Voilà, c'est raté, conclut le vieil homme. Autant recoudre, nous avons tout recueilli, tout regardé.

Le cerveau se trouvait déjà dans un bocal. L'intestin avait été fendu sur toute sa longueur, les reins tranchés en deux, tout comme la rate, le pancréas et les poumons. Mathieu, pâle et épuisé, tenait sa plume quelques pouces au-dessus de la feuille de papier, en attendant de la suite de la dictée.

— Que faisons-nous avec l'estomac et son contenu ? demanda le médecin de campagne.

— Cette rougeur me paraît suspecte. Nous enverrons le tout au docteur Derome, à Montréal. Il nous dira s'il s'agit de poison.

— Dans ce cas, comment entendez-vous conclure tout à l'heure ?

Songeur, Marois se tourna à demi pour dire :

— Picard, écrivez soigneusement. « Cause de la mort : empoisonnement général causé soit par septicémie ou autres causes que seule l'analyse des viscères pourra déterminer. L'autopsie démontre d'une façon évidente que la défunte n'a pas reçu les soins que requérait son état. »

Puis, il chercha un gros fil dans son sac en cuir, émit quelques jurons avant de réussir à le passer dans le chas d'une grande aiguille. Le corps de l'enfant, si pitoyable deux heures plus tôt, devenait grotesque.

5

Quand le trio remonta dans la sacristie, tous les yeux se tournèrent vers lui. Le docteur Caron imposa le silence en frappant la table de son poing. L'assistance se tut bien vite, comme à la grand-messe.

— Nous sommes réunis ici afin de faire enquête sur une mort suspecte, celle d'Aurore Gagnon, âgée de dix ans et demi, fille de Télesphore Gagnon et de feue Marie-Anne Caron. Six habitants de votre paroisse composeront le jury. Il leur appartiendra de conclure sur les causes du décès et, ultimement, sur la suite à donner à cette affaire.

Du geste, le magistrat désigna la chaise placée près de lui tout en cherchant des yeux Mathieu Picard. Ce dernier ferait office de greffier. Encore une fois, spécialiste de rien, mais informé sur tout, on lui demanderait de prendre des notes. Alors qu'il s'asseyait en dévissant sa plume, son voisin continua :

— Nous entendrons d'abord le docteur Albert Marois, médecin autopsiste domicilié à Québec.

Un sourire ironique sur les lèvres, le stagiaire entendit le vieil homme lire à haute voix, sans en changer un mot, ses commentaires de la phase précédente. Il reprit la conclusion formulée quelques minutes plus tôt.

— Monsieur Marois, vous parlez bien d'un empoisonnement ?

— Généralisé. Elle avait une demi-livre de pus juste dans la tête.

— Cet empoisonnement peut-il venir de la multitude de blessures dont vous avez fait la liste ?

Le coroner était habituellement choisi parmi les médecins précisément pour ce genre de situation. Il fallait déterminer si les causes de la mort procédaient d'une intention criminelle. Par sa façon de mener les interrogatoires, il devait clarifier les informations de telle manière qu'un jury, peu familier avec cette profession, puisse tirer des conclusions.

— En soi, aucune de ces blessures n'était mortelle. Elle est morte du manque de soins, dans le meilleur des cas. Une intervention médicale aurait permis de la sauver.

— Voilà une curieuse affirmation. Il existe donc un « pire » des cas.

— Oui. J'ai trouvé une allure suspecte à l'estomac. Il était d'un rouge vif, comme si elle avait absorbé une substance très irritante. L'examen, mené au laboratoire de médecine légale de Montréal, nous permettra de savoir si on lui a administré du poison.

Cette façon de présenter les choses mettait les Gagnon dans une position doublement précaire. Une septicémie attribuable à un refus d'apporter les soins adéquats signifiait une accusation d'homicide involontaire. Si on lui avait administré un poison, ce serait un meurtre pur et simple, conduisant à la potence.

— Je vous remercie, docteur Marois.

Le médecin avait laissé toute l'assemblée dans un état d'abattement complet.

— Nous allons entendre maintenant madame Exilda Lemay, née Auger, de cette paroisse, continua le docteur Caron après une courte pause.

Elle se tenait comme au garde-à-vous, à gauche de la table, une silhouette un peu forte, l'air emprunté dans ses habits du dimanche. La tradition voulait que les témoins restent debout. À son tour, elle prêta serment sur les Saints Évangiles.

— Madame, vous connaissez bien les Gagnon, je crois ?

— … Ce sont nos voisins les plus proches.

— Proches à quel point ?

— Deux, trois arpents.

Un ricanement souligna ses mots.

— Vous avez entendu la liste des mauvais traitements subis par la défunte. Vous pouvez nous dire quelque chose à ce sujet ?

— C'est-à-dire que… l'autre jour…

— Quand ça ? Vous devez vous montrer précise.

— Il y a dix jours, le 2 février. Je suis allée chez eux. La petite… je veux dire Aurore, se trouvait au lit, malade.

À sa façon de prononcer le dernier mot, elle indiquait sa conviction que cette maladie-là, l'enfant ne la devait pas à des causes naturelles.

— Un jour ou deux auparavant, ils étaient venus chez moi. La belle-mère m'a dit alors qu'elle était dure à élever, au point qu'ils devaient la corriger à coups de manche de hache.

Un murmure parcourut l'assistance. Même le docteur Caron parut impressionné.

— Qu'avez-vous répondu ?

— Je lui ai dit de la mettre au couvent, s'ils n'arrivaient pas à l'élever. Les sœurs savent comment s'y prendre. Elle m'a répondu…

— Qui vous a répondu ?

— Elle… Marie-Anne Gagnon m'a répondu que cela coûtait trop cher.

Exilda Lemay apprenait rapidement à appuyer ses affirmations d'intonations, de regards destinés à convaincre. Aux étapes ultérieures du procès, cette dame ferait un témoin à charge redoutable. Mathieu n'écrivait pas assez vite pour prendre ses paroles mot pour mot. Seul un véritable greffier pouvait le faire. Il devait se limiter à résumer son propos. Sur sa feuille blanche, l'échange suivant se limita à : « L'enfant ne se plaignait jamais quand on la voyait. »

— Vous l'avez vue encore, par la suite ?

— Le 10, mardi dernier. Encore une fois, Aurore était dans son lit. Cette fois, je suis montée pour l'apercevoir étendue sur une paillasse vide.

La paysanne répéta la description faite plus tôt au juge de paix Mailhot.

— À ce moment, vous avez dit quelque chose de particulier aux parents ?

— Seule madame Gagnon se trouvait là. J'ai dit : « Votre enfant est très malade, il faut la faire soigner. Appelez le docteur. »

— … Quelle fut sa réponse ?

— « C'est l'enfant de mon mari. S'il veut la faire soigner, qu'il le fasse. S'il me donne des remèdes pour elle, je les lui administrerai. » Elle a dit exactement ça.

L'indifférence de cette mère suscita un nouveau murmure indigné. La femme termina son récit avec les événements survenus la veille, de la matinée jusqu'au décès de la fillette. Elle signa ensuite le résumé de sa déposition.

Le docteur Caron, songeur, posa les yeux sur le père et la sœur de la défunte.

— Maintenant, je demande à Marie-Jeanne Gagnon de venir témoigner.

La fillette leva d'abord les yeux vers son père, trouva un visage fermé, un peu obtus, puis vers sa belle-mère. Le voile empêcha le coroner de lire le regard de cette dernière.

L'enfant se dirigea vers la place réservée aux témoins, intimidée par tout ce cérémonial et tous ces inconnus.

— Quel âge as-tu, petite ? demanda le magistrat.

— Douze ans.

— Tu comprends ce que veut dire « prêter serment » ?

Elle hocha lentement la tête, le visage très grave.

— Cela signifie que tu devras dire toute la vérité.

De nouveau, elle acquiesça, puis allongea la main au-dessus des Évangiles pour jurer, comme les deux témoins avant elle.

— Ce n'est pas l'habitude, mais à cause de ton jeune âge tu pourras témoigner assise. Ce jeune homme à côté de moi va t'apporter une chaise.

Mathieu fut un peu long à comprendre que le coroner parlait de lui. Après avoir posé sa plume, il se leva avec empressement, suscitant un rire étouffé, alla prendre la chaise vide entre les deux parents, la posa à côté de la jeune fille.

— Mademoiselle, dit-il, si vous voulez bien vous asseoir.

Elle leva sur lui deux yeux bruns effarouchés, marmotta un « Merci » à peine audible.

— Tu connaissais la défunte ? commença Caron d'une voix douce.

— C'était ma sœur.

— Vous aviez la même maman et le même papa ?

— Oui.

Caron fronça les sourcils.

— La dame à côté de laquelle tu étais assise, tout à l'heure, n'est pas ta mère naturelle ?

— ... Non.

Elle leva des yeux furtifs en direction de Marie-Anne Gagnon, comme si cette admission constituait une trahison.

— Tu savais que ta petite sœur se trouvait bien mal ?

— ... Il y a trois semaines, elle a commencé à avoir des boursouflures sur le corps. Cela a crevé...

— Ces boursouflures sont apparues pour quelle raison ?

La tête de l'adolescente esquissa un mouvement vite réprimé vers la gauche. Elle avait souhaité porter les yeux sur ses parents, pour se ressaisir tout de suite.

— Je ne sais pas. Peut-être la tuberculose.

— Elle toussait ?

Du chef, elle amorça un mouvement de droite à gauche, qui se transforma pour aller de bas en haut. « Elle ment, songea Mathieu, mais elle meurt d'envie de dire la vérité. »

— Tu as dit que ces bosses ont crevé ?

— Pour laisser sortir un jus jaune-vert.

— Tu sais, même la tuberculose n'entraîne pas des blessures comme celles-là.

La fillette contempla le coroner, soudainement très incertaine.

— Tu as entendu le docteur Marois, tout à l'heure. Ces plaies font penser à des coups. Tu as déjà vu ton papa frapper Aurore ?

— ...

— Tu veux parler plus fort ? Je n'ai pas entendu.

Elle fixait maintenant résolument le plancher.

— Non, jamais.

— Tu ne l'as jamais vu utiliser un manche de hache, un morceau de bois, un fouet ?

— Non.

Cela entrait en contradiction avec les affirmations de la voisine.

— As-tu déjà vu ta belle-mère frapper Aurore ?

Cette fois, elle ne parvint pas à se maîtriser, ses yeux allèrent vers ses parents.

— Non.

— Jamais ?

— Jamais.

Dans un milieu si rude, tous les parents levaient de temps en temps la main sur des enfants un peu récalcitrants. Le mensonge sautait aux yeux. Le coroner poussa un soupir avant d'adopter une nouvelle stratégie.

— Tu as dit qu'elle a commencé à enfler il y a trois semaines.

— Oui.

— Sa situation est restée la même jusqu'à hier ?

— Non, cela a empiré il y a cinq jours environ.

« Trois semaines au cours desquelles aucun médecin n'avait été appelé à son chevet », songea Mathieu.

— Tu peux me raconter ce qui s'est passé hier ?

L'enfant établit encore un contact visuel avec ses parents.

— Elle s'est levée vers neuf heures. Elle paraissait très faible.

— Elle a mangé quelque chose ?

— Des patates, du rôti… elle a pris une « beurrée » avec du sirop, aussi. Elle paraissait très faible, elle s'est couchée sur la table.

Pour être bien comprise, Marie-Jeanne croisa ses bras et fit mine de poser son visage sur ceux-ci.

— Alors maman l'a lavée…

— Tu veux dire ta belle-mère ?

Le stagiaire surveilla la réaction du couple. La femme se raidit comme si elle avait reçu un coup de fouet. Le coroner tentait d'établir une distance entre l'enfant et la seconde épouse de son père. Marie-Jeanne ne l'entendait pas ainsi.

— Oui, maman.

Le docteur Caron poussa un soupir.

— Qu'est-ce qu'elle a fait ensuite, ta maman ?

— Aurore délirait. Elle a appelé le docteur Lafond. Elle était sans connaissance quand il est arrivé.

Inutile de continuer, d'autres personnes témoigneraient, si nécessaire, de la suite des événements.

— Je te remercie, Marie-Jeanne, tu as été très brave.

Comme pour les deux autres témoins précédents, Mathieu lui présenta son résumé afin de lui permettre de le lire. Ensuite, du doigt il lui montra où signer.

— Monsieur Picard va rapporter ta chaise à sa place. Nous achevons, tu pourras bientôt rentrer chez toi.

En revenant vers sa mère adoptive, d'un regard effrayé, la fillette quêta une approbation. Le stagiaire crut percevoir un léger mouvement de la tête voilée.

Malgré la saison et des marguilliers très économes du bois de chauffage de la paroisse, l'atmosphère devenait étouffante dans la sacristie. Les tempes prises dans l'étau d'une migraine naissante, le coroner appela le témoin suivant.

— Monsieur Télesphore Gagnon.

Le père vint près de la table, il prêta serment.

— Quel est votre âge ?

— Trente-sept ans.

— Cette femme, Marie-Anne Houde, est bien votre seconde épouse ?

— Oui, je l'ai mariée il y a deux ans.

Avec ses six pieds et quelques pouces, le cultivateur dominait de sa taille la table où prenaient place les deux représentants des autorités. Mince, il ne paraissait pas fragile pour autant, bien au contraire.

— Elle avait des enfants ?

— Deux garçons.

— Et vous ?

— Deux filles à la maison, un garçon placé. Un autre de mes garçons, Joseph, est mort fin 1917.

Perdre deux enfants sur quatre, en milieu rural, n'avait rien d'exceptionnel. Tout de même, deux ans après son mariage avec la femme Houde, il ne restait plus que Marie-Jeanne à la maison. Cette statistique paraissait bien lugubre.

— Vous avez eu des enfants de votre seconde épouse ?

— Une fille, Pauline.

Comme le témoin devait commencer à se sentir en confiance, Caron décida de changer le registre de ses questions.

— D'après vous, de quoi votre fille est-elle décédée ?

L'homme écarquilla les yeux.

— Je ne suis pas docteur.

— Mais vous l'avez vue dépérir.

D'une façon un peu laborieuse, le père reprit à l'identique le récit de sa fille aînée : les plaies purulentes sur les bras et les jambes, la détérioration soudaine de son état quelques jours plus tôt.

— Elle avait des blessures sur tout le corps, remarqua le coroner.

— Ça, je ne sais pas. Ma femme s'occupait de sa toilette, de ses soins.

— Tout de même, la bosse sur la tête, les yeux au beurre noir, le front enfoncé… Il n'est pas nécessaire de déshabiller quelqu'un pour voir cela.

Télesphore balaya la salle du regard pour faire taire un ricanement venu de l'assistance.

— Ma femme donnait les soins.

— Si je résume bien vos paroles, elle portait des blessures remplies de pus sur les membres, sa tête et son visage se couvraient de plaies, selon vos propres dires, elle présentait des signes de maladie depuis trois semaines, son état empirait depuis samedi ou dimanche dernier. C'est bien cela ?

— … Oui.

— Mais vous n'avez jamais songé à appeler le médecin.

— Ma femme s'occupe des soins aux enfants.

— Votre femme a dit devant témoin que, puisqu'il s'agissait de vos enfants, vous deviez prendre l'initiative.

Un mouvement se fit entendre dans la salle. Impatients de rentrer pour prendre leur repas du soir, les spectateurs, assis sur le bout de leur siège, attendaient la réponse d'un voisin, pour plusieurs d'un parent.

— Je ne l'ai jamais entendue dire cela devant moi.

— Même hier, vous n'avez pas jugé bon de téléphoner au docteur Lafond. Vous avez le téléphone, n'est-ce pas ?

De nombreux ménages se trouvaient encore privés de ce moyen de communication. La précision valait la peine d'être faite.

— Oui, j'ai le téléphone. Mais quand je suis parti au chantier, elle paraissait bien.

Cette piste méritait d'être creusée. Mathieu fut déçu de voir le docteur Caron changer de sujet une fois de plus, peut-être à cause de son souci de prendre le train en soirée.

— Cette enfant portait de nombreuses traces de

coups. Vous l'avez frappée bien fort. Elle devait être bien difficile à élever :

— Très difficile. Elle avait tous les vices.

— Au point de la frapper avec un manche de hache ?

— Je n'ai jamais fait ça.

Sa protestation sortit d'un trait. Le coroner n'insista pas.

— Vous avez reconnu la châtier sévèrement. Avec quoi l'avez-vous frappée ?

— … Des éclats de bois.

— Que voulez-vous dire ?

— Pour allumer le poêle, on met du papier, des éclats de bois…

Avec ses mains, l'homme indiquait une longueur de quinze ou dix-huit pouces.

— Moi, je chauffe au charbon, je ne sais pas… Ils sont gros comme cela, ces éclats ?

Le coroner indiquait une épaisseur de deux pouces environ.

— Oh ! Plus petit que cela.

— Le docteur Marois a aussi évoqué un fouet. Vous avez déjà frappé Aurore avec un fouet ?

Peut-être à cause du ton badin de l'échange précédent, le témoin ne se méfia pas.

— Oui, c'est arrivé.

— Pour tirer les arbres de la forêt, vous utilisez un attelage de bœufs ?

— Non, des chevaux.

— Les bœufs sont plus forts.

Le cultivateur eut un sourire suffisant devant tant d'ignorance de la part du citadin.

— Oui, mais ils sont plus stupides.

— Donc, vous avez utilisé contre votre fille un fouet vous servant à mater des chevaux.

Dans les années à venir, les habitants de Fortierville se diraient que certains hommes valaient les bœufs, au chapitre de la stupidité. Leur voisin n'avait pas vu le piège tendu devant lui.

— Elle était très difficile à élever, je vous l'ai dit. Une vicieuse.

— Vous la battiez souvent ?

— … Quand je la voyais faire une grosse bêtise.

— Pendant la journée, vous n'étiez pas là. Elle devait se coucher tôt, à son âge. Vous n'étiez donc pas témoin de ces bêtises.

L'homme garda le silence, puis admit comme à regret :

— Je la châtiais le soir, quand ma femme me signalait une faute grave.

Pour des personnes bien encadrées par leur curé, forcées dans l'enfance à mémoriser les centaines de questions et de réponses du catéchisme, les concepts de faute et de châtiment ne faisaient pas mystère.

— Elle a dû vous signaler beaucoup d'écarts de conduite, compte tenu de toutes les blessures identifiées tout à l'heure par le médecin.

Mathieu remarqua un mouvement d'humeur chez la femme Gagnon, exprimé par un raidissement soudain. Au lieu de chercher à établir la gravité des forfaits susceptibles de causer des corrections aussi sévères, le coroner désarçonna son témoin en empruntant une nouvelle direction.

— Vous me paraissez être un homme très vigoureux. Dites-moi, un fouet utilisé contre des chevaux, cela pourrait sans doute estropier, ou même tuer une personne comme moi ?

— Peut-être bien, ricana-t-il.

Après avoir passé un si mauvais moment, Télesphore laissait transpirer sa colère. L'idée d'infliger une volée de ce genre au magistrat devait lui sourire.

— Croyez-vous que les conséquences seraient aussi graves pour monsieur Picard, assis à côté de moi ?

D'habitude, les beaux messieurs de la ville paraissaient bien frêles aux yeux de ces paysans. Le témoin toisa Mathieu, qui soutint son regard avec un sourire amusé. Une flamme dans les yeux de l'étudiant lui inspira la prudence.

— Je ne pense pas. D'abord, il ne se laisserait pas faire.

— Je crois que vous avez raison. Vous savez reconnaître un homme plus fort que vous.

Caron se déplaça sur sa chaise, comme pour prendre la mesure de son interlocuteur à son tour.

— Mais en traitant ainsi une petite fille de dix ans, vous n'aviez pas réalisé que vous pouviez la tuer ?

Quand le stagiaire fit mine de prendre en note l'essentiel du dernier échange, le magistrat lui fit un signe négatif du doigt, derrière la table. Il enchaîna bientôt :

— Monsieur Gagnon, pouvez-vous lire le compte rendu de notre ami ?

L'autre secoua la tête de droite à gauche. Dans cette paroisse, une majorité des adultes ne devait pas être en mesure de déchiffrer un texte un peu complexe.

— Dans ce cas, il le fera pour vous, et si tout est conforme, vous signerez.

Mathieu s'exécuta. Quand il lui fallut apposer sa griffe, le cultivateur poussa un soupir de soulagement. Le résumé lui paraissait bien peu incriminant, bien moins que les paroles prononcées.

— Maintenant, poursuivit le coroner, j'invite les jurés à se retirer dans la petite salle attenante. Ils reviendront nous donner leur conclusion. Messieurs !

En se levant, Caron leur désigna de la main la pièce située au fond de la sacristie. Elle donnait accès à l'église elle-même. Le curé y rangeait ses vêtements sacerdotaux dans une grande armoire. Les six hommes paraissaient un peu surpris de devoir se retirer, tant la conclusion leur paraissait évidente. Ils revinrent après quelques minutes à peine, pour discuter à mi-voix avec le coroner.

Celui-ci reprit bientôt sa place pour dire :

— Les membres du jury entérinent la conclusion du rapport d'autopsie. Aurore Gagnon est morte soit d'un empoisonnement généralisé du sang, soit d'une autre cause à déterminer par des analyses.

C'était, à peu de chose près, les mots mêmes du docteur Marois. Mathieu dissimula mal sa déception. Après le témoignage de Télesphore Gagnon, « morte des suites de blessures consécutives à une attaque avec un instrument contondant » lui aurait semblé plus pertinent. Si quiconque attaquait un adulte avec un manche de hache, cela méritait une accusation de tentative de meurtre. Dans le cadre du foyer familial, sous prétexte de corriger les mœurs d'une fillette, cela prenait une autre couleur.

Les habitants de Fortierville quittaient les lieux lentement, déçus de cette fin abrupte. Le curé déserta son refuge du fond de la sacristie, où il s'était tenu avec Lauréat Couture pendant toute la procédure. L'ecclésiastique déclara généreusement aux « gens de Québec » :

— Ma ménagère pourra vous préparer un souper tardif, quelque chose de léger, à cette heure.

Caron sortit de nouveau sa montre de son gousset.

— Il est déjà sept heures, un train quittera la gare dans un peu moins d'une demi-heure. Je vous remercie, monsieur le curé, mais si je ne veux pas le rater, mieux vaut me mettre tout de suite en route.

— Le temps d'atteler la jument, et je vous conduirai, proposa Oréus Mailhot.

Le marchand se tourna à demi pour englober les autres visiteurs dans son regard.

— Et vous aussi, messieurs.

— Je vous remercie, mais je vais passer la nuit dans ce charmant village, ironisa le détective. Les funérailles de la petite fille auront lieu demain, je lui dois bien d'y assister, n'est-ce pas ? Le curé a accepté de me loger dans une chambre de son grand presbytère.

— C'est tout naturel, voyons, affirma le bon Samaritain.

Alors qu'il prononçait ces mots, le sourire du prêtre faisait penser à celui d'un homme ayant mordu dans un citron. Ses invités appartenaient d'habitude à une autre classe de gens.

— Cela nous permettra de discuter entre collègues, continua le détective, gouailleur. Après tout, nous pénétrons tous les deux dans l'âme humaine avec l'espoir de combattre le mal et de conduire les méchants à leur jugement. Moi celui des hommes, monsieur l'abbé, celui de Dieu.

L'agacement rendit la voix de Massé cassante quand il ajouta :

— Je vais vous saluer tout de suite, messieurs. Si je ne regagne pas sans tarder le presbytère, ma servante risque de préparer un repas pour six personnes.

Il serra la main des visiteurs.

— À tout à l'heure, lança encore le policier quand le prêtre passa la porte.

Tout en rangeant ses papiers dans sa mallette, Mathieu laissa échapper un rire bref. Ces deux-là passeraient en tête-à-tête une soirée délicieuse !

— Docteur Caron, continua Couture d'un ton infiniment plus sérieux, vous avez mené cette petite enquête de façon très habile.

— Je vous remercie, monsieur.

— Mais, contesta le stagiaire d'un ton bien présomptueux, la petite fille a menti tout au long de son témoignage.

— Ce que celui du père a clairement établi ensuite, expliqua le policier. Cet accroc à la vérité ne nuira en rien à la suite de l'affaire. Ce bonhomme a admis battre sa fille avec un fouet. Il la savait gravement malade depuis trois semaines. Nous avons la preuve, avec ses seuls aveux, des mauvais traitements et du refus de faire soigner une enfant en danger de mort. En plus, monsieur Caron a démontré que le bonhomme savait très bien faire la différence entre des gens plus faibles et plus forts que lui. Il jouit donc de toutes ses facultés.

Mathieu hocha la tête en regardant le petit médecin chauve avec des yeux nouveaux. L'interrogatoire du dernier témoin, en apparence décousu, prenait tout son sens.

— Tout de même, les paroles de Marie-Jeanne viennent tout contredire, plaida-t-il encore.

— Elle a dit cela devant un homme qui battait sa sœur avec un fouet à bestiaux, expliqua Couture. D'une certaine façon, son mensonge est une autre preuve de la brutalité du bonhomme. Elle était morte de peur.

— Je ne veux pas rompre votre conciliabule, intervint le docteur Marois, mais les minutes s'égrènent. Si nous ne voulons pas rater ce damné train…

Les membres du quatuor avaient déjà endossé leur manteau tout en discutant. Ils sortirent de la sacristie pour retrouver le climat sibérien de la campagne battue par le vent. Une minute suffit pour récupérer les sacs de voyage abandonnés depuis le matin dans l'entrée du presbytère. Le détective Couture serra les mains, puis alla déguster le souper préparé par madame curé en compagnie d'un prêtre devenu bien morose.

Toujours emmitouflé dans son manteau en fourrure, assis sur la banquette de sa voiture de livraison, Oréus Mailhot se trouvait devant la porte. Mathieu contempla le ciel étoilé, laissa échapper un long soupir exhalant un jet de vapeur blanche. Comment pouvait-il encore se rendre utile ?

— Messieurs, je vais rester ici quelque temps, conclut-il.

Il tendit la main pour saluer ses deux compagnons, transporta leurs sacs dans le traîneau.

— Monsieur Mailhot, interrogea-t-il en se plantant à côté de lui, y a-t-il une auberge dans ce village ?

— Non. La plus proche se trouve à Saint-Jean-Deschaillons.

— Mais des habitants doivent louer des chambres aux personnes de passage ?

L'autre secoua la tête, puis précisa :

— Personne ne passe par ici. Vous cherchez où loger ?

Mathieu répondit par l'affirmative.

— Allez au magasin général, là-bas. C'est chez moi. Prenez un arrangement avec ma femme.

Les docteurs Marois et Caron avaient pris place dans la voiture. L'homme fit claquer les rênes sur le dos de sa jument afin de la faire avancer.

6

Madame Mailhot, une matrone allant sur ses quarante ans, ne lui fit pas un trop mauvais accueil.

— Comme vous arrivez ici à la dernière minute, vous trouverez le repas du soir un peu... modeste. Je n'avais pas prévu trois personnes.

— De toute façon, je n'ai pas un bien grand appétit, ce soir.

— Je comprends. Après le récit de cette histoire épouvantable...

Mathieu acquiesça d'un signe de la tête, songeant qu'après avoir été témoin de l'autopsie, l'enquête n'aurait plus rien pour le troubler.

Ses yeux firent rapidement le tour de l'établissement. Le magasin général occupait tout le rez-de-chaussée de la grande demeure, un cube solide mais sans aucune élégance. Les paysans trouvaient de tout en cet endroit, à condition de maintenir leurs attentes au minimum. Par exemple, aucune femme des environs ne commettrait une dépense aussi fantaisiste qu'une robe ou un pantalon confectionné. Mais le propriétaire offrait du tissu à la verge, des clous, des manches de hache ou de pioche, du sucre et de la farine, et même quelques jouets.

En haut, les quartiers du couple Mailhot présentaient les signes d'une modeste aisance. Un établissement de ce genre leur permettait de bien vivre, de se hisser au rang de notables. Il trouva la petite chambre rouge au bout d'un couloir : l'appellation tenait à la couleur du papier peint. Ce serait son logis jusqu'au lendemain.

Quarante minutes plus tard, à table, Mathieu entendit le juge de paix faire un récit succinct de la procédure à l'intention de son épouse.

— À coups de fouet ? s'indigna-t-elle. C'est une véritable brute.

— Cet homme a-t-il une bonne réputation, dans la paroisse ? questionna l'invité.

L'homme et la femme se consultèrent du regard.

— Plutôt bonne, je suppose, admit Oréus. Le bonhomme travaille fort, il est assez habile de ses mains. Des paroissiens font appel à ses services pour des travaux de charpenterie. D'autres s'adressent à lui pour ferrer des chevaux, ou même pour des travaux de forge.

— Comment trouve-t-il le temps d'exploiter une ferme et d'aller aux chantiers ? demanda Mathieu.

— Ici, tout le monde a une terre, répondit l'épouse, ou à tout le moins un grand potager et quelques animaux.

— Nous-mêmes, enchaîna le mari, nous avons deux vaches, pour avoir du lait frais, et le curé en a une. Mais Gagnon possède trois terres, qu'il arrive à exploiter seul.

L'homme prit le temps de bien mastiquer un morceau de bœuf avant de préciser encore :

— Puis, ici, tous les cultivateurs vont au chantier. Dans le meilleur des cas, ils bûchent dans le bois situé au bout de leur terre de quoi se chauffer, les billes à transformer en planches, le plus souvent pour leur propre usage.

— D'autres, poursuivit la femme, se retrouvent tout l'hiver sur les terres de la seigneurie. Ils ne reviennent pas avant le printemps. Certains vont plus loin encore.

La seigneurie de Lotbinière était couverte de grandes forêts. Les cultivateurs mariés les plus pauvres, ou alors les jeunes gens désireux de ramasser l'argent nécessaire pour « s'établir » à leur tour, y travaillaient de longs mois.

— Pour pratiquer tous ces métiers, reprit Mathieu, je suppose que Gagnon doit être assez pauvre.

— Non, bien au contraire. Dans la paroisse, il s'agit d'un homme assez prospère. Vous voyez, en pouvant tout faire de ses mains, il ne verse jamais un sou à personne. Et en exécutant des travaux pour les gens moins habiles que lui, il obtient leur argent.

Dans la pièce attenante, une horloge sonna neuf heures. Dans les fenêtres des maisons voisines, on ne voyait plus de lumière. Ces gens-là se couchaient tôt. Mathieu décida de ne pas devenir une nuisance pour ses hôtes. Il avala le reste du repas sans plus poser de questions, refusa la tasse de thé en disant :

— Vous allez m'excuser, je préfère gagner ma chambre tout de suite. La journée a été longue, et j'aimerais lire un peu avant de souffler ma lampe. Vous comprenez, les examens viennent rapidement, à l'université.

Les Mailhot ne firent rien pour le retenir. Après

une toilette sommaire, il se réfugia dans la chambre rouge.

Sur le chemin du retour, le train s'arrêta un peu moins souvent qu'en matinée. Pourtant, le docteur Caron ne posa pas le pied sur le quai du port de Québec avant onze heures. Il prit un taxi avec le docteur Marois, déposa d'abord celui-ci à l'entrée de son domicile, puis arriva enfin rue Claire-Fontaine.

La porte s'ouvrit devant lui avant même que l'homme ne glisse sa clé dans la serrure.

— Oh ! Pourquoi m'as-tu attendu si tard ? déclara-t-il à sa femme.

— Va donc savoir. Pourquoi une épouse attend-elle son vieux mari ?

Il lui fit la bise, se débarrassa de son paletot et de son chapeau avant de pénétrer dans le salon. Élise, calée dans un fauteuil, une tasse de café à la main, lui lança, un peu narquoise :

— Moi, c'est parce que je suis une bonne fille.

Elle avait entendu l'échange précédent.

— La meilleure, répondit-il en posant les lèvres sur son front.

L'homme se laissa choir dans un canapé, poussa un long soupir.

— Je t'ai gardé un repas bien au chaud, précisa sa femme. Cela te fera du bien.

— Je te remercie, mais je ne pourrai rien avaler ce soir.

— La journée a été difficile ?

— Pire que cela. Je pensais avoir tout vu, mais la vie me réservait encore une mauvaise surprise.

Les deux femmes choisirent de ne pas le replonger

dans l'horreur par leurs questions. Le bruit d'une petite souris se fit entendre dans l'embrasure de la porte de la pièce. Estelle se tenait bien droite, une petite silhouette blanche dans sa robe de nuit, un ourson en peluche dans les bras.

— Oh ! Ma belle, je t'ai réveillée, je pense.

Elle fit un geste d'acquiescement de la tête.

— Si tu veux, je vais aller te lire une histoire afin de te rendormir.

La gamine donna son assentiment d'un autre mouvement du chef. Caron adressa un sourire à sa femme et à sa fille en se levant.

— Ne passe pas la nuit debout, conseilla la première. Tu auras une journée très occupée, demain.

— Promis.

Il continua à l'intention d'Estelle :

— Tu as une histoire susceptible de nous endormir tous les deux ?

— *Le Petit Chaperon rouge ?*

— Celle avec le loup ? J'espère ne pas avoir trop peur.

— Je serai avec toi.

La petite présence le rassurerait certainement. Les deux femmes le regardèrent quitter la pièce, un peu inquiètes.

Mathieu avait d'abord tenté de s'absorber dans le Code civil de la province de Québec. Son entêtement ne donnait rien : les mots dansaient sous ses yeux. Un bruit de scie attaquant un crâne grinçait dans sa tête, des viscères sanglants couvraient les pages, l'odeur d'un intestin fendu sur toute sa longueur emplissait ses narines.

Ce bruit, ces odeurs, ces visions alternaient avec ceux de son champ de bataille intime, celui enfoncé dans son âme depuis les Flandres.

— Je ne peux tout de même pas aller courir les rangs, grommela-t-il avec rage. Non seulement je peux crever de froid, mais l'un ou l'autre de ces cultivateurs risque de décharger son calibre 12 dans ma direction.

Quant à marcher en rond dans cette maison jusqu'à tomber d'épuisement, il ne pouvait l'imposer à ses hôtes.

À la fin, le jeune homme chercha une feuille de papier et son stylo à plume dans son petit sac de voyage, se servit de son Code comme d'une écritoire.

Très chère Flavie,

Tu ne liras peut-être jamais cette lettre... Mais au moins, en traçant ces mots, ma tête s'emplit de tes grands yeux, des plis rieurs à leur commissure, des lèvres rouges, de l'odeur poivrée de tes cheveux...

Pendant de longues minutes, le jeune homme poursuivit son énumération, arc-bouta son désir sur ces souvenirs. Peut-être ne dormirait-il pas. Au moins son insomnie prendrait une couleur moins lugubre.

Les souvenirs de la journée, le trop grand silence et des pensées coupables se conjuguèrent pour tenir

Mathieu éveillé une grande partie de la nuit. Le fantôme d'une petite fille se joignait dans son esprit à tous les autres rapportés des Flandres. Après le déjeuner hâtif avec les Mailhot, il se réfugia de nouveau dans sa chambre afin de mémoriser les articles les plus abscons du Code civil.

Pendant ses pauses, il se demandait bien en quoi sa présence dans ce village aiderait l'enquête. L'idée lui était venue en entendant le détective Couture déclarer vouloir assister aux funérailles. Le petit corps nu étendu sur une table méritait bien cette délicatesse.

Un peu avant dix heures, il se joignit au couple Mailhot afin de se rendre à l'église. Le temple se trouvait juste de l'autre côté de la rue Principale. Tout autour, des dizaines de traîneaux s'alignaient. Les chevaux frissonnaient déjà malgré les robes de carriole sur leur dos.

Les paroissiens entraient par la porte centrale. Sur la droite, le confessionnal ressemblait à une immense armoire en chêne. Un riche décor caractérisait la bâtisse, une opulence un peu choquante dans un milieu aussi pauvre.

— Si vous voulez nous accompagner sur notre banc, libre à vous, murmura Oréus. Ce matin, vous ne trouverez aucune place de libre.

— Ce serait abuser un peu de votre hospitalité, je pense. Je vais aller me percher dans le jubé. Cela me donnera un meilleur point de vue.

Tout le monde se trouvait là. Les usages, à la campagne, exigeaient la présence de la communauté entière, lors du départ de l'un de ses membres. Elle se trouvait enrichie des curieux et des parents des paroisses avoisinantes.

Un escalier étroit permettait de gagner le jubé. Mathieu accéda à un petit espace en pente, encombré de bancs et de chaises. Les membres de la chorale attendaient nerveusement, debout autour de l'orgue, faisant passer leur poids d'un pied sur l'autre.

Il restait une place au premier rang, dans un coin. En multipliant les « Excusez-moi, pardon », le jeune homme força une dizaine de personnes à le laisser passer. Il posa une main sur la balustrade, afin d'être sûr de ne pas basculer dans le vide. Une fois sur sa chaise, il contempla les voiles noirs et mauves tendus sur les murs, les colonnes, et même les trois autels, celui du centre devant lequel le prêtre officierait, et les deux autres dans les allées latérales.

À dix heures, précédé d'une petite cohorte de servants de messe affublés de surplis en dentelle blanche passés sur des aubes noires, l'abbé Massé fit son entrée. Le peuple des chrétiens se leva, la cérémonie pouvait commencer.

De son poste d'observation, le stagiaire examina la congrégation, une assemblée essentiellement composée de cultivateurs, flanqués de leur femme et d'une progéniture abondante. Il supputa un moment les pensées hantant l'esprit de ces enfants : l'un des leurs avait péri sous les coups de ses parents ! Dans l'allée centrale, sur un chariot métallique, un cercueil très simple, en bois blanc, attirait tous les regards. On avait vissé une petite croix en métal sur le couvercle.

Même dans le cas de funérailles, la messe demeurait d'un ennui mortel aux yeux de l'étudiant. Au gré des phrases ânonnées en latin, l'assistance alternait les postures assises, debout et à genoux. Mathieu se concentra bientôt sur la famille Gagnon, placée tout de suite derrière le banc des marguilliers, vêtue de noir comme il convenait dans les circonstances.

La mère portait, comme la veille, un voile opaque susceptible de masquer ses traits. À sa droite, un garçon de neuf ans se tenait bien droit. Près de lui, il remarqua la petite silhouette sombre de Marie-Jeanne. Elle portait fréquemment ses yeux en direction du cercueil.

« À quoi songe-t-elle, en ce moment ? se demanda le visiteur. Peut-être craint-elle d'être la prochaine à se retrouver dans une boîte. »

Dans toutes les funérailles, un moment tirait des larmes de toutes les personnes présentes, même les plus endurcies : l'éloge funèbre. L'abbé Massé gravit les quelques marches conduisant à la chaire. Il présentait un visage embarrassé, une occurrence pour lui bien rare.

— Aurore, notre sœur, a rejoint son Créateur. Comme pour chacun d'entre nous, ses fautes et ses bonnes actions seront mises dans la balance. Elles lui vaudront le paradis ou alors la damnation éternelle.

— Quelle brute épaisse, grogna l'étudiant.

À sa gauche, un jeune homme à la carrure de bûcheron posa des yeux sévères sur lui. Aussi, Mathieu continua son commentaire sans bouger les lèvres. « Elle a été massacrée par ses parents, son confesseur doute maintenant de son salut à haute voix. Pourquoi ne la présente-t-il pas comme une martyre ? »

Balayant une fois de plus l'assistance des yeux, Mathieu ne vit nulle part la silhouette large et un peu trapue de Lauréat Couture.

— Où ce diable d'homme peut-il se cacher ?

Son voisin le fustigea encore du regard, agacé par ses marmonnements. Que faisait un si bon chrétien dans les hauteurs du jubé, si loin de son pasteur ? Surtout, où se trouvait le détective ? La veille, il avait affirmé vouloir accompagner la fillette à son dernier repos.

Plus familier avec les habitants de la paroisse, Mathieu se serait rendu compte qu'Exilda Lemay manquait aussi à cette assemblée pieuse.

Son melon ne convenait certainement pas dans ce climat. Le froid forçait Lauréat Couture à utiliser un expédient lui donnant une allure grotesque. En quittant le presbytère une demi-heure plus tôt, il avait placé son foulard sur sa tête, puis l'avait noué sous son menton. Pour ajouter au ridicule, il portait son chapeau par-dessus.

Le détective entra dans la cour de la ferme des Lemay, entoura les rênes autour d'une perche placée à l'horizontal avant d'aller frapper à la porte de la cuisine d'été.

— Oh ! s'exclama Exilda Lemay en lui ouvrant la porte. C'est la mode, à Québec ?

— Ne vous moquez pas ! Hier, je me suis gelé les oreilles.

Elle s'écarta un peu pour le laisser entrer. La femme portait elle-même un bonnet en laine un peu risible. Elle prit son manteau sur le dossier d'une chaise pour l'enfiler.

— Votre coup de téléphone m'a prise tout à fait par surprise, tout à l'heure. Je comptais bien aller aux funérailles, moi aussi.

— Je vous assure, madame, vous lui serez bien plus utile en m'accompagnant.

— Je ne vois pas ce que je peux faire.

— M'aider à entrer là-bas, et mieux encore, aiguiser votre mémoire. Vous aurez à tout répéter devant un tribunal.

Elle attacha le dernier bouton de son manteau sous son menton, puis sortit avec l'homme sur les talons. La petite jument du curé trotta jusque chez les voisins, à moins de trois arpents. Le policier frappa à la porte de la cuisine d'été.

Quelqu'un entrebâilla l'huis, posa un œil dans la fente d'un demi-pouce environ.

— Bonjour, jeune homme, prononça le détective avec son meilleur sourire. Êtes-vous le plus jeune, ou le plus âgé des garçons Gagnon ?

L'autre élargit un peu l'ouverture avant de dire :

— Le plus grand, Gérard.

— Alors, Gérard, allez-vous me laisser entrer ?

Le garçon demeura un long moment silencieux, hésitant.

— Il fait froid dehors, insista Exilda. Laisse-nous entrer.

En entendant une voix familière, le bambin parut un peu rassuré. Il ouvrit la porte en s'effaçant de côté. Une fois dans la maison, le détective posa son melon sur la table et entreprit de détacher son foulard.

— Tu es seul dans la maison ?

Continuer de vouvoyer un hôte de cet âge lui paraissait ridicule.

— Je surveille ma petite sœur. Les autres sont à l'église.

— Elle s'appelle Pauline, je pense. Quel âge a-t-elle ?

— ... Un an.

— Plutôt huit mois, environ, intervint la voisine.

Couture avait vu cette pièce encombrée de voisins et de parents, la veille. Il tourna sur lui-même afin de mémoriser la configuration des lieux.

— Et toi, tu as quel âge ?

— Onze ans.

— Oh ! Tu as donc le même âge qu'Aurore, à un an près.

Cela, bien sûr, à cause de la présence dans la maison des membres de deux familles distinctes. Le garçon hocha la tête gravement, engagé bien jeune à réfléchir à la fragilité de l'existence.

— Où ta sœur couchait-elle ?

— En haut.

La voisine prit sur elle de préciser :

— Cet escalier, là, débouche directement dans sa chambre.

— Nous pouvons y aller ?

L'enfant ne savait quoi répondre. Le policier n'attendit pas un refus.

— Vous m'accompagnez, ordonna-t-il à la voisine en s'engageant dans les marches.

L'homme et la femme se retrouvèrent dans une pièce assez grande, aux murs inclinés suivant la forme du toit. Une mince couche de paille recouvrait uniformément le plancher. Le policier décrivit un arc de cercle du bout de sa chaussure, pour découvrir des planches rugueuses, souillées de traînées grises ou brunes. Il pensa à de la boue ou des excréments.

— Marie-Anne me paraît négliger un peu l'entretien de son intérieur.

— Le reste de la maison est bien tenu.

— Une seule pièce de la maison garde donc une allure de porcherie : une délicate attention destinée à sa belle-fille favorite. Et comme dans une porcherie, elle étendait un peu de paille.

— Je n'ai jamais vu cela sur le plancher.

L'homme demeura songeur un moment, puis conclut :

— C'est donc pour cacher quelque chose. Elle couchait dans ça ?

Il désignait une espèce de boîte posée sur le sol, de trois pieds sur cinq.

— Non, c'est le cadre du lit de Marie-Jeanne. Mardi dernier, elle se trouvait sur une paillasse, là, le long du mur.

Le mot désignait un sac rempli de paille. Le policier continuait de tasser le chaume avec sa chaussure, afin de voir les madriers, dessous.

— Ah ! Voilà quelque chose d'intéressant.

Il s'accroupit sur ses talons pour examiner une traînée d'un rouge brunâtre.

— C'est…, commença la voisine en se penchant vers l'avant.

— Du sang.

— Il y en a beaucoup.

Elle aussi se mit à déplacer le chaume un peu de

côté, avec les mains. Les traces, quatre en tout, de trois pouces de large environ, s'allongeaient sur plus d'un pied.

— Une personne ensanglantée a été traînée sur le sol, commenta-t-elle, où elle s'est traînée elle-même.

— Si sa couchette se trouvait là, elle a pu vouloir atteindre l'escalier.

Il leva les yeux, examina le mur devant lui. Des gouttelettes rougeâtres dessinaient trois demi-cercles, en pointillé.

— Ça aussi, c'est du sang ? murmura Exilda Lemay en suivant son regard.

— Oui. Quand un coup porté très fort atteint une victime, le sang a tendance à gicler de cette façon. J'ai déjà vu des plafonds souillés de la sorte.

— Mais pour cela…

— Il faut taper comme une brute, pour tuer.

Des larmes vinrent aux yeux de la femme.

— Je ne réalisais pas. Je vous le jure. Sinon…

— Inutile de vous flageller de la sorte maintenant. Fouillez plutôt votre mémoire et signalez-moi toutes les personnes susceptibles de nous éclairer sur ces événements.

Lauréat Couture allait ajouter quelque chose quand un objet attira son attention, près de la cloison.

— Pourquoi quelqu'un garderait-il un bâton dans la chambre de ses enfants ?

— C'est une hart.

La nuance de sa compagne lui parut inutile. Il récupéra la branche de trois pieds de long, grosse comme le pouce d'un homme.

— Bâton ou hart, dites-moi à quoi cela sert, dans une ferme ?

— Parfois pour aider à marcher, comme une canne. On l'utilise aussi pour menacer les animaux. Juste en l'agitant un peu sous leurs yeux, les vaches rentrent à l'étable.

— Ou encore, pour frapper un enfant. Continuons.

Pendant dix minutes, ils déplacèrent la paille pour découvrir d'autres traces de sang. À la fin, ils se redressèrent, jetèrent un regard circulaire sur la chambre, puis descendirent.

De retour dans la cuisine d'été, ils trouvèrent Gérard assis à la table, inquiet, le visage entre ses deux poings fermés.

— Dis-moi, mon garçon, cette hart servait à corriger Aurore, n'est-ce pas ?

L'enfant resta longtemps silencieux.

— Dis-moi la vérité, mon grand, il ne t'arrivera rien de mal.

Il acquiesça d'un mouvement de la tête.

— Qui la frappait ? Papa ?

— Maman aussi.

— S'en servaient-ils contre toi ?

De nouveau, le garçon fit un signe de tête affirmatif.

— Et ta grande sœur, Marie-Jeanne ? Ton frère ?

— Pas souvent.

La confidence paraissait lui peser : confesser avoir reçu une correction, dans son esprit d'enfant, signifiait admettre avoir commis des fautes.

De son côté, Exilda Lemay cherchait dans tous

les recoins de la cuisine d'été. Elle découvrit un amas de chiffons derrière le poêle, le long de la cloison. Le couple Gagnon, après l'enquête du coroner, s'était efforcé de faire disparaître des preuves. Il comptait très probablement terminer ce travail à son retour de l'église.

— Monsieur, regardez ce que j'ai là.

Elle tenait du bout des doigts une petite jaquette souillée de taches, les unes jaunâtres, les autres tirant sur le brun. Le policier retourna le vêtement à l'envers. Le bas se trouvait maculé de sang.

— Quelles sont vos autres trouvailles ?

— Cette petite couverture grise. Mardi, elle se trouvait dans son lit. En plein hiver, c'est bien peu.

Couture apprécia aussi l'épaisseur du tissu entre son pouce et son index. Il ne fut pas long à découvrir des traînées sanglantes.

— Et voilà la paillasse, presque vide.

Ces pièces à conviction évoquaient une existence bien difficile, mais il manquait toujours au policier de quoi frapper les imaginations. Il s'assit en face de Gérard, de l'autre côté de la table. Le garçon assistait à leurs recherches à moitié fasciné, à moitié terrorisé.

— Ta petite sœur Pauline est toujours aussi sage ?

— Non, pas toujours. Des fois, elle pleure.

— Les bébés, c'est comme ça. Tu es tout de même bien responsable, à ton âge, pour la garder comme un grand.

Le compliment parut lui faire plaisir, il esquissa l'ombre d'un sourire.

— Hier, à l'enquête, ton père a parlé d'un fouet utilisé pour frapper Aurore. Tu sais où il se trouve ?

Le garçon écarquilla les yeux, de nouveau un peu désemparé.

— Il y avait aussi un manche de hache, renchérit Exilda Lemay.

Les yeux de l'enfant passèrent de l'un à l'autre.

— Il nous a demandé de les récupérer. Tu peux me les confier ?

L'affirmation le laissa plus perplexe encore. Qui était ce « il » ? Son beau-père ? L'un des messieurs de Québec ? Couture ne se sentait pas trop fier de la manipulation, mais rendre justice à la gamine allongée dans une boîte lui paraissait valoir ce petit accroc.

Enfin, Gérard avoua d'une voix à peine audible :

— Ils sont dans les bâtiments.

— Tu veux venir m'aider à les trouver ?

Le regard de l'enfant repassa de l'un à l'autre.

— Ma petite sœur ?

— Je vais la surveiller pour toi, proposa la voisine.

— Lequel est ton manteau ?

Lauréat Couture s'était approché des crochets plantés dans le mur de la cuisine d'été. De nombreux vêtements y pendaient.

— Le rouge.

Le policier le décrocha pour lui. L'enfant mit un certain temps à enfiler ses bottes, puis le manteau. Se dirigeant vers la porte, il récupéra une casquette pendue à un clou.

Le détective ramassa ses premières pièces à conviction pour les déposer dans le traîneau du curé. Le garçon se dirigea tout de suite vers l'étable, puis attendit que son compagnon le rejoigne.

— Vas-y seul. Je vais t'attendre ici.

De cette façon, il ne lui suggérerait rien. Gérard reviendrait les mains vides ou avec un instrument ayant réellement servi à infliger des corrections. L'homme tapait du pied le sol gelé, les deux mains posées sur ses oreilles. Puis, le garçon revint avec un morceau de bois long de trente pouces, tout au plus.

— Voici le manche. Je n'ai pas trouvé la mise.

Il parlait de la lanière en cuir tressé. Un anneau en fer, au bout du morceau de bois, permettait de l'accrocher. Juste comme cela, les membres du jury reconnaîtraient une arme redoutable.

— Cela ne fait rien. Tu n'as pas vu le manche de hache ?

— Il se trouve dans la forge.

L'enfant montrait une petite construction de planches bâtie près du chemin public. Ils marchèrent ensemble jusqu'à elle. Cette fois aussi, le garçon entra seul, revint avec l'objet convoité.

— Papa s'en servait pour fouiller dans le feu. Le bois est tout noirci.

Couture le soupesa. Cela devait être de l'orme, un bois très dur. Il fendit l'air, comme pour frapper quelqu'un. Cet instrument pouvait faire autant de dégâts sur le crâne d'un homme que la matraque de n'importe quel policier.

— Avant, il y avait des traces rouges au bout. Sur le bout coupé.

— … De la peinture ?

En formulant la question, le détective devina être dans l'erreur.

— Du sang.

Pas seulement à cause du froid, l'homme réprima un frisson.

— Rentre dans la maison, tu vas attraper du mal.

Couture commença par déposer ces armes à côté des objets recueillis dans la maison, puis il pénétra dans la cuisine d'été. Il échangea un long regard avec Exilda Lemay, le temps que Gérard retire ses bottes.

— Va voir si ta petite sœur dort toujours bien.

L'enfant hésita avant d'obtempérer.

— Vous savez si quelqu'un pourra s'occuper des enfants ? demanda le policier dans un souffle.

— Les parents…

— Ils ne reviendront pas ici avant longtemps, s'ils reviennent un jour. J'ai passé une heure au téléphone avec mes patrons, ce matin. Je dois les arrêter et les conduire à Québec.

La femme resta songeuse, puis répondit :

— Je téléphonerai aux grands-parents.

— Ils sont fiables ?

Le détective voulait dire : « Ils ne continueront pas ce massacre ? », mais le garçon pouvait l'entendre.

— Je crois, oui. Après ce que j'ai entendu hier à l'enquête, je ne suis certaine de rien, pas même de ma propre personne. Je n'ai rien fait…

— Elle dort toujours, mais elle sent très mauvais, déclara Gérard en revenant inopinément dans la cuisine.

— Je vais m'en occuper, répondit Exilda Lemay.

Elle salua le policier d'un mouvement de la tête avant de disparaître. Couture prit le temps de remettre son foulard sur son crâne, son melon sur la pièce en laine. La main sur la clenche de la porte, il se retourna pour dire :

— Gérard, tu as fait la bonne chose, crois-moi. Ta sœur ne méritait pas tout ça, et toi non plus.

Sur ces mots, il quitta les lieux.

7

Le service funèbre se termina enfin. Deux hommes se flanquèrent des deux côtés du curieux chariot métallique, le firent rouler vers le fond du temple. Les parents de la défunte, selon les usages, ouvrirent le cortège. Dans le jubé, les paroissiens se précipitèrent vers l'escalier afin de hâter leur sortie. La précaution ne donnerait rien, l'étroitesse du passage les forçait à descendre un par un.

Mathieu se trouva sur le parvis de l'église parmi les derniers, à temps tout de même pour voir la majorité des personnes présentes regagner les traîneaux et les carrioles rangés près des murs de l'église. Seuls les proches se rendraient au cimetière, tout au plus une vingtaine de personnes. Il leur emboîta le pas. Le hasard le plaça aux côtés d'Oréus Mailhot.

— Votre curé a été remarquable, murmura-t-il. Son éloge funèbre ressemblait à une condamnation.

— Le pauvre homme ne doit plus savoir quoi penser. Nous le verrons prendre le train lundi matin afin d'aller consulter son évêque. Malgré son âge, il a somme toute peu d'expérience du service paroissial.

Depuis leur sortie de l'église, deux hommes portaient le petit cercueil au bout de leurs bras. Les quelques planches de sapin ne devaient pas peser bien lourd, le petit corps à l'intérieur guère plus. Derrière le temple, Mathieu fut surpris de ne pas voir un trou percé dans la surface neigeuse. Les porteurs se rendirent plutôt à une petite construction sommaire, faite en planches.

— La fosse ?

— Le bedeau la creusera au printemps. Maintenant, le sol a la dureté du ciment.

Comme le curé Massé arrivait enfin, après avoir pris le temps d'endosser un lourd paletot, quelqu'un ouvrit la porte de la cabane, le « charnier ». La fillette y reposerait aux côtés de son oncle Anthime, décédé moins d'un mois plus tôt. Dans son état, ce parent risquait peu de lui faire un mauvais parti.

L'étole violette du prêtre, posée sur un manteau en chat sauvage, paraissait un peu saugrenue.

— Notre sœur Aurore est maintenant prête pour son dernier repos…

Mathieu ignora ces mots, les yeux fixés sur la famille Gagnon. La mère, Marie-Anne, courbait la tête, ses épaules secouées par des sanglots. Télesphore, de son côté, affichait une mine morose. Sans doute ressassait-il encore son témoignage de la veille devant le coroner.

Le stagiaire s'attardait surtout aux deux enfants. Le garçon devait avoir neuf ans. Il présentait une gravité peu en harmonie avec son âge. Ses yeux demeuraient toutefois secs. À ses côtés, Marie-Jeanne, quant à elle, pleurait silencieusement. Sous le bonnet en peau de lapin, son petit visage chiffonné le toucha droit au cœur. Les larmes, abondantes, gelaient ses joues.

Le bon prêtre termina son discours, il enchaîna avec une prière en latin. Quand il bénit le cercueil, les deux porteurs entrèrent dans la bâtisse, puis ressortirent les mains vides. Le bedeau plaça un lourd cadenas sur la porte. Cela faisait un curieux substitut à la mise en terre.

Depuis le cimetière, le petit contingent revint devant l'église pour regagner le parvis. Lauréat Couture s'y trouvait, dans son accoutrement ridicule. Il marcha tout droit vers le couple Gagnon et prononça d'une voix forte :

— Télesphore Gagnon, Marie-Anne Houde, je vous mets en état d'arrestation pour des mauvais traitements ayant entraîné la mort. Vous devez m'accompagner à Québec. Il y a un train dans moins de deux heures, nous allons le prendre ensemble.

La femme parut enregistrer l'information la première.

— Télesphore, qu'est-ce qu'il dit ? reprit-elle derrière la protection de son voile. Cela ne se peut pas.

— Je vous arrête, répéta le policier, et je vous conduis à Québec.

— Pourquoi ? articula enfin l'homme, hébété.

Il ne semblait pas comprendre la gravité de la situation.

— Vous avez entendu le rapport d'autopsie, hier ? demanda Couture d'une voix impatiente. On ne traite pas des êtres humains de cette façon. Bon Dieu, votre fille est morte.

— Elle avait la tuberculose à force de marcher pieds nus dans la neige ! plaida la belle-mère.

Le détective fouilla dans la poche de son paletot avant de sortir une paire de menottes, deux lourds bracelets en fer reliés par une courte chaîne.

— Donnez-moi vos poignets. Je n'ai aucune envie de courir après vous dans la campagne… Pressez-vous un peu, nom de Dieu, ajouta-t-il après une pause. On gèle.

Ses interlocuteurs demeurèrent impassibles un long moment. Les deux enfants à leur côté ouvraient des yeux effarés. Autour d'eux, une vingtaine de personnes surveillaient la scène, des parents des Gagnon, ou des voisins, pour la plupart.

— Résister à son arrestation est un crime, vous savez. Allongez vos poignets que je vous attache ensemble, ou alors je devrai le faire de force.

Les habitants, autour d'eux, s'approchèrent un peu plus. Couture craignait de les voir prendre fait et cause pour leurs voisins afin de résister aux étrangers, ces représentants d'une autorité à la fois lointaine et mal comprise.

— Picard, Mailhot, vous allez aider ce monsieur à me tendre son poignet droit.

Spontanément, le détective en appelait au juge de paix et à l'employé du procureur général. Mathieu se troubla de se voir propulsé bien vite dans le rôle d'auxiliaire d'un agent de la paix. Le souvenir de l'autopsie l'amena à s'avancer d'un pas, sans hésiter, pour prendre le coude de Télesphore, attentif à la moindre réaction violente de celui-ci.

Le cultivateur possédait la force, mais aussi la lenteur d'esprit du taureau. Au lieu de se rebeller, il finit par allonger son avant-bras. Avec une dextérité liée à des années de pratique, Couture rabattit le bracelet et le ferma dans un seul mouvement très vif.

— Madame, à votre tour. Votre poignet gauche.

Marie-Anne paraissait disposée à offrir un peu de résistance, d'autant plus que les deux hommes hésiteraient à lever la main sur elle. Toutefois, les parents de son mari, un instant plus tôt volontiers menaçants, s'éloignèrent un peu. Ils ne se mouilleraient pas pour elle.

— Vous n'avez pas le droit de faire cela.

Pourtant, elle tendit la main. Le policier fixa le lien en disant :

— Alors, portez plainte contre moi. Dès lundi, vous comparaîtrez devant un juge de la Cour des sessions de la paix. Profitez de l'occasion.

Gagnon étant plus fort et plus agile que lui-même, l'attacher à son propre poignet représentait un danger. En le liant à son épouse, il le fixait à un boulet auquel il devait certains égards. Maintenant, impossible pour lui de courir comme un fou vers la forêt la plus proche, ou tenter de lui faire un mauvais parti.

— Mailhot, demanda le détective, trouvez un sac de toile pour mettre les objets qui se trouvent dans le traîneau.

— Un sac ?

— Une poche de farine fera très bien l'affaire. Vous viendrez me porter le paquet à la gare. Ce n'est pas trop loin, nous y allons à pied.

Couture indiqua au couple la direction de la rue Principale.

— Les enfants ? demanda Télesphore.

Marie-Jeanne et Georges se tenaient maintenant

par la main, désireux de se rapprocher l'un de l'autre alors que le monde basculait autour d'eux.

— Vous vous préoccupez donc de ces deux-là ? Aurore n'a pas eu cette chance.

Ce genre de remarque ne donnait rien, aussi le détective continua, un peu rageur :

— Picard, vous savez conduire un cheval ?

— Cela faisait partie des choses enseignées à l'armée.

Ce genre de compétence, acquise à l'âge de dix ans dans les milieux ruraux, n'était pas universellement partagé par les citadins, de beaucoup s'en fallait.

— Souhaitons que la jument du curé se remette sans trop de mal de votre main militaire. Vous allez reconduire ces enfants chez eux.

Le jeune homme voulait protester, de peur de manquer son train. De toute façon, des parents ou des voisins des Gagnon se trouvaient toujours présents sur les lieux. N'importe qui, parmi eux, pouvait accomplir cette corvée. Mais un coup d'œil sur Marie-Jeanne, sur ses grands yeux bruns effarouchés, le convainquit d'accepter.

Cette fois, les prisonniers se mirent en marche sans plus protester, le détective derrière eux. Tous les autres prirent cela comme une invitation à se disperser.

— Bon, pourquoi veut-il un sac ? grommela Mailhot en s'approchant du traîneau.

D'un regard, il reconnut la paillasse, le vêtement de nuit. Le manche de hache produisit la plus grande impression sur lui.

— Je reviens dans un instant, conclut-il après un silence.

Le trio resta seul, planté debout à trois pas du parvis de l'église, fouetté par un vent venu du nord. Mathieu remarqua un mouvement derrière une fenêtre du presbytère, un déplacement de rideau. Le curé avait assisté à toute la scène depuis son poste d'observation, sans se mêler de rien. Les coups de fil échangés entre le policier et le bureau du procureur général, dans l'heure précédant le début des funérailles, ne lui avaient laissé aucun doute sur la conclusion de cette affaire.

Debout en face de l'église avec les deux enfants, Mathieu envisageait de s'affubler comme Couture afin de s'éviter de sérieuses engelures aux oreilles quand le marchand général revint, les bras chargés.

— Si vous devez faire les commissions de votre ami de Québec, ce ne serait pas chrétien de vous laisser attraper la mort. Mettez ça. Vous serez peut-être un peu moins élégant, mais cela vaut mieux qu'une pneumonie.

Il lui tendit d'abord un casque fourré en lapin, en toile épaisse, avec des oreillettes s'attachant sous le menton. Mathieu ne se fit pas prier, son melon atterrit sur la banquette du traîneau. Son paletot en drap suivit le même chemin pour enfiler une lourde parka. Pendant ce temps, le marchand récupérait les objets rapportés de la maison des Gagnon pour les disposer dans un sac de drap blanc.

À la fin, Mailhot récupéra aussi le vêtement et le couvre-chef abandonnés.

— Je dépose vos habits au magasin, puis je lui apporte tout cela à la gare.

Mathieu monta dans le traîneau, tout en invitant les enfants à venir le rejoindre. Les rênes étaient attachées à un anneau situé à l'avant de la voiture. Cela suffisait à décourager tout à fait la jument de bouger. Marie-Jeanne se retrouva à sa gauche et Georges, à sa droite. Ils seraient bien à l'étroit sur le siège. Lassés de se tenir ainsi immobiles dans le froid depuis de longues minutes, ils remontèrent la robe de la carriole sur leurs jambes.

— Allez, avance ! encouragea le jeune homme en secouant un peu les guides en cuir.

Le cheval agita la tête, bougea ses sabots, sans toutefois obéir.

— Pas comme cela, intervint la fillette en tendant la main.

Elle saisit une des courroies, fit un geste vif de tout l'avant-bras pour la faire claquer sur le dos de la bête en répétant « Avance » d'une voix forte. Cette fois, un peu à contrecœur, l'animal se mit en route. Mathieu reprit les rênes pour le diriger vers l'est dans la rue Principale.

— Vous savez conduire des chevaux, remarqua le citadin.

— J'ai regardé faire papa. Elle doit savoir qui est le maître, sinon elle n'en fera qu'à sa tête.

« Ces gens gagnent leur vie avec des animaux capables de les estropier d'un coup de sabot, songea le jeune homme. Ils doivent imposer leur volonté. » Dans d'autres domaines, la fillette à ses côtés présentait une moins grande assurance. Pendant que le traîneau s'engageait dans le chemin de traverse, elle demanda à voix basse :

— Maintenant, que va-t-il nous arriver ?

— Vous avez sans doute des parents capables de s'occuper de vous.

Elle restait pensive, les yeux fixés sur la campagne environnante.

— Pendant la maladie de maman, je suis allée dans un orphelinat à Québec, avec Aurore. Je ne veux pas y retourner.

Elle évoquait sa mère naturelle, décédée en 1918.

— Je ne veux pas, répéta-t-elle encore, butée.

— ... Vous y êtes restées longtemps ?

— Deux ans.

Les orphelinats accueillaient des enfants de conditions diverses. Un veuf, ou une veuve, forcé de gagner sa vie pouvait y mettre les siens pour une durée plus ou moins longue ; la maladie prolongée d'un membre du couple entraînait une situation identique. D'autres fois, des parents bien vivants et en bonne santé y plaçaient une progéniture un peu trop turbulente, ou simplement dérangeante. Dans ce cas, la pudeur amenait à utiliser le mot « couvent ». Personne ne s'y trompait : les plus jeunes se trouvaient bien à l'orphelinat, les plus âgés dans une école de « réforme », ou de « redressement ». Quels beaux euphémismes pour parler d'abandon.

— Vous n'avez pas de parents susceptibles de vous prendre chez eux ?

— Nous avons des parents. Mais la dernière fois...

Trois ans plus tôt, aucun d'entre eux ne s'était porté volontaire pour la prendre sous son aile. Une petite fille mangeait trois repas par jour, tout en se révélant moins utile qu'un garçon dans une ferme. La dépense devait peser à ces cultivateurs.

— Et maman ? commença Georges. Que va-t-il arriver à maman ?

Celui-là s'inquiétait de Marie-Anne Houde, sa mère naturelle.

— Je ne le sais pas trop, ce sera au juge d'en décider.

— Il va se décider avant ce soir, j'espère, sinon je n'aurai pas à souper.

— Certainement pas aujourd'hui, répondit la fillette en se penchant un peu en avant pour voir son frère. La police va les emmener à Québec. C'est loin.

La précision ne parut pas s'enfoncer bien loin dans le cerveau enfantin.

— Je veux manger avant de me coucher, protesta-t-il.

— Mais quelqu'un te donnera à manger, affirma Mathieu, j'en suis sûr.

Le stagiaire s'engageait bien au-delà de sa réelle connaissance des faits. Pourtant, son assurance apaisa le bambin.

— Ils reviendront quand ? marmonna bientôt la gamine.

— Couture a parlé de lundi, pour la première comparution.

Le mot amena la fillette à lever vers lui des yeux interrogateurs.

— Ils vont voir un premier juge.

— Après, ils pourront revenir ?

— Ça, je ne le sais vraiment pas.

La première présence à la Cour des sessions de la paix devait simplement servir à savoir si la Couronne – le substitut du procureur général, en fait – possédait des preuves suffisantes pour étayer une mise en accusation. Dans l'affirmative, après cela, il y aurait encore l'enquête préliminaire, puis le procès proprement dit.

— Quand le juge les aura disputés, ils pourront revenir ?

Marie-Jeanne savait compter les jours, mais elle se faisait une idée bien naïve des événements à venir. Le juge pouvait toutefois remettre les accusés en liberté, dans l'attente de la suite des procédures. Avec des personnes au casier judiciaire vierge, peu susceptibles de prendre la fuite, cela se produisait le plus souvent.

— Peut-être. Honnêtement, je ne le sais pas. Ils peuvent revenir lundi soir, mais cela peut aussi prendre bien longtemps.

Les yeux de la fillette se gonflaient de larmes. Des perles gelaient à la commissure de ses yeux.

— Combien de temps ?

— Je ne sais pas.

— Pour avoir battu Aurore ?

— Elle est morte.

Son interlocutrice hocha gravement la tête, ses yeux exprimant le plus profond désespoir. Mathieu lui parlait comme à une adulte, avec les formes habituelles de politesse. Elle se comportait donc comme une grande et lui répondait sur le même ton.

— Elle ne toussait même pas !

Les mots vinrent dans un souffle, comme portés

par la vapeur blanchâtre lui sortant de la bouche. Marie-Jeanne comprenait l'inanité d'invoquer la tuberculose. Son interlocuteur eut envie de prolonger un peu cet échange, mais la présence du petit frère le retenait.

— C'est là, intervint bientôt ce dernier.

La jument trottait dans le septième rang depuis un moment. Le citadin tira sur les rênes afin de ralentir un peu son pas et l'amener à tourner dans l'entrée de la cour. Il quêta d'un regard l'approbation de la petite fille. Elle lui adressa un sourire fugitif, comme à un élève ayant bien retenu sa leçon.

Puis, les enfants entrèrent dans la maison par la porte de la cuisine d'été, le stagiaire sur les talons. Il trouva Exilda Lemay assise à table, en compagnie d'un couple de personnes âgées encore affublées de lourds vêtements d'hiver.

— Mesdames, monsieur, je suis venu reconduire les enfants à la demande de Lauréat Couture.

Toute autre précision sur le sort des parents était superflue. Mathieu reconnut le vieillard pour l'avoir aperçu la veille lors de l'enquête du coroner. Encore ce matin, lui aussi avait accompagné le corps jusqu'au charnier.

— Marie-Jeanne, Georges, commença la voisine, vos grands-parents ont accepté de venir s'occuper de vous et de la ferme pendant… l'absence de votre père et de votre mère.

Ce fut cet instant que la cadette, Pauline, choisit pour exercer ses poumons. La grand-mère saisit l'occasion pour aller se réfugier dans la pièce voisine.

— Cela vous fait-il plaisir ? questionna Exilda.

Posée comme cela, devant les personnes

concernées, une seule réponse était possible. Georges acquiesça de la tête avant de s'engager dans l'escalier pour gagner sa chambre à l'étage.

La petite fille articula de bonne grâce :

— Oui. Bonjour pépère.

Exilda quitta son banc, considérant sa bonne action terminée.

— Monsieur, voulez-vous me reconduire chez moi ? C'est sur votre chemin pour retourner au village.

— Oui, avec plaisir.

En mettant son chapeau, elle le remercia. Il l'aida à passer les manches d'un lourd manteau. En sortant, elle lança à haute voix, suffisamment fort pour être entendue des personnes dans les autres pièces :

— Bonjour là ! À bientôt.

Mathieu préféra réserver ses politesses aux personnes présentes.

— Monsieur, mademoiselle Marie-Jeanne, prononça-t-il en inclinant la tête.

Dehors, en reprenant les rênes, il essaya de se montrer ferme. Comme pour ne pas lui faire honte devant un témoin adulte, la jument accepta de décrire une boucle serrée dans la cour des Gagnon. Une fois dans le chemin public, elle rentrerait d'elle-même au petit trot vers son écurie.

— Le détective les a donc arrêtés, commenta la voisine.

— Alors qu'ils revenaient d'accompagner le corps jusqu'au charnier.

— On ne les reverra pas de sitôt, je pense.

Soucieux de ne pas donner d'informations à cette curieuse, son compagnon resta silencieux.

— Le vieux Gédéon ne le sait pas encore, insista-t-elle, mais il a quitté sa maison du village pour un long bout de temps.

— Gédéon ?

— Le père de Télesphore. Il a vendu sa terre depuis un an ou deux pour aller terminer ses jours près de l'église. Le revoilà au travail pour le compte de son fils.

Mathieu acquiesça, puis une inquiétude lui vint.

— Ils seront capables de s'occuper des enfants comme il faut ?

— La vieille a accouché une douzaine de fois sans faire de victimes.

La voisine avait très facilement suivi le cours de ses pensées.

— Du moins, précisa-t-elle, je ne pense pas. Elle en a perdu la moitié, mais c'est naturel.

Pareille hécatombe paraissait affreuse au jeune homme. Sa mère avait eu deux enfants et elle les avait amenés à l'âge adulte. Avec une table bien garnie, la surveillance assidue de Gertrude et les visites du docteur Caron à la moindre maladie d'enfant, Thalie et lui avaient bénéficié des meilleures chances.

Exilda lui montra sa demeure, bâtie tout au plus à quinze pieds du chemin. Pour éviter de répéter la manœuvre d'un tour complet, Mathieu s'arrêta tout bonnement en plein milieu de la chaussée. Elle descendit du traîneau, puis le dévisagea un instant.

— Ce soir, je fais une veillée. Vous aimeriez peut-être venir ?

Elle ne renonçait toujours pas à l'idée de lui extirper des informations.

— Pourquoi pas…

Le jeu pouvait aussi se jouer dans l'autre sens : il se dirait là quelques vérités sur les Gagnon, à n'en pas douter. Le tout serait de voir combien de ces médisances se mueraient éventuellement en témoignages crédibles devant une cour de justice.

— J'y pense, continua Mathieu, la jeune fille va s'ennuyer terriblement avec ces vieillards. Ne pourriez-vous pas l'inviter aussi ?

— Marie-Jeanne ? Elle a douze ans.

— Ne craignez rien, je n'ai pas l'intention de lui conter fleurette. J'ai pour cela une jolie fille de mon âge à Québec. Cependant, elle doit vraiment s'ennuyer avec ces petits vieux, et j'aimerais lui parler un peu.

L'autre le regarda d'un air entendu avant de convenir :

— Vous avez raison, elle a tout vu… Je vais l'inviter, nous verrons s'ils la laisseront venir.

Après un échange de salutations, Mathieu fit claquer les rênes sur le dos de la jument.

Au trot, le cheval fila comme prévu directement devant la porte de son écurie. Le curé Massé devait encore monter la garde près de sa fenêtre, car à peine le stagiaire entreprenait-il de défaire l'attelage que l'ecclésiastique sortait du presbytère.

— Laissez-moi faire, j'ai l'habitude.

— … Comme vous voulez, répondit le jeune homme en reculant.

Tout en détachant les boucles des courroies en cuir du traîneau, l'ecclésiastique commenta :

— Quelle disgrâce pour la paroisse ! Il les a arrêtés devant l'église, à la fin des funérailles de leur enfant.

Mathieu esquissa un sourire devant la mine outragée du prêtre.

— Couture voulait certainement les empêcher de prendre la fuite, ou encore de faire disparaître les preuves.

— Les preuves ?

— J'ai entraperçu une jaquette d'enfant tachée de sang dans votre carriole, tout à l'heure.

L'autre ne put réprimer une grimace dégoûtée. Cela pouvait autant venir de sa compassion pour l'enfant que du déplaisir de constater la souillure de son traîneau par un vêtement féminin intime.

— Plus probablement encore, continua le stagiaire sans trop se préoccuper des états d'âme de son interlocuteur, il craignait sans doute que les enfants, et même tout le reste de la parenté, n'apprennent trop bien la petite fable concoctée par ces gens-là.

— Vous êtes bien jeune, pour juger ce qui se passe dans les familles, ne trouvez-vous pas ? Élever des enfants chrétiennement est une entreprise difficile.

— Oh ! Maintenant, le seul jugement important, c'est celui du magistrat en face duquel ils comparaîtront lundi, pas le mien. Plus tard, douze citoyens bien ordinaires décideront si tuer une enfant à force de mauvais traitements est compatible avec l'éducation chrétienne à laquelle vous faites allusion.

Le petit curé, étroit dans sa soutane, se renfrogna. Il connaissait sans doute de bien nombreux détails relatifs à ce décès, susceptibles d'éclairer la justice. Toutefois, il n'en révélerait probablement rien. Quand l'ecclésiastique saisit la bride de sa jument, maintenant détachée de la carriole, pour la conduire vers l'écurie, Mathieu conclut l'échange :

— Je vous souhaite une bonne fin de journée, monsieur le curé.

— Vous rentrez sans doute tout de suite à Québec. Vous avez le temps d'attraper votre train.

— Je préfère passer encore une journée dans votre beau village. Vous me verrez donc à la messe demain matin.

Sur ces mots, le jeune homme regagna le magasin général.

Oréus Mailhot se trouvait toujours derrière son comptoir, à servir les clients. Un seul sujet occupait toutes les conversations : l'arrestation des deux paroissiens près du parvis de l'église. Le marchand esquivait les questions de son mieux. De toute façon, ses connaissances bien nébuleuses des méandres de l'appareil judiciaire faisaient que lui-même s'interrogeait sur la suite des choses.

Le visiteur se plaça un peu à l'écart, près du poêle en fonte. Des cultivateurs entamèrent des bouts de conversations avec lui. Il s'approcha quand les derniers consommateurs quittèrent les lieux.

— Acceptez-vous de me loger une autre nuit ?

Avant de répondre, son interlocuteur regarda l'horloge accrochée au mur.

— Si vous courez un peu, vous pourrez monter à bord du train.

— J'ai été invité chez les Lemay ce soir, j'aimerais entendre les conversations.

L'autre le regarda, surpris.

— Ce seront des commérages. Les histoires les plus folles commencent à circuler.

— Mais parmi ces histoires, certaines doivent avoir un fond de vérité.

Le juge de paix ne paraissait pas enthousiasmé par la perspective de garder son pensionnaire un peu plus longtemps.

— Votre chambre est à votre disposition, consentit-il à la fin. Si vous montez, ma femme trouvera de quoi vous faire un dîner.

Présenté comme cela, inutile de s'attendre à une expérience gastronomique.

— Vous me trouverez sans-gêne, insista le jeune homme, mais je voudrais aussi vous louer ces vêtements chauds que je porte, et même un cheval et une voiture, pour ce soir. Je pourrais peut-être m'adresser au forgeron du village…

— Vous prendrez ma jument, ce sera plus simple.

Mathieu le remercia d'un sourire. Comme il mettait le pied sur la première marche de l'escalier, il entendit dans son dos :

— Monsieur Picard, le docteur Lafond a été convoqué à la cour, à Québec, mardi, pas le prochain, le suivant.

Sans doute intimidé, le médecin avait jugé bon de discuter de la question avec le juge de paix.

— C'est naturel, répondit le visiteur en revenant

vers le comptoir. Un magistrat doit établir si la preuve accumulée permet de les traduire en justice.

— Et moi, je dois y aller mardi, dans trois jours, afin de témoigner. J'ai reçu un appel téléphonique de votre bureau, tout à l'heure.

Ce rendez-vous prochain avec la justice en faisait un hôte plutôt morose, jugea le stagiaire.

— C'est pour la même raison. Dans votre cas, c'est plus tôt, dans le cadre de l'enquête de police. Pour le bureau du procureur, il s'agit de déposer les accusations et de statuer sur la libération des suspects.

— Je m'y perds...

Son statut de juge de paix ne lui procurait aucune connaissance de la procédure.

— Je vous résume les choses, offrit le visiteur. La première étape, c'était l'enquête du coroner pour établir la cause de la mort. Celle-ci ayant paru suspecte aux jurés, le bureau du procureur a émis un mandat d'arrêt. Lundi, les prisonniers seront conduits à la Cour des sessions de la paix. Ils prendront connaissance des accusations portées contre eux. Là, leur avocat aura le loisir de demander leur remise en liberté...

— Ils ne peuvent pas les laisser sortir ! Pensez aux autres enfants...

— Il appartient au juge d'en décider. Ces gens n'ont pas de dossier criminel, je présume.

Oréus Mailhot fit non de la tête, un peu à regret. Mathieu ne jugea pas à propos de lui parler de la présomption d'innocence : cet homme avait vu le cadavre.

— Ensuite, comme je le laissais entendre tout à

l'heure, le docteur Lafond devra se rendre à l'enquête préliminaire. À cette étape, un juge décidera si les preuves amassées par Couture sont assez solides pour aller en procès. Si ce n'est pas le cas, les accusés seront relâchés.

— Des preuves suffisantes ! Grand Dieu, vous avez entendu le rapport du *post-mortem.*

Le stagiaire au bureau du procureur général réprima un sourire.

— Ce rapport, je l'ai écrit sous la dictée du docteur Marois. Après l'enquête préliminaire se tiendra le procès proprement dit, au printemps.

Le marchand hocha la tête, taciturne. Il faisait porter son poids d'un pied à l'autre, comme un gamin coupable d'un mauvais coup.

— Et je devrai assister à toutes ces étapes, pesta-t-il.

— Vous êtes un témoin essentiel à la poursuite. Je suis désolé pour vous.

Le visiteur fit mine de se diriger vers l'escalier.

— Vous croyez que je peux être poursuivi ? jeta Mailhot tout à trac.

— Mon Dieu, pourquoi donc ?

— Je pouvais la sauver. Je l'ai vue en juillet, affreusement blessée…

La notion de non-assistance à une personne en danger avait été évoquée la veille, à l'enquête du coroner. Bien des personnes de la paroisse, conscientes des mauvais traitements depuis des mois, devaient se poser la même question. Leur lâcheté au moment des faits en ferait désormais des témoins peu coopératifs. Leur propre honte les inciterait à se taire.

— Vous n'avez rien à craindre, je vous assure.

De la part d'un simple étudiant, l'affirmation se révélait bien présomptueuse. Il continua, pour appuyer ses dires :

— D'abord, vous-même n'avez été témoin de rien.

L'autre confirma l'information d'un acquiescement de la tête.

— Ensuite, l'été dernier, vous vous êtes donné la peine de la prendre à part pour lui donner la chance d'infirmer l'histoire de ses parents…

— Dans le petit bureau, là. J'ai même fermé la porte.

— Malheureusement, elle devait être trop effrayée pour dire la vérité. Le lendemain de la première dénonciation, vous êtes venu au bureau du procureur général.

— Trop tard.

Mathieu hocha la tête, puis se dirigea vers l'escalier. Il se retourna pour ajouter encore :

— En réalité, vous êtes le seul dans cette paroisse à avoir tenté de l'aider. D'autres, mieux informés de la situation, n'ont pas bougé.

Le jeune homme venait de se faire un ami pour la vie. Le repas du soir prendrait sans doute des allures de festin.

8

Dans un monde privé de théâtres, de cinémas, de tavernes même, les « veillées » fournissaient l'occasion de danser, chanter et boire un coup. En ce 14 février, le moment paraissait propice : le 18, ce serait déjà le mercredi des Cendres, le début d'un long carême où chacun devait se remémorer que « poussière, tu retourneras en poussière ». Pendant quarante jours, tous les plaisirs, légitimes ou non, seraient interdits.

En soirée, Mathieu constata l'affluence des voitures près de la maison des Lemay. Les cultivateurs les avaient orientées de façon à ce que les chevaux forment un bloc : ils se réchaufferaient un peu mutuellement. En quittant le magasin général, Mailhot s'était appesanti sur les soins à donner à sa jument. Elle plongea le nez dans le sac d'avoine, se laissa mettre une robe de carriole sur le dos.

Après avoir frappé à la porte de la cuisine d'été, il ouvrit sans plus de cérémonie.

— Entrez, entrez, invita le maître de la maison, Arcadius Lemay, sans quitter sa grande chaise berçante.

La pièce s'encombrait d'une douzaine de personnes. Une porte grande ouverte donnait sur le corps du logis principal, dans un salon, où il s'en trouvait tout autant, peut-être plus. L'assemblée se tut pour examiner le nouveau venu de la tête aux pieds.

— Donnez-moi votre manteau, proposa Exilda en venant dans sa direction avec empressement. Votre chapeau aussi.

Autant le climat à l'extérieur se révélait glacial, autant la température ambiante, dans la maison, devenait étouffante, un peu moite, à cause du poêle alimenté sans cesse en combustible et de tous ces corps trop lourdement vêtus.

L'hôtesse fit disparaître le casque fourré en lapin dans la manche de la parka, pour remettre ensuite le vêtement à sa bru. Il s'empilerait avec les autres dans la chambre principale, sur le lit conjugal.

— Venez avec moi au salon.

La cuisine d'été paraissait réservée aux hommes résolus à se fumer le corps comme des jambons, à coups de pipées malodorantes. La seconde pièce offrait une présence féminine plus importante, et un air moins pollué.

— Vous allez vous installer dans ce fauteuil.

— Mais je ne voudrais pas…

Le siège se trouvait déjà occupé par un jeune homme.

— Tut, tut, tut. Ovide se fera un plaisir de vous céder sa place.

Le faciès d'Ovide n'affichait cependant pas un enthousiasme irrépressible à ce sujet. Il obtempéra pourtant et alla se réfugier sur un banc improvisé placé contre le mur, un simple madrier posé sur deux caisses de bois.

— Nous n'avons pas si souvent la chance de recevoir un jeune avocat de Québec, précisa Exilda.

Si l'hôtesse soulignait ainsi la médiocrité des autres invités, personne ne parut offensé outre mesure. Des années passées entre eux prédisposaient à faire bon accueil aux étrangers. Mathieu eut envie de rappeler son statut d'étudiant, mais il se retint. Tout le monde l'avait vu accompagner le coroner, après avoir assisté à l'autopsie. Ces habitants le percevaient comme un pivot essentiel des procédures, alors que sa présence était fortuite.

La bru du couple Lemay revint prendre sa place sur une chaise juste à côté de lui.

— Mon garçon passe l'hiver dans un chantier en haut de Trois-Rivières, expliqua Exilda. Ma pauvre Lison se trouve bien esseulée depuis novembre.

Mathieu échangea un regard avec sa voisine privée de son conjoint. S'attendait-on à ce qu'il l'égaye de sa conservation brillante, ou alors qu'il la fasse danser si un voisin sortait un violon de son étui ? Il cherchait encore les mots à lui dire quand Ovide, de son siège improvisé, l'interpella :

— Vous avez fait la guerre, à ce qu'il paraît.

Comment diable les habitants de ce trou perdu connaissaient-ils son passé ? La rumeur de ses bons et loyaux services ne s'était certainement pas rendue jusqu'à Sainte-Philomène-de-Fortierville. Puis, il se souvint de la précision donnée par Caron, la veille, dans le cadre de l'enquête du coroner.

— C'est à votre façon de marcher, de vous tenir debout, expliqua sa voisine devant son air perplexe. Tous les anciens combattants sont raides comme vous. On en voit parfois dans les parages.

— Oui, j'ai fait la guerre, répondit-il enfin à son interlocuteur.

— Pourquoi donc ?

— C'était notre devoir, non ?

La réponse suscita un grand rire chez Ovide, des sourires contraints chez les autres.

— Aller défendre les Anglais, notre devoir ?

Le ton d'incrédulité accentua le malaise dans la pièce. Au lieu d'offrir à l'escogriffe de reprendre le fauteuil, car son inimitié devait venir de cela, Mathieu rétorqua en se calant bien sur les coussins :

— Sa Grandeur monseigneur Bégin, votre évêque comme le mien, a été très clair là-dessus.

Grenouille de bénitier ou mécréant, l'autre ne pouvait plus rien ajouter devant l'argument d'autorité. Sa Grandeur avait dû lui donner un soufflet, le jour de sa confirmation. La réplique le réduirait à la soumission pour un temps.

— Je vais fumer une pipe, grommela l'homme en quittant son siège.

Sur ces entrefaites, une petite silhouette se glissa dans la pièce pour aller occuper la place abandonnée.

— Bonsoir, mademoiselle Gagnon, dit Mathieu à son intention.

Marie-Jeanne lui répondit dans un marmonnement inaudible.

— Les bébés se sont endormis bien vite, avec toi, observa une grosse dame dans la jeune trentaine, une voisine sans doute.

— J'ai simplement agité un peu le panier, comme cela.

La fillette faisait un petit geste de la main pour indiquer un mouvement oscillant.

— Tu as le tour avec les enfants, cela paraît. Tu feras une bonne maman, comme Marie-Anne.

Sous un meilleur éclairage qu'une lampe à pétrole, tous dans la pièce l'auraient vu rougir de plaisir. De son côté, le visiteur venu de Québec affichait toute sa surprise.

— Marie-Anne Caron, pas Marie-Anne Houde, précisa Lison dans un murmure à son intention. La première épouse de Télesphore.

— Les deux ont le même prénom ?

La jeune femme acquiesça. Un homme risqua, avec un rire un peu gras :

— Cela lui évitait de se tromper, dans les moments d'intimité. Imagine, tu ne dis pas le bon nom et tu vas coucher à l'étable pendant une semaine.

Une bonne femme revêche posa un regard glacial sur le loustic. Elle laissait présager pour lui un exil de ce genre. Il ferait bonne figure entre le bœuf et le cheval, car les ânes se faisaient rares sous ces latitudes.

— De quoi est-elle morte ? se renseigna Mathieu.

— Oh ! Elle était un peu faible de là, commença Exilda. Sans malice aucune, mais un peu… perdue.

Son doigt désignait sa tempe droite.

— Télesphore l'a fait interner à Saint-Michel-Archange, précisa-t-elle. Elle est décédée là-bas de tuberculose.

La pauvre femme s'était donc retrouvée dans l'immense asile de Beauport. La cause de sa mort avait dû inspirer la belle-mère, quand il avait fallu évoquer la maladie responsable de la disparition d'Aurore. Le caractère héréditaire de certaines affections inspira une remarque à un voisin.

— Sa faiblesse est passée chez un seul de ses enfants. Comment s'appelle-t-il ?

La question indélicate était destinée à Marie-Jeanne.

— Georges-Étienne, répondit celle-ci d'une voix à peine audible.

Habitués à élever des animaux afin d'assurer leur subsistance, pour ces gens, les qualités, les tares et même la couleur du pelage passaient, et parfois ne passaient pas, à la génération suivante. Ainsi, Marie-Jeanne ferait à son tour une bonne mère, mais son frère se trouvait accablé de la maladie mentale de l'auteure de ses jours. L'hérédité ressemblait à la loterie.

— Quel âge a-t-il ?

— Il aura neuf ans l'été prochain.

Mathieu demeurait un peu surpris, abasourdi même par le peu de pudeur de ces gens. Ils commentaient la vie privée d'un voisin sans vergogne devant la fille de celui-ci.

— Vous ne l'avez presque jamais eu à la maison, je pense ? demanda quelqu'un.

— Un peu, au début. Puis, il a été placé, expliqua la gamine.

Le mot, un peu vague, désignait une multitude de conditions, dont certaines confinaient à l'horreur.

— Après le décès de sa première femme, s'informa l'étranger, comment Télesphore a-t-il rencontré la seconde ?

— Pas après, mais avant, ricana son interlocuteur précédent, visiblement fasciné par les mœurs amoureuses des habitants de son rang.

Devant le regard intrigué de son invité, Exilda Lemay prit sur elle de rendre compte des avatars de la vie conjugale de son voisin le plus proche.

— Après le placement de sa femme à l'asile, Télesphore a pris Marie-Anne Gagnon dans sa maison.

— Vous voulez dire Houde…

— Oui, non… Enfin, elle est née Houde, mais son premier époux s'appelait aussi Gagnon.

Quel monde étrange : l'homme prenait pour épouses successives deux femmes affublées du même prénom et la femme, de son côté, deux partenaires avec le même nom !

— Elle devait les appeler Gagnon tous les deux, au moment du grand frisson, ricana Mathieu.

Seul le loustic de tout à l'heure sembla apprécier la repartie. Il fut pris d'un grand rire et se tapa sur les cuisses.

— Bien sûr, il se retrouvait seul avec de nombreux enfants sur les bras, reconnut l'étudiant après une pause, pour effacer les reproches exprimés par certains visages.

— Mais non, expliqua l'homme hilare. Il ne restait que le petit Joseph.

— Georges-Étienne était déjà placé, précisa encore Exilda. Les deux filles sont allées à l'orphelinat d'Youville.

« Elles logeaient à deux pas de chez moi », songea Mathieu.

— Donc, conclut la bru des Lemay, il restait seulement le petit Joseph dans la maison, âgé de quelques semaines au départ de sa mère.

« Une présence féminine s'imposait donc absolument », pensa encore l'invité. On ne pouvait « placer » un poupon. Même si Télesphore profitait de cette « circonstance atténuante », le même voisin souligna l'inconvenance de la situation :

— À son âge, le bébé ne pouvait certainement pas raconter ce qui se passait avec la bonne.

— Moi, avant leur mariage, je n'entrais plus dans cette maison, précisa la maîtresse des lieux, même chose pour ma bru.

Autrement dit, Exilda avait reconnu là un concubinage flagrant, une situation incompatible avec la poursuite des relations de bon voisinage.

— Quand la première épouse est-elle morte ? demanda Mathieu.

— Le 23 janvier 1918, déclara un homme.

La réponse venait sans aucune hésitation. Ces gens, à la suite des derniers événements, ressassaient leurs souvenirs.

— Et le remariage du voisin exactement une semaine plus tard, compléta le même homme.

Le curé, afin de mettre fin au scandale, avait accepté une cérémonie précipitée, sans s'encombrer de la tradition de publier les bans.

— La petite fille est née plus d'un an après le mariage, dit encore Mathieu.

— Mais avant, il y a eu au moins une fausse couche.

Ces habitants n'en démordaient pas : leur voisin s'était rendu coupable d'une relation adultère pendant le séjour de sa femme dans un asile d'aliénés. Ce crime leur paraissait plus répugnant que les mauvais traitements infligés à une enfant. Une fois la situation régularisée par le sacrement de mariage, les relations de voisinage avaient repris leur cours habituel.

— Un petit garçon est décédé, rappela l'étranger venu de Québec. Joseph... Vous en avez parlé tout à l'heure.

— Joseph est mort en novembre 1917, dit Exilda. Il avait entre deux et trois ans.

— De quoi, au juste ?

La paysanne haussa les épaules, puis marmotta :

— Ici, les bébés partent comme cela.

Elle fit un geste de la main, comme pour chasser une poussière. Elle-même évoquait son fils, mais aucun autre enfant. Peut-être avait-elle accompagné de nombreux « petits anges » au cimetière.

Pour Mathieu, cela paraissait une étrange coïncidence : au moment où Marie-Anne Houde jouait le rôle de « domestique » dans la maison, le mauvais sort avait frappé une première fois. Un regard de l'autre côté de la pièce lui permit de constater que Marie-Jeanne, silencieuse depuis un bon moment, fixait le plancher. Elle ne pouvait apporter de précisions sur cet événement, car à cette époque, elle se trouvait à l'orphelinat.

— Maintenant, vous allez tous goûter à mon petit vin de cerise, déclara Exilda en se levant.

— Tu n'as rien de plus fort ? demanda le voisin à l'humour douteux. D'habitude...

— Avec les grenouilles de bénitier régnant sur la paroisse, je n'ai rien de plus fort.

Le sous-entendu amusa Mathieu. Il crut qu'il était peut-être la cause de cette prudence. Dans la cuisine d'été, par la porte entrouverte, il apercevait deux ou trois hommes qui tenaient chacun fermement une tasse en fer-blanc. Ces paysans ne devaient pas être attachés au thé à ce point.

Puis, il se retrouva avec à la main un petit verre au bord ébréché, rempli d'une liqueur d'un rouge grenat. Devant le regard inquisiteur de son hôtesse, il apprécia après une gorgée :

— C'est excellent, en effet.

Après ces mots, elle se crut autorisée à en servir à tout le monde dans la pièce.

Exilda Lemay se montrait disposée à lui donner la recette de son exquise liqueur, une rare concession. Elle rangea son bout de papier seulement quand il précisa que le petit fruit poussait bien mal à Québec. La boisson possédait peut-être des vertus inattendues. Mathieu exprima bientôt le désir de se rendre au… enfin, au petit coin.

— Dehors, près de l'étable.

Hôtesse parfaite, la dame ne pousserait pas la politesse jusqu'à lui proposer d'utiliser un pot en porcelaine, dont elle devrait ensuite se débarrasser du contenu.

— Vous n'avez pas cela en ville, des bécosses, s'esclaffa un voisin hilare.

— Non, et à l'armée, on avait des toilettes en marbre, ricana Mathieu. Dans les tranchées, sous la pluie des bombes, on y traînait des heures avec un magazine.

L'autre apprécia la plaisanterie. Plus serviable, Marie-Jeanne lui apporta son paletot comme il s'apprêtait à passer la porte. S'il lui fallait se geler le bas, autant garder le haut bien au chaud.

— Prenez un fanal, pour ne pas vous enfarger dehors, lui conseilla Arcadius Lemay.

— Merci, je reviens.

La précision visait surtout à empêcher Ovide de récupérer son fauteuil. Le citadin fit donc connaissance avec la *back house*, petite cabane de la taille d'un placard étroit, tout juste assez grande et assez haute pour permettre à un homme de se tenir debout, puis assis. Malgré les quelques utilisateurs de la soirée, le froid et le vent qui traversaient les interstices entre les planches des murs conservaient les odeurs à un niveau tolérable. Le jeune homme abaissa son fanal à la hauteur du trou percé dans la planche, s'assura de l'absence de tout souvenir laissé par ses prédécesseurs.

Rassuré, il accrocha sa lanterne au clou prévu à cette fin, entreprit de baisser son pantalon, puis défit les boutons de sa combinaison avant de se geler les fesses sur le bois glacial, amusé par la situation. Il trouva à ses côtés une liasse de journaux, ces gens ne gaspillant pas leur argent pour du papier hygiénique. Avec un sourire, il constata qu'il s'agissait seulement de vieux numéros de *L'Action catholique.*

— Voilà le meilleur usage pour cette mauvaise feuille.

Finalement, ces Lemay lui parurent bien sympathiques.

De retour dans la maison, Marie-Jeanne s'occupa de nouveau de son manteau. Reprenant sa place, il profita de l'absence de la fillette.

— Cette Marie-Anne Houde, c'est quel genre de personne ? demanda-t-il.

— Nous, on ne la connaît pas très bien, commença Exilda. Après tout, c'est une étrangère.

Devant les yeux incrédules de leur invité, la bru précisa :

— Elle vient de Sainte-Sophie-de-Lévrard.

L'amateur de blagues un peu scabreuses posa son index sur sa tempe.

— Les gens sont un peu bizarres, là-bas, précisa-t-il.

— Et à quelle distance se trouve Sainte-Sophie ?

— Deux ou trois milles dans cette direction.

L'homme montrait vaguement vers l'ouest.

— C'est dans le comté de Nicolet. Nous sommes dans Lotbinière. Ce n'est pas le même diocèse non plus.

Avec une conception semblable du « eux » et du « nous », et une forte propension à l'endogamie, la proportion des Lemay, Gagnon ou Neault dans la population de l'endroit risquait peu de diminuer un jour.

— Personne, dans la paroisse, ne savait combien ce couple maltraitait Aurore ?

La question jeta la consternation dans la petite assemblée.

— C'était elle surtout, souligna son dernier interlocuteur.

— Elle ou lui, cela ne change rien au résultat : Aurore est morte, insista le visiteur. Personne n'a rien vu ?

— Ils ne faisaient pas cela devant les gens, plaida le même homme.

— Mais vous pouviez bien voir les marques des coups ?

Son insistance finirait par indisposer toutes ces personnes. Lison, la bru des Lemay, prit sur elle de présenter la défense des paroissiens.

— On ne la voyait pas souvent cette petite, vous savez. Depuis novembre dernier, on ne l'a même pas aperçue à la messe.

— Selon moi, elle n'avait pas de chaussures, précisa une autre femme.

Même en ville, des enfants se promenaient pieds nus trois saisons sur quatre. Pas à la Haute-Ville, bien sûr, mais dans Saint-Sauveur ou Jacques-Cartier. L'hiver, ils se terraient, tout simplement. Mathieu se souvenait toutefois des précisions d'Oréus Mailhot : Gagnon comptait parmi les personnes les plus prospères de cette paroisse.

— À l'école ?

— Elles n'y allaient pas, conclut la même interlocutrice.

Les parents se souciaient de cacher cette enfant, pour ne pas attirer l'attention. Le couple devait aussi prendre garde de ne pas la battre devant des témoins.

— Personne n'a jamais rien vu ?

Le ton du jeune homme gardait une bonne dose de scepticisme.

— Une cousine nous en a parlé, commenta un habitant depuis l'embrasure de la porte.

Il s'agissait d'Adjutor Gagnon, se souvint Mathieu. Oréus Mailhot le lui avait pointé du doigt, en se rendant au charnier derrière l'église.

— Comment s'appelle-t-elle ?

Sa question s'adressait cette fois à Marie-Jeanne, debout près de ce voisin. La fillette s'était attardée dans la chambre où dormaient les enfants, après avoir mis la parka à sa place.

— Marguerite Lebœuf, répondit-elle.

— Elle a passé quelques jours chez Télesphore, précisa Adjutor. À la fin, elle est partie, effrayée par ce qu'elle voyait. Cela a fait jaser un temps, puis la petite fille est allée à l'hôpital, pour son pied.

L'homme était apparenté à la fois à Télesphore et à la petite Lebœuf. Il connaissait sans doute assez bien les dessous de l'affaire. Peut-être à cause de cela, il choisit de s'esquiver.

— Exilda, je vais partir tout de suite. Je te remercie de ton invitation.

Hôtesse accomplie, la maîtresse de maison le reconduisit à la porte, l'aida à mettre son manteau.

— Cette Marguerite vient de la paroisse ? demanda Mathieu pendant son absence.

— Non. De Saint-Jean-Deschaillons, répondit quelqu'un.

— Encore un lieu très lointain ?

L'ironie échappa à tout le monde.

— Non, c'est juste en bas après Parisville, le long du fleuve.

Bref, la marâtre originaire de la paroisse contiguë venait de très loin, et la cousine de très près ! Cette conception de la géographie laissait le visiteur un peu perplexe. Le jeune homme se promit de parler des méfiances et des querelles de clocher à ses employeurs.

— Pour la battre ainsi, insista Mathieu, les

parents devaient avoir une raison. Ils ne disaient rien ? Ce sont vos voisins, après tout.

Le ton toujours accusateur amena chacun à se renfrogner un peu. Finalement, Marie-Jeanne rompit un silence devenu trop lourd.

— Elle faisait partout, à terre, dans le lit, même dans les vêtements de papa.

Elle s'interrompit, puis ajouta enfin dans un souffle :

— Elle a même chié dans le chapeau de papa.

La précision, avec ce choix de mots, fit plisser tous les nez. Pareil affront à la dignité du chef de famille méritait une sérieuse correction, chacun en convenait. De son côté, Mathieu se souvint de la maladie mentale de la mère d'Aurore. Le petit garçon, Georges-Étienne, en était affecté. Peut-être Aurore souffrait-elle de la même tare. Cette éventualité aurait dû attirer des soins, pas des coups.

En croyant peut-être défendre la victime, Exilda Lemay agit plutôt comme un témoin à charge.

— Le mois dernier, je suis allée chez eux. Il y avait une poche de sel à la porte de la chambre de Marie-Anne et Télesphore. Et sur la poche trônait un rondin, un morceau d'érable avec un nœud à un bout.

Avec ses doigts, elle indiquait un diamètre de trois pouces.

— Je lui ai demandé ce qu'elle faisait avec ça. Elle a répondu : « J'ai dû coucher Marie-Jeanne en bas. L'autre essaie sans cesse de venir la rejoindre dans son lit. Je l'ai remontée avec cela rien qu'une fois. »

Mathieu songea que la belle-mère isolait Aurore

des autres enfants, une autre forme de cruauté raffinée.

— Elle a ajouté ensuite : « Cette fois-là, je te jure que la petite salope n'est pas redescendue », précisa son hôtesse.

Le jeune homme comprit la vraie nature du sous-entendu. Non seulement la pécheresse semait-elle ses excréments dans les endroits les plus incongrus, mais elle tentait d'entraîner son aînée dans l'impureté.

— Je veux m'en aller, demanda une petite voix.

Marie-Jeanne fixait le plancher.

— Mémère m'a laissée venir en me demandant de rentrer tôt.

— ... Moi aussi je dois rentrer, dit Mathieu en se levant, si je ne veux pas réveiller mes hôtes, tout à l'heure. Je vais vous déposer chez vous.

Elle ne protesta pas, l'idée de faire à pied deux ou trois arpents à cette heure ne devait pas lui sourire. La fillette alla récupérer les deux manteaux dans la chambre alors que le notable venu de Québec entreprenait de serrer toutes les mains.

— Vous n'avez pas peur des loups, ricana Ovide. Courir la campagne en pleine nuit...

— À Fortierville, les belles-mères me paraissent plus dangereuses que les loups, rétorqua-t-il du même ton.

— Ah ça ! La paroisse sera bientôt connue dans toute la province, commenta Arcadius Lemay.

Éventuellement, les journaux s'empareraient de l'affaire. À ce moment, les détails de l'autopsie effectuée par le docteur Albert Marois feraient dresser les cheveux sur les têtes.

Une fois dehors, coiffés et vêtus de lourds manteaux, le jeune homme et sa compagne contemplèrent le ciel étoilé. L'absence de tout nuage laissait présager que la vague de froid continuerait de sévir. Mathieu récupéra la robe de carriole pour la poser sur les jambes de la fillette. La jument paraissait endormie. Elle se laissa guider par la bride pour tourner vers le chemin.

— Les choses se passent bien, avec vos grands-parents ? demanda-t-il en montant dans la voiture.

— Oui, ils sont gentils.

— Aucune brutalité ?

Pour être bien compris, il précisa :

— Aucun coup, pas de paroles blessantes ?

Elle fit non de la tête.

— Si jamais il se passe quelque chose, il faudra le signaler à monsieur Mailhot. Tous ces coups, ce n'était pas bien, vous savez. Il faut empêcher que cela se reproduise.

Encore une fois, Marie-Jeanne répondit d'un signe. La moitié du trajet était accompli quand elle bredouilla :

— Ce jour-là…

— Quel jour ?

— Avec le rondin.

Mathieu tira un peu sur les guides pour ralentir encore le pas du cheval, afin de lui donner toute son attention.

— Maman l'a assommée, à grands coups sur la tête. La grosse bosse, cela venait de cette correction. C'est pour cela qu'Aurore n'a pas réessayé de descendre dans mon lit.

Marie-Anne avait donc dit vrai à sa voisine.

Littéralement, en la laissant sans connaissance, elle lui en enlevait le goût !

— Et dans le front ? Vous savez pourquoi elle avait une grande plaque au-dessus de l'œil ?

La fillette se troubla, détourna les yeux en direction de l'orée des bois, à trois ou quatre arpents tout au plus. Peut-être craignait-elle plus les loups que sa belle-mère, après tout.

— Un soulier. Elle l'a frappée avec un soulier, avoua-t-elle pendant que le traîneau pénétrait dans la cour de la maison paternelle.

— Vous croyez ? C'était une blessure grave.

— … Avec le talon.

Elle paraissait plaider. « Cette enfant voudra-t-elle répéter toutes ces horreurs devant un juge ? » se demanda-t-il.

Marie-Jeanne hésitait à rentrer dans la maison. Recroquevillée sous la robe en fourrure, elle se mordait la lèvre inférieure. Un instant, Mathieu songea à l'interroger encore sur la façon dont les grands-parents se comportaient, tant sa réticence à le quitter lui paraissait grande.

Elle le prit tout à fait par surprise :

— Aurore était impure. C'est un péché très grave, enchaîna-t-elle après une pause. Les personnes impures brûlent pour l'éternité en enfer. L'éternité, c'est très long, n'est-ce pas ?

Cette naïveté amena un sourire fugace sur les lèvres de son compagnon. Derrière une fenêtre faiblement éclairée, à quelques pieds, quelqu'un déplaça le rideau.

— L'éternité, c'est toujours. Cela ne se termine jamais.

— Aurore se trouve donc en enfer pour toujours.

Une pensée lui vint : cette fillette n'englobait pas que sa sœur dans son constat. Après tout, c'était dans son lit que la victime souhaitait aller.

Pour la première fois, Mathieu trouva ridicule de la traiter comme une grande fille.

— Tu sais, je ne pense pas que Dieu punisse bien sévèrement la curiosité des enfants.

— Au catéchisme, monsieur le curé nous a dit que c'était un péché mortel.

Elle avait déjà « marché » au catéchisme, pour se préparer à sa confirmation et à sa communion solennelle. Ces termes, et la distinction entre eux, lui étaient familiers.

— Ne t'en fais pas trop avec cela. Tout le monde commet ce péché-là.

Si elle répétait ces paroles, s'avisa le jeune homme un peu trop tard, les habitants du charmant village le brûleraient sans doute devant l'église. Le curé Massé allumerait le bûcher lui-même sans l'ombre d'une hésitation.

— Je dois rentrer, murmura-t-il après un moment. La jument va avoir froid.

La jeune fille acquiesça de la tête tout en s'extirpant de la fourrure.

— Si je reviens, tu accepteras de parler encore avec moi ?

D'un nouveau signe de la tête, elle lui donna son assentiment.

— Bonne nuit, Marie-Jeanne. Sois courageuse.

— Bonne nuit, monsieur.

Elle descendit de la voiture, entra dans la cuisine d'été. Songeur, Mathieu amena la jument à effectuer un demi-tour. Sa dernière conversation avec le curé lui trottait dans la tête. Se pouvait-il que le saint homme ait encouragé, ou à tout le moins toléré, la cruauté des parents ? Après tout, ceux-ci se vouaient à combattre le démon de l'impureté glissé dans le corps d'une petite pécheresse de dix ans.

Avant d'aller au lit, le stagiaire prit le temps de mettre sur papier une description de sa soirée longue de cinquante lignes. L'exercice lui paraissait bien futile. Excepté l'histoire du rondin et l'identité de Marguerite Lebœuf, rien de tout cela ne serait utile.

Le lendemain au déjeuner, la conversation dériva sur son existence à Québec et ses origines familiales. Après s'être un peu imposé à ses hôtes, satisfaire leur curiosité lui parut un tribut légitime à payer. Ils se montrèrent particulièrement intéressés par le fait que sa mère vivait à l'étage de son commerce.

— C'est comme ici, remarqua madame Mailhot, ravie du constat.

— Avec une seule différence : maman se limite à la vente des vêtements.

— J'aimerais bien, mais c'est impossible dans la paroisse.

La bonne dame en rêvait sans doute. Plus tard, tout en marchant vers l'église, Mathieu déclara au juge de paix :

— Les enfants Gagnon ne fréquentent pas l'école, je crois.

— Je ne peux vraiment pas vous renseigner à ce sujet.

— Après la messe, j'aimerais parler à l'institutrice.

— Vous l'amènerez au magasin, ce sera plus discret. Je suis autorisé à ouvrir une petite heure après la cérémonie.

Le curé consentait à cet accroc au respect du jour du Seigneur pour rendre service à ses paroissiens. Certains d'entre eux habitaient loin du village, ils n'y venaient que le dimanche. Leur permettre d'effectuer quelques achats leur épargnait de refaire le trajet un autre jour de la semaine.

Dans le temple, le visiteur se retrouva cette fois sur le banc du marchand. Le curé Massé paraissait morose, préoccupé même. Les incantations en latin s'allongeaient indûment au goût du jeune homme. Du haut de la chaire, il évoqua l'affaire de manière succincte :

— Ces derniers jours, de bien tristes événements ont touché notre communauté. Je ne saurais trop insister : la défunte, tout comme ses parents, méritent vos prières sincères. Surtout, je vous invite à réprimer la tentation de médire de vos voisins.

Dans d'autres circonstances, la recommandation serait apparue bien innocente. Dans le contexte d'une enquête criminelle, elle devenait fort suspecte.

— Au cours des prochains jours, je devrai me rendre à l'évêché. En cas d'urgence, vous pourrez vous adresser au pasteur de Parisville.

Trente minutes plus tard, à la sortie, Mathieu se retrouva au milieu d'une foule de paysans qui voulaient échanger les dernières nouvelles. Sa présence les empêchait d'évoquer les événements récents, même s'ils leur brûlaient les lèvres. Il se retrouva en face du grand-père Gagnon flanqué de Marie-Jeanne, Georges et Gérard. La grand-mère devait garder la petite fille.

— Bonjour, mademoiselle. Vous vous portez bien ?

Devant des témoins, il préférait revenir à son formalisme habituel.

— Oui, monsieur. Merci.

Elle emboîta le pas au vieil homme. Celui-ci préférait sans doute s'esquiver bien vite, dans les circonstances.

— Voilà l'institutrice, murmura Mailhot à l'intention de son invité, mademoiselle Saint-Onge. Je peux vous la présenter.

Il accepta d'un signe de tête. Ensuite, le jeune homme lui demanda :

— Accepteriez-vous de m'accorder quelques minutes ? J'aimerais vous parler.

— Je ne vois vraiment pas ce que je pourrais vous apprendre.

Ni son identité ni le motif de sa présence dans la paroisse ne lui étaient inconnus. Elle aussi était au courant des allées et venues des « gens de Québec » depuis leur arrivée dans la paroisse.

— Je veux seulement connaître un peu mieux cette petite fille et les membres de sa famille.

Son interlocutrice lui parut quelque peu indécise, puis elle donna son assentiment avec un demi-sourire.

— Vous pouvez me poser vos questions.

Le jeune homme regarda autour de lui. Au moins dix personnes paraissaient tendre l'oreille.

— Monsieur Mailhot m'a gentiment offert d'utiliser une petite pièce de son commerce.

Elle comprit son désir d'un peu plus de discrétion.

— Je vous accompagne.

Il lui offrit son bras. Elle y posa sa main gantée après une hésitation. Mathieu attribuait à sa mine la bonne disposition des femmes à son égard. En s'appuyant sur lui, elle traversa la rue glacée sans glisser une seule fois.

Oréus Mailhot avait déjà déverrouillé la porte de son magasin. Une demi-douzaine de cultivateurs entrèrent sur ses talons. Dans la pièce minuscule servant de bureau, Mathieu offrit la meilleure chaise à sa compagne, occupa l'autre.

— Mademoiselle Saint-Onge, Aurore a été votre élève, je pense.

— À peine.

— Pardon ?

— Je l'ai vue tout au plus une dizaine de jours, l'automne dernier, après son retour de l'hôpital.

Le jeune homme acquiesça. Cela confirmait l'histoire entendue la veille.

— Et l'année précédente ?

— Peut-être vingt jours en tout. Certainement pas plus.

— Elle était donc totalement ignorante.

— Pas selon les attentes de notre petite paroisse.

Mademoiselle Saint-Onge devait avoir trente ans. Son statut civil avait de quoi surprendre. À son âge, bien peu de jeunes femmes étaient encore célibataires. Cela ne tenait guère à un physique ingrat. Une mise très modeste ne gâchait en rien sa silhouette fine. Ses longs cheveux bruns, fraîchement lavés, encadraient un visage à l'ovale charmant.

— Mais si je compte bien, commenta son interlocuteur, elle a été scolarisée pendant trente jours à peine.

— Vous oubliez ses deux ans à l'orphelinat. Le premier jour où elle est venue dans ma classe, elle savait écrire au son. Le résultat était un peu étrange, mais tout à fait compréhensible. Les gens de Sainte-Philomène ne sont pas férus d'orthographe. Elle pouvait lire le catéchisme, signer son nom. Par ici, cela suffit à la plupart des femmes.

Son interlocutrice ne comptait sans doute pas parmi ce lot.

— Ses parents la retenaient à la maison à cause du manque de chaussures, d'après ce que j'ai entendu.

— D'autres invoquent de moins bons motifs encore.

Pour ne pas peindre un portrait trop triste de son milieu, elle précisa :

— La majorité des enfants viennent à l'école un jour sur deux, pendant quatre ans.

— Pas plus souvent ?

Elle secoua la tête de droite à gauche, un sourire attristé sur les lèvres.

— La longueur du trajet quotidien, la rigueur du climat, la maladie, les travaux de la ferme ou les tâches ménagères, et aussi la rareté des chaussures et des vêtements chauds, tout cela se conjugue pour amener les parents à garder les enfants à la maison.

Comme Aurore en savait déjà autant que la plupart…

Elle fit un geste de la main, comme pour dire : « Personne ne s'attendait à plus. »

— Elle vous a semblé stupide ?

— Les gens disent cela ? Au contraire, elle possédait un esprit vif, plus que celui de la majorité de ses camarades. Mais comme elle se montrait très réservée, timide en fait, on a pu avoir l'impression… Bien que silencieuse, ses yeux et ses oreilles enregistraient tout.

Cela ressemblait à un véritable plaidoyer en faveur de la petite victime.

— Vous ne l'avez pas trouvée… difficile, turbulente ?

— Pas le moins du monde. Elle respectait les consignes, attendait sagement après avoir terminé une tâche.

Mathieu avait du mal à imaginer cette femme en train d'idéaliser la petite Aurore. Fin octobre dernier, elle lui paraissait encore être une élève agréable. Avec cette jolie institutrice, il ne prononcerait pas le mot « impureté » à haute voix.

— Vous n'avez vu en elle aucune tare, aucune malice…, insista-t-il, un peu mal à l'aise. Pas le moindre vice ?

— C'est étrange, nous parlons ici de la victime, remarqua-t-elle. À vous entendre, ou à entendre certains de mes voisins, elle paraît se transformer en coupable.

— Je vous assure, j'ai aussi ressenti l'étrangeté de la situation, hier. Justement, je vous parle afin de corriger cette impression. Non seulement vous l'avez connue, mais vous êtes familière des enfants de cette paroisse.

À l'allusion aux paroles du curé, lors des funérailles, elle rougit.

— Je ne l'ai pas très bien connue, pas en si peu de jours. Je garderai toutefois le souvenir d'une petite fille timide, sage, bien disposée, mais en rupture très nette avec les règles de l'orthographe. À mes yeux, elle ne méritait aucun autre reproche.

Ce constat contrastait violemment avec la description d'un petit monstre animé du démon de la luxure, et disposé à utiliser le chapeau de son père comme pot de chambre pour pimenter la vie familiale.

— Je vous remercie, mademoiselle Saint-Onge, conclut le jeune homme en se levant. Je ne vous retarderai pas plus longtemps.

Elle se leva à son tour et, rougissante, accepta la main tendue.

9

Comme un retour d'exil, le trajet vers Québec sembla interminable au jeune homme. Les derniers événements se bousculaient dans sa tête. Même la lecture du Code civil n'arrivait pas à mobiliser tout son esprit. Un peu après cinq heures, il pénétra dans l'appartement situé au-dessus du commerce ALFRED. Il serra longuement sa mère contre lui, avec énergie.

— Toi, susurra-t-elle, tu ne te trouves pas dans un état normal. Qu'est-ce qui se passe ?

— Voyons, je ne peux pas embrasser ma petite maman ?

Mathieu la dépassait de plus d'une tête, l'expression prenait tout son sens.

— La dernière fois que tu l'as fait avec un pareil enthousiasme, tu portais encore des culottes courtes.

— J'évalue mieux la chance que j'ai eue de naître dans cette famille bizarre.

— … Cette affaire est si cruelle ?

— Plus que je ne pouvais l'imaginer à mon départ vers ce village.

Le jeudi précédent, le stagiaire avait pris la peine d'avertir sa mère de son absence. Il avait précisé : « Une petite fille est décédée dans des circonstances étranges. »

— *Le Soleil* a publié trois lignes à ce sujet, dans son édition d'hier, précisa Marie. Toutefois, des paroissiennes chuchotaient des choses épouvantables ce matin, sur le parvis de la cathédrale. Je me demande comment elles pouvaient savoir.

— Les gens de Sainte-Philomène ont le téléphone. Enfin, certains d'entre eux.

Quelques coups de fil à des parents ou à des amis, au terme de l'enquête du coroner, suffisaient pour lancer une rumeur.

— Et chacune de ces commères doit ajouter sa propre dose d'horreur.

— Crois-moi, dans ce cas, ce n'est pas nécessaire. Les faits se suffisent à eux-mêmes.

La femme se troubla un moment, les yeux dans ceux de son fils.

— Les parents ? souffla-t-elle.

— Ils ont été arrêtés à la sortie des funérailles.

Elle prit la main droite de Mathieu dans les siennes, exerça une légère pression.

— Viens t'asseoir au salon avec nous. Paul a encore trouvé le moyen de se faire prescrire un cordial par un médecin complaisant. Il acceptera bien de le partager avec toi.

À Rivière-du-Loup, la démarche aurait fait jaser. La ville de Québec fournissait un anonymat suffisant au député pour lui permettre de braver de petits tabous. En pénétrant dans la pièce, la maîtresse de la maison se dirigea directement vers un petit meuble pour en sortir une bouteille et un verre, tout en posant les yeux sur son mari.

— Tu permets ?

— Évidemment.

Paul s'était levé afin de serrer la main du nouveau venu, puis il regagna son fauteuil près de la fenêtre. Sa présence en ces lieux devenait tout à fait naturelle. Gérard et Françoise firent de même. Le commis de banque revenait dans le logis de la rue de la Fabrique avec une belle constance. Au début, il s'efforçait de privilégier les samedis, ou le dimanche midi, alors que Mathieu se trouvait ailleurs. Depuis ses fiançailles, un peu comme un chien désireux de marquer son territoire, il affrontait son rival. Celui-ci affichait une indifférence polie.

— Les choses ont été aussi dures que le prétend la rumeur ? demanda le politicien.

— Pire.

Le ton du jeune homme amena le politicien à ne demander aucun détail.

— J'ai croisé Joseph-Napoléon Francœur ce matin, sur le parvis de la cathédrale.

— Le député de Lotbinière ? Il s'inquiète sans doute des mœurs de ses électeurs ?

— Plus simplement, le couple lui a demandé de le défendre.

La surprise se peignit sur les traits du jeune homme. La nature des accusations lui avait fait croire que personne n'accepterait ce mandat, ou alors que ce serait un obscur tâcheron du droit, sans cesse menacé de faillite. Les plus malchanceux devaient se rabattre sur des causes désespérées.

— Le bonhomme risque de se discréditer. Cette affaire soulèvera les passions, et pas du genre de celles éveillées par sa « motion » sur la séparation du Québec.

Cet événement, survenu en 1917, propulserait

plus tard l'obscur représentant d'une circonscription plus obscure encore dans les manuels d'histoire.

— … Selon ses paroles, dit Paul, les apparences sont trompeuses. La petite fille serait morte de la tuberculose.

— Ce sera leur défense ? C'est ridicule.

Un mouvement se fit entendre dans le couloir, une Amélie plus minaude que jamais fit son entrée dans la pièce. Mathieu amorça le geste de se lever.

— Ce n'est pas la peine, déclara-t-elle dans un sourire. Tu vas bien ?

Elle se pencha pour souligner la question d'une bise sonore sur la joue, attendit la réponse en plongeant ses grands yeux bleus dans les siens.

— Cela va mieux depuis mon retour à Québec. Ma petite expédition dans les campagnes profondes m'a laissé bien perplexe. La prochaine fois qu'un curé vantera devant moi nos saintes familles canadiennes-françaises, je vais m'enfoncer les index dans les oreilles jusqu'aux poignets.

En s'asseyant sur le canapé, près de sa sœur et de son fiancé, la jolie jeune fille articula un « Ouch ! » amusé. Paul Dubuc revint sur la stratégie de défense de son collègue.

— Sa mère serait morte de cette maladie, de même que son petit frère…

— Justement, on meurt beaucoup, dans cette maison-là. Cela ne trouble pas votre collègue ?

— … Les conditions sont parfois très difficiles dans nos campagnes. À douze ans à peine, des garçons joignent les chantiers pour tout l'hiver dans l'espoir de gagner quelques dollars. La tuberculose y exerce ses ravages.

Mathieu prit le temps de boire la moitié de son cognac, pesant ce qu'il pouvait confier, et ce qu'il devait taire au nom du secret professionnel.

— Puis-je compter sur votre discrétion ?

— Bien sûr, le rassura le politicien. Cet homme est un collègue, sans plus. Je ne lui dois aucune confidence.

De retour de la cuisine, où elle avait aidé un peu Gertrude avec le repas du soir, Marie s'appuya sur le cadre de la porte.

— Maman, assieds-toi, je vais me chercher une chaise.

— Non, non. Je devrai mettre le couvert dans une minute. Continue.

— Pendant l'autopsie, le docteur Marois m'a demandé de prendre des notes. Il décrivait la procédure, je prenais tout en dictée. Le médecin remplissait aussi une sorte de diagramme représentant une silhouette humaine, de dos d'un côté de la feuille, de face de l'autre. Il faisait un petit « x » pour signaler l'emplacement des blessures. À la fin, j'en ai compté plus de cinquante.

L'information laissa les autres pantois. Quand il rouvrit la bouche, Paul Dubuc se montra un peu moins assuré.

— À la base de notre système de justice, on trouve deux principes : tout suspect est présumé innocent jusqu'à preuve du contraire, et tout accusé a droit à une défense pleine et entière. Cela signifie aussi profiter des conseils d'un avocat compétent.

Francœur ne pouvait pas vraiment se dérober, si ces gens se sont adressés à lui.

— Je comprends très bien la noblesse de ces principes, admit Mathieu. Ces règles nous protègent de l'arbitraire de l'État dans l'application de la justice. Leur exercice me trouble tout de même un peu.

Après cette conversation, la famille eut un peu de mal à faire honneur au rôti préparé par Gertrude. Les restes, copieux, reviendraient sur la table familiale le lendemain. Un peu après sept heures, Mathieu quitta la salle à manger de façon précipitée en disant :

— Excusez-moi pour tout à l'heure. Toutes ces horreurs… Je vais rentrer tout de suite afin de me reposer. Je dois récupérer un peu avant de me présenter à mes cours demain matin.

Chacun accepta le pieux mensonge. Marie le raccompagna à la porte de l'appartement. La main sur sa joue, elle demanda :

— Ça ira, tu en es certain ? Si tu préfères dormir ici, Thalie te prêtera sa chambre.

La jeune fille de la maison serait d'autant plus encline à le faire depuis la pension Milton, à Montréal.

— Ce n'est pas nécessaire, le temps effacera ce mauvais souvenir. En descendant, je vais tout de même utiliser ton téléphone afin de dire bonsoir à Flavie.

— Bien sûr. Elle saura sûrement t'égayer un peu.

Après une brève étreinte, il descendit un premier escalier, s'arrêta dans le bureau aménagé à l'étage du commerce. Dans l'obscurité, avec le seul éclairage des réverbères allumés dans la rue, il manipula l'appareil, demanda la communication avec la maison de chambres de la rue Saint-François. Une locataire prit l'appel, elle voulut bien appeler la jeune femme.

— Allô ? fit une voix un peu préoccupée.

— Flavie, je suis de retour.

— Mathieu, tu as fait bon voyage ?

— Oui... Enfin, non, pas du tout.

La réponse la laissa perplexe à l'autre bout du fil.

— Tu accepterais de me recevoir tout de suite ? Enfin, le temps de me rendre chez toi. Te voir me fera du bien.

Cette perspective la troubla un peu plus. Réservée à une clientèle entièrement féminine, sa pension ressemblait à un véritable couvent, à force de règles strictes. Les visites masculines créaient toujours une petite commotion. D'un autre côté, le timbre de voix de son ami l'incitait à ne pas se dérober.

— Tu ne pourras pas aller plus loin que le salon.

— S'il y a des témoins, je resterai silencieux. Rien que ta présence me fera du bien.

« Voilà qui augure bien pour l'avenir », se dit-elle. À haute voix, elle répondit :

— Je t'attends. D'ici à ton arrivée, je préparerai un peu de thé.

Peu après, Mathieu retrouvait le trottoir de la rue de la Fabrique. Le froid paraissait vouloir relâcher un peu son emprise. En conséquence, un voile de nuages masquait la lune et les étoiles. En marchant d'un pas cadencé, la Basse-Ville se trouvait à quelques minutes, tout au plus. En approchant de la maison de chambres, il reconnut la mince silhouette à une fenêtre. Elle ouvrit la porte devant lui.

— Bonsoir…

Dans la petite entrée, le jeune homme la prit dans ses bras, la serra contre lui un peu brutalement. Son attitude surprit Flavie. Elle voulut d'abord le repousser prestement, arrêta son geste en lisant le désarroi sur son visage.

Après un instant toutefois, elle posa ses mains contre la poitrine masculine, l'obligea à reculer un peu.

— Mathieu, on peut nous surprendre.

— … Excuse-moi. Il y a si longtemps.

Trois jours à peine. La durée semblait un concept bien élastique. Mathieu retrouva sa contenance, se pencha pour poser le bout de ses lèvres sur sa joue.

— Suis-moi.

Flavie le conduisit dans un petit salon modestement meublé. Tout de même, les nappes en dentelle sur les guéridons et les gravures encadrées accrochées aux murs rendaient la pièce agréable. Une petite théière et deux tasses se trouvaient déjà sur une table basse.

— La propriétaire est gentille de te préparer cela, commenta-t-il.

— Sa contribution ne va pas plus loin que de nous fournir de l'eau et la chaleur de son poêle. De toute façon, en cette saison elle doit l'alimenter en charbon toute la journée. L'été, elle plaide la nécessité de garder la température à un niveau raisonnable pour nous refuser ce genre de largesses.

— Le thé ?

— Sauf aux repas, nous devons puiser dans nos propres réserves.

Une douzaine de femmes et de jeunes filles logeaient en ces lieux : des vendeuses, des secrétaires ou des commis. Le coût de la pension demeurait modeste, en proportion des salaires reçus par ces besogneuses. Ainsi, les services s'adaptaient à la somme demandée.

— Toutes tes voisines sont sorties ?

La pièce devait servir à l'ensemble des locataires, mais ils s'y trouvaient seuls.

— Certaines d'entre elles. Les cinémas de la Basse-Ville débordent, le dimanche soir. Les autres ont accepté de nous céder la place. Pour les remercier, je devrai leur faire un petit compte rendu de notre conversation, tout à l'heure.

— J'aimerais que tu limites les confidences à ceci : je me suis beaucoup ennuyé de toi. Ce ne sera pas un mensonge, ta présence m'a manqué. Mais les détails de notre conversation devront rester secrets.

— Tu veux me parler de cette affaire ?

L'homme acquiesça d'un signe de la tête comme elle versait le thé dans les tasses. Le jeudi précédent, il avait parlé d'une enquête troublante.

— La petite fille a été tuée par ses parents, dit-il, d'une voix à peine audible. Elle avait dix ans.

— Doux Jésus ! J'ai entendu des conversations à la sortie de la messe, sans en croire un mot.

Mathieu lui donna les grandes lignes des événements sur le même ton de confidence.

— Ils ont dit qu'elle était dure à élever. Des châtiments si cruels me paraissent tellement démesurés, conclut-il, quelles que soient les fautes commises. Rien ne peut justifier une brutalité pareille.

À mots couverts, il avait évoqué les péchés les plus graves attribués à Aurore.

— Les gens sont brutaux, murmura la jeune femme. Petite, j'ai vu des hommes poursuivre leurs enfants, ou même leur femme, une fourche à la main.

Son compagnon se remémora sa dernière visite à L'Ancienne-Lorette, et la tension dans la maison. Peut-être Flavie figurait-elle parmi les personnes poursuivies de cette façon. Mathieu n'osa pas le lui demander.

— Même au magasin, continua-t-elle, il arrive parfois des scènes pénibles. Je passe dans un rayon, et j'entends des claques retentissantes, suivies de pleurs. Certaines matrones paraissent s'affoler seulement d'entendre leurs enfants respirer.

Conduire une progéniture sur le chemin de la vertu paraissait autoriser la pire répression, pour des fautes souvent bénignes, ou même imaginaires.

— Je ne comprends pas cette brutalité, ajouta son interlocuteur. Des gens à qui on ne confierait pas un chien élèvent des enfants.

— Et chez toi ? ...

— Tu as vu maman. D'un côté, elle a une détermination à toute épreuve. De l'autre, jamais elle ne lèverait la main sur quelqu'un, encore moins un enfant.

Flavie était venue à deux reprises déjà à l'appartement de la rue de la Fabrique.

— Et ton père ?

— La même chose. Un grand gaillard inoffensif.

— C'est important que les deux parents s'entendent sur la façon d'élever les enfants.

Elle venait de lui signifier que c'était le cas entre eux.

— Ces gens, que va-t-il leur arriver ? demanda-t-elle après un court silence.

— Il s'agit d'un meurtre. Ils risquent le pire.

L'image d'une potence passa dans l'esprit de la jeune femme. Les exécutions capitales faisaient toujours l'objet d'une description détaillée dans les journaux.

— Cependant, ils ont un excellent avocat, le député Francœur. Ils peuvent encore se tirer d'affaire.

La confidence de Paul Dubuc troublait l'étudiant en droit. Se pouvait-il que ces gens échappent au châtiment en arguant de leur devoir de bons parents chrétiens ? L'esprit de Mathieu oscillait entre des moments de confiance en la justice et le doute le plus grand.

— L'aînée a tout vu, insista sa compagne. Comment s'appelle-t-elle ?

— Marie-Jeanne.

— Puis, il y a les garçons…

— C'est vrai.

La présentation de la maisonnée lui avait pris quelques minutes. Flavie avait bien retenu la leçon.

— Remarque, ceux-là sont les propres enfants de la mégère, précisa-t-elle après une pause. Ils ne peuvent trahir leur mère.

— La petite fille appelle sa belle-mère « maman ». Elle a menti sous serment à l'enquête du coroner.

Sa compagne porta sa tasse à ses lèvres, pensive.

Mathieu la contempla en songeant à la lettre torride restée dans son sac de voyage. Peut-être la lui remettrait-il un jour. Flavie le sortit de sa rêverie :

— Tout de même, à toi, la petite fille a commencé à dire la vérité.

— Tu as raison. Je me demande bien pourquoi.

Ils n'auraient guère le loisir d'explorer les motifs de la fillette. Un bruit leur parvint de l'entrée. Bientôt, une locataire se planta dans l'embrasure de la porte sous prétexte de leur souhaiter bonne nuit. Elle se retira après une brève conversation, satisfaite de son examen du prétendant de sa compagne de pension.

— Je devrai retourner prochainement dans ce trou perdu, afin de voir si elle souhaite continuer son récit.

À son tour, il avala un peu de la boisson chaude, se tourna à demi pour contempler son amie.

— Tu es gentille de m'écouter ainsi.

— C'est tout naturel, voyons.

Il se pencha pour voir si quelqu'un se trouvait près de la porte, puis il allongea la main pour prendre la sienne et la porter à ses lèvres. Ils gardèrent un moment le silence.

— Demain, annonça le jeune homme à regret, nous avons tous les deux une longue journée devant nous. Je vais te laisser aller dormir.

Après avoir remis son paletot, son melon dans la main gauche, il posa sa paume droite sur le cou gracile, s'assura de l'absence de tout regard inquisiteur et l'embrassa sur les lèvres. S'ils n'en étaient pas à leur premier baiser, celui-là les laissa tous les deux bien fiévreux.

La veille, à son retour à la pension Sainte-Geneviève en fin de soirée, Mathieu avait trouvé une note de son employeur le priant de se présenter au palais de justice le lundi 16 février, à midi. Il assisterait à la procédure depuis la première rangée de bancs mis à la disposition des spectateurs.

La première comparution des suspects venait le plus souvent dans les vingt-quatre heures suivant l'arrestation. L'obligation de respecter le jour du Seigneur n'avait pas permis de procéder aussi rapidement. Tout de même, un peu plus de quarante-huit heures après la scène sur le parvis de l'église, le couple Gagnon comparaissait devant le juge Philippe-Auguste Choquette, de la Cour des sessions de la paix.

Le magistrat jouissait d'une réputation enviable. Député fédéral pendant six ans au siècle précédent, sa nomination sur le banc avait mis fin à une longue sinécure au Sénat. De sa place surélevée, il toisa longuement les accusés.

— Votre Honneur, annonça Arthur Fitzpatrick, mon bureau entend déposer des accusations de meurtre contre Télesphore Gagnon et Marie-Anne Gagnon, née Houde, tous les deux domiciliés à Sainte-Philomène-de-Fortierville. Vous avez devant vous le rapport de l'enquête du coroner…

— Votre Honneur, intervint l'avocat de la défense en se levant de son siège placé derrière une table voisine, je veux réclamer l'interdit de publication. La nature de cette affaire risque de donner lieu, dans la presse, à un déchaînement peu compatible avec l'intérêt de la justice.

— Vous voulez sans doute parler plutôt des intérêts de vos clients, répondit le juge, moqueur.

— Puisque tous les deux sont les justiciables, leur intérêt se confond avec celui de la justice.

Le procureur de la défense, Joseph-Napoléon Francœur, s'appuyait d'une main sur la table. Devant lui, le rapport du coroner se trouvait ouvert à la page de l'autopsie. Recruté dès samedi en soirée, l'homme avait pu en obtenir une copie. Son visage glabre, marqué par une bouche étroite et mince, trahissait un certain malaise.

Âgé de quarante ans, élevé à la campagne par des parents cultivateurs, il connaissait une carrière florissante. Au droit et à la politique s'ajoutait la spéculation sur des terrains à bâtir situés à Limoilou.

— Monsieur Fitzpatrick, demanda Choquette, allez-vous vous opposer à cette requête ?

— Cette cause comporte en effet des aspects bien troublants. À cette étape-ci, l'interdit de publication me paraît indiqué. Bien sûr, il en ira autrement au procès proprement dit.

— Bien sûr. Interdit de publication accordé. Cela signifie, messieurs les journalistes, que si je lis une ligne sur cette affaire, vous et vos chefs de pupitre aurez de gros ennuis.

Pour la première fois de sa vie, Mathieu Picard « participait » à un procès. Le mot méritait des guillemets, car son rôle se limitait à écouter, un peu penché vers l'avant pour ne rien perdre des échanges. La salle d'audience était presque vide. Quelques personnes désœuvrées, le plus souvent âgées, venaient passer leurs journées au palais de justice. Elles trouvaient sans doute dans le spectacle de la dépravation humaine le motif à des réflexions pieuses.

En plus, quatre jeunes gens aux costumes élimés

tenaient un carnet dans une main, un bout de crayon dans l'autre. Un long purgatoire aux « chiens écrasés » marquait leur entrée dans la carrière journalistique. La mine renfrognée, ils prendraient tout de même des notes. L'interdit de publication marquait toujours les causes les plus intéressantes.

— Vous me laisserez maintenant jeter un œil sur ce document. Je l'ai reçu ce matin, mais depuis, de nombreuses affaires m'ont retenu.

Tournant lentement les pages du rapport du coroner, le magistrat s'attarda en particulier au rapport d'autopsie. Le rythme de sa lecture s'accéléra lorsqu'il parcourut la déposition d'Exilda Lemay. Puis, il leva la tête pour contempler Télesphore Gagnon. Mathieu devina qu'il lisait le témoignage de ce dernier.

— Maître Francœur, je comprends maintenant mieux votre souci de demander l'interdit de publication.

Le juge fit une pause, puis continua à l'intention du substitut du procureur de la province :

— Vous pensez recevoir le rapport d'analyse des viscères bientôt ?

— Le docteur Derome a pris possession des échantillons ce matin. Tout à l'heure, au téléphone, il m'assurait de pouvoir envoyer les résultats avant la fin de la semaine.

— Avez-vous des témoins à faire entendre, à ce stade des procédures ?

— Compte tenu de votre horaire très chargé, j'ai préféré convoquer mon seul témoin demain après-midi.

Le magistrat lui adressa un sourire entendu.

— Voilà une délicate attention. Qui sera ce témoin ?

— Oréus Mailhot, le juge de paix de Sainte-Philomène. Son témoignage sera assez long, il vous donnera un portrait de toute cette affaire.

— Maître Francœur ?

Après la remarque précédente, l'avocat de la défense comprenait combien faire manquer son repas au brave homme le disposerait en faveur de l'accusation.

— Je n'ai pas de témoin à faire entendre. Il paraîtra bientôt évident que l'on reproche ici à mes clients d'avoir tout simplement accompli leur devoir de parents.

Machinalement, Choquette prit en main le rapport du coroner, l'ouvrit à la section rendant compte de l'autopsie.

— Si vous le dites…

— Votre Honneur, je requiers la mise en liberté de mes clients, dans l'attente de la suite des procédures. Déjà, ils ont passé deux nuits en prison…

— Je m'objecte, Votre Honneur…

Fitzpatrick perdait un peu de son onctuosité habituelle. Son collègue continua comme si de rien n'était, alors que le magistrat levait la main pour inciter le substitut du procureur de la province au silence.

— Mes clients sont des personnes avantageusement connues dans leur milieu, travailleuses, sobres, sans aucun antécédent judiciaire. Ils dirigent une exploitation agricole qui souffrira de leur absence. Rien ne permet de croire qu'ils omettront de se présenter devant le tribunal.

— J'entends bien vos arguments. Votre distingué confrère ne paraît toutefois pas partager votre avis.

— Tout à l'heure, expliqua Fitzpatrick, j'ai accepté l'interdit de publication, car je conviens qu'il s'agit d'une affaire bien délicate. Il est inutile de l'étaler maintenant sur la place publique. Toutefois, dans le milieu des accusés, personne ne comprendrait le bien-fondé d'une libération. La gravité des faits…

— Ces faits ne sont pas prouvés…

Le juge leva à nouveau la main pour imposer le silence, cette fois à Francœur.

— La gravité des faits invoqués exige que les suspects demeurent emprisonnés. Le contraire alimenterait le cynisme d'une partie de la population à l'égard de l'application de la justice.

— Maître, je me rends à vos arguments.

Philippe-Auguste Choquette s'empara de son maillet et déclara :

— La séance est ajournée jusqu'à demain, après-midi. Nous nous retrouverons dans cette salle, à deux heures.

Un claquement sec souligna les derniers mots. Francœur se tourna vers le couple Gagnon en écartant les bras, l'air de dire :

— Je l'avais bien prédit.

Le cultivateur afficha sa déception. Son épouse, drapée dans ses vêtements de deuil, les traits dissimulés par un voile presque opaque, resta impassible. Mathieu sortit sur les talons de son employeur, soucieux de regagner son poste de travail à l'étage de la bibliothèque de l'Assemblée législative.

10

Le lendemain après-midi, après un repas léger pris au *Café du Nouveau Monde*, dans la rue Buade, Mathieu se rendit directement au palais de justice. Les corridors bruissaient d'activité, des accusés angoissés ou des témoins nerveux s'entretenaient avec des avocats affublés d'une toge, des porte-documents remplis à craquer à la main.

Devant la salle d'audience, il reconnut Oréus Mailhot vêtu de ses plus beaux habits du dimanche.

— Bonjour, monsieur, salua-t-il en lui tendant la main. Vous avez fait un bon voyage ?

— Avec ce qui m'attend, même à dos de cheval, le trajet ne représenterait qu'un petit ennui.

Quelques minutes avant d'être appelé à la barre, ses inquiétudes prenaient une nouvelle intensité.

— Voyons, rassurez-vous. Vous seul pouvez donner à la cour un récit de première main des événements. C'est essentiel pour porter des accusations.

— Vous en êtes certain ?

Plutôt que de se montrer trop affirmatif, Mathieu décida de se faire pédagogue.

— À cette étape, il s'agit d'étayer l'accusation de meurtre qui a été déposée. Comme vous êtes juge de paix, on compte sur vous pour établir les faits.

Sa prudence n'échappa pas tout à fait au commerçant : à une question précise, le jeune homme avait opposé une généralité.

— Les travaux ont commencé hier ? interrogea le marchand, désireux de changer de sujet.

— La comparution a duré quelques minutes, le temps de décréter l'interdit de publication et de refuser la libération des accusés.

— Seigneur ! Vous étiez sérieux, l'autre jour, quelqu'un voulait les faire sortir ?

— Leur avocat. Saviez-vous que votre député plaidera pour eux ?

Le marchand général laissa échapper un ricanement.

— Télesphore possède quelques biens, je suppose que Francœur flaire une bonne affaire.

— C'est un avocat, son devoir est de défendre ses clients de son mieux.

— Sans compter que tous ensemble, les Gagnon forment un bon bloc d'électeurs.

Les grands principes le laissaient froid. Seuls l'intérêt personnel et la petite politique lui semblaient animer les grands de ce monde.

— Comme il a été élu par acclamation l'été dernier, rappela Mathieu, le député ne doit pas se sentir bien menacé. Je lui prête des motifs plus nobles.

— Prêtez si vous voulez, il ne vous rendra rien.

Des pas se rapprochaient. En tournant la tête, ils aperçurent Arthur Fitzpatrick venant vers eux, les pans de sa toge soulevés de chaque côté de lui.

— Ah ! Picard, monsieur Mailhot, vous voilà.

Nous allons entrer. Mon savant confrère ne saurait plus tarder, maintenant.

Dans la salle d'audience, ils trouvèrent une assistance un peu plus nombreuse que la veille. Le bouche-à-oreille attirait les amateurs d'histoires familiales scabreuses. Les accusés se manifestèrent dans la boîte, flanqués d'un agent de la paix. Leur avocat gagnait son siège.

Une fois les principaux protagonistes de cette mauvaise pièce à leur place respective, le juge Choquette pouvait enfin prendre place dans son fauteuil, derrière le banc.

— Maître Fitzpatrick, je vous écoute.

— Nous allons entendre monsieur Oréus Mailhot, le juge de paix de Sainte-Philomène-de-Fortierville.

En parcourant la distance depuis le fond de la salle jusqu'à la barre, le marchand échangea un regard avec Mathieu, cherchant encore à être rassuré. Puis, il se retrouva debout près du magistrat. Prêter serment ne prit qu'un instant.

— Monsieur Mailhot, commença le substitut du procureur, vous assumez la fonction de juge de paix depuis longtemps ?

Pendant un moment, l'état civil du témoin les occupa. En plus de permettre au greffier de colliger à son procès-verbal tous les renseignements relatifs aux acteurs de ce drame, l'entrée en matière permit au commerçant de retrouver un peu sa contenance.

La déposition dura longtemps, guidée par les questions d'Arthur Fitzpatrick. Le procureur s'attarda sur la visite du couple Gagnon au magasin général l'été précédent, le scepticisme de son interlocuteur à l'égard du récit concocté par les parents. Il se termina sur le dernier jour, dans la maison de ferme, avec la découverte des multiples blessures sur le corps de l'enfant.

— Votre Honneur, j'en ai terminé, affirma le procureur en regagnant son siège.

Maître Francœur se leva à son tour en toisant Mailhot, comme pour jauger un adversaire.

— Monsieur, vous n'avez aucune formation médicale.

— Non.

— Donc vos remarques, à propos des blessures de l'enfant, n'ont aucune valeur.

— Mais moi, je les ai vues, ces blessures. Pas vous.

Mathieu sourit : le marchand ne se laisserait pas faire, malgré son malaise. L'autre ne dissimula pas sa frustration.

— L'été dernier, la petite fille vous a confirmé l'histoire de ses parents.

— Elle a menti.

— Pourquoi aurait-elle fait cela ?

— Elle les craignait. Aurore redoutait sans doute de recevoir une raclée, si elle les contredisait.

De nouveau, l'avocat afficha son déplaisir. Un témoin devait relater les faits, sans se livrer à une interprétation.

— Vous n'avez aucune preuve de cela.

— J'ai vu l'état de son pied. Le médecin a dû la visiter six fois les semaines suivantes pour cette blessure, elle est allée à l'hôpital pendant un bon mois.

— Vous êtes donc en mesure de constater que ses parents se sont efforcés de lui fournir de bons soins.

— S'ils ne l'avaient pas blessée en premier, cela aurait été une meilleure façon de s'occuper d'elle, vous ne croyez pas ?

En l'absence de tout jury, il ne servait à rien de le fustiger pour avoir formulé des arguments de ce genre. L'avocat se priva de demander au juge de rappeler cet homme à l'ordre.

— Vous avez fait enquête auprès des petits garçons, je crois ?

— L'un s'appelle Bédard, l'autre Gagnon. Je leur ai parlé, de même qu'à leurs parents. Ils n'ont rien à se reprocher.

— Simplement parce qu'ils vous l'ont dit ?

— Simplement parce que les parents de la petite fille n'ont pas entamé de poursuites contre eux. Pourtant, ils se sont plaints sans pudeur des cinquante dollars dépensés pour la faire soigner.

Toute cette discussion ne servait à rien. Le rapport d'autopsie et l'enquête du policier suffisaient seuls à conduire les suspects à l'étape suivante des procédures. L'avocat de la défense poussa un soupir avant de déclarer forfait.

— J'en ai terminé, monsieur le juge. Au sujet de la caution de mes clients…

— Maître Francœur, je vous ai précisé hier que dans les circonstances actuelles, une libération dans l'attente du procès servirait mal la justice. Nos concitoyens ne comprendraient pas.

Malgré l'interdit de publication, des journalistes évoquaient déjà des informations troublantes, sans doute après avoir parlé à des habitants de Sainte-

Philomène. Un crime si spectaculaire animait des désirs de vengeance.

— Mon client a des biens à mettre en garantie.

— Là n'est pas la question.

L'avocat devait poser la question, insister un peu, sinon il paraîtrait s'occuper bien mal des intérêts du couple Gagnon. À la fin, il abandonna la partie, se tourna vers les accusés en faisant un geste d'impuissance.

— L'enquête préliminaire aura lieu mardi prochain, le 24 février. Vous serez prêts ? demanda Choquette.

Les deux avocats donnèrent leur assentiment. Le juge leva la séance, puis il se retira par une porte dérobée dans un mouvement de robe.

Peu après, des agents firent disparaître les deux suspects pour les reconduire à leur cellule. Depuis sa table, Fitzpatrick lança, un peu gouailleur :

— Napoléon, pourquoi avoir accepté de te mêler à cela ?

— Je suis avocat. Mon métier est de défendre les gens.

— Des bourreaux d'enfants ! Tu n'en tireras pas grand-chose, sinon une réputation un peu écorchée.

Élu pour la première fois comme libéral indépendant, rentré dans les rangs libéraux par la suite, le vieux garçon n'avait pas eu d'adversaire lors des deux dernières élections provinciales. Bien plus, il jouait le rôle de président de l'Assemblée législative depuis l'année précédente. Son intervention dans une cause si scabreuse cadrait mal avec sa belle carrière.

— Ils ont droit à une défense. Puis, ce sont des électeurs.

— En te portant à la défense de ces électeurs-là, tu en perdras d'autres, prédit le substitut du procureur général.

— Nous verrons.

Sur ces mots, le député quitta la salle d'audience.

Comme il n'avait pas de cours le samedi, ce jour-là, Mathieu se présenta au bureau du procureur général dès le matin afin d'ouvrir et de classer la correspondance. D'habitude, personne d'autre ne s'y trouvait. Les avocats du service entendaient réduire leur semaine de travail à cinq jours. Pourtant, il arrivait à l'étage de la bibliothèque de l'Assemblée législative quand Fitzpatrick l'interpella dans le corridor.

— Picard, je viens de téléphoner à votre pension. Une dame à la voix charmante m'a dit que vous sortiez à l'instant pour vous rendre ici.

— La personne est aussi charmante que sa voix : la veuve de Thomas Picard.

— Oh ! Vous avez raison.

Dans une si petite communauté, chaque habitant de la Haute-Ville connaissait au moins de vue tous ses concitoyens.

— Mais je ne suis pas là pour commenter sa beauté. J'ai enfin reçu le rapport du laboratoire d'analyses médico-légales.

Devant la mine interrogative de son interlocuteur, il secoua la tête en disant :

— Derome n'a trouvé aucune trace de poison.

Nous parlons donc d'un décès attribuable à la septicémie.

Autrement dit, un empoisonnement du sang. L'homme lui tendait un document destiné à figurer au dossier. Après une description de l'analyse à laquelle il ne comprit rien, Mathieu fixa les yeux sur le dernier paragraphe.

Conclusion.
L'analyse des viscères d'Aurore Gagnon a montré l'absence de poisons.
Dr Wilfrid Derome, directeur du laboratoire médico-légal

— La nouvelle fera plaisir à Francœur, conclut l'avocat. Par contre, cela va nous compliquer la vie.

— La septicémie a été causée par coups reçus.

— Si je travaillais pour la défense, je répondrais qu'elle peut aussi venir d'une égratignure sur un clou rouillé. Nous n'avons rien prouvé encore.

Fitzpatrick consulta sa montre, puis tourna le dos au stagiaire.

— Suivez-moi, dit-il. Le détective nous attend dans un petit restaurant pas très loin. Il revient de Sainte-Philomène, et sans doute devra-t-il y retourner encore demain. Notre adversaire est un redoutable avocat, nous avons besoin d'étayer notre dossier.

— Pourtant, le rapport d'autopsie me semble éloquent…

— Marois a constaté des traces de blessures, sans plus. Nous devons trouver des gens qui ont vu les parents porter les coups. Venez.

Quelques minutes plus tard, les deux hommes étaient assis à une table d'un restaurant donnant sur la place d'Armes et, au-delà, sur le Château Frontenac. Le détective se trouvait déjà sur les lieux.

— Alors ? questionna-t-il au moment où ils prenaient place devant lui.

— Aucun poison, pesta le substitut du procureur général. L'enquête préliminaire débutera mardi de la semaine prochaine. Nous avons maintenant besoin de bons arguments pour convaincre le juge.

— J'ai revisité la maison, afin de trouver des pièces à conviction plus spectaculaires.

— Cela ne suffira pas. Il nous faut des témoins. Des gens ont certainement vu les actes de violence.

Fitzpatrick tenait à son idée : en produisant des harts et des bâtons, il était difficile de relier les blessures observées sur le corps de la victime aux parents. Francœur saurait comment semer le doute dans l'esprit d'un jury.

— Le propre des crimes de ce genre, maugréa Lauréat Couture, c'est de se produire les portes fermées, dans l'intimité du foyer.

— Il y a bien Exilda Lemay… intervient Mathieu.

Le détective posa les yeux sur lui, agacé de devoir expliquer des évidences à cet amateur.

— Elle n'a pas vu les accusés battre la petite fille. Son témoignage se limitera à déclarer avoir vu Aurore en mauvais état. Elle ajoutera avoir entendu les parents parler de châtiments corporels, car elle était dure à élever, vicieuse même. Au moins la moitié des habitants de la province châtient leurs enfants.

« Vrai, ce constat en devenait encore plus triste », se dit le jeune homme.

— Mais vous avez vu le corps, plaida Mathieu. On ne parle plus des châtiments un peu sévères infligés par des parents soucieux d'amener leur progéniture au ciel à coups de pied au cul, mais de véritables tortures.

— Picard, souvenez-vous de vos cours de droit de première année, intervint Fitzpatrick : nous devons convaincre les douze membres du jury, hors de tout doute raisonnable, pour obtenir leur condamnation.

L'homme regretta son ton un peu abrasif, car le garçon montrait d'excellentes dispositions.

— Exilda Lemay n'est pas le meilleur témoin à charge que l'on puisse trouver, continua-t-il, un peu plus amène.

— Elle a pourtant du bagout, elle a vu la victime assez régulièrement, elle a entendu des paroles troublantes…

— Elle a aussi été condamnée récemment pour avoir vendu de l'alcool de contrebande, intervint le policier.

La révélation laissa Mathieu pantois. La préparation de son petit vin de cerise n'avait certainement pas valu les foudres de la justice à cette femme. Toutefois, il se souvenait des hommes dans la cuisine d'été, accrochés à leur tasse de thé. Arcadius devait poursuivre le commerce familial.

— La loi de prohibition est absurde, commenta encore Couture, c'est sans lien avec notre affaire, mais Francœur utilisera cet argument pour affaiblir son témoignage.

— … Nous pouvons demander à Marie-Jeanne d'aller à la barre, suggéra Mathieu. Son histoire à propos du rondin en érable glacera tout le monde d'effroi.

— Le témoignage des enfants demeure toujours imprévisible, dit Fitzpatrick. Elle a déjà menti à l'enquête du coroner.

— À cause de la peur !

Depuis son retour à Québec, aux heures les plus sombres de la nuit, le jeune homme pensait à la petite fille. Elle habitait avec ses fantômes, tout comme lui, et des images horribles devaient meubler son imaginaire. Il se sentait une étrange parenté avec elle. La fillette aussi devait passer des nuits entières les paupières grandes ouvertes.

— Elle n'aura sans doute pas moins peur devant un juge de la cour criminelle, remarqua le policier. Maintenant, elle loge avec le père de l'accusé. La pression continue de s'exercer sur elle.

Le stagiaire acquiesça. Même si le vieux couple ne la maltraitait pas physiquement, sa seule présence quotidienne l'inciterait à rendre un témoignage complaisant.

— Puis, les enfants se révèlent des témoins difficiles à utiliser, répéta Fitzpatrick. Du simple fait de « rapporter » contre les auteurs de ses jours, elle paraîtra trahir ce qu'il y a de plus sacré. L'horreur de son geste amoindrira nécessairement la portée du témoignage.

— Les gens y verront même un péché. Le « Tu honoreras ton père et ta mère » hantc tous les esprits.

Sans le faire exprès peut-être, Couture avait

naturellement adopté l'intonation du curé Massé. Chacun, dans la province, connaissait son catéchisme.

— Dans ce cas-ci, les jurés comprendront, plaida Mathieu.

— Oh ! Mais comme législateur, le Créateur n'a pas fait un si bon travail, commenta le substitut du procureur de la province à voix basse. On ne trouve aucun alinéa dans les commandements de Dieu pour exclure les parents indignes.

Le trio interrompit la conversation pour manger, sinon la nourriture serait bientôt froide.

— Couture, conclut Fitzpatrick en réglant l'addition, je vous souhaite une bonne chasse. Il vous reste encore deux jours. Quelqu'un devra confirmer les mauvais traitements. Sinon, le doute raisonnable prévaudra.

— Marie-Jeanne a accepté de me parler de nouveau, intervint le stagiaire. Je pourrai peut-être la convaincre de dire toute la vérité au tribunal.

Cela laissa le substitut songeur. Il craignait de la voir se rétracter devant un contre-interrogatoire serré. Napoléon Francœur savait parfois se montrer redoutable. Dans une telle éventualité, la cause serait perdue.

— À l'enquête préliminaire, nous serons en mesure de confirmer les accusations avec les éléments à notre disposition. Après tout, il s'agit seulement de convaincre la cour de l'existence d'une preuve suffisante. Ce sera bien sûr une autre paire de manches au procès lui-même. Nous en reparlerons alors.

La véritable épreuve de force se déroulerait après

l'ouverture des assises criminelles du printemps, en avril.

Le 24 février, le juge Philippe-Auguste Choquette se tenait sur le banc pour l'enquête préliminaire. Les accusés ne se trouveraient pas ensemble dans la boîte, cette fois. D'abord, tous les deux ne faisaient pas l'objet d'accusations absolument identiques. Ensuite, l'épouse était alitée à cause de la grippe. Télesphore Gagnon serait le premier à prendre connaissance de la preuve réunie contre lui.

— Maître Fitzpatrick ? commença le magistrat.

— Nous allons entendre le docteur Marois.

Pour être certain de ne pas se tromper, le médecin autopsiste avait à la main une copie des notes colligées par Mathieu douze jours plus tôt. Il récita la liste des blessures d'une voix monotone, comme s'il se languissait déjà d'aller effectuer une chirurgie à l'Hôtel-Dieu. Le procureur de la Couronne ne se donna même pas la peine de poser des questions pour guider le témoignage : des deux, le médecin semblait le plus familier avec ce genre de procédure.

— Maître Francœur ?

— Je n'ai aucune question, Votre Honneur.

Le docteur Marois ne serait donc pas « transquestionné », comme disaient les journaux. L'avocat de la défense n'avait pas encore pu examiner le compte rendu de l'autopsie avec un médecin à ses côtés pour tout lui expliquer. Ce serait partie remise : d'ici au procès, il devrait trouver un moyen susceptible de miner dans l'esprit des jurés la crédibilité d'un document aussi dévastateur.

— Dans ce cas, annonça Fitzpatrick, nous allons entendre tout de suite le docteur Andronic Lafond.

Celui-là affichait une moins grande assurance. Selon les usages à la campagne, entre connaissances, il salua Mathieu d'une inclinaison de la tête en passant près de son siège. Après la prestation du serment, le substitut du procureur demanda :

— Docteur, depuis combien d'années exercez-vous votre profession à Saint-Jacques-de-Parisville ?

— Depuis 1910.

— Vous pratiquez la médecine depuis ce temps ?

— Oui.

Il s'agissait d'un néophyte, sans aucune expérience de ce genre d'affaire. Il devait sa présence en ces lieux à son statut de témoin informé.

— Étiez-vous présent lors de l'autopsie que le docteur Marois a effectuée sur le cadavre d'Aurore Gagnon ?

— Oui, monsieur.

— Vous avez entendu le témoignage de votre collègue sur l'état du cadavre. Vous souvenez-vous des blessures dont il a été question ?

— Oui, monsieur. Ce jour-là, j'ai pu examiner le corps en détail.

La précision avait son importance : son opinion ne reposait pas seulement sur les paroles entendues un peu plus tôt.

— Pouvez-vous me dire si vous êtes en mesure de corroborer le témoignage du docteur Marois ?

— Oui, monsieur.

— Ce dernier a exprimé des hypothèses sur les causes des blessures découvertes sur le corps de la défunte. Partagez-vous son opinion, à cet égard ?

— Oui, monsieur.

Du côté de la table de l'avocat de la défense, un mouvement attira l'attention de Mathieu. Francœur paraissait ennuyé.

— Docteur, je veux que nous nous comprenions très bien. Avez-vous constaté certaines blessures sur les pieds, plus précisément aux chevilles, et sur les poignets et les mains ?

— Oui, les plaies en faisaient le tour.

— Marois suggère que ces blessures ont pu être causées par des liens. Croyez-vous aussi que la défunte ait été ligotée ?

— Cela paraît l'explication la plus plausible.

Pendant quelques minutes encore, Fitzpatrick chercha la confirmation des conclusions du premier médecin. Puis, il évoqua le jour du 12 février. Lafond affirma de façon catégorique être arrivé chez les Gagnon trop tard pour tenter quoi que ce soit pour sauver la petite fille.

— Monsieur, vous avez des questions ? enchaîna le magistrat quand le substitut du procureur général regagna sa place.

Depuis son siège, Francœur répondit d'une voix indifférente :

— Votre Honneur, je n'ai aucune question.

Cette fois, son adversaire lança un regard un peu inquiet dans sa direction. Même accablants, les rapports d'autopsie méritaient toujours une contestation serrée. Son adversaire n'était pas homme à lancer la serviette, son silence obéissait à une autre stratégie.

Après l'ajournement destiné à permettre à tout le monde d'aller dîner, Lauréat Couture se retrouva à la barre des témoins. L'homme paraissait bien occupé, un peu bourru, comme si on le détournait de son enquête pour l'astreindre à une formalité routinière.

Un peu comme Marois, du ton du spécialiste, il narra de façon succincte ses trois voyages à Sainte-Philomène-de-Fortierville. Au souvenir de son premier regard sur le cadavre de la fillette, le ton perdit beaucoup de son assurance pour céder à l'émotion. Il parla ensuite longuement de la visite de la maison de l'accusé, puis de l'arrestation du couple sur le parvis de l'église, à la fin des funérailles.

Grâce à ses questions, le substitut du procureur, Fitzpatrick, donnait au témoignage du policier la forme d'un récit intelligible.

— Vous avez aussi rapporté de nombreuses pièces à conviction, remarqua-t-il. Racontez-nous comment vous vous les êtes procurées.

— À mon passage dans la maison, Gérard, le fils de la femme Gagnon, m'a remis ces objets. Ils ont servi à infliger des mauvais traitements à la petite fille.

Quand le procureur regagna sa place, Francœur sortit enfin du mutisme affiché plus tôt. Il parcourut le rectangle du carrelage réservé aux avocats, comme pour se l'approprier. Ce serait leur arène, à son adversaire et à lui, pendant quelques minutes aujourd'hui, puis pour des jours entiers pendant le procès proprement dit.

— Monsieur Couture, dois-je comprendre qu'au

moment où ces pauvres parents se trouvaient au service funèbre de leur fille, vous vous êtes présenté à leur domicile pour tout fouiller ?

Présentée de cette façon, la démarche paraissait bien indélicate.

— Je me suis livré à mon enquête, comme le commande mon devoir.

— Le garçon qui vous a reçu, connaissez-vous son âge ?

— Il m'a dit avoir onze ans.

L'autre se tut un instant, comme pour laisser le juge apprécier combien utiliser le fils contre la mère, la chair de sa chair, se révélait veule. Le policier n'était pas tout à fait néophyte à ce jeu, de loin s'en fallait.

— En réalité, ajouta-t-il, le gamin a exactement le même âge que la victime.

L'avocat de la défense marqua un temps d'arrêt, comme pour apprécier l'intelligence de son interlocuteur.

— Ce garçon vous a conduit dans la chambre ?

— Non. J'y suis monté avec une voisine, Exilda Lemay.

Cette fois, Francœur le dévisagea comme s'il s'agissait d'une effraction. À la façon de celui de la Couronne, l'avocat de la défense voulait le guider aussi dans une version du récit. Celle-là serait différente de la première : de justicier, l'enquêteur devenait un intrus.

— Et dans cette pièce, vous affirmez avoir aperçu des traces de sang sur le plancher.

— Oui. On avait répandu de la paille sur les

madriers, sans doute pour dissimuler de longues traînées sanglantes.

La précision amena le plaideur à se renfrogner un peu. Encore célibataire, son habit soigneusement entretenu et sa coiffure un peu trop bien placée lui donnaient une allure exagérément nette. Son visage, celui d'un adolescent prématurément vieilli, ajoutait encore au malaise.

— Revenons-en à ces objets. Vous avez amené l'enfant à vous les remettre ?

— J'ai trouvé la hart dans la chambre de la fillette, près d'un mur, dissimulée sous la paille.

— Dans la chambre ?

Pour la première fois, l'avocat paraissait un peu désarçonné. Peu d'enfants dormaient avec un instrument de ce genre à proximité de leur couchette. Le détective hocha la tête.

— Veuillez vous exprimer à haute voix, monsieur Couture, ordonna le magistrat.

— Oui, Votre Honneur. Ce bâton se trouvait près du mur de la chambre occupée par les deux petites filles.

Il avait prononcé ces mots en regardant Francœur dans les yeux.

— Et les deux autres… pièces à conviction ? Vous les avez trouvées de la même façon ?

— Non. Elles avaient été mentionnées, l'une par le suspect lui-même, l'autre par un témoin à l'enquête du coroner. J'ai demandé au petit garçon de me remettre les armes ayant servi à corriger sa demi-sœur.

Les mots « armes » et « corriger », dans la même phrase, envoyaient un message contradictoire.

— Vous connaissiez donc l'existence de ces… objets ?

— Comme je viens de vous le dire, à l'enquête du coroner, Exilda Lemay a parlé du manche de hache, et Télesphore Gagnon, du fouet.

— Alors, une fois sur les lieux, vous avez demandé à cet enfant de onze ans de vous remettre un manche de hache et un fouet.

La façon de présenter les choses donnait une tout autre allure à la démarche.

— Non, monsieur. Je lui ai demandé de me remettre les instruments ayant servi à battre Aurore. Il est entré seul dans l'étable pour rapporter le fouet, et ensuite dans la forge, pour le manche de hache. Dans le cas du dernier objet, de sa propre initiative, Gérard a indiqué qu'on ne voyait plus de sang sur cette arme, car son père en avait coupé l'extrémité.

Sur cette précision lourde de sens, l'avocat de la défense préféra ramener le policier au sujet précédent.

— Selon vous, il y avait du sang sur la paillasse et la jaquette.

— Oui.

— Toujours selon vos observations, il y en avait aussi sur le plancher ?

— Oui. Sur le mur aussi, près de l'emplacement du lit de la victime.

L'avocat cherchait à amener le témoin à se contredire, à révéler des failles dans le récit, ou à le mettre en doute.

— Comment savez-vous de quoi il s'agit ?

— Par la couleur.

— Par la couleur seulement ?

— Oui, monsieur.

L'avocat roula des yeux, demanda confirmation :

— Vous pensez que c'est du sang ?

— Pour moi, c'est du sang.

— Prenez-vous sur vous de jurer que c'est du sang ?

— Oui, monsieur, c'est du sang.

Pareille assurance paraissait absurde au plaideur. Il préparait déjà ses effets de toge pour les jurés.

— Et si c'était de la teinture d'iode ?

— Si c'était de la teinture d'iode, cela aurait coûté pas mal cher pour en garnir aussi grand que ça.

Le sourire amusé de Couture fit monter la colère de son interlocuteur d'un cran.

— Avez-vous déjà fait des études, vous, sur le sang et la teinture d'iode ?

— Je n'ai jamais eu cette chance. Mais vous pourrez demander à un spécialiste de vous rassurer.

Le témoin gardait toujours sa contenance, répondait avec un naturel désarmant.

— Vous persistez à jurer, sur la base de votre examen, que c'est du sang ?

— Pour moi, c'est du sang.

— Vous êtes sûr de ça ?

— Pour moi, c'est du sang.

Ce mauvais théâtre, sans jurés à convaincre, devenait ridicule. Le juge Choquette posa les yeux sur l'accusé, puis sur l'horloge accrochée au mur.

— Messieurs, croyez-vous que nous pourrons entendre tous les témoins de l'accusation aujourd'hui, avant l'ajournement ?

— Pour ma part, j'en ai terminé avec ce témoin, conclut Francœur, comme s'il l'avait mis en pièces.

— J'appellerai encore messieurs Émilien Hamel et Adjutor Gagnon, dit Fitzpatrick. Ils se trouvent dans le corridor.

— Dans ce cas, mieux vaut terminer un peu plus tard et ne pas obliger ces messieurs à revenir demain. Ils arrivent de si loin.

La délicate attention leur permettrait d'épargner le prix d'une nuit à l'hôtel.

11

Lors de ses visites dans le comté de Lotbinière, Lauréat Couture s'était efforcé de trouver des gens ayant déjà séjourné chez le couple Gagnon, capables de témoigner des mœurs de la famille. Un jeune homme efflanqué de seize ans, trop grand pour ses habits du dimanche, se tint à la barre des témoins : Émilien Hamel, de la paroisse de Saint-Jean-Deschaillons.

— Êtes-vous apparenté à l'accusé ? commença Fitzpatrick.

— Oui, monsieur. Je suis son neveu.

— Avez-vous déjà travaillé pour lui ?

Il répondit par l'affirmative. L'année précédente, pendant plusieurs jours d'affilée, il avait séjourné dans la ferme du septième rang pour couper du bois de sciage.

— Connaissiez-vous la petite Aurore Gagnon, celle qui est morte ?

— Oui, monsieur, je la connaissais.

— L'avez-vous vue chez lui, pendant que vous travailliez chez l'accusé ?

— Oui, je l'ai vue.

— Quelles étaient les relations entre l'accusé et sa petite fille ?

Le témoin ouvrit de grands yeux un peu désemparés. Le substitut du procureur simplifia sa question :

— Comment la traitait-il pendant que vous étiez là ?

— Quand j'ai été là, il l'a battue parce qu'elle n'avait pas lavé la vaisselle.

— Est-ce qu'il la battait souvent ?

— Ah ! Non.

Spontanée, la négation laissa l'avocat un peu perplexe. Pourquoi diable Lauréat Couture voulait-il ajouter ce personnage à la liste des témoins ?

— Combien de fois l'a-t-il battue ?

— Une fois, devant moi.

— L'avez-vous entendu la battre d'autres fois ?

— Non, monsieur.

L'accusé se révélait attentif à corriger une enfant paresseuse, sans excès toutefois. La prudence aurait dû amener le substitut du procureur à s'arrêter là.

— Vous l'avez vu battre sa fille rien qu'une fois ? insista-t-il pourtant.

— Oui, monsieur.

— Nous parlons bien de l'accusé, monsieur Télesphore Gagnon ?

— Oui, monsieur.

Depuis son siège, Napoléon Francœur adressa un regard un peu lassé au juge, avec l'air de dire : « Vous voyez, il nous fait perdre notre temps. Rien ne justifie des poursuites, dans cette histoire. »

— D'autres personnes l'ont-elles battue ?

— Oui, monsieur. La femme Gagnon.

Même si on s'éloignait du sujet de cette enquête, l'avocat de la défense négligea de s'objecter : jusque-là, il comptait des points, il devait s'attendre à ce que cela continue ainsi. Sa prédiction se montra exacte : selon le jeune homme, l'épouse ne semblait pas plus brutale que l'époux. Le substitut du procureur revient à celui-ci :

— Avez-vous déjà dit au père de ne pas battre son enfant comme ça ?

— … Je ne lui ai pas dit.

L'hésitation amena l'avocat à se faire insistant.

— L'avez-vous dit ou pas, monsieur Hamel ?

— Je ne l'ai pas dit.

— Vous n'avez jamais dit au père de ne pas battre son enfant ?

— Non, monsieur.

À l'air un peu étonné de son employeur, Mathieu comprit que Lauréat Couture lui avait donné une indication contraire. Le témoin désavouait les déclarations faites au policier tout au plus deux jours plus tôt.

Intrigué, le juge Choquette prit sur lui de clarifier les déclarations précédentes. Au gré de ses réponses, Émilien Hamel précisa que lors de son séjour de neuf jours chez l'accusé, l'homme et la femme avait battu la petite fille à une reprise chacun, sans violence excessive, pour un motif bien légitime.

Fitzpatrick reprit ensuite son rôle, creusa dans une autre direction.

— Pendant que vous étiez là, vous ont-ils demandé de ne pas parler de ce qui se passait, de ne pas répéter qu'ils battaient l'enfant ?

— Non, monsieur.

— Vous ont-ils dit de ne pas en parler à votre mère ?

— Non, monsieur, ils ne m'ont pas parlé de ça.

Encore une fois, c'était en contradiction avec les affirmations faites au détective. Ennuyé, le substitut du procureur regagna sa place. Se tournant à demi, il lança à l'intention du stagiaire :

— Après cela, Francœur devrait me donner une partie de ses honoraires. Je n'ai fait que l'aider.

L'avocat de la défense ne pousserait certainement pas sa générosité jusque-là. Toutefois, afin de conserver tous les points accumulés en sa faveur, il s'en tint à quelques questions sans importance à l'intention d'Émilien Hamel. Après lui avoir fait préciser les raisons et la durée de son séjour chez les Gagnon, il conclut :

— Et pendant ces huit ou neuf jours, avez-vous vu monsieur Gagnon corriger Aurore une fois avec une hart plus petite que celle-ci ?

— Oui, monsieur.

— Votre Honneur, déclara l'avocat, je n'ai pas d'autres questions.

Le magistrat indiqua au témoin de se retirer.

— Maître Fitzpatrick ? continua-t-il en se tournant vers la table de la poursuite.

Le substitut du procureur se leva pour dire :

— Nous entendrons maintenant monsieur Adjutor Gagnon, de la paroisse Sainte-Philomène-de-Fortierville.

Le cultivateur dans la force de l'âge prêta serment sur les Saints Évangiles. Puis, pendant quelques minutes, Fitzpatrick chercha à définir les liens de voisinage d'Adjutor Gagnon avec la famille de l'accusé, de même que la période de ses dernières visites chez eux.

— Maintenant, quand vous êtes allé les voir le 17 ou le 18 janvier dernier, vous avez aperçu la petite fille ?

— Oui, monsieur, dans la cuisine, là.

— Dans quel état était-elle ?

— Elle avait les yeux noirs, ici et là.

Du geste, le cultivateur désignait tout le contour des yeux, du milieu des joues à l'arcade sourcilière.

— Vous êtes-vous informé de la manière dont c'était arrivé ?

— Non, mais sa mère nous a dit à ma femme et à moi…

— Gagnon était-il là ?

— Oui, monsieur… Elle nous a dit que cela était dû au fait qu'elle avait été dehors nu-pieds.

Le rapport de cause à effet le laissait visiblement bien perplexe, sceptique même.

— Gagnon a-t-il alors parlé de la victime ?

— Il a dit qu'élever cette petite fille-là était très difficile. Puis, l'accusé a affirmé : « D'ici au printemps, je vais la placer. »

— Qu'est-ce qu'il voulait dire ?

— Ça, je ne sais pas.

Ce genre de réponse trahissait la prudence excessive du témoin. Chacun savait que le mot « placer » signifiait mettre un enfant dans un orphelinat ou une école de réforme. L'euphémisme couvrait une réalité bien déplaisante. À la veillée des Lemay, se souvint Mathieu, tous comprenaient très bien le concept.

— Vous dites que l'enfant avait les yeux noirs ? insista le substitut du procureur.

— Oui.

Le juge Choquette se pencha un peu, lui aussi laissé sur sa faim à ce sujet.

— Quand la mère a attribué ces yeux noircis au fait qu'elle avait marché dans la neige, demanda-t-il, l'enfant a-t-elle répondu ?

— Non, monsieur.

— Avait-elle l'air de comprendre ce qu'ils disaient ?

— Je ne peux pas dire.

Les minutes suivantes, ce témoin évoqua aussi la réticence de la victime à faire la vaisselle. Les corrections servaient à la guérir de sa paresse. Mais un autre motif pouvait expliquer sa lenteur à se conformer aux directives.

— Cette petite fille était-elle intelligente ? intervint encore le magistrat.

— Je ne peux pas dire.

Un homme sans formation médicale pouvait difficilement se prononcer, dans le contexte d'une enquête. Choquette abandonna le sujet pour se caler de nouveau dans son fauteuil.

Fitzpatrick passa tout de suite à la journée du 12 février, le jour du décès. Le témoin expliqua les circonstances de sa présence en cet endroit. Le substitut s'intéressa longtemps à l'état physique de la victime, puis insista sur les mauvais traitements. Comme le témoin affirmait n'avoir rien vu, il conclut en se tournant vers son confrère :

— Il est à vous.

Francœur lui adressa un sourire chargé de fausse compassion. Après des informations somme toute rassurantes, sinon positives, le plaideur prit sur lui d'établir la fiabilité du badaud.

— Vous êtes le deuxième voisin de l'accusé ?

— Oui, monsieur.

— À quelle distance, à peu près ?

— Environ trois arpents.

— Vous êtes cultivateur ?

— Oui, monsieur.

Le défenseur regarda l'horloge, puis son collègue, comme pour lui reprocher de les amener à travailler si tard, pour si peu de résultats. En se tournant en direction du juge, il conclut :

— J'ai terminé, Votre Honneur.

— Ajournement jusqu'à demain, répondit le magistrat en faisant claquer son maillet.

Adjutor Gagnon resta planté debout, puis il se dirigea vers Mathieu Picard, le seul visage un peu familier de cette assemblée.

— J'ai bien fait ? questionna-t-il, un peu troublé.

— Si vous avez dit toute la vérité, vous avez très bien fait. Personne ne vous demande autre chose. Je vous souhaite un bon voyage de retour.

— Oh ! Je compte coucher à Québec.

Peut-être espérait-il voir son interlocuteur lui offrir de lui faire visiter la ville. Son attente serait déçue. En récupérant ses dossiers, le substitut du procureur grommela, impatient :

— Picard, vous m'accompagnez ?

Mathieu salua le paysan d'un signe de tête, puis emboîta le pas à son patron.

— Si cela continue ainsi, grogna le fonctionnaire une fois dans le corridor, ce couple ne se rendra même pas au procès. Couture nous recommande de bien curieux oiseaux. Surtout, je suppose que ces personnes, dans la chaleur de leur cuisine, les pieds sur la bavette du poêle, en racontaient des vertes et des pas mûres au policier. Ici, après avoir prêté serment, sous les yeux de leur colosse de voisin, ils deviennent bien prudents.

Cela se pouvait bien. De retour chez eux, ces personnes se côtoieraient tous les jours.

— Les gens convoqués pour demain… commença Fitzpatrick.

L'homme chercha un instant dans ses feuilles.

— Albertine Gagnon et Vitaline Lebœuf. Les connaissez-vous ?

— Elles étaient peut-être à la veillée chez les Lemay. Je ne saurais dire… Adjutor Gagnon y était, toutefois.

— Oui, j'ai constaté que vous étiez devenus des amis…

L'ironie n'échappa pas au jeune homme.

— Allez, à demain, conclut l'employeur. Espérons seulement que Couture aura trouvé de meilleures prises, cette fois.

Mathieu avait profité d'une pause entre deux témoignages pour réclamer un rendez-vous à Flavie. Aussi se retrouvèrent-ils dans le petit restaurant de la rue de la Couronne qui avait abrité leur première rencontre.

— Je vais te coûter une fortune en repas, remarqua la jeune fille en posant son menu.

— Mais si j'avais accepté ton offre d'une marche dans les rues de la Basse-Ville, je mettrais la même somme en remèdes, sans compter les risques de mourir de la tuberculose. Tu as vu le temps ? Le mercure doit frôler le zéro Fahrenheit.

— Ne fais pas de blague de ce genre. Une jeune fille du rayon des jouets a été admise au sanatorium au début de la semaine.

La peste blanche exerçait toujours ses ravages dans la province. La Basse-Ville, avec ses logements parfois insalubres et ses corps épuisés, offrait un terrain de prédilection à la grande Faucheuse.

La venue du serveur pour prendre les commandes les occupa un moment.

— Elle était malade depuis longtemps ?

— Le genre maigrichon et pâle, elle a toujours semblé en mauvaise santé. Au retour du congé du Jour de l'an, la rumeur a circulé qu'elle crachait du sang.

— Maigrichonne, tu dis ? Je vais m'assurer que tu termines ton assiette.

Si la remarque tenait de la boutade, Flavie reconnut dans le ton une préoccupation bien réelle. Mince sans être maigre, elle offrait aux regards des joues bien rondes et une peau de porcelaine. Elle arrivait à bien prendre soin d'elle malgré la modestie de sa condition.

— De ton côté, les choses se passent bien ? questionna-t-elle.

— Les témoignages ont commencé ce matin. Au terme d'une longue journée, la cause de mon patron ne paraît pas brillante. Soit les gens n'ont rien vu, soit ils ont vu des choses assez anodines.

— Ce n'est pas le procès à proprement parler, n'est-ce pas ?

Même si le garçon ne la privait pas d'informations, Flavie demeurait un peu perplexe devant la complexité des procédures légales.

— Non, maintenant, nous ne cherchons pas de coupable. À l'enquête préliminaire, un juge doit simplement s'assurer de la solidité de la preuve.

— Tu m'as parlé de l'autopsie…

Ce souvenir hantait parfois les nuits de la jeune femme.

— C'est un élément important, mais indirect.

— Le corps révèle des traces, mais il faut les interpréter, suggéra-t-elle.

— Exactement. Ce matin, les médecins ont donné leur interprétation des blessures. Mais ce n'est pas comme si quelqu'un avait vu ce qui est arrivé.

— Et personne n'a rien vu, selon ce que tu disais tout à l'heure.

Ils s'arrêtèrent, le temps que le serveur pose les assiettes devant eux.

— Ils décrivent des corrections bien ordinaires, des choses qui se produisent dans bien des foyers.

— Frapper un enfant ne me paraîtra jamais ordinaire.

Une sourde colère pointait dans la voix de la jeune femme. Encore une fois, Mathieu résista à l'envie de poser des questions, respectueux de la pudeur de sa compagne.

— Tu as bien raison. Un homme de cent quatre-vingts ou deux cents livres frappant une enfant qui en pèse trente ou quarante, ou sa femme pas beaucoup plus lourde, cela me dégoûte. Être témoin de scènes pareilles, je ne sais pas ce que je ferais.

Le ton laissait penser que regarder dans une autre direction n'entrait pas dans ses choix. Elle apprécia le mouvement d'humeur dans la voix.

— Mais tu le sais bien, continua-t-il après un moment, même les religieux et les religieuses dans nos écoles entendent mener les enfants au ciel à coups de *strappe.*

Songeuse, elle continua de couper sa pièce de viande.

— Et demain, cela continue ? interrogea-t-elle.

— Nous verrons la demi-sœur et une succession de nièces, de cousins, de voisines. Si tu voyais ça, tout le monde est apparenté avec tout le monde.

— Je sais, c'est pareil à L'Ancienne-Lorette.

Pendant le reste du repas, les derniers films à l'affiche occupèrent la conversation. Avec un peu de chance, Mathieu arriverait à entraîner sa compagne au cinéma Empire avant l'arrivée du printemps.

Ce matin-là, en se rendant au palais de justice, Mathieu pestait un peu contre son emploi. Il le forçait à négliger ses cours à l'université. Le substitut du procureur général semblait entiché de lui, au point de souhaiter le voir assis au premier rang dans la salle, lors des diverses dépositions. Pourtant, cette attention ne semblait guère rendre les témoins plus productifs.

En fait, l'avocat pariait sur une éventualité bien douteuse : sa bonne relation avec Marie-Jeanne lui avait permis d'obtenir quelques renseignements de première main. Il ne renonçait pas à s'appuyer sur lui pour l'amener à la barre des témoins, durant le procès. Pour cela, il s'attendait à le voir maîtriser tous les aspects de cette affaire.

— Si j'échoue à mes examens, cela me fera une

belle jambe ! ronchonna le garçon en entrant dans le magnifique palais de justice.

La faculté de droit ne badinait pas avec les étudiants peu assidus. Le substitut du procureur était intervenu lui-même auprès du doyen afin de le rassurer sur le sérieux de ce candidat. Pour compenser, Mathieu acceptait de passer une partie de ses nuits dans ses livres. Pour une fois, ses insomnies chroniques revêtaient un bon côté.

En face de la salle d'audience, des paysannes, même dans leurs plus beaux atours, détonnaient toujours dans la faune de la ville. Attentionné, il leur serra la main, échangea quelques mots afin de les rassurer, avant de pénétrer dans l'enceinte.

Fitzpatrick était assis à sa table, plongé dans ses notes. Il sentit la présence derrière lui, se retourna pour murmurer :

— Couture m'a remis quelques lignes. Cela m'aidera un peu.

Depuis son siège, l'avocat de la défense observait le conciliabule. Déjà, il s'était arrangé pour découvrir l'identité de ce jeune homme, et s'était également renseigné sur les motifs de sa présence à Sainte-Philomène juste après le drame.

Le juge Philippe-Auguste Choquette entra dans la salle d'audience avec quelques minutes de retard. Devant l'assistance debout pour lui signifier son respect, il gagna sa place.

— Maître Fitzpatrick ? demanda-t-il.

— Nous entendrons maintenant Albertine Gagnon, épouse de Joseph Badaud, de Sainte-Philomène-de-Fortierville.

La matrone déplaça sa forte carrure jusqu'à la

barre des témoins. Âgée de quarante-cinq ans, elle paraissait moins subjuguée par le cadre grandiose que ses prédécesseurs.

— Madame Badaud, commença le substitut du procureur, avez-vous vu l'accusé battre son enfant ?

— Non, monsieur, jamais.

— Maintenant, avez-vous eu une conversation avec lui au sujet de son enfant ?

L'avocat de la défense s'opposa à ce que l'on rapporte une conversation de l'accusé.

— Racontez donc ce qu'il vous a dit, intervint le juge Choquette.

— À la mort de mon frère, il y a cinq semaines, il m'a conté que la veille, à son retour à la maison, la petite fille avait les yeux tout noirs. Il pensait qu'elle était tombée sur le poêle.

Mathieu sourit à cette explication de son état. Plus tard, les parents avaient attribué cela au fait qu'elle sortait pieds nus dans la neige. Mais au début, Télesphore avait cru à un choc brutal.

— Après ça, il s'est mis à me dire : « C'est décourageant, moi qui aurais tant aimé ça, avoir des enfants comme les autres ! Cette enfant-là est dure, je n'en viens pas à bout. »

— A-t-il tenté de la corriger ? demanda Fitzpatrick, conscient de tenir là un filon.

— Il a ajouté, cette fois-là : « Je n'y touche plus parce que ça ne sert à rien. » Après ça, il a continué : « Cette enfant-là fait des saloperies dans son linge. Je travaille à me désâmer, et le soir, quand j'arrive, je vois tout ce linge qui s'en va en ruine. »

« Qu'avec délicatesse ces choses sont dites », se dit Mathieu. La confidence de Marie-Jeanne lui revint. Aurore « faisait » partout, avait-elle dit, même dans le chapeau de son père ! Le substitut du procureur s'intéressait plus aux actions qu'aux états d'âme de l'accusé.

— Vous a-t-il parlé des corrections qu'il infligeait à son enfant ? poursuivit-il sans tirer l'allusion au clair.

— Il m'a dit qu'il l'avait déjà battue, mais qu'il ne la touchait plus, parce que ça ne servait à rien.

Pourtant, elle était morte des suites de sévices ! L'avocat abandonna son témoin à Francœur.

— Étiez-vous seule avec lui, quand il vous a causé de ça ?

— Oui, monsieur, on était tous les deux.

— Chez lui ?

— Non, on veillait le corps de mon frère, Anthime Gagnon.

Anthime reposait maintenant dans le charnier, en compagnie de la petite victime. Cette femme était la demi-sœur de l'accusé, se souvint Mathieu. Ce lien de parenté semblait échapper aux deux avocats. Pourtant, il pouvait expliquer ce témoignage plutôt sympathique à Télesphore.

Vitaline Lebœuf, épouse de Télesphore Badaud, dépassait les soixante-dix ans. Obèse, un peu courbée vers l'avant, elle attachait ses cheveux gris sur sa nuque, presque de façon à former un casque. Son chapeau noir à larges bords lui donnait une allure d'un autre siècle et d'un autre continent.

Après avoir prêté serment et décliné son identité, elle parla d'une corvée pour refaire le solage de la demeure de l'un de ses fils. C'est là que Télesphore Gagnon s'était trouvé en sa présence.

— Êtes-vous parente avec l'accusé ? demanda Fitzpatrick.

— Je ne suis pas sa parente.

Toutefois, pensa Mathieu, elle se trouvait apparentée au témoin précédent.

— Mais vous le connaissez, madame Badaud ?

— Oui, monsieur, je le connais bien.

— Est-ce qu'il vous a parlé au sujet de son enfant, Aurore ?

— L'automne passé, il m'a dit : « J'ai une petite fille assez têtue, je ne sais pas quoi en faire. » Sur ça, j'ai répondu : « Pauvre Télesphore, va donc la mener à Québec, elle sera bien avec les sœurs, celles-ci la tiendront bien, crains pas. »

De nouveau, l'attention se portait sur le caractère difficile de la victime, pas sur les mauvais traitements infligés par l'accusé.

— Quel était le nom de la petite fille ?

— Je ne me souviens plus.

— Parlait-il de celle qui est morte ?

— Oui, monsieur. Après ça, il m'a dit qu'il l'avait battue très fort, à rester dessus…

Elle voulait dire au point de s'épuiser et de choir sur elle.

— Je lui ai dit, continua la vieille : « Pauvre Télesphore, tu pourrais bien la tuer, la battre comme ça, une petite fille comme elle. » J'ai ajouté : « Télesphore, si tu l'as battue comme tu dis, tu as battu ta petite fille comme un homme bat un chien. » Après ça, il m'a déclaré : « Elle m'a dit qu'elle allait me monter sur la tête, mais si elle me monte sur la tête, elle va redescendre mal. »

Mathieu se troubla : il entendait pour la seconde fois cette allusion au désir d'une enfant de dominer, « monter sur la tête » d'un colosse de plus de six pieds. Le sens commun échappait-il à ces gens ?

— A-t-il dit avec quoi il l'avait battue ?

— Je ne lui ai pas demandé : je ne savais pas que ça virerait comme ça. Si je l'avais su, j'aurais parlé à quelqu'un.

Des larmes perlaient à la commissure de ses yeux. Pour la première fois, on touchait au cœur du sujet. Pourtant, le substitut du procureur regagna sa place avec un air satisfait.

Francœur le remplaça, une détermination nouvelle sur le visage. Pendant un long moment, il questionna Vitaline Lebœuf sur les circonstances de cette rencontre, au point de faire ressortir combien elle s'emmêlait dans les dates. Après avoir évoqué l'automne, elle convint que cela devait s'être déroulé plutôt en août.

Quand elle tira au clair la succession des mois, elle réussit à troubler l'avocat :

— C'est un peu avant que la petite fille aille à l'hôpital. Ils faisaient croire dans ce temps-là que c'étaient des petits garçons qui l'avaient battue !

L'homme cilla, puis se concentra ensuite pour démontrer que personne d'autre, dans la maison, n'avait entendu ces confidences. Ce récit d'une personne âgée ne serait jamais corroboré par un autre témoin.

— Quand vous avez suggéré d'envoyer les petites

filles chez les sœurs, il ne vous a pas répondu qu'elles y avaient déjà été ?

— Je sais bien que ses deux petites filles sont allées chez les sœurs.

— Pendant deux ans !

— Oui, monsieur, deux ans.

La paysanne ne paraissait pas vouloir s'en laisser imposer par ce blanc-bec. L'avocat regagna sa place, le témoin put rentrer chez lui.

— Cela clôt l'enquête préliminaire de Télesphore Gagnon, expliqua le juge, puisque personne d'autre n'a été convoqué.

Sur ces mots, il dévisagea les deux avocats. Chacun hocha la tête pour confirmer ses paroles. Avant que Francœur ne se lève afin de requérir encore la libération de son client, Choquette s'empressa de conclure :

— Je rendrai ma décision quand la coaccusée dans cette affaire, Marie-Anne Houde, aura comparu à son tour. Elle se trouve toujours affligée de la grippe. Nous reprendrons l'audience le 4 mars, avec l'espoir qu'elle sera rétablie. D'ici là, l'accusé demeurera incarcéré.

L'avocat de la défense laissa échapper un soupir lassé. À sa sortie de la salle, Fitzpatrick se trouvait un peu rasséréné.

— Picard, déclara-t-il, si la convalescence de cette bonne dame se prolonge, vous pourrez peut-être assister à tous vos cours jusqu'à la fin de la session universitaire.

Même si cela paraissait bien improbable, Mathieu répondit par un sourire.

12

La prison se dressait sur les plaines d'Abraham, une grande construction en brique un peu rebutante au milieu d'un parc magnifique. Napoléon Francœur se gara dans la Grande Allée, compléta le reste du chemin à pied. Des plantons à la mine aussi rébarbative que les barreaux aux fenêtres le reçurent avec des yeux méfiants.

— Je désire voir mes clients.

Comme aucune réponse ne venait, il précisa :

— Le couple Gagnon.

— Oh ! Ces salauds.

L'agent de la paix lui tendit une feuille, l'avocat signa au bas. Il marchait dans un couloir lugubre, bordé de cellules de chaque côté, tandis que des hommes le suivaient des yeux, les mains accrochées aux barreaux d'acier. Une odeur de merde et d'urine flottait dans cette aile. Les seaux d'aisance n'avaient pas encore été vidés depuis le matin. Ces prisonniers passaient leur journée avec leurs propres excréments à moins de trois pieds du nez, et ceux des autres guère plus loin.

Le corridor débouchait sur un autre, donnant accès à des salles de réunion. Son guide déverrouilla l'une d'elles. À l'intérieur, Marie-Anne Houde et

Télesphore Gagnon s'accoudaient à une table métallique.

— Vous allez nous laisser seuls ? demanda Francœur à la matrone debout dans un coin.

Elle le toisa longuement, apprécia le costume impeccable, les joues rasées de près.

— Selon le règlement…

— Vous discuterez du règlement avec votre patron tout à l'heure, il vous rassurera. Pour tout de suite, je compte parler avec mes clients.

Avec ce notable, protester ne servirait à rien. De toute façon, il risquait peu de s'envoler avec eux.

— Vous resterez près de la porte, consentit le député pour la rassurer.

Puis, il rejoignit ses clients à la table, sur la troisième chaise.

— Vous semblez vous porter mieux.

En guise de réponse, Marie-Anne se plia en deux dans une quinte de toux. L'homme se recula un peu, plaça une main sous son nez. Exactement un an plus tôt, la seconde vague de grippe espagnole, aussi virulente que la première, avait prélevé une bonne récolte de vies.

— Je vais un peu mieux, reconnut-elle en se relevant.

En les englobant tous les deux du regard, Francœur expliqua :

— Hier, au tribunal, j'ai eu quelques mauvaises surprises.

Son regard s'arrêta sur l'homme, avant de préciser :

— Quand cette femme a parlé de saloperies…

— Je vous ai dit que je n'arrivais plus à la

contrôler. Ils peuvent bien dire que je la battais trop fort, mais eux n'avaient pas à l'endurer.

— Les saloperies...

La femme s'agita sur sa chaise. L'avocat préférait ne pas voir son visage. Au fond, le voile porté le premier jour de l'audience l'avait soulagé. Ses traits un peu asymétriques et, surtout, ses yeux qui sortaient de leurs orbites, lui donnaient un air étrange, comme celui d'un reptile. « Non, se corrigea-t-il, plutôt un crapaud. »

— Elle chiait partout, confessa-t-elle d'une voix sourde.

Cette déclaration le prit un peu par surprise.

— Pardon ?

— La petite fille, expliqua la belle-mère. Elle chiait partout. Dans le lit, sur le plancher, dans ses vêtements.

— ... Elle était malade ?

— Non, non, intervint le père. Juste une vicieuse.

Francœur rassembla ses souvenirs de la dernière audience.

— Vous auriez évoqué des vêtements gâchés devant cette femme.

— Elle ne faisait pas seulement dans ses propres habits, indiqua la femme, mais aussi dans ceux de son père.

Cette histoire devenait de plus en plus étrange. Le premier jour, accepter de défendre ces gens lui avait semblé tout à fait naturel. Après tout, il s'agissait d'électeurs fidèles. Les députés se mettaient au service de leurs commettants, et dans cette circonstance précise, en plus il serait payé pour le faire.

— Que voulez-vous dire, exactement ?

— Bien, elle mettait de la merde dans ses vêtements.

— Dans mon beau paletot neuf, s'insurgea l'homme avec véhémence.

Francœur se demanda si, après ces incidents, il avait utilisé le fouet ou le manche de hache.

— Elle a même fait dans son chapeau, comme si c'était un pot de chambre, précisa son épouse.

Même si les melons convenaient à cet usage, le défenseur comprenait combien un affront de ce genre déclencherait les foudres de tous les hommes parmi ses connaissances.

— Mais pourquoi diable faisait-elle des choses comme cela ?

— Je pense que c'est de ma faute, chuchota la femme.

L'aveu paraissait si étonnant que son interlocuteur demeura bouche bée.

— Elle ne m'aimait pas. Cela arrive souvent, quand une nouvelle femme entre dans une maison.

Les histoires de belles-mères hantaient les souvenirs de bien des personnes. Parfois, cela prenait une dimension horrible.

— Je veux bien. Mais dans ce cas, tous ces affronts vous seraient destinés, pas à son père. Vous êtes l'intruse dans cette maison, pas lui.

Elle se mordit la lèvre inférieure, incapable de répondre. Son avocat renonça à comprendre, pour l'instant.

— Cette petite fille vous a donné d'autres motifs de la battre ?

Le couple échangea un regard.

— Elle était paresseuse… commença le père.

— Je ne veux pas entendre parler de la vaisselle. Ce n'est pas sérieux, ça.

— Elle faisait des cochonneries.

La belle-mère ne répugnait pas à se transformer en témoin à charge contre la victime. Le père affichait plus de réserve, un peu de gêne peut-être. Après tout, c'était sa propre fille.

— Avec des garçons, spécifia-t-elle à voix basse. Des fois, elle disparaissait de la maison pour courir les champs. On ne la voyait que le lendemain.

— Voyons, vous parlez d'une petite fille de dix ans.

— Elle avait le diable au corps, je vous dis.

Francœur perdait pied. Ces gens-là vivaient dans un monde étrange. Le père ajouta à voix basse, comme honteux d'admettre une réalité si sale :

— Elle entraînait mon aînée dans son vice, à la fin.

— Vous voulez dire Marie-Jeanne ?

— Oui. Elle n'arrêtait pas de se glisser dans son lit. Elle utilisait même le bébé…

Le cultivateur évoquait la plus jeune, née au mois de mai précédent. L'avocat leva la main pour le faire taire, pris d'une nausée soudaine.

— Je suppose qu'elle ne faisait pas ces horreurs devant vous, murmura-t-il après une pause, lassé. Comment le savez-vous ?

— Ses petits frères la rapportaient, expliqua Marie-Anne. Puis, j'ai vu des choses… Le matin, je la trouvais dans le lit de sa sœur.

Des récits semblables confortaient l'homme dans son célibat. Il échappait à toutes ces calamités en partageant sa maison avec sa vieille gouvernante.

— Où diable a-t-elle pu prendre des habitudes de ce genre ?

— Au moment de la maladie de ma femme, je l'ai placée à l'orphelinat d'Youville… Elle a appris ça là-bas.

L'affirmation contenait de lourds sous-entendus. Les institutions dirigées par des religieux et des religieuses généraient des rumeurs si scabreuses, parfois.

— Vous n'êtes pas sérieux…

— Dans ces endroits, commença la femme, il y a de tout : des enfants de putain…

Elle utilisait l'expression dans son sens littéral. C'était vrai. Les enfants des prisonnières se retrouvaient dans des institutions de ce genre, des gamines qui elles aussi faisaient parfois le trottoir, souvent pour le compte des parents. Plusieurs devaient avoir été victimes d'inceste, tout comme de nombreuses autres pensionnaires. Des enfants toujours innocents pouvaient y apprendre tous les vices.

— Elle est revenue de là impure, conclut le père.

Francœur leva la main pour faire une fois de plus cesser les confidences. L'air lui manquait, soudainement.

— Dites-moi, je risque encore de me trouver en face de mauvaises surprises ? M'avez-vous tout dit, cette fois ?

Sa remarque paraissait un peu curieuse, puisqu'il venait de leur imposer le silence. Il clarifia sa pensée après une pause.

— Le détective Couture se promène à Sainte-Philomène, chez vos voisins. Quelqu'un souhaiterait-il vous faire du tort en rapportant des histoires sur votre compte ?

— ... Il y a toujours des jaloux, remarqua Marie-Anne.

— Vos autres enfants risquent-ils de venir témoigner contre vous ? L'accusation voudra peut-être les appeler à la barre.

Cette possibilité troubla le couple. Sans surprise, la femme s'exprima la première. Dans cette maisonnée, tout en pesant deux fois moins que son époux, c'était elle qui portait la culotte.

— Ce policier a-t-il le droit de tourner autour de nos petits ?

— Il doit enquêter, découvrir la vérité.

— Peut-il les amener à parler contre nous devant le juge ?

Cette éventualité paraissait la perturber plus profondément que les horreurs abordées au cours de la demi-heure précédente.

— La poursuite peut les faire comparaître. Dans ce cas, ils devront alors jurer de dire la vérité.

— ... Nous vous avons dit toute la vérité, protesta-t-elle.

Francœur quitta son siège pour se diriger vers la porte.

— Je dois vous quitter. Madame, je vous souhaite de vous rétablir très vite.

— Pour retourner là ? jeta-t-elle avec dépit.

Bien sûr, son rendez-vous au palais de justice ne devait pas l'inciter à écourter sa convalescence.

En arrivant dans les bureaux du procureur général, à l'étage de la bibliothèque de l'Assemblée,

Mathieu s'arrêta au local de maître Basile Moreau. Depuis le début de l'affaire Gagnon, le chef de service devait assumer de nouveau une grande part du traitement de la correspondance.

— Les choses progressent-elles ? demanda le vieil homme, intéressé.

— Pas autant que le désirerait monsieur Fitzpatrick. Les gens de la paroisse semblent n'avoir rien vu.

— Dans ce genre d'histoire, on clôt les portes.

Toujours cette phrase, qui n'expliquait rien en réalité. Quand le stagiaire fit mine de gagner sa pièce de travail, l'homme lui précisa :

— Il vous cherchait, tout à l'heure. Il veut vous rencontrer à une heure trente, à son bureau.

Mathieu regarda la montre à son poignet.

— Je vais donc m'y rendre tout de suite.

Il passa dans l'édifice de l'Assemblée, croisa au passage de nombreux députés pressés de se rendre à la salle des débats… ou de fuir des électeurs venus quémander des faveurs. Dans le bureau de Fitzpatrick, il trouva le détective Couture assis sur l'une des chaises réservées aux visiteurs.

Après les salutations d'usage, il dit, un peu gêné :

— Veuillez excuser mon retard, je viens tout juste d'apprendre…

— Trois minutes d'avance, ce n'est pas tout à fait un retard. J'ai juste eu le temps de commenter les rigueurs de notre hiver avec notre ami commun.

Le substitut du procureur, hésitant, enchaîna un peu à regret :

— Jusqu'ici, nous n'avons pas grand-chose contre nos clients. La poursuite tient essentiellement au rapport d'autopsie. Au mieux, nous aurons une accusation d'homicide involontaire.

Dans le contexte de cette affaire, cela signifiait le défaut d'apporter les soins appropriés à la victime. Cela n'allait pas chercher une sentence bien sévère.

— Mais ce rapport fait état de traitements épouvantables, commenta Mathieu.

— Sauf que nous ne sommes pas en mesure de relier hors de tout doute ces blessures à une action des accusés, expliqua Couture, un peu morose.

— De mon côté, ajouta le substitut, j'entends dire que Francœur cherche de toutes parts des médecins capables de soutenir que la maladie expliquerait l'état du cadavre.

— Seigneur !... souffla le jeune homme.

Une pareille éventualité déprimait le jeune étudiant.

— Bienvenue dans le monde du droit criminel.

Mathieu répondit par une grimace. Une démarche de ce genre lui paraissait trahir le droit de la victime à obtenir justice.

— Comme vous le savez, précisa Fitzpatrick, semer le doute dans l'esprit des jurés suffira. Ceux-là ne connaîtront rien à la médecine.

L'avocat s'interrompit, toujours perdu dans ses réflexions.

— Les quatre témoins entendus depuis hier, enchaîna-t-il bientôt, se sont révélés plutôt utiles à la défense. Gagnon paraît maintenant être un bon père de famille un peu dépassé par les vices de sa fille.

— Quand je les ai rencontrés, insista le détective, ils paraissaient tous outrés du comportement de leur voisin. Mon rôle n'est pas de leur faire apprendre par cœur un récit susceptible de vous convenir parfaitement.

— Je ne vous demande pas cela, vous le savez.

L'autre se renfrogna. Son enquête ne progressait pas très bien.

— Vous ne pouvez être certain de la façon dont ils vont traduire leur propre récit, une fois arrivés dans notre auguste enceinte, admit le substitut du procureur. Ils changent de registre, je le comprends très bien.

Se faire un ennemi du policier ne ferait certainement pas avancer les choses. D'un autre côté, si celui-ci ne dénichait pas des témoins plus convaincants, l'enquête préliminaire risquait de se conclure sur la libération des suspects.

— Hier, insista-t-il encore, si Francœur avait poussé un peu plus loin le contre-interrogatoire d'Albertine Gagnon, Télesphore devenait presque la victime, dans cette affaire... Quand elle a parlé de la charmante habitude d'Aurore de déféquer un peu partout, de préférence dans les vêtements de son père !

— Oui, je sais. J'en ai glissé un mot dans mon rapport... Cela rend les corrections de son père presque acceptables.

Chaque fois que quelqu'un cherchait à justifier ces accès de violence, Mathieu frémissait de colère.

— Cela peut indiquer la maladie mentale, intervint-il. On ne donne pas des coups de fouet à un malade pour le guérir.

— Évitez donc de visiter les asiles d'aliénés, grommela le policier. Cela briserait vos illusions.

La folie paraissait encore à beaucoup une punition divine ou pire, un vice. L'évocation des traitements dispensés à Saint-Michel-Archange confinait à l'enfer.

— J'ai préféré ne pas creuser la question, insista le procureur de la Couronne. À ce jour, Aurore ne semble avoir commis d'autres incartades que de refuser de faire la vaisselle. Si on en reste là, les corrections décrites paraîtront exagérées aux jurés. Nous devons convaincre Choquette d'envoyer ces deux-là à leur procès.

Mathieu intervint à haute voix malgré son embarras.

— Selon votre logique, Francœur de son côté aurait dû saisir l'occasion. Les péchés, ou les perversions d'une petite fille, rendent les brutalités du père acceptables. Pourquoi ne l'a-t-il pas fait ?

— Honnêtement, je m'interroge sur son silence. J'ai du mal à croire qu'il ignore ces informations. Les parents ont dû se justifier auprès de lui en parlant de merde dans les vêtements et du péché d'impureté. Ce sont des circonstances atténuantes.

— Cela n'atténue rien. Battre une enfant avec un manche de hache ! s'emporta Mathieu.

Le détective leva les yeux vers le ciel, un peu excédé d'entendre les états d'âme de cet amateur.

— Nous ne discutons pas ici de nos convictions respectives sur la manière d'élever des enfants, précisa l'avocat de la Couronne, mais des arguments susceptibles de convaincre un jury composé de douze types ordinaires, âgés de quarante-cinq ans en moyenne, abreuvés de bons principes par nos curés. Si un jour, j'aborde les excréments de la gamine ou son désir de coucher dans le lit de sa sœur, ce sera parce que je pense faire pencher cette douzaine d'hommes vers un verdict de culpabilité. Hier, j'ai craint de favoriser la libération des accusés.

— Vous avez raison, balbutia le stagiaire, un peu penaud.

La vraie nature d'un procès criminel lui sautait aux yeux. Il s'agissait d'une joute où chacun des avocats cherchait les stratégies, les ruses même, pour l'emporter. Francœur recevait des honoraires pour obtenir un acquittement. Le rôle de justicier de son employeur paraissait un peu plus noble à l'étudiant : il cherchait à punir les criminels au nom du roi… ou du peuple.

Ses réflexions le conduisaient à une conclusion troublante : un bon avocat de la défense permettait à des coupables de s'en tirer impunément… et un bon procureur de la Couronne devait aussi conduire des innocents à la prison, ou à la potence.

Comme Mathieu consacrait de nombreux dimanches à Flavie, il lui arrivait de passer souper à la maison pendant la semaine. Ce petit changement à ses habitudes lui évitait de contempler Françoise et son fiancé Gérard, calés dans le canapé, en train de discuter du nombre d'enfants qu'ils souhaitaient avoir.

Ce jeudi soir, non seulement le valeureux employé de la Banque de Montréal ployait-il toujours sous son dur labeur au guichet des « comptes commerciaux », mais Françoise s'apprêtait à aller au cinéma avec sa cadette.

— Tu es certain de ne pas vouloir nous servir de

chaperon ? demanda Amélie depuis la porte du salon. Papa n'aime pas que deux jeunes filles parcourent toutes seules vingt verges de trottoir.

L'entrée du cinéma ne devait pas se trouver plus loin que cela du commerce de vêtements. Armée de son sourire attachant, la jolie blonde se permettait ce genre d'ironie sans autre risque qu'un froncement de sourcils de la part de l'auteur de ses jours.

— Me pavaner avec les deux plus belles filles de la Haute-Ville me ferait bien plaisir... mais comme ce serait pour une trop courte distance, autant terminer ce porto en discutant avec Paul et maman.

— Cela d'autant plus que tu te promènes déjà avec la plus jolie de la Basse-Ville. Décidément, tu ferais trop de jaloux.

Peu attirée par ce genre de badinage, Françoise ouvrait déjà la porte de l'appartement.

— Bonne soirée. Si je ne me presse pas, c'est seule que je franchirai ces vingt verges, finalement.

La jeune fille s'esquiva bien vite dans un froufrou de jupons. Après le bruit du loquet dans la serrure, Paul Dubuc secoua la tête en murmurant :

— Si gentille et si légère. J'espère que cela ne lui vaudra pas du mal.

— Tu la crois vraiment légère ? demanda Marie depuis le canapé, levant les yeux d'un magazine.

— Tu l'as entendue, il y a un instant.

— Je l'entends toute la journée. Je ne parierais pas sur sa légèreté.

— Peut-être as-tu raison, consentit le père. Je l'admets, son comportement demeure plutôt prudent. Je pense que tu y es pour beaucoup dans cet heureux résultat. Tu fais une très bonne mère pour elle.

Marie le remercia d'un sourire, tout en précisant :

— Amélie a eu une excellente mère déjà, dont elle porte d'ailleurs le prénom. Si je m'entends bien avec elle, c'est que je m'en tiens au rôle d'une femme expérimentée auprès d'une autre qui ne l'est pas, avec une bonne dose d'affection sincère.

Mathieu s'amusait de la jolie scène conjugale, tout en se sentant un peu indiscret. Paul échangea un long regard avec sa compagne, puis décida d'aborder un sujet moins intime.

— Et cette horrible enquête ?

— La preuve accumulée devrait suffire à conduire le couple au procès. Du moins, je le souhaite de tout cœur. Mais cette histoire me fait tout de même me questionner sur mon avenir.

Ces mots alertèrent tout de suite Marie. La question de la profession de son fils lui semblait réglée depuis des années.

— Ce genre d'affaire est rarissime, expliqua le député. Moi-même, depuis mon examen du barreau, je n'ai jamais été mêlé à quelque chose d'aussi scabreux.

— Je comprends. Mais tout de même, le droit criminel ne convient pas très bien à ma personnalité. Même l'histoire de ce pauvre type, à Lévis, me déprime.

Dubuc acquiesça de la tête. Si les curieux en avaient eu moins à se mettre sous la dent avec Aurore, cette autre affaire meublerait leurs esprits.

— Tu parles du jeune homme qui a abattu de sang-froid l'amant de sa mère ? demanda le député.

— À en croire les rapports de police, cette liaison paraît bien improbable. Elle n'a sans doute existé que dans la tête de l'assassin. La dame pouvait être la mère de la victime…

Mathieu marqua une pause avant d'ajouter avec un clin d'œil :

— Et bien sûr, elle est infiniment moins bien que toi, maman.

La flatterie lui valut un sourire.

— Tu connaissais l'homme qui a été tué ? demanda Marie. C'était un lieutenant de ton régiment.

— Un peu. Nous n'avons toutefois jamais été stationnés au même endroit, nous n'avons pas eu l'occasion de tisser de véritables liens. Tout de même, quelle malchance : survivre à la guerre et finir comme cela !

Les vicissitudes de l'existence occupèrent quelque peu l'esprit du trio avant que le député ne demande :

— Ta remise en question professionnelle, de quoi s'agit-il ?

— Je m'intéresse au droit des affaires, mais je doute qu'il soit possible de ne faire que cela.

— À Rivière-du-Loup, certainement pas. À Québec, probablement, une fois ta réputation bien établie. Dans tous les cabinets, les nouveaux s'occupent pendant des années des bagarres entre ivrognes et de l'équivalent urbain de querelles de clôtures. Avec le temps, ils se spécialisent.

Mathieu hocha la tête pour signifier qu'il en arrivait aux mêmes conclusions.

— Aussi, je me demande si le notariat ne convient pas mieux à mon tempérament.

— On y trouve certainement une plus grande sérénité. Et si cela ne conduit pas à la fortune, la profession permet de bien vivre.

Dubuc marqua une pause avant de conclure avec un certain cynisme :

— D'ailleurs, le métier d'avocat ne rend pas toujours riche. Regarde-moi.

Le souvenir de la grande maison de la rue de l'Hôtel-de-Ville, à Rivière-du-Loup, fit sourire le jeune homme. Son interlocuteur n'avait pas trop mal réussi.

— De toute façon, conclut l'étudiant, il me reste encore quelques mois pour y penser. Je prendrai des informations à l'université. Au fond, mes états d'âme tiennent peut-être seulement à cette pénible affaire.

Pendant une petite heure encore, le trio discuta de divers sujets. Puis, Mathieu alla meubler ses insomnies avec quelques traités de droit.

La prison de Québec comprenait une aile réservée aux femmes. Pour des raisons évidentes de moralité, le personnel se composait de matrones recrutées plutôt en fonction de leur carrure que pour leur humanité.

Marie-Anne Houde resta tout l'après-midi couchée sur le dos, les yeux ouverts sur un plafond crasseux. Sa cellule mesurait peut-être quatre pieds sur sept. Cela suffisait à placer une couchette, une table étroite, et bien sûr le seau d'aisance. Après avoir enduré une quinte de toux interminable, elle se releva, s'assit sur le bord du lit et chercha de quoi correspondre dans ses maigres possessions.

Les gardiennes ne s'avéraient pas si cruelles. Les prisonnières conservaient le droit d'écrire à la maison de temps en temps. La femme immobile, son bout de crayon dans la bouche, finit par entreprendre de transcrire les idées qui se bousculaient un peu dans sa tête.

Bien chèr mère et cher père je vous écrit quelques mot pour vous dire que mon mari est bien et moi il y a 5 jours que je suis au lit de la grippe mais la je vais me lever demain cest pour cela que l'enquète est retardé cest bien long et bien ennuiant nous avons bien hâte de s'en aller sa peut aller au commencement de la semaine du 29 c'est bien long comme vous voyez oubliez nous pas dans vos prieres ainsi que les enfants [...]

Si, trente ans plus tôt, quelqu'un dans une école de rang de Sainte-Sophie-de-Lévrard l'avait entretenue de choses aussi étranges que l'orthographe, la ponctuation et les alinéas, elle n'en gardait aucun souvenir.

L'avocat lui avait laissé entendre, lors de leurs premières conversations, que les choses risquaient peu de s'allonger au-delà de l'enquête préliminaire. Selon sa compréhension du calendrier judiciaire, le tout se réglerait avant la fin du mois.

[...] *il vont aller chercher Gerard pour l'enquete vous lui direz quand même le dectective le questionnerait qu'il ne parle pas il n'a pas le droit et c'est ce qui a fait a Marie Jeane et à la cours qu'ils disent rien que oui ou non vous lui direz par ceux que lui vous comprenez il est sourd il peuvent lui faire dire ce qu'il voudront vous lui direz...*

Elle relut soigneusement les lignes précédentes,

toussa un peu. Quand elle reprit son crayon, ce fut pour écrire encore :

[…] *si la petite pleure bien et si les autres ne sont pas malades memère vous prendrez de la flanelette quil y a dans ma chambre et faite faire chacun 2 chemises au petit et si vous avez besoin de quelques choses pour manger aller chez Mde Baril et la petite si elle pleure donnez-lui du sirop laissez la pas pleuré et le linge salle ne lavez pas cela attendez que je sois rendu ne donnez pas de nouvelle à personne repondez moi tout de suite et dite tous comment cela se passe et memère doit être fatiguée mais le Bon Dieu la recompensera rien ne se perd oubliez nous pas dans priere et les enfants non plus Bien des gros becs à tous Marie Jean elle est bien elle aussi reponse de suite et priez pour nous autres*

L'exercice la laissait épuisée. Elle plia le bout de papier, le glissa dans une enveloppe. Demain, une matrone la déposerait à la poste.

Le 4 mars, malgré l'interdit de publication, le bouche-à-oreille faisait son effet : une dizaine de désœuvrés, autant d'étudiants en droit ou d'avocats prêts à perdre leur temps, et deux fois plus de journalistes qu'à l'accoutumée se déplacèrent pour l'enquête préliminaire de Marie-Anne Gagnon, née Houde.

Quand un magistrat aussi notoire que Philippe-Auguste Choquette proposait, Dieu disposait parfois. En l'occurrence, le Créateur s'exprima dans une note du médecin de la prison de Québec. Devant son auditoire intéressé, le magistrat déclara d'entrée de jeu :

— On m'apprend que madame Gagnon se trouve encore affectée par la grippe. Dans les circonstances, il convient de repousser l'audience à une date ultérieure. Les travaux reprendront le 11 mars, soit jeudi de la semaine prochaine.

L'assistance exprima sa déception dans un murmure, Fitzpatrick referma son dossier d'un geste rageur. Seul Francœur, maintenant flanqué d'un collègue pour l'assister, Louis Lame, ne montra aucune surprise. Sa cliente l'informait certainement de son état de santé.

La salle se vida lentement. En sortant, le procureur de la Couronne s'arrêta devant une toute jeune fille pour lui dire :

— Je suis vraiment désolé, mademoiselle, le juge vient de remettre l'audience au 11 mars. Vous devrez revenir.

— Mais nous sommes là, nous, protesta une dame dans la trentaine.

La gamine voyageait avec sa mère, dans le respect des convenances. La matrone ne cachait pas sa déception.

— Je le sais bien, madame, mais l'accusée n'y est pas, à cause de la maladie. Nous ne pouvons procéder en son absence.

La mine renfrognée, le duo mère-fille quitta les chaises mises à la disposition des témoins dans le couloir.

— Et bien sûr, cela vaut aussi pour moi, grommela Lauréat Couture, assis à proximité.

— Bien sûr. Venez à mon bureau.

Pour lui faciliter la vie, un bureau destiné au substitut du procureur général avait été aménagé au palais de justice. Mathieu se sentait devenir l'ombre du grand homme, toujours sur ses talons. Le trio prit place autour d'une petite table ronde.

— Alors, commença l'avocat, cette jeune fille pourra-t-elle nous apprendre quelque chose d'utile ? Je m'attends à mieux que lors de la comparution de Télesphore Gagnon.

Ce rappel des témoignages décevants de la dernière procédure frustra le détective.

— Je ne leur fais pas la leçon pour leur apprendre quoi dire !

— Nous avons déjà eu cette discussion : eux de leur côté, après avoir prêté serment, impressionnés par le cadre, décident de jouer de prudence. Selon vous, Marguerite Lebœuf pourra-t-elle nous apprendre quelque chose ? Elle est bien jeune.

— … Quinze ans. Toutefois, elle paraît aussi assurée que sa mère. Elle m'a fait le récit de sévices réels, montrant bien la cruauté de la belle-mère. Francœur devrait en perdre son petit sourire suffisant.

Le policier marqua une pause, décida de faire preuve de prudence.

— Évidemment, si elle répète fidèlement les affirmations spontanées formulées il y a une douzaine de jours !

— Évidemment.

Ce fut au tour de Fitzpatrick de se réfugier dans le silence.

— Picard, fit-il enfin, quand Marie-Jeanne a

évoqué l'utilisation d'un rondin contre sa sœur, elle a semblé disposée à vous en dire davantage.

— Oui. Je me sens d'ailleurs un peu coupable de ne jamais l'avoir relancée, mais je souhaite terminer cette année universitaire sur une note positive.

— J'admire votre sérieux, ironisa-t-il. Je vous demande pourtant de retourner la voir. Vous apprendrez peut-être quelque chose…

Ce développement ranima immédiatement la mauvaise humeur de Couture.

— Ce n'est pas en lançant un amateur dans ce village que les choses iront plus vite. Si elle a quelque chose à dire, j'arriverai bien à l'apprendre.

— Ce garçon n'est pas un apprenti policier, c'est un apprenti avocat. Un témoin essentiel à notre affaire semble lui faire confiance, il serait ridicule de ne pas utiliser cette possibilité.

— J'ai parlé à deux reprises à la petite fille…

— Vous a-t-elle appris quelque chose de plus ?

L'homme se renfrogna. Marie-Jeanne lui répétait les confidences déjà faites, sans s'engager plus loin.

— Où avez-vous appris l'existence de Marguerite Lebœuf ? Dans le rapport de notre ami ?

Le détective baissa la tête devant cette rebuffade. Le nom de cette jeune fille lui était connu depuis la lecture du compte rendu de la veillée chez les Lemay.

— C'est la même chose au sujet de l'intestin rebelle de la victime et de l'agression avec un rondin. Picard retournera à Sainte-Philomène. Il vous signalera toutes les informations nouvelles. Vous ferez ensuite votre travail de policier.

À la fin, le détective acquiesça. De toute façon, il n'avait guère le choix.

13

Après avoir résisté à l'idée si longtemps, Flavie s'était laissé convaincre d'aller au cinéma dans la Haute-Ville de Québec. Un peu avant sept heures, elle prenait place au milieu de la salle du cinéma Empire, dans la rue de la Fabrique.

La jeune femme examinait la salle plutôt petite, le décor sobre. L'endroit n'offrait pas la somptuosité factice de l'établissement de la rue Saint-Joseph. Le résultat n'en était pas moins élégant pour autant.

— Ton patron a été bien généreux de te laisser partir si tôt, remarqua Mathieu.

— En réalité, c'est moi qui me montre généreuse en partant souvent très tard. Ma journée de travail devrait se terminer à six heures.

— Le commerce ferme très souvent à sept, même huit heures.

— Les portes demeurent ouvertes aussi longtemps que des clients se présentent. Mais la secrétaire du propriétaire, du moins en théorie, n'obéit pas aux horaires des vendeuses.

Édouard Picard ne se laissait pas arrêter par des considérations de ce genre. Les horaires se prolongeaient selon son bon vouloir. Avant de la mettre tout à fait de mauvaise humeur, Mathieu conclut :

— Alors, je suis heureux qu'il se soit montré

moins égoïste ce soir, cela me permet de profiter de ta présence.

Elle lui adressa son meilleur sourire pour se faire pardonner son irritation du moment précédent.

— Tu vas devoir retourner là-bas ? enchaîna-t-elle. Dans ce village, je veux dire.

— Oui. La procédure contre la femme Gagnon se trouve un peu retardée, Fitzpatrick désire obtenir de plus amples informations de la petite fille.

— Marie-Jeanne ?

Le prénom de l'aînée de la victime était familier à Flavie, tellement le sujet revenait avec régularité entre eux.

— Tu as évoqué un retard. Pourquoi ?

— La marâtre a la grippe. Le juge doit attendre qu'elle se remette.

Le bruit du rideau sur la longue tringle d'acier les amena à fixer les yeux sur l'écran. Le film, *True Heart Susie*, ne leur laisserait pas un souvenir impérissable. Ladite Susie, amoureuse de son voisin, mais incapable de lui confesser ses sentiments, le vit successivement partir au collège, revenir courtiser et finalement épouser une femme très... émancipée. La seule bonne action de cette dernière, Bettina, fut de mourir jeune, laissant finalement Susie et le veuf, William, libres de s'avouer mutuellement leur inclination réciproque.

Cela donnait quatre-vingt-six minutes de guimauve, heureusement ponctuées de très nombreux gros plans sur Lilian Gish. Pendant qu'ils se pressaient vers la sortie, Mathieu remarqua :

— Si ces deux-là avaient été moins niais, le film aurait duré cinq ou six minutes.

— Que veux-tu dire ?

— Au lieu de se regarder comme des chiens de faïence, si l'un avait dit « je t'aime » à l'autre au début, on serait passé de la première scène à la dernière. Ajoute le générique, cela fait tout au plus cinq minutes.

Flavie ne répondit rien, attendit d'être sur le trottoir pour reprendre la parole.

— Crois-tu vraiment qu'une fille peut dire à un homme qu'elle l'aime ? Surtout si elle est plus jeune, plus pauvre et moins instruite que lui ?

Elle parlait d'elle-même. « Dans cette situation précise, deux gars sont vraiment niais, et je suis l'un de ceux-là », se dit le jeune homme en lui offrant son bras.

— Nous allons manger de l'autre côté, proposa-t-il, au *Café du Nouveau Monde.*

La grande fenêtre à l'avant de l'établissement donnait sur le mur sombre de la cathédrale. Cela n'empêchait guère une foule d'étudiants de le fréquenter avec assiduité. Mathieu reconnut deux ou trois camarades de la faculté de droit, il les salua de la tête avant de gagner une petite table avec sa compagne.

— Tu es un habitué, remarqua Flavie une fois assise.

— Oui et non. Je prends la plupart de mes repas à la pension. Mais comme ce restaurant se trouve tout près de mon logis, de celui de ma mère et de l'université, je m'y retrouve assez souvent.

— Ces garçons ?

— Je les fréquente en classe.

La jeune femme pouvait se montrer déçue de ne

pas avoir été présentée en bonne et due forme. D'un autre côté, son compagnon n'avait manifesté aucune gêne d'être vu en sa compagnie. Au contraire, il cherchait à l'amener dans ce quartier depuis des semaines. Cela lui parut rassurant.

— Si je comprends bien, toi, tu as plutôt aimé ce film, affirma Mathieu avec un sourire narquois.

— Au moins, personne ne s'est entretué.

Deux ans après la guerre, les grandes productions sur le conflit se multipliaient. Elle avait raison : les amoureux muets procuraient une heureuse diversion aux grandes hécatombes.

Début mars, le froid relâchait son emprise sur Sainte-Philomène-de-Fortierville. En descendant sur le quai de la gare, Mathieu Picard espérait néanmoins qu'Oréus Mailhot lui « louerait » de nouveau une parka et un casque fourré en lapin. L'humidité atteignait les os, provoquait des frissons. Son sac de voyage à la main, il parcourut le demi-mille le séparant du magasin général. Comme la neige mouillée était plus haute que ses couvre-chaussures, l'eau atteignait maintenant ses chaussettes.

En entrant dans le commerce, le jeune homme attira l'attention de quelques clients. Maintenant connu, il suscitait plus de lassitude que de curiosité. Les procédures ne faisaient pas une bonne réputation à la paroisse.

— Bonjour, monsieur Picard, dit le juge de paix. Vous amenez le beau temps, j'espère.

— J'amène un sale vent d'ouest et des pieds mouillés.

— Montez, vous trouverez dans votre chambre

de quoi vous vêtir pour ce climat. Auparavant, mangez un peu. Je vous conduirai tout à l'heure en faisant des livraisons.

Le marchand se penchait sur une poche de sucre afin d'en tirer les deux livres demandées par une paysanne.

À l'étage, la maîtresse de maison lui réserva un bon accueil. Finalement, ce visiteur bien élevé rompait la monotonie d'un hiver qui n'en finissait plus. Il apportait avec lui des nouvelles de la ville. Ce jour-là, elle semblait s'intéresser surtout aux films à l'affiche. Bon prince, Mathieu lui fit un résumé détaillé du dernier long-métrage vu en compagnie de Flavie.

Un peu passé une heure, la femme descendit prendre le relais de son mari. Celui-ci entassait maintenant des boîtes de marchandises à l'arrière de son traîneau. Le stagiaire l'aida à terminer, cette fois bien au chaud, de la botte de draveur à la casquette fourrée.

Puis, assis côte à côte sur la banquette, ils se dirigèrent vers le septième rang.

— Comment s'est déroulée l'enquête préliminaire ? demanda le marchand.

— Bien, puisque l'accusation de meurtre du bonhomme a été maintenue jusqu'ici.

— Le détective Couture ne paraissait pas bien content de la situation, à sa seconde visite au village.

— Mais le curé Massé, lui, devait être heureux de le voir revenir au presbytère.

Oréus Mailhot laissa échapper un rire bref. Le policier s'amusait à troubler le sommeil et l'appétit du prêtre en se présentant sous son toit et à sa table.

Le marchand revint tout de suite au sujet de ses préoccupations.

— À l'entendre, les preuves sont bien minces.

— C'est vrai. En réalité, nous avons le rapport d'autopsie, et rien de plus.

— Les témoins…

— Un jeune homme…

— Émilien Hamel, précisa le juge de paix.

Les départs des paroissiens, à la gare, se trouvaient abondamment commentés.

— Ce gars a dit que Télesphore battait sa fille de façon plutôt raisonnable. Une femme a affirmé que notre bon père de famille ne touchait plus à sa fille, car ses châtiments ne permettaient pas de l'amener à un meilleur comportement. Une autre a expliqué combien la fillette se révélait difficile à élever.

— Ce sont des parents à lui, ils ne peuvent pas trop le charger.

— Parents ou non, au bout du compte, l'accusé paraît être un bon père de famille soucieux du salut d'une enfant immorale.

— À coups de fouet !

Le témoignage de l'accusé, à l'enquête du coroner, hantait les mémoires de toutes les personnes présentes.

— Mais s'il fallait poursuivre tous les pères qui battent leurs enfants, commenta Mathieu en reprenant sans vergogne les arguments de Fitzpatrick, la province se dépeuplerait dangereusement. Dans cette paroisse seulement, combien de vos concitoyens échapperaient aux poursuites ?

La difficulté, dans cette affaire, tenait justement à la trop grande tolérance des gens à l'égard des punitions corporelles. Ceux qui refusaient de les infliger se trouvaient suspectés de négliger leurs devoirs de parents : à l'opposé, les pères fouettards paraissaient vertueux.

— Pourquoi l'enquête préliminaire de la femme Gagnon a-t-elle été remise ? demanda Mailhot, las de gloser sur les mœurs de ses concitoyens.

— La pauvre a eu la grippe. Depuis l'épidémie, la moindre toux incite à retarder les rassemblements publics, à cause du risque de contagion. Son tour devait venir hier, avec le témoignage de Marguerite Lebœuf. La pauvre fille devra refaire le trajet la semaine prochaine.

— Vous pensez que Marie-Jeanne pourra témoigner lors de cette étape ?

— Cela n'a pas été prévu. Je viens voir quelles sont ses dispositions. Elle a tout vu, au cours des deux dernières années. Mais le résultat du témoignage d'un enfant demeure imprévisible.

Mailhot secoua la tête, pessimiste.

— À l'enquête du coroner, elle a menti.

— Depuis trois semaines, elle ne vit plus sous la menace de ce couple infernal. Cela peut lui délier la langue.

Ils arrivaient devant la ferme des Gagnon, Mathieu descendit.

— Dois-je revenir vous prendre ? demanda son hôte.

— Grâce à ces vêtements, je peux braver le mois de mars. Je reviendrai à pied. Mais selon vous, le vieux couple risque-t-il de me recevoir à coups de calibre douze ?

— Les lois de l'hospitalité de nos campagnes le lui interdisent.

Muni de cette bien pauvre assurance, le jeune homme alla frapper à la porte de la cuisine d'été. Au moins, une conversation téléphonique tenue la veille lui avait permis d'avoir l'accord de la fillette.

Quand il eut frappé une troisième fois, une vieille dame toute ratatinée vint ouvrir.

— Madame Gagnon, bien le bonjour.

Elle ne mesurait pas plus de cinq pieds, plus probablement un pouce ou deux de moins. Des grossesses innombrables lui donnaient la silhouette d'une barrique.

— Qu'est-ce que vous voulez ?

— Allez-vous me laisser entrer ?

La vieille le regarda par en dessous de ses yeux d'un gris acier, celui d'une lame. Puis, elle s'écarta un peu. Dans la pièce, Mathieu découvrit les trois enfants assis à table.

— C'est pour moi, déclara Marie-Jeanne en se levant.

En taille, elle dépassait un peu sa grand-mère. Sans doute attendait-elle cette rencontre avec une certaine impatience. Ses cheveux mi-longs lavés, un ruban noir afin de les empêcher de tomber dans ses yeux, une robe décente sur le dos, elle s'était mise en frais. L'effet se trouvait un peu gâché par des bas en laine troués.

Mathieu craignait une protestation. L'aïeule se renfrogna plutôt. Les circonstances lui rognaient sans doute les crocs. La fillette se pencha pour chausser ses bottes.

— Le mieux est de marcher un peu dehors, précisa-t-elle.

Cela leur éviterait de murmurer dans l'espoir d'éviter les oreilles trop attentives. Le jeune homme décrocha un manteau du mur. Il se souvenait de le lui avoir vu sur le dos le jour des funérailles. Galant, il l'aida à l'enfiler. Puis, elle plaça son bonnet sur sa tête.

— Nous marcherons un peu vers le boisé, indiqua-t-elle encore. La neige devrait nous porter.

Dehors, ils se dirigèrent vers la ligne des arbres, trois ou quatre arpents plus loin. Chaque année, les fermes devaient gagner quelques dizaines de pieds sur la forêt. La paroisse était encore jeune, les cultivateurs devaient toujours « faire de la terre ».

— Tes grands-parents te traitent-ils bien ?

Mathieu revenait naturellement au tutoiement de leur dernière rencontre.

— Oui. Ils ne nous touchent pas. Tous les deux sont même plutôt gentils.

Sans doute tenaient-ils à présenter l'image d'une famille normale. Bien des regards devaient se poser sur eux, maintenant.

— J'en suis très heureux, tu sais.

Elle leva la tête pour lui adresser son meilleur sourire. Les yeux bruns étaient expressifs, son nez peut-être un peu large, mais la bouche était bien dessinée. Toutefois, ses lèvres gercées ruinaient un peu l'ensemble. Toute la peau autour apparaissait rougie.

Sans transition, elle se tourna vers la grande étable qu'ils venaient de dépasser pour déclarer à voix basse :

— Une fois, maman a demandé à Aurore d'aller mettre de la paille fraîche dans sa paillasse, sans lui laisser le temps de prendre un manteau ou des chaussures. C'était en plein hiver.

La douceur du ton laissait deviner un dénouement dramatique.

— Quand elle est revenue, maman a refusé de lui ouvrir la porte, et elle nous a menacés de nous donner une volée si nous enlevions le verrou.

Elle parlait d'elle et de ses frères.

— Aurore est restée sur le perron très longtemps, sa paillasse à côté d'elle, à essayer d'ouvrir, à crier à pleins poumons. À la fin, elle est retournée dans la grange, pour se coucher dans le foin et se couvrir de son mieux. Elle était nu-tête, avec une petite robe sur le dos. Elle devait être tout à fait gelée.

— Sans chaussures…

— Régulièrement, maman la poussait dehors pieds nus. Après, elle disait que ses yeux noirs étaient dus au fait qu'elle sortait sans souliers. Mais elle la forçait à sortir ainsi.

Le jeune homme lui jeta un regard en biais. Après un long silence, il tenta de la relancer, en demandant :

— Ce jour-là, avec la paillasse, est-elle restée dans la grange toute la nuit ?

— … Non. Quand papa est revenu de son chantier, maman lui a dit qu'Aurore s'était sauvée. Il l'a battue avec le fouet.

— Quand il lui infligeait des coups, que faisait Aurore ?

— Elle hurlait.

La question paraissait sotte, la réponse le ramena à plus de précision.

— Je voulais dire, elle ne lui disait pas la vérité ?

— Cela ne donnait rien, papa n'écoutait pas.

De toute façon, les coups de lanières en cuir tressées ne permettaient pas à la victime de tenir un discours intelligible, sans doute.

— Ta mère racontait souvent des mensonges dans le but de la faire battre ?

— Tout le temps.

Devant un juge, ce genre de réponse ne donnerait rien.

— C'est à quelle fréquence, tout le temps ?

— Tous les jours, elle inventait une histoire... Bon, des fois c'était un peu vrai, mais elle exagérait.

— Et chaque fois, ton père la battait ?

— Une fois sur deux, je dirais.

Avec un témoignage de la sorte, la preuve de la Couronne contre Télesphore Gagnon deviendrait plus convaincante.

— À chaque fois, il utilisait le fouet ?

— Non. Quand il était très fâché, il prenait le fouet ou le manche de hache. D'habitude, c'était un éclat de bois, une hart, une planche de quart.

Un certain nombre de produits venaient dans un « quart », un petit tonnelet fabriqué de planchettes courbées. Le jeune homme resta longuement pensif.

Jusqu'à la veille, il avait présumé que l'homme maltraitait sa fille et que la femme gardait un silence complice. Aujourd'hui, Marie-Jeanne traçait un portrait inédit de la situation. La seconde épouse incitait son mari à maltraiter une enfant issue d'un premier mariage. Cela ouvrait un tout nouvel univers de motivations.

Par un carreau à la vitre crasseuse, rendue presque opaque par les chiures de mouches accumulées, Gédéon Gagnon avait regardé le duo marcher en direction de l'orée du bois. Il préférait ne pas se trouver en présence de cet étranger venu de la ville pour mettre son nez dans les affaires de la famille.

Quand ils furent suffisamment loin, il marcha de l'étable vers la maison. En ouvrant la porte, il lança :

— Jésus-Christ !

Sa femme revint de la pièce à côté avec le bébé dans les bras, les deux garçons préférèrent monter à l'étage, dans leur chambre. Au temps où leur mère naturelle régnait sans partage sur la demeure, ils se sentaient en relative sécurité. Maintenant, la lignée de Télesphore prenait le haut du pavé.

— Ne sacre pas comme cela… Du moins pas dans la maison, concéda la vieille femme après une pause.

— Qu'est-ce qu'ils nous veulent encore ? Les avoir mis en prison tous les deux, cela ne leur suffit pas ?

— Ils veulent savoir ce qui s'est passé dans cette maison, tu le sais bien.

— Baptême, ce ne sont pas leurs affaires.

La vieille regarda le bébé pressé contre sa poitrine, comme si elle craignait que les gros mots produisent une impression indélébile sur son cerveau.

— Depuis sa naissance, hurla l'homme, la fille était une vicieuse, une possédée du démon. Elle montait sur lui, elle était en train de devenir la maîtresse de la maison.

— C'était une petite fille !

— Possédée du démon, je te dis. Elle a tout fait pour le rendre fou. Toi aussi, tu l'as entendu tout nous raconter.

Comme de nombreux autres membres de la famille, l'aïeule avait entendu son fils énumérer les frasques parfois odieuses de la gamine. D'abord, il avait clamé la nécessité de rester le maître de la maison, « de l'empêcher de monter sur lui ». À la fin pourtant, il confessait son impuissance à faire cesser les comportements les plus outranciers, au point de déclarer forfait, de ne plus la châtier.

— Pourtant, elle est morte, déplora la grand-mère.

Ce dénouement cadrait mal avec les dernières confidences entendues en janvier, pendant la veillée au corps d'un autre de leurs fils, Anthime. Selon ses propres paroles, Télesphore ne la battait plus.

— Elle était malade, affirma Gédéon. Elle est morte de la tuberculose.

Sa femme le regarda longuement, songeuse. Le cœur lui avait manqué, à l'enquête du coroner. Plutôt que de voir ces étrangers traîner sa famille dans la boue, elle était restée peureusement près de son poêle, un châle sur les épaules. De toute façon, les hommes dirigeaient ce genre de procédure, les femmes jouaient le plus mauvais rôle. Depuis, des voisins charitables lui égrenaient des bribes du rapport d'autopsie.

— Tu crois vraiment à cette tuberculose qui

donne des yeux au beurre noir et fait enfler tout un côté de la tête ?

— En tout cas, il ne faut pas cesser de le répéter.

Bien sûr, à force de colporter le même mensonge, certains affecteraient d'y croire. Une constance suffisante en ferait une vérité, à la longue.

— Si ce n'est pas la tuberculose, que veux-tu que ce soit ? maugréa le vieil homme.

Son ton trahissait son besoin désespéré de le croire. La femme regarda le bébé dans ses bras.

— Le bon Dieu devrait venir te chercher, murmura-t-elle. Les autres aussi. Ce serait tellement plus simple.

Dans la paroisse, les Gagnon faisaient déjà l'objet d'un ostracisme discret. Certains feignaient de ne plus les voir, d'autres allaient jusqu'à changer de chemin pour ne plus les croiser. Au moment de se présenter, des individus affligés du même patronyme précisaient : « Je ne suis pas parent avec ceux-là. Je ne les connais même pas. » Si ces étrangers continuaient de fouiller dans les affaires de la famille, tous les Gagnon craindraient de décliner leur identité.

— Je me demande bien ce qu'elle peut lui raconter, s'inquiéta le vieil homme.

— Je suppose qu'elle lui dit la vérité.

Rien ne pouvait lui paraître plus menaçant.

Quand le duo arriva près du boisé, Marie-Jeanne s'engagea dans un chemin forestier habituellement battu par les traîneaux. Comme son père ne l'utilisait plus depuis près d'un mois, une couche de neige molle, collante, le recouvrait déjà.

— Nous ne pourrons pas aller plus loin, déclara la fillette. C'est dommage, il fait bon ici.

Les arbres les protégeaient du vent, le soleil de mars se montrait chaud.

— Nous pouvons tout de même nous asseoir un peu, continua-t-elle.

Près de la piste, un amoncellement de billes de bois coupées à une longueur de quatre pieds attendait d'être ramassé. L'été suivant, il alimenterait l'une des usines à papier de Trois-Rivières.

— Nous pouvons même nous faire un fauteuil.

Elle commença à déplacer des bûches pour les débarrasser de la neige et dégager une surface à peu près plane. Mathieu l'aida de son mieux, puis ils prirent place tous les deux l'un à côté de l'autre. La fillette présenta son visage un peu pâle au soleil, les yeux fermés.

— Si je ne suis pas maltraitée, chuchota-t-elle, je ne sors pas souvent dehors. J'aide ma grand-mère.

— Es-tu bien nourrie ?

— C'est le carême.

Les cultivateurs respectaient d'autant mieux les exigences de ce temps de privations qu'il leur fallait faire durer les provisions amassées l'automne précédent jusqu'en juin.

— Tu m'as parlé des volées que ton père donnait à Aurore. Mais toi, tu n'en as jamais reçu ?

— … Parfois.

Mathieu avait pu l'examiner à loisir à plus d'une reprise. La tête, le visage et les mains ne portaient aucune marque suspecte, mais le reste du corps pouvait en être couvert.

— Parfois souvent ? Parfois rarement ?

— Parfois rarement, répondit-elle dans un demi-sourire, les yeux toujours fermés pour s'offrir au soleil, heureuse de sa sollicitude.

— Si tu compares à Aurore, combien de fois as-tu été battue ?

Cette fois, elle tourna son visage pour le voir.

— Elle, c'était aux deux jours. Moi peut-être tous les deux mois.

— Avec le fouet, le manche de hache ?

Elle secoua la tête de droite à gauche.

— Une fois, maman m'a rapportée.

Marie-Jeanne voulait dire dénoncée.

— Papa a pris son manche de hache, mais je me suis sauvée. Il n'a pas réussi à m'attraper.

— Mais tôt ou tard, tu as dû revenir à la maison.

— Je me suis cachée dans les champs jusque tard le soir. Tous les voisins se trouvaient à ma recherche quand je suis rentrée. Je leur ai dit que j'avais vu des bêtes dans la grange, laides au point de me terroriser.

Ces bêtes se promenaient sur deux jambes. Toutefois, les voisins affectaient de croire ces histoires.

— Tes parents ne t'ont pas punie pour avoir ainsi ameuté tout le monde ?

— Ils ne m'ont pas punie parce que j'avais ameuté tout le monde, justement.

Ceux-ci craignaient d'attirer l'attention, Marie-Jeanne le comprenait très bien. Le secret devait entourer les actions du couple. L'aînée ne se présentait pas comme une victime idéale, car elle n'hésitait pas à se donner en spectacle.

La gamine confirma son analyse à Mathieu.

— Après, ils n'ont plus tenté de me battre.

— Et Aurore, pourquoi ne prenait-elle pas la fuite ?

— Elle était tellement stupide.

Le mot tombait un peu comme une condamnation. À tout le moins, la victime n'avait aucun instinct de défense. Le jeune homme puisa dans son propre passé de souffre-douleur pour comprendre combien, devant les attaques des autres, il devenait possible de sombrer dans l'inertie. Pour les agresseurs, l'absence de résistance entraînait un nouvel acharnement, pas une étincelle d'ennui ou de pitié. Une cible inerte procurait autant de plaisir que celle qui se débattait.

— Elle ne faisait rien pour se défendre, ou pour s'éloigner ?

— Pas avec papa. Elle restait là, à pleurer ou à crier, mais sans se sauver malgré les coups.

— Et avec maman ?

— Elle se débattait un peu plus.

Marie-Anne Houde ne semblait pas bien robuste. Son mari, quant à lui, très grand et probablement d'une force peu commune, présentait une menace redoutable. Sans doute que la gamine ne tentait rien à cause de la terreur dans laquelle la plongeait un bourreau de cette taille.

— Des fois, maman devait l'attacher, bafouilla Marie-Jeanne après un bref silence.

La douceur du ton laissait deviner une autre confession particulièrement atroce.

— Tu veux me raconter dans quelle circonstance cela arrivait ?

— Maman la brûlait avec un tisonnier rougi au feu.

Le stagiaire posa sur elle des yeux écarquillés.

— Un tisonnier ?

— Oui. Long comme ça.

De ses deux mains, la fillette lui montrait une longueur de deux pieds. Cet instrument servait souvent à replacer des bûches, éliminer des cendres.

— Où la brûlait-elle ?

— Sur les jambes, sur les cuisses, sur les… Elle relevait la jupe et promenait le bout partout. Cela sentait la peau brûlée, comme quand on grille un cochon pour enlever les poils.

La précision provoqua un haut-le-cœur chez le jeune homme.

— Que faisait Aurore ?

— Elle hurlait et surtout, elle se débattait. À cause de cela, maman prenait un gros câble pour l'attacher après la patte de la table.

Mathieu imaginait la scène. Diverses postures permettaient de soumettre une enfant de dix ans pour lui infliger ce traitement : pliée en deux sur le dessus de la table, ou alors étendue par terre, les jambes attachées au meuble. Dans tous les cas, cela devait donner une petite fille se tordant de douleur, hurlant à pleins poumons.

— Le tisonnier était rougi au feu, murmura le jeune homme d'une voix blanche.

— Oui. Maman enlevait un rond du poêle pour le planter comme cela dans les flammes.

Marie-Jeanne mima le geste. L'instrument devait rester coincé entre les bûches, laissant un trait de fer oblique au-dessus du poêle.

— Elle attendait vraiment qu'il soit rouge ?

— Oui. Un beau rouge foncé, le rouge du diable,

disait-elle, comme dans les images du petit catéchisme. Tu connais ?

Le jeune homme fit un signe d'assentiment. En guise de prix de fin d'année, à l'école, il avait reçu une édition soignée du catéchisme, reliée de toile grise. Parmi les quelques gravures insérées dans le livre, il s'en trouvait bien une représentant des diables dansants, imprimés en rouge.

— Des fois, le fer devenait blanc. Elle le passait alors sous l'eau pour lui redonner la couleur du sang.

— Même la poignée devait devenir brûlante.

— Pas tant que cela. C'était rouge sur cette longueur.

Elle indiquait environ six pouces. Mathieu ne prêta pas attention à l'information sous-entendue dans ces paroles, tellement la confidence l'ébranlait.

— Combien de fois Aurore a-t-elle été brûlée de cette façon ?

— Je n'ai pas compté.

— Une fois ? Deux fois ?

— Oh ! Bien plus que cela. Dix fois ? Je ne sais pas.

La scène s'était répétée assez souvent pour qu'elle en perde le compte.

— Cela est survenu longtemps avant sa mort ?

Devant la mine interrogative de la petite fille, l'homme précisa :

— Après Noël ?

— Oui.

Les multiples plaies au dos des jambes, des genoux, entre les cuisses, lui revenaient en mémoire. Certaines évoquaient les coups reçus. Les autres pouvaient bien venir du contact d'un objet rougi au feu.

— Ta mère l'a déjà brûlée avec autre chose que le tisonnier ?

— Le fer à friser.

— Tu veux me raconter aussi ?

Marie-Jeanne porta la main à son bonnet, comme pour soulager un picotement.

— Un jour, maman a mis le fer à friser sur le poêle, puis elle a dit à Aurore : « Viens, je vais te faire une beauté. » Elle a pris un bout de cheveux ici, puis elle a tourné de toutes ses forces. L'instrument était si chaud que les poils ont grillé, et un grand morceau de peau aussi.

— Mais Aurore avait les cheveux très courts !

— Ils étaient assez longs pour que maman en ramasse un peu, en collant le fer contre la peau.

Elle avait pu pincer un bout de l'épiderme entre les deux branches de l'instrument de toilette. L'objectif était d'infliger une torture, pas de la coiffer.

— Tu sais pourquoi Aurore portait ses cheveux à cette longueur-là ?

— Maman les coupait pour faire disparaître la vermine. Elle disait qu'autrement toute la famille en aurait.

— Et finalement, tu as attrapé des poux aussi ?

— Non, jamais. Ma sœur non plus, d'ailleurs.

La coiffure ridicule de la victime servait à la retrancher du reste du genre humain, rien d'autre.

— Le jour où tu t'es sauvée dans les champs…

Elle leva les yeux sur lui, étonnée du changement de sujet.

— Oui ?

— Ton père voulait te battre à l'instigation de ta mère ?

— … Oui.

— Tu peux me dire ce qu'elle lui a raconté ?

— … Je ne m'en souviens pas.

Les yeux de Marie-Jeanne se portèrent vers les grands arbres dénudés. Les branches ressemblaient à d'immenses bras décharnés dirigés vers le ciel dans une prière muette.

— Cette accusation était fausse, comme dans le cas d'Aurore et de la paillasse ?

— Je ne m'en souviens pas.

Une pointe d'inquiétude pointait dans sa voix. Parler de sa sœur lui pesait moins que de parler d'elle-même.

— Je suis fatiguée. Je veux rentrer, murmura-t-elle bientôt.

Mathieu songea à insister un peu, tellement l'arrêt des confidences à ce moment lui paraissait regrettable. D'un autre côté, la délicatesse lui interdisait de bousculer une enfant.

— D'accord. Accepteras-tu de répéter ce que tu m'as dit devant un juge ?

— Tu pourras leur dire, toi.

— Ce ne serait pas la même chose. Je pourrais modifier tes paroles, volontairement ou pas.

— Mais tu vas jurer de dire toute la vérité.

La gamine se souvenait de son passage devant le coroner. Mathieu aussi.

— Même après avoir prêté serment sur les Saints Évangiles, certaines personnes mentent.

Elle détourna le regard, passa la langue sur le

tour de sa bouche. La rougeur et les gerçures devaient être causées par cette mauvaise habitude.

— Tu sais, continua le jeune homme plus bas, le juge veut toujours entendre les personnes qui ont vu les événements. Comme cela, on se rapproche le plus possible de la vérité. Personne ne saura jamais aussi bien que toi ce qui s'est réellement passé dans cette maison. Toi et tes frères. Mais eux sont très jeunes. Ils n'ont pas fait leur communion solennelle, je suppose.

Lors de cette cérémonie, les catholiques répétaient eux-mêmes les engagements formulés au baptême par leur parrain et leur marraine, dont celui de renoncer à Satan et à ses œuvres. Après cela, aux yeux de l'Église à tout le moins, une personne savait distinguer le bien du mal.

La fillette acquiesça d'un signe de la tête pour lui donner raison.

— C'est pour cela que tu deviens la seule capable de dire la vérité. Eux, on les considérerait comme trop jeunes.

— L'autre fois, j'avais peur, tu sais.

— Je sais et je comprends très bien. Tu craignais un châtiment affreux. À ta place, je pense que j'aurais fait la même chose.

Elle le contempla un long moment de ses yeux de biche effarouchée.

— Tu es grand et fort.

— À douze ans, j'étais moins grand et moins fort. Je comprends ta frayeur.

— S'ils reviennent...

Elle eut un frisson, malgré l'épaisseur de son manteau et le soleil bienfaisant.

— Si personne ne veut dire la vérité, ils reviendront.

— Si je parle ?

— On les retiendra à Québec.

Évoquer la prison, ou pire encore la corde, ne ferait que terroriser la fillette. Mathieu préféra rester bien vague sur le dénouement de cette affaire.

— Devrais-je parler au juge ?

De nouveau, le jeune homme préféra la tromper par son silence. Un jury recevrait ses confidences, pas seulement un juge. Puis, la salle d'audience serait pleine de visages inconnus. Surtout, contrairement à l'enquête du coroner où le bon docteur Caron posait les questions, l'avocat de la défense, Joseph-Napoléon Francœur, ne reculerait devant rien pour la discréditer.

— Tu as encore des choses à me dire ?

Marie-Jeanne secoua la tête de droite à gauche.

— Je veux retourner à la maison.

Mathieu quitta son siège de billes de bois, lui tendit la main pour l'aider à descendre.

Pendant tout le trajet de retour, la conversation porta sur des banalités : le printemps tardif, le retour prochain des oies, la fête de Pâques dans moins d'un mois. Atteignant les bâtiments de ferme, Mathieu revint à sa première préoccupation.

— Le détective viendra chercher le tisonnier, le fer à friser, et même la corde qui servait à attacher Aurore.

— Je peux te les donner à toi.

Le duo s'était arrêté à la hauteur de l'étable, assez loin pour qu'aucune parole ne puisse être captée par une oreille attentive.

— Non. Ramasser les choses de ce genre, c'est son travail à lui. Il voudra aussi entendre tout ce que tu m'as dit.

Elle hocha la tête gravement, ajouta même après une hésitation :

— Lui aussi est gentil, mais moins que toi.

— Si tu penses à autre chose à lui dire… ou à lui donner, fais-le.

— Maman a envoyé une lettre.

— Tu sais ce qu'elle contient ?

Elle acquiesça du chef.

— Ils ne savent pas lire, confia-t-elle.

La situation offrait une ironie certaine. Quand l'accusée voulait communiquer avec ses beaux-parents et ses enfants, l'information transitait par une petite fille susceptible de devenir le plus redoutable témoin à charge.

Ils se remirent en route. Alors qu'elle mettait le pied sur la première marche conduisant à la porte, une main ridée déplaça vers la gauche le rideau de la fenêtre la plus proche. Cette fois, Mathieu se moquait tout à fait d'être entendu.

— Si quelqu'un te fait une menace ou te maltraite, arrange-toi pour qu'Oréus Mailhot soit au courant. Tu t'es déjà sauvée une fois, tu peux recommencer.

La fillette lui adressa un sourire entendu.

— Je vais même lui demander de passer te voir, ou de te téléphoner. Tu comprends pourquoi.

Elle garda le silence, mais ses yeux présentaient la sagesse d'une vieille femme.

— Accepteras-tu de me parler de nouveau ? demanda encore le visiteur.

— … Oui.

— Tu veux encore me dire des choses, mais tu n'es pas prête. C'est ça ?

Un mouvement de la tête servit de réponse.

— À bientôt, Marie-Jeanne. Dès que tu voudras me reparler, avertis monsieur Mailhot. Je viendrai aussitôt.

— ... À bientôt.

Avec le sentiment de prendre la fuite, Mathieu lui adressa un dernier sourire, puis il regagna le chemin public. Le village se trouvait à deux milles environ, guère plus qu'une promenade.

Les relations avec le couple Mailhot devenaient cordiales, au point de permettre à la conversation de déborder les exigences de l'« affaire ». Toutefois, au dessert, le visiteur dut revenir à cette triste histoire. En quelques phrases, il résuma les dernières révélations de Marie-Jeanne.

— Doux Jésus ! s'écria son hôtesse. Elle la torturait avec un fer rouge. On fait cela pour marquer les animaux.

— Pas un mot à ce sujet ne doit circuler avant le procès.

— Bien sûr... Cela pourrait mettre la petite en danger.

La femme imaginait les efforts des proches des accusés pour la faire taire.

— La preuve sera présentée à l'enquête préliminaire, cette semaine, déclara Oréus. Cette discrétion sera inutile.

Cette histoire lui permettait de prendre un cours accéléré en procédure criminelle.

— Le juge Choquette a ajourné à jeudi. Le détective Couture témoignera sur ce nouveau développement. Mais comme il y a interdit de publication, les détails ne sortiront pas de la salle d'audience.

— Les journaux donnent tout de même des détails, affirma la femme Mailhot.

— Au compte-gouttes, et seulement des informations qu'ils peuvent obtenir ailleurs qu'au tribunal. Dans le cas contraire, les gratte-papier risquent la prison.

— Donc, en conclut le juge de paix, si nous n'en parlons pas, si Marie-Jeanne ne se confie à personne d'autre, les fuites viendront du détective Couture.

La suggestion tira un rire bref à Mathieu.

— Celui-là me paraît bien peu susceptible de s'épancher…

Le policier attirait les confidences, sans rien confier en retour.

— Tout de même, continua le visiteur, je suis inquiet pour cette gamine. Pourriez-vous lui téléphoner parfois et lui demander de venir au bout du fil ?

— Je le ferai tous les jours. Et si les grands-parents refusent de me la passer, je me rendrai sur place afin de m'assurer que tout va bien.

Le juge de paix entendait se montrer très attentif à la sécurité des enfants toujours vivants. Son statut lui donnait le droit de pénétrer dans cette maison et, si besoin était, d'en sortir ces petits.

— Je vous remercie. Je pense que Marie-Jeanne n'a pas tout dévoilé encore.

Un peu plus et le jeune homme affirmait que le pire était à venir.

14

L'enquête préliminaire de Marie-Anne Gagnon, née Houde, adoptait un rythme étrange. Ajournée dès le premier jour, elle reprenait une semaine plus tard. Dès le début de la séance, le substitut du procureur de la province, Arthur Fitzpatrick, se leva pour annoncer :

— Votre Honneur, j'aimerais demander au détective Lauréat Couture de venir à la barre des témoins. Comme vous pourrez le constater, de nouvelles pièces à conviction se sont ajoutées aux autres.

Sur la table, devant le banc surélevé du juge, le fer à friser, le câble et le tisonnier rappelaient les instruments de torture du Moyen Âge. Deux lettres marquaient moins les imaginations, mais un jour, la poursuite en ferait un bon usage.

Le policier gagna la place attribuée aux témoins. Comme il s'agissait cette fois de l'enquête préliminaire de la belle-mère, il fallait reprendre depuis le tout début. Le détective commença par évoquer ses états de service, les raisons pour lesquelles il était allé à Sainte-Philomène la première fois, l'arrestation du couple, la première visite de la maison, l'acquisition des premières pièces à conviction.

Puis, le procureur de la Couronne put évoquer ses dernières trouvailles.

— Quand y êtes-vous retourné ?

— Le 8 de mars courant.

— Est-ce que quelqu'un vous a remis certains *exhibits* ?

— Oui, monsieur.

Maître Francœur serrait les mâchoires, visiblement excédé. Mathieu surveillait aussi les mimiques de l'accusée. Le visage toujours dissimulé derrière son voile, elle paraissait impassible. Elle se courbait toutefois un peu vers l'avant, comme accablée.

— Qui vous a remis ces objets ?

— Marie-Jeanne m'a remis un tisonnier, un fer à friser et une corde.

— Vous avez pu converser avec elle ?

— Pendant une heure au moins.

Le juge Choquette se pencha un peu pour lui demander :

— Vous avez pu lui parler seul à seul ?

— Oui. Nous nous sommes enfermés dans le salon, et je me suis assuré que personne n'écoutait à la porte.

« Mieux aurait valu sortir », se dit Mathieu, assis au premier rang. Ces grandes maisons de ferme n'avaient pas été construites avec un souci de discrétion en tête. D'un autre côté, l'homme connaissait son métier.

— Vous pouvez continuer, déclara le magistrat au substitut du procureur.

— Le témoin vous a révélé à quel usage madame Marie-Anne Gagnon réservait ces objets ?

Mathieu gardait les yeux en direction de la femme. Ses vêtements de deuil paraissaient grotesques dans les circonstances. Comme il lui aurait volontiers arraché ce damné voile, afin de plonger son regard dans le sien ! Sans doute comprendrait-il ainsi un peu sa motivation.

D'une voix monotone, le détective énuméra les tortures infligées avec le fer à friser, puis avec le tisonnier.

— Mais l'enfant devait s'enfuir, s'exclama Fitzpatrick, de l'horreur dans la voix.

— Non, car l'accusée l'attachait au préalable.

Cette fois, le jeune stagiaire eut l'impression de voir frémir le corps de Marie-Anne Houde.

— Vous voulez dire avec ce câble ?

Le procureur tenait une méchante corde de chanvre tressée. Ce lien devait laisser une profonde morsure sur les chevilles et les poignets, si une personne se débattait pour s'en défaire. Le cadavre portait justement des marques de ce genre.

— Oui. Elle était attachée à la table, près du poêle, dans la cuisine d'été.

Comme dégoûté, Fitzpatrick laissa tomber le lien en déclarant :

— Je n'ai plus de questions, Votre Honneur.

— Maître Francœur, enchaîna le juge, c'est votre tour.

— Mon collègue, Louis Larue, prendra plutôt le relais.

Le jeune avocat se leva avec lenteur, marcha vers le policier en le toisant bien. Il semblait étrange de voir ce débutant contre-interroger un témoin expérimenté. Peut-être que le député, président de l'Assemblée législative, ne souhaitait pas se faire mettre en boîte de nouveau par le détective.

— Monsieur Couture, vous insistiez tout à

l'heure sur la saleté de la chambre de l'enfant. Ce sont de pauvres gens, n'est-ce pas ?

— Ils m'ont l'air de cultivateurs assez en moyens, mais je ne connais pas le détail de leurs affaires.

— Vous avez souvent l'occasion d'aller chez des cultivateurs ?

— Oui, monsieur.

— Certains sont propres, et d'autres malpropres, n'est-il pas vrai ?

Après les éléments révélés par le policier, cette insistance sur les conditions d'hygiène des fermes de la province paraissait futile.

— Oui, monsieur, répondit encore Couture d'une voix neutre.

— Cela ne doit pas être une chose extraordinaire, de trouver une chambre malpropre comme ça ?

— Comme cette chambre-là, c'est extraordinaire.

La conversation porta sur les traces de sang, puis Larue changea de sujet abruptement.

— Marie-Jeanne est encore une enfant.

— Elle a douze ans. Dans ce milieu, à cet âge, on occupe souvent un emploi.

— Tout de même, elle demeure une enfant. Croyez-vous tout ce qu'elle vous a dit ?

— Je n'ai aucune raison de douter d'elle.

Couture lui adressa un sourire en coin, l'air de dire : « Si elle témoignait pour la défense, son âge vous conviendrait très bien. »

— Elle peut mentir. Peut-être a-t-elle quelque chose contre ses parents, une rancœur d'enfant justement. Elle a déjà menti, dans le cadre de cette affaire. Lors de l'enquête du coroner…

— Je sais, j'étais là. Ce soir-là, elle est rentrée à la

maison dans un traîneau, assise entre son père et sa belle-mère. Vous aussi, maître, avec la perspective de passer la soirée en pareille compagnie, avec en tête le souvenir de leur façon d'utiliser un tisonnier et une corde, vous vous seriez peut-être un peu éloigné de la vérité.

— Monsieur Couture, intervint mollement le juge Choquette, contentez-vous de répondre aux questions.

— Je crois l'avoir fait de mon mieux, Votre Honneur.

Le magistrat crut inutile de relever l'impertinence. L'avocat de la défense déclara ne plus avoir de question.

— Monsieur Fitzpatrick, d'autres témoins ?

— Nous allons entendre Marguerite Lebœuf. Cette jeune fille se trouvait ici la semaine dernière, quand il a fallu ajourner.

— Alors, il convient de ne plus la faire attendre.

La jeune fille de quinze ans, visiblement impressionnée, entra dans la salle d'audience à pas lents, flanquée de sa mère. Cette dernière parut vouloir l'accompagner à la barre des témoins. Toujours bien élevé, Mathieu se leva de son siège en murmurant :

— Madame, vous serez très bien ici.

La jeune fille prêta serment. Elle avait emprunté à des parents un costume digne du palais de justice. La robe paraissait un peu trop grande, le chapeau cloche la vieillissait. L'ensemble lui donnait l'air d'une enfant mimant les allures de sa maman.

— Connaissez-vous l'accusée ici présente,

mademoiselle Gagnon ? commença le substitut du procureur d'une voix rassurante.

— Oui, monsieur.

— Êtes-vous déjà allée chez elle ?

— Oui, monsieur.

Répondre par oui ou par non servait mal sa cause. L'avocat esquissa un sourire pour la rassurer, avant de poursuivre.

— Quand ça ?

— Dans la dernière semaine d'août, l'an dernier.

— Auparavant, connaissiez-vous la petite Aurore Gagnon, celle qui est morte ?

— Oui, monsieur, un peu.

Elle lançait des regards appuyés à sa mère. Celle-ci hochait doucement la tête, comme pour lui dire de continuer.

— Comment l'accusée traitait-elle la petite Aurore, quand vous étiez dans sa maison ?

— Elle l'a battue tout le temps que j'étais là.

— Avec quoi le faisait-elle ?

— Je m'objecte, Votre Honneur.

Louis Larue s'était levé tout d'un coup sur cette interjection. Le juge Choquette le regarda, surpris.

— À moins que vous ne connaissiez des articles de procédure que j'ignore, commenta-t-il, je ne vois guère pourquoi.

L'autre ne sut quoi répondre, aussi le magistrat conclut :

— Répondez, mademoiselle.

— La première fois, elle l'a battue avec un éclat de bois.

— Quelle était la grosseur de cet éclat ? reprit le substitut.

— Environ un pied de long et trois quarts de pouce d'épaisseur.

Le représentant de la Couronne se tourna à demi pour regarder l'équipe de la défense, heureux de sa petite victoire.

— Où la frappait-elle, comme ça ?

— Sur les fesses, partout.

— Est-ce qu'elle tapait fort ?

— Oui, monsieur, très fort.

Enfin, quelqu'un venait témoigner de mauvais traitements réellement observés.

— L'avez-vous vue se faire battre à plusieurs occasions ?

— Oui, monsieur, quatre fois en tout.

— Toujours avec des éclats de bois ?

— Non. Une fois avec une hart, et ensuite avec un rondin de cèdre de quatorze pouces de long à peu près.

L'adolescente indiqua la longueur avec ses mains.

— Est-ce qu'elle cognait fort ?

— Oui, monsieur, elle la battait sur les genoux : elle lui a donné deux coups, je suis partie parce que j'avais peur d'elle.

La confidence, de la part d'une jeune personne robuste, en bonne santé, de la même taille que l'accusée, porta : cette femme inspirait la crainte.

— Y avait-il quelque chose sur le bout de ce rondin-là ?

— Oui, monsieur : elle faisait ses ripes pour allumer son poêle. Son couteau arrêtait sur un nœud, ça faisait un rond.

Marguerite ferma le poing, pour indiquer ce

qu'elle voulait dire. Ce rondin prenait l'allure d'un casse-tête.

— Elle lui tapait sur les genoux avec ça : elle lui en a donné deux coups, alors je me suis sauvée.

— Est-ce que la petite fille criait ?

— Oui, monsieur, elle braillait.

— Est-ce qu'elle arrêtait quand la petite fille criait ?

— Non, elle disait : « Plus tu vas brailler, plus je vais t'en donner. »

Cachée derrière son voile, l'accusée inclina la tête. Mathieu se tenait maintenant debout, appuyé contre le mur. Comme il aurait souhaité voir ses yeux, à cet instant précis !

— Maintenant, sais-tu où elle couchait, cette petite fille ?

— Oui, monsieur.

— Était-elle bien logée ?

— Elle était couchée en haut, sur un petit lit à peu près de sa longueur. Il n'y avait pas de paillasse, rien. Il y avait un oreiller et pas de couverture.

Ce témoin de l'accusation accomplissait un excellent travail. Fitzpatrick dissimulait mal sa satisfaction.

— Maintenant, avez-vous vu Aurore se faire battre à d'autres occasions ?

— Oui, monsieur.

— Quand ?

— En lavant sa vaisselle.

— Pourquoi la battait-elle ?

— Pour s'amuser, je pense…

Le juge s'avança au-dessus du banc, comme pour mieux voir la jeune fille.

— Elle a dit : « Regarde, Marguerite, elle lave bien ça, la vaisselle, quand je lui donne des coups », poursuivit le témoin en rougissant. Elle ajouta : « Je te dis que je vais lui faire laver la vaisselle, moi. »

— Je n'ai plus de question, Votre Honneur, conclut Fitzpatrick.

Francœur laissa son associé mener le contre-interrogatoire.

— La connaissiez-vous bien, la petite Aurore ?

— Je l'avais vue une fois, quand elle restait chez mon oncle Octave Lord.

— Elle était malcommode ?

— Non, monsieur, plutôt tranquille.

Voilà qui tranchait avec les opinions émises deux semaines plus tôt. L'avocat enchaîna :

— Qu'est-ce que vous alliez faire chez monsieur Gagnon ?

— J'allais là pour me promener et voir un peu ce qui se passait.

Son interlocuteur adopta un air étonné, comme si la réponse le prenait au dépourvu.

— Qui vous a envoyée voir ce qui se passait ?

— Maman et papa m'ont dit : « Tu vas y aller, et puis tu verras si c'est le cas ou si ce n'est pas le cas. » Nous autres, on entendait dire des choses par le monde. Mes parents voulaient savoir.

— Et c'est pour ça que vous y êtes allée ?

— Oui, monsieur.

Mathieu ferma les yeux, laissa échapper un long soupir. Les gens soupçonnaient des mauvais traitements. Toutefois, personne n'avait jugé bon de faire quelque chose avant le début de février.

— Êtes-vous allée les espionner pour rendre un jour témoignage contre madame Gagnon ?

— Ah non, je ne m'attendais pas à ça.

Venue d'une traite, la réponse montrait une sincérité parfaite. La conversation porta alors sur ses liens de parenté avec le couple Gagnon. Comme les deux époux avaient le même patronyme, on s'y perdait rapidement. Le magistrat se renseigna :

— C'est votre oncle, le père ?

— Oui, monsieur.

« Si elle témoignait contre le père, serait-elle aussi efficace ? » se demanda Mathieu. Chargeait-elle cette « étrangère » de Sainte-Sophie-de-Lévrard, une paroisse située dans un autre diocèse et un autre comté ?

— Vous y êtes allée seulement une fois, en tout et pour tout, après le second mariage ? reprit Larue.

— Oui, monsieur.

— Comment se fait-il que vous ayez juré tantôt qu'il était à votre connaissance que madame Gagnon l'avait battue avec un éclat, puis avec un rondin de cèdre, sur les genoux, et encore pendant qu'elle lavait la vaisselle, si vous n'y êtes allée qu'une fois seulement ?

— Elle l'a battue quatre fois pendant mon séjour.

Le calcul semblait tout simple à la jeune fille, mais même le magistrat paraissait trouver que cela faisait beaucoup de mauvais traitements en une visite.

— Est-ce dans la même journée, ça ? demanda-t-il.

— Non, monsieur, dans la même semaine.

Marie-Jeanne avait évoqué des raclées tous les deux jours, se souvint Mathieu.

— Vous êtes restée là pendant une semaine, enchaîna maître Louis Larue, un peu troublé. Pendant ce temps, la petite Aurore a-t-elle découché souvent ?

— Non, monsieur, elle n'a pas découché.

Marguerite Lebœuf ouvrait de grands yeux surpris. Comment cet homme pouvait-il imaginer qu'une fillette de dix ans puisse passer ses nuits dehors ? Les mœurs de la ville devaient être bien étranges.

— Ne sortait-elle pas avec les petits garçons ?

L'avocat venait de mettre en cause la moralité sexuelle d'une petite fille de dix ans !

— Non, monsieur.

Larue indiqua au juge qu'il n'avait pas d'autres questions.

— Je vous remercie, mademoiselle, intervint le juge, vous pouvez rejoindre votre mère.

Les deux se serrèrent au bout du banc. Le magistrat demanda à l'intention du procureur de la Couronne :

— Avez-vous d'autres témoins ?

— Non, Votre Honneur. L'enquête se poursuit. Si nous découvrons de nouveaux éléments, mes savants confrères et vous-même en serez tout de suite avisés.

Philippe-Auguste Choquette tourna les yeux vers la table de la défense. À la fin d'une enquête préliminaire, un avocat pouvait demander l'abandon des procédures à cause de l'insuffisance de la preuve. Francœur demeura assis, se contentant de secouer la tête. Il ne reviendrait même pas à la charge pour demander une libération dans l'attente du procès. Maintenant, cela paraîtrait ridicule.

— Dans ce cas, je rendrai ma décision sur les accusations à porter contre les deux accusés dans une semaine, le jeudi 18 mars.

Il regagna son bureau par une porte dérobée dans un bruissement de robe noire.

La salle d'audience se vida très lentement. L'interdit de publication faisait trépigner les journalistes d'impatience. Bientôt, l'équipe de l'accusation et le policier se trouvèrent seuls dans la salle.

— Couture, cette fois vous avez déniché un témoin redoutable. Je vous félicite.

— Plutôt un témoin qui a répété ici exactement la même chose que lors de mon interrogatoire.

L'homme jouait le modeste, mais les bons mots lui faisaient visiblement plaisir.

— La gamine en est venue droit au fait, et quand Larue s'en est mêlé, elle n'a pas perdu sa contenance. Cette fois, la défense a travaillé pour nous.

— Pourquoi Francœur préférait-il jouer au spectateur, aujourd'hui ? demanda le détective.

— ... Je me le demande, murmura Fitzpatrick après réflexion. Peut-être commence-t-il à comprendre que cette histoire l'éclaboussera un peu. Ou alors il a voulu donner à un jeune collègue l'occasion de se faire connaître.

Le substitut du procureur chercha alors dans les papiers étalés devant lui, trouva le compte rendu rédigé par Mathieu à son retour de Sainte-Philomène.

— Picard, reprit-il, vous avez aussi bien travaillé auprès de la petite Marie-Jeanne.

— Je n'ai aucun mérite particulier. Elle désirait se confier à quelqu'un.

— Elle nous cache encore des tas de choses, maugréa Lauréat Couture.

Le détective paraissait souffrir de ne pas avoir le monopole des compliments.

— Je sais, précisa Mathieu en le dévisageant. Elle a terriblement peur, cela se voit.

— Peur de qui ? interrogea Fitzpatrick. De ses grands-parents ?

— ... Je ne pense pas. Enfin, peut-être un peu, mais c'est autre chose.

La fin abrupte des révélations de la jeune fille, l'autre jour, le troublait encore. Elle avait été jusqu'au bout de son engagement, en remettant les pièces à conviction et en confirmant son récit au détective, mais sans aller plus loin dans les confidences.

— Remarquez, reprit Fitzpatrick, maintenant nous sommes sûrs d'aller en procès avec une accusation de meurtre. Les assises criminelles commenceront début avril, cela nous laisse presque un mois. Inutile de lui forcer la main. Si elle reculait, la défense aurait ensuite des arguments imparables pour nous démolir.

— Elle semble disposée à témoigner au procès, voulut le rassurer Couture.

— Les témoins enfants, même à douze ans, demeurent une arme à double tranchant. Si quelqu'un soupçonne une manœuvre douteuse du bureau du procureur général, ou de la Police provinciale dans cette histoire, nous ferons les gros titres des journaux pour de très mauvaises raisons.

Le substitut du procureur les dévisagea à tour de rôle, puis il conclut :

— Alors, nous procéderons avec prudence, tact et délicatesse avec les trois enfants Gagnon. C'est bien compris ?

Ses deux interlocuteurs acquiescèrent d'un signe de la tête. Une fois dans les journaux, cette histoire ferait ou déferait les réputations pour longtemps.

Le 18 mars, les acteurs du drame revinrent au palais de justice afin de connaître la conclusion de l'enquête préliminaire. Tous les sièges étaient occupés par des curieux, des personnes intéressées par le droit ou encore des journalistes. Mathieu pensa faire intervenir un agent de la paix pour récupérer sa place. Ce fut peine perdue. Alors qu'une grosse dame protestait de toutes ses forces pour éviter de se faire évincer, Fitzpatrick arriva.

— Allez, fit-il en déposant son porte-documents sur la table, laissez cette dame tranquille et placez-vous à côté de moi, à la table.

— … Je ne suis pas avocat.

— Vous voyez écrit « réservé aux avocats », vous ?

Le stagiaire choisit de considérer cela comme une promotion. Un instant plus tard, l'équipe de la défense arriva à son tour.

— Maintenant, vous utilisez les services d'un étudiant de première année en droit ? ironisa Napoléon Francœur. Vous devez être aux abois.

— Ah ! Pardon, rétorqua le jeune homme, je suis en deuxième année.

Le substitut du procureur général toisa Louis Larue des pieds à la tête.

— Nous avons tous les deux un peu besoin d'aide. Si vous croyez avoir perdu au change avec celui-là, revenez dans deux ans. Mon stagiaire aura son diplôme.

Le jeune disciple de Thémis rougit sous l'offense, puis se décida à gagner sa chaise.

— Là, vous êtes un peu cruel, ricana Francœur.

Adversaires aujourd'hui, les deux se rencontraient à toutes les activités du Parti libéral. Leur inimitié se terminerait avec ce procès… jusqu'au prochain.

— On ne se refait pas.

Leur conversation cessa à l'entrée des accusés. Pour l'occasion, Marie-Anne avait relevé son voile à la hauteur de son chapeau. Mathieu fut étonné de la trouver si banale. En même temps, son allure un peu hébétée lui conférait une grande étrangeté.

Puis, ce fut au tour du juge Philippe-Auguste Choquette de gagner son fauteuil derrière le banc, affairé et imposant.

— Dans la cause de Télesphore Gagnon, commença-t-il, l'accusation de meurtre est maintenue.

Mathieu regarda le colosse. Son visage demeurait impassible. « Comprend-il les conséquences de cette décision ? » se demanda-t-il.

— Dans l'affaire de Marie-Anne Houde, épouse Gagnon, l'accusation de meurtre est maintenue.

— … Non, cela ne se peut pas ! murmura la femme en se tordant les mains.

Celle-là comprenait très bien. Le magistrat porta les yeux sur elle, prêt à demander aux agents de la paix de la faire sortir si elle ne retrouvait pas très vite son calme.

— Les procès se tiendront aux assises criminelles du mois d'avril. D'ici là, les accusés demeureront incarcérés.

Les derniers mots furent soulignés d'un claquement de maillet. La foule afficha sa déception à l'égard d'une conclusion si expéditive. Certaines personnes préférèrent quitter la salle tout de suite, sans attendre l'affaire suivante.

— Nous allons donc nous fréquenter encore tout au long du prochain mois, déclara Fitzpatrick en s'arrêtant près de la table de la défense.

— Je ne dirais pas que c'est un plaisir, répondit Francœur, mais je ferai contre mauvaise fortune, bon cœur.

— Alors, à bientôt.

Pendant les deux semaines suivantes, la vie de Mathieu fut un peu moins frénétique. Mise sur la glace jusqu'à l'ouverture des assises criminelles, l'affaire Aurore Gagnon ne nuisait plus à ses études. Malheureusement, les procès auraient lieu avant la fin du semestre, pendant les examens finaux.

En conséquence, il s'accordait tout au plus une petite heure après le souper afin d'échanger quelques mots avec ses voisins de la pension. Les étudiants se révélaient plutôt sympathiques, partagés équitablement entre le droit et la médecine.

Les députés, au nombre de trois, étaient des libéraux.

L'affluence dans le salon commun, au rez-de-chaussée, était en partie redevable au charme de l'hôtesse. Après une dizaine de mois à jouer ce rôle, sa grâce et son aisance participaient à la renommée de la maison.

— Votre mère se porte bien ? demanda-t-elle au jeune homme.

Tous les deux occupaient des sièges voisins, une tasse de thé à la main. Devant des témoins, ils s'en tenaient au vouvoiement. Dans l'intimité, ils devenaient moins stricts.

— Elle paraît se porter à merveille. Je suis encore passé la voir tout à l'heure, un peu avant la fermeture du magasin.

— Les deux familles cohabitent bien ? continua-t-elle dans un souffle.

L'allusion aux situations familiales des autres exigeait un peu de discrétion.

— Maman s'entendait déjà très bien avec les deux filles Dubuc. Bien sûr, l'absence de Thalie, tout comme la mienne, rend les choses plus faciles. Ne serait-ce que pour éviter de se marcher sur les pieds. L'appartement n'est pas si grand.

— Cet arrangement semble heureux pour eux comme pour vous, je crois.

— Vous voyez ma façon de vivre. Le cadre familial était un peu étroit.

Son interlocutrice lui adressa son meilleur sourire. Elle ne pouvait s'empêcher de songer combien ce grand garçon sage présentait un fils idéal. Tout au plus travaillait-il un peu trop pour la préservation de sa santé. Bien sûr, elle l'entendait parfois sortir très tard pour aller s'épuiser dans une marche interminable. Cela lui paraissait être une faute bien bénigne.

— Madame Picard, intervint l'un des députés originaires de la région de Montréal en profitant d'une pause dans la conversation, vous ne trouvez pas votre nouvelle vie bien contraignante ? Vous ne paraissez pas avoir pris une journée de congé depuis septembre.

— Mais comme vous retournez régulièrement rejoindre votre épouse, comment tirez-vous une pareille conclusion ? opposa-t-elle avec un sourire narquois. Me faites-vous espionner ?

Parfois, la veuve se sentait un peu comme une reine mère dans sa ruche. Ces hommes lui tournaient sans cesse autour, même les plus jeunes. Certains jours, elle pensait à les chasser pour louer toutes ses chambres à des femmes. Elle renonçait à ce projet en se disant que dans ce cas, elle devrait réduire le loyer mensuel. Ces notables la payaient fort bien.

— Non, non, protesta l'élu. Mais vous semblez si occupée.

— Je ne le suis pas tant que cela : vous me voyez en train de boire du thé avec vous !

— Pour notre plus grand plaisir…

Allant sur ses soixante ans, l'homme ne comprenait pas combien conter fleurette lui convenait peu. La sonnerie du téléphone épargna à Élisabeth l'effort de trouver une réponse à la fois polie et ferme, pour le ramener à des sujets plus innocents.

— Excusez-moi.

Un instant plus tard, elle revint en disant :

— Mathieu, c'est pour vous.

Ce fut à son tour de s'excuser avant de passer dans le minuscule bureau attenant à la réception. Le téléphone se trouvait sur un petit secrétaire.

— Oui, j'écoute.

— Picard ?

— C'est moi.

— Oréus Mailhot.

Son temps de relative quiétude achevait, l'étudiant le comprit tout de suite. Il replongerait bientôt dans cette horrible histoire.

— Bonsoir, monsieur Mailhot. Vous portez-vous bien ?

— Oui. Je m'inquiète toutefois pour les enfants.

Avec un moyen de communication aussi peu discret que le téléphone, mieux valait demeurer vague.

— Quelque chose est survenu, susceptible de vous alarmer ?

— Non, mais comme nous approchons de la date fatidique, je suppose que la pression deviendra de plus en plus forte.

Les grands-parents, mais sans doute aussi des oncles et des tantes, devaient tenter de les convaincre de se faire discrets, sinon tout à fait silencieux.

— Je vois. Je peux faire quelque chose ?

— Demain, je vais les conduire à l'hospice Saint-Joseph-de-la-Délivrance, à Lévis. Décision du juge de paix. Ils habiteront là pendant… les événements. J'ai pris les arrangements nécessaires. Ensuite, nous aviserons.

— Vous avez bien fait.

Mathieu se demandait toujours pourquoi cet homme lui racontait tout cela.

— La petite fille m'a dit qu'elle aimerait vous parler de nouveau.

— ... Je comprends.

— Pouvez-vous venir nous accueillir demain à la gare de Lévis ? Cela la rassurerait. Nous arriverons un peu avant midi.

Un peu avant midi, le 2 avril, le jeune homme avait prévu d'aller accueillir sa sœur à la gare du Canadien Pacifique. Ce serait le Vendredi saint, et l'université McGill tout comme l'université Laval faisaient relâche. Il devait changer ses plans, Thalie comprendrait.

— Bien sûr, je serai là.

La preuve de la Couronne paraissant bien fragile, le témoignage de la petite fille pouvait emporter la décision. Il représentait un enjeu.

— Vous pouvez compter sur moi, enchaîna Mathieu.

— À demain.

— À demain.

Après avoir raccroché, le jeune homme resta un instant pensif. De retour dans le salon, il déclara :

— Je vous prie de m'excuser tous. Comme demain le devoir m'appellera une autre fois, je dois sortir.

— Ah ! Le procès de ces deux tortionnaires de la campagne, s'exclama le député énamouré. Voilà une bien sordide affaire.

— Les assises criminelles commenceront mardi prochain. Je dois me remettre au travail.

— Francœur se promène dans les couloirs de

l'Assemblée en répétant que les choses sont bien emmêlées dans cette histoire. Selon lui, les journaux exagèrent grandement la cruauté de ces gens. Il prédit une victoire.

L'avocat de la défense travaillait-il à changer l'opinion publique en commençant par ses collègues, ou voulait-il seulement diminuer le tort fait à sa réputation avec une histoire si impopulaire ?

— Si les choses sont si emmêlées, opina le jeune homme, comptons sur Fitzpatrick pour les tirer un peu au clair. Sur ce, je vous souhaite le bonsoir. Tante Élisabeth.

Comme à son habitude, Mathieu inclina la tête vers elle. La femme lui adressa le même salut, et un sourire.

Avant de quitter la pension Sainte-Geneviève, Mathieu prit le temps de passer un coup de fil. En conséquence, à la minute où il s'apprêtait à frapper à la porte de la maison de chambres de la rue Saint-François, celle-ci s'ouvrit avant que ses jointures ne touchent le bois.

— Je te surveillais depuis la fenêtre, déclara Flavie.

Ce genre d'accueil le touchait toujours un peu. Il se pencha pour lui faire la bise sur la joue.

— Pourquoi as-tu voulu me voir ce soir ? Nous nous étions entendus pour samedi.

— Ai-je dérangé tes projets ?

Une pointe de déception marquait sa voix.

— Ne dis pas de sottise. Je projetais de passer la soirée un magazine à la main. Toi, quelque chose te tracasse, je le devine.

— Ne restons pas comme cela, moi sur le perron, toi dans l'embrasure de la porte.

— Comme tu l'as suggéré, allons marcher.

Elle le rejoignit sur le trottoir, saisit son bras, se pressa un peu contre lui. Machinalement, ils se dirigèrent vers la rue Saint-Joseph. Les vitrines éclairées les distrairaient un peu.

— Tout à l'heure, le juge de paix de Sainte-Philomène m'a téléphoné. La petite fille souhaite me parler.

— Marie-Jeanne ?

— Oui.

Au retour de son second voyage dans cette paroisse, il était encore venu la rejoindre pour tout lui raconter. Cela devenait une habitude rassurante.

— Après trois semaines de tranquillité, je replonge dans cette histoire.

La soirée du 1er avril se faisait agréablement douce, le ciel sans nuage. Deux ans plus tôt, jour pour jour, à quelques centaines de pieds de là, l'armée mitraillait la foule sous une lourde giboulée.

La jeune femme chercha la Grande Ourse, puis lui glissa à l'oreille :

— Ce soir, tu es avec moi, il fait beau, j'étrennerai un nouveau chapeau de paille dimanche à la grand-messe célébrée par ton oncle Buteau. Peux-tu passer une heure avec moi, sans penser à ces gens ?

— Je suis venu pour cela.

Il pressa la main placée sur le pli de son coude : elle s'abandonna un peu plus contre son flanc.

15

Mathieu emprunta le traversier pour se rendre à la gare de Lévis. Au moins, cette fois, il ne quittait pas Québec pour aller s'enterrer dans l'obscure paroisse de Sainte-Philomène. Le train venant du comté de Lotbinière s'arrêta dans un nuage de vapeur blanche. Des paysans descendirent sur le quai, et parmi eux, un homme un peu mieux vêtu, accompagné de trois enfants.

Oréus Mailhot tenait les deux garçons, Georges et Gérard, par la main. Chacun portait une minuscule valise en carton, toutes leurs possessions sans doute. Marie-Jeanne venait derrière, le visage terriblement grave, elle aussi avec un petit bagage.

— Je suis heureux de vous revoir, monsieur, exprima l'étudiant en droit en lui serrant la main.

— Moi aussi, même si les circonstances sont un peu tristes.

Les mines défaites des enfants exprimaient ce contexte difficile.

— Comme ils devront témoigner, ce sera plus pratique de les avoir sous la main, expliqua le marchand.

Les enfants étaient-ils dupes de ce mauvais prétexte ? Les deux plus jeunes ne semblaient prêter aucune attention à ces paroles, comme si leur sens leur échappait tout à fait. Pour sa part, la fillette ouvrait de grands yeux bruns inquiets.

— En plus, si les choses se terminent mal, les grands-parents mettront la ferme en vente. À son âge, Gédéon ne peut plus en assumer la responsabilité. Déjà, il a prévu de faire appel à des voisins pour les semences, le mois prochain.

— Malgré les circonstances, ceux-ci acceptent d'apporter leur aide ?

— La terre doit être ensemencée, maugréa l'homme en haussant les épaules.

Bien sûr, le cycle des tâches saisonnières perdurait, immuable malgré les événements. L'important était de ne pas laisser le sol si récemment défriché retourner à la forêt.

— Nous allons prendre un taxi jusqu'à l'hospice, proposa Mathieu.

— Une machine ? demanda le petit Georges, les yeux écarquillés.

— Oui, une machine.

Il traversa la gare en faisant des « Vroum ! Vroum ! » baveux avec la bouche. Ce serait sans doute son premier trajet dans une voiture, une expérience dont il se rappellerait encore les circonstances dans trente ans.

Rendus sur le trottoir, ils repérèrent une Ford à peu de distance. Les trois enfants s'entassèrent sur la banquette arrière.

— Nous ne logerons pas tous les deux à l'avant, remarqua le juge de paix.

— Prenez place près du chauffeur, je me tiendrai sur le marchepied.

La posture se révélait moins dangereuse qu'il ne

semblait. Une planche de bois parcourait tout le côté du véhicule et la galerie sur le toit permettait de se tenir fermement. Surtout, le trajet prendrait tout au plus quinze minutes.

L'hospice Saint-Joseph-de-la-Délivrance présentait l'allure habituelle des édifices conventuels, avec son clocheton sur le toit en tôle. Le corps de logis principal était flanqué de deux ailes. L'établissement visait des fins plus ou moins complémentaires : l'accueil des prêtres âgés ou infirmes, devenus incapables d'exercer leur sacerdoce, et celui d'orphelins des deux sexes. De plus, des jeunes filles de Lévis pouvaient y poursuivre le cours d'études primaires approuvé par le département de l'Instruction publique.

Mathieu paya la course, cela lui semblait être la moindre des choses. Un escalier d'une douzaine de marches conduisait à la porte d'entrée principale.

— Messieurs, demanda une sœur portière penchée afin de passer la moitié de la tête dans le guichet pour mieux les voir, que voulez-vous ?

— Nous désirons parler à la mère supérieure.

— Je ne sais pas…

— Je suis Oréus Mailhot. Elle nous attend.

Le patronyme lui était familier.

— … Je vois. Ce sont eux.

La religieuse dévisagea les enfants. Même si, de tous les journaux, *L'Action catholique* pénétrait seul dans ces murs, la rumeur des procès à venir atteignait ces saintes femmes.

Elle disparut, puis revint un peu plus tard.

— Suivez-moi. Mère Saint-Émilien vous attend.

Depuis sa fondation, cet établissement bénéficiait

du travail des sœurs de la Charité. Les visiteurs marchèrent dans un corridor au sol en planches de pin bien polies, rendues brillantes par des centaines de pas quotidiens. Le bureau de la directrice se trouvait au bout, une pièce éclairée par une fenêtre.

— Monsieur Mailhot... commença-t-elle en se levant à demi pour les saluer, et monsieur ?

— Mathieu Picard. Je travaille pour le bureau du procureur général de la province.

Elle enregistra l'information, résolut de le traiter avec certains égards.

— Ma sœur, continua-t-elle à l'intention de la portière, pouvez-vous conduire ces enfants dans la petite pièce située près de votre cellule, le temps de notre discussion ? Je m'occuperai d'eux dans une minute.

Les deux garçons et la petite fille refirent le même trajet jusqu'à leur point de départ. La directrice se leva tout à fait en signe de respect, mais elle ne tendit pas la main. Ce contact aurait été déplacé.

— Asseyez-vous.

Elle-même reprit son siège. Mailhot chercha dans la poche intérieure de son veston, posa une enveloppe au milieu du bureau.

— Voilà la somme convenue pour le prochain mois, dit-il.

— Et ensuite ?

— Personne ne sait ce qui arrivera ensuite, ma mère, intervint Mathieu. Il se peut que les parents viennent eux-mêmes les chercher.

La femme se raidit, comme troublée par cette éventualité.

— Dans ce cas, je prierai pour leur condamnation… si Dieu le souhaite, bien sûr, murmura-t-elle.

— Alors, nous serons deux à prier, ajouta Mathieu.

La toile blanche encadrant le visage de la religieuse accentuait la teinte un peu rose de ses joues bien rondes. Trente ans plus tôt, elle avait dû être jolie.

— D'ici là, ma mère, continua l'étudiant, puis-je compter sur vous pour les tenir à l'œil ? Les prochaines semaines seront terribles. Ils devront témoigner contre leurs propres parents.

— Une situation affreuse, vous avez raison… Bien sûr, je leur apporterai toute l'attention dont ils auront besoin.

L'existence dans ces murs se révélerait ennuyeuse. D'un autre côté, les leçons et les exercices de piété donneraient un sens à leur vie, empêcheraient leur esprit de trop vagabonder.

— Vous serez avertie du moment de leur comparution. Je m'arrangerai pour qu'un agent de la paix vienne les chercher le matin, pour les reconduire ici le soir.

— Et moi, je les libérerai de leurs classes ces jours-là.

À la fin, la question la plus délicate restait à régler.

— Je devrai revenir afin de les préparer à leur passage à la barre des témoins. Surtout Marie-Jeanne. Comme elle est la plus âgée des trois, non seulement son témoignage revêtira-t-il plus de poids à la cour, mais son exemple pourra aussi entraîner ses frères à dire la vérité.

— La préparer ?

— L'aider à mettre de l'ordre dans ses idées, à formuler à haute voix ce dont elle a été témoin. Le plus difficile sera de deviner comment l'avocat de ses parents cherchera à la troubler, à l'amener à se contredire. Son objectif sera de la discréditer entièrement.

— Pour ajouter l'horreur à l'horreur.

L'étudiant hocha la tête, partageant lui aussi ce constat.

— Il me faudra l'engager dans une répétition de son récit, en quelque sorte. Pour cela, je devrai la rencontrer seul à seul.

— Avec une si petite fille, ce ne serait pas convenable. Une religieuse sera présente.

— Elle n'osera pas parler devant un témoin. Puis, je ne veux pas risquer que des rumeurs se répandent dans la population.

— Si je demande la discrétion à l'une de mes sœurs...

Elle s'arrêta. Des secrets de ce genre devaient être partagés. La santé mentale de leurs détenteurs l'exigeait. Mathieu prit sur lui de proposer un scénario :

— Vous avez un beau jardin. Je pourrais m'asseoir sur un banc avec elle, l'une de vos sœurs pourra nous surveiller tout en demeurant hors de portée de voix.

Cela parut un compromis acceptable à la religieuse. Elle donna son assentiment d'un signe de tête.

— J'aimerais discuter un peu avec elle tout de suite.

— Nous sommes Vendredi saint. Une messe sera

célébrée à trois heures, d'ici là nous entendons voir tous les enfants se confesser, y compris les Gagnon. À la messe, tous communieront : ce sera comme un bouquet de roses pour Notre-Seigneur. Cela les aidera certainement à faire face à la suite des événements.

Il n'existait aucune réponse à ce genre d'argument. Se rebeller ne servirait à rien.

— Seulement quelques minutes alors, suggéra Mathieu, le temps de m'entendre avec elle pour une rencontre demain, et de lui poser quelques questions urgentes.

— Pas plus de vingt minutes. Allons les retrouver.

Les deux hommes suivirent la directrice jusqu'à l'entrée principale. Elle trouva les trois enfants silencieux, assis sur des chaises, leur valise à leurs pieds.

— Je vais vous montrer vos lits, les garçons, commença mère Saint-Émilien. Ensuite, vous rejoindrez vos camarades à la chapelle. Comme nous sommes au dernier jour du carême, il n'y aura pas de dîner aujourd'hui. Nous nous reprendrons tous ce soir.

Peut-être effrayés par cette menace de jeûne, les deux gamins se précipitèrent avec un bel ensemble sur Oréus Mailhot, lui saisirent chacun une main.

— Gardez-nous avec vous, monsieur, pleurnicha Georges.

— Oui, nous voulons retourner avec vous à Sainte-Philomène, vivre en haut du magasin, enchaîna Gérard. Nous pouvons travailler…

Comme demande d'adoption, on ne pouvait faire plus explicite.

— Je ne peux pas, voyons. Le procès doit commencer mardi, vous irez témoigner. Puis, ici, vous recommencerez à aller à l'école, avec des camarades de votre âge.

Mathieu comprenait combien ce nouvel univers leur paraissait mystérieux, menaçant même. Surtout, le marchand général était passé deux fois par semaine dans la maison du septième rang, les poches bourrées de bonbons. Attentif à leur sécurité, il prenait des allures de Père Noël. Ce genre d'attention lui valait cette curieuse requête, aujourd'hui.

— Monsieur Mailhot a raison. Venez avec moi.

La religieuse s'exprimait d'une voix douce, les garçons abandonnèrent leur résistance. Elle ajouta à l'intention de Marie-Jeanne :

— Monsieur Picard veut te parler un peu. Je reviendrai te chercher tout à l'heure.

La directrice, obsédée par les convenances, précisa à l'intention de la portière :

— Nous n'attendons personne d'autre aujourd'hui. Vous les accompagnerez dans le jardin, tout en vous tenant à l'écart.

Arrivé au pied de l'escalier, Oréus Mailhot commença.

— Je vais vous quitter maintenant. Mon train partira bientôt.

— Ne devrez-vous pas témoigner aussi ? demanda Mathieu.

— Lauréat Couture ne m'a remis aucun *subpœna*. Je n'en suis pas déçu, croyez-moi.

Le marchand tendit la main. Peut-être ne se reverraient-ils plus jamais.

— Je vous remercie pour votre accueil, cet hiver, et aussi de votre gentillesse pour les enfants.

— Oh ! Comme je n'ai pas été suffisamment attentif pour Aurore, la suite compense un peu... ou peut-être pas du tout. Je ne sais pas.

Il haussa les épaules, comme résigné à vivre avec ses regrets. Ils se serrèrent la main, puis le juge de paix se dirigea vers la gare de son pas rapide.

Le jeune homme et l'adolescente se tenaient immobiles devant la statue de saint Joseph érigée dans le jardin, au milieu d'un îlot de fleurs. La portière était postée à une vingtaine de pas, soucieuse de ne pas les perdre de vue.

— Tiens, avant que je n'oublie, lui dit Mathieu en cherchant au fond de l'une de ses poches. C'est pour toi.

Il déposa deux petits tubes au creux de la paume de sa compagne. Elle leva vers lui des yeux interrogateurs.

— C'est un baume pour les lèvres, précisa-t-il. Si tu en mets un peu trois fois par jour, cela devrait faire disparaître les gerçures. Tu lui montreras tout à l'heure, pour la rassurer.

La portière soupçonnait certainement déjà un commerce illicite. Mieux valait jouer la transparence.

— Nous nous asseyons sur ce banc ?

Celui-là avait la qualité de se trouver un peu à l'écart des autres.

— Nous ne nous sommes pas vus depuis un moment, remarqua-t-il après un silence. Pourtant, la dernière fois tu semblais d'accord pour me parler de nouveau.

— Il me l'a défendu.

— Qui ça ? Ton grand-père ?

— Non, l'avocat. Enfin, le député, je ne sais plus.

Joseph-Napoléon Francœur avait rencontré les enfants du couple Gagnon. Les avocats de la défense « préparaient » les témoins eux aussi. À cet égard, Mathieu accusait un certain retard.

— Peux-tu me répéter exactement ses paroles ?

— Il m'a demandé de ne rien dire au policier Couture, de répondre seulement par oui ou non à toutes ses questions. Selon lui, cet homme n'a pas le droit de nous interroger.

— Le détective fait seulement son travail, tout comme l'avocat de tes parents.

Gravement, elle hocha la tête. Ces entretiens l'avaient fortement impressionnée.

— Tu as souvent discuté avec lui ?

— Trois fois.

— Où cela ?

— À la maison deux fois. Une autre fois, je me suis rendue à Sainte-Croix avec grand-papa.

L'homme devait garder une propriété dans sa circonscription, en plus de celle de Québec. Cette précaution lui permettait de rester plus facilement en contact avec ses électeurs.

— Veux-tu me donner une idée de ses questions ?

— Je peux les répéter ? Ce n'est pas... criminel ?

— Tu es libre de me répondre, ou non. Tu peux même me mentir, si tu le veux. Mais tu devras dire la vérité devant le tribunal. Là, tu prêteras serment.

— Il voulait surtout que je lui parle de toutes les mauvaises actions d'Aurore.

Mathieu hocha la tête. Très vraisemblablement, les parents ne parleraient pas devant le juge. La cour ne pouvait les y contraindre, et les accusés ne le faisaient que très rarement de leur propre initiative. Marie-Jeanne devrait énumérer les frasques de la victime à leur place, pour le bénéfice des jurés.

— Il disait quelque chose comme : « Raconte-moi tous les mauvais coups d'Aurore » ? suggéra Mathieu.

— Oui. Mais comme je ne répondais pas, il me les alignait lui-même. Je devais ajouter des détails.

— Tu pouvais lui en donner ?

— J'ai répété les mots de maman, la plupart du temps.

Le jeune homme apprécia la précision, mais en remit la clarification à plus tard.

— Dans ce cas, pourquoi as-tu dit à monsieur Mailhot que tu souhaitais me parler ?

— Ces mauvais coups… la plupart du temps, c'étaient des inventions de maman.

Du coin de l'œil, le stagiaire remarqua la silhouette de la directrice sur le perron de l'établissement. Elle entendait conduire bien vite sa nouvelle protégée à confesse.

— C'est un peu comme si cet homme voulait la punir injustement encore une fois, souffla la gamine.

— … Oui, je comprends.

La petite fille entendait rendre justice à la mémoire de sa sœur.

— Ton témoignage à la cour sera sans doute bien difficile, avertit-il, tu dois te préparer. La salle sera remplie de gens. Francœur te posera des questions, il essaiera de te mêler, de relever des contradictions.

— De façon à ce que les gens ne me croient pas.

Elle comprenait bien l'enjeu. La préparer serait facile. Mathieu préféra remettre au lendemain toute incursion dans le vif du sujet.

— Tu crois que tu seras bien, ici ?

— C'est mieux que l'orphelinat d'Youville, je pense.

Déjà, elle puisait dans ses malheurs passés pour se rassurer sur ceux à venir.

— Je crois aussi, sincèrement. Tu vas rentrer, mère Saint-Émilien t'attend là-bas. Si je reviens demain au début de l'après-midi, tu me parleras ? Nous nous installerons sur le même banc.

— Oui, je veux bien.

Ils revinrent ensemble vers le perron. La directrice esquissa l'ombre d'un sourire. Ce garçon savait respecter les consignes.

— Demain, je serai là vers une heure, si cela te convient, précisa-t-il devant la religieuse.

La fillette acquiesça de la tête. Comme il s'y attendait, la directrice précisa :

— Dans les circonstances, nous lui permettrons de rater la classe.

— Je vous remercie, ma mère.

Après un salut de la tête à Marie-Jeanne, Mathieu regagna son traversier.

Le Vendredi saint n'était pas un congé férié, mais dans tous les commerces, certains usages prévalaient. Chacun affectait une mine un peu défaite, comme si le glas prévu pour trois heures sonnait pour un parent. Quand Mathieu pénétra dans la boutique ALFRED, il y découvrit une atmosphère peu conforme à la tradition.

Thalie se tenait au milieu de la grande pièce du rez-de-chaussée, sa valise posée à ses pieds, entourée de sa mère, de Françoise et d'une vendeuse.

— Seul le Jeffery Hale semble disposé à endurer ma présence dans ses murs. Pour un salaire ridicule, je pourrai manipuler des bassines tout l'été.

— Comme je suis contente, s'exclama sa mère en la pressant contre elle, au risque de faire tomber son joli chapeau de paille tout neuf.

Pour Marie, cela voulait dire de longs mois avec sa fille, sa présence dans l'appartement toutes les nuits, à sa table pour au moins deux repas par jour. Surtout, déjà elle espérait la voir s'établir dans la ville au terme de ses études.

— Et voilà mon grand frère infidèle ! s'exclama Thalie en se tournant. Viens me faire la bise, déserteur.

— Je t'ai téléphoné pour te dire…

— Un déserteur qui avertit un peu d'avance, c'est un peu moins décevant, j'en conviens. Tout de même, moi, faible femme, j'ai dû porter ce lourd bagage…

Pour la faire taire, Mathieu la serra contre lui, lui appliqua une bise sonore sur la joue.

— C'est à cause de cette fameuse affaire, murmura la mère pour excuser son aîné. C'est si triste, tu sais.

La jeune fille retrouva son sérieux pour répondre :

— Mais, maman, je me moquais un peu de lui, c'est tout. *La Presse* a fait état de ce couple Gagnon. Tu vois, moi, je vais manipuler de simples bassines.

Les excréments des malades me paraissent sentir moins mauvais que certains de nos semblables. Lui, il fréquente de vraies crapules.

La repartie laissa les autres bouche bée. Comme une cliente s'avançait vers la caisse en fixant des yeux interrogateurs sur le groupe, la jeune fille conclut :

— Je vais monter tout de suite, pour vous permettre de travailler. Frérot, je te laisse t'occuper de ma valise. Viens me raconter les derniers mois.

Difficile de se dérober à une invitation aussi péremptoire. Le jeune homme fit exactement comme on le lui disait.

Dans l'appartement, Gertrude vint chercher sa part de câlins et de sourires, puis elle laissa le frère et la sœur se réfugier dans la chambre de cette dernière. Mathieu plaça la valise sur le lit, puis il vint s'asseoir près de la fenêtre grande ouverte.

— Tu vas faire geler la maison, observa-t-il.

— Je vais renouveler l'air, tu veux dire. La cuisinière au charbon maintient une chaleur moite dans toutes les pièces. Savais-tu que l'air vicié peut provoquer bien des maladies, notamment la tuberculose ?

— Non, mais je sens que je vais apprendre un tas de choses, si tu passes tout l'été avec nous.

La jeune fille éclata de rire en posant ses coudes sur le bord de la fenêtre.

— Je dois être un peu comme un jeune prêtre, désireux de convertir tout le monde. De plus en plus, les médecins découvrent qu'une vie saine, active, du soleil et de l'air pur sont des armes efficaces pour prévenir la maladie. Les Canadiens français meurent en trop grand nombre…

— Tu évoques le sport, le plein air. Tu sais bien que le culte du corps multiplie les occasions de pécher. Si tu entendais les sermons de monseigneur Roy sur les dangers des maillots de bain. Lui aussi sent revenir l'été, et toutes ses menaces.

— Arrête, tu vas me donner mal au cœur.

Sous leurs yeux, dans la rue de la Fabrique, de nombreuses personnes convergeaient vers la cathédrale. La cérémonie de trois heures commencerait bientôt, les cloches laissaient entendre un chant lugubre.

— Tu vas donc passer tout l'été avec nous ?

— À la suite d'un long échange de lettres, le Jeffery Hale veut bien considérer qu'après deux ans d'études de médecine, je vaux une infirmière.

— Là, tu crées une attente chez maman.

— Que je fasse comme toi ? Que plus tard je devienne ta voisine, et la sienne bien sûr ?

Le garçon hocha la tête, puis il proposa :

— L'air de ta chambre est bien propre, maintenant. Fermons la fenêtre, sinon tu vas attraper la grippe. Tu te souviens du dicton : « En avril, ne te découvre pas d'un fil. » À plus forte raison un 2 avril.

— Ah ! Je retrouve mon grand frère protecteur.

Peu après, ils poursuivaient leur conversation, elle étendue sur son lit, lui affalé dans le vieux fauteuil élimé, au siège un peu défoncé.

— L'an prochain, je ne reviendrai peut-être pas à Québec, confia l'étudiante. Cet été, je serai simplement préposée aux malades. Alors, ici ou ailleurs, cela se vaut. Mais bientôt je devrai aller là où on me proposera les meilleures occasions d'apprendre.

— En avril 1921, tu expliqueras les dures réalités de l'apprentissage de la médecine à maman. Elle comprendra. Je serai heureux de ta présence pendant ces quelques mois.

Thalie le remercia d'un sourire. Sa chambre donnant sur la rue de la Fabrique, la présence de son grand frère, tout cela avait un côté apaisant.

— Tu me racontes ta matinée, décida-t-elle. Tu avais un rendez-vous galant, je pense.

— Avec une petite fille de douze ans terriblement meurtrie.

Au cours des derniers mois, dans ses lettres, l'étudiant en droit l'avait mise au courant des grandes lignes de l'affaire.

— Elle comparaîtra ?

— Certainement. Mon patron hésitait, car les enfants sont des témoins imprévisibles. Mais là, l'avocat de la défense l'appellera à la barre, de toute façon. Nous devons absolument prendre les devants.

— Veux-tu dire qu'elle contredira la version de ses parents ?

— Je ne sais pas encore. Demain, je passerai une partie de l'après-midi avec elle. J'espère qu'elle voudra dire la vérité.

La jeune fille resta songeuse un long moment, les yeux perdus dans ceux de son frère.

— Tu imagines la dose de courage qu'il lui faudra ? murmura-t-elle.

— Je devine à peu près. La situation semble encore plus embrouillée que toutes nos supputations mises ensemble.

— Cette fillette te touche profondément, n'est-ce pas ?

Le jeune homme se réfugia dans le silence. Depuis février, il ne se passait pas une heure sans que les grands yeux bruns et la bouche gercée ne lui reviennent en mémoire.

— Nous sommes dans la même situation, elle et moi. Nous portons en nous des souvenirs insupportables. C'est un poids qui nous enfonce, quand vient le temps de nager pour regagner la rive.

L'image donna un frisson à la jeune fille. Son frère semblait plus serein que l'été précédent. Toutefois, selon ses propres mots, il cherchait encore comment reprendre pied dans la réalité de cette petite ville de province. Son face-à-face quotidien avec l'horreur domestique rendait-il la démarche plus périlleuse encore ?

— Mais elle a la moitié de mon âge, continua-t-il. Te rends-tu compte combien cela doit être difficile pour elle ? Les confidences paraissent lui coûter, comme si en disant la vérité, elle devait assumer le mauvais rôle dans cette histoire, ou au moins l'un des mauvais rôles. D'un autre côté, si je ne sais pas tout, je ne pourrai pas la préparer à l'audience. Cela pourrait devenir terriblement dévastateur pour elle.

Thalie hocha la tête. Au milieu d'une foule, avec une meute de journalistes, des hommes expérimentés tenteraient de lui extirper des informations servant les intérêts de leur cause.

— Dans une lettre, tu as dit que les parents justifiaient les châtiments infligés en invoquant l'impureté de la petite Aurore.

— Tu imagines ? La battre à coups de manche de hache pour ça.

— Ce « ça », comme tu dis, les curés en sont passionnés, au point d'en parler sans cesse en chaire, dans le confessionnal, lors des « retraites fermées » auxquelles ils astreignent même les enfants. Ces sombres bonshommes se délectent du sujet, posent des questions d'inquisiteurs. Tu as parlé tout à l'heure de leur obsession pour les maillots de bain. Imagine-les enquêter sur les turpitudes des petites filles.

Cette obsession collective des péchés de la chair pouvait faire reconnaître comme légitimes les pires cruautés, si elles servaient à réprimer des pulsions impures.

— La petite Marie-Jeanne semble avoir été une participante à ces petits… jeux, poursuivit Thalie.

Aucun autre mot ne semblait mieux convenir pour désigner des activités de ce genre.

— Si Napoléon Francœur décide d'aborder cela au tribunal, admit Mathieu, elle va mourir de honte.

— Il n'oserait pas.

— Ne parie pas là-dessus, tu perdrais.

— Tu parles d'un… goujat !

Des mots bien plus percutants se bousculaient dans son esprit. Finalement, sa maîtrise parfaite de deux langues doublait son bagage de termes orduriers.

— Si jamais Marie-Jeanne préfère parler à une fille, dis-le moi. Je pourrais aider dans cette histoire.

— Jc nc sais pas…

— Dans certaines circonstances, une femme préfère parler à une autre femme. Cela vaut aussi pour les petites filles. Crois-moi, je peux me rendre utile.

Le jeune homme hocha la tête, un sourire amusé sur les lèvres.

— Je lui transmettrai ton offre sans faute. Bien plus, je l'encouragerai à l'accepter. Elle sera la seule à décider, toutefois.

— Je l'entends bien ainsi.

Le garçon se leva du fauteuil, posa la main sur la poignée de la porte.

— Je vais aller faire un tour à la Basse-Ville. J'ai négligé une jolie brunette ces derniers temps. Comme notre cousin Édouard, un homme pieux, ferme les portes de son magasin de bonne heure en ce Vendredi saint, je la trouverai à sa pension.

— Avec elle, c'est sérieux ?

Il se tut, comme s'il devait lui-même faire le point sur la question avant de répondre.

— J'ai beaucoup de mal à me projeter dans un futur lointain. Pour l'heure, je ne veux que voir la fin de ce procès et réussir mes examens de fin d'année. Quant à la suite des choses…

Le jeune homme hésita un moment, soucieux de bien traduire ses sentiments.

— Je me suis précipité chez elle pour discuter de Marie-Jeanne, après chacune de mes expéditions à Sainte-Philomène. C'est ce que je ferai tout à l'heure. Elle a une façon de m'écouter qui me fait beaucoup de bien.

Mathieu marqua une pause, puis déclara :

— Tu peux imaginer la mine de Françoise, si j'abordais ce sujet avec elle ?

— Elle a peut-être des ressources que nous ignorons tous les deux.

— J'en doute. Amélie, avec ses boucles blondes et ses airs un peu évaporés, me fournirait une meilleure oreille, je pense. Au moins, je ne craindrais pas de la voir défaillir à chaque évocation déplaisante.

Thalie quitta son lit pour le prendre par le bras.

— Ah ! Une fille peut trop aimer les garçons et avoir tout de même les deux pieds sur terre. Mais le plus important, dans ta comparaison de Flavie, Françoise et Amélie, c'est que toi, tu considères la première comme une meilleure compagne pour toi. Dans cette histoire, seuls tes sentiments ont de l'importance, n'est-ce pas ?

Le garçon contempla sa sœur, un sourire narquois sur les lèvres.

— Étudier la médecine te rend si raisonnable ? Ou alors tu continues de croître en grâce et en sagesse ?

— Un peu des deux, je suppose. Je t'accompagne à la porte et je vais parler un peu avec Gertrude ensuite. Elle craint toujours que je me fasse protestante, à McGill.

— Pour une vieille qui déteste tous les curés, c'est une angoisse étrange.

— Nous sommes tous un peu étranges, dans cette maison.

16

Le lendemain, à son arrivée à l'hospice Saint-Joseph-de-la-Délivrance, Mathieu regretta de ne pas avoir demandé à Mailhot de placer les enfants dans un établissement de Québec. Le trajet, ce deuxième jour, lui avait paru plus long que la première fois. La fillette se trouvait déjà dans la petite pièce attenante à la cellule de la portière. Une jeune religieuse prenait place sur la chaise voisine de la sienne, les yeux baissés, les deux mains jointes dans son giron.

« Voilà donc notre nouveau chaperon », constata le jeune homme.

— Bonjour, ma sœur ! salua-t-il à haute voix.

Elle raidit un peu le corps, répondit dans un murmure, le regard résolument fixé sur le plancher. Elle devait avoir son âge à peu près. Pour elle, il représentait peut-être une tentation coupable.

— Nous y allons, Marie-Jeanne ?

La gamine donna son assentiment d'un mouvement de la tête. Ses lèvres portaient une pellicule luisante, elle faisait usage du baume apporté la veille. Sur le banc dans un coin du jardin, il demanda :

— Les religieuses te traitent bien ?

— Oui. La nourriture est mangeable, le lit pas trop dur.

Elle en venait tout de suite à l'essentiel. Le superflu ne faisait pas partie de son univers.

— La directrice me laisse manger à une table placée un peu à l'écart des autres, avec Georges et Gérard. Ce sera comme cela jusqu'à la fin du procès.

La religieuse pouvait vouloir épargner à ces enfants une avalanche de questions. Ou peut-être cherchait-elle à éviter que les informations aillent dans l'autre sens. Formulé à haute voix, le récit de ces malheureux risquait de troubler bien des sommeils de petits camarades. Plus simplement, elle souhaitait voir la fratrie se conforter mutuellement, devant l'épreuve à venir.

— Les garçons savent-ils quel sera ton témoignage ?

— Je leur ai dit que je ne mentirais pas, que je ne répéterais pas les inventions de maman.

Mathieu enregistra l'information avec satisfaction.

— Et aujourd'hui, tu es prête à me préciser quelles sont ses inventions ?

Elle hocha la tête en guise d'assentiment. Du coin de l'œil, elle surveillait la petite religieuse, recueillie devant la statue de saint Joseph.

— Moi aussi, j'ai menti.

— À l'enquête du coroner. Je sais.

— Pas seulement là. Partout. Même à monsieur Francœur.

Elle leva un regard un peu désespéré vers lui.

— C'est mal, de mentir à un député ?

— Certainement pas, s'exclama son compagnon en riant.

À soixante pieds, la sœur leva les yeux sur eux.

Marie-Jeanne sourit, tout de même incertaine des motifs de l'amusement soudain de son visiteur.

— Je t'ai menti aussi.

— Quand cela ?

— Chez madame Lemay.

— Ce n'est pas grave, si tu me dis maintenant la vérité.

Se confesser ainsi lui coûtait. Après un long silence, elle commença :

— Quand j'ai dit qu'elle faisait partout, ce n'était pas vrai. Maman racontait cela pour la faire punir.

— … Elle ne l'a jamais fait ?

— Peut-être parfois, des accidents. Surtout à la fin… Tu sais, elle n'arrivait pas à se lever, les derniers jours. Maman la faisait descendre quand même à coups de hart. Là, elle a pu s'échapper.

— Je comprends.

Pareille brutalité lui paraissait pourtant inconcevable.

— L'histoire de la merde dans son paletot ? …

— Maman a fait cela pour mettre papa en colère contre Aurore.

La femme faisait en sorte que son mari déteste sa propre fille, issue d'un premier mariage. Aurore avait perdu sa mère, elle perdait son père au gré de ces affronts sans cesse répétés.

— Mais où prenait-elle…

— Dans le pot !

Marie-Jeanne le regardait, intriguée par sa question. Dans son milieu, tous se rendaient à la bécosse le jour. La nuit, le pot de chambre devait suffire. Dans une maison où habitaient sept personnes, Marie-Anne Houde profitait d'une récolte suffisante pour souiller chaque jour toute la garde-robe de son époux.

— Une fois, continua Marie-Jeanne, elle est montée dans la chambre d'Aurore avec le pot, pour lui en faire manger le contenu. Papa était arrivé du chantier, elle l'a forcée à descendre. Elle en avait encore ici.

La gamine lui indiquait tout le pourtour de la bouche. Mathieu réprima à grand mal un haut-le-cœur, laissa échapper un « Jésus-Christ » sonore. La petite religieuse leva des yeux affolés, prête à accourir. Comme un bon pied le séparait de l'adolescente, elle jugea la morale toujours sauve.

— Tu n'as jamais dit cela à ton papa ?

— ... Non.

Les pleurs couvaient, prêts à sourdre dans une seconde, ce qui terminerait l'entretien.

— Je ne te fais aucun reproche. Je veux juste comprendre. Francœur te posera les mêmes questions que moi, et bien moins gentiment.

— J'avais peur d'elle, peur qu'elle me fasse la même chose.

— Et tes petits frères ?

— Des fois, cela semblait les amuser. D'autres fois, ils se cachaient sous leur lit, effrayés.

Cette faculté de s'amuser des tortures infligées à un autre enfant ne surprenait guère le jeune homme. Lui-même avait connu ce genre de situation.

— Tu accepteras de répéter cela au tribunal ?

Elle hocha la tête avec gravité, puis demanda d'une toute petite voix :

— Tu crois qu'ils vont me punir ? Je n'ai rien fait pour l'aider.

— Non. Personne ne te punira, ni tes frères d'ailleurs. Tu es encore une enfant, tu n'as rien à te reprocher dans cette histoire.

Ses grands yeux bruns ne quittaient pas les siens. Il y voyait son désir de le croire, et en même temps un profond scepticisme.

— Tu dis cela parce que tu ne sais pas tout.

— Tu sais ce que cela signifie, faire confiance à quelqu'un ? Fais-moi confiance.

Son regard exprimait l'incertitude.

— Je l'ai fait moi aussi... avoua-t-elle. Je veux dire... maltraiter Aurore.

À la fin, le désir de se confier l'emporta. Pendant de longues minutes, elle lui raconta son voyage au bout de l'enfer. La nausée s'empara de Mathieu, il songea à s'enfuir.

— Je me sens un peu fatiguée, conclut-elle après un long exposé.

Ses confidences se terminaient de nouveau sur ces mots.

— Allons-y, dit-il en se levant. La prochaine fois, je t'expliquerai comment cela se passe au tribunal. Aujourd'hui, ton ange gardien paraît sur le point de s'endormir sur son banc.

Marie-Jeanne regarda en direction de la religieuse, prête à pouffer de rire. Le changement d'humeur soudain lui rappela combien elle demeurait une enfant, prête à s'amuser de tout.

— Ma sœur, prononça-t-il à haute voix. Nous rentrons.

La religieuse sursauta légèrement, rougit de ce rappel à son devoir. Lorsqu'ils pénétrèrent dans le couvent, ils trouvèrent la sœur portière penchée sur un seau, une serpillière à la main. Marie-Jeanne s'arrêta un moment, puis murmura :

— Le médecin qui a ouvert Aurore…

— Le docteur Marois, celui qui a fait l'autopsie ?

— Oui. Il a dit que son estomac était tout rouge.

La fillette se souvenait fort bien du témoignage du docteur, à l'enquête du coroner. Après avoir vu, au cours de sa vie, de nombreux animaux éviscérés avant de les manger, l'allure d'un estomac et son contenu ne faisaient pas mystère pour elle.

— Tu as raison. Il a pensé qu'elle avait peut-être avalé un produit irritant.

Mathieu, par délicatesse, avait évité de parler de poison.

— Tu crois que du Lessi, c'est un produit irritant ?

— … Je ne sais pas.

Il s'agissait d'un produit nettoyant, utilisé parfois pour laver les planchers, d'autres fois, le linge. Le jeune homme ne comprenait pas du tout cette nouvelle direction de la conversation. Elle s'occupa de clarifier la situation tout de suite.

— Maman lui en a fait manger à quelques reprises. Elle disait : « Aurore, viens manger du bon *candy*. »

La tête de l'étudiant tourna un peu. Chaque détour de la conversation l'amenait à une nouvelle découverte.

— Va rejoindre tes camarades, chuchota-t-il. Nous nous reverrons demain.

— À bientôt.

La jeune religieuse leur servant de chaperon sortit pour la première fois de son mutisme.

— Viens avec moi. Les classes ne sont pas finies.

Il les regarda s'engager ensemble dans le couloir.

— Ma sœur, dit-il en se penchant vers la portière, j'aimerais échanger quelques mots avec la directrice.

— Je ne sais pas si…

— Moi, je vous parie que oui.

La vieille femme ne parut pas vouloir s'engager dans un jeu de hasard.

Mère Saint-Émilien le reçut sans tarder dans son bureau.

— Je croyais avoir vu l'enfer, relata le jeune homme en prenant place sur une chaise à son invitation. Je me rends compte qu'il peut revêtir des formes multiples, toujours terribles, malgré les différences.

— Vous parlez de la guerre ?

Machinalement, le regard de Mathieu se porta sur son doigt manquant. La main sur le bras de son siège exposait son absence dans toute sa nudité.

— Non ! répondit la religieuse à sa question muette. Ce genre d'accident arrive bien souvent dans une ferme, dans un atelier. On devine votre passé à votre posture, à votre façon de marcher.

Des yeux, elle examina le jeune homme, apprécia le désarroi sur son visage. Plutôt que de se rasseoir, elle se dirigea vers une petite armoire tout en cherchant une clé au fond de sa poche.

— Vous ne devez pas être du genre à me dénoncer, je crois. Dieu seul pourra vraiment vous apporter la paix, mais en attendant, ceci vous aidera peut-être.

La femme revint avec un petit verre qu'elle posa devant lui et une bouteille de cognac. Devant la surprise de son visiteur, elle crut nécessaire de préciser :

— Le père d'une pensionnaire me l'a donnée en guise de paiement partiel pour la scolarité. Depuis, le croirez-vous, j'ai versé un petit cordial à quelques personnes. Nous sommes ici dans un lieu où la misère humaine s'exhibe toute nue. Le démon pointe parfois ses cornes.

— Je veux bien vous croire. Je préserverai votre secret si vous faites de même avec le mien : je n'ai jamais donné beaucoup de crédit à l'existence de Dieu et du diable.

Les mots à peine sortis de ses lèvres, le jeune homme craignit de la voir se rebiffer. La confidence dévoilait l'ampleur de son trouble : il perdait sa prudence habituelle. Ou peut-être souhaitait-il plus ou moins consciemment se faire chasser de ces lieux pour enfin échapper à toute cette affaire ? Il se faisait l'impression de fouiller des plaies vives, sans anesthésie.

— Dans ce cas, pour le plaisir de notre discussion, imaginons que Dieu n'est rien d'autre que certaines de nos qualités : la compassion, la charité, la tendresse, l'amour. Je me plais à croire que l'expression de ces vertus témoigne de la présence de Dieu en nous.

— Et, toujours pour le plaisir de la discussion, la cruauté, le sadisme, l'égoïsme seraient liés à la présence du démon.

Elle hocha gravement la tête. Cette femme, se dit Mathieu, pouvait aller au-delà des incantations pieuses de ses collègues.

— Votre souffrance, devant le sort de cette petite

fille, confia-t-elle, me fait croire en la présence de Dieu en vous. Mais voyez-vous, moi, je suis croyante.

Mathieu lui adressa un petit sourire. Avec un col romain, cette femme aurait fait un prêcheur autrement plus redoutable que le cardinal Bégin, ou monseigneur Buteau, son oncle.

— À ce compte, je serai en présence du diable tous les jours à compter du début du procès. Une bien triste perspective.

— Tout de même, souvenez-vous que personne n'est entièrement mauvais. Il y a une parcelle de Dieu en chacun de nous. Même en cette femme.

La religieuse devinait bien ce qui hantait ses pensées.

— Toujours pour les fins de la discussion, ricana Mathieu, selon vous personne ne serait entièrement bon.

— Ni vous ni moi…

— J'allais justement le dire.

Cette fois, la directrice rit franchement.

— Ni Marie-Jeanne, poursuivit-elle. Le mal nous habite tous. Mais vous me semblez déterminé à ce que le bien l'emporte, chez elle. Au fond, vous exercez un sacerdoce.

Mère Saint-Émilien, conclut le visiteur, entendait aussi les confidences de la fillette. Cela ne surprit pas le jeune homme. Lui-même se livrait à cette femme comme rarement il l'avait fait dans le passé.

— Vous me donnez un rôle un peu étrange pour un agnostique, commenta-t-il.

— Oh ! Vivez selon vos principes, ils paraissent bons. Ces étiquettes que vous utilisez, ce sont des inventions humaines, bien imparfaites. Si vous avez raison, vous ferez un peu de bien autour de vous avant de retourner au néant. Si j'ai raison, Dieu saura bien vous reconnaître.

Totalement inattendue, la tournure de la conversation le troubla. Il avala son verre en la regardant par en dessous. Elle souriait de l'effet de ses paroles sur lui. Peut-être songeait-elle à le ramener dans le troupeau catholique.

— Même si je suis heureuse de le partager avec vous, vous n'êtes certainement pas venu ici pour boire mon cognac.

— Je voulais vous demander la permission de revenir dès demain.

— Le dimanche de Pâques ! Ce jour-là, se recueillir ne fera pas de mal à Marie-Jeanne.

Au moins, la religieuse n'ajouta pas : « Et à vous non plus. » Elle poursuivit toutefois avec un parfait à-propos.

— De toute façon, le procès de la femme Gagnon ne débutera pas avant dix bons jours.

Pour savoir cela, ses lectures débordaient certainement les pages de *L'Action catholique*.

— Vous avez raison, mais ma sœur, elle, repartira à Montréal lundi dans la journée.

— Là, je nage en plein mystère.

— Marie-Jeanne a abordé à quelques reprises le sujet de l'impureté. Elle y a fait allusion devant moi tout à l'heure, mais à mots couverts. Les parents paraissent se défendre des accusations de mauvais traitements en plaidant la nécessité d'extirper le démon de la luxure du corps de la victime.

— Bonté divine ! laissa tomber son interlocutrice.

Mathieu s'en voulait un peu de la tournure trop théâtrale de son exposé. Avec cette femme, il ne savait quelle contenance adopter.

— Chaque fois que Marie-Jeanne aborde le sujet, expliqua-t-il, elle recule aussitôt, honteuse et coupable.

— Et votre sœur dans tout cela ? En quoi son retour à Montréal concerne-t-il cette histoire ?

— Elle a été une petite fille de douze ans, pas moi.

— Vous pensez qu'elle attirera les confidences plus facilement.

Le jeune étudiant en droit hocha la tête gravement. Sa conversation de la veille avec Thalie hantait son esprit.

— Et avec moi, elle ne livrerait pas ses secrets ? tenta la religieuse.

— Sans vouloir être indélicat, votre habit crée une barrière. Personne ne peut vous regarder et imaginer l'adolescente troublée que vous avez peut-être été un jour. Cette gamine a besoin d'un miroir, pas d'une incarnation de la rectitude morale.

La religieuse, pensive, accusa le coup.

— Eh bien, avoua-t-elle, je me dis qu'un verre de ce cordial ne me ferait pas de mal.

— Mon silence complice vous est déjà acquis.

— Je dominerai tout de même cette envie. Douter de mon… humanité est en effet indélicat, pour reprendre votre mot.

— Ne me prêtez pas ces mots, ce serait injuste. J'ai évoqué votre habit, sa symbolique, et ce dont Marie-Jeanne a besoin.

La femme hocha la tête, garda le silence encore un long moment.

— Et, selon vous, votre sœur saura la rassurer.

— Je crois seulement en l'utilité d'essayer. Si vous le permettez, nous verrons le résultat.

— Quelles sont ses… qualifications pour un travail de ce genre ?

— Vingt ans, jolie, étudiante en seconde année de médecine, résolue en diable, déterminée à faire ce qu'elle croit juste en dépit de l'opinion des autres.

Il n'osa pas conclure : « En un mot, elle incarne tout ce qui inquiète l'Église catholique. » Son interlocutrice pouvait le faire elle-même.

— Étudiante en médecine ?

— À McGill. Comme vous le savez, les établissements de langue française…

— Oui, je sais. Sauf en revêtant un costume comme le mien, nos compatriotes ne peuvent mener une carrière.

Un nouveau silence s'installa entre eux, plus lourd et plus long que le précédent. À la fin, la directrice capitula.

— Revenez demain avec votre sœur. Je fais confiance à votre discernement. Votre désir d'aider cette pauvre fille me paraît sincère, je m'en remets à votre sagesse.

Mathieu posa son verre sur le bureau devant lui. En se levant, il déclara, une certaine émotion dans la voix :

— Ma mère, je vous remercie pour cette conversation franche. Je vous remercie aussi de me faire confiance. Marie-Jeanne va s'engager dans une épreuve. Mon seul désir est de l'y préparer le mieux possible, afin qu'elle ne souffre pas trop ni pendant ni après.

— Je sais. Maintenant, je dois vous chasser.

Ils se quittèrent sur des vœux réciproques de bonne soirée.

Mathieu fit un crochet par l'appartement de la rue de la Fabrique afin de mobiliser sa sœur pour la rencontre du lendemain. Comme il sortait après avoir salué tout le monde, Françoise l'arrêta.

— Attends, je vais t'accompagner jusqu'en bas.

Chaque fois que son ancienne fiancée demandait une rencontre discrète, c'était pour faire une mise au point troublante. Le jeune homme effectua le trajet avec un pli inquiet au front.

La jeune femme demeura silencieuse jusqu'au rez-de-chaussée, cherchant ses mots.

— Demain soir, murmura-t-elle enfin, tu devrais venir avec Flavie.

— Je ne sais pas…

— La situation devient ridicule, tu ne trouves pas ? Nos parents se sont mariés, nous formons une famille. Cette personne fait partie de ta vie maintenant et Gérard, de la mienne. Malgré cela, nous faisons des efforts pour qu'ils ne se rencontrent jamais.

Selon elle, il convenait d'abandonner le rôle des anciens promis.

— Tu as raison, Françoise. Je lui parlerai en ce sens. Si elle ne vient pas, ce sera à cause de ses propres engagements familiaux, rien d'autre.

Sur ces mots, il se pencha pour lui embrasser la

joue. Cela constituait le premier contact physique entre eux depuis des mois.

Le lendemain, en pénétrant dans l'hospice Saint-Joseph-de-la-Délivrance, ils trouvèrent Marie-Jeanne dans la pièce attenante à la cellule de la portière.

— Devons-nous attendre le retour de ton chaperon ? demanda Mathieu.

— Non, je n'en aurai pas, aujourd'hui.

La directrice, après une nuit de sommeil, s'était résolue à cette démonstration de confiance.

— Je te présente ma sœur, Thalie.

Celle-ci s'assit sur ses talons. Petite, dans cette posture, l'autre la dépassait maintenant d'une tête.

— Bonjour, Marie-Jeanne.

— … Bonjour.

— Nous allons nous asseoir dans ce beau jardin pour parler un peu. Mathieu a apporté un livre. Il va nous laisser tranquilles.

Le sous-entendu tira un sourire à la fillette.

— Si tu es d'accord…

Marie-Jeanne acquiesça d'un hochement de la tête. En se relevant, Thalie lui tendit la main. La fillette demeura interdite, puis tendit finalement la sienne. « Ce geste l'a totalement prise au dépourvu », se dit le jeune homme. Ensuite, il les regarda se diriger vers le banc placé un peu à l'écart.

Pour ne pas sembler jouer à l'inquisiteur, Mathieu trouva un siège un peu éloigné, sortit de la poche de sa veste un petit traité sur le droit des successions. Toutefois, incapable de se concentrer, ses yeux emmêlaient les lignes, son esprit, les concepts.

Régulièrement, son regard se portait sur les jeunes filles, la petite et la grande. Successivement, il vit la première livrer un récit, pleurer parfois, rire moins souvent. Il s'écoula une bonne heure avant qu'elles reviennent vers lui, toujours en se tenant par la main.

— Nous avons eu une bonne conversation, je pense.

Des yeux, Thalie consulta sa compagne, qui hocha gravement la tête.

— As-tu dit à ma sœur des choses qu'elle pourra me répéter ?

Marie-Jeanne articula un « Oui » bien timide.

— Et d'autres qui sont des secrets entre filles, précisa l'étudiante en médecine. Je ne les répéterai jamais, à personne.

Le ton sans équivoque, souligné par un clin d'œil complice, rassura la fillette.

— Je reviendrai cette semaine, dit Mathieu, et je te poserai les questions de mon patron. Lui voudra obtenir la vérité. Ensuite, je te poserai d'autres questions plus pénibles, en essayant de deviner comment Francœur va t'aborder au procès. Tu comprends ?

Cette fois, des larmes perlèrent à la commissure de ses yeux. Donc, elle comprenait.

— Ce sera difficile. Très difficile. À chaque moment, tu te souviendras que je ne veux pas te faire du mal, bien au contraire.

— Parce que tu es mon ami.

— Oui, je suis ton ami.

L'affirmation sembla la rasséréner un peu. Le jeune homme ne savait plus trop comment clore la conversation. D'une certaine façon, l'arrivée de la directrice lui fournit une heureuse diversion.

— Je vous surveillais depuis ma fenêtre, déclara-t-elle d'emblée.

« Pour la confiance, songea Mathieu, on repassera. » Comme si elle devinait le cours de ses pensées, la religieuse précisa :

— Sans autre intention que le désir de me faire présenter votre sœur, monsieur Picard.

Les joues un peu rougissantes de se voir si facilement percé, il commença :

— Ma mère, voici Thalie. Thalie, mère Saint-Émilien.

Elles échangèrent une poignée de main maladroite.

— Mademoiselle, votre destinée promet d'être enivrante.

— … Ce n'est pas encore une destinée. Tout au plus une aspiration.

— Vous n'en croyez rien n'est-ce pas ? Vous vous savez appelée à briser les conventions.

Mère Saint-Émilien laissa échapper un long soupir, comme si le péché d'envie la tenaillait un peu, puis elle retrouva son entrain en se tournant vers l'enfant.

— Quand tu auras fini, Marie-Jeanne, va rejoindre tes camarades à la salle de récréation.

— Oh ! Nous en étions à nous dire au revoir, commença Thalie.

De nouveau, elle s'assit sur ses talons pour être à la hauteur de son interlocutrice.

— Marie-Jeanne, viens me faire la bise.

Elle s'exécuta timidement. La visiteuse retint ses mains dans les siennes pour ajouter dans un souffle :

— Je te souhaite beaucoup de courage, mais je te promets, après, ici ce sera plus léger.

Sur ces mots, elle toucha sa propre poitrine de la main. Puis, elle se leva et gagna l'allée de son pas dansant, marcha vers le trottoir.

— Vous ne devez pas vous ennuyer, dans votre famille, dit mère Saint-Émilien en la regardant s'éloigner. Un cœur immense loge dans ce petit corps.

— Le portrait de son père, ricana le frère aîné, avec de petites touches de maman.

Si la religieuse trouva la formulation un peu étonnante, elle ne broncha pas.

— Ma mère, continua le visiteur, après avoir rencontré mon supérieur, je reviendrai, cette fois pour préparer mon amie au procès proprement dit.

— Vous serez le bienvenu.

Elle aussi, par souci de discrétion, s'éloigna un peu.

— Marie-Jeanne, nous nous reverrons bientôt, enchaîna-t-il en se penchant vers elle.

— À bientôt.

Une bise entre eux heurterait les convenances. Ils s'en tinrent à un long regard. Puis, elle pressa le pas en direction de la porte de l'institution, afin de marcher juste un peu en retrait de la religieuse, pour exprimer sa déférence. En pénétrant dans l'hospice, la directrice lui tira un sourire avec quelques mots.

Dans la rue, Mathieu offrit son bras à sa sœur.

— Nous pouvons retourner au quai à pied. Le chemin descend tout le long.

— Si tu veux. Une bien curieuse personne, cette religieuse.

— Elle m'a fait une singulière impression, hier. Étrange à ce point, elle pourrait compter parmi notre famille.

— C'est peut-être la jumelle de Gertrude. Elles ont certains points en commun.

Le jeune homme secoua la tête en riant, un peu étonné de la repartie, tout en y trouvant une certaine vérité. Ils avaient parcouru la moitié du chemin quand il demanda enfin :

— Tu vas me dire quelque chose, sur ta conversation ?

— J'essaie de mettre un peu d'ordre dans tout cela, faire la part des confidences entre filles et les choses susceptibles de t'être utiles… Il existe une première facette toute simple : les petites filles, avec la participation des deux garçons de la marâtre, se sont livrées à des jeux sexuels.

— Des choses qui feront perdre connaissance aux membres du jury ?

— Sait-on jamais avec nos compatriotes ! De mon point de vue, rien de bien méchant. Si nos parents nous avaient découverts à faire cela, au pire nous aurions eu droit à un petit reproche, puis à une bise accompagnée d'un souhait de bonne nuit, avant de regagner notre chambre.

Ce rappel de l'atmosphère familiale, quinze ans plus tôt, amusa Mathieu.

— Chez les Gagnon, supputa-t-il, la chose n'a sans doute pas reçu un traitement si… bénin.

— Aurore a été battue comme une bête, Marie-Jeanne a échappé à cela en prenant la fuite.

— Les garçons ? demanda-t-il encore.

— Dans ces histoires, les garçons s'en tirent sans mal, grogna Thalie. Dans ce cas-ci, Georges a dénoncé les filles pour bien se faire voir de sa mère. Il a quel âge, celui-là ?

L'étudiante en médecine ne pouvait s'empêcher de faire une généralisation.

— Neuf ans, je pense. Il les dénonçait ! Si jeune, et déjà un gentilhomme.

L'ironie de Mathieu tira un sourire à sa sœur. Arrivés au quai, ils montèrent sur le traversier. Réfugié un peu à l'écart sur le pont supérieur, accoudé au bastingage, le duo put reprendre le fil de la conversation.

— Tout à l'heure, tu évoquais une seconde facette, rappela le jeune homme.

— D'abord, Marie-Jeanne se montre affreusement honteuse de s'être faite la complice des machinations de sa belle-mère. Mais à ses yeux, son crime le plus odieux consiste en ces jeux sexuels survenus alors que ses parents se trouvaient à la messe.

— Elle partage donc l'obsession de nos curés.

Évidemment, le sujet reviendrait sans doute dans les débats au procès. Francœur chercherait à rendre légitime les mauvais traitements infligés par les parents, en clamant la nécessité de mater les bas instincts d'Aurore.

— Tu as dit « d'abord », il y a donc un « ensuite ».

— Elle a chassé Aurore de son lit pour mettre fin

à ces activités coupables. En réalité, je crois qu'elle a multiplié les accusations d'impureté contre sa sœur pour se faire bien voir de la belle-mère. Des accusations pas toujours fondées. Chaque fois, la petite sœur recevait une sévère raclée.

— Elle tenait à rejoindre le groupe des bourreaux, sans même que les parents le lui demandent, sans doute. Je connais, j'ai expérimenté ce genre de situation à l'Académie commerciale de Québec.

Thalie serra son bras de la main, lui adressa un sourire ému.

— Toi, tu as su te débarrasser des bourreaux sans te joindre à eux.

— Ils ne m'avaient pas adressé d'invitation en ce sens, tu sais. À leurs yeux, mon rôle était sans équivoque.

Mathieu se perdit brièvement dans les réminiscences de ses malheurs d'élève trop studieux, victime d'un trio de brutes épaisses. Un moment, les mots se bousculèrent dans son esprit. Une envie soudaine de raconter ses actions à la guerre le tenaillait. Dans la boue des Flandres, il avait joué ce rôle de bourreau à son tour. Marie-Jeanne prenait à cet égard l'allure d'une jumelle.

Il préféra se réfugier dans le silence. Gravement, Thalie hocha la tête. Lors de l'amarrage, le duo se joignit aux autres passagers, le temps de débarquer.

— Je vais te laisser prendre le funiculaire seule, expliqua-t-il en atteignant la place Royale. Je souhaite aller chercher Flavie et la rassurer un peu avant cette nouvelle réunion familiale.

— Ce ne sera pas la première fois, pour elle.

— Elle se sent toujours mal à l'aise devant les

bourgeois que nous devenons. Puis, Gérard sera là… Enfin, pour conclure sur notre conversation précédente : Marie-Jeanne se fera mettre ses turpitudes sous le nez par l'avocat des Gagnon. Crois-tu qu'elle saura y faire face ?

— Ces anecdotes ne concernent en rien cette affaire.

Sa véhémence tira un sourire au grand frère. Elle ne changerait jamais et il ne souhaitait pas qu'elle le fasse.

— Je suis tout à fait d'accord avec toi. Mais il en parlera tout de même !

La jeune fille se mordit la lèvre inférieure, réprima ses critiques contre la cruauté du cirque des tribunaux.

— Je lui ai donné deux conseils qui te feront sourciller, confessa-t-elle. D'abord, ne rien dire qui pourrait l'incriminer elle-même.

— Cela respecte les principes du droit.

— En conséquence, tu entendras parfois des « Je ne sais pas ».

Le garçon opina.

— Puis, je lui ai conseillé de recourir à l'arme préférée des filles si on voulait fouiller sa vie privée ou mettre en évidence ses turpitudes, comme tu dis. Parfois, elle se mettra à pleurer.

Sur ces derniers mots, elle lui adressa un sourire narquois.

— Mais toi, sœurette, tu n'as jamais recours à une stratégie de ce genre.

Thalie pouffa de rire, avant d'admettre :

— Certainement pas avec mon merveilleux grand

frère. Mais avec les autres, pour reprendre l'une de tes expressions, ne parie pas là-dessus.

Elle se dressa sur le bout des pieds pour lui faire la bise sur la joue, lança « À tout à l'heure » en tournant les talons. Mathieu contournerait la falaise pour se rendre rue Saint-François et remonterait vers la Haute-Ville avec sa compagne en empruntant un escalier.

Flavie entra dans l'appartement un peu rougissante. Devant ces inconnus, à ses yeux tellement nantis, son côté frondeur disparaissait.

— Venez au salon, invita Marie en s'effaçant un peu pour la laisser passer.

Dans la pièce en façade, la jeune fille sentit tous les regards se poser sur elle.

— Vous connaissez tout le monde, je crois.

Les mêmes personnes se trouvaient au mariage, au mois d'août précédent, puis aux fiançailles, lors des fêtes de fin d'année. Après avoir serré toutes les mains avec gaucherie, en se déclarant « Enchantée », elle prit place sur une chaise placée un peu à l'écart, près de celle de son ami. Avec l'affluence, les fauteuils et les causeuses ne suffisaient plus.

— Auras-tu congé demain ? demanda Thalie pour relancer les conversations interrompues par son arrivée.

Du même âge que l'invitée, la demoiselle de la maison rompait péremptoirement avec le vouvoiement.

— Oui. Mon employeur juge que le lundi de Pâques doit être férié.

— Mon cousin Édouard me semble devenir très

religieux. Déjà, vendredi dernier il a fermé boutique un peu avant trois heures. Je ne le connaissais pas sous ce jour.

— Il faut aussi compter avec votre oncle, précisa la visiteuse. Logé tout près, monseigneur Buteau ne lésine pas avec les jours saints. Tous les marchands de la rue Saint-Joseph sont l'objet de lourdes pressions.

Le grand honneur épiscopal comblait enfin le catholique de choc logeant au presbytère de la paroisse Saint-Roch. Tous devaient désormais parler de monseigneur Buteau. Le titre ne lui procurait pas un diocèse. Toutefois, il lui donnait la préséance dans le monde ecclésiastique, tout en lui assurant une oreille attentive de la part du cardinal Bégin.

— Ah ! Ça, murmura Marie, mon grand frère Émile a toujours eu à cœur la rectitude morale des autres. Avec du violet à sa soutane, il va redoubler d'ardeur, sans doute.

— C'est pareil à la banque, intervint Gérard. Les pressions se multiplient pour nous faire fermer ces jours-là. Mais comme les principaux actionnaires sont des protestants, moi, je travaillerai demain.

Son ton traduisait une réelle frustration. Tenait-elle à la première ou à la seconde partie de son énoncé ?

— La porte de l'église se trouve tout juste en face de celle du magasin PICARD, précisa Mathieu. Les allées et venues des clients doivent désoler les bonnes âmes suffisamment désœuvrées pour faire des dévotions en plein jour.

Le silence s'installa de nouveau. L'étudiant prit sur lui de le briser.

— Je constate l'absence de notre jolie blonde.

— Amélie a été invitée à souper chez l'une de ses « relations », commenta Paul d'une voix un peu cassante. Je ne me doutais pas…

— Le jambon du voisin est toujours plus vert que le nôtre, remarqua Mathieu, amusé.

Thalie dissimula son fou rire dans le creux de sa main, puis quand le père choisit de s'en amuser aussi, elle donna libre cours à son hilarité.

— Je ne me doutais pas qu'un garçon s'intéresserait à elle au point de l'emmener à un repas familial, continua l'homme après une pause. Je vois des admirateurs dans la boutique, mais là, j'ai été pris par surprise. Remarquez, le petit gars vient d'un bon milieu, il m'a fait l'invitation en rougissant.

— Ses admirateurs se passionnent depuis septembre pour mon présentoir de mouchoirs en dentelle, expliqua Marie. Tous évoquent le désir d'en offrir quelques-uns à leur mère.

— Les mamans des étudiants du Petit Séminaire et de l'université Laval se trouvent donc bien mouchées, ricana encore Thalie.

— Oh ! S'ils paraissent venir du Séminaire, Amélie les abandonne à une autre vendeuse, précisa la marchande. Elle ne s'intéresse qu'aux plus âgés.

Si Dubuc affectait de s'amuser lui aussi des engouements de sa cadette, son regard marquait une certaine inquiétude. Il préféra orienter la conversation dans une autre direction.

— Mademoiselle Poitras, commença-t-il en se levant, vous ne devez pas être le genre de personne à dénoncer les gens à la Ligue de tempérance, n'est-ce pas ?

— … Non.

La jeune fille en fut interloquée. L'homme ouvrit un petit meuble pour en sortir une bouteille de cognac et une autre de sherry.

— Vous ne me laisserez pas boire seul, j'espère.

La remarque s'adressait à toute la compagnie. Comme personne ne répondit, Mathieu déclara :

— Hier, j'ai accepté un verre de la main d'une religieuse, je ne repousserai pas celui offert par un député aujourd'hui.

— Elle aussi doit avoir un médecin compréhensif, rétorqua ce dernier. Son confesseur doit se montrer plus rébarbatif, toutefois.

— Moi aussi, je veux bien un verre, intervint Gérard pour ne pas demeurer en reste.

Après avoir versé les deux cognacs pour les remettre à ses invités, l'homme demanda encore :

— Mesdames, je sais bien que ce choix de boissons est un peu étrange avant le repas, mais comme nous vivons sous le règne des « secs », il nous faut faire contre mauvaise fortune, bon cœur. Je vous sers quelque chose ?

— Je prendrai aussi un cognac, précisa Thalie devant le regard un peu sévère de sa mère. Je suis une grande personne maintenant. L'été prochain, je vais travailler ailleurs que dans le commerce familial.

Ce rappel lui attira un sourire bienveillant. Pour avoir confirmé la veille sa présence au Jeffery Hale de mai à septembre, l'étudiante bénéficiait de tout un lot d'indulgences maternelles.

Françoise déclina l'offre.

— Marie, tu prendras bien un sherry ?

— Non. Je vais aller aider un peu Gertrude à la cuisine, expliqua-t-elle en quittant son siège.

— Mademoiselle Poitras ?

— Non, je vais aider madame Picard.

Déjà, elle se levait aussi. La maîtresse de maison se retourna pour dire « Ce n'est pas nécessaire », mais les yeux troublés de la jeune fille l'amenèrent à se taire. Elles pénétrèrent ensemble dans une pièce embaumant le jambon et les clous de girofle.

— Tout va bien, Gertrude ?

La domestique, pliée en deux, regardait à l'intérieur du four.

— Quand je ne saurai plus me débrouiller avec une fesse de cochon, j'irai au paradis des cuisinières !

La boutade fit sourire Marie. L'âge ne rendait pas son employée plus amène.

— Comme je n'ai rien à faire, cela me permet de te dire un mot, enchaîna-t-elle en dévisageant la jeune fille. Que se passe-t-il ? Tu sembles sur le point de te faire arracher une dent.

— Je me sens tellement intimidée, avec ces gens. Je suis sotte et déplacée.

— Parce que tu es secrétaire et nous des marchands ?

— Il y a le député aussi, et ses filles. Puis, vos enfants vont à l'université tous les deux…

Elle venait de rappeler l'existence d'une pente abrupte entre la haute et la basse ville. Gertrude se releva pour mieux suivre la conversation. La discrétion ne figurait pas à la liste de ses qualités.

— À ton âge… non, en réalité, j'étais un peu plus jeune, j'ai été secrétaire de Thomas Picard un certain temps, dans le bureau que tu occupes aujourd'hui. Je suppose que tu tapes sur le même vieux clavigraphe…

Flavie acquiesça de la tête. Mathieu avait déjà évoqué cela devant elle.

— Je crois avoir convenu à mon premier mari, continua Marie, un commerçant. Mon second mari ne m'a pas encore fait de reproche au sujet de mes origines. Il vient de Rivière-du-Loup : si tu grattes un peu ses chaussures, tu reconnaîtras l'odeur du fumier. Il a été élevé dans une ferme. Comme mes enfants sont sortis de mon ventre, il serait ironique de les voir lever le nez sur moi aujourd'hui, n'est-ce pas ? Ou sur toi, ce qui reviendrait au même.

— Mais ces filles…

— Françoise et Amélie ? Pourquoi te préoccuper d'elles ? Si ton histoire avec Mathieu se termine au pied de l'autel, tu partageras le lit de ce dernier, pas celui de l'une de ces donzelles.

La jeune fille rougit à l'évocation de ce futur.

— Tu comprendras sans doute un jour que l'endroit d'où l'on part pèse finalement moins lourd que celui où l'on s'arrête. Alors, retourne dans la pièce à côté, pose tes fesses dans le fauteuil que je viens de quitter et fais semblant d'être parvenue jusque-là. Si tu as l'air convaincue, les autres te croiront. À la limite, tu peux même demander un cognac à Paul. Un peu grise, tu verras, les gens paraissent s'élever moins haut.

Flavie, un long moment perplexe, se dirigea vers le salon. La domestique renifla un bon coup avant de dire :

— Tu parles bien. Moi, je suis passée de la cuisine d'Euphrosine Picard à la tienne.

— Cela représente un assez bel accomplissement.

— Je le pense aussi. À elle, je n'aurais jamais dit : « Va mettre le couvert, je sors le jambon du four dans un instant. » Elle m'aurait battue à coups de canne.

Marie lui adressa plutôt un sourire.

Dans la pièce voisine, Flavie s'installa dans le fauteuil en confessant :

— Selon Gertrude, je ne vaux rien dans une cuisine.

— Cela me rassure, ricana Thalie le nez dans son verre, au moins elle traite tout le monde de la même façon.

— Moi, c'est tout juste si elle me permet de faire bouillir de l'eau, renchérit Françoise.

Le petit mensonge de la visiteuse devenait un sésame.

— Voulez-vous boire quelque chose ? demanda Paul.

La toux sèche de la fille de la maison de même que la grimace après chaque gorgée de cognac incitèrent l'invitée à choisir un alcool moins fort.

— Un sherry, peut-être…

— Laisse, je vais m'en occuper, dit Mathieu en se levant.

De son côté, Thalie ressassait encore son passage un peu bouleversant à l'hospice Saint-Joseph-de-la-Délivrance. Une légère ivresse l'aiderait à oublier.

17

En après-midi, le 11 avril, Flavie salua la maisonnée recomposée des Dubuc et des Picard, accepta en rougissant de plaisir les invitations de Marie et d'Amélie de « revenir bientôt », car elle les savait sincères. Sur le trottoir, en prenant le bras de Mathieu, elle affichait un sourire rassuré.

— Tu me parais bien satisfaite, remarqua son compagnon.

— Ta mère est vraiment gentille, tout comme ta sœur, la semaine dernière.

L'opinion des autres lui importait peu. Deux dimanches d'affilée, elle avait affronté les proches de son compagnon, la seconde fois plus à l'aise que la première.

— Je te le disais, tu n'as aucune raison d'hésiter à venir dîner chez moi.

À la longue, l'habitude chasserait toutes ses appréhensions.

— Cette semaine, ce sera le vrai procès ? demanda-t-elle, désireuse de changer de sujet.

— Oui, à compter de mardi, je passerai tous mes après-midi au palais de justice, et aussi les matinées, où je pourrai m'absenter de mes cours.

— C'est tout près d'ici, je pense.

— À côté. Tu veux voir ?

— Nous sommes dimanche.

— Justement, aucun procès ne se déroule aujourd'hui.

Sans attendre de réponse, il l'entraîna de l'autre côté de la rue. Ils passèrent devant l'hôtel de ville, longèrent le grand édifice pour se trouver bientôt devant une entrée monumentale située juste dans l'angle de deux rues. Mathieu poussa la porte, se planta devant un agent de la paix absorbé dans l'édition de la veille de *L'Action catholique.*

— J'aimerais faire visiter les lieux à mon amie.

— C'est fermé.

— Justement, on ne dérangera personne.

La logique de l'argument n'ébranla pas le vieil homme. D'un autre côté, son regard se posa sur Flavie, apprécia le rose sur les joues. Un autre étudiant désireux d'impressionner une jolie fille.

— Vous êtes le jeune Picard ?

— Oui. L'ombre de Fitzpatrick.

L'autre apprécia la pointe d'ironie, le jaugea en silence un moment.

— Allez-y.

— J'aimerais lui montrer la grande salle.

— Cela peut me coûter cher, si quelqu'un l'apprend.

— Voyons, je ne me sauverai pas avec le fauteuil du juge.

Décidément, ce futur avocat paraissait moins prétentieux que la plupart de ses confrères.

— Vous êtes mêlé à l'affaire Gagnon ? demanda-t-il en se levant avec une certaine difficulté.

— Mon patron s'occupe de la poursuite.

— J'ai rarement vu des gens mériter autant la

corde que ceux-là. Mais voulez-vous parier que la marâtre y échappera ? Ils ne pendent plus les femmes depuis l'histoire de Saint-Jérôme, survenue il y a vingt ans.

— Comme j'étais à peine né il y a vingt ans, je ne parie pas. Vous avez plus d'expérience que moi.

L'homme lui adressa un sourire de travers. Après avoir claudiqué tout le long d'un couloir, il ouvrit une grande porte en chêne en disant :

— Fermez en sortant. Je reviendrai verrouiller.

Puis, il les abandonna dans une grande salle. Flavie tourna sur elle-même, intimidée par la majesté des lieux.

— Viens devant, dit Mathieu en s'avançant vers une large tribune.

Le jeune homme se retourna et commença du ton d'un professeur :

— Le juge s'assoit sous le crucifix. Pour lui éviter de passer parmi les spectateurs quand il arrive, il a sa propre porte, là, dans le coin.

— Pourquoi ?

— Les amis de l'accusé et de la victime se trouvent dans la salle. Par souci de décorum, on veut lui éviter d'être interpellé.

« Comme un prêtre qui sort de derrière l'autel », se dit Flavie. La comparaison paraissait tout à fait pertinente.

— Et cet aménagement ?

De la main, elle désignait l'espace devant les sièges des spectateurs, clairement divisé en zones.

— Devant le juge, à sa gauche, se trouve l'équipe des accusés. Tu vois cette espèce de boîte ? La femme Gagnon pour le premier procès, son époux pour le second, se tiendront là, surveillés par deux agents. Et cette table sert à l'avocat de la défense.

Il s'agissait d'une lourde table en chêne, capable de recevoir les liasses de documents d'au moins deux plaideurs.

— Il sera tout près de l'accusé.

— Parfois, ils ont à échanger quelques mots pendant la procédure. Et de l'autre côté de l'allée centrale, à droite, tu as la table du substitut du procureur. C'est lui qui porte les accusations.

— Tu seras assis là ?

Flavie essayait de se représenter la scène, visiblement impressionnée. Elle devinait sans mal combien les accusés, les témoins et même les spectateurs seraient mal à l'aise dans cette enceinte.

— J'espère. Mais il y aura déjà Fitzpatrick et Lachance…

— Qui des deux est le substitut du procureur ? Je m'y perds.

— Ils le sont tous les deux, et il y en a bien d'autres dans la province.

Cette fois la jeune fille écarquilla les yeux, sans comprendre.

— Le procureur de la Couronne, ou procureur général, c'est Louis-Alexandre Taschereau, membre du Cabinet provincial. Son rôle est d'entreprendre des poursuites contre les personnes qui ne respectent pas les lois.

— Au nom du roi…

Elle se rappelait la mine perplexe de son père, tellement l'information paraissait improbable, lors de la visite de Mathieu à L'Ancienne-Lorette.

— Oui, répondit l'étudiant en souriant. Bien sûr,

c'est une façon de parler. Au fond, dans cette histoire, il poursuit au nom d'Aurore. Plus généralement, c'est au nom du gouvernement, chargé de faire respecter les lois.

— Et le… ou les substituts ?

— Taschereau ne peut pas plaider lui-même. Il n'en aurait pas le temps. Des substituts le font pour lui dans tous les tribunaux de la province. Ici, à Trois-Rivières, à Montréal. Partout où il y a un palais de justice, il y a au moins un substitut. Alors, pour revenir à ta question, j'espère que ces beaux messieurs me feront une petite place à leur table. Sinon, je me mettrai derrière eux, au premier rang des spectateurs.

Flavie hocha la tête, s'approcha de la balustrade encadrant un rectangle assez vaste.

— Et là ?

— Tu vois les douze chaises des membres du jury.

— De son siège, le juge va poser des questions aux accusés, aux témoins ?…

— Non, cela ne se passe pas ainsi.

Un froncement de sourcils de la jeune femme trahit sa plus totale perplexité.

— Cela ressemble à une joute de hockey.

Devant les grands yeux incrédules, il insista :

— Je t'assure. Il y a d'abord l'accusation, la première équipe. À l'enquête du coroner, le jury a dit soupçonner un crime après avoir entendu le rapport d'autopsie. Les policiers ont fait enquête, interrogé des personnes, trouvé des objets. On appelle pièces à conviction les objets susceptibles de convaincre les jurés de la culpabilité des accusés. C'est notre preuve, car je fais partie de cette équipe.

Elle acquiesça, attendit la suite de la leçon.

— Lors du procès, les substituts du procureur présenteront la preuve. Pour cela, ils appelleront des témoins derrière cette « barre », ils les interrogeront. L'avocat de la défense les contre-interrogera, afin de mettre en doute leurs affirmations.

— Le juge dans tout cela ?

— Il demeure silencieux, la plupart du temps. Il préside le procès, donne la parole à l'un et à l'autre des avocats, s'assure que les règles tout comme les droits de tout le monde soient respectés. C'est l'arbitre.

— Mais il ne pose pas de questions aux témoins ?

— Il peut le faire, mais seulement pour clarifier certains éléments de leurs affirmations. En fait, son but est de faire en sorte que les jurés comprennent bien.

Cette fois, elle bougea la tête pour signifier sa compréhension.

— Quand l'accusation a terminé de présenter sa preuve, l'équipe de la défense essaie de la démolir. Déjà, l'avocat a contre-interrogé les témoins de la Couronne. Mais il va aussi présenter les siens, ceux-là diront que les choses ne se sont pas passées comme « ça », que l'accusé se trouvait ailleurs au moment du crime, qu'il s'agit d'une bonne personne.

— Il essaiera de montrer que ce couple est innocent !

— Non, pas vraiment.

Cette fois, le minois de Flavie trahit le plus grand étonnement.

— Les accusés sont « présumés innocents ». Ils n'ont pas à prouver leur innocence, elle est reconnue dès le départ. Le procureur général doit prouver leur culpabilité « hors de tout doute raisonnable ». Après tous les témoignages, le jury seul en décidera, et il doit le faire à l'unanimité. Si un seul parmi les douze hommes qui seront là décide qu'ils sont innocents, ces gens-là vont sortir par la grande porte, libres. Tu as vu, les journaux parlent d'accusés, de suspects, mais le couple Gagnon est innocent aussi longtemps que douze de leurs concitoyens ne les ont pas déclarés coupables.

— Avec un système pareil, bien des criminels peuvent s'en tirer.

— Cela vaut mieux que de pendre une seule personne innocente, n'est-ce pas ?

Elle donna son assentiment de la tête.

— Toi, tu les crois coupables.

— Mais ce n'est pas à moi d'en décider, ni au juge.

— Alors, à quoi sert-il, celui-là, à part jouer à l'arbitre ?

— À la fin du procès, il va résumer au jury toute la procédure, les arguments des deux côtés, lui expliquer les verdicts possibles. Puis, s'ils sont déclarés coupables, il rendra la sentence, en fonction de la loi. Ce n'est pas le bout le plus facile de l'exercice, tu sais.

Mathieu ne jugea pas utile de rappeler que cela pouvait être la pendaison. Le gardien avait été assez explicite à leur arrivée. Flavie jeta de nouveau un regard circulaire sur la grande salle, arrêta ses yeux sur l'horloge.

— Je dois rentrer. Je me lève tôt demain.

— Et moi aussi. Allons-y.

En passant devant l'agent de la paix, Mathieu lui glissa discrètement un dollar dans la main tout en le remerciant.

— Bonsoir, les jeunes, déclara-t-il en les voyant franchir la porte.

La température avait baissé de deux bons degrés depuis quarante minutes. Sur le trottoir, Flavie remonta son col. Rue Saint-Jean, son compagnon héla un taxi au passage.

— Ce n'est pas nécessaire...

— Si tu veux marcher, libre à toi. Mais moi, je descends et je remonte la côte d'Abraham en voiture, ce soir.

Elle prit place sur la banquette arrière sans discuter, l'esprit encore bourdonnant des informations emmagasinées.

— Ces gens... les accusés, on ne les questionne pas ? Ils n'auront pas à s'expliquer ?

— Ce n'est pas à eux de prouver leur innocence. Les accusés ne témoignent pratiquement jamais à leur procès. Et d'habitude, ceux qui le font auraient mieux fait de se taire. Cela ne leur porte pas bonheur.

Comme la présence du chauffeur de taxi les condamnait à se faire discrets, Mathieu tint la main de sa compagne tout le long du trajet. Il descendit de voiture pour enjamber les deux verges jusqu'à sa porte, puis lui posa un chaste baiser sur la joue.

— Je vais te donner des nouvelles bientôt.

Alors qu'il revenait dans la voiture, le chauffeur se tourna à demi pour demander :

— Vous parliez de la petite Aurore ?

— … Oui.

Le stagiaire regretta tout de suite son aveu.

— Tout le monde en parle, dans la ville. Si je pouvais m'absenter du travail, j'irais au procès. Ils sont coupables, les salauds.

Là-dessus, l'homme passa en première pour se diriger vers la rue Dorchester. Heureusement pour le couple Gagnon, il ne siégerait pas au jury.

Le lundi 12 avril, la petite gare de Sainte-Philomène-de-Fortierville bruissait de conversations animées. Pareille affluence, tout à fait exceptionnelle, ne se retrouvait que les jours de pèlerinage, quand le curé, comme un bon pasteur, conduisait son troupeau à Sainte-Anne-de-Beaupré.

En réalité, il s'agissait ici d'un pèlerinage d'un autre genre. Une paroissienne subirait un procès pour meurtre le lendemain. Vingt personnes prenaient le train à cette occasion, quelques témoins et plusieurs curieux. Au moins le double les accompagnait sur le quai pour leur dire au revoir : on ne s'engageait pas seul pour un si long voyage.

Exilda Auger, dame Lemay, exultait, certaine que sa déposition, depuis l'enquête du coroner, ramènerait un peu de justice sur cette terre.

— La garce, elle va danser au bout de sa corde, clama-t-elle au milieu d'une petite cour.

La localité se divisait en deux camps, largement déterminés par des liens familiaux complexes. Les alliés de Télesphore Gagnon s'égosillaient sur l'arbitraire des fonctionnaires venus de Québec pour mettre leur nez dans les affaires des gens. Les autres partageaient un peu ce point de vue, tout en concevant que le cadavre d'une enfant portant cinquante plaies devenait une affaire un peu moins privée.

— Faire ça à une fillette… aucune punition ne serait trop sévère.

— Comment ça, une corde ? Ce sont toutes des inventions. Selon mon frère, la petite était possédée !

Madame Albertine Gagnon, demi-sœur de Télesphore, car issue d'un autre lit, se portait à la défense de sa lignée.

— Elle la brûlait avec un tisonnier ! s'écria Exilda. Marie-Anne ne mérite rien d'autre que la potence.

L'autre paraissait sur le point de sortir ses griffes. Un voisin voué au maintien de l'harmonie paroissiale intervint avec à-propos.

— Vous irez à l'hôtel *Blanchard* ?

— … Oui, dans le bas de la ville.

— C'est tout près de la traverse, vous y arriverez tout de suite.

L'intrus voulait prouver qu'il connaissait le grand monde.

— Des fois, il y a même des spectacles à cet endroit.

— Je sais, s'impatienta un peu Exilda. J'y ai déjà logé.

Son interlocuteur acquiesça. Bien sûr, elle-même avait dû se défendre d'une accusation de commerce d'alcool illicite dans ce même palais de justice.

En entrant dans le grand immeuble érigé au numéro 12 de la rue Saint-Louis, Mathieu constata tout de suite une affluence exceptionnelle. Depuis l'ouverture des assises criminelles, une semaine plus tôt, les curieux trouvaient de quoi se mettre sous la dent. Pas moins de trois procès risquaient de conduire des accusés à la potence. En plus du couple Gagnon, un homme de Lévis, désireux de « laver l'honneur de la famille », avait abattu un lieutenant du 22e bataillon en pleine rue, à la lueur des réverbères. Selon l'assassin, la victime faisait des cornes à son père ! Des audiences de cette sorte valaient le meilleur théâtre.

Dans les couloirs du grand édifice, une foule dense rendait la progression difficile. Le jeune homme avançait en multipliant les « Excusez-moi, je travaille pour le bureau du procureur général ». Pareille carte professionnelle ne valait pas grand-chose pour faire s'écarter les gens. D'un autre côté, proclamer « Je suis avocat » représentait une usurpation d'identité un peu trop évidente, susceptible de faire sourciller. Quant à emprunter une toge, il n'y songeait même pas.

À la porte de la plus grande salle d'audience, il joua littéralement des coudes afin de rompre la file d'attente. Aucune place n'était vacante dans la salle, ni au niveau du plancher ni dans les galeries. Dans un caquetage de poulailler, il marcha jusqu'à l'avant, questionna son patron du regard.

— Venez à côté de moi, proposa Fitzpatrick. C'est ça, ou vous vous retrouvez à l'autre bout du couloir.

Maître Arthur Lachance, substitut du procureur général lui aussi, prenait déjà place à la table de l'accusation. À trois, ils se trouveraient un peu à l'étroit. Du côté de la défense, Napoléon Francœur se présentait encore flanqué de son collègue Louis

Lame. Le nouveau venu les salua tous les deux. Pour le récompenser de sa politesse, les malappris regardèrent ailleurs.

— Monsieur Fitzpatrick, murmura Mathieu à l'oreille de son patron, vous avez bien reçu la liste de questions... à l'intention de notre petit témoin ?

Finalement, plutôt que de rédiger les grandes lignes d'un interrogatoire afin de préparer la déposition de Marie-Jeanne, le fonctionnaire lui avait proposé de soumettre le sien. La nouveauté de l'exercice le laissait un peu inquiet.

— Elle a été livrée à la maison samedi dernier. J'ai pu la parcourir hier.

— J'espère que tout vous a semblé convenable.

— Je n'y changerai pas une ligne... à part bien sûr les effets de ma mémoire défaillante au moment de procéder. Je ne me tiendrai pas devant elle avec des feuillets à la main. Cela ferait jaser nos adversaires...

En disant cela, le substitut du procureur se pencha un peu pour adresser un clin d'œil au député plaideur. Le stagiaire commençait à se résoudre à considérer ces quelques mots comme un compliment, quand son voisin se fit plus explicite encore.

— Vous avez fait un excellent travail, Picard... Vous avez une certaine compétence avec les enfants.

La précision diminuait la portée du compliment.

Un vieux monsieur au teint grisonnant entra par une porte dérobée, celle utilisée par les accusés, en poussant un petit chariot. Avec ostentation, comme si l'issue de la procédure tenait à leur disposition sur la table, il plaça un tisonnier, un fer à friser, des manches de hache, de fouet et de fourche, et enfin une solide corde tressée.

Devant chacune des pièces à conviction, la foule y allait de « Oh ! », de « Ah ! », onomatopées parfois complétées de « Ce n'est pas possible », « Quelle horreur », « Ces gens sont des monstres ». Malgré l'interdit de publication à l'enquête préliminaire, la rumeur s'enflait dans la ville, une liste de sévices innombrables meublait les imaginations.

— Celle-là sera difficile, mon ami, lança Fitzpatrick à l'intention de son adversaire, comme s'il s'agissait d'une joute sportive.

— Tu te souviens de l'histoire de la peau de l'ours ?

— Pas très bien, je dois l'admettre. Cela dit : « La peau de l'ours qui mange ses enfants ne vaut pas un sou », n'est-ce pas ?

L'autre n'apprécia pas. Il porta plutôt son attention sur le jury, un assemblage hétéroclite de douze hommes « ordinaires ». À peine entrés dans la salle, ils se distribuèrent selon un ordre mystérieux les sièges situés dans un rectangle découpé par une balustrade. La cause ne serait pas simple, ces gens passeraient beaucoup de temps ensemble, au cours des prochains jours.

— Le choix de ces personnes m'a semblé bien arbitraire, commenta Mathieu à voix basse.

— Cela tient du coup de dé. J'ai essayé d'éviter des hommes à l'air trop sévère. Mais si cela se trouve, les mines rébarbatives cachent des cœurs d'or et les plus souriantes, des tyrans domestiques.

Après un bref examen des faciès, le stagiaire conclut que toutes ces personnes devaient être des parents sévères. Depuis plusieurs semaines, il ne voyait plus que cela dans les rues.

— C'est elle ! s'exclamèrent plusieurs voix en même temps.

Marie-Anne Houde, épouse Gagnon, pénétrait dans la boîte un peu surélevée réservée aux accusés. Elle affichait ses habituels habits de deuil et un grand chapeau de paille noir assorti d'une voilette suffisamment translucide pour révéler ses traits et assez opaque pour cacher son regard.

La silhouette frêle, le ventre arrondi par les grossesses successives – Mathieu en avait compté huit au cours de son existence, y compris une fausse couche – susciteraient-ils la compassion de la brochette de messieurs mobilisés pour rendre un verdict ? Mathieu en était là dans ses réflexions quand un bruit de porte ouverte puis fermée attira son attention.

— C'est lui, prononcèrent certains.

— Il faut se lever, ajoutèrent quelques autres.

Dans un bruissement de toge, le juge Louis-Philippe Pelletier s'avança vers son banc. Les cheveux gris, une épaisse moustache blanche lui dissimulant la lèvre supérieure, ce vieux conservateur élevé au siècle précédent dans l'admiration de John A. Macdonald trouvait devant lui une brochette d'avocats libéraux. Successivement député tant au fédéral qu'au provincial, ministre dans le cabinet Borden avant 1914, il devait à la reconnaissance de ce dernier sa nomination à la magistrature.

Quand Pelletier occupa son siège, tout le monde dans la salle se considéra comme autorisé à reprendre le sien. En se rasseyant, une grosse dame juchée dans les galeries laissa choir son chapeau. L'ornement alourdi de fleurs alla atterrir sur la tête de l'un des jurés.

— Les dames peuvent conserver leur couvre-chef, et les hommes enlever le leur, grommela le juge.

La boutade souleva l'hilarité générale. Obligeant, un employé du palais de justice se dévoua pour rapporter la parure à sa propriétaire.

— Dans la cause de Sa Majesté le roi contre Marie-Anne Houde, épouse Gagnon, maître Fitzpatrick, vous pouvez appeler votre premier témoin.

— Votre Honneur, annonça Francœur en se levant, auparavant j'aimerais présenter une demande de huis clos.

— Ah ! Et pourquoi donc ?

— La nature des informations qui seront entendues ici est susceptible d'entraîner... des réactions peu compatibles avec la dignité de la cour. Déjà, une foule se masse dans cette salle...

L'avocat sous-entendait que l'assistance se livrerait bientôt à des manifestations bruyantes. Le magistrat parcourut l'assemblée des yeux, des hommes et des femmes capables de s'absenter de leur travail un beau mardi d'avril pour s'enfermer dans ce lieu exigu.

— Le propre de notre travail, maître, est d'entendre parfois des récits scabreux, souvent navrants. Je ne vois aucune raison de faire évacuer ces gens. Tout accusé a le droit d'être jugé devant ses pairs.

Ce vieux principe du droit anglais permettait d'éviter des procès bâclés conduisant à des exécutions arbitraires, en plus de rendre les avocats et les juges sensibles à l'opinion publique. De plus, l'exercice prenait une dimension éducative. Les spectateurs connaîtraient les comportements acceptables et ceux susceptibles d'entraîner une condamnation. Ils répéteraient leurs observations autour d'eux, pour l'édification de leurs semblables. La présence de nombreux journalistes jouait un peu le même rôle.

— Monsieur Fitzpatrick, reprit le magistrat, quel sera votre premier témoin ?

— Nous allons entendre le docteur Albert Marois, chirurgien à l'Hôtel-Dieu. Il a effectué l'autopsie de la victime.

Après avoir prêté serment sur les Saintes Écritures, pendant plus d'une heure, dans un silence funèbre, le médecin procéda à la lecture du rapport d'autopsie, ses notes à la main, ajoutant de nombreux commentaires. Le substitut du procureur général l'interrompait parfois pour demander :

— Une blessure de ce genre peut-elle avoir été causée par ce manche de hache ?

Chaque fois, à l'unisson, l'assistance retenait son souffle, murmurait des « Oh ! C'est affreux » quand le praticien répondait par l'affirmative. De cette façon, au gré de la cinquantaine de blessures, l'avocat de la poursuite eut de nombreuses fois l'occasion de placer sous le nez de l'accusée le fameux manche de hache, mais aussi le fouet, les harts, le tisonnier, le fer à friser, la corde tressée. Les douze jurés apprenaient à faire le lien entre ces instruments de torture et les sévices constatés sur le cadavre.

— Sur ce manche de fourche, docteur, on voit

encore des marques rouges. Pouvez-vous me dire ce que c'est ?

L'homme déplaça ses lunettes sur son nez, plissa le front, puis répondit :

— Cela peut bien être du sang. Je ne peux dire cependant si c'est celui d'un humain ou d'un animal.

— Quelle horreur ! s'exclama quelqu'un dans la salle. La marâtre l'a battue avec ça !

Le qualificatif, sans cesse repris dans la presse, collerait pour toujours à la peau de l'accusée. Le juge fit claquer son maillet deux fois, puis il promena un regard sévère sur l'assistance, pour l'amener à plus de retenue.

— En soi, si je vous comprends bien, énonça avec soin le substitut du procureur général, aucune de ces blessures ne pouvait entraîner la mort ?

— Non, mais leur accumulation devait plonger la petite fille dans un état d'extrême faiblesse.

— Si l'accusée lui avait fait donner des soins, aurait-elle pu survivre ?

— Oui, sans doute.

Mathieu apprécia la prudence de son patron. Si les jurés trouvaient finalement les châtiments adaptés aux « turpitudes » de l'enfant, un verdict d'homicide involontaire pour ne pas avoir porté secours à une personne en danger demeurerait toujours possible.

— Dans votre rapport, vous avez fait état d'une rougeur anormale de l'estomac.

— Oui, en effet. La recherche de poison n'a toutefois rien donné.

— Croyez-vous que l'ingestion de Lessi puisse en être la cause ?

Dans l'esprit des spectateurs, la question prit son sens lentement, puis des personnes placèrent la main devant la bouche, pour réprimer un haut-le-cœur.

— Objection, Votre Honneur, dit Francœur en se levant. Voilà une question hypothétique.

— Je suis toutefois intéressé à connaître la réponse, rétorqua le juge.

— C'est un produit irritant, reprit le médecin. Je crois que cela a pu donner cette teinte à la muqueuse.

Le substitut du procureur, par ses questions, mettait le jury en attente. Les témoins suivants transformeraient les doutes en certitudes.

— Si aucun poison n'a été trouvé, si les blessures n'étaient pas mortelles en elles-mêmes, quelle est la cause du décès ?

— Une septicémie généralisée.

— Pour des oreilles non éduquées comme les miennes, pouvez-vous traduire cela en français ?

— Un empoisonnement de tout le corps.

Cela ne se révélait pas vraiment plus clair. Fitzpatrick entreprit de jouer au pédagogue.

— Un peu comme une blessure infectée ?

— Oui, sauf qu'elle avait des dizaines de blessures.

— Docteur, intervint le juge, pouvez-vous nous en donner le nombre exact ?

— Je le pourrais, en consultant toutes mes notes.

Mais le docteur n'avait pas celles-ci sous les yeux, il hésitait à donner une approximation.

— Si vous voulez bien effectuer cette addition, décida le juge, et nous faire connaître la somme, la cour vous en sera reconnaissante.

Cela valait un ordre formel : dès son retour à son cabinet, le médecin s'exécuterait.

— Dans la vie de tous les jours, reprit Fitzpatrick, comment pourrais-je constater qu'une blessure s'est infectée ?

— Habituellement, la présence de pus…

— Vous parlez de ce liquide jaune verdâtre ? Avez-vous vu du pus dans les blessures de la victime ?

— Ah ! Monsieur, c'est pour cela que je parle de septicémie généralisée. La peau se décollait de la chair en plusieurs endroits, tellement il y en avait. En pressant sur les jambes, les cuisses, je faisais sortir le pus en grande quantité.

De nombreux visages pâlirent, les haut-le-cœur se multiplièrent.

— Une blessure en particulier paraissait très purulente, à la lecture de votre rapport, suggéra le procureur. Parlez-nous-en.

— Deux blessures à la tête, en réalité : l'une au front, l'autre au sommet. Dans les deux cas, la peau se détachait du crâne et, dessous, j'ai trouvé l'os tout rongé, un peu comme le fer sous l'effet d'un acide puissant. Un liquide verdâtre mêlé de sang envahissait ces endroits.

— Vous avez une idée de l'abondance de ce liquide ?

— Seulement sur le dessus de la tête, j'ai récolté plus de six onces de pus.

Un « Oh ! » horrifié parcourut la salle, puis le bruit d'une personne vomissant ses boyaux vint du troisième rang de l'assistance. Mathieu se tourna pour voir un homme blanc comme un drap s'essuyer la bouche et le menton sur la manche de sa veste, en bredouillant, penaud :

— Excusez-moi, je suis désolé.

Les habits des deux spectateurs devant lui porteraient désormais les traces d'un petit déjeuner trop copieux. La chaleur de la pièce surpeuplée, l'odeur des vomissures, les imaginations emballées, tout cela risquait de transformer cet incident en une épidémie.

— Comme il est presque midi, déclara le juge Pelletier après avoir fait claquer son maillet plusieurs fois, nous allons ajourner. Cela donnera le temps aux préposés de nettoyer et de faire ventiler la salle.

Pendant que les curieux s'empressaient de sortir dans un brouhaha, Mathieu glissa à l'oreille de son patron :

— Après cela, je me demande comment la défense va s'en sortir.

— Ne manquez pas de respect pour notre adversaire. Le vieux garçon n'est pas devenu un député élu par acclamation et le président de l'Assemblée législative pour rien. Il sait se montrer féroce.

Le jeune homme ravala sa salive en pensant à Marie-Jeanne.

18

À la reprise de l'audience, un peu après une heure, de nombreux spectateurs trouvèrent leur place occupée par des personnes plutôt insensibles à l'odeur tenace de vomi. Un certain vacarme s'ensuivit.

— J'étais là le premier, clamait quelqu'un.

— Je ne vois pas de nom sur la chaise, répondait l'autre.

— Mais j'étais là, je vous dis. Je suis arrivé parmi les premiers, ce matin.

— Tant pis, « qui va à la chasse perd sa place ».

Les vieux dictons ne paraissaient amener aucun apaisement chez les curieux les plus matinaux délogés par des opportunistes.

Mathieu remarqua la porte réservée au juge entrouverte, la tête grise du magistrat un peu penchée vers l'avant, la mine chargée de reproches. Les désordres de ce genre lui portaient visiblement sur les nerfs, malgré l'air bonhomme adopté lors de l'audience du matin.

Quand il se dirigea vers le banc, le silence se fit bien lentement, plusieurs tardèrent à se lever devant son auguste présence. Vieil habitué, le docteur Marois gagna la barre des témoins de sa propre initiative.

— Maître Fitzpatrick, vous en aviez terminé, je pense.

— Oui, Votre Honneur.

— La parole revient donc à la défense.

Francœur quitta sa chaise avec une liasse impressionnante de notes. Quelle que soit l'issue du procès, personne ne lui reprocherait d'avoir négligé la préparation des contre-interrogatoires.

— Quand avez-vous fait l'autopsie, docteur ? demanda-t-il.

— Le 13 février 1920, à…

— Je veux dire à quelle heure ?

— À quelle heure ? Je crois avoir commencé vers quatre heures, peut-être trois heures et demie. Nous avons fini à six heures.

Le « Je crois » agaça un peu Mathieu : il se souvenait d'avoir consulté sa montre pour mettre l'heure précise dans le rapport. Le médecin pouvait consulter ses feuillets, il les tenait dans ses mains.

— Votre Honneur, précisa l'avocat de la défense à l'intention du juge, comme je compte interroger le témoin sur des questions de fait, je vous demande de faire sortir le docteur Lafond. Celui-ci témoignera plus tard sur ces mêmes faits.

La demande paraissait tout à fait raisonnable. Les personnes appelées à comparaître devaient rapporter ce qu'elles avaient vu ou entendu. D'autres récits ne devaient pas teinter le leur.

— Monsieur Lafond, dit le magistrat, je vous prie de quitter la salle. Vous pourrez revenir quand votre collègue aura terminé.

Pendant que le praticien obtempérait, le substitut

du procureur se pencha à l'oreille de son stagiaire pour lui dire :

— Tu vois, le scélérat veut placer les deux médecins en contradiction. De plus, regarde la mine fâchée de Marois : il vient de le mettre de mauvaise humeur, car lui aussi comprend le but de cette précaution. Les jurés le trouveront hostile, antipathique. Notre adversaire sait très bien où il va.

« Avec cet emploi, songea le jeune homme, j'apprends à connaître la mise en scène du théâtre judiciaire, pas des notions de droit. » Si ce jeu amusait certains de ses camarades de faculté, lui le trouvait cynique.

— Où avez-vous fait l'autopsie ? reprit Francœur.

— Dans le soubassement de la sacristie.

— Vous avez fait cette autopsie d'une façon complète ?

— Aussi complète que toutes les autres.

Cette réponse paraissait bien imprudente. Elle ouvrait la porte à toutes les remises en question.

— Très complète ?

L'avocat se tenait penché un peu en arrière, comme surpris de cette prétention.

— Tous les organes ont été examinés, répondit le médecin, déjà un peu sur la défensive. Il n'y avait certainement pas d'autre cause de mort que celle que j'ai mentionnée.

— Avez-vous fait un examen spécial du cerveau ?

— J'ai examiné le cerveau, je l'ai sorti de la boîte crânienne. J'ai fait des tranches comme on fait habituellement dans toutes les parties qu'on examine à l'œil nu et il n'y avait rien de particulier. Je n'y ai pas trouvé de pus ni d'abcès.

Un échange assez long sur les diverses parties du cerveau, du cervelet, des méninges suivit. Les membres du jury ouvraient de grands yeux, totalement ignorants de la nature de la discussion. Assistant à une véritable leçon de choses sur le liquide céphalorachidien, ils parurent craindre que le médecin ne sorte un morceau sanguinolent de sa poche pour mieux se faire comprendre.

— Avez-vous examiné la moelle épinière ?

— Non, pas au-delà de la protubérance annulaire, c'est le commencement de la moelle épinière. Je n'ai pas ouvert le canal rachidien pour examiner la moelle dans toute son étendue.

— Vous n'avez pas ouvert le canal rachidien ?

Francœur faisait de gros yeux étonnés, comme si pareille négligence lui paraissait criminelle.

— Non, je ne l'ai pas ouvert.

— Vous n'avez pas examiné la moelle sur toute la longueur ?

— Non.

— Par conséquent, vous n'avez pas pu constater dans quel état étaient les cordons latéraux de la moelle ?

La surprise, sur le visage de l'avocat, suggérait aux membres du jury que cette omission devait être bien grave.

— Quand bien même j'aurais constaté l'état des cordons latéraux de la moelle, rétorqua Marois, outré, cela aurait été sans conséquence.

— Je ne vous demande pas quelles auraient été les conséquences. Je vous demande si vous les avez examinés.

— Cela n'aurait pas eu de conséquences sur mes conclusions sur la cause de la mort.

— Qu'en savez-vous ? Vous ne les avez pas examinés !

Dorénavant, dans l'esprit de toutes les personnes présentes, les conclusions du médecin paraîtraient douteuses, à cause de cette négligence. Le docteur attendit la suite, la mine renfrognée.

— Donc, vous n'avez pas pu constater dans quel état étaient les cordons latéraux de la moelle ?

— Puisque je n'ai pas examiné la moelle épinière, je n'ai pas examiné les cordons latéraux.

— Par conséquent, vous ne pouvez pas nous renseigner sur les différentes maladies qu'aurait pu avoir cette enfant.

Le constat tomba comme un couperet. Malgré les coups reçus, on ne pouvait plus écarter d'emblée une autre cause de la mort. L'avocat fit un tour complet sur lui-même, pour prendre chacun à témoin de ce constat.

— Savez-vous, docteur… vous devez savoir… enchaîna-t-il avec un peu d'ironie.

— C'est possible que non.

— … J'ose croire qu'après de si longues années de pratique, vous savez qu'il existe un très grand nombre de maladies de la moelle épinière ?

— Ah ! Oui, bien sûr.

Revenu en terrain connu, le médecin montra un regain d'assurance. C'était plutôt naïf de sa part.

— Certaines de ces maladies causent des plaies à la peau, affirma l'avocat, particulièrement aux membres inférieurs.

— Oui, mais pas des plaies de la nature de celles observées sur le cadavre.

— Mais si vous n'avez pas examiné la moelle épinière, vous ne pouvez faire ce constat hors de tout doute. Votre autopsie est incomplète.

— Peut-être est-elle un peu incomplète. C'est possible.

Le substitut du procureur général se déplaça vivement sur sa chaise, puis laissa échapper entre ses dents : « L'idiot, tout le travail de la matinée est maintenant détruit. » « Et avec lui, conclut mentalement Mathieu, le principal argument de l'accusation ! »

— Vous êtes un homme d'expérience, docteur Marois. Pour être très clair, je vais vous lire ma prochaine question : Dans une autopsie, n'est-il pas essentiel de faire l'examen de la moelle épinière, et pour ça, d'ouvrir le canal rachidien ?

— Cela aurait peut-être été mieux, je l'admets. Mais ça ne se fait pas habituellement et je connais beaucoup de mes confrères qui ne l'auraient pas fait.

— Ce n'est pas une réponse, ça.

— Bien, c'est ma réponse. Il n'y a pas eu de négligence de ma part. J'ai fait ce que l'on fait d'habitude.

De nouveau, cela paraissait un argument bien douteux, peu susceptible d'impressionner les jurés.

— J'ai observé tout ce qu'il fallait pour déterminer la cause de la mort, se défendit encore le médecin. Même si vous insistez sur l'absence d'un examen de la moelle épinière, ça ne peut pas avoir de conséquences sur le résultat, car les blessures ayant causé la mort venaient des coups reçus, pas d'une maladie quelconque de la moelle ou d'un autre organe.

— Je ne vous ferai pas changer d'opinion là-dessus ?

— Non, c'est certain.

Après avoir admis le caractère incomplet de l'autopsie, l'affirmation devenait un peu péremptoire. L'avocat de la défense revint à la charge.

— Cela, c'est une opinion, pas un fait. Moi, je suis d'une opinion contraire. Comme votre autopsie est incomplète, vos conclusions sont contestables. Elles traduisent une simple opinion.

— ... Elle est peut-être incomplète à ce sujet, mais j'ai trouvé la cause de la mort.

— Vous changerez peut-être d'opinion là-dessus à la fin de mes questions.

— Non, je ne changerai pas !

Marois se présentait maintenant comme un vieil homme têtu, peut-être borné. Les jurés jetaient sur lui des regards soupçonneux. Les témoins experts présentaient habituellement la même assurance un peu arrogante, tous multipliaient les affirmations sans nuances. L'avocat de la défense choisit de s'en moquer un peu.

— Même si vos conclusions sont arrêtées, allez-vous tout de même me permettre de poser d'autres petites questions ?

— Ah ! Tant que vous voudrez.

Pendant de longues minutes, la conversation porta sur les conséquences funestes de se gratter. Des ongles et des mains sales, ou un environnement souillé, pouvaient induire une infection de plaies à vif.

Puis, un changement abrupt de sujet fit sursauter Mathieu.

— Avez-vous examiné les organes génitaux de l'enfant ?

— Oui, ils n'avaient rien.

— Avez-vous examiné la vulve ?

— Oui.

— L'hymen ?

— Oui.

— L'utérus et le vagin ?

La nomenclature lassa le médecin. Il se résolut à se faire explicite.

— J'ai parfaitement examiné ces organes, je vous assure. Il n'y avait rien de ce côté-là.

— Est-ce que l'hymen était intact ?

La réponse pouvait faire passer la victime pour une salope. Aux yeux de tous ces bien-pensants, un hymen rompu donnerait raison au couple de l'avoir châtiée sévèrement, même au prix de la vie de l'enfant.

— Oui, s'impatienta le praticien.

— Vous êtes positif ?

— Tout à fait.

— Le docteur Lafond était-il avec vous quand vous avez fait cet examen-là ?

Albert Marois réfléchit un instant.

— Il était là, précisa-t-il, mais je ne peux pas dire si j'ai attiré son attention sur ce fait.

— Avez-vous examiné le clitoris ?

— Pas particulièrement.

— Vous ne l'avez pas examiné spécialement ?

Les ouvrages de médecine, à cet égard, convergeaient avec ceux de morale : un clitoris trop développé témoignait d'une pratique de la masturbation. L'onanisme répugnait tellement aux médecins que certains bricoleurs concevaient des ceintures de contention pour attacher les mains des enfants sur leur ventre ou au niveau des hanches, pour les empêcher de se « toucher ». Une inclination trop assidue à abuser de leur propre corps pouvait même conduire des adolescents des deux sexes à l'asile d'aliénés.

— Je n'ai pas fait d'examen spécial du clitoris, admit Marois. J'ai fait un examen d'ensemble de ces organes, rien de particulier n'a attiré mon attention.

— Dans quel état étaient les organes génitaux internes ?

— Elle avait un petit utérus, absolument infantile, de la grosseur ordinaire, de même que les annexes. Il n'y avait rien de singulier là, tout était absolument normal.

— Il n'y avait pas de lésion périutérine ?

Francœur cherchait à présent des traces de maladies vénériennes. Même avec un hymen intact, la présence d'une infection serait la preuve d'une activité sexuelle.

— Aucune.

— Vous avez constaté ça ? répliqua l'avocat en affichant un air étonné.

— Je l'ai fait.

Afin de demeurer dans son cloaque, le procureur de Marie-Anne Houde se perdit un long moment dans le contenu des intestins et l'état de l'estomac. Ensuite, l'échec de Marois à prélever de l'urine lui permit un autre sous-entendu relatif à son incompétence. Car maintenant, le praticien ne pouvait plus soutenir hors de tout doute l'absence de diabète. Et, chacun le savait, cette maladie entraînait parfois des plaies aux jambes.

Francœur changea encore de sujet :

— Avez-vous examiné le foie ?

— Oui.

— Était-il gros ?

— Pas plus gros qu'à l'état normal.

Le médecin ne paraissait même pas deviner la suite de l'interrogatoire. L'autre referma son piège.

— L'avez-vous pesé ?

— Je ne l'ai pas pesé, je n'avais pas de balance.

— Vous n'aviez pas de balance ?

Francœur fit encore un tour complet sur lui-même, comme pour prendre tout le monde à témoin : la foule, les journalistes, les jurés. Pareille négligence dépassait les bornes.

Il enchaîna ensuite sur les reins, la vésicule biliaire, la plèvre. Chacun écarquillait les yeux, se demandant bien comment autant de pièces mystérieuses pouvaient entrer dans le corps humain. Puis, le cœur retint son attention. Le médecin confessa avoir vérifié l'état des valvules en y insérant ses doigts, plutôt qu'en utilisant le procédé « hydraulique ».

— Tout le monde procède de cette façon, s'emporta le médecin, pressentant le reproche. Vous parlez de procédures utilisées dans des lieux très modernes. Même dans les hôpitaux de Québec, nous n'avons pas tous ces appareils. Moi, j'étais dans un soubassement d'église, je travaillais à la lueur de lampes à l'huile. Vos questions tiennent de l'enfantillage. Je suis satisfait du travail que j'ai fait, vous n'avez pas le droit de m'accuser d'incompétence.

— Ce n'est pas ça que je veux dire, formula l'avocat prudemment.

— C'est là où vous voulez en venir…

— Vous venez d'admettre d'une façon claire qu'il vous était impossible de faire, avec vos ressources et vos moyens, une autopsie complète qui permette aujourd'hui de dire hors de tout doute que la victime est morte à la suite des blessures observées sur elle.

Si l'avocat ne portait pas des accusations formelles d'incompétence, il tissait sa toile avec une habileté consommée. Le doute habiterait dorénavant tous les esprits.

— Elle n'est certainement pas morte d'une autre cause que celle que j'ai dite, grommela Marois.

— Comment pouvez-vous le dire, docteur, puisque vous admettez vous-même le caractère nécessairement incomplet de l'autopsie, que ce soit à cause de l'insuffisance des moyens ou à cause des examens que vous reconnaissez ne pas avoir faits ?

— Aucun de mes collègues, y compris ceux qui ont écrit tout cet interrogatoire à votre place, n'aurait fait mieux que moi. Mon autopsie n'est pas incomplète, elle n'est pas insuffisante. Mon rapport donne la cause véritable de la mort.

Mathieu avait remarqué la présence d'un trio de médecins dans la salle. Ils seraient prêts à venir témoigner en défense pour exposer leurs savantes théories sur la mort de la victime.

— Cette prétention est insoutenable, commenta Francœur.

Bredouillant, Marois voulut reprendre tout son plaidoyer. L'avocat l'interrompit pour demander :

— Vous prenez sur vous de jurer que l'enfant n'a pas pu mourir d'une autre cause que celle que vous avez mentionnée ?

— Je jure que l'enfant n'est pas morte d'autre chose que de ses blessures.

— Pour ça, vous vous basez sur votre autopsie incomplète ?

— Je me base sur l'autopsie suffisamment complète que j'ai faite pour constater qu'il y a eu mort violente, se défendit encore ce dernier. Mon autopsie est complète.

L'avocat secoua la tête, contempla encore une fois le médecin obstiné avant de conclure à l'intention du juge :

— Je n'ai pas d'autres questions, Votre Honneur.

Mathieu consulta son patron des yeux, alors qu'Albert Marois quittait la salle dans un murmure réprobateur. Le climat différait maintenant totalement de celui du matin.

— Non, souffla Fitzpatrick, on ne revient jamais à la charge après le contre-interrogatoire d'un témoin expert. Ce serait admettre avoir été battu. Vous comprenez maintenant ce que je voulais dire à l'ouverture du procès. Ce gars est redoutable. Votre petite fille devra survivre à l'orage et convaincre les jurés.

Le jeune homme se promit de lui consacrer ses prochaines soirées. Quant à ses examens prévus dans deux semaines, il devrait s'en remettre à la grâce de Dieu. Pour un agnostique, cela n'avait rien de rassurant.

Tout le reste de l'après-midi fut consacré à l'interrogatoire du détective Lauréat Couture. Guidé par les questions de Fitzpatrick, il navigua sans encombre de son premier à son dernier voyage à Sainte-Philomène-de-Fortierville.

En se levant pour le « transquestionner », Francœur se montra bien moins fougueux qu'avec le précédent témoin. L'assurance virile du policier et sa faculté de recourir au « gros bon sens » séduisaient les membres du jury. De plus, sa précédente altercation avec ce monsieur lui avait laissé un souvenir amer. Tout au plus chercha-t-il à lui faire préciser comment il avait recueilli les pièces à conviction.

À la fin, l'avocat préféra feindre d'être satisfait de l'ensemble des initiatives de l'enquêteur.

Lors de l'ajournement jusqu'au lendemain, les spectateurs quittèrent les lieux dans un bourdonnement de conversations agitées. Mathieu put poser la question lui démangeant l'esprit depuis trois heures.

— Malgré tous ses sous-entendus, Francœur n'a certainement pas pu remettre en cause la validité des conclusions de l'autopsie, n'est-ce pas ?

— Sauf quelques médecins, personne dans cette salle n'a rien compris à cet échange. L'avocat a semé le doute sur Marois. Au fond, tout ce cirque se limite à une question de confiance envers les personnes. Les jurés ne peuvent plus se dire à son sujet : « Lui, il sait ce dont il parle, je le crois. »

— Cela rend le verdict totalement aléatoire…

— Maintenant le sort du procès repose entre les mains de votre petite protégée. Ils devront se dire : « Elle, je la crois ! »

Le garçon retourna sur-le-champ à Lévis, afin d'avoir une longue conversation avec Marie-Jeanne.

Le lendemain matin, le mercredi 14 avril, Mathieu eut la bonne idée d'arriver très tôt devant la salle d'audience. Ce genre de précaution coûtait peu à un insomniaque. Pourtant, il découvrit une pagaille encore plus grande que la veille. Les journaux en avaient dévoilé assez pour faire comprendre combien ce procès se révélait inédit.

Le stagiaire avait toutefois pris l'habitude de jouer des coudes, sa progression jusqu'à la table de la poursuite lui permit d'en être le premier occupant. L'équipe de la défense arriva ensuite. Ignorant ses salutations, les deux hommes tinrent un conciliabule, puis Francœur parcourut l'allée centrale de la salle d'audience. L'air fâché, il s'autorisa même à monter dans les galeries. Sa toge lui octroyait une déférence suffisante pour lui permettre de se déplacer sans trop soulever de protestations.

Successivement, les procureurs de la Couronne se présentèrent ensuite, puis les membres du jury, l'accusée, et enfin le juge Pelletier. Celui-ci n'eut pas le temps d'ouvrir la bouche, l'avocat de la défense prit les devants.

— Votre Honneur, la situation devient intolérable. Le public fait preuve d'une curiosité sordide, en particulier toutes ces femmes caquetantes.

Le « Oh ! » de protestation s'interrompit au son des coups de maillet du magistrat.

— Ces gens viennent ici comme au cirque. Ce matin, plusieurs ont même apporté un goûter !

Depuis la veille, les curieux comprenaient tout le

danger de se lever afin d'aller dîner à l'extérieur. Pour ne rien perdre du spectacle, ils préféraient pique-niquer sur place.

— Maître, je suis plutôt enclin à partager votre avis. Monsieur Fitzpatrick, quel est votre sentiment à ce sujet ?

— Un juste procès doit demeurer transparent, afin de rassurer la population. Avec une procédure publique, nous obtenons cette fin.

Le juge soupesa longuement le problème. Puis, il trancha.

— Nous pouvons poursuivre la même fin en usant d'un compromis. Les étudiants en droit, de même que les avocats membres du barreau, pourront demeurer sur les lieux : ils tireront de ce procès des enseignements utiles. Quant au droit du public d'en connaître les détails, nous pouvons le satisfaire d'une autre façon. Je ne doute pas que les nombreux journalistes présents aujourd'hui le tiendront au courant par leurs articles. Des agents de la paix contrôleront les cartes professionnelles de tout le monde dans cette salle. Les personnes ne faisant pas partie des catégories mentionnées sont priées de quitter cette enceinte, tout de suite.

L'assistance mit un certain temps avant de saisir la nature de la décision, et plus encore à s'y soumettre. Après quelques minutes de protestations murmurées, le magistrat fit entendre le bruit sec de son maillet en disant :

— Messieurs, faites sortir les personnes non autorisées de la salle.

Les employés du palais de justice affrontèrent les contestations sans fléchir. Aucune femme ne pouvait se qualifier à l'un ou l'autre des titres évoqués par le juge. En pestant contre leur condition, elles se retirèrent. Les avocats et les journalistes pouvaient présenter une carte. Quelques jeunes hommes plaidèrent être étudiants en droit : ce statut ne leur donnait aucune pièce d'identité particulière. Sur leur mine, certains purent rester, d'autres quittèrent en protestant toutefois de leur bonne foi.

L'exercice demanda plus d'une demi-heure. L'ordre enfin rétabli, le magistrat demanda :

— Maître Fitzpatrick, qui entendrons-nous maintenant ?

— Le docteur Andronic Lafond, le médecin de la petite victime.

L'homme d'une quarantaine d'années présentait un visage sympathique, des manières proches de celles de sa clientèle paysanne. Il ferait bonne impression sur les jurés. Le substitut du procureur saisit l'occasion pour lui faire confirmer les conclusions du rapport d'autopsie.

Puis, il revint sur un événement plus ancien.

— Vous connaissiez déjà la victime depuis un bon moment, je pense.

— Je l'ai visitée une demi-douzaine de fois à la fin de l'été dernier, pour une blessure au pied.

— Pour exiger un nombre pareil de consultations, la blessure devait être bien grave.

En bon comédien, l'avocat arquait les sourcils, affichait sa compassion.

— En réalité, expliqua le médecin, les choses seraient bien vite rentrées dans l'ordre si la mère avait suivi mes directives.

— Elle ne prodiguait pas les soins requis par l'état de la blessée ?

— Non. Finalement, j'ai fait hospitaliser l'enfant. Elle est revenue guérie.

En guise de conclusion, Lafond réitéra une conviction exprimée aussi par son collègue Marois : soignée convenablement, la fillette aurait survécu aux blessures relevées à l'autopsie.

Appelé à intervenir à son tour, Francœur se contenta de questions sans importance, tout en prêtant une attention distante aux réponses. À ses yeux, le médecin de campagne ne pouvait exprimer une opinion compétente sur la valeur de l'examen *post-mortem.*

Après la pause du midi, Exilda Auger, épouse Lemay, se trouva à son tour appelée à témoigner. Guidée par les questions de Fitzpatrick, elle parla beaucoup des relations de voisinage avec les Gagnon, leurs conversations sur la difficulté qu'ils éprouvaient à élever leurs enfants, les allusions à des châtiments corporels exagérés.

Mathieu n'entendait là rien de nouveau, sauf des détails agglutinés à la trame du récit. De leur côté, les jurés buvaient ses paroles. Les journées du 9 et du 12 février l'occupèrent longuement. Elle insista sur le refus de l'accusée de faire venir le médecin lors de la première de ses visites ; sur la fillette inanimée lors de la seconde.

Le substitut du procureur général revint soudainement en arrière.

— Vers le Jour de l'an, n'avez-vous pas vu l'accusée ?

— Au mois de janvier, je ne peux pas dire la date, je l'ai vue. Quand j'ai abordé le sujet de la petite fille, elle a dit : « Je voudrais bien qu'elle meure elle aussi sans que personne ne vînt à en avoir connaissance. »

Le stagiaire entendait cela pour la première fois. Le détective Couture, au cours de longues conversations, avait réussi à faire émerger de nouvelles informations. Plus tôt, Exilda avait évoqué le décès d'un petit garçon âgé de deux ans et demi. Le « elle aussi » prenait dans ce contexte un sens lugubre.

— Vous souvenez-vous d'une autre occasion où l'accusée vous a entretenue de sa fille ?

— Un soir, elle m'a dit qu'elle couchait la plus grande en bas, tout en laissant l'autre en haut. Elle a ajouté : « On a mis un rondin près de la porte de notre chambre, sur un sac de sel. La petite est descendue. Quand elle est passée devant la pièce, j'ai pris ce rondin pour la remonter. » Elle a dit : « Quand elle a été en haut, elle n'a pas eu envie de descendre de la nuit. »

« Si les jurés se souviennent de la blessure à la tête, pensa Mathieu, ils trouveront là une explication. » Fitzpatrick ne chercha pourtant pas à établir la date de l'événement pour relier ces informations.

Le substitut du procureur conclut son interrogatoire par un rappel des différentes visites effectuées chez les Gagnon après les funérailles d'Aurore. Cela lui permit de faire corroborer le récit du détective Couture sur l'état des lieux et les diverses pièces à conviction.

— J'en ai terminé, Votre Honneur, déclara-t-il à la fin.

— Maître Francœur, avez-vous des questions ?

Autant l'avocat de la défense avait semblé nonchalant avec les deux témoins précédents, autant il parut déterminé en s'avançant vers la paysanne. Son premier souci fut de mettre en évidence un antagonisme entre les deux voisines.

— Depuis que l'accusée demeure chez Télesphore Gagnon, vous êtes-vous fréquentées régulièrement ?

— Pas beaucoup, les premières années. Pendant les deux ans où elle n'était pas mariée, je n'y allais pas.

— Vous n'y alliez pas ?

— Non.

L'homme fronça les sourcils, comme devant un manque de civisme inconcevable.

— C'était pourtant votre voisine la plus proche.

— N'empêche, je n'y allais pas.

Francœur hocha la tête, comme si une idée lui venait soudainement.

— Elle demeurait chez lui sans être mariée.

— Bien, soi-disant, oui.

— Pourquoi dites-vous cela ? Vous connaissiez bien leur situation, madame.

— Bien, vous savez, ce n'est pas moi qui l'ai mariée.

La repartie provoqua un éclat de rire, la paysanne parut fière de la vivacité de son esprit. L'avocat arbora un petit sourire satisfait.

— Vous savez aussi que la première femme de Télesphore Gagnon était alors internée à l'asile de Beauport, n'est-ce pas ?

— Oui.

— Et vous saviez aussi qu'en plus, l'accusée, ici, était la cousine de cette femme ?

— Oui.

« Bon Dieu, pensa Mathieu, existe-t-il deux personnes non apparentées, dans cette paroisse ? » Tous ces détails ne rendaient pas l'accusée bien sympathique. Toutefois, le jeune homme commençait à comprendre la stratégie de l'avocat.

— Cette parenté tient à son premier mariage, n'est-ce pas ? Nous parlons ici de cousines par alliance.

— De cousines. Je ne connais pas les détails.

— Quand sa femme a été internée à Beauport, Télesphore lui a demandé de venir pour s'occuper des enfants.

— À cette époque, aucun enfant ne se trouvait dans la maison.

Francœur parut un peu surpris. Avait-il négligé de bien faire ses devoirs ?

— N'y avait-il pas un bébé ? demanda-t-il.

— Non. Elle est arrivée en hiver, et le bébé au mois de mai, je pense.

Le petit garçon décédé en 1919 était donc né à l'hôpital, puis la direction de l'établissement l'avait envoyé à la maison après le sevrage. Mathieu s'en voulut un peu de ne pas avoir tiré cela au clair lui-même.

— Vous jurez ça, vous ?

Francœur adoptait le ton du défi, la femme le dévisagea sans répondre. Il n'insista pas.

— Mais elle, elle avait deux garçons.

— Ils n'étaient pas avec elle. Des membres de sa famille s'en occupaient.

— Vous êtes positive, madame ?

— Oui.

Ce genre de renseignements ne pouvait échapper à une voisine. Marie-Anne Houde était venue s'occuper de la maison de Télesphore. Au début, aucun enfant ne pouvait justifier sa présence. Les voisins demeuraient libres de supputer ses motifs réels.

— Pendant ces deux ans, vous ne l'avez pas visitée ?

— Peut-être une fois, au printemps.

— Dans ce temps-là, vous n'aimiez pas beaucoup l'accusée.

— Je ne la haïssais pas non plus.

Un ricanement cynique accueillit sa réplique. Bien campée derrière la barre des témoins, elle relevait le menton et défiait son interlocuteur du regard.

— Êtes-vous certaine de ça ?

— Comme ça n'adonnait pas, on n'y allait pas.

— En réalité, vous prétendiez que Télesphore vivait en concubinage avec elle. À cause de cela, vous ne vouliez pas pénétrer dans cette maison.

— On n'était juste pas sorteux.

À la campagne ou à la ville, des comportements moraux répréhensibles entraînaient ce genre d'ostracisme. Cela ne surprendrait aucun membre du jury. En insistant sur le sujet, l'avocat poursuivait une tout autre fin.

— Vous dites que vous l'aimez. N'avez-vous pas exprimé une opinion bien sévère sur l'accusée, encore tout dernièrement ?

— Je n'ai pas dit que je l'aimais ni que je la haïssais. Je n'y allais pas, tout simplement.

— Madame, n'avez-vous pas exprimé votre

opinion, en venant rendre témoignage ici, sur le compte de l'accusée ?

— Je ne comprends pas où vous voulez en venir.

Le juge Louis-Philippe Pelletier voyait les jurés peiner aussi pour suivre la discussion.

— Monsieur Francœur veut savoir ce que vous pensez de l'accusée, précisa-t-il en se penchant en direction de la femme.

L'avocat reprit à son tour, cette fois sans tourner autour du pot.

— N'avez-vous pas dit, dans le train en venant ici, que cette garce devait être pendue ?

— Non, je n'ai pas parlé de garce ou de pendaison. J'ai dit qu'elle devait être punie selon son mérite.

Dans la salle, plusieurs personnes devaient pourtant utiliser ces mots. La femme s'en défendait maintenant avec énergie.

— Il y avait des témoins de la scène, insista Francœur.

— Elle doit recevoir la punition méritée.

— Vous n'avez jamais parlé de pendaison ou de corde ?

« La salope d'Albertine Gagnon », se dit Exilda. Elle seule pouvait l'avoir « rapportée ». La division à Sainte-Philomène perdurerait pendant des décennies, à la suite de cette affaire.

— Des gens prétendent… bafouilla la femme. Pas moi, mais des gens disent qu'elle mérite de pâtir un bon moment.

— Si, en vertu de la sentence de la justice, elle est pendue, ça vous fera grand plaisir ?

— Non, cela me fera beaucoup de peine parce que, pour un voisin, c'est pas mal mortifiant.

Par un ricanement unanime, la salle exprima son grand scepticisme à l'égard de cette conception des relations de voisinage.

— Nous verrons bien si cela vous fera beaucoup de peine.

À la table des avocats de la Couronne, Fitzpatrick souffla à ses deux compagnons :

— Vient-il d'admettre que sa cliente sera pendue ?

Francœur lui-même sembla saisir l'impair. Il revint sur les rencontres du témoin avec Marie-Anne Houde, les circonstances où celle-ci faisait allusion aux châtiments corporels infligés aux enfants.

— Que disait-elle à leur sujet ?

— Qu'ils étaient durs à corriger.

— Parlait-elle seulement d'Aurore ou de tous ses enfants ?

— De Marie-Jeanne aussi.

L'avocat de la défense feignit la surprise.

— De Marie-Jeanne aussi ?

— Une fois, elle m'a dit : « Marie-Jeanne, elle prend les champs, elle se sauve, il faut courir après. Aurore ne se sauve pas, on peut la battre. »

Mathieu eut une bouffée d'affection pour sa jeune amie. Dans cet enfer, elle avait gardé le réflexe de se protéger.

— Quand a-t-elle dit ça ?

— Pendant l'hiver et l'été dernier.

— Vous n'en avez jamais parlé auparavant.

La remarque contenait un reproche explicite. Exilda le dévisagea, puis glissa :

— Il y a bien des mots que j'ai oubliés, que je n'ai pas dits.

— On va vous les faire dire !

Elle conserva son air de défi en rétorquant :

— Vous n'êtes pas capable.

— Je peux vous rappeler des choses très désagréables.

— Il en existe assez pour cela.

— Vous avez déjà témoigné dans cette bâtisse.

« Et voilà ! » grogna le substitut du procureur à l'intention de ses voisins. Les antécédents judiciaires de ce témoin devaient nécessairement refaire surface, pour la discréditer.

— Oui, admit la femme.

— Pour vente de boisson sans licence, je crois. Avez-vous été condamnée ?

Son silence valait un assentiment.

— Lors de ces événements, vous êtes allée jusqu'à porter des accusations contre des voisins, que vous avez dû retirer ensuite, insista l'avocat.

— Peut-être que si on fouillait votre vie, on pourrait y trouver quelque chose à redire, monsieur Francœur.

L'audace lui valut un nouveau rire approbateur des spectateurs. Le député se drapa dans sa toge en disant :

— Vous pouvez y aller sans cérémonie, mais ça ne peut pas intéresser cette cause. Alors, je vous conseille, madame, de ne pas faire de menace et de répondre aux questions.

— Si vous me parlez tranquillement, je vous répondrai.

— Vous devez comprendre que c'est sérieux.

D'après ce que je comprends, ça vous ferait trop plaisir de voir cette femme-là à la corde avec son mari.

Le juge Pelletier flaira la stratégie de Francœur. Il se pencha un peu pour dire avec sympathie au témoin :

— Ne répondez pas à ça, madame. Ici on parle des faits, pas des opinions.

Puis, son regard sévère ramena l'avocat à des échanges plus convenables. Ce dernier en vint aux coups portés avec un manche de hache.

— Est-ce que l'accusée vous a dit qu'elle était obligée de corriger les enfants durement, ou sévèrement ? questionna-t-il en revenant abruptement à un sujet déjà abordé.

— Nous autres, on ne parle pas si bien. L'un revient à l'autre.

— L'un revient à l'autre, pour vous ?

— Oui. Je ne suis pas si instruite. On dit la première parole qui vient à l'idée, soit durement, soit sévèrement.

Les spectateurs et les membres du jury se disaient bien, eux aussi, que cet avocat « pétait plus haut que le trou », en jouant ainsi sur les mots.

— Mais revenons à la question : vous a-t-elle dit durement ou sévèrement ?

— Je ne me rappelle pas trop.

— Est-ce qu'elle vous a dit qu'ils la corrigeaient à propos de rien ou était-ce à cause de sa conduite ?

— À cause de sa conduite : elle voulait jouer, elle refusait de laver la vaisselle, elle se couchait à minuit ou à trois heures du matin, parfois par terre.

Marie-Anne Gagnon n'avait donc pas fait mystère

de ses difficultés ou des corrections infligées aux enfants. Francœur voulut énumérer les offenses de ceux-ci.

— Est-ce qu'elle vous a dit qu'elle faisait par terre ?

— Oui.

— Partout ?

— Oui.

Cette fois, la salle se montra plus attentive. À dix ans, ce genre de comportement trahissait un état grave.

— A-t-elle dit qu'elle faisait dans les habits de son père ?

— Oui, mais ce n'était pas vrai.

— Comment ?

— Elle accusait l'enfant, elle disait que c'était l'enfant qui faisait ça. Elle n'a pas avoué l'avoir fait elle-même.

Devant ce sous-entendu, l'avocat recula d'abord, puis il réussit à faire répéter au témoin que Marie-Anne Houde accusait Aurore de ce comportement étrange. Les spectateurs ne retiendraient pas l'accusation de la voisine contre la belle-mère.

— A-t-elle dit qu'elle volait de l'argent ?

— Oui.

— A-t-elle dit qu'elle était impure ?

— Oui.

Le « Oh ! » de la foule témoigna du transfert de sympathie en train de s'effectuer, de la victime à l'accusée.

— Vous a-t-elle dit qu'elle avait même volé dans l'église ?

— Oui, elle nous a dit ça aussi.

Cette formulation contenait un doute. Francœur prit bien garde de demander si ces accusations paraissaient crédibles au témoin.

— Elle n'a pas dit que les deux petites filles s'amusaient ensemble, quand elles partageaient le même lit ?

— Non, pas au début. C'est venu ensuite, cette explication-là.

Mathieu s'avança sur le bout de sa chaise, attentif. Le sujet inquiétait particulièrement sa protégée. L'avocat, quant à lui, semblait aller de surprise en surprise, comme s'il découvrait des failles dans le récit des parents. Cela l'incitait à la prudence.

— Avez-vous vu l'accusée fréquenter l'église, à Fortierville, madame ?

— Oui.

Établir la religiosité de sa cliente légitimerait en quelque sorte les sévères corrections décrites plus tôt : cette bonne âme tenait au salut de ses enfants.

— Allait-elle à la messe ?

— Oui.

— Se confessait-elle, à votre connaissance ?

— Elle devait y aller, je ne la suivais pas.

Exilda se refusait à la dépeindre comme une chrétienne d'élite. De toute façon, seul le curé Massé pourrait s'aventurer en ce sens… si son évêque lui permettait de se présenter à la barre, bien sûr.

— Elle faisait sa religion comme tous les autres, n'est-ce pas ?

— Oui, je crois bien.

Malgré la longue discussion sur le concubinage, Francœur arrivait à lui faire admettre que Marie-

Anne Houde partageait les valeurs morales de ses voisins.

— Les Gagnon envoyaient leurs enfants à l'école ?

— Non, ils n'allaient pas en classe.

— Ils n'y allaient pas pendant l'hiver.

— Ni pendant l'été.

De nouveau, il paraissait surpris de la réponse.

— Vous jurez ça, vous ?

Il adoptait un ton de défi. Droite et digne derrière la barre, Exilda aimait trop ces petites joutes pour se dérober.

— Bien, ils ont fréquenté la classe une dizaine de jours…

Cette version cadrait avec celle de l'institutrice. Elle était arrivée au même total, pour l'année scolaire 1919-1920.

— Personnellement, madame, si vous oubliez les rumeurs, vous n'avez jamais rien remarqué dans la conduite de cette femme-là pouvant laisser croire qu'elle maltraitait son enfant dans le dessein de la faire mourir ?

— Votre Honneur, protesta Fitzpatrick en se levant, mon collègue demande au témoin de donner son opinion et non d'énoncer un fait.

— Je souhaite tout de même entendre la réponse, répondit le juge Pelletier.

La question, puis tout l'échange précédent, laissait la femme un peu perplexe. Elle commença, un peu hésitante.

— Je crois qu'elle maltraitait les enfants.

— Mais vous ne l'avez pas vue faire.

— Elle ne le cachait pas, elle en parlait.

L'avocat ne désirait pas reprendre la longue discussion sur les confidences de Marie-Anne Houde.

— Avez-vous des enfants, madame ?

— J'ai un garçon de vingt-huit ans.

— Seulement un ?

Dans la bouche de ce vieux garçon, le constat sonna comme un reproche. Les curés successifs de la paroisse devaient avoir multiplié les remontrances auprès de cette femme, pour l'inciter à « faire son devoir ».

— Vous l'avez déjà corrigé ?

— Oui, mais en droit et en raison.

Dans la bouche de cette dame, l'expression paraissait un peu étrange.

— L'avez-vous déjà battu avec une hart ? insista-t-il.

— Non.

— Jamais ?

— Non.

Elle énonçait là des vérités toutes simples, personne ne pouvait mettre sa parole en doute.

— Avec quoi le battiez-vous ?

— Avec mes mains. Sur les fesses d'un enfant, c'est assez.

Une rumeur d'assentiment parcourut la salle. Le vieux garçon parut un peu décontenancé.

— Mais si vous aviez eu une dizaine de tapageurs…

Cette femme se refusait à participer à la revanche des berceaux. Déjà, il avait mis au jour sa condamnation pour vente d'alcool. Sa façon d'élever des enfants ne pouvait faire l'unanimité, croyait-il.

— À la campagne, continua le plaideur, vous le savez, les gens ne se gênent pas pour donner des coups de hart à un enfant. Et à l'école, il se donne des coups de règle.

— Les gens se gênent plus que vous croyez. Sur dix, vous n'en avez pas un qui corrige les enfants avec des harts.

D'une seule traite, elle venait de rassurer toute l'assistance sur les mœurs rurales. Tuer les petits à coups de bâton ne figurait pas dans les traditions des familles paysannes.

— Il y en a à qui ça fait du bien, s'obstina l'avocat.

Elle contempla Francœur comme s'il s'agissait d'un demeuré. Celui-ci décida d'abandonner un sujet de discussion où il ne l'emporterait pas sur une mère, même d'un enfant unique.

— Selon vous, l'accusée aurait dit qu'elle serait contente si son enfant mourait, sans que personne ne le sache.

— Elle a dit cela.

— Elle a nommé Aurore, à ce moment ?

— Quand elle disait cela, elle parlait d'Aurore.

L'avocat perdit une autre excellente occasion de se taire.

— Vous avez compris qu'elle souhaitait qu'Aurore parte sans vraiment le réaliser.

Au fond, chacun rêvait de partir doucement, sans vraiment en avoir conscience. Souhaiter cela aux autres traduisait une réelle compassion.

— Non, pas de cette manière-là.

— Je ne comprends pas.

— Elle parlait de la mort d'un autre petit enfant d'un an et demi, survenue dans cette maison.

— Un autre petit enfant ?

Curieusement, jusque-là personne n'évoquait les précédents. Pourtant, Mathieu avait fait le décompte pour son patron : à ce jour, six enfants étaient décédés sous les soins de cette femme. Même dans un environnement difficile, cela faisait beaucoup.

— Elle a dit « elle aussi », en parlant d'Aurore. Elle souhaitait la voir mourir discrètement, comme le petit garçon.

— Vous aimez mieux prendre ça comme ça ?

— Nous sommes voisins, nous connaissions ce premier décès, nous la voyions agir avec les petits. Alors nous l'avons pris de cette façon.

Les jurés présentaient tout d'un coup une mine intéressée, tellement que Francœur se tourna vers le magistrat pour dire :

— Je n'ai plus de questions, Votre Honneur.

— Monsieur le substitut du procureur général ?

— Nous entendrons maintenant mademoiselle Marguerite Lebœuf.

Exilda Lemay connaissait les usages de la cour. Son heure de gloire se terminait. Bien élevée, en quittant la barre, elle fit un crochet par la table de l'accusation.

— Monsieur Picard, comment allez-vous ? demanda-t-elle, la main tendue, un sourire sur les lèvres.

La sociabilité de village cadrait mal avec une salle d'audience. Le juge contemplait la scène, un peu amusé, l'avocat de la défense fulminait. Un coup de maillet attira l'attention de tout le monde.

— Nous allons suspendre l'audience pour dix minutes, déclara le magistrat.

Personne ne se leva pour aller fumer ou passer par les toilettes, de crainte de perdre sa place. L'intermède permit au stagiaire de retrouver son savoir-vivre.

— Je vais bien, madame, répondit-il en se levant. Retournerez-vous à Sainte-Philomène cet après-midi ?

— Cet avocat a gaspillé tellement de temps, en répétant trois fois les mêmes questions que j'ai raté le train. On sait bien, il ne me paiera pas la chambre d'hôtel. Je vais donc aller « aux vues » ce soir.

Elle ne paraissait pas trop déçue du contretemps, mais le coup de griffe lui fit plaisir : Francœur tendait justement l'oreille pour tout entendre.

— Vous savez si les autres enfants se portent bien ? demanda-t-elle.

— Je suis allé les voir à l'hospice Saint-Joseph-de-la-Délivrance. Cela me semble un établissement très bien tenu.

— Oréus me disait la même chose. C'est triste pour eux, mais ils sont mieux là qu'à la maison.

— Je le crois aussi.

Exilda contempla la grande salle, puis elle déclara :

— Bon, je vous laisse travailler. Adieu.

— Plutôt au revoir.

— C'est vrai, ensuite il y aura le procès de Télesphore.

Après un dernier salut de la tête, elle s'éclipsa. En passant devant la table de la défense, elle renifla avec ostentation.

— Vous avez été apprécié là-bas, commenta Fitzpatrick dans un sourire.

— Je suis allé à une veillée chez elle, répondit Mathieu en reprenant sa chaise. Normalement, j'aurais dû l'inviter chez moi pour la remercier. Toutefois, je la vois mal dans le salon de ma maison de chambres… Il s'y trouve trois députés, tous avocats. La discussion serait devenue orageuse.

— Elle l'aurait emporté.

Le substitut du procureur paraissait très satisfait de l'après-midi.

— Avons-nous progressé ? demanda le stagiaire.

— Les jurés l'ont aimée. L'allusion à ses activités illicites les a fait sourire. Tu vois, quand elle parle de mauvais traitements, elle ressemble à une bonne mère de famille, alors que mon collègue semble être un sadique en liberté. Il n'a pas la tâche facile.

Sur ces mots, Fitzpatrick se pencha un peu vers l'avant pour regarder Francœur et lui adresser un petit sourire ironique.

— Évidemment, cette dame a semé des soupçons, souffla-t-il. Le témoignage de Marie-Jeanne devra transformer cela en certitudes, maintenant.

« Évidemment », songea Mathieu alors que le prochain témoin gagnait la barre.

19

Dans sa robe fleurie, coiffée d'un chapeau de paille, Marguerite Lebœuf paraissait plus jeune qu'à l'enquête préliminaire, plus intimidée aussi. Cela venait peut-être de la dimension de la salle, de la foule exclusivement masculine, et aussi du fait que maintenant, c'était « pour de vrai ». La silhouette de l'échafaud se dressait dans les esprits.

Tout en se faisant rappeler de parler plus fort, tant par le substitut du procureur que par le juge, elle reprit le récit détaillé de ses quelques jours passés chez les Gagnon durant l'été de 1919, en y ajoutant un seul élément inédit : l'usage d'un fer à friser comme d'un instrument de torture.

Les jurés retiendraient de ses paroles le climat délétère de la maison, au point où une grande jeune fille robuste prenait la fuite, effrayée. Surtout, des mois avant la mort de l'enfant, la rumeur des mauvais traitements circulait déjà dans le milieu de l'accusée.

La contribution de Marguerite Lebœuf prit si peu de temps que le juge put appeler ensuite Rose-Anna Gagnon, mariée à Octave Hamel, la demi-sœur de Télesphore. Mathieu se demanda s'il fallait, dans les circonstances, parler de la demi-belle-sœur.

Lors de la veillée funèbre pour Anthime, son

frère, la famille avait eu l'occasion de resserrer les liens… et de discuter de l'éducation des enfants.

— Quand êtes-vous allée chez les Gagnon ? demanda Fitzpatrick.

— C'était le 16 janvier, je pense.

— Avez-vous vu Aurore, ce jour-là ?

— Oui… elle avait les deux yeux au beurre noir.

La jeune femme serrait son sac à deux mains, parlait d'une voix saccadée. Impressionnée, elle débitait ses vérités devant des jurés attentifs.

— À ce propos, l'accusée vous a dit quelque chose ?

— Bien, j'ai dit à madame Gagnon de faire venir le médecin. Elle a répondu : « Il va falloir dépenser encore cinquante piastres pour cette enfant-là ? Qu'elle crève ! Je ne verserai jamais une larme. » L'enfant avait l'air d'avoir froid. Le père est arrivé et il a dit à Aurore d'aller se coucher.

Un murmure parcourut la salle. Mathieu devina que Lauréat Couture s'était démené pour la convaincre de révéler cela.

— Elle disait ces mots devant l'enfant ?

— Oui.

— Je n'ai pas d'autres questions, Votre Honneur.

Napoléon Francœur prit le relais sans entrain. Pour connaître la date exacte de la fameuse conversation, elle se remémora celle du décès de son frère, le 13. Réactiver les souvenirs de cette femme se révéla une arme à double tranchant.

— Quand je l'ai vue avec les yeux noirs, l'accusée m'a dit : « Elle est tombée sur la porte du poêle. » En s'adressant à Aurore, elle a ajouté : « C'est bien ici que tu es tombée ? »

— Qu'a-t-elle dit ?

— Elle a répondu oui, mais quand elle est montée se coucher, Télesphore a dit : « C'est du froid qu'elle a pris aux pieds, cela lui a monté à la tête. »

Le couple s'emmêlait dans ses mensonges. La femme avait bien l'intention d'exprimer son point de vue sur la question.

— Je leur ai dit que cela n'avait pas de bon sens. Alors, ma belle-sœur a lancé toute une série de condamnations. Selon elle, Aurore était voleuse, têtue, salope, impure. Enfin, elle avait tous les vices imaginables.

— Ce n'était pas vrai ?

Le témoin haussa les épaules, comme si l'abondance des accusations elle-même devenait suspecte.

— Je n'ai plus de question, Votre Honneur.

— Dans ce cas, déclara Fitzpatrick en se levant, je prendrai le relais. Il serait dommage de s'arrêter en si bon chemin, je vais réinterroger madame.

L'avocat de la défense le fusilla du regard, pour obtenir un large sourire.

— Madame Gagnon, à part les yeux, avez-vous observé d'autres blessures ?

— Elle en avait sur les pieds, sur les jambes... Avec les vêtements, ailleurs, on ne voyait pas...

— Avez-vous abordé ce sujet avec l'accusée ?

— Oui. Elle a répondu : « C'est la tuberculose, nous allons tous mourir de ça. »

Après le témoignage d'Exilda Lemay, sur l'espoir d'un décès discret, une prédiction de ce genre paraissait lugubre.

— Marie-Anne Houde s'efforçait-elle de soigner ces plaies ?

— Elle a affirmé les graisser avec des onguents.

— Avez-vous été heureuse de voir votre frère épouser cette femme ?

— Non, pas du tout. Je lui avais dit de ne pas le faire.

La réponse avait fusé spontanément, c'était un cri du cœur.

— Et pourquoi donc ?

— Elle n'aimait pas les enfants, cela se voyait bien.

Le substitut du procureur déclara en avoir terminé. Francœur revint à la charge sans entrain.

— Avez-vous discuté de votre témoignage avec d'autres personnes, avant aujourd'hui ?

— Bien sûr. Tout le monde parle de cela, dans la paroisse.

La réplique suscita un rire bref dans l'assistance.

— Avez-vous formulé le souhait que l'accusée soit pendue, notamment dans le train vous conduisant ici ?

— Ah ! Ça, jamais.

Chacun douta de la véracité de la prétention, sans toutefois en tenir rigueur à la paysanne. Celle-ci quitta ensuite la barre.

— Vu l'heure tardive, décida le juge Louis-Philippe Pelletier, nous reprendrons l'audience demain.

L'assistance se dispersa à regret, déçue de voir la représentation s'interrompre.

La ville de Québec se trouvait en émoi, tout le monde ne parlait plus que du procès de la marâtre. Les personnes présentes à la cour en étaient sorties la tête bourdonnante des horreurs entendues. Alors que dans un premier temps, certains évoquaient l'empressement de fonctionnaires trop zélés à se mêler de la vie privée des habitants, maintenant, tous supputaient des histoires d'horreur se déroulant derrière de multiples portes closes. Ce couple monstrueux ne pouvait être le seul dans la province. Le journal *La Presse*, en particulier, appelait des réformes de la procédure de mise en accusation.

Tous les journaux, pas seulement celui de la rue Saint-Jacques, dressaient des récits détaillés des événements en s'appuyant sur les témoignages entendus. Les meilleurs affrontements entre la Couronne et la défense faisaient l'objet de longues citations. Avec sa couleur locale, l'histoire valait bien des fois *Les Deux Orphelines*, et tous les récits larmoyants du même acabit.

Le lendemain matin, sans surprise, Mathieu constata que la foule des curieux s'étendait sur le trottoir en face de l'entrée du palais de justice, inondait même les pelouses de l'hôtel de ville. Le juge pensait avoir réglé le problème de l'affluence en limitant l'accès de la salle d'audience aux journalistes, aux avocats et aux étudiants en droit. Depuis la veille, des imprimeurs s'efforçaient de produire de fausses cartes professionnelles : des opportunistes moins curieux des histoires scabreuses louaient la leur.

Puis, il fallait compter encore avec tous ceux qui ne possédaient ni vraie ni fausse carte et demeuraient tout de même résolus à passer la journée dans les environs pour entendre les premiers la rumeur.

Le jeune stagiaire traversa les premières vagues des assiégeants en jouant des coudes et en clamant travailler pour le bureau du procureur général. Dans l'édifice, un agent de la paix le reconnut et l'aida à se rendre devant la salle d'audience. Dans le couloir, il vit Marie-Jeanne, assise sur une chaise, seule parmi la multitude. Un homme en uniforme, présentant l'allure d'un bouledogue, s'assurait que personne ne lui parle. Autrement, les journalistes ne se seraient pas privés, ni même les badauds. Il s'accroupit devant elle et commença :

— As-tu pu dormir un peu ?

Elle fit non de la tête, avant de chuchoter :

— Tous ces gens dehors, ils sont venus pour m'entendre ?

— La plupart ne pourront pas entrer. Mais la salle sera tout de même pleine.

— J'ai peur.

Le jeune homme se releva, toisa l'employé.

— On ne peut pas la laisser dans cette meute, commenta-t-il. Elle ne sera même pas appelée la première ce matin, seulement la seconde.

— D'habitude…

— D'habitude, les enfants ne témoignent pas contre leurs parents.

Mathieu avait retrouvé la voix utilisée dans les Flandres pour donner des ordres.

— Il y a bien une salle, pour les notables.

— Vous avez vu ici quelqu'un de plus notable qu'elle, ce matin ?

À la fin, l'homme acquiesça, chercha une clé dans sa poche pour les laisser entrer dans une petite pièce au bout du corridor.

— Vous viendrez nous chercher tout à l'heure. D'ici là, dites à Fitzpatrick où nous sommes.

Une table basse se trouvait au milieu de la salle, quatre chaises recouvertes d'un tissu rouge grenat disposées autour. La fillette ouvrit de grands yeux, impressionnée par la beauté des lieux. Cela la changeait des maisons de Sainte-Philomène, et aussi des orphelinats.

— Prends cette chaise, je vais attendre avec toi.

Elle lui adressa un regard chargé de reconnaissance. Ni l'un ni l'autre ne souhaitait aborder la comparution à venir, sans toutefois pouvoir penser à autre chose. Aussi restèrent-ils silencieux pendant qu'une autre demi-sœur de Télesphore Gagnon affirmait n'avoir jamais rien vu d'anormal dans la vie de famille de l'accusée.

Après une vingtaine de minutes, l'agent de la paix frappa doucement à la porte, l'entrouvrit pour dire :

— C'est à son tour.

Mathieu se leva le premier, la contempla. Elle mit un instant avant de quitter la chaise, accepta la main tendue et, la mine basse, lui emboîta le pas.

— Tu seras là ?

— À la table, juste devant toi.

L'employé ouvrit la porte de la salle d'audience pour eux. Plusieurs dizaines d'yeux se tournèrent dans leur direction, curieux, inquisiteurs même, puis un brouhaha se fit entendre.

Le juge Pelletier fit claquer son maillet, énonça très fort :

— À l'ordre. Ne me forcez pas à décréter le huis clos complet.

Il se tourna ensuite en direction de la barre des témoins.

— Alors, docteur Marois, vous avez effectué la petite addition ?

Le médecin avait quitté l'Hôtel-Dieu pour venir donner l'information requise lors de son témoignage.

— Cinquante-quatre, en tout.

— Toutes attribuables à des coups ? demanda Francœur, depuis sa table.

— Non, certaines ont été causées par le pus. Il y en avait tellement que le liquide crevait la peau pour s'écouler.

— Nous ne sommes pas plus avancés : on ne sait toujours pas combien, selon vous, de coups ont été portés !

La remarque arracha un ricanement à l'assistance, le médecin laissa échapper un soupir frustré.

— J'ai bien peur, docteur, que notre ami de la défense soit résolu à vous faire recompter. Pourrez-vous revenir nous dire combien, parmi les cinquante-quatre plaies observées, sont attribuables à des coups, et combien à la suppuration ?

Rouge de colère, le praticien accepta d'un signe de tête. Il traversa la salle d'audience d'un pas raide, passa à côté de la petite fille sans même la voir, tout à son malheur.

— Mademoiselle Gagnon, appela le juge d'un ton plus amène, ne soyez pas intimidée. Venez vous placer ici, près de moi.

Toujours cramponnée aux doigts de son ami, elle traversa la salle jusqu'à l'avant. La tête un peu basse, elle cherchait néanmoins des yeux la silhouette de sa belle-mère. Mathieu constata avec plaisir que la femme portait ce jour-là un voile qui ne laissait rien voir de ses traits. Éprouvée par les témoignages de la veille, elle avait utilisé ce subterfuge pour se dérober aux regards.

« Quelle merveilleuse idée ! » se dit le stagiaire. Ainsi, Marie-Jeanne s'habituerait à cet épouvantail noir, et arriverait peut-être à faire abstraction de sa personne. En arrivant près du banc, le jeune homme abandonna sa protégée à la barre des témoins, sous les yeux de Joseph-Napoléon Francœur. Contre toutes les attentes de ce dernier, l'aînée de la marâtre prenait le parti de l'accusation.

Les personnages du drame se trouvaient là, il ne restait aux acteurs qu'à jouer leur rôle.

— Seigneur ! lâcha Fitzpatrick entre ses dents. Elle doit être terrorisée. Moi-même, je ne me sens pas très brave.

Le greffier demanda à la petite fille si elle pouvait donner la définition d'un serment. La réponse lui sembla assez claire pour l'inviter à jurer sur les Saintes Écritures. Puis, Fitzpatrick se leva, marcha en direction du témoin, cherchant le ton juste. À la fin, il demanda :

— Quel âge avez-vous ?

— Douze ans.

— Vous êtes la fille de Télesphore Gagnon ?

— Oui.

— Et belle-fille de l'accusée, là-bas ?

— Oui.

La voix sortait comme un mince filet.

— Tâchez de parler plus fort, intervint le juge, pour que les jurés vous entendent.

Elle hocha la tête. Dans la salle, chacun restait sur le bout de son siège, le visage crispé, tendu par l'effort de concentration.

— Jusqu'à tout récemment, vous restiez chez vos parents ?

— Oui.

— Aviez-vous une sœur nommée Aurore Gagnon ?

— Oui.

— Étiez-vous chez vous lorsqu'elle est morte ?

— Oui.

« Bientôt, elle devra trouver la force de répondre par plus d'une syllabe ou d'un mot », songea Mathieu. Au moins, ces questions faciles lui permettaient d'apprivoiser un peu sa situation.

— Quel âge avait-elle ?

— Dix ans.

Des larmes montaient à ses yeux, les mots devenaient indistincts. Le juge Pelletier se pencha un peu vers l'avant pour reprendre la réponse, au profit de l'assistance.

— Aurore avait dix ans ?

— Oui.

— Elle était votre sœur propre ?

Comme elle remua la tête, le magistrat l'aida encore.

— Donc, vous étiez deux enfants de Télesphore Gagnon, de son premier mariage ?

— Oui.

La terreur toute nue gagnait la sympathie du

public. Francœur fulminait déjà contre le mauvais rôle qu'il devrait jouer un peu plus tard.

— Pendant toute l'année qui a précédé sa mort, reprit le substitut du procureur général, restiez-vous dans la même maison qu'elle ?

— Oui.

— Pouvez-vous dire à la cour ce qui se passait à la maison ?

Les yeux bruns s'ouvrirent encore plus grands. L'avocat choisit de reformuler sa question.

— Est-ce qu'il s'est passé quelque chose de particulier pour Aurore ?

— Oui, elle la brûlait avec un tisonnier.

Sa première phrase complète sema la stupéfaction dans la salle. Chacun soupçonnait ces événements, mais pour la première fois, un témoin visuel les évoquait.

— Qui la brûlait avec un tisonnier ?

— C'est maman.

— Maintenant, avant de la brûler avec un tisonnier, avant ça, est-ce qu'il se passait autre chose ?

— Oui, c'est pour son pied ?

Elle levait des yeux interrogateurs. Après avoir évoqué son souvenir le plus marquant, voilà que son interlocuteur la ramenait vers un passé plus lointain.

— Commencez par le commencement. Indiquez la première fois où vous avez remarqué quelque chose d'anormal.

— C'est l'été passé, pour son pied.

— Je vous écoute.

— Elle a pris un éclat de bois, elle l'a battue sur le pied, il lui a enflé.

Fitzpatrick voulut connaître la longueur et l'épaisseur de la pièce de bois.

— Pourquoi l'a-t-elle battue comme ça ? interrogea-t-il.

— Je ne peux pas me rappeler au juste à propos de quoi.

— Vous l'avez vue le faire ?

— Oui.

Mathieu regarda l'accusée se raidir dans sa boîte, se tordre les mains.

— Après l'avoir battue, qu'est-ce qui est arrivé à Aurore ?

— Le pied lui a enflé. Le lendemain, elle l'a envoyée dans un champ, pour voir si ses petits garçons étaient revenus.

— Quels petits garçons ?

— Ses deux petits garçons à elle, Georges et Gérard.

Curieux et journalistes apprenaient à démêler la composition de cette famille. Que les deux époux successifs de l'accusée aient porté le même patronyme ne simplifiait pas la tâche.

— Et puis ?

— À son départ, son pied était enflé comme à son retour. Pourtant, elle a dit que c'était le petit Bédard et le petit Gagnon…

— Nous allons reprendre cette histoire. Votre petite sœur est partie pour le champ ?

La fillette fit oui de la tête.

— Maintenant, quand elle est revenue, qu'est-ce qu'elle a dit ?

— Elle a dit que c'était Eugène Bédard et Alfred

Gagnon qui l'avaient blessée au pied. Moi, je pense que c'est parce qu'elle avait peur de se faire battre.

Pour ménager son bourreau, la petite fille prenait sur elle de trouver des responsables de ses mauvais traitements.

— Après cet incident-là, mademoiselle, votre petite sœur est-elle restée chez vous ?

— Non, elle est allée à l'hôpital.

— Savez-vous où ?

— À l'Hôtel-Dieu.

Fitzpatrick hocha la tête, pour l'encourager. Les phrases devenaient un peu plus fluides, le récit se clarifiait.

— Quand elle est revenue à la maison, étiez-vous là ?

— Oui.

— S'est-il passé quelque chose d'étrange à cette époque ?

— Pendant un mois, rien. Après, elle a recommencé à la maganer.

La belle-mère avait sans doute pris de l'assurance, car ses premiers sévices étaient passés inaperçus. Ou encore, elle profitait de l'isolement de la mauvaise saison, pendant laquelle les enfants demeuraient confinés dans la maison.

— Qu'est-ce qu'elle lui a fait ?

— Elle a commencé par la battre avec des éclats de planche, des cercles de quart.

— Ça lui arrivait souvent de la frapper ainsi ?

— Presque à tous les jours.

De nouveaux commentaires parcoururent la salle.

— À propos de quoi la battait-elle comme ça ?

— Des fois, elle lui faisait faire un ouvrage. Si elle prenait du temps un peu, elle la battait.

— Toujours avec des éclats de bois, des planches de quart ?

— Non. Elle utilisait aussi des harts, un fouet…

Le substitut du procureur marcha jusqu'à la table où se trouvaient les pièces à conviction.

— Avec ce fouet ? demanda-t-il en lui présentant l'objet.

— Non, il n'est pas là.

Par la suite, la fillette identifia l'une des harts utilisées pour maltraiter sa sœur.

— L'a-t-elle battue avec autre chose ?

— Avec le tisonnier.

— Celui-là, ici.

Fitzpatrick tenait une pièce en fer longue de vingt pouces peut-être, terminée par un crochet. Chacun dans la salle retint son souffle.

— L'a-t-elle battue souvent avec ça ?

— J'ai eu connaissance de deux ou trois fois, sur la tête.

— Elle cognait fort ?

— Assez fort pour lui faire enfler la tête.

Avec une arme de ce genre, elle pouvait la tuer. La fascination paralysait tous les auditeurs.

— L'a-t-elle frappée ailleurs ?

— Sur les genoux, avec un éclat. Ils ont enflé, l'un des deux a « abouti ».

Elle évoquait l'une des plaies attribuables au liquide purulent qui finissait par percer la peau.

— Qu'est-ce qu'elle faisait alors, votre petite sœur ?

L'avocat prenait soin d'établir ce lien fraternel le

plus souvent possible. Implicitement, il voulait l'inciter à lui rendre justice.

— Elle criait. Maman disait que si elle criait encore, elle en aurait plus.

Dans la salle, la moitié des spectateurs essuyaient discrètement une larme, le juge ne valait guère mieux. Les journalistes conviendraient tous de la pertinence d'avoir limité l'accès des spectateurs, car la colère aurait entraîné des scènes disgracieuses.

— Maintenant, mademoiselle, vous dites que votre mère l'a brûlée ?

— Oui.

— Quand a-t-elle brûlé votre petite sœur pour la première fois ?

— Au mois de janvier.

La voix s'était faite toute petite, presque inaudible.

— À propos de quoi l'a-t-elle brûlée ?

— Elle faisait ses besoins partout. Maman ne voulait pas lui donner le pot…

— Vous pouvez me répéter la raison ?

La gamine réussit à articuler juste un peu plus fort :

— Maman refusait de lui donner le pot, alors elle faisait par terre. Elle la brûlait pour ça.

— Qui ne voulait pas lui donner le pot ?

— Maman.

En la faisant répéter, Fitzpatrick entendait bien ne pas laisser d'équivoque dans l'esprit des jurés. Le juge Pelletier décida d'apporter sa contribution.

— Mademoiselle, vous dites qu'elle faisait ses besoins ailleurs qu'à l'endroit où elle devait les faire ?

— Oui, parce que maman ne voulait pas lui donner le pot.

— Parce que votre mère ne voulait pas lui donner le pot ?

Le magistrat paraissait éberlué. Lassée de répéter sans cesse la même chose, Marie-Jeanne le regarda de ses grands yeux bruns.

— Pourquoi ne voulait-elle pas lui donner le pot ? questionna le substitut du procureur.

— Pour lui faire faire pénitence.

— L'avez-vous entendue dire ça ?

— Oui.

Férus de catéchisme, tous ces gens comprenaient la nécessité de se mortifier pour gagner son ciel. Marie-Anne Houde inventait, pour la petite fille, de bien curieuses façons de faire pénitence. « Avec l'aval de l'abbé Massé ? » se demanda Mathieu.

— Pendant combien de temps a-t-elle fait ça ?

— Pendant un mois.

— Est-ce que l'enfant pouvait sortir ?

L'homme sous-entendait : « Pour se rendre à la bécosse. »

— Non.

— Pourquoi ?

— Elle ne voulait pas qu'elle aille dehors, et puis…

Le juge Pelletier fit encore en sorte quc tout le monde comprenne bien.

— Qui ne voulait pas ?

— Maman refusait de la laisser sortir. Et si elle la laissait passer la porte, elle ne lui donnait rien à se mettre dans les pieds.

Les mauvais traitements avaient commencé en

décembre, selon Marie-Jeanne, et Aurore était morte en février. La marâtre la condamnait à se rendre à la bécosse pieds nus au cœur de l'hiver, ou à être brûlée si elle « s'échappait » par terre ou dans ses vêtements.

— Maintenant, poursuivit le procureur de la Couronne, l'avez-vous vue la brûler ainsi ?

— Oui.

— Avec quoi ?

— Avec un tisonnier.

— Celui qui est ici ?

— Oui.

Marie-Jeanne arrivait enfin là où elle aurait aimé commencer ses confidences.

— Comment s'y prenait-elle pour la brûler ?

— Elle l'attachait à la table.

— Comment l'attachait-elle ?

— Elle l'attachait par les pieds, avec un câble.

Un « Oh ! » horrifié vint de la salle. Fasciné par le récit, le magistrat n'utilisa même pas son maillet. Des larmes coulaient maintenant sur ses joues.

— Regardez ici, ordonna le substitut en s'approchant des pièces à conviction. Vous avez déjà vu ce câble ?

— Oui.

— Où l'avez-vous vu ?

— Elle a attaché ma petite sœur à la table avec ça.

Le magistrat porta son regard sur l'accusée, puis il demanda :

— Cette corde a servi à attacher votre petite sœur à la table ?

— Oui, monsieur.

Parmi toutes les personnes présentes, seule Marie-Jeanne ne regardait jamais en direction de sa belle-mère. Le plus souvent, s'ils ne se fixaient pas sur ses interlocuteurs, ses yeux cherchaient Mathieu.

— Comment s'y prenait-elle pour la brûler ? demanda encore l'avocat.

— Bien, après l'avoir attachée, elle la brûlait partout.

— Où faisait-elle chauffer le tisonnier ?

— Dans le poêle, par la petite porte, devant, ou en enlevant un rond sur le dessus.

— Disiez-vous quelque chose, vous ?

Pour la première fois depuis le début de son témoignage, la petite fille baissa les yeux de honte.

— Non. Elle nous faisait regarder par la fenêtre, mes frères et moi, pour voir s'il ne venait pas quelqu'un.

— Comment réagissait votre petite sœur quand elle se faisait brûler comme ça ?

— Elle criait, elle criait…

Cette fois, les larmes coulèrent sur ses joues.

— Pour la faire taire, souffla-t-elle, une fois elle lui a bandé la bouche avec une courroie en cuir.

— Pardon ?

— Elle lui fermait la bouche avec une courroie en cuir.

Fitzpatrick aussi savait se ménager des effets théâtraux. Le scénario lui était connu, Lauréat Couture s'était empressé d'aller quérir la nouvelle pièce à conviction des mains de Gédéon Gagnon.

— Regardez cette sangle et dites-moi si vous l'avez déjà vue ?

— Oui.

— Où l'avez-vous vue ?
— Elle lui bandait la bouche avec ça.
Quant à se trouver près de la table, le procureur de la Couronne s'y attarda un peu.
— Voulez-vous regarder cette clé de poêle, de même que la poignée, et me dire si vous les avez déjà vues ?
— Oui, elle lui brûlait les doigts avec ça.
— Vous avez vu ça, mademoiselle ?
— Oui.
Un sanglot parvint de la silhouette noire. L'accusée pleurait sur elle-même.
— L'avez-vous vue chauffer le tisonnier ? questionna encore Fitzpatrick.
— Oui.
— Savez-vous si c'était bien chaud, quand elle l'a brûlée ?
— Ah oui ! Il était rouge.
Porté à cette température, un morceau de métal marquait la chair irrémédiablement. Pour ne laisser aucun doute à ce propos, il demanda encore :
— Sentiez-vous quelque chose dans la chambre ?
— Ça sentait le chauffé, la peau brûlée, dans toute la maison.
— Où la brûlait-elle comme ça ?
— Partout.
La réponse demeurant vague, l'homme voulut des éclaircissements.
— Partout, où ?
— Sur les jambes, sur les pieds, sur les cuisses.
— Et ce fer à friser, mademoiselle, vous le connaissez ?
— Oui. Maman lui arrachait les cheveux…

La révélation s'accompagna d'une rumeur effarée. Tous les instruments découverts par l'assistance le premier jour du procès prenaient un sens lugubre.

— À qui appartenait-il ?

— C'était à maman.

— Vous l'avez remis à la justice ?

— Je l'ai donné à monsieur Couture.

Francœur se doutait qu'elle remettait des objets au policier. Il avait pourtant souhaité jusque-là la voir maintenir la version des faits présentée à l'enquête du coroner.

— Comment s'en servait-elle ?

— Elle arrachait les cheveux de ma petite sœur avec ça.

— Quand est-ce arrivé ?

— Quinze jours avant sa mort.

Le procureur de la Couronne changea de sujet abruptement.

— Maintenant, couchiez-vous dans la même chambre que votre petite sœur ?

— … Oui.

Mathieu comprenait l'hésitation. Fitzpatrick approchait un peu trop de réalités… délicates, honteuses.

— Comment se conduisait-elle ?

— Je trouvais qu'elle se conduisait bien… excepté pour le pot.

— Qu'est-ce qu'il y avait, pour le pot ?

— Maman ne voulait pas lui donner, ensuite, elle disait à tout le monde qu'elle était malpropre.

Fitzpatrick affecta de prendre la défense de la victime. Au fond, n'était-ce pas son véritable rôle ?

— Pour le pot, ce n'était pas sa faute.

— Non.
Cette question réglée, il demanda :
— Où couchait-elle ?
— En haut.
— Dans un lit ?
— Elle a eu un lit rien que deux jours avant sa mort.
Les gens étaient partagés entre l'envie de lyncher cette femme sur-le-champ et leur désir d'entendre toute cette histoire.
— Aviez-vous un lit, vous ? Les autres enfants avaient-ils un lit ?
— Oui.
— Où couchait-elle donc ?
— Par terre, dans sa chambre.
— Est-ce qu'elle avait des couvertures ?
— Non.
Fitzpatrick l'interrogea longtemps sur la pauvreté de l'alimentation de la victime. La belle-mère pouvait la laisser quelques jours d'affilée sans manger. Après avoir tracé un tableau aussi sombre, il en arriva à l'élément qui hantait tous les esprits.
— Pourquoi ne parliez-vous à personne de tout cela ?
— Elle ne voulait pas qu'on en parle. Elle disait qu'on aurait une bonne volée.
— Avez-vous déjà eu une volée ?
— Oui. Trois fois.
Chacun se rappelait que dans le cas de la victime, c'était presque tous les jours.
— Avec quoi ?
— Une fois avec le tisonnier et une autre fois, avec un éclat.

Après avoir établi combien la menace de violence s'avérait suffisamment plausible pour réduire les enfants au silence, l'avocat s'intéressa aux derniers jours d'Aurore.

— Quand elle est morte, votre petite sœur avait quelque chose à la tête ?

— Elle avait la tête enflée.

— Pourquoi donc ?

— Quinze jours avant sa mort, maman lui a donné un coup sur la tête avec le tisonnier.

Maintenant, chacun savait pourquoi le docteur Marois avait pu retirer plusieurs onces de pus de son cuir chevelu. Il évoqua ensuite les blessures au front, aux yeux. Puis, il en vint au dernier jour de la vie de la victime.

— Vous rappelez-vous du moment de la mort de votre petite sœur ?

— Oui.

— Le soir qui a précédé sa mort, où a-t-elle couché ?

— Par terre, sur une paillasse.

— Celle-là ?

Le détective Couture l'avait rapportée dès sa première visite dans la maison. La fillette confirma d'un mouvement de la tête.

— A-t-elle couché en haut ou en bas ?

— En haut.

— Le matin du jour de sa mort, avez-vous vu votre petite sœur ?

— Oui.

L'émotion l'étranglait un peu. Elle perdait l'assurance acquise un peu plus tôt au fil des questions.

— Racontez-moi ce qui s'est passé.

— Elle était en haut. Papa était parti pour aller travailler dans le bois. Maman est montée en disant : « Elle ne restera pas couchée toute la journée, cette vache-là. »

— Est-ce qu'elle a parlé à votre petite sœur ?

— Oui, elle a dit : « Tu fais bien de descendre, si tu n'as pas envie que je te jette en bas de l'escalier. »

Mathieu regarda l'accusée drapée de noir. Toute la délicatesse maternelle incarnée ! L'enfer avait marqué les toutes dernières heures d'Aurore.

— Dans quel état était votre sœur, alors ?

— Elle ne se tenait quasiment plus toute seule.

— Que s'est-il passé après ça ?

— Elle est descendue, puis elle est tombée contre le poêle et maman…

Fitzpatrick ne voulait pas la voir présenter son récit trop vite, les jurés en oublieraient les détails. Pour la ralentir, il demanda :

— Pourquoi est-elle tombée contre le poêle ?

— Elle était trop faible.

— Qu'est-ce qui est arrivé, alors ?

— Maman a pris le manche de fourche…

Un frisson d'horreur secoua l'assistance. Fitzpatrick leva la main pour l'arrêter encore, alla chercher une autre pièce à conviction.

— C'est ce manche de fourche ?

— Oui. Elle lui a donné trois coups, elle s'est écrasée au sol.

— Après ça, qu'est-ce qui est arrivé ?

— Je l'ai relevée. Maman, ensuite… maman l'a lavée, elle l'a couchée dans le lit.

« Salope », hurla quelqu'un. Le juge agita son

maillet pour le faire claquer, heureux de sortir de l'hébétude déprimante où le récit le plongeait.

— Dans quel état était-elle ?

— Elle était... elle était à moitié morte.

Afin d'éviter une crise de larmes, le procureur de la Couronne arrêta l'échange et fit semblant de se passionner pour les pièces à conviction. Quand il reprit, il demanda :

— Où votre mère a-t-elle mis ce manche de fourche, après ?

— Elle est allée le jeter.

Pour lui permettre de se ressaisir, l'avocat l'entretint de l'épisode où Aurore, après avoir rempli sa paillasse, s'était retrouvée légèrement vêtue sur la galerie de la maison. L'épilogue, bien sûr, ne réservait aucune surprise : elle avait été rouée de coups.

— Maintenant, revenons aux coups qui ont entraîné la grande bosse sur la tête. Après avoir donné ces coups, votre mère a-t-elle formulé une remarque ?

— Elle disait que c'était bien bon. Parce que la tête commençait à lui mollir, elle n'aurait pas besoin de l'envoyer à l'école de réforme.

Le substitut du procureur général fit une nouvelle pause. Les spectateurs savaient que cela annonçait une autre révélation dramatique.

— Récemment, je veux dire peu de temps avant la mort de votre sœur, avez-vous téléphoné à votre mère ?

— Oui.

— Chez qui était-elle ?

— Chez mon oncle Joseph Badaud.

La précision servait à établir la véracité du récit.

— À propos de quoi lui avez-vous téléphoné comme ça ?

— Aurore demandait qu'elle s'en vienne tout de suite, car elle avait besoin d'elle.

— Était-ce longtemps avant sa mort, ça ?

— … Le mardi, puis elle est morte le jeudi.

La petite victime se trouvait donc au plus mal, au point de demander sa tortionnaire auprès d'elle. Son empoisonnement sanguin devait l'épuiser.

— Qu'a-t-elle répondu là-dessus ?

— Elle a répondu : « Qu'elle crève, ça fera un bon débarras. Je m'en irai quand je serai prête. »

La stupeur toucha la salle. Fitzpatrick retourna vers la table où se trouvaient les pièces à conviction, pour revenir avec une feuille.

— Voici une lettre adressée à Gédéon Gagnon. L'avez-vous eue entre les mains, et à qui l'avez-vous remise ?

— Je l'ai remise à monsieur Couture.

Le juge se sentit une fois de plus forcé de clarifier la situation.

— C'est une lettre venant de votre mère ?

— Oui.

— De l'accusée, madame Gagnon ?

— Oui.

Louis-Philippe Pelletier se souciait de préciser les événements pour le compte des jurés. De plus, le témoin montrait des signes d'épuisement. Ses interventions la rassuraient un peu.

— Comme il est déjà onze heures trente, nous allons nous arrêter quinze minutes.

Mathieu s'empressa d'approcher sa chaise pour permettre à Marie-Jeanne de souffler un peu.

Napoléon Francœur le regardait avec une hostilité non dissimulée. À la reprise des travaux, le stagiaire récupéra son siège et le juge entreprit d'élucider un petit mystère.

— Écoutez-moi, ma petite fille. Comment se fait-il que vous aviez cette lettre, pour la remettre à monsieur Couture ? Où l'avez-vous prise ?

— Pépère l'a reçue, mais eux ne savent pas lire. Je l'ai lue, moi.

— Es-tu capable de faire le serment que c'est madame Gagnon qui a écrit ça ?

— Par l'écriture, je sais que c'est elle. Je reconnais son écriture.

Francœur se leva brusquement, avec un peu de retard.

— Je m'oppose à ce que cette lettre soit produite à la cour.

Le magistrat leva la main pour le faire taire, puis demanda encore :

— L'enveloppe, avec la lettre, est adressée à Gédéon Gagnon. C'est votre grand-père, ça ?

— Oui.

— Vous avez remis l'enveloppe et la lettre à monsieur Couture ?

Elle hocha la tête. Fitzpatrick ricanait silencieusement. Le juge s'était chargé d'établir l'origine du document. Celui-ci entendrait les représentations des avocats et déciderait ultérieurement de la recevoir ou non comme preuve.

Pour tout de suite, le substitut du procureur général entendait continuer son interrogatoire.

— Vous avez dit que votre mère ne donnait pas

le pot à votre petite sœur. Alors, où faisait-elle ses besoins ?

— Par terre.

— Maintenant, est-il arrivé qu'elle fasse sur les habits de votre père ?

— Non, c'est maman qui a fait ça.

Un autre silence permit à chacun de se représenter la scène, puis l'avocat continua d'une voix trahissant son étonnement.

— Votre mère a fait ça ? Répétez-moi ce qu'elle a fait, exactement.

— Elle a mis ça dans les habits de papa pour accuser Aurore ensuite.

Le juge passait par une gamme d'émotions inédites. De nouveau, les yeux arrondis de surprise, il demanda :

— Votre maman mettait des ordures dans les habits de votre père, pour faire passer cela sur le dos de votre petite sœur ?

— Oui.

Les grands yeux bruns tournés vers lui le convainquirent totalement.

— Vous avez dit que votre mère attachait Aurore à la table, pour la brûler, continua Fitzpatrick. L'attachait-elle ailleurs ?

— En haut, après une couchette.

— Comment l'attachait-elle ?

— Les pieds et les mains ensemble.

— Avec le câble que je vous ai montré tout à l'heure ?

Le juge intervint encore, comme s'il n'arrivait pas à imaginer une scène pareille.

— Comment attachait-elle les pieds et les mains ?

— Montrez au juge et aux jurés comment elle l'attachait, l'encouragea le procureur de la Couronne.

Marie-Jeanne fit la démonstration, disparaissant derrière la barre des témoins.

— Elle se trouvait pliée en deux, expliqua-t-elle inutilement.

Sans aucune transition, le substitut du procureur se retourna pour déclarer à l'assistance :

— Votre Honneur, je n'ai pas d'autres questions.

Le juge regarda sa montre, réfléchit un instant.

— Maître Francœur, demanda-t-il, souhaitez-vous commencer tout de suite, ou bien attendre après l'ajournement pour le dîner ?

— Tout de suite.

La voix trahissait une profonde colère.

Mathieu regarda Marie-Jeanne. Elle se tenait debout, bien droite, depuis plus de deux heures, à évoquer la pire réalité. L'obliger à continuer sans se reposer représentait une autre forme de torture. Pourtant, aucun de ces professionnels de la justice ne se soucia de la question.

20

Joseph-Napoléon Francœur paraissait oublier l'âge du témoin, tout comme les années cruelles passées sous le toit des Gagnon. Sans aucune transition, tout à sa colère, il commença.

— Vous avez été entendue à l'enquête du coroner, à Sainte-Philomène-de-Fortierville ?

— Oui.

— Qui vous a questionnée ?

— Je ne sais pas.

Mathieu sourit. Elle n'avait aucune raison de se remémorer les noms. Les connaître trop bien donnerait l'impression d'un témoignage appris par cœur.

— C'était le docteur Caron ?

— Je ne le connais pas.

— Lorsque vous avez été entendue, étiez-vous seule dans la sacristie ?

— Non. Il y avait des jurés, madame Arcadius Lemay, d'autres aussi, des gens de la paroisse.

Une petite foule se trouvait là. Le stagiaire fut heureux qu'elle ne signale pas sa propre présence.

— Votre mère, l'accusée, y était-elle ?

— Oui.

— Vous avez prêté serment, cette fois-là ?

— Oui.

Son faux témoignage entacherait toute sa déposition d'aujourd'hui, Francœur n'en doutait pas.

— Ce jour-là, vous a-t-on demandé si, à votre connaissance, votre mère avait maltraité Aurore ?

— … Oui.

— Et vous avez juré que non ?

— J'avais peur.

— Peur de quoi ?

Après tout le récit de la matinée, la question amena un rire nerveux dans la salle. Marie-Jeanne expliqua d'une voix blanche :

— Elle m'avait promis une bonne volée, si je parlais de ce qu'elle avait fait.

— Elle vous avait promis une volée ?

La fillette le regarda, impavide. Elle ne répéterait pas deux fois sa réponse. Cet entêtement témoignait de sa détermination.

— Quand votre mère vous a-t-elle promis cette volée ?

— Elle est montée, avant de partir de la maison. C'est là qu'elle m'a dit ça.

— Et alors, sous serment, vous avez dit le contraire de ce que vous racontez aujourd'hui, de peur de recevoir une volée ?

— Oui.

En insistant, Francœur n'attirait pas la sympathie du juge, ni des jurés.

— Ce que vous venez de raconter aujourd'hui, vous l'avez nié, sous serment, à Sainte-Philomène ?

Marie-Jeanne chercha des yeux le visage de Mathieu. En constatant cela, l'avocat se déplaça, pour se mettre entre elle et lui.

— N'est-ce pas ? insista-t-il.

— Oui.

— Savez-vous ce qu'est un serment ?

— Un serment, c'est prendre Dieu à témoin de la vérité de ce qu'on dit.

L'homme hocha la tête gravement, comme un prêcheur du temps de l'Inquisition prenant une pauvre âme en défaut.

— Donc à Sainte-Philomène, quand vous avez pris Dieu à témoin de la vérité de ce que vous disiez, vous avez juré faux ?

Des larmes coulèrent sur les joues de la fillette.

— Dites oui ou non, s'entêta l'avocat.

Le juge, lui aussi visiblement très ému, s'interposa d'une voix bourrue.

— Je crois qu'elle se trouve à vous avoir admis ça.

Francœur regarda le magistrat avec un air de défi.

— Si à Sainte-Philomène, vous avez juré faux, enchaîna-t-il, aujourd'hui, encore sous serment, est-ce que vous dites faux ?

— Non.

— Après l'arrestation de votre mère, qui est en prison ici, et de votre père, vous avez affirmé que votre témoignage devant le coroner était vrai.

— Je n'ai jamais parlé de ça.

— Vous n'avez jamais parlé de ça ? s'exclama-t-il avec surprise.

Francœur tourna sur lui-même pour prendre l'assistance et les jurés à témoin.

— Vous me l'avez dit à moi, que ce témoignage était vrai.

Marie-Jeanne demeura muette, les yeux baissés,

une petite silhouette fragile dont la tête seule dépassait de la barre.

— Vous m'avez répété que ce témoignage était vrai. Votre mère était alors en prison, elle ne pouvait pas vous menacer.

— Je ne me rappelle pas.

Lors de la première comparution des accusés, Francœur était convaincu de la libération du couple, dans l'attente du procès. La fillette adaptait alors ses affirmations à l'éventualité de les voir rentrer à la maison tout de suite après les procédures. Peut-être avait-elle vraiment oublié. Plus vraisemblablement, s'en justifier aujourd'hui demandait un exposé dont elle ne se sentait pas la force.

L'avocat insista, répéta trois fois « Vous ne vous rappelez pas ? », sans obtenir de réponse. Il ajouta un « Vraiment ? » sceptique. À la fin, il changea de tactique.

— N'est-il pas vrai que vous avez confirmé à d'autres aussi l'exactitude de ce premier témoignage ?

— Je ne l'ai dit à personne d'autre.

— Personne d'autre ? Vous l'avez dit à moi seul ?

Piégée, elle le regarda, un sillon d'inquiétude marquant son front. Mais elle demeura coite.

— Quand votre mère vous a-t-elle frappée, vous ? demanda-t-il d'un air de défi.

— Cet hiver.

— Quand ?

— Je ne me souviens pas de la date.

Ces enfants ne fréquentaient pas l'école. Sauf la succession des dimanches, pour eux les saisons seules rythmaient le passage du temps.

— Était-ce dans le mois de janvier ?

— Je ne me rappelle pas du mois.

— N'est-il pas vrai que vous avez déjà déclaré que votre mère ne vous avait corrigée qu'une fois, quand vous êtes sortie de l'orphelinat d'Youville et que, depuis ce temps-là, elle vous traitait bien ?

— Je ne me rappelle pas l'avoir dit.

À tout le moins, Francœur démontrait à tout le monde sa rigoureuse préparation des interrogatoires de ses témoins. Si celui-là n'était pas passé du côté de l'accusation, Marie-Anne Houde se serait drapée du manteau de la bonne mère canadienne-française, tout juste un peu sévère.

— En vérité, votre mère vous a corrigée seulement une fois ou deux, ces deux dernières années, conclut le plaideur. Elle vous a toujours bien traitée et vous l'avez répété à tout le monde.

— Si je l'ai répété, c'est parce que j'avais peur de me faire battre.

— Ah ! Parce que vous aviez peur…

Dans les circonstances, l'ironie desservait l'avocat de la défense. Marie-Jeanne le regarda, sans répondre.

— N'est-il pas vrai, Marie-Jeanne, que votre mère ne vous a pas corrigée depuis deux ans, vous ?

— Oui, elle nous a battus.

La fillette incluait spontanément ses frères dans sa réponse. Francœur choisit de ne pas le relever.

— Elle ne vous a pas corrigée, parce que vous vous conduisiez bien.

La bouche demeura fermée, les yeux un peu effarés.

— Ou si elle l'a fait, admit l'avocat, c'est parce que vous le méritiez.

Comme elle ne répondait toujours pas, il persista :

— N'est-ce pas ?

Le juge avait passé de longues minutes à tenter de maîtriser les émotions se bousculant en lui. Il se pencha vers elle pour demander d'une voix douce :

— L'aviez-vous mérité, quand elle vous a battue, mademoiselle ?

— Parfois, elle nous donnait des ouvrages à faire. Si on prenait trop de temps, elle nous battait pour rien.

De nouveau, elle incluait ses frères. Par son aménité, le magistrat obtenait des réponses là où l'avocat se heurtait soit au silence, soit à des larmes. Ce dernier changea à nouveau de tactique.

— L'histoire, ou le témoignage que vous avez rendu tantôt, l'avez-vous préparé avec le détective Couture ?

— Je lui ai raconté toute la vérité.

La nuance valait son pesant d'or.

— Vous lui avez raconté, répéta l'autre avec scepticisme. Vous a-t-il fait mettre ça par écrit ?

— Lui, m'avoir fait mettre ça par écrit ? Non.

Pourtant, l'avocat se souvenait d'avoir vu Fitzpatrick se référer souvent à des feuillets posés sur sa table.

— Personne ne vous a fait mettre ça par écrit ?

— Personne.

— L'avez-vous mis par écrit ?

— Oui.

Mathieu demeura impassible. Les quelques mots jetés sur des bouts de papier avaient servi d'aide-mémoire au cours de leurs conversations, tout au plus.

— Personne ne vous l'a demandé ? formula l'avocat avec un scepticisme accru.

— Non.

Son affirmation demeurait rigoureusement vraie, dans les circonstances. Insister encore tiendrait du harcèlement, alors l'avocat de la défense chercha ailleurs les motivations de cette enfant qui se rangeait tardivement du côté de l'accusation.

— Marie-Jeanne, vous n'avez jamais aimé l'accusée, votre belle-mère ?

Celle-ci, surprise, écarquilla les yeux, sans répondre. Le juge se pencha vers elle pour la rassurer.

— Dites sans crainte, si vous ne l'aimez pas. Dites-le.

Francœur revint à la charge.

— Vous êtes encore sous serment, vous savez. Vous n'avez jamais aimé votre belle-mère, n'est-ce pas ?

La fillette regarda la silhouette sombre dans la boîte des accusés, sans répondre. Son silence valait un acquiescement.

— Vous l'avez même déjà battue, dit Francœur.

— Je ne l'ai jamais battue.

— Rappelez vos souvenirs !

— Non, c'était elle qui nous battait, plutôt.

L'interrogatoire prenait une tournure étrange. L'accusée paraissait assez frêle. Tout de même, une enfant ne pouvait la maltraiter.

— Peu de temps avant son mariage avec votre père, vous l'avez jetée en bas du perron, à la maison.

— Je n'ai jamais fait ça.

— Vous n'avez jamais fait ça ?

Elle choisit là encore de ne pas répéter sa réponse. L'anecdote pouvait être vraie. Dans la salle, tout le monde comprenait l'aversion d'une enfant pour une marâtre susceptible de devenir une belle-mère.

— Et votre petite sœur, vous-même, vous l'avez frappée, n'est-ce pas ?

— Aurore ? Non.

— Jamais ?

Elle se mura de nouveau dans le silence, le front buté, les lèvres serrées.

— Vous ne vous êtes jamais chicanée avec elle ?

— Oui, parfois.

Prétendre le contraire aurait été un mensonge évident. Tout le monde se disputait avec ses frères et sœurs.

— Combien de fois ?

— Je n'ai pas compté.

— Vous passiez votre temps à vous chicaner avec elle. Vous l'avez même battue.

— Non, je ne l'ai jamais battue, cria-t-elle, et je ne passais pas mon temps à me chicaner avec elle.

Passé midi, la petite fille se trouvait maintenant soumise à un interrogatoire depuis près de trois heures. Si celui du procureur de la Couronne s'était déroulé sur un ton bienveillant, cet avocat se montrait hostile, accusateur. La fatigue commençait à faire son œuvre.

— Vous étiez jalouses l'une de l'autre, affirma l'homme en se plantant devant elle.

— Ce n'est pas vrai. C'est elle qui disait ça.

— Elle disait ça ?

Le juge se mêla encore de la conversation pour en changer le ton.

— Qui, elle ?

— Maman.

Francœur secoua la tête, comme découragé par une enfant démontrant autant de mauvaise foi. Puis, il l'amena longuement sur le sujet de la blessure qu'Aurore avait au pied pendant l'été de 1919. Dans une rafale de plus de quinze questions, il chercha à lui faire confirmer la version maternelle sur la responsabilité de garçons du voisinage. Puis, il tenta de démontrer combien Marie-Anne Houde s'était révélée une mère attentive, à cette occasion.

— Le docteur y est-il allé plusieurs fois ?

— Oui, il est venu plusieurs fois.

Le juge craignit une confusion dans l'esprit des jurés.

— Est-ce quand elle est morte ça, ou… ?

— Non, quand elle a eu mal à son pied. Il n'est pas venu avant sa mort, sauf le dernier jour.

L'avocat devait faire contre mauvaise fortune, bon cœur. Le magistrat tenait à ce que les deux événements, ceux d'août 1919 et de février 1920, paraissent bien distincts à toutes les personnes présentes à l'audience.

— Donc, avant son séjour à l'Hôtel-Dieu, précisa-t-il.

— Oui.

Malgré l'heure tardive, l'avocat ne souhaitait pas voir les jurés se retirer pour dîner avec, en tête, la sévérité des sévices infligés à la victime. Les conversations pendant le repas cristalliseraient ce souvenir, il prévaudrait au moment du verdict. Mieux valait, pour le bénéfice de sa cliente, terminer sur les turpitudes d'Aurore.

— Couchiez-vous dans le même lit que votre sœur ?

— Non.

— Vous n'avez jamais couché dans le même lit ?

— Non.

— Jurez-vous ça ?

L'homme affichait l'allure de celui qui en savait beaucoup, à ce sujet. Le « Oui » se révéla à peine audible. L'air sévère, les sourcils froncés, il demanda :

— Il y avait un lit double dans cette chambre-là ?

— Oui.

— Et jurez-vous, Marie-Jeanne, que vous n'avez jamais partagé votre lit avec Aurore ?

— Oui… non… oui.

Des larmes perlaient aux yeux de la petite fille. Elle chercha le regard de Mathieu, l'avocat prit soin de la contrecarrer en se plaçant devant elle.

— Dites-vous jamais ?

Les larmes coulèrent sans retenue, des sanglots secouèrent les petites épaules.

— Pourquoi pleurez-vous ? Tantôt, vous avez répondu à l'autre avocat sans broncher et sans pleurer. Vous êtes toujours sous serment…

— Parce que je suis fatiguée.

— Répondez à ma question : jurez-vous, Marie-Jeanne, que vous n'avez jamais couché avec votre petite sœur Aurore ?

— Je ne me rappelle pas, au juste.

Prétendre avoir oublié une chose aussi simple que celle-là ne convaincrait personne. L'avocat de la défense regarda les jurés, comme pour les prendre à témoin de ce faux témoignage, puis il insista encore.

— N'est-il pas vrai que vous couchiez ensemble en haut, dans un lit double et que votre mère vous a empêchées de continuer, pour des raisons que vous connaissez ?

Le sous-entendu fit sursauter la petite fille.

— Ça, ce n'est pas vrai.

— Attendez que je pose la question, avant de dire que ce n'est pas vrai. Votre petite sœur et vous, vous vous amusiez, vous commettiez des actes impurs, et c'est pour ça que votre mère voulait vous empêcher de coucher ensemble, n'est-ce pas ?

— Ça, c'est de la menterie.

Les mots se mêlaient aux sanglots, à peine audibles. L'attitude de Napoléon Francœur écœura Mathieu. Le vieux garçon semblait croire que le « péché de la chair » pouvait justifier tous les sévices imposés à la victime.

— N'est-il pas vrai qu'Aurore a admis ses péchés devant ses parents, devant vous ?

— Non, elle ne l'a pas dit.

— Elle a tout admis devant votre père ?

— Elle n'a pas parlé de ça.

Marie-Jeanne ne clamait plus l'inexistence de ces mauvaises actions, mais seulement la discrétion de la victime. Certains verraient là un aveu.

— Qu'est-ce qu'elle a dit, alors ?

— Elle n'a jamais parlé.

— Aurore, huit jours avant sa mort, a tout raconté…

— Non.

— … à votre mère et à votre père. Tout ce qui

s'était passé durant la messe, pendant qu'ils étaient partis ?

Toujours en pleurs, Marie-Jeanne secouait la tête de droite à gauche.

— Elle n'a jamais rien raconté de ça, sanglota-t-elle.

— Elle n'a jamais rien raconté de ça, vous jurez ça, vous ?

— Oui.

— Et vous n'avez jamais rien fait avec Aurore, Marie-Jeanne ?

La réponse se perdit dans des sanglots sonores. Mathieu se retourna à demi. L'assistance composée d'avocats, d'étudiants en droit et de journalistes écoutait attentivement, visiblement écœurée, mais en même temps fascinée par le sujet scabreux. Tout le monde paraissait oublier le véritable motif de ce procès : une petite fille était morte des coups reçus.

Le juge lui-même, quelques minutes plus tôt ému jusqu'aux larmes par les sévices, se pencha en avant pour chuchoter :

— Maître Francœur demande si vous n'avez jamais fait des actes impurs avec Aurore.

Quelque chose dans le ton rasséréna tout de même la fillette, car elle prononça un « Non » d'une voix ferme. L'avocat de la défense mima la plus grande surprise, comme scandalisé par un odieux mensonge.

— Avec le petit Gérard ? insista-t-il. Vous et votre sœur, vous n'avez commis aucun acte impur avec Gérard ?

— Non.

— N'est-il pas vrai qu'Aurore a raconté à votre

mère et à votre père, devant vous, qu'un dimanche, pendant la messe vous vous étiez mises toutes nues, toutes les deux ?

— Ça, ce n'est pas vrai.

— Aurore n'a jamais dit ça ?

— Non.

— Vous persistez à dire que ce n'est pas vrai ?

La colère aidait maintenant Marie-Jeanne à retrouver un peu ses moyens.

— Je le sais bien, moi, que ce n'est pas vrai, martela-t-elle.

— C'est votre mère qui a inventé ça ?

— Oui, c'est maman qui a inventé ça.

— Et votre père aussi ?

Cette fois, elle regarda l'avocat dans les yeux, comme avec un air de défi.

— Papa n'a jamais parlé de ça. C'est maman.

La précision laissa Francœur un peu songeur. Peut-être comprenait-il seulement à cette minute que la belle-mère seule accablait ses enfants. Francœur inspira longuement, désireux de calmer un peu son impatience.

— Vous prétendez que votre père et votre mère ont inventé toute cette histoire ? C'est bien cela ?

— Ma mère, oui.

— Ce même dimanche, vous avez voulu vous servir du petit bébé de huit mois dont vous aviez la garde.

Marie-Jeanne ouvrit des yeux effarés, la stupeur se faisait sentir dans la salle.

— Vouliez-vous donner votre sein au petit bébé ?

Cette petite fille, dont on vantait les aptitudes

maternelles, pouvait avoir mimé ces gestes d'adulte. Francœur réussissait à en faire un acte odieux.

— Ce sont des menteries.

— Lorsque votre mère vous a fait des réprimandes à ce sujet, vous avez répondu en connaître bien long. Vous avez déclaré avoir appris tout cela à l'orphelinat d'Youville, pendant votre séjour de deux ans.

L'allusion suscita une nouvelle rumeur dans la salle. Pareille accusation éclaboussait indirectement les religieuses.

— Je n'ai jamais dit ça.

— Marie-Jeanne, une fois vous avez attaché votre petite sœur Aurore…

— Ça…

Francœur ne la laissa pas terminer, pour poursuivre d'une traite :

— Vous lui avez bandé les yeux et vous avez voulu vous servir d'une bouteille sur elle ?

— Je n'ai jamais fait ça.

— Gérard était là aussi !

La dénégation se perdit encore dans les pleurs.

— Vous jurez ça ? Rien de tout cela ne s'est produit ?

— Non.

— Vous prétendez que ce sont des inventions de votre père et de votre mère ?

De nouveau, personne n'entendit un son, même si les lèvres s'agitèrent brièvement. Mathieu souhaitait prendre cette brute par le collet pour lui enfoncer la tête dans la cuvette de la toilette la plus proche et tirer la chasse d'eau. Le vieux célibataire se complaisait dans son cloaque.

— Voulez-vous répondre à ma question ? s'acharna-t-il avec une certaine brutalité.

— Je suis fatiguée.

— Tout ça, ce sont les inventions de votre père et de votre mère ?

Ses pleurs bruyants envahissaient maintenant la salle.

— Ce n'est jamais arrivé, ça ?

Un malaise saisissait maintenant l'assistance. Chacun prenait conscience de la profonde inconvenance de la scène, inutilement cruelle et vulgaire. Toute cette discussion n'avait rien à faire avec le motif de ce procès.

Le juge se pencha vers l'avant, puis proposa sur le ton d'un grand-père :

— Asseyez-vous un instant, mademoiselle.

Mathieu se dévoua, prit sur lui d'apporter sa chaise derrière la barre, pour permettre à la petite fille de se reposer un peu. Ils échangèrent un long regard, puis le jeune homme alla s'appuyer contre le mur, près des bancs des spectateurs.

Pendant quelques minutes, Marie-Jeanne sanglota. De guerre lasse, toisant l'avocat de la défense, Louis-Philippe Pelletier déclara :

— Nous allons suspendre l'audience jusqu'à deux heures afin de permettre à tout le monde de se reposer un peu.

Sur ces mots, visiblement ému, le magistrat ramassa ses papiers et quitta la salle précipitamment. Les spectateurs demeurèrent immobiles un instant, les yeux fixés sur l'accusée. Des agents de la paix la firent sortir par une porte dérobée.

Francœur avait raté sa sortie : à l'heure du repas, sa brutalité marquerait l'esprit des jurés.

Puis, toute l'attention se reporta sur Marie-Jeanne, courbée sur sa chaise, toujours en pleurs. Mathieu s'approcha de la barre pour poser la main sur l'épaule de sa protégée.

— Viens, nous allons retourner dans la salle à côté.

Elle lui emboîta le pas docilement, les yeux résolument fixés sur le plancher, sous les regards de l'assistance. Alors qu'ils passaient la porte, le jeune homme entendit une voix gouailleuse :

— L'un de ces jours, Napoléon, tu nous raconteras au Club de réforme si toi et ton frère, enfants, vous preniez une bouteille pour vous amuser. Le sujet semble t'intéresser.

Cet interrogatoire, devant un parterre de juristes, ne servirait pas la réputation du député de Lotbinière. Faire pleurer les fillettes nuisait aux vedettes des prétoires.

Dans la salle située au bout du corridor, la petite fille se laissa tomber sur une chaise, passa rageusement son avant-bras sur son visage afin d'essuyer ses larmes sur sa manche.

— Si tu le désires, suggéra Mathieu, je vais aller chercher quelque chose à manger.

L'affluence au palais de justice justifiait la présence d'une petite buvette au sous-sol. Les avocats paraissaient se nourrir exclusivement de sandwichs.

— … Je ne veux pas rester seule.

— Dans ce cas, je peux demander au constable planté devant la porte. Il ira pour nous.

L'homme, depuis le corridor, avait entendu le témoignage de la fillette. Il semblait plus résolu que jamais à empêcher quiconque de l'embêter. Deux minutes plus tôt, un journaliste plus malappris que les autres avait risqué de faire connaissance avec sa matraque. Il se transformerait volontiers en garçon de course, maintenant, pour lui rendre service.

— ... Cela ne passerait pas, dit Marie-Jeanne. Mais toi, tu dois avoir faim.

— En réalité, cela ne passerait pas non plus. Ce vieux garçon m'a enlevé l'appétit à moi aussi.

Elle lui fit un petit sourire timide, heureuse de partager son inimitié pour Francœur.

— Si nous mettions trois de ces chaises l'une près de l'autre, tu pourrais t'étendre un peu.

La fillette tâta le rembourrage de la chaise la plus proche de la sienne, la trouva plus moelleuse que son lit de l'hospice Saint-Joseph-de-la-Délivrance.

— Je ne veux pas dormir, protesta-t-elle.

Mathieu lui adressa un sourire entendu. Lui aussi, quand il savait qu'une attaque devait avoir lieu à l'aube, refusait le sommeil, pour ne pas voir le moment fatidique arriver trop vite.

— Tu n'as pas à dormir, mais tu te reposeras...

Il plaça les chaises de la façon convenue, elle s'étendit de tout son long. Gentilhomme, il enleva sa veste pour la couvrir. De la chaise restante, il contemplait la silhouette de son petit soldat. La dernière bataille ne serait pas la plus facile.

Les réticences du témoin à revenir « dans la boîte » entraînèrent un petit retard de la reprise de l'audience. Quelqu'un, sans doute Fitzpatrick, s'était assuré que Mathieu retrouve son siège. Marie-Jeanne pourrait s'asseoir pour la suite de son interrogatoire.

D'entrée de jeu, le juge Louis-Philippe Pelletier entendit la rassurer un peu.

— Je vais vous parler comme un père parle à son enfant. Vous n'avez pas besoin d'avoir peur, personne ne vous fera de mal, le juge vous protégera. Cessez de pleurer de même. Maître Francœur a le droit de poser ces questions, c'est même son devoir de le faire. Je comprends que c'est pénible, mais il accomplit son devoir. Tout ça, mon enfant, est un concours de circonstances malheureuses, vous n'avez pas besoin de pleurer.

Le magistrat jeta un regard du côté de l'accusée, une sinistre silhouette noire encadrée de deux personnes en uniforme, puis il passa au tutoiement.

— Parle tranquillement et personne ne te fera de mal, je te garantis ça.

Mathieu sourit. D'une façon peu conventionnelle, le juge venait d'accorder la protection de la cour au témoin : elle pouvait maintenant confesser les pires crimes sans craindre une poursuite à son tour.

— Monsieur l'avocat, vous pouvez maintenant poursuivre, ajouta-t-il d'un ton sévère après une pause.

— Votre Honneur, interrompit le substitut du procureur général en se levant, j'aimerais auparavant que l'on débatte de la lettre déposée ici comme pièce à conviction numéro quinze. Elle incite clairement un témoin de la Couronne à se parjurer…

— Objection !

Francœur frémissait de colère. Marie-Jeanne avait expliqué son parjure à l'enquête du coroner en plaidant la crainte de recevoir une volée, accepter cette lettre comme élément de preuve donnerait un plus grand poids à ses affirmations. Il continua d'un ton mal contenu.

— Cette lettre aurait été adressée par l'accusée à son beau-père, Gédéon Gagnon. Ce dernier n'a pas été entendu pour prouver qu'il l'a bien reçue et qu'elle venait de l'accusée.

— Mais nous avons un témoin ici même, dans la boîte, qui nous a affirmé en avoir fait la lecture à monsieur Gagnon. Ce témoin a reconnu l'écriture de sa belle-mère. L'homme étant analphabète, il ne pourrait pas, de toute façon, s'exprimer sur le sujet.

Le magistrat eut un petit sourire amusé quand il conclut :

— La pièce à conviction est donc reçue.

Francœur encaissa mal le coup. Marie-Anne Houde avait écrit :

… il vont aller chercher Gerard pour l'enquete vous lui direz quand même le detective le questionnerait qu'il ne parle pas il n'a pas le droit et c'est ce qui a fait Marie-Jeanne et à la cours qu'ils disent rien que oui ou non vous lui direz par ceux que lui vous comprenez il est sourd il peuvent lui faire dire ce qu'il voudront vous lui direz.

La mauvaise prose était tout de même assez explicite. Demander le silence à un témoin, c'était admettre que celui-ci pouvait révéler des informations incriminantes !

L'avocat fit semblant de s'absorber dans des documents étalés sur sa table, puis il revint vers la barre.

— Vous n'avez pas besoin de pleurer, Marie-Jeanne, je ne suis pas là pour poser des questions inutiles. Je suis obligé de poser ces questions-là. Je ne vous ai jamais maltraitée quand vous êtes venue à mon bureau. Je voudrais répéter une question posée cet avant-midi : Persistez-vous à jurer que vous n'avez jamais couché avec votre petite sœur, Aurore, après votre passage à l'orphelinat d'Youville ?

Les larmes revinrent en même temps que cette allusion à des actes impurs. Elle admit d'une toute petite voix, de façon bien indirecte :

— Ça, je ne peux pas dire ça.

— Ne pleurez pas, intervint le juge Pelletier, répondez comme une brave fille, ça va finir bien vite.

Pendant un long moment, l'avocat orienta ses questions sur le séjour des deux petites filles à l'orphelinat d'Youville, évoqua un été passé chez les grands-parents paternels de la victime. Son insistance à déclarer qu'elle n'en gardait pas de réels souvenirs obligea le plaideur à revenir à une période plus récente.

— Vous avez dit que votre mère montait la nuit dans la chambre à coucher pour battre Aurore, n'est-ce pas ?

— Oui.

— Elle montait tous les soirs ?

— Elle montait toutes les nuits.

La précision fit sourire l'assistance. L'avocat essayait si souvent de l'amener à se tromper dans ses évocations, le voir pris à son propre jeu amusait la foule.

— Depuis quand montait-elle ainsi toutes les nuits ?

— Ah, je ne peux pas dire quand.

— Depuis combien de mois ?

— Je ne peux pas dire, depuis combien de mois.

Les membres du jury admettraient-ils cette imprécision ?

— À quelle heure de la nuit ?

— Je ne sais pas.

— Elle l'a battue ?

— Oui.

— Toutes les nuits ?

Devant la répétition, elle se permit cette fois aussi de rester coite, ses grands yeux fixés sur lui.

— Quand elle montait, étiez-vous éveillée ?

— Je me réveillais quand Aurore criait.

— Est-ce que les autres enfants se réveillaient aussi ?

— Je ne sais pas.

L'homme revenait, mine de rien, sur la promiscuité entre les enfants.

— Gérard couchait en haut ?

— Oui, dans une autre chambre.

— Pas dans la même chambre ?

— Non.

— La chambre voisine ?

— Oui.

Puis, l'homme se soucia de savoir avec quoi Marie-Anne Houde cognait sa victime, si elle apportait une lampe avec elle. À la fin, il revint sur son sujet de prédilection.

— N'est-il pas vrai, Marie-Jeanne, que votre mère est montée une fois dans la chambre pour surprendre Aurore couchée avec son petit frère ?

— C'est arrivé une fois.

— Vous admettez donc qu'elle est montée une fois parce qu'Aurore était allée coucher avec son petit frère ?

— Oui. Elle gelait par terre, elle est allée coucher là.

Cette révélation donnait un tout autre sens à son témoignage.

— Dans quel mois, ça ?

— Ah, je ne sais pas quel mois.

— Était-ce en été ou en hiver ?

— C'était l'hiver, il faisait froid.

Dans la salle, les gens devaient tendre l'oreille afin de tout entendre.

— On vous a fait asseoir pour parler un peu plus fort, lui signifia le juge.

Marie-Jeanne hocha la tête, docile, résolue à élever un peu la voix, dorénavant.

— Vous avez dit que votre mère ne voulait pas donner le pot à Aurore. Si je me rappelle bien, c'était un mois avant sa mort ?

— Oui.

— Avant ça, elle le lui donnait ?

— Oui.

— N'est-il pas vrai que, depuis plus d'un an et demi, Aurore pissait comme ça, partout ?

La gamine le regarda d'un air mauvais, reprit les mots exacts de l'avocat pour répondre :

— Elle pissait comme ça, partout, quand elle lui ôtait le pot. C'est tout.

— Vous venez de dire qu'elle lui a ôté seulement un mois avant sa mort.

— Elle l'avait fait avant aussi, de temps en temps.

— Était-ce la nuit, ou le jour ?

— La nuit… La nuit et le jour.

— Tout le temps ?

Marie-Jeanne garda encore le silence, jugeant avoir répondu à cette question.

— Est-ce qu'il y avait un pot dans votre chambre, en haut ?

— Non, il n'y en avait pas. Elle le cachait.

— Y avait-il une chaudière ?

— Il n'y en avait pas.

— Il n'y avait ni chaudière ni pot ?

Un nouveau silence récompensa cette insistance. Depuis la matinée, l'avocat avait affiné sa stratégie. Un long moment, il revint sur les blessures subies par Aurore durant l'été de 1919 et les soins prodigués à l'époque. Puis, il tenta de faire dire au témoin que la petite fille avait pu se gratter au sang, au point de souiller sa paillasse, le plancher et le mur de la chambre.

Soudainement, il lança :

— N'avez-vous pas brûlé Aurore, avec le tisonnier ?

Le témoin se troubla, protesta en hésitant.

— Je n'ai jamais brûlé Aurore.

— Jamais ?

— Non.

— N'est-il pas vrai qu'une fois, pendant que votre mère était allée à la grange…

— Pendant que maman était allée à la grange ?
Elle affectait de ne pas comprendre, le front plissé, les yeux écarquillés.

— Attendez que je pose la question. Vous alimentiez le poêle et Aurore s'est chicanée avec vous. Vous avez voulu la brûler, votre sœur a saisi le tisonnier pour l'éloigner, alors elle s'est brûlé les mains.

— C'est maman qui faisait ça. Elle approchait la tige en fer, puis si Aurore y touchait, elle disait : « Regarde, elle a voulu prendre le tisonnier. »

— Votre mère lui offrait le tisonnier comme ça et Aurore le prenait ?

— Aurore le poussait avec ses mains pour éviter d'être brûlée.

L'avocat s'entêtait, résolu à se faire confirmer les confidences entendues de la bouche de l'accusée. Il en arrivait à lasser tout l'auditoire. Personne ne saisissait comment cette obstination servait encore les intérêts de sa cliente.

— Quand votre mère brûlait Aurore, demanda-t-il, elle faisait chauffer le tisonnier rouge, rouge ?

— Oui, elle le faisait chauffer rouge.

— Rouge-blanc ou bien rien que rouge ?

— Il était rouge.

De tous les sévices infligés, celui-là paraissait le plus terrible aux spectateurs. De nouveaux « Oh ! » horrifiés soulignèrent cette précision.

— Vous, vous regardiez par la fenêtre ?

— Elle nous faisait regarder là.

— Comment pouviez-vous voir que le tisonnier était rouge si vous regardiez par la fenêtre ?

— Pendant qu'elle le faisait chauffer, je regardais.

L'échange porta alors sur cette alternance, les moments où elle devait surveiller si quelqu'un venait, et ceux où elle voyait les supplices infligés à sa sœur. Puis, Francœur s'intéressa à l'intensité de cette torture.

« Ce gars-là lui en veut, comprit Mathieu, il va perdre son procès à cause d'elle ! » L'homme entendait lui faire payer le prix de sa défaite par cet interrogatoire. C'était sans compter la résilience de l'enfant.

— Elle l'a donc brûlée partout, conclut le bonhomme avec ironie après avoir abordé la troisième séance de torture.

— Ah ! Je ne sais pas si elle l'a brûlée partout, partout, cria l'enfant. Mais elle en est morte. Elle l'avait bien assez maltraitée, vous ne croyez pas ?

La repartie suscita un rire nerveux de l'assistance. Francœur ne se laissa pas démonter pour autant. Il changea bientôt abruptement de sujet.

— Votre père était-il là quand votre mère faisait ça ?

— Non, il travaillait au bois, il n'y était jamais.

— Vous ne lui disiez pas ?

— Non.

De la colère devant son acharnement précédent, Marie-Jeanne passa à la honte. Son interlocuteur la ramenait aux conséquences désastreuses de son silence.

— Pourquoi ?

— Parce qu'on avait peur de se faire battre.

Avait-elle vraiment toujours gardé le silence ? Taire tant de misère paraissait impossible. D'un autre côté, à la demande de sa femme, l'homme infligeait des châtiments terribles à ses propres enfants. Cela ne favorisait pas les confidences.

— Aurore ne l'a jamais révélé non plus ?

— Elle n'a pas dit à papa que maman la maltraitait.

L'impureté demeurait le sujet de prédilection de l'avocat. Il ne pouvait s'empêcher d'y revenir encore.

— Votre père et votre mère ne vous ont jamais fait des sermons au sujet de la façon dont vous vous conduisiez avec Aurore et avec le petit Gérard ?

— Je ne me souviens pas de ça.

— Vous êtes une trop bonne petite fille pour ça ?

Le sous-entendu l'amena à baisser la tête. Pendant de longues minutes, l'interrogatoire porta sur quelques pièces à conviction : la sangle en cuir servant de bâillon, les harts, les éclats de bois.

— La journée de la mort d'Aurore, vous dites que votre mère l'a frappée avec ce manche de hache ?

— Pas un manche de hache…

— Un manche de fourche ?

— Oui.

Cette arme, expliqua la petite fille, se trouvait dans un hangar, un appentis accolé à la maison où s'entassait la réserve de bois de chauffage.

— Alors, le matin de la mort d'Aurore, vous dites qu'elle est montée pour la faire descendre, qu'elle l'a culbutée en bas de l'escalier ?

— Je n'ai pas dit qu'elle l'a culbutée en bas de l'escalier, elle a menacé de le faire. Quand Aurore a eu fini de descendre, en arrivant contre le poêle, elle est tombée à terre. Maman lui donne trois bons coups sur le dos. Puis, elle remet le manche de fourche dans le hangar.

Les dernières phrases, débitées au présent, donnaient une authenticité supplémentaire au récit.

— Est-ce qu'elle lui a donné à déjeuner, ce matin-là ?

— Aurore n'a pas déjeuné, elle ne voulait pas. Elle n'avait pas la moitié de sa connaissance.

L'allusion aux derniers coups reçus par la victime, quelques heures avant le décès, laisserait l'impression d'une horrible fureur dans l'esprit des jurés.

— N'est-il pas vrai, Marie-Jeanne, que ce matin-là votre mère est montée pour dire à Aurore de se lever, pour la nettoyer, parce qu'elle avait fait au lit comme d'habitude ?

— Non. Maman a dit qu'elle ne resterait pas couchée toute la journée. Elle lui a dit de descendre, puis elle est descendue derrière elle. Elle n'y a pas touché, mais rendue contre le poêle, Aurore est tombée par terre. Maman a dit qu'elle faisait des « gestes », avant de lui avancer trois coups sur le dos.

La gamine ne dérogeait pas à son récit. La conversation porta longtemps sur les tortures infligées avec le fer à friser, puis Francœur revint encore en arrière, fidèle à son cloaque.

— Est-ce arrivé souvent qu'Aurore fasse ses besoins dans la maison, pour mettre ça dans les habits de ton père ?

— Moi, j'ai vu maman mettre « ça » dans les

habits de papa une fois. Les autres fois, je ne sais pas.

— Dans quoi ?

— Dans un capot.

— C'est vraiment votre mère qui a fait ça ?

— Elle a pris des saletés, elle les a mis dans le capot.

L'avocat lui fit décrire l'événement trois fois, puis il chercha à lui en faire établir la date, sans succès. Cet entêtement convaincrait toutefois les jurés que depuis décembre, la victime avait subi de nombreux mauvais traitements. Tout le long du mois précédant sa mort, la fréquence et la brutalité de ceux-ci s'étaient accrues.

— N'est-il pas vrai qu'une fois, Aurore a « fait » dans le chapeau de ton père et qu'elle a mis ça dans ses habits ?

— Ça, je ne l'ai pas vu.

— Dites-vous que ce n'est pas vrai ?

— Je ne peux pas dire si c'est vrai ou non, je ne l'ai pas vu.

Francœur laissa échapper un soupir lassé. En quatre heures dans la boîte des témoins, la petite fille de douze ans avait appris à doser ses effets et à s'exprimer avec assez de prudence pour ne plus lui donner de prise.

— Votre Honneur, déclara-t-il en se tournant vers le juge, j'ai terminé.

Après un pareil acharnement, la finale paraissait bien abrupte. Le magistrat regarda en direction du substitut du procureur général. Celui-ci secoua la tête pour signifier qu'il ne poserait aucune question supplémentaire à ce témoin.

Marie-Jeanne prit un certain temps avant de comprendre qu'on en avait fini avec elle. Elle chercha Mathieu des yeux, celui-ci prit sur lui de la conduire hors de la salle.

21

En revenant dans la pièce du fond du couloir, Marie-Jeanne leva des yeux anxieux tout en demandant :

— Ai-je bien fait ?

— Tu as été exceptionnelle.

— Maman doit être fâchée.

— Oui, mais elle ne pourra plus te faire de mal.

Mathieu affichait une assurance un peu exagérée, dans les circonstances. Le verdict ne viendrait que dans quelques jours.

— Ils vont la garder ?

— Oui, je crois. De toute façon, tu ne seras plus dans la même maison, j'en suis sûr.

Elle remua la tête, seulement à demi rassurée.

— Tout à l'heure, je vais te conduire à l'hospice Saint-Joseph. D'ici là, j'aimerais entendre le témoignage de ton institutrice et de ton frère.

La gamine accepta d'un signe de la tête, puis elle demanda, une pointe d'inquiétude dans la voix :

— Personne ne viendra ?

— Non. Je vais m'en assurer.

Près de la porte, l'homme de faction à midi avait été relevé. Son remplaçant demeurait préoccupé, comme si ces deux intrus risquaient d'abîmer les jolis meubles. Le stagiaire affecta de lui parler comme à l'un des soldats de son bataillon.

— Vous resterez ici, afin d'empêcher les curieux, ou pire, les journalistes, de venir l'embêter.

— Ils sont tous dans la salle d'audience, ou l'oreille collée à la porte pour entendre la suite.

— Je peux compter sur vous ? insista le jeune homme.

— Je ne bougerai pas, assura l'employé.

Quand Mathieu retourna dans l'enceinte, il vit un membre du personnel du tribunal enlever la chaise placée dans la boîte des témoins. Une jeune femme, même jolie, ne bénéficierait pas du même avantage que Marie-Jeanne.

Il revint à sa place en lui adressant un salut de la tête, une attention à laquelle elle répondit d'un sourire. L'avocat de la défense s'irrita une fois encore de la connivence entre le stagiaire et les témoins de l'accusation.

— Mademoiselle Saint-Onge, commença Fitzpatrick, vous êtes institutrice à Sainte-Philomène-de-Fortierville, je crois ?

— Oui, à l'école du sixième rang.

— Sans vous demander de révéler votre âge, pouvez-vous nous dire si vous effectuez ce travail depuis longtemps ?

La précaution fit sourire : en prêtant serment, le témoin avait indiqué ses vingt-huit ans sans hésiter.

— … Cela fera dix ans l'été prochain.

Le préambule de l'avocat la fit tout de même rougir un peu de ce célibat tardif. Mariée, les commissaires l'auraient déjà contrainte à se retirer.

— Vous jouissez donc d'une grande expérience, souligna le procureur.

Elle le remercia d'un sourire, même si sa longévité exceptionnelle témoignait surtout de la rareté des bons partis à Fortierville. Son interlocuteur poursuivit :

— Votre école se trouve à bonne distance du domicile des Gagnon, je pense.

— Oui. Mais sauf au plus fort de l'hiver, en passant à travers champs, cela ne représente pas un obstacle insurmontable. Les élèves du septième rang fréquentent l'école en moyenne un jour sur deux.

Pour les habitants des villes, familiers avec l'école de leur quartier, cette jeune femme paraissait prendre à la légère un trajet très long.

— Pourtant, les enfants de l'accusée n'ont pas fréquenté la classe de façon bien régulière. Pouvez-vous nous parler d'Aurore ?

— Au cours des deux années écoulées depuis sa sortie de l'orphelinat d'Youville, je l'ai vue un peu moins de trente jours.

— En deux ans ?

Le substitut du procureur général feignit la surprise.

— Oui. J'ai consulté le livre des présences. J'en ai compté vingt-huit en tout.

Même en fixant leurs attentes au plus bas, les membres du jury devaient convenir que les parents Gagnon négligeaient leur devoir en ce domaine.

— Tout de même, êtes-vous en mesure de nous parler d'Aurore Gagnon ?

— Oui. C'était une enfant tranquille, sage et obéissante.

La jeune femme demeurait fidèle à la description donnée à Mathieu, des semaines plus tôt. Cela nuançait considérablement le portrait dressé par l'avocat de la défense : la charmante institutrice n'évoquait pas une fillette susceptible de semer ses excréments dans les habits de son père.

— Était-elle intelligente ? se renseigna encore le substitut du procureur.

— Oui, très intelligente.

— Avez-vous jamais remarqué quelque chose d'anormal à son sujet ?

— Non, jamais.

Des réponses nettes, précises, sans aucune hésitation, faisaient toujours bonne impression.

— Bref, conclut l'avocat, à vos yeux c'était un enfant semblable aux autres.

— Peut-être un peu plus intelligente.

L'homme regarda le juge avant de dire :

— Je n'ai pas d'autres questions, Votre Honneur.

— Maître Francœur ?

— Je n'ai pas de question, Votre Honneur.

Le vieux garçon ne souhaitait pas s'escrimer avec une jolie femme au sujet des qualités ou des défauts d'une gamine torturée à mort par ses parents. Déjà, la journée lui avait donné une réputation de rustre.

La jeune institutrice échangea encore un salut de la tête avec Mathieu. Celui-ci se sentait vaguement mal à l'aise. Pendant leur rencontre au magasin général de Sainte-Philomène, il lui avait laissé entendre qu'il aimerait partager un moment avec elle, lors de son passage au tribunal. Ce ne serait pas le cas.

Louis-Philippe Pelletier contempla l'horloge accrochée au mur du tribunal, puis il déclara :

— À cette heure, nous avons le temps d'entendre encore un témoin. Maître Fitzpatrick ?

— J'invite donc Georges Gagnon, le fils de l'accusée, issu d'un premier mariage, à venir à la barre.

Le substitut du procureur général tenait à ce que les jurés connaissent le lien entre le garçon et Marie-Anne Houde. Véritable rejeton de l'accusée, personne ne pourrait soupçonner celui-ci d'en vouloir à un beau-parent.

— Mon garçon, commença le juge, peux-tu demeurer debout pour témoigner ?

— Oui. Je ne suis pas fatigué.

La remarque amena un sourire sur les lèvres des spectateurs. À neuf ans, le gamin tentait de paraître plus grand, derrière la barre. Le magistrat demanda encore :

— Tu sais ce qu'est un serment ?

— Prendre Dieu à témoin de ce que l'on va dire ?

Les yeux incertains, il répétait visiblement une explication apprise par cœur, sans bien la comprendre.

— C'est très bien. Le greffier va te présenter les Saintes Écritures. Tu mets la main dessus, et tu réponds « Je le jure ». Après cela, tu devras dire toute la vérité.

Georges hocha gravement la tête, puis il fit comme on le lui avait dit. Fitzpatrick s'approcha ensuite avec son meilleur sourire.

— Où demeurais-tu l'hiver dernier ?

— Avec mes parents.

— Tu es le petit frère d'Aurore Gagnon ?

— Oui.

La voix parut bien faible tout d'un coup, seule sa tête demeurait visible.

— Où Aurore couchait-elle ?

— Dans le grenier.

— Elle couchait toute seule ?

— Oui.

Georges prenait lentement de l'assurance. Il avait craint des questions difficiles, comme celles de l'institutrice, à l'école.

— Et toi, où couchais-tu ?

— Avec mon frère, je couchais de l'autre côté.

Malgré son caractère succinct, la réponse satisferait les jurés. Dans tous les foyers, les enfants se partageaient de part et d'autre d'une cloison, selon leur sexe.

— Et Marie-Jeanne, où couchait-elle ?

— Dans la même pièce qu'Aurore, mais pas dans le même lit.

La précision, donnée spontanément, évoquait la leçon bien apprise. Mathieu regretta de le voir afficher une si bonne mémoire.

— Te souviens-tu quand Aurore est tombée malade ?

— Oui.

— Qu'est-ce qu'elle avait ?

— Maman ne faisait rien que la fesser, la battre et la brûler avec un tisonnier.

Rapide, la réponse paraissait convenue. Le substitut du procureur se troubla devant tant de bonne volonté.

— Quelqu'un t'a-t-il demandé de dire cela ? demanda-t-il prudemment.

— Non, personne.

À strictement parler, Georges disait vrai. Mathieu aurait tout de même préféré qu'il ne le cherche pas constamment des yeux.

— As-tu déjà vu ta mère attacher la bouche d'Aurore avec cette *strappe* en cuir ?

Fitzpatrick doutait que les mots courroie ou sangle figurent au vocabulaire de son interlocuteur.

— Oui, quand elle lui attachait les pieds à la table.

— As-tu vu ta mère battre Aurore avec le tisonnier ?

— Oui.

— Combien de fois ?

— Deux fois.

Les confidences de Marie-Jeanne se trouvaient corroborées avec une candeur étonnante, sans la moindre hésitation.

— Étais-tu là le jour où Aurore est morte ?

— J'étais en haut, je l'ai vue quand elle commençait à déparier. Elle était sur une paillasse avec pas grand paille dedans. Maman lui a donné un coup de pied dans le ventre pour lui faire descendre l'escalier plus vite. J'ai vu maman traîner Aurore par terre.

Ce garçon paraissait déterminé à devenir le témoin idéal de tout avocat de la poursuite. Tant de bonne volonté troubla Fitzpatrick.

— Qu'est-ce qu'Aurore mangeait ?

— Elle ne mangeait pas.

— Buvait-elle ?

— Elle ne buvait pas. Maman la guettait pour qu'elle ne boive pas.

Le substitut du procureur général continua tout de même avec le canevas d'interrogatoire établi à l'avance, avec l'aide de son stagiaire.

— La journée de sa mort, ta mère lui a-t-elle donné quelque chose à boire ?

— Oui, dans une tasse.

— Y avait-il du Lessi dans la maison ?

— Oui, maman lui en a fait boire un peu. Papa n'y était pas. Le Lessi était dans une cuvette pour laver le plancher. Maman lui a dit : « Tu vois comme c'est bon. C'est sucré. »

Cette fois, Fitzpatrick ne put s'empêcher de tourner son regard en direction de son adversaire, un peu mal à l'aise.

— Allez Georges ! grommela Francœur. Continue ta belle histoire !

Le juge Louis-Philippe Pelletier le regarda un peu de travers, mais sans le rappeler à l'ordre.

— Je n'ai plus de question, Votre Honneur, conclut l'avocat de la Couronne.

Alors qu'il se rasseyait, il remarqua dans un souffle :

— Vous êtes un trop bon professeur, ou votre élève a trop bonne mémoire. Avec ses hésitations, ses oublis et ses pleurs, sa sœur paraissait autrement plus crédible.

— Je vous assure, répondit Mathieu sur le même ton, je ne lui ai pas fait mémoriser cela. D'un autre côté, Marie-Jeanne…

La fillette lui avait confié avoir informé ses frères

de la teneur de son témoignage. Peut-être poussait-elle le zèle jusqu'à leur faire répéter des réponses.

Goguenard, l'avocat de la défense se planta devant l'enfant.

— Tu dois bien savoir autre chose, remarqua-t-il.

— Oui. Maman mettait des cochonneries dans la place et ensuite elle accusait Aurore.

L'autre, affichant une mine sceptique, le mit en garde d'une voix sévère :

— Tu as fait le serment de dire la vérité.

— Oui, et c'est la vérité que je dis.

— Tu viens de dire la vérité contre ta mère ?

— Oui.

« Si ce gamin ment, se dit Mathieu, il le fait avec l'aplomb d'un politicien. Au fond de lui, Francœur devrait l'admirer ! » L'homme réfléchit, puis il changea totalement de registre :

— As-tu fait un beau voyage à Québec ?

— Oui.

— Es-tu content de retrouver plusieurs voisins et parents de Sainte-Philomène ?

— Oui.

Sa satisfaction paraissait sincère. Il ne cherchait pas à camoufler son plaisir.

— Es-tu bien logé, à l'hôtel *Blanchard* ?

— Oui.

— Es-tu bien nourri ?

— Oui.

Des membres de la famille avaient jugé bon de le prendre avec eux quelque temps. Cela lui procurait une heureuse diversion après de longues journées à l'orphelinat.

— Ton père et ta mère sont-ils bien nourris à la prison de Québec ?

— Je ne sais pas.

La question parut troubler le gamin.

— Es-tu allé les voir en prison ?

— Oui.

— Ils sont bien là, d'après toi ?

— Oui.

Un ricanement se fit entendre dans l'assistance après cette déclaration. La bonne humeur revenait spontanément chez cet enfant. Si Francœur entendait l'attrister, le charger d'une certaine culpabilité en comparant son propre sort à celui de ses parents, il demeurerait en reste.

— Es-tu bien content d'être venu au procès ?

— Oui.

Lassé, l'avocat entendit conclure.

— Tu as dit tout à l'heure qu'Aurore ne mangeait pas et ne buvait pas, insista-t-il.

— Oui.

— Combien de temps est-elle restée sans manger ni boire ?

— Je ne peux pas dire exactement pendant combien de temps.

Francœur lui adressa un sourire complice, s'approcha un peu pour souffler :

— Tu peux certainement le dire à peu près.

— Trois ans !

L'enfant montra toutes ses dents, fier de sa réponse. Le juge se pencha un peu vers lui, pour demander sur le même ton :

— Sais-tu combien il y a de mois dans un an ?

— … Non, admit Georges en fronçant les sourcils.

— À peu près ? Combien y a-t-il de jours ou de semaines dans un an ?

— … Quatre jours ?

Un autre ricanement accueillit la réponse, le jeune témoin se renfrogna. L'avocat de la défense se tourna vers le juge, un sourire sur les lèvres, puis vers les jurés.

— Je n'ai plus de question, Votre Honneur.

Puis, il se tourna vers Mathieu avec ostentation. Il semblait vouloir dire : « Ce garçon idiot récite la leçon apprise de ce stagiaire, là. » Évidemment, si le témoin avait appuyé la défense, il l'aurait trouvé fort convenable.

— Nous aurions encore un peu de temps, enchaîna le magistrat. Toutefois, un contretemps nous empêche d'appeler à la barre le témoin suivant. Gérard Gagnon a été conduit à l'hôpital. Il souffre de la grippe.

La situation paraissait le préoccuper. Une longue maladie retarderait indûment la procédure. Fitzpatrick savait devoir soigner sa réputation auprès des jurés. Il proposa de bonne grâce une solution.

— Nous pourrions peut-être nous déplacer demain vers l'hôpital. L'établissement ne se trouve pas bien loin.

— Nous nous retrouverons ici demain matin, dit le magistrat, à l'heure habituelle. Si l'enfant ne peut pas se présenter devant nous, nous aviserons alors.

D'un coup de maillet, il congédia tout le monde. La salle se vida lentement. Georges se dirigea vers l'une de ses tantes, heureux de la perspective de passer une nouvelle soirée avec les siens à l'hôtel *Blanchard*, près de la place Royale.

Depuis plusieurs jours, maître Francœur évitait les échanges avec ses collègues de la poursuite. Cette fois, il s'approcha pour formuler, toujours en colère :

— Ah ! Vous avez bien fait la leçon à ce garçon.

— Vous ne parlez pas à vos témoins, vous ? rétorqua Fitzpatrick sur le même ton.

— Pas au point de leur faire mémoriser une déposition, pour leur permettre de la vomir ensuite devant les jurés.

— Donc, si les trois enfants toujours vivants de votre cliente avaient répété l'histoire stupide de ce monstre en jupon, vous vous seriez levé en criant « Objection, Votre Honneur, je leur ai appris tout cela lors de rencontres à Sainte-Croix-de-Lotbinière » ? Car c'est bien là que vous les avez préparés, n'est-ce pas ?

L'autre le jaugea, mais n'osa pas ajouter un mot.

— Tout de même, maugréa le substitut du procureur après son départ, en plus de son témoignage, vous auriez pu lui apprendre à connaître un peu le calendrier.

— Je vous assure, je ne lui ai rien fait mémoriser, se défendit Mathieu. L'initiative ne vient pas de moi.

— En plus, il semble tellement heureux de se trouver à l'hôtel. Le procès pour meurtre de sa mère et de son beau-père se transforme en période de festivité !

Si des parents souhaitaient prendre les enfants du couple infernal chez eux, la directrice de l'hospice Saint-Joseph-de-la-Délivrance ne les garderait pas de force. Son établissement dépendait de la charité publique.

— Espérons que son frère se montre un moins bon élève, conclut Fitzpatrick.

— Rappelez-vous de parler un peu fort. Ce gamin n'entend pas très bien.

La recommandation amusa l'avocat.

Picard, empressez-vous de faire des enfants, rétorqua-t-il. Le rôle de parent vous va bien.

Il sortit sur ces mots.

Un peu penaud après la pitoyable performance de Georges, Mathieu retrouva Marie-Jeanne étendue sur les chaises, cette fois profondément endormie. Enfin libérée de l'énorme poids sur ses épaules, elle s'efforçait de prendre un peu de repos.

Le jeune homme se pencha sur elle, la dernière remarque de son employeur lui trottant dans la tête. Curieusement, l'image de Flavie surgit dans son esprit. Sa présence lui manquait cruellement, après cette affreuse journée.

— Marie-Jeanne, murmura-t-il en lui touchant l'épaule, tu peux rentrer…

Les mots « la maison » ne passèrent pas ses dents. Pour elle, il n'existerait plus rien de semblable. La fillette entrouvrit les yeux, pour se redresser à demi.

— Nous pouvons partir, répéta-t-il, la cour a fini de siéger.

— Tous ces gens ?

— Ils sont allés souper, à cette heure. Tu dois aussi avoir l'estomac dans les talons. Tu n'as rien avalé de la journée.

Sa compagne se redressa tout à fait, elle examina

rapidement sa mise. Ses vêtements de petite paysanne ne lui rendaient pas justice. Dans le long couloir maintenant désert, elle tendit la main pour prendre la sienne. Dehors, le jeune homme demanda :

— Ce matin, tu as emprunté les rues, ou le funiculaire, pour venir à la Haute-Ville ?

Le nouveau mot l'amena à plisser le front.

— Les rues…

— Dans ce cas, je vais te faire connaître ce merveilleux moyen de transport. Un tramway qui circule comme cela.

De la main, le jeune homme lui indiqua une pente de soixante-dix degrés. Elle ouvrit de grands yeux incrédules, préféra ne pas protester. Jusque-là, la ville lui réservait de multiples surprises. Au passage, elle contempla longuement le Château Frontenac, la statue de Samuel de Champlain.

En montant dans la petite cabine métallique, une main plutôt menue serra ses doigts, le visage exprima une certaine inquiétude.

— Ne t'en fais pas, cette machine est bien moins dangereuse que le député Francœur.

La remarque lui permit de se détendre un peu. Le bruit métallique les força au silence au cours de la descente tout au long du flanc de la falaise. Ensuite, en marchant vers les quais, puis pendant la traversée du fleuve, d'anodins sujets de conversation les occupèrent. La petite fille redevint morose lors du trajet vers l'hospice Saint-Joseph.

— Tu ne sembles pas beaucoup te plaire à cet endroit, s'inquiéta le jeune homme.

— C'est un orphelinat.

Le mot valait une longue explication. Des adultes entassaient là des enfants sous la surveillance de religieuses souvent revêches.

— Tout de même, continua Marie-Jeanne en levant les yeux vers lui, j'y suis bien. Après, j'aimerais rester là.

« Après », songea le jeune homme. À la fin des procédures, la vie de cette gamine serait irrémédiablement bouleversée. Au mieux, ses deux parents ne sortiraient pas de prison avant sa majorité. Au pire, ce serait la corde. Si un oncle n'acceptait pas de la prendre chez lui en guise de domestique, il ne lui resterait guère d'autre possibilité qu'une institution.

— Selon toi, mère Saint-Émilien voudra-t-elle me garder ?

— Je suppose que oui. Ne t'inquiète pas à ce sujet.

Ils approchaient maintenant du grand établissement en pierre et en brique.

— Tu crois que je devrai y retourner encore ?

Cette fois, Marie-Jeanne parlait du palais de justice.

— Pour tout de suite, je ne crois pas. Tu as dit tout ce que tu savais.

Bien sûr, certains témoins devaient se présenter plus d'une fois à la barre. Cela risquait peu de se produire dans le cas de cette petite fille.

— Tu devras aussi témoigner au procès de ton père.

— J'ai dit tout ce que je savais aujourd'hui.

— Il te faudra tout répéter. Ce sera un autre

procès. Tous ceux qui ont défilé jusqu'à maintenant vont recommencer leur histoire.

— Lui, il sera là ?

La petite fille s'inquiétait de Francœur. L'ogre ne saurait se montrer sous un plus mauvais jour qu'aujourd'hui, mais il risquait peu de devenir plus amical.

— Ne commence pas à te torturer avec lui. L'avocat de tes parents fait un travail malpropre. C'est un peu comme sortir le fumier de la porcherie. Tu comprends ?

La fillette remua la tête, incertaine toutefois du sens à donner à la métaphore. Mentalement, son compagnon compléta : « Et ce sale travail, il le fait salement. »

Alors qu'ils approchaient de l'entrée principale de l'hospice Saint-Joseph, la directrice sortit sur le perron pour les accueillir.

— Marie-Jeanne, tu dois avoir faim. Va dans la cuisine, tu y trouveras un repas chaud.

La fillette regarda longuement son compagnon, puis elle lui dit d'une toute petite voix :

— Au revoir, Mathieu.

— Au revoir. Nous nous rencontrerons lors du nouveau procès.

La perspective lui parut bien peu rassurante. Elle choisit toutefois de ne pas s'en inquiéter et de se soumettre à la recommandation de la directrice. Quand elle se fut effacée, mère Saint-Émilien demanda au jeune homme :

— Avez-vous le temps de passer à mon bureau ?

— J'allais vous demander un tête-à-tête.

Elle pénétra dans le grand édifice avec lui,

s'engagea dans le couloir. Dans son bureau, sans hésiter, elle se rendit à sa petite armoire, revint avec un verre de cognac pour le poser en face de la chaise du visiteur.

— Vous ne m'accompagnez pas ?

— Mon confesseur tente de me ramener dans le droit chemin.

Alors qu'elle prenait place sur son siège, Mathieu s'assit sur le sien.

— La petite semblait fatiguée. La journée a été difficile ?

— Horrible. À entendre l'avocat de la défense, Aurore serait une criminelle endurcie et la belle-mère, une pauvre victime.

— La justice humaine me paraît bien aléatoire.

Le stagiaire avala la moitié de son verre, puis commenta d'une voix maussade :

— Comme ni vous ni moi ne pourrons revenir afin de discuter de celle de Dieu, je n'ose pas trop me désespérer de celle-ci.

— Mais moi, je suis certaine de revenir.

La candeur de la religieuse amena un sourire sur le visage du jeune homme.

— Marie-Jeanne me paraît bien entichée de vous, continua la directrice.

— La jeune femme dont je suis moi-même entiché me dit la même chose. Dans les circonstances, elle a besoin d'un ami. Je suis la figure rassurante dans ce monde étrange.

— Et je sais que vous prenez bien garde de ne pas la blesser plus profondément encore. En fait, elle va perdre ses parents.

C'était une façon gentille de lui rappeler la prudence, la délicatesse exigée par la situation.

— Ce nouveau procès commencera quand ? continua mère Saint-Émilien après une pause.

— La date demeure incertaine, car celui de la mère risque de prendre une nouvelle tournure demain ou samedi. J'avance une hypothèse : dans dix jours.

Mathieu vida son verre, le posa sur le bord du bureau avant de dire :

— Elle a exprimé le désir de rester ici, ensuite.

— Les garçons iront chez des parents de leur mère. D'ailleurs, ils ont déjà quitté cet endroit.

La petite fille s'y trouvait donc seule, à présent. Cela ajoutait à sa morosité.

— Personne n'a entrepris de démarche en ce sens pour elle, n'est-ce pas ?

— Non. Une fille, c'est une bouche inutile à nourrir, à la campagne. Je serai heureuse de la voir vivre parmi nous, si tel est son souhait.

Un silence un peu gêné s'installa entre eux. La religieuse avait formulé son appel à la prudence, son interlocuteur, le projet de la gamine.

— Le sort de cette jeune fille semble vous émouvoir, enchaîna-t-elle.

— En quelque sorte, c'est mon miroir.

— … Vous pouvez m'en dire plus ?

Mathieu l'observa un certain laps de temps avant d'ajouter :

— Vous me demandez une confession.

— Je ne demande rien, surtout pas cela. Comme vous le savez, mon sexe m'interdit de prétendre à un rôle de ce genre.

Quelque chose dans le ton de cette femme ressemblait à du dépit.

— Je peux toutefois vous offrir mon écoute, et ma discrétion, continua-t-elle.

Le jeune homme, pensif, se taisait. À la fin, peut-être à cause des émotions de la journée, se livrer lui parut la chose à faire.

— Marie-Jeanne et moi devons apprendre à vivre avec un lourd passé. Tous les deux, nous portons au moins en partie la responsabilité de la perte de vies humaines.

— Tous les deux, vous avez fait ce que l'on vous demandait, sans vous offrir le choix.

— Si cela était vrai, les choses seraient-elles vraiment plus supportables ?

Cette fois, ce fut à la religieuse de se déplacer sur sa chaise, mal à l'aise sous le regard acéré de son interlocuteur.

— Mais voyez-vous, continua Mathieu après une pause, tous les deux nous sommes allés au-delà des attentes, au moins de celles exprimées à haute voix. Croyez-moi sur parole, obéir à des ordres qui ne vous ont pas été donnés vous hante ensuite d'une tout autre manière.

Mère Saint-Émilien se leva pour aller chercher un autre verre dans son armoire. Revenue à sa place, elle se versa un peu d'alcool.

— Tant pis pour mon confesseur, grogna-t-elle.

Après un silence trop lourd, le temps de se tremper les lèvres, elle demanda :

— Pouvez-vous me décrire la participation de Marie-Jeanne dans ce drame ? Ce serait ensuite plus facile pour moi de l'aider…

— Non, je lui ai promis la discrétion, je m'en tiendrai à cet engagement.

— Les journaux ne se priveront pas d'étaler les détails.

— Sans doute, mais insister serait à la fois inutile et indélicat. Une trahison, même engluée de bonnes intentions, demeure une trahison.

L'autre affecta une mine désolée.

— Je veux juste comprendre, s'excusa-t-elle.

— Alors, je vous parlerai de moi. Vous saurez bien voir de l'autre côté du miroir.

Mathieu se cala dans sa chaise et commença.

— Toute ma vie, j'ai cherché à bien faire : être un bon fils, un bon élève, un bon frère aîné. À l'armée, j'ai fait confiance à mes officiers, j'ai accepté de bon cœur un principe idiot : sacrifier ma vie à notre entreprise. Nous étions des millions à affronter la mort tous les jours pour obtenir la victoire.

— Cette logique ne m'est pas inconnue…

— Bien sûr, c'est aussi celle de l'Église.

Le visiteur n'alla pas jusqu'à ajouter que l'objectif de convertir les infidèles lui paraissait tout aussi ridicule que celui de vouloir soumettre les Allemands.

— Tout à ma mission, j'ai dénoncé deux de mes hommes pour lâcheté. Je craignais, et tous les états-majors avec moi d'ailleurs, une contagion de refus de combattre si je les laissais faire. Pour me remercier de mon zèle, mon général m'a ordonné de diriger le peloton d'exécution.

— Seigneur Dieu !

Mère Saint-Émilien avala la moitié du contenu de son verre.

— Je n'avais aucune haine pour ces deux hommes, n'en doutez pas. Je cherchais simplement la considération de mes supérieurs. Bien faire pour être apprécié d'eux. Dire « aimé » ne serait pas exagéré.

— ... De la même façon que pour être aimée de sa belle-mère, Marie-Jeanne a participé. Par son silence certainement, par son témoignage à l'enquête du coroner ensuite.

— Il ne m'appartient pas de commenter cela.

Le constat du jeune homme allait bien plus loin. Au gré du procès, il n'en doutait plus, la complicité de son amie serait mise en évidence.

— Le plus ironique dans tout cela, confia-t-il en se levant, c'est que mon initiative m'a fait une très mauvaise réputation. Pas seulement auprès de mes hommes, mais aussi auprès de mes collègues, de mes supérieurs. J'ai découvert qu'il fallait savoir quand ouvrir et quand fermer les yeux. Les deux sont d'égale importance. J'essaie encore d'acquérir cette compétence.

Certaine que toutes ses paroles de réconfort ne serviraient à rien, la religieuse se contenta de le regarder, muette.

— Je vais rentrer à la maison, conclut le jeune homme en mettant la main sur la poignée de la porte. Avant de partir, me permettez-vous de faire un appel téléphonique ?

— Bien sûr. Il y a un appareil dans la loge de la portière. Je vous reconduis.

Devant l'entrée principale, ils se quittèrent sur

une poignée de main. Un long moment, la femme accrocha son regard au sien, incapable de prononcer un mot. Mathieu eut presque envie de s'excuser de l'avoir autant troublée.

Avec la portière debout derrière lui, Mathieu ne pouvait se montrer bien explicite. Il demanda à la téléphoniste d'être mis en communication avec les bureaux administratifs du grand magasin PICARD. La chance lui sourit : Flavie répondit à la troisième sonnerie.

— Le bureau de monsieur Édouard Picard, j'écoute.

— C'est moi. Je peux te voir ?

Elle n'eut aucun mal à reconnaître sa voix.

— Je suis encore au travail… formula-t-elle à voix basse. Nous sommes jeudi…

Ce jour-là, le commerce ne fermait jamais avant huit heures le soir, parfois neuf. Toutefois, elle risquait peu de se voir mobiliser aussi tard.

— Je me trouve à Lévis. Il me faudra environ une heure avant de te rejoindre.

— … La journée a été si difficile ?

Le timbre de la voix contenait une grande sollicitude.

— Terrible. En plus, je meurs de faim.

C'était un pieux mensonge. En réalité, il ne pourrait rien avaler.

— Je serai dans le petit restaurant de la rue de la Couronne.

Il s'agissait du lieu de leur premier rendez-vous, plusieurs mois plus tôt.

— Cela me donne une bonne raison de me presser de revenir. À tout à l'heure.

Après un dernier salut au cerbère, Mathieu s'engagea en direction du quai au rythme de la marche forcée. À Québec, il lui fallut contourner la falaise pour regagner la paroisse Saint-Roch. À son arrivée au lieu du rendez-vous, la jeune femme se trouvait seule à une table, penchée sur son assiette.

— Bonsoir. Je suis content de te voir, affirma-t-il en lui tendant la main.

Il aurait aimé la serrer contre lui, lui dévorer les lèvres. Cela ne se faisait pas, surtout dans ce quartier où Flavie risquait de rencontrer des connaissances.

— Moi aussi. Tu te fais rare, depuis quelques semaines.

Le reproche venait avec un sourire. Elle lui abandonna ses doigts un bon moment.

— Je sais. Cette histoire me force à négliger mes cours, ma famille, et surtout toi.

Dernière dans la nomenclature, elle ne s'en formalisa pas trop. Son désir de la voir à tout prix, ce soir, la rassurait sur sa place dans son cœur.

— Nous ferions mieux de nous asseoir, souffla-t-elle. Les gens nous regardent.

Mathieu commanda son repas. La marche lui avait rendu son appétit. En attendant d'avoir l'assiette devant lui, il entreprit de raconter dans les grandes lignes le témoignage de Marie-Jeanne.

— Cet avocat a le droit de faire cela ? Je veux dire, essayer de ruiner la réputation d'une petite fille ?

— Elle peut conduire sa cliente à l'échafaud.

L'allusion à la pendaison amena Flavie à écarquiller ses beaux yeux. Bien sûr, tout comme son compagnon si impliqué dans l'affaire, elle préférait voir le verdict comme la fin ultime, pas la sentence, moins encore l'exécution.

— En la discréditant, expliqua le jeune homme, il affaiblit la portée de son témoignage. C'est son dernier recours.

Pendant le repas, la conversation porta sur la performance plus amusante de Georges, si heureux de retrouver enfin les gens de sa paroisse. Un peu après neuf heures, bras dessus, bras dessous, ils marchèrent lentement vers la maison de chambres de la rue Saint-François. Sans se consulter, ils passèrent tout droit pour demeurer un peu plus longtemps ensemble.

— Excuse-moi d'avoir insisté à ce point pour te voir, tout à l'heure. Mais toute cette histoire me pèse beaucoup.

— Le motif n'est pas bien flatteur pour moi, mais je suis heureuse de t'apporter un peu de soulagement.

Elle se tourna pour lui adresser un sourire narquois.

— Car mon charme ne suffit pas à te ramener à moi. Tu dois invoquer cette affreuse histoire ?

C'était presque une invitation. Le couple passait devant l'encoignure d'une porte. Mathieu entraîna sa compagne dans un coin sombre, posa ses lèvres sur les siennes. Elle se montra réceptive, accepta sa langue dans sa bouche mais quand sa paume se referma sur un sein menu, elle se recula en susurrant :

— Non, là tu vas trop loin.

Flavie le repoussa doucement, ses deux mains bien à plat sur sa poitrine.

— … Excuse-moi, souffla son compagnon, un peu penaud.

— Non, c'est à moi de m'excuser. Mes paroles ont pu te laisser croire… à une autorisation.

Cela revenait un peu au jeu de la douche écossaise : la chaleur suivie du froid.

— Je te désire, confessa Mathieu, tu le sais bien.

Les baisers et les contacts pas très sages qu'ils se permettaient depuis quelques mois ne laissaient pas de doute à ce sujet.

— Honnêtement, insista-t-il, j'ai eu envie de toi dès le premier jour. D'un côté, je veux que tu le saches, de l'autre, je ne veux pas te froisser, ou te bousculer.

L'ancien officier avait fait un curieux apprentissage sentimental, de Françoise, timide et réservée, aux filles à soldats abordées en compagnie d'un demi-peloton en permission. Le très bref épisode avec Jane se situait dans un monde à part. Revenir à la vie normale, c'était aussi accepter des règles bien étriquées.

Un peu comme des automates, ils revinrent vers le logis de Flavie. Devant la porte, son compagnon demanda :

— Pourrons-nous nous voir dimanche ?

Le timbre de la voix trahissait une certaine inquiétude.

— Si tu crois pouvoir négliger tes livres de droit pendant quelques heures, ce sera avec grand plaisir. Tu sais que je t'aime. Mais la vie me condamne à demeurer sage. Une autre attitude serait bien imprudente de ma part. De ton côté…

Elle ne se leurrait pas sur les expériences des militaires. Pendant toute la guerre, les prêtres avaient formulé du haut de la chaire leurs inquiétudes au sujet du salut éternel des soldats. Alors, ils ne fustigeaient pas l'horreur de tuer des semblables, mais bien les risques moraux accompagnant les grands brassages de population.

Mathieu leva la main pour caresser les boucles brunes, sous le bord du chapeau cloche. Elle ne se déroba pas, les yeux levés vers lui.

— Je tenterai d'être sage. Dimanche, je t'attendrai à la sortie de l'église Saint-Roch.

Comme il se penchait pour un baiser plutôt chaste, elle accepta le contact sur ses lèvres. Une fois dans la maison, elle écarta un peu le rideau pour le voir s'éloigner. La jeune femme avait avoué l'aimer. Plutôt que de répondre « Moi aussi », Mathieu lui avait fixé un rendez-vous. Cela lui parut tout de même de bon augure.

22

Un peu après huit heures du matin, les convives sortaient de table quand la sonnerie du téléphone retentit dans la pension Sainte-Geneviève. Élisabeth s'absenta un instant, puis revint en glissant à l'oreille de son neveu :

— Mathieu, monsieur Fitzpatrick souhaite te parler un instant.

Le jeune homme gagna le petit bureau derrière le comptoir, porta l'un des cornets de bakélite à son oreille.

— Monsieur, je vous écoute.

— Le jeune Gagnon n'est pas en mesure de sortir de l'hôpital. Après l'ouverture de l'audience, le juge ordonnera le déplacement de toute la cour vers la rue Saint-Jean. Allez nous y attendre, et prenez les dispositions pour accueillir une trentaine de personnes.

« Me rendre utile », se souvint le stagiaire. L'étendue de ses attributions le surprenait toujours un peu.

— Le petit établissement du docteur Dusseault doit compter une salle d'attente, continua-t-il à haute voix. Elle devrait être assez grande.

— Alors, je vous reverrai là-bas tout à l'heure.

Un « clic » souligna la fin de la conversation.

Quand Mathieu revint dans le hall, sa tante l'attendait.

— Il s'agit toujours de cette horrible histoire, je suppose.

— L'un des fils de l'accusée se trouve hospitalisé à cause de la grippe. Tout le tribunal devra se déplacer pour entendre sa déposition.

— Oh ! Quelle curieuse idée d'infliger cela à un enfant malade. Ne serait-il pas mieux d'attendre son rétablissement ?

— Les douze membres du jury sont séquestrés. Leurs affaires traînent, certains risquent de perdre leur emploi si l'absence se prolonge. Le juge souhaite leur permettre de reprendre leurs activités le plus vite possible.

La femme acquiesça d'un signe de tête. La colère grondait au sein de la population. Ces hommes devaient demeurer coupés du monde, sinon il leur serait impossible de rendre un jugement équitable.

— Je comprends… Dans un autre ordre d'idées, tes examens de droit commenceront bientôt, je pense.

— Dans une dizaine de jours.

— La situation…

Élisabeth n'osa pas terminer sa phrase.

— La situation risque de devenir délicate, compléta Mathieu, la voix un peu morose, si je ne peux consacrer un peu plus de temps à mes études. Je devrai en parler avec mon employeur demain. Mais je me dois d'être là aussi longtemps que les enfants n'en auront pas fini avec leur témoignage.

Elle hocha la tête, s'esquiva vers le salon. Le jeune homme quitta les lieux sans plus attendre. Pour rejoindre la rue Saint-Jean, il emprunta le chemin Saint-Louis, puis l'avenue Dufferin. Le docteur Jean Dusseault y dirigeait un petit hôpital privé.

La rumeur courait plus vite que lui : des dizaines de curieux se massaient déjà sur les trottoirs, des deux côtés de la rue. Le jeune homme fendit la foule, trouva dans l'établissement deux infirmières un peu affolées.

— J'imagine qu'il y a une salle assez grande pour y mettre le lit de Gérard Gagnon ? demanda-t-il d'entrée de jeu à la plus âgée.

— Dans sa chambre…

— Impossible ! Il faut de la place pour les douze jurés, les avocats de la défense et de la Couronne, le juge, le greffier…

— Aucun local… commença-t-elle.

Un homme d'une quarantaine d'années, grand et efflanqué, entrait justement dans le hall. Il en avait entendu assez pour demander :

— Que vous faut-il, exactement ?

— Docteur Dusseault ? interrogea le stagiaire.

— C'est moi.

— Une pièce pouvant contenir le lit du malade, un fauteuil pour le juge, une chaise et une petite table pour le greffier. Tous les autres demeureront debout.

D'un regard, le praticien signifia aux deux femmes de trouver tout cela. Pendant qu'elles s'esquivaient, il précisa :

— Si vous devez sortir les chaises de la salle d'attente pour faire un peu plus de place, mettez-les dans le couloir.

L'homme porta ses yeux vers la fenêtre ornant la

porte d'entrée de la grande demeure bourgeoise. La foule des curieux semblait enfler sans cesse.

— Mais ces gens-là…

— Excepté quelques journalistes, le juge ne laissera entrer personne.

Cette assurance le réconforta un peu.

— Cette femme…

— L'accusée sera là, bien sûr. C'est son droit d'entendre les témoignages rendus contre elle.

L'autre hocha la tête, puis tourna les talons en disant :

— Vous souhaitez voir votre témoin, je présume ?

— Oui. Comment se porte-t-il ?

— Une vilaine grippe. Depuis l'an dernier, chaque manifestation de la maladie sème un peu d'inquiétude. Soyez rassuré, tout indique qu'il s'agit de l'influenza ordinaire.

— Cette procédure peut-elle mettre sa santé en danger ?

Ils arrivaient devant une pièce assez vaste, où une demi-douzaine de lits recevait autant de patients en bas âge.

— Non, je ne crois pas. Bien sûr, il ne faudrait pas le pousser à bout. D'après les journaux, Francœur s'est comporté comme un salaud avec la petite fille.

— Je ne crois pas que le juge lui permettra les mêmes… emportements avec un garçon malade.

Tous les deux entrèrent dans la pièce. Mathieu reconnut l'enfant, pâle dans ses draps blancs, un sourire un peu contraint sur les lèvres.

— Comment vas-tu, Gérard ? demanda-t-il en se plantant près de la couchette.

— Je ne tousse presque plus.

— Je suis content d'entendre cela. Hier soir, Marie-Jeanne s'inquiétait un peu de toi.

Le docteur Dusseault actionna une manivelle à l'extrémité du lit afin de relever le haut de son corps.

— Comme cela, tu seras plus confortable pour parler, expliqua-t-il. Je vais demander que l'on mette un verre d'eau chaude mêlée de miel près de ta main. Cela permettra de soulager ta gorge.

L'attention parut rassurer le garçon. Le médecin tira un peu sur la couche pour la dégager du mur, puis il entreprit de la pousser vers le couloir.

— Tu vois, c'est comme si tu étais dans une machine. Tu n'auras pas à marcher.

L'enfant montra toutes ses dents dans un sourire béat. Il survivrait sans mal à l'exercice.

Malgré la faible distance entre le palais de justice et l'hôpital du docteur Dusseault, la cour arriva tout juste avant dix heures. Le juge descendit d'un taxi, engoncé dans sa toge, suivi du greffier. Peu après, dans un long cortège, les membres du jury, les avocats des deux parties et quelques journalistes quittèrent une voiture de tramway mobilisée pour les transporter jusque-là.

Le stagiaire agissait un peu comme le maître des lieux, s'assurant que tout le monde puisse prendre place dans la salle d'attente. À la fin, le juge se retrouva à la gauche du lit, dans un fauteuil tiré du salon privé du médecin, le greffier près de lui, ses papiers répandus sur une table à cartes. Les substituts du procureur général et les défenseurs se tinrent à droite, dans une curieuse promiscuité. Enfin, il fut possible de mettre douze chaises pour les jurés, sur deux rangs. Une dizaine de journalistes s'appuieraient contre les murs. La difficulté de prendre des notes dans cette position rendrait leurs comptes rendus étonnamment succincts dans les journaux du soir, malgré l'intérêt du sujet.

— C'est elle, hurla une voix dehors.

L'invective inquiéta la petite assemblée.

— La salope ! rétorqua un autre. Quelqu'un a une corde ? Qu'on la pende à cet arbre.

Encadrée par deux agents de la paix, Marie-Anne Houde sortit d'un fourgon cellulaire pour franchir la courte distance entre la rue et la porte de l'établissement, sous une pluie d'injures menaçantes. Les policiers se postèrent près de la porte afin d'empêcher quiconque d'entrer derrière elle.

La femme plutôt menue, toujours dissimulée derrière un voile presque opaque, se retrouva dans un coin, sous la garde du gouverneur de la prison de Québec et d'une matrone.

— Maman ! s'exclama Gérard en tendant les bras, des larmes abondantes coulant sur ses joues.

Mathieu entendit distinctement les sanglots de l'accusée. À cause du récit des sévices infligés, il ne pouvait lui donner le crédit d'une émotion sincère. « Sans doute pense-t-elle attendrir les jurés », songea-t-il en la détaillant de la tête aux pieds.

Le même scepticisme semblait habiter le juge. Faute d'un grand bureau en chêne devant lui, Louis-Philippe Pelletier donna du maillet contre la structure métallique du lit du jeune malade.

— Même si nous sommes dans un lieu inhabituel,

je compte sur vous pour conserver à cette audience le décorum habituel d'une cour de justice. Monsieur le greffier…

Le fonctionnaire se leva, interpella le témoin par son prénom et son nom, rappela son âge, onze ans, et le pria de prêter serment sur les Saintes Écritures après s'être assuré que l'enfant comprenait la nature de cet engagement. Ces formalités accomplies, le magistrat déclara :

— Maître Fitzpatrick, votre témoin.

Le substitut du procureur général s'avança d'un pas, posa une main sur le pied métallique du lit.

— Restais-tu à Sainte-Philomène, l'été dernier ?

L'avocat prenait soin de parler assez fort et d'articuler consciencieusement. Gérard saisit toutes ses paroles.

— Oui.

— Qui habitait là, à part ton père et ta mère ?

— Aurore, Georges et Marie-Jeanne.

— Où Aurore couchait-elle ?

Pendant quelques minutes, l'interrogatoire porta sur les aménagements spartiates de la chambre située au-dessus de la cuisine d'été. Parfois, la fillette dormait à même le plancher.

— Tu te souviens d'autre chose, au sujet de ta petite sœur ?

— Elle sortait parfois dehors pieds nus ?

Le garçon termina sa phrase sur une note interrogative, incertain de la direction dans laquelle voulait l'entraîner son interlocuteur.

— En plein hiver ?

Il hocha gravement la tête.

— Cela devait être très froid. Sais-tu pourquoi Aurore faisait cela ?

— Maman la forçait à le faire.

Un sanglot vint de la silhouette drapée de noir, Mathieu remarqua les épaules se tasser un peu. De nouveau, l'un de ses propres enfants venait corroborer les sévices infligés. Machinalement, le juge heurta la tête du lit avec son maillet.

— Tu te souviens d'autre chose, au sujet de ta maman et d'Aurore ?

— Des fois, elle la brûlait avec le tisonnier.

— Le tisonnier était chaud ?

— Elle le mettait dans le poêle et le sortait tout rouge.

Dans ce grand salon bourgeois aux moulures élégantes et au papier peint fleuri, où s'entassaient finalement plus de vingt-cinq personnes, ses déclarations prenaient un tour plus horrible encore que dans une cour de justice. Napoléon Francœur paraissait vouloir se fondre contre le mur. Privé de son théâtre habituel, son rôle de tourmenteur devait lui peser.

— Aurore n'essayait pas de se sauver, quand elle la brûlait ?

— Elle était attachée à la table avec une grosse corde.

— Tu l'as vue souvent faire cela ?

— Deux fois.

Marie-Jeanne avait évoqué trois événements de ce genre, la veille. La différence n'enlèverait aucune crédibilité à ce garçon. Sobre, visiblement peiné de la situation, celui-là paraissait tout à fait fiable.

— À ce moment, tu étais seul dans la maison avec ta sœur et ta maman ?

— Non, il y avait aussi Georges et Marie-Jeanne.

— Que faisais-tu, toi, pendant que ta mère brûlait Aurore ?

— Elle me demandait de surveiller par la fenêtre, pour lui dire si quelqu'un venait.

Le témoignage de la jeune fille se trouvait une fois de plus confirmé.

— Tu peux nous dire autre chose, à ce sujet ?

— Marie-Jeanne aidait maman.

Mathieu retint son souffle. Ses confidences de la veille à mère Saint-Émilien prenaient tout leur sens.

— … Que veux-tu dire ?

— Maman lui demandait de faire chauffer le tisonnier dans le poêle et de lui donner quand il était prêt.

Fitzpatrick esquissa un mouvement de recul, tandis que Francœur arborait un petit sourire, comme pour dire : « Vous voyez, je le savais bien. Cette histoire est plus tordue que les prétentions de la gamine hier ne le laissaient supposer ! »

— Puis quand maman était fatiguée, elle le lui donnait en disant : « Tiens, continue à ma place. »

Les jurés arborèrent une mine dégoûtée, posèrent les yeux sur l'accusée. Marie-Anne Houde continuait de pleurer en silence, les épaules sans cesse agitées de sanglots.

— Aurore mangeait-elle à table, avec tout le monde ?

— Seulement s'il y avait de la visite.

— Les autres fois, où mangeait-elle ?

— Des fois, elle ne mangeait pas du tout. D'autres fois, elle se cachait dans un coin, avec son assiette.

Mathieu imaginait sans mal la scène : une fillette très maigre, marquée de plaies sur tout le corps, les cheveux ras, tentant de s'alimenter à l'écart des autres, comme le rejeton le plus faible d'une portée sans cesse menacé de perdre sa pitance.

— Pourquoi ne mangeait-elle pas à table ?

— Maman et Marie-Jeanne ne voulaient pas.

— Tu sais pourquoi elles ne voulaient pas ?

— Elle puait, elle faisait des cochonneries partout.

Fitzpatrick préféra abandonner le sujet. Craignait-il que son témoin vedette de la veille ne sorte trop noircie en creusant à fond ?

— Te souviens-tu du jour de la mort d'Aurore ?

Gérard remua gravement la tête, avant d'être secoué par une quinte de toux. Le greffier prit sur lui d'interpréter cela comme un oui.

— Raconte-nous ce qui s'est passé.

— Aurore est descendue toute branlante, elle avait de la misère à marcher. Elle s'est assise à table, mais elle n'a pas voulu manger. Quand papa est parti pour le bois, maman l'a lavée avec la brosse à plancher…

Un « Oh ! » parcourut l'assistance, le juge se déplaça sur son fauteuil, visiblement écœuré.

— Te souviens-tu d'autre chose, arrivé ce matin-là ?

— … Non.

L'enfant affectait l'attitude de l'élève prit en défaut. Vu sa contribution déjà bien suffisante, le substitut du procureur général préféra ne pas insister.

— Peux-tu nous dire quelque chose sur le Lessi ?

Bien que la question soit on ne peut plus suggestive, l'avocat de la défense préféra tout de même s'abstenir de toute protestation.

— Maman lui en mettait sur du pain, pour la faire manger.

— Raconte-nous comment c'est arrivé.

— Bien… Elle en a mis sur le pain, comme si c'était du beurre, et elle a dit à Aurore : « Viens manger, c'est du *candy*. »

Une plainte vint de la silhouette noire, elle se courba un peu plus vers l'avant.

— Aurore l'a fait ? Je veux dire, elle en a mangé ?

— Elle en a mangé la moitié, puis elle ne voulait plus.

— Qu'a fait ta maman, alors ?

— Elle a dit : « Si tu ne manges pas tout, tu vas avoir une volée. » Elle a terminé la beurrée.

Fitzpatrick se tourna vers le juge, déclara d'une voix lasse :

— Je n'ai plus de questions, Votre Honneur.

— Mon garçon, commença Pelletier en se tournant vers le malade, es-tu en mesure de continuer encore un peu ?

— … Oui, monsieur.

Cette précaution contenait un message à l'intention de l'avocat de la défense : il n'avait pas intérêt à malmener ce témoin-là. Francœur se le tint pour dit et il commença délicatement :

— As-tu déjà fait ta première communion ?

— Oui.

— Où ça ?

— À Saint-Jean-Deschaillons.

L'événement datait donc de plus de deux ans, avant le mariage de Marie-Anne Houde avec Télesphore Gagnon.

— Tu sais donc ce qu'est un serment ?

Gérard hocha de nouveau gravement la tête. Le greffier s'était assuré de cela au début de son témoignage, mais l'avocat tenait à le lui ramener en mémoire.

— En conséquence, tu dois me dire toute la vérité.

Le garçon fit signe que oui.

— Tu peux nous dire à quelle période Aurore a couché par terre ?

— Après son retour de l'hôpital.

— Elle n'avait pas de paillasse ?

— Non, seulement un drap.

— Juste au-dessus de la cuisine d'été, avec le tuyau du poêle traversant la pièce, il ne faisait pas très froid.

Devant cette prétention, Gérard apporta une précision susceptible d'inquiéter à la fois la défense et la poursuite.

— Oh ! Oui, c'était froid. Tellement qu'Aurore essayait de grimper dans le lit de Marie-Jeanne.

— Que faisait Marie-Jeanne, alors ?

— Elle prenait des éclats de bois, ou des harts, pour la faire descendre. Une fois, elle a pris un gros bâton.

L'avocat affecta la surprise. Le juge se pencha un peu vers le lit du malade pour demander :

— Vous nous dites que Marie-Jeanne battait aussi Aurore ?

Un nouveau hochement de la tête devint un « Oui » dans les notes du greffier.

— Que faisait ta petite sœur, alors ?

— Elle retournait dans son coin, par terre.

D'un côté, l'adolescent absolvait sa demi-sœur du péché d'impureté, de l'autre, il en faisait une complice de la marâtre.

— Tout à l'heure, tu disais avoir vu Marie-Jeanne brûler Aurore avec le tisonnier.

— Oui, mais seulement quand maman disait être trop fatiguée pour continuer.

Maintenant, Francœur noircissait l'accusée. Pour jouer de prudence, un seul autre sujet lui parut mériter d'être clarifié.

— Le matin de la mort d'Aurore, ta maman l'a-t-elle battue avec un manche de fourche ?

— Je n'ai pas vu cela.

Malgré la nuance, l'homme choisit de considérer la réponse comme une victoire.

— Je n'ai plus de question, monsieur le juge.

Le magistrat interrogea le représentant de la Couronne du regard, puis il conclut :

— Tu as été bien courageux, mon garçon. Tu peux maintenant continuer de te reposer.

Le juge marqua une pause, puis il ordonna aux agents de la paix :

— Conduisez l'accusée au palais de justice pour la poursuite des procédures.

— Monsieur Carbonneau, pleurnicha Marie-Anne Houde, je ne peux pas dire un mot à mon petit ?

Elle s'adressait ainsi au gouverneur de la prison, debout à ses côtés. Celui-ci contempla le juge.

— L'accusée ne peut pas être en contact avec un témoin. Ramenez-la au tribunal.

Le fonctionnaire la saisit au coude pour l'entraîner, toujours braillant, vers le fourgon cellulaire. Les jurés sortirent ensuite afin de regagner le tramway mis à leur disposition, le juge et le greffier leur emboîtèrent le pas.

— Picard, montez-vous avec nous dans notre taxi ? demanda Fitzpatrick.

Cela éviterait au substitut du procureur d'offrir les autres places dans la voiture à l'équipe de la défense.

— Oui, je vous rejoins dans un instant.

Le jeune homme tira sur le pied du lit afin de le conduire dans le couloir, puis il le poussa ensuite jusque dans la chambre. Très vite, le docteur Dusseault vint l'aider.

— Ai-je bien répondu ? interrogea le garçon.

— Oui, très bien.

— Les questions n'étaient pas très difficiles.

— Oui, tu as raison.

Ils échangèrent encore quelques mots, puis le jeune homme retrouva son patron sur le trottoir, debout à côté d'une Chevrolet. En montant, il remarqua :

— Vous avez ménagé l'accusée. Je pensais que le sujet des excréments dans les vêtements du père permettait de dresser un portrait plus sombre encore de cette femme. Ce garçon pouvait nous donner un second récit de première main.

— Mais aujourd'hui, j'aurais eu l'impression de travailler à la défense du père.

Devant les yeux intrigués de son interlocuteur, Fitzpatrick éclata de rire.

— Mon adversaire a ajouté le nom de Télesphore Gagnon à la liste de ses témoins, de même que ceux de trois médecins aliénistes. Comprenez-vous ce que cela signifie ?

— … Il va plaider la folie ?

— Sans doute. Il ne peut plus obtenir l'acquittement de sa cliente. Les jurés partagent l'avis des badauds massés sur le trottoir, tout à l'heure : ils sont prêts à l'accrocher par le cou au premier lampadaire à leur portée. Il tentera de la faire passer pour folle.

Avec un verdict d'innocence pour cause de folie, Marie-Anne Gagnon se verrait confinée à l'hôpital jusqu'à sa « guérison ».

— Vous évoquiez la défense du père…

— Comme les mauvais traitements infligés par le mari paraissent avoir été la conséquence des manigances de sa femme, au sujet des excréments et même de l'impureté, Francœur cherchera dorénavant à faire porter toute la responsabilité du décès sur elle. Je ne voulais pas l'aider.

— Cette stratégie pourrait lui valoir deux verdicts d'innocence : celui de Marie-Anne Houde pour folie, celui de Télesphore, car il a été berné par la folle !

Mathieu paraissait troublé par la possibilité d'un dénouement de ce genre.

— Je vous l'ai dit dès le début, conclut le substitut du procureur général avec un sourire cynique, ne sous-estimez jamais un adversaire. Notre vieux garçon sait ce qu'il fait. En chargeant trop l'épouse, aujourd'hui, j'aurais pu aider à faire innocenter l'époux la semaine prochaine.

Le jeune homme regarda défiler les maisons par les fenêtres du taxi, un peu décontenancé par cette éventualité.

Même si le retour au palais de justice s'effectua promptement, avec la permission du juge, les travaux reprirent tard en après-midi. Le délai témoignait du désarroi de l'équipe de la défense. Présenter le couple Gagnon comme des parents exemplaires soucieux de réformer les mœurs d'une gamine vicieuse ne faisait plus recette. Francœur ruminait une nouvelle stratégie.

En attendant le début de l'audience, la grande salle bruissait des conversations des spectateurs. Ceux-ci discutaient des derniers témoignages avec entrain. Les avocats de l'accusation, à leur table, tendaient une oreille curieuse. Le verdict refléterait l'opinion publique. À la fin, le tout se résumerait à juger de l'étendue du droit des grandes personnes à châtier des enfants.

Quand les jurés vinrent reprendre leur siège, tous se turent dans l'attente de la suite des événements. Puis, ce fut au tour de l'accusée, une silhouette noire flanquée de deux agents de la paix, de se présenter. Enfin, le juge Louis-Philippe Pelletier regagna sa place un peu après deux heures et demie, et l'avocat de la défense, la sienne. Sans donner d'explication sur la reprise tardive de l'audience, le magistrat interrogea :

— Maître Fitzpatrick, qui entendrons-nous cette fois ?

— Monsieur Oréus Mailhot, le juge de paix de Sainte-Philomène-de-Fortierville.

Au passage, le marchand général salua Mathieu d'une inclinaison de la tête. Le journal *La Presse* lui faisait maintenant une réputation de justicier, puisque cet homme s'était donné la peine de se rendre au bureau du procureur général afin de signaler la situation de la pauvre victime.

Ces louanges servaient toutefois de préambule à une sévère critique de l'administration de la justice. Les fonctionnaires n'avaient rien fait. Le périodique montréalais n'allait pas jusqu'à rendre cette incurie responsable du décès tragique. On en appelait toutefois à la réforme du mode de traitement des signalements de ce genre.

Après les premières questions destinées à présenter le personnage, le substitut du procureur général demanda :

— Certaines des pièces à conviction déposées sur cette table sont passées entre vos mains, je pense.

— En réalité, une seule : la sangle ayant servi à bâillonner la petite.

— Qui vous l'a remise ?

— Monsieur Gédéon Gagnon.

Les jurés risquaient encore de s'emmêler dans les liens de parenté, à cause de l'abondance de Gagnon défilant devant eux. Le procureur entendit leur simplifier la tâche.

— Il s'agit bien du beau-père de l'accusée.

— Oui, monsieur.

Ce parent, un de plus, apportait sa contribution à la Couronne, et non à la défense.

— Vous possédez aussi un document relatif à cette affaire.

— Je ne peux juger de sa pertinence. Marie-Jeanne m'a remis une lettre écrite de la main d'Aurore, il y a quelques mois, quand elle se trouvait à l'Hôtel-Dieu.

— Pourquoi la jeune fille vous a-t-elle confié ce document ?

— Elle a dit : « C'est un souvenir pour vous, parce que vous avez essayé de la sauver. »

La remarque émut la salle. Non seulement Oréus Mailhot tressait sa propre auréole, mais il faisait bien paraître le témoin vedette entendu la veille.

— Votre Honneur, déclara le substitut du procureur général, comme j'ai appris l'existence de ce document très récemment, nous pourrons discuter plus tard avec mon savant confrère de la pertinence de l'ajouter à la preuve.

De son siège, Francœur résista à une envie folle de lui tirer la langue. Les mots « savant confrère » se chargeaient toujours d'ironie, dans un prétoire.

— Monsieur Mailhot, continua Fitzpatrick en revenant vers le témoin, je comprends que vous avez conservé de bons rapports avec les enfants du couple Gagnon.

— Oui. Je les ai visités régulièrement depuis l'arrestation de leurs parents.

— Où habitaient-ils jusqu'à tout récemment ?

— Dans la maison familiale. Les parents de Télesphore Gagnon sont allés prendre soin de la ferme et des enfants.

Quand vint son tour, la mine sombre, l'avocat de la défense se contenta de demander quelques précisions au juge de paix. Lorsque le témoin quitta la barre, Louis-Philippe Pelletier leva la tête pour apercevoir une grande silhouette un peu courbée debout au fond de la salle.

— Ah ! Docteur Marois. Je devine que vous vous êtes livré au petit exercice de calcul demandé la dernière fois. Approchez-vous. Je vous rappelle que vous êtes toujours sous serment.

Le médecin prit place à l'avant de la salle d'audience, sortit une feuille de papier de sa poche.

— Alors, insista le magistrat, ne nous faites pas languir.

— Les blessures directes, c'est-à-dire celles résultant de coups, de brûlures, ou de la friction des cordes, étaient au nombre de cinquante. Quatre tenaient à l'écoulement du pus.

Albert Marois fixait Francœur dans les yeux avec un air de défi.

— Maître, reprit le juge à l'intention de ce dernier, avez-vous des questions ?

— Non, Votre Honneur. Je tiens simplement à remercier le témoin pour cette précision.

Plus personne ne se souvenait de la fameuse « autopsie incomplète », ou des autres causes possibles de la mort évoquées le premier jour avec des airs de mystère. Le plaideur se dispenserait de les rappeler.

— Maître Fitzpatrick, qui entendrons-nous maintenant ? poursuivit le juge.

— Monsieur Arcadius Lemay, de Sainte-Philomène-de-Fortierville.

Cet homme répéta des informations déjà connues. Francœur n'intervint que pour la forme, sans aucun entrain. Visiblement, il ruminait autre chose.

Vers quatre heures, le paysan quitta les lieux et Louis-Philippe Pelletier leva les yeux vers l'horloge.

— Maître Fitzpatrick, je pense que la preuve de la Couronne s'achève ?

Présentée de cette façon, la question ressemblait plutôt à un souhait.

— Votre Honneur, j'en ai terminé. Mon savant confrère peut amorcer sa défense.

Morose, Francœur se leva à son tour pour admettre :

— Votre Honneur, au cours de la journée d'hier, un événement important est survenu, surprenant les uns, désappointant les autres. Je devrai consulter ma cliente au sujet de notre stratégie. Aussi, je ne peux commencer avant demain.

Mathieu ferma les yeux, savoura sa victoire. Le plaideur faisait bien sûr allusion au témoignage de Marie-Jeanne. Lui et ses clients avaient dû être à la fois surpris et contrariés de la voir si efficace au service de l'accusation.

— Soit, conclut le juge de mauvaise grâce, les travaux reprendront demain matin.

Il quitta la salle dans un bruissement de toge.

— Un tout nouveau procès commencera demain, commenta Fitzpatrick à voix basse à l'intention du stagiaire.

— Que voulez-vous dire ?

— Nos efforts sont couronnés de succès. Francœur ne contestera plus un seul des faits présentés en preuve. Nous avons suffisamment noirci sa cliente pour l'amener à tenter sa chance avec un plaidoyer de folie.

— Cette femme est saine d'esprit. Toutes ses précautions pour dissimuler les faits, sa conspiration pour charger Aurore de crimes innommables...

Le substitut du procureur leva la main pour arrêter le flot de paroles.

— Vous venez de résumer mes arguments. Francœur alignera une brochette de médecins, je ferai la même chose. Au terme de l'exercice, les jurés décideront entre deux verdicts.

— Meurtre prémédité, ou innocence pour cause de folie.

Le dépit marquait la voix de Mathieu.

— Au moins, continua l'avocat, cela vous permettra de retrouver vos livres une heure plus tôt aujourd'hui.

— À ce sujet, la semaine prochaine...

— Votre présence me semblait essentielle à l'étape du témoignage des enfants. J'ai eu raison. Dorénavant, vous viendrez l'après-midi. Le défilé des médecins vous édifiera.

L'employé adressa un sourire reconnaissant à son interlocuteur.

— Au procès de Télesphore Gagnon, les enfants reviendront toutefois à la barre. Je compterai alors sur vous une autre fois.

Le stagiaire acquiesça de la tête. Après les salutations, l'équipe de l'accusation se dispersa.

23

Le lendemain, à la reprise des travaux, le juge Pelletier déclara d'entrée de jeu :

— La présentation de la preuve de la Couronne terminée, la parole est maintenant à la défense.

La prévision de Fitzpatrick, formulée la veille, se réalisa alors.

— Votre Honneur, commença le député plaideur, au nom de ma cliente et avec son complet accord, je renonce à essayer de contredire cette preuve. Si tout cela est vrai, et devant la formidable avalanche des faits, il ne faut plus en douter, nous sommes en face d'un monstre à figure humaine.

Cet aveu plongea toute l'assistance dans la plus profonde stupeur.

— Je crois de mon devoir d'attirer l'attention de la cour sur les circonstances vraiment extraordinaires qui ont entouré ce drame. En particulier sur l'état d'âme que révèle, chez l'accusée, la série d'actes anormaux, et dans mon opinion, pathologiques, qui ont entraîné la mort de cette enfant.

— Maître Francœur, si vous comptez plaider la folie, il faudra en faire la démonstration.

Le magistrat exprimait son scepticisme avec un sourire ironique.

— D'abord, j'aimerais que deux médecins

procèdent à un examen physique de Marie-Anne Houde, afin de voir si elle souffre d'une quelconque maladie physique. Surtout, je voudrais que l'on confirme qu'elle se trouve dans un état... intéressant.

L'euphémisme du vieux garçon fit froncer les sourcils, puis tous les regards se portèrent sur la silhouette de la prévenue. Le ventre présentait un arrondi bien apparent. La femme était enceinte.

— Entendu, déclara le juge. Vous avez des noms à proposer ?

— Les docteurs Albert Marois et Émile Fortier. Vous connaissez le premier. Le second travaille à l'hôpital Saint-François-d'Assise.

La manœuvre paraissait habile : personne ne soupçonnerait le chirurgien de l'Hôtel-Dieu de livrer un diagnostic de complaisance.

— D'accord. Mais pour un plaidoyer de folie...

Le magistrat laissa la phrase en suspens.

— Deux médecins jugeront de son état mental, le docteur Alcée Tétreault, de l'hôpital Saint-Jean-de-Dieu, et le docteur Albert Prévost, professeur à l'université de Montréal. Des collègues de Québec les assisteront sans doute.

— En conséquence, précisa Pelletier, la Couronne désignera aussi ses spécialistes pour procéder à une contre-expertise.

Ce nouveau plaidoyer signifiait en quelque sorte l'inversion du fardeau de la preuve. Les médecins de la défense tenteraient d'établir la folie de l'accusée et ceux de la Couronne, sa bonne santé mentale.

— Comme mon savant confrère nous a réservé

cette surprise, déclara Fitzpatrick en se levant, je ne peux vous donner le nom de spécialistes aujourd'hui.

— Vous les fournirez le plus tôt possible.

Pelletier se tourna vers les jurés. Un peu penché vers l'avant, il commença :

— Messieurs, voilà une journée gâchée. Je suis terriblement navré de devoir vous garder encore enfermés pendant plusieurs jours. Vous et moi, nous sommes conscrits au service de la justice. L'accusée a le choix d'utiliser tous les moyens de défense. Elle peut changer sa tactique au début, au milieu ou à la fin du procès. Des médecins viendront risquer leur réputation à la barre des témoins. Notre devoir est de les entendre à tête reposée, et surtout, avec l'esprit libre de tout préjugé.

Le magistrat regarda en direction de la table de la défense. L'avocat risquait lui aussi sa réputation sur sa volte-face.

— Préjugés ! reprit-il. Vous comprenez ce que je veux dire. Votre verdict devra reposer sur le seul examen des faits présentés devant vous. En conséquence, pour ne pas être influencés, vous serez privés de votre famille aujourd'hui et demain, dimanche. Vous demeurerez séquestrés.

À la mine des douze hommes, ceux-ci envisageaient sans plaisir de passer toutes ces longues journées en tête-à-tête.

— Je demanderai à mon personnel d'organiser une excursion pour vous, afin de vous aider à passer le temps.

Cela les réconforta à peine.

Depuis les dernières semaines, les jours de repos de Mathieu se raréfiaient. Le lendemain, un dimanche, il entendait se reprendre. Debout sur le parvis de l'église Saint-Roch, l'attente lui parut longue. Monseigneur Buteau aimait allonger ses sermons, abreuver ses ouailles de savantes considérations sur la doctrine sociale de l'Église.

À onze heures trente, les paroissiens sortirent enfin, heureux de reprendre leur liberté. Flavie Poitras se présenta bientôt, la mine un peu dépitée.

— Je serai en retard pour le dîner, et toi aussi, par la force des choses. Jolie façon de se faire remarquer.

Tout de même, elle lui tendit la main, la lui abandonna un long moment.

— Nous ne serons pas vraiment en retard... si nous y allons tout de suite.

Le jeune homme lui offrit son bras. Ils s'éloignèrent sous les regards amusés de plusieurs employées du magasin PICARD. L'idylle attirait des commentaires plutôt sympathiques. Aux yeux de ses collègues, elle figurait parmi les chanceuses. Attirer l'affection d'un habitant de la Haute-Ville conduisait rarement au pied de l'autel. Par son assiduité, celui-là montrait son sérieux.

Le couple prit place dans un tramway, rue de la Couronne, emprunta une seconde voiture pour se rendre rue de la Fabrique. Finalement, ils descendirent juste devant chez ALFRED. En pénétrant dans l'appartement, ils se trouvèrent devant Marie. Elle commença par embrasser son fils, puis tendit la main à la visiteuse en disant :

— Mon frère a encore décidé de mettre tout le

monde de la paroisse Saint-Roch en retard pour le dîner.

— … D'un côté, il a beaucoup à dire, de l'autre, il s'exprime si lentement.

— Ce ne sera jamais un grand orateur. Heureusement pour lui, ses auditeurs sont forcés de l'écouter, sous peine de la damnation éternelle.

La liberté du ton, dans cette maison, surprenait la jeune femme. Elle suivit son hôtesse jusque dans la salle à dîner.

— Je suis désolée, murmura-t-elle en entrant.

Tous les convives se levèrent de table pour la saluer.

— Ce n'est pas grave, répondit Amélie. Nous n'avons même pas eu le temps de servir la soupe.

Son attitude et surtout son sourire généreux facilitaient beaucoup les choses à Flavie. Françoise affichait une politesse affectée. Son mariage avec Gérard venait à grands pas. Si ce dénouement lui donnait parfois le vertige, elle arrivait tout de même à présenter un visage serein.

— Tout de même, on va la manger, cette soupe, affirma Gertrude en empoignant la louche, sinon elle sera froide.

La domestique adressait en même temps un sourire plein de sympathie à la nouvelle venue.

— Alors de quoi mon frère, ce saint homme, vous a-t-il entretenu si longuement ? demanda Marie.

— Des syndicats catholiques. Il y aura bientôt la création d'une… confédération.

— La Confédération des travailleurs catholiques du Canada, précisa le député. Ils ont tenu un premier congrès, l'an dernier.

Les organisations confessionnelles comptaient quelques dizaines de milliers de membres. La crise de l'après-guerre les avait toutefois éreintés, aussi la naissance d'un grand regroupement se trouvait retardée, de mois en mois.

— Du côté du magasin, il est question de syndicalisation ? demanda Mathieu.

L'intérêt de l'étudiant pour le grand commerce de la rue Saint-Joseph troublait toujours un peu sa mère.

— L'abbé Maxime Fortin a organisé des cercles d'études pendant la guerre. Mais il y a peu d'employés masculins…

Aux yeux de la secrétaire, les unions constituaient une affaire d'hommes. Édouard Picard employait surtout des femmes, pour la plupart jeunes et peu expérimentées. La création d'un syndicat paraissait peu probable, dans les circonstances.

— Vous le voyez souvent dans le magasin ?

— L'abbé Fortin ? Il vient parfois voir mon employeur.

Le petit prêtre aux cheveux coupés en brosse fit les frais de la conversation. L'ecclésiastique devenait une vedette dans la Basse-Ville, auprès des populations ouvrières.

Le sujet intéressait médiocrement les jeunes filles de la maison. À la fin, la curiosité devint la plus forte.

— Cet affreux procès tire à sa fin, je pense, remarqua Amélie pendant que Marie quittait la salle à manger pour aller chercher le plat principal dans la cuisine.

— Celui de la belle-mère se termine. Ensuite, ce sera celui du père.

Le changement de stratégie de l'avocat Francœur devait être commenté dans tous les foyers du Québec, en ce jour de congé. Les Picard et les Dubuc sacrifièrent donc à ce nouvel usage.

En posant la pièce de viande au milieu de la table, Marie suggéra :

— Vous n'allez pas gâcher un excellent repas en discutant de cette horrible histoire, n'est-ce pas ?

Un sourire attristé soulignait l'effort de censure. Depuis dix jours, la marchande refusait de poser les yeux sur un journal, et elle demandait aux membres de la maisonnée de ne pas laisser traîner de copie dans l'appartement. Même Gertrude se pliait à cette exigence. Les épluchures de pommes de terre se retrouvaient maintenant invariablement dans les feuilles de *L'Action catholique.* La réticence de l'organe de l'archevêché de Québec à faire de la place aux faits divers lui valait ce regain de popularité dans la demeure.

— Marie, avança Flavie après un silence un peu gêné, je suppose que Thalie achève son année à l'université ?

La visiteuse avait abandonné le « Madame » un peu trop pompeux, pour conserver toutefois un vouvoiement empreint de respect. Le nouveau sujet de conversation ramena un franc sourire sur le visage de la maîtresse de maison.

— Il ne lui reste que quelques examens, et après elle sera ici pour l'été.

Après une brève pause, elle reconnut :

— Je suis une mère un peu possessive. Je sais bien que je devrais laisser ces deux-là s'envoler.

Du regard, elle englobait son fils dans le pluriel.

— D'un autre côté, nous sommes si adorables, se moqua Mathieu.

Personne ne contesta cette prétention.

— Commencera-t-elle tout de suite au Jeffery Hale ? demanda Paul, pour alimenter la conversation.

— Le 12 mai. Cela ne lui laissera pas bien longtemps pour se reposer.

Très vite, la conversation porta sur la préparation du mariage de Françoise. Selon la tradition, la cérémonie devait se dérouler dans la paroisse de la jeune fille.

Même si les coûts les plus importants incomberaient à Paul Dubuc, les Langlois fronçaient déjà les sourcils sur la dépense supplémentaire. Il leur faudrait assumer le transport vers Rivière-du-Loup et, très probablement, une nuit à l'hôtel.

Mathieu farfouilla dans son assiette pendant tout cet échange, alors que la promise répondait aux questions d'une voix timide.

— Vous avez trouvé où vous loger ? questionna Amélie.

Autant le fiancé, Gérard, lui paraissait sans intérêt, autant l'idée de se mettre en ménage avec un homme séduisait la jeune fille. Que ce soit avec une personne de condition plutôt modeste ajoutait à ses yeux une touche de romantisme à l'affaire.

— Nous avons vu deux appartements convenables dans le quartier Saint-Jean-Baptiste. Nous donnerons une réponse demain. Cet après-midi, nous irons marcher un peu de ce côté, pour reconnaître les lieux.

Prudent, Gérard désirait vérifier la distance entre son futur domicile et l'école primaire la plus proche. L'homme entendait ne rien laisser au hasard. Ce trait de caractère rassurait plutôt Françoise.

— Maman regrettera de se voir privée de sa meilleure vendeuse, remarqua Mathieu.

Après une pause, il ajouta un ton plus bas :

— Bien sûr, Amélie, tu comptes dans une catégorie spéciale. Tu es certainement la meilleure, dans celle-là.

La blonde eut un rire joyeux.

— Je ne veux pas savoir laquelle. J'aime mieux imaginer.

Après un court silence, Françoise annonça enfin :

— Je ne compte pas abandonner mon emploi tout de suite. Pas avant de…

Elle n'osa pas dire « tomber enceinte », tant le sujet lui semblait intime. Après tout, les journaux n'évoquaient jamais la grossesse de Marie-Anne Houde autrement qu'avec les mots « un état intéressant ».

— Je m'estime bien chanceuse de pouvoir compter sur toi, déclara Marie avec sincérité.

Paul Dubuc laissa échapper un soupir discret. Il essayait de ne pas trop penser à ce mariage comme à une mésalliance. Mais que sa fille conserve son emploi après la noce le laissait perplexe. Ce couple s'engageait dans la vie avec bien peu de ressources.

Le lundi suivant, l'atmosphère de la cour différait subtilement. Cette femme avait fait mourir sa belle-fille de mauvais traitements, personne ne le niait plus. Une seule interrogation demeurait : était-ce à cause de sa folie ou de sa méchanceté ?

En prenant sa place à la table des avocats de l'accusation, Arthur Fitzpatrick s'étonna un bref instant de l'absence du stagiaire. Son collègue Lachance précisa avec un sourire narquois :

— Le gamin se trouve à son cours de droit de la famille, je pense. Le dernier avant l'examen de la semaine prochaine.

Le juge Pelletier regagna sa place, imposa le silence d'un coup de maillet.

— La parole est maintenant à la défense, déclara-t-il.

Le rituel d'une cour de justice de tradition anglaise se poursuivait. L'accusation, la « Couronne », en avait terminé avec sa preuve. L'accusée opposerait sa défense. Les jurés décideraient si les pouvoirs publics avaient démontré hors de tout doute raisonnable la culpabilité de la prévenue. Pendant toute la journée à venir, Francœur devrait semer le doute.

Ce matin, il s'était présenté avec un nouveau collègue, Marc-Aurèle Lemieux, en remplacement du jeune Lame. Il commença en disant :

— Je regrette que le huis clos complet n'ait pas été déclaré au premier jour du procès. Les journalistes auraient été exclus de cette enceinte, nous aurions pu travailler avec la sérénité nécessaire à une bonne administration de la justice. Ces gens ont excité les passions, maintenant je reçois des lettres anonymes selon lesquelles les avocats dans cette affaire devraient être lynchés avec les accusés.

Après le cruel interrogatoire de Marie-Jeanne,

bien peu de spectateurs semblaient compatir à la cause du vieux garçon.

— Si nous revenions en arrière, précisa le juge, je prendrais la même décision. Le public doit être informé.

L'avocat essuya la rebuffade. Louis-Philippe Pelletier s'avança sur son siège, puis ajouta encore, la voix chargée de dépit :

— Alors, que la bataille commence.

— ... J'aimerais faire venir le docteur Émile Fortier à la barre, répondit Francœur un peu décontenancé.

Après avoir prêté serment et évoqué ses états de service à l'hôpital Saint-François-d'Assise, le praticien en vint aux faits.

— L'accusée se trouve enceinte d'environ vingt-six semaines. Elle paraît souffrir d'une maladie des reins...

Pendant de longues minutes, encouragé par l'avocat, l'homme s'engagea dans une liste interminable d'affections possibles.

— Je vous arrête ici, le coupa le juge : tous ces maux peuvent-ils tuer l'accusée ?

— ... Non, sans doute pas.

— Peuvent-ils la rendre folle ?

— Je ne peux l'affirmer.

À la suite de cette intervention, Francœur mit fin abruptement à l'énumération des divers articles de l'encyclopédie médicale.

Le docteur Marois se présenta ensuite à la barre des témoins. Raide dans son habit noir, il confirma de mauvaise grâce la grossesse de l'accusée.

— Avez-vous aussi constaté des problèmes de reins ? demanda l'avocat.

— Elle a évoqué quelques symptômes devant moi et le docteur Fortier. Contrairement à lui, je ne conclus pas à la présence d'une pathologie.

Le plaideur ne souhaitait pas croiser le fer une nouvelle fois avec ce digne monsieur. Il conclut rapidement, puis indiqua :

— Votre Honneur, après nous être intéressés à l'état physique de l'accusée, voyons maintenant son état mental.

Le magistrat se priva du plaisir de rétorquer : « Il était temps. »

Un professeur de l'université de Montréal, Albert Prévost, prêta serment sur les Saints Évangiles. L'homme de trente-huit ans répondit d'abord à une série de questions destinées à établir ses qualifications professionnelles. Puis, Napoléon Francœur s'engagea dans un long résumé des sévices « soi-disant » infligés par l'accusée à Aurore.

— Après avoir entendu les faits mis en preuve, et sur la base de l'examen de l'inculpée que vous avez effectué ces deux derniers jours, quelle est votre conclusion ?

— Elle souffre d'aliénation mentale.

— Sur quoi basez-vous cette conclusion ?

— En l'interrogeant, je me suis rendu compte que cette femme a présenté des troubles d'intelligence à diverses époques de sa vie, en particulier durant ses grossesses. Elle m'a déclaré entendre des sons de cloche, des cris, elle m'a dit avoir eu des troubles du goût et de l'odorat. Pendant ses grossesses, elle voyait des fantômes ou des morts l'appelant par son nom. Cela apparaît non seulement quand elle est enceinte, mais aussi lors de ses règles. Depuis son mariage à l'âge de dix-sept ans, elle a eu sept enfants et subi deux fausses couches. Elle a été enceinte pratiquement toute sa vie, et pendant tout ce temps, elle a eu des hallucinations. Ses grossesses affectaient sa perception de la réalité et ses sentiments de mère.

Au long monologue prononcé sans faillir, il manquait toutefois une précision.

— Vous parlez de ses sentiments maternels, déclara Francœur. Comment sa maladie affectait-elle ses rapports avec ses enfants ?

— J'ai essayé de voir si elle s'en occupait convenablement, si elle les aimait, si elle manifestait cet amour en les caressant. Elle m'a répondu : « Ça ne se fait pas, ce n'est pas l'habitude, ça m'arrive une fois par année au moment des grandes fêtes. »

Le juge Pelletier demanda au praticien :

— Ce qui veut dire qu'elle ne caressait ni n'embrassait ses enfants ?

— Oui, Votre Honneur.

— Vous a-t-elle semblé consciente du sérieux de sa situation ? reprit l'avocat.

— Je lui ai demandé : « Savez-vous ce qui vous attend, savez-vous le prix d'un procès de ce genre, savez-vous que d'ici peu de temps, vous pouvez être exécutée ? » Elle n'a manifesté aucune émotion, pas une larme. Elle m'a paru surprise de m'entendre évoquer une condamnation.

Peut-être accordait-elle une confiance absolue à

son avocat. Cela aussi pouvait expliquer cette attitude.

— J'ai aussi abordé le fait qu'elle pouvait être sauvée. Dans ce cas, elle a affirmé vouloir retourner chez elle et poursuivre sa vie comme avant. Elle paraît soucieuse de continuer l'éducation morale de ses enfants. Depuis son incarcération, elle m'a affirmé écrire à son curé à ce sujet. D'un côté, elle affiche des préoccupations tout à fait normales, de l'autre, elle battait son enfant d'une façon absolument exagérée, la privant de manger, la liant, la brûlant… Cela m'amène à conclure à l'aliénation mentale.

— Avez-vous remarqué d'autres éléments relatifs à sa santé ?

— L'inculpée affiche de nombreux problèmes physiques. Son palais est difforme, son visage est asymétrique, c'est-à-dire qu'un côté est plus petit que l'autre. Elle souffre certainement d'anémie, elle est maigre, ses jambes sont enflées. Certains endroits de son corps sont insensibles, lorsqu'on les pince ou les pique. Ces symptômes accompagnent toujours l'aliénation mentale.

Le juge Pelletier intervint de nouveau afin de faciliter la tâche des jurés.

— Pouvez-vous préciser votre diagnostic ?

— Aliénation mentale qui s'aggrave à cause de troubles du côté de ses organes de la maternité. Lors de ses règles et de ses grossesses, elle a présenté des symptômes d'aliénation mentale pour moi absolument typiques.

Cela n'était pas vraiment plus clair, mais les douze hommes devraient s'en contenter. Le samedi précédent, les journaux présentaient la défense d'aliénation mentale comme le dernier refuge des coupables. Francœur voulut contrer cette impression.

— L'accusée pourrait-elle simuler tous ces symptômes ?

— Non. Seuls les spécialistes les connaissent.

— Croyez-vous que l'accusée était responsable de ses actes ?

— Non, c'est une personne irresponsable.

Fier d'une petite victoire, maître Francœur se tourna vers le juge.

— Je n'ai plus de question, Votre Honneur.

Cette fois, ce fut au tour d'Arthur Lachance de se lever pour contre-interroger le témoin. Sa grosse moustache accentuait son air sévère. Il s'approcha avec un petit sourire, puis demanda :

— Dans mon métier, on lit de nombreux comptes rendus de procès. J'y vois souvent votre nom... comme expert.

— Je témoigne souvent, soit pour la Couronne, soit pour la défense.

— C'est payant ?

— Oh ! Pas tant que cela. Vous seriez surpris.

Le substitut du procureur avait voulu mettre son honnêteté intellectuelle en doute. Le spécialiste ne se laissa pas prendre dans un piège aussi grossier. Pendant les minutes suivantes, il défendit ses conclusions.

Le docteur Alcée, dont les journaux feraient un Alcide, Tétreault se présenta ensuite à la barre. Médecin de quarante ans, il travaillait à l'hôpital

Saint-Jean-de-Dieu. Francœur s'assura qu'il avait participé aux examens effectués par son collègue. Il lui demanda ensuite de présenter ses conclusions.

— En supposant vrais les faits allégués à la cour, cette personne présente un état mental anormal. À l'âge de douze ans, elle aurait eu une méningite…

— Objection, prononça Lachance en se levant. Le père de l'accusée prétend cela, ce n'est pas une preuve…

Le médecin, lui aussi habitué à ce genre de témoignage, rectifia tout de suite.

— Monsieur le juge, j'ai demandé à l'inculpée : « Dans votre jeune âge, avez-vous déjà souffert de maladies sérieuses ? » Sans aucune suggestion de ma part, elle a répondu tout de suite : « À l'âge de douze ans, j'ai souffert de méningite. » Elle a décrit ses symptômes comme de graves maux de tête.

— Vous pouvez continuer, dit le magistrat.

— Elle a affirmé avoir des menstruations douloureuses. Quand je lui ai demandé comment se déroulaient ses grossesses, elle a mentionné les troubles de perception et d'humeur évoqués tout à l'heure par mon collègue Prévost. Dimanche, j'ai aussi interrogé son mari, à la prison. Il m'a confirmé la chose. Comme elle a passé sa vie grosse, ou à peu près, ces troubles ont été constants. Je suis tenté d'attribuer son état à la méningite.

Ce serait, pour le reste de la journée, l'argument premier de la défense. Cette maladie rendait Marie-Anne Houde irresponsable de ses actes.

— Comment pouvez-vous expliquer cette conséquence ?

— La méningite peut entraver l'évolution normale des facultés intellectuelles, créer une prédisposition au délire ou des tendances perverses maladives.

La silhouette noire, dans la boîte des accusés, émit une plainte.

— C'est dans la preuve, admit encore l'avocat de la défense. Quelles sont vos conclusions sur sa responsabilité légale ?

— Si les faits présentés en preuve sont vrais, si sa méchanceté a varié en fonction de ses grossesses, elle doit aller dans un asile d'aliénés, pas en prison.

La déclaration précéda l'ajournement jusqu'en après-midi.

Mathieu revint dans la salle d'audience un peu après dîner. Bientôt, les jurés puis l'accusée retrouvèrent leur boîte respective. L'entrée du juge ramena le silence. Après avoir repris sa place, il commença :

— Maître Francœur, quel menu proposez-vous maintenant ?

— Monsieur Télesphore Gagnon témoignera.

Depuis le fond de la salle, un bruit de chaînes se fit entendre. La longue et mince silhouette du cultivateur descendit l'allée, des fers aux pieds et aux mains. Derrière la barre, il déclina son identité, son âge, trente-sept ans, et prêta serment sur les Saintes Écritures.

— Quand avez-vous épousé l'accusée ? demanda l'avocat de la défense.

— Il y a deux ans.

— Pouvez-vous dire l'année ?

— … Non.

L'homme paraissait d'une force remarquable, sa prospérité prouvait ses capacités. Il pratiquait de nombreux métiers avec succès. En même temps, il paraissait bien limité intellectuellement.

— Combien d'enfants avez-vous eu d'elle ?

— Trois…

Il fit un geste près de sa tête et précisa :

— Je suis un peu sourd.

L'autre augmenta légèrement le ton pour continuer.

— Vous dites trois ?

— Oui. Un est vivant, elle est enceinte aujourd'hui, puis elle a fait une fausse couche.

Outre ce pari sur l'avenir, l'homme comptait bien. Le juge s'en assura toutefois avec quelques questions supplémentaires.

— Voulez-vous dire à la cour si l'état de votre femme était le même, pendant ses grossesses ? enchaîna Francœur.

— Elle est bien différente dans ce temps-là, sous toutes sortes de rapports. Surtout la malice.

— La malice ?

L'affirmation méritait d'être explicitée, afin de convaincre les jurés.

— Alors, elle devient entêtée, on dit *buckée.*

— Têtue ?

— Oui. Elle se met à raconter des choses étranges. Je me taisais, pour ne pas empirer la situation.

— Était-ce pire lors de sa dernière grossesse ?

— Oui, monsieur.

L'avocat suggérait les réponses. Le juge voulut s'assurer de la véracité de l'affirmation.

— Vous voulez dire qu'il ne fallait pas trop la contredire ?

— C'est ça.

L'avocat de la défense tenta ensuite de faire dire à son témoin que l'état de son épouse alternait entre des périodes d'abattement et de surexcitation, ces dernières la prédisposant à la violence. Télesphore Gagnon n'y comprit rien. À la fin, Fitzpatrick fit objection à ces suggestions, son collègue renonça.

La suite prit une tournure inattendue.

— Avez-vous une fille engagée ? demanda ensuite l'avocat.

— Non, monsieur.

— Avec les grossesses, l'entretien de la maison, les travaux de la ferme, cela représentait une tâche bien lourde.

— Les enfants aidaient.

L'homme venait de torpiller la tentative de justifier les colères de la mégère par un travail excessif. Le juge prit sur lui de revenir aux affirmations précédentes.

— Votre femme devenait méchante quand elle était enceinte ?

— C'est ça.

— Vous n'interveniez pas pour protéger vos enfants ?

— … Je ne lui ai jamais dit.

L'irruption du magistrat dans l'échange marqua la fin de l'interrogatoire de Francœur. Fitzpatrick enchaîna ensuite.

— Avant aujourd'hui, vous n'avez jamais évoqué les colères de votre femme.

— … Je n'étais pas pour la « rapporter ».

Un ricanement bref se fit entendre dans la salle. L'avocat de la défense voulut s'objecter au commentaire, sans succès.

— Vous avez habité deux ans avec elle avant de l'épouser. Vous la trouviez à votre goût.

— Comme de raison.

— Elle vous semblait une bonne femme ?

— ... Quand elle n'était pas enceinte, oui.

Après avoir cohabité avec sa future, cet homme s'était engagé dans le mariage plus averti que les autres.

— Ses enfants à elle, les aimait-elle ?

— Pareil comme les miens.

— Donc, elle ne les aimait pas.

Fitzpatrick adressa un petit sourire à son collègue.

— À mon point de vue, affirma le cultivateur, elle les aimait pareil comme les autres.

Il pouvait vouloir dire qu'elle aimait tous les membres de la maisonnée également, ou alors comme toutes les autres femmes. L'avocat choisit de laisser les jurés décider de leur interprétation.

— Parlait-elle sans cesse contre Aurore ? continua-t-il.

— Pas plus contre elle que contre les autres.

— Ne disait-elle pas qu'elle était malpropre ?

— Ça, je l'ai vu de mes yeux.

— Ne disait-elle pas du mal d'elle, même devant les voisins ?

— Je ne me souviens pas de l'avoir entendue parler d'Aurore aux voisins.

Un peu plus tôt, Télesphore Gagnon admettait être un peu sourd. Ceci expliquait peut-être cela.

— Je n'ai plus de questions, Votre Honneur.

La brièveté de l'interrogatoire témoignait du désintérêt du substitut pour ce témoin. Francœur revint à la charge pour lui faire dire que jamais il n'avait vécu maritalement avec l'accusé avant la cérémonie nuptiale.

Puis, sans transition aucune, l'homme regagna sa prison dans un bruit de chaînes.

— Tout cela a-t-il servi à quelque chose ? fit Mathieu à l'oreille de son patron.

— Les jurés nous le diront bientôt.

À la suspension de l'audience jusqu'au lendemain, les jurés tout comme les spectateurs quittèrent lentement leur place, songeurs. Les médecins aliénistes avaient semé le doute dans les esprits. Toutefois, le recours tardif à ce mode de défense rendait tout le monde soupçonneux.

— Vous en êtes à votre dernière semaine de cours, remarqua Fitzpatrick en quittant sa chaise.

— Oui, répondit Mathieu. Les professeurs en profitent pour nous donner leurs dernières recommandations avant les examens. Ceux-ci s'enchaîneront ensuite tous les jours de la semaine prochaine.

En marchant vers la sortie, le substitut du procureur de la Couronne se taisait. Puis, dans le couloir, il précisa :

— Le procès du bonhomme Gagnon commencera dans trois jours. Tous les témoins viendront répéter leur histoire, sauf que cette fois ils s'attarderont aux réactions du père. Nous verrons très peu de visages nouveaux. Je tenterai d'appeler les enfants à la barre quand vous serez disponible.

La plupart des autres étudiants suspendaient leur

stage pendant les examens. Mathieu ne profiterait pas de cet avantage. Comme lui-même souhaitait être là, il n'en tint pas rigueur à son employeur.

— Je vous remercie.

— Retournez à vos livres. Prenez congé demain. À midi, nous aurons sans doute démontré que cette marâtre est bien responsable de ses actes. Toutefois, mercredi, ce seront les plaidoyers. Vous pourrez apprendre quelques notions de droit.

Mathieu salua son patron, puis s'esquiva bien vite.

24

Le lendemain, une foule nombreuse hantait les corridors du palais de justice. Riche en éléments dramatiques, le procès tirait à sa fin, chacun voulait en voir le dénouement. Les limites imposées à l'accès à la salle d'audience ne décourageaient pas tous les curieux : du couloir, ils arrivaient à entendre un peu les débats.

À l'ouverture des travaux, maître Arthur Lachance commença par appeler le docteur Andronic Lafond. Le praticien de Parisville avait peu de choses à apprendre aux jurés. Tout au plus expliqua-t-il avoir aidé l'accusée à mener deux grossesses à terme. Il affirma n'avoir jamais rien remarqué d'anormal chez elle à ces moments.

Ensuite, ce fut le tour de Delphis Brochu. Lui aussi médecin, âgé de soixante-six ans, chauve et blanc, des lunettes de broche au milieu du nez, il expliqua être le directeur de l'asile de Beauport, un établissement accueillant mille cinq cents malades. À la façon de l'avocat de la défense la veille, le substitut du procureur général résuma les faits déposés en preuve, puis lui demanda son avis sur l'accusée.

— Cette femme détestait l'enfant, commença-t-il, et l'accumulation des mauvais traitements amène à conclure qu'elle souhaitait sa mort. Il ne s'agit pas de blessures infligées sous le coup de l'émotion, mais d'un effort systématique pour la supprimer. Quant à l'ingestion de Lessi…

— Objection, opposa Francœur en se levant.

— Rejetée, riposta le magistrat, puis il dit au témoin : continuez.

— Tout le monde sait qu'il s'agit d'un poison. Donner cela à une enfant trahit le désir de la faire mourir.

Ce vieux médecin exprimait une conviction largement partagée par le public. La folie, à ses yeux, s'exprimait dans des accès de violence subits, pas dans une lente entreprise de destruction.

— D'autres éléments vous paraissent-ils indiquer la préméditation ? demanda Lachance.

— Sa précaution de répandre partout la rumeur du caractère difficile de la petite fille. Cela lui servait à justifier les mauvais traitements. Pensez seulement à son usage des excréments dans les habits du père. L'accusée savait qu'elle agissait mal avec tous ces châtiments, elle s'en justifiait ainsi.

Elle réussissait en plus à faire en sorte que son mari la frappe comme une bête. Elle en faisait son instrument pour infliger des sévices supplémentaires.

— En admettant la véracité des faits exposés devant cette cour, dites-moi maintenant si l'accusée savait qu'elle faisait mal, si elle connaissait la nature de ses actes et la gravité de ceux-ci.

— Elle demandait aux autres enfants de surveiller à la fenêtre quand elle infligeait des mauvais traitements, elle commettait toutes ses atrocités en l'absence de son mari. L'accusée prenait toutes les précautions pour ne pas se faire prendre. Donc, elle connaissait le caractère mauvais de ses actions.

Jusqu'à la pause de midi, et encore en après-midi, le médecin aliéniste discourut sur les concepts de débilité et de folie. Comme l'accusée avait pu apprendre à lire et à écrire, qu'elle gagnait sa vie depuis l'âge de quatorze ans, elle avait fait la preuve d'une intelligence suffisante. Quant à la folie, elle se serait révélée au cours de son existence, notamment par des actes pervers ou cruels. Personne n'a parlé de comportements de cette sorte. Son mari lui-même, au terme de deux ans de cohabitation, l'avait trouvée équilibrée au point d'en faire sa femme. L'homme avait eu une première épouse internée à l'asile d'aliénés : il ne s'engageait pas à la légère.

À la fin de ce témoignage, Fitzpatrick prit la relève de Lachance et appela le docteur Wilfrid Derome, directeur du laboratoire de médecine légale de Montréal. Après des questions destinées à établir son excellente réputation professionnelle, il demanda :

— Vous avez entendu la question posée au docteur Brochu ce matin par maître Lachance. Son préambule résumait les faits présentés en preuve depuis le début du procès.

— Oui, monsieur.

— Vous avez aussi examiné l'accusée à la prison avec certains de vos confrères ?

— Oui, monsieur.

Une fois ces prémisses posées, Fitzpatrick demanda :

— Quelles sont vos conclusions sur l'état mental de l'accusée ?

— Les actes reprochés ne peuvent être imputables à la folie.

Une opinion si claire et nette rassurerait les jurés. Le procureur de la Couronne choisit de s'arrêter là. Francœur lui succéda, résolu à rompre cette certitude.

— Vous n'avez aucun doute là-dessus, docteur ?

— Non, monsieur.

— Pourquoi ?

— Comme l'a expliqué tout à l'heure le docteur Brochu, en apparence, ces actes d'une violence extraordinaire pourraient être attribués à la folie. Mais pour cela, ils doivent être corroborés par des actes analogues, ou semblables, au cours de l'existence de l'accusée. Bien sûr, pas les mêmes excès, mais des comportements indiquant le penchant de la personne à des actions perverses. À ma connaissance, il n'y en a pas.

L'avocat accusa le coup. Son interlocuteur gagnait sa vie à témoigner dans des causes de meurtre. Âgé de quarante-deux ans, robuste, le geste et le débit lent, son opinion se graverait dans la mémoire des jurés.

— Êtes-vous en état de jurer qu'au moment où l'accusée a commis les actes d'atrocité relatés dans la preuve, elle jouissait de facultés mentales suffisantes pour en connaître la portée et pour en être responsable ?

— Je pense qu'elle en connaissait la portée jusqu'au point d'en être responsable.

— Pouvez-vous le jurer ?

— Oui, monsieur.

Le docteur Brochu n'était pas allé aussi loin.

Quand l'avocat de la défense regagna sa place, le procureur de la Couronne se leva pour déclarer :

— Votre Honneur, je n'ai pas d'autres témoins à faire entendre.

Le juge Louis-Philippe Pelletier regarda l'horloge, puis conclut :

— Nous reprendrons demain matin avec la plaidoirie de la défense. Ce serait le dernier acte de cette tragédie.

Les agents du palais de justice se lassaient de vérifier les cartes professionnelles des spectateurs ou, plus probablement, de généreux pourboires les rendaient moins attentifs. Toutes les banquettes ployaient sous le poids des curieux, certains se tenaient debout près des murs de la salle. Les conversations devenaient assourdissantes.

Comme d'habitude, l'entrée des jurés marqua le début des travaux. L'accusée arriva ensuite, cette fois accompagnée du directeur de la prison et de deux matrones. La silhouette noire imposa le silence, tous les regards fouillaient le voile pour découvrir les traits, les yeux.

Le juge entra, demeura un moment immobile près de la porte dérobée pour contempler l'assistance trop nombreuse. À moins d'une demande express de l'un des avocats, il décida de ne pas réclamer une nouvelle vérification des identités. Après avoir gagné sa place, il commença :

— Je ne tolérerai aucun désordre, aucune manifestation. Dès qu'un son déplacé atteindra mon oreille, je ferai vider la salle !

Chacun se résolut à retenir son souffle, de peur de rater le dénouement du drame.

— Maître Francœur, vous avez la parole.

L'avocat, élégant sous sa toge noire, rasé de près, coiffé avec soin, quitta sa table pour s'approcher de la boîte des jurés.

— Messieurs, depuis quelques jours, vous avez dû entendre une histoire terrible, celle d'une pauvre folle résolue à martyriser une enfant jusqu'à la mort.

Douze paires d'yeux fixées sur lui, le plaideur dressa la liste des sévices infligés à la victime. Maintenant, il n'en contestait plus aucun, peut-être même souhaitait-il en ajouter.

— L'intensité de ces mauvais traitements a augmenté au fil des semaines, jusqu'à ces brûlures avec un tisonnier rougi au feu ! L'horreur a grandi au fur et à mesure que progressait la grossesse de l'accusée !

Les yeux se portèrent machinalement sur la silhouette noire de Marie-Anne Houde. Ses vêtements amples dissimulaient entièrement son état « intéressant ».

— Elle ne se cachait pas, comme le ferait toute personne responsable de ses actes à l'heure de commettre un crime. Elle faisait des autres enfants ses complices. Elle disait aux voisins que le caractère difficile d'Aurore l'obligeait à la châtier sévèrement.

Bien sûr, Francœur n'allait pas préciser qu'elle prenait soin de ne pas envoyer les enfants à l'école, qu'elle les menaçait pour maintenir leur silence, qu'elle expliquait les marques les plus évidentes sur le corps de sa victime en invoquant la tuberculose. Ce n'était pas son rôle.

— Un criminel intelligent a toujours un motif ! Quel est celui de Marie-Anne Houde ? Elle ne tirerait aucun avantage financier du décès des enfants : le contrat de mariage le montre bien.

Le document avait été déposé en preuve. Les biens de l'un des époux, à sa mort, iraient à l'autre, et non aux enfants.

— Si cette femme jouissait de ses facultés, elle se serait empressée de faire disparaître les instruments utilisés pour infliger des sévices. Ils sont tous là, sur la table. Elle n'aurait pas laissé des voisins faire la toilette du petit cadavre, afin de leur cacher les cinquante-quatre plaies.

L'argument troubla les esprits, le juge dut réprimer une très légère rumeur d'un regard sévère.

— Les experts produits par la défense ont juré que l'accusée souffrait de débilité et de folie. Ces tares résultent probablement de la méningite dont elle a souffert dans son jeune âge. Les comportements induits par son état se manifestent pendant ses grossesses. Les fous ne sont pas fous toutes les minutes de leur vie, dans toutes les occasions. Ils peuvent paraître tout à fait normaux, puis laisser voir leur infirmité dans une circonstance particulière. C'est le cas de l'accusée.

Le visage perplexe, les jurés devaient chercher dans leur propre famille l'exemple de comportements excentriques chez des personnes habituellement raisonnables.

— Des trois experts produits par la Couronne, un seul a accepté de jurer que l'accusée était responsable de ses actes. Il est un médecin légiste très compétent, certes, pas un aliéniste. Le docteur Brochu, dont le professionnalisme dans ce domaine est incontesté, n'a pas voulu le faire.

Fitzpatrick s'agita un peu sur sa chaise. Il comprenait la prudence du médecin. Personne n'ouvrait les têtes ou les âmes afin de juger du degré de responsabilité d'un accusé.

— Dans tous les pays civilisés, les tribunaux acceptent les plaidoyers de folie, pour ne pas punir injustement des personnes non responsables de leurs actions. L'exemple nous vient de haut : regardez sur ce mur.

Derrière le juge, on apercevait une photographie du roi, mais aussi un grand crucifix.

— Dieu a dit : « Pardonnez-leur, car ils ne savent pas ce qu'ils font. » Marie-Anne Houde ne savait pas ce qu'elle faisait. Pour cela, vous devez déclarer cette femme enceinte innocente.

Sur ces mots, Francœur regagna sa place. Dans une ville catholique, la finale occuperait tous les esprits.

Avant de prendre la parole, Arthur Fitzpatrick passa près de la table de son adversaire.

— Alors en te couchant, tu pries sainte Marie-Anne Houde ?

Puis, à son tour, il alla se planter devant les jurés.

— Mon brillant confrère vous a dressé un récit émouvant parfois, remarquable d'autres fois. Mais faux du début à la fin. Vous êtes là depuis le commencement, alors vous avez entendu de sa part d'autres prétentions à la fois brillantes et fausses.

D'abord, il a voulu vous faire croire que la petite Aurore est morte des suites d'une blessure à la moelle épinière. Vous vous souvenez ?

Tous les yeux se tournèrent vers la table des défenseurs. Francœur jouait un peu nerveusement avec un stylo à plume.

— Ensuite, vous avez entendu les témoignages de voisins relatant des mauvais traitements, mais aussi des remarques de la bouche de Marie-Anne Houde, selon lesquelles elle souhaitait voir cette enfant disparaître. Tantôt, elle disait combien elle était difficile à élever. Cela justifiait à ses yeux les pires châtiments. Pourtant, pour de nombreuses personnes, dont son institutrice, il s'agissait d'une fillette intelligente et docile. Tantôt, elle attribuait à une maladie souvent mortelle, la tuberculose, les traces de ses mauvais traitements.

Le substitut du procureur se tourna vers son adversaire pour dire :

— Je vous le demande : ces stratégies sont-elles le fait d'une folle ?

L'homme fit une pause, puis répondit lui-même à sa question.

— Bien sûr que non. Les enfants sont venus nous dire comment cette femme martyrisait la petite fille. Elle savait si bien que son comportement était criminel qu'elle mobilisait ces derniers pour surveiller aux fenêtres. Les fous ne craignent pas de se faire prendre, n'est-ce pas ?

Les journalistes tentaient de prendre en note chacun de ses mots. Ils n'y arriveraient pas.

— Marie-Anne Houde allait plus loin. Elle commettait des forfaits, comme mettre des excréments dans les habits de son époux, pour inciter celui-ci à la punir sévèrement. Une personne aliénée mentalement peut-elle manipuler un cultivateur prospère pour en faire son exécuteur ?

Le procureur laissa échapper un rire bref, chargé d'ironie.

— Mon savant confrère a compris qu'il ne pouvait plus invoquer une maladie de la moelle ou les turpitudes de la victime : le nombre inouï et la brutalité des sévices le lui interdisaient. Une autre histoire aussi fausse que les deux premières a germé dans son esprit. La femme est folle !

Du regard, il défia son adversaire.

— Mais c'est avec intelligence que cette femme s'est révélée cruelle.

Pendant une heure, le substitut du procureur général dressa la liste des sévices connus, montra comment l'accusée les infligeait avec intelligence, soucieuse de ne pas se faire prendre, soucieuse aussi de faire un complice de son époux.

Puis, avec la même patience, il rappela de nombreux criminels qui, après avoir plaidé la folie, étaient tout de même montés sur l'échafaud.

— Marie-Anne Houde a déjà affirmé vouloir qu'Aurore meure « sans que personne ne le remarque ». Par ses mauvais traitements, elle est arrivée à la tuer. Mais Dieu a voulu que la main de la justice s'appesantisse sur elle. Elle a commis un meurtre prémédité, je vous demande de l'affirmer par votre verdict.

Lui aussi pouvait parler de Dieu en terminant une plaidoirie. Il se tourna vers le juge en disant :

— Votre Honneur, j'ai terminé.

Comme il regagnait sa place, la grande porte au fond de la salle s'ouvrit, Mathieu entra timidement. Le juge arqua les sourcils puis, bon prince, il lui désigna du doigt sa place habituelle. Au cours des derniers jours, tous ces gens reconnaissaient sa présence dans l'appareil judiciaire.

— Ai-je raté quelque chose ? souffla-t-il en retrouvant sa place.

— Oh ! Presque rien, répondit Lachance, un sourire en coin. Juste le discours du patron.

Le stagiaire voulut s'excuser, reformuler la question. Un claquement sec vint du banc du juge.

Louis-Philippe Pelletier savait que le procès de Télesphore Gagnon commencerait bientôt dans cette même salle. Comme il souhaitait s'exprimer longuement, il préféra commencer tout de suite. Machinalement, il inscrivit l'heure sur la feuille devant lui : midi quinze.

— Messieurs les jurés, une responsabilité importante vous incombe : rendre un verdict dans l'un des procès les plus retentissants des dernières décennies dans cette province. Pour vous aider à accomplir cette tâche, je dois vous donner des directives.

Pendant une vingtaine de minutes, il cita divers articles du Code criminel, puis les leur expliqua.

— Trois verdicts s'offrent à vous, vous devrez prendre votre décision à l'unanimité. D'abord, vous pouvez déclarer cette femme innocente, à cause de la folie. Dans ce cas, l'accusée ira dans un asile. Elle ne passera pas cette porte pour retourner chez elle. Vous me comprenez ?

Les hommes hochèrent la tête avec gravité.

— Vous pouvez aussi rendre un verdict d'homicide involontaire si, à votre avis, l'accusée a bien infligé les mauvais traitements à Aurore, mais sans souhaiter sa mort. Par exemple, cela arrive parfois dans le cadre d'une bataille. Un homme donne un coup de poing à un autre, qui en meurt. Dans ce cas, cet homme-là a pu agir sans vouloir tuer.

De nouveau, les jurés opinèrent du chef.

— Si vous rendez un verdict de meurtre, ce sera parce que vous pensez que Marie-Anne Houde a infligé des blessures à la petite fille en sachant que celles-ci pouvaient entraîner la mort. Cela correspond à l'article 259 du Code, que je vous ai lu tout à l'heure. Vous saisissez bien le sens de mes paroles ?

Les douze hommes, très dignes, acquiescèrent.

— Profitez bien de la pause, vous aurez tout à l'heure un rude travail à effectuer. Nous reprendrons la séance à deux heures. Je vous résumerai la preuve.

Sur ces mots, il ramassa ses notes et quitta la salle.

— Allons manger, dit Fitzpatrick à ses collègues. Le juge en aura long à nous dire, et il veut rendre sa sentence avant d'aller dormir.

— Il sera peut-être déçu, fit remarquer Mathieu. Parfois, les jurés débattent pendant des heures.

— Les vieux de la vieille sont déjà dans le couloir en train de prendre des paris sur la durée de leurs délibérations. Si vous souhaitez vous amuser à cela, misez sur un verdict rapide. Nous souperons tous à la maison… si nous avons encore de l'appétit.

Francœur s'était éclipsé parmi les premiers, la

mine basse. Lui aussi s'attendait à une décision expéditive... et défavorable à sa cliente.

Les restaurants des environs firent d'excellentes affaires. À chaque table, si on se fiait aux conversations, semblait siéger un jury. Tous discutaient du verdict à venir. À deux heures précises, le juge Louis-Philippe Pelletier reprit sa place avec une petite liasse de feuillets. Lui n'était pas allé au restaurant.

— La défense, au début de ce procès, a voulu mettre en doute les résultats de l'autopsie, commença-t-il. Les docteurs Marois et Lafond ont compté cinquante-quatre blessures. Tous les deux ont vu là la cause de la mort. Le père avait les moyens de faire soigner Aurore. Dans sa paroisse, il s'agit d'un cultivateur à l'aise. À la place de médicaments, cette femme servait du Lessi à l'enfant !

Dans les directives aux jurés, les magistrats clarifiaient des points de droit, ils pouvaient résumer les faits en cause. Ce vieux juge se transformait en substitut du procureur. Il rappela toutes les fois où Marie-Anne Houde avait déclaré souhaiter la mort de sa victime.

— Toute personne est réputée être saine d'esprit aussi longtemps qu'elle n'a pas fait la preuve de sa folie. Si les criminels n'avaient qu'à dire « je suis fou » pour être déclarés innocents, les prisons seraient vides et les asiles déborderaient. Maître Francœur nous a dit : « Pardonnez-leur, car ils ne savent pas ce qu'ils font. » Par ces paroles, le Christ accordait son pardon à ses bourreaux qui ne le reconnaissaient pas comme le fils de Dieu. Mais aucun homme sérieux ne prétendra que les bourreaux du Christ ne savaient pas ce qu'ils faisaient.

Le coup d'épingle fit grimacer l'avocat de la défense. Le magistrat s'attarda longuement sur la notion de folie en droit criminel ; il cita de nouveau l'article 19 du Code.

— Cette femme est-elle folle ? Cela demeure la seule question importante, aujourd'hui. Elle a pris des précautions pour cacher les violences infligées à Aurore. Elle a ordonné aux autres enfants de ne pas parler. Sous sa tutelle, ils se sont tus. Confiés à leurs grands-parents, ils ont révélé la vérité.

La Presse publierait les mots suivants du juge sans en omettre un : « C'est ainsi que nous avons pu assister à ce spectacle douloureux, mais convaincant, de ces enfants venant dire la vérité contre cette femme. Son propre fils, Gérard Gagnon, la chair de sa chair, le sang de son sang, les os de ses os, respectant la sainteté du serment, a été le plus fort témoin contre sa mère. Il y a là une intervention providentielle. »

Même dans un procès aussi scabreux, Dieu veillait. Pelletier fit ensuite allusion à l'affaire Thaw, aux États-Unis. Un millionnaire avait payé très cher des spécialistes pour se faire déclarer innocent pour cause de folie, puis il avait payé les mêmes personnes pour se faire déclarer guéri !

— C'est parce que les enfants nous ont donné des témoignages bouleversants de vérité que la défense s'est résolue à un plaidoyer d'aliénation. Mais personne, jusqu'à cette volte-face, n'avait remarqué chez elle de signes de folie. Alors, nous nous retrouvons avec une querelle d'experts. Après un examen de quelques heures, le docteur Albert Prévost en est arrivé à un diagnostic de débilité et de folie. Cet homme se fait une spécialité de témoigner à gauche et à droite. Mais pendant les décennies précédentes, personne parmi les connaissances de l'accusée n'avait remarqué ces maladies !

Le professeur de l'université de Montréal mérita des critiques acerbes, le juge alla jusqu'à dire qu'on lui avait peut-être soufflé son témoignage. Moins affirmatif, le docteur Tétreault fut traité avec plus d'aménité.

— D'un autre côté, tous les proches de l'accusée et les experts de la Couronne la disent saine d'esprit !

Puis, Pelletier s'attarda sur les faits présentés à la cour, commenta longuement la lettre de Marie-Anne Houde où elle conseillait aux grands-parents Gagnon d'inciter les enfants au silence. Le magistrat dressait le portrait d'une personne intelligente, rusée, résolue à faire mourir une enfant.

— Elle est enceinte, nous a rappelé l'avocat de la défense. Ne vous préoccupez pas de cela. Son enfant sera confié à une famille chrétienne.

Une nouvelle fois, Louis-Philippe Pelletier rappela les verdicts possibles. Puis, il conclut :

— Je demande à Dieu de vous bénir et de vous éclairer.

Machinalement, il nota « quatre heures quinze » sur ses feuilles. En tout, il avait parlé pendant cent soixante minutes. Il regagna son bureau. Un employé de la cour escorta le jury vers la salle de délibération, les constables firent de même avec l'accusée.

— Le juge s'est montré très sévère, constata Mathieu. Cela ne risque-t-il pas de justifier un appel ?

— Quel que soit le verdict, il y aura un appel.

— Tout ce cirque devra recommencer ?

Le stagiaire pensa à la nécessité pour les enfants de raconter encore l'affreuse histoire. Son employeur suivait le cours de ses réflexions.

— Selon toute probabilité, les jurés se prononceront sur les seuls comptes rendus. Du moins, je le souhaite.

Le jeune homme se prépara à une longue attente.

Pourtant, quinze minutes plus tard, un juge étonné regagnait son banc, et les jurés, émus, le leur.

— Je ne tolérerai aucun désordre, aucun bruit au prononcé du verdict.

Le ton de Pelletier revêtait une gravité inhabituelle. Charles Gendron, le second greffier, s'avança pour demander d'une voix solennelle :

— L'accusée est-elle coupable ou non coupable du crime dont elle est accusée ?

— Coupable de meurtre, répondit un membre du jury, Théophile Huot.

— Êtes-vous unanimes ?

— Oui, répondirent-ils à l'unisson.

Une longue plainte, comme celle d'un animal aux abois, sortit de la boîte où se tenait Marie-Anne Houde. Les matrones de la prison de Québec vinrent la soutenir par les coudes.

— Messieurs, commença Pelletier, vous avez fait votre devoir. Je vous remercie. Maintenant, vous pouvez quitter les lieux tout de suite, ou alors attendre le prononcé de la sentence.

— Votre Honneur, annonça Francœur en se levant, je souhaite vous soumettre des points de droit.

— Certainement pas tout de suite, il faut d'abord clore ce procès. Prenez rendez-vous avec moi la semaine prochaine. Maintenant, je suspends l'audience pour quinze minutes.

L'homme se leva pour se rendre jusqu'à la porte dérobée d'un pas hésitant.

— Le bonhomme ne s'y fait pas, grommela Fitzpatrick, malgré son âge et son expérience.

— Que voulez-vous dire ?

— Il maîtrise à peine ses sanglots. Les jurés ont la part la plus facile : ils rendent le verdict. Lui, il doit maintenant imposer la sentence, et la loi lui laisse une seule possibilité.

Marie-Anne Houde maîtrisait plus mal encore ses émotions. Une plainte ininterrompue, rauque, animale, pensa Mathieu, venait de sous son voile. Les quinze minutes s'allongèrent, le magistrat revint à cinq heures, le visage un peu décomposé. L'assistance se leva, silencieuse, s'assit après le président, sauf le substitut du procureur général, Fitzpatrick.

— Votre Honneur, déclara-t-il, je requiers la peine de mort.

— Marie-Anne Houde, levez-vous.

L'accusée se leva péniblement, aidée des matrones.

— Madame, demanda le premier greffier, avez-vous quelque chose à dire pour que la sentence de mort ne soit pas prononcée contre vous ?

Après un bref silence, un léger murmure agita le voile.

— Au nom de ma cliente, déclara Francœur en se levant à son tour, j'indique qu'elle n'a rien à déclarer.

Le juge se pencha un peu afin de récupérer son tricorne noir et de le mettre sur sa tête. Un instant, il posa ses deux mains sur son visage, afin de retrouver un semblant de contenance. Enfin, péniblement, il articula :

— Vous avez été trouvée coupable de meurtre. Je concours dans le verdict du jury. Vous serez conduite à la prison commune du district de Québec et y serez détenue jusqu'au 1er octobre prochain, à huit heures du matin, alors que vous serez pendue par le cou jusqu'à ce que mort s'ensuive. Que le bon Dieu vous pardonne et qu'il vous aide !

Ce fut en sanglotant que le juge s'enfuit par la porte dérobée, soutenu par un huissier. Les jurés ne tardèrent pas à faire de même. Marie-Anne Houde lança alors un cri lugubre tout en se laissant choir sur le sol.

Toute l'assistance figea, comme frappée de stupeur. Puis, les spectateurs quittèrent les lieux les premiers. Quand la plupart furent sortis, Fitzpatrick donna le signal à l'équipe de la Couronne. Il s'arrêta devant la table de la défense, fixa son regard dans celui de son adversaire, puis le salua de la tête, sans un mot.

Il se trouvait à mi-chemin vers la porte quand une voix résonna derrière lui.

— On se revoit après-demain, Arthur, déclara Francœur.

— Compte sur moi, Napoléon !

Le procureur fit le reste du trajet en secouant la tête, un sourire sur les lèvres.

— Increvable, le vieux garçon. Demain il se préparera à plaider pour Télesphore Gagnon avec la même fougue.

— Tout de même, commenta Lachance, c'est dommage de voir une si belle carrière se terminer.

— Oui. Pour un conservateur, il faut convenir que c'est un homme très bien.

Mathieu ne comprenait plus. Comme ses voisins ne songeaient pas à éclairer sa lanterne, il demanda :

— Quelle carrière se termine ?

— Le juge Pelletier a présidé son dernier procès. Après-demain, un type de Trois-Rivières le remplacera. Il est âgé, mais ce n'est pas cela. Le procès l'a brisé.

Le stagiaire baissa la tête, touché par cette fragilité. En réalité, le juge Louis-Philippe Pelletier mourrait longtemps avant la femme qu'il venait de condamner à mort.

Dans le corridor, le trio de l'accusation vit passer une silhouette masculine noire et longiligne.

— Voilà Ferdinand Massé, maugréa Mathieu en le reconnaissant. Le curé de Sainte-Philomène-de-Fortierville s'élance au secours de sa paroissienne.

Cette fidélité le troubla. Le prêtre demeurait-il convaincu de la légitimité des sévices imposés à l'enfant pour la ramener dans le droit chemin ? Sa présence tenait-elle, pour lui aussi, à la recherche d'une rédemption ? Il passerait la nuit en compagnie de la condamnée dans une petite salle de la prison de Québec.

— Bon, déclara Fitzpatrick en tendant la main, rentrons à la maison. Picard, vous avez fait du bon travail. Je compte vous voir lors des témoignages des enfants, dans le cadre du prochain procès. Si vous en avez le temps, venez tous les jours. Mais ne négligez pas vos examens.

Le jeune homme se troubla en acceptant la poignée de main.

— Je vous remercie.

— Vous en prendrez conscience plus tard, vous avez beaucoup appris, moins au niveau du droit que pour tout le reste.

— Vous avez raison.

Mathieu serra aussi la main de Lachance, puis il se dirigea vers le commerce de la rue de la Fabrique. Il souperait avec sa mère, puis réclamerait à Flavie une promenade dans le parc Victoria. À ces deux femmes, il demanderait de ne pas dire un mot au sujet d'Aurore et de la marâtre.

25

Après les émotions intenses de l'avant-veille, ce fut un peu de mauvaise grâce que Mathieu revint au palais de justice avant la reprise de l'audience, le vendredi 23 avril en après-midi. En prenant place à la table de l'accusation, il s'entendit demander :

— Les cours de cette seconde année se sont bien terminés, ce matin ?

Arthur Fitzpatrick paraissait réellement préoccupé de son succès.

— Oui, répondit-il de bonne grâce. Après ma longue absence, le retour en classe m'inquiétait un peu. Mais les choses se sont bien passées.

— Vous voulez dire, excepté le côté un peu abusif de votre employeur actuel.

Le substitut du procureur affichait un sourire narquois.

— En toute sincérité, le fait d'être très occupé m'a rendu les choses plus faciles. Puis, ce genre de procès n'arrive que très rarement, aucun de nous ne pouvait le prévoir.

— Heureusement ! S'il fallait plonger dans un cloaque de ce genre toutes les semaines, je chercherais une occupation plus tranquille.

Le jeune homme reçut l'affirmation avec scepticisme.

— Le choix des jurés s'est-il déroulé rondement, ce matin ? fit-il.

— Le juge s'est démené comme un beau diable pour trouver des gens sans idée préconçue sur la culpabilité de notre bonhomme.

— Dans la province, tout le monde a une opinion.

— En conséquence, nous aurons devant nous les douze hommes de Québec les plus habiles à la dissimuler.

Par souci de justice, les magistrats tentaient de recruter des personnes libres de préjugés pour entendre une cause. Après le fracas du procès précédent, à moins de revenir d'un voyage dans un pays lointain, tous les candidats connaissaient, ou croyaient connaître, les faits.

— L'opération a été difficile au point que l'on a accepté un Anglais, continua l'avocat. Nous devrons donc tout faire dans les deux langues.

— Vous n'êtes pas sérieux. Aucun des témoins ne connaît un mot d'anglais.

— Très sérieux. Je devrai poser mes questions dans les deux langues et traduire les réponses.

Cela risquait de doubler la longueur de la procédure. L'équipe de la défense prenait place à la table voisine. Joseph-Napoléon Francœur présentait un visage morose, comme si sa dernière défaite lui restait en travers de la gorge.

L'avocat se trouvait toujours flanqué de maître Marc-Aurèle Lemieux, comme s'il ne voulait pas porter seul l'odieux de défendre les bourreaux. Pour faire bonne mesure, Arthur Lachance prendrait encore place près de Fitzpatrick. Il arriva sur les lieux en même temps que l'on faisait entrer l'accusé.

Comme tout le monde dans l'assistance, Mathieu regarda un long moment Télesphore Gagnon. Les agents de la paix lui retirèrent les fers portés aux pieds et aux poignets. Très grand, le régime de la prison lui avait fait perdre un peu de poids. Il flottait littéralement dans ses habits. Son vieux complet, peut-être celui qu'il avait revêtu lors de son premier mariage, lui donnait l'allure d'un paysan endimanché venu régler une affaire à la ville. Sur le revers de sa veste, un large ruban rouge témoignait de son appartenance à la Ligue du Sacré-Cœur.

— Comme l'abbé Massé doit être fier de son paroissien ! maugréa le stagiaire.

— À un point que vous ne soupçonnez pas encore : il viendra témoigner pour la défense.

Mathieu écarquilla les yeux, incrédule.

— Il ne va tout de même pas venir nous rebattre les oreilles avec la liste des péchés de la petite victime.

— Il ne le peut pas, cela tombe sous le secret de la confession. Mais notre savant confrère a toute une liste de personnes pour témoigner de la bonne réputation de son client, dont le curé.

Sur les mots « savant confrère », Fitzpatrick s'était penché en avant afin d'adresser un sourire à son collègue. Les réunions des membres éminents du Parti libéral devaient prendre une curieuse tournure, avec ces deux-là.

Le juge Joseph-Alfred Déry entra par la porte dérobée réservée à son usage. Alors que tout le monde se levait, il se montra surpris, comme si la matinée ne lui avait pas suffi à s'habituer à une foule pareille. L'affluence ne diminuait pas, même si les témoignages risquaient de ne différer en rien de ceux des deux semaines précédentes.

Le magistrat présentait un visage glabre, sérieux. Plus jeune que son prédécesseur, il imposait tout de même le respect. Chacun comprenait qu'au moindre désordre, il évacuerait la salle sans état d'âme.

— Monsieur Fitzpatrick ? commença-t-il après avoir pris sa place.

— Nous allons entendre d'abord le docteur Albert Marois, chirurgien à l'hôpital Hôtel-Dieu de cette ville.

Mathieu entendit les mêmes questions, et les mêmes réponses. L'obligation de traduire les unes et les autres rendait l'exercice assommant. Il se demanda s'il pouvait sortir le Code civil de son sac pour en mémoriser discrètement des articles, mais il se ravisa : ce serait risquer de voir le juge prendre en grippe toute l'équipe de l'accusation.

Le lendemain, le jeune stagiaire se présenta un peu après l'heure du dîner. Au retour de l'équipe de la défense, il vit apparaître une silhouette familière au fond de la salle. L'assistance se tut afin d'examiner le nouveau venu. Ce dernier s'arrêta près de la table de l'accusation et déclara en tendant la main :

— Nous n'avons jamais eu l'occasion d'être présentés, je pense.

— Vous vous trompez, colonel Lavergne, répliqua Mathieu en se levant.

L'avocat nationaliste fut quelque peu décontenancé devant l'entrée en matière. Le rappel de son grade dans la milice s'accompagnait d'assez de dérision pour écorcher son orgueil.

— Nous nous sommes croisés à la porte de l'Auditorium, continua le stagiaire, le jour où votre ami Olivar Asselin est venu faire du recrutement pour son régiment. Je suis celui des cousins Picard qui est allé à la guerre. Vous connaissez bien l'autre : il s'est marié pour éviter de la faire.

Armand Lavergne fit un effort pour maîtriser le timbre de sa voix.

— Je vous remercie de me rafraîchir la mémoire. La chose m'avait échappé. Désormais, je me souviendrai de vous.

— Et moi de vous. Vous vous faites le spécialiste des grandes causes. La lutte à la conscription d'abord, et ensuite la défense des bourreaux de petites filles.

— Cet homme a droit à une défense pleine et entière.

Napoléon Francœur avait rejoint sa chaise. Il suivait la conversation avec un intérêt amusé.

— Je me lasse d'entendre ce poncif. Il m'en vient un autre à l'esprit : l'argent n'a pas d'odeur. Dans ce genre de situation, cela me paraît convenir tout à fait.

— Si recevoir des honoraires vous gêne, vous ferez un curieux avocat.

Les deux substituts du procureur de la Couronne arrivaient à leur tour.

— J'essaierai de ne jamais être assez pauvre, ou assez soucieux de séduire des électeurs, pour accepter de défendre un homme qui a tué sa petite fille de dix ans avec un manche de hache.

— Ah ! Picard, commenta Fitzpatrick avec un sourire moqueur, ne soyez pas trop cruel avec nos pauvres amis de la défense. Soyez plutôt condescendant avec notre nouvel adversaire. Il le mérite.

La dérision marquait sa voix. À la fin, le stagiaire accepta la main tendue. Son employeur enchaîna en disant :

— Comme vous l'avez entendu hier, notre ami Francœur a bien du mal avec la langue de la mère patrie. Il a troqué Lemieux pour Lavergne ce matin, car le pauvre monsieur Reed, notre juré venu de la fière Albion, se demandait si notre savant confrère plaidait en anglais et en turc.

Si l'avocat de la défense souffrait de voir sa prononciation anglaise tournée en ridicule, il s'efforça de n'en rien montrer.

— Si je comprends bien, monsieur Lavergne, vous serez là pour assurer la traduction, commenta Mathieu en prenant le ton badin de son employeur.

— J'essaierai de faire un peu plus.

Du bruit se fit entendre du côté droit de la salle d'audience. L'accusé faisait son entrée, escorté de deux agents.

— Voilà votre client, déclara Fitzpatrick à l'intention de l'avocat nationaliste. Nous allons reprendre notre place.

Quelques minutes plus tard, sous la présidence du juge Déry, la procession des témoins reprit de plus belle.

Le procureur de la Couronne avait fait en sorte que les trois enfants Gagnon témoignent dans la journée du 26 avril, la seule de cette semaine pendant laquelle Mathieu n'avait aucun examen en matinée. Aussi, le stagiaire se présenta très tôt au palais de justice, assez pour voir un agent de la paix arriver de Lévis avec Marie-Jeanne.

L'adolescente lui fit un sourire timide. Elle était vêtue d'un uniforme d'écolière, chaussée de souliers raisonnablement neufs. La directrice de l'hospice Saint-Joseph-de-la-Délivrance avait sans doute sollicité une âme charitable pour lui procurer cette tenue plus convenable.

— Bonjour, commença-t-il en lui tendant la main. Comment te sens-tu ?

— ... Je ne veux pas témoigner encore.

— Je comprends. Mais nous savons tous les deux que tu n'as pas vraiment le choix.

Le stagiaire se sentit un peu coupable de faire appel de cette façon à son sens du devoir. Le même argument lui avait servi dans les tranchées des Flandres avec des hommes terrorisés à l'idée de mourir dans la boue, si loin des leurs.

La jeune fille laissa échapper un soupir avant de hocher la tête.

— Allons dans la même salle que l'autre fois. Quand tes frères arriveront, le personnel du tribunal leur dira de venir nous rejoindre.

Elle donna son assentiment d'un geste de la tête. Déjà, la foule des curieux s'enflait à l'entrée de la salle d'audience. Elle retrouvait avec soulagement la pièce aux fauteuils confortables, derrière une porte close.

— Cet homme sera là ? Le député…

— Francœur est l'avocat de ton père.

— Il va encore me poser des questions, comme la dernière fois.

Marie-Jeanne se demandait surtout s'il tenterait encore de souiller sa réputation. Le stagiaire le comprit, et il essaya de la rassurer de son mieux.

— Ses questions seront moins difficiles, je pense. Au procès de ta belle-mère, il a finalement admis que tu disais la vérité. Il ne peut pas revenir en arrière aujourd'hui.

À tout le moins, Mathieu l'espérait de tout cœur. De petits coups contre la porte lui permirent d'abandonner ce sujet. Une seconde plus tard, Georges et Gérard prenaient place dans des fauteuils bien rembourrés. Tous les deux présentaient une mine réjouie. Visiblement, leur retour chez des membres de leur famille leur rendait leur bonne humeur.

Pendant de longues minutes, l'adolescente prit des nouvelles de ses tantes, de ses oncles, et même des animaux de la ferme. L'évocation de la campagne lui faisait visiblement plaisir. Son séjour à l'orphelinat devait parfois prendre à ses yeux des allures d'exil.

Sans qu'on vienne lui en donner la raison, Mathieu attendit longuement le début de l'audience dans la petite salle. Après neuf heures, un agent de la paix vint frapper doucement à la porte.

— La petite fille, Marie-Jeanne, murmura-t-il.

Depuis son fauteuil, celle-ci entendit. Elle se leva et marcha lentement, comme une condamnée, jusque dans la salle d'audience. Une nouvelle fois, tous les regards se fixèrent sur elle, ils la suivirent jusqu'à la barre des témoins. De son côté, la jeune adolescente ne pouvait détacher les yeux de son père, pitoyable dans son habit trop grand, son insigne de la Ligue du Sacré-Cœur accroché au revers.

Elle prêta serment, puis posa les mains sur la balustrade en bois devant elle. D'une voix pleine de compassion, Fitzpatrick commença par s'assurer de sa présence dans la maisonnée de Télesphore Gagnon peu après le remariage de celui-ci avec Marie-Anne Houde jusqu'au décès d'Aurore survenu le 12 février dernier. Les deux fillettes étaient revenues ensemble de l'orphelinat d'Youville. Elle parla d'une situation familiale « normale » au début.

— Quand les choses ont-elles changé ?

— L'été dernier, maman l'a blessée au pied.

Mathieu gardait les yeux fixés sur sa protégée, depuis la table réservée à l'accusation. Il entendit un bruit sur sa droite, celui d'une chaise glissée sur le plancher, puis la voix d'Armand Lavergne.

— Votre Honneur, mon collègue cède à la tentation de refaire le procès de Marie-Anne Houde. Celle-ci a déjà été condamnée à mort. Cet acharnement me paraît bien inutile. On ne la pendra pas deux fois.

Le rappel de la triste réalité frappa Marie-Jeanne comme un coup en plein visage. Le stagiaire espérait que personne ne lui ait mis sous les yeux les journaux de la semaine précédente. Le juge Pelletier avait été explicite : seules les confidences des enfants avaient permis de retourner la situation afin d'obtenir le verdict de culpabilité.

Fitzpatrick se reprit.

— L'été dernier, est-ce que votre père battait Aurore ?

— Il l'a frappée avec le fouet utilisé pour les chevaux.

— Où cela s'est-il produit ?

— Dans la cuisine.

L'émotion étranglait l'adolescente. Elle répondait brièvement, à voix basse. Alimenter les arguments de l'accusation contre son père lui pesait plus que faire la même chose au sujet de sa belle-mère. Souvent, elle jetait un regard en direction de l'homme dans la boîte des accusés.

— Pourquoi votre père l'a-t-il battue ?

— Maman lui a dit que ma sœur avait assisté à la messe depuis la sacristie.

Cela pouvait passer pour une négligence de ses devoirs religieux.

— Votre père l'a-t-il ligotée, avant de la châtier ?

— Il lui a attaché les mains derrière le dos.

— Qu'a alors fait Aurore ?

— Elle criait.

La précision toucha les jurés.

— Plus tard dans l'été, votre petite sœur est allée à l'Hôtel-Dieu. Après son retour de l'hôpital, combien de fois avez-vous vu votre père la battre ?

— Trois ou quatre fois.

— Avec quoi ?

— Des harts, des planches de quart.

Fitzpatrick lui présenta les pièces à conviction, afin de les lui faire reconnaître.

— Si on se reporte au début du mois de janvier, juste après les fêtes, comment décririez-vous l'état de santé de la petite fille ?

— Elle se portait bien.

— À cette époque, votre père a battu Aurore de nouveau. Combien de fois ?

— Trois ou quatre.

L'adolescente raconta en détail les épisodes où l'homme avait utilisé un fouet. Elle se cramponnait à la balustrade placée devant elle, sa voix faiblissait, elle paraissait sur le point de s'effondrer.

— Ma petite, intervint le juge Déry, je vais vous permettre de vous reposer un peu.

En relevant la tête, le magistrat demanda :

— Quelqu'un veut-il apporter une chaise à cette jeune personne ?

Mathieu allait se lever pour approcher la sienne, mais Armand Lavergne, placé plus près de la barre des témoins, le devança. L'adolescente rougit de l'attention venue de cet inconnu. Elle formula un « Merci » bien timide.

— Nous reprendrons l'audience dans quelques minutes, conclut le juge en se levant pour quitter les lieux.

Pendant une vingtaine de minutes, chacun attendit dans un bruissement de conversations. Intimidée par tous les regards fixés sur elle, dont celui de son père, Marie-Jeanne posa ses bras sur la barre des témoins, pour y enfouir son visage.

Quand le magistrat revint à sa place, Fitzpatrick quitta la sienne afin de reprendre son interrogatoire. Sans y être conviée, la petite fille quitta son siège. L'usage voulait que l'on témoigne debout, cette fois, elle allait s'y plier.

— Les derniers jours, commença Fitzpatrick, mettons deux jours avant le décès, que croyez-vous qu'il allait arriver à Aurore ?

— Elle dépérissait sans cesse, je savais qu'elle allait mourir.

— Pendant ces jours-là, est-ce que votre père a parlé de faire venir le médecin ?

— … Non.

L'avocat de la Couronne tissait sa toile afin d'obtenir au moins une condamnation pour négligence criminelle. Si une adolescente reconnaissait l'état critique de sa sœur, un adulte aurait dû faire preuve du même discernement.

— Avez-vous dit à votre mère ce que vous pensiez de la gravité de l'état d'Aurore ?

— Oui.

— Qu'a-t-elle répondu ?

— Elle a dit : « Je vais être débarrassée. Je vais me croire au paradis. »

Après un bon moment passé à évoquer les motifs du silence de la fillette devant les souffrances de sa sœur, il demanda :

— Que pensiez-vous du comportement d'Aurore ?

— … Elle était sage, obéissante.

— Votre mère insistait pourtant pour l'accuser de toutes sortes de choses…

— C'étaient des menteries !

La protestation vint très vite, avec une certaine véhémence. Le substitut du procureur continua.

— Elle la traitait de voleuse, de malpropre, d'impure…

— Tout cela, c'étaient des inventions pour que papa la punisse.

Formulée ainsi, cette précision ne servait pas vraiment la cause de l'accusation.

— Selon vous, quelle fut la pire chose arrivée à Aurore, aux mains de ses parents ?

Marie-Jeanne rougit violemment ; Mathieu devina qu'un souvenir scabreux lui revenait à la mémoire. Elle énonça tout bas :

— En janvier, maman est montée à l'étage et elle a demandé à Aurore de la suivre.

— Votre père était là ?

— Oui, il fumait dans la cuisine. Elle a pris le pot de chambre et l'a forcée à en manger le contenu.

Après le procès de Marie-Anne Houde, tout le monde s'attendait à entendre une nouvelle évocation de cette scène. S'y attendre ne changeait rien à l'horreur. La confidence, presque inaudible, laissa l'assistance interloquée.

— Quand elle est redescendue, continua Marie-Jeanne, comme pressée d'en finir, cela lui coulait ici et là.

De ses mains gantées de couventine, elle désigna le pourtour de sa bouche. Mathieu constata qu'elle désignait la zone de son visage toujours couverte de gerçures. Le lien le troubla.

— Votre père a aussi constaté cela ? demanda encore le magistrat.

— Oui.

Fitzpatrick attendit que le juge traduise à la fois sa question et la courte réponse, puis il déclara :

— Je n'ai plus de questions, Votre Honneur.

Marie-Jeanne esquissa le geste de quitter sa place.

— Non, ma petite, la retint Déry. Vous devez encore répondre aux questions de la défense.

Devant la mine déconfite du témoin, il ajouta :

— Ne vous inquiétez pas, ce sera vite fini, et pas trop difficile.

L'homme avait eu des échos de la première comparution de ce témoin. Il entendait lui éviter un traitement indélicat. Des yeux, il regardait Francœur et son collègue, comme pour les mettre au défi de le contredire.

Après cette mise en garde, Armand Lavergne s'adressa au magistrat :

— Tout à l'heure, je n'ai pas voulu m'opposer sans cesse afin de ne pas troubler le témoin. Je comprends combien les événements sont terribles pour elle.

L'entrée en matière visait à faire amende honorable. La suite serait plus lourde de reproches.

— Nos savants confrères ne cessent pas de rappeler les mauvais traitements infligés par Marie-Anne Houde à la victime. Le procès de cette dernière est terminé. Pour que ces arguments soient recevables aujourd'hui, il faudrait d'abord prouver la complicité de l'accusé avec sa femme.

— Vous croyez ?

Visiblement, le magistrat ne partageait pas cette conviction.

— Voici une enfant de dix ans, poursuivit-il, qui pendant six mois subit un martyre dans la maison de l'accusé. Il y a là une forte présomption que non seulement ce dernier ait eu connaissance des faits, mais aussi qu'il ait permis que ces événements se produisent.

— Il ne le savait pas.

Le juge traduisit son argument en anglais, ce qui lui donna le temps de réfléchir à sa repartie. Il revint ensuite à son interlocuteur.

— Monsieur Lavergne, je vais donc faire une comparaison que vous comprendrez très bien. Admettons que je vous constitue le gardien d'un chien, et que quelqu'un martyrise ce chien dans une chambre voisine de la vôtre. Je suis certain que votre simple instinct vous permettrait de savoir ce qui arrive à la bête.

— Voyons, ce n'est pas la même chose.

— Vous avez raison. Tout homme normal comprendrait ce qui arrive à un animal, dans ces circonstances. Alors imaginez ce cas avec, pour victime, un être humain doté de la raison et de la parole. Ce serait infiniment plus facile de tout savoir.

L'avocat nationaliste demeura interloqué. Lors d'un débat, cela ne lui arrivait pas souvent.

— L'accusé n'était pas là…

— L'accusé n'était pas absent tout le temps. Vous avez la synthèse de mon opinion sur la question, exprimée aussi clairement que possible. Alors, reprenons le cours de ce procès pour examiner les faits.

L'avocat nationaliste regagna sa place, Francœur se consacra à l'interrogatoire. De la terreur dans les yeux, Marie-Jeanne le regarda s'approcher de la barre.

— Tu as dit que dans les mois suivant le

remariage de ton père, les choses allaient plutôt bien à la maison.

Le tutoiement devait la rassurer. Au contraire, elle se raidit un peu.

— Oui.

— Puis, la situation est devenue plus difficile l'été dernier. C'est bien cela ?

— Oui.

Les réponses venaient dans un souffle. L'avocat parlait tout doucement lui aussi.

— Quand ton père battait ta petite sœur, c'était parce que ta mère lui racontait ses mauvaises actions.

— C'étaient des menteries.

— Mais cela, ton père ne le savait pas. Lui, il croyait toutes les histoires de sa femme, n'est-ce pas ?

— ... Oui.

Ce petit mot amoindrissait beaucoup la faute de l'auteur de ses jours. L'avocat de la défense s'était placé devant elle de façon à l'empêcher de voir l'équipe de l'accusation, tout en lui permettant de fixer des yeux Télesphore Gagnon.

— Ton père la battait-il sans y avoir été incité par ta mère ?

— ... Non.

Francœur amena ainsi l'adolescente à évoquer toutes les fois où Marie-Anne Houde avait menti à son mari afin de faire punir la victime. À la fin, il baissa le ton pour aborder un sujet délicat.

— Tout à l'heure, tu as parlé de cette histoire de pot de chambre... Tu sais pourquoi ta belle-mère a fait cela ?

— Elle souhaitait faire passer Aurore pour folle.

Pour la première fois, quelqu'un jetait un nouvel éclairage sur la stratégie de la belle-mère. Curieusement, cela venait d'une adolescente peu instruite.

La marâtre souhaitait faire disparaître la plus jeune fille de son mari. Ce résultat, elle pouvait l'obtenir des mauvais coups infligés par Télesphore, puisqu'un manche de hache représentait une arme redoutable, grâce à l'ingestion de Lessi, ou encore par la tuberculose contractée en la faisant sortir pieds nus l'hiver, ou du simple épuisement consécutif à tous ces mauvais traitements.

Mais les excréments dans les vêtements, ou le fait d'en manger, évoquaient tout de suite la folie. Pareil diagnostic aurait conduit la fillette à Saint-Michel-Archange. Bien peu de gens en sortaient, cela représentait une forme de décès. Marie-Anne Houde le comprenait d'autant mieux que sa rivale, dans le lit de Télesphore, avait connu ce sort. Aux yeux de tous, cette affection était héréditaire. Personne n'aurait été surpris de voir Aurore en être victime.

Le stagiaire eut l'impression que les pensées de Francœur suivaient la même trajectoire. L'avocat s'empressa bien vite de changer de sujet.

— Ton père a-t-il déjà battu Aurore sans que ta mère ne fasse de faux rapports sur elle ?

— ... Non.

Le ton irrésolu rendait l'affirmation douteuse. L'avocat de la défense n'avait pas intérêt à s'y attarder.

— Ton père t'a-t-il déjà battue ?

La crainte de le voir ramener sur le tapis l'accusation d'impureté envahit l'adolescente. Elle gardait un souvenir très douloureux de cette expérience, surtout devant tous ces gens.

— … Oui, une fois, il y a deux ans.

L'homme accueillit l'affirmation avec un sourire amusé. Elle mentait, il le savait, et ce faisant elle servait néanmoins les intérêts de son client.

— Tes frères… les corrigeait-il, eux aussi ?

— Parfois. Pas très souvent.

— Les coups étaient-ils violents ?

— Non, pas très forts. Et seulement quand ils le méritaient.

Marie-Jeanne contribuait encore à la défense de son père. La voyant dans de si bonnes dispositions, Francœur demanda :

— Pourquoi n'as-tu jamais expliqué à ton père les machinations de ta mère ?

— … Elle menaçait de me faire la même chose.

— Et pour tes deux frères ?

— Elle les menaçait aussi.

Donc, le pauvre homme, trompé par toute la maisonnée, avait été entraîné dans cette spirale de mauvais traitements.

— Quand tu as menti à l'enquête du coroner, tu avais peur ?

— … Oui, admit-elle après une petite hésitation.

— Je comprends.

L'adolescente se sentit soulagée, comme si cet homme lui accordait son pardon. Non seulement elle avait menti devant le docteur Caron, mais aussi lors de toutes ses rencontres avec lui.

— Je n'ai plus de questions, Votre Honneur, conclut le député.

Marie-Jeanne écarquilla les yeux devant cette fin

abrupte. Le juge Déry consulta l'horloge, puis déclara :

— Nous allons reprendre après le dîner, à treize heures trente.

À la table de l'accusation, Fitzpatrick lança entre ses dents :

— Raccompagnez-la. Tout à l'heure vous reviendrez avec le garçon, le plus jeune.

— Georges ?

— Oui, c'est lui, le prochain.

Comme le stagiaire remontait l'allée avec la jeune fille en passant la porte, elle demanda à voix basse :

— J'ai bien fait, cette fois ?

— Si tu as dit la vérité, tu as très bien fait.

Elle se troubla, passa la langue sur ses lèvres.

— Je sais que tu as dit toutes les vérités importantes, précisa son compagnon en posant la main sur son épaule. Pour le reste, ce sont des détails, n'est-ce pas ?

Ces mots la rassurèrent un peu. Quand ils entrèrent dans la petite pièce située au fond du couloir, ils trouvèrent les garçons assis de part et d'autre d'une table pliante. Un agent de la paix leur avait apporté quelques sandwichs et des limonades.

— Viens manger, l'invita Georges la bouche pleine. C'est bon.

Sa corvée terminée, Marie-Jeanne voulut bien se joindre à ses frères.

— D'où viennent ces largesses ? demanda Mathieu à l'agent.

— Fitzpatrick a commandé cela en arrivant ce matin. Il y en a aussi pour vous… si ceux-là en laissent un peu, bien sûr.

Le stagiaire se sentit touché par l’attention. Les garçons se mirent à discuter des prochaines semailles et avec un homme de la ville comme interlocuteur, ils se donnaient des allures d’experts.

26

Lors de son premier passage au palais de justice, le petit Georges avait fait une impression navrante : son aptitude à rendre un témoignage appris par cœur faisait encore sourire.

Cette fois, Arthur Lachance se livra à son interrogatoire pour le compte de l'accusation. Peut-être la grosse moustache troublerait-elle l'enfant au point de lui faire perdre son air de contentement béat.

Après quelques questions pour établir la présence du témoin dans la maison familiale au moment des faits, l'avocat demanda :

— As-tu vu comment ton père traitait Aurore, l'été dernier ?

Le gamin se comporta comme un train bien aiguillé.

— L'été passé, on avait un fouet pour les bœufs. Il montait en haut pour la battre avec ça.

— Tu l'as vu faire ?

— Non.

— Comment le sais-tu, si tu n'étais pas là ?

— J'entendais brailler Aurore.

Très vite, il fut établi que ce scénario s'était répété quatre fois.

— L'a-t-il maltraitée dans d'autres circonstances ?

— Cet hiver, rien qu'une fois, avec une hart. Maman lui avait conté des menteries.

— Que veux-tu dire ?

Georges chercha Mathieu des yeux, au risque de provoquer des froncements de sourcils à la table de la défense.

— Elle a dit à papa qu'Aurore était couchée dans la grange, sur la paille. Ce n'était pas vrai, elle était après remplir sa paillasse.

Cette histoire avait déjà fait l'objet d'un compte rendu détaillé. Tout de suite, Arthur Lachance ramena son jeune témoin à l'été de 1919.

— Tu as dit à la cour tout à l'heure que l'été dernier, tu l'avais vu la battre quatre fois avec un fouet à bœufs. A-t-il utilisé autre chose ?

— Oui, le manche de hache, rien qu'une fois.

— Tu sais pourquoi ?

— Non.

— Tu te rappelles autre chose ?

Il se concentra encore, fouilla sa mémoire.

— Une fois, maman... maman l'a culbutée en bas de l'escalier.

— Objection, Votre Honneur, dit Francœur. Mon collègue refait le procès de Marie-Anne Houde.

Le juge Déry n'eut pas le temps d'intervenir, déjà Lachance reprenait en acquiesçant de la tête :

— Non, nous parlons de ton père. Tu ne te souviens de rien d'autre au sujet de sa façon de traiter Aurore ?

L'enfant fit « non » de la tête, visiblement troublé de décevoir son interrogateur.

— Ce n'est pas grave. Tu te souviens de la mort d'Aurore ?

— … Oui.

Quelques phrases permirent d'inventorier les plaies couvrant le corps de la fillette à cette époque. Par la même occasion, il démontra que sa maîtrise des conventions pour marquer le temps ne s'était pas améliorée depuis son dernier passage à la cour. Les jours, les semaines, les mois, tout cela se confondait dans sa tête.

Le substitut du procureur céda sa place à l'avocat de la défense. Francœur avait déjà voulu discréditer ce témoin à la fois docile et visiblement un peu limité. Cette fois, au lieu de tenter de l'emmêler dans ses contradictions, il s'attacha à démontrer combien Télesphore, depuis l'été précédent, se trouvait manipulé par son épouse.

Tout y passa : la blessure au pied, les accusations mensongères portées contre de petits voisins, le vol d'un ornement de la sainte table pour en accuser Aurore, les excréments semés un peu partout.

Au gré de ses questions, l'avocat de la défense tissait lentement une auréole à son client.

— Ton papa était bon pour toi ?

— Oui.

— Il a bien pris soin de toi ?

— Oui. Il n'a rien fait de mal à part battre Aurore avec le fouet à bœufs et la hart.

Tout le monde n'aurait sans doute pas partagé son avis sur la bénignité de ce traitement, mais le plaideur pariait que les membres du jury lui trouveraient un côté raisonnable.

— Si ta maman n'avait pas conté toutes ces menteries sur le compte de ta sœur, jamais il ne l'aurait battue comme ça, n'est-ce pas ?

Mathieu jeta un regard en biais à son patron. Celui-ci ne s'objecta pas. Pourtant, son adversaire soufflait la réponse au témoin.

— Non, il ne l'aurait pas battue.

— Je n'ai plus de question, Votre Honneur.

Cette fois encore, l'enfant se révélait un excellent témoin de la défense. Pendant que Georges cédait sa place à Gérard, Fitzpatrick expliqua à voix basse :

— S'objecter à cette manipulation ne servait à rien. Ce gamin charge sa mère, déjà condamnée à mort, pour innocenter son beau-père. Bienheureux les innocents, le royaume des cieux leur appartient.

Le stagiaire grimaça à cette référence biblique.

Gérard présentait une mine plus éveillée. Son témoignage précédent s'était déroulé sur un lit d'hôpital. Les habitués des procès furent heureux de constater combien il avait récupéré.

Cette fois, ce fut à Arthur Fitzpatrick de se livrer à l'interrogatoire pour le compte de l'accusation. D'une façon studieuse, l'adolescent reprit le long récit des actes de violence du père contre sa fille. Dans un silence morbide, il termina sur une raclée à coups de fouet.

— Est-ce la seule fois où tu l'as vu utiliser le fouet à bœufs ?

— Non. L'automne dernier, il a battu Marie-Jeanne avec.

Le substitut du procureur réussit à faire identifier les différentes armes utilisées par Télesphore pour maltraiter la victime. Au gré de l'interrogatoire, il s'avéra que l'homme passait le plus clair de son temps à l'extérieur de la maison. Cela servait les intérêts de la défense. Non seulement l'accusé ne voyait pas sa femme exercer des sévices, mais les traces de ceux-ci étaient peu visibles, à cause des vêtements.

— Devant ton père, ta mère parlait-elle parfois des mauvais traitements qu'elle faisait subir à ta petite sœur ?

— Elle l'a fait une fois, à table.

— Qu'est-ce que ton père a répondu ?

— Il n'a pas parlé, il était fâché.

Contre sa femme ? Contre sa fille ? À cet instant, Fitzpatrick choisit de dire au juge :

— Je n'ai plus de question, Votre Honneur.

Déry contempla l'horloge, sur le mur. Il restait suffisamment de temps pour clore la preuve de l'accusation avant l'ajournement jusqu'au lendemain.

— La défense peut interroger le témoin.

Francœur quitta sa place en affichant un air satisfait. Ce garçon servait très bien ses intérêts. Il convenait de le garder dans les mêmes dispositions.

— Chaque fois que ton père a battu Aurore comme ça, pensait-il qu'elle le méritait ?

— Oui, je pense que oui.

— Et ta mère l'informait du comportement d'Aurore ?

— Oui.

Habilement guidé, Gérard s'engagea dans la description des calomnies de Marie-Anne Houde envers sa belle-fille, dont les vols, la malpropreté, l'incontinence.

À ce sujet, Francœur voulut se faire très précis.

— Ta mère disait-elle à ton père qu'elle faisait par terre parce qu'elle ne lui donnait pas le pot ?

— Non. Elle disait : « Aujourd'hui, elle a fait par terre. »

— As-tu eu connaissance que ta mère ait mis des cochonneries dans les habits de ton père ?

— Rien qu'une fois.

L'avocat sembla hésiter, puis il se résolut à noircir la condamnée pour sauver l'époux.

— Qu'a-t-elle fait, cette fois ?

— Elle prenait des saloperies pour les mettre dans le chapeau de papa.

L'enfant paraissait troublé à ce souvenir. Francœur voulut un compte rendu explicite.

— Qu'est-ce que c'était, ces saloperies-là ?

— De la pisse et de la *marde.*

Un bref ricanement vint de l'assistance. L'avocat de la défense fit un tour sur lui-même, rugissant :

— Ceux que cela amuse peuvent en manger !

Le maillet du juge claqua sèchement, l'homme marmonna une excuse, puis reprit.

— Ensuite ?

— Elle vidait ça dans les habits de papa.

— Quels vêtements ?

— Ses habits du dimanche, son capot de printemps.

Cette incarnation de la perversion féminine devenait le miroir déformant de la sainte mère canadienne-française. La haine envers la marâtre s'accroissait dans tout le Québec.

— Que s'est-il passé ensuite ?

— Elle a dit à papa : « Va voir qu'est-ce que ta fille a fait en haut, là. »

— Ton père est monté ?

— Non. Il a sacré. Il a pris le fouet. Il a battu Aurore.

Le rythme de la confidence, saccadé, ajoutait à la tension dramatique.

— Avant, ta mère lui a sans doute mentionné les… saloperies.

— Non, elle a demandé à Aurore d'aller tout chercher.

— Et Aurore a montré… ça à ton père ?

— Oui. Après ça, il l'a fouettée.

La victime assumait docilement son rôle de victime dans le scénario infernal voué à sa destruction.

— A-t-elle jamais dit à ton père ce que ta mère faisait ?

— Elle ne voulait pas qu'elle le dise.

— Quand ton père a battu Aurore, c'était toujours sur des rapports de ce genre présentés par ta mère ?

— Oui.

Dernier témoin de la Couronne, Francœur faisait de Gérard un allié sûr de la défense.

— Et tout ce que ta mère disait, au sujet d'Aurore, c'était faux ?

— Oui.

— C'était pour la faire battre ?

— Oui.

Maintenant, sans vergogne, il dictait les réponses. Fitzpatrick semblait avoir renoncé. Il demeurait assis, silencieux, plutôt que de multiplier les « Objection, Votre Honneur ».

— Ton père ne l'aurait pas battue, si ta mère n'avait pas dit ces choses-là ?

— Non, je ne crois pas.

— Il était bon pour toi ?

— Oui.

Le juge Déry semblait ennuyé par le curieux retournement de situation. Après avoir interrogé les membres de l'équipe de l'accusation du regard, il décida d'intervenir.

— Quand votre mère rapportait des faits comme l'histoire des habits, par exemple, est-ce que votre père questionnait Aurore ? Est-ce qu'il demandait si c'était vrai, pourquoi elle avait fait ça, avant de la battre ?

— Non.

L'homme préférait le maniement du manche de hache ou du fouet à la recherche de la vérité. L'avocat de la défense entendit corriger tout de suite la mauvaise impression.

— Ta mère ne faisait-elle pas avouer ce genre de faute à Aurore, devant ton père ?

— Oui.

— Quand ta mère voulait faire battre Aurore, elle disait : « C'est vrai, c'est toi qui as fait ça ? »

— Oui. Et quand elle disait non, maman la frappait sur la tête.

La conversation dévia ensuite sur les blessures de la petite victime, pour faire admettre au garçon que Télesphore demandait qu'on lui mette de l'onguent.

— Un soir, pendant que ton père et ta mère étaient allés veiller le corps de ton oncle Anthime, Marie-Jeanne… Aurore, dis-je, est tombée sur le panneau du poêle ?

L'heureux lapsus eut l'effet escompté. Gérard retrouva sans mal le fil du récit.

— Sur l'œil, du côté droit. Marie-Jeanne l'avait poussée.

— C'est Marie-Jeanne qui l'avait poussée ?

— Oui, elle s'en allait chercher la *bombe* d'eau bouillante pour laver la vaisselle. Marie-Jeanne l'a poussée, parce qu'elle ne marchait pas assez vite.

Combien la culpabilité devait peser sur l'âme de la jeune fille !

— Elles se chicanaient souvent, Marie-Jeanne et elle ?

— Oui.

— Après la chute d'Aurore...

— Maman lui a donné une volée par-dessus.

— Ta mère l'a battue, ce jour-là ?

L'enfant réservait tout de même sa part de surprises à l'avocat de la défense.

— Quand elle est revenue, elle a pris une hart derrière l'armoire. Elle a dit : « Je vais t'en donner encore par-dessus, ça va *renfler*. »

— Ton père était-il là, lui ?

— Non, il était allé dételer le cheval.

La précision rassura Francœur. Pendant de longues minutes, il s'attarda sur les différents actes de violence. Pour ne laisser aucun doute dans l'esprit des jurés, il demanda de nouveau :

— As-tu jamais parlé à ton père des fausses accusations de ta mère ?

— Non. Elle nous le défendait.

— C'est pour ça qu'aucun enfant ne le lui a dit ?

— Oui.

L'avocat se tourna vers le juge pour déclarer, visiblement soulagé d'arriver au terme de l'exercice :

— Votre Honneur, j'en ai terminé avec ce témoin.

Gérard demeura debout derrière la barre des témoins, surpris de cette fin abrupte.

— Picard, ordonna Fitzpatrick, allez le reconduire dans la petite salle. Ces enfants ont terminé leur voyage au bout de l'horreur.

— Je crois qu'ils le commencent à peine, murmura le stagiaire en se levant.

Le substitut du procureur le regarda remonter l'allée jusqu'à la porte de la salle d'audience, une main posée sur l'épaule du garçon.

Mathieu détestait les adieux déchirants, surtout quand des enfants répandaient leurs larmes. Au terme de la journée d'audience, des oncles vinrent chercher les deux garçons Gagnon. Si la preuve, lors du procès de Marie-Anne Houde, avait mis en évidence la réticence de la marâtre à donner des baisers et des câlins, de son côté, l'adolescente ne se montrait guère avare en ce domaine. Avant de se séparer d'eux, Marie-Jeanne les accabla longtemps de son affection.

À la fin, le jeune homme marcha avec elle dans les couloirs, maintenant désertés, du palais de justice. Elle reniflait tout son saoul, il lui tendit son mouchoir.

— Je ne pourrai pas vous le remettre.

— Alors tu le garderas. Cela te fera un souvenir.

La remarque l'attrista encore plus. Elle commença par essuyer ses yeux, puis souffla bruyamment. Après un usage si intensif, il souhaita que l'envie ne lui prenne pas de le lui rendre lors de leur arrivée à Lévis.

Lorsqu'ils atteignirent le funiculaire, Marie-

Jeanne avait suffisamment retrouvé sa contenance pour remarquer :

— Je me demande si je reverrai mes frères un jour. Je vais passer les prochaines années à Lévis, le temps de faire au moins le cours primaire supérieur.

Mère Saint-Émilien lui faisait finalement une place au sein de son institution. Sans doute, après les révélations fracassantes du premier procès, avait-elle trouvé sans mal une bienfaitrice pour payer la scolarité de sa protégée.

— Mais à l'hospice Saint-Joseph, les cours font sans doute relâche pendant l'été.

— Aucun de mes parents ne me recevra…

— Il y a les oncles, les tantes, les grands-parents. Tu es liée à au moins la moitié des habitants de Fortierville.

— Vous croyez qu'ils voudront m'inviter pendant les vacances ?

Quand le funiculaire amorça la descente, effrayée, elle s'approcha un peu de lui.

— À ta place, je demanderais à la directrice de l'hospice de t'aider. Si tu lui donnes la liste des personnes chez qui tu aimerais aller, je pense qu'elle obtiendra une invitation. Tu sais, il est difficile de refuser quelque chose à cette religieuse.

Sa compagne sourit. Elle aussi trouvait mère Saint-Émilien convaincante. Ils traversèrent ensemble la place du marché Champlain. À cette heure, les cultivateurs avaient déjà regagné leur domicile.

En montant sur le traversier qui allait jusqu'à Lévis, la jeune fille se renfrogna. Elle chercha un endroit un peu éloigné des autres passagers, s'accrocha au bastingage.

— Je ne veux pas qu'ils la tuent.

Mathieu ne comprit pas tout de suite.

— S'ils font cela, ce sera ma faute, plaida-t-elle en levant vers lui ses grands yeux bruns.

— Je ne crois pas que cela va arriver.

— Le juge l'a condamnée à être pendue.

Le stagiaire se troubla. Jusque-là, il avait soigneusement évité de penser à cette éventualité. L'obtention de la condamnation représentait la fin de cet épisode dans son esprit. Le juge avait montré un meilleur discernement. C'était en pleurant qu'il avait coiffé son tricorne.

— Elle peut encore faire appel, expliqua-t-il pour la rassurer. Surtout, le gouvernement peut commuer sa peine. Je veux dire la transformer en emprisonnement.

— Tu crois que cela va arriver ?

— C'est possible. Je ne peux rien promettre, cela se discutera entre des gens très importants. Néanmoins, je ne pense pas que cette histoire se terminera sur la potence.

L'adolescente posa sur lui un regard soupçonneux, incertaine de pouvoir lui faire confiance.

— Des fois, je regrette d'avoir raconté tout cela.

Des larmes coulaient sur ses joues. Elle dut ressortir le mouchoir de la poche de sa veste.

— Moi, je suis très heureux que tu aies eu ce courage, très fier aussi. Car maintenant elle ne pourra pas recommencer. Tu imagines, si elle avait décidé de te faire la même chose ?

— Elle m'a toujours appréciée.

— Elle t'a battue plus souvent que tu l'as dit. Ton père aussi.

L'homme marqua une pause avant d'ajouter :

— Je ne me trompe pas, n'est-ce pas ? Tu peux me le dire, le procès est terminé, au moins en ce qui te concerne.

Après une petite hésitation, elle hocha la tête, puis précisa :

— Tout de même, dans mon cas, ce n'était pas si pénible.

— Elle te faisait participer. Elle souhaitait que tu deviennes comme elle. La pire chose qu'elle t'a faite, c'est cela.

L'affirmation troubla fortement la fillette.

— Maintenant, continua son interlocuteur, nous sommes sûrs que demain, ou dans un an, elle ne prendra pas la petite Pauline en grippe. Tu ne crois pas ?

De nouveau, l'émotion la submergea. Dans son esprit, le désir de protéger le poupon pèserait plus lourd que le regret d'avoir participé à la condamnation de ses parents. Mathieu eut envie de lui demander : « Aurore n'était pas la première, n'est-ce pas ? » Le décès d'un petit garçon lui trottait dans la tête, lors de ses insomnies les plus tenaces, mais ne voulant pas la troubler davantage, il préféra s'abstenir.

— Pour papa, ce sera la même chose ? Je veux dire, ils ne le pendront pas ?

Dans l'hypothèse d'un verdict de meurtre, la sentence risquait fort d'être exécutée dans le cas d'un homme. Autant les autorités se montraient économes du châtiment ultime pour les représentantes du sexe faible, autant ceux du sexe fort montaient sur l'échafaud avec une horrible régularité.

— Je pense que le jury penchera pour l'homicide involontaire.

Sa compagne une fois de plus leva vers lui des yeux interrogateurs.

— Cela veut dire qu'ils reconnaîtront qu'il n'a pas vraiment voulu la tuer. Dans ce cas, les gens ne sont pas pendus.

Son regard exprima une reconnaissance éperdue.

— ... Tu sais, malgré tout, je les aime tous les deux.

— Je comprends. Ce sont tes parents.

— Ceux que Dieu m'a donnés.

Le stagiaire devina que mère Saint-Émilien abordait cette question délicate avec sa protégée. Elle devait le faire avec tact, cela le rassura. Le traversier accosta au quai de Lévis. Alors qu'ils prenaient pied tous les deux, il demanda :

— Préfères-tu prendre un taxi ?

— C'est cher.

— Je le ferai payer par mon patron.

— Celui avec qui vous étiez assis, au procès ? Il paraît gentil.

La promenade lui faisait envie, aussi Mathieu la conduisit vers une voiture. Ils roulèrent en silence jusqu'à l'hospice Saint-Joseph-de-la-Délivrance.

— C'est ma maison, maintenant, commenta Marie-Jeanne en arrivant sur le terrain de l'institution.

Si la voix trahissait un certain ennui, elle se révélait sereine, avec une pointe de résignation. Alors qu'ils approchaient de l'entrée principale, la directrice vint sur le perron.

— Je t'attendais, Marie-Jeanne, tu te sens bien ?

— Oui, ma mère. Je suis contente que tout soit terminé.

La gamine se retourna vers son protecteur. Celui-ci comprit que les adieux se dérouleraient tout de suite, devant témoin.

— Je vous remercie, monsieur Mathieu. Vous avez été très gentil avec moi.

Il prit le temps de mettre un genou sur le sol avant de répondre :

— Je te remercie aussi, Marie-Jeanne. Te connaître m'a fait beaucoup de bien.

Elle ouvrit ses grands yeux bruns incrédules.

— Je t'assure, soutint-il en allongeant la main. Je suis allé à la guerre, mais tout de même, tu m'as donné une belle leçon de courage.

Elle plaça ses doigts dans sa paume, les lui abandonna un long moment.

— Je te souhaite d'être heureuse. Tu le mérites, crois-moi.

— … Merci. Toi aussi, Mathieu, sois heureux.

Sur ce tutoiement, elle tourna les talons pour pénétrer dans le grand édifice. Elle ne tenait pas à lui montrer encore ses larmes.

— Vous savez comment parler aux petites filles, commenta la religieuse.

— J'ai dit l'absolue vérité.

— Grâce à cela, justement, vous lui avez fait beaucoup de bien.

La religieuse lui tendit la main. Le jeune homme l'accepta.

— Merci à vous aussi, dit-il. Elle rêve d'aller à la campagne, cet été. Si vous pouvez intervenir auprès des membres de sa famille...

— Je m'en occuperai. Je lui permettrai de vous écrire, une fois de temps en temps.

— Je recevrai ses lettres avec plaisir, et je lui répondrai.

Pendant que le jeune homme regagnait l'allée conduisant au trottoir, elle le força à se retourner en disant :

— Ne vous inquiétez pas trop, elle aime étudier. Elle se plaira avec nous.

— Et ensuite ?

— Elle aime les enfants... C'est étrange, n'est-ce pas ? Elle s'occupe des petits, ici. Elle continuera toute sa vie.

— Je ne suis pas étonné, elle tient cela de sa mère, sa vraie mère.

Sur ces mots, Mathieu adressa un signe de la main à la religieuse, puis il accéléra le pas.

Malgré l'obligation de traduire tous les témoignages, deux jours et demi avaient suffi à l'accusation pour présenter sa preuve. Aussi, le 27 avril, quand Mathieu se présenta un peu après midi, après avoir noirci quelques feuillets lors de son examen, Fitzpatrick lui résuma les péripéties de la matinée. Quelques minutes plus tard, le juge Déry reprit sa place.

— Maître Francœur, qui entendrons-nous d'abord ?

— Monsieur Ferdinand Massé, prêtre, curé de Sainte-Philomène-de-Fortierville.

Un silence presque recueilli accompagna la silhouette noire du fond de la salle jusqu'à la barre des témoins. Mince et longiligne, visiblement effaré de se trouver là, l'ecclésiastique gardait les yeux sur l'avocat de la défense.

— Monsieur le curé, commença celui-ci d'une voix déférente, je comprends très bien la notion de secret de la confession. Je n'ose vous poser des questions. Je vous laisse donc le soin de nous éclairer sur cette affaire.

La formule sembla un peu étrange à Mathieu, mais avec une personne se présentant comme l'intermédiaire entre ses paroissiens et Dieu, comment faire autrement ?

— L'an passé, lors de ma visite paroissiale, je me suis présenté chez les Gagnon. La femme a alors accusé sa fille, je veux dire sa belle-fille, Aurore, d'avoir volé dans l'église.

— ... Des objets de valeur ? souffla l'avocat.

— Non, non, une simple pince utilisée pour retenir la nappe à la sainte table.

Le ton indulgent ne trompa personne. Un larcin de ce genre paraîtrait un sacrilège aux yeux des bons catholiques de la province de Québec.

— Cela m'a beaucoup attristé, car je savais que ce n'était pas vrai. De plus, ce jour-là, elle a porté de nombreuses autres accusations, en faisant allusion à des vices affreux.

Après une pause, le saint homme conclut :

— Je ne possède aucune autre information dont je puisse librement parler ici.

Francœur s'inclina presque. Pendant ce temps, le substitut du procureur écrivait un petit mot qu'il glissa sous les yeux de son stagiaire : « Le bon curé ne témoigne pas pour la défense de l'accusé, mais pour la sienne. »

— Maître Fitzpatrick ? demanda le magistrat.

— Je n'ai pas de question, Votre Honneur.

Bien sûr, on ne « transquestionnait » pas un prêtre.

Droit et digne, le porteur de soutane quitta les lieux. Par la suite, six personnes vinrent témoigner de la bonne réputation de Télesphore Gagnon dans son milieu. Le pauvre docteur Andronic Lafond, tout surpris de se trouver là de nouveau, fit comme les autres.

La succession des témoins voués à rappeler la bonne réputation de l'accusé prit bientôt fin. Le juge accorda quelques minutes à Napoléon Francœur pour mettre un peu d'ordre à la fois dans ses idées et dans ses mots.

Le député se planta devant les jurés pour déclarer :

— Je suis certain que, depuis le début du procès, vous avez pu demeurer éloignés de toute l'agitation extérieure, étrangers à toutes les passions. Je demeure convaincu que vous rendrez un jugement conforme à la justice. Souvenez-vous que si vous êtes juges aujourd'hui, demain vous serez peut-être jugés.

Arthur Fitzpatrick s'agita un peu sur sa chaise. Son adversaire venait d'inquiéter ceux qui, parmi ces douze hommes, se délectaient à jouer au père Fouettard. Ceux-là souhaiteraient que les tribunaux ne se mêlent pas de la vie des familles.

Pendant de longues minutes, l'avocat évoqua

toute cette longue histoire, admit que l'accusé avait peut-être été sévère avec sa fille l'été précédent. Pour l'édification de toute l'assistance, il cita un passage des Évangiles recommandant aux parents qui aiment leurs enfants d'employer les verges et la discipline pour les corriger.

— N'en déplaise à ceux qui condamnent la correction corporelle, celle-ci est tout à fait conforme à la doctrine chrétienne.

L'homme tenta ensuite de démontrer que dans la très grande majorité des cas, les châtiments infligés à la victime par l'accusé tenaient aux machinations de la marâtre. Les trois enfants avaient convenu de cela.

— Dans ce drame, la principale victime, c'est le père trompé par sa femme, en qui il avait confiance, et par ses enfants, qui se sont fait les complices de la mère. Ces derniers prétendent avoir eu peur. Mais ils sont tout de même les complices de la mère, et à ce titre, coupables de meurtre avec elle.

Dans la boîte, Télesphore Gagnon éclata en sanglots. Le regard du juge Déry passait en alternance de l'accusé à son défenseur en affichant du dégoût.

— Vous devez rendre un verdict de non-culpabilité, afin de le rendre à ses enfants et à ceux de sa femme condamnée à mort. La justice se ferait bourreau en condamnant cet homme pour un crime dont il est innocent.

Sur ces mots sinistres, il regagna sa place à la table de la défense. Armand Lavergne se leva afin de reprendre tout cet argumentaire en anglais pour un seul homme, John Reed. Enrhumé, la voix éteinte, il dut se placer à deux pieds de lui.

De retour de l'université, Mathieu entendit le plaidoyer de l'avocat nationaliste en rageant. Ensuite, Arthur Lachance s'adressa aux jurés en français. Lui aussi reprit toute l'histoire depuis le début, insistant sur les moments où Télesphore Gagnon avait châtié sa fille pour des motifs futiles, comme mettre un couvercle sur sa tête.

— Les Évangiles recommandent-ils de battre ses enfants pour des bagatelles de ce genre ? demanda-t-il.

Surtout, l'homme insista sur le fait que l'accusé ne pouvait ignorer les conspirations de son épouse. En conséquence, il s'en faisait le complice. Cela, insista le substitut du procureur, devait lui valoir un verdict de culpabilité de meurtre.

Le 28 avril, l'audience reprit à dix heures. Le juge Joseph-Alfred Déry prit sa place, un masque impassible sur le visage. Tous les sièges se trouvaient occupés, quelques personnes se tenaient debout, appuyées contre le mur.

— Fermez les portes, demanda-t-il aux agents, et ne laissez plus entrer personne.

Arthur Fitzpatrick donna en anglais le plaidoyer prononcé la veille par Lachance. Le tout se résumait à rendre Télesphore Gagnon complice de tous les mauvais traitements qui avaient mérité à sa femme la peine de mort. En conséquence, le même verdict s'imposait pour lui aussi.

À dix heures quarante, le juge commença à

donner ses directives aux jurés en anglais. Il lisait studieusement, sans jamais s'éloigner de son texte. Il s'arrêta à onze heures trente, visiblement épuisé. Il sembla hésiter, puis ajouta :

— Messieurs les jurés, vous pouvez vous retirer quelques minutes. Les agents vont ouvrir les fenêtres afin de faire aérer un peu la salle.

Le magistrat posa les yeux sur les hommes en uniforme debout au fond.

— Toutefois, précisa-t-il à leur intention, vous gardez les portes fermées. Ne laissez entrer personne. Avec cette foule, nous étouffons déjà.

Pendant que le magistrat s'apprêtait à sortir, Fitzpatrick se leva :

— Votre Honneur, mon stagiaire…

— Bien sûr, vous laisserez entrer ce grand jeune homme.

La précaution du substitut du procureur servit les intérêts de Mathieu. Un peu avant midi, il jouait des coudes afin d'atteindre les grandes portes en chêne. Une foule compacte se pressait là. Il entra quand le juge revenait dans la salle. Par déférence, il demeura immobile le temps que le magistrat atteigne son siège. S'asseyant à son tour, il entendit Déry lire quelques lignes du Code civil.

— Vous avez compris, commenta-t-il ensuite. Toute personne qui délibérément et sans raison maltraite un animal mérite trois mois de prison. Doit-on permettre à un homme de faire subir à une fillette de dix ans, sa propre fille, ce qu'il est interdit de faire à un chien, à un bœuf ou à un cheval ?

Le juge inaugurait là le style de son adresse au jury : il poserait des questions en leur abandonnant le soin de répondre. Chacun comprenait tout de même son mépris pour tous les arguments de l'avocat de la défense. Surtout, il leur demanda de se rappeler, tout au long de son exposé, que la victime, une petite fille de dix ans, mesurait à peine quatre pieds et demi.

— Et regardez l'accusé, un colosse !

Le magistrat reprit toute l'histoire d'un ton cinglant.

— Trois verdicts s'offrent à vous, conclut-il un peu avant une heure trente : meurtre, homicide involontaire ou non-culpabilité.

En posant ses feuillets devant lui, il précisa encore :

— Messieurs les jurés, vous allez vous retirer pour le repas. Vous reviendrez dans quatre-vingt-dix minutes.

Ceux-ci acquiescèrent avec des hochements de tête. Après tous les mots entendus depuis la veille, alternativement en français et en anglais, la tête devait leur tourner.

— Déry a été efficace, commenta Mathieu à l'intention des deux autres occupants de la table. Il ne reste rien des arguments de la défense.

Fitzpatrick lui adressa un sourire moqueur.

— Réprimez votre enthousiasme de justicier et venez manger avec nous.

Alors qu'ils se dirigeaient vers la sortie de la salle d'audience, le substitut demanda :

— Et vos examens ?

— Avec un peu de chance... et beaucoup de lectures nocturnes, je pense bien m'en tirer, finalement.

— Tant mieux. Vous imaginez les ricanements du vieux garçon, si mon stagiaire se trouvait recalé en deuxième année !

Arthur Lachance pouffa dans sa moustache. Mathieu se demanda comment réagir à cet humour caustique.

— Ah ! Picard, ne prenez pas cet air vexé, déclara son employeur. Vous me faites penser à Lavergne quand vous prenez tout au premier degré.

En sortant sous le soleil d'avril, Mathieu choisit de s'amuser de la remarque.

27

Après leur repas, les jurés revinrent dans la salle d'audience à l'heure dite. Les douze hommes, par la bouche de leur porte-parole, Xavier Simard, réservaient une surprise au juge.

— Votre Honneur, nous avons déjà un verdict.

— ... Vous n'avez pas commencé vos délibérations.

— Nous avons eu toute la période du dîner pour en discuter.

— Vous allez tout de même vous réunir dans la salle voisine et tenir un vote en bonne et due forme, comme il convient en pareille circonstance.

Déçus, car ils souhaitaient en finir bien vite, les hommes emboîtèrent le pas à l'employé veillant sur eux depuis le début des procédures. À peine quelques minutes plus tard, le magistrat regagna sa place, pendant que les membres du jury entraient dans la boîte. Le greffier, Alphonse Pouliot, s'approcha afin de poser la question d'usage.

— Messieurs, êtes-vous d'accord sur le verdict dans la cause du roi contre Télesphore Gagnon ?

— Oui, nous le sommes, répondirent-ils plus ou moins à l'unisson.

— Votre décision ?

— Coupable, rétorqua le porte-parole, avec la recommandation de la clémence de la cour.

Comme les circonstances l'exigeaient, le greffier posa la même question en anglais à John Reed.

— *Manslaughter.*

Le visage du juge exprima un certain désarroi.

— Nous avons ici un malentendu. Vous pouviez donner l'un de ces trois verdicts : meurtre, homicide involontaire, ou non-culpabilité. En répondant coupable, vous entérinez l'acte d'accusation qui évoque le meurtre. Mais en disant *manslaughter*, l'un de vous rompt l'unanimité, car ce mot signifie homicide involontaire.

Du côté de la table de la défense, un ricanement satisfait vint aux oreilles de Mathieu. Francœur espérait ce blocage. Xavier Simard présenta un visage contrit, bafouilla :

— Nous nous sommes trompés dans les termes…

— Je vous demande de retourner dans la salle de délibération et de reprendre le vote.

Penauds, les douze hommes quittèrent de nouveau la salle d'audience. Les spectateurs, les employés du tribunal et les avocats se regardèrent sans rien dire.

— Ce n'est pas la première fois, commenta le greffier Pouliot. Il y a dix ans, lors du procès de Dickson…

L'employé marqua une pause, avant d'ajouter :

— Je me demande comment ils se sont débrouillés pour discuter dans les deux langues.

Évidemment, ce genre de quiproquo devait parfois survenir. On demandait à des hommes souvent peu scolarisés de jouer un rôle essentiel à l'administration de la justice. L'attente ne dura pas plus de cinq minutes. Le juge reprit son fauteuil, un peu impatient.

— Nous sommes d'accord, nous l'étions dès le début, expliqua Xavier Simard. Nous nous sommes trompés de terme. Homicide involontaire, ou *manslaughter*. Nous voulons que l'accusé soit tenu responsable de la mort de sa fille, mais pas qu'il soit pendu.

Cette fois, en mots de tous les jours, le porte-parole traduisait clairement le verdict du jury.

— Je vous remercie d'avoir servi la justice, commença le magistrat. Je rendrai ma sentence la semaine prochaine. Elle devra servir de leçon aux personnes qui seraient tentées de faire comme l'accusé.

Dans la boîte, Télesphore Gagnon faisait entendre des sanglots bruyants. Comme sa femme, la perspective de la punition l'émouvait plus profondément que les gémissements de douleur d'une enfant torturée.

— Aujourd'hui, commenta le juge Déry, le prisonnier pleure de tout son cœur sur ses torts envers sa petite fille.

« Le bonhomme pleure à la perspective de moisir en prison, et de soulagement d'avoir échappé à la corde », pensa Mathieu.

— Qu'il accepte ce verdict avec courage et dans un véritable esprit de contrition et de repentir. Depuis le ciel, Aurore Gagnon, sa fille, lui pardonnera tout le mal dont elle a souffert.

Les coups de maillet sur le large bureau marquèrent la fin du prêche. Le magistrat ramassa ses documents, puis quitta les lieux dans un bruissement de toge. Les agents escortèrent l'accusé hors de la salle après que celui-ci eut échangé quelques mots avec Francœur. Les jurés encore à leur place se consultaient les uns les autres du regard. Le greffier dut leur expliquer de rentrer à la maison. Leur rôle dans ce mélodrame se terminait abruptement.

Fitzpatrick salua ses « savants confrères » une dernière fois… enfin, jusqu'à ce que le hasard des assises le remette en leur présence. Arthur Lachance fit la même chose. Mathieu ne se sentit pas l'obligation de les imiter.

Le trio mettait les pieds sur le trottoir devant l'édifice majestueux, quand le substitut du procureur général s'arrêta pour dire :

— Picard, ne revenez pas au bureau avant lundi prochain. Il vous reste encore deux examens. Après, reposez-vous un peu.

— Je vous remercie.

Le stagiaire accepta la main tendue, serra aussi celle de Lachance. Ils allaient le quitter quand il demanda :

— Êtes-vous satisfait de ce verdict ?

— À votre ton, je devine que vous ne l'êtes pas.

Le jeune homme marqua une hésitation.

— J'aurais préféré le meurtre.

— Les jurés aussi sans doute, ricana Fitzpatrick, mais ils ne voulaient pas le voir pendu.

Mathieu hocha la tête. Le premier verdict traduisait bien leur position. Ils l'avaient accompagné d'un appel à la clémence. Toutefois, la peine capitale venait avec lui. L'homicide involontaire leur avait ensuite semblé un compromis acceptable.

— Picard, teniez-vous tant que cela à obtenir la corde ?

La question méritait réflexion, alors que ses aînés l'examinaient de leurs yeux curieux.

— Non, je ne me régale pas de cadavres. Je ne souhaite même pas l'exécution de Marie-Anne Houde.

— Là, vous me surprenez.

— Oh ! À mes yeux, elle la mérite cent fois. Mais dans ce cas, Marie-Jeanne traînerait cela sur sa conscience pendant toute sa vie.

Fitzpatrick approuva de la tête. La gamine ne méritait pas cela.

— Pour elle, Francœur a-t-il fait sa demande d'appel ? interrogea Mathieu.

— Pas encore.

— Vous croyez qu'elle sera exécutée ?

— Dans sa situation, un homme n'y échapperait pas. Toutefois, je ne pense pas que cette femme montera sur l'échafaud…

L'avocat s'arrêta, puis secoua la tête.

— Picard, allez vous reposer. Nous parlerons de droit lundi prochain.

Cet ordre impératif ne se discutait pas. Mathieu leur adressa un dernier salut de la tête, puis il décida d'aller souper chez sa mère.

Le dernier examen eut lieu le vendredi 30 avril. Ce soir-là, Mathieu marcha longuement sur le trottoir de la rue Saint-Joseph, en attendant la secrétaire du directeur du magasin PICARD. Flavie se manifesta largement après six heures.

— Je suis désolée, il n'arrêtait pas de me donner des lettres à taper.

— Je vais tenter de ne pas le prendre comme un affront personnel.

L'homme se pencha pour embrasser la joue tendue, puis il lui offrit son bras.

— Tu es prête à venir explorer la rue Saint-Jean ?

— Le restaurant à côté ferait l'affaire.

— Mais le *Café New York* conviendra tout aussi bien, et cela nous changera un peu de nos habitudes de vieux couple.

Elle leva sur lui ses beaux yeux. Le chapeau cloche tout neuf, en paille, lui donnait l'air d'une gamine un peu taquine. Ils se voyaient maintenant depuis plus de huit mois. Ce n'était pas exactement de longues fréquentations, mais le vicaire à qui elle confessait régulièrement ses petits et ses gros péchés lui demanderait bientôt si cette relation poursuivait un but honorable.

Ils prirent un tramway au coin de la rue, parcoururent le reste de la distance à pied depuis la place d'Youville. Finalement, Flavie se montra heureuse de l'accroc à leurs habitudes. Quoique fraîche, la soirée était belle, assez pour aller contempler le fleuve depuis la terrasse Dufferin après le repas.

Après les commentaires obligés sur la beauté du point de vue, la jeune femme demanda :

— Tu dois te sentir soulagé. Cette horrible affaire s'est terminée avant-hier avec un verdict de culpabilité, et ce matin, tu as complété ton dernier examen.

— Je me sens surtout un peu mal à l'aise de

t'avoir négligée à ce point, ces derniers mois. Je suis allé te voir à la sauvette tout l'hiver.

— Tu es venu souvent. Dommage qu'une fois sur deux, tu ne m'aies pas parlé.

Le garçon la contempla sans trop comprendre.

— Quand tu ne dors pas la nuit, tes longues marches te conduisent dans la Basse-Ville. L'automne dernier, puis de nouveau ce printemps, après les grands froids, tu t'es rendu chez moi.

— Tu le savais ?

— Dans ma maison de chambres aussi, certaines ont du mal à trouver le sommeil. Quelqu'un t'a aperçu. Après, c'est devenu une espèce de jeu, pour mes voisines. Un jour sur deux, elles me taquinaient sur mon amoureux transi, debout sur le trottoir au milieu de la nuit.

Intimidée, Flavie prenait garde de lever les yeux vers lui. Mathieu regarda le profil régulier, les bouclettes brunes, le rouge des lèvres.

— Parfois, surtout fin mars, je me trouvais bien transi.

La pause dura quelques secondes, puis il ajouta :

— Chaque fois, je me sentais amoureux.

Alors, elle tourna la tête en sa direction, verrouilla son regard au sien. Ses doigts se crispèrent sur son avant-bras.

— Je ne veux pas te décevoir, continua-t-il, mais je n'ai pas marché sous ta fenêtre tous les deux jours. Une fois par semaine tout au plus, quand la température se situait au-dessus de 28 degrés Fahrenheit.

— Je me doutais bien qu'elles exagéraient. Moi,

je ne t'ai jamais vu, mais ma logeuse voulait appeler la police.

Pour un stagiaire au bureau du procureur général, un entrefilet dans les « Échos judiciaires » du *Soleil* aurait fait un bien mauvais effet.

Imperceptiblement, Flavie se pencha au point de laisser son épaule s'appuyer contre son bras.

— Cette petite fille, Marie-Jeanne, t'a beaucoup touché.

— Pendant un moment, je l'ai vue comme une jumelle.

La confidence laissa sa compagne troublée :

— Je ne comprends pas.

— Comme moi, elle s'est faite complice d'une très mauvaise action. Maintenant, en devenant la meilleure élève de l'hospice Saint-Joseph, elle essaie de se pardonner à elle-même.

Après cela, Mathieu devait tout dire, ne serait-ce que pour ne pas laisser l'imagination de la jeune femme s'emballer. Le récit de son rôle dans le triste sort de deux déserteurs l'occupa jusqu'à ce que le soleil décline à l'horizon, derrière eux.

— Nous avons très peu entendu parler de cela, ici. Il y a bien eu des rumeurs, après Courcelette…

— À cette époque, précisa le vétéran, le général Tremblay avait obtenu onze condamnations à mort. Huit furent commuées. Il y en a eu d'autres, ensuite.

— Marie-Jeanne n'avait pas le choix. C'était une petite fille.

Le jeune homme comprit le véritable sens de l'observation, il serra les doigts posés sur son avant-bras dans les siens. Lui aussi était un petit garçon égaré dans un monde trop cruel.

— J'habite tout près, proposa-t-il. Allons saluer ma tante Élisabeth. Ensuite, je te reconduirai devant ta porte.

Jusque-là, elle s'était tenue loin de sa maison de chambres.

Au retour de leur promenade, quand ils arrivèrent devant la grande bâtisse de la rue Saint-François, Mathieu s'arrêta près de la porte, posa les doigts sur sa nuque, apprécia la douceur des boucles brunes sous le bord du chapeau. Quand sa bouche se posa sur ses lèvres, elle ne se déroba pas. Même le bout de sa langue, caressante, ne suscita aucun mouvement de recul.

Quand il se releva, Flavie garda la tête inclinée vers l'arrière, puis elle murmura :

— Ce soir, tu pourrais me demander n'importe quoi.

— ... Je sais. Je ne le ferai pas, alors la nuit me gardera éveillé pour une jolie raison. Puis, si je reste très sage ce soir, demain tu m'aimeras encore plus.

La jolie tête exécuta un mouvement de haut en bas.

— Je vais rentrer avant d'attirer l'attention de tout Saint-Roch.

Le dernier baiser fut bref et léger. Après être entrée dans la maison, Flavie souleva un coin du rideau afin de le regarder s'éloigner.

Une fois l'année scolaire terminée, les étudiants regagnaient leur domicile. La pension de la rue Sainte-Geneviève devenait alors une retraite paisible. Dans peu de temps, ce serait la fin de la session à l'Assemblée législative. Pendant une courte période, les lieux seraient presque déserts. Ensuite, avec le soleil de juin, les touristes reviendraient dans la ville.

Libéré par la fin des cours, Mathieu aurait pu bénéficier d'un peu de repos. Il s'investit toutefois dans la cause du meurtre de l'un de ses collègues, officier du 22e bataillon, survenu à Lévis. Cette affaire ne le touchait pas au cœur de la même façon. Surtout, ses soirées se passaient désormais à des activités plus sereines que la fréquentation de traités de droit.

Seul dans le salon avec sa tante Élisabeth en fin de soirée, une tasse de thé à la main, il demanda :

— Votre première année dans cette grande demeure s'achève. Quel bilan en tirez-vous ?

— ... Les prévisions de ta mère se sont réalisées. Pendant six mois, je me suis inquiétée. Maintenant, je me dis que six chambres de plus permettraient un meilleur rendement sur mon capital. Je rêve d'agrandir.

— Vous ne regrettez rien ?

— Pourquoi donc ? J'ai fait un choix, les choses ont plutôt bien tourné.

La femme demeurait toujours séduisante. La mode lui permettait maintenant de révéler de jolies jambes. Assise dans son fauteuil, toujours bien droite, la taille fine, ses cheveux blonds soigneusement attachés pour dégager les oreilles et le cou, elle affichait plus d'assurance que jamais auparavant au cours de son existencc.

— Je voulais dire : vous n'avez pas la nostalgie de votre existence antérieure ?

— Mon époux me manque parfois, ma vie à ne rien faire, pas du tout. Passer mes journées à papoter avec des voisines, très peu pour moi. De toute façon, elles me snobaient. Après tout, je suis née dans une ferme, j'ai été au couvent grâce à la générosité d'un vieux prêtre.

— Plutôt, elles vous jalousaient.

Élisabeth lui jeta un regard moqueur, puis elle murmura :

— Tiens, tu deviens flatteur. Tu ne souhaites pas réduire le montant de ton loyer, tout de même ?

— Ce n'est pas de la flatterie, nous le savons tous les deux. Et non, je ne songe pas à réduire le montant de ma mensualité. Je pense plutôt à l'augmenter.

— Là, ou je ne comprends pas, ou Marie a échoué à te faire partager un peu de sa prudence en affaires.

— Le docteur Davoine va nous quitter bientôt…

Mathieu perdrait son voisin d'en bas, l'occasion de longues conversations et sa source de prescriptions pour acheter une bouteille d'alcool de temps en temps. Le jeune professionnel avait repéré un médecin de Saint-Grégoire-de-Montmorency désireux de se retirer progressivement. Il partagerait d'abord son cabinet, puis reprendrait toute l'affaire dans quelques années.

— Tu veux occuper ses deux pièces ?

— C'est un peu plus compliqué que cela. Vous accepteriez de louer à un jeune couple ?

Son interlocutrice le contempla un long moment, puis elle demanda :

— La jeune fille timide de l'autre jour ?

Si Flavie avait convenu que la tante de son ami

était une femme très agréable, elle s'était montrée gauche et empruntée en sa présence.

— Oui, mais je ne lui en ai pas encore parlé.

— Tu doutes de ses sentiments ? Elle est folle de toi.

— Je doute plutôt de moi, de la profondeur de mon engagement, de la durabilité d'une relation de ce genre. Ses émotions à elle me paraissent limpides.

— Tu crains une mésalliance ?

Élisabeth parut déçue. Le visage d'Édouard lui vint à l'esprit. Le garçon avait préféré un mauvais mariage à l'amour de Clémentine, une petite employée.

— Parce qu'elle est secrétaire et moi, un futur avocat ? demanda-t-il en riant. Vous me connaissez tout de même mieux que cela.

Après une pause, il reprit :

— Flavie a sur moi un effet apaisant. Si un jour, je deviens moins hanté par mes mauvais souvenirs, lui trouverai-je le même charme ?

— Je ne la connais pas, mais je crois qu'elle a mieux à offrir qu'une certaine sécurité. Avec de la chance, tu sauras le découvrir. Puis, tu as l'âge de te marier.

Dans quelques semaines, Mathieu aurait vingt-trois ans. Sans l'intermède de la guerre, il serait déjà en quête d'une carrière, son diplôme en poche.

— Alors, l'idée d'avoir un couple dans ces deux pièces vous paraît-elle acceptable ? Bien sûr, le prix serait établi en conséquence.

— Bien sûr.

Élisabeth demeurait narquoise, à la fois amusée et émue.

— Tu ne crains pas d'être à l'étroit ?

— Cela ne doit pas représenter un problème. Du moins pas durant les premières années.

De nouveau, le visage d'Édouard se forma dans l'esprit de son interlocutrice.

— Tu sais, pour certains, c'est un problème dès le premier jour, pour moi, cela ne l'était pas après vingt ans. Je songeais à la possibilité que du… « nouveau » se pointe bien vite. Tu passes tes soirées à étudier. Avec un enfant qui pleure à côté, ce serait autre chose.

— Je ferai mon possible pour éviter ce « nouveau », le temps de commencer une carrière.

Évoquer aussi clairement la « limitation de la famille » ne se faisait pas. La femme fixa la porte du salon, afin de s'assurer de l'absence de tout témoin.

— Je serai heureuse de vous recevoir tous les deux. Une autre présence féminine à table me soulagera un peu de l'attention de ces messieurs. Notre ami Davoine doit nous quitter à la mi-juin. Tu pourras emménager à ce moment.

— N'oubliez pas que je n'ai pas encore dit un mot de cela à Flavie. Je ne peux supputer du cours des choses.

— Bien sûr, il conviendrait de lui faire part de ce projet.

Encore une fois, elle souligna la phrase d'un sourire un peu moqueur. Finalement, le théâtre de la vie de ses semblables constituait un bon divertissement. Ses nouvelles fonctions la mettaient aux premières loges.

— Seul mon grand frère pouvait m'entraîner dans un endroit pareil à huit heures du matin.

— Ne me rejoue pas cette scène. Tu crevais d'envie de les voir.

Thalie se tenait près de Mathieu à la « réception » de la prison de Québec. Tous les nouveaux locataires des lieux arrivaient là, dans une espèce de sas soigneusement sécurisé. Après avoir passé la porte, prévenus et détenus donnaient tous leurs effets au personnel, subissaient une fouille à nu et recevaient un uniforme gris-bleu.

Un homme élégant vint bientôt les rejoindre.

— Monsieur Fitzpatrick, commença le stagiaire, je vous présente ma sœur cadette, Thalie.

— Mademoiselle Picard, déclara le substitut du procureur général en lui tendant la main, je suis heureux de vous connaître. La demande de votre frère de vous réserver une place ici ce matin m'a un peu surpris. Je suppose que vous y trouvez un intérêt médical.

— En quelque sorte, oui.

Devant lui, elle ne nia pas sa curiosité.

— On se demande toujours si des caractéristiques physiques permettent de reconnaître des monstres de ce genre, ajouta-t-elle.

— J'en ai côtoyé plusieurs. Ils se distinguent surtout par leur incroyable banalité.

La petite salle bourdonnait de conversations murmurées. Une dizaine de journalistes se trouvaient là pour voir le transfert de Télesphore Gagnon vers le pénitencier de Saint-Vincent-de-Paul, où il purgerait une peine de prison à vie. Le juge Déry avait finalement prononcé la sentence trois jours plus tôt.

L'ouverture bruyante d'une lourde porte en fer fit sursauter tout le monde. Derrière des barreaux épais, ils virent une silhouette très frêle, celle de Marie-Anne Houde, entrer dans un petit réduit.

— C'est elle ? demanda Thalie d'une voix éteinte.

— Oui, fit Fitzpatrick. On lui a donné la permission d'assister au départ de son époux.

L'étudiante s'approcha de la grille.

— Laissez-moi voir, dit-elle à un journaliste de *La Patrie*.

Le jeune homme se tourna pour envoyer promener l'importune. La vue du joli visage le ramena à de meilleurs sentiments.

— Mettez-vous devant moi.

Petite, elle pourrait se coller à la cloison métallique. Lui, verrait au-dessus de sa tête. La trop grande proximité de ce gratte-papier ne la dérangea même pas, tellement la condamnée la fascinait. Le procureur de la Couronne disait vrai. Les cheveux bruns marqués de gris, les yeux un peu globuleux, la silhouette arrondie par la grossesse, tout cela n'avait rien de remarquable.

— Vous avez raison, remarqua-t-elle en revenant vers l'avocat et son frère. Une femme bien ordinaire, que rien ne distingue des autres… sauf le vide du regard.

— Cela, tous les condamnés à mort en sont affectés, rétorqua Fitzpatrick.

De nouveau, le bruit de barres en acier repoussées dans leur logement fit sursauter l'assistance. Avec des chaînes aux pieds et aux mains, Télesphore

Gagnon, encadré par deux solides gardiens, entra dans la grande salle.

— Vous avez cinq minutes pour parler à votre femme, l'informa Jean-Baptiste Carbonneau, le directeur de la prison. Messieurs, si vous voulez avoir la décence de vous éloigner un peu.

Les derniers mots s'adressaient aux journalistes. Ils reculèrent à regret. Le couple, de part et d'autre de la grille d'acier, les mains réunies entre les barreaux, se concerta longtemps. Marie-Anne Houde laissait échapper des sanglots étouffés. Cet échange serait leur dernier. Dans moins de cinq mois, cette femme devrait danser au bout d'une corde.

— Francœur n'a pas encore fait appel de la sentence, murmura Mathieu à l'intention de son employeur.

— Mais de nombreuses personnes plaident déjà en faveur d'une commutation. Peut-être veut-il d'abord voir jusqu'où ira ce mouvement de sympathie.

— Personne ne peut ressentir de sympathie pour elle, décréta Thalie.

L'avocat lui adressa un sourire.

— Êtes-vous une justicière de la trempe de votre frère ? Vous savez, des femmes très respectables de la Haute-Ville, tout comme des groupes de fermières des comtés de Lotbinière et de Nicolet, abreuvent déjà leurs députés respectifs d'appels à la clémence.

— Des femmes ? Certainement pas des mères !

— Surtout des mères. Selon elles, on ne peut exécuter une personne capable de donner la vie. En plus, elle est enceinte. Cette marâtre a fait mourir un enfant, peut-être plusieurs, mais elle sera finalement sauvée par le fœtus dans son ventre.

Écœurée, Thalie grimaça de dépit. Elle réclamait pour elle-même et ses consœurs les mêmes droits que les hommes. Cela voulait dire aussi les mêmes devoirs, et éventuellement les mêmes sentences, dans le cas de crimes.

— Quelle sensiblerie !

Près de la porte donnant accès à l'extérieur, un constable déclara :

— Le train pour Montréal va partir bientôt.

Ce rappel agit sur le directeur de la prison. Il fit signe aux gardiens de conduire le détenu vers le fourgon cellulaire stationné près de la porte.

— Télesphore, non ! hurla la femme en se laissant choir sur le sol.

Deux matrones l'aidèrent à se relever, pour la conduire ensuite vers sa cellule. Les spectateurs médusés furent ébranlés par cette scène.

— Monsieur Fitzpatrick, déclara bientôt le stagiaire, comme convenu, je vais aller reconduire ma sœur à la maison. Je reviendrai au bureau en matinée.

— Bien sûr. Mademoiselle.

Elle accepta la main tendue, puis fut heureuse de retrouver l'air libre.

Chemin faisant, Mathieu s'arrêta au Château Frontenac afin de déjeuner. Après avoir commandé son repas, Thalie commenta :

— Tu avais raison, ton patron semble un homme bien.

— Oui. Toutefois, nous allons nous quitter bientôt.

— C'est vrai, après les assises criminelles, le bureau du procureur général fera relâche.

Le garçon avala un peu de café, puis précisa en reposant sa tasse :

— Ce seront plutôt des adieux définitifs. La dernière année m'a fait comprendre que le droit criminel ne me convient pas. Inutile de continuer là-bas dans les circonstances.

— Tu vas donc profiter d'un bel été…

La jeune femme ressentait un peu de jalousie. Elle commencerait au Jeffery Hale dès le lundi suivant.

— Ce n'est pas mon intention. Je compte tâter un peu du notariat, si aucun cabinet spécialisé en droit des affaires ne veut de mes services. Paul est déjà en train de discuter avec des collègues.

— Tu tenais à ce tête-à-tête pour me faire part de cela ?

La veille, son invitation à assister aux adieux à la prison s'accompagnait d'une autre, pour le déjeuner.

— Non, je voulais te demander conseil.

L'aveu laissa Thalie un peu interloquée. Elle se cala dans sa chaise pour attendre la suite.

— Je voudrais passer à une autre étape dans mes relations avec Flavie.

À demi surprise, à demi amusée, elle attendit que le serveur pose les assiettes devant eux avant de demander :

— Songerais-tu à répéter avec elle l'étrange réception de la dernière Saint-Sylvestre pour des fiançailles ?

L'engagement entre Françoise et Gérard Langlois remportait la palme, au chapitre des réunions familiales ratées.

— Non, Flavie ne survivrait pas à cela, et encore moins ses parents. De toute façon, comme la dépense doit incomber à la famille de la promise, au mieux nous aurions droit à la taverne de L'Ancienne-Lorette.

— … Tu veux en faire ta maîtresse ?

Le jeune homme devina le dernier mot, émis dans un souffle.

— Grands dieux, non ! Elle tient à sa vertu.

— Dans ce cas, je ne comprends pas.

— J'envisage de lui soumettre ce soir l'idée d'un mariage discret… Si cela te semble raisonnable.

Pour une rare occasion de sa vie, Thalie demeura muette de surprise. Après avoir joué du bout de sa fourchette avec ses œufs, elle lui objecta :

— Dans cette phase de ta vie… Je veux dire, tu es toujours étudiant.

— Comme le tien, mon revenu vaut le salaire d'un employé, elle a ses gages. L'idée te semble saugrenue ?

Ses yeux témoignaient d'une réelle inquiétude, l'opinion de sa petite sœur lui semblant alors vitale.

— Si tu en es là, c'est que tu l'aimes.

— Depuis des mois, elle représente le côté le plus serein de mon existence.

— Tu ne peux pas mettre en veilleuse ce projet, le temps d'obtenir ton diplôme ?

— Si papa t'entendait, il se retournerait dans sa tombe.

Thalie rit de bon cœur. La fantasque jeune femme tentait d'amener son trop sage aîné à la prudence.

— Donne-moi ta meilleure raison de faire cela tout de suite… en m'épargnant les motifs que mes chastes oreilles ne sauraient entendre, bien sûr.

L'allusion aux exigences de la chair amusa le jeune homme.

— Depuis près de deux ans, je souffre de voir mon passé resurgir dans ma vie présente. J'ai une envie folle de me plonger dans le futur sans regarder derrière, de faire un énorme pari sur demain.

— Alors, fais-le. C'est merveilleusement déraisonnable.

Cette bénédiction lui apporta un baume au cœur. Après avoir affecté un visage heureux, il se renfrogna un peu.

— Il y a un hic. Je ne lui ai pas encore dit un mot de ce projet. Si elle refuse…

— Elle dira oui.

Sur cette assurance, Mathieu entama son repas de bon appétit.

Flavie Poitras… non, Picard, s'habituait lentement à dormir avec quelqu'un. La sensation d'un corps contre le sien s'avérait étrangement délicieuse. Elle saisit avec précaution le poignet, souleva l'avant-bras posé sur sa taille, puis se leva en silence.

La lumière baignait la chambre. Il devait déjà être six heures. Son peignoir soigneusement attaché, la main au col pour le fermer totalement, elle se glissa vers la salle de bains située au bout du couloir.

Quelques minutes plus tard, elle secouait légèrement l'homme endormi en disant :

— Ton nouveau patron n'aimera pas te voir arriver en retard.

Mathieu ouvrit les yeux, sourit au visage penché sur lui, puis consulta le réveil sur le chevet.

— Tu as raison. Je pense avoir dormi d'une traite toute la nuit.

— Oh ! Ça, je peux en témoigner.

L'homme se leva, lui fit la bise, puis demanda d'une voix contrite :

— Je ronfle tant que cela ?

— Entendons-nous sur le mot « ronronner ». Cela fera plus romantique.

Le nouveau marié eut envie de l'attirer vers lui, mais déjà elle enfilait sa robe. Pour se rendre au magasin PICARD, elle devait prendre deux tramways. Mieux valait ne pas la mettre en retard. Passant la porte à son tour, il s'arrêta pour dire :

— Je dors bien mieux. Je te remercie.

— Cela doit être l'un des avantages du mariage évoqué par le curé, rétorqua-t-elle avec un clin d'œil.

Quelques minutes plus tard, ils prenaient place à la grande table de la salle à manger avec Élisabeth. Les touristes, pouvant se prélasser un peu dans leur lit, descendraient plus tard.

Avec un tact irréprochable, la maîtresse des lieux entendait faire de la nouvelle venue une épouse de notable modèle. Flavie s'abandonnait avec la meilleure des grâces à cet élégant Pygmalion.

Quelques mots

Marie-Anne Houde ne fut jamais exécutée. La sentence fut commuée en prison à vie après la naissance de jumeaux pendant son incarcération à Québec. Son transfert à Kingston vint ensuite. Atteinte d'un cancer, libérée le 3 juillet de 1935, elle mourra le 12 mai 1936.

Télesphore Gagnon connut un sort plus enviable encore. Condamné à la prison à vie, il fut libéré dès 1925. De retour dans son village, il se remaria en 1938. Il décéda pendant l'été de 1961.

Pourquoi reprendre encore l'histoire d'Aurore, l'enfant martyre de Sainte-Philomène-de-Fortierville ? On s'est peu intéressé jusqu'ici aux motivations ou, si l'on préfère, aux justifications des parents. Pourtant, celles-ci étaient apparues suffisantes pour que personne dans leur localité, y compris l'abbé Ferdinand Massé, n'intervienne dans cette histoire. Adjutor Gagnon fut le premier à alerter les pouvoirs publics, en la personne du juge de paix Oréus Mailhot, deux jours avant le décès.

Le long silence de leurs concitoyens tenait au fait que ces crimes se passaient dans le secret de la maison, mais aussi à des principes largement admis alors : 1) le caractère inviolable de la vie privée ou familiale ; 2) l'usage des châtiments corporels dans l'éducation des enfants.

Les péripéties du procès lui-même demeuraient peu connues. Dans ses directives au jury, le juge Pelletier affirmait que l'accusation possédait peu d'arguments solides avant le témoignage de Marie-Jeanne Gagnon, puis celui de ses frères. Littéralement, la fillette fut responsable du verdict final, puis de la sentence. Son calvaire, ou plutôt l'histoire de sa rédemption, méritait d'être racontée.

La situation de cette enfant devint plus effroyable encore quand on pense qu'en témoignant contre sa belle-mère, elle révélait ses propres fautes. Ses demi-frères vinrent corroborer au procès les accusations de « complicité » formulées par l'avocat de la défense, Joseph-Napoléon Francœur.

Malgré les deux mille pages de documents utilisés pour préparer le roman, la tâche fut rendue facile grâce à une source providentielle : un site Internet intitulé *Les grands mystères de l'histoire canadienne (Canadian Mysteries)*. Vous pourrez sans mal le consulter et y trouver une grande partie des sources primaires : documents tirés des archives judiciaires et nombreux articles venus des journaux. Toutefois, tout n'y est pas, et parfois on trouve des erreurs de classement des documents. Cependant, le travail effectué par ses auteurs est remarquable.

Le site *Bibliothèque et archives nationales du Québec* comprend lui aussi de nombreux documents utiles, dont des collections de journaux.

J'ai essayé de rester fidèle aux témoignages rendus

en cour. Je n'en ai cependant pas reproduit le texte. Un témoignage est, par sa nature même, un récit hachuré, marqué d'hésitations, extrêmement répétitif, car les avocats cherchent des contradictions, des omissions, des erreurs de faits, etc. ; ou alors ils veulent éviter toute omission ou toute erreur, justement.

Par exemple, voici un extrait de la déposition de Marie-Jeanne, relatant les brûlures faites avec le tisonnier. Maître Arthur Fitzpatrick, substitut du procureur général, pose les questions :

Q. *Comment se prenait-elle pour la brûler ?*
R. *Elle l'attachait après la table, elle la brûlait avec le tisonnier ; elle la brûlait partout.*
Q. *Où faisait-elle chauffer le tisonnier ?*
R. *Dans la porte du poêle.*
Q. *Étiez-vous là quand elle l'a brûlée ?*
R. *Oui.*
Q. *Disiez-vous quelque chose, vous ?*
R. *Non. Elle nous faisait regarder par le châssis pour voir s'il venait pas quelqu'un.*
Q. *Elle vous faisait regarder par le châssis pour voir s'il ne venait pas quelqu'un ?*
R. *Oui.*
Q. *Qu'est-ce que votre petite sœur faisait pendant qu'elle se faisait brûler comme ça ?*
R. *Elle criait, elle criait et puis, une fois, elle lui a bandé la bouche avec une* strappe de cuir.
Q. *Vous dites qu'elle lui faisait quoi ?*
R. *Elle lui bandait la bouche avec une* strappe de cuir.

Son seul témoignage aux procès de ses parents compte plus de vingt-cinq mille mots, plus d'un sixième de la longueur de ce long roman. Si je ne l'ai pas repris mot à mot, je me suis efforcé toutefois d'en respecter scrupuleusement la teneur.

J'avais un autre motif de m'intéresser à cette histoire. Je suis né à quelques kilomètres de Sainte-Philomène-de-Fortierville. Pendant mon enfance, le récit hantait encore, comme il hante toujours, la mémoire collective dans la région. D'ailleurs, si vous vous rendez dans ce village, vous trouverez la tombe d'Aurore toujours fleurie. D'un sujet de honte, l'événement est devenu un attrait touristique.

J'ai fréquenté l'école avec des Mailhot, des Gagnon, des Lebœuf, des Hamel, des Lemay, des Saint-Onge : ce sont les mêmes patronymes que dans ce roman. J'avais un vieux compte à régler avec cette mémoire.

J'ai fait allusion à plusieurs documents dans ce texte. Certains ont été cités littéralement, d'autres paraphrasés. J'en soumets à votre curiosité deux autres, présents sur le site Internet mentionné plus tôt. Le premier est une lettre attribuée à Aurore Gagnon, écrite pendant son séjour à l'Hôtel-Dieu pour soigner une blessure à un pied. J'en respecte bien sûr l'orthographe et la syntaxe :

Bien cher maman

je vous dit que je mannui beaucoup être vous capable de venir mevoir jespaire de mannaler parse que monpier se géri tranquileman gé âtre de mannaler je mannui baucoup gemmerai a vous voir vous avé pas anvoigué les petit garcon ala prison gespaire que vous allé venir mecherché gé bien âtre de vous voir vous être pas malade je vous dit que je vous an vairé une lettre

Anvoigé mi 3 cen pour lé lettre

maman papa
jaccline

Est-ce bien de sa main ? Ce prénom inédit peut en faire douter, mais elle réfère à deux faits précis : elle s'inquiète du sort des garçons accusés de l'avoir blessée au pied ; elle réclame de rentrer bien vite auprès de celle qui la fera mourir.

La seconde lettre, celle-là de Marie-Jeanne Gagnon, est adressée aussi à sa belle-mère :

Québec, 28 avril, 1923.

Madame Télesphore Gagnon,
Kingston.

Bien aimée maman,

Vous me pardonnerez bien mon long silence, sans doute il doit vous avoir peiné ; mais veuillez bien user de votre indulgence à mon égard ; ce n'est ni paresse ni oubli, mais bien la grande préoccupation des concours de fin d'année qui m'absorbe de ce temps. J'ai répondu à la lettre de ma tante Rachel j'aimerais bien cela aller passer les vacances avec elle. Vous me demandiez si j'avais mes passages non je ne les ai point et puis je voudrais que ma tante me donne des renseignements pour le trajet, voulez vous avoir la bonté de lui écrire et de lui dire tout cela donc chère maman je vais compter sur vous pour tout. J'ai vu Pauline il n'y a pas très longtemps. Elle n'était pas de belle humeur, elle était malade cette chère petite malgré tout elle était contente de me voir. Georges est en bonne santé il vous envoie mille baisers. Ne trouvez-vous pas que les vacances arrivent à grands pas pour moi toujours les mois se passent bien vite encore deux mois, et la clé des champs sera à nous. Que j'aimerais vous voir au milieu de nous ce serait encore plus joyeux mais ne perdons pas espérance rien n'est impossible à Celui à qui on s'adresse. J'avais oublié de vous dire de ne pas vous occuper de mon linge pour sortir je l'ai tout ici; celui des vacances est chez grand'père à Fortierville, je n'aurai qu'à aller le chercher rendu chez mon oncle Welly.

Bonne maman ce n'est qu'à regret que je vous quitte; j'ai hâte de vous lire par l'entremise de ma tante.

De votre enfant aimante
Marie-jeanne Gagnon

Ce texte témoigne de la situation très délicate où se trouvait cette petite fille. Aimant cette femme comme sa propre mère, elle l'a fait condamner à la potence. À l'époque, Marie-Jeanne vivait chez une tante et continuait sa scolarité. Elle semble avoir tiré le meilleur profit de l'éducation offerte par les religieuses. Peu scolarisée avant l'âge de douze ans, en 1923, elle s'exprime avec élégance dans une langue châtiée. Bon, soyons honnêtes, elle devait s'endormir quand l'enseignante parlait de la ponctuation… On lui pardonnera volontiers cette lacune.

Achevé d'imprimer par GGP Media GmbH, Pößneck
en mars 2016
pour le compte de France Loisirs,
Paris

N° d'éditeur : 84633
Dépôt légal : mars 2016
Imprimé en Allemagne

Composition et mise en pages réalisées
par Text'oh! – 39100 Dole